SCIENCE FICTION

Herausgegeben
von Wolfgang Jeschke

Von **Poul Anderson** erschien in der Reihe
HEYNE SCIENCE FICTION & FANTASY:

Kontakt mit Jupiter · 0603063; auch ✒ 0603930
Der Sternenhändler · 0603079
Die Macht des Geistes · 0603095
Weltraumroboter · 0603105
Korridore der Zeit · 0603115
Das letzte Sternenschiff · 0603169; auch ✒ 0601002
Das Horn der Zeit · 0603212
Rebellion auf Alpha Crucis · 0603253
Siegeszug im All · 0603281
Universum ohne Ende · 0603306
Jenseits der Unendlichkeit · 0603316
Operation Chaos · 0603329
Der Außenweltler · 0603338
Höllenzirkus · 0603350
Die Tänzerin von Atlantis · 0603404; auch ✒ 0601007
Zeit des Feuers · 0603599
Das Erdenbuch von Sturmtor · 0603966
Conan der Rebell · 0604037
Das Tor der fliegenden Messer · 0604326
Zeitpatrouille · 0604377
Zeitfahrer · 0604832
Das Schild der Zeit · 0604961
Die Chroniken der Zeitpatrouille · 0605661

POUL ANDERSON

DIE CHRONIKEN DER ZEITPATROUILLE

Roman

Aus dem Amerikanischen von
HANS MAETER und PETER PAPE

Deutsche Erstausgabe

WILHELM HEYNE VERLAG
MÜNCHEN

HEYNE SCIENCE FICTION & FANTASY
Band 0605661

Titel der amerikanischen Originalausgabe
THE TIME PATROL
Deutsche Übersetzung von Hans Maeter
(Ivory, and Apes, and Peacocks & The Sorrow of Odin the Goth)
und Peter Pape (die übrigen Kapitel)
Das Umschlagbild und die Illustrationen im Text sind von
Zoltán Boros und Gábor Szikszai

> *Umwelthinweis:*
> Dieses Buch wurde auf
> chlor- und säurefreiem Papier gedruckt.

Teile dieses Romans *(Ivory, and Apes, and Peacocks & The Sorrow of Odin the Goth)* erschienen 1987 unter dem Titel *Zeitpatrouille* als Heyne Science Fiction # 0604377

2. Auflage

Redaktion: Wolfgang Jeschke
Copyright © 1991 by Poul Anderson
Amerikanische Erstausgabe 1991 by TOR Books, New York
The Year of the Ransom: Copyright © 1988 by Byron Preiss
Visual Publications & Copyright © by Poul Anderson
Mit freundlicher Genehmigung des Autors
und Paul & Peter Fritz, Literarische Agentur, Zürich
(# 45891)
Copyright © 1987 & 1997 der deutschen Übersetzung
by Wilhelm Heyne Verlag GmbH & Co. KG, München
Printed in Germany 1997
Umschlaggestaltung: Atelier Ingrid Schütz, München
Technische Betreuung: M. Spinola
Satz: Schaber Satz- und Datentechnik, Wels
Druck und Bindung: Elsnerdruck, Berlin

ISBN 3-453-11946-0

INHALT

ZEITPATROUILLE
(TIME PATROL)
Seite 7

DER MUT, EIN KÖNIG ZU SEIN
(BRAVE TO BE A KING)
Seite 71

DIE GIBRALTAR-FÄLLE
(GIBRALTAR FALLS)
Seite 139

EIN UNFAIRES SPIEL
(THE ONLY GAME IN TOWN)
Seite 159

DELENDA EST
(DELENDA EST)
Seite 211

ELFENBEIN, AFFEN UND PFAUEN
(IVORY, AND APES, AND PEACOCKS)
Seite 275

DIE TRAUER ODINS DES GOTEN
(The Sorrow of Odin the Goth)
Seite 397

STERN DES MEERES
(Star of the Sea)
Seite 545

DAS JAHR DER ERLÖSUNG
(The Year of the Ransom)
Seite 751

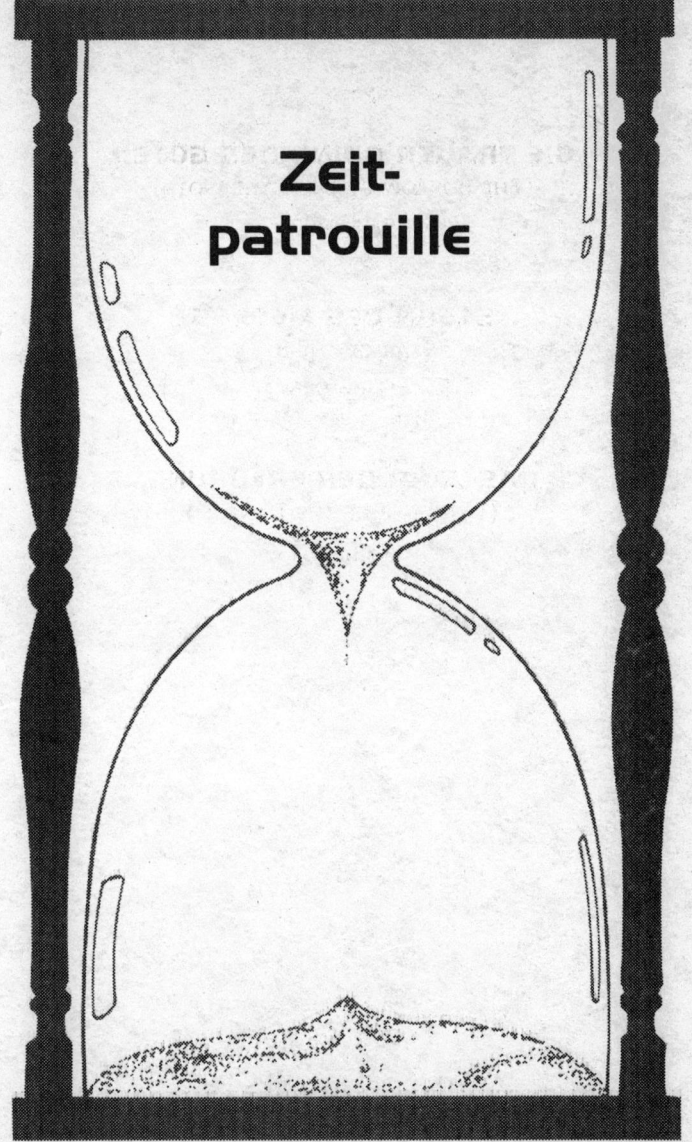

1

Männer zwischen 21 und 40 Jahren für gutbezahlte Reisetätigkeit gesucht. Gute Gesundheit Voraussetzung. Alleinstehende mit militärischen oder technischen Kenntnissen bevorzugt. Technische Studien-Gesellschaft
305 East 45
Bürozeiten von 9–12 Uhr und 14–18 Uhr

»Die Arbeit ist – sagen wir mal – ein wenig ungewöhnlich«, erklärte Mr. Gordon. »Und zudem streng vertraulich zu behandeln. Ich hoffe, Sie können ein Geheimnis für sich behalten?«

»Im allgemeinen schon«, antwortete Manse Everard. »Kommt ganz drauf an, um welches Geheimnis es sich handelt.«

Mr. Gordon lächelte. Es war ein seltsames Lächeln, ein kurzes Schürzen der Lippen, mit keinem Lächeln vergleichbar, das Everard bisher gesehen hatte. Er sprach das normale Umgangs-Amerikanisch und trug einen gewöhnlichen Geschäftsanzug – und doch hatte er etwas Fremdes an sich, das durchaus seinem dunklen Teint, den bartlosen Wangen und den mongolischen Augen entsprang, welche überhaupt nicht zu seiner kaukasischen Nase passen wollten. Eine Fremdheit, die schwer zu erklären war.

»Wir sind keine Spione – wenn es das ist, was Sie glauben«, sagte Mr. Gordon.

Everard grinste. »Tut mir leid. Bitte denken Sie nicht, ich sei so hysterisch wie der Rest des Landes. Ohnehin hatte ich nie Zugang zu vertraulichen Daten. Doch in Ihrer Anzeige erwähnten Sie Operationen in Übersee – und wie die Dinge liegen, würde ich ganz gern meinen Paß behalten. Sie verstehen?«

Everard war ein kräftiger Mann mit wuchtigen Schultern und einem etwas zu breiten Gesicht unter dem kurzgeschnitten braunen Haar. Seine Papiere lagen vor ihm: Armee-Entlassungsschein, die Zeugnisse von verschiedenen Arbeitsstellen als Maschinenbau-Ingenieur. Mr. Gordon schien gerade einen flüchtigen Blick dafür übrigzuhaben.

Das Büro war normal eingerichtet – ein Schreibtisch mit ein paar Sesseln, ein Aktenschrank, und im Hintergrund eine Tür, die irgendwohin führte. Ein Fenster öffnete sich dem brausenden New Yorker Verkehr sechs Etagen tiefer.

»Sie haben einen Hang zur Unabhängigkeit, wie?« meinte der Mann hinter dem Schreibtisch. »Gefällt mir. Hier kommen so viele Kriecher her, die sogar für einen Tritt in den Hintern noch dankbar sind. Mit einem solchen beruflichen Hintergrund brauchen Sie sich natürlich auch kaum Gedanken zu machen. Sie können immer Arbeit finden, selbst in einer – äh, wie sagt man heute? – ›gleitenden Sanierungsphase‹.«

»Ich bin jedenfalls interessiert«, erklärte Everard. »Ich habe im Ausland gearbeitet, wie Sie aus meinen Unterlagen ersehen können, und würde gern wieder reisen. Aber, offen gesagt, habe ich nicht den blassesten Schimmer, um welche Art Tätigkeit es hier geht.«

»Oh, wir haben mit vielen Dingen zu tun«, antwortete Mr. Gordon ausweichend. »Wollen wir mal sehen – Sie waren also an der Front. Frankreich und Deutschland.«

Everard blinzelte überrascht. Seine Papiere enthielten auch eine Aufzählung seiner Orden und Auszeichnungen, aber er hätte seinen Kopf darauf gesetzt, daß der Mann vor ihm keine Zeit gehabt hatte, sie durchzusehen.

»Hm ... würden Sie freundlicherweise Ihre Hände um die Holzknäufe auf den Sessellehnen legen? Danke. Nun – wie reagieren Sie bei Lebensgefahr?«

Everard runzelte die Stirn. »Sehen Sie ...«

Mr. Gordons Blick sprang zu einem Gerät auf seinem Schreibtisch – einem gewöhnlichen Metallkasten mit einer Anzeigennadel und einer Reihe von Knöpfen. »Macht nichts. Was sind Ihre Ansichten zum Internationalismus?«

»Nun, sagen wir ...«

»Zum Kommunismus, Faschismus, zu Frauen? Welche persönlichen Ambitionen haben Sie? ... Das war's schon. Sie brauchen nicht zu antworten.«

»Was, zum Teufel, soll das?« fauchte Everard.

»Nur ein kleiner psychologischer Test. Vergessen Sie's. Mich interessieren Ihre Ansichten nicht – es sei denn, sie reflektieren die grundlegende gefühlsmäßige Orientierung.« Mr. Gordon lehnte sich zurück und legte die Fingerspitzen gegeneinander. »Bis jetzt sieht alles sehr vielversprechend aus. Also schön, ich verrate Ihnen etwas. Unsere Arbeit ist, wie ich Ihnen schon andeutete, höchst vertraulich. Wir ... äh ... haben vor, unserer Konkurrenz eine gewaltige Überraschung zu bereiten.« Er kicherte. »Sie können ruhig zum FBI gehen und mich anzeigen, wenn Sie wollen. Man hat uns schon überprüft und festgestellt, daß wir sauber sind. Sie werden weiterhin feststellen, daß wir weltweit auf finanziellem und technischem Gebiet tätig sind. Aber der Job hat auch noch einen anderen Aspekt – und dafür suchen wir eben Leute. Ich zahle Ihnen hundert Dollar, wenn Sie ins Nebenzimmer gehen und eine Reihe von Tests über sich ergehen lassen.

Das wird ungefähr drei Stunden dauern. Wenn Sie durchfallen, reden wir nicht mehr darüber. Bestehen Sie, stellen wir Sie ein, nennen Ihnen die Fakten und beginnen mit Ihrer Ausbildung. Machen Sie mit?«

Everard zögerte. Er fühlte sich überrumpelt. Hinter diesem Unternehmen steckte mehr als nur ein Büro und dieser unverbindliche Fremde. Und trotzdem ...

Er traf seine Entscheidung. »Ich werde unterschreiben, nachdem Sie mir gesagt haben, was das alles zu bedeuten hat.«

»In Ordnung.« Mr. Gordon zuckte die Achseln. »Wie Sie wünschen. Wissen Sie, die Tests werden zeigen, ob Sie bei uns anheuern oder nicht. Wir verwenden dabei einige sehr fortschrittliche Techniken.«

Das zumindest erwies als völlig richtig. Everard kannte sich ein wenig mit moderner Psychologie aus – mit Enzephalogrammen, Assoziationstests, mit dem Minnesota-Profil-Test. Doch die abgedeckten Geräte, die um ihn herum blinkten und summten, hatte er noch nie gesehen. Die Fragen, die der Assistent – ein blaßhäutiger, völlig kahlköpfiger Mann unbestimmbaren Alters – mit einem starken Akzent und ausdrucksloser Miene auf ihn abfeuerte, erschienen ihm völlig irrelevant und ohne Bezug zu irgend etwas. Und was war das für eine Metallhaube, die er aufsetzen mußte? Wohin führten ihre Kabel und Drähte?

Verstohlen musterte Everard die Anzeigen und Skalen der Geräte, aber solche Meßblätter waren ihm zuvor noch nie begegnet. Sie waren weder in Englisch, Französisch, Russisch oder Griechisch noch in Chinesisch oder Japanisch angelegt – in keiner Sprache, die im Jahr des Herrn 1954 üblich war.

Vielleicht begann er da die Wahrheit schon zu ahnen – in diesem Moment.

Eine eigenartige Selbstbetrachtung erwachte mit dem Fortgang der Tests in ihm: Manson Emmert Everard, 30 Jahre, einstmals Lieutenant im Technischen Stab der U.S. Army; Entwicklungsaufgaben und Wirtschaftsprojekte in Amerika, Schweden, Arabien; trotz oder gerade wegen der wehmütigen Erinnerungen seiner verheirateten Freunde, die immer häufiger ihre Unterhaltungen dominierten, noch Junggeselle; kein festes Mädchen, keine engen Bindungen irgendwelcher Art; ein wenig bibliophil, ein durchtriebener Pokerspieler, mit einer Schwäche für Segelboote, Pferde und Gewehre; in seinen Urlauben ein begeisterter Camper und Angler. All das war ihm seit langem vertraut – aber nur als separate Fakten-Bruchstücke.

Es war ein seltsames Gefühl, sich selbst plötzlich als einheitliches Ganzes, als integrierten Organismus zu empfinden – eine merkwürdige Erkenntnis, jedes Charakteristikum als ein unveränderliches Bruchstück eines Gesamtmusters anzusehen.

Völlig erschöpft und schweißgebadet verließ er den Raum. Mr. Gordon bot ihm eine Zigarette an und studierte rasch die verschlüsselten Angaben auf den Blättern, die der Assistent ihm brachte. Hier und dort murmelte er eine Zeile vor sich hin: »... Zeth 20 kortikal ... undifferenzierte Auswertung bei ... psychische Reaktion auf Antitoxine ... Schwäche bei der zentralen Koordinierung ...« Er verfiel dabei in einen Akzent, ein Singen und Dehnen der Vokale, wie es Everard noch nie gehört hatte – und das trotz seiner reichen Erfahrung, wie die Bewohner der verschiedensten Regionen der Welt die englische Sprache zu vergewaltigen pflegten.

Es dauerte ein halbe Stunde, ehe Mr. Gordon den Blick von den Aufzeichnungen hob. Everard wurde allmählich unruhig. Er spürte leichten Ärger in sich aufsteigen, ausgelöst durch Mr. Gordons Unhöflichkeit. Aber seine Neugier zwang ihn sitzenzubleiben.

Schließlich ließ Mr. Gordon mit einem breiten, zufriedenen Lächeln seine unnatürlich weißen Zähne aufschimmern. »Nun, immerhin. Wissen Sie, ich mußte nämlich schon 24 Kandidaten abweisen. Aber Sie sind geeignet – definitiv.«

»Geeignet – wozu?« Everard beugte sich vor. Er merkte, wie sein Puls plötzlich rascher ging.

»Für die Patrouille. Sie werden eine Art Polizist werden.«

»So? Und wo?«

»Überall – und jederzeit. Halten Sie sich fest, denn es

wird ein Schock für Sie sein. Sehen Sie, unsere Firma, ist – mit voller Legitimation – nur Fassade. Und eine Geldquelle. Unser wahres Geschäft sind Patrouillen durch die Zeit.«

2

Die Akademie befand sich im amerikanischen Westen – im Oligozän, der warmen Zeitperiode der Wälder und weiten Graslandschaften, in der die zotteligen Vorfahren des Menschen noch in heller Panik vor den riesigen Säugetieren davonliefen. Sie war vor tausend Jahren errichtet worden und sollte für eine halbe Million Jahre Bestand haben – so lange, um genügend Leute für die Zeitpatrouille auszubilden. Danach würde sie so sorgfältig demontiert werden, daß keinerlei Spuren zurückblieben. Später würden die Gletscher kommen, und es würde Menschen geben, und diese Menschen würden im Jahr des Herrn 1952 (dem 7841. Jahr nach dem Triumph der Moränen) einen Weg finden, durch die Zeit zu reisen, und ins Oligozän zurückkehren, um die Akademie einzurichten.

Sie bestand aus einem Komplex langgestreckter, niedriger Gebäude – sanfte Rundungen und unbestimmbare Farben, die sich in das Grün zwischen riesige, uralte Bäume schmiegten. Unterhalb dehnten sich die Hügel und Wälder hinab zu einem großen braunen Fluß. Bei Nacht konnte man manchmal das Bellen der Titanosauriden oder den entfernten Schrei des Säbelzahn-Tigers hören.

Everard stieg aus der Zeitfähre, einer großen, unförmigen Metallkiste. Seine Kehle war wie ausgetrocknet, genau wie an seinem ersten Tag in der Army vor zwölf Jahren – oder 15 bis 20 Millionen Jahre in der Zukunft, wenn Sie so wollen. Er fühlte sich einsam, hilflos, und suchte verzweifelt nach einem ehrenvollen Weg, nach Hause zurückkehren zu können. Der Anblick der anderen Fähren, die auf die Zahl genau 49 andere junge Frauen und Männer ausspien, war nur ein schwacher Trost. Die Rekruten versammelten sich langsam und zögernd zu einem ungeordneten Haufen. Zuerst sprachen sie kein Wort, sondern musterten sich nur gegenseitig verstohlen. Everard bemerkte einen Stehkragen und eine Melone – eine Kleidermode, wie man sie noch bis nach 1954 trug. Von wo mochte es wohl kommen, das Mädchen in dem irisierenden engen Hosenrock, mit dem grünen Lippenstift und dem phantastisch gelockten Blondhaar? Nein, nicht von wo – von wann?

Der Zufall hatte einen etwa fünfundzwanzigjährigen Mann an Everards Seite gespült – dem abgewetzten Tweedanzug und seinem langen, schmalen Gesicht zufolge offenbar ein Brite. Hinter seinem manierierten Äußeren schien er eine trotzige Bitterkeit verbergen zu wollen. »Hallo«, sprach Everard ihn an. »Wir sollten uns miteinander bekannt machen.« Er nannte Namen und Herkunft.

»Charles Whitcomb, London, 1947«, antwortete der andere scheu.

»Bin gerade demobilisiert worden – R.A.F. – und das hier schien mir eine gute Chance zu sein. Was ich inzwischen bezweifle.«

»Vielleicht ist es doch eine«, meinte Everard und dachte dabei an die Bezahlung. Für den Anfang 15 000 im Jahr! Aber was bezeichneten die hier als Jahr? Wahrscheinlich doch eine Zeiteinheit nach der aktuellen Zeitrechnung, oder?

Ein Mann schlenderte auf sie zu, ein schlanker junger Bursche in einer hautengen grauen Uniform und einem tiefblauen Umhang, der glitzerte, als hätte man Sterne auf ihm verstreut. Sein angenehmes Gesicht zeigte ein freundliches Lächeln, und er sprach klar und deutlich, ohne jeden Akzent: »Hallo Leute! Willkommen in der Akademie! Ich darf wohl annehmen, daß jeder Englisch versteht?« Everard bemerkte einen Mann in einer verschlissenen deutschen Uniform, einen Hindu und noch weitere, die offenbar aus verschiedenen anderen Ländern kamen.

»Wir werden Englisch sprechen, bis Sie alle Temporal, die Zeitsprache erlernt haben.« Lässig stand der Mann vor ihnen, die Hände in die Seiten gestemmt. »Mein Name ist Dard Kelm. Ich bin im Jahr – lassen Sie mich nachdenken – 9573 christlicher Zeitrechnung geboren, habe mich aber auf Ihre Ära spezialisiert. Die sich, nebenbei erwähnt, von 1850 bis zum Jahr 2000 erstreckt – auch wenn Sie, wie Sie ja selbst sicher schon bemerkten, aus verschiedenen Generationen in dieser Zeitspanne stammen. Ich bin Ihre offizielle Klagemauer für den Fall, daß etwas schiefgeht.

Nun, dieser Ort hier wird nach anderen Richtlinien geführt, als Sie es vielleicht erwarten. Wir bilden hier keine Menschen en masse aus, weshalb wir auf die strikte Disziplin einer Klasse oder einer Militäreinheit verzichten können. Jeder von Ihnen erhält individuelle wie auch generelle Instruktionen. Ein Versagen während des Studiums brauchen wir ebenfalls nicht zu ahnden, denn die Vortests haben uns garantiert, daß es keine diesbezüglichen Ausrutscher geben und die Fehlerquote bei der Ausübung des Jobs gering sein wird. Jeder von Ihnen hat nach dem Verständnis Ihrer verschiedenen Kulturen und Gesellschaftsformen einen hohen Reifegrad. Trotzdem macht Ihre unterschiedliche Begabung eine persönliche Betreuung unumgänglich, wenn wir jeden einzelnen zur vollen Entfaltung seiner Fähigkeiten bringen wollen.

Außer der normalen und gebotenen Höflichkeit gibt es hier kaum Formalitäten. Sie alle haben genug Zeit zur Entspannung wie zum Studium. Wir erwarten nie mehr von Ihnen, als Sie geben können. Ich möchte hinzufügen, daß die Nachbarschaft gute Möglichkeiten zum Jagen und Fischen bietet. Aber wenn Sie nur ein paar hundert Meilen fliegen, sind sie wirklich phantastisch.

Wenn Sie keine Fragen mehr an mich haben, folgen Sie mir bitte. Ich zeige Ihnen dann Ihre Unterkünfte.«

Dard Kelm erklärte die Geräte und Armaturen in einem typischen Zimmer. Die Einrichtung entsprach – sagen wir – dem Wohnstandard ums Jahr 2000: unauffällige Möbel, genau den Bedürfnissen und Maßen des Bewohners angepaßt, ein Bad, und ein Bildschirm, der zur persönlichen Unterhaltung Zugriff auf einen riesigen Fundus von Aufzeichnungen in Bild und Ton erlaubte. Aber nichts war zu fortschrittlich, zu hoch entwickelt. Jeder Kadett hatte sein eigenes Zimmer im ›Bettenhaus‹. Die Mahlzeiten gab es in einer zentralen Mensa, doch waren auch spezielle Arrangements für Partys möglich. Everard spürte, wie seine innere Anspannung allmählich schwand.

Man inszenierte ein Willkommens-Bankett. Die Speisen bei den einzelnen Gängen waren den Neuankömmlingen vertraut, die lautlosen Maschinen, die sie servierten, dagegen nicht. Es gab Wein, Bier und Tabakwaren in ausreichenden Mengen. Möglicherweise hatte man etwas ins Essen gegeben, denn Everard war euphorisch und ausgelassen wie die anderen. Er fand sich schließlich am Piano wieder, wo er einen Boogie in die Tasten hieb. Schlager wurden gesungen. Alle waren in guter Stimmung. Nur Charles Whitcomb hielt sich zurück, hockte allein in einer Ecke und kippte ein Glas Bier nach dem anderen in sich hinein.

Dard Kelm zeigte Taktgefühl und forderte ihn nicht auf, sich zu den anderen zu gesellen.

Everard kam zu dem Schluß, daß ihm das alles gefiel. Aber die Arbeit, die Organisation und ihre Ziele blieben nebulös und verschwommen.

»Man entdeckte die Zeitreise in einer Zeit, als die Irrlehre der Choriten ihrem Untergang entgegenging«, erklärte Kelm im Vorlesungssaal. »Sie werden die Einzelheiten später genauer erfahren. Im Moment haben Sie mein Wort, daß es ein sehr turbulentes Zeitalter war, in dem die kommerzielle und genetische Rivalität zu einem Hauen und Stechen zwischen riesigen Kombinaten ausartete; alles ging zu Bruch, und die verschiedenen Regierungen waren nur noch Schachfiguren in einem galaktischen Spiel. Der Zeiteffekt war nur ein Nebenprodukt bei der Suche nach den Gesetzmäßigkeiten für den Moment-Transport, zu dessen mathematischer Erklärung es, wie einige von Ihnen sicherlich erkannt haben, unendlich vieler nicht kontinuierlicher Funktionsgleichungen bedürfte – ähnlich wie bei Reisen in die Vergangenheit. Ich möchte hier nicht tiefer in die Theorie einsteigen – Sie werden in den Physik-Vorlesungen mehr darüber erfahren –, sondern nur festhalten, daß diesem Konzept ein Geflecht von Gesetzmäßigkeiten in einem vierdimensionalen N-Kontinuum zugrunde liegt, wobei N für die komplette Anzahl aller Partikel im Universum steht.

Natürlich erfaßte die Entdecker-Gruppe, die sogenannten Neun, die Tragweite ihrer Entdeckung. Nicht nur bezüglich der kommerziellen Nutzung im Handel, Bergbau und vielen anderen Bereichen, die Sie sich vorstellen können – sondern viel mehr bezüglich der Chance, die sich ihnen damit bot, gegen ihre Feinde zum tödlichen Schlag auszuholen. Sie wissen, die Zeit ist variabel, die Vergangenheit veränderbar ...«

»Eine Frage!« Es war das Mädchen von 1972, Elizabeth Gray, in ihrer Zeit eine vielversprechende junge Physikerin.

»Ja, bitte?« fragte Kelm höflich.

»Ich glaube, Sie reden da von einer logisch völlig unmöglichen Situation. Ich gebe die Möglichkeit einer Zeitreise ja zu, weil ich sehe, daß wir hier sind, aber ein Ereignis kann nicht gleichzeitig stattgefunden und nicht stattgefunden haben. Das ist ein Widerspruch in sich.«

»Nur, wenn Sie von einer Logik ausgehen, die nicht auf Aleph-sub-Aleph basiert«, erwiderte Kelm. »Was geschieht, ist doch dies: Nehmen wir an, ich würde in der Zeit zurückreisen und Ihren Vater daran hindern, Ihrer Mutter zu begegnen. Sie wären dann nie geboren worden. Dieser Teil der universellen Historie würde sich dann anders lesen; er wäre immer verschieden gewesen, obwohl ich die Erinnerung an den ›ursprünglichen‹ Stand der Dinge behalte.«

»Und was wäre, wenn Ihnen das gleiche geschähe?« fragte Elizabeth. »Würden Sie dann aufhören zu existieren?«

»Nein, weil ich zu dem Teil der Historie gehören würde, die vor meiner Intervention stattfand. Übertragen wir es doch auf Sie. Wenn Sie – sagen wir mal – bis ins Jahr 1946 zurückgingen und es bewerkstelligen könnten, die Begegnung Ihrer Eltern im Jahr 1947 zu verhindern, hätte es Sie trotzdem in diesem Jahr gegeben. Sie würden nicht ihre Existenz verlieren, nur weil Sie die Ereignisse beeinflußt hätten. Der gleiche Effekt würde auftreten, wenn Sie auch nur eine Mikrosekunde lang im Jahr 1946 gewesen wären, ehe Sie den Mann erschossen, der andernfalls Ihr Vater geworden wäre.«

»Aber dann würde ich doch existieren ohne ... ohne einen Ursprung!« protestierte sie. »Ich hätte ein Leben, Erinnerungen und ... alles andere .... obwohl *nichts* sie produziert hätte!«

Kelm zuckte die Achseln. »Und was wäre dann? Sie beharren darauf, daß das kausale Gesetz, oder genauer gesagt das Gesetz zur Umwandlung von Energie, nur auf kontinuierlichen Funktionen beruht. Tatsächlich ist Diskontinuität durchaus möglich.«

Lächelnd lehnte er sich gegen das Pult. »Natürlich gibt es auch dabei Dinge, die nicht möglich sind. So könnten Sie beispielsweise nicht Ihre eigene Mutter sein – rein aus genetischen Gründen. Wenn Sie zurückgingen und ihren späteren Vater heirateten, wären die Kinder anders. Keins von ihnen wären Sie, weil jedes nur die Hälfte Ihrer Chromosomen besäße.«

Er räusperte sich. »Aber wir sollten nicht abschweifen. Sie werden die Details in den anderen Klassen erfahren. Ich vermittle Ihnen hier nur die generellen Grundlagen. Um fortzufahren: die Neun erkannten die Möglichkeit, in der Zeit rückwärts zu reisen und ihre Feinde daran zu hindern, jemals den Zwist zu beginnen, ja, sogar ihre Geburt zu verhindern. Aber dann tauchten die Danellier auf.«

Zum ersten Mal verlor er seine lässige Haltung, seine lockere Redeweise, und vor ihnen stand ein Mensch im Angesicht des Unfaßbaren. Leise fuhr er fort: »Die Danellier sind Bestandteil der Zukunft – unserer Zukunft, mir mehr als eine Million Jahre voraus. Die Menschheit hat sich zu etwas entwickelt ... das sich unmöglich beschreiben läßt. Wahrscheinlich werden Sie nie einem Danellier begegnen. Wenn doch, wird es für Sie sein wie ... ein Schock. Sie sind nicht bösartig, auch nicht gutmütig – sie sind so weit jenseits von allem, was wir begreifen oder empfinden können, wie wir jenseits der Insektenfresser sind, die unsere Vorfahren sein werden. Es ist wirklich nicht gut, einem solchen Wesen von Angesicht zu Angesicht gegenüberzustehen.

Jedenfalls waren sie nur daran interessiert, ihre eigene Existenz zu schützen. Zeitreisen waren schon uralt, als sie auftauchten, so daß sich für Dummköpfe, Gierige und Irre ungezählte Möglichkeiten auftaten, zurückzureisen und die Historie auf den Kopf zu stellen. Es konnte nicht ihr Wunsch sein, das Reisen zu verbieten – es war ja Teil des Komplexes, der zu ihrer Entstehung beigetragen hatte –, aber sie mußten sie regulieren. Man hinderte die Neun an der Verwirklichung ihrer Pläne und stellte die Patrouille auf, um die Zeitstraßen zu überwachen und zu schützen.

Sie alle hier werden hauptsächlich in Ihrer eigenen Ära arbeiten – es sei denn, Sie schaffen den Abschluß für den Ungebundenen-Status. Sie werden ein völlig normales Leben führen, mit Familie und Freunden wie üblich. Eine gute Bezahlung, Protektion, gelegentliche Ferien an einigen sehr interessanten Orten und eine höchst befriedigende Tätigkeit entschädigen Sie für den Teil Ihres Lebens, der geheim bleiben muß. Aber Sie müssen immer abrufbereit sein. Manchmal werden Sie auf die eine oder andere Art Zeitreisenden helfen, die in Schwierigkeiten geraten sind. Manchmal werden Sie an Operationen teilnehmen, wenn politische, militärische oder wirtschaftliche Übergriffe zu befürchten sind. Manchmal wird die Patrouille auch einen Schaden als angerichtet akzeptieren müssen und an Gegenmaßnahmen arbeiten, die in späteren Zeitperioden die Historie in die gewünschte Bahn zurückpendeln läßt.

Dazu wünsche ich jedem einzelnen von Ihnen viel Glück!«

Im ersten Teil des Unterrichts ging es um Körper und Psyche. Everard war nie bewußt gewesen, wie sein eigenes Leben ihn verkrüppelt hatte – körperlich und geistig. Er schien bisher nur halb der Mann gewesen zu sein, der er sein konnte. Es war hart, doch am Ende bereitete es Freude, seine Muskeln bis zum Äußersten kontrollieren zu können, zu spüren, wie sich die Gefühle während der Disziplinierungsphase vertieften, wie Schnelligkeit und Präzision durch bewußtes Denkens wuchsen.

Irgendwo auf dieser Schiene wurde er gründlichst darauf präpariert, gegenüber nicht autorisierten Personen jemals die Patrouille zu erwähnen, ja, sogar ihre Existenz zu verdrängen. Es wurde ihm einfach unmöglich, unter welchen Einflüssen auch immer. So unmöglich, wie mit einem Satz auf den Mond zu springen. Ebenso gründlich lernte er die inneren und äußeren Eigenschaften seiner von der Öffentlichkeit zugänglichen 20. Jahrhundert-Persönlichkeit kennen.

Temporal, die künstliche Sprache, in der die Streifenbeamten aller Zeitperioden miteinander kommunizieren konnten, ohne daß Fremde ein Wort verstanden, war ein Wunder logisch aufgebauter Ausdruckskraft.

Everard hatte immer geglaubt, er verstehe etwas vom Kämpfen, aber er mußte jetzt lernen, die Tricks und Waffen einer Zeitperiode von rund 50 000 Jahren anzuwenden, angefangen vom Rapier aus der Bronzezeit bis zum zyklischen Strahler, mit dem man einen ganzen Kontinent ausradieren konnte. Bei der Rückkehr in seine eigene Ära würde man ihm ein begrenztes Waffenarsenal zur Verfügung stellen, doch konnte er jederzeit in andere Zeitperioden abberufen werden, und unverhohlener Anachronismus wäre dabei kaum erlaubt.

Es folgten Lehrgänge in Geschichte, Wissenschaft, Kunst und Philosophie, der Feinschliff bei Dialekten und im Verhalten. Diese letzten Vorlesungen betrafen nur die Periode zwischen 1850 und 1975. Sollte er die Gelegenheit bekommen, sonstwo hingehen zu müssen, würde er spezielle Instruktionen über einen Hypnose-Programmierer beziehen. Es waren auch diese Maschinen, die es ihm ermöglichten, seine Ausbildung innerhalb von drei Monaten zu absolvieren.

Er lernte außerdem die Organisation der Patrouille kennen. Weit ›voraus‹ lag dieses Mysterium, das als die Danellier-Zivilisation bezeichnet wurde, aber es gab nur wenige direkte Kontakte dorthin.

Die Patrouille war auf paramilitärische Art strukturiert. Es gab Dienstgrade, aber keine speziellen Formalitäten. Die Historie war in Milieus gegliedert, mit einem Hauptbüro, das jeweils für eine Periode von zwanzig Jahren in einer der größeren Städte eingerichtet wurde (getarnt durch angebliche Aktivitäten wie Handel oder Bankgeschäfte), und verschiedenen Zweigbüros. In Everards Zeitabschnitt gab es drei Milieus: die westliche Welt mit Hauptbüro in London, Rußland mit dem Büro in Moskau und Asien mit dem Büro in Peiping – und alle Büros waren in den entspannten Jahren von 1890 bis 1910 eingerichtet, in denen eine Tarnung leichter aufrechtzuerhalten war als in späteren Jahrzehnten, in denen es dann kleinere Büros wie das von Mr. Gordon gab. Ein normal eingesetzter Agent lebte gewöhnlich in seiner Zeit und ging meist einem authentischen Beruf nach. Die Kommunikation zwischen den Jahren erfolgte durch kleine Robotfähren oder durch Kuriere mit automatischer Steuerung, damit solche Botschaften sich nicht an einem Zeitknoten stauten.

Die gesamte Organisation war so weit verzweigt, daß Everard ihr Ausmaß kaum abzuschätzen wußte. Die Schichten seines Bewußtseins vermochten lediglich zu erfassen, daß er da in etwas ganz Neues und Aufregendes hineingeraten war ... bisher jedenfalls.

Die Instruktoren empfand er als freundlich und immer bereit zu einem Plausch. Der ergraute Veteran, der ihn in der Handhabung von Raumschiffen unterwies, hatte im Marskrieg von 3890 gekämpft. »Ihr Jungs begreift ziemlich schnell«, meinte er. »Trotzdem ist es die Hölle, Leute aus der Zeit vor der industriellen Revolution zu unterrichten. Wir haben schon jeden Versuch aufgegeben, ihnen mehr als die Grundlagen mitzugeben. Ich hatte mal 'nen Römer hier, aus Cäsars Zeiten. War eigentlich 'n ziemlich heller Knabe. Aber es ging einfach nicht in seinen Schädel, daß man 'ne Maschine nicht wie 'n Pferd behandeln kann. Und was die Babylonier angeht, so paßten Zeitreisen einfach nicht in ihr Weltbild. Mußten sie mit 'ner Krieg-Zwischen-den-Göttern-Routine ausstatten.«

»Welche Routine werden Sie uns geben?« fragte Whitcomb.

Der Raumfahrer sah ihn mit zusammengekniffenen Augen an. »Die Wahrheit«, meinte er schließlich. »Und davon so viel, wie ihr vertragen könnt.«

»Wie sind Sie zu diesem Job gekommen?«

»Ach ... ich wurde beim Jupiter abgeschossen. War nicht mehr viel von mir übrig. Sie sammelten meine Reste ein, bauten mir 'nen neuen Körper ... und da keiner von meinen Leuten mehr am Leben war und ich offiziell als tot galt, hatte es nicht viel Sinn, nach Hause zurückzukehren. Macht ja auch nicht besonders Spaß, unter der Kontrolle des Besatzungskorps zu leben. Also übernahm ich den Job hier. Nette Gesellschaft, 'n leichtes Leben, und Urlaube in 'ner Menge Äras.« Der Raumfahrer grinste. »Wartet, bis ihr mal in der Zeit des Dritten Matriarchats gewesen seid! Ihr wißt noch nicht, was Spaß ist.«

Everard sagte nichts. Er war zu sehr gefangen von dem Anblick der Erde, die wie ein enormer Ball auf die Sterne zurollte.

Er schloß Freundschaft mit seinen Kadetten-Kameraden. Sie waren ein sympathischer Haufen – kein Wunder bei solch gleichgesinnten Typen, die man als Streifengänger ausgewählt hatte – alles verwegene, intelligente Köpfe. Es gab eine Reihe Liebschaften und Affären. Ehen waren durchaus möglich und erlaubt. Everard selbst mochte die Mädchen, hielt sich aber den Kopf frei.

Seltsamerweise war es der stille, verdrießliche Whitcomb, mit dem ihn schließlich die engste Freundschaft verband. Der Engländer hatte irgend etwas an sich, das ihn anzog. Er war kultiviert, ein von Grund auf anständiger Bursche, wirkte aber trotzdem immer irgendwie verloren.

Eines Tages ritten sie zusammen aus, auf Pferden, deren entfernte Vorfahren noch vor ihren gigantischen

Abkömmlingen die Flucht ergriffen hatten. Everard hatte ein Gewehr bei sich und hoffte, einen Elefantenbullen zu erlegen, den er kürzlich gesehen hatte. Beide trugen die Uniform der Akademie, leichtes Grau, das kühl und seidig in der heißen gelben Sonne schimmerte.

»Ich wundere mich, daß man uns die Jagd erlaubt«, sagte der Amerikaner. »Nimm mal an, ich würde einen Säbelzahn schießen – sagen wir, in Asien –, der ursprünglich dazu vorgesehen war, einen von diesen vormenschlichen Insektenfressern zu reißen. Würde das nicht die ganze Zukunft verändern?«

»Nein«, meinte Whitcomb. Er hatte schnellere Fortschritte im Studium der Theorie von Zeitreisen gemacht. »Du mußt das so sehen, als sei das Kontinuum ein Geflecht aus starken Gummibändern. Es ist nicht leicht zu zerreißen, weil es immer dazu tendiert, in seine ... äh ... ursprüngliche Form zurückzuschnellen. Ein einzelner Insektenfresser zählt da nicht, sondern nur der komplette genetische Pool seiner Spezies hat zum Menschen geführt. Ebensowenig würde ich, wenn ich ein Schaf im Mittelalter töte, all seine Abkömmlinge auslöschen, sagen wir, all die Schafe, die es im Jahr 1940 gibt. Die würde es immer noch geben, unverändert bis hin zu den Genen – trotz eines anderen Vorfahren. Und warum? Weil nach einem so langen Zeitabschnitt alle Schafe – oder alle Menschen – Abkömmlinge von allen früheren Schafen oder Menschen sind. Das nennt man Kompensation; irgendwo in der Linie ergänzt ein anderer Vorfahre die Gene, die du ausgelöscht zu haben glaubtest. Ähnlich ist es ... ach, nimm nur mal einfach an, ich ginge in der Zeit zurück und würde Booth daran hindern, Lincoln zu töten. Würde ich nicht aufs sorgfältigste meine Vorkehrungen treffen, könnte es doch passieren, daß irgendein anderer den Schuß abgibt und Booth trotzdem für die Tat verantwortlich gemacht wird. Dieses Zurückfedern der Zeit ist ja erst der Grund, der Zeitreisen überhaupt ermöglicht. Wenn man Dinge ändern will, muß man sie sofort angehen und gewöhnlich hart daran arbeiten.« Er verzog die Lippen. »Indoktrination! Immer wieder hat man uns eingebleut, daß, wenn wir uns einmischen, wir dafür bestraft werden. Mir ist es nicht gestattet, zurückzugehen und diesen räudigen Hund Hitler in seiner Wiege zu erschießen. Ich muß es zulassen, daß er, wie gehabt, aufwächst und den Krieg anzettelt, der mein Mädchen umbringt.«

Eine ganze Zeitlang ritt Everard schweigend neben ihm her. Die einzigen Geräusche waren das Knarren des Sattelleders und das Rascheln des Grases. »Tut mir leid«, meinte er schließlich. »Möchtest du darüber reden?«

»Ja, das möchte ich. Sie war in der W.A.A.F. – Mary Nelson –, und wir wollten nach dem Krieg heiraten. Am 17. November '44 war sie in London. Das Datum werde ich nie vergessen. Eine V2-Rakete erwischte sie. Sie war zum Haus eines Nachbarn in Streatham hinübergegangen – während eines Urlaubs, den sie bei ihrer Mutter verbrachte. Das ganze Haus flog in die Luft. Ihr eigenes Haus gegenüber bekam keinen Kratzer ab.«

Alles Blut war aus Whitcombs Wangen gewichen. Mit leerem Blick starrte er vor sich hin. »Es ist verdammt schwer, nicht ... nicht zurückzugehen, nur ein paar Jahre, und ihr noch einmal zu begegnen. Nur, um sie noch einmal wiederzusehen ... Nein, ich wage es nicht!«

Verlegen legte Everard dem Mann die Hand auf die Schulter, und schweigend ritten sie weiter.

Die Klasse schritt in ihren Studien voran, jeder mit individuellem Tempo, wobei jedoch genügend Spielraum zum Ausgleich blieb, so daß alle zusammen ihren Abschluß machten: mit einer kurzen Feier, gefolgt von einer riesigen Party und vielen gefühlsseligen

Versprechungen für ein späteres Wiedersehen. Dann kehrte jeder in dasselbe Jahr zurück, aus dem er gekommen war – in dieselbe Stunde.

Everard nahm Mr. Gordons Glückwünsche und eine Liste der zeitgenössischen Agenten entgegen (ein paar von ihnen hatten beispielsweise Jobs im militärischen Geheimdienst) und kehrte in sein Apartment zurück. Später sollte er auf einem sensiblen Lauschposten Dienst tun, doch im Moment hatte er – bei der Steuerbehörde als Inhaber eines ›Beratungsbüros für Technische Studien‹ angemeldet – täglich, wie man es ihm beigebracht hatte, ein Dutzend Zeitungen auf Anzeichen für Zeitreisen durchzuforsten und sich für den ersten Anruf bereitzuhalten.

Aber wie es der Zufall wollte, verschaffte er sich den ersten Job selbst.

3

Es war schon ein seltsames Gefühl, die Überschriften zu lesen und mehr oder weniger genau zu wissen, was als nächstes kommen würde. Zwar minderte es die Anspannung, erzeugte aber dafür eine gewisse Traurigkeit, denn dies war eine tragische Ära. Everard hatte vollstes Verständnis für Whitcombs Wunsch, in der Zeit rückwärts zu reisen und den Lauf der Geschichte zu ändern.

Natürlich waren dazu die Fähigkeiten eines Mannes allein viel zu begrenzt. Er würde nichts zum Besseren wenden können, wenn er nicht gerade ein Freak war. Eher würde er alles verpfuschen. Geh zurück und töte Hitler, die japanischen oder russischen Führer – wahrscheinlich würden noch Schlimmere ihre Plätze einnehmen. Vielleicht läge die Atomenergie dann am Boden, und das glorreiche Erblühen der Venusianischen Renaissance hätte nie stattgefunden. Den Teufel wissen wir ...

Everard sah aus dem Fenster. Lichter erhellten einen hektischen Himmel, auf der Straße drängten Autos und eine eilige, gesichtslose Menge voran. Von hier aus konnte er die Häusertürme von Manhattan nicht sehen, aber er wußte, daß sie sich anmaßend den Wolken entgegenreckten. Und es war nur ein Wirbel in einem Fluß, der einen aus der friedlichen vormenschlichen Landschaft, in der er gewesen war, in die unvorstellbare danellische Zukunft schleuderte. Wieviele Milliarden und Billionen menschliche Wesen lebten, lachten, weinten, arbeiteten, hofften und starben in seinen Fluten!

Nun ... Er seufzte, zündete seine Pfeife an und wandte sich ab. Sein langer Spaziergang hatte seine Rastlosigkeit kaum dämpfen können, Geist und Körper warteten ungeduldig darauf, etwas zu tun. Aber es war schon spät und ...

Er ging zum Regal hinüber, nahm mehr oder weniger zufällig ein Buch heraus und begann zu lesen. Es war ein Sammelband mit Berichten aus der Zeit von Königin Victoria und König Edward.

Ein unbedeutender Artikel machte ihn stutzig. Etwas über eine Tragödie in Addleton und besondere Funde in einem alten britischen Hügelgrab. Mehr nicht. Hm. – Zeitreise? Er mußte über sich selbst lächeln.

Und trotzdem ...

Nein, dachte er. *Das ist verrückt.*

Doch es konnte nicht schaden, der Sache nachzugehen. Dem Artikel zufolge sollte sich die Sache im Jahr 1894 in England ereignet haben. Er könnte sich mal die Akten und den Jahresband der London Times vornehmen, er hatte ja sonst nichts zu tun ...

Vielleicht war das der Grund, daß er mit der stumpfsinnigen Durchsicht seiner Zeitungen nicht weiterkam – damit sein Verstand, vor Langeweile schon ganz nervös, jeden nur erreichbaren Winkel durchleuchtete.

Als die öffentliche Bibliothek die Türen öffnete, wartete er schon ungeduldig auf den Stufen.

Der Bericht war vorhanden, datiert auf den 25. Juni 1894 und die folgenden Tage. Addleton war ein Dorf in Kent, das sich nur durch einen Landsitz aus der Zeit König Jakobs I., der Lord Wyndham gehörte, und ein Hügelgrab unbekannten Alters von den umliegenden Dörfern unterschied. Der Adlige, ein begeisterter Amateur-Archäologe, hatte es zusammen mit einem gewissen James Rotherhithe, einem Experten des Britischen Museums, der zufällig ein Verwandter von ihm war, ausgegraben. Lord Wyndham hatte eine ziemlich dürftig ausgestattete Grabkammer freigelegt: einige wenige Artefakte, die schon fast völlig verrottet und verrostet waren, und Knochen von Menschen und Pferden. Das Grab enthielt auch eine Kiste in überraschend gutem Zustand mit Barren aus einem unbekannten Metall, wahrscheinlich aus einer Blei- oder Silberlegierung. Der Lord wurde nach dem Fund sterbenskrank und zeigte alle Symptome einer seltsamen tödlichen Vergiftung; Rotherhithe dagegen, der kaum einen Blick in die Kiste geworfen hatte, wurde nicht von der Krankheit befallen, und die nähere Untersuchung der Umstände ließ den Verdacht aufkommen, daß er dem Adligen eine Dosis irgendeines obskuren asiatischen Zaubergebräus eingeflößt hatte. Scotland Yard verhaftete den Mann am 25. Juni, genau an dem Tag, an dem Lord Wyndham starb. Rotherhithes Familie sicherte sich die Dienste eines sehr bekannten Privatdetektivs, der durch geniale Argumentation und nachfolgende Test an Tieren nachweisen konnte, daß der Angeklagte unschuldig, dafür aber eine ›tödliche Strahlung‹ aus der Kiste schuld am Tod des Lords sei. Die Kiste samt Inhalt wurde in den Englischen Kanal geworfen. Schulterklopfen auf allen Seiten, Ausklang zu einem Happy End.

Regungslos saß Everard in den langen, stillen Raum.

Der Bericht ließ vieles im Dunkeln. Aber er war, gelinde gesagt, äußerst suggestiv.

Aber wieso hatte das viktorianischen Büro der Patrouille die Sache nicht untersucht? Oder hatten sie es getan? Wahrscheinlich. Natürlich würden sie ihre Resultate nicht an die große Glocke hängen.

Trotzdem, er schickte besser ein Memorandum.

Everard kehrte in sein Apartment zurück, nahm eine der kleinen Nachrichten-Fähren, die man ihm mitgegeben hatte, deponierte seinen Report darin und programmierte die Kontrollen auf das Londoner Büro, Datum 25. Juni 1894. Als er den letzen Knopf drückte, verschwand der kleine Behälter, und mit leisem Zischen strömte Luft in das Vakuum der Stelle, wo er eben noch gewesen war.

Nach wenigen Minuten tauchte die Fähre wieder auf. Everard öffnete sie und entnahm ihr einen Bogen Kanzleipapier, der mit sauberen Lettern beschriftet war – schließlich war die Schreibmaschine zu dieser Zeit schon erfunden. Mit der Schnelligkeit, die man ihm beigebracht hatte, überflog er die Botschaft:

Lieber Herr,
in Beantwortung Ihres Schreibens vom 6. September 1954 erlaube ich mir, den Erhalt zu bestätigen und bedanke mich für Ihren Eifer. Die Affäre hat an unserem Ende hier gerade erst begonnen, und wir sind im Moment sehr beschäftigt, einen Anschlag auf Ihre Majestät zu verhindern, eine Lösung für die Balkan-Frage zu finden, den bedauerlichen Opium-Handel mit China zu unterbinden etc. etc. Wir werden versuchen, die laufenden Angelegenheiten so rasch wie möglich zu erledigen, und uns dann Ihrer Sache widmen. Leider müssen wir auf diese Weise verfahren, um Kuriosa zu vermeiden – wie beispielsweise an zwei Orten gleichzeitig tätig zu werden, was bemerkt werden könnte. Wir wären daher sehr dankbar, wenn Sie und ein qualifizierter britischer Agent zu unserer Unterstützung herüberkommen

würden. Sollten wir nichts Gegenteiliges hören, erwarten wir Sie zu Mitternacht am 26. Juni 1894 in 14 B, Old Osborne Road.

Jederzeit zu Ihren Diensten, Sir.

Ergebenst Ihr
J. Mainwethering

Es folgten Angaben zu den räumlich-zeitlichen Koordinaten, die irgendwie so gar nicht zu dem schwülstigen Brieftext passen mochten.

Everard rief Gordon an, erhielt sein Okay und bestellte sich einen Zeitspringer zum Lagerhaus der ›Company‹. Danach setzte er eine Nachricht an Charlie Whitcomb in das Jahr 1947 ab, erhielt ein »Na klar!« als Antwort und begab sich auf schnellstem Weg zu seiner Maschine.

Sie bestand aus einem Motorradrahmen ohne Räder und Kippedale, hatte zwei Sättel und eine Antigrav-Antriebseinheit. Everard gab die Daten für Whitcombs Ära ein, berührte den Hauptschalter – und fand sich in einem anderen Lagerhaus wieder.

London, 1947. Er blieb einen Moment lang sitzen und überlegte, daß er, jetzt sieben Jahre jünger, in diesem Moment drüben in den Staaten das College besuchte. Doch schon drängte Whitcomb sich an einem Wachmann vorbei und gab ihm die Hand. »Schön, dich wiederzusehen, altes Haus«, sagte er. Das seltsam charmante Lächeln, das Everard so vertraut geworden war, erhellte sein Gesicht. »Und auch die alte Victoria, stimmt's?«

»Vermutlich. Steig auf.« Everard gab die neuen Daten ein. Diesmal landeten sie in einem Büro – einem sehr privat eingerichteten Büro.

Es platzte ringsum aus dem Nichts: schwere alte Eichenmöbel, ein dicker weicher Teppich, flackernde Gaslampen. Zwar gab es schon elektrisches Licht, doch Dalhousie & Roberts war eine solide konservative Importfirma. Mainwethering persönlich erhob sich aus einem Sessel und trat auf sie zu, um sie zu begrüßen – ein großer, pompöser Mann mit dichten Koteletten und einem Monokel. Eine Aura von Kraft strahlte von ihm aus, und er sprach mit einem sehr kultivierten Oxford-Akzent, so daß Everard ihn kaum verstand.

»Guten Abend, Gentlemen. Ich hoffe, Sie hatten eine angenehme Reise? Aber, ja ... Verzeihung ... die Herren sind ja neu in unserem Geschäft, nicht wahr? Zuerst ist das alles ein wenig beunruhigend. Ich weiß noch, wie schockiert ich bei meinem Besuch im 21. Jahrhundert war. Da war überhaupt nichts mehr britisch ... Alles nur eine *res naturae* ... eine weitere Facette in einem immer wieder überraschenden Universums, nicht wahr? Sie müssen meinen Mangel an Gastfreundschaft entschuldigen, aber wir haben schrecklich viel zu tun. Ein fanatischer Deutscher hat im Jahr 1917 das Geheimnis der Zeitreise von einem unachtsamen Anthropologen erfahren, eine Maschine gestohlen und ist nach London gekommen, um auf Ihre Majestät ein Attentat zu verüben. Wir stehen teuflisch unter Druck, ihn zu finden.«

»Werden Sie's schaffen?« fragte Whitcomb.

»Selbstverständlich, aber es ist eine höllisch harte Arbeit, Gentlemen, besonders, da wir im geheimen operieren müssen. Ich würde ja gern einen Agenten mit privaten Nachforschungen beauftragen, doch der einzig Brauchbare für diesen Fall ist viel zu klug. Er arbeitet nach dem Prinzip, daß das, was immer übrigbleibt, wenn man das Unmögliche eliminiert hat, nur die Wahrheit sein kann – mag sie auch noch so unwahrscheinlich anmuten. Und in der Zeit herumzureisen könnte ihm möglicherweise nicht so unwahrscheinlich erscheinen.«

»Ich wette, es ist derselbe Mann, der auch an dem Addleton-Fall arbeitet – oder von morgen an arbeiten wird«, meinte Everard. »Aber das ist nicht wichtig, denn wir wissen ja, daß er Rotherhithes Unschuld beweisen wird. Von viel größerer Bedeutung für uns ist der Verdacht, daß da offenbar in alter britischer Vorzeit kräftig gemauschelt wurde.«

»In sächsischer Vorzeit, wolltest du sicher sagen«, korrigierte ihn Whitcomb, der seinerseits die Daten überprüft hatte. »Ziemlich viele Leute werfen Briten und Sachsen durcheinander.«

»Fast so viele, wie auch Sachsen und Jütländer verwechseln«, bemerkte Mainwethering mit ausdruckslosem Gesicht. »Kent wurde von den Bewohnern von Jütland überfallen, wie mir beigebracht wurde ... Nun gut. Hier, Gentlemen, Kleider, Geld und Papiere, alles liegt für Sie bereit. Manchmal glaube ich, ihr Feldagenten berücksichtigt nie, wieviel Arbeit uns in den Büros die kleinste Operation beschert. Ach ... Verzeihung! Haben Sie einen Plan für die Aktion?«

»Ja.« Everard schlüpfte aus seinen 20. Jahrhundert-Kleidern. »Ich denke schon. Wir beide wissen genug über die viktorianische Zeit, um zurechtzukommen. Ich werde aber Amerikaner bleiben müssen – doch ich sehe, Sie haben das in meinen Papieren schon berücksichtigt.«

Mainwethering machte ein besorgtes Gesicht. »Wenn die Sache mit dem Hügelgrab in der Literatur einen so hohen Stellenwert bekommen hat, wie Sie andeuten, werden wir an die hundert Memoranden dazu bekommen. Ihres war nur zufällig das erste. Seitdem sind schon zwei weitere eingegangen, aus den Jahren 1923 und 1960. Bei Gott, ich wäre dankbar, wenn man mir eine Robot-Sekretärin zuteilen würde.«

Everard kämpfte mit dem unbequemen Anzug. Er paßte ziemlich genau, denn seine Maße waren in diesem Büro aktenkundig. Ihm war die verhältnismäßige Bequemlichkeit seiner normalen Kleider vorher kaum aufgefallen. Zur Hölle mit dieser Weste!

»Hört mal«, sagte er, »vielleicht ist diese Angelegenheit wirklich ziemlich harmlos. Sie muß doch harmlos gewesen sein, weil wir nun mal hier sind, stimmt's?«

»Nur vom momentanen Zeitpunkt aus betrachtet«, widersprach Mainwethering. »Überlegen Sie doch mal. Sie beide, Gentlemen, gehen in die jütländische Zeit zurück und stoßen auf den Eindringling. Aber Sie versagen. Vielleicht erschießt er Sie, ehe Sie ihn erschießen können, vielleicht überfällt er die, die wir nach Ihnen ausschicken. Dann etabliert er eine industrielle Revolution, oder was sonst er immer im Sinn hat. Die Historie ändert sich. Sie, die Sie vor dem Zeitpunkt des Wechsels dort angekommen sind, existieren immer noch – wenn auch nur als Leichname – aber wir hier oben sind niemals gewesen. Diese Unterhaltung hier hat dann nie stattgefunden. Horaz würde dazu sagen ...«

»Keine Sorge!« Whitcomb lachte. »Zuerst untersuchen wir das Grab – jetzt, in diesem Jahr. Dann springen wir hierher zurück und entscheiden den nächsten Schritt.« Er beugte sich vor und begann Ausrüstungsgegenstände aus einem 20. Jahrhundert-Koffer in eine Gladstone'sche Monstrosität aus geblümtem Stoff zu packen: ein paar Pistolen, einige physikalische und chemische Apparate, die in seinem eigenen Zeitalter noch nicht erfunden worden waren, ein winziges Funkgerät, um bei Ärger das Office anrufen zu können.

Mainwethering konsultierte seinen Bradshaw. »Sie können morgen früh den 8.23 Uhr-Zug von Charing Cross nehmen. Nehmen Sie sich eine halbe Stunde zusätzlich, um von hier zum Bahnhof zu kommen.«

»In Ordnung.« Everard und Whitcomb stiegen auf ihren Zeitspringer und verschwanden. Mainwethering seufzte, gähnte ausgiebig, hinterließ ein paar Anweisungen für seinen Angestellten und ging nach Hause. Als um 7.45 Uhr der Springer wieder materialisierte, war der Angestellte schon da.

4

Es war das erste Mal, daß Everard die Realität von Zeitreisen richtig bewußt wurde. Mit dem Verstand hatte er zwar die Tatsache akzeptiert und war auch entsprechend beeindruckt, doch für seine Gefühle war diese Tatsache ausgesprochen exotisch geblieben. Aber jetzt, während er hier in einer Zweirad-Droschke (kein als Touristenfalle getarnter Anachronismus, sondern eine wirklich funktionierende Maschine, verbeult und staubig) durch ein London ratterte, das er nicht kannte, dabei die Luft einatmete, die zwar keine Auto-Abgase, dafür aber mehr Rauch enthielt als die Luft einer Großstadt im 20. Jahrhundert, die Leute betrachtete, die sich vorbeidrängten – die Männer mit Melonen und Zylindern auf dem Kopf, rußverschmierte Arbeiter, Frauen in langen Kleidern, keine Schauspieler, sondern echte redende, schwitzende, lachende und ernste menschliche Wesen, die ihren Geschäften nachgingen – traf ihn die Erkenntnis wie ein Schlag, daß er wirklich hier war. Zu diesem Zeitpunkt war seine Mutter noch nicht geboren, und seine Großeltern machten sich als junges Paar gerade daran, sich niederzulassen. Grover Cleveland war Präsident der Vereinigten Staaten, Victoria die Queen von England, Kipling schrieb seine Kurzgeschichten, und die letzten Indianeraufstände in Amerika standen noch bevor ... Es war wie ein Schlag auf den Kopf.

Whitcomb nahm die Sache gelassener, doch seine Augen blickten hierhin und dorthin, während er das Treiben dieses einen Tages in Englands Glorie beobachtete. »Allmählich beginne ich zu verstehen«, murmelte er. »Man hat sich nie einigen können, ob dies nun eine Periode unnatürlicher, steifer Konventionen und schlecht verhohlener Brutalität war oder die letzte Blütezeit westlicher Zivilisation, ehe sie zerfiel. Aber wenn ich diese Leute sehe, wird mir klar, daß diese Zeit war, was man von ihr behauptet: gut und schlecht. Nicht nur eine einfache Angelegenheit, die jeden betraf, sondern eine Sache, die auf Millionen individueller Leben Einfluß nahm.«

»Sicher.« Everard nickte. »Aber das gilt für jede Epoche.«

Der Zug wirkte beinahe vertraut, die Waggons unterschieden sich nicht sonderlich von denen der British Rail im Jahr 1954, was Whitcomb zu sardonischen Bemerkungen über die Unverletzbarkeit von Traditionen veranlaßte. Nach ein paar Stunden Fahrt entstiegen sie ihm auf einem verschlafenen Dorfbahnhof zwischen liebevoll gepflegten Blumengärten. Sie nahmen einen Buggy und ließen sich zum Wyndham-Landsitz fahren.

Ein höflicher Konstabler ließ sie ein, nachdem er ein paar Fragen gestellt hatte. Sie gaben sich als Archäologen aus. Everard aus Amerika, Whitcomb aus Australien. Er habe sich sehr darauf gefreut, Lord Wyndham zu treffen, und dessen tragisches Ende sei ein schwerer Schock für ihn. Mainwethering, der nach allen Seiten Kontakte wie Tentakel zu entwickeln schien, hatte ihnen Empfehlungsschreiben einer bekannten Autorität des Britischen Museums mitgegeben. Der Inspektor von Scotland Yard gestattete ihnen, sich das Hügelgrab anzusehen. »Der Fall ist gelöst, Gentlemen, es gibt keine weiteren Spuren mehr, selbst wenn mein Kollege hier mir in diesem Punkt nicht beipflichtet, ha, ha!« Der Privatagent lächelte säuerlich und verfolgte mit zusammengekniffenen Augen, wie sie sich dem ausgehobenen Loch näherte. Er war groß und schlank, hatte ein Adlergesicht und wurde von einem kräftigen Burschen mit Schnauzbart und Hinkefuß begleitet, der sein Famulus zu sein schien.

Das längliche Grab war ziemlich hoch und überall von Gras bedeckt, mit Ausnahme der groben Narbe, die die Ausgrabungsarbeiten in die Oberfläche gerissen hatten. Die Grabkammer war ursprünglich mit groben Balken abgestützt worden, aber schon vor langer Zeit eingestürzt. Fragmente der Balken lagen noch auf dem Boden.

»Die Zeitungen schreiben etwas von einer Metallkiste«, sagte Everard. »Es wäre schön, wenn wir auch darauf einen Blick werfen könnten.«

Der Inspektor nickte zustimmend und führte sie zu einer Scheune, in der die größeren Funde auf einem Tisch ausgebreitet lagen. Außer der Kiste waren es nur Bruchstücke korrodierten Metalls und Fragmente zerfallender Knochen.

»Hm«, brummte Whitcomb. Sein Blick ruhte nachdenklich auf der schmalen, glatten Oberfläche der kleinen Kiste. Sie schimmerte bläulich in einer der Zeit trotzenden Legierung, die erst noch entdeckt werden mußte. »Höchst ungewöhnlich. In keiner Weise primitiv. Man könnte denken, sie sei maschinell angefertigt worden, nicht wahr?«

Vorsichtig näherte Everard sich dem Behälter. Er hatte eine ziemlich genaue Vorstellung davon, was er enthielt, und übte auch dementsprechend die gleiche Vorsicht, mit der jeder Bürger des noch fernen Atomzeitalters einem solchen Behälter begegnete. Er zog ein Meßgerät aus der Tasche und richtete es auf die Kiste. Die Nadel schwang aus, nicht viel, aber …

»Interessantes Gerät«, meinte der Inspektor. »Darf ich fragen, was das ist?«

»Ein Versuchs-Elektroskop«, log Everard. Vorsichtig hob er den Deckel und hielt das Gerät über die Kiste.

Großer Gott! Die Kiste enthielt genügend Radioaktivität, um einen Menschen innerhalb eines Tages zu töten. Everard konnte gerade noch einen Blick auf die schweren, stumpf schimmernden Barren werfen, ehe er den Deckel wieder zufallen ließ. »Seien Sie vorsichtig mit dem Zeug«, sagte er bebend. Gott sei's gepriesen – wer immer diesen Teufelsstoff hierher transportiert hatte, war aus einer Zeit gekommen, in der die Menschen wußten, wie man Strahlung eindämmen konnte!

Lautlos war der Privatdetektiv hinter sie getreten. Sein schmales Gesicht zeigte den Ausdruck eines Jägers. »Sie haben also den Inhalt erkannt, Sir?« fragte er ruhig.

»Ja. Ich denke schon.« Everard fiel noch rechtzeitig ein, daß Becquerel die Radioaktivität erst in knapp zwei Jahren entdecken würde, selbst die Entdeckung der Röntgenstrahlen lag noch mehr als ein Jahr in der Zukunft. Er mußte vorsichtig sein. »Es ist ... Im Indianer-Territorium hörte ich Geschichten von einem Erz, das giftig ist ...«

»Höchst interessant.« Der Detektiv zog eine Pfeife hervor und stopfte umständlich ihren großen Kopf. »Etwa wie Quecksilber-Dampf?«

»Also hat Rotherhithe die Kiste in das Grab gelegt, nicht wahr?« murmelte der Inspektor.

»Seien Sie nicht albern!« knurrte der Detektiv. »Ich habe drei schlüssige Beweise, daß Rotherhithe völlig unschuldig ist. Was mir Kopfzerbrechen bereitete, war die aktuelle Ursache für den Tod seiner Lordschaft. Aber wenn tatsächlich, wie es dieser Gentleman behauptet, ein tödliches Gift in dem Grab verbuddelt war ... vielleicht um Grabräuber abzuschrecken? Trotzdem ... ich frage mich, wie die alten Sachsen an ein amerikanisches Erz gekommen sein sollen. Vielleicht ist doch etwas Wahres an den verstaubten Geschichten von frühen Fahrten der alten Phönizier über den Atlantik. Ich war immer davon überzeugt, daß die kyrillische Sprache chaldäische Elemente enthält, und habe in dieser Richtung einige Forschungen betrieben. Dies hier scheint meine Theorie zu bestätigen.«

Everard fühlte sich leicht unbehaglich bei der Vorstellung, was er der archäologischen Wissenschaft antat. Nun, diese Kiste würde in den Kanal geworfen und vergessen werden. Whitcomb und er entschuldigten sich und verabschiedeten sich hastig.

Auf dem Rückweg, in der Sicherheit ihres Abteils, zog der Engländer ein Stück vermodertes Holz aus seiner Tasche. »Habe das aus dem Hügelgrab mitgenommen«, brummte er. »Wird uns sicher dabei helfen, das Ding zu datieren. Gib mir mal den Radiokarbon-Zähler.« Er steckte das Holzstück in das Gerät, drehte an einigen Knöpfen und las laut das Ergebnis ab. »1430 Jahre – plus oder minus zehn Jahre. Das Grab muß dann ... im Jahr 464 errichtet worden sein. Um die Zeit etablierten sich die Jütländer gerade in Kent.«

»Wenn diese Barren nach so langer Zeit noch ein solches Teufelszeug sind«, murmelte Everard, »frage ich mich, wie sie im Originalzustand gewesen sein mögen. Schwer zu verstehen, wie man so viel Aktivität bei einer solch langen Halbzeitwert erreichen kann. Doch schließlich können die Leute in der Zukunft Dinge mit dem Atom anstellen, von denen meine Epoche nicht zu träumen wagte.«

Sie gaben Mainwethering ihren Bericht und verbrachten einen Tag mit Besichtigungen, während er Botschaften durch die Zeiten sandte und die große Maschinerie der Patrouille in Gang setzte. Everard interessierte sich sehr für das viktorianische London. Er war von der Stadt trotz des Schmutzes und der großen Armut fasziniert. Whitcombs Augen bekamen einen sehnsüchtigen Ausdruck. »Ich hätte sehr gern hier gelebt«, meinte er.

»Tatsächlich? Trotz dieser unzureichenden Arzneimittel und der miserablen Zahntechnik?«

»Und ohne fallende Bomben.« Whitcombs Antwort klang trotzig.

Als sie ins Büro zurückkehrten, hatte Mainwethering schon alles Nötige veranlaßt. Während er mit auf dem Rücken verschränkten Händen im Raum auf und ab lief und dabei von seiner Zigarre dicke Qualmwolken aufwallten, ratterte er seine Story herunter.

»Das Metall ist mit hoher Wahrscheinlichkeit identifiziert worden. Atomarer Brennstoff etwa aus dem 30. Jahrhundert. Die Überprüfung ergab, daß ein Kaufmann aus dem Ing-Imperium in das Jahr 2987 reiste, um seine Rohstoffe gegen deren Synthrop zu tauschen, einem Geheimnis, das im Interregnum verlorenging. Natürlich traf er Vorsichtsmaßnahmen und versuchte, sich als Händler aus dem Saturn-System auszugeben, verschwand aber trotzdem spurlos. Ebenso wie seine Zeitfähre. Wahrscheinlich hat jemand 2987 herausgefunden, was er wirklich war, und ihn wegen seiner Maschine ermordet. Die Patrouille wurde benachrichtigt, doch von der Maschine keine Spur! Schließlich wurde sie von zwei Patrouillen-Gängern mit den Namen – ha! Everard und Whitcomb im England des 5. Jahrhunderts entdeckt.«

»Warum sich dann weiter sorgen, wenn wir doch schon erfolgreich waren!« Der Amerikaner grinste.

Mainwethering sah ihn schockiert an. »Aber mein lieber Freund! Sie hatten noch keinen Erfolg! Die Arbeit ist noch nicht getan – nach Ihrem und meinem Zeitverständnis. Und betrachten Sie bitte nicht einen Erfolg als garantiert, nur weil die Historie ihn überliefert. Zeit ist nicht starr, und der Mensch hat einen freien Willen. Wenn Sie versagen, wird sich die Historie ändern und nie Ihren Erfolg überliefert haben – und ich werde Ihnen nichts davon erzählt haben. So ist es zweifellos in den wenigen Fällen, in denen die Patrouille eine Niederlage hinnehmen mußte, geschehen – wenn ich den Ausdruck ›geschehen‹ in diesem Zusammenhang gebrauchen darf. An diesen Fällen wird immer noch gearbeitet, und wenn sie schließlich erfolgreich abgeschlossen werden, wird die Geschichte einen anderen Lauf nehmen, und somit wird es letztendlich immer ein Erfolg werden. *Tempus non nascitur, fit* – Zeit wird nicht geboren, sondern gemacht, wenn Sie mir eine freie Deutung dieses Zitats gestatten!«

»Schon gut, in Ordnung, ich habe nur einen Scherz gemacht«, beruhigte ihn Everard. »Machen wir weiter. *Tempus fugit* – die Zeit verrinnt.« Absichtlich fügte er ein zweites ›g‹ hinzu, und Mainwethering wand sich.

Es stellte sich heraus, daß sogar die Patrouille nur wenig über die dunkle Epoche wußte, in der die Römer Britannien verließen, die römisch-britannische Zivilisation zerfiel und die Engländer ins Land kamen. Offenbar war diese Epoche nie von Bedeutung gewesen. Das Büro im Jahr 1000 in London schickte alles Material, das es besaß, herauf, zusammen mit den passenden Kleidern dieser Zeit. Everard und Whitcomb verbrachten eine Stunde bewußtlos unter den Hypnose-Programmierern. Danach sprachen sie fließend Latein und mehrere sächsische und jütländische Dialekte und verfügten über ausreichende Kenntnisse der damaligen Sitten und Gebräuche.

Die Kleider waren schrecklich: die Hosen, Hemden und Mäntel hatte man aus grober Wolle gefertigt, dazu gab es lederne Umhänge mit einer unbestimmbaren Zahl von Riemen und Litzen. Lange geflochtene Perücken verbargen den modernen Haarschnitt, und eine saubere Rasur würde selbst im 5. Jahrhundert kaum auffallen. Whitcomb bekam eine Axt, Everard ein Schwert, beides maßgerecht aus unlegiertem Eisen geschmiedet, vertrauten aber doch mehr auf die kleinen Schallschock-Pistolen aus dem 26. Jahrhundert unter ihren Mänteln. Rüstungen befanden sich nicht bei den Sachen, doch in einer Satteltasche des Zeitspringers fanden sie zwei Motorrad-Sturzhelme. Sie würden in einer Zeit, in der alles noch von Hand gefertigt wurde, kaum große Aufmerksamkeit erregen und waren zudem wesentlich sicherer und bequemer als Metallhelme. Zusätzlich verstauten die beiden Patrouillengänger noch ein Lunchpaket und ein paar irdene Kannen mit gutem viktorianischen Bier.

»Ausgezeichnet.« Mainwethering zog eine Uhr aus seiner Tasche und warf einen Blick darauf. »Ich darf Sie dann gegen ... sagen wir ... vier Uhr wieder hier erwarten? Ich werde für ein paar bewaffnete Posten sorgen für den Fall, daß Sie einen Gefangenen mitbringen. Und danach können wir irgendwo einen Tee trinken gehen.« Er schüttelte ihnen die Hand. »Eine gute Jagd!«

Everard schwang sich auf den Zeitspringer, gab die Daten für eine Sommernacht in Addleton Barrow im Jahr 464 ein und drehte den Schalter.

5

Es war Vollmond. Unter seinem bleichen Licht dehnte sich das Land weit und leer. In der Ferne verdeckte die dunkle Linie eines Waldes den Horizont. Irgendwo heulte ein Wolf. Das Grab war schon vorhanden; sie waren zu spät gekommen.

Sie reckten die Oberkörper auf der Antigrav-Einheit und spähten über einen dichten Wald voller Schatten. Etwa eine Meile von dem Hügelgrab entfernt lag ein Weiler, mit einem Haupthaus aus grob behauenen Balken in der Mitte, umgeben von einer Reihe kleinerer Gebäude, friedlich und still im Mondschein.

»Bestellte Felder«, berichtete Whitcomb. Seine Stimme war nur ein Wispern in der Stille. »Die Jütländer und Sachsen war hauptsächlich Freibauern, die auf der Suche nach Land hierher kamen. Man darf nicht vergessen, daß die Britannier wenige Jahre zuvor aus dieser Gegend hier vertrieben worden sind.«

»Wir müssen herausfinden, was es mit der Grabstätte auf sich hat«, meinte Everard. »Sollen wir zu dem Zeitpunkt zurückspringen, in dem das Grab errichtet wurde? Nein, vielleicht ist es besser, die Sache zu einem späteren Zeitpunkt zu untersuchen, wenn sich die Aufregung darüber, was es auch gewesen sein mag, gelegt hat. Sagen wir – am Morgen danach.«

Whitcomb nickte. Everard schob den Springer in den Schutz eines Dickichts und stellte die Daten auf fünf Stunden später ein ...

Von Nordosten blendete die Sonne, auf den langen Grashalmen glitzerte der Tau, und die Vögel lärmten. Die beiden Agenten stiegen ab und schickten den Springer auf eine Warteposition in zehn Meilen Höhe. Sie konnten ihn jederzeit mit dem winzigen Funkgerät in ihren Helmen zurückbeordern. Er verschwand mit unglaublicher Geschwindigkeit.

Ganz offen näherten sie sich dem Dorf und vertrieben die Hunde, die auf sie losstürmten, mit den flachen Seiten der Axt und des Schwertes. Sie traten in das Rund der Häuser und fanden den ungepflasterten Innenhof, den sie bildeten, voller Schlamm und Dung. Ein paar nackte, schmutzige Kinder starrten ihnen aus dem Eingang einer Hütte aus Erde und geflochtenen Zweigen entgegen. Ein Mädchen, das davor eine struppige kleine Kuh molk, stieß einen leisen Schrei aus. Ein kräftig gebauter Bursche, der eine Horde grunzender und quiekender Schweine hütete, griff nach seinem Speer. Everard zog die Nase kraus und wünschte, ein paar der Enthusiasten aus seinem Jahrhundert, die immer von den heldenhaften Nordmännern schwärmten, könnten diesen Weiler hier einmal besuchen. Ein graubärtiger Mann mit einer Axt in der Hand trat in den Eingang des Haupthauses. Wie alle anderen seiner Epoche war auch er ein paar Inches kleiner als die Nachkommen aus dem 20. Jahrhundert. Er musterte die Fremden mißtrauisch, ehe er ihnen einen guten Morgen wünschte.

Everard lächelte höflich. »Ich heiße Uffa Hundingsson, und das hier ist mein Bruder Knubbi«, sagte er.

»Wir sind Kaufleute aus Jütland, und hierhergekommen, um in Canterbury Handel zu treiben.« (Er nannte die Stadt bei ihrem gegenwärtigen Namen Cant-warabyrig). »Bei unserer Wanderung von der Bucht, in der unser Schiff liegt, haben wir uns verlaufen und sind die ganze Nacht durch die Gegend geirrt, bis wir auf Euren Weiler stießen.«

»Ich bin Wulfnoth, Sohn des Aelfred«, antwortete der Freibauer. »Tretet näher und brecht Euer Fasten mit uns.«

Im dämmrigen, raucherfüllten Innern des großen Haupthauses hatte sich die ganze Sippschaft versammelt: Wulfnoths Kinder, ihre Ehepartner und Kinder, die jungen Burschen des Weilers und deren Frauen, Kinder und Enkel. Das Frühstück wurde auf hölzernen Schneidebrettern serviert: große Stücke gesottenen Schweinefleischs, die mit dünnem Sauerbier aus Hörnern hinuntergespült wurden. Es fiel nicht schwer, eine Unterhaltung in Gang zu setzen, denn diese Leute waren ebenso neugierig und auf Gerüchte versessen wie alle Bauerntölpel in den einsamen Weilern. Doch wurde das Gespräch problematisch, wenn es um aktuelle Vorgänge in Jütland ging. Ein paarmal ertappte Wulfnoth, der durchaus kein Dummkopf war, sie bei einem Fehler. Everard rettete jedesmal die Situation: »Ihr habt da etwas Unwahres gehört. Nachrichten nehmen manchmal bei ihrer Verbreitung über das Meer hinweg seltsame Formen an«, beharrte er fest. Doch überraschte es ihn, wie stark die Kontakte und Bindungen an die alte Heimat immer noch waren. Die Gespräche über die Ernte und das Wetter dagegen unterschieden sich kaum von Gesprächen im 20. Jahrhundert, denen er im Mittelwesten gelauscht hatte.

Erst viel später war es Everard möglich, eine Frage über das Hügelgrab in die Unterhaltung einzuflechten. Wulfnoth runzelte die Stirn, und sein plumpes, zahnloses Weib machte hastig ein Handzeichen vor einem grobgeschnitzten hölzernen Götzenbild. »Es ist nicht gut, über solche Dinge zu reden«, murmelte der Jütländer. »Ich wünschte, der Zauberer wäre nicht auf meinem Land begraben worden. Aber er war ein enger Freund meines Vaters, den wir im letzten Jahr zu Grabe getragen haben. Er wollte nicht auf meine Einwände hören.«

»Ein Zauberer?« fragte Whitcomb. »Was ist das für eine Geschichte?«

»Nun, Ihr sollt sie hören«, brummte Wulfnoth. »Ein Fremder namens Stane tauchte vor ungefähr sechs Jahren in Canterbury auf. Er mußte von sehr weit hergekommen sein, denn er sprach weder die englische noch sonst eine der britannischen Sprachen.

Aber König Hengist gewährte ihm Gastfreundschaft, und er erlernte bald unsere Sprache. Er machte dem König seltsame, aber ansehnliche Geschenke und war ein wortgewaltiger Redner, dem der König mehr und mehr vertraute. Niemand wagte sich ihm entgegenzustellen, denn er hatte einen Zauberstab, der Blitze schleuderte. Viele berichteten, sie hätten gesehen, wie er damit Felsen spaltete. Einmal soll er sogar in einem Scharmützel damit Männer niedergebrannt haben. Es gab viele, die ihn für Odin hielten, aber das kann nicht stimmen, denn er starb.«

»Ach ja?« Everard beugte sich eifrig vor. »Und was tat er, als er noch lebte?«

»Oh ... er gab dem König weise Ratschläge, wie ich schon sagte. Er machte auch den Vorschlag, wir Bewohner von Kent sollten aufhören, die Britannier zu verdrängen und weiterhin unsere Landsleute aus der alten Heimat herüberzuholen. Vielmehr sollten wir mit den Einheimischen Frieden schließen. Er glaubte, daß wir gemeinsam mit unserer Kraft und ihrem Wissen über die Römer ein mächtiges Reich erschaffen könnten. Vielleicht hatte er ja recht, wenn ich selbst auch keinen großen Nutzen in all den Büchern und Bädern der Römer sehe, ganz zu schweigen von diesem seltsamen Gott am Kreuz, den sie verehren... Nun, er wurde vor etwa drei Jahren von Unbekannten erschlagen und hier mit Opfergaben und den Besitztümern begraben, die seine Meuchelmörder ihm nicht geraubt haben. Wir bringen ihm zweimal im Jahr ein Opfer, und ich muß sagen, daß sein Geist uns bis jetzt in Ruhe gelassen hat. Trotzdem bereitet mir die Geschichte Unbehagen.«

»Drei Jahre also.« Whitcomb atmete tief ein. »Ich verstehe...«

Noch gut eine Stunde verging, ehe sie aufbrechen konnten. Wulfnoth beharrte darauf, sie von einem Jungen bis zum Fluß begleiten zu lassen. Everard, der überhaupt nicht daran dachte, so weit zu laufen, grinste und rief den Springer herbei. Während er und Whitcomb aufstiegen, sagte er mit Grabesstimme zu dem Mann, dem fast die Augen aus dem Kopf fielen: »Wisse, daß du gerade Odin und Thor zu Gast hattest, die deine Leute in Zukunft vor Kummer schützen werden.« Dann sprangen sie in der Zeit drei Jahre zurück.

»Jetzt kommt der schwierige Teil«, meinte Everard und spähte aus dem Dickicht auf den nächtlichen Weiler. Das Grab gab es noch nicht, und der Zauberer Stane war noch am Leben. »Eine Zauber-Gala für ein Kind abzuziehen ist ziemlich einfach. Doch wir müssen diesen Burschen mitten aus einer großen, belebten Stadt herausholen, wo er des Königs rechte Hand ist. Und er hat einen Druckstrahler.«

»Offenbar sind wir erfolgreich – oder werden es sein«, beruhigte ihn Whitcomb.

»Unsinn. Du weißt, daß die Sache nicht unwiderruflich ist. Wenn wir versagen, wird Wulfnoth uns in drei Jahren eine andere Geschichte erzählen. Vielleicht, daß Stane dort ist – und uns zweimal umbringt! Und England, aus dem Dunklen Zeitalter in eine neoklassische

Kultur aufgestiegen, würde sich mitnichten zu dem entwickeln, was du 1894 wiedererkennen würdest... Ich frage mich, was für ein Spiel dieser Stane spielt.«

Er ließ den Springer aufsteigen und schickte ihn durch den Nachthimmel in Richtung Canterbury. Der kühle Wind rauschte an seinem Gesicht vorbei. Wenig später tauchte die Stadt auf, und er landete in einem Wäldchen.

Bleiches Mondlicht lag auf den halbzerstörten römischen Wällen und zeigte deutlich die dunkleren Flecken, wo die Jütländer die Befestigungen wieder mit Erde und Holz instandgesetzt hatten.

Nach Sonnenuntergang kam niemand mehr in die Stadt hinein.

Der Springer versetzte sie in den Tag – um die Mittagszeit – und wurde wieder himmelwärts geschickt. Das fette Frühstück, zwei Stunden und drei Jahre weiter in der Zukunft eingenommen, lag Everard schwer im Magen, während sie über eine verfallene römische Straße auf die Stadt zugingen. Es herrschte reger Verkehr; meist waren es Bauern, die auf ächzenden Ochsenkarren ihre Produkte zum Markt transportierten. Zwei bedrohlich aussehende Posten hielten die Zeitreisenden am Tor auf und fragten nach ihrem Gewerbe. Diesmal waren sie Agenten eines Händlers auf Thanet, der sie zu Verhandlungen mit verschiedenen Handwerkern in die Stadt geschickt hatte. Die beiden Strauchdiebe ließen sich von Whitcomb ein paar römische Münzen in die Hand drücken, senkten danach die Speere und winkten sie mit mürrischer Miene durch.

Um sie herum kochte und brodelte die Stadt – und wiederum war es der alles überlagernde Gestank, der Everard am meisten störte. Unter den vorbeihastenden Jütländern erspähte er hie und da einen Romano-Britannier, der sich vorsichtig einen Weg durch das Gedränge bahnte und dabei sorgsam darauf achtete, daß seine schäbige Tunika nicht mit dem allgegenwärtigen Schmutz auf der Straße in Berührung kam. Es wäre lustig – wenn es nicht so traurig gewesen wäre.

In einer moosbewachsenen Ruine, die früher einmal das Stadthaus eines reichen Mannes gewesen sein mußte, war nun ein schmutziger Gasthof untergebracht. Everard und Whitcomb fanden schnell heraus, daß ihr Geld hier, wo noch Tauschhandel getrieben wurde, einen hohen Wert hatte. Sie spendierten ein paar Runden und bekamen so alle Informationen, die sie brauchten. König Hengists Palast lag ziemlich im Herzen der Stadt – nicht wirklich ein Palast, sondern ein altes Gebäude, das unter Anleitung dieses Ausländers Stane verschönert worden war... *nicht daß unser guter und tapferer König großen Wert darauf legen würde... versteht mich da nicht falsch, Fremder... denn gerade erst letzten Monat... ach ja, Stane! Er wohnt in einem Haus ganz in der Nähe. Seltsamer Bursche. Einige sagen, er sei ein Gott... aber sicher hat er auch ein Auge auf die Mädchen... Ja, man sagt, er steckt hinter dem ganzen Gerede über Frieden mit den Britanniern. Jeden Tag kommen mehr von diesen Gaunern in die Stadt... Kommt noch so weit, daß ein ehrlicher Mann nicht mal ein Geschäft abschließen kann, ohne daß... O ja, natürlich ist Stane sehr klug. Ich würde nichts gegen ihn sagen, denn immerhin kann er Blitze schleudern...*

»Also, was machen wir jetzt?« fragte Whitcomb später in ihrem Zimmer. »Gehen wir zu ihm und nehmen ihn fest?«

»Das wird kaum möglich sein«, meinte Everard vorsichtig. »Ich habe zwar einen Plan, aber der hängt ganz davon ab, was der Bursche wirklich vorhat. Sehen wir mal, ob wir eine Audienz bei ihm kriegen.« Er kratzte sich und stand von dem Strohsack auf, der hier als Lagerstatt diente. »Verdammt, diese Epoche braucht nicht das Alphabet, sondern was gegen Flöhe.«

Das große Haus war sorgfältig instandgesetzt worden, seine weiße Fassade mit dem Portikus davor stach peinlich sauber gegen den Schmutz ringsum ab. Auf den Stufen lungerten zwei Posten herum, deren Aufmerksamkeit aber schlagartig erwachte, als sich die beiden Agenten näherten. Everard fütterte sie mit Geld und der Geschichte, er sei ein Besucher mit Neuigkeiten, die den großen Zauberer sicher interessierten. »Sagt ihm nur, der ›Mann aus der Zukunft‹ sei hier. Das ist eine Parole. Kapiert?«

»Das ergibt doch keinen Sinn«, beschwerte sich der Posten.

»Es ergibt auch keinen Sinn, daß Parolen notwendig sind«, meinte Everard herablassend.

Der Jütländer trabte davon, wobei er trübselig den Kopf schüttelte. Immer diese neumodischen Ideen.

»Denkst du, das war klug?« fragte Whitcomb. »Er wird nun auf der Hut sein, das weißt du.«

»Ich weiß auch, daß ein VIP keine Zeit an einen x-beliebigen Fremden verschwendet. Diese Sache ist dringend, Mann! Bis jetzt hat er nur wenig Dauerhaftes erreicht, nicht einmal genug, um zu einer beständigen Legende zu werden. Doch wenn Hengist eine ernstgemeinte Union mit den Britanniern eingeht ...«

Der Posten kam zurück, grunzte ein paar unverständliche Worte und führte sie die Stufen zu dem Säulengang hinauf. Dahinter lag das Atrium, ein großer Innenraum, in dem große Bärenfelle den Marmorboden mit seinen verblaßten Mosaiken bedeckten.

Vor einer groben hölzernen Couch stand ein Mann in abwartender Haltung. Als sie eintraten, hob er seine Hand. Sofort erkannte Everard den schmalen Lauf eines Druckstrahlers aus dem 30. Jahrhundert.

»Haltet eure Hände so, daß ich sie sehen kann«, sagte der Mann freundlich. »Andernfalls würde es mir ein Vergnügen sein, euch mit einem Blitz zu zerschmettern.«

Whitcomb sog scharf die Luft ein. Everard hingegen schien so etwas erwartet zu haben. Trotzdem spürte er einen eisigen Knoten im Magen.

Der Zauberer Stane war ein kleiner Mann in einer fein gewobenen Tunika, die aus einer britannischen Villa stammen mußte. Auf seinem gelenkigen Körper saß ein großer Kopf von unaussprechlicher Häßlichkeit, den eine Flut schwarzer Haare bedeckte.

Die Lippen waren zu einem gespannten Lächeln verzerrt.

»Durchsuch sie, Eadgar!« befahl er. »Hol alles heraus, was immer sie unter ihren Kleidern verbergen.«

Die Durchsuchung des Jütländers war oberflächlich. Trotzdem fand er die beiden Schockpistolen und warf sie auf den Boden.

»Jetzt kannst du gehen«, sagte Stane.

»Sind sie jetzt nicht mehr gefährlich, Herr?« fragte der Soldat.

Stanes Grinsen wurde breiter. »Mit dem hier in der Hand? Nein, geh!« Eadgar schlurfte davon. *Wenigstens haben wir noch das Schwert und die Axt*, dachte Everard. *Leider dürften sie uns kaum etwas nützen, solange er mit dem Ding da auf uns zielt.*

»Ihr kommt also aus der Zukunft«, murmelte Stane. Auf seiner Stirn schimmerten plötzlich Schweißtropfen. »Ich habe schon lange darauf gewartet. Sprecht Ihr das zukünftige Englisch?«

Whitcomb öffnete den Mund, doch Everard, der alles, sogar sein Leben, auf eine Karte setzte, kam ihm zuvor. »Welche Sprache meint Ihr?«

»Diese hier.« Stane verfiel in ein Englisch mit seltsamem Akzent, das jedoch für Ohren aus dem 20. Jahrhundert durchaus verständlich war. »Ich möchte wissen, von wo und wann ihr kommt, was Eure Pläne sind, Sirs, und alles andere. Sagt mir, was ich wissen will, oder ich brenne Euch nieder.«

Everard schüttelte den Kopf. »Nein«, antwortete er

auf Jütländisch. »Ich verstehe Euch nicht.« Whitcomb warf ihm einen Blick zu – und gab auf. Er war bereit, sich der Führung des Amerikaners anzuvertrauen. Everards Gedanken rasten; unter der dünnen Oberfläche seiner Verzweiflung wußte er genau, daß sie beim ersten Fehler der Tod erwartete. »In unseren Tagen redeten wir so ...«, und er rasselte ein paar Sätze in Mexiko-Spanisch herunter, wobei er die Worte so undeutlich wie möglich aussprach.

»Aha ... eine lateinische Sprache!« Stanes Augen glitzerten. Der Strahler in seiner Hand zitterte. »Von wann seid Ihr?«

»Aus dem 20. Jahrhundert nach Christus, und unser Land heißt Lyonesse. Es liegt jenseits des westlichen Ozeans ...«

»Amerika!« Es war ein Keuchen. »Wurde es jemals Amerika genannt?«

»Nein, ich weiß nicht, wovon Ihr sprecht!«

Stane zitterte nun völlig unkontrolliert. Doch er riß sich zusammen. »Beherrscht Ihr die Sprache der Römer?«

Everard nickte.

Stane lachte nervös. »Dann wollen wir uns darin unterhalten. Wenn Ihr wüßtet, wie krank mich die hiesige bäuerliche Sprache macht ...« Sein Latein war ein wenig holprig, denn offensichtlich hatte er es erst in diesem Jahrhundert erlernt, aber trotzdem verständlich genug. Er fuchtelte ständig mit dem Strahler herum. »Verzeiht meine Unhöflichkeit. Aber ich muß vorsichtig sein.«

»Selbstverständlich«, nickte Everard. »Ach ja ... mein Name ist Mencius, und mein Freund dort heißt Iuvenalis. Wir kamen aus der Zukunft, wie Ihr schon erraten habt. Wir sind Historiker, und die Zeitreise ist gerade erst erfunden worden.«

»Offen gesagt ... ich bin Rozher Schtein aus dem Jahr 2987. Habt Ihr ... schon mal von mir gehört?«

»Wer sonst?« meinte Everard. »Wir sind zurückgekommen, um diesen mysteriösen Stane kennenzulernen, der eine äußerst wichtige geschichtliche Persönlichkeit zu sein schien. Wir vermuteten schon, daß er ein Zeitreisender sein könnte, ein *peregrinator temporis*. Jetzt wissen wir es.«

»Drei Jahre.« Schtein begann fieberhaft auf- und abzugehen und ließ die Hand mit dem Strahler hin und her schwingen. Aber er blieb zu sehr auf Distanz, um einen überraschenden Schlag gegen ihn zu landen. »Drei lange Jahre bin ich nun schon hier. Wenn Ihr wüßtet, wie oft ich nachts wachgelegen habe und die Frage mich quälte, ob ich Erfolg haben würde ... Sagt mir, ist Eure Welt vereint?«

»Die Welt und die Planeten«, antwortete Everard. »Schon seit langer Zeit.« Innerlich schauderte er. Sein Leben hing davon ab, sehr schnell zu erkennen, was Schtein plante.

»Und ihr seid ein freies Volk?«

»Das sind wir. Genauer gesagt, der Kaiser hat den Vorsitz, doch der Senat macht die Gesetze und wird vom Volk gewählt.«

Auf dem Gesicht des Gnoms erschien ein fast heiliger Ausdruck und erhellte es. »Wie ich es mir immer erträumt habe«, flüsterte Schtein. »Ich danke Euch.«

»Sie sind also aus Ihrer Epoche hierhergekommen, um ... Geschichte zu machen?«

»Nein, nicht um sie zu machen, sondern um sie zu ändern.«

Die Worte strömten plötzlich nur so aus ihm hervor, als habe er schon immer reden wollen, es sich aber seit Jahren nicht getraut: »Auch ich war Historiker. Zufällig begegnete ich einem Mann, der ein Kaufmann von den Saturn-Monden zu sein behauptete. Doch da ich einmal dort gelebt habe, durchschaute ich seinen Schwindel rasch. Ich ging der Sache auf den Grund und erfuhr die Wahrheit. Er war ein Zeitreisender aus einer sehr fernen Zukunft.

Ihr müßt verstehen – das Zeitalter, in dem ich lebte, war schrecklich, und als psychografischer Historiker erkannte ich, daß Krieg, Armut und Tyrannei, die uns erdrückten, nicht an allen angeborenen Übeln der Menschheit schuld waren, sondern lediglich Ursache und Wirkung. Die maschinelle Technik hatte sich in einer gespaltenen Welt gegen sie gerichtet, und Krieg erwies sich als immer größeres und zerstörerischeres Unterfangen. Zwar gab es dazwischen friedliche Perioden, sogar einige sehr lange, doch die Verderbtheit wurzelte zu tief, und der Konflikt war Bestandteil unserer ureigenen Zivilisation. Meine ganze Familie wurde im Venusianischen Krieg ausgelöscht. Ich hatte nichts mehr zu verlieren. Ich nahm die Zeitmaschine, nachdem ich mich ... ihres Besitzers entledigt hatte.

Ich dachte, der große Fehler sei im Dunklen Zeitalter gemacht worden. Rom hatte friedlich ein riesiges Reich unter seiner Führung vereint, und aus Frieden erwächst immer Gerechtigkeit.

Aber Rom erschöpfte sich in diesen Bestrebungen, und das Riesenreich fiel auseinander. Die eindringenden Barbaren brachten neue Energie und konnten vieles verändern, wurden aber viel zu rasch korrupt.

Aber hier sind wir in England, das durch seine Insellage vom Zerfall der römischen Gesellschaft verschont bleibt. Die Germanen drängen herein, verdreckte Lümmel, doch stark und von dem Willen beseelt zu lernen. Gemäß der alten Geschichtsschreibung rotteten sie einfach die britannische Zivilisation aus und wurden, nun intellektuell völlig hilflos, von der neuen – und üblen – westlichen Zivilisation geschluckt. Ich will einfach erreichen, daß die Geschichte einen besseren Verlauf nimmt.

Es ist nicht einfach gewesen. Ihr würdet staunen, wie schwer es ist, in einer anderen Zeitepoche zu überleben, bis man die Gepflogenheiten kennt, selbst wenn man moderne Waffen und interessante Geschenke für den König hat. Doch genieße ich jetzt Hengists Respekt, und auch in zunehmendem Maß das Vertrauen der Britannier. Ich kann die zwei Völker bei einem gemeinsamen Krieg gegen die Pikten vereinen. England wird zu einem einzigen Königreich werden, und mit der Kraft der Sachsen und dem Wissen der Römer mächtig genug sein, alle Eindringlinge abzuwehren. Die Christianisierung ist natürlich unausweichlich, aber ich werde darauf achten, daß es die richtige Art von Christentum ist, eins, das die Menschen erzieht und zivilisiert, ohne ihren Verstand in Fesseln zu legen.

Bald wird England in einer Position sein, den gesamten Kontinent zu übernehmen – und am Ende wird es eine geeinte Welt geben. Ich werde lange genug hierbleiben, um die Union gegen die Pikten ins Leben zu rufen, und dann mit dem Versprechen, später noch einmal zurückzukehren, verschwinden. Wenn ich dann die nächsten Jahrhunderte hindurch in Intervallen von, sagen wir, 50 Jahren immer wieder mal auftauche, werde ich eine Legende sein, ein Gott, der sicherstellen kann, daß sie auf dem richtigen Pfad bleiben.«

»Ich habe viel über St. Stanius gelesen«, sagte Everard langsam.

»Also habe ich gesiegt!« rief Schtein. »Ich brachte der Welt den Frieden.« Tränen rannen ihm über die Wangen.

Everard trat auf ihn zu. Sofort richtete Schtein den Druckstrahler auf seinen Bauch; er traute ihm immer noch nicht. Everard umrundete ihn langsam, und Schtein drehte sich mit ihm. Doch hatte ihn der scheinbare Beweis seines eigenen Erfolges so erregt, daß er Whitcomb völlig vergaß. Everard warf dem Engländer über die Schulter des Zauberers einen Blick zu.

Whitcomb riß die Axt hoch. Im gleichen Moment ließ sich Everard zu Boden fallen. Schtein schrie, der

Druckstrahler zischte auf. Die Axt bohrte sich in die Schulter von Stane. Whitcomb sprang vor und packte die Hand mit der Pistole. Schtein heulte laut auf und versuchte, die Waffe herumzureißen. Everard sprang auf, um seinem Freund zu helfen. Das Gerangel währte nur einen Moment; dann zischte der Strahler erneut auf, und Schtein lag plötzlich als totes Gewicht in den Armen der beiden Männer. Aus der klaffenden Wunde in seiner Brust tropfte Blut auf ihre Mäntel.

Die beiden Posten stürmten herein. Everard griff blitzschnell nach seiner Schockpistole auf dem Boden und stellte den Auslöser auf volle Stärke. Ein Speer schrammte an seinem Arm entlang. Er feuerte zweimal, und die untersetzten Gestalten stürzten zu Boden. Sie würden für Stunden außer Gefecht sein.

Everard beugte sich vor und lauschte. Aus den inneren Gemächern war ein weiblicher Schrei zu hören, doch niemand zeigte sich in der Tür. »Ich denke, das wäre erledigt«, sagte er.

»Ja.« Whitcomb betrachtete benommen den Leichnam auf dem Boden. Er wirkte merkwürdig klein.

»Ich wollte nicht, daß er stirbt«, meinte Everard. »Aber die Zeit ist ... hart. Es stand schon so geschrieben, denke ich.«

»Besser das als das Patrouillen-Gericht und der Exil-Planet«, sagte der Engländer.

»Rein technisch gesehen war er schließlich ein Dieb und Mörder.« Everard verzog das Gesicht. »Aber er hatte einen großen Traum.«

»Den wir zerplatzen ließen.«

»Die Historie hätte ihn bestimmt platzen lassen – sehr wahrscheinlich sogar. Ein einzelner Mann ist nämlich nicht mächtig, nicht weise genug für ein solches Unterfangen. Ich glaube, der größte Teil menschlichen Leidens wird durch solch wohlmeinende Fanatiker, wie er einer war, verursacht.«

»Also falten wir besser brav die Hände und warten ab, was da kommt?«

»Denk doch nur an all unsere Freunde – später, im Jahr 1947. Sie würden niemals existiert haben.«

Whitcomb nahm seinen Umhang ab und versuchte, das Blut von seinen Kleidern zu wischen.

»Gehen wir«, sagte Everard und trat durch das hintere Portal. Eine erschreckte Konkubine sah ihn mit großen Augen an.

Er mußte das Schloß einer weiteren Innentür aufschießen. Im Zimmer dahinter fanden sie eine Zeitfähre, Ing-Modell, ein paar Kisten mit Waffen und Vorräten, einige Bücher. Everard lud alles in die Maschine, außer der Kiste mit den Brennelementen. Die mußte zurückbleiben, damit er in Zukunft sofort gewarnt wurde und jeden stoppen konnte, der Gott spielen wollte.

»Ich würde sagen, du nimmst das mit ins Lagerhaus von 1894«, meinte er. »Ich komme mit dem Springer zurück. Wir treffen uns im Büro.«

Whitcomb schenkte ihm einen langen Blick. Das Gesicht des Mannes war angespannt. Doch als Everard seinen Blick erwiderte, zeigte es den Ausdruck von Entschlossenheit.

»In Ordnung, alter Knabe.« Der Engländer lächelte etwas wehmütig und drückte Everards Hand. »Bis dann. Viel Glück.«

Everard sah ihm zu, wie er den großen Stahlzylinder bestieg. Es war schon eine merkwürdige Sache, sich in ein paar Stunden im Jahr 1894 zum Tee zu verabreden.

Voller Sorge verließ er das Gebäude und mischte sich unter die Menge. Charlie war schon ein seltsamer Vogel. Aber gut ...

Niemand hielt ihn auf, als er die Stadt verließ und in das Dickicht vor der Mauer eindrang. Er rief den Zeitspringer herunter, nahm sich aber trotz der Gefahr, daß jemand kommen könnte, um nachzusehen, welch seltsamer Vogel dort gelandet war, die Zeit, einen der Bierkrüge zu öffnen, denn er hatte einen guten Schluck dringend nötig.

Dann warf er einen letzten langen Blick auf das gute alte England und sprang nach 1894.

Wie versprochen warteten Mainwethering und seine Wachen schon. Der Beamte erschrak sichtlich, als er einen Mann mit blutbesudelter Kleidung auftauchen sah. Doch Everards Bericht beruhigte ihn rasch.

Es dauerte eine geraume Zeit, die Kleider zu wechseln, sich zu waschen und dem Sekretär den vollen Bericht zu diktieren. Whitcomb hätte längst mit einer Droschke eintreffen müssen, doch er kam nicht. Mainwethering sprach über Funk mit dem Lagerhaus und drehte sich stirnrunzelnd um. »Er ist noch nicht angekommen«, sagte er. »Könnte etwas schiefgegangen sein?«

»Kaum. Diese Maschinen sind idiotensicher.« Nachdenklich kaute Everard an seiner Lippe. »Ich weiß nicht, was los ist. Vielleicht hat er mich mißverstanden und ist direkt nach 1947 gegangen.«

Ein kurzer Austausch von Botschaften ergab, daß Whitcomb sich auch an dieser Station der Zeitstraße nicht gemeldet hatte. Everard und Mainwethering gingen aus, um Tee zu trinken. Als sie zurückkamen, gab es immer noch kein Lebenszeichen von Whitcomb.

»Ich informiere besser die Feldagentur«, meinte Mainwethering. »Die sollten doch in der Lage sein, ihn aufzustöbern.«

»Nein, warten Sie.« Everard dachte einen Moment nach. Schon seit einiger Zeit beschäftigte ihn ein bestimmter Gedanke. Er war schrecklich.

»Haben Sie eine Vorstellung, wo er sein könnte?«

»Vielleicht.« Everard begann seine viktorianischen Kleider aufzuknöpfen. Seine Hände bebten. »Geben Sie mir bitte meine 20. Jahrhundert-Kleider. Möglich, daß ich ihn selbst aufspüren kann.«

»Die Patrouille erwartet von Ihnen vorab einen Bericht über das, was Sie vorhaben.«
»Zum Teufel mit der Patrouille«, knurrte Everard.

6

London, 1944. Die Dunkelheit war an diesem Winterabend früh hereingebrochen, und ein scharfer, kalter Wind blies durch die Straßen, die wie finstere Schluchten wirkten. Irgendwo rollten dumpfe Explosionen, und die Feuer der brennenden Häuser überzogen den Himmel mit einem rötlichen Schein.

Everard ließ seinen Springer am Bordstein stehen – wenn V-Bomben einschlugen, wagte sich niemand auf die Straße – und tastete sich langsam durch das Dunkel. 17. November; sein trainiertes Gedächtnis hielt das Datum für ihn bereit. An diesem Tag war Mary Nelson gestorben.

An der Ecke fand er eine öffentliche Telefonzelle und studierte das Telefonverzeichnis. Es gab eine Menge Nelsons, doch im Streatham-Bezirk war lediglich eine Mary aufgeführt. Das war sicher die Mutter. Er konnte nur vermuten, daß die Tochter denselben Vornamen hatte, und kannte auch nicht die genaue Zeit, in der die Bombe eingeschlagen war. Aber das ließ sich in Erfahrung bringen.

Feuer und Donner fielen über ihn her, als er die Zelle verließ. Er warf sich auf den Bauch. Wo er gerade noch gestanden hatte, pfiffen Glassplitter durch die Luft.

17. November 1944. Der jüngere Manse Everard, Lieutenant beim Technischen Stab der U.S. Army, befand sich zu diesem Zeitpunkt irgendwo jenseits des Kanals dicht vor den deutschen Kanonen. Er konnte sich nicht mehr genau an den Ort erinnern, hielt sich damit aber auch nicht auf. Es war nicht wichtig. Er

wußte ja, wohin er gehen würde, um *diese* Gefahr zu überleben.

Dicht hinter ihm detonierte eine weitere Bombe, als er zu seiner Maschine hastete. Er sprang auf und stieg steil in den Himmel. Hoch über London stoppte er und sah nach unten. Die Stadt war ein weites dunkles Feld, spärlich erhellt von zahllosen Flammenzungen. *Walpurgisnacht* – und auf der Erde war die Hölle los!

Er erinnerte sich gut an Streatham. Ein kleiner Vorort mit Backsteinhäusern, in denen Angestellte, Händler und Mechaniker lebten – die kleine Bourgeoisie, die sich erhoben hatte und gegen die Macht ankämpfte, die Europa im Handstreich erobern konnte. Damals, 1943, lebte dort auch ein Mädchen ... Wahrscheinlich hatte sie einen anderen geheiratet.

Er überflog den Bezirk ziemlich niedrig und versuchte die Adresse zu finden. Nicht weit entfernt brach ein Vulkan aus Feuer und Rauch aus, und sein Gefährt schwankte heftig. Beinahe hätte die Druckwelle Everard von seinem Sitz geschleudert. Rasch steuerte er auf den Ort der Explosion an. Ein Haus war in sich zusammengesunken und stand in hellen Flammen. Es war nur drei Blocks vom Nelson-Haus entfernt. Er war zu spät gekommen.

Nein! Er überprüfte die Zeit – gerade 22.30 Uhr – und sprang um zwei Stunden zurück. Es war immer noch dunkel, doch stand das schmale Haus unversehrt im rötlichen Schein der brennenden Stadt. Einen Augenblick lang verspürte er den Drang, die Bewohner zu warnen. Aber nein! Überall auf der Welt starben Menschen. Er war nicht wie Schtein, wollte sich nicht die Historie auf die Achseln laden.

Lächelnd stieg er ab und trat durch die Pforte. Er war auch kein verdammter Danellier. Er klopfte an die Tür, und wenig später wurde sie geöffnet. Eine Frau in mittleren Jahren musterte ihn mißtrauisch. Natürlich mußte es ihr seltsam vorkommen, einen Amerikaner in Zivil vor sich zu sehen.

»Entschuldigen Sie bitte«, sagte er hastig. »Kennen Sie eine Miss Mary Nelson?«

»Ja, warum?« Sie zögerte. »Sie lebt ganz in der Nähe und wird gleich herüberkommen. Sind Sie ein Freund von ihr?«

Everard nickte. »Sie hat mich mit einer Nachricht zu Ihnen geschickt, Mrs .... äh ...«

»Enderby.«

»Oh, ja, Mrs. Enderby. Ich bin leider schrecklich vergeßlich. Sehen Sie, Miss Nelson bat mich, Ihnen auszurichten, daß sie leider nicht kommen kann. Statt dessen möchte sie, daß Sie und Ihre ganze Familie um 22.30 Uhr zu ihr herüberkommen.«

»Wir alle, Sir? Aber die Kinder ...«

»Auch die Kinder, Ihre ganze Familie. Sie hat eine ganz besondere Überraschung vorbereitet, die sie Ihnen dann zeigen will. Aber alle müssen da sein.«

»Na schön, Sir, wenn sie es so will.«

»Bis um 22.30 Uhr dann. Alle! Wir sehen uns dort, Mrs. Enderby.« Everard nickte ihr zu und ging zur Straße.

Er hatte getan, was er konnte. Seine nächste Station war das Nelson-Haus. Er hüpfte mit seinem Springer drei Häuser weiter, parkte ihn im Dämmerlicht einer Allee und ging zu Fuß zum Haus. Er war jetzt ebenfalls schuldig, schuldig wie Schtein. Er fragte sich, wie das Leben auf dem Exil-Planeten sein mochte.

Nirgends eine Spur von der Ing-Fähre ... und sie war zu groß, um sie zu verstecken. Also war Charlie noch nicht eingetroffen. Er mußte notgedrungen improvisieren.

Während er klopfte und wartete, fragte er sich, welche Folgen seine Rettung der Enderby-Familie wohl haben mochte. Die Kinder würden aufwachsen und eigene Kinder haben. Zweifellos unauffällige Mittelklasse-Engländer, doch irgendwann im Lauf der kommenden Jahrhunderte würde ein bedeutender Mann geboren werden oder das Licht der Welt durch irgendwelche Umstände niemals erblicken. Natürlich war die Zeit nicht sonderlich flexibel. Außer in sehr seltenen Fällen war ein präziser Stammbaum nicht wichtig. Wichtig waren nur der riesige Pool menschlicher Gene und die menschliche Gesellschaft. Aber trotzdem könnte das hier ja gerade einer jener ganz seltenen Ausnahmen sein.

Eine junge Frau öffnete die Tür. Sie war eine nette zierliche Person, keine außergewöhnliche Schönheit, aber hübsch anzusehen in ihrer adretten Uniform.

»Miss Nelson?«

»Ja, bitte?«

»Mein Name ist Everard. Ich bin ein Freund von Charlie Whitcomb. Darf ich hereinkommen? Ich habe ein paar überraschende Neuigkeiten für Sie.«

»Ich wollte gerade gehen«, sagte sie zögernd.

»Nein, das wollten Sie nicht.« Das war schlecht! Sie warf ihm einen verärgerten Blick zu.

»Entschuldigen Sie. Erlauben Sie, daß ich es Ihnen erkläre?«

Sie führte ihn in ein tristes, mit Möbeln vollgestopftes Zimmer. »Wollen Sie sich nicht setzen, Mr. Everard? Aber sprechen Sie bitte nicht so laut, meine Familie schläft schon. Alle müssen früh aufstehen.«

Everard machte es sich bequem. Mary hockte sich auf den Rand des Sofas und sah ihn mit großen Augen an. Er fragte sich, ob Wulfnoth und Eadgar zu ihren Vorfahren gehörten. Ja ... zweifellos, nach all diesen Jahrhunderten. Vielleicht gehörte auch Schtein dazu.

»Sind Sie bei der Air Force?« fragte sie. »Haben Sie Charlie dort kennengelernt?«

»Nein, ich bin beim Geheimdienst, was auch der Grund für diese Verkleidung ist. Darf ich fragen, wann Sie ihn zuletzt gesehen haben?«

»Oh, vor ein paar Wochen. Er ist zur Zeit in Frankreich stationiert. Ich hoffe, daß der Krieg bald vorbei ist. Es ist doch dumm von den Deutschen, immer noch weiterzumachen, wo sie längst wissen, daß sie am Ende sind, nicht wahr?« Neugierig reckte sie den Kopf. »Aber was sind das für Neuigkeiten, von denen Sie sprachen?«

»Dazu komme ich gleich.« Er schwafelte munter drauflos, ohne zuviel zu wagen, und erzählte von den Umständen jenseits des Kanals. Es war merkwürdig, hier zu sitzen und mit einem Gespenst Konversation zu machen. Doch hinderte ihn seine Konditionierung durch die Akademie daran, ihr die Wahrheit zu erzählen. Er hätte es gern getan, doch als er es versuchte, war seine Zunge plötzlich wie gelähmt.

»... und was für ein Aufwand nötig ist, auch nur ein Fläschchen roter Tinte zu bekommen ...«

»Bitte«, unterbrach sie ihn ungeduldig. »Würden Sie freundlicherweise zur Sache kommen? Ich habe heute abend noch einen Auftrag zu erledigen.«

»Oh, Verzeihung. Tut mir leid, wirklich. Sehen Sie, es ist so ...«

Ein Klopfen an der Tür rettete ihn.

»Entschuldigen Sie«, murmelte sie und verschwand durch die Verdunkelungsvorhänge. Everard eilte hinter ihr her.

Mit einem Aufschrei fuhr sie zurück. »*Charlie!*«

Whitcomb riß sie an sich, ohne auf das Blut zu achten, das auf seinen jütländischen Kleidern immer noch feucht glänzte. Everard trat in die Diele. Entsetzt starrte der Engländer ihn an.

»Du ...«

Seine Hand fuhr zur Schockpistole, doch Everard hatte seine schon gezogen. »Sei kein Dummkopf«, sagte der Amerikaner. »Ich bin dein Freund und möchte dir helfen. Also, was für eine Verrücktheit hast du dir ausgedacht?«

»Ich... ich behalte sie hier... hindere sie daran, hinüberzugehen...«

»Und du glaubst tatsächlich, sie hätten keine Möglichkeit, dich aufzuspüren?« Everard verfiel ins Temporal, in Gegenwart der erschrockenen Mary die einzig mögliche Sprache. »Als ich Mainwethering verließ, war er verdammt mißtrauisch geworden. Wenn wir diese Sache nicht richtig hinkriegen, wird jede Einheit der Patrouille alarmiert sein. Der Fehler wird dann vielleicht dadurch behoben, daß man deine Freundin umbringt. Und du verschwindest im Exil.«

»Ich...« Whitcomb schluckte. Sein Gesicht war eine Maske des Grauens. »Du... du würdest sie einfach in den Tod gehen lassen?«

»Nein. Aber die ganze Sache muß äußerst behutsam angepackt werden.«

»Wir werden fliehen... in eine andere Epoche, weit weg von hier. Wir gehen sogar bis ins Zeitalter der Dinosaurier zurück, wenn's sein muß.«

Mary machte sich von ihm frei. Sie öffnete den Mund, um zu schreien.

»Seien Sie still«, sagte Everard zu ihr. »Ihr Leben ist in Gefahr, und wir versuchen, Sie zu retten. Wenn Sie mir schon nicht trauen, dann vertrauen Sie wenigstens Charlie.«

Dann wandte er sich wieder seinem Freund zu und fuhr in Temporal fort: »Hör zu, es gibt keinen Ort und keine Zeit, in der ihr euch verstecken könnt. Mary Nelson ist heute nacht gestorben. Das ist nun mal Geschichte. 1947 gab's sie längst nicht mehr. Auch das ist Geschichte. Ich habe mich schon selbst bis zur Halskrause in Schwierigkeiten gebracht: Die Familie, die sie besuchen wollte, wird nicht in ihrem Haus sein, wenn die Bombe fällt. Falls du versuchst, mit ihr davonzulaufen, wird man dich finden. Es ist ohnehin purer Zufall, daß noch keine Einheit der Patrouille hier aufgetaucht ist.«

Whitcomb versuchte Haltung zu bewahren. »Nimm mal an, ich springe mit ihr nach 1948. Woher will man wissen, daß sie 1948 nicht plötzlich wieder aufgetaucht ist? Vielleicht ist auch das Geschichte.«

»Mann, das kannst du nicht. Versuch's. Na, mach schon, sag ihr, daß du mit ihr vier Jahre in die Zukunft hüpfen willst.«

Whitcomb stöhnte. »Da gäbe es nun einen Ausweg ... und ich bin konditioniert.«

»Ja, du hast gerade genug Spielraum, in diesem Aufzug vor ihr zu erscheinen, aber wenn du mit ihr darüber reden willst, wirst du sie belügen müssen, weil du nicht anders kannst. Außerdem ... wie willst du ihr dein Vorhaben erklären? Wenn Sie Mary Nelson bleibt, wird sie für die W.A.A.F. eine Deserteurin sein. Und sollte sie ihren Namen ändern – was ist dann mit Geburtsurkunde, Schulzeugnissen, Bezugsscheinen, mit all diesen schönen Papieren, die den 20. Jahrhundert-Behörden so wichtig sind? Es ist hoffnungslos.«

»Aber was können wir dann tun?«

»Stell dich der Patrouille und sag ihr, was du vorhast. Warte hier eine Minute.« Eine eisige Ruhe hatte von Everard Besitz ergriffen, ihm blieb keine Zeit für Furcht, keine Zeit, sich über sein Verhalten zu wundern. Er ging zu der Straße, in der er den Springer zurückgelassen hatte, programmierte ihn auf fünf Jahre in die Zukunft, wo er genau am Mittag auf dem Piccadilly Circus landen würde. Er legte den Schalter um, sah zu, wie die Maschine verschwand, und ging dann zum Haus zurück. Mary lag schluchzend in Whitcombs Armen – beide arme, verdammte Kinder, die sich im Wald verlaufen hatten.

»Okay.« Everard schob sie ins Wohnzimmer und setzte sich. Die Pistole hielt er schußbereit im Anschlag. »Wir warten. Es wird nicht lange dauern.«

Es dauerte nicht lange. Ein Springer mit zwei Männern im Grau der Patrouille tauchte auf. Sie hielten

Waffen in den Händen. Mit einem schwachen Schockstrahl holte Everard sie von ihrer Maschine. »Hilf mir, sie zu fesseln«, rief er Charlie zu.

Mary hatte sich starr vor Schreck in eine Ecke gekauert.

Als die Männer wieder zu sich kamen, schenkte Everard ihnen ein kaltes Lächeln. »Welchen Auftrag haben wir denn, Jungs?« fragte er in Temporal.

»Ich denke, du weißt das«, meinte einer der Gefangenen ruhig. »Das Hauptbüro gab uns den Auftrag, euch zu folgen. Bei der Überprüfung der kommenden Woche stellten wir fest, daß du eine Familie evakuiertest, die nach Plan ausgebombt werden sollte. Aus Whitcombs Akte schlossen wir, daß du hierhergekommen sein mußtest, um ihm bei der Rettung seines Mädchens zu helfen, die eigentlich heute nacht sterben soll. Besser, du bindest uns los, oder es wird noch schlimmer für dich.«

»Ich habe die Geschichte nicht verändert«, meinte Everard. »Die Danellier sind doch immer noch in der Zukunft, oder?«

»Ja, sicher, aber ...«

»Wie konntet ihr dann wissen, daß die Enderby-Familie sterben sollte?«

»Ihr Haus wurde getroffen, und sie erzählten uns, sie hätten es nur verlassen, weil ...«

»Aha, aber Tatsache ist doch, daß sie es verlassen haben. Das ist doch schriftlich belegt. Ihr seid diejenigen, die jetzt die *Vergangenheit* ändern wollen.«

»Aber diese Frau hier ...«

»Seid ihr ganz sicher, daß es da nicht mal eine Mary Nelson gab, die, sagen wir, 1850 in London lebte und um 1900 in hohem Alter gestorben ist?«

Der Schmalgesichtige grinste. »Du läßt nichts unversucht, was? Es wird nicht klappen. Du kannst nicht gegen die gesamte Patrouille ankämpfen.«

»Kann ich nicht? Ich könnte euch hierlassen, bis die

Enderbys euch finden. Ich habe meinen Springer so eingestellt, daß er zu einem Zeitpunkt, den nur ich kenne, inmitten der Öffentlichkeit auftaucht. Was wird wohl daraufhin mit der Geschichte geschehen?«

»Die Patrouille wird Korrektureinstellungen vornehmen – wie ihr es ja auch im 5. Jahrhundert getan habt.«

»Möglich! Ich kann es ihr aber wesentlich leichter machen, wenn sie auf meinen Vorschlag eingeht. Ich will einen Danellier.«

»Was?«

»Ihr habt mich doch verstanden. Wenn nötig, steige ich auf euren Springer und reise ein paar Millionen Jahre in die Zukunft. Ich werde den Leuten persönlich klarmachen, wieviel einfacher es wäre, uns etwas Zeit zu geben.«

Das wird nicht notwendig sein.

Mit einem überraschten Keuchen fuhr Everard herum. Die Schockpistole fiel ihm aus der Hand.

Er konnte die Gestalt, die vor seinen Augen aufschimmerte, nicht ansehen. Mit einem trockenen Aufschluchzen wich er zurück.

Dein Vorschlag ist überdacht worden, sagte die tonlose Stimme.

Er war schon Jahre bevor du geboren wurdest bekannt und wurde in Betracht gezogen. Aber du stelltest immer noch ein notwendiges Glied in der Kette der Zeit dar. Wenn du heute nacht versagt hättest, gäbe es kein Erbarmen.

Für uns waren es überlieferte Fakten, daß ein Charles und eine Mary Whitcomb zur Zeit der Königin Victoria in England lebten. Faktum war auch, daß Mary Nelson zusammen mit der Familie, die sie besuchte, 1944 starb, und Charles Whitcomb ein Junggesellen-Dasein führte, bis er schließlich im aktiven Dienst der Patrouille getötet wurde. Die Diskrepanz wurde bemerkt, und da selbst das kleinste Paradoxon im Raum-Zeit-Muster eine gefährliche Schwachstelle ist, mußte diese Diskrepanz durch die völlige Eliminierung des einen oder anderen Faktums, das dann nie existiert haben durfte, ausgeräumt werden. Du hast nur entschieden, welches Faktum es sein würde.

Irgendwo in seinem verwirrten Verstand registrierte Everard, daß die beiden Streifengänger der Patrouille plötzlich wieder frei waren. Er wußte, daß sein Springer in dem Moment, in dem er materialisierte, für die Menschen unsichtbar geworden war ... werden würde ... entfernt werden würde. Er wußte, daß sich die Historie nun so las: *Mary Nelson von der W.A.A.F gilt als vermißt; sie kam vermutlich bei einer Bombenexplosion in der Nähe des Hauses der Enderby-Familie ums Leben, die sich im Nelson-Haus befand, weil das eigene zerstört worden war; Charles Whitcomb verschwand 1947, vermutlich ertrank er bei einem Unfall.* Er wußte, daß man Mary die Wahrheit mitgeteilt und sie konditioniert hatte, sie niemals zu enthüllen, und sie mit Charlie in das Jahr 1850 zurückversetzt hatte. Er wußte, sie würden ihren bürgerlichen Weg durch das Leben gehen, sich aber nie richtig wohl fühlen in der Zeit der viktorianischen Herrschaft. Charlie würde oft wehmütig daran denken, was er in der Patrouille gewesen war ... und sich dann nach seiner Frau und seinen Kindern umdrehen und sich sagen, daß es doch kein allzu großes Opfer gewesen war.

Das alles wußte er – und dann war der Danellier verschwunden. Als sich die wirbelnden Schatten in seinem Kopf verflüchtigten und er die beiden Streifengänger wieder klar erkennen konnte, wußte er nicht mehr, was seine eigene Bestimmung war.

»Komm«, sagte der eine Mann. »Laß uns von hier verschwinden, ehe jemand aufwacht. Wir bringen dich in dein eigenes Jahr zurück. Das war 1954, richtig?«

»Und was dann?« fragte Everard.

Der Mann zuckte die Achseln. Mit seiner lässigen Art versuchte er die Auswirkungen des Schocks zu verhehlen, den das Auftauchen des Danelliers ihm versetzt hatte. »Melde dich bei deinem Sektor-Chef. Offensichtlich bist du für den ständigen Job bei uns nicht geeignet.«

»So, so... unehrenhaft entlassen, wie?«

»Du brauchst gar nicht nicht so dramatisch zu sein. Denkst du vielleicht, dieser Fall war der einzige seiner Art in einer Million Jahre Patrouillen-Dienst? Für solche Fälle gibt es ein reguläres Vorgehen. Du brauchst natürlich ein weiterführendes Training. Deine Art von Persönlichkeit ist am nützlichsten im Ungebundenen-Status – Einsätze in jeder Epoche, an jedem beliebigen Ort. Wo immer man dich gerade brauchen kann. Ich glaube, das wird dir gefallen.«

Erschöpft setzte sich Everard auf den Springer. Als er wieder von ihm abstieg, war ein Jahrzehnt vergangen.

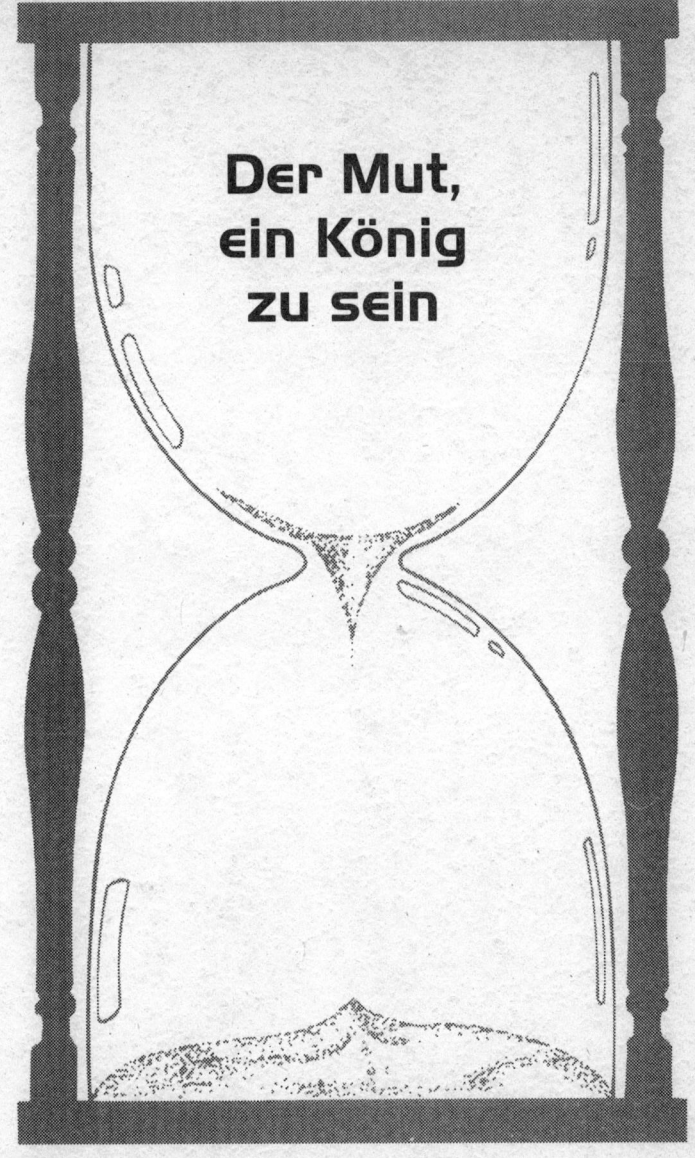
Der Mut, ein König zu sein

1

An einem Abend in New York in der Mitte des 20. Jahrhunderts hatte sich Manse Everard einen abgewetzten Hausanzug angezogen und mixte sich einen Drink. Die Türklingel unterbrach seine Tätigkeit. Er fluchte laut, denn er hatte ein paar anstrengende Tage hinter sich und wünschte sich keine andere Unterhaltung als die der verlorengegangenen Erzählungen von Dr. Watson.

Nun, vielleicht konnte man den Besucher schnell loswerden. Er schlurfte durch sein Apartment und öffnete mit verdrießlicher Miene die Tür. »Hallo«, sagte er kalt.

Und dann war es plötzlich, als befände er sich an Bord eines Raumschiffes, das gerade in den freien Fall eintrat. Er fand sich schwere- und hilflos im Glanz heller Sterne wieder.

»Oh«, meinte er. »Ich wußte nicht ... Komm rein.«

Cynthia Denison wartete einen Augenblick und sah an ihm vorbei zur Bar hinüber. Er hatte zur Dekoration zwei gekreuzte Speere und einen Pferdekopf-Helm aus der achäischen Bronzezeit über ihr angebracht. Sie schimmerten dunkel und waren unglaublich schön. Sie versuchte, ihrer Stimme Festigkeit zu verleihen, schaffte es aber nicht. »Könnte ich einen Drink haben, Manse – jetzt sofort?«

»Natürlich.« Er machte den Mund zu und half ihr aus dem Mantel. Sie schloß die Tür und setzte sich auf die moderne schwedische Couch, in ihrer Form ebenso klar und funktional gestaltet wie die Waffen aus der Zeit Homers. Ihre Finger nestelten nervös an ihrer Tasche und entnahmen ihr eine Schachtel Zigaretten. Längere Zeit sah sie ihn nicht an, und auch er mied ihren Blick.

»Trinkst du immer noch Irish Whisky on the Rocks?« fragte er schließlich. Seine Worte schienen von weit her zu kommen, und sein Körper wirkte zwischen den Flaschen und Gläsern unbeholfen und plump, schien völlig vergessen zu haben, was ihm beim Training der Zeitpatrouille beigebracht worden war.

»Ja«, antwortete sie. »Du hast es also noch nicht vergessen.« Ihr Feuerzeug klickte. Das Geräusch hallte überraschend laut durch das Zimmer.

»Es ist ja gerade ein paar Monate her«, erwiderte er in Ermangelung einer besseren Antwort.

»Nach entropischer Zeit, dem regulären, ungebeugten 24-Stunden-Tag.« Sie blies den Rauch aus und schaute ihm nach. »Nicht viel länger für mich. Ich lebe nun fast ständig in ihr seit ... seit meiner Hochzeit. Gerade mal achteinhalb Monate meiner persönlichen biologischen Lebenslinie, seit Keith und ich ... Aber wie lange ist das für dich gewesen, Manse? Wie viele Jahre hast du abgerissen, in wievielen Epochen bist du gewesen, seitdem du Keiths bester Mann geworden bist.«

Sie hatte immer eine hohe, dünne Stimme gehabt. Dies war der einzige Makel, den er jemals an ihr bemerkt hatte, sah man einmal von ihrem kleinen Wuchs – sie war kaum fünf Fuß groß – ab. Das war auch der Grund, weshalb sie ihren Worten kaum Gefühl und Ausdruck verleihen konnte. Trotzdem hörte er, daß sie ein Weinen unterdrückte.

Er brachte ihr einen Drink. »Runter damit«, sagte er. »In einem Zug.« Sie gehorchte und rang hinterher nach Atem. Erneut füllte er ihr Glas und mixte seinen eigenen Scotch und Soda. Dann zog er sich einen Sessel heran und förderte aus den Tiefen seiner mottenzerfressenen Hausjacke Tabak und Pfeife zutage. Seine Hände bebten immer noch leicht, doch er hoffte, daß sie es nicht bemerkte. Sie war so klug gewesen, nicht sofort damit herauszuplatzen, welche Nachrichten auch immer sie mitbrachte. Sie beide brauchten einen Moment, um ihre Fassung wiederzufinden.

Immerhin wagte er jetzt, sie direkt anzuschauen. Sie hatte sich nicht verändert. Ihre zierliche Figur war perfekt, was durch ihr einfaches schwarzes Kleid noch betont wurde. Ihr sonnengoldenes Haar fiel ihr in weichen Wellen auf die Schultern, und unter den feingeschwungenen Brauen schauten große blaue Augen aus dem schmalen Gesicht mit den vollen Lippen, die immer ein wenig geöffnet waren. Wegen ihres Makeups konnte er sich nicht sicher sein, ob sie noch vor kurzem geweint hatte, aber sie schien den Tränen nahe.

Everard stopfte umständlich seine Pfeife. »Okay, Cyn«, sagte er schließlich. »Was willst du mir erzählen?«

Sie zuckte zusammen. »Keith. Er ist verschwunden.« Sie hatte Mühe, die Worte auszusprechen.

»Was?« Everard fuhr in seinem Sessel hoch. »Bei einer Mission?«

»Ja, wo sonst? Im alten Iran. Er ging dorthin zurück und kam nicht mehr wieder. Das ist jetzt eine Woche her.« Sie setzte ihr Glas auf der Couchlehne ab und legte die Hände zusammen. »Natürlich hat die Patrouille nach ihm gesucht. Heute habe ich die Einzelheiten erfahren. Sie können ihn nicht finden. Sie können nicht mal herauskriegen, was mit ihm geschehen ist.«

»Judas«, murmelte Everard.

»Keith hielt dich immer ... immer für seinen besten Freund«, stieß sie erregt hervor. »Du würdest nicht glauben, wie oft er von dir gesprochen hat. Ehrlich, Manse, ich weiß, daß wir dich vernachlässigt haben, aber du schienst ja auch nie da zu sein, und ...«

»Natürlich«, unterbrach er sie. »Für wie kindisch hältst du mich? Ich war beschäftigt. Und außerdem wart ihr beide frisch verheiratet.«

Nachdem ich euch miteinander bekanntgemacht hatte in

jener Nacht unter dem Mauna Loa und dem Mond. Die Zeitpatrouille kennt da keinen Snobismus. Einer jungen Frau wie Cynthia Cunningham, einer kleinen Angestellten frisch von der Akademie mit Gebundenen-Status an ihr eigenes Jahrhundert, ist es mehr oder weniger freigestellt, einen hochrangigen Veteranen ... wie mich zum Beispiel ... außerhalb der Dienstzeit zu treffen, so oft beide dies wollen. Es gibt keinen Grund, warum er nicht seine Geschicklichkeit in der Auswahl der Tarnung nutzen sollte, um mit ihr im Strauss'schen Wien einen Walzer zu tanzen oder eine Theatervorführung im Shakespeare'schen London zu besuchen, in Tom Lehrers New York exotische kleine Bars aufzustöbern, oder unter der Sonne Hawaiis 1000 Jahre vor dem Tag, an dem die Einbaumfahrer dort eintrafen, am Strand zu liegen oder zu surfen. Auch einem Kameraden aus der Patrouille steht es frei, die beiden jederzeit zu treffen. Und die Frau dann später zu heiraten. Klar doch!

Everards Pfeife brannte schließlich. Als sein Gesicht beinahe hinter den dicken Qualmwolken verschwand, meinte er: »Erzähl mir alles ganz von vorn. Fast drei Jahre in meiner eigenen Lebenszeitrechnung hatte ich keinen Kontakt mehr mit euch und weiß daher nicht genau, woran Keith gearbeitet hat.«

»So lange?« fragte sie erstaunt. »Du hast in diesem Jahrzehnt nicht mal deinen Urlaub genommen? Wir wollten doch, daß du uns besuchst.«

»Hör auf, dich zu entschuldigen!« knurrte er. »Natürlich hätte ich vorbeischauen können, wenn ich das gewollt hätte.«

Ihr Elfengesicht wurde bleich, als habe er ihr einen Schlag versetzt. Hastig entschuldigte er sich. »Tut mir leid. Natürlich wollte ich euch besuchen. Aber wie ich schon sagte ... wir Ungebundenen Agenten sind so beschäftigt, im Raum-Zeit-Geflecht herumzuhüpfen wie die Fliegen auf einem Misthaufen ... Ach, zum Teufel!« Er versuchte ein Lächeln. »Du kennst mich doch, Cyn, taktlos wie immer. Aber das hat nichts zu bedeuten.

Ich habe im Klassischen Griechenland eine Schimären-Legende in Umlauf gesetzt... Man kannte mich dort als das *dilaiopod*, ein seltsames Monster mit zwei linken Füßen, die ihm aus dem Maul wuchsen.«

Sie zwang sich zu einem Lächeln und nahm ihre Zigarette vom Aschenbecher. »Ich bin immer noch Angestellte in der Verfahrensforschung, komme aber dadurch in engen Kontakt mit all den anderen Büros in diesem gesamten Milieu, das Hauptquartier inbegriffen. Daher weiß ich genau, was wegen Keith unternommen wurde... und das genügt mir nicht! Sie haben ihn einfach abgeschrieben. Manse, Keith ist tot, wenn du nichts unternimmst.«

Sie schwieg, sichtlich mitgenommen. Um ihnen beiden ein wenig Zeit zu geben, ließ Everard noch einmal Keith Denisons Lebenslauf Revue passieren:

1927 in Cambridge, Massachusetts, als Sohn wohlhabender Eltern zur Welt gekommen, promovierte er schon mit 23 Jahren aufgrund einer Dissertation, die weltweit Beachtung fand, zum Doktor der Philosophie und Archäologie, nachdem er die College-Meisterschaften im Boxen gewonnen und in einer Dreißig-Fuß-Ketch allein den Atlantik überquert hatte. 1950 eingezogen, kämpfte er im Korea-Krieg mit einer Tapferkeit, die ihn in einem populäreren Krieg viel Ruhm eingebracht hätte. Aber um diese Einzelheiten von ihm zu erfahren, mußte man ihn schon ziemlich lange kennen. Meist sprach er, wenn nichts zu tun war, über unpersönliche Dinge, wobei er einen ziemlich trockenen Humor offenbarte. Seine Arbeit erledigte er unauffällig und ohne übertriebenen Aufwand. *Na klar,* dachte Everard, *der beste Mann bekam das Mädchen. Keith hätte mühelos den Ungebundenen-Status erlangen können, wenn er gewollt hätte. Aber er besaß hier Bindungen, die ich nicht hatte. War halt bodenständiger als ich.*

Nach seiner Entlassung 1952 frei und ungebunden, wurde Denison von einem Agenten der Patrouille entdeckt und rekrutiert. Schneller als die meisten anderen hatte er die Möglichkeit von Zeitreisen akzeptiert. Sein Verstand war flexibel, und zudem war er Archäologe. Nach seinem Training schaffte er es, seine eigenen Interessen erfolgreich mit den Aufgaben bei der Patrouille zu verknüpfen; er wurde ein Spezialist für die Ost-Indoeuropäische Urgeschichte – und in vielen Bereichen ein viel wichtigerer Mann als Everard.

Denn der Ungebundene Beamte konnte zwar die Zeitstraßen hin und her springen, den Verzweifelten helfen, die Gesetzesbrecher festnehmen und so das Geflecht der menschlichen Bestimmung sichern. Aber wie konnte er festhalten, was er tat, ohne einen Bericht anzufertigen? Jahrtausende vor den ersten Hieroglyphen hatte es schon Kriege und Völkerwanderungen, Entdeckungen und Erfindungen gegeben, die Konsequenzen für das ganze Kontinuum hatten. Die Patrouille mußte das alles wissen. Ihren Kurs festzulegen war die Aufgabe solcher Spezialisten.

Hinzu kam, daß Keith ein Freund von mir war.

»Okay, Cyn.« Everard nahm die Pfeife aus dem Mund. »Erzähl mir genau, was passiert ist.«

2

Sie hatte ihre Fassung wiedererlangt, und ihre dünne Stimme klang nun fest. »Er untersuchte gerade die Wanderungen der unterschiedlichen arischen Clans. Sie liegen ziemlich im dunkeln, wie du weißt. Man muß an einem Punkt anfangen, an dem die Geschichtsschreibung noch hieb- und stichfest ist, und sich von dort in die Vergangenheit zurückarbeiten. Also ging Keith in den Iran, zurück in das Jahr 558 vor Christus. Er sagte, das sei kurz vor dem Untergang des Volkes der Meder gewesen. Er stellte Untersuchungen über dieses Volk an, um seine Traditionen kennenzulernen, und wollte von dort einen noch früheren Zeitpunkt überprüfen, und so weiter, und so weiter ... Aber das alles müßte dir bekannt sein, Manse. Du hast ihm doch damals geholfen, ehe wir uns kennenlernten. Jedenfalls sprach er oft davon.«

»Oh, ich unterstützte ihn nur ein wenig – für den Fall, daß es Ärger geben würde.« Everard zuckte die Achseln. »Er untersuchte gerade die prähistorische Wanderung einer bestimmten Horde vom Don über den Hindukusch. Wir erklärten ihrem Häuptling, wir seien nomadisierende Jäger, die um Gastfreundschaft bäten, und begleiteten den Wagentreck für ein paar Wochen. Hat Spaß gemacht.«

Er erinnerte sich der Steppen und der unendlichen Himmel darüber, der ermüdenden Jagd auf Antilopen, einem Fest am Lagerfeuer und eines bestimmten Mädchens, dessen Haar bittersüß nach verbranntem Holz roch. Einen Augenblick lang wünschte er sich, er hätte leben und sterben können wie einer der Männer dieses Stammes.

»Diesmal ist Keith allein zurückgegangen«, fuhr Cynthia fort. »In dieser Branche herrscht offenbar immer Personalmangel – in der gesamten Patrouille vermutlich. So viele tausend Jahre, die überwacht werden müssen, und so wenige menschliche Lebzeiten, um das zu schaffen. Er ist auch vorher schon öfter allein gegangen. Ich war immer dagegen, aber er sagte, verkleidet als umherziehender Schafhirte, der nichts besäße, was zu stehlen sich lohne, wäre er im iranischen Hochland sicherer als bei einer Überquerung des Broadway. Nur, daß es diesmal nicht stimmte.«

»Ich verstehe«, meinte Everard rasch. »Er ging, wie du sagtest, vor einer Woche, um für die Clearingstelle seiner Spezialabteilung Informationen zu sammeln, und wollte am gleichen Tag zurückkommen, an dem er dich verlassen hatte.« *Weil nur ein kompletter Idiot mehr von seiner Lebenszeit verstreichen lassen würde, ohne dabei selbst anwesend zu sein.* »Aber er kam nicht.«

»Richtig.« Sie zündete sich an der Glut der ersten die nächste Zigarette an. »Ich machte mir sofort Sorgen und fragte seinen Chef nach ihm. Er versprach mir, sich selbst zu erkundigen – das war heute vor einer Woche – und erhielt die Antwort, daß Keith nicht zurückgekehrt sei. Der Sprecher der Clearingstelle erklärte, er sei nie bei ihnen angekommen. Also überprüften wir die Berichte im Milieu-Hauptbüro. Danach war Keith nicht mehr zurückgekommen, und man hatte auch keinerlei Spur von ihm gefunden.«

Everard nickte mitfühlend. »Und dann wurde natürlich die Suche angeordnet, über die es im Milieu-Hauptquartier eine Akte gibt.«

Eine variable Zeit schuf eine Menge Paradoxa. Diese Erkenntnis hatte er sich schon zigmal vorgebetet.

Wurde ein Mann vermißt, war man nicht verpflichtet, nach ihm zu suchen, nur weil irgendwo ein Bericht diese Suche dokumentierte. Aber welche Chance hatte man sonst, ihn zu finden? Zwar könnte man zurückgehen und den Ablauf der Ereignisse dahingehend verändern, daß man den Vermißten schließlich doch fände. In diesem Fall würde der Bericht, den man anfertigte, den eigenen Erfolg melden, und nur du würdest als einziger die ›ehemalige‹ Wahrheit kennen.

Dadurch konnte man vieles durcheinanderbringen. Kein Wunder, daß die Patrouille so kleinlich war, selbst bei minimalen Veränderungen, die keine Auswirkungen auf das Hauptmuster hatten.

»Unser Büro alarmierte die Jungs im altiranischen Milieu, und die schickten eine Gruppe los, um nach seinem Verbleib zu forschen«, erklärte Everard. »Sie kannten nur den ungefähren Ort, an dem Keith materialisieren wollte, nicht wahr? Ich meine, er gab keine genauen Koordinaten an, weil er nicht sicher wußte, wo er den Scooter verstecken konnte.«

Cynthia nickte. »Aber ich verstehe nicht, wieso sie die Maschine später nicht gefunden haben. Was immer Keith zugestoßen sein könnte, der Scooter müßte doch irgendwo in der Nähe sein, in einer Höhle oder wo immer. Die Patrouille verfügt über Detektoren. Damit müßten sie doch in der Lage sein, den Zeitspringer aufzufinden und sich von dort aus weiter rückwärts vorzuarbeiten, um Keith aufzuspüren.«

Sie zog so heftig an ihrer Zigarette, daß sich in ihren Wangen tiefe Mulden bildeten. »Sie haben das auch versucht«, meinte sie. »Aber wie man mir sagte, ist es ein wildes, zerklüftetes Land, das sich nur schwer durchsuchen läßt. Jedenfalls kam nichts dabei heraus. Sie konnten keine Spur von ihm finden. Vielleicht hätten sie etwas entdeckt, wenn sie sich intensiver bemüht hätten – Meile um Meile und Stunde um Stunde abgesucht hätten. Aber das wagten sie nicht. Verstehst du, dieses Milieu ist sehr kritisch. Mr. Gordon hat mir die Analyse gezeigt. Ich konnte zwar nicht all die Symbole verstehen, aber er meinte, es sei ein zu sensibles Jahrhundert, um zu viel daran herumzuhantieren.«

Everard umfaßte mit seiner großen Hand den Pfeifenkopf. Die Wärme, die er ausstrahlte, war irgendwie beruhigend und angenehm. Bei kritischen Epochen wurde ihm immer ganz mulmig.

»Ich verstehe. Sie konnten nicht so intensiv nach ihm suchen, wie sie wollten, weil dadurch zu viele der lokalen Bauerntölpel verunsichert worden wären und falsch reagiert hätten, wenn die große Krise kam. Aber was war mit den Nachforschungen, die man in Verkleidung bei den Leuten unternommen hat?«

»Einige Experten der Patrouille taten das. Sie versuchten es wochenlang – nach persischer Zeit. Doch die Eingeborenen zeigten ihnen auch nicht den Hauch einer Spur. Diese Stämme sind so wild und mißtrauisch ... vielleicht hielten sie unsere Agenten für Spione des Meder-Königs. Soviel ich begriffen habe, waren sie gegen seine Herrschaft ... Nein, die Patrouille fand keine Spur von Keith. Und es gibt auch keinen Grund für die Annahme, daß das Zeitmuster angetastet worden wäre. Sie glauben, daß Keith ermordet wurde und sein Scooter irgendwie verschwand. Und was für einen Unterschied ...« Cynthia sprang plötzlich auf und schrie: »Was bedeutet schon ein Skelett mehr im Gully der Zeit?«

Everard erhob sich ebenfalls. Sie warf sich in seine Arme und weinte sich ihren ganzen Kummer von der Seele. Er selbst hätte nie gedacht, daß es ihn so treffen würde. Er hatte sich gezwungen, nicht mehr an sie zu denken – oder höchstens nur zehnmal am Tag – und jetzt war sie bei ihm, und all die Mühe, sie zu vergessen, war vergebens.

»Können sie denn hier vor Ort nichts tun?« schluchzte sie. »Kann denn niemand eine Woche zurückspringen und ihm sagen, er solle nicht gehen. Ist das denn zuviel verlangt? Welche Monster haben dieses Gesetz nur gemacht?«

»Ganz normale Menschen, keine Monster«, sagte Everard. »Würden wir es wagen, zurückzuspringen und an der Vergangenheit unseres eigenen Personals herumzubasteln, hätten wir bald alles so verdreht, daß keiner von uns mehr existierte.«

»Aber in einer Million Jahren oder noch mehr – es muß doch Ausnahmen geben!«

Everard antwortete nicht darauf. Er wußte, es gab Ausnahmen, aber er wußte auch, daß Keith Denisons Fall nicht zu ihnen gehörte. Die Patrouille war bestimmt kein Verein von Heiligen, aber ihre Leute wagten nicht, ihre Spielregeln für ihre eigene Zwecke zu korrumpieren. Wie jedes andere Korps mußte man Verluste hinnehmen und konnte zum Gedächtnis an die Toten nur das Glas heben. Man reiste nicht in der Zeit zurück, um noch einmal zu sehen, wie sie gelebt hatten.

Schließlich löste Cynthia sich von ihm, griff nach ihrem Drink und kippte ihn in einem Zug herunter. Die goldblonden Locken wirbelten dabei um ihr Gesicht. »Es tut mir leid«, sagte sie, zog ein Taschentuch hervor und trocknete die Augen. »Ich wollte nicht laut werden.«

»Ist schon in Ordnung.«

Sie starrte zu Boden. »Du könntest versuchen, Keith zu helfen. Die regulären Agenten haben aufgegeben, aber du könntest es versuchen.«

Das war ein Appell, dem er sich nicht verschließen konnte. »Ich könnte es«, meinte er. »Aber ich würde keinen Erfolg haben. Die bestehende Zeitschreibung beweist, daß ich versagen würde, wenn ich es versuchte. Und über jede Änderung des Raum-Zeit-Geflechts würde man die Stirn runzeln, selbst wenn es eine solch triviale Sache wäre wie diese hier.«

»Für Keith ist das keinesfalls trivial.«

»Weißt du, Cyn«, murmelte er, »du gehörst zu den wenigen Frauen, die es so ausdrücken. Die meisten Frauen hätten gesagt: Für *mich* ist das keinesfalls trivial.«

Ihr Blick suchte den seinen, und einen Moment lang stand sie völlig still. Dann flüsterte sie: »Tut mir leid, Manse. Mir war nicht klar... ich dachte, nach all der Zeit, die für dich inzwischen vergangen ist, würdest du...«

»Wovon sprichst du überhaupt?« versuchte er sich zu verteidigen.

»Können die Psychologen der Patrouille nichts für dich tun?« Wieder ließ sie den Kopf sinken. »Ich meine, wenn sie uns doch konditionieren können, niemand Unbefugtem zu erzählen, daß es die Zeitreise gibt... ich denke, es müßte doch dann auch die Konditionierung einer Person aus ihrem...«

»Laß das mal beiseite«, unterbrach Everard sie grob. Eine Weile kaute er auf dem Pfeifenstiel herum. »In

Ordnung«, sagte er schließlich. »Ich habe da eine Idee, die vielleicht noch nicht ausprobiert wurde. Wenn Keith überhaupt noch zu retten ist, wirst du ihn noch vor morgen mittag wiederhaben.«

»Könntest du mich nicht zu dem Moment zeitspringen lassen, Manse?« Sie begann zu zittern. »Nur bis morgen nachmittag.«

»Das könnte ich, aber ich tue es nicht. So oder so mußt du morgen ausgeruht sein. Ich werde dich jetzt nach Hause bringen und darauf achten, daß du eine Schlaftablette nimmst. Dann werde ich hierher zurückkehren und über das alles nachdenken.« Er verzog die Lippen zu einem leichten Lächeln. »Und nun hör auf zu zittern. Ich sagte dir doch, daß ich nachdenken muß.«

»Manse...« Sie griff nach seinen Händen.

Er spürte eine plötzliche Hoffnung aufkeimen, für die er sich selbst verfluchte.

3

Im Herbst des Jahres 542 v. Chr. kam ein einzelner Mann aus den Bergen herab in das Tal des Kur. Er ritt einen schönen haselnußbraunen Wallach, größer als selbst die meisten Kavalleriepferde. Anderswo hätte ein solches Tier vielleicht Räuber und Banditen angelockt. Aber der Große König hatte seinen Untertanen so viele Gesetze gegeben, daß allgemein der Spruch galt, eine Jungfrau könne unbehelligt mit einem Sack voll Gold durch ganz Persien wandern.

Dies war einer der Gründe, weshalb Everard sich entschlossen hatte, in diesen Zeitraum zu springen – sechzehn Jahre später als Keith Denisons Zeitziel. Ein weiterer Grund war, seine Ankunft auf einen Zeitpunkt zu legen, an dem jegliche Unruhe, die der Zeitreisende im Jahr 558 verursacht haben mochte, sich gelegt hatte. Wie immer die Wahrheit über Keiths Schicksal aussehen mochte – von hinten war leichter an sie heranzukommen, denn die direkten Methoden hatten ja schon versagt.

Nach Aussage des achämenidischen Milieu-Büros war der Herbst 542 die erste ruhige Periode nach dem Verschwinden des Agenten. Die Jahre 558 bis 553 waren sehr angespannt, weil der persische König von Anschan, Kurush (die Zukunft würde ihn unter dem Namen Koresh oder Kyros kennen), mehr und mehr der Unterdückung durch den medischen Oberherrscher Astyages überdrüssig wurde. Es folgten drei Jahre, in denen Kyros sich erhob; der Bürgerkrieg zerstörte das Reich, und schließlich unterwarfen die Perser ihre nördlichen Nachbarn. Doch konnte sich Kyros noch lange nicht als Sieger betrachten, weil immer wieder Aufstände gegen ihn losbrachen. Er brauchte vier Jahre, um diese niederzuwerfen und sein Reich nach Osten auszudehnen. Das wiederum beunruhigte die anderen Monarchen. Babylon, Ägypten, Lydien und Sparta verbündeten sich, um ihn zu vernichten. König Krösus von Lydien befehligte im Jahr 546 das Invasionsheer, das aber vernichtend geschlagen wurde. Lydien wurde annektiert, doch wieder erhoben sich die Lyder und mußten erneut unterworfen werden. Auch die unruhigen griechischen Kolonien Ionien, Karia und Lykien mußten befriedet werden. Seine Generäle besorgten das im Westen, während Kyros selbst im Osten gegen die wilden Reiterhorden ankämpfte, die sonst seine Städte in Brand gesteckt hätten. Danach folgte eine Atempause. Die Kilikier ergaben sich kampflos, als sie sahen, daß die anderen unterworfenen Völker nach ihren eigenen Gesetzen mit einer Menschlichkeit und Toleranz regiert wurden, wie die Welt sie bis dahin noch nicht erlebt hatte. Kyros überließ die eroberten Gebiete im Osten seinen Edlen und begnügte sich mit der Befriedung und Sicherung seiner eigenen Eroberungen. Erst 539 flammte der Krieg gegen Babylon wieder auf, und der Perser verleibte sich Mesopotamien ein. Danach folgte eine weitere Friedensperiode für Kyros, bis ihm schließlich die wilden Horden jenseits des Aral-Sees zu stark wurden und er gegen sie zu Felde zog – und in den Tod.

Manse Everard betrat Pasargadä wie einen Frühling der Hoffnung.

Aber keine zeitgemäße Epoche ist so rein und schön, daß sie jemand zu solch blumiger Metaphorik hinreißen könnte!

Meilenweit ritt Everard durch das Land und sah nur Bauern, die gebückt auf den Äckern arbeiteten oder Ochsenkarren beluden, und der Rauch aus den Stoppelfeldern ließ seine Augen tränen. Verwahrloste Kinder in abgerissenen Kleidern standen daumenlutschend vor fensterlosen Lehmhütten und starrten ihm nach. Ein Huhn rannte im Zickzack über die Straße, bis der reitende Bote des Königs, der es aufgeschreckt hatte, vorbei und das Huhn tot war. Ein Trupp Speerwerfer in malerischer Kleidung trottete vorbei: Die Männer trugen ausgebeulte Hosen und schuppige Brustpanzer, spitze oder pflaumenförmige Helme und grellbunte Umhänge. Aber auch sie waren schmutzig und verschwitzt. Die Häuser der Aristokraten verbargen sich hinter Adobemauern und weitläufigen Gärten, doch konnte eine Wirtschaftsform wie die örtliche unmöglich viele solcher Anwesen hervorbringen. Pasargadä war zu 90 Prozent eine orientalische Stadt mit gewundenen, schmutzigen Gassen zwischen schäbigen Hütten, Menschen mit fadenscheinigen Kopftüchern und unansehnlichen Gewändern, schreienden Kaufleuten in den Basaren, Bettlern, die ihre Gebrechen zur Schau stellten, Händlern mit gebündelten Zügeln in der Hand, an denen sie ihre Kamele und schwerbeladenen Esel hinter sich herzerrten, Hunden, die im Abfall wühlten, Tavernen mit Musik, die wie das Wimmern einer Katze in der Waschmaschine klang, Männern, die mit den Armen herumfuchtelten und Flüche ausstießen ... Wie mochte wohl die Mär von der Unergründlichkeit und Farbenpracht des Ostens zustande gekommen sein?

»Ein Almosen, Herr, für die Liebe des Lichtes! Eine Gabe, und Mithras wird auf Euch herablächeln ...«

»Wartet, Herr! Beim Bart meines Vaters, ich schwöre Euch, nie gab es eine feinere Arbeit aus einer geschickteren Hand als dieses Zaumzeug hier, das ich Euch, dem Glücklichsten unter den Menschen, hier anbiete für die lächerliche Summe von ...«

»Hier entlang, Herr, diesen Weg, nur vier Häuser weit, zum schönsten Serail im ganzen Land – nein, in der ganzen Welt. Unsere Kissen sind mit weichstem Gänsedaunen gestopft; mein Vater kredenzt Wein, der nur für die Götter gemacht ist, und die Küche meiner Mutter ist berühmt bis an die Grenzen der Erde. Meine Schwestern werden Euch drei Monde lang mit all ihren Künsten erfreuen – und das alles nur für ...«

Everard beachtete die Angebote der kindlichen Kuppler nicht, die neben ihm herliefen. Einer von ihnen zupfte an seinem Bein. Der Agent trat fluchend nach ihm, doch der Junge grinste nur schamlos. Everard hoffte, nicht in einem Gasthaus übernachten zu müssen. Zwar waren die Perser sauberer als die meisten anderen Völker dieser Zeit, doch gab es auch bei ihnen Insekten und Ungeziefer.

Er versuchte nicht daran zu denken, daß er fast wehrlos war. Normalerweise hatte ein Patrouillengänger immer ein As im Ärmel – sprich: eine Schockpistole aus dem 30. Jahrhundert und ein Miniatur-Funkgerät unterm Mantel, um den versteckten Raum-Zeit-Antigrav-Scooter herbeizurufen –, aber nur dann, wenn er sicher war, nicht gefilzt zu werden. Everard trug die Kleidung der Griechen: eine Tunika, Sandalen und einen langen Wollumhang, dazu ein Schwert an der Hüfte. Helm und Schild hingen an der Kruppe seines Pferdes. Das war schon alles. Nur der Stahl war ein Anachronismus.

Everard konnte nicht auf die Hilfe eines örtlichen Büros der Patrouille zählen, wenn er in Schwierigkeiten geriet, denn diese relativ arme und turbulente Ära des Umbruchs war für Temporalgeschäfte uninteressant; die nächste Einheit der Patrouille war im Milieu-Hauptbüro in Persepolis stationiert – eine Generation in der Zukunft.

Die Straßen wurden allmählich breiter, die Basare weniger und die Häuser größer.

Schließlich kam er an einen Platz, der von vier Herrenhäusern umrahmt wurde. Über die Außenmauern hinweg sah er gestutzte Bäume. Wachtposten, leichtbewaffnete schlanke junge Männer, hockten davor auf den Fersen, denn das Wachestehen war noch nicht erfunden worden. Als Everard sich näherte, richteten sie sich auf und legten Pfeile auf ihre Bogen. Der Agent hätte einfach den Platz überqueren können, doch er drehte sich suchend um und trat zu einem Burschen, der wie ein Hauptmann aussah.

»Seid gegrüßt, Herr, möge die Sonne hell über Euch leuchten.« Sein Persisch, das er unter Hypnose gelernt hatte, kam ihm flüssig über die Lippen. »Ich suche die Gastfreundschaft eines hohen Herrn, der den Geschichten meiner Reisen in ferne Länder gern sein Ohr leihen würde.«

»Mögen Eure Tage zahlreich sein«, antwortete der Posten. Everard erinnerte sich gerade rechtzeitig daran, daß er dem Mann kein Bakschisch anbieten durfte: Die Perser aus Kyros' eigenen Stämmen waren stolze, handfeste Leute – Jäger, Hirten und Krieger. Alle redeten mit der ihnen eigenen Würde, die ihrem Volk die ganze Geschichte hindurch erhalten blieb.

»Ich stehe im Sold von Krösus dem Lyder, bin ein Diener des Großen Königs. Er wird sein Dach dem ...«

»... Meander aus Athen«, ergänzte Everard. Dieser Deckname würde seine großen Gliedmaßen, die helle Haut und das kurze Haar erklären. Herodot war schließlich nicht der erste griechische Globetrotter gewesen, also fiel ein Athener auch nicht übermäßig auf. Trotzdem war der Anblick von Europäern in dieser Zeit – ein halbes Jahrhundert vor Marathon – immer noch ungewohnt genug, um Aufmerksamkeit zu erregen.

Ein Sklave wurde herbeigerufen, der wohl als Majordomus fungierte und seinerseits wieder einen Sklaven rief, der den Fremden durch das Tor führte. Der Garten dahinter war kühl und frisch wie erwartet. In diesem Haus brauchte Everard nicht zu befürchten, daß ein Teil seines Gepäcks gestohlen würde, und Essen und Getränke waren sicherlich von guter Qualität. Bestimmt würde Krösus selbst den Gast sehen wollen. *Wir haben mal wieder Glück*, alter Knabe, sagte Everard zu sich selbst und akzeptierte dankbar ein heißes Bad, duftende Öle und frische Kleider, die Datteln und den Wein, den man ihm in seinem erlesen möblierten Zimmer servierte, die bequeme Liege und die schöne Aussicht. Lediglich eine Zigarre vermißte er ...

Ganz annehmbar, tatsächlich. Blieb nur noch festzustellen, ob Keith unwiderruflich umgekommen war.

»Hölle und Teufel«, murmelte Everard. »Streich das gefälligst aus deinen Gedanken, verstanden?«

4

Nach Sonnenuntergang wurde es kalt. Mit vielen Förmlichkeiten wurden die Lampen entzündet, die Feuer geweiht und die Kohlenbecken gefüllt. Ein Sklave kam, warf sich unterwürfig zu Boden und verkündete, daß das Abendmahl serviert sei. Everard begleitete ihn durch eine weite Vorhalle, in der grobe Wandmalereien den Sonnengott und Mithras als Stier zeigten, passierte zwei Speerträger und trat in ein kleines Gemach, das hell erleuchtet war. Der schwere Duft von Weihrauch hing in der Luft, der Boden war mit dicken Teppichen ausgelegt. Zwei Liegesessel waren in hellenischer Manier an einen Tisch gerückt worden, der ganz unhellenisch mit Tellern aus Silber und Gold eingedeckt war; im Hintergrund warteten Sklaven darauf, ihre Herren zu bedienen, und aus einem angrenzenden Gemach drang leise chinesisch klingende Musik herüber.

Krösus von Lydien nickte huldvoll. Einst war er ein gutaussehender Mann mit regelmäßigen Gesichtszügen gewesen, schien aber in den wenigen Jahren, in denen seine Macht und sein Reichtum nur noch sprichwörtlich waren, sehr gealtert zu sein. Sein langes Haar war fast völlig ergraut. Er trug einen griechischen Umhang, hatte aber nach persischer Manier Rouge im Gesicht aufgetragen.

»Seid mir gegrüßt, Meander aus Athen«, sagte er auf griechisch und reckte den Kopf vor.

Everard küßte ihn auf die Wange. Es war eine nette Geste von Krösus, auf diese Weise Meanders Rang nur wenig tiefer als seinen eigenen einzustufen, auch wenn Krösus gerade Knoblauch aß. »Seid gegrüßt, Herr. Ich danke Euch für Eure Freundlichkeit.«

»Mit einem solch einsamen Mahl wollte ich Euch nicht erniedrigen«, sagte der ehemalige König. »Ich dachte nur ...« Er zögerte. »Ich habe mich immer den Griechen verwandt gefühlt, und deshalb können wir auch offen miteinander reden ...«

»Mein Herr, Ihr ehrt mich über alle Maßen.« Sie absolvierten noch mehrere Rituale und begannen schließlich ihr Mahl. Everard erzählte ein paar Geschichten über seine Reisen; hier und da stellte Krösus mit unangenehm scharfer Stimme eine Frage, doch ein Patrouillengänger lernte rasch, solche Klippen geschickt zu umschiffen.

»Tatsächlich befindet sich die Welt im Umbruch, und Ihr habt Glück, daß Ihr just zum Anbruch eines neuen Zeitalters hierhergekommen seid«, meinte Krösus. »Nie hat die Welt einen rühmlicheren König gesehen als ...« etc., etc.

Sicher sagte er das, um die Diener, unter denen sicherlich Spione des Königs waren, zu täuschen.

Trotzdem traf er damit auch die Wahrheit.

»Die hohen Götter haben unseren König begünstigt«, fuhrt Krösus fort. »Hätte ich gewußt, wie sehr sie tatsächlich und nicht, wie ich glaubte, aufgrund von Legenden, ihre schützende Hand über ihn halten, hätte ich mich nie gegen ihn erhoben. Denn es besteht kein Zweifel, daß er ein Auserwählter ist.«

Everard unterstrich seine Tarnung als Grieche, indem er den Wein mit Wasser verdünnte, und wünschte insgeheim, er hätte eine weniger gemäßigte Nationalität gewählt, denn der Wein war vorzüglich. »Was ist das für eine Geschichte, Herr?« fragte er. »Bis jetzt wußte ich nur, daß der Große König der Sohn des Kambyses war, der diese Provinz als Vasall des Meders Astyages verwaltete. Gibt es da noch mehr?«

Krösus beugte sich vor. In dem ungewissen Licht schimmerte ein merkwürdiges Leuchten in seinen Augen, eine Mischung aus Furcht und Enthusiasmus, die in Everards Zeit längst verlorengegangen war. »Hört gut zu und überbringt diese Botschaft auch Euren Landsleuten. Astyages gab seine Tochter Mandane dem Kambyses zum Weib, denn er wußte, daß die Perser unter seiner harten Knute stöhnten. Mit dieser Heirat wollte er ihre Führer fester an sein Haus binden. Doch Kambyses wurde krank und siech. Sollte er sterben und sein unmündiger Sohn Kyros in Anschan den Thron besteigen, würden persische Edle an die Macht kommen, die nicht mit Astyages verbunden waren. Außerdem warnten Träume den Mederkönig, daß Kyros sein Reich zerschlagen würde.

Also beauftragte Astyages seinen Spion beim König Kambyses, Aurvagaush (Krösus nannte ihn Harpagos, wie er im übrigen alle hiesigen Namen hellenisierte), den Prinzen zu beseitigen. Harpagos entführte das Kind trotz der Proteste von Königin Mandane. Kambyses war zu krank, um ihr zu helfen, und völlig unvorbereitet war Persien nicht in der Lage, sich zu erheben. Doch Harpagos konnte sich nicht zu dem Mord durchringen. Er tauschte den Prinzen gegen den totgeborenen Sohn eines Hirten in den Bergen, den er zur Verschwiegenheit verpflichtete. Das tote Kind wurde in königliche Gewänder gehüllt und an einem Hügelhang aufgebahrt. Mitglieder des medischen Hofstaates überzeugten sich davon, daß der junge Perser tot war, und begruben ihn. Unser Herrscher Kyros wuchs als Hirte auf.

Kambyses lebte noch zwanzig Jahre, ohne weitere Söhne zu zeugen, war aber auch nicht stark genug, den Erstgeborenen zu rächen. Schließlich starb er ohne einen Nachfolger, dem sich die Perser zum Gehorsam verpflichtet fühlten. Und Astyages befürchtete erneut Probleme. Da tauchte plötzlich Kyros auf, der seine edle Herkunft durch verschiedene Male beweisen konnte. Astyages, der seinen Plan bereute, hieß ihn willkommen und erkannte ihn als Nachfolger von Kambyses an.

Fünf Jahre lang blieb Kyros sein Vasall, fand aber die Tyrannei der Meder immer unerträglicher. Auch Harpagos erwartete ein schreckliches Schicksal: Weil er seinen Befehl, Kyros zu töten, mißachtet hatte, zwang Astyages ihn, seinen eigenen Sohn aufzuessen. Aus Rache konspirierte Harpagos mit einigen medischen Edlen. Sie wählten Kyros zu ihrem Anführer. Persien erhob sich, und nach drei Jahren Krieg krönte Kyros sich zum Herrscher von beiden Völkern. Natürlich hat er seitdem viele andere Völker in sein Reich einverleibt. Wann jemals zeigten die Götter ihren Willen deutlicher?«

Eine Weile lag Everard schweigend und ohne sich zu rühren auf seiner Liege. Er hörte, wie im Garten die herbstlichen Blätter trocken im kalten Wind raschelten. »Das ist wirklich die Wahrheit – und nicht nur ein phantasievolles Märchen?«

»Ich habe mich dessen häufiger versichern können, seit ich dem persischen Hof angehöre. Der König selbst hat sich mir gegenüber dafür verbürgt, ebenso wie Harpagos und die anderen Beteiligten.«

Der Lyder konnte nicht lügen, wenn er sich auf das Zeugnis seiner Oberen berief: Die persischen Edlen waren fanatische Verfechter der Wahrheit. Trotzdem hatte Everard etwas so Unglaubliches während seiner ganzen Laufbahn in der Patrouille noch nie gehört. Denn es war genau die Geschichte, die Herodot überliefert hatte – mit geringen Abweichungen konnte man sie in *Shah Nameh* nachlesen – und jedermann würde sie als typischen Heldenmythos entlarven. Ähnliche Geschichten waren um Moses, Romulus, Sigurd und hunderte anderer großer Männer gesponnen worden. Es gab keinen Grund für die Annahme, daß diese Geschichte Tatsachen enthielt, keinen Grund anzuzweifeln, daß Kyros ganz normal im Haus seines Vaters aufwuchs und diesem nach gewohntem Recht als Erstgeborener nachfolgte und sich später aus den üblichen Gründen gegen die Tyrannei erhob.

Außer der Tatsache, daß diese Geschichte von Augenzeugen beschworen worden war!

Hier gab es ein Geheimnis. Es rief Everard wieder den Grund seines Hierseins ins Gedächtnis. Er zeigte sich, der Situation angemessen, einigermaßen überrascht von dieser Geschichte und steuerte dann die Unterhaltung vorsichtig auf den Punkt: »Ich habe Gerüchte gehört, daß vor sechzehn Jahren ein Fremder nach Pasargadä gekommen sei, armselig gekleidet wie ein Hirte, in Wirklichkeit aber ein Magier, der Wunder vollbrachte. Er könnte hier gestorben sein. Weiß mein huldvoller Gastgeber etwas darüber?«

Gespannt wartete er auf die Antwort. Er hatte so eine Ahnung, daß Keith Denison nicht von einem Hinterwäldler erschlagen worden war. Sicher war er auch nicht von einer Klippe gestürzt und hatte sich das Genick gebrochen, oder war auf ähnliche Weise zu Schaden gekommen. In diesem Fall hätte die Patrouille den Scooter irgendwo gefunden. Sie könnten zwar die Gegend zu oberflächlich abgesucht haben, aber wie sollte ein Zeitspringer ihren Detektoren entgehen?

Also muß es andere Verwicklungen gegeben haben, dachte Everard. Wenn Keith überhaupt noch lebte, wäre er sicher hierher in diese Zivilisation zurückgekehrt.

»Vor sechzehn Jahren?« Krösus zupfte gedankenverloren an seinem Bart. »Damals war ich noch nicht hier. Außerdem hätten sich Gerüchte und Weissagungen im Land verbreitet, denn es war die Zeit, zu der Kyros die Berge verließ und sich als rechtmäßiger Thronfolger die Krone von Anschan aufsetzte. Nein. Meander, ich weiß nichts davon.«

»Ich habe sehr viel Mühe darauf verwandt, diesen Mann zu finden«, erklärte Everard, »weil mir ein Orakel sagte ...« und so weiter, und so weiter.

»Ihr solltet Euch vielleicht auch unter der Dienerschaft und bei den Stadtbewohnern umhören«, schlug Krösus vor. »Ich will mich wegen Eurer Angelegenheit auch gern bei Hof umhören. Ihr werdet doch sicher noch eine Weile hierbleiben, nicht wahr? Vielleicht wünscht der König selbst Euch zu sprechen. Er interessiert sich sehr für Ausländer.«

Kurz danach versandete die Unterhaltung. Mit säuerlichem Lächeln erklärte Krösus, daß die Perser immer früh zu Bett zu gehen und früh aufzustehen pflegten, und entschuldigte sich, weil er bei Morgengrauen im königlichen Palast erwartet werde. Ein Sklave führte Everard zu seinem Gemach, in dem ein sehr hübsches Mädchen ihn mit verheißungsvollem Lächeln erwartete. Er zögerte einen Moment und dachte an eine Zeit 2400 Jahre später. Aber – zum Teufel damit! Ein Mann mußte nehmen, was immer die Götter ihm boten, und die Typen waren ohnehin geizig genug.

5

Kurz nach Sonnenaufgang ritt ein bewaffneter Trupp auf den Vorplatz und rief nach Meander dem Athener. Everard ließ sein Frühstück stehen, ging hinaus und sah in das harte Falkengesicht eines Hauptmanns, der auf einem grauen Hengst einen Trupp der Garde anführte, die allgemein die Unsterblichen genannt wurde.

»Ihr werdet vom Chiliarch erwartet«, schnarrte der Hauptmann. Die Anrede, die er dabei gebrauchte, war ein persischer Titel: Es war der Kommandeur der Garde und Großwesir des persischen Reiches.

Everard überdachte einen Moment lang die Situation. Seine Muskeln spannten sich. Die Einladung klang nicht sehr herzlich, doch das hatte er auch kaum erwartet.

»Ich habe es vernommen und gehorche«, sagte er schließlich. »Aber laßt mich erst ein kleines Geschenk aus meinem Gepäck holen – als Dank für die Ehre, die mir erwiesen wird.«

»Der Chiliarch hat Euch unverzüglich zu sich befohlen. Hier ist ein Pferd für Euch.«

Ein Bogenschütze hielt ihm die verschränkten Hände als Steigbügel hin, doch Everard schwang sich ohne seine Hilfe in den Sattel, ein Trick, der in Zeiten, in denen man noch keine Steigbügel kannte, ausgesprochen nützlich war. Der Hauptmann nickte anerkennend, wendete sein Pferd und sprengte im Galopp über die Plaza auf eine breite Allee hinaus, die von Sphinx-Skulpturen und den Häusern der Reichen gesäumt wurde. Sie war nicht so belebt wie die Straßen im Basar, und trotzdem machten Reiter, Streitwagen, Sänftenträger und Fußgänger hastig Platz, als der Trupp vorbeipreschte. Kein Mensch durfte es wagen, die Unsterblichen aufzuhalten. Sie stoben durch die Palasttore, die vor ihnen aufschwangen, daß der Kies auf den Wegen aufspritzte, umrundeten ein weites Rasenfeld mit einem Springbrunnen und kamen vor dem Westflügel zu einem donnernden Halt.

Der Palast aus auffällig buntem Sandstein stand auf einer weiten Plattform und war ringsum von niedrigeren Gebäuden umgeben. Der Hauptmann sprang mit einem Satz vom Pferd, machte eine knappe Geste und eilte die Stufen einer breiten Marmortreppe empor. Everard folgte ihm inmitten einer Gruppe von Kriegern, die ihre leichten Kriegsäxte aus den Schlaufen im Zaumzeug gezogen hatten. Die Gruppe marschierte an den Haussklaven vorbei, die einheitliche Roben und Turbane trugen und ihn mit leeren Blicken betrachteten, passierte einen in Rot und Gelb gehaltenen Säulengang, durchquerte eine Halle mit zahllosen Mosaiken, deren Schönheit zu bewundern Everard nicht in der Stimmung war, und betrat einen Raum, der von einigen Posten bewacht wurde. Schlanke Säulen trugen eine Pfauenkuppel, durch die gewölbten Fenster drang der schwere Duft blühender Rosen.

Hier verneigten sich die Unsterblichen tief zum Zeichen der Ehrerbietung. *Was für sie gut genug ist, ist auch gut für dich, Sohn,* dachte Everard und küßte den Perserteppich. Der Mann auf der Liege nickte. »Erhebt Euch und tretet näher. Holt Sitzkissen für den Griechen.« Die Soldaten bauten sich neben ihm auf. Ein Nubier eilte geschäftig herbei und legte ein Kissen auf den Boden vor der Liege seines Herrn. Everard ließ sich mit gekreuzten Beinen darauf nieder. Sein Mund war völlig ausgetrocknet.

Der Chiliarch, dessen Name von Krösus mit Harpagos angegeben worden war, wie er sich erinnerte, beugte sich vor. Trotz des Tigerfells auf seiner Liege und der tiefroten Robe, die seinen Körper umhüllte, war der Meder ein alternder Mann mit eisengrauen schulterlangen Haaren und einem dunklen, von einer kantigen Nase beherrschten Gesicht voller Falten. Trotz seines offensichtlichen Alters war aber der Blick, mit dem er den Besucher musterte, hellwach.

»Nun«, begann er auf persisch, das von einem starken nordiranischen Akzent gefärbt war, »Ihr seid also der Mann aus Athen. Der edle Krösus berichtete heute früh von Eurer Ankunft und erwähnte auch die Nachforschungen, die Ihr anstellt. Da die Sicherheit des Reiches davon betroffen sein könnte, würde ich gerne wissen, wonach Ihr sucht.« Er strich sich mit juwelenblitzender Hand durch den Bart und lächelte frostig. »Es wäre ja auch möglich, daß ich Euch behilflich sein könnte, wenn sich Eure Nachforschungen als harmlos erweisen.«

Der Chiliarch war vorsichtig genug gewesen, dem Gast nicht die üblichen Begrüßungsrituale angedeihen und ihm Erfrischungen reichen zu lassen, um Meander nicht den Status eines Gastes zu verleihen. Dies hier war lediglich eine Befragung.

»Herr, was wünscht Ihr zu wissen?« fragte Everard, obwohl er es sich sehr gut denken konnte. Er hatte ein ungutes Gefühl.

»Ihr forscht nach einem als Schafhirt verkleideten Magier, der angeblich vor sechzehn Sommern nach Pasargadä gekommen sein und Wunder gewirkt haben soll.« Seine Stimme bebte vor dunkler Anspannung. »Was ist der Grund dafür, und was wißt Ihr noch über diese Sache? Sucht nicht lange nach einer Lüge – sprecht sofort!«

»Großer Herr, das Orakel von Delphi weissagte mir, ich würde mein Glück machen, wenn ich das Schicksal eines Hirten erfahren könne, der im ... äh ... dritten Jahr der Tyrannei von Peisistratos in die persische Hauptstadt kam. Mehr als das weiß ich nicht. Der hohe Herr ist sich gewiß bewußt, wie dunkel und unbestimmt die Worte des Orakels sind.«

»Hmm!« Auf seinem schmalen Gesicht zeigte sich Furcht, und Harpagos schlug ein Kreuzzeichen, das mithraische Sonnensymbol. »Was habt Ihr bisher herausgefunden?« fragte er mit rauher Stimme.

»Nichts, hoher Herr. Niemand konnte mir sagen ...«

»Ihr lügt!« zischte Harpagos. »Alle Griechen sind Lügner. Seid ja vorsichtig, denn Ihr legt den Finger auf unheilige Dinge. Mit wem sonst habt Ihr gesprochen?«

Everard bemerkte, daß die Lippen des Chiliarchen nervös zuckten. Er spürte, wie sein Magen sich zusammenkrampfte. Er war da über etwas gestolpert, das Harpagos für immer sicher begraben glaubte – etwas, das so wichtig war, daß dagegen das Risiko bedeutungslos wurde, Krösus zu verärgern, dessen heilige Pflicht es war, einen Gast zu beschützen. Und das zuverlässigste Mittel, jemand mundtot zu machen, war das Schwert ... nachdem Folterbank und Zangen die ganze Wahrheit aus dem Fremden herausgepreßt hatten ... *Aber was zur Hölle weiß ich denn tatsächlich?*

»Mit niemand, Herr!« krächzte er. »Mit niemand außer dem Orakel. Und der Sonnengott, der durch das Orakel spricht, und der mich hierher gesandt hat, hat erst vor zwei Nächten davon erfahren.«

Harpagos fuhr bei dieser Beschwörung zusammen und sog scharf den Atem ein. Aber dann straffte er sichtlich die Achseln und sagte: »Wir haben nur Euer Wort, das Wort eines Griechen, daß Ihr vom Orakel geschickt seid – daß Ihr keine Staatsgeheimnisse ausspioniert. Selbst wenn Euch der Gott hierherführte, könnte dies geschehen sein, um Euch für Eure Sünden zu vernichten. Wir werden die Sache näher untersuchen.« Er gab dem Hauptmann ein Zeichen. »Bringt ihn ins Verlies – im Namen des Königs.«

Der König!

Der Gedanke durchzuckte Everard wie ein Blitz. Er sprang auf.

»Jawohl, der König!« rief er. »Der Gott sagte mir ... er würde ein Zeichen geben ... und ich solle seine Worte dem König von Persien überbringen.«

»Ergreift ihn!« kreischte Harpagos.

Die Posten stürzten herbei, um seinem Befehl zu gehorchen. Everard sprang zurück und rief, so laut er konnte, den Namen von König Kyros. Sollten sie ihn doch einsperren! Die Kunde davon würde vor den Thron kommen und ...

Zwei Männer drängten ihn mit erhobenen Äxten an die Wand. Über ihre Helme hinweg sah Everard Harpagos von der Liege aufspringen.

»Packt ihn und enthauptet ihn!« befahl der Meder.

»Hoher Herr, er hat den König angerufen«, protestierte der Hauptmann.

»Um ihn mit einem Fluch zu belegen. Ich weiß jetzt, wer er ist. Ich habe ihn erkannt, den Sohn von Zohak und Spion von Ahriman. Tötet ihn!«

»Nein, wartet!« rief Everard. »Seht ihr denn nicht, daß er der Verräter ist, der mich daran hindern will, dem König zu berichten ... Laß mich los, du Hund!«

Eine Hand packte seinen rechten Arm. Everard hatte damit gerechnet, ein paar Stunden im Verlies zu sitzen, bis der große Boss von der Geschichte hörte und ihn herausholte, aber jetzt entwickelte sich die ganze Sache entschieden dringlicher. Er schoß einen linken Haken ab, der krachend auf einer Nase landete. Der Gardist taumelte zurück. Everard entriß ihm die Axt, fuhr herum und parierte den Hieb des Kriegers, der von links kam.

Die Unsterblichen griffen an. Everards Axt traf klirrend auf Metall, prallte ab und verletzte einen gegnerischen Knöchel. Zwar überragte er die Gegner an Länge und Reichweite, hatte aber eine ebenso große Chance, sie sich vom Leib zu halten, wie ein in Zellophan eingewickelter Schneeball gegen die Glut der Hölle Bestand haben konnte. Der nächste Gegner führte einen Schlag gegen seinen Kopf. Everard duckte sich hinter eine Säule, die Streitaxt fuhr krachend dagegen, Gesteinssplitter spritzten umher. Da – eine Lücke! Everard lähmte mit einem harten Schlag den Arm eines Gegners, sprang über eine umstürzende Skulptur und erreichte den freien Raum unter der Kuppel. Harpagos stand vor seiner Liege und zog ein Krummschwert unter der Robe hervor. Mut hatte der alte Knabe, das mußte man ihm lassen.

Everard wirbelte herum, so daß der Chiliarch zwischen ihm und den Posten zu stehen kam. Axt und Schwert trafen klirrend aufeinander. Everard versuchte, näher an seinen Gegner heranzukommen – beim Nahkampf würden die Perser nicht wagen, ihre Waffen auf ihn zu schleudern. Aber sie versuchten, ihn zu umgehen und in seinen Rücken zu gelangen. Judas, das könnte das Ende für einen weiteren Patrouillengänger sein ...

»Halt! Fallt nieder und senkt den Kopf zu Boden! Der König naht!«

Dreimal wurde dieser Satz gerufen. Die Gardisten erstarrten mitten in ihren Bewegungen und blickten auf die hünenhafte Gestalt in tiefroter Robe am Eingang. Im nächsten Moment sanken sie auf die Teppiche und senkten die Köpfe zu Boden. Auch Harpagos ließ das Schwert fallen. Everard hätte ihm fast noch den Schädel eingeschlagen, doch dann hörte er die Schritte der Krieger in der Halle und ließ auch seine Waffe sinken. Einen Moment lang standen die beiden heftig atmend voreinander und starrten sich an.

»Also hat man ... ihm die Kunde überbracht, und er ... ist sofort gekommen!« keuchte Everard.

Der Meder krümmte sich wie ein Katze und fauchte zurück: »Seid nur vorsichtig! Ich werde Euch genau beobachten. Solltet Ihr seinen Verstand vergiften, ist auch Euch ein Gifttrunk sicher, oder ein Dolch ...«

»Der König naht! Der König!« tönte der Herold.

Everard warf sich neben Harpagos zu Boden.

Eine Horde Unsterblicher marschierte in den Saal und bildete eine Gasse bis zur Liege des Chiliarchen. Ein Majordomus eilte herbei und warf einen besonderen Sitzteppich darüber. Dann betrat Kyros den Raum. Die königliche Robe wogte bei jedem seiner raumgreifenden, energischen Schritte. Ein paar Höflinge folgten ihm, zähe, kampferprobte Männer mit dem Privileg, in Anwesenheit des Königs Waffen zu tragen. Hinter ihnen erschien der Zeremonienmeister, ein Sklave, der die Hände rang, weil ihm keine Zeit vergönnt war, einen Teppich auszurollen und ein paar Musikanten herbeizuholen.

Laut hallte des Königs Stimme durch die Stille. »Was hat das zu bedeuten? Wo ist der Fremde, der nach mir rief?«

Everard riskierte einen kurzen Blick. Kyros war hochgewachsen, ein Mann mit breiten Achseln und schlankem Körper. Er wirkte älter, als es die Beschreibung von Krösus vermuten ließ – er war 47 Jahre alt, wie sich Everard erinnerte –, bewegte sich aber für sechzehn Jahre Krieg und Verfolgung sehr elastisch und dynamisch. Er hatte ein schmales dunkles Gesicht mit haselnußbraunen Augen, eine gerade Nase und volle Lippen. Auf der linken Wange hatte ein Schwertstreich eine tiefe Narbe hinterlassen. Das schwarze Haar, in dem sich nur wenige graue Stellen zeigten, trug der König straff zurückgekämmt, und sein Bart war kürzer geschnitten als bei den Persern üblich. Die Kleidung war schlichter, als sein Status es gebot.

»Wo ist der Fremde, von dem der Sklave mir berichtete?«

»Hier bin ich, Großer König«, antwortete Everard.

»Erhebt Euch und nennt Euren Namen.«

Everard richtete sich auf. »Hallo, Keith!« murmelte er.

6

Ranken wanden sich um eine Pergola aus Marmor. Sie verbargen fast die Bogenschützen, die ringsum Posten bezogen hatten. Keith Denisor ließ sich auf eine Bank sinken, starrte nachdenklich auf die Schatten der Blätter, die die Sonnenstrahlen auf den Fußboden warfen, und meinte schließlich trocken: »Wenigstens können wir offen miteinander reden, denn die englische Sprache ist noch nicht erfunden worden.«

Nach einem kurzen Augenblick fuhr er mit spröder Stimme fort: »Manchmal hatte ich das Gefühl, daß das überhaupt das Schlimmste an meiner ganzen Situation war – niemals eine Minute für mich privat zu haben. Ich kann zwar alle Leute aus dem Raum scheuchen, in dem ich mich gerade aufhalte, aber dann hocken sie sich vor die Tür, unter die Fenster, bewachen und belauschen mich. Sollen doch ihre lieben treuen Seelen in der Hölle schmoren!«

»Das Privatleben ist auch noch nicht erfunden worden«, rief Everard ihm ins Gedächtnis. »Außerdem hatten VIPs wie du nie viel Zeit dafür – in der gesamten Geschichtsschreibung nicht.«

Denison hob den Kopf. Sein Gesicht zeigte tiefe Erschöpfung. »Ich frage mich immer, wie es Cynthia wohl gehen mag, aber für sie dauert das alles ja nicht so lange – wird nicht so lange dauern ... Vielleicht eine Woche. Hast du nicht zufällig ein paar Zigaretten mitgebracht?«

»Ich habe sie im Springer gelassen. Ich dachte mir

schon, daß ich genug Schwierigkeiten hätte, ohne auch noch die Glimmstengel erklären zu müssen. Aber ich hätte nie geglaubt, daß du es bist, der diese ganze Chose hier am Laufen hält.«

»Daran bin nicht ich allein schuld.« Denison zuckte die Achseln. »Das war das verdammt phantastischste Ding, das ich je erlebt habe. Die Zeit-Paradoxa...«

»Also, was ist passiert?«

Denison rieb sich die Augen und seufzte. »Ich fand mich in die lokalen Angelegenheiten verstrickt. Du weißt, manchmal kommt mir alles, was vorher gewesen ist, unwirklich vor, wie ein Traum. Hat es tatsächlich das Christentum, die Kontrapunkt-Musik oder die Menschenrechte gegeben? Ganz zu schweigen von all den Menschen, die ich kannte. Selbst du, Manse, gehörst nicht hierher, und ich rechne jeden Moment damit, daß ich aufwache... Nun, laß mich mal zurückdenken.

Du weißt, wie die Situation war? Die Meder und Perser sind bezüglich Rasse und Kultur ziemlich nah verwandt, aber damals waren die Meder die Oberherrn und übernahmen ziemlich viele Angewohnheiten von den Assyrern, die den Ansichten der Perser zuwiderliefen. Wir waren Viehzüchter und freie Bauern, und daher konnten wir nicht begreifen, daß wir plötzlich Vasallen sein sollten...« Denison blinzelte verwirrt. »Siehst du, jetzt rede ich wieder so. Was soll das heißen – wir? Wie auch immer, in Persien kamen Unruhen auf. König Astyages von Medien hatte Jahre zuvor den Mord an dem kleinen Prinzen Kyros angeordnet, bereute dies aber jetzt, weil Kyros' Vater im Sterben lag und der Streit um seine Nachfolge einen Bürgerkrieg heraufbeschwören konnte. Zu der Zeit tauchte ich in den Bergen auf. Ich brauchte nur ein wenig in Raum und Zeit gleichermaßen herumzusuchen, wobei ich ein paar Tage und ein paar Meilen durchstreifte, um ein sicheres Versteck für meinen

Scooter zu finden. Das ist auch mit ein Grund, weshalb die Patrouille ihn später nicht finden konnte. Verstehst du, ich parkte ihn in einer Höhle und machte mich zu Fuß auf den Weg, geriet aber sofort in Schwierigkeiten. Eine Armee der Meder durchzog gerade diese Region, um die Perser einzuschüchtern. Einer ihrer Späher sah mich aus der Höhle kommen und verfolgte meine Spur zurück. Ich hatte mich kaum versehen, als ich auch schon gepackt wurde und ihr Befehlshaber mir Löcher in den Bauch fragte über den Apparat, den ich in der Höhle versteckt hatte. Seine Leute hielten mich für eine Art Zauberer und behandelten mich dementsprechend ehrfürchtig, wollten aber um keinen Preis ihr Gesicht verlieren, indem sie Furcht vor mir zeigten. Klar, daß sich die Kunde davon wie ein Buschfeuer durch alle Bevölkerungsschichten im ganzen Land verbreitete. Bald wußte jeder, daß hier plötzlich ein Fremder unter bemerkenswerten Umständen aufgetaucht war.

Ihr Anführer war Harpagos höchstpersönlich, ein raffinierter und scharfsinniger Teufel, wie die Welt bisher keinen erlebt hatte. Er dachte, er könnte mich für seine Zwecke einspannen. Er befahl mir, mein ehernes Pferd vorzuführen, ließ mich aber nicht aufsteigen. Irgendwie gelang es mir, den Zeit-Antrieb einzuschalten. Deshalb konnte der Suchtrupp das Ding auch nicht finden. Der Scooter befand sich nur ein paar Stunden in diesem Jahrhundert und kehrte wahrscheinlich direkt zum Anfang der Welt zurück.«

»Gute Arbeit!« brummte Everard.

»Ich weiß natürlich, daß unsere Befehle einen solchen Grad an Anachronismus verbieten.« Denison verzog die Lippen. »Aber ich baute ganz fest darauf, daß die Patrouille mich retten würde. Hätte ich gewußt, daß das nicht der Fall war, wäre ich wahrscheinlich nicht ein so guter Patrouillengänger geblieben, der sogar bereit war, sich selbst zu opfern. Ich hätte mich an meinen Scooter geklammert und Harpagos' Spiel mitgespielt, bis sich mir aus eigener Kraft eine Möglichkeit zur Flucht geboten hätte.«

Everard betrachtete ihn einen Moment lang nachdenklich. *Keith hat sich verändert*, dachte er. Nicht so sehr altersmäßig, aber die Jahre, die er nun schon unter den Fremden lebte, hatten tiefere Spuren in ihm hinterlassen, als ihm selbst vielleicht bewußt war.

»Hättest du es gewagt, die Zukunft zu verändern«, meinte er schließlich, »hättest du auch die Existenz von Cynthia aufs Spiel gesetzt.«

»Ja, sicher. Das stimmt. Ich erinnere mich, daß ich daran gedacht habe ... zu diesem Zeitpunkt. Wie lang her das alles schon zu sein scheint!«

Denison beugte sich vor, stützte die Ellbogen auf die Knie und starrte auf die Wand der Pergola. »Harpagos schäumte natürlich vor Wut. Eine Zeitlang dachte ich, er würde mich umbringen. Man hängte mich wie ein Stück Wildbret an eine Stange und trug mich davon. Aber wie ich erwähnte, gab es schon überall Gerüchte um meine Person, die bei ihrer Verbreitung immer mehr an Substanz gewannen. Außerdem hatte Harpagos sich etwas Besseres ausgedacht. Er stellte mich vor die Wahl, mit ihm an einem Strang zu ziehen, oder mir die Kehle durchschneiden zu lassen. Was blieb mir also übrig? Es war nicht mal so, daß eine Änderung am Lauf der Geschichte nötig gewesen wäre. Ich erkannte bald, daß ich eine Rolle spielte, die von der Geschichte schon vorgezeichnet war.

Begreifst du – Harpagos bestach einen Hirten, seine Version zu verbreiten, und machte mich zu Kyros, dem Sohn des Kambyses.«

Everard nickte unbeeindruckt. »Und was versprach er sich davon?«

»Zu der Zeit wollte er nur die Herrschaft der Meder festigen. Ein König in Anschan, den er in der Hand hatte, mußte loyal zu Astyages stehen und ihm dabei helfen, die Perser bei der Stange zu halten. Ich war gezwungen mitzumachen, und außerdem hatte mich seine Taktik so überrascht, daß ich nichts anderes tun konnte, als ihr zu folgen – wobei ich immer noch hoffte, daß jede Minute ein Patrouillenspringer auftauchte und mich aus meinem Dilemma rettete. Der Wahrheitsfanatismus der iranischen Aristokraten kam uns bei diesem Plan zu Hilfe, denn keiner von ihnen verdächtigte mich, einen Meineid zu leisten, wenn ich mich als Kyros ausgab – obwohl ich denke, daß Astyages schweigend die Unstimmigkeiten überging. Er brachte nun umgekehrt Harpagos in Bedrängnis, indem er ihn auf eine besonders grausame Weise dafür bestrafte, daß er mit Kyros nicht verfahren war wie befohlen, auch wenn Kyros sich in der momentanen Situation als nützlich erwies. Eine doppelte Ironie des Schicksals war es, daß Harpagos zwei Jahrzehnte zuvor wirklich die Anweisungen seines Herrschers befolgt hatte!

Ich für mein Teil verabscheute Astyages im Verlauf der folgenden fünf Jahre immer stärker. Wenn ich dagegen jetzt zurückblicke, sehe ich ein, daß er eigentlich kein Ausbund der Hölle war, sondern nur ein typisch orientalischer Herrscher des Altertums. Aber das ist schwer einsehbar, wenn man gezwungen ist, dabei zuzusehen, wie ein Mann gequält wird, bis er vor die Hunde geht.

Aus Rache zettelte Harpagos einen Aufstand an, und ich akzeptierte die Führungsrolle, die er mir dabei anbot.« Denison grinste schief. »Immerhin war ich ja Kyros der Große und hatte eine Bestimmung, die erfüllt sein wollte. Zuerst hatten wir harte Zeiten durchzustehen, denn die Meder schlugen uns immer wieder. Aber weißt du, Manse, ich bekam schließlich Spaß an der Sache. Das ist nicht so wie dieses elende 20. Jahrhundert-Kriegsspiel, bei dem man sich in seinem Fuchsbau hockend fragt, ob der Feindbeschuß jemals

enden wird. Sicher, das Leben ist auch hier erbärmlich genug, weil immer wieder Seuchen ausbrechen – besonders dann, wenn man nur ein gemeiner Soldat ist. Aber wenn man kämpft, dann – bei Gott – kämpft man mit seinen eigenen Händen! Und ich mußte feststellen, daß ich für diese Art Krieg ein gewisses Talent besitze. Wir haben ein paar großartige Stunts abgezogen.«

Everard bemerkte, daß Denison etwas lebhafter wurde. »Wie zum Beispiel, als das lydische Reiterheer uns zahlenmäßig weit überlegen war. Wir setzten unsere Lastkamele an die Spitze, denen die Infanterie und dann erst die Reiter folgten. Krösus' Gäule witterten die Kamele und stoben in wilder Panik davon. Schätze, sie laufen immer noch. Wir haben ihn regelrecht hinweggefegt!«

Er verfiel in Schweigen, sah Everard in die Augen und nagte an der Unterlippe. »Entschuldigung, ich vergesse mich manchmal. Ab und zu erinnere ich mich daran, daß ich zu Hause kein Killer war – besonders nach einer Schlacht, wenn ich die Toten und, schlimmer noch, die Verwundeten ringsum sehe. Aber ich konnte doch nichts daran ändern, Manse! Ich mußte kämpfen! Zuerst war da der Aufstand. Wenn ich nicht mit Harpagos kooperiert hätte, wie lange wäre ich deiner Meinung nach noch am Leben geblieben? Und dann war da noch das Königreich. Ich habe die Lyder doch nicht gebeten, uns zu überfallen – oder die Barbaren im Osten. Hast du jemals eine Stadt gesehen, die von den Turaniern heimgesucht wurde, Manse? Da heißt es, ihr oder wir, und wenn wir Menschen unterwerfen, führen wir sie nicht in Ketten ab – sie behalten ihr Land und ihre Gebräuche und ... Bei Mithras, Manse, hätte ich etwas anderes tun können?«

Everard saß da und lauschte dem Rascheln des Windes im Garten. »Nein. Ich verstehe dich. Ich hoffe nur, es war nicht zu einsam für dich.«

»Daran habe ich mich schon gewöhnt«, meinte Denison vorsorglich. »Harpagos muß man kennen, aber er ist eine interessante Persönlichkeit. Krösus hat sich als ein sehr ernstzunehmender Mensch erwiesen. Kobad der Magier hat ein paar interessante Ansichten, und er ist der einzige lebende Mensch, der mich im Schachspiel zu besiegen wagt. Und da gibt es die Feste, die Jagden, die Frauen...« Er schenkte seinem Gegenüber einen trotzigen Blick. »Was hätte ich anderes tun sollen?«

»Nichts«, entgegnete Everard. »Sechzehn Jahre sind eine lange Zeit.«

»Kassandane, meine Erstfrau, wiegt wirklich einen großen Teil der Probleme auf, die ich hatte. Obwohl Cynthia... Gott im Himmel, Manse!« Denison sprang auf und legte Everard die Hände auf die Schultern. Seine Finger gruben sich schmerzhaft ins Fleisch seines Freundes: Sie hatten eine Axt geschwungen, einen Bogen gespannt und anderthalb Jahrzehnte lang Zügel gehalten. Laut rief der König der Perser: »Auf welche Weise willst du mich hier herausholen?«

7

Everard erhob sich ebenfalls, ging bis zur Wand und starrte durch das durchbrochene Gemäuer, die Daumen in den Gürtel gehakt. Mit gesenktem Kopf dachte er nach.

»Ich weiß nicht, wie«, mußte er schließlich eingestehen.

Denison hieb die Faust in die Handfläche. »Genau das befürchtete ich. Jahr um Jahr wuchs meine Angst, daß ich, wenn die Patrouille mich je finden würde... Du mußt mir helfen!«

»Und ich sage dir, ich kann es nicht.« Everards Stimme brach. Er wandte sich nicht um. »Denk noch mal darüber nach. Das hast du doch sicher schon oft getan. Du bist doch kein lausiger kleiner Barbarenhäuptling, dessen Wirken kein Jota Einfluß auf den Ablauf der Geschichte der nächsten hundert Jahre hat. Du bist Kyros, der Begründer des persischen Weltreiches, eine Schlüsselfigur in einer Schlüssel-Position. Wenn Kyros untergeht, geht die ganze Zukunft unter! Dann gibt es niemals ein 20. Jahrhundert mit einer Frau namens Cynthia.«

»Bist du da ganz sicher?« flehte der Mann in seinem Rücken.

»Ich bin die Fakten gründlich durchgegangen, ehe ich hierhergesprungen bin«, antwortete Everard mit zusammengebissenen Zähnen. »Hör endlich auf, dir selbst etwas vorzumachen. Wir sind voreingenommen gegen die Perser, weil sie einstmals die Feinde der Griechen waren, und ganz zufällig sind viele unserer Sitten und Gebräuche nun mal hellenischen Ursprungs. Trotzdem sind die Perser mindestens ebenso wichtig für unsere Entwicklung. Du hast gesehen, was passiert ist. Nach deinen Maßstäben sind sie sicherlich ziemlich brutal, aber das ist auch die ganze Epoche, die Griechen nicht ausgeschlossen. Und sicher verhalten sie sich nicht gerade demokratisch, aber du kannst ihnen doch nicht die Schuld daran geben, daß sie keine gesamteuropäische Erfindung – die Demokratie – gemacht haben, die ihren geistigen Horizont bei weitem übersteigt. Was wirklich zählt, ist doch dies: Persien war die erste Eroberungsmacht, die sich bemühte, die Menschen, die sie unterwarf, zu respektieren und versöhnlich zu stimmen; die sich streng an die eigenen Gesetze hielt; die ein Territorium befriedete, das weit genug war, um ständige Kontakte mit dem Fernen Osten zu ermöglichen; die eine brauchbare Weltreligion, den Zoroastrismus, schuf, die sich nicht auf nur eine Rasse oder ein Land beschränkte. Vielleicht weißt du nicht mal, wie stark der christliche Glaube und seine Rituale auf den Mithraskult zurückgehen, aber du kannst mir glauben, in vielen Punkten. Vom Judentum, das du, Kyros der Große, persönlich erretten wirst, ganz zu schweigen. Du erinnerst dich? Du eroberst Babylon und erlaubst den Juden, die sich ihre eigene Identität bewahrt haben, nach Hause zurückzukehren; ohne dich würden sie von der breiten Masse aufgesogen werden und wie schon zehn andere Völker vor ihnen untergehen.

Selbst wenn es der Dekadenz anheimfällt, wird das persische Reich eine Matrix für die Zivilisation bleiben. Was waren denn die Eroberungen Alexanders des Großen anderes als die Übernahme der persischen Gebiete? Dadurch wurde doch der Hellenismus erst über die ganze Welt verbreitet! Und dann werden da ja noch die persischen Nachfolgestaaten sein: Pontus, die Parther, das Persien des Firdausi, Omar und Hafis, der Iran, wie wir ihn kennen, und der Iran der Zukunft jenseits des 20. Jahrhunderts...« Everard drehte sich um. »Auch wenn du jetzt aufgibst, kann ich mir vorstellen, daß sie weiterhin Zikkurate bauen und aus Eingeweiden die Zukunft deuten oder durch die Wälder von Europa hetzen; und daß Amerika unentdeckt bleibt – dreitausend weitere Jahre in die Zukunft hinein!«

Denison ließ die Achseln hängen. »Ja«, meinte er, »das habe ich mir auch gedacht.« Eine Weile wanderte er mit auf dem Rücken verschränkten Händen auf und ab. Sein dunkles Gesicht wurde in jeder Minute älter. »Noch dreizehn Jahre«, murmelte er bei sich. »In dreizehn Jahren werde ich in einer Schlacht gegen die Nomaden fallen. Ich weiß nicht genau, wann. Wie auch immer – die Umstände zwingen mich dazu. Wieso auch nicht? Sie haben mich auch zu allen anderen Dingen, die ich jemals getan habe, gezwungen – mehr oder weniger. Ich kann ihn noch so gut erziehen, ich weiß, daß mein eigener Sohn Kambyses sich zu einem sadistischen, inkompetenten Mann entwickeln wird, und Darius muß erst kommen, um das Reich zu retten – großer Gott!« Er verbarg das Gesicht im Stoff seines weiten Ärmels. »Entschuldige bitte. Ich verabscheue Selbstmitleid, aber ich kann jetzt nicht dagegen an.«

Everard setzte sich und vermied den Blick des Freundes. Er hörte die schweren Atemzüge des Königs.

Schließlich goß der Herrscher Wein in zwei Kelche, hockte sich zu Everard auf die Bank und sagte ruhig: »Tut mir leid. Ich habe mich wieder gefangen. Und ich habe noch nicht aufgegeben.«

»Ich kann ja denen im Hauptquartier deine Probleme mitteilen«, meinte Everard in einem Anflug von Sarkasmus.

»Danke, Kumpel. Ich erinnere mich noch bestens an ihr Verhalten. Wir sind austauschbar. Sie werden jeden Besuch untersagen, solange Kyros lebt, und mir eine hübsche Nachricht zukommen lassen. Sie würden darauf verweisen, daß ich der Alleinherrscher über ein zivilisiertes Volk bin – mit Palästen, Dienern und Sklaven, gutem Wein, Hofnarren, Konkubinen und Jagdgründen in beliebiger Anzahl und ausschließlich zu meiner Verfügung. Warum also sich beschweren? Nein, Manse, das ist etwas, das wir ganz allein zwischen uns ausmachen müssen.«

Everard ballte so heftig die Fäuste, daß sich die Fingernägel tief in die Handflächen gruben. »Du bringst mich da in eine verdammt höllische Situation, Keith.«

»Ich bitte dich nur, das Problem zu überdenken – und bei Ahriman – das wirst du!« Wieder gruben sich Finger in Everards Arm, und der Eroberer des Ostens rief scharf einen Befehl.

Der alte Keith hätte niemals einen solchen Ton angeschlagen, dachte Everard. Ärger wallte in ihm auf. *Wenn du nicht nach Hause kommst, und Cynthia erfährt, daß du niemals zurückkehren wirst ... Sie könnte hierherkommen und dich treffen; ein fremdes Mädchen mehr im Harem des Kö-*

nigs würde die Geschichte nicht beeinflussen. Doch wenn ich meinen Bericht an das Hauptquartier geben muß, ehe ich sie gesprochen habe, und das Problem als unlösbar darstelle, was es ja zweifellos auch ist ... nun, dann würde die Regierungszeit von Kyros mit einem Interdikt belegt, und sie könnte dich nicht treffen.

»Auch ich habe über das Problem eingehend nachgedacht«, meinte Denison ruhiger. »Ich kenne die Schwierigkeiten ebenso gut wie du. Aber schau, ich könnte dir die Höhle zeigen, in der ich meine Maschine für die wenigen Stunden abgestellt habe. Du könntest bis zu dem Moment zurückspringen, in dem ich dort aufgetaucht bin, und mich warnen.«

»Nein«, rief Everard. »Das ist unmöglich – aus zwei Gründen. Erstens wegen der Vorschrift, die in solchen Fällen höchste Sensibilität fordert. Vielleicht würden die im Hauptquartier unter bestimmten Umständen sogar eine Ausnahme machen, aber da ist noch der zweite Grund: Du bist Kyros. Sie werden bestimmt nicht die Zukunft aufs Spiel setzen, nur um einen Mann zu retten.«

Würde ich es vielleicht für eine Frau tun? Ich bin mir nicht sicher. Hoffentlich nicht ... Cynthia bräuchte die Fakten nicht zu erfahren. Für sie wäre es besser so. Ich könnte meine Ungebundenen-Autorität einsetzen, um die Wahrheit vor den unteren Diensträngen geheimzuhalten, und ihr nur erzählen, daß Keith unwiderruflich unter Umständen zu Tode gekommen ist, die uns zwängen, diese Periode für Zeitreisen zu sperren. Sie würde eine Weile trauern, klar. Aber sie ist gesund und stark genug, um darüber hinwegzukommen ... Sicher, es wäre ein lausiger Trick. Aber wäre es so auf lange Sicht nicht besser, als sie hierherzuholen, wo sie als Untertanin ihren eigenen Mann mit mindestens einem Dutzend Prinzessinnen teilen müßte, die er aus Gründen der Staatsräson zu heiraten gezwungen war? War es nicht besser für sie, einen klaren Schnitt zu machen und einen neuen Anfang unter ihren eigenen Leuten zu wagen?

»Schon gut«, brummte Denison. »Ich habe diesen Vorschlag auch nur erwähnt, um ihn ad acta legen zu können. Aber es muß doch einen anderen Weg geben. Sieh mal, Manse, vor sechzehn Jahren war die Situation so, daß sich alles andere daraus ergab – nicht durch menschliche Launenhaftigkeit, sondern aus der schieren Logik der Ereignisse heraus. Nimm an, ich wäre nicht hier aufgetaucht? Hätte Harpagos einen anderen Pseudo-Kyros gefunden? Die exakte Identität des Königs spielt dabei keine Rolle. Ein anderer Kyros hätte sich jeden Tag in zahllosen Dingen völlig anders verhalten als ich. Klar! Doch wenn er nicht gerade eine hoffnungsloser Schwachkopf oder Irrer wäre, wenn er ein vernünftiger und entschlossener Mann wäre – was ich sicherlich für mich in Anspruch nehmen darf –, dann wäre seine Karriere in allen entscheidenden Fragen auf die gleiche Weise verlaufen wie meine – auf die Weise, die in die Geschichtsbücher einging. Das weißt du ebensogut wie ich. Außer in entscheidenden Punkten federt die Zeit immer wieder in ihre alte Form zurück. Kleinere Unterschiede verflüchtigen sich in Tagen oder Jahren zu Negativ-Feedback. Nur an den Schlüsselstellen kann ein Positiv-Feedback aufgebaut werden, dessen Auswirkungen sich mit der vergehenden Zeit multiplizieren, anstatt zu verschwinden. Du weißt das.«

»Sicher«, erwiderte Everard. »Aber bei richtiger Betrachtung deines Problems war dein Auftauchen in der Höhle nun mal ein entscheidender Punkt. Dadurch erst ist Harpagos die Idee zu seinem Plan gekommen. Ohne ihn wäre meiner Meinung nach ein dekadentes Mederreich auseinandergebrochen und vielleicht an Lydien gefallen, oder an die Turanier – weil die Perser dann nicht diese Art von gottähnlicher königlicher Führerschaft gekannt hätten, die sie zur Gründung ihres Weltreiches benötigten ... Nein, ich werde mich auf keinen Fall in die Nähe des Momentes in der Höhle wagen, ohne daß ich nicht zumindest von einem Danellier dazu autorisiert worden bin.«

Denison sah ihn über den Rand seines Kelches hinweg an. Schließlich setzte er ihn ab, hielt seinen Blick aber weiterhin auf Everard gerichtet. Sein Gesicht verwandelte sich in das eines Fremden. Langsam und mit leiser Stimme sagte er: »Du willst nicht, daß ich zurückkomme, nicht wahr?«

Everard sprang von der Bank auf und stieß dabei seinen Kelch um. Er fiel scheppernd zu Boden, und wie Blut floß der Wein auf den Boden. »Jetzt mach mal halblang!« rief er.

Denison nickte. »Ich bin der König. Wenn ich meinen Finger hebe, werden die Posten dich in Stücke hacken.«

»Eine verdammt seltsame Art, mich um Hilfe zu bitten«, knurrte Everard.

Denison sank in sich zusammen. Eine Weile saß er regungslos. Dann sagte er: »Es tut mir leid. Du kannst dir nicht vorstellen, welch ein Schock ... Ja, ja, natürlich war es kein schlechtes Leben. Es war farbiger und abwechslungsreicher als das vieler anderer Menschen, und man gewöhnt sich daran, gleichsam ein Halbgott zu sein. Vermutlich ist das der Grund, weshalb ich jenseits des Jaxartes in dreizehn Jahren zur Schlacht antreten werde: weil ich gar nicht anders kann – bei all diesen jungen Löwenaugen, die auf mich gerichtet sind. Zum Teufel, ich könnte fast glauben, daß es sich gelohnt hat.«

Sein Gesicht verzog sich zu einem kaum wahrnehmbaren Lächeln. »Ein paar meiner Mädchen waren absolute Spitze. Und dann gab es da jederzeit Kassandane. Ich machte sie zu meiner Erstfrau, weil sie mich dunkel an Cynthia erinnert. Glaube ich zumindest. Aber das ist nach all der Zeit schwer zu sagen. Das 20. Jahrhundert ist für mich nicht mehr real. Und tatsächlich finde ich ein gutes Pferd schöner als einen Sportwagen ... und ich weiß, daß meine Arbeit hier sehr wertvoll ist. Ein solches Wissen ist nicht vielen vergönnt ... Ja, tut mir wirklich leid, daß ich dich angeschrien habe. Ich weiß, du würdest mir helfen, wenn du es könntest. Aber du wagst es nicht, und ich gebe dir nicht die Schuld dafür. Du brauchst meinetwegen nichts zu bereuen.«

»Spar dir das!« knurrte Everard.

Ihm schwirrte der Kopf, und er kämpfte gegen die Leere in seinem Verstand. Er starrte zu dem Deckengemälde hinauf, in dem ein Junge einen Bullen tötete, und der Bulle war die Sonne und der Mensch. Draußen vor den von Ranken überwucherten Säulen wanderten die ledergeschürzten Posten auf und ab. Ihre Bogen hatten sie über die Schulter gehängt, ihre Gesichter waren wie aus Holz geschnitzt. Man konnte den Harem-Flügel des Palastes erkennen, in dem hundert oder tausend junge Frauen sich glücklich schätzten, gelegentlich dem Vergnügen des Königs zu dienen. Jenseits der Stadtmauern erstreckten sich Kornfelder, auf denen Bauern Opfergaben für eine Erdenmutter zubereiteten, die in diesem Land schon uralt war, als die Arier in grauer Vorzeit hierherkamen. Hoch über den Mauern der Stadt schwebten die Berge, in denen Wölfe, Löwen, Bären und Dämonen hausten. Es war ein sehr fremder Ort. Everard hatte geglaubt, gegen Andersartigkeit abgehärtet zu sein, aber jetzt wollte er plötzlich nur noch davonlaufen und sich verstecken, wollte zurück in sein eigenes Jahrhundert, zu seinen Leuten – und alles vergessen.

Vorsichtig sagte er: »Laß mich ein paar Kollegen zu Rate ziehen. Wir können dann die ganze Periode Stück für Stück durchgehen. Vielleicht gibt es eine Art Schaltstelle, wo wir ... Ich bin wirklich nicht kompetent genug, Keith, das allein zu regeln. Laß mich nach oben gehen, um mir ein paar Anweisungen zu holen. Sollten wir einen Weg finden, werden wir ... noch in dieser Nacht zurück sein.«

»Wo ist dein Scooter?«

Everard wedelte unbestimmt mit der Hand. »Oben in den Bergen.«

Denison strich sich den Bart. »Du willst mir nicht mehr sagen, was? Nun, das ist sehr weise. Ich bin mir nicht sicher, ob ich mir selbst trauen könnte, wenn ich wüßte, wo eine Zeitmaschine zu holen wäre.«

»So habe ich das nicht gemeint!« rief Everard.

»Das macht doch nichts. Wir wollen deswegen nicht streiten.« Denison seufzte. »Okay, geh nach Hause und sieh zu, was du tun kannst. Willst du eine Eskorte?«

»Besser nicht. Ist doch nicht notwendig, oder?«

»Nein. Wir haben diese Gegend sicherer gemacht als den Central Park.«

»Das will nicht viel heißen.« Everard streckte seine Hand aus. »Gib mir nur mein Pferd zurück. Ich würde es ungern verlieren – ein besonderes Patrouillen-Tier, auf Zeitsprünge trainiert.« Sein Blick traf den Denisons. »Ich werde zurückkommen. Persönlich. Wie immer die Entscheidung auch sein mag.«

»Na klar doch, Manse.«

Zusammen gingen sie hinaus und ließen die verschiedensten Ehrenbezeigungen der Gardisten und Torposten über sich ergehen. Denison zeigte Everard ein Schlafzimmer im Palast und sagte, er würde dort eine Woche lang jede Nacht auf ihr Rendezvous warten. Zum Schluß küßte Everard die Füße des Königs, bestieg sein Pferd, nachdem die königliche Hoheit sich entfernt hatte, und ritt langsam zu den Toren des Palastes hinaus.

Er fühlte sich innerlich leer. Es gab wirklich nichts, das man tun konnte; und er hatte versprochen, persönlich zurückzukommen, um dem König diese Worte zu sagen.

8

Spät am Tag erreichte er die Berge, wo an klaren, kalten Bächen Zedern wuchsen. Die Nebenstraße, die er entlanggeritten war, verwandelte sich in einen verrotteten Pfad. Obwohl das Land damals schon öde und dürr war, besaß der Iran zu dieser Zeit noch einige solcher Wälder. Das Pferd trottete müde dahin. Besser, er suchte sich die Hütte eines Hirten und bat um Aufnahme, um das Tier zu schonen. Aber nein, es war Vollmond, und wenn es sein mußte, würde er eben zu Fuß gehen, um vor Sonnenaufgang beim Scooter zu sein. Ohnehin glaubte er nicht, daß er schlafen konnte.

Eine Stelle mit langem Trockengras und reifen Beeren lud zur Rast ein. Everard hatte Speisen und einen Weinschlauch in den Satteltaschen – und einen Magen, der seit Morgengrauen nicht mehr gefüllt worden war. Er schnalzte dem Pferd aufmunternd zu und wendete.

Etwas erregte seine Aufmerksamkeit. Weit unten auf der Straße stieg im späten Sonnenlicht eine Staubwolke auf, die immer größer wurde, je länger er schaute. Es mußten mehrere Reiter sein, die da in höllischem Tempo angepreschend kamen. Boten des Königs? Aber wieso? Was wollten sie in diesem Teil des Landes? Er spürte, wie seine Nerven zu vibrieren begannen. Er setzte seinen Helm auf, hob seinen Schild und lockerte das Schwert in der Scheide. Zweifellos würde der Trupp an ihm vorüberpreschen, aber ...

Jetzt konnte er erkennen, daß es acht Männer waren. Sie ritten auf guten Gäulen, und der letzte führte eine kleine Herde von Ersatzpferden am Zügel. Trotzdem waren die Tiere ziemlich erschöpft, der Schweiß zeichnete dunkle Bahnen auf ihre staubigen Flanken, und die Mähne klebte ihnen am Hals. Sie mußten lang und hart geritten worden sein. Die Reiter selbst trugen ordentliche Kleider: die üblichen weißen Pluderhosen,

Hemden, Stiefel, Umhang und hohe Hüte ohne Krempen. Also keine Höflinge oder professionelle Soldaten, aber auch keine Banditen. Die Männer waren mit Schwertern, Bogen und Lassos bewaffnet.

Plötzlich erkannte Everard den Graubart an ihrer Spitze. Die Erkenntnis traf ihn wie ein Blitz: Harpagos.

»Oho!« murmelte Everard. »Die Schule ist aus.«

Seine Gedanken rasten. Für Angstgefühle blieb jetzt keine Zeit. Er mußte sich schnell entscheiden. Harpagos hatte keinen anderen vernünftigen Grund, in die Hügel zu verschwinden, als Meander den Griechen zu fassen. Natürlich, bei einem Hofstaat, der von Spionen und Plappermäulern nur so wimmelte, erfuhr Harpagos binnen Stundenfrist, daß der König sich mit dem Fremden wie mit einem Gleichgestellten in einer unbekannten Sprache unterhalten hatte und ihn dann nordwärts ziehen ließ. Sicher hatte der Chiliarch etwas länger gebraucht, eine akzeptable Ausrede zu finden, um den Palast zu verlassen, seine persönliche Leibwache um sich zu scharen und die Jagd zu eröffnen. Und warum? Weil ›Kyros‹ damals auch in diesem Hochland auf einer Maschine aufgetaucht war, die Harpagos begehrte. Der Meder war nicht dumm und hatte sich offenbar nie mit Keiths Ausrede zufriedengegeben. Da war es nur wahrscheinlich, daß eines Tages ein anderer Magier aus der Heimat des Königs erscheinen würde, und diesmal würde sich Harpagos die Maschine nicht so einfach entgehen lassen.

Everard blieb keine Zeit mehr. Seine Verfolger waren nur noch hundert Yards entfernt. Er sah schon das Glitzern der Augen unter den buschigen Brauen des Chiliarchen. Er gab seinem Pferd die Sporen, lenkte es von der Straße und preschte über das Grasland.

»Halt«, donnerte eine bekannte Stimme hinter ihm. »Halt, Grieche!«

Everard brachte seinen Gaul in einen müden Galopp. Die Zedern warfen lange Schatten über ihn.

»Bleibt stehen, oder wir schießen! ... Halt! ... Also, schießt! Tötet ihn nicht! Zielt auf das Pferd!«

Am Waldrand glitt Everard aus dem Sattel. Er hörte ein wütendes Surren und eine Reihe dumpfer Einschläge. Das Pferd wieherte schrill. Everard warf einen Blick zurück; das arme Tier war in die Knie gebrochen. Bei Gott, dafür würde jemand bezahlen! Aber im Augenblick stand er allein gegen acht seiner Gegner. Er huschte unter die Bäume. Ein Pfeil zischte an seiner linken Schulter vorbei und bohrte sich tief in einen Baumstamm.

Geduckt und im Zickzack rannte Everard durch den kühlen, duftenden Halbschatten. Ab und zu wischte ein niedriger Ast durch sein Gesicht. Etwas dichteres Unterholz wäre ihm jetzt sehr gelegen gekommen, aus dem ein Gejagter ein paar nette Tricks gegen seine Gegner versuchen konnte, doch verschluckte der weiche Boden wenigstens seine Schritte. Die Perser hatten ihn aus den Augen verloren. Instinktiv waren sie hinter ihm hergeritten. Seine Taktik war aufgegangen. Das bewiesen die krachenden Zweige und die lauten Verwünschungen seiner Jäger.

Doch in der nächsten Minute würden sie ihn zu Fuß weiterverfolgen. Everard hob vorsichtig den Kopf. Das leise Rauschen von Wasser ... Er bewegte sich vorsichtig darauf zu, stieg lautlos einen steilen, geröllübersäten Hang hoch. Seine Verfolger waren keine hilflosen Stadtmenschen, überlegte er. Sicher kamen ein paar von ihnen aus den Bergen, und ihren scharfen Augen würde nicht das kleinste Anzeichen entgehen, das seinen Fluchtweg verriet. Er mußte seine Flucht unterbrechen und sich verstecken, bis die Pflichten bei Hof Harpagos zur Umkehr zwangen.

Keuchend sog Everard die frische kalte Luft in seine Lungen. Hinter sich hörte er die Stimmen der Verfolger, dann einen kurzen, scharfen Befehl, konnte aber die Worte nicht verstehen. Zu weit entfernt! Und außerdem rauschte ihm das Blut laut in den Ohren.

Wenn Harpagos gewagt hatte, auf einen Gast des Königs zu schießen, würde er sicher dafür sorgen, daß dieser es nie dem König berichten konnte. Gefangennahme, Folter, bis er verriet, wo die Maschine war und wie man sie bediente, und die alles beendende Barmherzigkeit einer kalten Klinge – so lautete das Programm. *Judas*, dachte Everard und versuchte den Aufruhr in seinem Innern zu besänftigen, *ich habe diese Operation so versiebt, daß man glatt eine Anleitung daraus schreiben könnte, wie man nicht zu einem Patrouillengänger wird. Hauptsache ist jetzt, nicht so oft an ein bestimmtes Mädchen zu denken, das dir nicht gehört, und deswegen die elementarsten Vorsichtsregeln zu mißachten.*

Er erreichte den Rand einer hohen, morastigen Uferbank. Unter ihm rauschte ein Bach ins Tal hinunter. Sie würden wissen, daß er bis hierher gekommen war, aber sie würden knobeln müssen, welche Richtung er im Wasser des Bachbettes eingeschlagen hatte. Doch welche sollte er nehmen? Der Schlamm war naß und glitschig, als er zum Ufer hinunterkletterte. Besser, er folgte dem Bach stromaufwärts. Das brachte ihn seinem Scooter näher, und Harpagos würde es für wahrscheinlicher halten, daß er zum König zurücklaufen würde, um ihm die Sache zu melden.

Steine ritzten seine Füße, und das kalte Wasser ließ sie erstarren. An beiden Ufern bildeten die Bäume eine dunkle Wand, so daß er nur einen tiefblauen Himmelsstreifen über sich sah. Hoch oben in der Luft schwebte ein Adler. Die Luft wurde kälter.

Das Glück war ihm hold. Das Bachbett wand sich wie eine Schlange, und er war rutschend und stolpernd dem Verlauf gefolgt. Die Einstiegsstelle am Bachbett war längst außer Sicht. *Ich werde noch eine Meile oder mehr so weitergehen, dachte er. Vielleicht finde ich einen weit überhängenden Ast, an dem ich mich heraus-*

hangeln kann. Dann werden sie auch nicht wissen, wo ich wieder ans Ufer gekommen bin. Langsam verstrichen die Minuten.

Ich werde also jetzt zum Scooter gehen, überlegte er weiter, *nach oben springen und meine Chefs um Hilfe bitten. Ich weiß verdammt gut, daß sie mir keine geben werden. Warum nicht einen einzelnen Mann opfern, wenn man dadurch die eigene Existenz und alles, was ihnen am Herzen liegt, sichern kann? Deshalb sitzt Keith ja dort fest und hat nur noch dreizehn Jahre zu leben, bis die Barbaren ihn erschlagen. Cynthia dagegen ist auch in dreizehn Jahren noch jung, und nach einem Alptraum im Exil, genau wissend, wann ihr Mann sterben wird, wäre sie dort ausgesetzt, eine Fremde in einer gesperrten Epoche, allein am Hof des verrückten Kambyses II. ... Nein, ich muß ihr die Wahrheit vorenthalten, dafür sorgen, daß sie zu Hause bleibt und an Keiths Tod glaubt. Er selbst würde das so wollen. Und nach ein paar Jahren würde sie wieder glücklich sein. Ich könnte ihr zeigen, wie sie glücklich wird.*

Er war stehengeblieben, um zu beobachten, wie die Kiesel über seine spärlich beschuhten Füße rollten. Zum ersten Mal wurde ihm bewußt, wie sehr sein Körper zitterte und schwankte, wie laut das Wasser rauschte. Schließlich kam er um eine Biegung – und sah die Perser.

Sie waren zu zweit und wateten stromabwärts. Offenbar war seine Ergreifung so wichtig, daß sie ihre religiösen Vorbehalte, die Wasser eines Flusses zu durchwaten, über Bord geworfen hatten. Zwei weitere folgten den Ufern auf beiden Seiten unterhalb der Bäume. Einer davon war Harpagos. Ihre langen Schwerter fuhren aus den Scheiden.

»Halt«, schrie der Chiliarch. »Ergebt Euch, Grieche!«

Everard blieb wie angewurzelt stehen. Das Wasser umspülte seine Knöchel. Die zwei, die im Bachbett auf ihn zuwateten, kamen ihm im schattigen Zwielicht ganz unwirklich vor. Ihre Gesichter waren wie ausgelöscht, so daß er nur die weißen Kleider und das Blinken des Lichts auf den blanken Klingen sah. Die Erkenntnis traf ihn wie ein Tiefschlag: Die Verfolger hatten die Stelle gefunden, an der er in den Bach gestiegen war, und sich in beiden Richtungen aufgeteilt. Auf festem Grund waren sie schneller vorangekommen als er im Wasser. Sie hatten ihn überholt und waren dann langsamer dem Verlauf des Bachs gefolgt. So konnte ihnen ihr Opfer nicht entgehen.

»Ergreift ihn lebend«, mahnte Harpagos seine Leute. »Schneidet ihm meinetwegen die Kniesehnen durch, aber bringt ihn lebend.«

Knurrend wandte Everard sich dem Ufer zu. »Okay, Freundchen, du hast es so gewollt«, sagte er in englisch. Die zwei Männer im Wasser schrien auf und begannen zu laufen. Einer stolperte und fiel aufs Gesicht. Der Mann am gegenüberliegenden Ufer rutschte auf dem Hintern den Abhang herunter.

Der Schlamm war schlüpfrig. Everard stieß das untere Ende seines Schildes hinein und zog sich daran den Hang hinauf. Harpagos erwartete ihn unbewegt. Als er ihn fast erreicht hatte, hob der alte Fürst sein Schwert und ließ es heruntersausen. Everard zog den Kopf ein und nahm den Streich mit dem Helm. Ihm schwanden fast die Sinne durch die Wucht des Aufpralls. Die Schwertspitze fuhr an seiner Wange entlang und drang in die rechte Schulter, aber nicht tief. Everard fühlte einen kurzen Schmerz – und war dann zu beschäftigt, um überhaupt etwas zu empfinden. Er rechnete nicht damit, als Sieger aus dem Scharmützel hervorzugehen. Er wollte seine Gegner nur dazu bringen, ihn zu töten, und war bereit, für dieses Privileg zu zahlen.

Er spürte plötzlich Gras unter den Füßen und hob den Schild gerade noch rechtzeitig, um seine Augen zu schützen. Harpagos führte einen Schlag gegen seine Knie. Everard parierte den Hieb mit seinem Kurzschwert. Der medische Säbel schwirrte durch die Luft. Doch auf engem Raum hatte ein leicht bewaffneter Asiate keine Chance gegen einen Hopliten, wie die Geschichte einige Generationen später beweisen würde. Himmel, dachte Everard, wenn ich nur einen Küraß und Beinschienen hätte, würde ich sie mir alle vier vornehmen. Geschickt benutzte er seinen großen Schild gegen jeden Stoß und Schlag und drang dabei immer dichter gegen Harpagos' schutzlose Flanke vor.

Der Chiliarch grinste unter seinem grauen Bart, wich seitlich aus, um Zeit zu gewinnen – und hatte damit auch Erfolg. Die drei anderen Männer stiegen den Uferhang hoch und kamen schreiend angerannt. Es war eine überstürzte, ungeordnete Attacke. Ausgezeichnete Einzelkämpfer, die sie waren, hatten die Perser nie den disziplinierten Einsatz der eigenen Kräfte, wie es in Europa üblich war, gelernt – was ihnen bei Marathon und Gaugamela zum Verderben werden würde. Trotzdem waren vier Männer gegen einen Unbewaffneten ein unmögliches Kräfteverhältnis.

Everard lehnte sich mit dem Rücken gegen einen Baumstamm. Der erste Krieger stürmte auf ihn ein und ließ sein Schwert auf den Schild krachen. Everards Klinge fuhr hinter dem Rechteck aus Bronze hervor. Er spürte einen weichen und doch irgendwie heftigen Widerstand. Er kannte dieses Gefühl aus anderen Zeiten, zog seine Waffe zurück und trat schnell zur Seite.

Der Perser stürzte zu Boden und verspritzte sein Leben. Er stöhnte nur einmal auf, sah, daß er sterben würde, und wandte sein Gesicht zum Himmel.

Im nächsten Augenblick drangen seine Kameraden von beiden Seiten auf Everard ein. Die tiefhängenden Äste machten ihre Lassos nutzlos; sie würden kämpfen müssen. Der Patrouillengänger wehrte den Schwertstreich des Linken mit seinem Schild ab, mußte aber dafür den Brustkorb auf der rechten Seite entblößen. Er nahm dieses Risiko in Kauf, denn seine Feinde hatten den Befehl, ihn nicht zu töten. Der Gegner rechts schlug nach Everards Knöcheln. Everard sprang über die Klinge hinweg. Wieder griff der Feind von links an und stach flach über dem Boden zu. Everard spürte einen scharfen Schmerz und sah die Klinge in seiner Wade. Er riß sich los. Ein Sonnenstrahl fiel durch die Zweige und ließ das Blut an seinem Bein rot aufschimmern. Er merkte, wie sein Bein nachgab.

»Nur weiter so«, frohlockte Harpagos, der nur zehn Fuß entfernt stand. »Holt ihn von den Beinen!«

»Für einen Zweikampf hat euer hündischer Anführer wohl keinen Mut mehr, nachdem ich ihn dazu gezwungen habe, den Schwanz einzuziehen«, knurrte Everard über den Rand des Schilds hinweg.

Die Wirkung seiner Worte war genau kalkuliert. Sofort hielten die Angreifer inne. Everard sprang vor. »Wenn ihr Perser schon die Hunde eines Meders sein müßt«, krächzte er, »könnt ihr dann nicht wenigstens einen Meder wählen, der ein Mann ist und nicht wie diese Kreatur dort den König verrät und jetzt vor einem einzelnen Griechen davonläuft?«

Selbst so weit im Westen und vor so langer Zeit konnte es sich kein Orientale leisten, auf solche Weise sein Gesicht zu verlieren. Nicht, daß Harpagos jemals ein Feigling gewesen wäre. Everard wußte, wie unfair seine höhnischen Bemerkungen waren. Der Chiliarch stieß einen lauten Fluch aus und holte zum Schlag aus. Einen Sekundenbruchteil sah Everard das wilde Glühen in den tiefliegenden Augen über der Hakennase. Er sprang vor. Die zwei Perser zögerten einen weiteren Moment. Das genügte Everard, um Harpagos zu erreichen. Das Schwert des Meders fuhr hoch, prallte von Helm und Schild des vermeintlichen Griechen ab. Der nächste Hieb war gegen das Bein von Everard gerichtet. Dieser sah dicht vor sich eine wallende weiße Tunika, trieb sein Schwert tief hinein und zog es mit der professionell grausamen Drehung, die eine tödliche Wunde verursacht, aus dem Leib des Chiliarchen hervor. Blitzschnell wirbelte er herum und parierte im letzten Moment den Schlag eines Persers mit seinem Schild. Eine kurze Weile hieben beide wild aufeinander ein. Aus dem Augenwinkel sah Everard, daß der andere versuchte, in seinen Rücken zu gelangen. *Schön*, dachte er bei sich, *aber zumindest habe ich den einen Mann getötet, der eine Gefahr für Cynthia war...*

»Aufhören – sofort!«

Der Ruf war nur ein schwaches Flüstern in der Luft, leiser als das Rauschen des Gebirgsbaches. Trotzdem wichen die Krieger zurück und senkten die Waffen. Selbst der sterbende Perser wandte den Blick vom Himmel.

Mühsam setzte sich Harpagos in seiner Blutlache auf. Seine Haut hatte eine bleiche Färbung angenommen. »Nein ... haltet ein«, flüsterte er. »Dahinter steckt ein tieferer Sinn. Mithras würde mich nicht niedergestreckt haben, wenn nicht...«

Er machte eine majestätische Handbewegung. Everard ließ sein Schwert fallen, humpelte zu Harpagos hinüber und kniete bei ihm nieder. Der Meder sank erschöpft in seine Arme.

»Ihr kommt aus der Heimat des Königs«, rasselte er in seinen blutigen Bart. »Bestreitet es nicht. Aber wisset ... Aurvagaush, der Sohn des Khshayavarsha ... ist kein Verräter.« Die schmale Gestalt straffte sich, als wolle sie dem Tod befehlen, noch eine Weile auf sein Vergnügen zu warten. »Ich weiß, da standen Kräfte – des Himmels, der Hölle?, welche, weiß ich bis heute nicht – hinter der Ankunft des Königs. Ich benutzte sie, ich benutzte ihn, nicht zu meinem Vorteil, sondern weil ich meinem eigenen König Astyages Treue geschworen habe, und er brauchte dringend einen ... einen Kyros ..., weil sonst das Reich zerbrochen wäre. Doch später verwirkte Astyages das Anrecht auf meine Treue durch seine Grausamkeit. Trotzdem war ich

immer noch ein Meder. In Kyros sah ich die einzige
Hoffnung – und die beste – für mein Volk. Denn er ist
auch uns immer ein guter König gewesen. In seinen
Domänen stehen wir im Rang nach den Persern an
zweiter Stelle ... Versteht Ihr, Ihr aus der Heimat des
Königs?«

Sein schwacher Blick streifte umher und suchte
Everards Augen. »Ich wollte Eurer habhaft werden –
um Eure Maschine und ihren Nutzen aus Euch herauszupressen, und Euch dann töten ... ja ... aber nicht zu
meinem eigenen Vorteil, sondern nur zum Wohl des
Reiches. Ich befürchtete, Ihr würdet den König nach
Hause holen, denn ich weiß, wie sehr er sich danach
sehnt. Aber was würde dann aus uns werden? Seid
barmherzig, wie auch Ihr selbst auf Barmherzigkeit
hoffen müßt.«

»Das werde ich«, versprach Everard. »Der König
wird hierbleiben.«

»So ist es gut«, seufzte Harpagos. »Ich glaube, daß
Ihr die Wahrheit sprecht ... denn an das Gegenteil
wage ich nicht zu denken ... Dann habe ich also gesühnt?« fragte er mit schwacher, ängstlicher Stimme.
»Für den Mord auf Geheiß meines alten Königs ...
dafür, daß ich ein hilfloses Kind auf einem Berghang
ausgesetzt habe und ihm beim Sterben zusah – habe
ich für meine Tat gesühnt, Landsmann des Königs?
Denn es war der Tod dieses Prinzen ... der das Land
dem Ruin nahebrachte ... Aber ich habe einen anderen
Kyros gefunden! Ich habe uns errettet! Habe ich für
meine Tat Buße getan?«

»Das habt Ihr«, beruhigte ihn Everard und fragte
sich im stillen, eine wie hohe Absolution zu erteilen in
seiner Macht lag.

Harpagos schloß die Augen. »Dann laßt mich jetzt
allein«, sagte er. Es klang wie das verklingende Echo
eines Befehls.

Everard legte ihn sanft zu Boden und humpelte

davon. Die beiden Perser knieten neben ihrem Herrn nieder und vollzogen bestimmte Riten. Der dritte Mann kehrte zu seinen eigenen Betrachtungen zurück. Everard setzte sich unter einen Baum, riß einen Streifen von seinem Umhang und verband seine Wunden. Die Wunde im Bein würde ärztlich behandelt werden müssen. Irgendwie mußte er zu seinem Scooter gelangen. Sicherlich nicht gerade ein Vergnügen, aber er würde es schaffen, und dann konnte ihn ein Arzt der Patrouille mit dem medizinischen Zukunftswissen seiner Heimat in ein paar Stunden wiederherstellen. Er mußte zu einem Zweigbüro in irgendeinem unbestimmten Milieu gehen, denn im 20. Jahrhundert würde man ihm zu viele Fragen stellen.

Und das konnte er sicher nicht gebrauchen. Wenn seine Vorgesetzten erfuhren, was er vorhatte, würden sie es ihm wahrscheinlich verbieten.

Die Lösung des Problems war ihm nicht als blendende Erleuchtung gekommen, sondern als ein allmähliches Bewußtwerden von Wissen, das vielleicht schon lange Zeit in ihm geschlummert hatte. Er lehnte sich zurück und versuchte, ruhiger zu atmen. Wenig später trafen die vier übrigen Perser ein und wurden von den anderen über die Geschehnisse informiert. Sie ließen Everard in Ruhe, warfen nur gelegentliche Blicke zu ihm herüber, in denen Furcht und Stolz miteinander kämpften. Ansonsten beschränkten sie sich darauf, mit beschwörenden Gesten das Böse zu bannen. Schließlich hoben sie ihren toten Herrn und ihren sterbenden Kameraden auf und trugen sie in den Wald. Die Dunkelheit sank herab. Irgendwo schrie eine Eule.

9

Der Große König setzte sich im Bett auf. Er hatte hinter den Vorhängen ein Geräusch vernommen.

Kassandane, seine Königin, drehte sich ruhig zu ihm um. Eine schlanke Hand berührte sein Gesicht. »Was ist, du Sonne meines Himmels?« fragte sie.

»Ich weiß nicht.« Er griff nach dem Schwert, das immer unter seinem Kissen lag. »Nichts, es ist nichts.«

Ihre Hand wanderte über seine Brust. »Nein, es sind viele Dinge«, flüsterte sie und erbebte plötzlich. »Dein Herz schlägt wie eine Kriegstrommel.«

»Bleib hier!« Er stand auf und trat durch die Vorhänge hinaus.

Mondlicht fiel vom nachtblauen Himmel durch ein Bogenfenster auf den Boden. Ein bronzener Spiegel reflektierte es so stark, daß sein Licht fast die Augen blendete. Die Luft auf der nackten Haut war kalt.

Ein Ding aus dunklem Metall, dessen Reiter sich an zwei Handgriffen festhielt und gleichzeitig kleine Schalter auf einer Armatur berührte, schwebte schemenhaft heran. Lautlos landete es auf dem Teppich, und der Reiter stieg ab. Er war ein untersetzter Mann, der eine griechische Tunika und einem Helm trug. »Keith«, hauchte er.

»Manse!« Denison trat ins Mondlicht hinaus. »Du bist also gekommen!«

»Erzähl doch noch ein wenig mehr«, schnaubte Everard sarkastisch. »Kann uns jemand hören? Ich glaube nicht, daß man mich bemerkt hat. Materialisierte über dem Dach und schwebte auf dem Antigrav langsam herunter.«

»Direkt vor der Tür stehen Posten«, erklärte Denison. »Aber sie kommen nur herein, wenn ich diesen Gong schlage oder rufe.«

»Gut. Zieh dir ein paar Kleider an!«

Denison ließ sein Schwert fallen. Einen Augenblick lang stand er wie erstarrt. »Du hast einen Ausweg gefunden?« entfuhr es ihm.

»Vielleicht. Vielleicht.« Everard wandte den Blick von ihm ab und fuhr mit den Fingern über das Schaltpult der Maschine. »Also schön, Keith«, meinte er nach kurzem Zögern, »ich habe eine Idee, die vielleicht funktioniert – oder auch nicht. Ich brauche aber deine Hilfe, um sie auszuführen. Wenn sie funktioniert, kannst du nach Hause gehen. Das Hauptbüro wird vollendete Tatsachen akzeptieren und über jede Übertretung der Vorschriften hinwegsehen. Doch wenn's schiefgeht, wirst du genau in diese Nacht zurückkehren und dein Leben als Kyros beenden müssen. Kannst du das?«

Dension begann zu zittern – nicht nur vor Kälte. Seine Antwort kam sehr leise: »Ich denke schon.«

»Ich bin stärker als du«, sagte Everard rauh, »und ich werde die einzigen Waffen haben. Wenn nötig, werde ich dich schanghaien und hierher zurückbringen. Laß es bitte nicht so weit kommen.«

Denison tat einen tiefen Atemzug. »Das werde ich nicht.«

»Dann wollen wir hoffen, daß die Nornen uns gnädig gestimmt sind. Nun geh und zieh dich an. Ich werde dir unterwegs alles erklären. Gib diesem Jahr einen Abschiedskuß und vertrau darauf, daß es nicht nur ein ›Bis bald‹ ist – denn wenn mein Plan klappt, werden weder du noch sonst jemand dieses Jahr wiedersehen.«

Denison, der sich schon halb den Gewändern zugewandt hatte, die in einer Ecke lagen und von einem Sklaven noch vor Morgengrauen getauscht werden sollten, hielt in seiner Bewegung inne. »Was?«

»Wir werden versuchen, die Geschichte neu zu schreiben«, meinte Everard. »Oder vielleicht die Geschichte so restaurieren, wie sie ursprünglich hier abgelaufen ist. Ich weiß es nicht. Komm schon, spring auf!«

»Aber ...«

»Schnell, Mann, beeil dich! Ist dir eigentlich klar, daß ich am selben Tag zurückgekommen bin, an dem ich dich verließ, daß ich genau in diesem Moment mit einem verwundeten Bein durch die Berge stolpere, nur um dir diese zusätzliche Zeit zu verschaffen? Und nun beweg dich!«

Denison trat dicht an Everard heran. Sein Gesicht lag im Schatten, doch leise und bestimmt sagte er: »Ich muß jemand persönlich Lebewohl sagen.«

»Was?«

»Kassandane. Sie war schließlich hier meine Frau für – Gott! – vierzehn Jahre! Sie hat mir drei Kinder geboren und mir im Fieber wie auch in Hunderten verzweifelter Momente beigestanden, und einmal, als die Meder vor unseren Toren standen, hat sie die Frauen von Pasargadä hinausgeführt, damit wir uns sammeln konnten, und wir haben gesiegt. Gib mir fünf Minuten, Manse.«

»Schon gut, schon gut, obwohl es bestimmt länger dauern wird, einen Eunuchen zu ihr zu schicken und ...«

»Sie ist hier.«

Denison verschwand hinter den Bettvorhängen.

Everard stand einen Moment wie angewurzelt. *Du hast also erwartet, daß ich heute kommen würde, und du hast erwartet, daß ich einen Weg finden würde, dich zu Cynthia zurückzubringen*, dachte er. *Deshalb hast du vorher nach Kassandane geschickt.*

Und dann, während die Finger am Griff seines Schwertes vor Anspannung zu schmerzen begannen: *Ach, halt's Maul, Everard, du elender selbstgerechter Bastard.*

Wenig später kam Denison zurück. Wortlos schlüpfte er in seine Kleider und hockte sich auf den hinteren Sitz des Scooters. Im nächsten Moment sprang Everard durch den Raum; das Gemach des Königs verschwand, und Mondlicht flutete über die Hügel in der Tiefe. Eine kalte Brise umwehte die beiden Männer am Himmel.

»Und jetzt auf nach Ekbatana.« Everard schaltete die Armaturenbeleuchtung ein und justierte die die Kontrollen gemäß den Anweisungen, die auf dem Pilotenbord notiert waren.

»Ek ... oh, du meinst Hagmatan? Die alte Meder-Hauptstadt?« fragte Denison verblüfft. »Aber sie ist jetzt doch nur noch die Sommerresidenz.«

»Ich spreche von dem Ekbatana vor 36 Jahren«, antwortete Everard.

»Was?«

»Hör zu, alle Historiker in der Zukunft sind überzeugt, daß die Geschichte von Kyros' Kindheit, wie sie von Herodot und den Persern geschildert wird, reine Legende ist. Aber vielleicht hatten sie auch recht, und die Geschichte stimmt. Vielleicht war unser Erlebnis hier ja auch nur eine der kleinen Launen von Zeit und Raum, die die Patrouille auszuräumen versucht.«

»Schon möglich«, sagte Denison nachdenklich.

»Du warst als sein Vasall sicher ziemlich oft am Hof von Astyages, nehme ich an. Okay, du wirst mich führen. Wir werden uns den alten Knaben kaufen, und das möglichst bei Nacht – und allein.«

»Sechzehn Jahre sind eine lange Zeit.«

»Na und?«

»Wenn du ohnehin die Vergangenheit verändern willst, wieso benötigst du mich denn ausgerechnet zu diesem Zeitpunkt? Komm und hol mich doch, als ich gerade ein Jahr zu Kyros geworden bin – lang genug, um mich in Ekbatana auszukennen, aber ...«

»Tut mir leid, nein. Das wage ich nicht. Wir segeln auch so schon hart genug am Wind. Gott weiß, wozu eine zweite Veränderung im Weltenlauf führen mag. Selbst wenn wir damit durchkämen, würde uns die Patrouille beide zum Exilplaneten schicken, nur weil wir diesen Schritt gewagt haben.«

»Ja ... ich verstehe deinen Standpunkt.«

»Außerdem bist du doch kein Selbstmordkandidat,

oder? Du würdest doch sicherlich nicht wollen, daß dein ›Du‹ dieses Augenblicks nie existiert hätte, nicht wahr? Denk mal eine Minute lang darüber nach, was das bedeuten würde.« Everard hatte seine Kontrollen eingestellt.

Der Mann hinter ihm erbebte. »Bei Mithras, du hast recht. Sprechen wir nicht mehr darüber.«

»Also dann – auf geht's!« Everard legte den Hauptschalter um.

Der Scooter hing über einer mauerbewehrten Stadt in einer unbekannten Ebene. Obwohl es eine mondhelle Nacht war, sah Everard die Stadt nur als ein Gewirr dunkler Schatten. Er griff in die Satteltaschen. »Hier«, sagte er. »Wir werden diese Kleider anziehen. Ich habe sie von den Jungs im Mittleren Mohendscho-Daro-Büro für meine Zwecke anfertigen lassen. Ihre Situation dort ist so, daß sie selbst oft diese Art von Verkleidung benötigen.«

Leise rauschte die Luft, als der Springer sich erdwärts senkte. Denison streckte die Hand aus. »Dort ist der Palast. Das königliche Schlafgemach liegt drüben auf der Ostseite ...«

Es war ein plumpes, nicht so graziöses Gebäude wie sein persischer Nachfolger in Pasargadä. Everard erspähte ein Paar geflügelter Bullen in einem herbstlichen Garten, die noch von den Assyrern stammten. Er erkannte, daß die Fenster vor ihm zu eng waren, um hineinzuschweben, und steuerte fluchend den nächsten Torgang an. Zwei berittene Posten blickten nach oben, sahen, was da kam, und erschraken. Ihre Pferde stiegen auf die Hinterhand und warfen sie ab.

Everards Maschine ließ die Tür zersplittern. Ein Wunder mehr würde dem Lauf der Geschichte nun auch nichts mehr anhaben können, besonders wenn man an solche Dinge so beharrlich glaubte wie an die Wirkung von Vitaminpillen zu Hause – und hier sicherlich mehr Grund dazu hatte. Der Schein von

Fackeln wies ihm den Weg einen Gang entlang, in dem Sklaven und Wachen ihre Furcht laut herausschrien. Vor der Tür zum Schlafgemach zog Everard sein Schwert und schlug mit dem Knauf dagegen. »Du bist dran, Keith«, meinte er. »Du kennst die medische Version der arischen Sprache.«

»Öffne, Astyages!« donnerte Denison. »Öffne den Boten des Ahura Mazda.«

Zu Everards Überraschung gehorchte der Mann im Zimmer sofort. Astyages war ebenso mutig wie die meisten seines Volkes. Doch als der König – ein gedrungener, hartgesichtiger Mann in mittleren Jahren – die zwei Wesen in leuchtenden Kleidern, mit Glorienscheinen um den Kopf und Flügeln aus Licht erblickte, die auf einem ehernen Thron mitten in der Luft schwebten, warf er sich in voller Länge zu Boden.

Everard lauschte den donnernden Worten von Denison, die er in einem merkwürdigen Dialekt aussprach: »Du infames Gefäß voller Ungeheuerlichkeiten, der Zorn des Himmels kommt über dich! Glaubst du denn wirklich, du könntest deinen letzten Gedanken, tief verborgen in der Dunkelheit, die ihn gezeugt hat, vor dem Auge des Tages verstecken? Denkst du denn, der allmächtige Ahura Mazda würde eine solche Untat, wie du sie planst ...«

Everard hörte nicht mehr zu. Andere Gedanken beschäftigten ihn: Harpagos befand sich wahrscheinlich irgendwo in dieser Stadt – noch voller Jugend und unbelastet von Schuld. Jetzt würde er diese Last niemals mehr zu tragen haben. Er würde niemals ein Kind auf einem Berg aussetzen und auf seinen Speer gestützt zusehen, wie es schrie und zappelte und schließlich still lag. Er würde in der neuen Zukunft zu seinem eigenen Nutzen Revolten anzetteln und Chiliarch von Kyros werden, aber nicht in den Armen seines Widersachers aus der Zukunft in einem unwegsamen Wald sterben; und einem bestimmten Perser, dessen Name

Everard nicht kannte, würde ebenfalls ein griechisches Schwert und das langsame Versinken in die Leere erspart bleiben.

Trotzdem hat sich die Erinnerung an die beiden Männer, die ich getötet habe, in meine Gehirnzellen eingegraben, und an meinem Bein gibt es eine dünne weiße Narbe; Keith Denison ist 47 Jahre alt und hat zu denken gelernt wie ein König.

»... Wisse, Astyages, daß der Himmel diesem Kind Kyros wohlgesonnen ist. Und der Himmel ist gnädig: Du wurdest gewarnt, daß du, wenn du deine Seele mit diesem unschuldigen Blut befleckst, diese Sünde niemals mehr abwaschen kannst. Lasse Kyros in Frieden in Anschan aufwachsen, oder du wirst ewig im Feuer von Ahriman brennen! Mithras hat zu dir gesprochen!«

Astyages wand sich am Boden und schlug den Kopf auf den harten Stein.

»Verschwinden wir!« sagte Denison auf Englisch.

Everard hüpfte zu den Hügeln in Persien, 36 Jahre in die Zukunft. Mondlicht fiel bleich auf eine von Zedern gesäumte Straße und einen Fluß. Es war kalt, und das Heulen eines Wolfs drang schauerlich durch die Stille.

Er landete den Scooter, stieg ab und entledigte sich seiner Verkleidung. Auch Denisons Gesicht kam unter der Maske zum Vorschein. Es zeigte einen seltsamen Ausdruck. »Ich frage mich«, sagte er nachdenklich, »ob wir Astyages nicht zu sehr in Furcht und Schrecken versetzt haben. Die Geschichte überliefert, daß er drei Jahre lang gegen Kyros kämpfte, als die Perser sich erhoben.«

»Wir können jederzeit zum Zeitpunkt des Kriegsausbruchs springen und ihm eine Vision zukommen lassen, die ihm hilft, dieser Absicht zu widerstehen.« Everard hatte es plötzlich eilig, denn er spürte Geister um sich herum. »Doch ich glaube nicht, daß das notwendig sein wird. Er wird den Prinzen nicht anrühren.

Wenn jedoch sein Vasall sich gegen ihn erhebt, könnte er verrückt genug sein, zu mißachten, was ihm zu diesem Zeitpunkt nur noch wie ein schlechter Traum vorkommen mag. Zudem dürften seine Edlen aus Angst um die medischen Interessen ihm kaum gestatten, klein beizugeben. Aber warten wir's ab. Führt der König nicht eine Parade zur Sonnenwend-Feier an?«

»Ja. Gehen wir. Rasch!«

Und schon waren sie in das Licht der Sonne getaucht, hoch über Pasargadä. Sie versteckten die Maschine und gingen zu Fuß in die Stadt, zwei Wanderer unter vielen anderen, die dort den Geburtstag des Mithras feiern wollten. Auf dem Weg dorthin fragten sie die Menschen, was inzwischen geschehen war, wobei sie erklärten, sie seien lange im Ausland gewesen. Die Antworten befriedigten sie sehr – bis in die kleinsten Details, die aus Denisons Erinnerungen stammten und in keiner Chronik verzeichnet waren.

Schließlich standen sie unter einem frostigblauen Himmel inmitten zahlloser Menschen und verneigten sich tief, als Kyros, der Große König, mit seinen drei wichtigsten Höflingen Kobad, Krösus und Harpagos vorüberritt, gefolgt von dem Stolz und Pomp und der Priesterschaft des Persischen Weltreiches.

»Er ist jünger als ich«, flüsterte Denison. »Und auch ein wenig kleiner ... hat ein ganz anderes Gesicht, nicht wahr? – aber er wird's schon schaffen.«

»Willst du noch die Festlichkeiten abwarten?« fragte Everard.

Denison zog sich den Umhang enger um seinen Körper. Die Luft war bitterkalt. »Nein«, meinte er. »Gehen wir zurück. Es war eine lange Zeit – auch dann, wenn sie nie stattgefunden hätte.«

»Oho«, knurrte Everard grimmiger, als es einem erfolgreichen Retter zu Gesicht stand. »Sie hat nie stattgefunden.«

10

Keith Denison trat in einem Haus in New York aus dem Aufzug. Er war überrascht, daß er sich nicht mehr erinnern konnte, wie es aussah. Er wußte nicht einmal mehr die Nummer seines Apartments und mußte sie auf dem Wegweiser nachlesen. Details, Details. Er versuchte, sein Zittern zu unterdrücken.

Cynthia öffnete die Tür, kaum daß er davorstand. »Keith«, sagte sie, beinahe verwundert.

Ihm fiel nichts anderes ein als: »Manse hat dich vorgewarnt, nicht wahr? Jedenfalls sagte er das.«

»Ja, aber es macht nichts. Ich war mir nicht klar darüber, daß sich dein Aussehen so sehr verändert haben würde. Es ist nicht wichtig. Oh, mein Liebling.«

Sie zog ihn nach drinnen, schloß die Tür und drängte sich in seine Arme.

Er sah sich um. Er hatte vergessen, wie eng die Wohnung war. Und die Gardinen, von ihr ausgesucht, hatte er noch nie schön gefunden.

Die Angewohnheit, auch mal einer Frau nachzugeben oder sie um ihre Meinung zu fragen, gehörte zu den Dingen, die er von Grund auf neu lernen mußte. Es würde nicht einfach sein.

Sie hob ihm ihr tränenfeuchtes Gesicht zum Kuß entgegen. Hatte sie immer so ausgesehen? Aber er erinnerte sich nicht mehr – er konnte es einfach nicht. Nach all dieser Zeit wußte er nur noch, daß sie zierlich war und blondes Haar hatte. Er hatte mit ihr nur wenige Monate zusammengelebt; Kassandane hatte ihn ihren Morgenstern genannt, hatte ihm drei Kinder geschenkt und war vierzehn Jahre lang stets bereit gewesen, ihm zu dienen und zu Willen zu sein.

»Ach, Keith – willkommen daheim!« sagte sie mit hoher, furchtsamer Stimme.

Daheim! dachte er. *Großer Gott!*

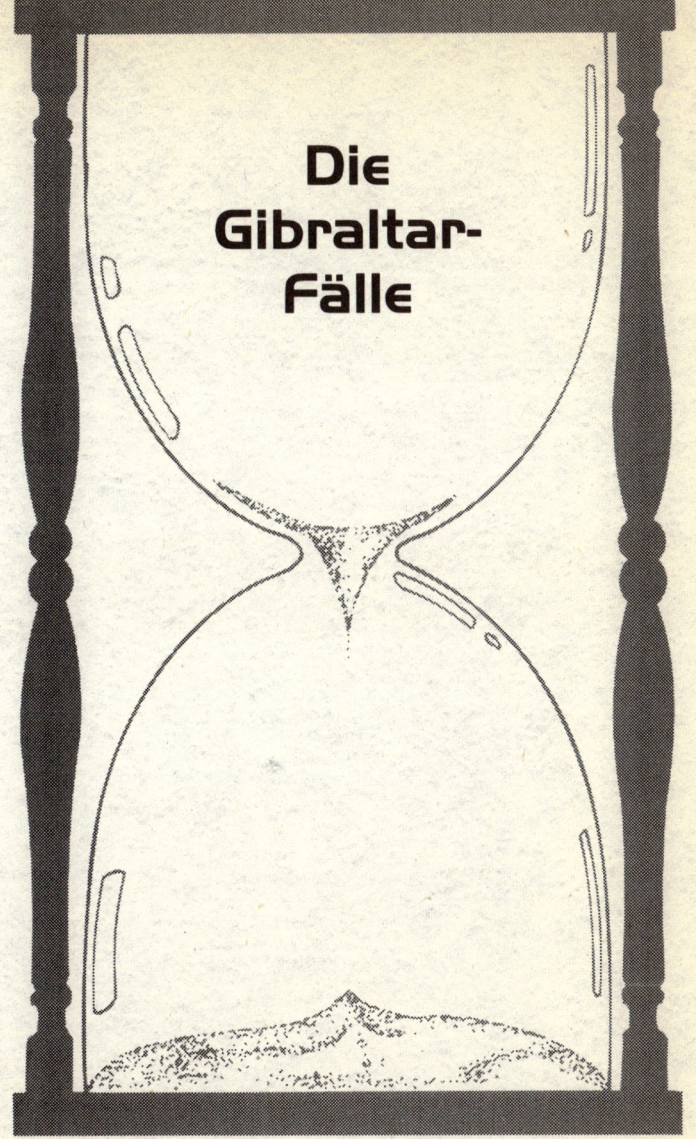
Die Gibraltar-Fälle

Die Basis der Zeitpatrouille sollte nur für die paar hundert Jahre des Zustroms existieren. In dieser Zeit würden außer Wissenschaftlern und Wartungspersonal nur wenig Leute über längere Zeit dort verweilen. Dementsprechend war es nur eine kleine Station; das Pförtnerhaus und die wenigen Dienstgebäude standen verloren in der Weite des Landes.

Fünfeinhalb Millionen Jahre vor seiner Geburt fand Tom Nomura das südliche Ende der iberischen Halbinsel steiler, als er es in Erinnerung hatte. Die Hügelhänge erhoben sich schroff in nördlicher Richtung, bis sie sich als niedrige Bergsilhouette gegen den Himmel abhoben, durchzogen von Schluchten, die sich in bläulichen Schatten verloren. Es war ein trockenes, dürres Land, über dem nur zur Winterszeit kurze, heftige Regenschauer niedergingen. Im Sommer versiegten die Flüsse zu Rinnsalen oder trockneten völlig aus, und das Gras wurde gelb. Bäume und Sträucher wuchsen nur in weiten Abständen – Dornbüsche, Mimosen, Akazien, Pinien, Aloe und rings um die Wasserlöcher Palmen, Farne, sogar Orchideen.

Trotzdem gab es hier vielfältiges Leben. Am wolkenlosen Himmel kreisten Habicht und Geier, Tiere grasten in Herden zu Tausenden, darunter wie Zebras gestreifte Ponys, primitive Nashörner, okapi-ähnliche Vorfahren der Giraffen, manchmal auch Mastodons – mit dünnem rötlichen Fellhaar und großen geschwungenen Stoßzähnen – oder eigentümliche Elefanten. Zu den Jägern und Aasfressern gehörten Säbelzähne, frühe Formen großer Raubkatzen, Hyänen und kreischende Bodenaffen, die sich manchmal auf die Hinterbeine aufrichteten. Ameisenhügel ragten bis zu sechs Fuß in die Höhe, und alle Augenblicke pfiffen Murmeltiere.

Es roch nach Heu, frischem oder trockenem Dung und warmem Fleisch. Wenn Wind aufkam, wirbelte er in Böen den Staub auf und trieb ihn vor sich her. Häufig erbebte die Erde unter dem Trommeln von Hufen, Vögel kreischten, Raubtiere trompeteten. In der Nacht sprang plötzlich eisige Kälte auf, und die Sterne waren so zahlreich, daß man kaum auf die Fremdheit der Konstellationen achtete.

So waren die Dinge bis vor kurzem gewesen. Aber nun würde eine große Veränderung kommen. Nun hatten die hundert Jahre des Donners begonnen. Und danach würde nichts mehr sein wie früher.

Manse Everard betrachtete Tom Nomura und Feliz a Rach mit zusammengekniffenen Augen. Dann meinte er lächelnd: »Nein, vielen Dank. Ich werde mich heute hier nur ein wenig umsehen. Macht euch einen schönen Tag.«

Blinzelte der große Mann mit der gebogenen Nase und dem leicht ergrauten Haar Nomura leicht mit einem Auge zu? Dieser war sich nicht sicher. Sie kamen aus demselben Milieu, ja sogar aus demselben Land. Dieser Everard war im Jahr 1954 in New York rekrutiert worden, und Nomura 1972 in San Francisco, was kaum einen Unterschied machte. Die Aufbruchstimmungen dieser Generation waren Seifenblasen gegen das, was sich vorher zugetragen hatte und danach geschehen würde. Wie auch immer, Nomura war frisch von der Akademie gekommen, knappe 25 Jahre zuvor. Everard hatte nichts darüber erwähnt, wieviele Jahre er bei seinen Abstechern durch die Zeitläufte der Welt schon angesammelt hatten; und bei der Langlebigkeits-Behandlung, die die Patrouille ihren Leuten anbot, war so etwas unmöglich zu schätzen. Nomura vermutete, daß der Ungebundene Agent schon soviele Existenzen durchlebt hatte, daß er ihm fremder war als Feliz – die zwei Jahrtausende später geboren war als die beiden anderen.

»Also schön – fangen wir an«, meinte sie. Obwohl sie so kurz angebunden war, fand Nomura, daß das Temporal aus ihrem Mund wie Musik klang.

Sie verließen die Veranda und gingen quer über den Hof. Ein paar andere Korpsleute winkten ihnen zu, wobei ihr Interesse hauptsächlich der Frau galt. Nomura mußte ihnen beipflichten. Sie war jung und schlank; die großen grünen Augen über der geraden Nase milderten die Strenge ihres Gesichtsausdrucks. Ihr breiter Mund verriet Lebendigkeit und Temperament, und ihr Haar, das hinter den Ohren stark gestutzt war, schimmerte rotbraun. Der übliche graue Overall und die festen Stiefel konnten weder ihre Figur noch die Geschmeidigkeit ihres Gangs verbergen. Nomura wußte, daß er selbst auch nicht gerade schlecht aussah – untersetzt und trotzdem gelenkig, regelmäßige Gesichtszüge, hohe Wangenknochen, goldbraune Haut – aber verglichen mit ihr kam er sich häßlich vor.

Sogar innerlich, dachte er. *Wie soll ein frischgebackener Patrouillengänger – nicht mal für den Polizeidienst vorgesehen, sondern ein reiner Naturforscher – wie sollte er einer Aristokratin aus dem Ersten Matriarchat auch erklären, daß er sich in sie verliebt hatte?*

Das Rumpeln, das ständig in der Luft hing, obwohl die Katarakte Meilen weit weg waren, klang wie ferner Donner. War es Einbildung, oder spürte er tatsächlich ein unaufhörliches Beben unter den Füßen, das ihm bis in die Beine drang?

Feliz öffnete die Tür eines Schuppens. Drinnen standen mehrere Scooter, die entfernt an zweisitzige Motorräder ohne Räder erinnerten, angetrieben von einem Antigrav und in der Lage, über mehrere tausend Jahre hinwegzuspringen. (Sie und ihre Benutzer waren in schweren Fracht-Fähren hierher transportiert worden.)

Der Springer von Feliz war beladen mit Aufzeichnungsgeräten. Er hatte vergeblich versucht, sie davon zu überzeugen, daß er überladen war, und er wußte genau, daß sie ihm niemals verzeihen würde, wenn er sie nun im Stich ließ. Seine Einladung an Everard, zur Zeit der ranghöchste Beamte, obwohl hier und jetzt nur auf Urlaub, hatte er nicht zuletzt in der leisen Hoffnung ausgesprochen, daß dieser, wenn er die Ladung sah, sie anweisen würde, ihren Assistenten einen Teil davon übernehmen zu lassen.

Sie sprang in den Sattel. »Nun mach schon!« rief sie. »Der Morgen wird nicht jünger.«

Sie bestieg ihr Gefährt und stellte die Kontrollen ein. Beide glitten sie hinaus und in den Himmel. In der Höhe, in der Adler kreisen, nahmen sie einen Parallelkurs zur Oberfläche nach Süden, wo der Ozeanfluß sich in die Mitte der Welt ergoß.

Dichte Dunstwolken standen ständig an diesem Horizont und zerfaserten silbern im endlosen Blau. Sie erreichten eine dieser Wolken und sprangen darüber hinweg. Weiter voraus wirbelte ihnen grau das Universum entgegen, erschüttert durch das donnernde Brausen, eisig auf menschlichen Lippen, während die Wasser von den Felsen herabstürzten und sich Wege durch den Schlamm suchten. Der kalte salzige Nebel war so dicht, daß es gefährlich war, ihn länger als ein paar Minuten einzuatmen.

Aus größerer Höhe war der Anblick ehrfurchtgebietend. Man konnte das Ende einer geologischen Epoche beobachten. Für anderthalb Millionen Jahre war das Mittelmeerbecken eine Wüste gewesen. Doch jetzt standen die Tore des Herkules offen, und der Atlantik rauschte herein.

Das Brausen des Windes in den Ohren, spähte Nomura nach Westen über die ruhelose, in allen Schattierungen gezeichnete und gischtgeschwängerte Unendlichkeit. Er sah den Lauf der Strömungen, angesaugt durch das neu aufgebrochene Loch zwischen Europa und Afrika. Dort prallten sie aufeinander und brachen zu kochenden Wirbeln, ein weißgrünes Chaos, dessen Wucht von der Erde zum Himmel und zurück ertönte, Klippen zermalmte, Täler überflutete und die Küste meilenweit ins Land hinein mit seiner Gischt näßte. Aus ihnen gurgelte ein Strom, schneeweiß in seiner Wildheit, mit Blitzen aus wütendem Smaragd, der wie eine zwölf Kilometer breite Mauer zwischen den Kontinenten stand und brüllte. Gischt rollte darüber hinweg und vernebelte Woge um Woge, mit denen sich das Meer seinen Weg bahnte.

In den Wolken, die es erzeugte, hingen Regenbogen. Aus dieser großen Entfernung war der Lärm kaum mehr als ein monströses Mahlgeräusch. Klar und deutlich drang die Stimme von Feliz aus Nomuras Empfänger, als sie ihr Gefährt anhielt und den Arm hob. »Halt! Ich will noch ein paar Aufnahmen machen, ehe wir weiterfahren.«

»Hast du noch nicht genug?« fragte er.

Ihre Stimme wurde weich. »Wie kann man von einem Wunder genug bekommen?«

Sein Herz machte einen Sprung. *Sie ist ja doch nicht nur ein weiblicher Soldat, geboren, um einen Haufen Untergebener herumzukommandieren. Trotz ihrer Herkunft und Lebensart ist sie das nicht. Sie ist offen für das Furchtbare, Schöne ... Ja, sie hat einen Sinn für Gott bei der Arbeit ...*

Er grinste. *Das sollte sie auch besser!*

Schließlich war es ihre Aufgabe, einen vollsensorischen Bericht über die ganze Sache zu machen, von ihrem Beginn bis zu dem Tag hundert Jahre später, an dem das Becken voll war und die Wellen friedlich wogten, die Odysseus durchpflügen würde.

Sie würde Monate ihrer Lebenszeit dafür brauchen *(und meiner, bitte, auch meiner)*. Jeder im Korps wünschte sich, etwas so Phantastisches mitzuerleben; Abenteuerlust war praktisch eine Voraussetzung für die Rekrutierung. Aber nicht vielen war es vergönnt, so weit in die Vergangenheit zurückzugehen und so nah an eine Zeitenwende heranzukommen. Den meisten gelang das nur mittelbar. Ihre Vorgesetzten würden nie jemand dafür ausgewählt haben, der nicht Künstler genug war, um ein solches Ereignis in ihrem Sinn zu erleben und an sie weiterzugeben.

Nomura erinnerte sich seiner erstaunten Reaktion, als man ihn dazu auswählte, ihr zu assistieren. Trotz ihres chronischen Personalmangels – konnte es sich die Patrouille leisten, Künstler einzusetzen?

Nun, nachdem er also auf eine geheimnisvolle Anzeige geantwortet hatte, ein paar erstaunliche Tests über sich ergehen ließ und über die Möglichkeiten intertemporalen Verkehrs in Kenntnis gesetzt worden war, hatte er gefragt, ob dabei Polizei- und Hilfseinsätze überhaupt möglich seien. Er erhielt zur Antwort, gewöhnlich seien sie es. Er erkannte den großen Bedarf an Verwaltungs- und Kirchenpersonal, seßhaften Agenten, Historikern, Anthropologen und, ja, Naturwissenschaftlern wie er selbst. In den Wochen, in denen sie nun miteinander arbeiteten, hatte Feliz ihn davon überzeugt, daß auch zumindest ein paar Künstler unerläßlich waren. Der Mensch lebte ja schließlich auch nicht nur von Brot allein, oder von Gewehren, Papierkrieg, Thesen – oder von nackten Tatsachen.

Sie hantierte an ihren Geräten herum. »Komm weiter!« befahl sie. Als sie ostwärts davonstob, verfing sich ein Sonnenstrahl in ihren Haaren, daß sie aufschimmerten wie flüssige Glut. Stumm fuhr er hinter ihr her.

Der mediterrane Boden lag 10 000 Fuß unter dem Meeresspiegel. Der Zustrom überwand diesen Absturz innerhalb einer 50 Meilen langen Meerenge. Sein Volumen belief sich auf 10 000 Kubikmeilen im Jahr – etwa 100 Viktoria-Fälle oder 1000 Niagara-Fälle.

So weit die Statistik. Die Wirklichkeit war das Don-

nern weißschäumender, gischtüberlagerter Fluten, die die Felsen wegbrachen und die Berge erzittern ließen. Man konnte dieses Ereignis sehen, hören, fühlen, riechen, schmecken – vorstellen konnte man es sich nicht.

Dort, wo die Enge sich weitete, wurde der Strom sanfter, bis er grün und schwarz dahinfloß. Die Dunstschleier verflüchtigten sich, Inseln tauchten auf wie Schiffe, die mit hohem Bug die Wellen durchschnitten, und hier konnte wieder Leben gedeihen und sich bis an die Küste heranwagen. Die meisten dieser Inseln würden der Erosion anheimfallen, noch ehe das Jahrhundert vergangen war, und viele dieser Lebensformen würden bei seltsamen Wetterumschwüngen untergehen. Denn dieses Ereignis würde den Planeten aus seiner Miozän-Ära in die Pliozän-Epoche stürzen.

Und während Nomura vorwärtshuschte, wurde der Lärm nicht geringer, sondern stärker. Obwohl der Zustrom hier ruhiger war, floß er auf ein dumpfes Grollen zu, das immer mehr anschwoll, bis der Himmel eine einzige eherne Glocke war. Nomura erkannte eine Landspitze, deren zerklüftete Überreste eines Tages den Namen Gibraltar tragen würden. Etwas weiter vorn beanspruchte ein rund zwanzig Meilen breiter Katarakt fast die Hälfte des gesamten Abbruchs.

Mit erschreckender Leichtigkeit strömten die Wasser über diesen Rand. Sie hoben sich glasgrün gegen die dunklen Klippen und das umbrafarbene Gras des Festlandes ab. Seine Erhebungen schimmerten im Licht, und an seinem Fuß wirbelte eine weiße Wolkenbank in nie verstummenden Winden. Dahinter dehnte sich wie eine blaue Decke ein See, Flüsse fraßen tiefe Schluchten ins Gestein, und über der endlosen Weite des Landes, das eines Tages ein Meer sein würde, lag ein unwirklicher Schimmer.

Wieder stoppte Feliz ihren Flieger. Nomura hielt neben ihr. Sie standen hoch, und die kalte Luft ließ sie frösteln.

»Heute möchte ich einen Eindruck von dem Abbruch gewinnen. Ich werde mich nah an den Rand wagen, gleichzeitig berichten und dann tiefergehen.«

»Geh nicht zu nah heran«, warnte er.

»Das bestimme ich selbst«, fuhr sie auf.

»Oh, entschuldige ... ich wollte dich nicht bevormunden oder sonst was.« Das sollte ich wirklich nicht, ich, ein Plebejer, und ein Mann. »Tu mir nur einen Gefallen, bitte ...« – er errötete bei seinen eigenen Worten –, »sei vorsichtig. Ich will damit sagen, du bist mir wichtig.«

Plötzlich lachte sie ihn strahlend an. Sie beugte sich weit über ihren Sattelharnisch, um nach seiner Hand zu greifen. »Ich danke dir, Tom.« Und fuhr nach einem Moment dunkel fort: »Männer wie du helfen mir zu verstehen, was an der Zeit, aus der ich komme, falsch ist.«

Schon häufiger hatte sie in freundlichem Ton mit ihm geredet, eigentlich die meiste Zeit. Wäre sie streitbar und militant gewesen – sie hätte ihm nachts nicht den Schlaf rauben können, wäre sie auch noch so schön gewesen. Er fragte sich, ob seine Liebe zu ihr ihren Anfang nahm, als er bemerkte, daß sie ihn bewußt als Gleichgestellten behandelte. Es war sicher nicht leicht für sie, wo sie erst ebenso kurz zur Patrouille gehörte wie er – wie es auch anderen Menschen aus anderen Gegenden nicht leichtfiel, tief in ihrem Innern, wo es zählte, zu glauben, daß sie die gleichen Fähigkeiten besaß wie sie, und daß es richtig war, sich bis an die physischen und geistigen Grenzen einzubringen.

Sie konnte nicht lange ernst bleiben. »Komm weiter!« rief sie. »Beeil dich! Dieser senkrechte Absturz wird keine zwanzig Jahre mehr überstehen!«

Ihre Maschine schoß vorwärts. Er klappte den Sichtschirm seines Helms herunter und folgte ihr mit den Bändern, Stromzellen und anderen Hilfsmitteln. *Sei vorsichtig,* flehte er im stillen, *mein Liebling, sei bitte vorsichtig.*

Sie war unbeschadet über den Rand hinausgeflogen. Er sah sie wie einen Kometen, eine Libelle, lebendig und schlank, quer über den meilenhohen See-Wasserfall hinwegschießen. Der Lärm schwoll an, bis es nichts mehr gab außer ihm, und sein Kopf dröhnte von diesem Jüngsten Tag.

Nur ein paar Yards über den Wassern flog sie in den Abgrund hinein. Ihr Kopf steckte in einem mit Meßgeräten angefüllten Helm, ihre Hände arbeiteten an den Schaltern. Nur mit den Knien steuerte sie ihren Scooter. Salzige Gischt vernebelte Nomuras Schirm. Er aktivierte die Selbstreinigungs-Einheit. Turbulenzen packten und schüttelten ihn. Sein Scooter schlingerte heftig. Seine Ohren, geschützt gegen Lärm, aber nicht gegen wechselnden Druck, begannen zu schmerzen.

Er war dicht hinter Feliz, als ihr Gefährt verrückt zu spielen begann. Er sah, wie es ins Trudeln geriet, die grüne Unendlichkeit streifte, sah, wie diese die Frau und das Gerät verschluckte. Sein eigener Schrei ging im donnernden Tosen unter.

Grob warf er den Beschleunigungshebel herum und schoß hinter ihr her. War es blinder Instinkt, der ihn nur Inches vor der wirbelnden Flut abdrehen ließ? Seine Gefährtin konnte er nirgends entdecken, sah nur die Wasserwand, die Wolken unter und die mitleidlose blaue Stille über sich, spürte, wie der Lärm ihn zermalmen wollte, spürte die Kälte, die salzige Nässe auf seinen Lippen, die wie Tränen schmeckte.

Er floh, um Hilfe zu holen.

Die Mittagshitze lastete auf dem Land. Es lag ausgedörrt und reglos, fast ohne Leben. Eine einzelne Krähe suchte am Boden nach Nahrung. Nur die entfernten Wasserfälle hatten eine Stimme.

Nomura fuhr vom Bett auf, als es an die Tür klopfte.

Sofort ging sein Pulsschlag schneller. »Herein«, krächzte er.

Everard trat ein. Trotz Klimaanlage zeigten seine Kleider Schweißflecken. Er kaute am Stiel einer kalten Pfeife herum und ließ die Achseln hängen.

»Etwas Neues?« fragte Nomura fast flehend.

»Nichts. Wie ich es befürchtet habe. Sie kehrte nicht nach Hause zurück.«

Nomura sank in einen Sessel und starrte vor sich hin. »Du bist ganz sicher?«

Everard hockte sich auf das Bett, das laut unter seinem Gewicht ächzte. »Yeah. Die Nachrichten-Kapsel ist gerade eingetroffen. In Beantwortung Ihrer Anfrage ... und so weiter. Agent Feliz a Rach hat sich in ihrem Heimat-Milieu nicht von dem Gibraltar-Auftrag zurückgemeldet, und sie haben keinerlei weitere Nachrichten von ihr.«

»Auch in keiner anderen Ära?«

»Die Feld-Agenten bewegen sich in Zeit und Raum, und keiner von ihnen bewahrt die Dossiers – außer vielleicht die Danellier.«

»Dann frag sie.«

»Denkst du etwa, sie würden antworten?« knurrte Everard. Sie, die Supermänner in der fernen Zukunft, die Begründer und höchsten Dienstherren der Patrouille. Er ballte die Hand auf dem Knie zur Faust. »Und erzähl mir nicht, wir gewöhnlichen Sterblichen könnten alles besser im Auge behalten, wenn wir es nur wollten. Hast du schon mal deine persönliche Zukunft gecheckt, Sohn? Wir wollen es nicht – und damit hat sich's!«

Sein Unmut verflüchtigte sich. Er spielte ein wenig mit der Pfeife herum und sagte sanft: »Wenn wir lange genug leben, überleben wir die, die uns am Herzen liegen. Das ist das normale Schicksal der Menschen; für unser Korps nichts Außergewöhnliches. Aber mir tut es leid, daß es dich so schnell erwischt hat.«

»Kümmere dich nicht um mich!« rief Nomura. »Was ist mit ihr?«

»Ja ... ich habe über deinen Bericht nachgedacht. Ich vermute, daß die Luftströmungen bei diesem Wasserfall mehr als tückisch sind. Womit wir eigentlich rechnen mußten, daran gibt es keinen Zweifel. Zudem war der Scooter durch seine Überladung schlechter zu kontrollieren als üblich. Ein Luftloch, eine Bö, was immer es war – es überraschte sie und stieß sie in die Fluten.«

Nomura preßte die Fingerspitzen gegeneinander. »Ich hätte besser auf sie aufpassen müssen.«

Everard schüttelte den Kopf. »Mach es nicht noch schlimmer für dich. Bestrafe dich nicht selbst. Du warst nur ihr Assistent. Sie hätte eben vorsichtiger sein müssen.«

»Aber – verdammt noch mal! – wir können sie immer noch retten. Und du willst uns das nicht erlauben?« Nomura schrie die Worte fast.

»Halt!« warnte Everard ihn. »Bis hierher und nicht weiter!«

Sprich es nicht aus: Sag nicht, daß ein paar Patrouillengänger in der Zeit rückwärts reisen könnten, sie an Traktorstrahlen hängen und sie aus dem Schlund herausziehen könnten. Oder daß ich ihr und meinem früheren Ich befehlen könnte, die Finger von der Sache zu lassen. Es ist nicht geschehen, und daher wird es auch nicht geschehen.

Es darf nicht geschehen.

Denn die Vergangenheit ist tatsächlich wandlungsfähig, sobald wir auf unseren Maschinen sie in unsere Gegenwart umgewandelt haben. Und wenn je ein Sterblicher diese Macht ausnutzte, wo würde die Verwandlung enden? Wir beginnen damit, ein hübsches Mädchen zu retten; dann machen wir weiter und retten Lincoln, während ein anderer versucht, die Konföderierten zu retten. – Nein, was die Zeit angeht, kann man niemand Geringerem trauen als Gott. Die Patrouille existiert nur, um über das zu wachen, was real ist.

Ihre Leute dürfen dieses in sie gesetzte Vertrauen ebenso wenig verletzen wie die eigenen Mütter.

»Es tut mir leid!« murmelte Nomura.

»Ist schon okay, Tom.«

»Nein, ich ... ich dachte .... als ich sie verschwinden sah, war mein erster Gedanke, einen Trupp zusammenzustellen, zu diesem bewußten Augenblick zurückzukehren und sie herauszureißen ...«

»Für einen Neuen ein ganz natürlicher Gedanke. Alte Gewohnheiten, die man im Kopf hat, sterben langsam. Tatsache ist, daß wir es nicht gemacht haben. Wir wären dazu auch wohl kaum autorisiert worden. Zu gefährlich. Wir können unmöglich riskieren, noch mehr Leute zu verlieren. Ganz besonders dann nicht, wenn die Aufzeichnungen besagen, daß unser Rettungsversuch von vornherein zum Scheitern verurteilt ist.«

»Gibt es keine Möglichkeit, das zu umgehen?«

Everard seufzte. »Mir fällt keine ein. Mach deinen Frieden mit dem Schicksal, Tom.« Er zögerte. »Kann ich ... können wir etwas für dich tun?«

»Nein«, antwortete Nomura rauh. »Außer – mich eine Weile in Ruhe zu lassen.«

»Klar doch.« Everard stand auf. »Du warst nicht die einzige Person, die oft an sie gedacht hat«, sagte er mahnend und ging.

Als sich die Tür hinter ihm geschlossen hatte, schien das Tosen des Wasserfalls anzuschwellen und mahlte, mahlte in seinem Kopf. Nomura starrte ins Leere. Die Sonne überschritt ihren Zenit und begann ganz allmählich dem Abend entgegenzusinken.

Ich hätte ihr allein folgen sollen – sofort.
Und dabei mein Leben riskiert.
Aber warum ihr nicht in den Tod folgen?
Nein, das wäre sinnlos. Zwei Tote ergeben keinen Lebendigen. Ich hätte sie nicht retten können. Ich hatte nicht die nötige Ausrüstung. Es war schon richtig, Hilfe zu holen.

Aber die Hilfe wurde verweigert – ob durch den Menschen oder das Schicksal, ist dabei völlig gleich. Und deshalb mußte sie sterben. Die Strömung trieb sie in den Golf. Sicher hat sie eine Schrecksekunde erlebt, ehe der Aufprall ihr das Bewußtsein raubte. Die reißenden Fluten zermalmten sie, rissen ihren Körper auseinander und verteilten die gebrochenen Knochen über den Grund des Meeres, über das ich, der Neuling, in meinen Ferien irgendwann einmal segeln werde, ohne zu wissen, daß eine Zeitpatrouille existiert oder daß es jemals eine Feliz gegeben hat. O Gott, ich möchte zusammen mit ihr zu Staub werden – fünfeinhalb Millionen Jahre vor dieser Stunde in der fernen Zukunft!

Ein entferntes Donnern hallte durch die Luft, und ein Zittern durchlief die Erde und den Fußboden. Ein unterhöhltes Felsband mußte in die Strömung gebrochen sein – ein Motiv von der Art, wie sie es gern geschossen haben würde.

»Haben würde?« schrie Nomura und fuhr aus seinem Sessel auf.

Immer noch bebte der Boden unter seinen Füßen.

»Sie wird es schießen!«

Er hätte Everard konsultieren müssen, fürchtete aber fälschlicherweise in seiner Trauer und Unerfahrenheit, daß man ihm die Erlaubnis verweigern und ihn sofort nach oben schicken würde.

Er hätte sich mehrere Tage ausruhen sollen, fürchtete aber, daß sein Verhalten ihn verraten könnte. Eine Stimulanz-Pille mußte für die Natur einspringen.

Er hätte offiziell eine Traktoreinheit abmelden sollen, anstatt sie auf sein Gefährt in den Schuppen zu schmuggeln.

Als er seinen Springer holte, fragte ihn ein Beamter der Patrouille, der ihn zufällig sah, was er vorhatte. »Mache nur eine Ausfahrt«, gab Nomura zur Antwort. Der andere nickte mitfühlend. Wahrscheinlich wußte er nicht, daß eine Liebe zerbrochen war, doch war der

Verlust eines Kameraden schon tragisch genug. Nomura überquerte aus Vorsicht den nördlichen Horizont, ehe er den Meeresabsturz ansteuerte.

Links und rechts dehnte er sich weiter, als Nomuras Blick reichte. Hier unten, auf halber Höhe der Wand aus grünem Glas, verbarg die Biegung des Planeten ihre Enden vor ihm. Als er in die Gischtwolken eindrang, war er ringsum von einem Weiß umhüllt, das ihn biß und schüttelte.

Sein Sichtschirm blieb klar, doch war der Blick verzerrt bis in die Unendlichkeit hinauf. Der Helm schützte sein Gehör, konnte aber den Sturm nicht abhalten, der seine Zähne, sein Herz, sein Skelett klappern ließ. Winde wirbelten den Springer umher, er schlingerte wild, und Nomura mußte bei jedem Inch um die Kontrolle über das Gefährt kämpfen.

Und darum, genau die bewußte Sekunde zu finden ...

Er sprang in der Zeit hin und her, stellte die Koordinaten ein, bediente den Hauptschalter, erspähte sich kurz selbst in den Nebeln und sah durch sie hindurch zum Himmel hinauf – immer und immer wieder – bis er plötzlich den richtigen Zeitpunkt erwischte.

Zwei schimmernde Pfeile in der Höhe – er sah den einen trudeln und herunterfallen, untergehen, während der andere oben hin- und herschoß und bald darauf verschwand. Sein Reiter hatte ihn nicht gesehen, hatte nicht bemerkt, wo er in den kalten, salzigen Nebeln lauerte. Seine Anwesenheit würde in keiner einzigen Aufzeichnung zu finden sein.

Er schoß vorwärts. Er war nun völlig ruhig und bewies Geduld. Wenn nötig, konnte er eine lange Zeitspanne seines Lebens hier herumkreuzen und den Augenblick suchen, der der seine war. Die Angst vor dem Tod, selbst das Wissen, daß sie, wenn er sie fand, tot sein könnte, waren wie die schwache Erinnerung an einen Traum. Die elementaren Kräfte hatten von ihm Besitz ergriffen, er war nur noch ein schwebender Wille.

Er hing einen Yard von den Wassern entfernt. Böen versuchten ihn in ihre Gewalt zu zwingen – wie sie es auch mit ihr getan hatten. Doch er war bereit für sie, erwartete sie, tanzte sich frei und hielt wieder Ausschau – kehrte zurück durch Zeit und Raum, so daß ein Teil von ihm jeden Moment der Zeitspanne am Fall überwachte, die Feliz möglicherweise hatte überleben können.

Seinem restlichen Ich schenkte er keine Beachtung. Es war nur eine Station, die er durchlaufen hatte – oder noch durchlaufen mußte.

Dort!

Der verschwommene dunkle Schatten wirbelte auf dem Weg zu seinem Untergang unter der Flut an ihm vorbei. Er warf einen Schalter um. Ein Traktorstrahl heftete sich an die andere Maschine. Seine eigene wirbelte herum und folgte ihr, nicht in der Lage, deren Masse einer solchen Gewalt zu entreißen.

Die Strudel hatten ihn fast gepackt, als Hilfe kam. Zwei, drei, vier Springer rissen Feliz' Gefährt mit vereinter Kraft heraus. Völlig entkräftet sackte sie in ihrem Sattelharnisch zusammen.

Er eilte nicht sofort zu ihr, sondern ging erst ein paar Augenblicke in der Zeit zurück und machte wieder kehrt, um ihr Retter – und sein eigener zu sein.

Als sie schließlich allein in den Nebeln und dem Tosen waren, nachdem er sie befreit hatte und in seinen Armen hielt, hätte er ein Loch in den Himmel gebrannt, um an Land zu gelangen, wo er sich um sie kümmern konnte. Endlich regte sie sich, öffnete blinzelnd die Augen und lächelte ihn einen Moment später an.

Er weinte. Neben ihnen donnerte der Ozean in der Zeit voran.

Der Sonnenuntergang, dem Nomura entgegengesprungen war, fand sich ebenfalls in keinem einzigen Bericht verzeichnet. Er überzog das Land mit einem goldenen Schimmer. Auch die Fälle hatte er feurig auflodern lassen. Ihr Lied drang unter dem Abendstern herüber.

Feliz stopfte die Kissen ans Kopfende des Bettes, in dem sie lag, setzte sich auf und sagte zu Everard: »Wenn du ihn dafür, daß er die Regeln gebrochen hat, bestrafen willst, oder dir sonst eine typisch männliche Dummheit einfallen läßt, werde ich ebenfalls die Patrouille verlassen.«

»O nein.« Everard hob die Hände, als wolle er einen Angriff abwehren. »Verzeih, du hast das falsch verstanden. Ich wollte nur sagen, daß wir in einer ziemlich unangenehmen Lage stecken.«

»Wieso?« fragte Nomura, der in einem Sessel neben dem Bett saß und Feliz' Hand hielt. »Es gab keinen Befehl, der mir meine Aktion verboten hätte, oder? Schön, Agenten sind gehalten, ihr eigenes Leben so gut wie möglich zu schützen, da sie für das Korps sehr wertvoll sind. Aber folgert nicht daraus, daß die Rettung eines Lebens ebenfalls wertvoll ist?«

»Doch, natürlich.« Everard begann auf und ab zu gehen. Seine Schritte wurden von dem Tosen der Flut untermalt. »Niemand hat etwas gegen Erfolg, selbst nicht in einer strafferen Organisation als der unseren. Wirklich, Tom, die Initiative, die du heute ergriffen hast, läßt deine Zukunftsaussichten in bestem Licht erscheinen, glaub mir.« Hinter seinem Pfeifenstiel verzog sich sein Mund zu einem schiefen Lächeln. »Aber einem alten Soldaten wie mir sollte verziehen werden, so früh aufgegeben zu haben.« Sein Blick wurde wieder ernst. »Ich habe so viele gekannt, die rettungslos verlorengingen.«

Er blieb stehen, wandte sich beiden zu und sagte: »Aber wir dürfen uns nicht erlauben, Probleme ungelöst zu lassen. Tatsache ist, daß ihre Einheit nie eine Feliz a Rach als Rückkehrerin registriert hat.«

Die beiden umklammerten ihre Hände fester.

Everard lächelte ihnen zu – gequält, aber er lächelte – ehe er fortfuhr: »Habt keine Angst. Tom, du hast mich früher einmal gefragt, warum wir, zumindest wir gewöhnlichen Menschen, nicht schärfer unsere Leute im Auge behalten. Erkennst du nun den Grund? Feliz a Rach kehrte nie an ihre unsrprüngliche Basis zurück. Sie könnte natürlich ihr früheres Zuhause besucht haben, doch interessieren wir uns offiziell nie dafür, was Agenten in ihrem Urlaub machen.« Er atmete tief durch. »Und was ihre weitere Laufbahn betrifft – vielleicht würde sie sich unter einem anderen Namen zu einem anderen Hauptquartier versetzen lassen – und das könnte ein Beamter mit höherem Rang durchaus befürworten. Also ich, zum Beispiel.

Wir in der Patrouille müssen sehr individuell operieren. Etwas anderes können wir uns gar nicht erlauben.«

Nomura verstand ihn – und erschauerte.

Feliz' Frage holte ihn wieder auf den Boden der Tatsachen zurück. »Aber wer würde ich dann werden?« fragte sie.

Das war das Stichwort für ihn. »Nun«, meinte er halb lachend, halb drohend, »wie wäre es denn mit Mrs. Thomas Nomura?«

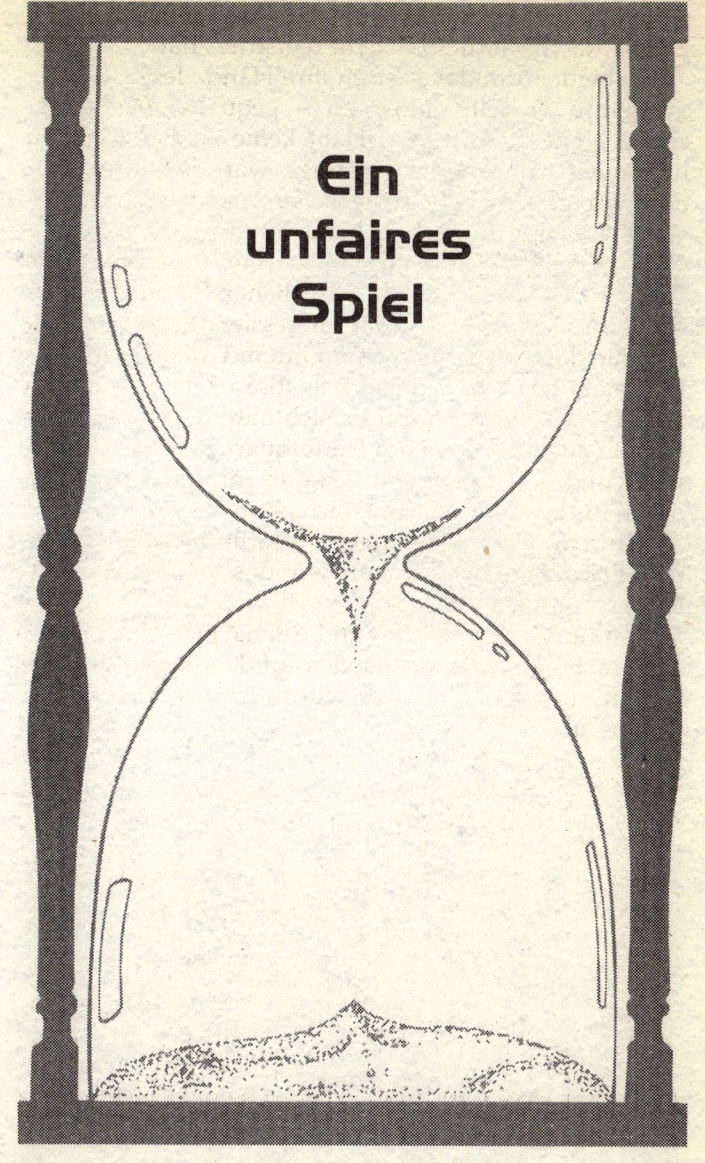
Ein unfaires Spiel

1

Sein Name schien überhaupt nicht zu John Sandoval zu passen. Auch schien es irgendwie nicht richtig, daß er in einer leichten Hose und einem Hawaii-Hemd vor einem Apartmentfenster stand, das auf ein Manhattan mitten im 20. Jahrhundert hinausging. Everard war Anachronismen gewohnt, doch das dunkle Gesicht mit der Adlernase vor ihm schien immer nach Kriegsbemalung, einem Pferd und einem Gewehr zu rufen, das sich auf die weißen Diebe seines Landes richtete.

»Schön«, meinte er. »Die Chinesen haben also Amerika entdeckt. Klingt ganz interessant, aber wieso erfordert diese Tatsache meine Dienste?«

»Zum Teufel, ich wünschte, ich wüßte es«, knurrte Sandoval.

Sein untersetzter Körper vollführte auf dem Eisbärfell, das Bjarni Herjulsson Everard einmal geschenkt hatte, ein volle Drehung, so daß Sandoval aus dem Fenster sehen konnte. Hart standen die Wolkenkratzer gegen den klaren Himmel; in dieser Höhe war das Brausen des Verkehrs nur noch ein schwaches Rauschen. Sandoval rang die hinter dem Rücken verschränkten Hände.

»Mir wurde aufgetragen, einen Ungebundenen Agenten zur Unterstützung einzuschalten, mit ihm zurückzukehren und die Maßnahmen zu ergreifen, die angebracht scheinen«, fuhr er nach einer Pause fort. »Dich kannte ich am besten, und so ...« Seine Stimme verlor sich in einem Murmeln.

»Aber solltest du als Indianer dazu nicht besser einen deiner Rasse nehmen?« fragte Everard. »Ich würde doch im Amerika des 13. Jahrhunderts höchst unpassend wirken.«

»Um so besser. Das würde die ganze Sache beeindruckender und mysteriöser machen... Der Job ist nicht besonders schwierig – wirklich nicht.«

»Natürlich nicht«, brummte Everard. »Was immer für ein Job das auch sein mag.«

Er zog Tabaksbeutel und Pfeife aus seiner unansehnlichen Jacke und stopfte sie mit raschen, nervösen Bewegungen. Eine der schwierigsten Lektionen, die er in der ersten Zeit nach seiner Rekrutierung durch die Zeitpatrouille hatte lernen müssen, war, daß eine wichtige Aufgabe keine ausgedehnte Organisation erforderte. Dies war die typische Vorgehensweise des 20. Jahrhunderts; frühere Kulturen wie das Griechenland Athens oder das Japan Kamakuras – wie auch andere Kulturen da und dort in der Geschichte – hatten sich dagegen auf die Weiterentwicklung individueller Vorzüge konzentriert. Ein einziger Absolvent der Patrouillen-Akademie konnte – ausgerüstet mit Werkzeugen und Waffen der Zukunft, natürlich – eine ganze Brigade aufwiegen.

Aber dies war gleichermaßen eine Frage der Notwendigkeit wie der Ästhetik. Zu wenige Leuten hatten über zu viele Jahrtausende zu wachen.

»Ich habe allmählich den Eindruck«, meinte Everard langsam, »daß es hier nicht um die einfache Korrektur einer außertemporalen Störung geht.«

»Richtig«, sagte Sandoval mit rauher Stimme. »Als ich meldete, auf was ich da gestoßen war, ordnete das Yüan-Milieubüro eine sofortige Untersuchung an. Zeitreisende sind keine im Spiel. Kublai Khan hat sich das alles selbst ausgedacht. Er mag dabei von Marco Polos Berichten über die Seereisen der Venezier und Araber inspiriert worden sein, aber dies ist überlieferte Geschichte, auch wenn Marcos Buch nichts derartiges erwähnt.«

»Die Chinesen hatten durchaus eine eigene Tradition als Seefahrer«, antwortete Everard. »Aber das ist doch alles ziemlich normal. Wieso kommen wir dabei ins Spiel?«

Er hatte seine Pfeife angezündet und zog heftig daran. Sandoval schwieg, und daher fragte er: »Wie kam es, daß du auf diese Expedition gestoßen bist? Das ist doch nicht im Navajo-Land passiert, oder?«

»Zur Hölle, ich bin doch nicht darauf beschränkt, nur mein eigenes Volk zu überwachen. In der Patrouille sind einfach zu wenig amerikanische Indianer, und zudem ist es ziemlich lästig, ständig eine andere Abstammung vorgeben zu müssen. In der Hauptsache habe ich mich mit den Wanderungen am Athabasca entlang beschäftigt.« Wie Keith Denison war er ein Ethnik-Spezialist und untersuchte, damit die Patrouille wußte, über welche Ereignisse sie wachte, die Geschichte von Völkern oder Stämmen, die davon nie Aufzeichnungen angefertigt hatten.

»Ich arbeitete mich gerade an den östlichen Hängen der Kaskaden entlang, in der Nähe des Crater Lake«, fuhr er fort. »Das ist zwar Lutuami-Land, aber ich hatte Grund zu der Annahme, daß ein Athabasken-Stamm, dessen Spur ich verloren hatte, durch diese Gegend gekommen ist. Die Eingeborenen sprachen von mysteriösen Fremden, die aus dem Norden gekommen waren. Ich ging der Sache mit meinem Scooter auf den Grund, und da war sie, die Expedition – Mongolen auf Pferden. Ich verfolgte ihre Spur zurück und fand ihr Lager an der Mündung des Chehalis-River, wo ein paar Mongolen zusammen mit den chinesischen Matrosen die Schiffe bewachten. Ich sprang nach Los Angeles hinauf und erstattete Bericht.«

Everard lehnte sich zurück und betrachtete sein Gegenüber. »Wie gründlich wurde die Untersuchung auf der chinesischen Seite durchgeführt?« fragte er. »Bist du dir absolut sicher, daß es da keine extratemporale Störung gegeben hat? Es könnte unerwartet etwas eingetreten sein, dessen Auswirkungen man auf Jahrzehnte hinaus nicht absehen kann.«

»Daran habe ich auch gedacht, als ich meinen Auftrag bekam«, erwiderte Sandoval. »Ich begab mich umgehend ins Milieu-Hauptquartier nach Khan Baligh, Cambaluc oder, für dich verständlicher, Peking. Man sagte mir, man hätte alles bis zu der Zeit zurück, in der Genghis lebte, genau überprüft – und räumlich bis nach Indonesien. Alles war in schönster Ordnung, wie zwischen den Norwegern und Finnland. Es hatte nur nicht die gleiche Öffentlichkeit. Soweit am chinesischen Hof bekannt, war eine Expedition ausgeschickt worden, die nie zurückkehrte, und Kublai entschied, es lohne sich nicht, eine zweite auszusenden. Der Bericht darüber lag in den Kaiserlichen Archiven, wurde aber während der Ming-Revolte vernichtet, bei der die Mongolen verjagt wurden. Die Geschichtsschreibung vergaß schließlich diese Tatsache.«

Mit dieser Erklärung gab Everard sich nicht zufrieden. Normalerweise liebte er seine Arbeit, aber bei dieser Sache fühlte er sich unbehaglich.

»Ganz offensichtlich endete die Expedition in einem Fiasko. Wir wüßten gerne, was da geschehen ist. Aber wieso brauchst du für ihre Überwachung einen Ungebundenen Agenten?«

Sandoval drehte sich um. *Wie wenig der Navajo doch in diese Welt hier paßt*, schoß es Everard durch den Kopf. 1930 geboren, hatte er in Korea gekämpft und auf Armeekosten studiert, ehe die Patrouille ihn kontaktierte. Trotzdem – irgendwie paßte er einfach nicht richtig ins 20. Jahrhundert.

Aber geht das nicht uns allen so? Konnte irgendein Mensch mit Stammeswurzeln ertragen zu wissen, was eventuell mit seinen eigenen Leuten in der Zukunft geschehen würde?

»Aber ich soll aktiv werden, nicht nur beobachten!« rief Sandoval. »Kaum hatte ich Bericht erstattet, da erhielt ich direkte Order aus dem Danellier-Hauptquartier. Keine Erklärungen, keine Entschuldigungen, nur der nackte Befehl, dieses Desaster in Ordnung zu bringen und selbst die Geschichte zu überarbeiten!«

2

Im Jahr des Herrn 1280.

Der Herrschaftsbereich von Kublai Khan erstreckte sich über viele Längen- und Breitengrade; er aber träumte immer noch von der Weltherrschaft, und an seinem Hof war jeder willkommen, der neues Wissen oder neue Philosophien mitbrachte. Unter diesen Leuten war ein junger venezianischer Kaufmann namens Marco Polo ein besonders gern gesehener Gast. Doch nicht alle Völker sehnten sich nach einem mongolischen Oberherrn. Revolutionäre Geheimorganisationen, die sich in den verschiedenen eroberten Reichen bildeten, verbündeten sich unter dem Namen Cathay. Japan, wo mit der Hojo-Familie eine starke Macht hinter dem Thron stand, hatte bereits eine Invasion zurückgeschlagen. Zudem waren die Mongolenvölker sich untereinander nicht einig. Die russischen Prinzen waren zu Steuereintreibern der Goldenen Horde verkommen, und der Il-Khan Abaka saß in Bagdad. Der schwache Kalif Abbas hatte in Kairo Zuflucht gefunden, Delhi stöhnte unter dem Joch der Sklaven-Dynastie, Nikolaus III. war Papst, die Welfen und Gibelliner rissen Italien in Stücke; Rudolf von Habsburg war deutscher Kaiser, Philipp der Kahle König von Frankreich; Eduard I. regierte England. Zu jener Zeit lebten auch Dante Alighieri, Johannes Duns Scotus, Roger Bacon und Thomas der Reimer.

Und in Nordamerika zügelten Manse Everard und John Sandoval ihre Pferde und schauten einen langgezogenen Hügel hinunter.

»Ich habe sie zum ersten Mal in der letzten Woche gesehen«, sagte der Navajo. »Seitdem sind sie ein gutes Stück vorangekommen. Bei diesem Tempo werden sie in ein paar Monaten in Mexiko sein, selbst wenn sie bis dahin noch schwieriges Gelände vor sich haben.«

»Nach mongolischen Standards bewegen sie sich ziemlich gemächlich voran«, brummte Everard.

Er hob sein Fernglas an die Augen. Um ihn herum grünte das Land im April. Selbst die höchsten und ältesten Bäume trugen an ihren Zweigen frische grüne Spitzen. Pinien raschelten im Wind, der kalt von den Bergen herunterwehte und den Geruch der Schneeschmelze mit sich durch einen Himmel trug, an dem Vögel in solchen Schwärmen heimkehrten, daß sie die Sonne verfinsterten. Die Gipfel der Cascade Range schienen im Westen zu schweben – blauweiß, entrückt, heilig. Ostwärts senkte sich das Vorgebirge in Wellen hinab und endete in den dichten Wäldern und Weiden eines Tales, das sich hinter dem Horizont den weiten Prärien öffnete, die unter den Hufen von riesigen Büffelherden erbebten.

Everard richtete das Glas auf die Expedition. Sie wand sich durch offenes Gelände, folgte mehr oder weniger dem Verlauf eines kleinen Flusses. Ungefähr siebzig Leute ritten zottige, graubraune asiatische Pferde mit kurzen Beinen und großen Köpfen. Die Horde führte Packtiere und Ersatzpferde mit sich. Everard erkannte an ihrer Haltung im Sattel wie an ihren Gesichtern und Kleidern ein paar eingeborene Scouts. Doch am meisten interessierten ihn die Ankömmlinge.

»Sie haben viele trächtige Stuten im Troß«, murmelte er mehr zu sich selbst. »Vermutlich haben sie in ihren Schiffen so viele Pferde wie möglich mitgenommen und lassen sie grasen und laufen, wo immer sie haltmachen. Auf diese Weise sorgen sie während ihres Vormarsches für Nachschub an Transporttieren. Aber diese Ponyart ist auch zäh genug, um solche Torturen zu überstehen.«

»Die Abteilung bei den Schiffen züchtet ebenfalls Pferde«, informierte ihn Sandoval. »Das habe ich beobachten können.«

»Was weißt du sonst noch über diese Horde?«

»Nur das, was ich dir erzählt habe, und das ist auch nicht viel mehr als das, was du hier siehst. Dann ist da nur noch der Bericht in den Archiven von Kublai Khan. Aber wie du dich sicherlich erinnerst, verrät er nur wenig darüber, daß vier Schiffe unter dem Kommando des Noyon Toktai und des Scholars Li Tai-Tsung von dem Auftrag abgezogen wurden, die Japan vorgelagerten Inseln zu erkunden.«

Everard nickte abwesend. Es hatte keinen Sinn, hier zu hocken und ständig wiederzukäuen, was sie schon hundertmal durchgegangen waren. Das führte nur dazu, ein Handeln immer wieder hinauszuschieben.

Sandoval räusperte sich. »Ich überlege immer noch, ob es gut ist, daß wir uns beide zu ihnen begeben. Warum bleibst du nicht im Hintergrund – für den Fall, daß sie unangenehm werden.«

»Du hast wohl einen Heldenkomplex, wie? Nein, wir bleiben zusammen. Ohnehin erwarte ich keinen Ärger. Noch nicht. Diese Burschen sind zu intelligent, um jemanden unnötig zu verärgern. Sie haben sich doch auch mit den Indianern arrangiert, nicht wahr? Und wir sind eine weit unbekanntere Größe ... Trotzdem hätte ich vorher gern noch einen Drink!«

»Yeah, und hinterher auch!«

Beide langten in die Satteltaschen, zogen eine Halb-Gallonen-Feldflasche heraus und nahmen einen kräftigen Schluck. Der Scotch brannte in Everards Kehle und kräftigte seinen Kreislauf. Er schnalzte mit der Zunge, und die beide Patrouillengänger ritten den Hang hinunter.

Ein Pfiff durchschnitt die Stille. Man hatte sie entdeckt. Trotzdem ritten die beiden in gleichmäßigem Trab weiter, bis sie die Spitze der Mongolen erreichten. Zwei Reiter der Vorhut flankierten sie mit den Bogen im Anschlag, hielten sie aber nicht auf.

Vermutlich halten sie uns für harmlos, dachte Everard. Wie Sandoval trug er die Straßenkleidung des 20. Jahrhunderts: Eine Jäger-Jacke, die den Wind abhielt, und einen Hut gegen den Regen. Seine eigene Ausrüstung war bei weitem nicht so elegant wie die Spezialstaffage des Navajo von Abercrombie & Fitch. Als Tarnung trugen beide Dolche im Gürtel, für den Ernstfall hatten sie Mauser-Maschinenpistolen und Schockstrahl-Projektoren dabei.

Die Truppe kam so diszipliniert vor ihnen zum Stehen, als habe ein einzelner Mann sein Pferd gezügelt. Beim Näherkommen ließ Everard die Reiter nicht aus den Augen. Er hatte vor dem Aufbruch sich in einer Stunde eine ziemlich komplette elektronische Schulung – in Sprache, Geschichte, Techniken, Sitten oder Moral der Mongolen, Chinesen und sogar der hiesigen Indianer – eingezogen. Doch nie zuvor hatte er diese Leute aus unmittelbarer Nähe gesehen.

Sie wirkten nicht gerade spektakulär: untersetzt, säbelbeinig, mit dünnen Bärten in den flachen, breiten Gesichtern, die schmutzig im Sonnenlicht schimmerten. Sie waren alle gut ausgerüstet, trugen Hosen und Stiefel, beschichtete Leder-Kürasse mit Lackornamenten und konische Helme aus Stahl mit einem Dorn oder einem Federbusch darauf. Als Waffen führten sie Kurzschwerter, Messer, Lanzen und Bogen mit. Der Mann an der Spitze der Gruppe hielt ein Banner mit golddurchwirkten Yak-Schwänzen in der Hand. Regungslos, die zusammengekniffenen dunklen Augen ausdruckslos, verfolgten sie, wie die Patrouillengänger sich näherten.

Der Anführer war leicht zu erkennen. Er ritt an der

Spitze der Vorhut, und um seine Achseln wehte ein seidener Umhang. Er war viel größer und hatte auch ein härteres Gesicht als der Durchschnitt seiner Leute, trug einen rötlichen Bart und hatte eine fast römische Nase. Der indianische Scout bei ihm schluckte und machte sich klein. Doch Noyon Toktai blieb, wo er stand, und maß Everard mit dem kalten Blick eines Raubtiers.

»Seid gegrüßt!« rief er, als die Ankömmlinge in Hörweite waren. »Welcher Geist bringt Euch hierher?« Er sprach Lutuami-Dialekt, aus dem später die Klamath-Sprache hervorging – allerdings mit sehr grobem Akzent.

In fließendem Mongolisch antwortete Everard: »Seid ebenfalls gegrüßt, Toktai, Sohn des Batu. Beim Willen des Tengri, wir kommen in Frieden.«

Dies war ein wirkungsvoller Schachzug. Everard beobachtete amüsiert, wie die Mongolen ihre Glücksbringer berührten oder beschwörende Zeichen gegen das Auge des Bösen machten. Aber der Mann zur Linken von Toktai bewies sofort seine bestens trainierte Selbstbeherrschung. »Ach«, rief er, »also sind auch die Männer aus den Ländern des Westens schon in dieses Land gekommen. Das war uns noch nicht bekannt.«

Everard musterte den Mann. Er war größer als die Mongolen und hatte eine fast weiße Haut. Seine Gesichtszüge und Hände konnte man beinahe zierlich nennen. Obwohl er ähnlich gekleidet war wie die anderen, trug er keine Waffen. Er wirkte älter als der Noyon, war etwa fünfzig Jahre alt. Everard verneigte sich im Sattel und wechselte in die nordchinesische Sprache über. »Geehrter Li Tai-Tsung, es bekümmert mich unbedeutende Person zutiefst, Eurer Eminenz zu widersprechen, aber wir kommen aus dem großen Reich weiter südlich.«

»Wir haben Gerüchte vernommen«, entgegnete der

Gelehrte und konnte dabei eine gewisse Aufregung nicht unterdrücken. »Selbst hier, so weit im Norden, machen Geschichten von einem reichen und herrlichen Land die Runde. Wir sind auf der Suche danach, um Eurem Khan die Grüße des Kha Khans Kublai, dem Sohn von Tuli und Enkel von Genghis, zu überbringen, dem die Welt zu Füßen liegt.«

»Wir haben von dem Kha Khan gehört«, sagte Everard, »wie wir auch von dem Kalifen, dem Papst, dem Kaiser und all den anderen rangniedrigeren Herrschern gehört haben.«

Er mußte seine Worte mit Sorgfalt wählen. Er durfte nicht offen den Herrscher von Cathay beleidigen, wollte ihn aber auf subtile Weise doch auf seinen Platz verweisen. »Dagegen ist von uns nur wenig bekannt, denn unser Herr sucht nicht die Welt draußen und will sie auch nicht ermutigen, nach ihm zu suchen. Erlaubt mir, daß ich unwürdige Person mich vorstelle. Man nennt mich Everard, und ich bin, wie mein Äußeres vielleicht vermuten läßt, kein Russe oder ein Westler. Ich gehöre zu den Grenzwächtern.« Sollten sie sich doch die Köpfe darüber zerbrechen, was das hieß.

»Ihr seid nicht mit großem Gefolge gekommen«, schnarrte Toktai.

»Mehr Männer sind nicht nötig«, antwortete Everard mit seiner sanftesten Stimme.

»Und Ihr seid weit weg von der Heimat«, fügte Li hinzu.

»Nicht weiter, als Ihr, edle Herren, es in den Kirgisen-Marschen sein würdet.«

Toktai schlug mit der Hand leicht auf den Griff seines Schwertes. »Kommt«, meinte er. »Seid uns willkommen als Botschafter. Schlagen wir das Lager auf und hören die Botschaft Eures Herrn.«

3

Die Sonne, die niedrig über den Gipfeln im Westen stand, übergoß ihre Schneekronen mit flüssigem Silber. Im Tal wurden die Schatten länger, die Wälder dunkler, nur das offene Grasland schimmerte heller. Die unterschwellige Stille unterstrich beinahe noch die wenigen Geräusche: das rasche Glucksen des Flusses, die Schläge einer Axt, das Rascheln der Pferde, die an dem langen Gras rupften. Der Geruch von Holzfeuern hing in der Luft.

Die Mongolen waren offenbar überrascht von dem Auftauchen der Gäste und dem frühen Halt. Ihre Gesichter blieben ausdruckslos, doch gelegentlich suchten ihre Blicke Everard und Sandoval, und sie murmelten Gebete in ihren jeweiligen Religionen – meist heidnische, aber auch einige buddhistische, moslemische und Nestorianer-Gebete. Dies beeinflußte in keiner Weise ihre Effektivität, mit der sie das Lager errichteten, Posten aufstellten, die Tiere versorgten und das Abendessen bereiteten. Trotzdem vermutete Everard, daß sie dabei schweigsamer waren als gewöhnlich. Das Charakterbild, das das Lernprogramm von den Mongolen in seinem Geist etabliert hatte, beschrieb sie in der Regel als redselig und fröhlich.

Everard saß mit gekreuzten Beinen auf dem Boden eines Zeltes. Sandoval, Toktai und Li ergänzten die Runde. Sie saßen auf Teppichen, und ein Feuer brannte unter dem Teekessel. Es war das einzige aufgestellte Zelt, wahrscheinlich sogar das einzig verfügbare, das man ausschließlich für zeremonielle Zwecke wie diesen mitführte. Toktai goß eigenhändig den *kumiss* ein und reichte ihn Everard, der, wie die Etikette es verlangte, laut schlürfend einen Schluck nahm und den Becher dann weiterreichte. Er hatte schon schlimmere Flüssigkeiten getrunken als fermentierte Stutenmilch, war aber doch froh, daß man nach diesem Ritual zu Tee überging.

Dann sprach der Mongolen-Anführer. Er konnte seinen Tonfall nicht so glatt und geschmeidig halten wie sein chinesischer Begleiter. In seinen Worten schwang eine instinktive Ablehnung mit: Welcher Fremdling wagte es, sich dem Mann des Kha Khans erhobenen Hauptes zu nähern? Doch er blieb höflich. »Mögen unsere Gäste uns nun das Ansinnen ihres Königs erklären. Doch nennt uns zuerst seinen Namen.«

»Sein Name darf nicht ausgesprochen werden«, antwortete Everard. »Ihr habt nur die unwichtigsten Gerüchte über sein Reich vernommen. Ihr, Noyon, mögt seine Macht an der Tatsache messen, daß er nur mich und meinen Freund hier dazu benötigte, um so weit vorzudringen – und daran, daß wir beide dies mit nur einem Pferd für jeden geschafft haben.«

Toktai grunzte. »Die beiden Tiere, die Ihr reitet, sind sehr schön, obwohl ich mich frage, wie sie sich in der Steppe verhalten. Habt Ihr lange gebraucht, um hierherzukommen?«

»Nicht länger als einen Tag, Noyon. Wir haben die Möglichkeiten dazu.«

Everard griff in seine Jacke, und holte einige kleine, in Geschenkpapier gewickelte Päckchen hervor. »Unser Herr bat uns, den Führern von Cathay diese Geschenke als Zeichen seiner Achtung zu überreichen.«

Während die Gastgeber das Papier entfernten, beugte Sandoval sich zu Everard hinüber und flüsterte in Englisch: »Schau dir mal ihre Gesichter an, Manse. Ich fürchte, wir haben uns da einen Schnitzer geleistet.«

»Wieso?«

»Dieses glitzernde Zellophanzeugs kann einen Barbaren wie Toktai beeindrucken. Aber achte mal auf Li. Seine Zivilisation hat sich schon in Kalligraphie geübt, als die Vorfahren von Bonwit Teller sich noch blau anmalten. Seine Meinung über unseren Geschmack ist rapide gesunken.«

Everard zuckte unmerklich die Achseln. »Und er hat recht damit, stimmt's?«

Ihr kurzes Gespräch war den anderen nicht entgangen. Toktai sah sie einen Moment lang scharf an, beschäftigte sich aber dann wieder mit seinem Geschenk – einer Taschenlampe, die vorgeführt und beredet werden mußte. Zuerst war er ein wenig erschrocken und murmelte sogar eine Beschwörung. Dann fiel ihm wieder ein, daß ein Mongole außer vor dem Donner keine Furcht haben durfte, riß sich zusammen und war bald selig wie ein kleines Kind. Das beste Geschenk für einen konfuzianischen Gelehrten wie Li schienen Bücher zu sein, etwa die Sammlung *Die Famile der Menschheit*, deren Vielfalt und unterschiedliche Maltechnik ihn vielleicht beeindrucken konnte. Er war überschwenglich in seinen Dankesbezeugungen, doch Everard bezweifelte, daß er wirklich überwältigt war von seinem Geschenk. Ein Streifengänger der Patrouille lernte rasch, daß jede technische Entwicklungsstufe ein eigenes Niveau entwickelte.

Geschenke verlangten nach Gegengeschenken: ein wunderschönes chinesisches Schwert und ein Bündel Seeotter-Felle von der Küste. Es dauerte geraume Zeit, bis sich die Unterhaltung wieder dem geschäftlichen Teil zuwenden konnte. Irgendwie schaffte Sandoval es, daß die Gegenpartei eine Darstellung der Dinge aus ihrer Sicht gab.

»Da Ihr so viele Dinge wißt«, begann Toktai, »wißt Ihr auch sicher, daß unsere Invasion gegen Japan vor ein paar Jahren mißlang.«

»Der Himmel hat anders entschieden«, bemerkte Li in ausdrucksloser Höflichkeit.

»Pferdemist!« grollte Toktai. »Ihr wolltet bestimmt sagen, daß die Dummheit der Menschen daran schuld war. Wir waren zu wenige, zu unwissend, und sind zu weit in rauhe Wasser vorgedrungen. Was soll's? Eines Tages werden wir wieder dort auftauchen.«

Everard wußte, daß dem so war, und daß ein Sturm die Flotte versenken würde, wobei Gott weiß wie viele junge Männer ertrinken würden, und das stimmte ihn traurig. Doch er ließ Toktai fortfahren: »Der Kha Khan hat festgestellt, daß wir mehr über die Inseln erfahren müssen. Vielleicht sollten wir versuchen, nördlich von Hokkaido einen Stützpunkt anzulegen. Auch hören wir schon seit langem Gerüchte über die Länder fern im Westen. Fischer wurden ab und zu von ihrem Kurs abgetrieben und konnten einen Blick auf diese Länder tun. Händler aus Sibirien reden von einer Meerenge und einem weiten Land dahinter. Der Kha Khan hat vier Schiffe mit chinesischen Mannschaften ausgerüstet und mir befohlen, hundert Mongolen-Krieger mitzunehmen. Ich soll sehen, was ich darüber herausfinden kann.«

Everard nickte. Er war keineswegs überrascht. Die Chinesen segelten schon seit Jahrhunderten in ihren Dschunken über die Meere. Einige dieser Schiffe waren so groß, daß sie bis zu tausend Passagiere mitnehmen konnten. Sicher, die Schiffe waren nicht so seetüchtig, wie sie es in späteren Jahrhunderten unter den Portugiesen wurden, und ihre Eigner hatten sich nie bemüht, einen anderen Ozean als die kalten nördlichen Gewässer zu erkunden. Trotzdem gab es chinesische Navigatoren, die ihre Geschicklichkeit in diesem Gewerbe von vagabundierenden Koreanern und Bewohnern von Formosa, wenn nicht gar von ihren eigenen Vätern, erlernt hatten. Zumindest mußten sie entfernt mit den Kurilen-Bewohnern verwandt gewesen sein.

»Wir folgten nacheinander zwei Inselgruppen«, berichtete Toktai. »Sie waren ziemlich kahl, aber trotzdem konnten wir hier und dort landen, die Pferde herauslassen und etwas über die Eingeborenen erfahren –

obwohl der Tengri weiß, wie schwer das ist, wenn man sich erst über sechs Sprachen hinweg verständigen kann! Wir fanden heraus, daß es dort zwei große Halbinseln gibt, Sibirien und eine weitere, die im Norden so dicht beieinander liegen, daß ein Mann in einem Fellboot hinüberfahren oder im Winter manchmal sogar zu Fuß über das Eis zur anderen Küste wandern kann. Schließlich erreichten wir das neue Festland – ein großes Land mit viel Wald, Wild und Seehunden. Leider war es sehr verregnet. Unsere Schiffe schienen weiterschwimmen zu wollen, also folgten wir ungefähr dem Küstenverlauf.«

Everard rief sich die Landkarte ins Gedächtnis. Wenn man erst an den Kurilen und danach an den Aleuten entlangfuhr, war man nie weit vom Land entfernt. Wenn man Glück hatte und das Schiff nicht an den Felsen zerschellte, was nicht so ungewöhnlich war, konnten die Dschunken mit ihren flachen Kielen durchaus in diesen zerklüfteten Buchten einen Ankerplatz finden.

Außerdem trieb sie die Strömung voran, und sie gerieten beinahe auf einen großen Rundkurs. Toktai hatte Alaska entdeckt, ehe er überhaupt wußte, was geschehen war. Die Landschaft wurde immer freundlicher, je weiter er nach Süden an der Küste entlangfuhr, und schließlich kam er zum Puget Sund und erreichte ohne Schwierigkeiten den Chehalis River. Vielleicht hatten die Indianer ihn vor der Gefährlichkeit der Mündung des Columbia weiter südlich gewarnt und seinen Reitern erst vor kurzem bei der Überquerung des großen Stroms auf ihren Flößen geholfen.

»Als die kriegerischen Aktionen nachließen, errichteten wir ein Lager«, erklärte der Mongole. »Die Stämme in der Gegend sind zwar rückständig, aber friedlich. Sie gaben uns die Nahrung, die Frauen und die Hilfe, um die wir sie baten. Als Gegenleistung zeigten ihnen unsere Matrosen, wie man mehr Fische aus dem Wasser holt und größere Boote baut. Wir überwinterten dort, lernten ein wenig ihre Sprache und erkundeten das Landesinnere. Und überall hörten wir Geschichten von unendlichen Wäldern und Ebenen, die von riesigen wilden Viehherden durchstreift werden. Wir hatten genug gesehen, um zu wissen, daß diese Geschichten wahr sind.« Seine Augen begannen zu funkeln wie die eines Tigers. »Und dort gab es nur ein paar Stämme, die nicht mal den Nutzen von Metall kannten.«

»Noyon«, sagte Li warnend und nickte leicht in Richtung der Streifengänger. Toktai schloß sofort den Mund.

Li wandte sich an Everard. »Es gab auch Gerüchte über ein goldenes Königreich weit unten im Süden. Wir betrachteten es ebenso wie die Erkundung des Landes auf dem Weg dorthin als unsere Pflicht, diesen Gerüchten nachzugehen – und rechneten nicht damit, Persönlichkeiten von solch hohem Stand zu begegnen.«

»Die Ehre ist ganz auf unserer Seite«, säuselte Everard zurück. Um dann mit tiefernster Miene fortzufahren: »Mein Herr aus dem Goldenen Reich, dessen Name nicht genannt werden darf, hat uns im Geist der Freundschaft ausgesandt. Es würde ihn zutiefst bekümmern, wenn Euch Ungemach ereilte. Wir sind gekommen, um Euch zu warnen.«

»Was?« Toktai hatte sich kerzengerade aufgesetzt. Seine sehnige Hand griff nach dem Schwert, das er aber aus Höflichkeit abgelegt hatte. »Was, zur Hölle, soll das heißen?«

»Es ist wirklich die Hölle, Noyon. So schön, wie dieses Land auch scheint – es ist mit einem Fluch beladen. Erzähl es ihm, mein Bruder.«

Sandoval, der redegewandter war, übernahm. Sein Garn, das er nun von sich gab, war so gesponnen, daß der Aberglaube, dem die nur halb zivilisierten Mongolen immer noch frönten, gestärkt wurde, ohne zuviel Skepsis bei dem Chinesen zu wecken. Es gäbe in Wirklichkeit zwei große Königreiche im Süden, erklärte er. Das eigene läge in weiter Ferne, das andere im Norden davon. Eine große Zitadelle bewache den Zugang zu seinen Ebenen. Beide Reiche verfügten über gewaltige Mächte und nannten sie Hexerei oder hintergründige Technik – ganz nach Laune. Das nördliche Imperium, die Schlimmen Burschen, betrachteten das ganze Territorium als ihr Eigentum und würden niemals eine fremde Expedition auf ihrem Grund und Boden dulden. Seine Späher würden die Mongolen sehr früh entdecken und sie mit geschleuderten Blitzen auslöschen. Das wohlwollende Reich der Guten Burschen im Süden könnte dagegen keinen Schutz anbieten und nur Emissäre zu den Mongolen schicken, um sie zu warnen und sie zur Rückkehr in ihre Heimat zu bewegen.

»Warum haben uns denn die Eingeborenen nichts von diesen Oberherren erzählt?« fragte Li gewitzt.

»Hat denn jeder kleine Stammeskrieger in den Dschungeln von Burma schon vom Kha Khan gehört?« fragte Sandoval zurück.

»Ich bin ein Fremder und Unwissender«, meinte Li. »Vergebt mir, wenn ich Eure Worte über Waffen nicht ganz verstehe, denen niemand widerstehen kann.«

Was die höflichste Form ist, in der man mich je als Lügner bezeichnet hat, dachte Everard. Laut sagte er. »Ich könnte eine kleine Demonstration anbieten, wenn der Noyon ein Tier hat, das getötet werden könnte.«

Toktai überlegte. Sein Gesicht wirkte wie aus Stein gemeißelt, nur der Schweiß auf der Stirn paßte nicht ganz zu diesem Bild. Schließlich klatschte er in die Hände und rief dem Posten, der den Kopf ins Zelt steckte, einen Befehl zu.

Danach versandete das Gespräch immer mehr und wich schließlich einem lastenden Schweigen.

Nach einer sich endlos dehnenden Stunde erschien ein Krieger und meldete, daß ein paar Reiter mit dem Lasso eine Hirschkuh eingefangen hatten. Ob es den Zwecken des Noyon dienlich sei? Es war dienlich. Toktai trat hinaus und bahnte sich einen Weg durch einen aufgeregt schwatzenden Schwarm von Männern. Everard folgte ihm und wünschte sich im stillen, das ganze sei nicht notwendig. Er steckte den Kolben auf seine Mauser. »Willst du das hier nicht erledigen?« fragte er Sandoval.

»Jesus, nein!«

Man hatte die Hirschkuh ins Lager gezerrt. Sie stand bebend am Ufer, die Schlinge aus Roßhaar hing um den Hals. Die Sonne, die gerade die Gipfel im Westen berührte, übergoß das Tier mit einem Bronzeschimmer. In seinen sonst so sanften Augen stand blinde Panik. Everard winkte die Männer beiseite und legte an. Der erste Schuß tötete das Tier, doch ließ er den Finger am Abzug, bis sein Körper völlig zerfetzt war.

Als Everard die Waffe sinken ließ, war die Luft irgendwie geladen. Er ließ seinen Blick über die untersetzten Körper mit den umwickelten Beinen wandern, über die flachen, reglosen Gesichter. Ihre Ausdünstungen stachen ihm unnatürlich scharf in die Nase, deutlich registrierte er ihren Geruch nach Schweiß und Pferden und Rauch. Er fühlte sich wirklich so unmenschlich, wie er es in ihren Augen sein mußte.

»Und dies ist noch die harmloseste Waffe, die hier benutzt wird«, meinte er. »Eine Seele, die damit aus dem Körper gerissen wird, findet niemals ihren Weg nach Hause.«

Damit drehte er sich auf dem Absatz um. Sandoval folgte ihm. Ihre Pferde waren in der Nähe angebunden. Sie sattelten sie wortlos, stiegen auf und ritten in den Wald hinein.

4

Das Feuer loderte in einer kurzen Bö auf. Von einem Waldbewohner sehr sorgfältig und niedrig geschichtet, erhellte die Glut kaum die beiden Gestalten in den Schatten. Man sah gerade mal Brauen, Nasen und Wangenknochen – und ein Aufblitzen der Augen in dem schwachen Flammenschein. Das Feuer sank wieder zu rotblauer Glut zusammen, und die beiden Männer wurden wieder von den Schatten verschluckt.

Everard störte es nicht. Er hielt die Pfeife in der Hand, biß hart auf den Stiel und sog den Rauch ein, ohne jedoch großen Genuß daran zu finden. Als er sprach, übertönte das Rauschen der Baumkronen hoch oben in der Nacht fast seine Stimme, aber auch das störte ihn nicht. Ganz in der Nähe lagen ihre Schlafsäcke, standen ihre Pferde und der Scooter, ein Raum-Zeit-Springer mit Antigrav-Antrieb, der sie hergebracht hatte. Sonst war das Land ringsum verlassen, dehnte sich Meile um Meile, und menschliche Feuer wie ihres waren so selten und einsam wie Sterne im Universum. Irgendwo in der Leere heulte ein Wolf.

»Ich denke, jeder Cop kommt sich schon mal wie ein Hundesohn vor. Du bist bis jetzt nur Beobachter gewesen, Jack. Aktives Eingreifen, wie es von mir verlangt wird, ist häufig schwer zu akzeptieren.«

»Hmm.« Sandoval war noch schweigsamer und in sich gekehrter gewesen als sein Freund. Seit ihrer Abendmahlzeit hatte er sich kaum gerührt.

»Und jetzt dies. Was immer du auch tun mußt, um eine zeitliche Abweichung zu löschen – du kannst dir dabei wenigstens immer einreden, du würdest nur den ursprünglichen Gang der Entwicklung wiederherstellen.« Everard zog an seiner Pfeife. »Du brauchst mich nicht daran zu erinnern, daß das Wort ›ursprünglich‹ in diesem Zusammenhang bedeutungslos ist. Es ist nur ein kleiner Trost.«

»Oh, oh.«

»Doch wenn unsere Bosse, unsere heißgeliebten danellischen Supermänner, uns befehlen, einzugreifen... Wir wissen, daß Toktais Leute nie nach Cathay zurückkehrten. Warum sollten dann du oder ich uns der Sache annehmen? Es würde mich nicht stören, wenn sie auf feindliche Indianer gestoßen oder durch ein anderes Unglück ausgelöscht worden wären. Zumindest nicht mehr als irgendein ähnlicher Vorfall in diesem verdammten Schlachthaus, das man die menschliche Geschichte nennt.«

»Du weißt, wir dürfen sie nicht töten. Wir sollen sie nur zur Umkehr bewegen. Vielleicht genügt deine Demonstration vom Nachmittag ja schon.«

»Klar. Sie zur Umkehr bewegen... und was dann? Wahrscheinlich kommen sie dann auf See um. Die Fahrt nach Hause dürfte nicht einfach werden – Sturm, Nebel, gegenläufige Strömungen, Klippen – und das in solch primitiven Schiffen, die hauptsächlich für Flußfahrten gebaut wurden. Und wir werden sie genau in diese Schlechtwetter-Perioden hineingeschickt haben! Wenn wir uns nicht einmischen würden, könnten sie vielleicht später in Richtung Heimat aufbrechen. Die Reisebedingungen wären dann besser... Warum nur sollen wir die Schuld dafür auf uns laden?«

»Sie könnten es bis nach Hause schaffen«, murmelte Sandoval.

»Was?« Everard fuhr hoch.

»Auf die Weise, die Toktai erwähnte. Ich bin sicher, er will auf den Pferden zurückreiten und nicht die Schiffe benutzen. Wie er richtig vermutete, ist die Bering-Straße leicht zu überqueren; die Leute von den Aleuten machen das immer so. Manse, ich fürchte, es genügt nicht, sie zu verschonen.«

»Aber sie werden nicht nach Hause zurückkehren. Das wissen wir doch!«

»Nimm an, sie tun's.« Sandoval redete plötzlich rascher und lauter. Der Nachtwind trug seine Worte heran. »Laß uns ein wenig mit den Möglichkeiten spielen, die uns einfallen. Stell dir mal vor, Toktai dringt weiter nach Südosten vor. Ich sehe im Moment kaum etwas, das ihn aufhalten könnte. Seine Leute können sich von dem ernähren, was das Land ihnen bietet, selbst in der Wüste – und das weitaus besser und geschickter als Coronado oder sonst einer von diesen Typen. Toktai muß nicht einmal weit reiten, bis er auf ein hochentwickeltes neolithisches Volk trifft – die bäuerlichen Pueblo-Stämme. Und das wird ihn noch zusätzlich ermutigen. Er würde noch vor August in Mexiko sein. Mexiko ist immer noch so strahlend schön, wie es zu Cortez' Zeiten war – sein wird. Und noch verlockender: Die Azteken und Tolteken streiten ständig miteinander, wer der Herr ist, und es gibt jede Menge anderer Stämme, die sofort bereit wären, einem Neuankömmling gegen beide zu helfen. Die spanischen Kanonen machten da ... werden da keinen großen Unterschied machen, wie du dich sicher erinnerst, wenn du Diaz gelesen hast. Die Mongolen sind Mann für Mann jedem Spanier überlegen.

Zwar glaube ich nicht, daß Toktai sofort einmarschieren würde. Zweifellos wäre er sehr höflich, würde dort überwintern und alles Wissenswerte erlernen. Im nächsten Jahr würde er dann wieder nach Norden ziehen, heimkehren und Kublai melden, daß eines der reichsten, von Gold überquellenden Territorien auf der Welt mit weit offenen Türen auf seine Eroberung wartet!«

»Was ist mit den anderen Indianern?« fragte Everard. »Ich kenne mich da nicht so aus.«

»Das neue Maya-Reich steht in seiner Blüte. Eine harte Nuß, die geknackt werden muß, aber auch eine dementsprechend lohnende. Ich bin der Ansicht, daß es für die Mongolen kein Halten mehr gibt, wenn sie erst mal in Mexiko Fuß gefaßt haben. Peru hat in diesem Moment sogar eine noch höherstehende Kultur, die weit weniger durchorganisiert ist als zu Zeiten Pizarros. Die Quechua-Aymar, die sogenannte Inka-Rasse, ist zur Zeit dort unten nur einer unter vielen Machtfaktoren.

Und dann – das Land! Kannst du dir vorstellen, was ein Mongolenstamm aus den Great Plains machen würde?«

»Ich glaube nicht, daß sie gleich in ganzen Horden auswandern würden«, brummte Everard. Irgend etwas in Sandovals Stimme bereitete ihm Unbehagen, trieb ihn in die Enge. »Zu viel von Sibirien und Alaska liegt dazwischen.«

»Größere Hindernisse sind schon überwunden worden. Ich will auch nicht behaupten, daß sie alle gleichzeitig vordringen werden. Sie würden wahrscheinlich ein paar Jahrhunderte brauchen, um eine massenhafte Einwanderung auszulösen, wie es auch bei den Europäern der Fall ist. Doch könnte ich mir vorstellen, daß eine Reihe von Klans und Stämmen im Lauf weniger Jahre über den ganzen Westen des nordamerikanischen Kontinents siedeln könnten. Mexiko und Yucatan würden geschluckt – oder, was wahrscheinlicher ist, zu Khanaten gemacht. Die vertriebenen Stämme würden mit dem Anwachsen der mongolischen Bevölkerung und der Ankunft neuer Einwanderer nach Osten gedrängt. Vergiß nicht, die Yüan-Dynastie wird in weniger als einhundert Jahren untergehen. Dadurch wird sich der Druck auf die Mongolen in Asien verstärken, sich eine neue Heimat zu suchen. Und auch die Chinesen werden hierherkommen, um Landwirtschaft zu betreiben und sich ihren Anteil am Gold zu sichern.«

»Wenn du mir die Bemerkung erlaubst – ich habe den Eindruck, daß du als einziger von allen Menschen die Eroberung von Amerika verzögern willst.«

»Es wäre eine völlig andere Eroberung«, erwiderte

Sandoval. »Die Azteken sind mir dabei völlig gleichgültig. Wenn du sie genau betrachtest, wirst du zugeben, daß Cortez Mexiko einen Gefallen getan hat. Aber auch für die anderen, harmloseren Stämme wäre es ziemlich hart – zumindest eine Zeitlang. Aber solch schlimme Teufel sind die Mongolen auch nicht, oder? Aufgrund unserer westlichen Abstammung neigen wir zu Vorurteilen. Wir vergessen dabei ganz, wie sehr sich die Europäer dieser Zeit an Folterungen und Massakern ergötzten.

Die Mongolen sind da beinahe wie die alten Römer. Sie haben die gleichen Praktiken: Gebiete, die Widerstand leisten, zu entvölkern, und die Rechte derer, die sich ergeben, zu respektieren. Schutz durch die Stärke der Waffen, kompetente Regierungen. Dann der gleiche phantasielose, unkreative Nationalstolz – und doch, wenn auch unbewußt, Ehrfurcht und Neid angesichts einer wahren Zivilisation. Der *Pax Mongolica*, jetzt sofort etabliert, würde ein größeres Gebiet einen und mehr unterschiedliche Völker in einen stimulierenden Kontakt miteinander bringen, als das in diesem lächerlichen Römischen Reich je vorstellbar wäre.

Was die Indianer betrifft – vergiß nicht, die Mongolen sind ein Hirtenvolk. Da gäbe es nicht den unlösbaren Konflikt zwischen Jägern und Bauern, der die Weißen veranlaßte, die Indianer auszurotten. Außerdem hätte der Mongole keine Rassenvorurteile. Und nach ein paar kurzen Kämpfen würde der überlebende Navajo, Cherokee, Seminole, Algonquin, Chippewa oder Dakota froh sein, sich zu unterwerfen und zum Verbündeten zu werden. Warum auch nicht? Er bekäme Pferde, Schafe, Rinder, Textilien, Metallurgie. Er wäre den Invasoren an Zahl weit überlegen und ihnen fast gleichgestellt – was er bei weißen Farmern selbst im Maschinen-Zeitalter noch nicht geschafft hat. Und dann – ich wiederhole mich – sind da noch die Chinesen, die dieses Völkergemisch auflockern, es in Zivilisation unterrichten und den Verstand schärfen ...

Guter Gott, Manse, wenn Kolumbus hier ankommt, wird er genau das vorfinden, was zu finden er erwartet hat – den Sachem Khan der stärksten Nation auf Erden!«

Sandoval schwieg. Everard lauschte dem Knarren der Äste im Wind. Lange Zeit starrte er in die Nacht hinaus, ehe er antwortete: »Das wäre vorstellbar. Natürlich müßten wir in diesem Jahrhundert verweilen, bis der entscheidende Punkt Vergangenheit wäre. Unsere Welt würde es dann nicht geben. Sie würde nie existiert haben.«

»So teuflisch gut war diese Welt ja nun auch nicht«, meinte Sandoval träumerisch.

»Du solltest deine ... ja ... deine Eltern nicht vergessen«, mahnte Everard. »Sie wären dann ebenfalls nie geboren.«

»Sie lebten ohnehin in einem baufälligen Schuppen. Ich habe meinen Vater einmal weinen sehen, weil er uns im Winter keine Schuhe kaufen konnte. Meine Mutter starb an Tuberkulose.«

Everard saß völlig regungslos. Schließlich war es Sandoval, der mit einem gezwungenen Lachen aufsprang und sich wie ein nasser Hund schüttelte. »Aber was rede ich da? Es war nur ein Hirngespinst. Gehen wir schlafen. Soll ich die erste Wache übernehmen?«

Everard nickte, konnte aber lange nicht einschlafen.

5

Der Scooter war zwei Tage in die Zukunft gesprungen und schwebte nun, für das bloße Auge unsichtbar, am Himmel.

Die Luft ringsum war dünn und beißend kalt. Everard zitterte, als er das elektronische Teleskop einstellte. Selbst bei voller Vergrößerung waren die Menschen und Tiere des Trecks kaum mehr als ein paar dunkle Punkte in der grünen Unendlichkeit. Aber niemand sonst in der westlichen Hemisphäre hätte zu dieser Zeit auf Pferden reiten können.

Everard drehte sich im Sattel zu seinem Begleiter um. »Also, was nun?«

Sandovals breites Gesicht blieb ausdruckslos. »Wenn unsere Demonstration nichts bewirkt hat...«

»Sie hat es nicht – so sicher wie die Hölle. Ich wette, sie ziehen doppelt so schnell wie zuvor nach Süden weiter. Aber wieso?«

»Ich müßte jeden von ihnen besser kennen, als Individuum sozusagen, um dir darauf eine klare Antwort geben zu können, Manse. Grundsätzlich dürfte es so sein, daß wir ihren Mut herausgefordert haben. Ein kriegerisches Volk, dessen absolute Tugenden Hartnäckigkeit und Kühnheit sind... welch andere Wahl bleibt ihm, als weiterzuziehen? Würden sie, ohne im geringsten bedroht zu werden, umkehren, könnten sie niemals mehr mit ihresgleichen leben.«

»Die Mongolen sind doch keine Idioten! Sie haben doch nicht durch pure Gewalt all die anderen Völker in ihrer Nachbarschaft unterworfen, sondern weil sie die Grundsätze der Kriegsführung besser verstanden und anwandten. Toktai sollte umkehren, seinem Herrn melden, was er vorgefunden hat, und eine größere Expedition organisieren.«

»Das können die Männer bei den Schiffen immer noch«, erinnerte ihn Sandoval. »Je länger ich darüber nachdenke, desto klarer wird mir, wie sehr wir Toktai unterschätzt haben. Er hat mit den Schiffsbesatzungen sicher ein Datum – vermutlich im nächsten Jahr – ausgemacht für den Fall, daß er nicht zurückkehren sollte. Sie sollen dann versuchen, die Heimat zu erreichen. Sollte er unterwegs auf etwas Interessantes – wie uns, beispielsweise – stoßen, kann er immer noch einen Indianer mit einer Botschaft zum Basislager zurückschicken.«

Everard nickte. Ihm wurde plötzlich klar, daß ihm dieser Job aufgedrängt worden war, ohne daß er genügend Zeit gehabt hatte, sich einen Plan auszudenken – wie es eigentlich sein sollte. Daher diese verkorkste Situation. Aber wieviel Anteil an dieser Schuld traf dann John Sandoval mit seiner unbewußtem Zögerlichkeit?

Nach einer Minute meinte Everard: »Vielleicht ist ihnen an unserer Geschichte etwas faul vorgekommen. Die Mongolen waren in psychologischer Kriegsführung immer wahre Meister.«

»Kann schon sein. Aber was machen wir als nächstes?«

Von oben herunterschweben, ein paar Feuerstöße aus dem 41. Jahrhundert-Strahlgewehr in diesen Zeitzyklus abgeben – und alles wäre zu Ende ... Aber nein, bei Gott, sie können mich auf den Exilplaneten verbannen, bevor ich so etwas mache. Es gibt schließlich Grenzen.

»Wir veranstalten eine noch beeindruckendere Demonstration«, knurrte Everard.

»Und wenn das auch ein Flop ist?«

»Ach, halt's Maul. Probieren wir's.«

»War ja nur eine Frage.« Der Wind verwehte Sandovals Worte beinahe. »Warum die Expedition nicht einfach rückgängig machen? In der Zeit ein paar Jahre zurückgehen und Kublai Khan davon überzeugen, daß es sich nicht lohnt, Kundschafter nach Osten auszusenden. Dann wäre all dies hier niemals geschehen.«

»Du weißt doch, daß uns die Regeln in der Patrouille verbieten, Veränderungen am Lauf der Geschichte vorzunehmen.«

»Und wie nennst du das, was wir hier machen?«

»Einen Sonderauftrag vom obersten Hauptquartier – vielleicht die Korrektur einer Schwankung – irgendwo, irgendwann. Was weiß ich? Ich bin doch nur eine Sprosse in der Leiter der Evolution. Sie dagegen verfügen schon seit Millionen Jahren über Fähigkeiten, die meine Vorstellungskraft weit übersteigen.«

»Vater weiß es am besten«, murmelte Sandoval.

Everard fuhr sich über das Kinn. »Tatsache bleibt nun mal, daß der Hof des Kublai Khan, des mächtigsten Mannes der Welt, wichtiger und entscheidender ist als alles hier in Amerika. Nein, du hast mich in diesen elenden Job hineingezogen, und jetzt werde ich dir gegenüber sogar den Vorgesetzten herauskehren, wenn es sein muß. Unser Auftrag lautet, diese Leute dazu zu bringen, ihre Erkundung aufzugeben. Was danach geschieht, ist nicht unsere Sache. Schön, sie kommen nie mehr nach Hause. Wir werden aber nicht die Ursache dafür sein – so wenig, wie du ein Mörder bist, wenn du einen Menschen zum Essen einlädst und er auf dem Weg zu dir tödlich verunglückt.«

»Hör auf mit dem Geschwätz«, knurrte Sandoval. »Machen wir uns an die Arbeit.«

Everard ließ den Scooter vorwärtsgleiten. »Siehst du den Hügel da?« fragte er nach einer Weile. »Er liegt auf Toktai's Marschroute, doch ich denke, er wird sein Lager heute abend ein paar Meilen davor aufschlagen, dort unten auf der kleinen Lichtung beim Bach. Der Hügel wird in seinem Blickfeld liegen. Bauen wir unsere Bühne dort auf.«

»Und veranstalten ein Feuerwerk? Das muß aber dann sehr hübsch sein. Diese Leute von Cathay kennen schon das Schießpulver. Sie haben sogar schon Raketen für den Krieg.«

»Aber nur kleine, ich weiß. Als ich meine Sachen für diesen Auftrag hier vorbereitete, habe ich ein paar ziemlich vielseitige technische Spielereien eingepackt für den Fall, daß der erste Versuch fehlschlägt.«

Auf der Hügelkuppe standen ein paar vereinzelte Pinien. Everard landete den Scooter dazwischen und holte aus seinen schmalen Gepäckfächern ein paar Päckchen. Wortlos ging Sandoval ihm zur Hand. Die

Pferde, bei der Patrouille geschult, stiegen ruhig aus ihren Boxen am Rahmen des Springers und begannen am Hang zu grasen.

Nach einer Weile brach der Indianer sein Schweigen. »Das ist keine Arbeit, die ich kenne. Was baust du da?«

Everard tätschelte die kleine Maschine, die er schon halb zusammengesetzt hatte. »Eine Adaption eines Wetter-Kontrollsystems, das man zukünftig zu Zeiten der *Kalten Jahrhunderte* einsetzt. Ein Potential-Verteiler. Das Ding hier zaubert dir Blitz und Donner, wie du beides noch nie erlebt hast.«

»Hmm ... die große Schwäche der Mongolen.« Plötzlich grinste Sandoval. »Du gewinnst. Wir können uns dabei entspannen und die Show genießen.«

»Bereite schon mal das Abendessen, während ich das Spielzeug hier zusammenbaue. Kein Feuer, klar? Wir wollen doch nicht, daß der Rauch uns verrät... Ach ja, ich habe auch noch einen Illusions-Projektor. Wenn du die Kleider wechselst und dir eine Kapuze oder etwas Ähnliches überziehst, daß man dich nicht erkennt, projiziere ich ein meilenhohes Schreckensbild von dir.«

»Wie wär's mit einer Lautsprecher-Anlage? Navajo-Gesang kann sehr furchteinflößend sein, wenn man nicht weiß, daß es nur ein *yeibichei* oder sonst was ist.«

»Kommt sofort!«

Der Tag neigte sich. Unter den Pinien wurde es dunkel, die Luft war kalt und beißend. Everard verzehrte ein Sandwich und beobachtete durch sein Fernglas, wie die Vorhut der Mongolen die Lichtung am Bach in Augenschein nahm – wie er es vorausgesagt hatte. Kurz darauf brachten andere das Wild, das sie erlegt hatten, und begannen mit der Zubereitung des Essens. Die Hauptgruppe kam erst bei Sonnenuntergang, stellte Posten auf und ließ sich dann zum Essen nieder. Toktai trieb seine Leute zur Eile und nutzte dazu auch noch das letzte Tageslicht. Als die Dunkelheit sich herabsenkte, sah Everard, wie die Wachen aufsaßen und die Bogen umhängten. Obwohl er sich dagegen wehrte, bedrückte ihn die Tatsache, daß er hier Kämpfer demütigte, die zuvor den Erdball erzittern ließen.

Über den Schneegipfeln glänzten die ersten Sterne. Es wurde Zeit anzufangen.

»Hast du unsere Pferde angebunden, Jack, damit sie nicht in Panik davonlaufen? Ich bin ziemlich sicher, die Mongolenpferde werden es. Okay, legen wir los.« Everard legte den Hauptschalter um und hockte sich vor die schwach erleuchteten Kontrollen seines Geräts.

Zuerst durchzuckte ein blasses Wetterleuchten den Himmel, dem im nächsten Moment heftige Blitze folgten. Einer nach dem anderen fuhren sie vom Himmel zur Erde, schlugen unter krachendem Donnergrollen in Bäume und ließen die Berghänge erbeben. Everard schleuderte Kugelblitze, flammende Lichtbögen, die durch die Luft wirbelten, funkenstiebend auf das Lager zuschossen und darüber explodierten, so daß der Himmel weiß erglühte.

Halb taub von dem Lärm und geblendet von den Blitzen ließ Everard einen fluoreszierenden Ionenschleier aufschimmern. Wie beim Nordlicht wirbelte die große Fläche umher, leuchtete blutrot und gespenstisch weiß wie Knochen, knisterte unter den fortwährenden Donnerschlägen. Sandoval trat vor. Er hatte sich bis auf den Slip entkleidet und mit Lehm traditionelle Muster auf seinen Körper gemalt. Sein Gesicht war nicht verdeckt, aber mit Erde so verschmiert, daß Everard es nicht wiedererkannte. Die Maschine tastete ihn ab und änderte ihren Output. Die Gestalt, die sich schließlich im Ionenschleier abzeichnete, war höher als ein Berg. Sie bewegte sich in einem stampfenden Tanz, dehnte sich von Horizont zu Horizont, dann wieder von der Erde zum Himmel, heulte und bellte dazu in einem Falsett, das den Donner übertönte.

Everard duckte sich unter dem grellem Licht und preßte die Finger hart auf die Schalter. Er kannte diese primitive Furcht in sich; der Tanz weckte Dinge in ihm, die er vergessen hatte.

Beim Judas! Wenn sie das hier nicht zum Aufgeben bewegt ...

Seine Gedanken kehrten in die Gegenwart zurück. Er sah auf die Uhr. Eine halbe Stunde ... geben wir ihnen noch fünfzehn Minuten, bis die Vorführung vorbei ist!

Sie würden sicher bis zum Morgengrauen im Lager bleiben, anstatt wie von Furien gehetzt in die Wälder zu flüchten. So diszipliniert waren sie. Also danach noch ein paar Stunden abwarten – dann zum letzten Streich gegen ihre Nerven ausholen und einen Baum in nächster Nähe mit einem einzelnen Blitz spalten!

Everard bedeutete Sandoval mit einem Handzeichen, zurückzukommen. Der Indianer hockte sich hin. Er schwitzte stärker, als seine tänzerischen Anstrengungen es vermuten ließen.

Als der Lärm verklungen war, brummte Everard: »Eine hübsche Show, Jack.« Seine Stimme klang blechern und fremd.

»Ich habe das schon seit Jahren nicht mehr gemacht«, murmelte Sandoval. Er riß ein Streichholz an – in der plötzlichen Stille ein überraschend lautes Geräusch. Das Licht der kleinen Flamme fiel auf seine zusammengepreßten Lippen. Dann erlosch sie, und nur das Ende der Zigarette glühte ab und zu durch das Dunkel.

»Im Reservat kenne ich keinen, der so etwas ernstnehmen würde«, fuhr er nach einem Moment fort. »Ein paar Ältere erwarteten von uns Jungen, daß wir diesen Brauch lebendig erhalten, um uns jederzeit daran zu erinnern, daß wir immer noch ein Stamm sind. Wenn wir für die Touristen tanzten, nahmen wir freilich ein paar Veränderungen vor.«

Es folgte ein längeres Schweigen. Everard schaltete den Projektor aus. Gelegentlich warf die Glut der Zigarette einen rötlichen Schimmer über Sandovals Gesicht.

»Touristen!« murmelte er.

Und nach ein paar Minuten: »Heute nacht habe ich wenigstens für einen bestimmten Zweck getanzt. Es hatte etwas zu bedeuten. Das habe ich vorher noch nie so empfunden.«

Everard schwieg.

Plötzlich wieherte eins der Pferde, die während der ganzen Vorstellung nervös an ihren Leinen gezerrt hatten.

Everard schaute auf. Ringsum nur Dunkelheit. »Hast du etwas gehört, Jack?«

Der Lichtstrahl einer Taschenlampe traf ihn voll.

Einen Augenblick starrte er geblendet hinein, dann sprang er fluchend auf und griff nach seiner Schockpistole. Ein Schatten huschte hinter einem Baum hervor und versetzte ihm einen Schlag gegen die Rippen. Everard taumelte zurück. Die Strahlpistole glitt ihm fast von selbst in die Hand. Ohne zu zielen drückte er ab.

Der Strahl der Taschenlampe glitt erneut durch die Bäume. Everard erspähte Sandoval. Der Navajo hatte seine Waffen noch nicht wieder an sich genommen. Unbewaffnet duckte er sich unter dem Hieb eines Mongolenschwertes hinweg. Der Schwertkämpfer stürzte hinter ihm her. Sandoval besann sich jetzt auf die Judo-Ausbildung der Patrouille. Er sank auf ein Knie. Zu Fuß nicht sonderlich beweglich, führte der Mongole einen weiteren Streich, verpaßte aber seinen Gegner und fing sich einen Schulterblock in den Magen ein. Noch während des Stoßes richtete Sandoval sich auf. Seine Hand schoß auf das Kinn des Mongolen zu. Der behelmte Kopf zuckte zurück. Sandoval versetzte dem Gegner einen Schlag auf den Adamsapfel, entriß ihm das Schwert, fuhr herum und parierte den Hieb eines weiteren Angreifers von hinten.

Eine Stimme übertönte das Geschrei der Mongolen, erteilte Befehle. Everard zog sich zurück. Er hatte einen Angreifer mit seiner Schockpistole außer Gefecht gesetzt, aber zwischen ihm und dem Scooter tauchten weitere auf. Er fuhr zu ihnen herum, doch schon im nächsten Moment legte sich ein Lasso um seine Achseln und wurde sofort mit geübtem Griff straffgezogen. Er stürzte nach vorn. Vier Männer warfen sich auf ihn. Er sah noch, wie vier Lanzenschäfte gleichzeitig auf Sandovals Kopf herabsausten. Jetzt hieß es nur noch kämpfen. Zweimal kam er wieder auf die Füße, doch seine Pistole war verschwunden, und die Mauser hatte jemand aus ihrem Holster gerissen – die kleinen Männer waren selbst sehr gut in der *Yawara*-Kampftechnik.

Sie zerrten ihn wieder zu Boden und schlugen mit Fäusten, Stiefeln und Dolchgriffen auf ihn ein. Er verlor nie ganz das Bewußtsein, doch irgendwann gab er es auf, sich zu wehren.

6

Toktai brach noch vor Morgengrauen das Lager ab. Die ersten Sonnenstrahlen sahen seine Horde auf dem Marsch durch das verkrüppelte Buschwerk einer breiten Talsohle. Das Land wurde zusehends flacher und öder, die Berge zur Rechten verloren sich in der Ferne, und nur wenige Schneegipfel hoben sich schemenhaft gegen den blassen Himmel ab.

Die zähen kleinen Mongolenpferde trotteten dahin, die Luft war erfüllt vom Klopfen der Hufe, dem Knarren und Klirren des Sattelzeugs und der Harnische. Everard drehte sich um und betrachtete die kompakte Linie hinter sich: Lanzenspitzen hoben und senkten sich, Wimpel und Helmbüsche und Umhänge flatterten darunter im Wind, hier und da waren die braunen, schlitzäugigen Gesichter unter den Helmen und über den grotesk bemalten Brustharnischen zu erkennen. Niemand sprach, und von den ausdruckslosen Gesichtern ließ sich nichts ablesen.

Everard spürte eine schwere Dumpfheit im Kopf. Seine Hände waren nicht gefesselt, die Füße jedoch an die Steigbügel gebunden. Die Knöchel scheuerten sich an dem groben Seil wund. Zudem hatte man ihn nackt ausgezogen – eine wohlüberlegte Vorsichtsmaßnahme, denn wer konnte wissen, welche anderen Geräte er noch in seinen Kleidern verborgen hatte – und das Mongolen-Gewand, das er trug, war lächerlich klein. Man hatte die Nähte aufschneiden müssen, um ihm die Tunika überziehen zu können.

Der Projektor und der Scooter waren beim Hügel zurückgeblieben. Toktai wagte kein Risiko mit solch mächtigen Geräten. Er hatte sogar mehrere ängstliche Krieger anschreien müssen, ehe sie die Pferde der Fremden holten, die nun mit Sattel und Schlafsack reiterlos neben den Packtieren dahintrotteten.

Die Hufe erzeugten ein rasches Stakkato. Einer der Bogenschützen an Everards Seite grunzte und lenkte sein Pony ein wenig zur Seite. Li Tai-Tsung tauchte neben ihm auf.

Der Patrouillengänger sah ihn mit stumpfem Blick an. »Nun?« fragte er.

»Ich fürchte, Euer Freund wird nicht mehr aufwachen«, erklärte der Chinese. »Ich habe es ihm etwas bequemer gemacht.«

Indem er auf einer improvisierten Trage zwischen zwei Ponys angeschnallt wurde – bewußtlos ... Ja, Gehirnerschütterung infolge der Schläge auf den Kopf in der Nacht. In einer Patrouillenklinik würden sie ihn wieder rasch auf die Beine bringen. Doch das nächste Patrouillenbüro ist in Cambaluc, und Toktai wird mich sicher nicht zum Scooter gehen und das Funkgerät benutzen lassen. John Sandoval wird hier sterben – 650 Jahre vor seiner Geburt.

Everard sah in die kühlen braunen Augen, die ihn

interessiert betrachteten. Sie waren ihm nicht mal unsympathisch, nur fremd. Es hatte keinen Sinn, das wußte er: Logische Argumente, in seiner Kultur durchaus akzeptiert, würden hier ihre Wirkung völlig verfehlen. Trotzdem durfte man nichts unversucht lassen. »Könnt Ihr Toktai nicht wenigstens begreiflich machen, welchen Schaden er sich und seinen Leuten durch sein Verhalten zufügt.«

Li strich sich über den Bart. »Es ist ganz offensichtlich, geehrter Herr, daß Eure Nation über Fähigkeiten verfügt, die uns unbekannt sind. Aber was nutzt das? Diese Barbaren...« er warf Everards mongolischen Bewachern einen mißtrauischen Blick zu, doch offensichtlich verstanden sie das Sung-Chinesisch, das er benutzte, nicht »... überrannten viele Reiche, die ihnen in allen anderen Dingen weit überlegen waren – außer in der Kriegsführung. Inzwischen wissen wir, daß Ihr – ja – die Wahrheit sagtet, als Ihr von einem feindlichen Reich jenseits dieses Landstrichs gesprochen habt. Warum sollte Euer König versuchen, uns mit einer Unwahrheit einzuschüchtern, wenn er keinen Grund hat, uns zu fürchten?«

Vorsichtig antwortete Everard: »Unser glorreicher Herrscher mag kein Blutvergießen. Doch wenn ihr ihn zwingt, euch zu vernichten...«

»Bitte.« Li sah ihn gequält an und wedelte mit seiner schlanken Hand, als wolle er ein Insekt vertreiben. »Ihr könnt Toktai erzählen, was Ihr wollt, und ich werde Euch dabei nicht ins Wort fallen. Ich wäre nicht traurig darüber, nach Hause zurückzukehren; ich bin nur auf kaiserlichen Befehl hier. Aber wir beide sollten im Vertrauen miteinander reden und nicht gegenseitig unsere Intelligenz beleidigen. Erkennt Ihr nicht, angesehener Herr, daß Ihr diese Männer auf keine erdenkliche Weise einschüchtern könnt? Sie verachten den Tod in der Gewißheit, daß selbst die längste Folter sie nach gewisser Zeit töten wird. Selbst die schrecklichste Verstümmelung wird bei einem Mann zur Farce, wenn er sich danach selbst die Zunge durchbeißt, um am eigenen Blut zu ersticken. Toktai würde ewige Schande auf sich laden, wenn er jetzt unverrichteter Dinge umkehrte. Dagegen erhofft er sich großen Ruhm und unermeßlichen Reichtum, wenn er weiterzieht.«

Everard seufzte. Seine eigene erniedrigende Gefangennahme war tatsächlich der Wendepunkt gewesen. Die Mongolen hätten wirklich bei seinem Gewitterspektakel beinahe Reißaus genommen. Viele hatten gejammert und gestöhnt (und würden jetzt um so aggressiver sein, um diese Erinnerung auszulöschen). Toktai hatte aus Furcht wie auch aus Trotz den Ursprung des Spektakels rasch ermittelt und sich ein Herz gefaßt, mit nur einer Handvoll Männer auf Pferden zu Sandoval und ihm vorzudringen. Auch Li hatte an dieser Tatsache seinen Anteil: Als Gelehrter generell skeptisch und vertraut mit Taschenspielertricks und pyrotechnischen Spielchen, hatte der Chinese Toktai zum Angriff ermutigt, ehe einer dieser Blitze ins Lager einschlug.

Die Wahrheit, mein Sohn, ist, daß wir diese Leute falsch eingeschätzt haben. Wir hätten einen Spezialisten mitnehmen sollen, der für die Feinheiten dieser Kultur ein gewisses Fingerspitzengefühl besitzt. Aber nein, wir glaubten ja, unser faktisches Wissen würde ausreichen, um diese Kleinigkeit hier zu erledigen. Und was nun? Sicher wird irgendwann eine Rettungs-Expedition der Patrouille auftauchen, doch in ein bis zwei Tagen ist Jack tot... Everard warf einen Blick auf das steinerne Gesicht des Kriegers zu seiner Linken. *Und ich höchst wahrscheinlich auch. Sie sind immer noch wütend und würden mich lieber früher umbringen als später.*

Und selbst, wenn er (was wiederum höchst unwahrscheinlich war) überlebte und von einem anderen Team der Patrouille aus dieser Scheiße herausgeholt wurde – es wäre schwer, seinen Kameraden gegenüberzutreten. Von einem Ungebundenen Agenten mit all den besonderen Privilegien seines Ranges durfte man erwarten, daß er solche Situationen ohne zusätzliche Hilfe meisterte – und ohne dabei wertvolle Männer dem Tod auszusetzen.

»Also rate ich Euch dringend, keine weiteren Täuschungsversuche mehr zu unternehmen.«

»Was?« Everard wandte sich wieder Li zu.

»Ihr könnt Euch denken«, fuhr der Chinese fort, »daß, da unsere eingeborenen Führer geflohen sind, Ihr nun ihren Platz einnehmen werdet. Doch wir rechnen damit, über kurz oder lang auf andere Stämme zu stoßen, und werden eine Verständigungsmöglichkeit mit ihnen suchen ...«

Everard nickte mit brummendem Schädel. Das Sonnenlicht stach ihm in die Augen. Er war nicht verwundert über die Fortschritte der Mongolen in den verschiedenen einheimischen Dialekten. Wenn man es mit der Grammatik nicht so genau nahm und ein paar Stunden darauf verwendete, sich die Grundbegriffe und wichtigsten Gesten einzuprägen, kam man schon weiter. Dann konnte man die folgenden Tage und Wochen nutzen, durch die Unterhaltung mit den angeheuerten Führern die Sprache zu erlernen.

»... wieder Führer einsetzen, wie wir es bisher auch getan haben«, sagte Li. »Jede falsche Richtungsangabe von Euch wird schnell offenkundig werden. Toktai dürfte dies auf höchst unzivilisierte Weise bestrafen. Andererseits würde Wohlverhalten reich belohnt werden. Ihr könntet darauf hoffen, nach der Eroberung einen hohen Posten am Hof dieser neuen Provinz zu erhalten.«

Everard saß plötzlich völlig still. Die beiläufige Prahlerei des Chinesen löste in seinem Kopf eine Explosion aus.

Er war davon ausgegangen, daß die Patrouille einen Rettungstrupp schicken würde. Doch ganz offensichtlich gab es da etwas, das Toktais Rückkehr verhinderte. Aber war es wirklich so offensichtlich? Wodurch war diese Interferenz aufgetreten, wenn es da nicht auf eine paradoxe Weise, die seine 20. Jahrhundert-Logik nicht erfassen konnte, eine Unsicherheit gab, eine Erschütterung im Kontinuum – genau an diesem Punkt?

Beim Judas! Vielleicht hatte diese Expedition der Mongolen *tatsächlich Erfolg!* Vielleicht war das zukünftige amerikanische Khanat, von dem Sandoval nicht zu träumen gewagt hatte, ... die wirkliche Zukunft.

Im Raum-Zeit-Verhältnis gibt es Schrullen und Diskontinuitäten. Der Weltenlauf kann sich umkehren und von selbst abreißen, so daß Dinge und Ereignisse offenbar völlig ohne Grund auftauchen und geschehen – bedeutungslose Fragmente, die bald verlorengehen und in Vergessenheit geraten. So wie ein Manse Everard, mit einen toten John Sandoval in der Vergangenheit ausgesetzt, nachdem sie aus einer Zukunft gekommen waren, die es nie gab – als Agenten einer Zeitpatrouille, die nie existiert hatte.

7

Bis Sonnenuntergang hatte der gnadenlose Eilmarsch die Expedition bis ins Land der Salbei- und Dornbüsche vordringen lassen. Die bräunlichen Hügel waren steil, und die Hufe der Reittiere wirbelten den Staub zu ganzen Wolken auf. Da und dort standen silbergrüne Büsche, die die Luft mit einem süßlichen Duft erfüllten, wenn man sie streifte.

Everard half dabei, Sandoval auf den Boden zu betten. Die Augen des Navajo waren geschlossen, das Gesicht eingefallen und fiebrig. Manchmal regte er sich und murmelte etwas. Der Agent preßte einen Lappen, den er mit Wasser getränkt hatte, über den gesprungenen Lippen des Gefährten aus. Mehr konnte er nicht tun.

Diesmal errichteten die Mongolen ihr Lager viel fröhlicher als je zuvor. Sie hatten zwei große Zauberer überwältigt und brauchten weitere Attacken nicht mehr zu fürchten. Das Glück war auf ihrer Seite. Sie schnatterten bei ihrer Arbeit aufgeregt miteinander und labten sich nach einem frugalen Mahl mit *kumiss* aus ihren Lederbeuteln.

Everard blieb bei Sandoval, der fast im Zentrum des Camps lag. Zwei Posten bewachten ihn. Sie hockten, die Bogen griffbereit neben sich, in der Nähe, sprachen aber kein Wort. Gelegentlich stand einer der beiden auf, um das kleine Feuer neu zu schüren. Allmählich wurden auch ihre Kumpane ruhiger. Auch diese lederhäutigen Gastgeber wurden einmal müde, und die Männer rollten sich auf die Seite und schliefen ein. Die Wachen ritten mit müden Augen ihre Runden, die Lagerfeuer sanken zu Gluthaufen zusammen. Am Himmel glänzten die Sterne, und Meilen entfernt heulte ein Cojote. Everard drapierte eine Decke gegen die aufkommende Kälte um seinen Gefährten, die niedrigen Flammen seines Feuers reflektierten im Reif, der sich auf den Blättern der Büsche bildete. Er wickelte sich enger in seinen Umhang und wünschte, seine Häscher würden ihm wenigstens seine Pfeife wiedergeben.

Schritte näherten sich; auf dem ausgedörrten Boden erzeugten sie ein raschelndes Geräusch. Everards Bewacher griffen nach den Pfeilen für ihre Bogen. Toktai trat in den schwachen Feuerschein. Der Kopf über dem Umhang war bloß. Die Wachen verneigten sich tief und zogen sich in die Dunkelheit zurück.

Toktai blieb stehen. Everard sah zu ihm hoch – und ließ den Blick wieder sinken. Der Noyon betrachtete Sandoval eine Weile und sagte dann beinahe sanft: »Ich glaube nicht, daß Euer Freund noch bis zum nächsten Sonnenuntergang lebt.«

Everard grunzte nur.

»Habt Ihr keine Medizin, die vielleicht helfen

könnte?« fragte Toktai. »Da sind einige seltsame Sachen in Euren Satteltaschen.«

»Ich habe ein Mittel gegen Infektionen, und noch eins gegen Schmerzen«, erwiderte Everard mechanisch. »Aber einen Schädelbruch können nur geschickte Ärzte behandeln.«

Toktai hockte sich ans Feuer und wärmte sich die Hände. »Leider haben wir keine Heiler dabei.«

»Ihr könntet uns gehen lassen«, meinte Everard ohne Hoffnung. »Mit meinem Wagen, den wir im letzten Camp zurückgelassen haben, könnte ich ihn noch rechtzeitig zu erfahrenen Ärzten bringen.«

Toktai kicherte. »Ihr wißt, daß ich das nicht zulassen kann.« Sein Interesse an dem sterbenden Mann schwand sichtlich. »Immerhin habt Ihr, Eburar, den ganzen Ärger ja begonnen.«

Damit hatte er recht. Everard ersparte sich die Antwort.

»Ich trage es Euch nicht nach«, fuhr Toktai fort. »Tatsächlich läge mir sehr daran, Euer Freund zu sein. Wenn ich es nicht wäre, würde ich ein paar Tage Rast einlegen und alles aus Euch herauspressen, was Ihr wißt.«

»Ihr könnt es ja versuchen!« fuhr Everard auf.

»Und ich hätte damit auch Erfolg bei einem Mann, der Medizin gegen Schmerzen mit sich herumschleppt.« Toktai grinste wölfisch. »Trotzdem könntet Ihr ja noch als Geisel von Nutzen sein. Und irgendwie gefällt mir Euer Mut. Deshalb verrate ich Euch auch, was mir durch den Kopf geht. Ich glaube, Ihr gehört überhaupt nicht zu diesem reichen Land im Süden. Ich glaube, Ihr seid ein Abenteurer, ein Mitglied einer kleinen Gruppe von Schamanen. Ihr habt den südlichen König in Eurer Gewalt, oder hofft, ihn in Eure Gewalt zu bekommen, und wollt deswegen vermeiden, daß Fremde sich in Eure Angelegenheiten einmischen.« Toktai spie ins Feuer. »Es gibt alte Geschichten über solche Dinge, in denen der Zauberer meist von einem Helden überlistet wird. Warum also sollte nicht ich dieser Held sein?«

Everard seufzte. »Ihr werdet noch rasch genug begreifen, warum Ihr keiner seid, Noyon.« Er wunderte sich selbst, wie richtig seine Worte waren.

»Nein, ich will es jetzt wissen.« Toktai schlug ihm leicht auf die Schulter. »Könnt Ihr mir nicht jetzt etwas darüber verraten? Zwischen uns gibt es keine Blutfehde. Laßt uns Freunde sein!«

Everard zeigte mit dem Daumen auf Sandoval.

»Das ist zwar schade, aber er hat schließlich einem Offizier des Kha Khan Widerstand geleistet. Kommt, trinken wir gemeinsam einen Schluck, Eburar. Ich werde einen Mann nach einem Trinkbeutel schicken.«

Der Agent zog eine Grimasse. »Das ist kein Weg, mich zu besänftigen.«

»Oh, Ihr Leute mögt keinen *kumiss*? Aber leider haben wir nichts anderes. Unser Wein ist schon vor geraumer Zeit zur Neige gegangen.«

»Ihr könntet mich meinen Whisky trinken lassen.« Everard sah zu Sandoval, dann hinaus in die Nacht. Er fühlte, wie die Kälte in ihm hochkroch. »Gott, ich könnte jetzt wirklich einen Schluck vertragen.«

»Was?«

»Ein Getränk von uns. Wir hatten ein paar Flaschen in den Satteltaschen.«

»Nun ...« Toktai zögerte. »Also gut. Kommt mit, wir holen sie.«

Die Wachen folgten ihrem Anführer und dem Gefangenen durch das Buschwerk und an ihren schlafenden Kameraden vorbei zu einem Stapel aufgeschichteter Sachen, der ebenfalls bewacht wurde. Einer der Posten entzündete einen Stock im Feuer und reichte ihn Everard, damit er Licht hatte. Die Rückenmuskeln des Agenten spannten sich: Die Pfeile auf den straff gespannten Bogen zielten genau auf seinen Rücken. Er bückte sich und durchsuchte seine eigenen Sachen, sorgsam darauf bedacht, sich nicht zu hastig zu bewegen. Er nahm die beiden Feldflaschen an sich und ging zu seinem alten Lagerplatz zurück.

Toktai ließ sich ihm gegenüber am Feuer nieder. Mit zusammengekniffenen Augen verfolgte er, wie Everard die Kappe einer der beiden Flaschen füllte und den Inhalt herunterkippte. »Riecht merkwürdig«, sagte er.

»Probiert es einmal!« Der Agent reichte dem Mongolen die Feldflasche – eine impulsive Geste, die von höchster Einsamkeit zeugte. Toktai war eigentlich kein übler Kerl – aus der Lage der Dinge heraus betrachtet. Und wenn man neben seinem sterbenden Partner sitzt, würde man sogar mit dem Teufel zechen, um ja nicht nachdenken zu müssen.

Der Mongole schnüffelte mißtrauisch, maß Everard mit einem prüfenden Blick, und hob dann nach längerem Zögern die Flasche mit einer bravourösen Geste an die Lippen.

»Ohh-ooh-ho!«

Everard beeilte sich, ihm die Flasche abzunehmen, ehe der Mongole zu viel von dem kostbaren Inhalt vergoß. Toktai keuchte und spuckte. Einer der Posten griff nach seinem Bogen, der andere sprang auf und legte seine Hand schwer auf Everards Schulter. Sein Schwert blitzte über dem Kopf des Agenten auf.

»Es ist kein Gift!« rief der Agent. »Der Stoff ist nur zu stark für ihn. Seht doch, ich trinke selbst davon.«

Toktai winkte die Posten beiseite und stierte aus wäßrigen Augen zu Everard hinüber. »Aus was macht Ihr das?« keuchte er. »Aus Drachenblut?«

»Aus Gerste.« Everard hatte keine Lust, ihm lang und breit das Verfahren der Destillation zu erklären. Statt dessen goß er sich noch einen Schluck ein. »Nun geht schon und trinkt die Milch Eurer Stuten.«

Toktai schmatzte mit den Lippen. »Es wärmt Euch

auf, nicht wahr? Wie Pfeffer.« Er streckte fordernd die Hand aus. »Gebt mir mehr davon.«

Einige Sekunden lang saß Everard regungslos. »Nun?« brummte Toktai.

Der Patrouillengänger schüttelte den Kopf. »Ich sagte Euch doch, der Stoff ist zu stark für Mongolen.«

»Was? Seht mich an, Ihr bleichgesichtiger Sohn eines Türken ...«

»Also gut, auf Eure eigene Verantwortung. Ich warne Euch – und Eure Männer hier sind Zeugen –, daß Ihr morgen krank sein werdet.«

Toktai nahm einen herzhaften Schluck, rülpste laut und gab die Feldflasche zurück. »Unsinn. Ich war beim ersten Mal nur nicht darauf vorbereitet. Nun trinkt!«

Everard ließ sich Zeit. Toktai wurde ungeduldig. »Nun beeilt Euch schon! Nein, gebt mir den anderen Behälter.«

»Wie Ihr wollt. Ihr seid der Anführer. Aber ich bitte Euch eindringlich, nicht bei jedem Schluck mitzuhalten. Ihr könnt das nicht schaffen.«

»Was meint Ihr damit – ich kann das nicht schaffen? Ich habe im Karakorum zwanzig Leute bewußtlos getrunken, und zwar keinen dieser feigen Schlitzaugen – alles Mongolen!« Toktai kippte erneut ein paar Schluck in sich hinein.

Everard trank langsam und vorsichtig. Aber er spürte, abgesehen von einem leichten Brennen in der Kehle, ohnehin kaum eine Wirkung. Statt dessen war er wieder hellwach, denn er hatte plötzlich einen möglichen Ausweg aus seiner Lage gefunden.

»Hier, es ist eine kalte Nacht«, meinte er und bot die Feldflasche dem nächsten Posten an. »Ihr Burschen müßt einen Schluck nehmen, um euch warmzuhalten.«

Toktai sah ihn leicht benebelt an. »Guter Stoff, das«, meinte er. »Zu gut für ...« Doch dann riß er sich zusammen und verschluckte die Worte. So grausam und absolut das mongolische Reich auch sein mochte, seine

Offiziere teilten alles auch mit den Rangniedrigsten ihrer Männer.

Der Krieger griff nach der Flasche, schoß einen wütenden Blick auf seinen Anführer ab und setzte die Öffnung an den Mund.

»Langsam«, mahnte Everard. »Das Zeug ist stark.«

»Für mich ist nichts zu stark.« Toktai nahm einen weiteren Schluck. »Ich bin so nüchtern wie ein Bonze.« Er wackelte mit dem Finger. »Es ist schon schwer, Mongole zu sein. Wir sind so zäh, daß wir nicht betrunken werden.«

»Prahlt Ihr nur, oder beschwert Ihr Euch?« fragte Everard. Der erste Krieger streckte die Zunge heraus, um ihr mit der Hand Kühlung zuzufächeln, richtete sich dann stolz auf und gab die Flasche an seinen Kameraden weiter. Toktai hob erneut die andere Feldflasche.

»Ahhh!« Er starrte Everard an wie eine Eule. »Das war gut. Aber jetzt sollten wir schlafen. Gebt ihm seinen Likör zurück, Männer.«

Everard wurde die Kehle eng. Trotzdem schaffte er es, leicht lallend zu antworten: »Ja, danke. Aber ich will noch einen Schluck nehmen. Ich bin froh, weil Ihr eingesehen habt, daß Ihr das Zeug nicht vertragt.«

»Was meint Ihr damit?« Toktai stierte den Agenten an. »Kann gar nicht genug geben davon. Nicht für einen Mongolen!« Wieder rülpste er. Der erste Posten griff nach der Flasche und nahm hastig einen tiefen Schluck, ehe es zu spät dafür war.

Everard atmete mehrmals tief durch. Es könnte wirklich funktionieren. Es könnte …

Toktai war die Zecherei gewohnt. Kein Zweifel, er oder seine Leute konnten reichlich *kumiss*, Wein, Bier, Met, *Kwas*, dieses dünne Bier, das fälschlich als Reiswein bezeichnet wurde, vertragen – eigentlich jedes alkoholische Getränk dieser Epoche. Sie wußten genau, wann sie genug hatten, sagten dann Gutenacht und krochen unverzüglich unter ihre Decken. Das Problem war aber, daß keine Substanz allein durch Fermentation mehr als 24 Prozent Alkoholgehalt erreicht, weil der Gärungsprozeß dann durch das Abfallprodukt gestoppt wird. Und das meiste, was die Leute im 13. Jahrhundert brauten, enthielt weniger als fünf Prozent Alkohol neben einem hohen Anteil an Abfallstoffen.

Scotch ist da von ganz anderer Konsistenz. Trinkt man ihn wie Bier oder Wein, hat man Probleme. Das Urteilsvermögen ist dahin, ehe man es selbst bemerkt, und ihm folgt der klare Verstand auf dem Fuß.

Everard griff nach der Feldflasche, die einer der Posten immer noch in der Hand hielt. »Gib sie mir, sonst trinkst du noch alles aus!«

Der Krieger grinste und nahm noch einen langen Schluck, ehe er die Flasche an seinen Kumpan weiterreichte. Everard stand auf und wollte sie ihm abnehmen. Der zweite Posten versetzte ihm einen Stoß in den Magen, und der Agent fiel auf den Rücken. Die Mongolen lachten laut auf und stützten sich dabei gegenseitig. Ein solch gelungener Scherz verlangte nach einem weiteren Schluck.

Nur Everard merkte, wie der Noyon allmählich in sich zusammensank und aus seiner Sitzhaltung in eine liegende Stellung glitt. Das Feuer verbreitete noch genügend Licht, um das törichte Lächeln auf seinem Gesicht erkennen zu lassen.

Everard zog die Beine an. Seine Nerven waren zum Zerreißen gespannt.

Wenige Minuten später war der erste Posten am Ende. Er drehte sich um sich selbst, sank auf Hände und Füße und erbrach sein Abendessen. Der andere fuhr herum, griff blinzelnd nach seinem Schwert und lallte: »Was 's los? Was has' tu getan? Gift?«

Everard sprang hoch. Ehe der letzte Posten es bemerkte, war er über das Feuer gehechtet und hatte sich über Toktai geworfen. Der Mongole stolperte mit einem Aufschrei vorwärts. Everard packte Toktais Schwert. Inzwischen hatte auch der Krieger seine Klinge aus der Scheide gezogen. Doch widerstrebte es Everard, einen beinahe wehrlosen Mann zu töten. Er unterlief den Hieb des Gegners, schlug ihm die Waffe aus der Hand und setzte seine Faust genau ins Ziel. Der Mongole brach in die Knie, streckte den Körper – und schlief ein.

Everard huschte davon. Männer trampelten laut fluchend durch das Dunkel, Hufgetrappel näherte sich. Einer der berittenen Posten preschte herbei, um nachzusehen, was los war. Ein anderer Krieger riß einen Ast aus einem heruntergebrannten Feuer und wirbelte ihn so lange durch die Luft, bis die Flamme hell aufloderte. Everard warf sich hinter einem Busch flach auf den Bauch.

Ein Krieger huschte vorbei, ohne ihn zu bemerken. Everard robbte tiefer ins Dunkel. Ein Aufschrei, gefolgt von einer Flut von Flüchen. Jemand hatte den Noyon gefunden.

Everard sprang auf und rannte davon.

Die Pferde waren wie üblich angehobbelt und grasten dicht an dicht unter Bewachung – eine dunkle, grauweiße Masse aus Leibern unter dem weiten Sternenhimmel. Everard sah einen der mongolischen Posten auf sich zureiten. Seine Stimme bellte laut durch das Dunkel: »Was ist da los?«

Everard verstellte seine Stimme. »Ein Angriff auf das Lager!« rief er in hohem Falsett, um Zeit zu gewinnen und zu verhindern, daß der Reiter ihn erkannte und einen Pfeil auf ihn abschoß. Er duckte sich und war für den Gegner nur noch ein Schemen in einem weiten Umhang. Der Mongole preschte heran und zügelte sein Pferd in einer Staubwolke vor ihm. Everard schnellte hoch und bekam das Zaumzeug des Tieres zu fassen, ehe der Reiter ihn erkannte. Mit einem Aufschrei zog dieser sein Schwert und führte einen Streich nach unten. Doch Everard warf sich zur Seite und konnte den Hieb leicht parieren. Dann stach er selbst mit seinem Schwert zu und spürte, wie die Spitze auf weiches Fleisch traf. Das Pferd scheute, stieg hoch und warf seinen Reiter aus dem Sattel. Er rollte sich ab und kam taumelnd auf die Beine. Everard hatte einen Fuß schon in den pfannenrunden Steigbügel gesteckt. Der Mongole humpelte auf ihn zu, aus der Wunde an einem Bein rann Blut. Der Agent schwang sich vollends auf den Rücken des Pferdes, legte seine Klinge flach auf dessen Kruppe und lenkte es auf die Herde zu.

Ein anderer Reiter versuchte, ihm den Weg abzuschneiden. Everard duckte sich. Ein Pfeil zischte dicht an seinem Kopf vorbei. Das entwendete Pony schlug aus und kämpfte gegen die ungewohnte Last auf seinem Rücken an. Everard brauchte eine Minute, bis er das Tier wieder unter Kontrolle hatte. In dieser Zeit hätte der Bogenschütze ihn erwischen können, wenn er sich seinerseits genug Zeit genommen hätte. Aber aus Gewohnheit preschte er im Galopp heran und versuchte gleichzeitig zu schießen. Mit trommelnden Hufen stob sein Reittier vorbei, und der Schütze verpaßte in der Dunkelheit sein Ziel erneut. Ehe er wenden konnte, war Everard in der Nacht verschwunden.

Der Agent löste das Lasso vom Sattelhorn und brach in die unruhige Herde ein. Mit dem Lasso fing er das nächstbeste Tier ein, das diese Prozedur mit erstaunlicher Sanftheit ertrug. Everard beugte sich seitlich herunter und durchtrennte die Fußfesseln des Tiers mit dem Schwert. Dann ritt er in nördlicher Richtung davon, wobei er das zweite Tier am Lasso mit sich führte.

Das kann eine lange Verfolgungsjagd werden, sagte er zu sich. *Aber selbst wenn ich sie aus den Augen verlöre, müßten sie mich schon überholen, um mich zu kriegen. Mal sehen, ob ich meine Geographie noch im Kopf habe. Die Lava-Felder liegen nordwestlich von hier.*

Er warf einen Blick zurück. Sicher brauchten sie eine Zeitlang, um sich zu sammeln. Trotzdem ...

Am Himmel zuckten dünne Blitze und brachten die geladene Luft zum Grollen. Everard spürte eine Kälte, die tiefer saß als die Kälte der Nacht. Trotzdem verlangsamte er das Tempo. Es gab keinen Grund mehr zur Eile. Dies mußte Manse Everard sein ...

... der zum Gefährt der Patrouille zurückgekehrt war und zu jenem bewußten Moment zurückgesprungen war.

Gut gemacht, dachte er. Obwohl eine solche Rettungsaktion gemäß der Doktrin der Patrouille nicht erlaubt war. Zu groß war die Gefahr eines kausalen Schleife, die zu einer falschen Verknüpfung von Zukunft und Vergangenheit führte.

Doch in diesem Fall werde ich wohl damit durchkommen. Nicht mal einen Verweis wird es geben. Weil es darum geht, Jack Sandovals Leben zu retten, nicht mein eigenes. Ich war ja schon frei und hätte die Verfolger leicht abgeschüttelt, weil ich im Gegensatz zu den Mongolen die Berge kenne. Und den Zeitspringer habe ich ja nur eingesetzt, um das Leben meines Freundes zu retten.

Außerdem (und bei diesem Gedanken stieg Bitterkeit in ihm auf) – *was war denn diese Aktion sonst gewesen außer ein Zurückdrehen der Zukunft, damit sie ihre eigene Vergangenheit erschaffen konnte? Ohne uns hätten die Mongolen vielleicht wirklich Amerika überrannt, und dann hätte es keinen von uns je gegeben.*

Riesig dehnte sich der Himmel in einem kristallinen Schwarz, und kaum jemals hatte man so viele Sterne gesehen. Über der von Reif überzogenen Erde flimmerte der Große Bär. Durch die Stille erklang Hufgetrappel. Everard hatte sich noch nie so einsam gefühlt.

»Und was soll ich dort eigentlich?« fragte er laut.

Die Antwort ergab sich von selbst, und er fühlte sich ein wenig erleichtert. Er paßte sich dem Gang seines Pferdes an und begann, die Meilen zu fressen. Er wollte es endlich hinter sich bringen. Doch was er dann schließlich tun mußte, war nicht so schlimm, wie er befürchtet hatte.

Toktai und Li Tai-Tsung kehrten nie mehr nach Hause zurück – aber nicht, weil sie auf See oder in den Wäldern umkamen, sondern weil ein Zauberer vom Himmel herabritt, all ihre Pferde mit Blitzen tötete und ihre Schiffe an der Flußmündung in Flammen aufgehen ließ. Kein einziger chinesischer Matrose würde mehr die tückischen Gewässer in solch plumpen und schwerfälligen Schiffen durchqueren müssen, wie sie an Ort und Stelle gebaut werden konnten. Kein Mongole würde es mehr für möglich halten, zu Fuß über das Eis nach Hause zu gehen. Was wahrscheinlich ja auch nicht möglich war. Die Expeditionsteilnehmer würden bleiben, indianische Frauen heiraten und ihr Leben hier leben als Chinooks, Tlingits, Nootkas oder all die anderen Indio-Stämme mit ihren großen seetüchtigen Kanus, Wigwams und Kupferarbeiten, Fellen und Kleidern und ihrer Überheblichkeit ... Nun, ein mongolischer Noyon und sogar ein konfuzianischer Gelehrter konnten weniger glückliche und nutzlosere Dinge tun als eine neue Lebensform für ihre Rasse zu schaffen.

Everard nickte zufrieden. So viel dazu. Für ihn war es viel schlimmer, die Wahrheit über sein eigenes Korps zu erkennen, als Toktais blutrünstige Ambitionen zu vereiteln. Denn das Korps war seine Familie und seine Nation und der Inhalt seines Lebens. Die Menschen weit in der Zukunft erwiesen sich nach alldem nicht gerade als Idealisten. Sie wachten also doch nicht ausschließlich über eine vielleicht gottgewollte Geschichte, die zu ihnen hinführte. Hier und dort griffen sie auch lenkend ein, um ihre eigene Vergangenheit zu erschaffen ...

Besser sich nicht fragen, ob es überhaupt jemals ein ›originäres‹ Muster der Dinge gab. Nicht darüber nachdenken! Bleib auf der verrotteten Straße, der die Menschheit zu folgen gezwungen ist, und mach dir immer wieder klar, daß sie, wenn sie an manchen Stellen besser in Schuß ist, an anderen Stellen dafür in um so schlechterem Zustand ist!

»Es mag vielleicht ein unfaires Spiel sein«, brummte Everard, »aber es ist das einzige Spiel, das gespielt wird.«

Seine Stimme klang so laut in dem von Reif überzogenen weißen Land, daß er danach nichts mehr sagte, um die tiefe Stille nicht zu stören. Er schnalzte nur noch einmal mit der Zunge und ritt ein wenig schneller nach Norden.

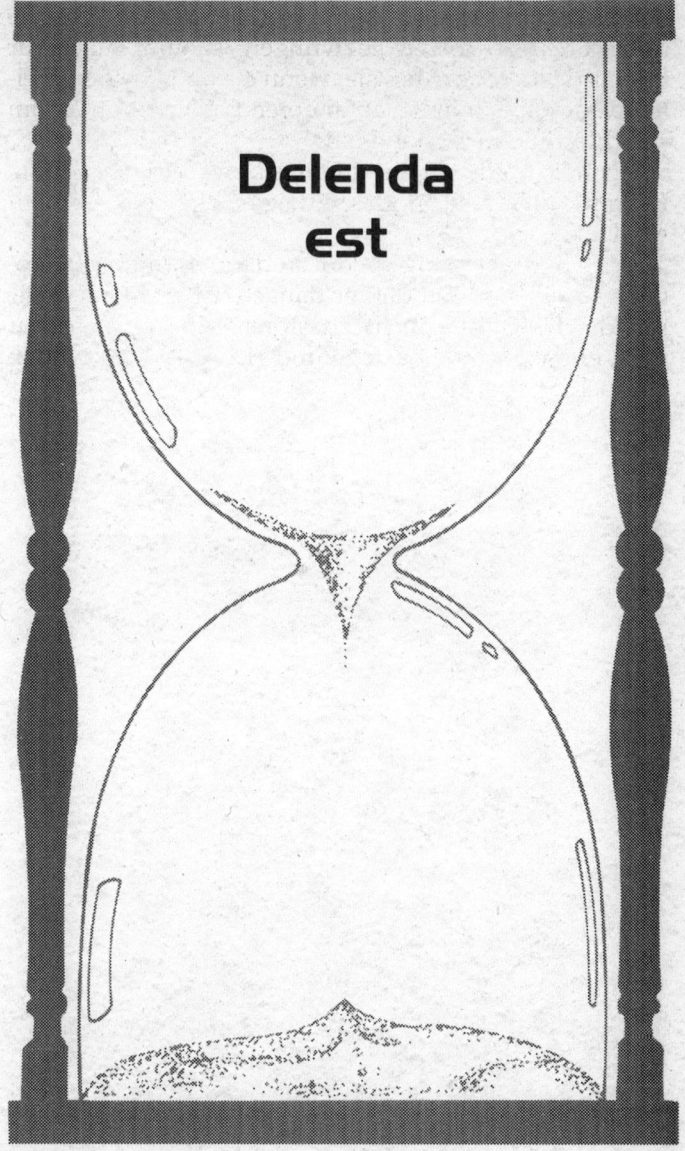

1

Die Jagd war schön im Europa vor 20 000 Jahren, und der Wintersport zu jeder Zeit unübertroffen. Daher unterhält die Zeitpatrouille, allzeit besorgt um ihr bestens ausgebildetes und trainiertes Personal, eine Hütte in den Pyrenäen des Pleistozän.

Manse Everard stand auf der verglasten Veranda und blickte durch eisblaue Fernen zu den nördlichen Gipfeln hinüber, deren Hänge sich zu Wäldern, Marschen und Tundren absenkten. Sein kräftiger Körper steckte in einer weiten grünen Hose und einer Tunika aus Insulsynth aus dem 23. Jahrhundert. Die Stiefel hatte ein Franko-Kanadier aus dem 19. Jahrhundert gefertigt. Der Agent rauchte eine alte Bruyère-Pfeife unbestimmten Ursprungs.

Eine undefinierbare Rastlosigkeit hatte von ihm Besitz ergriffen, und er verschloß die Ohren gegen den Lärm von drinnen, wo ein halbes Dutzend Agenten tranken, sich unterhielten und Klavier spielten.

Ein Cro-Magnon-Führer ging über den schneebedeckten Hof, ein großer, gutaussehender Bursche, beinahe wie ein Eskimo gekleidet (wieso hatte die Romantik eigentlich nicht den paläolithischen Mann mit genug Verstand ausgestattet, um in einer eiszeitlichen Epoche Jacken, Hosen und Fußbekleidung zu tragen?), das Gesicht gebräunt, und eines der Stahlmesser, das er sich verdient hatte, in seinem Gürtel. Die Patrouille konnte sich so weit zurück in der Zeit solche Geschenke durchaus erlauben, ohne gleich Gefahr zu laufen, die Vergangenheit zu verändern, denn das Metall würde verrosten – und die fremden Wohltäter wären in wenigen Jahrhunderten vergessen. Viel ärgerlicher war da die Tatsache, daß weibliche Agenten aus freizügigeren zukünftigen Epochen immer wieder Affären mit den eingeborenen Jägern hatten.

Piet Van Sarawak (holländisch-indonesischer Venusianer aus dem frühen 24. Jahrhundert), ein schlanker, dunkelhäutiger junger Mann, der mit seinem Aussehen und seinen Fertigkeiten den Führern heftig Konkurrenz machte, trat zu Everard. Einen Moment lang verharrten sie in kameradschaftlichem Schweigen. Auch er war ein Ungebundener, allzeit bereit, in jedem Milieu einzuspringen, und er hatte mit dem Amerikaner schon des öfteren zusammengearbeitet. Auch ihren ersten Urlaub hatten die beiden gemeinsam verbracht.

Er sprach als erster in dem üblichen Temporal. »Ich habe gehört, daß sie in der Nähe von Toulouse ein paar Mammuts gesehen haben.« Die Stadt würde noch lange Zeit nicht gebaut werden, doch die Gewohnheit war eben übermächtig.

»Ich habe schon einen erlegt«, meinte Everard ungeduldig. »Ich bin auch schon Ski gelaufen, auf einen Berg gestiegen und habe mir die Eingeborenentänze angeschaut.«

Van Sarawak nickte, steckte sich eine Zigarette zwischen die Lippen und zündete sie an. Die Wangenknochen zeichneten sich deutlich unter seiner dunklen Haut ab, als er den Rauch tief inhalierte. »Ein hübscher fauler Zauber, das hier«, pflichtete er Everard bei, »doch nach einer gewissen Zeit verliert das Leben hier draußen seinen Reiz.«

Ihnen blieben immer noch zwei Wochen Urlaub. Theoretisch war ein Agent in der Lage, unbegrenzt Urlaub zu machen, da er jederzeit fast zum Zeitpunkt seiner Abreise zurückkehren konnte. Tatsächlich aber war er verpflichtet, einen bestimmten Anteil seiner wahrscheinlichen Lebenszeit dem Job zu widmen. (Sie verrieten einem nie, wann man mit dem Sterben an der Reihe war, und man tat besser daran, nicht zu versuchen, es auf eigene Faust herauszufinden. Ohnehin wäre der Moment durch die Veränderbarkeit der Zeit nicht sicher zu bestimmen. Eine Vergünstigung im Agentendasein war die danellische Behandlung zur Verlängerung des Lebens.)

»Was mir dagegen gefallen würde«, fuhr Van Sarawak fort, »wären bunte Lichter, Musik, Mädchen, die noch nie etwas von Zeitreisen gehört haben ...«

»Ist gemacht!« sagte Everard.

»Ins Rom zur Zeit des Augustus?« fragte Van Sarawak begierig. »Ich bin noch nie dort gewesen. Ich könnte hier eine Hypnoschulung in Sprache und Sitten buchen.«

»Ist überbelegt. Aber wenn wir etwas nach oben gehen, findest du die berühmteste Dekadenz in meinem eigenen Milieu. In New York ... aber nur, wenn man die richtigen Telefonnummern kennt. Und die kenne ich.«

Van Sarawak kicherte. »Auch ich kenne ein paar Orte in meinem Sektor. Aber im großen und ganzen hat eine Gesellschaft von Pionieren wenig Sinn und Verwendung für die feineren Arten von Amüsement. Sehr schön, begeben wir uns also in das New York von – wann?«

»Sagen wir 1960. Das war das Jahr, in dem ich zum letzten Mal dort war – als normale Person, ehe ich zum ›Hier und Jetzt‹ wurde.«

Sie grinsten sich an und gingen, um zu packen. Everard hatte in weiser Voraussicht für seinen Freund ein paar modische Kleidungsstücke aus der Mitte des 20. Jahrhunderts mitgebracht.

Während er Kleider und Rasierer in einen kleinen Koffer packte, fragte sich der Amerikaner, ob er mit Van Sarawak mithalten konnte. Er war nie ein ausgesprochener Lebemann gewesen und hätte auch nicht gewußt, wie und wo er in Raum und Zeit zum Draufgänger hätte avancieren können. Ein gutes Buch, ein Herrenabend, eine Kiste Bier – solche Dinge waren schon eher nach seinem Geschmack. Doch selbst der anständigste Mann muß hier und da mal über die

Stränge schlagen. Oder noch ein wenig mehr als das, wenn man ein Ungebundener Agent der Zeitpatrouille war; wenn der Job bei der Technischen Studiengesellschaft nur eine Tarnung war für die Wanderungen und Feldzüge durch die ganze Geschichte; wenn man schon gesehen hatte, daß eben diese Geschichte in weniger bedeutenden Punkten und Ereignissen umgeschrieben wurde – nicht von Gott, was ja noch zu akzeptieren gewesen wäre, sondern von sterblichen und fehlbaren Menschen, denn selbst die Danellier standen auf einer niedrigeren Stufe als Gott; wenn einen die Furcht vor einer großen Veränderung niemals mehr losließ, die Angst vor der Möglichkeit, daß durch eine solche Veränderung man selbst und die eigene Welt nie existiert haben würden ...

Everard verzog sein von Zeit und Raum gegerbtes, unauffälliges Gesicht zu einer Grimasse und fuhr sich mit der Hand durch das widerborstige braune Haar, als wolle er diese Gedanken wegwischen. Es war sinnlos, darüber nachzudenken. Worte und Logik versagten angesichts eines solchen Paradoxons. Es war besser, sich in diesen Augenblicken so weit wie möglich zu entspannen.

Er nahm seinen Koffer und begab sich zu Piet Van Sarawak.

Ihr kleiner zweisitziger Antigrav-Scooter wartete auf seinen Gleitkufen in der Garage. Es war kaum zu glauben, wenn man die Maschine so dastehen sah, daß man ihre Instrumente auf jeden Punkt der Erde und auf jeden gewünschten Zeitpunkt einstellen konnte. Aber auch ein Flugzeug, ein Schiff oder ein Feuer sind wundervolle Dinge.

> *Neben meinem Blondchen*
> *singt in mir mein Blut.*
> *Wenn ich ihre Nähe spür'.*
> *Schlaf ich doppelt gut!*

Van Sarawak sang laut, als er auf den hinteren Sattel stieg, und sein Atem stand als kleine Wolke in der frostigen Luft. Er hatte dieses französische Lied einmal aufgeschnappt, als er die Armee von Ludwig XIV. begleitete.

Everard lachte. »Nicht so laut, Junge!«

»Ach, laß doch«, trällerte der Jüngere. »Es ist doch ein wunderschönes Kontinuum, ein großartiger, lustiger Kosmos. Nun mach der Maschine schon Dampf!«

Everard war sich da nicht so sicher. Er hatte genug menschliches Elend in allen Epochen gesehen. Nach außen stumpfte man mit der Zeit dagegen ab, doch im Innern weinte etwas, wenn ein Bauer einen mit krankhaft brutalem Blick anstierte, ein Soldat mit einer Lanze in der Brust seinen Schmerz herausbrüllte oder eine Stadt im radioaktiven Feuersturm unterging.

Everard konnte die Fanatiker, die versucht hatten, solche Ereignisse zu verändern, durchaus verstehen. Nur war es meist unwahrscheinlich, daß sie durch ihr Eingreifen die Dinge verbesserten ...

Er stellte die Instrumente auf das Lagerhaus der Technischen Studiengesellschaft ein – ein verschwiegener Ort, um zu rematerialisieren. Von dort würden sie zu seinem Apartment gehen, und dann konnte der Spaß beginnen.

»Ich wette, du hast dich von all deinen weiblichen Freunden hier ordentlich verabschiedet«, meinte Everard.

»Richtig, und das auf höchst galante Weise, das kann ich dir versichern. Nun mach schon. Du bist so langsam wie Melasse auf Pluto. Nur zu deiner Information – dieses Fahrzeug hier muß man nicht nach Hause rudern.«

Everard zuckte die Achseln und betätigte den Hauptschalter. Die Garage verblaßte und war verschwunden.

2

Einen Moment lang hielt der Rematerialisierungsschock sie unbeweglich in seinem Bann. Dann tauchte Stück für die Stück die Umgebung vor ihren Augen auf. Sie waren nur ein paar Inches über dem Boden materialisiert – der Scooter war so konstruiert, daß er niemals innerhalb eines festen Objektes herauskam – und setzten, da sie nicht damit gerechnet hatten, so hart auf dem Boden auf, daß die Zähne klapperten. Sie befanden sich auf einer Art Platz. In der Nähe rauschte ein Springbrunnen, dessen Steinbassin von Ranken überwuchert war. Vom Platz weg führten Straßen an eckigen, sechs bis zehn Stockwerke hohen Gebäuden aus Ziegeln oder Beton vorbei. Ihre Wände waren von groben Bildern und Ornamenten verziert. Automobile, große plumpe Vehikel von unbestimmbarem Typ, fuhren vorbei, und die Straßen waren dicht bevölkert.

»Ach du lieber Gott!« Everard starrte auf die Kontrollanzeigen. Der Scooter hatte sie im unteren Manhattan abgesetzt, am 23. Oktober 1960 um 11.30 Uhr vormittags. Und innerhalb der räumlichen Koordinaten des Lagerhauses. Doch wehte ihnen ein heftiger Wind Staub und Ruß ins Gesicht, es roch nach Rauch aus Schornsteinen, und ...

Van Sarawak hielt plötzlich seinen Schockstrahler in der Hand. Die Menge wich mit lautem Geschrei, dessen Worte die beiden Agenten nicht verstanden, vor ihnen zurück. Es war eine buntgemischte Schar: große, blonde Rundköpfe, zum Teil auch mit roten Haaren, dazwischen eine ganze Anzahl von amerikanischen Indios sowie Mischlinge in allen Schattierungen und Kombinationen. Die Männer trugen weite bunte Blusen, Kilts im Karomuster, dazu Schottenmützen, Kniestrümpfe und Schuhe. Die meisten hatten lange Haare und herabhängende gezwirbelte Oberlippenbärte. Die

Frauen trugen lange Röcke bis zu den Knöcheln und weite Umhänge mit Kapuzen. Beide Geschlechter hatten offenbar eine Vorliebe für massive Armreifen und Halsketten.

»Was ist passiert?« flüsterte der Venusianer. »Wo sind wir?«

Everard saß wie erstarrt. Seine Gedanken überschlugen sich und wirbelten durch all die Epochen, die er kannte, oder über die er gelesen hatte. Eine industrielle Kultur – die Vehikel sahen aus wie Dampfwagen, aber wozu dann der spitze Bug mit der Galionsfigur? – die mit Kohlen heizte? Vielleicht eine postnukleare Rekonstruktion? Nein, dann hätten sie nicht Kilts getragen, und sie hätten Englisch gesprochen ...

Nichts paßte zusammen. Ein solches Milieu war nirgends verzeichnet.

»Machen wir, daß wir wegkommen!«

Der Amerikaner hatte seine Hände schon an den Schaltern, als ein großer Mann ihn ansprang. Sie stürzten gemeinsam auf das Pflaster, und von allen Seiten traten Füße, schlugen Fäuste auf sie ein. Van Sarawak feuerte und schickte einen Angreifer bewußtlos zu Boden, wurde aber von hinten gepackt und zurückgerissen. Der Mob fiel über sie her, und die Einzelheiten verwischten sich.

Verschwommen sah Everard Männer in schimmernden Harnischen und Helmen aus Kupfer, die sich mit Fäusten und Ellbogen einen Weg durch die Angreifer bahnten. Er wurde hochgerissen und auf den Beinen gehalten, während sich Handschellen um seine Gelenke legten. Dann wurden Van Sarawak und er durchsucht und schließlich zu einem großen geschlossenen Fahrzeug geschoben. Die Grüne Minna ist sich in allen Epochen ähnlich geblieben.

Erst als man sie in eine feuchte, kalte Zelle mit eisenbeschlagener Tür stieß, kam Everard wieder ganz zu sich.

»Elender Mist!« Der Venusianer warf sich auf ein hölzernes Feldbett und vergrub das Gesicht in den Händen. Everard trat zur Tür und spähte hinaus. Durch das kleine Fenster konnte er nur einen engen Gang aus Beton und die Zelle gegenüber sehen. Durch ihre Gitterstäbe strahlte ihn fröhlich ein irisches Säufergesicht an und rief etwas Unverständliches.

»Was ist eigentlich los?« Van Sarawaks magerer Körper erschauerte.

»Ich weiß es nicht«, meinte Everard zögernd. »Ich komme einfach nicht dahinter. Diese Maschine müßte eigentlich idiotensicher sein, aber vielleicht sind wir größere Dummköpfe, als es erlaubt ist.«

»Es gibt doch keinen solchen Ort wie diesen«, rief Van Sarawak verzweifelt. »Träume ich vielleicht nur?«

Er kniff sich in den Arm und lächelte gezwungen. Seine Lippe war aufgeplatzt und geschwollen, sein Gesicht übersät mit Schrammen und Prellungen. »Von der Logik her, mein Freund, ist ein Zwicken natürlich noch kein Beweis für die Wirklichkeit, und doch hat es irgendwie eine beruhigende Wirkung.«

»Ich wünschte, es wäre nicht so«, brummte Everard. Er zerrte so heftig an den Gitterstäben, daß sie rasselten. »Könnten die Kontrollen trotz allem nicht richtig funktioniert haben? Gibt es irgendeine Stadt zu irgendeiner Zeit auf Erden – und ich bin mir verdammt sicher, daß das hier zumindest noch die Erde ist –, also eine auch noch so obskure Stadt, die so war wie diese?«

»Meines Wissens nicht.«

Everard klammerte sich an seine Vernunft und durchforstete konzentriert die gesamte mentale Schulung, durch die ihn die Patrouille geschickt hatte. Darin enthalten war auch die totale Erinnerung; zudem hatte er mit einer Gründlichkeit, die ihm mehrere Doktortitel eingebracht hätte, Geschichte studiert – auch die Geschichte der Zeitalter, die er niemals selbst kennengelernt hatte.

»Nein«, meinte er schließlich. »Kilttragende brachyzephalische Weiße, die sich mit Indianern mischen und dampfgetriebene Automobile fahren, hat es nie gegeben.«

»Der Koordinator Stantel V«, sagte Van Sarawak leise. »Im 38. Jahrhundert. Der Große Experimentierer ... Kolonien, die vergangene Gesellschaftsformen wiederbeleben ...«

»Keine solche wie diese hier«, widersprach Everard.

In seinem Innern keimte die Wahrheit auf, und er hätte seine Seele dafür geopfert, um die Dinge zu ändern. Er mußte seine ganze Beherrschung aufwenden, um nicht laut aufzuschreien und den Kopf gegen die Wand zu schlagen.

»Wir werden sehen«, meinte er mit flauer Stimme.

Ein Polizist (Everard vermutete, daß sie sich in der Hand des Gesetzes befanden), brachte ihnen ihr Essen und versuchte mit ihnen zu reden. Van Sarawak meinte, die Sprache habe Ähnlichkeit mit dem Keltischen, doch mehr als ein paar Worte konnte auch er nicht erkennen.

Das Essen war nicht schlecht.

Gegen Abend führte man sie zu einem Waschraum, wo sie sich in Gegenwart der Beamten säubern durften. Everard sah sich ihre Waffen unauffällig an: achtschüssige Revolver und langläufige Gewehre.

Gaslichter erhellten den Raum. Ihre Wandarme zeigten wie das Brunnenbecken auf dem Platz ebenfalls das Motiv von sich windenden Ranken und Schlangen. Die Einrichtung, die Feuerwaffen wie auch der Geruch ließen auf ein technisches Niveau vergleichbar mit dem des frühen 19. Jahrhunderts schließen.

Auf dem Weg zu seiner Pritsche bemerkte Everard einige Schriftzeichen auf der Wand. Die Schrift war ganz offensichtlich semitisch, doch obwohl Van Sarawak einige Kenntnisse in Hebräisch besaß, weil er längere Zeit in den israelischen Kolonien auf der

Venus verbracht hatte, konnte er die Zeichen nicht entziffern.

Nachdem man sie wieder eingesperrt hatte, wurden die anderen Gefangenen zum Waschraum geführt: eine überraschend fröhliche Horde von Rumtreibern, Rabauken und Trunkenbolden. »Scheint ganz so, als ob wir Sonderbehandlung genössen«, bemerkte Van Sarawak.

»Das ist kaum verwunderlich«, brummte Everard. »Was würdest du denn mit zwei völlig Fremden machen, die aus dem Nichts auftauchen und noch nie gesehene Waffen mit sich herumschleppen?«

Van Sarawak drehte sich zu ihm herum. Er machte – bei ihm völlig ungewohnt – ein ziemlich grimmiges Gesicht. »Denkst du auch, was ich denke?« fragte er.

»Vermutlich.«

Der Venusianer verzog die Lippen. In seiner Stimme schwang Entsetzen mit. »Eine andere Zeitlinie. Jemand hat es geschafft, die Geschichte zu verändern.«

Everard nickte.

Sie verbrachten eine unruhige Nacht. Der Schlaf wäre zwar ein Segen für sie gewesen, aber die anderen Insassen machten zu viel Lärm. Mit der Disziplin schien man es hier nicht so genau zu nehmen. Außerdem gab es Wanzen im Bett.

Nach einem armseligen Frühstück gestattete man Everard und Van Sarwak erneut, sich zu waschen und sich mit Messern zu rasieren, die den eigenen nicht unähnlich waren. Dann eskortierte sie eine zehnköpfige Wache in ein Büro, wo sich die Männer ringsum an den Wänden postierten.

Sie setzten sich vor den Schreibtisch und warteten. Das Mobiliar wirkte teilweise beunruhigend vertraut, teilweise völlig fremd – wie alles andere hier. Es dauerte eine ganze Weile, ehe die höheren Tiere auftauchten. Sie waren zu zweit: ein weißhaariger, rotbäckiger Mann, der einen Brustharnisch über der grünen Tunika trug, wahrscheinlich der Polizeichef, und ein schlanker Mischling mit hartem Gesicht, grauen Haaren und schwarzem Schnurrbart, der eine blaue Tunika, eine Schottenmütze und auf der linken Brust einen goldenen Bullenkopf trug, der offenbar ein Dienstgrad-Abzeichen war. Sicherlich wäre von ihm eine gewisse dinarische Würde ausgegangen, hätten unter seinem Kilt nicht extrem dünne, stark behaarte Beine hervorgeschaut. Ihm folgten zwei jüngere Männer, ähnlich gekleidet und bewaffnet wie er selbst. Sie stellten sich hinter ihm auf, als er Platz nahm.

Everard beugte sich zu seinem Freund hinüber und flüsterte: »Das Militär, darauf möchte ich wetten. Wir scheinen für sie interessant zu sein.«

Van Sarawak nickte unglücklich.

Der Polizeichef räusperte sich mit übertriebener Wichtigkeit und sagte etwas – zu dem General? Dieser antwortete ungeduldig und wandte sich dann an die Gefangenen. Er bellte die Worte mit einer Deutlichkeit, die Everard half, die Phoneme zu erfassen, doch auch in einer Weise, die nicht sonderlich beruhigend war.

Irgendwie mußten sie dahin kommen, eine Kommunikationsform herzustellen. Everard zeigte auf sich. »Manse Everard.«

Van Sarawak folgte seinem Beispiel und stellte sich auf gleiche Weise vor.

Der General fuhr zurück und besprach sich längere Zeit mit dem Chef. Dann wandte er sich erneut den Gefangenen zu.

»*Yrn Cimberland?*« schnappte er.

Und dann: »*Gothland? Svea? Nairoin Teutonach?*«

»Diese Namen – wenn es Namen sind – klingen deutsch, nicht wahr?« murmelte Van Sarawak.

»Das tun unsere auch, wenn ich so darüber nachdenke«, antwortete Everard gespannt. »Vielleicht denken sie, wir seien Deutsche.« Und zum General gewandt: »*Sprechen Sie Deutsch?*«

Doch er stieß auf Unverständnis. »*Taler ni svensk? Nederlands? Dönsk tunga? Parlezvous francais?* Gottverdammt! *¿ habla usted español?*«

Der Polizeichef räusperte sich erneut und deutete auf sich. »Cadwallader Mac Barca«, sagte er. Der General hieß Cynyth ap Ceorn. Jedenfalls interpretierte Everards angelsächsischer Verstand so die Laute, die sein Ohr auffing.

»Keltisch, na schön«, meinte er. Seine Achselhöhlen waren feucht von Schweiß. »Nur, um ganz sicher zu sein...« Fragend zeigte er auf ein paar Männer und wurde dafür mit Lauten belohnt, die wie Hamilcar ap Angus, Asshur yr Cathlan und Finn O'Carthia klangen.

»Nun, ein semitisches Element ist in dieser Sprache deutlich zu erkennen. Das paßt auch zu ihrem Alphabet.«

Van Sarawak befeuchtete sich die Lippen. »Versuch's doch mal mit klassischen Sprachen«, drängte er mit rauher Stimme. »Vielleicht können wir so herausfinden, von welchem Punkt an diese Geschichte verrückt spielt.«

»*Loquerisne latine?*« Verständnislose Blicke. »*Helleniseis?*«

General ap Ceorn zuckte zusammen und blies seinen Schnurrbart nach oben. »*Hellenach?*« fragte er mit zusammengekniffenen Augen. »*Yrn Parthia?*«

Everard schüttelte den Kopf. »Zumindest haben sie schon von Griechenland gehört«, sagte er langsam. Er versuchte noch ein paar Sprachen, doch keiner von ihnen verstand die Worte.

Ap Ceorn richtete brummend ein paar Worte an einen seiner Männer, der sich sofort verbeugte und hinausging. Danach folgte ein langes Schweigen.

Everard bemerkte, daß seine innere Furcht allmählich schwand. Er war in einer mißlichen Lage, ja, und würde möglicherweise nicht mehr lange leben; doch was letztendlich mit ihm geschah, war lächerlich unwichtig gegenüber dem, was mit der ganzen Welt geschehen war.

Gott im Himmel – was mit dem gesamten Universum geschehen war!

Er konnte es nicht fassen. Im Geist sah er plötzlich das Land, das er kannte, seine weiten Ebenen, die hohen Berge und seine stolzen Städte. Er sah das ernste Gesicht seines Vaters und erinnerte sich auch daran, wie er ihn als kleines Kind in die Luft gehoben und dabei gelacht hatte. Und seine Mutter... sie hatten ein gutes Leben miteinander gehabt, diese beiden.

Da hatte es auch ein Mädchen gegeben im College, das süßeste kleine Frauenzimmer, das je einem Mann das Privileg zugestanden hatte, mit ihr im Regen spazieren zu gehen. Und da waren Bernie Aaronson und die Nächte voller Bier und Rauch und Gesprächen; Phil Brackney, der ihn aus dem Dreck in Frankreich herausgeholt hatte, während Maschinengewehrgarben das Gelände zersiebten; Keith und Cynthia Denison in ihrem chromverkleideten Horst hoch über New York; Jack Sandoval inmitten rostbrauner Felsen in Arizona; der Hund, den er selbst einmal besessen hatte; die asketischen Gesänge von Dante und der Donnerhall von Shakespeare; die Berühmtheit der Kathedrale von York und der Golden Gate Bridge – Jesus, das Leben eines Mannes und die Leben wer weiß wie vieler Milliarden menschlicher Geschöpfe, die sich plagten und mühten, lachten und tanzten, um dann zum Staub zurückzukehren und Platz zu machen für ihre Söhne...

All das hatte es nie gegeben.

Er schüttelte den Kopf, benommen vom Schmerz, der ihn plötzlich erfüllte, und starrte vor sich hin, ohne wirklich zu verstehen...

Der Soldat kam mit einer Karte zurück und breitete sie auf dem Schreibtisch aus. Ap Ceorn machte eine knappe Bewegung, und sofort beugten sich die beiden Agenten darüber.

Ja, tatsächlich die Erde, in einer Mercator-Projektion, obwohl die gespeicherte Erinnerung in Everards Hirn sie als sehr grob und ungenau auswies. Die Kontinente und Inseln waren in leuchtenden Farben dargestellt, doch die einzelnen Nationen waren weniger deutlich unterschieden.

»Kannst du diese Namen lesen, Van?«

»Ich kann es versuchen – auf der Basis des hebräischen Alphabets«, antwortete der Venusianer und begann die Worte zu formulieren. Ap Ceorn grunzte und korrigierte ihn.

Nordamerika bis ungefähr hinunter nach Columbia hieß demnach Ynys yr Afallon und war offensichtlich ein Land, das sich in Staaten gliederte. In Südamerika gab es ein großes Königreich, Huy Braseal, und ein paar kleinere Länder, deren Namen indianisch klangen. Australasien, Indonesien, Borneo, Burma, das östliche Indien und ein großer Teil des pazifischen Raumes gehörten zu Hinduraj. Afghanistan und das restliche Indien hießen Punjab. Han umfaßte China, Korea, Japan und Ostsibirien. Littorn reichte über das restliche Rußland bis tief nach Europa hinein. Die Britischen Inseln hießen Brittys, Frankreich und die unteren Länder Gallis. Die Iberische Halbinsel war Celtan. Zentraleuropa und der Balkan waren in kleine Nationen aufgeteilt. Ein paar dieser Namen leiteten sich offenbar aus der Sprache der Hunnen ab. Schweiz und Österreich gehörten zu Helveti, Italien hieß Cimberland. Die Skandinavische Halbinsel war in der Mitte geteilt. Im Norden lag Svea, im Süden Gothland. Nordafrika sah auf der Karte aus wie eine Konföderation, die vom Senegal bis nach Suez und fast bis an den Äquator reichte und den Namen Carthagalann trug. Den südlichen Teil des Kontinents teilten sich unbedeutendere Souveränitäten, von denen viele rein afrikanische Namen trugen. Der Nahe Osten gliederte sich in Parthien und Arabien.

Van Sarawak schaute auf. In seinen Augen standen Tränen.

Ap Ceorn schnarrte eine Frage und wedelte mit dem Finger. Er wollte endlich wissen, wo sie herkamen.

Everard zuckte die Achseln und zeigte zum Himmel hinauf. Er brachte es einfach nicht fertig, die Wahrheit einzugestehen. Van Sarawak und er hatten sich, da diese Welt hier wohl kaum über eine entwickelte Raumfahrt verfügte, auf die Behauptung verständigt, sie seien von einem anderen Planeten.

Ap Ceorn sagte etwas zu dem Chief, der nickte und dann eine Antwort gab. Danach wurden die Gefangenen zu ihrer Zelle zurückgebracht.

3

»Und was jetzt?« Van Sarawak ließ sich auf seine Pritsche fallen und starrte zu Boden.

»Wir spielen unser Spiel weiter«, meinte Everard unbestimmt. »Wir tun alles, um an unseren Scooter zu gelangen, und dann machen wir uns davon. Sind wir frei, können wir sozusagen Inventur machen.«

»Aber was ist hier passiert?«

»Ich weiß es nicht, glaub mir. Auf Anhieb sieht es so aus, als ob irgend etwas die Graeco-Romanen zurückgeworfen und den Kelten die Möglichkeit gegeben hätte, die Macht zu übernehmen. Aber ich kann nicht sagen, was es war.«

Everard wanderte in der Zelle auf und ab. In ihm wuchs eine grimmige Entschlossenheit.

»Erinnere dich an deine Basis-Theorie«, sagte er. »Ereignisse sind das Ergebnis eines gesamten Komplexes. Es gibt keine einzelnen Ursachen. Und das ist auch der Grund, weshalb es so schwer ist, die Geschichte zu verändern. Wenn ich – sagen wir – ins Mittelalter zurückginge und dort einen der holländischen Vorfahren von Franklin D. Roosevelt umbrächte, würde dieser trotzdem im späten 19. Jahrhundert zur Welt kommen – weil er und seine Gene das Resultat aus der gesamten Welt seiner Vorfahren waren – sozusagen eine Kompensation daraus. Aber gelegentlich taucht ein wirkliches Schlüsselereignis auf. Irgendein Ereignis kann eine Verkettung von so vielen Weltläuften nach sich ziehen, daß sein Auftreten ausschlaggebend wird für die gesamte Zukunft. – Irgendwie hat jemand aus irgendeinem Grund in der Vergangenheit eines dieser Ereignisse angetastet.«

»Nie mehr Hesperus City«, murmelte Van Sarawak. »Niemals mehr im blauen Zwielicht an den Kanälen sitzen, keine Aphrodite-Weinjahrgänge mehr, keine ... Wußtest du eigentlich, daß ich auf der Venus eine Schwester hatte?«

»Nun mach mal halblang!« rief Everard fast ärgerlich. »Zur Hölle damit. Hier zählt nur, was wir jetzt tun können. Hör zu«, fuhr er ruhiger fort. »Die Patrouille und die Danellier sind ausgelöscht. (Frag mich nicht, wieso sie nicht für immer und überall ausgelöscht worden sind, oder warum dies das erste Mal ist, daß wir aus der tiefsten Vergangenheit kommen und eine veränderte Zukunft vorfinden. Ich begreife die veränderbaren Zeit-Paradoxa nicht. Es ist eben so, und das ist alles.) Wie auch immer, die Patrouillenbüros und -niederlassungen vor jenem bewußten Zeitpunkt sind davon nicht betroffen. Es muß also noch ein paar hundert Agenten geben, die wir zu Hilfe rufen können.«

»Wenn wir zu ihnen durchkommen.«

»Danach können wir das Schlüsselereignis aufspüren und die ganze Sache stoppen, welche Interferenz da auch im Spiel sein mag. Wir müssen es sogar!«

»Ein reizvoller Gedanke. Aber ...«

Auf dem Gang näherten sich Schritte. Der Schlüssel

wurde ins Schloß geschoben. Die Gefangenen wichen zurück. Und dann plötzlich verneigte Van Sarawak sich und sprudelte strahlend Komplimente heraus. Sogar Everard blieb für einen Moment die Luft weg.

Das Mädchen, das an der Spitze von drei Soldaten in die Zelle trat, war wirklich umwerfend. Sie war hochgewachsen, und ihr dichtes rostrotes Haar reichte bis zu ihrer schmalen Taille. Dazu besaß sie leuchtend grüne Augen, und ihr Gesicht erschien wie ein Konglomerat aus den Gesichtern aller schönen irischen Mädchen, die je gelebt hatten. Das lange weiße Kleid lag eng um eine Gestalt, die durchaus auf den Wällen von Troja gestanden haben könnte. Everard registrierte nebenbei, daß diese Zeitlinie auch Kosmetika benutzte, aber das Mädchen bedurfte ihrer kaum. Dagegen schenkte er dem Gold und Bernstein ihres Schmucks ebensowenig Beachtung wie den Gewehren hinter ihr.

Sie lächelte ein wenig schüchtern. »Können Sie mich verstehen? Man war der Ansicht, daß Sie vielleicht Griechisch sprechen.«

Ihre Sprache war eher klassisch als modern. Everard, der einmal einen Auftrag in alexandrinischer Zeit erledigt hatte, konnte sie trotz ihres Akzentes verstehen, wenn er ihr seine ganze Aufmerksamkeit widmete – was ohnehin unvermeidlich war.

»Doch... ja... gewiß«, erwiderte er, wobei seine Worte in der Hast, mit der er sie aussprach, fast übereinander stolperten.

»Was quasselst du da?« wollte Van Sarawak wissen.

»Altgriechisch.«

»Hört sich auch so an«, brummte der Venusianer, dessen Verzweiflung völlig geschwunden war. Ihm fielen fast die Augen aus dem Kopf.

Everard stellte seinen Gefährten und sich vor. Das Mädchen nannte ihren Namen: Deirdre Mac Morn.

»O nein«, jammerte Van Sarawak, »das ist zu viel. Schnell, Manse, bring mir sofort Griechisch bei.«

»Sei still! Das ist eine ernste Angelegenheit.«

»Schön, aber kann ich mich daran nicht ein wenig beteiligen?«

Everard ignorierte ihn und bat das Mädchen, Platz zu nehmen. Er setzte sich zu ihr auf die Pritsche, während sich sein Freund neiderfüllt an der Wand postierte. Die Wachen hielten ihre Waffen im Anschlag.

»Ist Griechisch immer noch eine lebende Sprache?« fragte Everard.

»Nur in Parthien, und dort ist sie schauerlich verdorben«, meinte Deirdre. »Ich bin ein Scholar des Klassizismus – unter anderem. Saorann ap Ceorn ist mein Onkel, und deshalb bat er mich herauszufinden, ob ich mit Euch reden kann. Nicht viele Leute in Afallon beherrschen den attischen Dialekt.«

»Nun...« – Everard unterdrückte ein Grinsen – »... da bin ich Eurem Onkel aber sehr dankbar.«

Sie sah ihn ernst an. »Wo seid Ihr her? Und wie kommt es, daß Ihr von all den bekannten Sprachen nur Griechisch sprecht?«

»Ich spreche auch Latein.«

»Latein?« Sie runzelte nachdenklich die Stirn. »Ach, die Römer-Sprache, nicht wahr? Ich fürchte, Ihr werdet niemand finden, der sie einigermaßen beherrscht.«

»Griechisch genügt auch«, sagte Everard bestimmt.

»Aber Ihr habt mir noch nicht gesagt, woher Ihr kommt«, beharrte sie.

Everard zuckte die Achseln. »Wir wurden auch nicht gerade höflich behandelt.«

»Das tut mir leid.« Es klang ehrlich. »Unsere Leute sind zur Zeit sehr beunruhigt – so wie die internationale Situation im Augenblick ist. Und als ihr beide plötzlich aus dem Nichts auftaucht...«

Das klang beunruhigend vertraut. »Was wollt Ihr damit sagen?« fragte Everard.

»Sicher habt Ihr schon davon gehört. Zwischen Huy Braseal und Hinduraj wird es Krieg geben, und wir alle fragen uns, was weiter geschehen wird ... Es ist nicht leicht, als kleine Macht zu bestehen.«

»Kleine Macht? Auf der Karte, die man mir zeigte, erschien mir Afallon groß genug.«

»Wir haben uns vor 200 Jahren fast gänzlich aufgerieben in dem großen Krieg mit Littorn. Keiner unserer verbündeten Staaten ist mehr in der Lage, eine unabhängige Politik zu betreiben.« Deirdre blickte ihm in die Augen. »Wie kommt es, daß Ihr davon nichts wißt?«

Everard schluckte. »Wir kommen von einer anderen Welt.«

»Was?«

»Ja. Von einem Planeten (nein, das bedeutet ›Wanderer‹) ... von einem Orbit um den Sirius. Das ist unser Name für einen bestimmten Stern.«

»Aber – was wollt Ihr damit sagen? Eine Welt, die einen Stern begleitet? Ich verstehe nicht, was Ihr meint.«

»Wißt Ihr das nicht? Ein Stern ist eine Sonne wie ...«

Deirdre zuckte zurück und machte mit dem Finger ein Zeichen. »Der *Große Baal* möge uns helfen«, flüsterte sie. »Entweder seid Ihr irre, oder ... Die Sterne sind in eine Kristallsphäre eingefaßt.«

O nein!

»Welche der wandernden Sterne könnt Ihr sehen?« fragte Everard langsam. »Mars und Venus und ...«

»Ich kenne diese Namen nicht. Wenn Ihr aber von Moloch, Ashtoreth und den anderen sprecht – ja, natürlich sind sie Welten wie unsere, Begleiter von Sonnen wie der unseren. Eine beherbergt die Seelen der Toten, eine andere ist die Heimat von Hexen, die dritte ...«

Erst die Dampfwagen, und jetzt das. Everard lächelte gezwungen. »Wenn Ihr mir nicht glaubt, wofür haltet Ihr mich dann?«

Deirdre musterte ihn mit großen Augen. »Ich glaube, Ihr beide seid Zauberer«, sagte sie zögernd.

Darauf gab es keine Antwort. Everard stellte noch ein paar einfache Fragen, erfuhr aber kaum mehr, als daß diese Stadt Catuvellaunan hieß und ein Handels- und Handwerkszentrum war. Deirdre schätzte die Einwohnerzahl auf rund zwei Millionen, die von ganz Afallon auf rund 50 Millionen, war sich da aber nicht sicher. Man führte hier keine Volkszählungen durch.

Das Schicksal der Patrouillengänger war ähnlich unbestimmt. Ihr Scooter und der andere Besitz waren vom Militär beschlagnahmt worden, aber keiner wagte die Sachen anzurühren, und es gab heiße Debatten darüber, wie man weiterhin mit den Besitzern dieser Dinge verfahren sollte. Everard bekam den Eindruck, daß die gesamte Regierung einschließlich der Militärführung aus unfähigen Individualisten bestand, was ein ständiges Kompetenzgerangel zur Folge hatte. Afallon selbst war die lockerste Konföderation von allen, gebildet aus ehemaligen Kolonien von Brittic und Indien, die die europäische Kultur übernommen hatten. Und alle wachten sehr eifersüchtig über ihre Rechte.

Das alte Maya-Reich, im Krieg mit Texas (Tehannach) vernichtet und annektiert, hatte seine rühmliche Vergangenheit nie vergessen und schickte die aufsässigsten Abgeordneten in den ›Rat der Suffeten‹.

Die Maya strebten eine Allianz mit Huy Braseal an, vielleicht aus Verbundenheit mit der dortigen Indio-Bevölkerung. Die Westküsten-Staaten versuchten sich aus Furcht vor Hinduraj dem südostasiatischen Reich anzubiedern. Der Mittlere Westen war isoliert, die Oststaaten schwankten hin und her, neigten aber dazu, sich der Führerschaft der Brittys anzuschließen.

Als er erfuhr, daß hier noch die Sklaverei – wenn auch nicht auf rassistischer Basis – herrschte, fragte sich Everard, ob die Zeitveränderer nicht zufällig Südstaaten-Anhänger gewesen sein mochten.

Genug! Er mußte an seinen eigenen Hals, und natürlich den von Van, denken. »Wir kommen vom Sirius«, erklärte er. »Eure Vorstellungen von den Sternen sind falsch. Wir sind als friedliche Entdecker gekommen, und wenn uns etwas zustößt, werden andere unseres Volkes kommen, um Rache zu nehmen.«

Deirdre machte ein so unglückliches Gesicht, daß Everard Gewissensbisse bekam. »Werden sie die Kinder verschonen?« flehte sie. »Die Kinder haben doch nichts damit zu tun.«

Everard konnte sich ausmalen, welche Vorstellung in ihrem Kopf herumgeisterte: kleine weinende Gefangene, die zu den Sklavenmärkten einer Hexenwelt gezerrt wurden.

»Es gibt keinerlei Ärger, wenn man uns freiläßt und uns unseren Besitz zurückgibt.«

»Ich werde mit meinem Onkel darüber sprechen«, versprach sie, »doch selbst, wenn ich ihn umstimmen kann – er hat nur eine Stimme im Rat. Die Vorstellung, was Eure Waffen bewirken könnten, wenn wir sie hätten, hat ein paar Männer schon ganz verrückt gemacht.«

Sie stand auf. Everard nahm ihre beiden Hände, die warm und weich in seinen lagen, und schenkte ihr ein schiefes Lächeln. »Kopf hoch, Kindchen«, sagte er in Englisch. Sie erschauerte, machte sich von ihm frei und vollführte wieder ihren Hexenbann.

»Was hast du erfahren?« wollte Van Sarawak wissen, als sie wieder allein waren. Everard sagte es ihm. Der Venusianer fuhr sich übers Kinn. »Sie ist eine phantastische kleine Ansammlung von Sinuskurven«, murmelte er. »Es könnte schlechtere Welten geben als diese.«

»Aber auch bessere«, wies Everard ihn grob zurecht. »Sie haben keine Atombomben, aber sicherlich auch kein Penicillin. Es ist nicht unsere Aufgabe, Gott zu spielen.«

»Nein, vermutlich nicht.« Der Venusianer seufzte.

4

Sie verbrachten einen unruhigen Tag. Es war schon dunkel, als im Gang Laternen aufleuchteten und ein Militärposten die Zelle aufschloß. Die Gefangenen wurden wortlos zu einem Hinterausgang dirigiert, wo zwei Automobile warteten. Man schob sie in einen Wagen, und die ganze Gesellschaft fuhr davon.

Catuvellaunan besaß keine Straßenbeleuchtung, und es gab kaum Verkehr, was die großzügig angelegte Stadt irgendwie unwirklich erscheinen ließ. Everard richtete seine Aufmerksamkeit auf die Mechanik des Wagens. Wie er vermutet hatte, wurde das Gefährt mit Dampf angetrieben, der durch Verbrennung von Kohlenstaub erzeugt wurde. Der Wagen hatte Gummiräder, eine schlanke Karosserie mit einer spitzen Schnauze und einer gewundenen Galionsfigur. Er war einfach zu bedienen und stabil gebaut, aber nicht sonderlich gut konzipiert. Offensichtlich hatte diese Welt gerade mal einige Grundtechniken entwickelt, verfügte aber über keine nennenswerte systematische Forschung.

Sie fuhren über eine plumpe Eisenbrücke nach Long Island, hier ebenso wie in späterer Zeit ein Wohnviertel für die Bessergestellten. Trotz der schwachen Öllampen, die vorn am Wagen als Scheinwerfer dienten, war das Tempo ziemlich hoch. Zweimal wäre es fast zu einem Unfall gekommen, denn es gab keine Verkehrsampeln und offenbar auch keine vorsichtigen Fahrer.

Die Regierung und der Verkehr ... hm. Alles wirkte irgendwie französisch, wenn man die kurzen Zwischenspiele außer acht ließ, in denen es in Frankreich einen Heinrich von Navarra oder einen Charles de Gaulle gegeben hatte. Und selbst in Everards 20. Jahrhundert war Frankreich in weiten Teilen keltisch. Zwar hielt er nichts von windigen Theorien über angeborene rassische Wesenszüge, und doch sprach einiges für

Traditionen, die ebenso alt wie unbewußt und unauslöschlich waren. Eine westliche Welt, in der die Kelten die Oberhand gewonnen und die Germanen in einige kleine Randgebiete abgedrängt hatten ... Ja, sieh dir doch nur mal das Irland deiner Zeit an, oder erinnere dich daran, wie Stammesinteressen den Aufstand des Vercingetorix hatten scheitern lassen ... Aber was war mit Littorn? Augenblick mal – im frühen Mittelalter war Lithunia ein mächtiger Staat gewesen; es hatte die Germanen, Polen und Russen über lange Zeit abgewehrt und sogar die Christianisierung bis ins 15. Jahrhundert hinein verzögert. Ohne die Einmischung der Germanen hätte Lithunia sich durchaus nach Osten ausdehnen können ...

Trotz der keltischen politischen Instabilität war diese Welt hier, verglichen mit der aus Everards Zeit, eine Welt mit großen Staaten und nur ein paar vereinzelten Nationen. Das ließ auf eine ältere Gesellschaftsordnung schließen. Wenn seine eigene westliche Zivilisation sich – sagen wir – im Jahr 600 n. Chr. aus dem niedergehenden römischen Reich entwickelt hatte, mußten die Kelten hier in dieser Welt früher das Ruder übernommen haben.

Everard dämmerte allmählich, was mit Rom geschehen war, sparte sich seine Schlußfolgerungen aber für einen geeigneteren Moment auf.

Die Wagen hielten vor einem großen verzierten Tor in einer langen Steinwand. Die Fahrer sprachen kurz mit zwei bewaffneten Posten. Sie trugen wie Lakaien eine Livree, deren Stahlkragen sie als Sklaven kennzeichnete. Sie öffneten das Tor, und die Wagen rollten über einen kiesbestreuten Fahrweg zwischen Rasen und Bäumen dahin. Am anderen Ende, nahe beim Strand, stand ein Haus.

Everard und Van Sarawak wurden mit Handbewegungen zum Aussteigen aufgefordert. Sie standen vor einem weitläufigen Gebäude aus Holz. Die Gaslampen neben dem Portal ließen erkennen, daß es in knalligen Farben gestrichen war. In die Giebel und Balkenenden waren Drachenköpfe eingeschnitzt. Ganz in der Nähe hörte Everard das Meer rauschen, und der abnehmende Mond spendete noch genügend Licht, um etwas weiter draußen ein Schiff mit hohem Schornstein und einer Galionsfigur erkennen zu können – wahrscheinlich ein Frachter.

Aus den Fenstern fiel gelbliches Licht. Ein Sklave, der als Butler fungierte, empfing die Gesellschaft. Das Innere des Hauses war mit dunklem Holz getäfelt, auf dem Boden lagen dicke Teppiche. Der Wohnraum am anderen Ende der Halle war vollgestopft mit Möbeln, an den Wänden hingen mehrere Bilder in steifem, konventionellem Stil. In dem riesigen Kamin brannte ein lustiges Feuer.

Saorann ap Ceorn saß in einem Sessel, Deirdre in einem anderen ihm gegenüber. Sie legte ein Buch beiseite, als die Gruppe eintrat, und erhob sich lächelnd. Der Offizier zog heftig an einer Zigarre und musterte die Ankömmlinge finster. Er zischte ein paar Worte, und die Wachen verschwanden. Der Butler brachte auf einem Tablett Wein und Gläser herbei, und Deirdre bat die Agenten, Platz zu nehmen.

Everard nippte an seinem Glas – der Wein war ein ausgezeichneter Burgunder – und fragte unverblümt: »Warum sind wir hier?«

Deirdre verwirrte ihn mit einem Lächeln. »Sicherlich werdet Ihr es hier angenehmer finden als im Gefängnis.«

»Natürlich, und auch ornamentaler. Aber ich will wissen, ob wir frei sind.«

»Ihr seid ...« Sie suchte nach einer diplomatischen Antwort, doch war sie offensichtlich zu direkt in ihrem Wesen. »Ihr seid hier willkommen, dürft aber das Anwesen nicht verlassen. Wir hoffen Euch überzeugen zu können, uns zu helfen. Ihr würdet dafür reich belohnt werden.«

»Helfen? Wie?«

»Indem Ihr unseren Handwerkern und Druiden zeigt, wie man Waffen und magische Wagen wie den Euren baut.«

Everard seufzte. Es hatte keinen Sinn, ihnen seinen Standpunkt erklären zu wollen. Sie hatten nicht die Werkzeuge, um die Werkzeuge herzustellen, die sie dazu benötigten, aber wie sollte er das Leuten erklären, die noch an Zauberei glaubten?

»Ist dies das Haus Eures Onkels?« fragte er.

»Nein, es gehört mir. Ich bin ein Einzelkind. Meine Eltern waren reiche Adlige. Sie starben im letzten Jahr.«

Ap Ceorn stieß ein paar Worte hervor. Mit besorgter Miene übersetzte Deirdre seine Worte. »Die Nachricht Eurer Ankunft ist inzwischen allen Catuvellaunaern bekannt – und sicher auch den ausländischen Spionen. Wir hoffen, daß Ihr hier in diesem Versteck vor ihnen sicher seid.«

Everard, der sich nur zu gut erinnerte, mit welchen Intrigen und Greueltaten die Achsenmächte und die Alliierten sich in kleinen neutralen Staaten wie Portugal bekämpft hatten, erschauerte. Menschen, die ein bevorstehender Krieg zu verzweifelten Aktionen trieb, wären nicht annähernd so höflich wie die Afallonier.

»Worum geht es in diesem Konflikt?« fragte er.

»Um die Kontrolle des Izenischen Meeres. Genauer gesagt, um bestimmte reiche Inseln, die wir Ynys yr Lyonnach nennen.« Deirdre erhob sich anmutig, trat zu einem Globus und zeigte auf Hawaii. »Seht«, fuhr sie ernst fort, »wie ich Euch schon erklärte, haben sich Littorn und die westliche Allianz, zu der wir gehören, gegenseitig im Kampf aufgerieben. Die heutigen Großmächte, die sich ständig neue Gebiete einverleiben und miteinander streiten, sind Huy Braseal und Hinduraj. Ihre Konflikte beziehen die kleineren Nationen mit ein, denn hier prallen nicht nur Interessen, sondern auch Systeme aufeinander: die Monarchie von Hinduraj auf die Theokratie von Huy Braseal, die die Sonne verehrt.«

»Was ist Eure Religion, wenn ich fragen darf?«

Deirdre blinzelte. Die Frage schien für sie nicht von Bedeutung zu sein. »Die besser ausgebildeten Leute glauben an einen Großen Baal, der all die niedrigeren Götter geschaffen hat«, antwortete sie zögernd. »Aber natürlich pflegen wir die alten Kulte und zollen auch den mächtigeren ausländischen Göttern Respekt – wie beispielsweise Littorns Perkunas und Czernebog, Wotan Ammon von Cimberland, Brahma, der Sonne... Es ist besser, nicht ihren Zorn herauszufordern.«

»Ich verstehe.«

Ap Ceorn ließ Zigarren und Streichhölzer herumgehen. Van Sarawak sog den Rauch tief ein und meinte mißmutig: »Verdammt und zugenäht, mußte es denn ausgerechnet eine Zeitlinie sein, in der sie keine einzige Sprache sprechen, die ich kenne?« Dann erhellte sich seine Miene. »Aber ich lerne schnell, selbst ohne Hypno. Ich werde Deirdre bitten, mich in ihrer Sprache zu unterrichten.«

»Uns beide«, sagte Everard schnell. »Aber hör zu, Van...« Und mit wenigen Worten teilte er ihm mit, was er erfahren hatte.

»Hm.« Van Sarawak rieb sich das Kinn. »Hört sich nicht berühmt an, wie? Klar, wenn sie uns an unseren Scooter heranließen, könnten wir uns leicht aus dem Staub machen. Warum also nicht ihr Spielchen mitspielen?«

»So dumm sind sie nun auch nicht«, erwiderte Everard. »Sie mögen zwar noch an Zauberei glauben, aber bestimmt nicht an unverfälschten Altruismus.«

»Seltsam, daß sie intellektuell noch so rückständig sind, wo sie doch schon Verbrennungsmotoren kennen.«

»Nein, das ist durchaus verständlich. Das war auch

der Grund, weshalb ich nach ihrer Religion fragte. Sie war immer rein heidnisch; sogar das Judentum scheint verschwunden zu sein, und der Buddhismus hatte nie großen Einfluß. Wie Whitehead schon ausführte, war die mittelalterliche Vorstellung von einem einzigen allmächtigen Gott ausschlaggebend für die Entwicklung der Wissenschaft, wenn man die Kenntnis um die Gesetzmäßigkeiten der Natur mit einbezieht. Und Lewis Mumford fand heraus, daß die frühen Klöster, in denen die Mönche ihre Gebetsstunden immer zu regelmäßigen Zeiten abhielten, wahrscheinlich verantwortlich waren für die Erfindung der mechanischen Uhr – eine sehr grundlegende Erfindung übrigens. In diese Welt hier scheinen die Uhren erst sehr spät Einzug gehalten zu haben.« Everard grinste schief, um seine innere Traurigkeit zu überspielen. »Seltsam, so zu reden. Whitehead und Mumford haben nie gelebt.«

»Trotzdem ...«

»Einen Augenblick.« Everard wandte sich an Deirdre. »Wann wurde Afallon entdeckt?«

»Von den Weißen? Im Jahr 4827.«

»Hm – von wann an zählt Eure Zeitrechnung?«

Deirdre schien inzwischen gegen weitere Überraschungen gewappnet zu sein. »Von der Erschaffung der Welt an – zumindest von dem Datum an, das einige Philosophen genannt haben. Das war vor 5964 Jahren.«

Was genau mit Bischof Usshers berühmtem 4004 v. Chr. übereinstimmte. Vielleicht nur reiner Zufall – und trotzdem, in dieser Kultur gab es also definitiv ein semitisches Element. Die Schöpfungsgeschichte in der Genesis war auch babylonischen Ursprungs.

»Und wann hat man zum ersten Mal Dampf eingesetzt, um Motoren anzutreiben?«

»Vor etwa 1000 Jahren. Der große Druide Boroihme O'Fiona ...«

»Schon gut.« Everard zog an seiner Zigarre und

dachte eine Zeitlang nach, ehe er sich wieder Van Sarawak zuwandte.

»Ich erkenne allmählich ein Bild«, meinte er. »Die Gallier waren alles andere als Barbaren – für die die meisten Menschen sie halten. Sie lernten eine Menge von den phönizischen Händlern und griechischen Einwanderern wie auch von den Etruskern im Gallien diesseits der Alpen. Eine sehr energische und unternehmenslustige Rasse. Die Römer dagegen waren ein phlegmatischer Haufen mit wenig intellektuellen Interessen. Bis ins frühe Mittelalter, als das römische Reich hinweggefegt wurde, gab es auf unserer Welt nur geringen technischen Fortschritt. In *dieser* Geschichte hier verschwanden die Römer sehr frühzeitig; ebenso – und dessen bin ich mir fast sicher – die Juden. Ohne den Einfluß von Rom, der die Machtverhältnisse im Gleichgewicht hielt, unterjochten die Syrer vermutlich die Makkabäer – was auch in unserer Geschichte beinahe passiert wäre. Das Judentum verschwand, und daher fand auch die Christianisierung niemals statt. Wie auch immer, ohne Rom erlangten die Gallier die Oberherrschaft. Sie begannen mit der Erkundung ihrer Welt, bauten bessere Schiffe und entdeckten im 9. Jahrhundert Amerika. Aber sie waren den Indianern nicht so weit voraus, daß diese sie nicht mehr einholen und sogar dazu angeregt werden konnten, eigene Reiche zu errichten – wie das heutige Huy Braseal. Im 11. Jahrhundert begannen die Kelten mit Dampfmotoren herumzuhantieren. Auch das Schießpulver hatten sie schon – vielleicht aus China – und sie machten noch ein paar weitere Erfindungen. Aber das geschah alles mehr zufällig, nicht auf der Basis echter Wissenschaft und Forschung.«

Van Sarawak nickte. »Vermutlich hast du recht. Aber was geschah mit Rom?«

»Ich weiß es nicht. Noch nicht. Aber unser Schlüsselzeitpunkt liegt irgendwo dort in jenen Tagen.«

Everard richtete seine Aufmerksamkeit wieder auf Deirde. »Das mag Euch vielleicht überraschen«, sagte er glatt, »aber unsere Leute besuchten diese Welt schon vor ungefähr 2500 Jahren. Deshalb spreche ich auch Griechisch. Aber ich weiß nicht, was seitdem abgelaufen ist. Ich würde dies gern von Euch erfahren. Wenn ich richtig verstanden habe, seid Ihr doch Scholar.«

Sie errötete und verbarg die Augen unter langen dunklen Wimpern, wie sie nur wenige Rothaarige besitzen. »Es wird mir eine Freude sein, Euch nach Kräften zu helfen.« Und dann, mit einem plötzlichen Augenaufschlag: »Aber werdet Ihr uns umgekehrt ebenfalls helfen?«

»Ich weiß es nicht«, sagte Everard unbeholfen. »Ich würde es gern, aber ich weiß nicht, ob wir es können.«

Denn immerhin ist es mein Job, dich und deine ganze Welt zum Untergang zu verdammen.

5

Als man Everard sein Zimmer zeigte, stellte er fest, daß die hiesige Gastfreundschaft überaus großzügig war. Doch er war zu müde und deprimiert, um das Angebot zu nutzen. Aber zumindest, dachte er schon im Halbschlaf, würde Vans Lustsklavin nicht enttäuscht werden.

Man stand hier ziemlich früh auf. Von seinem Obergeschoßfenster aus sah Everard, daß Posten am Strand entlang patrouillierten, aber diese Tatsache schmälerte keineswegs die Schönheit und Frische des Morgens. Er ging mit Van Sarawak zum Frühstück hinunter, wo Eier mit Speck, Toast und Kaffee dazu beitrugen, daß sie sich wie in einem Traum vorkamen.

Ap Ceorn hatte Termine in der Stadt, erklärte Deirdre; sie selbst hatte alle schwermütigen Gedanken beiseite geschoben und plauderte munter über belanglose

Dinge. Everard erfuhr, daß sie einer Gruppe von Amateurschauspielern angehörte, die manchmal klassische griechische Dramen im Original vorführte. Daher auch ihre flüssige Sprache. Sie ritt, jagte, segelte und schwamm gern ... »Sollen wir?« rief sie.

»Was?«

»Schwimmen, natürlich.« Deidre sprang aus ihrem Sessel auf dem Rasen auf, wo sie unter den feuerfarbenen Blättern eines Baumes saßen, und schlüpfte voller Unschuld aus ihren Kleidern. Everard glaubte ein dumpfes Pochen zu hören, als Van Sarawaks Unterkiefer herunterklappte.

»Kommt doch!« rief sie lachend. »Der letzte im Wasser ist ein Sassenach.«

Sie tummelte sich schon in den grauen Wogen, als die beiden Agenten zitternd zum Strand herunterkamen. »Ich komme von einem warmen Planeten«, stöhnte der Venusianer. »Meine Vorfahren waren Indonesier, Tropenvögel sozusagen.«

»Darunter gab es aber auch ein paar Holländer, oder?« Everard grinste.

»Sie hatten halt den Mut, nach Indonesien zu gehen.«

»Okay, dann bleib eben hier am Strand.«

»Teufel, was sie kann, kann ich auch!« Van Sarawak steckte einen Zeh ins Wasser und stöhnte erneut.

Everard nahm all seine Beherrschung zusammen, die man ihm beigebracht hatte, und rannte hinein. Deirdre bespritzte ihn mit Wasser. Er tauchte, bekam ein schlankes Bein zu fassen und zog es nach unten. Sie tollten ein paar Minuten lang herum und liefen dann ins Haus zurück, um eine heiße Dusche zu nehmen. Van Sarawak folgte ihnen.

»Da redet man immer von Tantalusqualen«, brummte er. »Hier treffe ich das schönste Mädchen im ganzen Kontinuum – und ich kann nicht mal mit ihr reden. Zudem ist sie noch ein halber Eisbär.«

Von Sklaven trockengerieben und nach hiesiger Sitte angekleidet, begab Everard sich wieder zum Kaminfeuer. »Was ist das für ein Muster?« fragte er und zeigte auf das Schottenkaro seines Kilts.

Deirdre hob ihren Rotschopf. »Das meines Clans«, erwiderte sie. »Ein geehrter Gast wird während seines Aufenthaltes immer wie ein Clanmitglied behandelt, selbst wenn gerade mit seinen Leuten eine Blutfehde ausgetragen wird.« Sie lächelte scheu. »Und zwischen uns gibt es keine, Manslach.«

Diese Worte machten ihn traurig. Ihm fiel wieder ein, was seine Aufgabe war.

»Ich würde gern mehr über Eure Geschichte erfahren«, sagte er schließlich. »Ich interessiere mich sehr dafür.«

Sie nickte, band sich rasch das Haar und nahm ein Buch aus einem gut gefüllten Regal. »Das hier ist wohl die beste Weltgeschichte, denke ich. Ich kann jede Einzelheit nachschlagen, die Ihr wissen wollt.«

Und mir sagen, was ich tun muß, um dich zu vernichten.

Everard setzte sich neben sie auf die Couch. Der Butler servierte den Lunch auf einem Rollwagen. Der Agent aß bedrückt und ohne Appetit.

Um dann mit seiner Spurensuche fortzufahren. »Haben Rom und Karthago jemals Krieg geführt?«

»Ja, zweimal. Zuerst hatten sie sich gegen Epirus verbündet, doch die Allianz zerfiel. Rom gewann den ersten Krieg und versuchte den karthagischen Handel zu unterbinden.« Ihr klares Gesicht beugte sich wie das eines eifrigen Kindes über die Seiten. »Der zweite Krieg brach 23 Jahre später aus und dauerte … hmm … nach der Überlieferung elf Jahre, obwohl die letzten drei Jahre davon nur noch Säuberungsaktionen waren, nachdem Hannibal Rom eingenommen und niedergebrannt hatte.«

Das war es! Aber irgendwie war Everard nicht glücklich über seinen Erfolg.

Der Zweite Punische Krieg (hier nannten sie ihn den Römischen Krieg) – oder besser gesagt ein entscheidender Vorfall während der Auseinandersetzung – war der Wendepunkt. Aber Everard versuchte – teils aus Neugier, teils aus Furcht, sich die Finger zu verbrennen – nicht sofort, die Abweichung zu identifizieren. Er mußte sich erst darüber klarwerden, was tatsächlich geschehen war. (Nein ... was *nicht* geschehen war. Die Wirklichkeit war hier, warm und lebend an seiner Seite; *er* war das Gespenst.)

»Und was kam dann?« fragte er mit tonloser Stimme.

»Das karthagische Imperium verleibte sich Hispanien, das südliche Gallien und die Stiefelspitze von Italien ein. Das übrige Italien war machtlos und ein einziges Chaos, nachdem die römische Konföderation auseinandergebrochen war. Doch war die Regierung Karthagos zu korrupt, um sich lange an der Macht zu halten. Hannibal wurde von Männern ermordet, denen seine Ehrlichkeit im Wege stand. Unterdessen fochten Syrien und Parthien um den östlichen Mittelmeerraum. Parthien gewann und geriet dadurch noch stärker unter hellenischen Einfluß als zuvor.

Etwa hundert Jahre nach den Römischen Kriegen überrannten ein paar germanische Stämme Italien.« (Das mußten die Kimbern und die mit ihnen verbündeten Teutonen und Ambronen gewesen sein, die in Everards Welt von Marius zurückgeschlagen worden waren.) »Ihr mörderischer Zug durch Gallien brachte die Kelten auf die Beine, die nach Hispanien und auch nach Nordafrika zogen, als Karthago unterging. Von den Karthagern konnten die Gallier sehr viel lernen.

Es folgte eine lange Periode mit vielen Kriegen, in der Parthien unterging und die keltischen Staaten an Macht gewannen. Die Hunnen unterwarfen die Germanen in Mitteleuropa, wurden aber im Gegenzug durch die Parther geschlagen; die Gallier rückten nach, und nur in Italien und Hyperborea blieben ein paar Germanen übrig.« (Mit Hyperborea meinte sie offensichtlich die Skandinavische Halbinsel.) »Als dann die Schiffahrt an Bedeutung gewann, blühte der Handel mit dem Fernen Osten auf, zuerst über Arabien, dann auch um ganz Afrika herum.« (In Everards Geschichte wäre Julius Cäsar sehr erstaunt darüber gewesen, daß die Venezier bessere Schiffe bauten als alle anderen Völker im Mittelmeerraum.) »Die Kelten entdeckten das südliche Afallon, das sie für eine Insel hielten – das heutige Ynys. Aber die Maya warfen sie wieder aus dem Land. Die Brittic-Kolonien höher im Norden blieben bestehen und gewannen später ihre Unabhängigkeit.

Zur gleichen Zeit wuchs auch Littorn ständig. Eine Zeitlang beherrschte es den größten Teil Europas. Nur das westliche Ende des Kontinents erhielt aufgrund des Friedensvertrags nach dem Hundertjährigen Krieg, von dem ich Euch schon erzählte, die Freiheit. Die asiatischen Staaten schüttelten das Joch ihrer erschöpften europäischen Herren ab und modernisierten ihre Systeme, während die westlichen Nationen immer schwächer wurden.« Deirdre schaute von ihrem Buch auf, das sie beim Sprechen hin und her schwenkte. »Doch das ist nur eine grobe Zusammenfassung. Soll ich fortfahren, Manslach?«

Everard schüttelte den Kopf. »Nein, danke.« Und einen Moment später: »Ihr sprecht sehr offen über die Situation Eures Landes.«

»Viele von uns wollen es nicht zugeben, doch halte ich es für das beste, der Wahrheit ins Auge zu sehen«, antwortete sie leise. Um dann sofort ungestüm zu betteln: »Aber erzählt mir doch von Eurer Welt.«

Everard verdrängte seufzend seine Gewissensbisse und begann zu lügen.

Der Überfall erfolgte am Nachmittag.

Van Sarawak hatte seine Fassung wiedererlangt und lernte mit Deirdre eifrig die afallonische Sprache. Hand in Hand gingen sie durch den Garten, blieben hier und dort stehen, um die Gegenstände zu benennen und die Wörter zu üben. Everard folgte ihnen, wobei er sich gelegentlich fragte, ob er nun das fünfte Rad am Wagen war. Doch in der Hauptsache beschäftigte ihn das Problem, an den Scooter heranzukommen.

Heller Sonnenschein strahlte von einem klaren, wolkenlosen Himmel. Der Ahorn blühte scharlachrot, und ein paar verwelkte Blätter wurden von der Brise über den Rasen getrieben. Ein älterer Sklave kehrte in würdiger Haltung den Hof, an der Wand lehnte ein junger Posten indianischer Abstammung mit dem Gewehr über der Schulter an der Wand. Zwei Wolfshunde dösten unterhalb einer Hecke. Es war ein friedliches Bild, und es fiel schwer, sich vorzustellen, daß Leute jenseits dieser Mauern einen Mordanschlag vorbereiteten.

Aber der Mensch ist eben der Mensch – in jeder Geschichte, zu jeder Zeit. Diese Kultur hier besaß vielleicht nicht die Schonungslosigkeit und die ausgeklügelte Grausamkeit der westlichen Zivilisation; sie wirkte in manchen Dingen seltsam unschuldig. Trotzdem mangelte es nicht an solchen Versuchen. In dieser Welt würde sich nie eine ernsthafte Wissenschaft entwickeln können. Die Menschen würden endlos diesen Zyklus aus Krieg, Machtgewinn, Zusammenbruch und erneutem Krieg wiederholen. In Everards Zukunft dagegen hatte die menschliche Rasse endgültig diesen Zyklus durchbrochen.

Und wofür? Er konnte ehrlich nicht behaupten, daß dieses Kontinuum schlechter oder besser war als sein eigenes. Es war nur anders, sonst nichts. Und hatten diese Menschen nicht ebenso ein Recht auf ihre Existenz wie – wie seine Leute, die zum Nichtvorhandensein verdammt waren, wenn er versagte?

Er ballte die Fäuste. Die Sache war zu groß. Kein Mensch sollte eine solche Frage entscheiden müssen.

Zum Showdown, das wußte er, würde ihn nicht ein abstraktes Pflichtgefühl zwingen, sondern die Erinnerung an die kleinen Dinge hier und an dieses kleine Volk.

Sie gingen um die Hausecke, und Deirdre zeigte auf das Meer. »*Awarkinn*«, sagte sie. Ihr leuchtendes Haar flatterte im Wind.

»Bedeutet das jetzt ›Ozean‹ oder ›Atlantik‹ oder ›Wasser‹?« meinte Van Sarawak lachend. »Sehen wir es uns mal näher an.« Er zog Deirdre mit sich zum Strand.

Tief in Gedanken folgte Everard ihnen. Eine größere Dampfbarkasse pflügte in rascher Fahrt durch die Wogen – ungefähr eine Meile vor der Küste. Ihr folgte ein Schwarm Möwen mit einem Schneesturm von Flügeln. *Wenn ich hier die Verantwortung hätte*, dachte Everard, *wäre dort draußen ein Schiff der Navy auf Patrouille.*

Durfte er überhaupt eine Entscheidung treffen? Es befanden sich ja noch weitere Agenten der Patrouille in der vorrömischen Vergangenheit. Sie würden zu ihren jeweiligen Epochen zurückkehren und ...

Erschrocken blieb Everard stehen. Ein Schauer lief ihm den Rücken hinunter, und sein Magen verkrampfte sich.

Sie würden zurückkommen, sehen, was geschehen war und versuchen, den Fehler zu korrigieren. Wäre nur einer von ihnen erfolgreich, würde diese Welt hier aus Raum und Zeit katapultiert – und er mit ihr!

Deirdre war ebenfalls stehengeblieben. Everard, auf dessen Stirn plötzlich Schweißtropfen standen, bemerkte kaum, was ihre Aufmerksamkeit erregt hatte – bis sie leise aufschrie und aufs Meer zeigte.

Die Barkasse war jetzt ziemlich nah, und ihr hoher

Schornstein spuckte Rauch und Funken. Die vergoldete Galionsgfigur, eine Schlange, schimmerte hell. Der Agent erkannte Männergestalten an Bord, und irgend etwas Weißes, mit Flügeln ...

Es erhob sich vom Poopdeck und folgte dem Schiff an einem Seil, stieg immer höher auf. Ein Gleiter! Immerhin, soweit waren die keltischen Aeronauten also schon gekommen.

»Hübsch«, meinte Van Sarawak. »Vermutlich haben sie auch schon Ballone.«

Der Gleiter kappte das Seil und drehte landeinwärts. Einer der Posten am Strand rief etwas. Die anderen Wachen stürmten hinter dem Haus hervor. Ihre Gewehrläufe blitzten im Sonnenlicht.

Die Barkasse hielt stetig auf die Küste zu. Der Gleiter landete und zog eine Furche über den Strand.

Ein Offizier rief eine Warnung und scheuchte die Patrouillengänger zurück. Everard erhaschte einen Blick auf Deirdres bleiches Gesicht. Offenbar begriff sie nicht, was los war. Plötzlich drehte sich ein Turm auf dem Gleiter – eine Ecke von Everards Verstand registrierte, daß er von Hand bedient wurde – und eine leichte Kanone spuckte Tod und Verderben.

Sofort warf sich der Agent zu Boden. Van Sarawak folgte seinem Beispiel und riß das Mädchen mit sich.

Die Salven fanden ihr Ziel – die afallonischen Soldaten. Gewehrfeuer flackerte auf. Von dem Gleiter sprangen Männer mit dunklen Gesichtern, die Sarongs und Turbane trugen. *Hinduraj!* schoß es Everard durch den Kopf. Sie lieferten sich mit den überlebenden Posten, die sich um ihren Captain scharten, ein heftiges Feuergefecht.

Der Offizier rief einen Befehl und startete einen Gegenangriff. Als Everard vorsichtig den Kopf hob, sah er, daß er die Mannschaft des Gleiters fast erreicht hatte.

Van Sarawak sprang auf die Füße. Everard rollte sich

nach vorn, packte seinen Knöchel und riß ihn wieder zu Boden, ehe Van sich in das Getümmel stürzen konnte.

»Laß mich los!« Keuchend versuchte der Venusianer, sich zu befreien. Das Blut der Toten und Verwundeten, von den Salven aus der Kanone niedergemäht, färbte den Sand. Der Kampflärm schien den Himmel zu erfüllen.

»Nein, du verdammter Idiot! Wir sind es, hinter denen sie her sind, und der wildgewordene Ire da vorn hat den schlimmsten Fehler begangen, den er machen konnte ...«

Von hinten ertönte lautes Geschrei.

Die Barkasse mit ihrem flachen Kiel und Schraubenantrieb war in seichtes Wasser vorgedrungen und spuckte weitere Bewaffnete aus. Zu spät bemerkten die Afallonier, daß sie ihre Waffen leergeschossen hatten und nun von hinten angegriffen wurden.

»Los, weiter!« Everard zog Deirdre und Van Sarawak auf die Füße. »Wir müssen hier weg und versuchen, uns zu den Nachbarn durchzuschlagen.«

Ein paar Männer von dem Boot bemerkten ihn und machten kehrt. Er spürte mehr, als daß er es hörte, das flache Schmatzen, mit dem ein Projektil in den Boden neben ihm einschlug. Drinnen im Haus kreischten die Sklaven in heller Panik.

Die zwei Wolfshunde stürzten sich auf die Eindringlinge, wurden aber im nächsten Moment niedergestreckt.

Gebückt im Zickzack laufen – das war die einzige Möglichkeit; dann über die Mauer und hinaus auf die Straße!

Everard hätte es vielleicht geschafft, aber Deirdre stolperte und stürzte zu Boden. Van Sarawak blieb stehen, um sie zu beschützen. Auch Everard folgte seinem Beispiel – und dann war es zu spät. Sie waren umzingelt.

Der Anführer der Dunkelhäutigen stellte dem Mädchen eine barsche Frage. Sie antwortete in trotzigem Ton. Der Mann lachte kurz und deutete mit dem Daumen zur Barkasse.

»Was wollen sie?« fragte Everard auf griechisch.

»Euch!« Voller Furcht sah sie ihn an. »Euch beide...«

Der Offizier unterbrach sie. »Und mich – zum Übersetzen ... Nein!«

Sie wand sich unter den Händen, die ihre Arme gepackt hatten, und kratzte nach einem Gesicht. Everards Faust beschrieb einen flachen Bogen und landete krachend auf einer Nase. Aber seine Gegenwehr nutzte wenig. Ein Gewehrkolben traf ihn am Kopf, und benommen registrierte er nur noch, wie man sie zur Barkasse schleifte.

6

Die Eindringlinge ließen den Gleiter zurück, schoben ihr Boot in tieferes Wasser und brachten die Maschine auf Touren. Sie kümmerten sich nicht um die abgeschlachteten oder schwerverwundeten afallonischen Soldaten, sondern ließen sie einfach liegen, nahmen aber ihre eigenen Gefallenen mit.

Everard hockte auf einer Bank auf dem schwankenden Deck und verfolgte mit allmählich klarer werdendem Blick, wie die Küstenlinie entschwand. Deirdre weinte leise an Sarawaks Schulter, und der Venusianer versuchte sie zu trösten. Ein scharfer kalter Wind trieb ihnen Gischt ins Gesicht.

Everards Verstand arbeitete wieder einigermaßen, als zwei Weiße aus dem Deckshaus traten. Sie waren keine Asiaten, sondern Europäer! Und als er genauer hinsah, stellte er fest, daß auch der Rest der Mannschaft kaukasische Gesichtszüge hatte. Die Männer hatten sich lediglich Schmierfett ins Gesicht gerieben, um ihrer Haut eine dunklere Tönung zu geben.

Everard stand auf und betrachtete die Männer aufmerksam. Der eine war untersetzt, in mittleren Jahren, von durchschnittlicher Größe. Er trug eine rote Seidenbluse über einer weiten weißen Hose und eine Art Astrachan-Mütze. Er war glatt rasiert und hatte das dunkle Haar in der Mitte gescheitelt. Der andere war ein wenig jünger, ein hagerer blonder Riese, der eine mit Kupferverschlüssen ausgestattete Tunika zu Reithosen und darüber einen Lederumhang trug. Auf dem Kopf saß ein über und über mit Ornamenten geschmückter Helm. Beide trugen Revolver und wurden von den Matrosen mit höchster Ehrerbietung behandelt.

»Hölle und Teufel!« Everard schaute sich nochmals um. Das Land war inzwischen außer Sicht, und sie fuhren nach Norden. Die Maschine, die auf hohen hohen Touren lief, brachte den Schiffsrumpf zum Vibrieren, und die Gischt spritzte übers Deck, wenn der Bug in eine Welle eintauchte.

Der ältere Mann sprach ihn als erster auf Afallonisch an. Everard zuckte die Achseln. Danach versuchte es der bärtige Nordländer in einem völlig undefinierbaren Dialekt. Und dann: »*Taelan thu Cimbric?*«

Everard, der mehrere germanische Sprachen kannte, versuchte sein Glück, während Van Sarawak seine holländischen Ohren spitzte. Deirdre kauerte sich zusammen und wagte sich vor Furcht kaum zu rühren. Mit großen Augen verfolgte sie das Geschehen.

»*Ja*«, erwiderte Everard, »*ein wenig.*« Und als Goldlöckchen ihn immer noch verständnislos ansah, ergänzte er: »*A little.*«

»*Ah, aen litt. Gode!*« Der große Mann rieb sich die Hände. »*Ik hait Boierik Wulfilasson ok main gefreond heer erran Boleslav Arkonsky.*«

Diese Sprache hatte Everard noch nie gehört. Es konnte nicht einmal die kimbrische Originalsprache sein nach all diesen Jahrhunderten, doch war der Patrouillengänger in der Lage, sie einigermaßen zu verstehen. Das Problem war das Sprechen, er konnte sich nicht darüber klarwerden, wie sich die Sprache entwickelt hatte.

»Was, zum Teufel, erran thu maching?« fuhr er die beiden ärgerlich an. »Ik bin aen Mann auf Sirius – the Stern Sirius, mit Planeten ok all. Bringt uns zurück or willen der Teufel zu zahlen!«

Boierik Wulfilasson machte ein gekränktes Gesicht und schlug vor, die Diskussion im Deckshaus fortzusetzen – mit der jungen Dame als Übersetzerin. Er ging voraus. Das Deckshaus entpuppte sich im Innern als kleiner, aber ausgesprochen komfortabler Salon. Die Tür blieb offen. Ein bewaffneter Posten stand davor in Rufweite.

Boleslav Arkonsky sagte auf Affalonisch etwas zu Deirdre. Sie nickte, und er reichte ihr ein Glas Wein. Der Drink schien sie ein wenig zu stärken, doch immer noch schwang in ihrer Stimme Furcht mit, als sie sich an Everard wandte. »Wir sind Gefangene, Manslach. Ihre Spione haben herausgefunden, wo Ihr festgehalten wurdet. Eine andere Gruppe soll Eure Reisemaschine stehlen. Sie wissen auch, wo sie sich befindet.«

»Das habe ich mir gedacht«, antwortete Everard. »Doch wer, beim Baal, sind die Leute?«

Boierik lachte bei dieser Frage schallend und ließ sich ausgiebig über ihre kluge Aktion aus. Die Idee dabei war, die Suffeten von Afallon glauben zu machen, daß die Hinduraj für den Überfall verantwortlich seien. (Tatsächlich hatte die geheime Allianz zwischen Littorn und Cimberland einen ziemlich schlagkräftigen Geheimdienst aufgebaut.) Sie seien jetzt auf dem Weg zur Sommerresidenz der Littornischen Botschaft auf Ynys Llangollen (Nantucket), wo die Magier eingeladen seien, ihre Zaubertricks zu erklären, um damit den Großmächten eine Überraschung zu bereiten.

»Und wenn wir da nicht mitspielen?«

Deirdre übersetzte Arkonskys Antwort. »Dann würde ich die Konsequenzen für Euch bedauern. Wir sind zivilisierte Menschen und werden Eure freiwillige Kooperation mit Gold und Ehre vergelten. Wird sie uns aber verweigert, werden wir sie erzwingen. Schließlich steht die Existenz unserer Länder auf dem Spiel.«

Everard beobachtete die beiden Männer genau. Boierik schien verärgert und unglücklich, sein strahlender Gesichtsausdruck war schlagartig verschwunden. Boleslav Arkonsky trommelte mit den Fingern auf die Tischplatte. Er hatte die Lippen zusammengepreßt, doch seine Augen zeigten einen sonderbaren Ausdruck: *Zwingt uns nicht dazu. Wir möchten schließlich auch noch in den Spiegel schauen können.*

Wahrscheinlich waren sie Ehemänner und Väter, die einen Krug Bier und ein nettes Würfelspielchen ebenso genossen wie jeder andere. Vielleicht züchtete Boierik in Italien Pferde, und Arkonsky liebte die Rosen an den Küsten der baltischen Länder. Trotzdem würde dies den Gefangenen wenig nützen, wenn die Allmächtige Nation mit ihren Nachbarn in den Clinch ging.

Everard nahm sich Zeit, die exzellente Planung und Durchführung dieser Operation zu bewundern, und begann sich fragen, was er nun tun sollte. Die Barkasse war schnell, würde aber trotzdem an die 20 Stunden brauchen, um Nantucket zu erreichen. Er kannte die Strecke. Zumindest blieb ihnen noch diese Frist.

»Wir sind müde«, meinte er in Englisch. »Dürfen wir uns ein wenig ausruhen?«

»Ja deedly«, meinte Boierik mit ungelenker Liebenswürdigkeit. »Ok wir skallen gode gefreonds bin, ni?«

Im Westen ging die Sonne unter. Deirdre und Van Sarawak standen an der Reling und schauten über die graue Wasserwüste. Drei bewaffnete Männer der Crew, inzwischen ohne Kostüme und Make-up, standen wachsam auf der Poop, einer steuerte das Schiff nach dem Kompaß. Boierik und Everard gingen achtern auf und ab. Alle trugen dicke Kleider gegen den kalten Wind. Everard hatte inzwischen einige Übung in der kimbrischen Sprache; zwar stolperte seine Zunge manchmal noch, aber er konnte sich verständlich machen. Doch meist überließ er Boierik das Reden.

»Ihr kommt also von den Sternen? Von solchen Dingen verstehe ich nichts. Ich bin ein einfacher Mann. Ginge es nach mir, würde ich mich um meinen Besitz in Tuscan kümmern und die Welt ihren Lauf nehmen lassen. Doch wir vom Volk haben unsere Verpflichtungen.«

Die Teutonen schienen in Italien den Platz der Latiner eingenommen zu haben – wie die Engländer den der Bretonen in Everards Welt.

»Ich verstehe, was Ihr empfindet«, sagte der Patrouillengänger. »Merkwürdig, daß so viele kämpfen müssen, wo doch nur wenige es wollen.«

»Oh, aber es ist nötig.« Und in beinahe jammerndem Ton: »Carthagalann hat uns Ägypten, unseren rechtmäßigen Besitz, gestohlen.«

»*Italia irredenta*«, murmelte Everard.

»Was war das?«

»Nichts. Ihr Kimbern seid also mit Littorn verbündet und hofft, euch Europa und Afrika einverleiben zu können, während die Großmächte im Osten kämpfen.«

»Keineswegs!« rief Boierik ungehalten. »Wir wollen nur unsere angestammten und historischen Gebietsansprüche behaupten. Der König selbst hat gesagt...« Und so weiter, und so fort.

Everard stemmte sich gegen das Rollen des Schiffes. »Mir scheint, als würdet Ihr uns Zauberer besonders schlecht behandeln. Seht Euch vor, daß wir nicht wirklich böse auf Euch werden.«

»Wir sind alle gegen Bannflüche und Zaubersprüche gefeit!«

»Nun ...«

»Ich wünschte, Ihr würdet uns aus freien Stücken helfen. Ich werde mich glücklich schätzen, Euch die Rechtmäßigkeit unserer Sache zu beweisen, wenn Ihr mir ein paar Stunden Zeit dafür vergönnt.«

Everard schüttelte den Kopf, ließ ihn stehen und ging zu Deirdre. Ihr Gesicht verschwamm fast in der heraufziehenden Dunkelheit. Trotzdem bemerkte er den hilflosen Zorn in ihrer Stimme: »Ich hoffe, Ihr habt ihm gesagt, was er mit seinen Plänen machen kann, Manslach.«

»Nein«, sagte Everard langsam. »Wir werden ihnen helfen.«

Die junge Frau stand wie vom Donner gerührt.

»Was redest du da, Manse«, fragte jetzt auch Van Sarawak.

Everard erklärte es ihm.

»Nein!« rief der Venusianer.

»Ja«, beharrte Everard.

»Bei Gott, nein! Ich werde ...«

Everard packte ihn am Arm und sagte kalt: »Sei still! Ich weiß, was ich tue. Wir können in dieser Welt für niemand Partei ergreifen, denn wir stehen gegen alle – und das schreibst du dir besser hinter die Ohren! Uns bleibt nichts anderes übrig, als eine Weile das Spiel unserer netten Gastgeber hier mitzuspielen. Und erzähl das Deirdre auf keinen Fall!«

Van Sarawak senkte den Kopf und dachte kurz nach. »In Ordnung«, meinte er schließlich mürrisch.

7

Das littornische Landgut lag an der südlichen Spitze von Nantucket in der Nähe eines Fischerdorfs. Eine hohe Mauer schirmte es gegen die anderen Häuser ab. Die Botschaft war ganz im Stil der Heimat gebaut:

Langgestreckte Holzhäuser mit wie Katzenbuckel gewölbten Dächern, die zusammen mit dem Haupthaus und seinen Außenflügeln einen beflaggten Innenhof umgaben.

Everard hatte seinen Schlaf und ein Frühstück, bei dem Deirdres Gesichtsausdruck noch bekümmerter wurde, beendet und stand an Deck, als sie auf den privaten Anleger zuhielten. Eine zweite größere Barkasse lag schon dort, und am Strand wimmelte es von hartgesichtigen Männern.

Arkonskys Gesicht erhellte sich vor Begeisterung. In Afallonisch sagte er: »Wie ich sehe, ist die magische Maschine schon angekommen. Wir können also gleich an die Arbeit gehen.«

Als Boierik seine Worte übersetzte, tat Everards Herz einen Sprung.

Die Gäste, wie die Kimbern sie beharrlich nannten, wurden in einen großen Saal geführt, wo Arkonsky vor einem Götzenbild mit vier Gesichtern ehrfürchtig das Knie beugte. Es war der Götze Svantevit, den die Dänen in der anderen Geschichte zu Brennholz zerhackt hatten. Im Kamin brannte ein Feuer gegen die herbstliche Kühle, und entlang der Wände waren Wachen postiert. Everard hatte nur Augen für den Scooter, der schimmernd in der Nähe der Tür stand.

»Wie ich hörte, hat es in Catuvellaunan einen heftigen Kampf gegeben, um an dieses Ding heranzukommen«, bemerkte Boierik. »Viele wurden dabei getötet, doch unsere Mannschaft entkam, ohne verfolgt zu werden.« Spielerisch berührte er die Lenkstange. »Und dieses Gerät kann wirklich überall dort aus der dünnen Luft auftauchen, wo sein Fahrer es wünscht?«

»Ja«, bestätigte Everard.

Deirdres Blick, den sie ihm zuwarf, war so zornig, wie er es bei kaum einem anderen Menschen je erlebt hatte. Mit überheblicher Miene entfernte sie sich demonstrativ ein paar Schritte von Van Sarawak und ihm.

Arkonsky sagte etwas zu ihr, das sie übersetzen sollte. Sie spuckte ihm vor die Füße. Boierik seufzte und übersetzte Everard seine Worte: »Wir wünschen, daß Ihr uns die Maschine vorführt. Ihr und ich werden gemeinsam damit eine Fahrt machen. Ich warne Euch, denn ich werde einen Revolver auf Euren Rücken richten. Ihr werdet mir vorher jedesmal erklären, was Ihr tun wollt. Sollte etwas Unerwartetes geschehen, werde ich sofort schießen. Eure Freunde bleiben als Geiseln hier und werden beim ersten verdächtigen Anzeichen ebenfalls sofort erschossen. Doch ich bin sicher, daß wir alle gute Freunde bleiben werden.«

Everard nickte. Seine Nerven waren zum Zerreißen gespannt, seine Handflächen naß und kalt. »Zuerst muß ich einen Zauber sprechen«, sagte er.

Seine Augen flackerten. Mit einem Blick erfaßte er die räumlichen und zeitlichen Angaben auf den Kontrollen des Scooters. Der zweite Blick ging zu Van Sarawak, der auf einer Bank saß. Arkonsky und die Posten hielten ihre Waffen auf ihn gerichtet. Deirdre hockte ebenfalls steif auf einem Stuhl – so weit wie möglich von ihm entfernt.

Everard schätzte kurz die Entfernung der Bank vom Scooter, hob die Arme und sang in Temporal: »Van, ich werde versuchen, dich hier rauszuholen. Bleib genau da, wo du jetzt bist – ich wiederhole: genau dort. Ich werde dich im Flug hochziehen. Wenn alles gutgeht, wird das genau eine Minute nach meinem Abflug mit unserem haarigen Gesellen hier geschehen.«

Der Venusianer sah ihn mit unbewegter Miene an, doch auf seiner Stirn sammelte sich ein dünner Schweißfilm.

»Also gut«, sagte Everard in seinem gebrochenen Kimbrisch. »Setzt euch auf den hinteren Sattel, Boierik, und wir werden dieses magische Pferd auf Trab bringen.«

Der Blonde nickte und nahm seinen Platz ein. Everard stieg auf den Vordersitz. Sofort spürte er den Lauf der Pistole im Rücken. Doch die Hand des Blonden zitterte.

»Sagt Arkonsky, daß wir in einer halben Stunde zurück sein werden«, befahl der Agent. Sie hatten hier ungefähr die gleichen Zeiteinheiten wie in seiner Welt, die beide auf die Babylonier zurückgingen. Als das geschehen war, erklärte Everard: »Zuerst werden wir in mittlerer Höhe über dem Meer auftauchen und dort schweben.«

»F-f-fein.« Boieriks Stimme klang keineswegs selbstbewußt.

Everard stellte die räumlichen Koordinaten auf zehn Meilen Ost sowie 1000 Fuß Höhe und drückte den Hauptschalter.

Sie hockten im Sattel wie Hexen auf ihren Besen und starrten auf eine gräulichgrüne Unendlichkeit und den verschwommenen Schatten in der Ferne hinunter, der das Festland war. Ein heftiger Wind zerrte an ihnen, und Everard preßte die Knie fester gegen den Rumpf. Hinter sich hörte er Boierik heftig den Atem einziehen und lächelte kalt.

»Nun, wie gefällt Euch das?«

»Ja ... es ist wunderbar.« Der Kimber wurde überschwenglich, kaum daß er sich von seiner Überraschung erholt hatte. »Ballone sind nichts dagegen. Mit Maschinen wie dieser können wir über den feindlichen Städten auftauchen und Feuer auf sie herabregnen lassen.«

Irgendwie trugen seine Worte dazu bei, daß Everad sich bei seinem Vorhaben besser fühlte.

»Nun werden wir vorwärts fliegen«, rief er und ließ den Gleiter durch die Luft schießen. Boierik jauchzte vor Freude auf. »Und nun machen wir den unmittelbaren Sprung in Eure Heimat.«

Everard drückte den Manövrier-Schalter. Der Scooter schlug einen Salto und stürzte mit dreifacher Schallgeschwindigkeit in die Tiefe.

Obwohl er vorgewarnt war, konnte der Agent sich selbst kaum im Sattel halten. Er würde nie wissen, ob der Überschlag oder der Sturzflug Boierik vom Scooter geworfen hatte. Er sah den Mann nur einen Moment lang schreiend durch die windige Leere der Meeresoberfläche entgegenstürzen und wünschte, er hätte sich diesen Anblick ersparen können.

Für einen kurzen Augenblick schwebte Everard über den Wogen. Er erschauerte. Angenommen, Boierik hätte noch Zeit gefunden, den Abzug zu drücken? Andererseits empfand er ein heftiges Schuldgefühl.

Der Agent schob solche Gedanken beiseite und konzentrierte sich auf die Rettung von Van Sarawak.

Er stellte die Raumkoordinaten auf einen Fuß vor der Bank des Gefangenen und die Zeiteinheit auf eine Minute nach seinem Start ein. Die rechte Hand beließ er an den Kontrollen – er würde sie verdammt schnell bedienen müssen. Die Linke mußte er sich frei halten.

Haltet eure Hüte fest, Freunde, jetzt kommen wir wieder.

Dicht vor Van Sarawak rematerialisierte die Maschine. Everard packte die Tunika des Venusianers und zog ihn zu sich heran, hinein in das Raum-Zeit-Schwerefeld – genau in dem Moment, in dem seine rechte Hand den Zeitschalter zurückdrehte und den Hauptschalter drückte.

Ein Geschoß prallte als Querschläger von der Hülle des Scooters ab. Everard sah einen Sekundenbruchteil, wie Arkonsky aufschrie – dann war alles verschwunden, und sie befanden sich auf einem Hügel, der sanft zum Strand abfiel. Sie waren zweitausend Jahre in der Zeit zurückgesprungen.

Everard sank über dem Lenker zusammen.

Ein Schrei brachte ihn in die Gegenwart zurück. Er drehte sich um und schaute zu dem Platz, wo Van Sawarak im Gras lag. Mit dem Arm hielt er immer noch Deirdres Taille umklammert.

Der Wind säuselte. Gemächlich rollten die Wogen an einen breiten weißen Strand, und hoch am Himmel segelten die Wolken dahin.

»Ich kann dir keine Schuld geben, Van.« Everard ging mit gesenktem Kopf vor dem Scooter auf und ab. »Aber das kompliziert die Sache natürlich.«

»Was hätte ich denn tun sollen?« fragte der Freund mit rauher Stimme. »Sie dort zurücklassen, damit die Bastarde sie umbringen – oder mich mit ihrem ganzen verdammten Universum auslöschen lassen?«

»Denk daran, wir sind konditioniert. Ohne Autorisierung könnten wir ihr nicht mal die Wahrheit erzählen, selbst wenn wir es wollten.«

Everard warf dem Mädchen einen Blick zu. Sie atmete schwer, und ihr Blick war verschleiert. Der Wind spielte in ihrem Haar und zupfte an ihrem dünnen Kleid.

Sie schüttelte den Kopf, als wolle sie einen Alptraum abschütteln, lief zu Everard hinüber und rief händeringend: »Verzeiht mir, Manslach. Ich hätte wissen sollen, daß Ihr uns nicht im Stich laßt.«

Dann küßte sie beide. Van Sarawak erwiderte den Kuß so begierig wie erwartet, doch Everard konnte sich nicht dazu überwinden. Er wäre sich dabei wie Judas vorgekommen.

»Wo sind wir?« fragte sie. »Es sieht fast so aus wie Llangollen, aber hier gibt es keine Siedler. Habt Ihr uns zu den Glückseligen Inseln gebracht?« Sie drehte sich auf einem Fuß und tanzte durch das Sommergras. »Können wir hier nicht eine Weile bleiben, ehe wir nach Hause zurückkehren?«

Everard holte tief Luft. »Ich habe schlechte Nachrichten für Euch, Deirdre.«

Sie verfiel in Schweigen. Er sah, wie sie sich innerlich sammelte.

»Wir können nicht zurückkehren.«

Sie wartete stumm.

»Die ... die Zauberformeln, die ich anwenden mußte, um euch und mir das Leben zu retten – mir blieb keine Wahl. Doch schließt dieser Zauber aus, daß wir nach Hause zurückkehren können.«

»Es gibt keinerlei Hoffnung?«

Er konnte ihre Worte kaum verstehen.

Seine Augen brannten. »Nein«, sagte er leise.

Sie drehte sich um und ging davon. Van Sarawak wollte aufspringen und ihr nachgehen, besann sich aber und hockte sich neben Everard. »Was hast du ihr gesagt?« fragte er.

Everard wiederholte seine Worte. »Es scheint mir der beste Kompromiß zu sein«, erklärte er. »Ich kann sie einfach nicht zurückschicken, wo ich genau weiß, was diese Welt erwartet.«

»Nein.« Van Sarawak blieb eine Zeitlang schweigend sitzen und starrte über das Meer. »Was für ein Jahr ist das? Ungefähr die Zeit von Christus? Dann sind wir immer noch oberhalb des Schlüsselereignisses.«

»Und müssen immer noch herauszufinden versuchen, was es war.«

»Wenden wir uns an ein Patrouillenbüro in der tieferen Vergangenheit. Wir könnten uns dort Hilfe holen.«

»Vielleicht.« Everard ließ sich ins Gras zurücksinken und sah in den Himmel hinauf. Die Erschöpfung übermannte ihn. »Ich glaube, ich kann das Schlüsselereignis auch von hier aus finden – mit Deirdres Hilfe. Weck mich, wenn sie zurückkommt.«

Ihre Augen waren trocken, als sie zurückkam, doch konnte man sehen, daß sie geweint hatte. Als Everard sie fragte, ob sie ihm bei seiner Aufgabe helfen würde, nickte sie. »Natürlich. Mein Leben gehört Euch, denn Ihr habt es gerettet.«

Nachdem ich dich zuerst in den ganzen Schlamassel hineingerissen habe.

Behutsam sagte Everard: »Ich brauche nur ein paar Informationen von Euch. Wißt Ihr etwas darüber, wie man ... wie man Leute zum Schlafen bringt – in einen Schlaf, in dem sie alles glauben, was man ihnen sagt?«

Sie nickte unsicher. »Ich sah einmal, wie Druiden das machten.«

»Es wird Euch nicht schaden. Ich möchte Euch nur einschlafen lassen, damit Ihr Euch an alles erinnert, was ihr wißt, selbst an die Dinge, die Ihr längst vergessen glaubtet. Es wird nicht lange dauern.«

Ihr Zutrauen zu ertragen fiel ihm schwer. Mit einer Technik, die er bei der Patrouille gelernt hatte, versetzte er sie in einen hypnotischen Zustand totaler Erinnerung und holte aus ihr alles heraus, was sie je über den Zweiten Punischen Krieg gehört oder gelesen hatte – was für seine Zwecke völlig ausreichte.

Römische Störmanöver gegen karthagische Unternehmen südlich des Ebro, direkte Verletzungen aller Verträge, hatten das Faß zum Überlaufen gebracht. 219 v. Chr. umstellte Hannibal Barca, der Statthalter des karthagischen Spaniens, Sagunt. Nach acht Monaten Belagerung nahm er die Stadt ein und provozierte damit den lange geplanten Krieg mit Rom. Anfang Mai 218 überquerte er mit 90 000 Fußsoldaten, 12 000 Reitern und 37 Elefanten die Pyrenäen, marschierte durch Gallien und überstieg die Alpen. Seine Verluste auf diesem Marsch waren grausam: Mit nur 20 000 Fußsoldaten und 6000 Pferden erreichte er spät im Jahr Italien. Trotzdem schlug er am Fluß Ticinus ein überlegenes römisches Heer vernichtend. Im Verlauf des folgenden Jahres errang er mehrere blutige Siege und drang nach Apulien und Campanien vor.

Die Apulier, Lucanier, Bruttier und Samniten liefen zu ihm über. Quintus Fabius Maximus führte einen erbitterten Guerillakrieg, der Italien in Schutt und Asche legte, aber doch nichts entschied. In der Zwischenzeit hob Hasdrubal Barca in Spanien neue Truppen aus und stieß mit ihnen im Jahr 211 zu Hannibal. 210 nahm Hannibal Rom und brannte es nieder, und im Jahr 207 ergaben sich ihm die letzten mit Rom verbündeten Städte.

»Das war es schon«, sagte Everard und strich über die kupferrote Mähne des Mädchens, das neben ihm im Gras lag. »Und nun schlaf gut und erwache mit glücklichem Herzen.«

»Was hat sie dir erzählt?« fragte Van Sarawak.

»Eine Menge Einzelheiten.« Die Befragung hatte länger als eine Stunde gedauert. »Wichtig für uns ist, daß ihre Kenntnisse dieser Zeit sehr gut sind. Trotzdem hat sie mit keinem Wort die Scipios erwähnt.«

»Wen?«

»Publius Cornelius Scipio befehligte das römische Heer am Ticinus. In unserer Welt erlitt er dort eine böse Niederlage. Doch war er intelligent genug, sich nach Westen zu wenden und die Herrschaft der Karthager in Spanien an der Basis zu untergraben. Es endete damit, daß Hannibal in Italien vollkommen abgeschnitten und die Hilfstruppen von der iberischen Halbinsel vernichtet wurden. Auch Scipios Sohn, der den gleichen Namen trug, führte ein starkes Heer und war schließlich derjenige, der Hannibal bei Zama vernichtend schlug – Scipio Africanus der Ältere.

Vater und Sohn waren bei weitem die besten Feldherren, die Rom je hatte. Doch Deirdre hat noch nie von ihnen gehört.«

»So, so …« Van Sarawak starrte nach Osten übers Meer, wo Gallier und Kimbern und Parther durch die zersplitterte klassische Welt tobten. »Was geschah mit ihnen in dieser Zeitlinie?«

»Meine eigene Totalerinnerung meldet mir, daß beide Scipios beim Ticinus dabei und beinahe dort umgekommen waren. Auf dem Rückzug, der meiner Ansicht nach nur eine heillose Flucht gewesen sein muß, rettete der Sohn dem Vater das Leben. Ich wette eins zu zehn, daß die Scipios in der hiesigen Geschichte dabei umgekommen sind.«

»Irgendeiner muß sie erledigt haben«, sagte Van Sarawak. Seine Stimme klang plötzlich angespannt. »Ein Zeitreisender vielleicht. Nur so kann es gewesen sein.«

»Das wäre möglich. Nun, wir werden sehen.« Everard löste den Blick von Deirdres schlafendem Gesicht. »Wir werden sehen.«

8

Im Pleistozän-Büro – eine halbe Stunde, nachdem sie es in Richtung New York verlassen hatten – übergaben die beiden Patrouillengänger das Mädchen der Obhut einer sympathischen, Griechisch sprechenden Matrone und sammelten ihre Kollegen um sich. Dann begannen die Nachrichten-Kapseln durch Raum und Zeit zu schnellen.

Alle Büros vor dem Jahr 218 v. Chr. (das nächste war Alexandria, 250–230 v. Chr.) waren immer noch vorhanden – zusammen mit rund 200 Agenten. Schriftlicher Kontakt mit der Zukunft war erwiesenermaßen unmöglich, und einige kurze Trips nach oben erbrachten den Beweis. Voll Sorge wurde eine Konferenz in die Akadamie in der Oligozän-Periode einberufen. Ungebundene Agenten standen im Rang zwar höher als ständig akkreditierte Agenten, nicht aber untereinander, und nur aufgrund seiner großen Erfahrung fand sich Everard zum Vorsitzenden eines Komitees berufen, dem die höchsten Dienstgrade angehörten. Es war eine frustrierende Aufgabe. Diese Männer und Frauen waren durch die Jahrhunderte gesprungen und hatten die Waffen der Götter geschwungen. Trotzdem waren sie immer noch Menschen mit all den tief verwurzelten Fehlern und Gemeinheiten ihrer Rasse. Jeder pflichtete bei, daß der Schaden unbedingt behoben werden müsse, doch bangten einige um die Agenten, die, ehe man sie warnen konnte, in der Zeit vorausgegangen sein könnten, wie Everard es schon häufiger getan hatte. Wenn sie nicht zurück waren, ehe die Geschichte in die alte Form ›zurückgeändert‹ wurde, würde man nie wieder etwas von ihnen hören. Everard stellte Rettungsteams zusammen, bezweifelte aber, daß diese Maßnahme sehr erfolgreich war. Er schärfte ihnen eindringlich ein, innerhalb eines Tages – lokaler Zeitrechnung natürlich – zurückzukehren oder die Konsequenzen zu tragen.

Ein Mann aus der Wissenschaftlichen Renaissance brachte ein anderes Argument zur Sprache. Sicher, die oberste Pflicht der überlebenden Agenten war es, die ›Original-Zeitspur‹ wiederherzustellen. Doch hätten sie auch eine Verantwortung der Wissenschaft gegenüber. Hier böte sich die einzigartige Chance, eine völlig neue Phase in der Menschheitsentwicklung zu verfolgen. Man sollte doch einige Jahre anthropologische Studien betreiben. Everard konnte ihn nur unter großen Schwierigkeiten mundtot machen. Es seien nicht mehr so viele Agenten übrig, daß sie dieses Risiko eingehen könnten.

Studiengruppen mußten den exakten Moment und die Umstände der Veränderung bestimmen. Das Ringen um die richtigen Methoden zog sich endlos hin. Everard starrte aus dem Fenster in die vormenschliche Nacht hinaus und fragte sich, ob die Säbelzahntiger nicht doch besser an ihre Umwelt angepaßt waren als ihre affenartigen Nachfolger.

Als er schließlich die verschiedenen Gruppen auf den Weg gebracht hatte, köpfte er eine Flasche und betrank sich zusammen mit Van Sarawak.

Bei der nächsten Zusammenkunft am folgenden Tag ließ sich das Lenkungskomitee von den Rettungsteams

Bericht erstatten, die zahlreiche Zeitlinien in der Zukunft abgeklappert hatten. Ein Dutzend Patrouillengänger waren aus mehr oder weniger entwürdigenden Situationen gerettet worden. Andere Linien mußte man einfach abschreiben.

Der Bericht der Spionagegruppe war dagegen interessanter. Anscheinend hatten zwei helvetische Söldner Hannibal in den Alpen getroffen und sein Vertrauen gewonnen. Nach dem Krieg waren sie in Karthago zu hohen Ehren und Positionen gekommen. Unter den Namen Phrontes und Himilco hatten sie praktisch die Regierungsgeschäfte gelenkt, das Mordkomplott gegen Hannibal ausgeheckt und neue Maßstäbe in der Verschwendungssucht gesetzt. Einer der Agenten hatte ihre Häuser und sogar die Männer selbst kennengelernt. »Es gab eine Menge Verbesserungen, an die man in klassischer Zeit nie gedacht hat. Mir kamen die Burschen vor wie Neldorianer aus dem 205. Jahrtausend.«

Everard nickte. Dies war ein Zeitalter von Banditen, die der Patrouille schon sehr viel Probleme bereitet hatten. »Ich denke, wir kennen die Ursache jetzt. Es macht keinen Unterschied, ob sie schon am Ticinus bei Hannibal waren oder nicht. Wir haben alle Hände voll zu tun, sie in den Alpen festzusetzen, ohne daß wir dabei selbst die Zukunft verändern. Nur, daß sie anscheinend die Scipios ausgeschaltet haben, zählt. Und das ist der Punkt, an dem wir zuschlagen müssen.«

Ein Brite aus dem 19. Jahrhundert, sehr kompetent, aber mit dem Auftreten von Colonel Blimp, entrollte eine Karte und berichtete lang und breit vom Verlauf der Schlacht, die er aus der Luft beobachtet hatte. Dabei hatte er ein Infrarot-Teleskop benutzt, um durch die niedrige Wolkendecke hindurchsehen zu können. »Und hier standen die Römer ...«

»Das weiß ich«, sagte Everard ungeduldig. »Die dünne rote Linie. Der Moment, in dem sie die Flucht ergriffen, ist der kritische Punkt, doch ist die allgemeine Verwirrung auch unsere Chance. Okay, wir werden das Schlachtfeld unauffällig umstellen, aber ich glaube nicht, daß wir mehr als zwei Agenten einschleusen können. Die Schurken werden wachsam sein und sorgfältig auf mögliche Gegenmaßnahmen achten. Das Alexandria-Büro kann Van und mich mit den entsprechenden Kostümen ausstaffieren.«

»Ich dachte, dieses Privileg gebührte mir«, rief der Engländer.

»Leider nicht.« Everard lächelte schief. »Außerdem ist es kein Privileg, sondern ein Himmelfahrtskommando mit dem Auftrag, eine Welt voller Menschen wie Sie auszulöschen.«

»Aber ich bitte Sie ...«

Everard erhob sich. »Ich muß es machen«, sagte er knapp. »Ich weiß zwar nicht warum, aber ich muß gehen.«

Van Sarawak nickte.

Sie ließen ihren Scooter unter einigen Bäumen zurück und gingen über das Schlachtfeld.

Hinter dem Horizont und oben am Himmel warteten 100 bewaffnete Patrouillengänger, doch das war nur wenig beruhigend zwischen all den Lanzen und Pfeilen hier. Ein heftiger Wind trieb tiefhängende Wolken vor sich her, und ein kalter Nieselregen ging nieder. Das sonnige Italien ergab sich dem späten Herbst.

Der Brustharnisch zerrte an Everards Schultern, als sie durch den blutgetränkten Schlamm stapften. Der Agent trug einen Helm, Beinschützer, einen römischen Schild am linken Arm und ein Schwert im Gürtel; in seiner rechten Hand aber hielt er den Schockstrahler. Van Sarawak ging ähnlich bewaffnet hinter ihm und ließ seine Blicke unter dem Offiziers-Helmbusch umherschweifen.

Fanfaren tönten, Trommeln rasselten – und wurden beinahe übertönt vom Kampfgeschrei und Fußgetrampel, dem Wiehern reiterloser Pferde und dem Zischen der Pfeile und Speere. Nur ein paar Hauptleute und Kundschafter saßen noch im Sattel, und, wie so oft, ehe die Steigbügel erfunden wurden, verwandelte sich die anfängliche Reiterschlacht zu einem Bodenkampf Mann gegen Mann, sobald die Lanzenträger vom Pferd fielen. Die Karthager drangen vor und hieben mit ihren scharfen Schwertern auf die hinter ihren Schilden geduckten römischen Soldaten ein. Hier und dort zerfiel die Schlachtlinie schon in einzelne Abschnitte; Männer drangen laut fluchend gegen ihre Gegner vor. Die Schlacht hatte sich schon aus diesem Teil des Geländes verlagert.

Ringsum grinste Everard der Tod entgegen. Er hastete den römischen Truppen hinterher. Über Helme und Leiber hinweg erspähte er ein rötlich-violettes Banner, das triumphierend im Wind flatterte. Und dort, als monströse Silhouette gegen den grauen Himmel, wälzte sich, aus den erhobenen Rüsseln laut trompetend, eine Elefantenherde heran.

Der Krieg sah überall gleich aus: Er war keine saubere Angelegenheit aus dünnen Linien auf einer Karte, seine Wirklichkeit waren Männer, die keuchten und schwitzten und blutströmend ihr Leben aushauchten.

Ein schlanker, dunkelhäutiger junger Mann hockte am Boden und versuchte vergeblich, den Speer, der ihn durchbohrt hatte, aus seiner Brust zu ziehen. Er war ein Krieger von Karthago. Neben ihm saß ein untersetzter italischer Bauer, der ihn überhaupt nicht beachtete, sondern ungläubig auf seinen abgeschlagenen Arm stierte.

In der Luft über dem Schlachtfeld schwebte abwartend ein Schwarm Krähen.

»Hier entlang«, befahl Everard. »Und beeilt euch um Himmels willen! Diese Kampflinie wird jeden Moment zusammenbrechen.«

Der Atem brannte ihm in der Kehle, während er auf

die Standarten der Republik zurannte. Dabei wurde ihm bewußt, daß es ihm immer schon lieber gewesen wäre, wenn Hannibal gesiegt hätte. Die kalte, einfallslose Gier der Römer hatte ihn schon immer abgestoßen. Und jetzt versuchte er hier, ihre Stadt zu retten.

Was für ein Tag! Das Leben war manchmal schon verdammt merkwürdig.

Die Tatsache, daß Scipio Africanus einer der wenigen anständigen Männer war, die den Krieg überleben würden, tröstete ihn ein wenig.

Das Geschrei und der Gefechtslärm nahmen zu. Die Italer schlugen zurück. Everard sah, wie etwas Wellenähnliches gegen einen Felsen brandete. Aber es war der Fels, der vorwärts stürmte – laut schreiend und zustechend ...

Er begann zu laufen. Ein Legionär floh, seine Panik laut herausschreiend, an ihm vorbei. Ein grauhaariger römischer Veteran spie auf den Boden, spreizte die Füße und rührte sich nicht vom Fleck, bis sie ihn niederschlugen. Hannibals Elefanten trampelten trompetend über das Schlachtfeld. Die Reihen von Karthago setzten ihren Vormarsch zu dem geisterhaften Schlag der Trommeln fort. Vorwärts, weiter!

Everard sah Männer auf Pferden, römische Offiziere. Sie hielten ihre Adler-Standarten hoch und brüllten Befehle, die im Kampflärm untergingen.

Ein kleines Häuflein Legionäre trottete vorbei. Ihr Anführer rief den Patrouillengängern zu: »Hierher. Wir werden ihnen schon zeigen, wie römische Legionäre kämpfen – beim Bauch der Venus!«

Everard schüttelte den Kopf und setzte seinen Weg fort. Der Römer fluchte laut und sprang auf ihn zu. »Kommt her, ihr Feiglinge!« Ein Schockstrahl aus der Pistole schnitt ihm das Wort im Mund ab. Schwer stürzte er in den Schlamm. Seine Männer erstarrten mitten in der Bewegung und ergriffen im nächsten Augenblick laut schreiend die Flucht.

Die Karthager waren nun sehr nah. Schild an Schild, mit blutbedeckten Schwertern rückten sie vor. Auf der Wange eines Mannes konnte Everard eine leuchtende Narbe erkennen, die Adlernase im Gesicht eines anderen. Ein Speer prallte hart gegen den Helm des Agenten. Er zog den Kopf ein und rannte.

Vor ihm kämpfte eine kleinere Gruppe. Er versuchte, die Männer zu umgehen, und trat auf einen aufgeschlitzten Leichnam. Ein Römer taumelte gegen ihn und begrub ihn unter sich. Fluchend zog Van Sarawak seinen Freund unter dem Verwundeten hervor. Ein Schwert ritzte den Arm des Venusianers.

Vor ihnen wurden Scipios Männer umzingelt. Sie wehrten sich tapfer, aber vergeblich. Everard blieb stehen, atmete tief durch und spähte in den dünnen Regen. Ein Trupp römischer Reiter preschte heran. Ihre Rüstungen glänzten naß, und ihre Pferde hatten Schaum und Schlamm vor den Nüstern. Ihr Anführer mußte der Sohn sein, Scipio Africanus, der herbeieilte, um seinen Vater zu retten! Das Trommeln der Hufe ließ den Boden erzittern.

»Dort drüben!« rief Van Sarawak plötzlich und zeigte in eine Richtung. Everard blieb stehen und duckte sich. Regen tropfte von seinem Helm und rann ihm übers Gesicht. Aus einer anderen Richtung ritt ein Trupp Karthager auf das Kampfgetümmel um die Adler-Standarten der Römer zu – angeführt von zwei Männern mit der Statur und den kantigen Gesichtszügen von Neldor. Sie trugen Rüstungen, hielten aber jeder ein Gewehr mit schlankem Lauf in der Hand.

»Hier lang!« Everard machte auf dem Absatz kehrt und spurtete auf sie zu. Das Leder seines Harnischs ächzte beim Laufen.

Die Agenten war schon dicht bei den Karthagern, ehe man sie bemerkte. Ein Reiter schrie eine Warnung: Zwei verrückte Römer! Everard bemerkte trotz des Bartes, wie sich der Mund des Mannes zu einem Grinsen verzog. Einer der Neldorianer hob seine Strahlwaffe.

Everard warf sich auf den Bauch. Der grelle bläulichweiße Strahl zischte dicht an ihm vorbei. Dann schoß er selbst, und eins der afrikanischen Pferde brach zusammen. Van Sarawak feuerte unablässig: zweimal, dreimal, viermal. Einer der Neldorianer stürzte in den Schlamm!

Um die Scipios herum hieben die Männer aufeinander ein. Die Eskorte der Neldorianer kreischte erschrocken auf. Die Strahlwaffen waren ihnen sicher vorher demonstriert worden, doch die unsichtbaren Schläge aus den Schockstrahler zu erleben, war schon einen andere Sache. Sie rissen ihre Pferde herum. Der zweite Neldorianer brachte sein Reittier unter Kontrolle und preschte hinter ihnen her.

»Gib acht auf den, den du vom Pferd geholt hast, Van«, keuchte Everard. »Bring ihn vom Schlachtfeld weg ... Wir müssen ihn später verhören ...«

Damit sprang er auf ein reiterloses Pferd und jagte, ehe es ihm selbst richtig bewußt wurde, dem Neldorianer hinterher.

In seinem Rücken kämpften sich derweil Publius Cornelius Scipio und sein Sohn frei und erreichten wenig später die eigenen zurückweichenden Reihen.

Everard galoppierte durch das Chaos. Er holte alles aus dem Tier heraus, gab sich aber mit seiner Verfolgerrolle zufrieden. Sobald sie außer Sicht waren, konnte ein Scooter herunterkommen und kurzen Prozeß mit seinem Gegner machen.

Der gleiche Gedanke mußte auch dem Zeitvagabunden gekommen sein, denn er wendete sein Pferd und legte an. Everard sah den grellen Blitz und fühlte den Strahl heiß an seiner Wange vorbeizischen. Er stellte seine Pistole auf Breitstreuung und ritt schießend auf seinen Widersacher zu.

Der nächste Blitz traf sein Pferd voll in die Brust.

Das Tier überschlug sich und schleuderte Everard in hohem Bogen aus dem Sattel. Seine trainierten Reflexe dämpften den Sturz. Er rollte sich auf die Füße und lief auf den Neldorianer zu. Die Schockwaffe lag irgendwo im Schlamm, und ihm blieb keine Zeit, danach zu suchen. Das konnte er später noch – wenn er das hier überlebte.

Der breite Schockstrahl hatte sein Ziel gefunden, war auf diese Entfernung aber nicht stark genug, einen Mann von den Füßen zu holen. Doch auch der Neldorianer, der noch im Sattel saß, hatte sein Strahlgewehr fallengelassen. Sein Pferd hatte die Augen geschlossen, und die Flanken des Tieres bebten von dem scharfen Ritt.

Regen rann über Everards Gesicht, als er zu dem Pferd hinüberstapfte. Der Neldorianer sprang zu Boden und zog sein Schwert. Everards Schwert zuckte vor.

»Wie du willst, mein Freund«, sagte er auf Lateinisch. »Einer von uns beiden wird dieses Feld nicht lebend verlassen.«

9

Der Mond stieg über die Berge und brachte die Schneekristalle zum Glitzern. Weit im Norden reflektierte ein Gletscher das bleiche Licht. Ein Wolf heulte. Die Cromagnons sangen in ihrer Höhle, und ihr Stammesgesang schwebte leise über die Veranda.

Deirdre stand im Schatten und sah hinaus. Ihre Wangen waren feucht von Tränen. Als Everard und Van Sarawak zu ihr traten, fragte sie: »Ihr seid schon so schnell zurück? Ihr wart gerade angekommen und habt mich am Morgen sofort wieder verlassen.«

»Es hat eben nicht lange gedauert«, antwortete Van Sarawak. Er hatte sich einem Hypno-Lehrgang in attischem Griechisch unterzogen.

»Ich hoffe doch ...« – und dabei versuchte sie ein Lächeln, –, »... daß Ihr nun eure Aufgabe erledigt habt und euch von den Strapazen erholen könnt.«

»Ja«, sagte Everard. »Wir haben unsere Aufgabe erledigt.«

Schweigend standen sie eine Zeit lang nebeneinander und schauten auf diese winterliche Welt hinaus.

»Stimmt es, was Ihr sagtet – daß ich nie mehr nach Hause zurückkehren kann?« fragte Deirdre leise.

»Ich fürchte ja. Die Zauberformeln ...« Everard wechselte einen raschen Blick mit Van Sarawak.

Sie hatten die offizielle Erlaubnis, dem Mädchen so viel zu erzählen, wie sie es für richtig hielten, und sie dorthin zu bringen, wo sie ihrer Meinung nach am besten leben konnte. Van Sarawak behauptete, der beste Ort für sie sei die Venus seines Jahrhunderts, und Everard war einfach zu müde, um sich deswegen mit ihm zu streiten.

Deirdre holte tief Luft. »Sei es denn«, meinte sie. »Ich werde nicht mein ganzes Leben meiner Heimat nachtrauern. Möge Baal geben, daß es meinen Leute zu Hause gut geht.«

»Dessen bin ich sicher«, beruhigte Everard sie.

Plötzlich war er am Ende seiner Kräfte. Er wollte nur noch schlafen. Sollte doch Van Sarawak ihr sagen, was noch gesagt werden mußte, und ernten, welche Belohnung auch immer es zu ernten gab.

Er nickte seinem Kameraden zu. »Ich gehe hinein. Mach du weiter, Van.«

Der Venusianer nahm den Arm des Mädchens. Everard zog sich erschöpft in sein Zimmer zurück.

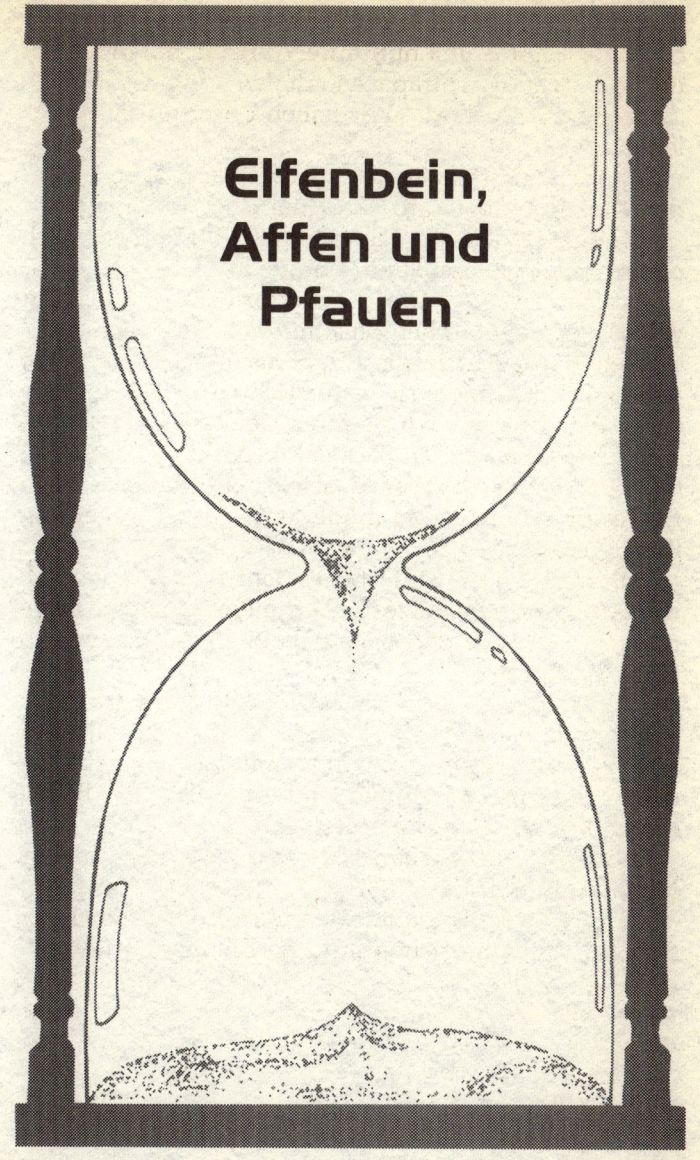

Während Salomon auf der Höhe seines Ruhms stand und er seinen Tempel baute, kam Manse Everard nach Tyros. Und fast vom ersten Augenblick an war sein Leben in Gefahr.

Das hatte für sich genommen keine große Bedeutung. Ein Agent der Zeitpatrouille war ein Verbrauchsartikel, um so mehr, wenn er oder sie den göttergleichen Status von ›ungebunden‹ besaß. Die Menschen, die Everard hier suchte, konnten eine ganze Realität zerstören. Er war gekommen, sie zu retten.

Eines Nachmittags, im Jahr 950 v. Chr. näherte sich das Schiff, mit dem er reiste, seinem Bestimmungsort. Das Wetter war warm, die Luft fast unbewegt. Mit gerefften Segeln glitt das Schiff, von seinen Ruderern angetrieben, auf den Hafen zu, unter Ächzen und Platschen der langen Riemen, den Paukenschlägen eines Decksmeisters, der zwischen den beiden Seeleuten stand, die auf der rechten und der linken Seite des Hecks die breiten Blätter der Steuerruder hielten. Kleine Wellen glitzerten um den breiten, fünfundzwanzig Meter langen Schiffsrumpf. Weiter entfernt ließ das Glitzern des Meeres die Silhouetten weiterer Schiffe, die auf ihm segelten, verschwimmen. Es waren viele Schiffe, von schlanken Kriegsfahrzeugen bis zu wannenförmigen, plumpen Frachtkähnen. Die meisten von ihnen waren phönizisch, viele kamen jedoch aus den verschiedenen Stadt-Staaten jener Gegend. Andere stammten aus weit entlegenen Gebieten: Philister, Assyrer, Achäer oder von noch fremderen Zonen. Der Handel der bekannten Welt floß durch Tyros.

»Nun, Eborix«, sagte Kapitän Mago freundlich, »da hast du sie, die Königin der Meere, wie ich sie genannt habe. Habe ich übertrieben? Wie findest du meine Stadt?«

Er stand neben seinem Passagier im Bug des Schiffes, dicht hinter dem kunstvoll geschnitzten Fischschwanz-Ornament, das sich über ihren Köpfen nach hinten bog, seinem Gegenstück im Heck des Schiffes zu. An diese dekorative Skulptur und die Latten der Reling festgelascht, die entlang beider Bordseiten verlief, stand eine Urne, die fast so groß war wie er. Das Öl, mit der sie gefüllt war, befand sich noch immer in ihr; es hatte sich nicht die Notwendigkeit ergeben, Meereswogen mit ihm glätten zu müssen, so ruhig wie die See während ihrer Überfahrt von Sizilien gewesen war.

Everard blickte auf den Schiffer hinab. Mago war ein typischer Phönizier, schlank, dunkelhäutig, hakennasig, mit großen, ein wenig schräg stehenden Augen und hohen Wangenknochen. Er trug einen sorgfältig getrimmten Bart, einen gelb-rot gemusterten Kaftan, einen konischen Hut und Sandalen. Der Patrouillen-Mann überragte ihn um mehr als einen Kopf. Da er immer auffallen würde, ganz gleich, welche der lokalen Verkleidungen er auch wählen mochte, hatte er die Rolle eines Kelten aus Mitteleuropa angenommen und trug die entsprechenden Attribute: Hose, Tunika, Bronzeschwert und einen langen, buschigen Schnurrbart.

»Wirklich ein großartiger Anblick«, antwortete er mit diplomatischer, von einem starken Akzent gekennzeichneten Stimme. Das Elektro-Cram, das er genommen hatte – zeitauf, in seiner Heimat Amerika –, hätte ihn befähigt, ein makelloses Punisch zu sprechen, doch das hätte nicht zu seiner Rolle gepaßt; also beschränkte er sich auf eine gewisse Flüssigkeit der Sprache. »Fast überwältigend für einen einfachen Hinterwäldler.«

Er blickte wieder voraus. Ohne Übertreibung: dieses Tyros war auf seine Art genau so eindrucksvoll wie New York – vielleicht noch mehr, wenn man sich vor Augen führte, wieviel König Hiram erreicht hatte, und in welch kurzer Zeitspanne, und allein mit den Mitteln der Eisenzeit, die damals noch nicht sehr alt war.

An Steuerbord erhob sich die Festlandküste, die zum Libanon anstieg. Das Land war sommergelb, mit Ausnahme der Stellen, an denen Obstgärten und Waldstücke es mit grünen Flecken versah, oder wo Dörfer lagen. Es wirkte reicher, einladender als Everard es bei späteren Reisen gesehen hatte, bevor er der Patrouille beigetreten war.

Usu, die ursprüngliche Stadt, erstreckte sich entlang der Küste. Abgesehen von ihrer Größe, unterschied sie sich kaum von ihrer ländlichen Umgebung; blockförmige Häuser aus sonnengetrockneten Lehmziegeln und mit flachen Dächern, enge, gewundene Gassen, ein paar farbige Fassaden, die verrieten, daß Tempel oder Paläste hinter ihnen lagen. Zinnenbewehrte Mauern und Türme schlossen die Stadt von drei Seiten ein. An der Seeseite dienten Lagerschuppen – und die zwischen ihnen errichteten Stadttore – dem doppelten Zweck als Warenlager und Verteidigungswälle. Ein Aquädukt führte von irgendeinem Punkt, der jenseits von Everards Blickfeld lag, in die Stadt.

Die neue Stadt, Tyros – von ihren Bewohnern Sor genannt, was ›Felsen‹ heißt – lag auf einer Insel, die etwa einen Kilometer von der Küste entfernt war. Das heißt, sie bedeckte das, was einst zwei Schären gewesen waren, bis man die flachen Gewässer zwischen ihnen und um sie herum aufgefüllt hatte. Später hatte man einen Kanal hindurchgegraben, der genau in nord-südlicher Richtung verlief, und Piers und Wellenbrecher angelegt, um die ganze Inselregion zu einem unvergleichlichen Hafen zu machen, Mit einer ständig anwachsenden Bevölkerung und blühendem Handel auf engen Raum zusammengedrängt, wuchsen die Häuser immer höher, türmte sich ein Stockwerk auf das andere, bis sie die sie schützenden Mauern überragten wie Wolkenkratzer. Sie schienen hier nicht so häufig aus Ziegeln zu bestehen, als vielmehr aus Stein und Zedernholz. Wo Lehm und Mörtel verwendet worden waren, hatte man sie mit Fresken oder Mosaiken aus Muscheln verziert. Auf der Ostseite sah Everard ein großes, vornehm wirkendes Gebäude, das der König nicht für sich selbst erbaut hatte, sondern für die Bevölkerung.

Magos Schiff steuerte auf den äußeren oder südlichen Hafen zu, den ägyptischen Hafen, wie er ihn nannte. Seine Piers waren voll geschäftigen Lebens; Männer beluden und entluden Schiffe, trugen Waren in die Schuppen oder aus diesen heraus, reparierten, rüsteten, unterhielten und stritten sich, ein scheinbares Durcheinander und Chaos, in dem aber dennoch fleißig Arbeit verrichtet wurde. Hafenarbeiter, Eseltreiber und andere Leute, wie die Matrosen auf diesem mit Fracht vollgeladenen Deck, trugen lediglich Hüfttücher oder Kaftans, von denen die meisten ausgeblichen und mit Flicken besetzt waren. Doch sah man auch elegante Kleider, von denen manche die kostbaren Farben zeigten, die hier erzeugt wurden. Hin und wieder tauchten Frauen in der Menge von Männern auf, und Everards mäßige Bildung sagte ihm, daß nicht alle von ihnen Huren waren. Laute rollten ihm entgegen: Worte, Lachen, Wiehern, Schritte, das Trappeln von Hufen, Hämmern, das Ächzen von Wagenrädern und Kränen, nasale Musik. Die Vitalität dieser Stadt war überwältigend.

Aber nicht, daß dies irgendeine Szene aus einem Tausend-und-eine-Nacht-Film gewesen wäre. Er hatte auch schon Bettler entdeckt, verkrüppelt, blind, halb verhungert; er sah eine Peitsche auf den Rücken eines Sklaven niedersausen, der zu langsam arbeitete. Und den Tragtieren ging es noch schlechter. Die Gerüche des alten Orients drangen auf ihn ein: Rauch, Dung, Unrat, Schweiß, und auch Teer, Gewürze und verlockender Bratenduft. Unter das alles mischte sich der Gestank der Färbereien und der Stachelschnecken-Abfallhaufen auf dem Festland; doch während der Fahrt entlang der Küste und der allnächtlichen Lager an Land war er inzwischen daran gewöhnt.

Er nahm sich diese Nachteile nicht zu Herzen. Seine Reisen durch die Geschichte hatten ihn von jeder Empfindlichkeit kuriert und ihn gegen die Grausamkeiten von Mensch und Natur abgehärtet – zu einem gewissen Grad. Für ihre Ära waren diese Kanaaniter ein aufgeklärtes und glückliches Volk. Im Grund genommen mehr als die meisten Menschen irgendwo und irgendwann.

Seine Aufgabe bestand darin, sie in diesem Zustand zu erhalten.

Mago zog seine Aufmerksamkeit wieder auf sich. »Ja, da gibt es welche, die einen Neuankömmling schamlos ausnehmen würden. Ich möchte nicht, daß dir das passiert, mein Freund Eborix. Ich habe dich während unserer Reise liebgewonnen, und ich wünsche, daß du meine Stadt in guter Erinnerung behältst. Laß mich dir den Weg zu einem Gasthaus zeigen, das ein Schwager von mir führt – der Bruder meiner zweiten Frau, genaugenommen. Er wird dir eine saubere Schlafstatt und einen sicheren Hort für deine Wertsachen geben – und zu einem gerechten Preis.«

»Ich danke dir von Herzen«, antwortete Everard, »doch mein Vorhaben ist es, diesen Landsmann von mir aufzusuchen, von dem ich dir erzählt habe. Erinnere dich, es ist seine Anwesenheit hier, die mir den Mut gegeben hat, mich hierher zu wagen.« Er lächelte. »Natürlich, sollte er inzwischen gestorben oder fortgezogen sein, oder was sonst, würde ich dein Angebot mit Freuden annehmen.« Das war reine Höflichkeit. Der Eindruck, den er von Mago im Laufe der Reise gewonnen hatte, war, daß er genauso geldgierig war, wie jeder andere Kaufmanns-Abenteurer, und hoffte, ihn ausnehmen zu können.

Der Kapitän blickte ihn ein paar Sekunden lang prüfend an. Everard galt schon unter seinen Landsleuten für groß, was ihn hier zu einem Riesen machte. Eine eingeschlagene Nase in dem breitflächigen Gesicht verstärkte den Eindruck von Härte, und seine blauen Augen und sein dunkelblondes Haar verrieten seine Herkunft aus dem wilden Norden. Eborix war ein Mann, den man besser nicht zu hart anfassen sollte.

Andererseits besaß seine keltische *persona* nicht gerade einen Seltenheitswert in dieser kosmopolitischen Stadt. Es kamen nicht nur Bernstein von der baltischen Küste, Zinn von Iberien, Gewürze aus Arabien, Harthölzer aus Afrika und gelegentlich Waren aus noch entfernteren Zonen, sondern auch Menschen.

Als Eborix seine Passage bezahlt hatte, hatte er als Grund dafür angegeben, daß er sein bergiges Heimatland verlassen müsse, daß seine Sippe Verlierer in einer Familienfehde sei und er deshalb sein Glück im Süden versuchen müsse. Umherziehend habe er gejagt und gearbeitet, um seinen Lebensunterhalt zu verdienen, als man ihm als Gegenleistung für seine Geschichten keine Gastfreundschaft gewährte. So sei er schließlich bei den Umbriern gelandet, die ihm stammesverwandt waren. (Die Kelten würden erst etwa drei Jahrhunderte später, nachdem sie sich mit dem Eisen vertraut gemacht hatten, Europa bis zur Atlantikküste überrennen, hatten jedoch bereits ein Gebiet unweit der Donau erobert, das zur Wiege ihrer Rasse werden sollte.) Einer von ihnen, der als Söldner gedient hatte, hätte Eborix die in Kanaan vorhandenen Möglichkeiten geschildert und ihn die punische Sprache gelehrt. Dann habe er eine Bucht in Sizilien aufgesucht, wo regelmäßig phönizische Kauffahrteischiffe anlandeten, um für sich und die Waren, die er gekauft hatte, eine Passage zu erwerben. Man hatte ihm gesagt, daß in Tyros ein Mann lebe, der aus seinem Geburtsland stamme und ebenfalls ein abenteuerliches Leben hinter sich habe und angeblich bereit sei, einen Landsmann auf einen einträglichen Kurs zu steuern.

Diese Legenden, von Spezialisten der Patrouille sehr sorgfältig entwickelt, waren dazu angetan, die Neugier der Schiffsbesatzung zu dämpfen. Und sie machte Everards Reise sicherer. Wenn sie hätten annehmen müssen, daß dieser Fremde ein Einzelreisender war, ohne jede Verbindungen, hätten Mago und die Mannschaft sich versucht fühlen können, ihn im Schlaf zu überfallen, ihn zu fesseln und als Sklaven zu verkaufen. Unter den gegebenen Umständen war die Reise jedoch interessant, ja sogar ein Vergnügen. Everard hatte diese Schurken richtig liebgewonnen.

Und das verdoppelte seinen Wunsch, sie vor dem Untergang zu retten.

Der Tyrer seufzte: »Wie du willst«, sagte er. »Doch falls du mich brauchen solltest, mein Haus liegt an der Straße des Tempels von Anat, nahe dem Sidonischen Hafen.« Er lächelte. »Besucht mich auf jeden Fall, du und dein Gastgeber. Er ist im Bernsteinhandel, hast du gesagt? Vielleicht können wir ein kleines Geschäft machen... Aber tritt jetzt beiseite. Ich muß uns in den Hafen bringen.« Er schrie ein paar Befehle.

Geschickt legten die Seeleute ihr Schiff an die Pier, machten die Taue fest, schoben die Planke auf den Kai. Menschen drängten sich heran, schrien nach Neuigkeiten, boten sich zum Entladen an, priesen ihre Waren an oder die Preiswürdigkeit der Häuser ihrer Herren. Doch wagte sich keiner von ihnen an Bord. Dieses Vorrecht stand allein dem Zöllner zu. Ein Soldat mit Helm und Schuppenpanzer, mit einem Speer und einem Kurzschwert bewaffnet, ging vor ihm her und öffnete ihm einen Weg durch die Menge, die ihm mit gutmütigen Flüchen antwortete. Hinter dem Zöllner trottete ein Sekretär, der einen Griffel und eine mit Wachs überzogene Tafel in den Händen hielt.

Everard ging unter Deck und packte seine Sachen zusammen, die er zwischen Blöcken italienischen Marmors verstaut hatte, die die Hauptladung des Schiffes bildeten. Der Zöllner forderte ihn auf, seine beiden Ledersäcke zu öffnen. Es befand sich nichts Aufregendes in ihnen. Der einzige Sinn der weiten Reise von Sizilien, statt eines bequemen Zeitsprunges direkt hierher, war schließlich gewesen, den Patrouillenmann als das auszuweisen, was zu sein er vorgab. Er war so gut wie sicher, daß der Feind Wache hielt und alle Ereignisse sehr genau beobachtete, während sie sich dem Augenblick der Katastrophe näherten.

»Du kannst also für deinen Lebensunterhalt aufkommen, zumindest für eine Weile«, sagte der phönizische Zöllner und nickte mit seinem grauhaarigen Kopf, als Everard ihm mehrere kleine Bronze-Ingots vorwies. Münzen würden erst in einigen Jahrhunderten erfunden werden, doch das Metall konnte gegen alles eingetauscht werden, was er haben wollte. »Du mußt verstehen, daß wir nicht jemanden hereinlassen können, bei dem wir das Gefühl haben, daß er zum Räuber werden könnte. Genaugenommen ...« Er warf einen Blick auf das barbarische Schwert – »was ist der Grund deines Hierseins?«

»Ehrliche Arbeit zu finden, Euer Gnaden, und sei es als Wächter einer Karawane. Ich suche Conor, den Bernsteinhändler.« Die Anwesenheit dieses hier residierenden Kelten war einer der Hauptgründe dafür gewesen, daß Everard diese Verkleidung gewählt hatte. Der Chef der hiesigen Patrouillenbasis hatte es vorgeschlagen.

Der Tyrer schien zu einem Entschluß gekommen zu sein. »Gut. Du darfst an Land. Und deine Waffe auch. Denke jedoch daran, daß wir hier Diebe, Banditen und Mörder kreuzigen. Falls du keine Arbeit finden solltest, suche Ithobaals Heuerhaus auf, in der Nähe der Halle der Suffeten. Der findet immer irgendeine Taglöhnerarbeit für einen Burschen, der so kräftig ist wie du. Viel Glück auf deinen Wegen.«

Er wandte sich ab, da er noch einiges mit Mago zu besprechen hatte. Everard trat zurück und wartete auf eine Gelegenheit, sich von dem Kapitän zu verabschieden. Das Gespräch war kurz, fast beiläufig, und der Zoll, der in natura entrichtet werden konnte, war gering. Diese Geschäftsleute hatten keinen Sinn für die schwerfällige Bürokratie Ägyptens oder Mesopotamiens.

Nachdem er alles gesagt hatte, was er sagen wollte, packte Everard seine Ledersäcke an ihren Tragschnüren und ging an Land. Menschen drängten sich um ihn, starrten ihn an, schwatzten erregt. Anfangs war er erstaunt: nach einigen zaghaften Versuchen bettelte ihn niemand mehr an, und niemand versuchte, ihm irgendwelchen Plunder zu verkaufen. Konnte dies wirklich der Nahe Osten sein?

Vielleicht lag es an dem Fehlen von Geld. Jemand, der gerade gelandet war, besaß nichts, das man später als Kleingeld zu bezeichnen pflegte. Normalerweise traf man ein Abkommen mit dem Wirt, zahlte so und so viele Metallbarren oder was man sonst an Wertgegenständen besitzen mochte, für Logis und Essen. Für geringere Ausgaben sägte man ein Stück von einem Barren ab, falls man nicht einen anderen Handel absprach. (Everards Fundus enthielt Bernstein und Perlen.) Manchmal bediente man sich eines Maklers, der die Transaktion um einiges komplizierter machte, indem er mehrere weitere Menschen einschaltete. Wenn man sich in Geberlaune befand, konnte man einen Beutel mit Körnern oder getrockneten Früchten bei sich tragen, um etwas davon in die Schalen der Bettler zu werfen.

Everard ließ bald die meisten der Menschen hinter sich. Sie waren ohnehin vor allem an der Schiffsbesatzung interessiert. Ein paar Neugierige und viele Blicke folgten ihm jedoch. Er schritt eine Pier entlang auf ein offenes Tor zu.

Eine Hand zerrte an seinem Ärmel. Überrascht blickte er hinab.

Ein braunhäutiger Junge grinste ihn an. Er mochte um die sechzehn sein, nach dem Flaum auf seinen Wangen zu urteilen, obwohl klein und hager selbst nach hiesigen Maßstäben. Doch er bewegte sich behende, auf bloßen Füßen, nur mit einem zerrissenen, schmutzverklebten Lendentuch bekleidet, an dem ein Beutel hing. Lockiges schwarzes Haar hing zu einem Zopf geflochten auf seinem Rücken, umrahmte ein schmales Gesicht mit einer scharfen Nase und einem spitzen Kinn. Sein Lächeln und seine Augen – große levantinische Augen mit langen Wimpern – waren strahlend.

»Heil dir, Herr, Heil dir!« grüßte er. »Möge dir ein langes Leben beschieden sein, Gesundheit und Stärke! Willkommen in Tyros! Wohin des Wegs bist du, Herr, und was kann ich für dich tun?«

Er sprach nicht überstürzt, sondern langsam und deutlich, in der Hoffnung, daß der Fremde ihn verstehen möge. Als er eine Antwort in seiner eigenen Sprache erhielt, war er außer sich vor Freude. »Was willst du, Junge?«

»Dir als Führer dienen, Herr, als Berater, als Helfer, und – ja – als dein Beschützer. Unsere sonst so wunderbare Stadt wird bedauerlicherweise von Schurken geplagt, die nichts anderes im Sinn haben, als unschuldige Fremde, die neu in Tyros sind, auszuplündern. Wenn sie dir nicht alles stehlen, was du besitzt, werden sie dir den größten Schund aufschwatzen, zu einem Preis, der dich bald zum Bettler machen wird ...«

Der Junge hielt inne. Er hatte einen abgerissenen Mann entdeckt, der sich ihnen näherte. Er sprang sofort auf ihn los, mit wirbelnden Fäusten, und schrie so schnell und so schrill, daß Everard nur ein paar seiner wütend hervorgestoßenen Worte verstand: »... verlauster Schakal! ... ich habe ihn zuerst gesehen ... verschwinde in die Latrine, die dich geboren hat ...!«

Der Mann blieb stehen. Er griff nach einem Messer, das von seiner Schulter hing. Doch er hatte sich kaum bewegt, als der Junge eine Schleuder aus seinem Beutel zog, und einen faustgroßen Stein, um sie damit zu laden. Er duckte sich, grinste, und ließ die Schleuder um den Kopf kreisen. Der Mann spuckte aus, machte eine häßliche Bemerkung, wandte sich um und ging davon, begleitet von dem Gelächter der Menschen, die Zeugen dieser kleinen Konfrontation geworden waren.

Der Junge lachte triumphierend und trabte zu Everard zurück. »Das, Herr, war ein ausgezeichnetes Beispiel für das, was ich eben sagte«, krähte er. »Ich kenne diesen Schurken sehr gut. Er ist Läufer für seinen Vater – falls es sein Vater ist –, der das Gasthaus ›Zeichen des Blauen Tintenfisches‹ besitzt. Ein Gast kann dort froh sein, wenn er ein verfaultes Stück Ziegenschwanz zum Abendessen kriegt, die Kellnerin ist eine Brutstätte für Ungeziefer und Krankheiten, und die Betten brechen nur deshalb nicht zusammen, weil die Wanzen sich an den Händen halten, und was den Wein betrifft – nun ich vermute, daß die Kellnerin irgend jemands Pferd angesteckt hat. Du wirst sehr bald zu krank sein, um zu merken, wenn dieser Großvater von tausend Hyänen dein Gepäck ausraubt, und falls du versuchen solltest, dich zu beschweren, wird er bei allen Göttern des Universums schwören, daß du es beim Spiel verloren hast. Er hat keine Angst vor dem Tag, an dem die Welt sich von ihm befreien wird, weil er weiß, daß man in der Hölle nicht soweit gehen wird, ihn einzulassen. Das ist es, wovor ich dich bewahrt habe, großer Herr.«

Everard spürte, wie ein Grinsen seine Lippen auseinanderzog. »Nun, mein Sohn, ich glaube, daß du ein wenig übertreibst«, sagte er.

Der Junge schlug sich auf seine magere Brust. »Nicht

mehr, als nötig war, um Hoheit den richtigen Eindruck zu vermitteln. Du bist sicher ein Mann größter Erfahrung, der die Dinge richtig beurteilen kann, und auch ein Herr, der treue Dienste großzügig entlohnt. Komm, laß mich dich zu deiner Herberge bringen, oder wohin sonst du zu gehen geruhen magst, dann kannst du selbst beurteilen, ob Pummairam dich richtig geführt hat.«

Everard nickte. Der Plan von Tyros war fest in seinem Gedächtnis verankert; er brauchte keinen Führer. Es würde jedoch für einen Fremden, der gerade angekommen war, natürlich sein, sich einen zu mieten. Außerdem würde dieser Junge dafür sorgen, daß er nicht von anderen belästigt wurde, und er konnte ihm vielleicht sogar ein paar gute Tips geben.

»Also gut, führe mich dorthin, wohin ich zu gehen wünsche. Dein Name ist Pummairam?«

»Ja, Herr.« Da der Junge nicht auch den Namen seines Vaters genannt hatte, wie es üblich war, wußte er wahrscheinlich nicht, wer ihn gezeugt hatte. »Darf ich meinen edlen Herrn fragen, mit welchem Titel er von seinem gehorsamen Diener angesprochen zu werden wünscht?«

»Keinen Titel. Ich heiße Eborix, Sohn des Mannoch, und komme aus einem Land, das jenseits dessen der Achäer liegt.« Da sich niemand von Magos Leuten in der Nähe befand und zuhören konnte, fuhr er fort: »Er, den ich suche, heißt Zakarbaal von Sidon, der hier für die Seinen handelt.« Das bedeutete, daß Zakarbaal die Firma seiner Familie in Tyros vertrat und sich zwischen den Besuchen ihrer Handelsschiffe um deren Interessen kümmerte. »Ich habe sagen hören, daß sich das Haus in ... ah ... in der Straße der Schiffsausrüster befindet. Kannst du mir den Weg dorthin zeigen?«

»Aber ja, aber ja.« Pummairam belud sich mit Everards Ledersäcken. »Geruhe nur, mit mir zu kommen.«

Es war nicht schwierig, sich in Tyros zurechtzufinden. Da es eine geplante Stadt war, und keine, die im Lauf von Jahrhunderten organisch gewachsen war, hatte man sie mehr oder weniger gitterartig angelegt. Die Straßen waren gepflastert und verhältnismäßig breit und besaßen Rinnsteine, durch die das Regenwasser abgeleitet wurde. Sie hatten allerdings keine Gehsteige, doch das spielte keine Rolle, weil Tragtiere auf ihnen nicht zugelassen waren, ausgenommen auf ein paar Durchgangsstraßen und im Hafenbereich; und die Menschen warfen auch keinen Unrat auf das Pflaster. Es gab natürlich auch keine Beschilderung, doch auch das spielte keine Rolle, da jeder Einwohner ihm gern Auskunft erteilt hätte, nur um ein paar Worte mit einem Ausländer wechseln zu können, und dabei vielleicht ein kleines Geschäft vorzuschlagen.

Links und rechts der Straße erhoben sich hohe Hauswände, zumeist fensterlos, die das auf einen Innenhof konzentrierte Haus nach außen verschlossen, eine Bauform, die in den Mittelmeerländern viele Jahrtausende lang vorherrschen sollte. Sie schützten vor Stürmen und reflektierten das Sonnenlicht. Geräusche wurden von den Mauern zurückgeworfen, und Gerüche hingen wie Schwaden in der Straßenschlucht. Everard gefiel es hier. Mehr noch als am Hafen drängten sich Menschen, scherzten, gestikulierten, lachten, riefen, schrien. Träger unter ihren Jochen, Bahrenträger, die einen reichen Bürger von einem Ort zum anderen brachten, drängten sich zwischen Seeleuten, Handwerkern, Verkäufern, Arbeitern, Hausfrauen, Gauklern, Bauern vom Festland und Schafhirten hindurch, zwischen Ausländern von allen Ufern des Meeres in der Mitte der Welt. Wenn ihre Kleidung auch zumeist dunkle Tönungen aufwies, sah man doch einige helle Farben, und unter allen steckten Körper, die vor Energie überzuschäumen schienen.

Entlang den Wänden standen Verkaufsbuden. Everard konnte nicht widerstehen, hin und wieder stehenzubleiben und zu sehen, was dort angeboten wurde. Die Auswahl schloß nicht die berühmte Purpurfarbe ein; sie war zu teuer und wurde den Händlern von Tuchwebereien der ganzen Welt aus den Händen gerissen. Sie war dazu ausersehen, die Farbe der Könige zu werden. Doch gab es keinen Mangel an bunten Tüchern, Vorhängen und Teppichen. Glaswaren wurden in riesigen Mengen und in allen nur denkbaren Formen angeboten, von Perlen bis zu Karaffen; es war eine weitere Spezialität der Phönizier, ihre eigene Erfindung. Edelsteine und Figurinen, oft aus Elfenbein geschnitzt oder aus Edelmetall gegossen, zeigten eine hervorragende Qualität. Diese Kultur hatte nur wenige eigenständige Kunstwerke hervorgebracht, die anderer Völker jedoch ohne Hemmungen und mit großem Geschick kopiert. Amulette, Talismane, Krimskrams, Nahrungsmittel, Getränke, Hausgeräte, Waffen, Musikinstrumente, Spielsachen, und so weiter.

Everard erinnerte sich, mit welch hämischer Genugtuung die Bibel über den Reichtum Salomons gesprochen hatte (sprechen würde) und über die Quellen dieses Reichtums. *Denn der König hatte Schiffe, die mit den Knechten Hurams nach Tharsis fuhren. Einmal alle drei Jahre kamen die Tharsisschiffe heim und brachten Gold, Silber, Elfenbein, Affen und Pfauen.*

Pummairam gab sich alle Mühe, Everards Gespräche mit den Händlern abzubrechen und ihn weiterzudrängen. »Laß mich meinem Herrn zeigen, wo es die wirklich guten Sachen gibt.« Zweifellos würde das Pummairam eine Prämie einbringen, aber was soll's, der Junge mußte schließlich auch von irgend etwas leben, und so, wie er aussah, lebte er sicher nicht sehr üppig.

Für eine Weile folgten sie dem Kanal. Seeleute sangen ein unanständiges Lied, während sie ein beladenes Schiff durch die schmale Wasserstraße zogen. Eigner und Kapitän standen an Deck, mit der Würde, die ihrer Position zukam. Die phönizische Bourgeoisie war recht nüchtern eingestellt – außer in ihrer Religion, deren Riten teilweise recht orgiastisch waren und ihre alltägliche Nüchternheit kompensierten.

Die Straße der Schiffsausrüster führte vom Kanal fort. Sie war ziemlich lang und wurde von zwei großen, langgestreckten Gebäuden eingefaßt, die sowohl Lagerschuppen als auch Büros und Wohnungen enthielten. Es war eine ruhige Straße, obwohl sie an ihrem anderen Ende eine belebte Gasse kreuzte; keine Läden und Verkaufsbuden säumten die hohen, heißen Mauern, und nur wenige Menschen waren zu sehen. Kapitäne und Schiffseigner vielleicht, die Vorräte für eine bevorstehende Reise einkaufen wollten, Kaufleute, um Waren abzusetzen, und, ja, zwei Monolithe flankierten den Eingang zu einem kleinen Tempel, der Tanith geweiht war, der Herrin der Wogen. Mehrere kleine Kinder, die zu hier wohnenden Familien gehören mußten – Jungen und Mädchen, alle nackt, oder doch fast nackt –, liefen umher, spielten, und ein magerer, aufgeregter Hund bellte sie an.

Ein Bettler saß mit angezogenen Knien in der schattigen Einmündung einer Gasse. Seine Schale stand vor seinen bloßen Füßen. Sein Körper war von einem Kaftan bedeckt, dessen Kapuze sein Gesicht verschattete. Everard sah, daß ein Lappen vor seine Augen gebunden war. Armer, blinder Teufel; Blindheit war einer der zahllosen Flüche, die die Welt des Altertums doch nicht so strahlend erscheinen ließen – Pummairam lief an dem Bettler vorbei, um einen Mann in priesterlicher Robe einzuholen, der gerade aus dem Tempel trat. »Warte, Herr, Heiligkeit, bitte«, rief er. »Welches ist die Tür von Zakarbaal, dem Sidonier? Mein Herr will ihm die Ehre seines Besuches zuteil werden lassen.« Everard, der die Antwort bereits kannte, schritt rascher aus, um ihn einzuholen.

Der Bettler erhob sich. Mit der linken Hand riß er die Binde von den Augen und warf die Kapuze zurück.

Everard sah ein schmales Gesicht mit einem dichten, schwarzen Bart, und zwei klare Augen, die ihn mit Sicherheit durch die Binde beobachtet hatten. Seine rechte Hand zog etwas aus dem weiten Ärmel, das im Sonnenlicht funkelte.

Eine Pistole!

In einer Reflexbewegung warf Everard sich zur Seite. Ein scharfer Schmerz durchfuhr seine linke Schulter. Sonic-Waffe, erkannte er, aus der Zukunftswelt seiner Heimat, lautlos, rückstoßfrei. Wenn ihr unsichtbarer Strahl seinen Kopf oder sein Herz getroffen hätte, wäre er jetzt tot, ohne daß auch nur die geringste Verletzung an seinem Körper zu sehen gewesen wäre.

Es gab keinen anderen Weg als vorwärts. »Haaa!« brüllte er und griff im Zickzack laufend an. Sein Schwert fuhr zischend aus der Scheide.

Der andere grinste, wich zurück, hob die Pistole und zielte sorgfältig.

Ein klatschendes Geräusch. Der Attentäter taumelte rückwärts, schrie auf, ließ seine Waffe fallen und preßte beide Hände auf die Rippen. Pummairans Schleuderstein klapperte über das Pflaster.

Kinder stoben schreiend davon. Der Priester verschwand vorsichtigerweise wieder in seiner Tempeltür. Der Fremde fuhr herum und lief fort. Er verschwand im hinteren Ende der Gasse. Everard war zu langsam. Seine Verletzung war nicht schlimm, doch im Augenblick schmerzte sie entsetzlich. Halb benommen blieb er an der Einmündung der Gasse stehen und starrte in die Leere, die vor ihm lag. »Er ist entkommen«, sagte er keuchend und auf englisch. »Ach, verdammt, was soll's!«

Pummairam lief auf ihn zu. Besorgt tasteten seine Hände über Everards Körper. »Bist du verwundet, Herr? Kann dein Diener dir helfen? Oh, Schande, Schande über mich! Ich hatte nicht genügend Zeit, richtig Schwung zu nehmen, genau zu zielen, denn

sonst hätte ich das Gehirn dieses Schurken über die Straße verstreut, daß die Hunde es hätten auflecken können.«

»Du... du hast deine Sache sehr gut gemacht... trotz allem.« Everard atmete tief durch. Kraft und Ruhe begannen wiederzukehren, der Schmerz zu verklingen. Er war noch am Leben. Das war genug des Wunders für einen Tag.

Doch er hatte Arbeit vor sich, und sehr dringende Arbeit. Nachdem er die Waffe des Attentäters an sich genommen hatte, legte er seine Hand auf Pummairans Schulter und blickte ihm in die Augen. »Was hast du eben gesehen, Junge? Was, glaubst du, ist eben geschehen?«

»Weißt du, ich... ich...« Schnell wie ein Wiesel überlegte er sich die Antwort, die von ihm erwartet wurde. »Es schien mir, als ob der Bettler – obwohl er sicher keiner war – das Leben meines Herrn mit einer Art Talisman bedroht hat, dessen Zauberkraft ihn verletzte. Mögen die Götter Greuel auf jenen herabbeschwören, der beinahe das Licht des Universums ausgelöscht hätte! Aber natürlich konnte seine Bosheit nicht gegen die Tapferkeit meines Herrn aufkommen« – die Stimme wurde zu einem vertraulichen Flüstern gedämpft –, »dessen Geheimnisse sicher im Busen seines gehorsamen Dieners verschlossen sind.«

»Gut«, knurrte Everard. »Und dies sind Dinge, über die das gewöhnliche Volk niemals zu reden wagen sollte, damit es nicht mit Lähmung, Taubheit und Blindheit geschlagen werde. Du hast deine Sache gut gemacht, Pum.« Hast mir wahrscheinlich das Leben gerettet, dachte er und bückte sich, um die Schnur eines seiner zu Boden gefallenen Ledersäcke zu lösen. »Hier, es ist nur eine kleine Belohnung, doch dieser Barren dürfte für einiges reichen, was du gerne haben möchtest. Und jetzt: hast du, bevor wir so unhöflich unterbrochen wurden, herausfinden können, welches das Haus ist, das ich suche?«

Unter dem Anliegen des Augenblicks, unter dem nachlassenden Schmerz und Schock des Überfalls, unter der Freude, überlebt zu haben, erhob sich Ingrimm. Nach all seinen gründlichen Vorsichtsmaßnahmen hatte man ihn schon eine knappe Stunde nach seiner Ankunft enttarnt. Der Feind hatte nicht nur das hiesige Hauptquartier der Patrouille entdeckt, sondern sein Agent hatte auch sofort erkannt, daß es kein gewöhnlicher Reisender war, der diese Straße entlanggeschritten kam, und nicht eine Sekunde lang gezögert, ihn zu töten.

Dies war mit Sicherheit ein sehr haariger Auftrag. Und es stand mehr auf dem Spiel, als Everard annehmen mochte: zunächst die Existenz von Tyros, und danach das Schicksal der ganzen Erde.

Zakarbaal schloß die Tür des inneren Raums und schob den Riegel vor. Dann wandte er sich um und streckte seinem Besucher auf die Art der westlichen Zivilisation seine Hand entgegen. »Willkommen«, sagte er auf Temporal, der Patrouillensprache. »Mein Name, wie Sie sich erinnern werden, ist Chaim Zorach. Darf ich ihnen meine Frau, Yael, vorstellen?«

Beide wirkten levantinisch und trugen kanaanitische Kleidung, doch hier, isoliert von Kontorangestellten und Hausdienern, veränderte sich ihre ganze Haltung, der Gang, der Gesichtsausdruck, der Ton ihrer Sprache. Everard hätte sie sofort als Menschen des zwanzigsten Jahrhunderts erkannt, selbst wenn man es ihm nicht gesagt hätte. Die Atmosphäre war für ihn so erfrischend wie eine Meeresbrise.

Er stellte sich vor. »Ich bin der Ungebundene Agent, den Sie angefordert haben«, setzte er hinzu.

Yael Zorachs Augen weiteten sich. »Oh, welche Ehre! Sie ... Sie sind der erste von denen, die ich jemals kennengelernt habe. Die anderen, die hier nach dem Rechten sahen, waren ausschließlich Techniker.«

Everard verzog das Gesicht. »Bitte keine Elogen. Ich fürchte, daß ich bis jetzt noch keine Glanzleistungen vollbracht habe.«

Er beschrieb ihnen seine Reise und das *contretemps* an ihrem Ende. Die Frau bot ihm ein Schmerzmittel an, doch er versicherte ihr, daß der Schmerz fast abgeklungen sei, und ihr Mann holte daraufhin etwas hervor, das ohnehin besser war: eine Flasche Scotch. Sie machten es sich bequem.

Die Stühle waren überaus bequem, nicht unähnlich denen, die er von zu Hause gewohnt war – ein Luxus in diesem Milieu, doch Zakarbaal galt schließlich als reicher Mann, der sich jede erdenkliche importierte Kostbarkeit leisten konnte. Sonst wirkte die Wohnung bescheiden, mit dem Zukunftsstandard verglichen, obwohl die vorhandenen Fresken, Vorhänge und Möbel sehr geschmackvoll waren.

Der Raum war kühl und fast dunkel. Ein Fenster, das auf einen kleinen Innenhof führte, war wegen der Tageshitze verhängt worden.

»Warum machen wir uns nicht ein wenig näher miteinander bekannt, bevor wir über das Geschäft sprechen?« schlug Everard vor.

Zorach runzelte die Stirn. »Das brächten Sie fertig, nachdem Sie eben fast getötet worden wären?«

Seine Frau lächelte. »Vielleicht braucht er es gerade deshalb, Liebling«, murmelte sie. »Und wir auch. Die Gefahr kann noch ein wenig länger warten. Sie wartet doch schon eine ganze Weile, nicht wahr?«

Aus dem Beutel an seinem Gürtel zog Everard einen Anachronismus, den er sich gestattete, und den er bisher nur benutzt hatte, wenn er absolut sicher war, völlig ungestört zu sein: Pfeife, Tabak, Feuerzeug. Zorachs Anspannung löste sich ein wenig, er lachte leise und holte eine Schachtel Zigaretten aus einer verschlossenen Truhe, die einige solcher Tröster aus der Zukunft enthielt. Seine Sprache wechselte in den Brooklyn-Akzent. »Sie sind Amerikaner, nicht wahr, Agent Everard?«

»Ja. 1954 angeworben.« Wie viele Jahre seiner Lebensspanne waren vergangen, seit er ein Inserat beantwortet und einige Tests abgelegt und von einer Organisation erfahren hatte, die den Verkehr zwischen den Epochen überwachte? Er hatte sie in letzter Zeit nicht mehr gezählt. Und es kam auch nicht darauf an, da er und seine Kameraden Nutznießer einer Behandlung waren, die sie nicht altern ließ. »Ah, ich dachte, Sie beide seien Israelis.«

»Das stimmt«, antwortete Zorach. »Yael ist sogar eine Sabra*. Was mich betrifft, ich habe mich erst dort niedergelassen, als ich dort bei einer archäologischen Ausgrabung mitarbeitete und Yael kennenlernte. Das war 1971. Vier Jahre später wurden wir von der Patrouille angeworben.«

»Wie ist das geschehen, wenn ich fragen darf?«

»Man hat uns angesprochen, überprüft, und uns schließlich die Wahrheit gesagt. Natürlich haben wir die Chance sofort ergriffen. Die Arbeit ist zwar oft hart und einsam – doppelt einsam, in gewisser Weise, wenn wir auf Urlaub nach Hause kommen und unseren Freunden und Kollegen nicht sagen können, was wir inzwischen getrieben haben – aber sie ist auch absolut faszinierend.« Zorach verzog das Gesicht, und seine Worte erstarben zu einem Murmeln. »Und *dieser* Posten ist für uns etwas ganz Besonderes. Wir erhalten hier nicht nur eine Basis aufrecht und ihr Tarngeschäft, wir haben auch Gelegenheit, den Menschen hier hin und wieder zu helfen. Jedenfalls versuchen wir es, so weit es uns möglich ist, ohne den Verdacht zu erregen,

---

* hebräisch: Feigenkaktus – Bezeichnung für die Juden, die in Israel geboren wurden – *Anm. d. Übers.*

daß wir nicht das sind, was wir zu sein vorgeben. Das macht einiges von dem wieder gut, was... unsere Landsleute einmal hier anrichten werden – weiter zeitauf.«

Everard nickte. Die Motivation war nicht ungewöhnlich. Die meisten Feldagenten waren Spezialisten wie diese beiden, die ihre Karrieren in einem einzigen Milieu verbrachten. Das war auch notwendig, wenn sie es so gründlich beherrschen wollten, daß es den Zwecken der Patrouille dienlich sein konnte. Was für eine große Hilfe könnte es sein, eingeborenes Personal zu haben! Doch solche Leute waren sehr rar für die Zeit vor dem achtzehnten Jahrhundert nach Christus, und für noch spätere Epochen in anderen Teilen der Welt. Wie konnte ein Mensch, der nicht in einer wissenschaftlich-industrialisierten Welt aufgewachsen war, auch nur die Vorstellung automatisierter Maschinerie erfassen, ganz abgesehen von Fahrzeugen, die innerhalb eines Augenblicks von einem Ort zum anderen sprangen, von einem Jahr zum anderen? Natürlich gab es hin und wieder ein Genie; doch die meisten identifizierbaren Genies suchten sich ihre Nischen in der Geschichte, und man wagte nicht, ihnen die Tatsachen zu enthüllen, aus Angst, daß sie Veränderungen herbeiführen könnten...

»Ja«, sagte Everard. »Auf eine gewisse Weise hat ein Ungebundener Agent wie ich es leichter. Mann-und-Frau-Teams, oder Frauen überhaupt... ich will meine Nase nicht in fremde Angelegenheiten stecken, aber was ist mit Kindern?«

»Oh, wir haben zwei zu Hause in Tel Aviv«, antwortete Yael Zorach. »Wir richten unsere Rückkehr immer so ein, daß wir niemals länger als ein paar Tage ihres Lebens abwesend sind.« Sie seufzte. »Es ist natürlich seltsam, wenn für uns inzwischen Monate vergangen sind.« Lächelnd: »Aber wenn sie groß genug sind, werden sie auch der Organisation beitreten. Unser regionaler Rekrutierer hat sie bereits getestet und entschieden, daß sie großartiges Material sind.«

Und wenn nicht, dachte Everard, könntet ihr es ertragen, sie alt werden zu sehen, die Leiden zu ertragen, die auf sie zukommen werden, und schließlich zu sterben, während ihr noch immer körperlich jung seid? Diese Aussicht hatte ihn mehr als einmal von einer Heirat zurückschrecken lassen.

»Ich vermute, Agent Everard meint Kinder hier in Tyros«, sagte Chaim Zorach. »Als wir von Sidon aus hierherkamen – wir haben ein Schiff genommen wie Sie, weil uns klar war, daß wir hier immer einigermaßen auffallend sein würden –, kauften wir unter der Hand zwei Kinder von einem Sklavenhändler, brachten sie mit und gaben sie als die unseren aus. Sie haben ein so gutes Leben, wie wir es für sie einrichten können.« Unausgesprochen war die Andeutung, daß die Dienstboten sich um die beiden kümmerten; ihre Stiefeltern würden sich nicht trauen, zu viel Liebe in sie zu investieren. »Das verhindert, daß wir irgendwie unnatürlich wirken. Wenn der Schoß meiner Frau seitdem unfruchtbar ist, nun, das ist hier nicht sehr ungewöhnlich. Man redet mir zwar zu, eine zweite Frau zu nehmen, oder zumindest eine Konkubine, doch im großen und ganzen kümmern sich die Phönizier hier um ihre eigenen Angelegenheiten.«

»Sie mögen sie, nicht wahr?« fragte Everard.

»O ja, irgendwie schon. Wir haben sehr gute Freunde unter ihnen. Und das ist auch nötig – an einem so wichtigen Knotenpunkt wie diesem.«

Everard runzelte die Stirn und paffte an seiner Pfeife. Ihr Kopf in seiner Hand hatte sich angenehm erwärmt, und der Tabak glühte wie ein winziges Kaminfeuer. »Glauben Sie, daß das richtig ist?«

Die Zorachs waren überrascht. »Aber natürlich!« sagte Yael. »Wir *wissen*, daß es richtig ist. Hat man es Ihnen nicht erklärt?«

Everard wählte seine Worte sehr sorgfältig. »Ja und nein. Nachdem man mir den Auftrag erteilt hatte, mich um diese Angelegenheit zu kümmern, und ich mich dazu bereit erklärte, habe ich mich mit allen möglichen Informationen über dieses Milieu vollgestopft. Zu voll, vielleicht. Ich konnte den Wald nicht mehr vor Bäumen sehen. Ich weiß jedoch aus Erfahrung, daß man vor Antritt einer Mission alles tun muß, um Generalisierungen zu vermeiden. Sonst könnte man Schwierigkeiten haben, die Bäume im Wald zu sehen, wie man so sagt. Meine Absicht war, sofort nach meiner Ankunft in Sizilien ein Schiff nach Tyros zu nehmen und während der Reise diese Informationen in aller Ruhe zu verdauen und danach meine eigenen Vorstellungen zu entwickeln. Aber daraus wurde leider nichts, weil der Kapitän und die Mannschaft entsetzlich neugierig waren. Meine Energie ging also dabei drauf, ihre Fragen zu beantworten, die oft sehr knifflig zu beantworten waren, ohne die Katze aus dem Sack zu lassen.« Er machte eine Pause. »Natürlich ist die Rolle der Phönizier im allgemeinen, und der in Tyros im Besonderen, jüdische Geschichte, das ist klar.«

Für das Königtum, das David aus Israel, Juda und Jerusalem zusammengestückelt hatte, wurde diese Stadt ein zivilisierender Faktor, sein wichtigster Handelspartner und das Fenster zur Außenwelt. Salomon setzte die Freundschaft seines Vaters mit Hiram fort. Die Tyrer lieferten die Materialien und auch die meisten der Fachkräfte zum Bau des berühmten Tempels, und auch für die Errichtung weniger bekannter Bauwerke. Sie unternahmen gemeinsam mit den Hebräern Forschungs- und Geschäftsreisen. Sie lieferten Salomon eine solche Menge an Waren und Gütern, daß er sie nur bezahlen konnte, indem er ihnen mehr als zwanzig seiner Dörfer abtrat – was sehr weitreichende Konsequenzen haben sollte.

Der Einfluß reicht jedoch noch viel tiefer. Phönizische Bräuche, phönizisches Denken durchdrangen das benachbarte Königreich, zum Guten oder zum Schlechten. Salomon selbst opferte ihren Göttern. Jahwe sollte nicht zum einzigen Gott der Juden werden, bis die babylonische Gefangenschaft sie dazu zwang, um ihre Identität zu bewahren, die zehn ihrer Stämme bereits verloren hatten. Vorher bereits hatte König Ahab von Israel die tyrenische Prinzessin Jezebel zu seiner Königin gemacht. Der schlechte Ruf der beiden ist unverdient; die Politik ausländischer Allianzen und innerstaatlicher religiöser Toleranz, die sie anstrebten, hätte das Land vielleicht vor seiner Zerstörung retten können. Unglücklicherweise stießen sie mit dem fanatischen Elias zusammen – dem ›irren Mullah von den Bergen Gilead‹, wie Trevor-Roper ihn später einmal nennen würde. Und dennoch, hätten die Propheten diesen Glauben hervorbringen können, der Jahrtausende überdauern und die Welt verändern sollte, wenn das hartnäckige Heidentum der Phönizier sie nicht so in Zorn versetzt hätte?

»O ja«, sagte Chaim. »Das Heilige Land wird von Besuchern überflutet. Die Basis von Jerusalem ist chronisch überflutet, und man versucht, den Verkehr einigermaßen zu regulieren. Wir haben hier sehr viel weniger. Zumeist Wissenschaftler verschiedener Sachgebiete, Kunsthändler und dergleichen, und ab und zu reiche Touristen. Trotzdem, Sir, möchte ich behaupten, daß diese Stadt, Tyros, der wirkliche Knotenpunkt dieses Gebietes ist.« Energisch: »Und unsere Gegner scheinen zu derselben Schlußfolgerung gelangt zu sein, stimmt's?«

Die Logik packte Everard. So war es: weil die Bedeutung Jerusalems in der Zukunft die von Tyros überschatten würde, war diese Station sträflich unterbesetzt und deshalb äußerst verwundbar; und wenn sie tatsächlich eine Wurzel des Morgen sein und diese Wurzel gekappt werden sollte ...

Die Fakten zogen an seinen Augen vorbei, so lebhaft, wie er sie noch niemals gesehen hatte.

Als die Menschen die erste Zeitmaschine erbauten, lange nach Everards Heimat-Jahrhundert, waren die Danellianischen Übermenschen aufgetaucht, aus einer noch ferneren Zukunft, um die Polizei entlang der Zeitlinie zu organisieren. Sie sollte Erkenntnisse sammeln und Rat erteilen, in Not geratenen Menschen helfen und Übeltäter bestrafen; doch diese guten Taten spielten nur eine untergeordnete Rolle neben ihrer Hauptaufgabe, die darin bestand, die Danellianer zu schützen. Ein Mensch hat nicht seinen freien Willen verloren, nur weil er in die Vergangenheit gegangen ist. Er kann dort den Gang der Dinge genauso beeinflussen. Zugegeben, die Geschehnisse haben ihre eigene Schwungkraft – und die ist gewaltig! Kleine Fluktuationen aber werden sehr bald ausgeglichen. Zum Beispiel: Ob ein bestimmtes Individuum lange gelebt hat oder jung gestorben ist, erfolgreich gewesen ist oder nicht, hat einige Generationen später keinerlei Bedeutung mehr. Es sei denn, dieses Individuum wäre Schalmaneser oder Tschingis Khan, oder Oliver Cromwell, oder V. I. Lenin; Gautama Buddha oder Konfuzius, oder Paulus von Tarsus, oder Mohammed ibn Abdallah; Aristoteles oder Galilei, oder Newton, oder Einstein – Verändere *daran* etwas, Reisender aus der Zukunft; und du wirst zwar noch immer dort sein, wo du bist, doch die Menschen, von denen du abstammst, existieren nicht mehr, haben niemals existiert, es ist eine völlig andere Erde, die in der Zukunft liegt, und du und deine Erinnerungen beweisen die Nonkausalität, das absolute Chaos, das unter dem Kosmos verborgen liegt.

Bis jetzt war es Everards Aufgabe gewesen, den Rücksichtslosen und den Dummen Einhalt zu gebieten, bevor sie Katastrophen dieser Art anrichten konnten. Sie waren nicht allzu zahlreich; schließlich wurden die Abgesandten der wenigen Staaten, die über die Möglichkeit von Zeitreisen verfügten, von ihnen in der Regel sehr sorgfältig überprüft. Im Lauf von einer Million Jahren oder so mußte es jedoch zwangsläufig zu Pannen kommen.

Und zu Verbrechen.

Everard sagte langsam: »Bevor wir über diese Bande und ihre Taten ins Detail gehen ...«

»Wie entsetzlich wenige Details wir besitzen«, murmelte Chaim Zorach.

»... möchte ich etwas über die ihrem Vorgehen zugrundeliegende Logik erfahren. Aus welchem Grund haben sie sich ausgerechnet Tyros als Opfer erwählt? Abgesehen von seinen Beziehungen zu den Juden, natürlich.«

»Als erstes«, begann Zorach, »denken Sie doch an die politischen Entwicklungen, die von hier aus gesehen in der Zukunft liegen. Hiram wird zum mächtigsten König in Kanaan, und diese Stärke wird seinen Tod überdauern. Tyros wird die Assyrer zurückschlagen, wenn sie die Stadt angreifen, mit allen sich daraus ergebenden Konsequenzen. Es wird seinen Seehandel ausdehnen und seine Schiffe bis nach England schicken. Es wird Kolonien gründen, deren wichtigste Karthago sein wird.« (Everards Mund wurde schmal. Er wußte nur zu gut, welch große Bedeutung Karthago in der Geschichte hatte.) »Es wird sich zwar den Persern unterwerfen, doch eher aus freien Stücken, und ihnen den größten Teil der Flotte stellen, wenn sie Griechenland angreifen. Dieser Angriff schlägt zwar fehl, aber überlegen Sie einmal, welchen Weg die Geschichte genommen hätte, wenn die Griechen sich dieser Herausforderung nicht gestellt hätten. Am Ende wird Tyros von Alexander dem Großen eingenommen werden, doch erst nach einer monatelangen Belagerung – die einen Aufschub seines Vordringens bewirkte, was ebenfalls unabsehbare Konsequenzen hatte.

Vorher jedoch wird Tyros als der führende phönizische Staat in vorderster Front stehen, um phönizisches Denken in anderen Ländern zu verbreiten. Ja, selbst bei den Griechen. Es gibt dort einige religiöse Konzepte: Aphrodite, Adonis, Herakles und andere Göttergestalten, die ursprünglich phönizische Gottheiten waren. Da ist das Alphabet – eine phönizische Erfindung. Da ist die Kenntnis von Europa, Afrika, Asien, die phönizische Navigatoren mitbringen werden. Da ist der Fortschritt in Schiffbau und Seefahrt.«

Enthusiasmus lag in seiner Stimme. »Vor allem anderen jedoch, würde ich sagen, liegt hier der Ursprung der Demokratie, vom Wert und von den Rechten des Individuums. Nicht daß die Phönizier die entsprechenden Theorien dafür entwickelten; Philosophie ist genau so wenig ihre Stärke wie die Kunst. Trotzdem besitzt der Händler-Abenteurer – Entdecker und Unternehmer – seine Ideale als auf sich selbst gestellter, unabhängiger Mann, der selbst entscheiden kann. Hier, in seiner Heimat, ist Hiram kein traditioneller ägyptischer oder orientalischer Gottkönig. Er erhielt zwar seine Herrschaft durch Erbfolge, das ist richtig, doch im Grunde genommen präsidiert er lediglich über die Suffeten – die Magnaten –, die jede von ihm getroffene wichtige Entscheidung billigen müssen. Tyros läßt sich ein wenig mit der mittelalterlichen Republik Venedig zu ihrer Blütezeit vergleichen.

Wir verfügen nicht über das wissenschaftliche Personal, um den Prozeß Schritt für Schritt verfolgen zu können. Doch bin ich überzeugt, daß die Griechen ihre demokratischen Institutionen unter starkem phönizischen Einfluß entwickelt haben, zumeist tyrischem – und woher haben Ihr Land und das meine jene Ideen, wenn nicht von den Griechen?«

Zorach schlug mit der Faust auf die Sessellehne. Mit der anderen Hand hob er sein Whiskyglas an die Lippen und nahm einen langen Schluck. »Das ist es, was diese Teufel in Erfahrung gebracht haben!« rief er. »Sie erpressen Tyros, weil sie damit die Zukunft der ganzen menschlichen Rasse bedrohen!«

Er holte einen Holo-Würfel hervor und zeigte Everard, was in einem Jahr geschehen würde.

Er hatte die Bilder mit einer Art Minikamera aufgenommen, eigentlich ein molekularer Recorder aus dem zwanzigsten Jahrhundert, der als Stein in einem Ring getarnt war. (›Hatte‹ war natürlich ein recht unzureichendes Wort, um auf englisch zu beschreiben, wie er in der Zeit ständig hin und her gependelt war. Allein die Grammatik der Temporal-Sprache enthielt die dazu nötigen Zeitformen.) Zugegeben, er war kein Priester oder Akolyt, doch als Laie, der großzügig Opfer darbrachte, damit die Göttin seinen Vorhaben günstig gesonnen sei, besaß er Zutritt zum Tempel.

Die Explosion hatte in dieser Straße stattgefunden (würde stattfinden) in dem kleinen Tempel der Tanith. Da es während der Nacht passiert war, waren keine Menschen zu Schaden gekommen, doch das Innere Heiligtum war zerstört worden. Everard drehte den kleinen Würfel in der Hand, betrachtete sorgfältig die aufgerissenen, rauchgeschwärzten Wände, den zerfetzten Altar, das zertrümmerte Idol, verstreute Opfergaben und goldene Kultgegenstände, verbogene Metallsplitter. Von Schrecken gelähmte Hierophanten versuchten, den göttlichen Zorn durch Gebete und Opfer zu besänftigen, sowohl an dieser Stelle, als auch an allen anderen Orten in der Stadt, die als heilig galten.

Der Patrouillenmann konzentrierte sich auf eine bestimmte Stelle der Szene und vergrößerte sie. Die Bombe hatte ihren Überbringer zerrissen, doch sprachen die Reste eine eindeutige Sprache. Ein zweisitziger Hopper des Standardtyps, wie sie zu Tausenden auf der Zeitlinie verkehrten, war materialisiert und im gleichen Augenblick explodiert.

»Ich habe etwas Staub und verkohlte Substanz eingesammelt, als niemand mich beobachtete, und sie zeitauf zum Analysieren geschickt«, sagte Zorach. »Das Labor berichtete, daß es sich um einen chemischen Sprengstoff gehandelt habe – er wird Fulgurit-B genannt.«

Everard nickte. »Ich kenne das Zeug. War für eine ungewöhnlich lange Zeit im allgemeinen Gebrauch. Deshalb auch in größeren Mengen leicht zu beschaffen, und spurlos – verdammt viel leichter als Nuklear-Isotopen. Man braucht auch keine große Menge davon, um diese Wirkung zu erzielen. – Ich nehme an, daß es Ihnen nicht gelungen ist, die Maschine abzufangen?«

Zorach schüttelte den Kopf. »Nein. Oder, richtiger gesagt, den Leuten von der Patrouille ist es nicht gelungen. Sie sind zeitab von der Explosion gewesen und haben Instrumente aller nur denkbaren Art aufgestellt, die sich einigermaßen tarnen ließen, aber – es geschah dann alles zu schnell.«

Everard rieb sich das Kinn. Die Stoppeln fühlten sich beinahe seidig an; ein Rasiermesser aus Bronze und das Fehlen von Seife ergaben nun einmal keine glatte Rasur. Er dachte vage, daß ihm kratzige Bartstoppeln oder etwas anderes Vertrautes lieber sein würden.

Was passiert war, stand außer Frage. Das Fahrzeug war unbemannt gewesen und von einem Autopiloten gelenkt worden, als es von einem unbekannten Punkt in Raum-Zeit abgeschickt worden war. Obwohl Agenten der Patrouille die Sekunde seines Auftauchens genau festlegen konnten, war es ihnen unmöglich gewesen, das Ereignis abzuwenden.

War das eine Technologie, die weiter entwickelt war als die ihre – möglicherweise selbst der danellianischen? Everard stellte sich ein Gerät vor, das vor diesem Zeitpunkt aufgestellt wurde, und das ein Kraftfeld errichtete, durch das die Wucht der Explosion aufgefangen werden konnte. Aber das hatte man noch nie versucht, also mochte es physikalisch nicht durchführbar sein. Es war jedoch wahrscheinlich, daß die Danellianer sich zurückhielten, weil der Schaden bereits angerichtet *war* – die Saboteure mochten es jedoch noch einmal versuchen – und so ein Katz-und-Maus-Spiel könnte das Kontinuum irreparabel verzerren. – Er erschauerte und fragte hart: »Was für eine Erklärung werden die Tyrer selbst dafür finden?«

»Nichts Dogmatisches«, antwortete Yael Zorach. »Sie besitzen nicht unsere Art von Weltanschauung, müssen Sie wissen. Für sie wird die Welt nicht völlig von Naturgesetzen beherrscht; sie ist launisch, wandelbar, magisch.«

Und im Grund genommen haben sie recht, nicht wahr? Die eisige Kälte drang tiefer in Everards Körper ein.

»Wenn nicht noch etwas dieser Art geschieht, wird sich die Aufregung bald legen«, fuhr sie fort. »Die Chroniken, die diesen Vorfall festhalten, werden verlorengehen; außerdem ist das Schreiben von Chroniken nicht gerade eine Stärke der Phönizier. Sie glauben, daß irgend jemand etwas Böses getan und damit einen Blitzschlag vom Himmel herabbeschworen hat. Das muß nicht notwendigerweise ein Mensch gewesen sein; es könnte sich auch um einen Streit unter den Göttern gehandelt haben. Deshalb wird niemand zum Sündenbock gemacht werden. In der nächsten oder übernächsten Generation wird diese Sache vergessen sein und bestenfalls noch als ein Stück lokaler Legende weiterleben.«

»Falls die Erpresser nicht noch mehr tun, und Schlimmeres«, preßte Chaim Zorach hervor.

»Richtig. Kann ich mal den Erpresserbrief sehen?« sagte Everard.

»Ich habe nur eine Kopie davon. Das Original ist zeitauf geschickt worden, zur Untersuchung.«

»Sicher, sicher. Das weiß ich. Und ich habe auch den Laborbericht gelesen. Sepiatinte auf einer Papyrosrolle. Keinerlei Anhaltspunkte. Sie haben ihn vor Ihrer Haustür gefunden, wahrscheinlich von einem anderen Hopper abgeworfen, der nur durchflitzte.«

»Er ist bestimmt auf diese Art abgeworfen worden«, sagte Zorach. »Die Agenten, die hereinkamen, haben für diese Nacht Instrumente aufgestellt und die Maschine entdeckt. Sie war nur für etwa eine Millisekunde da. Sie hätten natürlich versuchen können, sie festzuhalten, doch was hätte das genützt? Sie wies mit Sicherheit keinerlei Spuren auf. Und außerdem hätte der Versuch einen solchen Krach gemacht, daß die ganze Nachbarschaft zusammengelaufen wäre, um zu sehen, was los ist.«

Er holte das Dokument und reichte es Everard zur Überprüfung. Everard hatte schon bei seiner Einweisung für diesen Auftrag eine Abschrift davon gründlich studiert, hoffte jedoch, daß der Anblick der Handschrift auf dieser Kopie ihm etwas, irgend etwas, verraten würde.

Die Worte waren mit einer zeitgenössischen Schilfhalmfeder geschrieben und bemerkenswert flüssig. (Das wies darauf hin, daß der Schreiber mit dem Milieu bestens vertraut war, doch das hatte schon vorher festgestanden.) Es waren Druckbuchstaben, keine Kursive, obwohl hie und da Verzierungen und Schnörkel zu erkennen waren. Die Sprache war Temporal.

AN DIE ZEITPATROUILLE, VOM KOMITEE FÜR DEN AUFSTIEG: GRÜSSE. Zumindest war da kein scheinheiliges Gefasel von einer Volksarmee der Nationalen Befreiung, das Everard im späteren Teil seines Heimatjahrhunderts bis zum Überdruß gehört hatte. Diese Burschen waren ehrliche Banditen. Natürlich bestand jedoch auch die Möglichkeit, daß sie das nur vorgaben, um ihre Spuren noch gründlicher zu verwischen.

NACHDEM MAN DIE KONSEQUENZEN ERLEBT HAT, WENN NUR EINE KLEINE BOMBE AN EINEM SORGFÄLTIG AUSGEWÄHLTEN ORT VON TYROS ZUR EXPLOSION GEBRACHT WURDE, MUSS MAN SICH ÜBERLEGEN, WELCHE WIRKUNG EIN

DUTZEND DAVON IN DER GANZEN STADT HABEN KÖNNTEN.

Wieder nickte Everard nachdenklich. Seine Gegner waren gerissen. Die Drohung, Individuen zu töten oder zu entführen – selbst König Hiram selbst –, würde unwirksam, sogar lächerlich sein. Die Patrouille würde einen solchen Menschen sofort unter Bewachung stellen. Und falls so ein Anschlag erfolgreich sein sollte, würde die Patrouille in der Zeit zurückgehen und dafür sorgen, daß das Opfer sich zum Zeitpunkt des Attentats an einem anderen Ort befände; sie würde den Mord ›ungeschehen‹ machen. Zugegeben, das würde Risiken einschließen, die die Organisation nicht gerne auf sich nehmen wollte, und günstigstenfalls eine Menge Arbeit nach sich ziehen, um sicher zu gehen, daß die Zukunft nicht schon durch die Rettungsoperation allein verändert wurde. Trotzdem konnte und würde die Patrouille etwas tun.

Aber wie konnte man eine ganze Insel voller Gebäude in Sicherheit bringen? Man konnte eventuell die Bevölkerung evakuieren. Die Stadt würde zurückbleiben. Sie war schließlich nicht sehr groß, auch wenn ihre geschichtliche Größe gewaltig war. Etwa 25 000 Menschen drängten sich auf 60 Hektar. Ein paar Tonnen hochbrisanten Sprengstoffs würden sie in Schutt und Asche legen. Die Zerstörung brauchte nicht einmal total zu sein. Nach einer solchen Manifestation übernatürlichen Zorns würde niemand es wagen, hierher zurückzukommen. Tyros würde vollends zerfallen, zu einer Geisterstadt werden – und all die Jahrhunderte und Jahrtausende, und all die Menschen und ihre Geschichte und ihre Zivilisationen, zu deren Existenz es beigetragen hatte, sie würden noch weniger sein als Geister ...

Everard erschauerte wieder. Sag mir nicht, daß es so etwas wie das absolute Böse gibt, dachte er Diese Kreaturen –. Er zwang sich, weiterzulesen.

DER PREIS, DEN WIR FORDERN, IST GEWISS NICHT ÜBERTRIEBEN, LEDIGLICH EIN PAAR INFORMATIONEN. WIR VERLANGEN DIE DATEN, DIE DAZU NOTWENDIG SIND, EINEN TRAZON-MATERIE-TRANSMUTER KONSTRUIEREN ZU KÖNNEN.

Als dieses Gerät entwickelt wurde, während der Dritten Technischen Renaissance, hatte sich die Patrouille geheim den Schöpfern manifestiert, obwohl sie zeitab von ihrer eigenen Gründung lebten. Während der folgenden Zeit war ihr Einsatz – das Wissen um ihre Existenz, gar nicht zu reden von der Art, wie es zu dieser gekommen war – eine Angelegenheit höchster Geheimhaltung gewesen. Zugegeben, die Fähigkeit, jede Materie, und sei es auch nur ein Haufen Unrat, in jede andere verwandeln zu können, sei es ein Juwel, oder eine Maschine, oder ein lebendiger Körper, hätte der gesamten Spezies unerhörten Reichtum bringen können. Der Haken war nur, daß man genau so leicht eine unbeschränkte Menge von Waffen herstellen konnte, oder Gifte, oder radioaktive Atome ...

SIE WERDEN DIESE DATEN IN DIGITALFORM VON PALO ALTO, KALIFORNIEN, VEREINIGTE STAATEN VON AMERIKA, SENDEN, UND ZWAR VIERUNDZWANZIG STUNDEN LANG AM FREITAG, DEM DREIZEHNTEN JUNI 1980. AUF FOLGENDER WELLENLÄNGE ... IN FOLGENDEM DIGITAL-CODE ... IHRE SENDUNG WIRD IN DER REALITÄT IHRER ZEITLINIE FORTGESETZT ...

Auch das war clever. Diese Nachricht konnte nicht zufällig von einem lokalen Funkamateur aufgefangen werden, da die elektronische Aktivität im Silicon Valley so groß ist, daß sie jede Möglichkeit, einen Empfänger zu lokalisieren, ausschließt.

WIR WERDEN DAS GERÄT NICHT AUF DEM PLANETEN ERDE EINSETZEN, DESHALB BRAUCHT DIE ZEITPATROUILLE NICHT ZU BEFÜRCHTEN, DASS SIE GEGEN IHRE ANWEISUNG NUMMER EINS VERSTÖSST, WENN SIE UNS BEHILFLICH IST. IM GEGENTEIL, SIE HABEN GAR KEINE ANDERE MÖGLICHKEIT, UM SICH ZU ERHALTEN, NICHT WAHR?

UNSERE BESTEN GRÜSSE, UND IN ERWARTUNG IHRER ANT-
WORT.

Keine Unterschrift.

»Diese Sendung geht doch nicht hinaus, oder?« fragte Yael leise. Im Halbdunkel des Raums wirkten ihre Augen riesig. Sie hat Kinder zeitauf, erinnerte sich Everard. Sie würden mit ihrer Welt untergehen.

»Nein«, sagte er.

»Und doch bleibt Ihre Realität bestehen!« sagte Chaim heftig. »Sie sind hierhergekommen, von zeitauf, von 1980. Also müssen wir die Verbrecher gefangen haben.«

Everards Seufzen schien eine Spur von Schmerz in seiner Brust zurückzulassen. »Das sollten Sie eigentlich besser wissen«, sagte er leise. »Die Quantennatur des Kontinuums ... wenn Tyros explodieren sollte, werden wir nach wie vor hier sein, jedoch unsere Vorfahren, Ihre Kinder, alles, was wir kennen, nicht. Es würde eine völlig andere Geschichte geben. Ob das, was von der Patrouille übrig bleiben mag, in der Lage ist, sie zu restaurieren – das Desaster auf irgendeine Weise abzuwenden – ist sehr problematisch. Ich würde es unmöglich nennen.«

»Aber was würden die Verbrecher dabei gewinnen?« die Worte klangen heiser, waren fast ein Aufschrei.

Everard zuckte die Achseln. »Eine gewisse barbarische Befriedigung, vermute ich. Die Versuchung, Gott zu spielen, befällt doch selbst die besten unter uns, nicht wahr? Und die Versuchung, Satan zu spielen, liegt nicht weit davon entfernt. Außerdem werden sie darauf achten, zeitab von der Zerstörung zu lauern, um so existent zu bleiben. Sie haben eine gute Chance, sich zum Herrn einer Zukunft zu machen, in der es lediglich Fetzen und Trümmer der Patrouille gibt, die ihnen nichts mehr anhaben können. Auf jeden Fall würden sie einen Haufen Spaß dabei haben, das zu versuchen.«

Manchmal habe ich selbst an den Fesseln gezerrt, die mich einengten, dachte er. Ach, Liebste! Könnten du und ich mit dem Schicksal konspirieren, um diesen traurigen Verlauf des Schicksals zu entschleiern ...

»Außerdem«, fügte er hinzu, »könnten die Danellianer ihr Versprechen brechen und uns zwingen, das Geheimnis zu enthüllen. Ich könnte nach Hause zurückkehren und feststellen, daß meine Welt nicht mehr so ist, wie ich sie verlassen habe. Eine triviale Veränderung, so weit es das zwanzigste Jahrhundert betrifft, die keine wesentlichen Spuren hinterläßt.«

»Aber in späteren Jahrhunderten?« sagte die Frau atemlos.

»Ja. Wir haben nur das Wort der Bande, daß sich ihre Aktionen auf Planeten beschränken werden, die in der fernen Zukunft und jenseits des Sonnensystems liegen. Und ich gehe jede Wette ein, daß dieses Wort wertlos ist. Wenn sie erst die Möglichkeiten haben, die der Transmuter ihnen gibt, warum sollten sie es dann so eilig haben und auf der Erde verlieren? Sie wird nach wie vor *der* menschliche Planet sein, und ich kann mir nicht vorstellen, wie die Patrouille sie stoppen könnte.«

»Wer sind ›sie‹?« flüsterte Chaim. »Haben Sie irgendeine Vorstellung davon?«

Everard trank einen Schluck Whisky und nahm einen Zug von seiner Pfeife, als ob die Wärme auf seiner Zunge zu seinem Geist vordringen könnte. »Zu früh, um das zu sagen, auf meiner persönlichen Weltlinie ... und auch auf der Ihren, wie? Klar zu erkennen, daß sie von zeitauf kommen, das ist alles, jedoch aus einer Zeit vor der Ära des Einsseins, welche vor der der Danellianer liegt. Im Laufe vieler Jahrtausende war es nicht zu verhindern, daß Informationen über den Transmuter durchsickerten – genug, um jemandem eine klare Vorstellung von dem Ding zu geben und von dem, was er mit ihm anfangen konnte. Natürlich sind dieser Kerl und seine Freunde wurzellose Desperados; sie geben nicht einen Pfifferling dafür, daß ihr Tun die Zivilisation zu vernichten droht, aus der sie hervorgegangen sind, und alle Menschen, die in ihr leben, und die sie jemals gekannt hatten. Doch glaube ich nicht, daß sie Neldorianer oder so etwas sind. Dazu ist dieses Unternehmen zu raffiniert. Der Feind muß eine Menge Zeit und einen Haufen Mühe darauf verwandt haben, das phönizische Milieu gründlich kennenzulernen und festzustellen, daß es ein Knotenpunkt ist.

Das organisierende Gehirn muß genial sein – und auch ein wenig kindisch. Ist Ihnen das Datum aufgefallen – Freitag der dreizehnte? Außerdem deutet die Tatsache darauf hin, die Sabotage sozusagen in Ihrem Nachbarhaus durchzuführen. Nach diesem Modus operandi – und der Tatsache, daß ich sofort als Patrouillenmann erkannt wurde – wer, glauben Sie, steckt dahinter? – Merau Varagan?«

»Wer?«

Everard antwortete nicht. Er sprach weiter, murmelnd wie im Selbstgespräch. »Könnte sein, könnte sein. Nicht daß es eine große Hilfe wäre. Diese Gangster haben ihre Hausaufgaben gemacht, zeitab und heute – ja, sie brauchen dazu eine Informationsbasis, die eine ganze Reihe von Jahren abdeckt. Und dieser Posten ist unterbesetzt. Wie die ganze gottverdammte Patrouille.«

Ungeachtet der Langlebigkeit der Agenten wird es jeden von uns irgendwann, irgendwie, erwischen, sagte er sich. Und wir gehen nicht zurück, um den Tod unserer Kameraden ungeschehen zu machen, oder um sie zu sehen, während sie noch am Leben sind, weil das einen Rückstau in der Zeit hervorrufen könnte, der vielleicht zu einem Mahlstrom werden würde; und wenn nicht, würde es uns zumindest zu sehr erschüttern.

»Wir können Zeitfahrzeuge bei Start und Landung entdecken, wenn wir wissen, wann und wohin wir unsere Instrumente richten müssen. Auf diese Art haben die vielleicht festgestellt, daß dies ein Büro der Patrouille ist, falls sie es nicht in der Verkleidung von harmlosen Besuchern herausgebracht haben. Oder sie sind an einem anderen Ort in diese Ära eingetreten und mit einem normalen Transportmittel hergekommen, von den zahllosen anderen, normalen Reisenden nicht zu unterscheiden, so wie ich es versucht habe.

Wir können nicht jede Ecke von Raum-Zeit durchkramen. Wir haben nicht genügend Leute dafür und können auch nicht die Unterbrechungen riskieren, die eine so starke Aktivität unsererseits hervorrufen würde. Nein, Chaim und Yael, es bleibt uns nichts anderes übrig, als selbst Spuren und andere Hinweise zu finden, um unsere Suche einzuengen. Aber wie? Wo soll ich beginnen?«

Nachdem seine Verkleidung durchschaut worden war, bestand kein Grund mehr dafür, die Verbindung zu den Zorachs geheimzuhalten, und er akzeptierte ihr Angebot, im Gästezimmer ihres Hauses zu wohnen. Er würde es hier bequemer haben als in einem Gasthaus, und hier standen ihm alle möglichen Dinge zur Verfügung, die er vielleicht brauchen würde. Andererseits war er hier natürlich auch von dem wirklichen Leben der Stadt abgeschnitten.

»Ich werde für Sie eine Audienz beim König arrangieren«, versprach sein Gastgeber. »Das ist kein Problem; er ist ein brillanter Mann und bestimmt an einem Exoten wie Ihnen interessiert.« Er lachte leise. »Deshalb ist es nur natürlich, wenn Zakarbaal, der Sidonier, der die Freundschaft der Tyrer pflegen muß, ihm berichtet, daß er Sie zufällig kennengelernt habe.«

»Das ist gut«, antwortete Everard, »und ich freue mich auf das Gespräch. Vielleicht kann er uns sogar etwas weiterhelfen. Bis dahin aber ... ah, wir haben noch ein paar Stunden Tageslicht übrig. Ich denke, ich werde ein wenig durch die Stadt bummeln, um sie ein wenig kennenzulernen, vielleicht sogar eine Spur zu finden, wenn ich Glück haben sollte.«

Zorach runzelte die Stirn. »Sie könnten das sein, was gefunden wird. Ich bin sicher, daß der Killer sich noch immer in der Stadt herumtreibt.«

Everard zuckte die Achseln. »Das ist ein Risiko, das ich auf mich nehmen muß; und es könnte ebensogut er sein, der dabei zu Schaden kommt. Leihen Sie mir bitte eine Pistole. Sonisch.«

Er schaltete die Waffe auf ›Betäuben‹, nicht auf ›Töten‹. Ein lebender Gefangener stand ganz oben auf seinem Wunschzettel. Da dem Feind das auch klar war, erwartete er eigentlich keinen zweiten Angriff – jedenfalls nicht heute.

»Nehmen Sie auch einen Blaster mit«, drängte Zorach. »Ich traue es ihnen durchaus zu, Sie aus der Luft anzufallen. Sie brauchen doch nur einen Hopper in eine Sekunde zu bringen, in der Sie sich gerade befinden, im Antigrav schweben und Sie abzuknallen, stimmt's? Sie haben schließlich nicht unsere Motivation, unauffällig zu bleiben.«

Everard holsterte die Energie-Pistole gegenüber der anderen. Jeder Phönizier, der sie bemerken sollte, würde sie für einen Talisman oder irgend etwas anderes dieser Art halten, und außerdem ließ er seinen Umhang darüberfallen. »Ich glaube kaum, daß ich soviel Mühe und Risiko wert bin«, sagte er.

»Sie waren schon vorhin einen Versuch wert, nicht wahr? Woher konnte der Bursche überhaupt wissen, daß Sie ein Agent sind?«

»Vielleicht hat er eine Beschreibung von mir gehabt. Merau Varagan mußte es klar sein, daß nur einige wenige Ungebundene Agenten, darunter ich, für diesen Job in Frage kamen. Was mich mehr und mehr zu der Überzeugung bringt, daß *er* hinter dieser Sache steckt.

Wenn ich damit recht haben sollte, sehen wir uns einem mehr als gemeinen und raffinierten Gegner gegenüber.«

»Bleiben Sie in der Nähe von Menschen!« bat Yael. »Und seien Sie auf jeden Fall vor Dunkelwerden zurück. Gewaltverbrechen sind hier zwar selten, aber es gibt keine Beleuchtung, die Straßen werden menschenleer, da könnten Sie leicht Opfer eines Überfalls werden.«

Everard stellte sich vor, seinen Jäger durch die Nacht zu jagen, beschloß jedoch, eine solche Situation nicht zu provozieren, solange ihm noch irgendeine andere Möglichkeit blieb. »Okay, ich bin zum Abendessen wieder hier. Ich bin neugierig, wie das Tyrische Essen ist – an Land, meine ich, nicht das Zeug, das sie einem auf dem Schiff vorsetzen.«

Sie lächelte. »Nicht sehr aufregend, fürchte ich. Die Leute hier sind keine Genießer. Ich habe jedoch unserem Koch ein paar Rezepte von zeitauf beigebracht. Mögen Sie gefüllten Fisch als Vorspeise?«

Die Schatten waren länger geworden, und die Luft hatte sich etwas abgekühlt, als Everard das Haus verließ. Menschen eilten die Gasse entlang, die die Straße der Schiffsausrüster kreuzte, jedoch waren es nicht mehr als zuvor. Da Tyros und Usu am Meer lagen, kannte man hier nicht die extreme Mittagshitze, die die Menschen in vielen Ländern zur Siesta zwang, und kein echter Phönizier würde Stunden mit Schlafen vergeuden, in denen er einen Profit machen konnte.

»Herr!« jubelte eine Stimme.

Nanu? Das ist ja meine kleine Hafen-Ratte! »Sei gegrüßt ... ah ... Pummairam«, sagte Everard. Der Junge sprang aus seiner Hockstellung auf. »Worauf wartest du?«

Der hagere, braune Körper verneigte sich tief, wenn

auch Augen und Lächeln mehr Fröhlichkeit als Achtung ausdrückten.

»Worauf anders wohl, als auf die sehnlichst erflehte Gelegenheit, mich in deinem Glanz zu baden und dir wieder zu Diensten sein zu dürfen?«

Everard blieb stehen und kratzte sich am Kopf. Der Junge hatte vorhin verdammt schnell reagiert, ihm wahrscheinlich das Fell gerettet, aber ... »Es tut mir leid, aber ich brauche wirklich keine Hilfe mehr.«

»O Herr, du scherzest. Siehe, wie ich lache, entzückt von deinem feinen Humor! Ein Führer, ein Bekanntmacher, ein Beschützer gegen Bettler, Diebe und ... gewisse gefährlichere Personen. – Sicher wird ein Herr deines Großmuts einem armen Teufel nicht die Gunst seiner Gegenwart verwehren, den Vorzug seiner Weisheit, die unvergeßliche Erinnerung, hinter deinen erhabenen Fersen einhergetrottet zu sein?«

Wenn die Worte auch kriecherisch waren, so war das doch in dieser Gesellschaft üblich, und sein Ton war alles andere als das. Pummairam amüsierte sich, erkannte Everard. Zweifellos war er auch neugierig und natürlich darauf aus, noch ein wenig mehr zu verdienen. Er zitterte förmlich vor Eifer, während er vor dem riesigen Mann stand und zu ihm aufblickte.

Everard kam zu einem Entschluß. »Du hast gewonnen, du Gauner«, sagte er und grinste, als Pummairam vor Freude jubelte und herumsprang. Es war wirklich gar keine schlechte Idee, so einen Helfer zu haben. War er nicht hier, um die Stadt gründlich kennenzulernen und sie nicht nur zu besichtigen? »Und nun sage mir, was du glaubst, für mich tun zu können!«

Der Junge blickte ihn an, legte den Kopf schief und einen Finger ans Kinn. »Das hängt davon ab, was die Wünsche meines Herrn sein mögen. Wenn es Geschäfte sind – welcher Art und mit wem? Wenn es Vergnügen sein sollte – das gleiche. Mein Herr braucht es mir nur zu sagen.«

»Hmmm ...« Warum soll ich nicht ehrlich zu ihm sein, fragte er sich, zumindest soweit, wie es mir möglich ist? Wenn er sich als untüchtig erweisen sollte, kann ich ihn schließlich jederzeit feuern, obwohl ich vermute, daß er sich festbeißen wird wie eine Zecke. »Dann hör mir gut zu, Pum! Ich habe hier in Tyros äußerst wichtige Dinge zu erledigen. Ja, sie mögen selbst die Suffeten betreffen, vielleicht sogar den König selbst. Du hast selbst gesehen, wie ein Zauberer versuchte, mich aufzuhalten. Ja, und du hast mir gegen ihn geholfen. Das könnte wieder passieren, und vielleicht habe ich dann nicht so viel Glück. Es ist mir verboten, mehr darüber zu sagen. Doch glaube ich, du verstehst, daß ich sehr viel in Erfahrung bringen, Menschen aller möglichen Art kennenlernen muß. Was würdest du vorschlagen? Eine Taverne vielleicht, wo ich andere zu einem Glas Wein einladen kann?«

Pums quecksilbrige Stimmung gefror zu Ernsthaftigkeit. Er runzelte die Stirn und starrte ein paar Sekunden lang vor sich hin, dann schnippte er mit den Fingern und rief: »Ah, das ist es! Für so einen Zweck, edler Herr, kann ich kein besseres Beginnen vorschlagen als einen Besuch im Hochtempel der Aschera.«

»Wie?« Überrascht durchblätterte Everard die Informationen, die in seinem Gehirn gespeichert waren. Aschera, Ischtar, die von der Bibel ›Astarte‹ genannt werden würde, war die Gefährtin Melqarts, des Schutzgottes von Tyros: Baal-Melek-Qart-Sor. Sie war auch für sich eine mächtige Gottesgestalt, Göttin der Fruchtbarkeit für Mensch, Tier und Feld, eine Kriegerin, die einst die Hölle selbst herausgefordert hatte, um ihren Geliebten von den Toten zurückzuholen, eine Meereskönigin, von der Tanith lediglich ein Avatar*

---

* Ein von einem Gott zeitweilig angenommener Körper – *Anm. d. Übers.*

war ... Ja, sie war Ischtar in Babylon, und sie würde als Aphrodite in die Welt der Griechen eintreten.

»Sicher umfaßt das große Wissen meines Herrn auch die Tatsache, daß es für einen Besucher – und besonders für einen Besucher deiner Bedeutung – töricht wäre, ihr *nicht* eine Huldigung darzubringen, damit sie seinen Vorhaben ihr gnädiges Lächeln schenke. Wahrlich, wenn die Priester von einer solchen Unterlassung hörten, würden sie sich gegen dich stellen. Und das hat bei einigen Abgesandten aus Jerusalem schon zu Schwierigkeiten geführt. Außerdem, ist es nicht ein gutes Werk, eine Frau von ihren Fesseln und ihren Sehnsüchten zu befreien?« Pum grinste, zwinkerte und stieß Everard an. »Abgesehen davon, daß es Spaß macht.«

Everard erinnerte sich. Im ersten Augenblick war er schockiert. Wie die meisten anderen Semiten dieser Epoche verlangten die Phönizier, daß jede freigeborene Frau ihre Jungfräulichkeit im Tempel der Göttin opferte, als heilige Prostituierte. Erst nachdem ein Mann sie genommen und dafür bezahlt hatte, durfte sie heiraten. Diesem Brauch haftete nichts Unzüchtiges an, er ging zurück auf Fruchtbarkeitsriten und Ängste der Steinzeit. Natürlich zog er auch reiche Pilger und ausländische Besucher an.

»Ich hoffe, daß so etwas beim Volk meines Herrn nicht verboten ist?« erkundigte der Junge sich besorgt.

»Nun ... eigentlich nicht.«

»Gut!« Pum nahm Everard beim Ellbogen und steuerte ihn die Straße entlang. »Wenn mein Herr seinem Diener erlaubt, ihn zu begleiten, werde ich sicher jemanden finden, deren Bekanntschaft zu machen sich lohnt. Ich möchte in aller Bescheidenheit sagen, daß ich ziemlich viel herumkomme und meine Augen und Ohren offen halte. Und die stehen jetzt voll und ganz im Dienst meines Herrn.«

Everard grinste unmerklich und ging weiter. Warum

eigentlich nicht? Um ehrlich zu sein, hatte er es nach der langen Seereise verdammt nötig; und es stimmte: ein Besuch in dem heiligen Hurenhaus war in diesem Milieu kein Ausnutzen der Frauen, sondern Güte, und er mochte dabei sogar etwas Nützliches erfahren. Doch vorher sollte er lieber herauszufinden versuchen, wie vertrauenswürdig sein Führer war. »Erzähl mir etwas von dir, Pum! Wir werden schließlich eine Weile zusammen sein, einige Tage zumindest, wenn nicht länger.«

Sie erreichten die Gasse und suchten sich ihren Weg durch eine drängende, schreiende, schiebende Menschenmasse. »Da gibt es nur wenig zu sagen, großer Herr. Die Annalen der Armen sind kurz und einfach.« Das war zu allen Zeiten so gewesen, dachte Everard. Doch als Pum weitersprach, erkannte er, daß es in diesem Fall nicht zutraf.

Vater unbekannt, vermutlich einer der Seeleute und Arbeiter, die in einer gewissen, billigen Herberge gewohnt hatten, als Tyros erbaut worden war, und die nötigen Mittel besaßen, um sich die Gunst der Hausmagd zu kaufen. Pum war einer von einer ganzen Brut, wurde mehr schlecht als recht aufgezogen, ein Straßenbengel von der Zeit an, da er laufen konnte, und, wie Everard vermutete, auch ein Dieb und alles mögliche andere, das ihm etwas einbrachte. Trotzdem war er schon früh Akolyt in einem Tempel am Hafen geworden, der dem relativ unbedeutenden Gott Baal Hammon geweiht war. (Everard dachte unwillkürlich an halb verfallene Kirchen in den Slums im Amerika des zwanzigsten Jahrhunderts.) Der Priester des Tempels war einst ein gelehrter Mann gewesen, jetzt aber nur noch ein gutmütiger Trinker. Pum hatte sich von ihm ein recht umfangreiches Vokabular und andere Kenntnisse angeeignet, wie ein Eichhörnchen, das emsig Eicheln zusammenträgt, bis der Priester gestorben war. Sein respektablerer Nachfolger warf den gierigen Postulanten hinaus. Trotzdem lernte Pum weiterhin eine ganze Reihe von Menschen kennen, von denen einige sogar zum Palast gehörten. Dienstpersonal des Palastes kam hin und wieder zum Hafen auf der Suche nach billigem Vergnügen. Noch zu jung, um irgendeine Führerrolle übernehmen zu können, beschaffte er sich seinen Lebensunterhalt wie immer er es konnte. Sein Überleben bis zu diesem Tag war keine geringe Leistung.

Ja, dachte Everard, vielleicht habe ich ein wenig Glück gehabt.

Die Tempel Melqarts und Ascharas lagen einander gegenüber an einem belebten Platz des Stadtzentrums. Der erstere war der größere, der zweite jedoch eindrucksvoller. Eine von vielen Säulen getragene Vorhalle mit kunstvollen, grell bemalten Kapitellen führte zu einem mit Steinquadern belegten Innenhof, in dem ein großes Messingbecken mit Wasser für die rituelle Waschung stand. Der Tempelbau erhob sich auf der gegenüberliegenden Seite des abgeschlossenen Bezirks; seine eckige Form wurde durch Wandverkleidungen aus Marmor, Granit und Jaspis gemildert. Zwei Säulen flankierten die Tür, ragten über das Dach hinaus und glänzten im späten Sonnenlicht. (Im Tempel Salomons, der nach tyrischem Vorbild erbaut werden würde, sollten sie Jachin und Boaz genannt werden.) In dem Tempel, wußte Everard, befand sich die Haupthalle für die Gläubigen, und dahinter das Allerheiligste.

Ein Teil der Menschenmenge des Forums hatte sich in den Hof abgesondert und stand dort in kleinen Gruppen herum. Die Männer darunter, vermutete Everard, wollten nur einen ruhigen Ort, um über Geschäfte oder sonst etwas zu sprechen. Die Frauen waren in der Überzahl. Zum größten Teil waren es Hausfrauen, von denen manche Körbe auf dem mit einem Schal bedeckten Kopf trugen, die eine kleine

Pause zwischen Einkäufen einlegten, um der Göttin kurz ihren Respekt zu zollen und dann ein wenig mit den anderen Frauen zu klatschen. Die Priester der Göttin waren zwar männlich, doch Frauen waren hier immer willkommen.

Neugierige Blicke folgten Everard, als Pum ihn über den Hof zum Tempel führte. Fr fühlte sich verlegen, sogar ein wenig eingeschüchtert. Ein Priester saß an einem Tisch hinter der offenen Tür des Tempels. Abgesehen von einem regenbogenfarbenen Gewand und einem Silberanhänger in Form eines Phallus, sah er nicht anders aus als irgendein Laie. Sein Haar und sein Bart waren sorgsam geschnitten, seine Gesichtszüge scharf und lebendig.

Pum blieb vor ihm stehen und sagte wichtigtuerisch: »Sei gegrüßt, Heiliger. Mein Herr und ich wünschen Unsere Dame der Liebe zu ehren.«

Der Priester machte eine Segensgeste. »Sie sei gepriesen. Ein Fremder bringt doppeltes Glück.« Interesse funkelte in seinen Augen. »Woher kommst du, verehrungswürdiger Fremder?«

»Aus dem Norden, von jenseits des Wassers«, antwortete Everard.

»Ja, ja, das ist mir klar. Doch das ist ein riesiges und unbekanntes Gebiet. Magst du vom Land des Seevolkes sein?« Der Priester deutete auf einen Hocker, der dem glich, auf dem er selbst saß. »Bitte setz dich, edler Herr. Ruh dich ein wenig aus! Laß mich dir einen Becher Wein einschenken.«

Pum zappelte einige Minuten lang nervös herum, voller Ungeduld und Frustration, bevor er sich an eine Säule hockte und schmollte. Everard und der Priester sprachen fast eine Stunde lang miteinander. Weitere Menschen traten hinzu, um ihnen zuzuhören, oder sich an der Unterhaltung zu beteiligen.

Everard hätte den ganzen Tag lang weitermachen können. Er erfuhr eine Menge von dem Priester. Wahrscheinlich hatte nichts davon irgendeinen Bezug zu seiner Aufgabe, doch das konnte man nie wissen, und auf jeden Fall genoß er die Unterhaltung. Was ihn auf den Boden der Tatsachen zurückbrachte, war die Erwähnung der Sonne. Sie war inzwischen hinter das Dach der Vorhalle gesunken. Er erinnerte sich an Yael Zorachs Warnung und räusperte sich.

»Oh, wie sehr ich es bedaure, mein Freund, doch die Zeit vergeht, und ich muß mich bald auf den Weg machen. Wenn wir die ersten sind, die der Göttin ihre Verehrung darbringen wollen...«

Pums Miene hellte sich auf. Der Priester lachte. »Ja«, sagte er, »nach einem so langen Warten müssen die Feuer Ascheras heiß lodern. Also, die freiwillige Gabe ist ein halber Schekel Silber oder sein Gegenwert in Waren. Aber Männer von Reichtum und Rang geben natürlich mehr.«

Everard legte ein großzügiges Stück Metall auf den Tisch. Der Priester segnete ihn erneut und gab ihm und Pum je eine kleine Elfenbeinscheibe mit einer recht eindeutigen Gravierung. »Tretet ein, meine Söhne, sucht euch aus, was ihr wollt, tut Gutes, und werft diese Scheiben in ihren Schoß! Ah ... du weißt sicher, großer Eborix, daß du deine Auserwählte von dieser heiligen Stätte fortführen mußt? Morgen wird sie zurückkommen, die Scheibe zurückgeben und ihre Gabe erhalten. Falls du keine eigene Herberge in der Nähe haben solltest, geh zu meinem Verwandten, Hanno, der saubere Zimmer zu einem billigen Preis vermietet. Sein Gasthaus liegt gleich dort drüben, in der Straße der Dattelhändler.«

Pum sprintete fast hinein. Everard folgte ihm mit mehr Würde, wie er hoffte. Ein paar Leute riefen ihm Zoten nach und wünschten ihm viel Spaß. Das war Teil der Zeremonie, der Magie.

Der Raum war groß, und seine Dunkelheit wurde von dem matten Licht der Öllampen kaum erhellt. Es fiel auf Wandmalereien, Blattgold, eingefügte Halbedelsteine. Am anderen Ende schimmerte die vergoldete Statue der Göttin, die Arme in einer Geste des Mitgefühls ausgestreckt, die in der ziemlich primitiven Skulptur doch irgendwie zum Ausdruck kam. Everard roch den Duft von Myrrhe und Sandelholz, hörte leises Rascheln und Flüstern.

Als seine Pupillen sich geweitet hatten, erkannte er die Frauen. Es waren vielleicht hundert, schätzte er. Sie saßen auf Hockern entlang der rechten und der linken Wand. Ihre Kleidung reichte von feinem Leinen bis zu abgetragener Wolle. Einige von ihnen hockten zusammengesunken, andere starrten vor sich hin, ein paar von ihnen machten einladende Gesten, soweit es die Regeln zuließen. Die meisten blickten verschüchtert und sehnsüchtig die Männer an, die an ihnen vorbeischlenderten. Es waren nur wenige zu dieser Stunde eines gewöhnlichen Tages. Everard glaubte, drei oder vier Seeleute auf Landurlaub zu erkennen, sah einen fetten Händler, ein paar junge Burschen. Sie verhielten sich einigermaßen manierlich; schließlich war dies ein Gotteshaus.

Seine Pulse hämmerten. Verdammt, dachte er irritiert, warum mache ich einen solchen Zirkus darum? Schließlich habe ich schon mit einer Menge Frauen geschlafen. – Aber nur mit zwei Jungfrauen, dachte er, ein wenig traurig.

Er ging weiter, beobachtend, nachdenklich, den Blicken ausweichend. Pum trat auf ihn zu und zupfte ihn am Ärmel. »Strahlender Herr«, zischte der Junge, »dein Diener hat vielleicht gefunden, was du benötigst.«

»Wie?« Everard ließ sich von seinem Diener in die Mitte des Raums ziehen, wo ihr leises Gespräch nicht überhört werden konnte.

»Mein Herr kann sich vorstellen, daß dieses Kind der Armut diese Hallen noch nie betreten konnte«, flüsterte Pum. »Doch wie ich bereits sagte, habe ich Bekanntschaften, die bis in den königlichen Palast reichen. Ich weiß von einem Mädchen, das hierherkommt, wann immer es ihre Arbeit und der Mond erlauben, und wartet und wartet – nun schon drei Jahre lang. Sie ist Sarai, die Tochter von Schäfern, die in den Bergen wohnen. Durch einen Onkel, der bei der Garde ist, hat sie eine Anstellung im königlichen Haushalt gefunden, zuerst als Küchenmädchen, doch jetzt arbeitet sie eng mit dem Hausverwalter zusammen. Und sie ist heute hier. Da mein Herr Kontakte solcher Art zu finden sucht ...«

Etwas verwirrt folgte Everard seinem Führer. Als sie stehen blieben, schluckte er hart. Die Frau, die Pums Gruß mit leiser Stimme beantwortete, war pummelig und hatte eine dicke Nase – er entschied sich dafür, sie als ›hausbacken‹ zu bezeichnen – und war fast schon eine alte Jungfer. Doch der Blick, mit dem sie zu Everard aufsah, war klar und ohne Angst. »Würdest du die Güte haben, mich zu erlösen?« fragte sie ruhig. »Ich würde bis ans Ende meiner Tage für dich beten.«

Bevor er es sich anders überlegen konnte, warf er ihr die kleine Elfenbeinscheibe in den Schoß.

Pum hatte sich eine wirkliche Schönheit ausgesucht, die an diesem Tag zum ersten Mal hier war und sich vor kurzem mit dem erstgeborenen Sohn einer bekannten Familie verlobt hatte. Sie war enttäuscht, daß sie von so einem abgerissenen Bengel ausgewählt wurde. Aber das war ihr Problem, dachte Everard. Und vielleicht auch eins für Pum, doch er bezweifelte es.

Die Zimmer in Hannos Gasthaus waren winzig, boten eine Strohmatratze auf dem Boden und sonst nichts. Schmale Fenster, die auf einen Innenhof gingen, ließen ein wenig Abendlicht herein, und auch Rauch, Straßen- und Küchengerüche, Stimmen, die klagenden

Töne einer Knochenflöte. Everard zog den Vorhang vor die Türöffnung und wandte sich seiner Begleiterin zu.

Sie kniete vor ihm, als ob sie sich in ihre Kleidung verkrochen habe. »Ich kenne weder deinen Namen noch dein Land, Herr«, sagte sie mit leiser und ein wenig zitternder Stimme. »Würdest du sie deiner Magd nennen?«

»Ja, natürlich.« Er nannte ihr seinen Namen. »Und du bist Sarai von Rasil Aayin, nicht wahr?«

»Hat der Betteljunge meinen Herrn zu mir geschickt?« Sie senkte den Kopf. »Nein, vergib mir, ich wollte nicht unverschämt sein. Das war gedankenlos.«

Er schob ihr Kopftuch zurück und fuhr mit der Hand über ihr Haar. Es war zwar grob, doch sehr üppig. »Ich nehme es dir nicht übel. Was meinst du, sollten wir einander ein wenig besser kennenlernen? Was hältst du davon, wenn wir ein Glas Wein oder auch zwei trinken, bevor ... Nun, was hältst du davon?«

Sie starrte ihn erstaunt an. Er ging hinaus, fand den Wirt, gab die Bestellung auf.

Als sie kurz darauf nebeneinander auf dem Boden saßen, er mit einem Arm um ihre Schultern, erzählte sie ohne Hemmungen von sich. Phönizier hatten kein Gefühl für Privatsphäre. Und wenn ihre Frauen auch mehr Achtung und Unabhängigkeit genossen als die der meisten anderen Gesellschaften, gab es doch nur wenige Männer, die Frauen rücksichts- und verständnisvoll behandelten.

»Nein, keine Heirat für mich, Eborix. Ich bin in die Stadt gekommen, weil mein Vater arm ist und für viele andere Kinder sorgen muß, und weil es den Anschein hatte, daß keiner der Männer unseres Stammes für seinen Sohn um mich werben würde. Weißt du zufällig jemanden für mich?« Er selbst, der ihr die Jungfräulichkeit nehmen würde, war davon ausgeschlossen. Genaugenommen verstieß schon ihre Frage ein wenig gegen das Gesetz, das alle Absprachen verbot, wie zum Beispiel mit einem Freund. »Ich habe im Palast eine gute Stelle erringen können, wenn auch nicht offiziell, so doch durch die Art meiner Arbeit. Ich besitze einigen Einfluß auf die Dienerschaft, auf Lieferanten, Musikanten und Gaukler. Ich habe mir eine Mitgift zusammengespart, nicht sehr groß, aber ... aber es könnte doch sein, daß die Göttin mir nun endlich zulächelt, nachdem ich dieses Opfer dargebracht habe ...«

»Es tut mir leid«, sagte er voller Mitgefühl, »doch ich bin fremd hier.«

Er verstand sie, oder glaubte es zumindest. Sie hatte den leidenschaftlichen Wunsch, zu heiraten. Weniger, um einen Mann zu haben und der nur dünn kaschierten Mißachtung, in der die Unverheirateten gehalten wurden, ein Ende zu machen, als um Kinder zu haben. Bei diesem Volk galt es als das Schlimmste, kinderlos zu sterben, einen zweifachen Tod zu erleiden. – Ihre Selbstbeherrschung brach zusammen, und sie weinte an seiner Brust.

Draußen dunkelte es. Everard beschloß, Yaels Warnungen zu vergessen (und – ein leises Lachen – auch Pums Ungeduld) und sich Zeit zu lassen, Sarai verständnisvoll zu behandeln, auf die Dunkelheit zu warten und sich dann von seiner Vorstellungskraft leiten zu lassen.

Später würde er sie zu ihrer Behausung zurückbringen.

Die Zorachs waren vor allem verärgert über die Beunruhigung, die ihr Hausgast ihnen verursacht hatte, als er erst zu später Stunde zurückkehrte. Er sagte ihnen nicht, was er getan hatte, und sie stellten ihm keine Fragen. Schließlich waren sie die hiesigen Stationsagenten, fähige, erfahrene Vertreter der Patrouille, die mit schwierigen Aufgaben fertig werden mußten, die oft voller Überraschungen waren, jedoch keine Detektive.

Everard entschuldigte sich dafür, ihnen das Abendessen verdorben zu haben. Es hätte ein seltener Genuß werden sollen. Normalerweise aß man die Hauptmahlzeit des Tages am Spätnachmittag, und am Abend nahm man dann nur noch einen kleinen Imbiß ein. Einer der Gründe dafür war das trübe Licht der Öllampen, das es nicht zuließ, nach Einbruch der Dunkelheit aufwendige Mahlzeiten zuzubereiten.

Die technischen Errungenschaften der Phönizier verlangten einem jedoch Hochachtung ab. Beim Frühstück, das ebenfalls ein einfaches Mahl war – Linsen mit Porree und Hartbrot – sprach Chaim von der Wasserversorgung. Zisternen zum Auffangen von Regenwasser hatten sich als unzureichend erwiesen. Hiram wollte nicht, daß Tyros von der Wasserversorgung per Schiff vom Festland angewiesen sei, oder daß es durch einen Aquaedukt mit der Küste verbunden würde, das einem Feind als Brücke dienen konnte. Wie die Sidonier vor ihm hatte er ein Projekt ersonnen, durch das Süßwasser aus Quellen unter der See heraufgebracht werden sollte.

Und dann gab es natürlich das Know-how, das umfangreiche Wissen, die Intelligenz, denen Tyros seine Färbereien und seine Glasmanufaktur verdankte, ganz zu schweigen von seinen Schiffen, die nicht so zerbrechlich waren, wie sie aussahen, da sie in naher Zukunft sogar bis nach England segeln sollten.

»Das Purpurreich hat jemand in unserem Jahrhundert Phönizien genannt«, sagte Everard nachdenklich. »Da fragt man sich unwillkürlich, ob Merau Varagan eine Vorliebe für diese Farbe hat. Hat W. H. Hudson nicht Uruguay das Purpurland genannt? Aber Varagan hat seine schmutzigen Geschäfte sehr weit nördlich von Uruguay getätigt, als wir ›früher‹ zusammenstießen. Und bis jetzt habe ich noch keinerlei Beweise dafür, daß er in diesen Fall verwickelt ist. Es ist nur eine Vermutung.«

»Was ist damals passiert?« fragte Yael. Sie blickte ihn über den Tisch hinweg an, durch Sonnenlicht, das durch eine zum Innenhof führende, offenstehende Tür hereinfiel.

»Das spielt jetzt keine Rolle.«

»Sind Sie sicher?« drängte Chaim. »Möglicherweise wird Ihr Erlebnis in unserem Verstand etwas wachrufen, das uns einen Hinweis geben könnte. Auf jeden Fall aber ist man auf einem Posten wie diesem immer hungrig auf Nachrichten von draußen.«

»Und besonders auf Abenteuer, die so aufregend sind wie die Ihren«, setzte Yael hinzu.

Everard lächelte nachdenklich. »Um noch einen Schriftsteller zu zitieren: Abenteuer ist, wenn ein anderer, tausend Meilen entfernt, bis zum Hals in Schwierigkeiten steckt«, sagte er. »Und wenn der Einsatz so hoch ist wie hier, wird die Situation wirklich haarig.« Er machte eine Pause. »Na schön, es gibt schließlich keinen Grund, das Garn nicht auszuspinnen, wenn auch in einer recht skizzenhaften Form, da der Hintergrund sehr kompliziert ist. Ah – falls nicht zu erwarten ist, daß einer der Diener hereinkommt, würde ich gerne meine Pfeife anzünden. Und ist vielleicht noch etwas von diesem herrlichen, geschmuggelten Kaffee in der Kanne?«

Er lehnte sich zurück, ließ den Pfeifenrauch über die Zunge rollen und seinen Körper von den Strahlen der höher steigenden Sonne wärmen. »Mein Auftrag war für Südamerika, die Region von Colombia, zu Ende des Jahres 1826. Unter der Führung Simón Bolívars war es den Patrioten gelungen, die spanische Herrschaft abzuschütteln, doch hatten sie noch genug Schwierigkeiten untereinander. Die betrafen auch Sorgen über den Befreier selbst. Er hatte für Bolivien eine Verfassung durchgesetzt, durch die er außergewöhnliche Macht als Präsident auf Lebenszeit erhielt. Würde er zu einem neuen Napoleon werden und all die neuen

Republiken unter seine Herrschaft zwingen? Der Militärbefehlshaber von Venezuela, das damals Teil Colombias war – oder Neu Granadas, wie es sich nannte – revoltierte. Nicht daß dieser José Páez ein so großer Altruist gewesen wäre; er war tatsächlich ein harter Diktator.

Aber lassen wir die Details. Ich kann mich selbst nicht mehr allzu gut an sie erinnern. Das Kernstück von Bolívars Unternehmen – er war übrigens von Geburt Venezuelaner – war sein Marsch von Lima nach Bogotá. Er brauchte nur zwei Monate dazu, und das war verdammt *schnell* zu jener Zeit und über das Terrain. Als er Bogotá erreichte, verhängte er das Kriegsrecht und zog sofort weiter nach Venezuela, gegen Páez. Es wurde dort viel Blut vergossen.

Währenddessen waren Agenten der Patrouille, die diesen Bereich der Geschichte überwachten, auf mehrere Hinweise gestoßen, daß hier nicht alles koscher war. – Hmmm. Entschuldigen Sie. – Bolívar benahm sich nicht wie der selbstlose humanitäre Befreier, als den ihn seine Biographen beschrieben. Er hatte sich einen Freund von ... irgendwo ... zugelegt, dem er vertraute. Die Ratschläge dieses Mannes waren zum Teil brillant gewesen. Doch hatte es den Anschein, als ob er sich zu Bolívars bösem Geist zu entwickeln drohte. Und in den Biographien wurde er nirgends erwähnt ...

Ich war einer der Ungebundenen Agenten, die ausgesandt wurden, um die Situation zu überprüfen. Der Grund dafür war, daß ich mich früher, bevor ich jemals von der Patrouille hörte, eine Weile in der Gegend herumgetrieben hatte. Das gab mir eine gewisse Überlegenheit anderen gegenüber, da ich wußte, was ich zu tun hatte. Ich konnte mich natürlich auf keinen Fall als Südamerikaner ausgeben, doch ich war der richtige Typ für einen Yankee, einen Glücksritter aus dem Norden, teilweise begeistert über die Befreiung, teilweise von der Hoffnung erfüllt, irgendwie davon profitieren zu können – und vor allem – wenn auch durchaus *macho* – frei von der Art Arroganz, die diese stolzen Menschen abgestoßen hätte.

Es ist eine lange und zum größten Teil äußerst langweilige Geschichte. Glauben Sie mir, meine Freunde, neunundneunzig Prozent der Arbeit besteht aus dem geduldigen Sammeln von langweiligen und gewöhnlich nicht zur Sache gehörenden Fakten, zwischen Perioden hektischer Tätigkeit und Warten. Beschränken wir uns auf die Tatsache, daß es mir mit sehr viel Glück gelang, in die Umgebung Bolívars zu gelangen, meine Kontakte herzustellen, meine Schmiergelder zu verteilen, meine Informanten zu rekrutieren und meine Beweisstücke zu sammeln. Schließlich gab es kaum noch Zweifel: dieser obskure, aus dem Nichts aufgetauchte Blaco López mußte aus der Zukunft kommen.

Ich habe unsere Truppen zusammengerufen, und wir haben das Haus in Bogotá, in dem er wohnte, überfallen. Die meisten Leute, die wir dabei erwischten, waren harmlose Bürger der Stadt, die als Diener angestellt waren, doch das, was sie uns sagen konnten, erwies sich als äußerst nützlich. López' Geliebte, die er mitgebracht hatte, war, wie sich herausstellte, auch seine Komplizin. Sie erzählte uns – im Austausch für die Zusicherung einer komfortablen Unterkunft, wenn sie auf den Exilierungsplaneten geschickt werden würde – mehr, als wir erwartet hatten. Doch der Bandenführer selbst hatte Lunte gerochen und entkommen können.

Ein Mann auf einem Pferd auf dem Weg in die Cordillera Oriental, die sich unweit der Stadt erhebt – ein Mann, der genau so aussah wie zehntausend echter Kreolen –, und wir konnten ihn nicht mit Zeit-Hoppern verfolgen. Dadurch wäre die Suche mit Sicherheit sehr auffällig geworden. Und wer wußte, welche Wirkung das auslösen mochte? Die Verschwörer hatten den Zeitstrom bereits sehr instabil gemacht.

Ich nahm mir ein Pferd, zwei Reservegäule, packte etwas Trockenfleisch und Vitamintabletten ein und nahm die Verfolgung auf.«

Wind strich fauchend die Bergflanke herab. Gras und vereinzelte niedrige Büsche erzitterten unter seiner Kühle. Ein Stück voraus hörte die Vegetation ganz auf und machte nacktem Fels Platz. Rechts, links und hinter ihm ragten Berggipfel zum Himmel empor. Ein Kondor zog weite Kreise unter den Wolken, auf der Suche nach totem Fleisch. Schneefelder auf den Höhen glühten im Licht der sinkenden Sonne.

Ein Musketenschuß krachte. Durch die weite Entfernung war der Knall nicht sehr laut, wurde jedoch von den Bergen als mehrfaches Echo zurückgeworfen. Everard hörte das Surren der Rundkugel. Verdammt nahe! Er beugte sich tiefer und trieb sein Pferd an.

Varagan glaubte doch nicht etwa wirklich, mich auf diese Entfernung abschießen zu können, überlegte er. Was aber will er dann? Hofft er, mich durch die Schüsse aufhalten zu können? Und wenn ja, wenn er einen etwas größeren Vorsprung gewinnen kann, was bringt ihm das? Und wo will er hin?

Sein Feind hatte noch immer eine halbe Meile Vorsprung, doch Everard sah, daß sein Pferd erschöpft war und sich kaum noch auf den Beinen halten konnte. Es hatte ihn einige Zeit gekostet, die Spur Varagans zu finden, mit diesem Peon und jenem Schafhirten zu sprechen und zu fragen, ob ein Mann, dessen Aussehen er beschrieb, hier vorbeigeritten sei. Doch Varagan hatte nur ein Pferd, das er schonen mußte, wenn es nicht unter ihm zusammenbrechen sollte. Nachdem Everard seine Spur gefunden hatte, war es ihm durch sein in der Wildnis geschultes Auge ein leichtes gewesen, ihr zu folgen, und das Tempo der Jagd hatte sich gesteigert.

Ihm war auch bekannt, daß Varagan auf seiner Flucht nur einen Vorderlader mitgenommen hatte, und er war mit Pulver und Blei recht verschwenderisch umgegangen, seit er den Patrouillenmann entdeckt hatte. Da er sehr schnell nachladen konnte und ein ausgezeichneter Schütze war, hielt er Everard natürlich ein wenig auf. Doch was für einen Schlupfwinkel konnte er in dieser Wildnis finden? Varagan schien auf einen bestimmten Berggipfel zuzureiten, der nicht nur sehr hoch war, sondern dessen Spitze auch an einen Turm erinnerte. Es war jedoch keine Burg. Falls Varagan dort in Deckung gehen sollte, konnte Everard seinen Blaster benutzen, den er bei sich führte, um ihm abgeschmolzenen Fels auf den Kopf poltern zu lassen.

Everard zog seine Hutkrempe herab und wickelte sich fester in seinen Poncho, um sich vor dem kalten Wind zu schützen. Er hatte seinen Blaster noch nicht gezogen. Das war noch nicht nötig. Doch wie von einem Instinkt geleitet, tastete seine linke Hand nach der Steinschloßpistole und dem Säbel an seiner Hüfte. Sie waren hauptsächlich Teil seines Kostüms, dazu bestimmt, ihn bei den Bewohnern des Landes als Person von Stand auszuweisen, wirkten jedoch allein schon durch ihre Massivität beruhigend.

Nachdem er sein Pferd gezügelt und wieder auf Everard gefeuert hatte, ritt Varagan sofort weiter, den Berghang hinauf, ohne sich damit aufzuhalten, sein Gewehr nachzuladen. Everard spornte sein Pferd vom Trab zum leichten Galopp an und verringerte Varagans Vorsprung noch weiter. Er blieb auf der Hut – nicht angespannt, doch auf der Hut vor jeder möglichen Überraschung, bereit, sein Pferd sofort zur Seite zu reißen oder auch, sich hinter das Tier fallen zu lassen. Doch es geschah nichts. Die einsame Jagd durch die Kälte ging weiter. War es möglich, daß Varagan seine letzte Munition verschossen hatte? Sei vorsichtig, alter Junge! Das dürre Gras verschwand, bis auf einige wenige Büschel zwischen den Steinen, und nackter Fels klang unter den Hufen seiner Pferde.

Varagan zügelte sein Tier unterhalb des burgartigen Gipfels. Seine Muskete steckte im Holster, und seine Hände ruhten locker auf dem Sattelknopf. Sein Pferd zitterte und schwankte und ließ den Kopf hängen, total ausgepumpt. Schweiß rann von seinen Flanken und aus seiner Mähne.

Everard zog seine Energiepistole und ritt auf Varagan zu. Hinter ihm wieherte eins seiner Reservepferde. Varagan wartete noch immer.

Everard zügelte sein Pferd drei Meter von ihm entfernt. »Merau Varagan, Sie sind festgenommen, von der Zeitpatrouille«, sagte er auf Temporal.

Sein Gegner lächelte. »Sie sind mir gegenüber im Vorteil«, antwortete er mit leiser Stimme, die jedoch irgendwie volltönend war. »Darf ich um die Ehre bitten, Ihren Namen und Ihren Rang zu erfahren?«

»Ah – Manson Everard, Ungebundener Agent, geboren in den Vereinigten Staaten von Amerika, etwa hundert Jahre zeitauf. Doch das spielt keine Rolle. Ich nehme Sie mit zurück. Bewegen Sie sich nicht, während ich einen Hopper rufe. Ich warne Sie: Bei dem geringsten Verdacht, daß Sie etwas versuchen wollen, schieße ich. Sie sind zu gefährlich, als daß ich es mir lange überlegen würde.«

Varagan hob langsam eine Hand, in einer seltsam sanft wirkenden Geste. »Wirklich? Was wissen Sie eigentlich von mir, Agent Everard, oder glauben Sie zu wissen, um diese Gewaltandrohung zu rechtfertigen?«

»Wenn jemand auf mich schießt, glaube ich nicht, daß das ein sonderlich netter Mensch ist.«

»Könnte ich Sie nicht für einen Banditen gehalten haben, von denen es hier im Hochland wimmelt? Welches Verbrechen soll ich denn angeblich begangen haben?«

Everards Hand, die gerade den kleinen Kommunikator aus der Tasche ziehen wollte, zögerte. Ein paar

Sekunden lang starrte er, auf eine unheimliche Art fasziniert, seinen Gefangenen an.

Merau Varagan wirkte größer, als er in Wirklichkeit war, da er seinen athletischen Körper so gerade hielt. Schwarzes Haar umfloß ein Gesicht, dessen weiße Haut Sonne und Wind nicht hatten bräunen können, und das nicht die geringste Spur von Bartwuchs zeigte. Es hätte das Gesicht eines jungen Caesars sein können, wenn es nicht zu fein geschnitten gewesen wäre. Die Augen waren groß und grün, die lächelnden Lippen kirschrot. Seine Kleidung, einschließlich der Stiefel, war schwarz, mit silberner Paspelierung. Vor dem Hintergrund des turmähnlichen Gipfels erinnerte er Everard an Graf Dracula.

Doch seine Stimme blieb mild. »Offensichtlich haben Ihre Kollegen von den meinen Informationen erpreßt. Ich möchte behaupten, daß Sie mit ihnen in Verbindung gestanden haben. Deshalb kennen Sie unsere Namen und wissen auch ein wenig über unsere Herkunft ...«

Einunddreißigstes Jahrtausend. Gesetzlose nach dem Fehlschlag der Revolution der Exaltationisten, die versuchten, das Gewicht einer Zivilisation abzuschütteln, die älter geworden war als die Steinzeit aus unserer Sicht. Während ihres kurzen Moments der Macht hatten sie sich in den Besitz von Zeit-Maschinen gesetzt. Ihr genetisches Erbe ... Nietzsche mochte sie vielleicht verstanden haben. Ich werde sie nie verstehen, sagte sich Everard.

»Aber was wissen Sie wirklich über den Zweck unseres Hierseins?«

»Sie wollten den Ablauf der Geschichte verändern«, antwortete Everard. »Wir haben Sie gerade noch daran hindern können. Und durch Ihr Tun hat unser Corps einen Haufen Restaurationsarbeit vor sich. Warum haben Sie es getan? Wie konnten Sie so ... so selbstsüchtig sein?«

»Ich glaube, ›egoistisch‹ wäre die bessere Bezeichnung«, sagte Varagan. »Der Aufstieg des Egos, des uneingeschränkten Willens –. Aber denken Sie doch einmal nach. Wäre es wirklich schlecht gewesen, wenn Bolívar ein hispano-amerikanisches Imperium gegründet hätte, anstatt einen Haufen streitsüchtiger Nachfolgestaaten zu hinterlassen? Es wäre aufgeklärt und fortschrittlich gewesen. Stellen Sie sich nur vor, wieviel Leiden und Tod dadurch verhindert worden wäre.«

»Hören Sie auf mit dem dummen Zeug!« Everard fühlte Wut in sich aufsteigen. »Sie müssen selbst wissen, daß es unmöglich ist. Bolívar verfügt nicht über den dazu erforderlichen Kader, die Nachrichtenverbindungen, die Unterstützung durch die Bevölkerung. Wenn er für einige ein Held ist, hat er mindestens genau so viele Menschen gegen sich aufgebracht; zum Beispiel die Peruaner, nachdem er Bolivien aus ihrem Staatsverband gerissen hat. Er wird auf seinem Totenbett jammern, daß er ›das Meer gepflügt‹ habe, bei seinen Bemühungen, eine stabile Gesellschaft aufzubauen.

Wenn Sie ehrlich daran interessiert sind, auch nur einen Teil des Kontinents zu vereinen, hätten Sie es früher und an anderer Stelle versuchen müssen.«

»So?«

»Ja. Es gab eine einzige Chance. Ich habe die Situation gründlich studiert. Im Jahr 1821 hat San Martín in Peru mit den Spaniern verhandelt und dabei mit der Idee gespielt, eine Monarchie unter jemandem wie Don Carlos, König Ferdinands Bruder, zu errichten. Das Reich hätte die Territorien von Bolivien und Ecuador umfassen können, später vielleicht auch Chile und Argentinien, weil es die Vorteile aufgewiesen hätte, die Bolívars innerer Sphäre fehlt. Aber warum erzähle ich Ihnen das, Sie Bastard, außer um Ihnen zu beweisen, daß ich Ihre Verlogenheit durchschaut habe? Sie müssen sich Ihre Informationen selbst zusammengebastelt haben.«

»Und was, glauben Sie dann, war mein wirkliches Ziel?«

»Das ist doch klar. Sie wollten, daß Bolívar sich übernimmt. Er ist ein Idealist, ein Träumer, wenn auch gleichzeitig ein Krieger. Wenn er zu hart vorgeht, wird alles hier in ein Chaos zerfallen, das sich sehr leicht auf ganz Südamerika ausweiten könnte. Und das wäre für Sie die Chance, die Macht zu übernehmen!«

Varagan zuckte die Achseln, wie eine Werkatze sich geschüttelt haben würde. »Gestehen Sie mir wenigstens zu«, sagte er, »daß so ein Imperium eine gewisse düstere Großartigkeit besessen hätte.«

Der Hopper materialisierte blinkend und schwebte zwanzig Fuß über dem Boden. Der Mann am Steuer grinste und zielte mit der Schußwaffe, die er bei sich hatte. Vom Sattel seines Pferdes aus winkte Merau Varagan seinem zeitreisenden Ich zu.

Everard konnte nie genau sagen, was als nächstes geschah. Irgendwie gelang es ihm, die Füße aus den Steigbügeln zu befreien und zu Boden zu springen. Sein Pferd schrie auf, als der Energieblitz in seine Flanke fuhr. Rauch und der Gestank verschmorten Fleisches quollen auf. Noch während das erschossene Tier zusammenbrach, feuerte Everard aus der Deckung seines Körpers auf den Hopper. Der Hopper mußte ausweichen. Everard sprang zur Seite, um nicht unter dem stürzenden Pferd begraben zu werden, und feuerte weiter, nach oben und seitwärts. Varagan sprang von seinem Pferd und warf sich hinter einem Felsen nieder. Blitze zuckten und knisterten. Everard riß mit der linken Hand den Kommunikator heraus und drückte den Mayday-Knopf.*

---

* Verbaler Notruf; ursprünglich frz. »M'aidez!« = »Helft mir!« -*Anm. d. Übers.*

Der Hopper ging hinter dem Gipfel tiefer. Die Implosion verdrängter Luft rief einen leisen Knall hervor. Der Wind vertrieb den durchdringenden Ozongeruch.

Eine Maschine der Patrouille erschien. Doch es war zu spät. Merau Varagan hatte sein früheres Selbst bereits fortgebracht, zu einem unbekannten Punkt der Raum-Zeit.

Everard nickte. »Ja«, brachte er seinen Bericht zu Ende, »so war sein Plan gewesen, und er hatte funktioniert, verdammt noch mal! Er hat lediglich einen auffälligen Punkt erreichen und die Zeit nach seiner Uhr feststellen müssen. Auf diese Weise wußte er, wann-wohin er später auf seiner Welt-Linie zu gehen hätte, um seine eigene Rettungsaktion durchzuführen.«

Die Zorachs waren erschüttert. »Aber ... aber einfach eine Zeit-Schleife dieser Art...«, stammelte Chaim. »Hatte er denn keine Vorstellung von den damit verbundenen Gefahren?«

»Zweifellos – einschließlich der Möglichkeit, daß er sich selbst nicht-existent machen konnte«, antwortete Everard. »Aber er war schließlich absolut dazu bereit, einen ganzen Geschichtsabschnitt auszulöschen, für eine Zukunft, in der er den Ton angegeben hätte. Er ist absolut furchtlos – der ideale Desperado. Diese Eigenschaft ist in die Gene der Exaltationisten-Fürsten eingepflanzt worden.«

Er seufzte. »Und sie kennen auch keine Loyalität. Varagan und die Kumpane, die ihm verblieben waren, haben nicht versucht, diejenigen von ihnen zu retten, die wir gefangengenommen hatten. Sie sind einfach verschwunden. Wir warten seit jener Zeit darauf, daß sie irgendwo, irgendwann wieder auftauchen, und diese neue Sache weist gewisse Ähnlichkeiten mit dem Südamerika-Unternehmen auf. Aber natürlich – wieder Zeit-Schleifen-Risiko – kann ich nicht zeitauf gehen und alle Berichte lesen, die ich nach Abschluß dieser Affäre geschrieben haben mag. Falls sie ihr Ende finden sollte, und ich nicht.«

Yael griff nach seiner Hand. »Ich bin sicher, daß Sie es überstehen werden, Manse«, sagte sie. »Was ist anschließend in Südamerika geschehen?«

»Oh, sobald die schlechten Ratschläge aufhörten, die nicht als schlecht erkannt worden waren, kehrte Bolívar zu einem natürlichen Verhalten zurück«, erklärte Everard ihnen. »Er traf ein friedliches Übereinkommen mit Páez und erklärte eine Generalamnestie. Später brachen zwar weitere Unruhen aus, doch wurde er auch mit ihnen auf eine geschickte und humane Art fertig, während er gleichzeitig sowohl die Interessen als auch die Kultur seines Volkes förderte. Als er starb, war der größte Teil seines Vermögens, das er ererbt hatte, verbraucht, weil er niemals auch nur einen Centavo öffentlicher Gelder für sich genommen hatte. Er war ein guter Herrscher – einer der besten, die die Menschheit jemals gekannt hatte.

Und das ist auch Hiram, denke ich – dessen Herrschaft jetzt genau so bedroht wird, durch irgendeinen Teufel, der auf die Welt losgelassen ist.«

Als Everard aus dem Haus trat, wartete Pum natürlich bereits auf ihn. Der Junge eilte auf ihn zu.

»Wohin will mein verehrter Herr heute gehen?« rief er fröhlich. »Laß dich von deinem Diener führen, wohin auch immer dein Wunsch dich treiben mag. Vielleicht möchtest du Conor, den Bernsteinhändler, kennenlernen?«

»Ha?« Ein leichter Schock. Everard starrte den Jungen an. »Was bringt dich zu der Annahme, daß ich etwas mit... mit einem solchen Menschen zu tun haben sollte?«

Pums unterwürfiger Blick konnte seine Schlauheit nicht verbergen. »Hat mein Herr nicht davon gesprochen, daß er ihn treffen wollte, als er auf Magos Schiff war?«

»Woher weißt du das?«

»Nun, ich habe ein paar Männer der Mannschaft aufgesucht, sie in Gespräche verwickelt, ihre Erinnerungen ausgegraben. Nicht, daß dein ergebener Diener sich in Dinge mischen wollte, die ihn nichts angehen. Falls ich über meine Grenzen hinausgegangen sein sollte, bitte ich um Vergebung. Mein Ziel war lediglich, mehr von den Plänen meines Herrn zu erfahren, damit ich ihm besser zur Seite stehen kann.« Pum grinste breit.

»Oh, ich verstehe.« Everard zupfte an seinem Schnurrbart und blickte umher. Es war niemand in Hörweite. »Also gut, ich gebe zu, daß das ein Vorwand war. Mein wirkliches Geschäft ist ein ganz anderes.« Wie du es sicher längst erraten hast, da ich sofort zu Zakarbaal gegangen bin und seitdem bei ihm wohne, fügte er lautlos hinzu. Es war dies nicht das erste Mal, daß seine Erfahrung ihn daran erinnerte, daß Menschen in jeder Ära genauso aufgeweckt sein konnten wie jedermann, der zeitauf von ihnen lebte.

»Ah, richtig! Geschäfte von äußerster Wichtigkeit, nehme ich an. Die Lippen des Dieners meines Herrn sind versiegelt.«

»Ich hoffe, du verstehst, daß meine Ziele auf keine Weise feindselig sind. Sidon hat freundschaftliche Beziehungen zu Tyros. Sagen wir, daß ich mich bemühe, ein großes gemeinsames Unternehmen zu begründen.«

»Um den Handel mit dem Volk meines Herrn zu steigern? Ah, aber wenn dem so ist, solltest du wirklich deinen Landsmann Conor aufsuchen, nicht wahr?«

»Auf gar keinen Fall!« Everard merkte, daß er die Worte geschrien hatte. »Conor ist nicht mein Landsmann, jedenfalls nicht auf die Art, wie Mago der deine ist. Meine Leute besitzen kein vereintes Land. Ja, wahrscheinlich würden Conor und ich nicht einmal die Sprache des anderen verstehen.«

Das war wirklich mehr als wahrscheinlich. Everard trug zu viel intellektuelles Gepäck mit sich herum, vor allem Informationen über Phönizien, um sich viel Wissen über die Kelten aufzuladen. Die elektronische Lehrmaschine hatte ihm lediglich genug beigebracht, um unter Fremden, die nicht viel über die Kelten wußten, als solcher akzeptiert zu werden. – Wie er hoffte.

»Was ich vorhabe«, sagte er, »ist nur ein kleiner Spaziergang durch die Stadt, während Zakarbaal versucht, mir eine Audienz beim König zu verschaffen.« Er lächelte. »Und dafür gebe ich mich gerne in deine Hand, Junge.«

Pum lachte fröhlich. Er klatschte in die Hände. »Ah, wie weise mein Herr ist! Wenn es Abend geworden ist, mag er selbst entscheiden, ob er zu den Vergnügungen und – ja – zu den Informationen gekommen ist, die er begehrt und wird sich dann vielleicht – seinem Diener gegenüber großmütig zeigen.«

Everard grinste. »Also, gehen wir auf die große Tour.«

Pum wurde plötzlich scheu. »Könnten wir vorher die Straße der Schneider aufsuchen? Gestern habe ich es gewagt, ein Gewand für mich zu bestellen, das jetzt fertig sein sollte. Die Kosten wären hart für einen armen Jungen, trotz der Großzügigkeit, die sein Herr ihm bereits erwiesen hat, da ich sowohl für schnelle Arbeit als auch für gutes Material zahlen muß. Es ist jedoch nicht richtig, daß der Diener eines so großen Herrn in Lumpen herumläuft.«

Everard stöhnte, obwohl er im Grund genommen nichts dagegen hatte.

»Ich verstehe, was du meinst. Und wie! Es gehört sich nicht für einen Mann meiner Würde, daß du deine Kleidung selbst kaufst. Also gut, laß uns gehen, und ich werde dir deinen bunten Rock kaufen!«

Hiram hatte nur wenig Ähnlichkeit mit seinen Untertanen. Er war größer, hellhäutiger, hatte rötliches Haupt- und Barthaar, und seine Nase war gerade. Seine Erscheinung erinnerte Everard an das Seevolk – diese Piratenhorde ausgestoßener Kreter und europäischer Barbaren, manche von ihnen aus dem äußersten Norden, die vor einigen Jahrhunderten in Ägypten eingefallen und mit die Stammväter der Philister geworden waren. Eine geringere Anzahl von ihnen, die im Libanon und in Syrien gestrandet waren, vermischten sich mit Beduinen, die sich für Nautik interessierten. Aus dieser Kreuzung entstanden die Phönizier. Das Erobererblut zeigt sich noch immer in ihren Aristokraten.

Der Palast Salomons, über den die Bibel in Lobeshymnen ausbrechen sollte, würde, wenn fertiggestellt, die billigere Ausgabe des Hauses von Hiram sein, in dem er seit langem wohnte. Der König ging jedoch normalerweise einfach gekleidet, in einem weißen Leinenkaftan mit Purpurborte, Sandalen aus feinem Leder, und er trug einen goldenen Stirnreif und einen schweren Ring mit einem Rubin, die sein Königtum dokumentierten. Seine Umgangsformen waren genauso: direkt und in keiner Weise affektiert. Er war in mittleren Jahren, sah jedoch jünger aus, und seine Kraft war ungebrochen.

Er und Everard saßen in einem großen, eleganten, luftigen Raum, dessen Türen auf einen Innenhof mit einem Fischteich führten. Der Teppich war aus Stroh, jedoch in feinen Mustern gefärbt. Die Fresken an den gemörtelten Wänden waren von babylonischen Handwerkern ausgeführt worden und stellten Bäume, Blumen und geflügelte Chimären dar. Der niedrige Tisch, der zwischen den beiden Männern stand, war aus Ebenholz gefertigt und mit Perlmutteinlegemustern verziert. Auf ihm standen Wein und Gläser, Schalen mit Früchten, Brot, Käse und Süßigkeiten. Ein hübsches Mädchen in einem durchsichtigen Gewand kniete neben ihnen und zupfte auf einer Lyra. Zwei Diener standen im Hintergrund und warteten auf Befehle.

»Du bist sehr geheimnisvoll, Eborix«, sagte Hiram.

»Vielleicht, doch ist es nicht mein Wunsch, meine Gedanken vor deiner Hoheit zu verbergen«, antwortete Everard vorsichtig. Ein Befehl des Königs konnte Wachen herbeirufen, um ihn zu töten. Nein, das war unwahrscheinlich. Das Gastrecht war heilig. Doch wenn er den König verstimmte, würde seine ganze Mission gescheitert sein. »Ja, ich mag zwar in gewissen Dingen vage sein, doch lediglich, weil es mir an entsprechendem Wissen mangelt. Und ich würde es nicht wagen, unbewiesene Anklagen gegen irgend jemanden zu erheben, sollten sich meine Informationen als falsch erweisen.«

Hiram faltete die Hände und runzelte die Stirn. »Trotzdem, du behauptest von einer Gefahr zu berichten – was den Worten widerspricht, die du anderswo geäußert hast. Du bist bestimmt nicht der primitive Krieger, als den du dich ausgibst.«

Everard setzte ein Lächeln auf. »Deine Hoheit weiß in ihrer Weisheit sicher, daß ein des Schreibens unkundiger Stammesangehöriger nicht notwendigerweise ein Narr sein muß. Dem König gegenüber gebe ich zu, die Wahrheit ein wenig ... oh ... gestreckt zu haben. Weil ich dazu gezwungen wurde, so wie jeder phönizische Händler bei seinen alltäglichen Geschäften. Ist dem nicht so?«

Hiram lachte und entspannte sich. »Sprich weiter! Wenn du ein Schwindler sein solltest, so bist du doch zumindest ein interessanter Schwindler.«

Die Psychologen der Patrouille hatten erhebliche Mühe für Everards Geschichte aufgewandt. Es gab keine Möglichkeit, sie auf Anhieb überzeugend zu gestalten, und das war auch nicht einmal wünschenswert; das Königreich sollte nicht zu Handlungen getrieben werden, die die bekannte Geschichte verändern mochten. Doch mußte die Erzählung einigermaßen plausibel klingen, damit sie bei den Untersuchungen half, die der Zweck von Everards Hiersein waren.

»Wisse deshalb, o König, daß mein Vater Häuptling eines Bergstammes war, in einem Land, das weit jenseits des Wassers liegt – in der Hallstatt-Region an einem Fluß, der weit nördlich von hier ins nordöstliche Meer mündet.«

Eborix berichtete weiter, daß verschiedene Keltenstämme, die unter den Seevölkern lebten, nach der furchtbaren Niederlage, die Ramses III. diesen frühen Wikingern bereitet hatte, dorthin zurückgeflohen seien. Ihre Nachfahren hätten jedoch eine dürftige Verbindung mit den zurückgebliebenen Kelten aufrechterhalten können, die mit Erlaubnis des siegreichen Pharao in Kanaan siedelten. Doch ihre früheren Pläne waren unvergessen; Kelten haben schon immer ein langes rassisches Gedächtnis gehabt. Es gab Gerede über ein Vorhaben, den Vorstoß zum Mittelmeer zu wiederholen. Dieser Traum gewann an Schwungkraft, als eine Welle von Barbaren nach der anderen in Griechenland einfiel, über die Trümmer der mykenischen Zivilisation hereinbrach, und Chaos sich über die adriatischen Länder ausbreitete, bis weit nach Anatolien hinein.

Eborix wußte von Spionen, die als Abgesandte zu den Königen der Philister-Stadtstaaten geschickt worden waren. Tyros' gute Beziehungen zu den Juden machte es bei den Philistern nicht gerade beliebter, und die Reichtümer Phöniziens stellten natürlich eine weitere Versuchung dar. Die Pläne der Kelten nahmen jedoch nur langsam, im Zeitraum mehrerer Generationen, Gestalt an. Eborix konnte auch nicht sagen, wie weit die Vorbereitungen gediehen waren, eine Armee keltischer Abenteurer gen Süden zu schicken.

Er gab Hiram gegenüber freimütig zu, daß er ernsthaft daran gedacht habe, mit einer Gruppe seiner Getreuen an einem solchen Feldzug teilzunehmen. Eine Stammesfehde habe jedoch zu Sturz und Ermordung seines Vaters geführt. Er, Eborix, habe entkommen können. Es war sowohl der Gedanke an Rache, als auch der Wunsch, hier sein Glück zu machen, die ihn zu der Reise nach Süden veranlaßt hatten. Ein Tyros, das ihm für seine Warnung dankbar war, mochte ihm, wenn nicht mehr, so zumindest doch die Mittel zur Verfügung stellen, um selbst Soldaten anheuern zu können und mit ihnen in die Heimat zurückzukehren und sich sein rechtmäßiges Erbe zu erkämpfen.

»Du bietest mir keinerlei Beweise«, sagte der König langsam, »nichts als dein nacktes Wort.«

Everard nickte. »Mein Herr hat ein so scharfes Auge wie Ra, der Falkengott Ägyptens. Aber habe ich nicht gleich zu Anfang gesagt, daß ich mich irren könnte; daß in Wirklichkeit gar keine Gefahr besteht, sondern alles nur das Geschnatter eitler Affen ist? Dennoch möchte ich meinen Herrn beschwören, auf jeden Fall sehr gründliche Nachforschungen anstellen zu lassen, um der Sicherheit willen. Und dabei könnte sein Diener ihm behilflich sein. Nicht nur, daß ich mein Volk und seine Gewohnheiten kenne, sondern ich habe auf meinem Marsch durch den Kontinent auch viele verschiedene Stämme kennengelernt, ja, und auch zivilisierte Nationen. Aus diesem Grund könnte ich in diesem Fall ein besserer Spürhund sein als die meisten anderen.«

Hiram zupfte an seinem Bart. »Vielleicht. Eine solche Verschwörung benötigt mehr als ein paar wilde Bergkrieger und Philister-Magnaten. Männer unterschiedlicher Herkunft... Doch Fremde kommen und gehen wie zufällige Brisen. Wer kann dem Wind auf der Spur bleiben?«

Everards Herz schlug erregt. Dies war der Augenblick, auf den er hingearbeitet hatte. »Hoheit, ich habe sehr gründlich über dieses Problem nachgedacht, und die Götter haben mir ein paar Ideen geschenkt. Ich meine, wir sollten zu Anfang nicht nach gewöhnlichen Händlern, Schiffern und Seeleuten Ausschau halten, sondern nach Fremden aus Ländern, die von Tyrern selten oder nie besucht wurden, nach Fremden, die Fragen stellen, die oft nichts mit dem Handel zu tun haben und auch nicht aus Gründen natürlicher Neugier erklärt werden können. Solche Menschen versuchen, in die Gesellschaft einzudringen, in die höchsten Kreise, und auch in die niedrigsten, um alles zu erfahren, was es zu erfahren gibt. Kann mein Herr sich an solche erinnern?«

Hiram schüttelte den Kopf. »Nein. An niemanden, dessen Herkunft nicht bekannt wäre. Sonst hätte ich von ihnen gehört und verlangt, sie zu sehen. Meine Leute wissen, wie sehr ich stets nach neuem Wissen hungere, nach neuen Informationen.« Er lachte leise. »Als Beweis dafür mag die Tatsache gelten, daß ich bereit war, dich zu empfangen.«

Everard schluckte seine Enttäuschung hinunter. Sie schmeckte sauer. Aber ich hätte nicht erwarten sollen, daß der Feind jetzt aktiv ist, so kurz vor dem Zuschlagen, sagte er sich. Er mußte wissen, daß die Patrouille alles tun würde, um ihm auf die Spur zu kommen. Nein, er mußte grundlegende Nachforschungen angestellt, detaillierte Informationen über Phönizien und seine mögliche Gefährdung zusammengetragen haben – aber zu einem früheren Zeitpunkt. Vielleicht zu einem sehr viel früheren.

»Herr«, sagte er, »falls es tatsächlich eine Bedrohung geben sollte, muß sie seit langer Zeit im Ei gelegen und auf das Ausbrüten gewartet haben. Darf ich deine Hoheit bitten, zurückzudenken? Der allwissende König mag sich an etwas erinnern, das viele Jahre zurückliegt.«

Hiram senkte den Kopf und konzentrierte sich.

Schweiß bildete sich auf Everards Haut. Er zwang sich, reglos sitzen zu bleiben. Schließlich hörte er den König leise sprechen.

»Ja, während der letzten Jahre der Regierung meines erhabenen Vaters, König Abibaal – ja, richtig! – hatte er mehrere Gäste, über die wilde Gerüchte im Umlauf waren. Sie kamen nicht aus einem Land, das uns bekannt war. Wahrheitssucher aus dem Fernen Osten, nannten sie sich. Wie war noch der Name ihres Landes? – Schie-an? – Nein, sicher nicht.« Hiram seufzte. »Erinnerungen verblassen. Besonders Erinnerungen an bloße Worte.«

»Deine Hoheit hat sie nicht selbst kennengelernt?«

»Nein, ich war damals nicht hier, verbrachte einige Jahre mit Reisen durch unser Hinterland und andere Länder, um mich auf den Thron vorzubereiten. Und Abibaal schläft jetzt bei seinen Vätern, wie auch die meisten anderen, die diese Fremden gesehen haben mögen.«

Everard unterdrückte ein Seufzen und versuchte, seine innere Anspannung abzubauen. Der Hinweis war so flüchtig wie ein Nebelstreif, falls es überhaupt ein Hinweis sein sollte. Aber was hatte er denn erwartet? Der Feind würde gewiß keine eingravierten Ankündigungen seiner Pläne zurückgelassen haben.

Niemand hier führte Tagebücher oder hob Briefe auf, und niemand numerierte die Jahre, wie es spätere Zivilisationen tun sollten. Everard würde deshalb nie in Erfahrung bringen können, wann genau Abibaal seine seltsamen Besucher empfangen hatte. Er mußte schon Glück haben, wenn er einen oder zwei Menschen finden sollte, die sich an sie erinnern konnten. Hiram regierte jetzt seit zwei Dekaden, und die Lebenserwartung dieser Menschen war nicht sonderlich groß.

Ich muß es jedoch versuchen, sagte er sich. Es ist die einzige Spur, die ich finden konnte. Sie mochte natürlich falsch sein. Jene Männer mochten ehrliche Zeitgenossen gewesen sein – Entdecker aus der Zeit der Tschou-Dynastie in China vielleicht.

Er räusperte sich. »Erteilt mein Herr mir die Erlaubnis, seinen Untertanen Fragen zu stellen, sowohl hier im Palast, als auch in der Stadt? Ich stelle mir vor, daß einfache Menschen mit einem genauso einfachen Mann wie mir offener reden, als in der ehrfurchtgebietenden Gegenwart deiner Hoheit.«

Hiram lächelte. »Für einen einfachen Mann, Eborix, hast du eine sehr glatte Zunge. Aber – ja, du magst es versuchen. Bleib für eine Weile als mein Gast, mit deinem jungen Diener, den ich draußen bemerkte. Wir werden öfter miteinander sprechen. Wenn nichts anderes, so bist du zumindest ein anregender Unterhalter.«

Ein Page führte Everard und Pum durch mehrere Korridore zu ihrem Quartier, als es Abend wurde. »Der verehrte Gast wird mit den Offizieren der Garde und Männern vergleichbaren Rangs speisen, falls er nicht an die königliche Tafel befohlen wird«, erklärte er. »Sein Diener ist in der Messe der freigeborenen Dienerschaft willkommen. Falls irgend etwas gewünscht werden sollte, braucht er nur einen der Bediensteten davon in Kenntnis zu setzen: der Großmut seiner Hoheit kennt keine Grenzen.«

Everard beschloß, diesen Großmut nicht zu sehr zu strapazieren. Im Haushalt des Königs schien man mehr statusbewußt zu sein als es die Tyrer im allgemeinen waren – zweifellos wurde das durch die Anwesenheit vieler Sklaven aus den verschiedensten Ländern erzwungen –, doch Hiram war sicher nicht erhaben über normale Sparsamkeit.

Doch als Everard sein Zimmer betrat, stellte er fest, daß der König ein sehr umsichtiger Gastgeber war. Hiram mußte die Befehle erteilt haben, während Everard und Pum einen Rundgang durch den Palast gemacht und anschließend ein leichtes Mahl eingenommen hatten.

Das Zimmer war sehr geräumig, gut eingerichtet und wurde von mehreren Lampen erhellt. Ein Fenster, das mit Holzläden verschlossen werden konnte, ging auf einen Hof, in dem Blumen und Granatäpfel wuchsen. Die Türen bestanden aus massivem Holz und hatten Messingscharniere. Die innere Tür stand offen, und Everard sah einen kleinen Raum, gerade groß genug für eine Strohmatratze, wo Pum schlafen würde.

Everard blieb stehen. Das Licht der Lampen fiel auf einen Teppich, auf Vorhänge, Stühle, einen Tisch, eine Truhe aus Zedernholz, ein Doppelbett. Schatten bewegten sich, als eine junge Frau sich erhob und das Knie vor ihm beugte.

»Hat mein Herr sonst noch Wünsche?« fragte der Page. »Wenn nicht, möchte dieser unwürdige Diener ihm eine gute Nacht wünschen.« Er verneigte sich und ging.

Pum stieß zischend Atem zwischen den Zähnen hervor. »Herr, sie ist wunderschön!«

Everards Wangen wurden warm. »Ah... auch dir eine gute Nacht, Junge.«

»Ehrenwerter Herr...«

»Gute Nacht, habe ich gesagt!«

Pum verdrehte die Augen zur Decke, zuckte die Achseln und schlurfte zu seinem Raum. Er warf die Tür hinter sich ins Schloß.

»Steh auf, Mädchen«, murmelte Everard. »Hab keine Angst. Ich werde dir nicht weh tun.«

Die Frau gehorchte, kreuzte die Arme vor ihrem Busen und neigte ergeben den Kopf. Sie war groß für dieses Milieu, schlank, mit sehr weiblichen Rundungen. Das dünne Gewand verdeckte helle Haut. Das Haar, im Nacken zu einem lockeren Knoten geschlungen, war rötlich-braun. Everard, der sich fast ein wenig schüchtern fühlte, legte einen Finger unter ihr Kinn.

Sie hob ihr Gesicht zu ihm auf. Es zeigte blaue Augen, eine kleine Nase, volle Lippen und Sommersprossen.

»Wer bist du?« fragte er. Seine Kehle schien sich verengt zu haben.

»Deine Magd, die geschickt wurde, um dir zu dienen, Herr.« Ihre Worte hatten einen kleinen fremden Akzent. »Was ist dein Wunsch?«

»Ich ... ich habe dich gefragt, wer du bist. Nach deinem Namen, deinem Volk.«

»Man nennt mich Pleshti, Herr.«

»Weil sie deinen wirklichen Namen nicht aussprechen können, nehme ich an, oder weil sie es nicht der Mühe wert halten. Wie ist er?«

Sie schluckte. Tränen glitzerten in ihren Augen. »Ich war einst Bronwen«, flüsterte sie.

Everard nickte. Als er umherblickte, sah er Krüge mit Wein und Wasser auf dem Tisch, und auch einen Becher und eine Schale mit Früchten. Er nahm ihre Hand. Sie lag klein und warm in der seinen. »Komm!« sagte er. »Wir wollen uns setzen, Erfrischungen zu uns nehmen und uns miteinander bekanntmachen.«

Sie erschauerte und zuckte zurück. Wieder fühlte er sich von Trauer berührt, obwohl ihm ein Lächeln gelang. »Hab keine Angst, Bronwen. Ich habe nicht die Absicht, irgend etwas zu tun, das dir weh tun könnte. Ich möchte lediglich, daß wir Freunde werden. Denn, weißt du, ich glaube, daß du von meinem Volk bist.«

Sie kämpfte gegen Tränen an, nahm ihre Schultern zurück und schluchzte: »Mein Herr ist zu ... zu groß in seiner Güte. Wie kann ich ihm je dafür danken?«

Everard führte sie zum Tisch, drückte sie auf einen Stuhl und schenkte ein. Wenig später erzählte sie ihm ihre Geschichte.

Sie war nur allzu gewöhnlich. Obwohl ihre Vorstellungen der Geographie recht vage waren, schloß er, daß sie zu einem der keltischen Stämme gehörte, die aus ihrer an der Donau gelegenen Urheimat nach

Süden gezogen waren. Sie war in einem Dorf nördlich der Adria aufgewachsen, als Tochter eines begüterten Freisassen, zumindest begütert nach den Maßstäben, mit denen Primitive der Bronzezeit Reichtum betrachteten.

Sie hatte zuvor und auch später weder Geburtstage noch Jahre gezählt, nahm jedoch an, daß sie etwa dreizehn gewesen sein mußte, als die Tyrer kamen, vor einer Dekade, wie sie meinte. Sie waren in einem einzigen Schiff gekommen und weit nach Norden vorgestoßen auf der Suche nach neuen Handelsmöglichkeiten. Sie hatten am Ufer ihr Lager aufgeschlagen und sich in Zeichensprache mit den Dorfbewohnern verständigt. Schließlich mußten sie sich gesagt haben, daß es dort nichts gab, für das es sich zurückzukommen lohnte, denn als sie abfuhren, entführten sie mehrere Kinder, die in ihre Nähe gekommen waren, um die prächtig gekleideten Fremden zu bestaunen. Bronwen war eins dieser Kinder.

Die Tyrer hatten ihre weiblichen Gefangenen nicht vergewaltigt, und weder sie noch die männlichen Geschlechts stärker mißhandelt, als es ihnen notwendig erschien. Eine gesunde Jungfrau brachte dafür auf dem Sklavenmarkt viel ein. Everard konnte diese Seeleute nicht einmal als böse bezeichnen. Sie hatten getan, was in ihrer Welt natürlich war, und auch in den folgenden Jahrtausenden der Geschichte, um ehrlich zu sein.

Bronwen hatte Glück gehabt, wenn man es recht überlegte. Sie wurde vom Palast gekauft; nicht für den königlichen Harem, obwohl der König sie einige Male bestiegen hatte, sondern um sie Hausgästen zu überlassen, die hoch in seiner Gunst standen. Die Männer waren nie absichtlich grausam zu ihr. Der Schmerz, der niemals endete, lag darin, als Gefangene unter Fremden leben zu müssen.

Das und ihre Kinder. Vier hatte sie in den Jahren geboren, von denen zwei bald gestorben waren – eine beachtliche Leistung, vor allem, da sie sie nicht viel an Zähnen und Gesundheit gekostet hatten. Die beiden überlebenden Kinder waren noch sehr klein. Das Mädchen würde sicher auch eine Konkubine werden, wenn sie in die Pubertät kam, falls man sie nicht an ein Bordell verkaufen würde. (Sklavenfrauen wurden nicht in einem religiösen Ritus defloriert. Wen kümmerte es schon, wie ihr späteres Leben aussehen würde?) Der Junge würde wahrscheinlich kastriert werden, da sein Aufwachsen am Hof ihn zu einem späteren Haremsdiener vorherbestimmte.

Was Bronwen betraf, so würde man ihr, wenn sie ihre Schönheit verlor, eine untergeordnete Arbeit zuweisen. Und da sie nicht in Künsten wie Spinnen oder Weben ausgebildet war, würde sie wahrscheinlich in der Abwaschküche landen oder an einer Handmühle.

Everard mußte dies alles aus ihr herausziehen, ein Stückchen nach dem anderen. Sie jammerte oder bettelte nicht. Ihr Schicksal war keineswegs schlecht. Er erinnerte sich an Worte, die Thukydides ein paar Jahrhunderte später über die katastrophale Militärexpedition der Athener nach Sizilien schreiben würde, deren Überlebende bis zum Ende ihrer Tage in den Minen der Insel schuften mußten: ›Nachdem sie getan hatten, was Männer tun konnten, erlitten sie, was Männer erleiden müssen.‹

Und Frauen, besonders Frauen. Er fragte sich, tief in seinem Innern, ob er Bronwens Mut aufbringen würde. Er bezweifelte es.

Über sich sprach er nicht viel. Nachdem er die Begegnung mit einem Kelten vermieden hatte, nur um dann einen anderen aufgedrängt zu bekommen, wie man sagen konnte, hielt er es für besser, mit verdeckten Karten zu spielen.

Trotzdem blickte sie ihn schließlich an. Ihre Wangen waren gerötet, und sie sagte mit einer leicht vom Wein beschwerten Stimme: »Oh, Eborix...« Den Rest verstand er nicht.

»Ich fürchte, meine Sprache ist anders als die deine, meine Liebe«, sagte er.

Sie fiel ins Punische zurück. »Eborix, wie großzügig war es von Aschera, daß sie mich zu dir geführt hat, für... wie kurz oder lang auch immer die Zeit sein mag, die sie mir gewähren wird. Wie wunderbar. Doch nun komm, süßer Herr, laß deine Magd dir etwas von dem Glück zurückgeben...« Sie stand auf, kam um den Tisch herum und schmiegte ihren warmen, weichen Körper auf seinen Schoß.

Er hatte längst Zwiesprache mit seinem Gewissen gehalten. Wenn er nicht tat, was jeder von ihm erwartete, würde bestimmt der König davon erfahren! Hiram mochte es ihm übelnehmen oder sich fragen, was mit seinem Gast los sei. Bronwen selbst könnte gekränkt sein, verwirrt: sie würde dadurch vielleicht sogar Schwierigkeiten bekommen. Außerdem war sie wunderschön, und er hatte lange keine Frau gehabt. Die arme Sarai zählte kaum.

Er zog Bronwen an sich.

Intelligent, aufmerksam und einfühlsam, wie sie war, hatte sie alles gelernt, was dazu gehörte, einen Mann zu befriedigen. Er hatte mit nicht mehr als einem Mal gerechnet, doch sie belehrte ihn eines besseren, mehr als einmal. Und ihr Heißhunger schien nicht gespielt zu sein. Aber wahrscheinlich war er der erste Mann, der versuchte, dabei an *sie* zu denken. Nach dem zweiten Höhepunkt flüsterte sie in sein Ohr: »Ich habe... in den letzten drei Jahren... keine Kinder geboren. Wie flehentlich bete ich zu der Göttin, daß sie meinen Schoß für dich öffnen möge, Eborix, Eborix...«

Er erinnerte sie nicht daran, daß so ein Kind auch ein Sklave sein würde.

Doch bevor sie einschliefen, murmelte sie noch etwas, das sie, wie er glaubte, nicht gesagt haben würde, wenn sie ganz wach gewesen wäre: »Wir sind in dieser Nacht eines Fleisches gewesen, mein Gebieter, und das werden wir vielleicht noch oft sein. Doch ich weiß, daß wir nicht eines Volkes sind.«

»*Was?*« Ein eisiger Stich durchfuhr ihn. Er richtete sich mit einem Ruck auf.

Sie drängte sich an ihn. »Bleib ruhig, mein Herz! Niemals, niemals werde ich dich verraten. Aber ... ich erinnere mich an einige Dinge von zu Hause, Kleinigkeiten, und ich glaube nicht, daß die Geyils der Berge so viel anders sein können als die Geyils an der See ... Still, still, dein Geheimnis ist bei mir sicher. Warum sollte Bronwen, Brannochs Tochter, den einzigen Menschen verraten, der jemals gut zu ihr war? Schlafe, mein namenloser Liebling, schlafe wohl in meinen Armen!«

Bei Sonnenaufgang wurde Everard von einem Diener geweckt – unter vielen Entschuldigungen und Schmeicheleien – und in ein Badezimmer geführt. Die Seife lag noch in der Zukunft, doch es gab heißes Wasser und einen Schwamm und einen Bimsstein zum Säubern der Haut, und anschließend rieb ihn der Diener mit duftendem Öl ein und rasierte ihn. Dann traf er sich mit den Offizieren der Garde zu einem frugalen Frühstück und lebendiger Unterhaltung.

»Ich habe heute dienstfrei«, sagte einer der Männer. »Was hältst du davon, Freund Eborix, mit der Fähre nach Usu überzusetzen? Ich könnte dich herumführen. Und später, falls es noch hell sein sollte, machen wir einen kleinen Ausflug jenseits der Stadtmauern.« Everard war sich nicht sicher, ob dieser Ausflug auf den Rücken von Eseln stattfinden sollte, oder, schnell, wenn auch unbequemer, mit einem Streitwagen. Zu der Zeit waren Pferde fast ausschließlich Zugtiere, zu wertvoll, um sie für andere Zwecke zu benutzen als Krieg oder Paraden.

»Vielen Dank«, antwortete Everard. »Zuerst jedoch muß ich mit einer Frau namens Sarai sprechen. Sie arbeitet im Küchenrevier.«

Brauen hoben sich. »Was?« sagte ein Krieger verächtlich. »Zieht ihr Männer aus dem Norden dreckige Küchenmädchen der Wahl des Königs vor?«

Was für ein Klatschnest der Palast doch ist, dachte Everard. Ich muß rasch meinen Ruf wiederherstellen. Er richtete sich auf, blickte die Männer, die um den Tisch saßen, der Reihe nach an und knurrte: »Ich bin auf Anweisung des Königs hier, um Untersuchungen durchzuführen, die niemand sonst etwas angehen. Ist das klar, Bursche?«

»O ja, o ja! Das sollte doch nur ein Scherz sein, edler Herr. Warte, ich werde sofort jemanden holen, der weiß, wo sie ist.« Der Mann sprang auf und stürzte aus dem Raum.

Everard wurde in ein kleines Nebenzimmer geführt, wo er ein paar Minuten lang allein blieb. Er verbrachte sie damit, darüber nachzudenken, ob seine Eile wirklich nötig war. Theoretisch hatte er so viel Zeit, wie er wollte; wenn es sich als notwendig erweisen sollte, konnte er jederzeit ein Stück zurückgehen, vorausgesetzt, er achtete darauf, daß niemand ihn sah, wenn er neben sich auftauchte. In der Praxis waren damit jedoch Risiken verbunden, die man nur im äußersten Notfall auf sich nahm. Außer der Gefahr, eine Zeitschleife hervorzurufen, die leicht außer Kontrolle geraten konnte, bestand auch die Möglichkeit, daß bei dem alltäglichen Verlauf der Dinge etwas schiefgehen konnte. Und diese Möglichkeit wurde um so größer, je länger und komplexer die Operation wurde. Außerdem besaß er eine angeborene Ungeduld, die ihn dazu drängte, bei diesem Job weiterzukommen, ihn abzuschließen, die Existenz der Welt, die ihn geboren hatte, festzunageln.

Eine plumpe Gestalt zog den Vorhang zur Seite.

Sarai kniete vor ihm nieder. »Deine Dienerin wartet auf die Befehle ihres Gebieters«, sagte sie mit einer leicht zitternden Stimme.

»Steh auf«, sagte Everard. »Beunruhige dich nicht. Ich will nichts von dir, als dir ein paar Fragen zu stellen.«

Ihre Lider flatterten. Sie errötete bis an die Wurzel ihrer dicken Nase. »Was immer mein Herr befiehlt, wird die, die ihm so viel schuldet, versuchen zu erfüllen.«

Er begriff, daß sie weder sklavisch noch kokett war. Sie forderte ihn nicht heraus und erwartete auch nicht, daß er die Initiative ergriffe. Wenn eine fromme Phönizierin der Göttin ihr Opfer dargebracht hat, bleibt sie keusch. Sarai war ihm auf ihre einfache, unterwürfige Art dankbar. Er fühlte sich tief gerührt.

»Beunruhige dich nicht«, sagte er noch einmal. »Laß deine Gedanken frei umherschweifen. Im Auftrag des Königs suche ich Nachricht über gewisse Männer, die einst seinen Vater besuchten, spät in der Lebensspanne des großen Abibaal.«

Ihre Augen weiteten sich. »Herr, zu dieser Zeit kann ich kaum geboren gewesen sein.«

»Ich weiß. Doch wie steht es mit den älteren Dienern? Du mußt doch jeden kennen, der im Palast Dienst tut. Vielleicht sind noch ein paar von jenen hier, die schon im Dienst des Königs Abibaal standen. Würdest du einmal herumfragen?«

Sie berührte mit den Fingerspitzen ihre Stirn, ihre Lippen, ihre Brust – das Zeichen des Gehorsams. »Wenn mein Gebieter es befiehlt.«

Sie teilte ihm das wenige mit, das sie wußte. »Ich fürchte«, sagte sie bedrückt, »ich fürchte, daß dies zu nichts führen wird. Mein Herr muß schon bemerkt haben, wie sehr wir uns für Fremde interessieren. Wenn solche, die so seltsam und anders waren, hiergewesen wären, würde die Dienerschaft bis zum Ende ihrer Tage von ihnen reden.« Sie lächelte flüchtig. »Schließlich hören wir nicht viele Neuigkeiten, wir Bediensteten innerhalb der Palastmauern. Wir kauen unsere kleinen Klatschgeschichten wieder und wieder durch. Ich bin sicher, daß ich von diesen Männern gehört hätte, wenn noch jemand lebte, der sich an sie erinnern könnte.«

Everard fluchte leise in mehreren Sprachen. Es sieht so aus, sagte er sich, als ob ich selbst nach Usu zurückgehen müßte, nach dem Usu vor etwa zweiundzwanzig Jahren, um dort herumzustochern – ungeachtet der Gefahr, daß meine Maschine vom Feind entdeckt wird und ihn warnt oder daß ich getötet werde.

»Vielleicht«, sagte er gepreßt. »Aber frage auf jeden Fall, ja? Wenn du nichts erfahren kannst, ist es nicht deine Schuld.«

»Das nicht«, sagte sie flüsternd, »aber es wird meine Trauer sein, gütiger Herr.« Sie kniete wieder vor ihm nieder, bevor sie ging.

Everard ging in den Speiseraum und zu seinem Bekannten zurück. Er hatte zwar keine Hoffnung, auf dem Festland irgendwelche Spuren oder Hinweise finden zu können, doch der Ausflug sollte seine angestaute Anspannung ein wenig mildern.

Die Sonne stand schon tief, als sie zur Insel zurückkehrten. Ein dünner Nebelschleier lag über der See, streute das Licht und ließ die hohen Mauern von Tyros golden wirken, nicht ganz wirklich, sondern wie die Mauern eines Elfenbeinschlosses, das jeden Augenblick im Nichts verschwinden konnte. Als sie an Land gingen, stellte Everard fest, daß die meisten Einwohner der Stadt in ihren Häusern verschwunden waren. Der Soldat, der eine Familie hatte, verabschiedete sich von ihm, und Everard ging den Weg zum Palast durch Straßen, die nach der Geschäftigkeit des Tages geisterhaft wirkten.

Ein dunkler Schatten stand neben dem Palasttor, von den Posten unbeachtet. Diese sprangen auf die Füße und hoben ihre Speere, um seine Identität zu prüfen, als Everard auf sie zutrat. Das Präsentieren von Waffen war noch nicht erfunden worden. Die Frau lief auf ihn zu. Als sie das Knie vor ihm beugte, erkannte er Sarai.

Sein Herz setzte einen Schlag lang aus. »Was willst du?« fragte er.

»Herr, ich warte schon seit vielen Stunden auf deine Rückkehr, denn mir scheint, daß du begierig bist auf die Nachricht, die ich dir bringe.«

Sie mußte sich bei ihrer normalen Arbeit vertreten lassen, denn sonst wäre sie nicht um diese Stunde hier. Und es mußte heiß gewesen sein, hier draußen zu warten, Stunde um Stunde. »Du ... du hast etwas gefunden?«

»Vielleicht, Herr; vielleicht einen kleinen Fetzen. Ich wünschte, daß es mehr wäre.«

»Dann rede, um ... um Melqarts willen!«

»Um deinetwillen, Herr, um deinetwillen, da du dies von deiner Dienerin verlangt hast.« Sarai atmete tief. Ihr Blick traf sich mit dem seinen und hielt ihn fest. Ihre Stimme wurde ruhig, sachlich.

»Wie ich befürchtet hatte, verfügt keiner der Diener, die alt genug sind, über das Wissen, das du suchst. Sie waren zu der Zeit noch nicht im Dienst des Königs, und wenn ja, so arbeiteten sie nicht im Palast, sondern an anderen Orten, auf einem von König Abibaals Gütern oder Landsitzen. Nur zwei Männer sagten, daß sie ein paar Gerüchte gehört hätten, doch was ihnen in Erinnerung geblieben war, war nicht mehr als das, was mein Gebieter mir bereits erzählt hatte. Ich verzweifelte, bis ich daran dachte, einen Schrein der Aschera aufzusuchen. Ich betete darum, daß sie dir zulächeln möge, der du ihr durch mich so gut gedient hast, als sich so lange kein Mann dazu bereit fand, aus mir eine Frau zu machen. Und siehe da, sie antwortete. Sie sei gepriesen. Ich erinnerte mich, daß ein Kammerdiener namens Jantin-hamu einen noch lebenden Vater hat, der früher zum Personal des Hausmeisters gehörte. Ich suchte Jantin-hamu auf, und er brachte mich zu Bomilcar, und, ja, Bomilcar weiß etwas über diese Fremden.«

»Das ist wunderbar«, stieß er hervor. »Ich hätte bestimmt nicht das erreicht, was dir gelungen ist. Ich hätte nicht gewußt, wo ich ansetzen sollte.«

»Jetzt bete ich, daß er dir wirklich von Hilfe sein wird, Herr«, sagte sie leise, »zu dem, der gut war zu einer häßlichen Frau aus den Bergen. Komm, ich werde dich führen!«

Jantin-hamu hatte seinen Vater zu sich in seine Einzimmerwohnung genommen, die er mit seiner Frau und zwei kleinen Kindern teilte. Im Licht einer einzigen Öllampe sah man zwischen riesigen Schatten die Strohmatratzen, Hocker, Tonkrüge und ein Holzkohlebecken, die das ganze Mobiliar darstellten. Die Frau kochte in einer Küche, die sie mit anderen Mietern teilten, und brachte die fertigen Mahlzeiten dann herein. Die Luft war abgestanden und roch nach Fett. Alle hockten auf dem Boden und starrten sie an, während Everard Bomilcar befragte.

Der alte Mann war kahl, bis auf die Reste eines Bartes, zahnlos, halb taub, mit von Arthritis verkrümmten Fingern, Augen, die durch grauen Star milchig-weiß wirkten. Sein Alter mochte um die sechzig sein. Er saß zusammengesunken auf einem Hocker, die Hände schlaff um einen Stock geklammert. Doch sein Verstand war noch klar – reckte sich aus der Ruine seines Körpers, in der er gefangensaß, heraus wie eine Pflanze, die dem Sonnenlicht entgegenstrebt.

»Ja, ja, ich sehe sie wieder vor mir stehen, während ich spreche, als ob es erst gestern gewesen wäre. Wenn ich mich nur so gut daran erinnern könnte, was gestern wirklich geschehen ist. Aber es ist ja nichts geschehen, es geschieht überhaupt nichts mehr ...

Sieben waren es. Sie sagten, sie seien mit einem Schiff von der Hethiter-Küste gekommen. Der junge Matinbaal, der wurde neugierig und ging zum Hafen und fragte herum und konnte keinen Schiffer finden, der solche Passagiere hergebracht hatte. Nun, vielleicht war es ein Schiff, das gleich weitergesegelt war, zum Land der Philister, oder nach Ägypten... Sinim nannten sie sich und sagten, sie seien Tausende und Tausende von Meilen vom Land des Sonnenaufgangs gereist, um ihrem König einen Bericht von der Welt mitzubringen. Sie sprachen recht gutes Punisch, wenn auch mit einem Akzent, wie ihn noch niemand je gehört hatte... Größer waren sie als die meisten von uns, gut gebaut, und sie schritten wie Wildkatzen, und waren sicher auch so wild und gefährlich wie die, wenn sie in Wut gerieten. Keine Bärte; aber nicht deshalb, weil sie rasiert waren; ihre Gesichter waren haarlos, wie bei Frauen. Doch waren sie keine Eunuchen, nein, ganz und gar nicht. Die Mädchen, die wir ihnen liehen, setzten sich bald sehr vorsichtig hin – häh, häh, häh! Ihre Augen waren hell, ihre Haut noch weißer als die der gelbhaarigen Achäer, doch ihr glattes Haar war rabenschwarz... Und es war eine Atmosphäre von Zauberei um sie; ich habe auch von magischen Dingen gehört, die sie dem König zeigten. Doch dem sei, wie es wolle, sie haben nichts Böses getan. Sie waren nur neugierig, selbst über die kleinsten Dinge in Usu, und über den Plan für Tyros, der damals gerade entworfen wurde. Sie konnten das Herz des Königs gewinnen; er befahl, daß sie alles sehen und hören sollten, was sie interessierte, sei es das tiefste Geheimnis eines Allerheiligsten oder ein Handelshaus... ich habe mich oft gefragt – später – ob es das war, was die Götter gegen sie aufbrachte.«

Judas-Priester! schoß es durch Everards Gehirn. Das müssen meine Feinde sein! Ja, sie, die Exaltationisten, Varagans Bande. ›Sinim‹ – Chinesen? Eine falsche

Spur, für den Fall, daß die Patrouille über sie stolpern sollte? Nein, ich denke nicht. Wahrscheinlich haben sie dieses Pseudonym nur gebraucht, um für Abibaal und seinen Hof eine schwer nachprüfbare Story bei der Hand zu haben. Denn sie hatten sich nicht die Mühe gemacht, ihr Aussehen zu verändern. Genau wie in Südamerika mußte Varagan sicher gewesen sein, daß die schwerfällige Patrouille seiner Schlauheit nicht gewachsen war. Was auch durchaus der Fall gewesen wäre, wenn es Sarai nicht gäbe.

Nicht, daß ich auf dieser Spur schon sehr weit gekommen wäre.

»Was ist aus ihnen geworden?« fragte er.

»Ah, das war ein Jammer, falls es nicht eine Strafe dafür war, weil sie die Nase selbst in das Heiligste des Heiligen steckten.« Bomilcar schnalzte mit der Zunge und wackelte mit seinem Kopf. »Nach mehreren Wochen baten sie den König, nun wieder gehen zu dürfen. Es war spät im Jahr, die meisten Schiffe waren bereits für den Winter an Land gezogen, doch entgegen allen Warnungen boten sie reichliche Bezahlung für die Überfahrt nach Zypern und fanden auch einen mutigen Kapitän, der ihr Angebot annahm. Ich ging damals zur Pier, um zu sehen, wie sie abfuhren. Es war ein kalter, windiger Tag. Ich sah, wie das Schiff unter den rasch ziehenden Wolken immer kleiner wurde, bis es schließlich im Nebel verschwand, und irgend etwas veranlaßte mich, auf dem Heimweg den Tempel der Tanith aufzusuchen und Öl in eine Lampe zu füllen – nicht für die Sinim, verstehst du, sondern für all die armen Seeleute, von denen das Wohlergehen Tyros' abhängt.«

Everard mußte sich zurückhalten, um den ausgetrockneten Körper nicht zu schütteln. »Und dann? Was ist passiert?«

»Ja, mein Gefühl trog nicht. Meine Gefühle haben mich nie getrogen, nicht wahr, Jantin-hamu? Niemals.

Ich hätte Priester werden sollen, aber zu viele Jungen haben sich damals um die wenigen Alkolytenstellen gedrängt... Ah, ja. An jenem Tag kam ein Sturm auf. Das Schiff ging unter. Mit allen, die an Bord waren. Ich habe davon gehört, weil wir natürlich wissen wollten, was mit diesen Fremden geschehen war. Die Bugverzierung und ein paar zersplitterte Planken wurden an die Felsen geschwemmt, wo jetzt diese Insel ist.«

»Aber – warte, Alter – bist du sicher, daß alle ertrunken sind?«

»Nein. Schwören könnte ich darauf nicht, nein. Ich halte es für möglich, daß einer oder zwei Männer sich an einer Planke festgehalten haben und ebenfalls an Land geschwemmt worden sind. Sie sind irgendwo anders an die Küste gekommen und unbemerkt nach Hause getrottet. Wer im Palast kümmert sich schon um einen einfachen Seemann? Sicher ist aber, daß das Schiff verlorenging, und auch die Sinim – denn wenn *sie* zurückgekehrt wären, wüßten wir davon, nicht wahr?«

Everards Kopf wirbelte. Zeitreisende hätten mit dem Hopper direkt hierherkommen können. Die Patrouillenbasis mit ihren Instrumenten, sie zu entdecken, bestand damals noch nicht. Die Patrouille konnte schließlich nicht jeden Augenblick aller Jahrtausende überwachen. Bestenfalls, wenn sich die Notwendigkeit dazu ergab, schickte sie Agenten innerhalb eines bestimmten Milieus vor und zurück, von den Stationen aus, die sie aufrechterhielt. Wenn diese ›Sinim‹ jedoch Aufsehen vermeiden wollten, das länger anhielt, mußte ihre Abreise auf normalem Weg erfolgen, über Land oder per Schiff. Doch bestimmt hatten sie sich vor Antritt der Seereise informiert, wie das Wetter sein würde. In dieser Ära waren die Schiffe während des Winters so gut wie nie auf See; sie waren zu zerbrechlich.

Konnte dies trotz allem eine falsche Spur sein? Bomilcars Erinnerungsvermögen mochte nicht so klar sein, wie er es behauptete. Und die Besucher *hätten* von einer jener seltsamen, kurzlebigen Zivilisationen stammen können, die die Geschichte und die Archäologie später aus dem Blickfeld verloren hatte; zeitreisende Wissenschaftler hatten, zumeist rein zufällig, bereits einige von ihnen entdeckt. Zum Beispiel diesen Stadtstaat irgendwo in den anatolischen Bergen, wo man einiges von den Hethitern gelernt hatte, und dessen Aristokratie solange Inzucht getrieben hatte, bis ihre Angehörigen eine völlig gleiche Physiognomie aufwiesen.

Andererseits konnte dieser Schiffsuntergang natürlich eine Aktion gewesen sein, um ihn von der Spur abzubringen Das wäre die Erklärung dafür, warum die feindlichen Agenten sich nicht die Mühe machten, ihr Äußeres so zu verändern, daß sie wie Chinesen aussahen.

Doch wie sollte er das herausfinden, bevor Tyros explodierte?

»Wann ist das geschehen, Bomilcar?« fragte er so freundlich, wie es ihm möglich war.

»Aber das habe ich dir doch gesagt«, antwortete der alte Mann. »Es ist lange her; es war in den Tagen von König Abibaal, als ich in seinem Palast in Usu arbeitete.«

Everard wurde sich immer stärker, immer bedrückender der Familie bewußt, die um sie herumhockte, und der Blicke. Er hörte die Menschen um sich atmen. Die Lampe blakte, die Schatten wurden tiefer, die Luft kühlte rasch ab. »Kannst du mir das nicht etwas genauer sagen?« drängte er. »Erinnerst du dich, in welchem Regierungsjahr König Abibaals das war?«

»Nein. Nein. Auch an nichts sonst, was einem im Gedächtnis bleibt. Laß mich nachdenken... War es zwei Jahre oder drei, nachdem Kapitän Rib-adi einen solchen Schatz von... von... woher doch... heimgebracht hat? Irgendwann nachdem Tharsis... Nein, war das nicht später?... Meine erste Frau ist kurz darauf im Kindbett gestorben, daran kann ich mich erinnern, doch es dauerte mehrere Jahre, bis ich eine zweite Heirat arrangieren konnte, und zwischendurch mußte ich mit Huren ... häh, häh!« Mit der Plötzlichkeit der Alten wechselte Bomilcars Stimmung. Tränen rannen ihm aus den Augen. »Und meine zweite Frau, meine Batbaal, auch sie ist jung gestorben, am Fieber ... Wahnsinnig hat es sie gemacht, erkannte mich nicht mehr ... Plage mich nicht länger, Herr, plage mich nicht mehr! Laß mich in Frieden und im Dunkel, und die Götter werden dich dafür segnen.«

Hier werde ich nicht mehr erfahren, sagte sich Everard. Und was habe ich bekommen? Vielleicht nichts.

Bevor er ging, gab Everard Jantin-hamu ein Geschenk in Form eines Metallbarrens, das es der Familie erlauben würde, ein wenig komfortabler zu leben.

Zwei Stunden nach Sonnenuntergang kehrte Everard zum Palast zurück. Das war spät für lokale Begriffe. Die Posten zündeten Riedfackeln an, musterten ihn prüfend und riefen dann ihren Offizier. Nachdem er Eborix identifiziert hatte, entschuldigte er sich und ließ ihn eintreten. Everards nachsichtiges Lachen war ihm lieber als ein Trinkgeld.

Dabei war ihm gar nicht nach Lachen zumute. Mit fest zusammengepreßten Lippen folgte er einem Lampenträger zu seinem Zimmer. Eine der Flammen brannte noch. Bronwen lag schlafend auf dem Bett.

Er zog sich aus, stand eine Minute oder länger vor ihr und blickte auf sie hinab. Ihr gelöstes Haar lag wie ein Strahlenkranz auf dem Kissen. Ein Arm, den sie unter der Decke hervorgezogen hatte, konnte ihre nackte, junge Brust nicht ganz bedecken. Es war jedoch ihr Gesicht, das er betrachtete. Wie unschuldig sie aussah, wie kindlich, wie verletzlich, selbst jetzt, nach allem, was sie durchgemacht hatte.

Wenn nur ... Nein. Wir mögen uns bereits jetzt ein

wenig lieben, doch besteht keine Möglichkeit, daß es von Dauer sein könnte, daß wir jemals zusammenleben könnten, es sei denn, bloß als zwei Körper. Zuviel Zeit trennt uns.

Was wird aus ihr werden?

Er wollte zu Bett gehen und hatte nichts anderes vor, als zu schlafen. Sie erwachte. Sklaven lernen, einen leichten Schlaf zu haben. Er sah, daß ein Glücksgefühl in ihr aufstieg. »Mein Gebieter! Willkommen, sei tausendmal willkommen!«

Sie hielten einander in den Armen. »Wie ist dein Tag verlaufen?« fragte er in ihre warme Halsgrube.

»Wie? Ich ... o Herr ...« Sie war überrascht, daß er sie danach fragte. »Wunderschön, weil deine Zauberkraft anhielt. Dein Diener Pummairam und ich haben uns lange unterhalten.« Sie kicherte leise. »Er ist ein sympathischer Halunke, nicht wahr? Einige seiner Fragen waren überaus knifflig, doch habe keine Angst, Herr, diese habe ich mich geweigert zu beantworten, und er hat mich auch nicht weiter bedrängt. Später bin ich fortgegangen, nachdem ich hinterlassen hatte, wo ich zu finden sein würde, falls mein Herr zurückkehren sollte, und habe den Nachmittag in dem Hort verbracht, wo meine beiden Kinder sind. Sie sind so lieb.« Sie wagte nicht, ihn zu fragen, ob er sie kennenlernen wollte.

»Hm.« Ein Gedanke zerrte an Everard. »Was hat Pum währenddessen getrieben?« Ich kann mir nicht vorstellen, sagte er sich, daß er den ganzen Tag über still herumgesessen hat, dieses Eichhörnchen.

»Ich weiß es nicht. Das heißt, ich habe ihn ein- oder zweimal durch die Korridore laufen sehen, nahm jedoch an, daß er im Auftrag meines Gebieters unterwegs war. – Mein Gebieter?«

Erschrocken setzte sie sich kerzengerade auf, als Everard aus dem Bett sprang. Er lief zur Tür der kleinen Kammer und riß sie auf. Der Raum war leer. Was, zum Teufel, mochte Pum treiben?

Vielleicht nicht viel. Doch ein Diener, der Dummheiten machte, konnte seinen Herrn in Schwierigkeiten bringen.

Während er in düstere Gedanken versunken so dastand und die Kälte des Bodens an seinen Fußsohlen spürte, fühlte er, wie zwei Arme sich um seine Hüften schlangen und eine Wange sich an sein Schulterblatt schmiegte, und hörte eine sanfte Stimme sagen: »Ist mein Gebieter sehr ermüdet? Dann wird ihm seine Magd ein Schlummerlied aus ihrer Heimat vorsingen. Doch wenn nicht ...«

Zum Teufel mit meinen Sorgen! Die bleiben mir. Everard wandte seine Aufmerksamkeit anderen Dingen zu, und sich selbst.

Am Morgen war der Junge noch immer nicht zurück. Diskrete Fragen ergaben, daß er einige Stunden damit verbracht hatte, mit mehreren Angehörigen des Palastpersonals zu sprechen. Sie bestätigten, daß er sehr neugierig und amüsant gewesen sei. Schließlich hätte er den Palast verlassen, und seitdem hätte ihn niemand mehr gesehen.

Wahrscheinlich ist ihm langweilig geworden, überlegte er, und er hat das, was ich ihm gegeben habe, in Kneipen und Hurenhäusern durchgebracht. Schade. Trotz seines Gassenjungenstils habe ich ihn für grundsätzlich vertrauenswürdig gehalten und hatte vor, irgend etwas zu tun, das ihm die Chance zu einem besseren Leben geben sollte.

Was soll's? Ich muß mich um die Geschäfte der Patrouille kümmern.

Everard entschuldigte sich für den Vormittag und ging allein in die Stadt. Als ein Diener ihn in das Haus Zakarbaals einließ, trat Yael ihm entgegen. Das phönizische Gewand und die Frisur standen ihr ausgezeichnet, doch er war zu sehr mit anderen Dingen beschäftigt, um es schätzen zu können. Ihr Gesicht verriet Anspannung. »Hier entlang«, sagte sie ungewohnt knapp und führte ihn in den inneren Raum.

Chaim saß mit einem Mann beisammen, der ein zerknittertes Gesicht und einen buschigen Bart hatte und dessen Kleidung auf mancherlei Weise von der normalen männlichen Mode abwich. »Oh, Manse«, rief Chaim. »Was für eine Erleichterung. Ich habe mich schon gefragt, ob ich Sie holen lassen müßte oder was.« Er sprach auf Temporal weiter. »Dies ist Agent Manson Everard. Ungebunden. Darf ich Ihnen Epsilon Korten vorstellen, den Direktor der Jerusalem-Basis?«

Der andere Mann erhob sich und grüßte ihn militärisch. »Es ist mir eine Ehre, Sir«, sagte er, obwohl er rangmäßig nur wenig unter Everard stand. Er war für die temporalen Aktivitäten in allen hebräischen Ländern während der Zeit zwischen der Geburt Davids und dem Fall Judäas verantwortlich. Tyros mochte für die politische Geschichte der Ära bedeutender sein, jedoch zeitauf nicht einmal ein Zehntel der Besucher anziehen, die Jerusalem und seine Umgebung anzogen. Die Position, die er innehatte, sagte Everard sofort, daß er sowohl einen Mann der Tat als auch einen gelehrten Wissenschaftler vor sich hatte.

»Ich werde von Hanai Erfrischungen bringen lassen und anordnen, daß niemand vom Personal hier eintreten und niemanden hereinlassen darf«, sagte Yael.

Everard und Korten benutzten diese Minuten, um einander besser kennenzulernen. Korten war im neunundzwanzigsten Neu Edom-Jahrhundert auf dem Mars geboren. Obwohl er sich nicht damit brüstete, folgerte Everard, daß es seine Computeranalysen früher semitischer Texte und seine Erfahrung als Raumpilot während des Zweiten Asteroiden-Krieges gewesen waren, die Rekrutierer der Patrouille auf ihn aufmerksam gemacht hatten. Sie hatten ihn überprüft, hatten ihn dazu gebracht, sich den üblichen Tests zu unterziehen, die seine Vertrauenswürdigkeit erwiesen, ihm von der Existenz der Organisation berichtet, seine Bewerbung angenommen, ihn ausgebildet – die übliche Prozedur. Weniger üblich war jedoch der Umfang seiner Kompetenz. Sein Job stellte auf mancherlei Weise höhere Anforderungen als der Everards.

»Sie werden begreifen, daß diese Situation für mein Büro besonders alarmierend ist«, sagte er, als die Tür verriegelt war und sie zu viert beisammensaßen. »Wenn Tyros zerstört wird, kann es mehrere Jahrzehnte dauern, bevor sich in Europa ernstere Auswirkungen zeigen würden, im Rest der Welt Jahrhunderte Jahrtausende, was beide Teile Amerikas und Australien betrifft. Doch es wäre eine sofortige Katastrophe für das Reich Salomons. Wenn er die Unterstützung Hirams verliert, und das Prestige, das sie mit sich bringt, wird er seine Stämme wahrscheinlich nicht lange zusammenhalten können; und ohne Tyros in ihrem Rücken werden die Philister keine Zeit verlieren, Rache zu nehmen. Judaismus, jahwistischer Monotheismus, ist noch jung und zerbrechlich, noch immer halb heidnisch. Ich bin zu der Schlußfolgerung gelangt, daß er nicht überleben kann. Jahwe wird absinken und lediglich zu einer weiteren Figur in einem groben und veränderlichen Pantheon werden.«

»Und damit ginge ein großer Teil der klassischen Zivilisation verloren«, setzte Everard hinzu. »Der Judaismus hat sowohl die Philosophie beeinflußt als auch die Geschichte der alexandrinischen Griechen und der Römer. Logischerweise kann es dann auch kein Christentum geben, und darum keine westliche Zivilisation, und keine byzantinische, und keine ihrer Nachfolger. Niemand kann sagen, was sich an ihrer Stelle erheben wird.« Er dachte an eine andere veränderte Welt, deren Entstehung er zu verhindern beigetragen hatte, und eine Wunde begann wieder zu schmerzen, die er sein ganzes Leben lang würde mit sich herumtragen müssen.

»Ja, natürlich«, sagte Korten ungeduldig. »Das Problem liegt doch darin, daß die Mittel der Patrouille nicht unerschöpflich sind, und, ja, sehr dünn über ein Kontinuum verteilt werden müssen, das viele Knotenpunkte aufweist, die genau so kritisch sind wie dieser, und ich es deshalb nicht für richtig halte, daß man alle verfügbaren Kräfte dafür einsetzen sollte, Tyros zu retten. Wenn das geschieht und wir versagen, ist alles verloren und unsere Chancen, die ursprüngliche Welt wiederherzustellen, werden unendlich gering. Nein, laßt uns eine starke Reserve aufstellen – Personal, Organisation, Pläne –, die in Jerusalem stationiert wird, um die Auswirkungen dort zu minimieren. Je weniger das salomonische Königreich in Mitleidenschaft gezogen wird, desto geringer ist die Kraft der Veränderungsturbulenzen. Das sollte uns die Möglichkeit geben, sie ganz abzudämpfen.«
»Meinen Sie damit, daß Tyros abgeschrieben werden soll?« fragte Yael entsetzt.
»Nein, gewiß nicht. Aber ich möchte, daß wir eine gewisse Rückversicherung für den Fall seines Verlustes haben.«
»Das ist doch nichts anderes, als auf eine unverantwortliche Art mit der Geschichte zu spielen.« Chaims Stimme zitterte.
»Ich weiß. Doch außergewöhnliche Situationen erfordern außergewöhnliche Maßnahmen. Ich bin hergekommen, um sie mit Ihnen zu diskutieren. Nehmen Sie jedoch bitte zur Kenntnis, daß ich versuchen werde, diese Politik an höchster Stelle durchzusetzen.« Korten wandte sich Everard zu. »Sir, es tut mir leid, die mageren Kräfte, die Ihnen zur Verfügung stehen, noch weiter zu beschneiden, doch bin ich davon überzeugt, daß es notwendig ist.«
»Sie sind nicht mager«, knurrte Everard, »sie sind absolut ausgehungert.«
Abgesehen von ein paar dürftigen Vorarbeiten, was

hat die Patrouille denn hier außer mir? fragte er sich. Bedeutet es, die Danellier wissen, daß ich siegen werde? Oder bedeutet es, sie sind einer Meinung mit Korten, daß Tyros ›schon‹ zum Untergang verdammt ist? Wenn ich versage – wenn ich sterbe ...

Er richtete sich auf, griff in seinen Beutel und zog Pfeife und Tabak heraus. »Yael, Gentlemen«, sagte er. »Dieses Gespräch könnte zu leicht in einen Streit ausarten. Lassen Sie uns das Thema wie vernünftige Menschen angehen. Beginnen wir damit, die Fakten zusammenzutragen, die wir haben, und sie zu überprüfen. Nicht daß ich bisher so viele gefunden hätte.«

Die Debatte zog sich über Stunden hin. Yael schlug vor, eine Essenspause einzulegen. »Vielen Dank«, sagte Everard, »aber ich glaube, es ist besser, wenn ich in den Palast zurückkehre. Sonst könnte Hiram glauben, daß ich mir auf seine Kosten einen schönen Tag mache. Ich komme morgen wieder, okay?«

Die Wahrheit war, daß er keinen Appetit auf die üblicherweise schwere Hauptmahlzeit des Tages hatte, Lammbraten, oder was sonst es sein mochte. Er wollte lieber ein Stück Brot und eine Scheibe Ziegenkäse an irgendeinem Stand essen, während er versuchte, dieses neue Problem zu durchdenken. Der Medizin der Zukunft sei Dank, sagte er sich. Ohne die seinen Genen angepaßten schützenden Mikroben, die von Patrouillen-Ärzten in seinen Körper implantiert worden waren, hätte er niemals wagen können, lokale Gerichte zu essen, wenn sie nicht völlig durchgekocht waren. Und Impfungen gegen alle Arten von Krankheiten, die während der Jahrtausende gekommen und gegangen waren, hätten sein Immunsystem längst überfordert.

Im Stil des zwanzigsten Jahrhunderts schüttelte er allen die Hände. Korten mochte Unrecht haben, oder auch nicht, doch er war angenehm, kompetent und hatte die besten Absichten. Everard trat auf die Straße hinaus, die unter der Sonne flirrte und kochte.

Pum wartete auf ihn. Er erhob sich weniger überschäumend als sonst. Sein schmales, junges Gesicht zeigte einen seltsam ernsten Ausdruck. »Herr«, sagte er leise, »wo können wir ungestört sprechen?«

Sie fanden eine Taverne, in der sie die einzigen Gäste waren. In Wirklichkeit war sie nur eine schräg gestellte Holzwand vor einem Haus, die ein kleines Gelaß abteilte, in dem Kissen auf dem nackten Boden lagen. Man saß darauf mit untergeschlagenen Beinen, und der Wirt brachte Tonbecher mit Wein aus dem Haus. Everard bezahlte ihn nach einigem mißmutigen Handeln mit Glasperlen. Fußgänger zogen in dichten Scharen schwatzend die Straße entlang, in die die Taverne hineinragte, doch um diese Stunde hatten die Männer meistens zu tun. Sie würden hereinkommen – solche, die es sich leisten konnten –, wenn kühlende Schatten zwischen die Hausmauern fielen.

Everard nahm einen kleinen Schluck von dem dünnen, sauren Getränk und verzog das Gesicht. Nach seiner Meinung verstand niemand vor dem siebzehnten Jahrhundert etwas vom Wein. Das Bier war noch schlimmer. Doch darauf kam es ja nicht an. »Sprich, Junge!« sagte er. »Und du kannst dir den Atem sparen, mich den Glanz des Universums zu nennen oder mich aufzufordern, meine Schuhe an dir abzuwischen. Was hast du getrieben?«

Pum schluckte, zitterte, beugte sich vor. »O Herr«, begann er, und seine Stimme schlug in ein vorpubertäres Quieken um, »dein Diener hat es gewagt, viel auf seine Schultern zu nehmen. Beschimpfe mich, schlage mich, laß mich verprügeln, was immer dir gefällt, falls ich meine Grenzen überschritten haben sollte. Doch glaube nie – ich bitte dich: nie –, daß ich dabei irgend etwas anderes im Auge hatte als deine Interessen. Mein einziger Wunsch ist, dir zu dienen, soweit meine armseligen Fähigkeiten es zulassen.«

Ein kurzes Grinsen huschte über sein Gesicht. »Weißt du, du zahlst ja auch gut.«

Der ernste Ausdruck kehrte zurück. »Du bist ein gewaltiger Mann, ein Mann, dem große Kräfte gegeben sind, und in dessen Dienst ich voranzukommen hoffe. Dafür aber muß ich mich dessen wert erweisen. Jeder Bengel kann dein Gepäck tragen und dich zu einem Freudenhaus führen. Was kann Pummairam tun, das darüber hinausgeht und das meinen Herrn bewegen wird, ihn in seinem Dienst zu behalten? Nun, was benötigt mein Herr? Was braucht er so dringend?

Herr, es gefällt dir, dich als rohen Stammeskrieger aus den Bergen auszugeben, doch ich hatte vom ersten Moment an das Gefühl, daß weitaus mehr hinter dir steckt. Natürlich konntest du einen Gassenjungen, den du durch einen Zufall kennenlerntest, nicht in dein Vertrauen ziehen. Also wie konnte ich, ohne etwas von dir zu wissen, sagen, auf welche Weise ich dir von Nutzen sein könnte?«

Ja, dachte Everard, bei seiner Hand-in-den-Mund Existenz muß er schon Intuition entwickeln, sonst würde er untergehen. Er hielt seinen Tonfall milde. »Ich bin nicht wütend. Aber sag mir, was du getan hast.«

Pums große Augen suchten Everards Blick und hielten ihn fest, beinahe als ob sie gleichgestellt wären. »Ich habe mir erlaubt, andere nach meinem Herrn zu befragen. Immer sehr vorsichtig, ohne die anderen auch nur ahnen zu lassen, welchen Zweck ich damit verfolgte, oder, da seien die Götter vor, die Betreffenden merken zu lassen, was sie enthüllten. Zum Beweis dafür: Hat irgend jemand sich so benommen, als ob er meinem Herrn mißtraute?«

»Mmmm – nein – jedenfalls nicht mehr, als zu erwarten war. Mit wem hast du gesprochen?«

»Nun, vor allem mit der wunderbaren Bo-ronuwen.« Pum hob eine Hand, mit der Fläche nach oben.

»Herr! Sie hat nicht ein Wort gesprochen, das du nicht gebilligt hättest. Ich habe ihr Gesicht, ihre Bewegungen gelesen, während ich ihr gewisse Fragen stellte. Nicht mehr. Sie hat sich hin und wieder geweigert, mir zu antworten, und diese Weigerungen haben mir auch etwas gesagt. Und ihr Körper weiß nicht, wie man Geheimnisse bewahrt. Ist das ihr Fehler?«

»Nein.« Aber es würde mich auch nicht überraschen, du Halunke, wenn du während jener Nacht deine Tür einen Spaltbreit geöffnet und uns belauscht hättest, dachte er. Aber lassen wir das! Ich will es nicht wissen.

»So habe ich erfahren, daß du nicht von dem … dem Geyil-Volk bist – ist das der Name? Es war für mich keine Überraschung. Ich hatte so etwas bereits vermutet. Denn wenn ich auch glaube, daß mein Herr im Kampf furchtbar sein kann, ist er doch Frauen gegenüber so liebevoll wie eine Mutter zu ihrem Kind. Würde ein halbwilder Reisender das tun?«

Everard lachte amüsiert. *Touché!* Er hatte bereits bei früheren Einsätzen hin und wieder Bemerkungen über seinen Mangel an gewohnter Härte gehört, doch niemand anders hatte Schlüsse daraus gezogen.

Ermutigt fuhr Pum rasch fort: »Ich will meinen Herrn nicht mit Einzelheiten langweilen. Die kleinen Leute beobachten immer die Mächtigen und klatschen gerne über sie. Ich mag Sarai ein ganz klein wenig getäuscht haben. Da ich dein Diener bin, sah sie keinen Grund, mich fortzuschicken. Nicht daß ich ihr sehr viele direkte Fragen gestellt hätte. Das wäre sowohl dumm als auch unnötig gewesen. Ich gab mich damit zufrieden, daß sie mir den Weg zum Haus Jantin-hamus wies, wo man sich noch immer nicht über den Besucher des gestrigen Abends beruhigen konnte. Und auf diese Weise gelangte ich zu einem Hinweis auf das, was mein Herr sucht.«

Er warf sich in Positur. »Das, strahlender Herr, war

es, was dein Diener benötigte. Ich ging daraufhin zum Hafen, fragte ein wenig herum, und siehe da!«

Eine Woge schien Everard zu überfluten. »Was hast du gefunden?« Er schrie es fast.

»Was wohl sonst?« sagte Pum, »als einen Mann, der den Schiffsuntergang und den Anschlag der Dämonen überlebt hat?«

Gisgo schien Mitte vierzig zu sein, klein, aber drahtig, sein zerfurchtes Nußknackergesicht voller Leben. Im Lauf der Jahre hatte er sich vom einfachen Seemann zum Decksmeister emporgearbeitet, einem fordernden, doch auch einträglichen Posten. Im Lauf der Jahre waren es seine Freunde auch müde geworden, immer wieder von seinem einmaligen Abenteuer zu hören. Sie betrachteten es ohnehin nur als Seemannsgarn.

Everard erkannte, was für eine phantastische Detektivarbeit Pum geleistet hatte, als er einen Mann auftrieb, indem er Seeleute in Kneipen darüber ausfragte, wer was für eine Art von Garn erzählt hätte. Er selbst wäre dazu nie in der Lage gewesen; einem Außenseiter wie ihm gegenüber wären sie viel zurückhaltender gewesen, zumal er auch noch Gast des Königs war. Wie alle vernünftigen Menschen im Laufe der Geschichte wollten die Phönizier so wenig wie möglich mit der Regierung zu tun haben.

Es war ein Glücksfall, daß Gisgo trotz der Saison auf See zu Hause war. Er besaß jedoch genügend Autorität und hatte genügend gespart, um nicht mehr an langen Reisen teilnehmen zu müssen, die gefährlich und unbequem waren. Sein Schiff verkehrte auf der Ägyptenroute und blieb zwischen den Reisen für einige Zeit im Hafen.

In seiner sauberen Wohnung im fünften Stock eines Mietshauses brachten seine beiden Frauen Erfrischungen, während er bequem zurückgelehnt saß und seine Gäste musterte. Ein Fenster ging auf den Hof und bot

Ausblick auf Lehmwände und Wäsche auf Leinen, die zwischen den Häusern gespannt waren. Eine leichte Brise wehte. Sonnenlicht fiel auf Souvenirs von vielen weiten Reisen: die Miniatur eines babylonischen Cherubs, eine Panflöte aus Griechenland, ein Porzellan-Nilpferd aus Ägypten, einen iberischen Talisman, einen blattförmigen Bronzedolch aus dem Norden – Everard steuerte einen ansehnlichen Goldbarren zu der Sammlung bei, und der Seemann grinste breit.

»Ja«, sagte Gisgo, »das war eine unheimliche Reise, bei allen Göttern! Schlechte Jahreszeit, kurz vor der Tag- und Nachtgleiche, und mit diesen Sinim an Bord, die von wer weiß woher kamen und das Unglück in ihren Knochen trugen, soweit wir das wissen konnten. Aber wir waren jung, die ganze Mannschaft, vom Kapitän bis zum letzten Mann; wir hatten vor, auf Zypern zu überwintern, wo die Weine stark sind und die Mädchen anschmiegsam. Diese Sinim wollten uns mehr als gut bezahlen, hatten sie versprochen. Für eine solche Menge Metall wären wir bereit gewesen, gegen Tod und Hölle zu kämpfen. Ich bin seither weiser geworden, jedoch nicht froher, nein. Ich bin noch immer recht munter, doch fühle ich den Zahn der Zeit an mir nagen, und glaubt mir, meine Freunde, es war besser, jung zu sein.«

Er machte ein Segenszeichen. »Die armen Jungens, die das Meer verschlungen hat – mögen ihre Schatten in Frieden ruhen.« Mit einem Blick zu Pum: »Einer von ihnen sah dir sehr ähnlich, Junge. Hat mich richtig erschreckt, als ich dich vorhin zum ersten Mal sah. Adiyaton war sein Name. Ja, ich glaube, so hieß er. Vielleicht war er dein Großvater?«

Der Junge gab durch ein Achselzucken zu verstehen, daß er das nicht sagen könne. Woher sollte er das auch wissen?

»Ich habe meine Opfergaben für sie alle dargebracht«, fuhr Gisgo fort, »und auch als Dank für meine

Errettung. Man soll immer zu seinen Freunden stehen und seine Schulden bezahlen, dann helfen die Götter einem auch in der Stunde der Not. Mir haben sie wahrlich geholfen.

Die Zypernroute ist schon unter normalen Umständen nicht leicht. Man kann kein Lager an Land aufschlagen; man muß über Nacht auf offener See bleiben, manchmal mehrere Tage und Nächte, wenn das Wetter schlecht ist. Dieses Mal – ah, dieses Mal! Kaum waren wir außer Sicht von Land, als der Sturm über uns herfiel, und es nützte auch nichts, daß wir Öl auf die Wogen gossen. Also heraus mit den Riemen und den Bug gegen den Wind gehalten, bis uns der Atem ausging und die Muskeln erlahmten, doch wir mußten trotzdem weitermachen. Es war dunkel wie in den Eingeweiden eines Schweins, und der Sturm heulte und beutelte uns, und das Schiff rollte und dümpelte, während Salz meine Augen verkrustete und in meinen aufgesprungenen Lippen brannte – und wie sollten wir Takt halten, wenn wir im Heulen des Sturms nicht die Trommel des Decksmeisters hören konnten?

Doch auf dem Mittschiffssteg sah ich den Führer der Sinim stehen, mit wehendem Umhang, und er blickte direkt in den Sturm und lachte – *lachte!*

Ich weiß bis heute nicht, ob er tapfer war oder nur dumm, und als Landratte die Gefahr nicht erkannte, oder weiser war und die Tücken des Meeres besser kannte als ich damals. Als ich später, im Licht hart erworbenen Wissens zurückdachte, erkannte ich, daß wir den Sturm mit ein wenig Glück hätten überstehen können. Es war ein stabiles Schiff, und Kapitän und Steuermann kannten ihr Gewerbe. Doch die Götter – oder die Dämonen – wollten es anders.

Denn plötzlich: Krachen und Feuer! Die jähe Helligkeit blendete mich. Ich verlor den Griff an meinem Riemen, wie die meisten von uns. Irgendwie gelang es mir, ihn wieder zu packen, bevor er zwischen den Holmen hinausglitt. Das hat mir vielleicht das Augenlicht gerettet, weil ich mich gerade bückte, als der zweite Blitz einschlug.

Ja, wir waren vom Blitz getroffen worden. Zweimal. Ich hörte keinen Donner, doch vielleicht haben das Toben der Wellen und das Heulen des Windes ihn übertönt. Als meine geblendeten Augen wieder klar sehen konnten, erkannte ich, daß der Mast wie eine Fackel brannte. Der Rumpf des Schiffes war geborsten. Ich spürte kaltes Wasser auf meinem Kopf, und dann auch an meinem Arsch, als die Wogen das Schiff unter mir zertrümmerten.

Doch das schien im Augenblick kaum von Belang. Denn in diesem flackernden, tanzenden Licht sah ich Dinge am Himmel, wie jene geflügelten Bullen, doch so groß wie ein wirklicher Ochse, und glänzend, als ob sie aus Erz gegossen wären. Menschen saßen auf ihren Rücken. Sie stürzten sich aufs Meer herab...

Und dann brach alles in Stücke. Ich fand mich im Wasser, an meinem Riemen festgeklammert. Zwei weitere Männer in meiner Nähe hielten sich ebenfalls an Trümmerstücken fest. Doch der Zorn der Götter war noch nicht fertig mit uns. Ein Blitzschlag fuhr herab und traf den armen Hurum-abi, meinen Trinkkumpan seit unseren Kindertagen. Er muß sofort tot gewesen sein. Ich ... ich tauchte unter und hielt meinen Atem an, so lange ich konnte.

Als ich meine Nase wieder herausstrecken mußte, um Luft zu holen, schien ich allein auf dem Meer zu sein. Doch über mir war ein ganzer Schwarm von diesen Drachen oder Streitwagen oder was sonst sie sein mochten, und sie schossen durch den Sturm. Flammen zuckten zwischen ihnen hin und her. Ich tauchte wieder unter.

Ich glaube, daß sie bald darauf verschwunden waren, zu irgendeinem Ort im Jenseits, von dem sie gekommen sein mochten, doch ich hatte zu viel damit zu tun, am Leben zu bleiben, um mich groß um sie zu kümmern. Schließlich wurde ich an Land gespült. Was geschehen war, erschien mir plötzlich wie ein verrückter Traum. Und vielleicht war es das auch. Ich weiß es nicht. Das einzige, was ich weiß, ist, daß ich der einzige von der Besatzung dieses Schiffes bin, der zurückgekommen ist. Tanith sei gedankt, was, Mädchen?« Ungeachtet der grausamen Erinnerungen kniff Gisgo einer seiner Frauen, die in seiner Nähe stand, in den Hintern.

Es folgten weitere Erinnerungen, für deren Ordnen Everard zwei Stunden brauchte. Schließlich fragte er, und seine Zunge war trotz des Weins trocken: »Kannst du dich auch erinnern, wann das geschehen ist? Vor wie vielen Jahren?«

»Aber natürlich kann ich das«, antwortete Gisgo. »Genau zwei Dekaden und sechs Jahre sind seither vergangen, wenn wir fünfzehn Tage vor der Tag- und Nachtgleiche stehen – oder zumindest in etwa.«

Er winkte mit der Hand. »Woher ich das weiß? Das ist etwa so, wie bei den ägyptischen Priestern, die auch einen genauen Kalender führen müssen, wegen des Hochwassers im Nil, das jedes Jahr auftritt. Ein Seemann, der sich damit nicht auskennt, wird sicher nicht alt. Hast du gewußt, daß die See jenseits der Säulen von Melqart ansteigt und fällt wie der Nil, jedoch zweimal am Tag? Und das sollte man scharf im Auge behalten, wenn man diese Gebiete befährt.

Doch es waren die Sinim, die wirklich ein Licht in diesem Kopf entzündeten. Da stand ich neben meinem Kapitän, bereit, einen Befehl auszuführen, während sie mit ihm über die Passage nach Zypern verhandelten, und sie sagten ihm immer wieder – ich weiß nicht, weshalb sie es so genau nahmen –, an welchem Tag sie aufbrechen wollten – haben es ihm aufgeschwatzt, verstehst du. Ich habe genau zugehört und mir überlegt, daß es sich vielleicht lohnte, mir alles genau zu merken und mir das vorgenommen. In jenen Tagen konnte ich weder lesen noch schreiben, doch ich konnte mir aufzeichnen, was für besondere Dinge in jedem Jahr geschahen und diese Geschehnisse in der richtigen Reihenfolge halten und an ihnen zurückzählen, wenn es notwendig sein sollte. Und so war dies das Jahr zwischen der Reise zur Küste der roten Klippen und dem Jahr, in dem ich mir die babylonische Krankheit holte ...«

Everard und Pum traten hinaus, verließen den Sidonischen Hafen und gingen durch die Straße der Seiler, die sich jetzt mit Schatten und Stille füllte, zum Palast.

»Mein Herr stellt seine Streitkräfte zusammen, wie ich sehe«, murmelte der Junge nach einer Weile.

Everard nickte zerstreut. Seine Gedanken wurden ebenfalls von einem Sturm geschüttelt.

Varagans Plan schien ihm jetzt klar. Everard war so gut wie sicher, daß es Merau Varagan war, der hinter diesem Anschlag steckte. Von ihrem Versteck in Raum-Zeit aus – wo immer es sich befinden mochte – waren er und ein halbes Dutzend Kumpane vor sechsundzwanzig Jahren in das Gebiet von Usu gekommen. Andere mußten sie mit Hoppern dorthin gebracht und abgesetzt haben und dann sofort zurückgekehrt sein. Die Patrouille konnte nicht hoffen, die Hopper in dieser einen Sekunde abzufangen, wenn der genaue Ort und die Zeit unbekannt waren. Varagan und seine Leute waren zu Fuß in die Stadt gegangen und hatten sich bei König Abibaal eingeschmeichelt.

Sie mußten das getan haben, *nachdem* sie die Bombe im Tempel gelegt und den Erpresserbrief hinterlegt und wahrscheinlich auch den Attentatsversuch auf Everard unternommen hatten. – *Nachdem* ist natürlich von ihrer Welt-Linie aus zu verstehen, von ihrer Kontinuität der Erfahrung. Es konnte nicht schwer sein, so ein Ziel auszuwählen, oder sogar so einen Mörder hereinzubringen. Wissenschaftler, die sich mit Tyros befaßten, hatten Bücher geschrieben, die frei erhältlich waren. Der erste Anschlag würde Varagan eine Vorstellung über die Durchführbarkeit seines Plans geben. Nachdem er entschieden hatte, daß er die Investierung eines guten Stücks Lebensspanne und Mühe wert war, suchte er nun detailliertes Wissen von der Art, die man nur selten in Büchern findet, und das er benötigte, um diese Gesellschaft wirklich von Grund auf zu vernichten.

Als sie am Hof König Abibaals so viel in Erfahrung gebracht hatten, wie sie es für nötig hielten, verließen Varagan und seine Gefolgsleute die Stadt auf eine konventionelle Art, um zu vermeiden, daß bei der Bevölkerung Gerüchte aufkamen, die anhalten und sich ausbreiten könnten und der Patrouille schließlich einen Hinweis geben mochten. Aus demselben Grund – dem Einschlafen des öffentlichen Interesses an ihnen – wollten sie, daß man glaubte, sie seien auf See umgekommen.

Deshalb hatten sie auf einem bestimmten Abreisetag bestanden: ein kurzer Aufklärungsflug mochte ihnen verraten haben, daß wenige Stunden nach Verlassen des Hafens ein Sturm losbrechen würde. Die Mitglieder der Bande, die sie später mit ihren Hoppern aufnehmen sollten, feuerten Energiestrahlen, um das Schiff zu zerstören und alle Zeugen zu töten. Wenn sie nicht zufällig Gisgo übersehen hätten, wäre es ihnen gelungen, ihre Spur völlig zu verwischen. Tatsächlich wäre es Everard ohne Sarais Hilfe sicher niemals gelungen, auch nur Gerüchte von den Sinim zu hören, die unglücklicherweise auf See verschollen waren.

Von seiner Basis aus hatte Varagan ›bereits‹ Agenten ausgeschickt, die das Hauptquartier der Patrouille überwachen sollten, während der Zeitpunkt der Demonstrationsattacke sich näherte. Falls es einem solchen Attentäter gelingen sollte, einen oder mehrere der raren Ungebundenen Agenten zu töten, ausgezeichnet! Das würde die Wahrscheinlichkeit der Exaltationisten, das zu kriegen, was sie haben wollten, nur vergrößern – ob es sich dabei um den Materie-Transmuter handelte oder die Zerstörung der Danellianischen Zukunft. Everard war der Ansicht, daß es Varagan völlig gleich war, welches der beiden Ziele er erreichte. Jedes der beiden würde seinen Hunger nach Macht und nach Schadenfreude befriedigen.

Doch Everard hatte ihre Spur gefunden. Er konnte jetzt die Hunde der Patrouille auf sie hetzen.

Kann ich das? fragte er sich.

Er kaute an seinem keltischen Schnurrbart und dachte daran, wie froh er sein würde, das Gestrüpp abschneiden zu können, sowie diese Aktion vorüber war.

Würde sie für ihn vorübergehen? Würde er sie überleben?

Obwohl zahlenmäßig und an Waffenstärke unterlegen, war Varagan doch nicht notwendigerweise auch geistig unterlegen. In seinen Plan war eine Sicherung eingebaut, die nur schwer zu knacken sein mochte.

Die Schwierigkeit bestand darin, daß die Phönizier weder Uhren noch genaue Navigationsinstrumente kannten. Gisgo konnte den Zeitpunkt des Untergangs nicht genauer bestimmen als innerhalb einer Spanne von einer Woche oder zwei; und er konnte den Ort der Katastrophe nicht näher festlegen als auf ein Seegebiet von etwa fünfzig Meilen. Und deshalb wußte Everard es nicht genauer.

Natürlich konnte die Patrouille jederzeit das Datum herausfinden, und die Route nach Zypern war bekannt. Doch um Ort und Zeitpunkt präziser bestimmen zu können, mußte man das Gebiet von der Luft aus überwachen. Und der Feind hatte bestimmt Detektoren, die ihn davor warnen würden. Die Piloten, die den Auftrag hatten, das Schiff zu versenken und Varagans Gruppe aufzunehmen, würden dann kampfbereit auftauchen. Für die Durchführung ihrer Aktion würden sie lediglich ein paar Minuten brauchen und dann wieder verschwunden sein, ohne die geringste Spur zurückzulassen.

Oder, noch schlimmer, sie mochten das Unternehmen ganz sein lassen. Sie konnten auf einen günstigeren Zeitpunkt warten, um ihre Kumpane herauszuholen – oder, noch schlimmer, es zu einem noch früheren Zeitpunkt tun, bevor das Schiff Tyros verlassen hatte. In jedem Fall würde Gisgo nicht die Erfahrung haben (gehabt haben), die er Everard gerade wiedergegeben hatte. Die Spur, die Everard auf so schwierige Weise entdeckt hatte, würde es dann nie gegeben haben. *Wahrscheinlich* würden die Konsequenzen auf die Geschichte trivial und nicht sonderlich weitreichend sein, doch gab es keinerlei Garantie dafür, sobald man mit den Ereignissen herumzuspielen begann.

Aus demselben Grund – gewisse Nullifikationen von Hinweisen und eine mögliche Störung des Kontinuums – konnte die Patrouille Varagans Plan nicht im Ansatz entdecken. Sie wagte zum Beispiel nicht, auf das Schiff herabzustoßen und seine Passagiere festzunehmen, bevor der Sturm und die Exaltationisten zuschlugen.

Sieht aus, als ob die einzige Möglichkeit, Erfolg zu haben, darin besteht, daß wir genau dort erscheinen, wo sie sind, sagte sich Everard, innerhalb dieser Zeitspanne von fünf Minuten oder weniger, die sie brauchten, um ihre Drecksarbeit durchzuführen. Aber wie können wir die festlegen, ohne sie vorzuwarnen?

»Ich glaube«, sagte Pum, »daß mein Herr sich auf eine Schlacht vorbereitet, in einem unheimlichen Reich, wo Zauberer seine Feinde sind.«

Bin ich für ihn so leicht zu durchschauen? »Ja«, sagte er laut, »das könnte so sein. Vorher jedoch möchte ich dich reich entlohnen, denn du warst mir ein guter Helfer.«

Der Junge zupfte ihn am Ärmel. »Gebieter«, flehte er, »laß deinen Diener dir beistehen.«

Überrascht blieb Everard stehen. »Wie?«

»Ich will nicht von meinem Herrn getrennt werden!« schrie Pum. Tränen glänzten in seinen Augen und rannen über die Wangen. »Es ist besser, an deiner Seite zu sterben – ja, sogar besser, von den Dämonen in die Hölle geschleudert zu werden –, als zu dem Wanzenleben zurückzukehren, aus dem du mich herausgeholt hast. Lehre mich, was ich tun muß! Du weißt, daß ich schnell lernen kann. Ich werde keine Angst haben. Du hast mich zu einem Mann gemacht!«

Bei Gott, dachte Everard, ich glaube, daß seine Leidenschaft zum ersten Mal absolut echt ist.

Es steht aber natürlich außer Frage.

Oder? Everard stand wie gelähmt.

Pum tanzte vor ihm, lachend und weinend. »Mein Herr wird es tun, ja? Mein Herr wird mich mit sich nehmen!«

Und vielleicht – *vielleicht!* – wenn all dies vorbei ist und er es überlebt hat – könnten wir etwas sehr Kostbares gewonnen haben.

»Die Gefahren sind groß«, sagte Everard vorsichtig. »Außerdem erwarte ich Dinge und Geschehnisse, vor denen die tapfersten Krieger schreiend die Flucht ergreifen würden. Und zuvor müßtest du Wissen erwerben, das selbst die weisesten Männer dieser Welt nicht einmal verstehen würden, wenn man es ihnen erzählte.«

»Versuch es mit mir, Herr!« antwortete Pum. Er wirkte plötzlich sehr ruhig.

»Gut! Gehen wir!« Everard schritt so kräftig aus, daß der Junge traben mußte, um an seiner Seite zu bleiben.

Die Basisausbildung würde mehrere Tage dauern, falls Pum damit fertig werden sollte. Doch das machte nichts. Er würde selbst eine Weile brauchen, um die notwendigen Informationen zu sammeln und sein Einsatzkommando zu organisieren. Außerdem war inzwischen Bronwen da. Everard konnte selbst nicht sagen, wie er diesen Konflikt überstehen wollte. Doch er wollte vorerst all das Glück mitnehmen, das sich ihm bot, und versuchen, es zurückzugeben.

Kapitän Baalram wollte nicht so recht. »Warum sollte ich deinen Sohn anmustern?« fragte er. »Ich habe eine komplette Mannschaft und sogar zwei Schiffsjungen. Dieser ist eine Landratte, klein und mager.«

»Er ist kräftiger, als er aussieht«, sagte der Mann, der sich als Adiyatons Vater ausgab. (Ein Vierteljahrhundert später sollte er sich Zakarbaal nennen.) »Du wirst feststellen, daß er klug und willig ist. Und was die Erfahrung angeht, so beginnt doch jeder bei Null, nicht wahr? Ich möchte, daß er eine Karriere als Händler macht. Und deshalb wäre ich sehr gerne bereit ... es für dich persönlich lohnend zu machen.«

»Nun ja ...« Baalram grinste und strich sich seinen Bart. »Das ist natürlich etwas anderes. Was für ein Lehrgeld schwebt dir vor?«

Adiyaton (der es ein Vierteljahrhundert später nicht mehr nötig hatte, sich aus Vorsichtsgründen Pummairam nennen zu müssen) lächelte glücklich. Innerlich aber erschauerte er, als er den Mann anblickte, der bald sterben mußte.

Von der Stelle, wo die Schwadron der Patrouille wartete, hoch oben am Himmel, war der Sturm ein schwarz-blaues Wolkengebirge, das den nördlichen Horizont verdunkelte. Sonst erstreckte sich das Meer silbrig und saphirblau über die Wölbung des Planeten, ausgenommen die Stellen, wo Inseln seinen Glanz durchbrachen, und ostwärts, wo die syrische Küste eine dunkle Linie zog. Tief im Westen schien die Sonne so kalt wie das Blau, von dem sie umgeben war. Wind blies eisig in Everards Ohren.

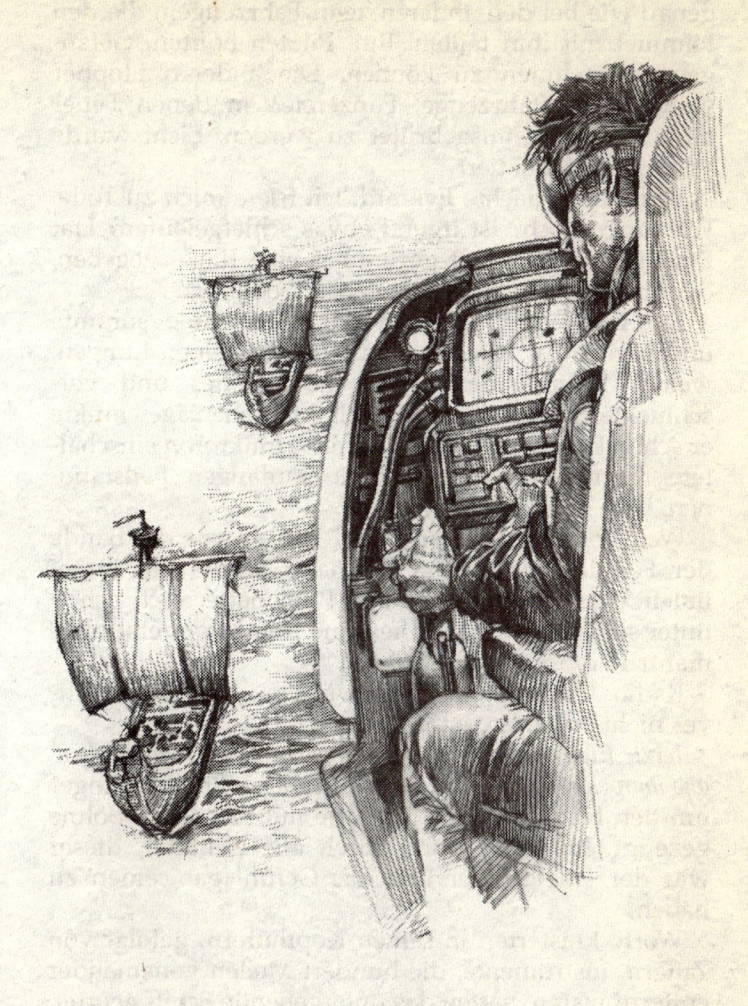

Auf dem Vordersitz des Zeit-Hoppers hockend, zog er seinen Parka fester um sich. Der Rücksitz war leer, genau wie bei den anderen zehn Fahrzeugen, die den Himmel mit ihm teilten. Ihre Piloten hofften, Gefangene mitnehmen zu können. Die anderen Hopper waren Kampffahrzeuge, Panzereier, in denen Feuer darauf wartete, ausgebrütet zu werden. Licht wurde von Metall reflektiert.

Verdammt! dachte Everard. Ich friere mich zu Tode. Wie lange noch? Ist irgend etwas schiefgelaufen? Hat Pum sich dem Feind gegenüber eine Blöße gegeben, oder hat seine Ausrüstung versagt, oder was?

Ein Empfängerknopf an der Steuersäule summte und blinkte rot. Atem explodierte aus seinen Lungen, weißer Dampf, den der Wind zerblies und verschluckte. Trotz seiner Jahre als Menschenjäger mußte er schlucken, bevor er sein Kehlkopfmikrofon einschaltete. »Signal von Kommandant empfangen. Peilstationen, bitte melden!«

Weit voraus, aus Dunst und Nebel, war die Bande der Feinde aufgetaucht. Sie hatte bereits mit ihrem üblen Werk begonnen. Doch Pum hatte auch schon unter sein Gewand gegriffen und den Knopf eines Miniatur-Radiosenders gedrückt.

Radio. Die Exaltationisten würden so etwas Primitives nicht erwarten, hoffte Everard.

Jetzt, Pum, mein Junge, geh in Deckung! Schütze dich, wie man es dir beigebracht hat! Furcht preßte ihre Finger um den Hals Everards. Er hatte mit Sicherheit Söhne gezeugt, hier und dort, durch alle Zeitalter, dieser war der einzige, der ihm das Gefühl gab, einen zu haben.

Worte knisterten in seinen Kopfhörern, gefolgt von Ziffern. Instrumente, die hundert Meilen voneinander entfernt waren, hatten das untergehende Schiff geortet. Uhren hatten bereits den ersten Sekundenbruchteil des Angriffs registriert.

»Okay«, sagte Everard. »Computerisieren Sie die Raum-Koordinaten für jedes Fahrzeug gemäß unserer Strategie. Soldaten, bereit zum Angriff!«

Das erforderte mehrere Minuten. Er spürte, wie eine eisige Ruhe in ihm aufstieg. Seine zweite Einheit befand sich bereits im Einsatz. In genau diesem Augenblick stand sie drüben im Kampf. Möge das geschehen, was die Nornen vorbestimmt hatten.

In rascher Folge kamen die Daten herein. »Alles bereit?« rief er. »Dann vorwärts!«

Er legte Schalter um und schob den Hauptantriebshebel nach vorn. Seine Maschine sprang vorwärts durch den Raum, rückwärts durch die Zeit, zu dem Moment, zu dem Pum sie gerufen hatte.

Sturm heulte. Der Hopper tanzte und schwankte in seinem Antigrav-Feld. Fünfzig Meter tiefer, in der Schwärze der Nacht, tosten Wellen. Die Gischtflocken, die von ihren Kämmen gerissen wurden, waren schiefergrau, sah Everard im Licht einer riesigen Fackel, die ein Stück entfernt loderte. Ein Mast brannte lichterloh, und seine Flammen wurden vom Sturm immer mehr angefacht. Brennende Schiffsteile versanken dampfend im Meer, als das Schiff auseinanderbrach.

Everard zog seinen optischen Verstärker herab. Die Sicht wurde gestochen scharf. Sie zeigte ihm, daß sein Kommando genau richtig eingetroffen war, um das halbe Dutzend feindlicher Fahrzeuge zu umzingeln, die überall oberhalb der tobenden See schwebten.

Sie waren nicht rechtzeitig genug gekommen, um zu verhindern, daß sie ihre Schlächterei begannen. Das hatten sie bereits im Augenblick ihres Auftauchens getan. Da Everard nicht wußte, wo jedes der feindlichen Fahrzeuge stehen würde, ihm jedoch sehr klar war, daß jedes von ihnen eine Menge tödlicher Waffen mit sich führte, hatte er zwangsläufig seine kleine Streitmacht so auftauchen lassen, daß er und seine Leute aus einer gewissen Entfernung die Situation überblicken und abschätzen konnten, bevor die Killer sie bemerkten.

Was innerhalb von zwei oder drei Herzschlägen der Fall sein würde. »Angriff!« brüllte Everard unnötigerweise. Sein Hopper schnellte mit einem Satz vorwärts.

Ein blauweißer Strahl blitzte durch das Dunkel, schoß wenige Zentimeter an dem im Zickzack fliegenden Hopper vorbei: Hitze, scharfer Ozongeruch, das Knallen verdrängter Luft. Er sah ihn nicht, da seine Schutzbrille sich sofort verdunkelt hatte, um seine Augen vor dem grellen Licht zu schützen, das ihn sonst geblendet hätte.

Und er schoß auch nicht zurück, obwohl er seinen Blaster gezogen hatte. Das war nicht seine Aufgabe. Der Himmel war bereits gerötet von Energieblitzen. Das Wasser reflektierte sie, als ob es ebenfalls in Flammen stünde.

Es gab keine sichere Möglichkeit, irgendwelche feindliche Piloten gefangenzunehmen. Everards Männer hatten Befehl, sie zu töten, bevor die Banditen merkten, wie unterlegen sie waren und in Raum-Zeit zurückflohen. Die Aufgabe der Piloten, die allein flogen und den Rücksitz frei hatten, bestand darin, die Spione einzufangen, die an Bord des Schiffes gewesen waren.

Er erwartete nicht, daß er sie an Trümmerteile des Schiffes geklammert finden würde, das jetzt von den Wellen hin und her geworfen und vollends zerschlagen wurde. Ein paar der Männer würden natürlich auch dort nachsehen, für alle Fälle. Doch höchstwahrscheinlich trieben die Reisenden allein in der See. Bestimmt trugen sie aufblasbare Schwimmwesten mit Preßluftkartuschen unter ihren zeitgenössischen Kaftanen.

Pum konnte das nicht riskieren. Als Schiffsjunge hätte er zu auffällig gewirkt, wenn er mehr als ein Lendentuch und ein Hemd getragen hätte. Das reichte allenfalls, um seinen Mini-Transmitter zu verbergen. Everard hatte dafür gesorgt, daß er schwimmen lernte.

Die wenigsten punischen Seeleute konnten das. Everard entdeckte einen, der an eine Planke geklammert in den Wellen trieb. Er wäre beinahe tiefer gegangen, um ihn zu retten. Doch nein, das durfte er nicht. Baalram und seine Männer waren untergegangen – mit Ausnahme von Gisgo, dessen Überleben sich jetzt als kein Zufall herausstellte. Die Patrouille hatte rechtzeitig zugeschlagen und so verhindert, daß auch er gejagt und getötet wurde, als er im Wasser trieb, und er besaß die Kraft, sich an seinem schweren Riemen festzuhalten, bis er an Land gespült wurde. Die anderen, seine Schiffskameraden, seine Freunde – sie starben und wurden von ihren Familien betrauert, wie es das Schicksal von Seefahrern während der kommenden Jahrtausende sein sollte – und nach den Seefahrern, Schicksal der Raumfahrer, der Zeitfahrer. – Doch zumindest starben diese Menschen, damit ihr Volk und ungezählte Milliarden von Menschen in der Zukunft, leben konnten.

Es war ein düsterer Trost.

Durch sein verstärktes Sehvermögen erblickte Everard einen Kopf im Wasser; ja, es war ein Mann, der wie ein Kork auf dem Wasser trieb: ein Feind, der gefangengenommen werden mußte. Der Mann blickte aus der tobenden, gischtenden See zu ihm auf. Haß verzerrte sein Gesicht. Eine Hand hob sich aus dem Wasser. Sie hielt eine Energiepistole.

Everard schoß schneller. Ein dünner Strahl stach durch das Dunkel. Der Schrei des Mannes ging im Heulen des Sturms unter, seine Waffe im Wasser. Er starrte auf das verkohlte Fleisch und die nackten Knochen seines rechten Handgelenks.

Hier spürte Everard kein Mitleid. Doch er wollte in diesem Kampf nicht töten. Lebende Gefangene, unter schmerzlosem, harmlosem, absolutem Psycho-Verhör konnten die Patrouille zu den Verstecken aller möglichen Gangster führen, die schon lange auf ihrer Liste standen.

Everard ließ sein Fahrzeug sinken. Sein Motor surrte, hielt es auf der Stelle trotz der Wellen, die über es hereinbrachen, trotz des Windes, der riß und heulte und eisig bis auf die Haut drang. Die Beine fest um den Rahmen des Hoppers geschlungen, beugte er sich aus dem Sattel, packte den halb bewußtlosen Mann, zog ihn aus dem Wasser und legte ihn vor sich auf den Bug des Hoppers. »Okay, und jetzt wollen wir etwas Höhe gewinnen!«

Es war reines Glück gewesen, doch deshalb nicht weniger befriedigend, daß gerade er, Manse Everard, der Patrouillen-Agent war, dem Marau Varagan in die Hände fiel.

Das Geschwader suchte einen ruhigen Ort auf, um die Lage zu besprechen, bevor es wieder zeitauf ging. Die Wahl fiel auf eine kleine Insel in der Ägäis. Weiße Klippen erhoben sich aus dem blauen Wasser, dessen Ruhe nur von dem Glitzern des Sonnenlichts und von Schaumstreifen unterbrochen wurde. Möwen segelten in der leichten Brise und zogen ihre weiten Kreise über dem Blau des Meeres. Büsche sproßten zwischen den Felsen. Die Sonnenwärme verdunstete scharfe Düfte aus ihren Blättern. Weit, weit draußen glänzte ein weißes Segel auf dem Blau. Vielleicht war es das Schiff des Odysseus.

Die Männer der Zeitpatrouille machten Bestandsaufnahme. Sie hatten keine Ausfälle, bis auf ein paar Verwundete. Für die standen schmerzstillende und schockdämpfende Mittel zur Verfügung, und später würde bei einer Krankenhausbehandlung all das ersetzt werden, was sie verloren haben mochten. Sie hatten vier Fahrzeuge der Exaltationisten abgeschossen; drei hatten entkommen können, würden jedoch verfolgt werden. Sie hatten alle sieben Passagiere des Schiffes gefangengenommen.

Einer der Männer hatte Pummairams Transmitter angepeilt und den Jungen aus dem Wasser gefischt.

»Gut gemacht!« rief Everard strahlend und drückte seinen Freund an sich.

Sie saßen auf einem Strand im Ägyptischen Hafen. Sie waren hier so ungestört wie irgendwo anders, da alle Menschen, die sich hier aufhielten, zu beschäftigt waren, um zu lauschen; und bald würde der Puls von Tyros für keinen der beiden mehr schlagen. Sie zogen jedoch Blicke auf sich. Zur Feier des Tages hatte Everard für sich und Pummairam Kaftane aus feinstem Leinen und in den schönsten Farben gekauft, passend für die Könige, als die sie sich fühlten. Er legte keinen besonderen Wert auf diese Kleidung und hatte sie nur gekauft, um bei seinem Abschiedsbesuch am Hof Hirams einigermaßen eindrucksvoll zu wirken, doch Pum war außer sich vor Freude.

Es war laut auf der Pier: Klatschen von Sandalen und nackten Füßen, Dröhnen von Hufen, Ächzen von Wagenrädern, Rumpeln rollender Fässer. Ein Fracht-Schiff von Ophir war eingelaufen, und Hafenarbeiter luden die kostbaren Ballen aus. Muskulöse Körper glänzten vor Schweiß in der prallen Sonne. Seeleute trieben sich in einer nahen Taverne herum, wo ein Mädchen zur Musik einer Flöte und einer Trommel tanzte. Sie tranken, spielten, lachten, grölten und erzählten unglaubliche Geschichten von Ländern, die weit entfernt lagen. Ein Verkäufer pries die Qualität der Zuckerwaren auf seinem Tablett an. Ein hochbeladener Eselskarren fuhr vorbei. Ein Priester Melqarts, in prächtige Gewänder gekleidet, sprach mit einem Fremden, der Osiris diente. Zwei rothaarige Achäer, die wie Piraten wirkten, schlenderten vorbei. Ein langbärtiger Krieger aus Jerusalem und der Leibwächter eines zu

Gast weilenden ranghohen Philisters starrten einander feindselig an, doch der Friede Hirams hielt ihre Schwerter in den Scheiden. Ein schwarzer Mann in einem Leopardenfell und mit einem Kopfschmuck aus Straußenfedern zog einen Schwarm phönizischer Straßenjungen hinter sich her. Ein Assyrer ging gemessenen Schrittes vorüber und hielt seinen Stab wie einen Speer. Ein Anatolier und ein blonder Mann aus dem Norden wankten Arm in Arm über die Pier, voller Bier und Lebensfreude. – Die Luft roch nach den Färbereien, nach Dung, Rauch und Teer, doch auch nach Sandelholz, Myrrhe, Gewürzen und dem Salz des Meeres.

Es würde sterben, dies alles, in einigen Jahrhunderten, so wie alles sterben muß; doch zuvor: wie mächtig würde es gelebt haben! Wie reich sollte sein Erbe sein!

»Ja«, sagte Everard, »ich möchte nicht, daß dir diese Sache zu Kopf steigt, doch du bist eine großartige Entdeckung. Wir haben nicht nur Tyros gerettet, sondern auch dich für uns gewonnen.«

Etwas nachdenklicher als sonst starrte der junge Mann vor sich hin. »Du hast mir das erklärt, Herr, als du mich in deine Lehre nahmst. Daß kaum jemand in dieser Ära sich vorzustellen vermag, durch die Zeit zu reisen und die Wunder von morgen sehen zu können. Es hätte auch keinen Sinn, ihnen davon zu erzählen, sie würden nur verwirrt und verängstigt werden.« Er stützte sein flaumiges Kinn in die Hand. »Vielleicht bin ich anders, weil ich immer allein und auf mich selbst gestellt war, niemals in eine Form gegossen und starr wurde.« Glücklich: »Dann preise ich die Götter, oder was immer sie gewesen sein mögen, die mich auf ein solches Dasein gestoßen haben! Es hat mich auf mein neues Leben mit meinem Herrn vorbereitet.«

»Nein, nicht mit mir«, antwortete Everard. »Wir werden einander nicht oft wiedersehen, du und ich.«

»Was?« rief Pum entsetzt. »Warum? Hat dein Diener dich gekränkt, o mein Gebieter?«

»Überhaupt nicht.« Everard legte seine Hand auf die magere Schulter des Jungen. »Im Gegenteil. Doch meine Stellung verlangt, daß ich viel unterwegs bin. Was wir von dir wollen, ist, unser ständiger Agent an diesem Ort zu sein, in deinem Land, das du in- und auswendig kennst, wie es ein Ausländer wie ich – oder Chaim und Yael Zorach – nie kennenlernen werden. Keine Angst, es ist eine sehr interessante Aufgabe, die so viel von dir fordern wird, wie du eben geben kannst.«

Pum seufzte tief auf. Seine Zähne glänzten weiß, als er lächelte. »Das ist mir sehr recht, Herr! Ehrlich gesagt hatte ich ein wenig Angst bei der Vorstellung, ständig unter Fremden leben zu müssen.« Seine Stimme wurde leiser. »Wirst du jemals kommen und mich besuchen?«

»Natürlich. Hin und wieder. Oder, wenn du willst, kannst du dich mit mir an verschiedenen interessanten Orten der Zukunft treffen, wenn du deinen Urlaub nimmst. Wir Männer der Patrouille arbeiten hart und manchmal auch gefährlich, doch wir haben auch unseren Spaß.«

Everard machte eine kurze Pause, dann fuhr er fort: »Natürlich brauchst du zuerst Training, Ausbildung, in jeder Art von Wissen und Können, das dir fehlt. Du wirst auf die Akademie gehen, die irgendwo anders in Raum und Zeit liegt. Dort wirst du mehrere Jahre verbringen, und es werden keine leichten Jahre sein – obwohl ich glaube, daß sie dir viel Spaß machen werden. Schließlich wirst du in dieses selbe Jahr nach Tyros zurückkehren, ja sogar in denselben Monat, und deine Arbeit hier aufnehmen.«

»Ich bin dann voll ausgewachsen?«

»Richtig. Sie werden dir sogar etwas mehr an Größe und Gewicht geben, zusammen mit dem Wissen. Du wirst eine neue Identität brauchen, doch da sehe ich keine Schwierigkeit. Deinen Namen kannst du behalten; er ist recht geläufig. Du wirst Pummairam der Seemann sein, der vor Jahren als junger Matrose hinausgesegelt ist, ein Vermögen durch Handel verdient hat und nun ein Schiff kaufen und sein eigenes Unternehmen beginnen will. Du wirst nicht besonders hervorstechend sein, das würde unseren Zwecken zuwiderlaufen, doch du wirst ein wohlhabender und geachteter Untertan König Hirams werden.«

Der Junge schlug die Hände zusammen. »Herr. Deine Güte überwältigt mich, deinen Diener.«

»Doch damit ist es nicht getan«, fuhr Everard fort. »Ich besitze Vollmachten, in einem Fall wie diesem nach eigenem Ermessen handeln zu können, und werde für dich gewisse Vorsorgen treffen. Du kannst nicht als respektabler Bürger gelten, wenn du dich hier niederläßt, wenn du keine Frau hast. Gut, also wirst du Sarai heiraten.«

Pum stieß einen quiekenden Schrei aus und starrte Everard entsetzt an.

Everard lachte. »Komm, komm!« sagte er. »Sie mag zwar keine Schönheit sein, aber sie ist auch nicht ausgesprochen häßlich, und wir schulden ihr sehr viel. Und sie ist loyal, intelligent, kennt sich im Palast aus, alles sehr nützliche Eigenschaften. Natürlich wird sie nie wissen, wer du in Wirklichkeit bist. Sie wird nur die Frau von Kapitän Pummairam sei, und die Mutter seiner Kinder. Falls in ihrem Kopf irgendwelche Fragen auftauchen sollten, wird sie, wie ich glaube, zu intelligent sein, sie zu stellen.« Energisch: »Du wirst gut zu ihr sein, hörst du?«

»Nun... ah... nun...« Pums Aufmerksamkeit wurde von der Tänzerin abgelenkt. Phönizische Männer gingen gerne fremd, und Tyros hatte eine reichliche Zahl von Freudenhäusern. »Ja, Herr!«

Everard schlug ihm auf das Knie. »Ich kann deine Gedanken lesen, Junge. Doch glaube ich, daß du am

Herumstromern gar nicht so sehr interessiert sein wirst. Als zweite Frau: was würdest du zu Bronwen sagen?«

Es war eine Freude, die Verwirrung auf Pums Gesicht zu sehen.

Everard wurde ernst. »Bevor ich Tyros verlasse, möchte ich Hiram ein Geschenk machen. Nicht eins der üblichen Geschenke, sondern etwas Besonderes, zum Beispiel einen Goldbarren. Die Patrouille verfügt über unermeßliche Reichtümer und zeigt sich bei Anforderungen recht großzügig.

Es ist für Hiram eine Ehrensache, mir nichts abzuschlagen, was ich als Gegengabe erbitte. Ich werde um seine Sklavin Bronwen und ihre Kinder bitten. Wenn sie mir gehören, werde ich sie formell freilassen und Bronwen eine Mitgift ausrichten.

Ich habe sie ein wenig ausgelotet. Wenn sie in Tyros ihre Freiheit haben kann, hat sie kein Verlangen, in ihr Heimatland zurückzukehren und eine Lehmhütte mit zehn oder fünfzehn anderen Stammesangehörigen zu teilen. Doch um hierbleiben zu können, braucht sie einen Mann, einen Stiefvater für ihre Kinder. Willst du das sein?«

»Ich ... ob ich will ... würde sie ...« Pums Gesicht wurde abwechselnd rot und blaß.

Everard nickte. »Ich habe ihr versprochen, einen guten Mann für sie zu finden.«

Sie war traurig gewesen. Doch in diesem Zeitalter hatten praktische Erwägungen den Vorrang vor romantischen, wie es in den meisten der Fall ist.

Es mag später für ihn schwer sein, wenn er seine Familie alt werden sieht, während er das Altern nur vortäuscht, sagte sich Everard. Doch durch seine dienstlichen Reisen durch die Zeit wird er sie für viele Dekaden seines Lebens haben; und er ist schließlich nicht mit der Art von Empfindlichkeit aufgewachsen, die den Bewohnern westlicher Zivilisationen im zwanzigsten Jahrhundert eigen ist. Es sollte einigermaßen gut gehen. Ohne Zweifel werden die beiden Frauen zu Freundinnen werden und sich zusammentun, um still und kompetent über Kapitän Pummairams Nest zu herrschen.

»Dann ... oh, mein Herr!« Der Junge sprang auf die Füße und begann zu tanzen.

»Langsam, langsam.« Everard grinste. »Nach deinem Kalender hast du noch sieben Jahre vor dir, bevor du dich hier niederlassen kannst. Warum Zeit vertrödeln? Geh zum Haus Zakarbaals und melde dich bei den Zorachs! Die werden dich auf den Weg bringen.«

Was mich betrifft, dachte er, nun, ich werde ein paar Tage dazu brauchen, meinen Aufenthalt im Palast auf elegante und plausible Art zu beenden. Inzwischen werden Bronwen und ich ... Er seufzte traurig.

Pum war fort. Mit fliegenden Füßen und wehendem Kaftan lief die Hafenratte seiner Bestimmung entgegen, die er sich erwählt hatte.

Die Trauer Odins des Goten

»Dann hörte ich
eine Stimme in der Welt:
›O Weh
für das gebrochene Versprechen,
Und die schwere Not
der Nibelungen,
und die Trauer Odins des Goten!‹«

WILLIAM MORRIS
Sigurd der Volsunger

372

Wind fuhr aus der Dämmerung, als die Tür sich öffnete. Die Feuer, die die ganze Länge der Halle erhellten, flackerten in ihren Gruben; Flammen tanzten auf Steinlampen; Rauch quoll zurück von den Dachöffnungen, durch die er hinausströmen sollte. Die plötzliche Helligkeit glänzte auf Speerspitzen, Axtklingen, Schwertgriffen, Schildbeschlägen der Waffen, die bei der Tür abgelegt worden waren. Männer, die sich in dem Raum zusammendrängten, wurden still und wachsam; auch die Frauen, die ihnen Hörner mit Bier gebracht hatten. Nur die Götter, die in die Pfeiler geschnitzt waren, schienen sich zwischen ruhelosen Schatten zu bewegen: der einhändige Vater Tiwaz, Donar von der Axt, die Zwillingsreiter – sie und die Tiere und Helden und ineinander verschlungenen Zweige, die in die Vertäfelung geschnitzt waren. *Whuuuu*, machte der Wind, ein Geräusch, das so kalt klang, wie es der Wind war.

Hathawulf und Solbern traten herein. Ihre Mutter, Ulrika, ging zwischen ihnen, und der Ausdruck ihres Gesichts war nicht weniger schrecklich als der der beiden Männer. Die drei blieben stehen, nur für die Länge von zwei oder drei Herzschlägen, doch eine lange Zeit für jene, die auf ihre Worte warteten. Dann schloß Solbern die Tür, während Hathawulf vortrat und den rechten Arm hob. Stille senkte sich über die Halle, man hörte nur das Prasseln der Feuer und Atemgeräusche.

Doch es war Alawin, der als erster sprach. Er erhob sich von seiner Bank, und sein schlanker Körper zitterte, als er rief: »Also werden wir Rache nehmen!« Seine Stimme brach. Er hatte erst fünfzehn Winter gesehen.

Der Krieger neben ihm zupfte an seinem Ärmel und knurrte: »Setz dich! Es ist Sache des Herrn, uns das zu sagen.« Alawin schluckte, starrte den anderen an, gehorchte.

Ein Lächeln ließ Hathawulfs Zähne in seinem blonden Bart aufblitzen. Er war nur neun Jahre mehr auf der Welt als jener Halbbruder, vier Jahre mehr als sein richtiger Bruder, Solbern, wirkte jedoch älter, und nicht nur wegen seiner Größe, der breiten Schultern, des katzenartigen Gangs; für die letzten fünf jener Jahre war er Führer gewesen, seit dem Tod seines Vaters Tharasmund, und das hatte das Wachsen seiner Seele beschleunigt. Es gab welche, die flüsterten, daß Ulrika ihn zu stark in ihrem Griff hielte, doch jeder, der seine Männlichkeit anzuzweifeln gewagt hätte, hätte sich ihm zum Kampf stellen müssen, den zu überleben wohl kaum einer die Chance hatte.

»Ja«, sagte er mit einer Stimme, die nicht laut war, aber dennoch von einem Ende der Halle zur anderen gehört wurde. »Bringt den Wein, Weiber! Trinkt, Männer! Schlaft mit den Frauen, wenn es euch danach ist! Holt eure Waffen heraus, Freunde, die ihr hergekommen seid, um eure Hilfe anzubieten, und empfangt alle meinen tiefsten Dank; denn morgen bei Tagesbeginn werden wir losreiten, um den Mörder meiner Schwester zu töten.«

»Ermanarik«, zischte Solbern. Er war kleiner und dunkler als Hathawulf, neigte mehr dazu, auf seinem Hof zu arbeiten und Dinge mit seinen Händen zu formen, als zu Krieg und Töten, doch er spuckte den Namen aus, als ob er wie Fäulnis in seinem Munde gelegen hätte.

Ein Seufzen der Erleichterung lief durch die Reihen der Männer, doch einige der Frauen fuhren erschrocken zurück oder traten näher zu ihren Männern, Brüdern, Vätern, Jungen, die sie eines Tages zu heiraten hofften. Ein paar Lehnsmänner knurrten, beinahe glücklich, tief in den Kehlen. Andere blickten finster.

Unter den letzteren befand sich Liuderis, der Alawin zurechtgewiesen hatte. Er stellte sich auf die Bank, so daß er über die Köpfe der anderen hinweg sichtbar war. Er war ein kräftiger, grauhaariger, narbenbedeckter Mann, ehemals Tharasmunds engster Vertrauter. »Du willst Krieg gegen den König führen, dem du deinen Eid geschworen hast?« fragte er mit schwerer Stimme.

»Der Eid ist wertlos geworden, seit er Swanhild von den Hufen seiner Pferde zu Tode trampeln ließ«, sagte Hathawulf.

»Doch er sagt, daß Randwar seinen Tod plante.«

»Er *sagt* es!« rief Ulrika. Sie trat vor, bis das Licht voll auf sie fiel. Sie war eine große Frau. Ihre aufgesteckten Zöpfe waren zur Hälfte grau, zur Hälfte noch rot und umrahmten ein Gesicht, dessen Linien von der Strenge Weards selbst waren. Ulrikas Umhang war mit kostbaren Pelzen besetzt; das Kleid, das sie darunter trug, war aus Ostland-Seide; Bernstein aus dem Nordland glänzte um ihren Hals; denn sie war die Tochter eines Königs, die in das von Göttern abstammende Haus Tharasmunds eingeheiratet hatte.

Sie blieb stehen, die Hände zu Fäusten geballt, und sagte zu Liuderis und den anderen: »Es wäre nur recht, wenn Randwar der Rote versucht hätte, Ermanarik zu stürzen. Zu lange schon leiden die Goten unter diesem Hund. Ja, ich nenne ihn einen Hund, diesen Ermanarik, der das Leben nicht wert ist. Sage mir nicht, daß er uns mächtig gemacht hat, und daß seine Herrschaft von der Baltischen See bis zum Schwarzen Meer reicht. Es ist *seine* Herrschaft, nicht die unsere, und sie wird ihn nicht überdauern. Denkt lieber an die Abgaben, die uns fast ruinieren, an die Ehefrauen und Mädchen, die entehrt wurden, an Land, das unrechtmäßig genommen wurde, an die Menschen, die er von ihrer Heimstatt vertrieben hat, an Männer, die erschlagen oder in ihren umzingelten Häusern verbrannt wurden, nur weil sie es wagten, gegen seine Taten zu sprechen. Erinnert euch daran, daß er seine Neffen und ihre Familien ermordete, weil sie ihm ihre Schätze nicht freiwillig auslieferten! Denkt daran, daß er Randwar hängen ließ, allein auf das Wort Sibisho Mannfrithssons hin, dieser Viper, die ständig in des Königs Ohr zischt! Und fragt euch dies: Selbst wenn Randwar wirklich zum Feind Ermanariks geworden sein sollte, der verraten wurde, bevor er zuschlagen konnte, um Rache für die an den Seinen begangenen Verbrechen zu nehmen – selbst wenn dem so sein sollte, warum mußte auch Swanhild sterben? Sie war doch nur seine Frau.« Ulrika atmete tief durch. »Und sie war auch die Tochter von Tharasmund und mir, die Schwester eures Häuptlings Hathawulf und von Solbern, seinem Bruder. Sie, die von Wodan stammen, sollen Ermanarik hinabschicken, um ihr als Sklave zu dienen.«

»Du hast einen halben Tag lang allein mit deinen Söhnen gesprochen, Herrin«, sagte Liuderis. »Wieviel davon ist dein Wille, und nicht der ihre?«

Hathawulfs Hand glitt zum Schwertgriff. »Du vergißt dich!« sagte er hart.

»Ich meine es doch nicht schlecht...«, begann der Krieger.

»Die Erde ist voller Tränen über das Blut Swanhilds der Schönen«, sagte Ulrika. »Wird sie je wieder für uns Frucht tragen, wenn wir sie nicht mit dem Blut ihres Mörders waschen?«

Solbern blieb ruhig. »Ihr Teurings wißt doch, daß die Spannungen zwischen dem König und unserem Stamm seit Jahren gewachsen sind. Warum sonst seid ihr denn zu uns gekommen, als ihr hörtet, was geschehen ist? Glaubt ihr nicht, daß diese Tat des Königs vielleicht nur geschah, um unseren Mut zu prüfen? Wenn wir still bei unseren Herdfeuern sitzen bleiben, weiß er, daß er freie Hand hat, uns dann vollends in den Staub zu treten.«

Liuderis nickte, die Arme vor der Brust verschränkt, und sagte ruhig: »Ihr werdet nicht ohne meine Söhne und mich in die Schlacht ziehen, solange dieser alte Kopf noch über der Erde ist. Ich habe mich lediglich gefragt, ob du und Hathawulf nicht voreilig handelt. Ermanarik ist sehr stark. Wäre es nicht besser, wenn wir abwarten würden, uns richtig vorbereiteten, Männer von benachbarten Stämmen heranholten, bevor wir zuschlagen?«

Hathawulf lächelte wieder, ein wenig wärmer als das erste Mal. »Wir haben auch daran gedacht«, sagte er ruhig. »Wenn wir uns Zeit nehmen, geben wir auch dem König Zeit. Und ich glaube nicht, daß wir viele Speere gegen ihn aufbringen können. Nicht, solange die Hunnen in den Marschen umherziehen, Vasallenstämme nur widerwillig ihre Tribute zahlen und die Römer in einem Kampf von Goten gegen Goten eine Gelegenheit sehen, einzudringen und uns alle zu unterwerfen. Außerdem wird Ermanarik nicht lange tatenlos herumsitzen, bevor er loszieht, um die Teurings zu besiegen. Nein, wir müssen *jetzt* angreifen, bevor er uns erwartet! Ihn überraschen, seine Wachen niedermachen – sie sind nicht viel stärker als wir, die wir hier in dieser Halle sind – Ermanarik überfallen und erschlagen, und danach ein Folkething einberufen, um einen neuen König zu wählen, der gerecht ist.«

Liuderis nickte wieder. »Ich habe gesagt, was ich denke, du hast gesagt, was du denkst. Jetzt wollen wir dem Reden ein Ende setzen. Morgen reiten wir!« Er setzte sich.

»Es ist ein Risiko«, sagte Ulrika. »Dies sind meine letzten lebenden Söhne, und vielleicht werden sie in den Tod ziehen. Doch dem sei, wie es Weards Wille ist, die den Tod von Göttern und Menschen festsetzt. Doch lieber will ich meine Söhne tapfer sterben sehen, als daß sie vor dem Mörder ihrer Schwester das Knie beugen. Daraus kann kein Glück kommen.«

Der junge Alawin sprang erneut auf. Sein Messer blitzte. »Wir werden nicht sterben!« schrie er. »Ermanarik wird sterben, und Hathawulf wird zum König der Ostrogoten erhoben!«

Ein anschwellendes Gemurmel, wie das Rauschen einer brandenden Welle, erhob sich aus den Reihen der Männer.

Solbern, der Ruhige, ging durch die Halle. Die Menge machte ihm Platz. Die am Boden verstreuten Binsen raschelten, und der Lehmboden dröhnte unter seinen schweren Schritten. »Hast du eben ›wir‹ gesagt?« fragte er durch das Gemurmel der Männer. »Nein, du bist noch ein Junge. Du bleibst zu Hause!«

Die flaumbedeckten Wangen röteten sich. »Ich bin Manns genug, um für mein Haus kämpfen zu können!« schrie Alawin.

Ulrikas Haltung wurde steif. »*Dein* Haus, du verstreuter Same?« sagte sie grausam.

Das Murmeln erstarb. Männer tauschten unsichere Blicke. Es war kein gutes Omen, zu einer Stunde wie dieser solchen alten Haß loszulassen. Alawins Mutter, Erelieva, war nicht nur eine Buhle Tharasmunds gewesen, sie war zu der einzigen Frau geworden, die er wirklich geliebt hatte, und Ulrika hatte fast offen frohlockt, als jedes Kind, das Erelieva ihm geboren hatte, mit Ausnahme des Erstgeborenen, bald gestorben war. Nachdem der Häuptling selbst diesen Weg gegangen war, hatten Freunde von ihr sie rasch mit einem Freisassen verheiratet, der weit von der Halle entfernt wohnte. Alawin war geblieben, wie es sich für einen Sohn des Herrn gehörte, doch Ulrika versäumte keine Gelegenheit, ihn zu demütigen.

Blicke trafen sich durch Rauch und schattenumspieltes Licht der Feuer. »Ja, *mein* Haus«, rief Alawin, »und

Swanhild ist auch *m-m-meine* Schwester.« Sein Stammeln ließ ihn vor Scham auf die Lippe beißen.

»Ruhig, ruhig!« Hathawulf hob wieder den Arm. »Du hast das Recht dazu und tust wohl daran, es zu fordern. Ja, reite mit uns, wenn der Tag dämmert.« Er blickte Ulrika herausfordernd an. Sie verzog wütend den Mund, sagte jedoch nichts. Jeder glaubte zu erraten, daß sie hoffte, dieser Bengel würde getötet werden.

Hathawulf trat auf die hohe Bank zu, die in der Mitte der Halle stand. Seine Worte klangen laut und deutlich. »Keine Streitereien mehr! Wir wollen heute abend fröhlich sein. Doch zuvor, Anslaug ...« – dies an seine Frau gewandt – »komm und setz dich neben mich, damit wir zusammen den Becher Wodans leeren!«

Füße stampften, Fäuste schlugen auf Holz, Messer wurden wie Fackeln in die Luft gereckt. Und selbst die Frauen schrien mit den Männern: »Heil, heil, heil!«

Die Tür flog auf.

Es war rasch dunkel geworden, da der Herbst vor der Tür stand, so daß der Neuankömmling im Dunkeln stand. Der Wind wehte die Kante seines blauen Umhangs um seine Beine, trieb ein paar welke Blätter herein, pfiff eisig durch den Raum. Die Menschen wandten den Kopf, um zu sehen, wer gekommen war, hielten den Atem an, und solche, die saßen, sprangen rasch auf die Füße. Es war der Wanderer.

Er überragte sie alle und hielt seinen Speer eher wie einen Stab als wie eine Waffe, als ob er kein Eisen brauchte. Ein breitkrempiger Hut beschattete sein Gesicht, doch nicht sein wolfsgraues Haar und den Bart, noch den Blick seiner Augen. Nur wenige der Anwesenden hatten ihn schon einmal gesehen, die meisten waren nicht in der Nähe gewesen, wenn er sich – in großen Abständen – hatte sehen lassen; doch keiner von ihnen fehlte, den Vorvater der Teuring-Häuptlinge zu erkennen.

Ulrika war die erste, die Mut faßte. »Sei gegrüßt, Wanderer, und willkommen«, sagte sie. »Du ehrst unser Heim. Komm, setz dich auf die hohe Bank! Ich werde dir ein Horn Wein bringen.«

»Nein, einen Pokal, einen römischen Pokal, den besten, den wir haben«, sagte Solbern.

Hathawulf kam zur Tür zurück, richtete sich auf und trat vor den Wanderer. »Du weißt, was los ist«, sagte er. »Welche Kunde hast du für uns?«

»Diese«, antwortete der Wanderer. Seine Stimme war tief und klang nicht wie die der Südgoten oder irgendwelcher anderer Stämme, die sie kannten. Die Männer vermuteten, daß seine Muttersprache die Sprache der Götter sei. Diesmal klang sie schwer, als ob Trauer auf ihr laste. »Ihr seid auf Rache aus, Hathawulf und Solbern, und das soll nicht geändert werden; es ist der Wille der Weard. Doch Alawin soll nicht mit euch ziehen.«

Der Junge wich zurück und wurde bleich. Ein Laut, der wie ein kaum unterdrücktes Schluchzen klang, entrang sich seiner Kehle.

Der Blick des Wanderers glitt durch die Halle und blieb auf dem Jungen ruhen. »Es ist notwendig«, fuhr er fort, jedes Wort betonend. »Ich spreche keine Geringschätzung aus, wenn ich dir sage, daß du erst halb erwachsen bist und sicher tapfer, doch sinnlos sterben würdest. Jeder, der ein Mann ist, war zuerst ein Junge. Nein, ich sage dir, daß deine Aufgabe eine andere sein wird, schwerer und außergewöhnlicher als Rache, zum Wohl derer, die von deines Vaters Mutter Jorith stammen ...« – zitterte seine Stimme ein wenig? – »und von mir. Bleib, Alawin! Deine Zeit wird bald kommen.«

»Es ... es soll geschehen ... wie du es befiehlst, Herr«, sagte Hathawulf mit plötzlich trockener Kehle. »Doch was bedeutet das – für die, welche morgen ausziehen?«

Der Wanderer blickte ihn eine Weile schweigend an,

bevor er antwortete: »Das willst du nicht wissen. Ob es gut oder schlecht sei, du willst es nicht wissen.«

Alawin sank auf die Bank, vergrub das Gesicht in den Händen und erschauerte.

»Lebt wohl«, sagte der Wanderer. Sein Umhang wehte um ihn herum, sein Speer drehte sich in die andere Richtung, die Tür fiel zu, und er war fort.

1935

Ich zog mich erst um, als das Fahrzeug mich durch Raum-Zeit gebracht hatte. Dann, in einer Patrouillen-Basis, die als Lagerhaus getarnt war, warf ich die Kleidung des Dnjepr-Tals ab – spätes viertes Jahrhundert – und zog die der Vereinigten Staaten an – Mitte des zwanzigsten Jahrhunderts.

Die Grundmuster, Hemd und Hose für den Mann, Kleider für Frauen, waren die gleichen. Die Unterschiede im Detail waren jedoch unzählbar. Trotz des groben Materials war die gotische Tracht viel bequemer als Jackett und Krawatte. Ich verstaute die Sachen im Gepäckfach meines Hoppers, zusammen mit solchen Dingen wie dem kleinen Gerät, das ich benutzt hatte, um von draußen die Vorgänge in der Halle der Teurings zu belauschen. Da mein Speer nicht hineinpaßte, ließ ich ihn, wo er war, an der Seite der Maschine festgeschnallt. Ich würde nirgendwohin gehen, außer zurück in das Milieu, in das solche Waffen gehörten.

Der Agent vom Dienst war ein Mann Anfang zwanzig – jung nach heutigen Gesichtspunkten; in den meisten vergangenen Zeitaltern wäre er längst ein seßhafter Familienvater –, der ziemlich großen Respekt vor mir zeigte. Zugegeben, mein Status als Angehöriger der Zeitpatrouille war genauso eine technische Spezialität wie der seine. Ich hatte keinen Anteil daran, die raumzeitlichen Bahnen zu überwachen, in Not geratene Zeitreisende zu retten oder sonstige Heldentaten zu vollbringen. Ich war lediglich eine Art Wissenschaftler, ›Scholar‹ würde es vielleicht besser treffen. Ich unternahm jedoch selbständige Reisen, wozu er nicht qualifiziert war.

Er starrte mich an, als ich aus dem Hangar in das nüchterne Büro trat, das angeblich einer Baugesellschaft gehörte, die in dieser Stadt und zu dieser Zeit unsere Tarnung war. »Willkommen daheim, Mr. Farness«, sagte er. »Ah – hat Sie diesmal wohl ziemlich mitgenommen, wie?«

»Woraus schließen Sie das?« fragte ich.

»Ihr Gesichtsausdruck, Sir. Die Art, wie Sie gehen.«

»Ich war nicht in Gefahr«, sagte ich brüsk. Ich wollte nicht darüber sprechen, höchstens mit Laurie, und auch mit ihr vorläufig nicht. Ich ließ ihn stehen und trat auf die Straße hinaus.

Hier war es ebenfalls Herbst, einer dieser frischen, strahlenden Tage, die es in New York oft gab, bevor die Stadt zu einem Alptraum wurde. Das Jahr, in dem ich mich befand, lag ein Jahr vor dem meiner Geburt. Ziegel und Glas strebten hoch und höher empor, in ein Blau, in dem ein paar kleine Wolkenfetzen trieben in einer Brise, die mir ihren kühlen Kuß gab. Autos gab es noch nicht *so* viele, daß sie der Luft mehr als einen leichten Benzinduft verleihen konnten, der geringer war als das Aroma von gerösteten Kastanien auf den Karren, die um die Zeit aus dem Sommerschlaf kamen. Ich ging hinüber zur 5th Avenue und schlenderte stadteinwärts, vorbei an eleganten Läden und an einigen der schönsten Frauen dieser Welt, sowie an Menschen von allen reichen Gegenden dieses Planeten.

Durch den Fußmarsch zu meiner Wohnung hoffte ich einen Teil der inneren Anspannung und der Trauer abbauen zu können. Die Stadt konnte nicht nur stimulieren, sie konnte auch heilen. Dies war, wo Laurie und ich uns zu leben entschlossen hatten, wir, die wir praktisch überall, sei es in der Vergangenheit oder in der Zukunft, wohnen konnten.

Nein, das stimmte nicht ganz. Wie die meisten Paare wollten auch wir ein Nest in einer einigermaßen vertrauten Umwelt, wo wir nicht alles von Grund auf lernen und ständig auf der Hut sein mußten. Die dreißiger Jahre waren eine wunderbare Zeit (wenn man ein weißer Amerikaner war, eine gute Gesundheit besaß und Geld hatte). Die hier nicht vorhandenen Annehmlichkeiten, wie Klimaanlagen, konnten unauffällig installiert werden; man durfte sie nur nicht benutzen, wenn Gäste da waren, die keine Ahnung davon hatten, daß es so etwas wie Zeitreisen gab. Zugegeben, die Roosevelt-Bande war am Ruder, doch die Umwandlung der Republik in ein körperschaftliches Gebilde war noch nicht sehr weit gediehen und hatte keinen Einfluß auf das Privatleben von Laurie und mir. Der absolute Zerfall dieser Gesellschaft würde erst nach der Wahl von 1964 ein rascher und offensichtlicher Prozeß werden.

Im Mittelwesten, wo meine Mutter jetzt mit mir schwanger ging, wären wir gewiß unangenehm aufgefallen. Doch die meisten New Yorker waren tolerant, oder zumindest nicht neugierig. Ein Bart, der mir fast auf die Brust reichte, und schulterlanges Haar, das ich zu einem Zopf flocht, wenn ich hier war, zogen nicht viele Blicke auf sich, höchstens mal den Schrei »Biber!« von kleinen Jungen. Für unseren Hauswirt, unsere Nachbarn und andere Zeitgenossen waren wir ein emeritierter Professor der germanischen Philologie und seine Frau, von denen man gewisse Eigenheiten zu erwarten hatte. Und das war in gewisser Beziehung nicht einmal eine Lüge.

Aus diesem Grund sollte mich mein Fußmarsch ein wenig auflockern, mir die Perspektive zurückgeben, die Agenten der Patrouille brauchen, damit sie von gewissen Dingen, deren Zeuge sie werden, nicht zum Wahnsinn getrieben werden. Wir müssen verstehen, daß das, was Pascal einst sagte, auf alle Menschen im gesamten Raum-Zeit-Bereich zutrifft, uns selbst eingeschlossen: »Der letzte Akt ist tragisch, ganz egal, wie unterhaltend die Komödie der anderen Akte gewesen sein mag. Ein wenig Erde auf unsere Köpfe, und alles ist für immer vorbei.« – Wir müssen es bis tief in unsere Knochen verstehen, damit wir ruhig damit leben können, wenn auch nicht heiter. Genaugenommen kamen meine Goten besser davon, verglichen, zum Beispiel, mit Millionen europäischer Juden und Zigeuner in weniger als zehn Jahren, und Millionen von Russen in diesem Augenblick.

Es hatte keinen Zweck. Sie *waren* meine Goten. Ihre Geister bedrängten mich, bis Straße, Gebäude, Fleisch und Blut das Unwirkliche wurden, der halb erinnerte Traum.

Blindlings hastete ich die Treppen hinauf, zu der Zuflucht, die Laurie mir geben mochte.

Wir hatten eine sehr geräumige Wohnung direkt am Central Park, wo wir an milden Abenden oft spazieren gingen. Der Portier mußte zu jener Zeit nicht auch die Rolle eines bewaffneten Wächters übernehmen. Ich verletzte ihn an diesem Tag, weil ich seinen Gruß nur kurz erwiderte, und erkannte das, als ich im Lift war, doch da war es zu spät. In der Zeit zurückzuspringen und es ungeschehen zu machen, hätte die Erste Direktive der Zeitpatrouille verletzt. Nicht daß etwas so Triviales das Kontinuum bedroht hätte; das ist innerhalb gewisser Grenzen durchaus dehnbar und kann die Auswirkungen von Veränderungen normalerweise rasch abfangen. Es gibt sogar eine interessante metaphysische Frage über das Ausmaß, in dem Zeitreisende die Vergangenheit entdecken, im Vergleich zu dem Ausmaß, in dem sie sie schaffen. Schrödingers

Katze lauert sowohl in der Geschichte als auch in ihrer Kiste. Doch die Patrouille ist da, um zu verhindern, daß Zeitreisen den Plan des Geschehens zunichte machen, der schließlich die danellianischen Übermenschen hervorbringt, die die Patrouille gründeten, als, in ihrer eigenen, lang zurückliegenden Vergangenheit, gewöhnliche Menschen das Zeitreisen entdeckten.

Meine Gedanken hatten sich in dieses vertraute Territorium geflüchtet, während ich in der Liftkabine eingesperrt war. Sie ließen die Geister entfernter erscheinen, ihre Stimmen weniger aufdringlich klingen. Trotzdem: als ich die Tür zu unserer Wohnung öffnete, folgten sie mir hinein.

Der Geruch von Terpentin hing zwischen den Bücherregalen, die die Wände des Wohnzimmers bedeckten. Laurie begann sich hier, im New York der dreißiger Jahre, als Malerin einen Namen zu machen, seit sie nicht mehr die vielbeschäftigte Frau eines Professors war, wie später in unserem Jahrhundert. Als man auch ihr einen Job bei der Patrouille anbot, hatte sie ihn abgelehnt; ihr fehlte die körperliche Kraft, die ein Feldagent – sei er männlich oder weiblich, ein weiblicher aber besonders – besitzen mußte, und Routinearbeiten, wie Büro- oder Archivtätigkeiten, interessierten sie nicht. Sicher, wir hätten dann Urlaubsreisen in sehr exotische Gegenden unternehmen können.

Sie hörte mich hereinkommen und kam aus ihrem Studio gelaufen, um mich zu begrüßen. Ihr Anblick gab meinen Lebensgeistern wieder ein wenig Auftrieb. In ihrem farbverklecksten Kittel, das rote Haar mit einem Tuch zurückgebunden, eilte sie auf mich zu. Sie war noch immer schlank, grazil, hübsch. Die Linien um ihre grünen Augen waren zu fein, als daß man sie hätte bemerken können, bevor sie nahe genug war, um mich zu umarmen.

Unsere hiesigen Bekannten beneideten mich um eine Frau, die nicht nur hübsch war, sondern auch ein gutes Stück jünger als ich. Tatsächlich lagen unsere Geburtstage nur sechs Jahre auseinander. Ich war Mitte vierzig und vorzeitig ergraut gewesen, als ich von der Patrouille angeworben wurde, während sie ihr jugendliches Aussehen beibehalten hatte. Die antithanatische Behandlung, die unsere Organisation ihren Mitgliedern gewährt, kann zwar den Alterungsprozeß aufhalten, nicht aber seine Wirkungen rückgängig machen.

Außerdem hatte sie den größten Teil ihres Lebens in normaler Zeit zugebracht, sechzig Sekunden pro Minute. Als Feldagent ging ich durch Tage, Wochen, manchmal Monate zwischen dem Zeitpunkt, wo ich mich morgens von ihr verabschiedete und meiner Rückkehr zum Abendessen – ein freier Tag, an dem sie ihrer Leidenschaft als Malerin frönen konnte, ohne daß ich sie störte. Mein kumulatives Alter betrug inzwischen fast hundert Jahre.

Manchmal fühlte ich mich wie tausend. Und es zeigte sich.

»Hallo, Carl, Liebling!« Sie drückte ihre Lippen auf meinen Mund. Ich zog sie an mich. Wenn ein Farbklecks an meinen Anzug geriet, was machte das schon? Dann wich sie zurück, nahm meine beiden Hände und blickte mich an und in mich hinein.

Ihre Stimme wurde sehr leise: »Sie hat dir weh getan, diese Reise.«

»Das war mir schon vorher klar«, antwortete ich erschöpft.

»Aber du hast nicht gewußt, wie stark... Warst du lange fort?«

»Nein. Ich werde es dir später erzählen, die Einzelheiten. Ich habe jedoch Glück gehabt. Bin direkt auf einen Schlüsselpunkt gestoßen; habe getan, was ich tun mußte, und bin wieder verschwunden. Ein paar Stunden heimliches Beobachten, ein paar Minuten Aktion, und *finis*.«

»Vielleicht kann man es Glück nennen. Mußt du bald dorthin zurückkehren?«

»In jene Epoche? Ja, sehr bald. Aber vorher möchte ich eine Weile hierbleiben, mich ausruhen, über ... über das hinwegkommen, was, wie ich weiß, geschehen wird ... Kannst du mich eine oder zwei Wochen lang ertragen?«

»Liebling!« Sie schloß mich in die Arme.

»Ich muß ohnehin meine Notizen durcharbeiten«, sagte ich ihr ins Ohr, »aber abends könnten wir ausgehen, zum Essen, ins Theater, uns amüsieren.«

»Oh, ich hoffe, du bist fähig, dich zu amüsieren. Tu nicht nur so, um mir eine Freude zu machen.«

»Später werden die Dinge anders aussehen«, versicherte ich. »Ich werde einfach meine ursprüngliche Aufgabe durchführen, die Geschichten und Lieder aufzeichnen, die sie über diese Geschehnisse machen. Es ist nur ... vorher muß ich durch die Realität gehen.«

»Mußt du das?«

»Ja. Nicht aus wissenschaftlichen Gründen – nein, wahrscheinlich nicht. Aber das sind meine Leute. Wirklich.«

Sie drückte mich fester an sich. Sie wußte.

Was sie nicht wußte, dachte ich mit einem Aufwallen von Schmerz – was ich bei Gott hoffte, daß sie es nicht wußte –, war der Grund, warum ich so an jenen Nachkommen von mir hing. Laurie war nicht eifersüchtig. Sie hat mir nie die Zeit mißgönnt, die Jorith und ich miteinander hatten. Lachend hatte sie erklärt, daß es ihr nichts nähme, während es mir eine Position in der Gesellschaft gäbe, die ich studierte, eine Arbeit, die in den Annalen meines Berufs wahrscheinlich einmalig war. Später hatte sie alles getan, um mich zu trösten.

Was ich ihr nicht sagen konnte, war, daß Jorith nicht nur ein enger Freund war, rein zufällig ein Freund weiblichen Geschlechts. Ich konnte ihr nicht sagen, daß ich eine Frau, die nun seit sechzehnhundert Jahren

Staub war, so sehr geliebt habe, wie ich sie liebte, noch immer liebe und immer lieben werde.

300

Das Haus von Winnithar, dem Wisentjäger, stand auf dem Steilufer über der Weser. Es war ein kleines Dorf: ein halbes Dutzend Häuser drängten sich um ein Versammlungshaus, mit Scheunen, Schuppen, Küche, Schmiede, Brauerei und anderen Werkstätten in der Nähe, denn seine Familie lebte seit langer Zeit hier und war groß geworden unter den Teurings. Westwärts erstreckten sich Wiesen und bestellte Felder. Im Osten, am anderen Ufer des Flusses, war noch Wildnis, obwohl vielerorts von kleinen Siedlungen durchbrochen, da der Stamm rasch größer wurde.

Vielleicht hätten sie inzwischen die Wälder völlig gerodet, wenn nicht mehr und mehr Sippen fortgezogen wären. Dies war eine Zeit der Unruhe. Es waren nicht nur plündernde Kriegshorden unterwegs, sondern ganze Völker verließen ihre Siedlungsräume und bekämpften einander, wenn sie aufeinanderstießen. Gerüchte verbreiteten sich, daß auch die Römer einander an die Kehle gingen und daß die Macht, die ihre Vorväter errichtet hatten, zusammenbrach. Bis jetzt hatten die Völker des Nordens noch nichts Kühneres versucht, als gelegentliche Raubzüge in die Grenzgebiete des Imperiums zu unternehmen. Doch die Länder jenseits dieser Grenzen, warm, reich, kaum von ihren Bewohnern verteidigt, winkten so manchem Goten verlockend zu, sich dort eine neue Heimat zu schaffen.

Winnithar blieb, wo er war. Das zwang ihn jedoch, genausoviel Zeit mit Kampf zuzubringen – besonders gegen Vandalen, obwohl manchmal auch gegen andere gotische Stämme, Greutungen oder Taifalen – wie bei der Landbestellung. Und als seine Söhne sich dem Mannesalter näherten, begannen sie, sich nach einem anderen Stück der Erde zu sehnen.

So standen die Dinge, als Karl eintraf.
Er kam im Winter, als kaum jemand reiste. Unter diesen Umständen hießen die Männer Fremde besonders willkommen, da sie die Eintönigkeit ihres Lebens unterbrachen. Anfangs, als sie ihn in einer Entfernung von einer Meile entdeckten, hielten sie ihn für einen Landstreicher, da er allein reiste, und zu Fuß. Sie wußten aber, daß ihr Häuptling ihn zu sehen wünschte.

Er kam näher, schritt leichtfüßig über die gefrorenen Rinnen in der Straße, und benutzte seinen Speer als Stab. Sein blauer Umhang war der einzige Farbfleck in dieser Landschaft schneebedeckter Felder, kahler Bäume, grauer Wolken. Hunde bellten und knurrten ihn an; er zeigte keinerlei Angst, und später begriffen die Menschen, daß er jeden totgeschlagen hätte, der es gewagt hätte, ihn anzugreifen. Sie riefen die Hunde zurück und begrüßten den Fremden mit plötzlichem Respekt – denn sie sahen, daß seine Kleider von feinstem Material und von der Reise nicht im geringsten beschmutzt waren, während er ehrfurchtgebietend wirkte. Er war größer als die größten von ihnen, hager, doch sehnig, ein Graubart, so geschmeidig wie ein Junge. Was mochten seine hellen Augen schon alles gesehen haben?

Ein Krieger trat auf ihn zu, um ihn zu begrüßen. »Ich heiße Karl«, sagte er, als man ihn nach seinem Namen fragte, sonst nichts. »Ich würde gerne bei euch für eine Zeitlang bleiben.« Die gotischen Worte kamen flüssig, doch ihr Klang, und manchmal auch ihre Reihenfolge oder ihre Endungen, gehörten nicht zu einem Dialekt, der den Teurings bekannt war.

Winnithar war in seiner Halle geblieben. Es wäre unwürdig gewesen, einen namenlosen Fremden anzustarren. Als Karl hereintrat, sagte Winnithar von seiner hohen Bank: »Sei willkommen, wenn du in Frieden und Aufrichtigkeit kommst. Möge Vater Tiwaz dich schützen, und Mutter Frija dich segnen« – wie es dem uralten Brauch seines Hauses entsprach.

»Meinen Dank«, antwortete Karl. »Das war eine freundliche Rede für einen Mann, den du für einen Bettler halten könntest. Doch das bin ich nicht, und ich hoffe, daß diese Gabe dein Wohlwollen finden wird.« Er griff in den Beutel, der an seinem Gürtel hing, und zog einen Armreif heraus, den er Winnithar überreichte. Die Männer, die sich um sie drängten, stießen erregt die Luft zwischen den Zähnen hervor, denn der Reif war schwer, aus reinem Gold, reich graviert und mit Edelsteinen besetzt.

Der Gastgeber konnte seine Erregung kaum unterdrücken. »Das ist eine Gabe, die eines Königs würdig ist. Teile meine Bank mit mir, Karl.« Das war der Ehrenplatz. »Bleib bei uns, solange es dir gefällt!« Er klatschte in die Hände. »Ho!« rief er. »Bringt Met für unseren Gast und für mich, damit wir auf seine Gesundheit trinken können!« Und zu den Burschen, Mägden und Kindern, die herumwimmelten: »Zurück an eure Arbeit, ihr! Wir können alles hören, was er uns zu erzählen beliebt, wenn das Abendessen vorbei ist. Jetzt ist er sicher ermüdet.«

Widerwillig gehorchten sie. »Warum sagtest du das?« fragte Karl.

»Der nächste Hof, in dem du die letzte Nacht verbracht haben könntest, liegt einen langen Fußmarsch von dieser Halle entfernt«, antwortete Winnithar.

»Ich war in keinem«, sagte Karl.

»Wie?«

»Das könntest du sehr leicht herausfinden. Ich möchte nicht, daß du mich für einen Lügner hältst.«

»Aber ...« Winnithar starrte ihn an, zupfte an seinem Schnurrbart und sagte langsam: »Du stammst nicht aus dieser Gegend – ja, du mußt von weit her gekommen sein. Und doch ist deine Kleidung rein, obwohl du keine andere bei dir hast, und auch keine Nahrung oder anderes, das ein Reisender mit sich führen sollte. Wer bist du, von wo kommst du ... und wie?«

Karls Ton war noch immer milde, doch jene, die zuhörten, spürten, daß Härte unter ihm lag. »Es gibt Dinge, über die ich nicht reden darf. Ich gebe dir meinen Eid – möge Donars Blitz mich treffen, wenn er falsch ist! –, daß ich kein Gesetzloser bin, noch ein Feind deiner Sippe, noch einer, dessen du dich schämen müßtest, unter deinem Dach zu haben.«

»Wenn deine Ehre es gebietet, daß du gewisse Geheimnisse in deinem Herzen bewahrst, so werde ich dich nicht bedrängen«, sagte Winnithar. »Doch du wirst verstehen, daß ich mich frage ...« Seine Erleichterung war klar zu erkennen, als der Met gebracht wurde und er den Satz unvollendet lassen konnte. »Ah, hier kommt der Met. Es ist meine Frau Salvalindis, die dir dein Horn reicht, wie es einem hochgestellten Gast zukommt.«

Karl begrüßte sie höflich, doch sein Blick glitt zu dem Mädchen, das ihr folgte und Winnithar bediente. Sie war gut gewachsen und bewegte sich wie ein Reh; ungebundenes Haar umrahmte golden ein fein geschnittenes Gesicht, scheu lächelnde Lippen, die Augen groß und von der Farbe des Sommerhimmels.

Salvalindis bemerkte seinen Blick. »Dies ist unser ältestes Kind«, sagte sie zu Karl, »unsere Tochter Jorith.«

1980

Nach der Grundausbildung an der Patrouillenakademie war ich zu Laurie zurückgekehrt, an demselben Tag, an dem ich sie verlassen hatte. Ich brauchte einige

Zeit, um mich auszuruhen und mich wieder einzugewöhnen. Es war irgendwie ein Schock, mich, aus der Periode des Oligozän kommend, an eine pennsylvanische Universitätsstadt zu gewöhnen. Außerdem mußten wir auch unsere bürgerlichen Angelegenheiten in Ordnung bringen. Was mich betraf, so würde ich das akademische Jahr zu Ende bringen und dann in den Ruhestand treten, ›um einen besser bezahlten Posten im Ausland anzunehmen‹. Laurie kümmerte sich um den Verkauf des Hauses und der Sachen, die wir nicht behalten wollten – ganz egal, wo immer und wann immer wir unser neues Heim begründen würden.

Es tat uns weh, von langjährigen Freunden Abschied nehmen zu müssen. Wir versprachen, wieder mal vorbeizukommen, und wußten doch, daß diese Besuche verdammt selten sein und irgendwann ganz aufhören würden. Die erforderlichen Lügen wären eine zu große Belastung. Schließlich deuteten wir vage an, daß mein neuer Job eine Tarnbeschäftigung für den CIA sei.

Aber wir konnten uns nicht beschweren. Man hatte mich von Anfang an darauf hingewiesen, daß das Leben eines Agenten der Patrouille aus einer Serie von Abschieden bestand. Ich mußte noch immer lernen, was das wirklich bedeutete.

Wir waren noch immer dabei, unseren Abschied von New York vorzubereiten, als ich einen Anruf bekam. »Professor Farness? Hier ist Manse Everard, Ungebundener Agent. Ich würde mich gerne mal mit Ihnen unterhalten. Sagen wir – an diesem Wochenende?«

Mein Herz setzte einen Schlag lang aus. Ungebunden ist so ziemlich die höchste Rangstufe, die man in der Organisation erreichen kann, im Lauf der Jahrmillionen, die sie überwacht, und solche Menschen sind sehr selten. Normalerweise arbeitet ein Angehöriger der Organisation, selbst wenn er Polizist ist, in einem einzigen Milieu, damit er es gründlich kennenlernt, und als Teil eines engen Teams. Die Ungebundenen hingegen können überall hingehen, wie es ihnen gefällt, und praktisch alles tun, was ihnen notwendig erscheint, allein ihrem Gewissen, den ihnen Gleichgestellten und den Danellianern verantwortlich.

»O ja, natürlich, Sir«, antwortete ich sofort. »Samstag wäre bestens. Mögen Sie zu uns kommen? Ich kann Ihnen ein gutes Abendessen garantieren.«

»Danke, aber ich würde es vorziehen, wenn wir uns in meiner Bude treffen würden – das erste Mal zumindest. Habe meine Akten und das Computerterminal und all das hier. Kümmern Sie sich nicht um Flugtermine. Suchen Sie sich nur einen Ort – zum Beispiel in Ihrem Keller – wo niemand Sie beobachten kann. Man hat Ihnen doch sicher einen Richtungsdetektor gegeben, nicht wahr? – Okay, lesen Sie die Koordinaten ab und rufen Sie zurück. Ich hole Sie mit meinem Hopper ab.«

Später stellte ich fest, daß das für ihn charakteristisch war. Riesig von Gestalt, mit harten Gesichtszügen, mit mehr Macht, als Cäsar oder Dschingis Khan jemals zu erträumen gewagt hätten, war er doch so lässig wie ein bequemer Schuh.

Ich saß auf dem Sattel hinter ihm, als wir durch den Raum und nicht durch die Zeit zu der derzeitigen Patrouillenbasis von New York City flogen. Von dort aus gingen wir zu Fuß zu seiner Wohnung. Er mochte Schmutz, Unordnung und Gefahr genausowenig wie ich. Doch hatte er das Gefühl, ein *pied-à-terre* im zwanzigsten Jahrhundert zu brauchen und hatte sich an seine Wohnung gewöhnt, bevor der Verfall der Stadt zu weit fortgeschritten war.

»Ich bin 1924 in Ihrem Staat geboren«, erklärte er mir. »Bin mit dreißig Jahren zur Patrouille gestoßen. Das ist der Grund dafür, daß ich mich dafür entschied, selbst der zu sein, der mit Ihnen spricht. Wir kommen so ziemlich aus demselben Milieu, also sollten wir einander verstehen.«

Ich nahm einen Schluck von dem Whisky-Soda, den er uns eingeschenkt hatte, und lächelte vorsichtig. »Da bin ich nicht zu sicher, Sir. Habe einiges über Sie gehört. Sie scheinen ein ziemlich abenteuerliches Leben geführt zu haben, schon bevor Sie zur Patrouille stießen. Und auch später. – Ich dagegen bin ein ruhiger Schreibtischtyp.«

»Nicht wirklich.« Everard warf einen Blick auf einen Papierbogen, den er in der Hand hielt. Seine linke Hand lag um den Kopf einer alten Briar-Pfeife. »Wir wollen meine Erinnerungen auffrischen, ja? Während Ihrer Dienstzeit in der Armee haben Sie keinen Kampfeinsatz erlebt, doch das lag allein daran, daß diese zwei Jahre in eine Periode fielen, die wir lächerlicherweise ›Friedenszeit‹ nennen. Sie sind jedoch ein ausgezeichneter Schütze gewesen. Sie waren von jeher ein Sportsmann: Bergsteigen, Skilauf, Segeln, Schwimmen. Im College haben Sie Football gespielt und sich trotz ihres schlanken Körpers einen Namen gemacht. Nach dem Studium haben Sie Fechten und Bogenschießen aufgenommen. Sie sind viel gereist, und nicht immer in erschlossenen und sicheren Gegenden. Ja, ich würde Ihr Leben abenteuerlich genug für unsere Zwecke nennen. Vielleicht sogar eine Spur zu abenteuerlich. Das ist der Punkt, über den ich mit Ihnen reden möchte.«

Ein wenig verlegen sah ich mich noch einmal im Raum um. In einem hohen Stockwerk gelegen, war es eine Oase der Ruhe und Sauberkeit. Bücherregale bedeckten die Wände, bis auf die Stellen, an denen drei ausgezeichnete Bilder und zwei Speere der Bronzezeit hingen. Ansonsten war das einzige auffallende Erinnerungsstück ein Teppich aus Eisbärfellen, der, wie Everard versicherte, aus dem Grönland des zehnten Jahrhunderts stammte.

»Sie sind seit dreiundzwanzig Jahren mit derselben Frau verheiratet«, fuhr er fort. »Das deutet dieser Tage auf einen zuverlässigen Charakter hin.«

Kein Anzeichen von besonderer Zuneigung fürs andere Geschlecht. Aber er mochte natürlich eine Frau, oder Frauen, anderswo haben.

»Keine Kinder«, sagte Everard. »Hm ... das geht mich natürlich nichts an, aber Sie wissen sicher, daß unsere Ärzte jede Ursache von Unfruchtbarkeit beheben können, nicht wahr?«

»Danke«, sagte ich. »Eileiter. – Ja, Laurie und ich haben darüber gesprochen. Vielleicht werden wir irgendwann die Möglichkeit benutzen. Wir halten es jedoch nicht für gut, Elternschaft und meine neue Karriere gleichzeitig zu beginnen.« Ich zwang mich zu einem Lachen. »Falls Gleichzeitigkeit für einen Patrouillenmann irgendeine Bedeutung haben sollte.«

»Eine sehr verantwortungsvolle Einstellung. Das gefällt mir.« Everard nickte.

»Wozu diese Rekapitulation, Sir?« fragte ich. »Ich bin nicht allein auf die Empfehlung von Herbert Ganz hin eingestellt worden. Ihre Leute haben mich durch eine ganze Serie von Zukunfts-Psychologietests geschickt, bevor sie mir sagten, um was es ging.«

Sie hatten es ein wissenschaftliches Reihenexperiment genannt. Ich hatte mich dazu bereit erklärt, weil Ganz mich darum bat, als Gefallen für einen seiner Freunde. Es war nicht seine Fachrichtung. Er arbeitete auf dem Gebiet der germanischen Sprachen und Literatur, genau wie ich. Wir hatten uns während eines Symposiums kennengelernt, waren Zechfreunde geworden und hatten seither laufend miteinander korrespondiert. Er bewunderte meine Arbeiten über *Deor* und *Widsith*, ich bewunderte die seine über die gotische Bibel.

Natürlich wußte ich damals noch nicht, daß es seine Arbeit war. Sie war 1853 in Berlin veröffentlicht worden. Wenig später war er von der Patrouille angeworben worden und kam schließlich unter einem anderen Namen zeitauf, um neue Talente für sein Unternehmen zu suchen.

Everard lehnte sich zurück. Über seine Pfeife hinweg blickte er mich prüfend an. »Okay«, sagte er. »Die Maschinen haben festgestellt, daß Sie und Ihre Frau vertrauenswürdig sind und die Wahrheit lieben. Was sie nicht messen konnten, ist Ihre Eignung für den Job, für den Sie vorgesehen sind. Entschuldigen Sie, das sollte keine Beleidigung sein. Niemand ist ein Genie auf allen Gebieten, und diese Aufträge können hart, einsam und delikat sein.« Er machte eine Pause. »Ja, delikat. Die Goten mögen Barbaren sein, doch das heißt nicht, daß sie dumm sind, oder daß man sie nicht genauso schwer verletzen kann wie Sie oder mich.«

»Ich verstehe«, sagte ich. »Aber hören Sie, dazu brauchen Sie doch nichts weiter zu tun, als meine Berichte zu lesen, die ich in meiner Zukunft geschrieben haben werde. Wenn die ersten Reports zeigen, daß ich der Sache nicht gewachsen bin, sagen Sie mir einfach, ich solle zu Hause bleiben und meine Forschungen auf Bücher beschränken. Die Organisation braucht die schließlich auch, nicht wahr?«

Everard seufzte. »Ich habe nachgefragt, und man hat mir gesagt, daß Ihre Leistungen zufriedenstellend waren – sein werden – gewesen sein werden. Doch das ist nicht genug. Sie können das nicht einsehen, weil Sie nicht selbst erfahren haben, wie überlastet die Patrouille ist, wie überaus dünn wir über die Geschichte verteilt sind. Wir können nicht jede Kleinigkeit überwachen, die ein Feldagent tut. Und das trifft besonders auf jene zu, die nicht von der Eingrifftruppe sind wie ich, sondern Wissenschaftler wie Sie, die ein Milieu erforschen, über das es kaum Chroniken gibt, oder überhaupt keine.« Er nahm einen Schluck aus seinem Glas. »Das ist schließlich der Grund dafür. Damit sie eine etwas bessere Vorstellung davon bekommt, was, zum Teufel, die Geschehnisse *sind*, deren Veränderung durch unvorsichtige Zeitreisende sie verhindern soll.«

»Würde das in einer derartig obskuren Situation einen spürbaren Einfluß haben?«

»Möglicherweise. In absehbarer Zeit spielen die Goten eine wichtige Rolle, nicht wahr? Wer kann sagen, was ein früheres Geschehnis – ein Sieg oder eine Niederlage, eine Rettung oder ein Tod, ob ein bestimmter Mensch geboren wird oder nicht – wer weiß, welchen Einfluß das haben kann, wenn sich seine Resultate durch die Generationen fortpflanzen?«

»Aber ich bin doch überhaupt nicht mit wirklichem Geschehen befaßt, höchstens indirekt«, widersprach ich. »Meine Arbeit besteht darin, bei der Auffindung verlorengegangener Geschichten und Gedichte mitzuhelfen und festzustellen, wie sie entstanden sind und wie sie spätere Arbeiten beeinflußt haben.«

Everard grinste. »Ja, ich weiß. Ganz großes Projekt. Die Patrouille hat es übernommen, weil es einen Öffnungskeil darstellt, den einzigen, den wir gefunden haben, um die Geschichte jenes Milieus aufzeichnen zu können.«

Er trank sein Glas aus und stand auf. »Wie wäre es mit einem zweiten?« fragte er. »Und dann gehen wir essen. Vorher aber müssen Sie mir genau erklären, was das für ein Projekt ist.«

»Aber Sie müssen doch mit Herbert gesprochen haben – mit Professor Ganz«, sagte ich erstaunt. »Ah – ja, bitte. Ich hätte gerne noch einen zweiten Drink.«

»Klar«, sagte Everard, während er die Gläser neu füllte. »Das Auffinden germanischer Literatur des Dunklen Zeitalters, falls ›Literatur‹ der richtige Ausdruck ist für Geschichten, die ursprünglich in einer analphabetischen Gesellschaft von Mund zu Mund weitergegeben wurden. Nur winzige Bruchteile davon sind zu Papier gebracht worden und haben überlebt, und die Wissenschaftler können sich nicht darüber einigen, wie verzerrt diese Aufzeichnungen sind. Ganz hat über die Nibelungensage gearbeitet. Was ich nicht ganz verstehe, ist, wie Sie da hineinpassen. Sie wollen doch ohne Begleitung im Osteuropa des vierten Jahrhunderts herumschnüffeln.«

Seine lässige Art trug mehr als sein Whisky dazu bei, mich zu entkrampfen. »Ich hoffe, ihren ermanarikschen Teil auszugraben«, sagte ich ihm. »Er ist nicht wirklich integral, doch hat es da eine Verbindung gegeben, und außerdem ist er für sich interessant.«

»Ermanarik? Wer ist das?« Everard reichte mir mein Glas und setzte sich, um zuzuhören.

»Vielleicht sollte ich ein wenig zurückgreifen«, sagte ich. »Wieviel wissen Sie von dem Nibelungen-Volsungen-Zyklus?«

»Nun, ich habe Wagners *Ring* gelesen. Und als ich einmal einen Auftrag in Skandinavien durchzuführen hatte, gegen Ende der Wikinger-Periode, hörte ich eine Geschichte über Sigurd, der den Drachen tötete und die Walküre weckte und danach alles durcheinanderbrachte.«

»Das ist nur ein Bruchteil der Geschichte, Sir.«

»Manse reicht völlig, Carl.«

»Oh ... ah ... danke. Ich fühle mich geehrt.« Dann fuhr ich in meinem besten Vorlesungsstil fort: »Die isländische *Volsungensaga* ist später niedergeschrieben worden als das deutsche *Nibelungenlied*, stellt jedoch eine ältere, primitivere und längere Version der Geschichte dar. Die ältere und die jüngere *Edda* enthält auch einiges davon. Das sind die Hauptquellen, die von Wagner benutzt wurden.

Sie mögen sich erinnern, daß Sigurd, der Volsunge, durch eine List dazu gebracht wurde, Gudrun, die Gjukinge, zu heiraten, anstelle von Brynhild, die Walküre, was zur Eifersucht zwischen den beiden Frauen führte, und schließlich zu seinem Tod. In Deutschland werden diese Personen Siegfried, Kriemhild von Burgund und Brunhild von Isenstein genannt, und die heidnischen Götter treten nicht auf. Doch das spielt hier keine Rolle. Nach diesen beiden Geschichten heiratet Gudrun, oder Kriemhild, später einen König namens Atli, oder Etzel, der kein anderer ist als Attila, der Hunne.

Von hier an gehen die beiden Versionen in verschiedene Richtungen. Im *Nibelungenlied* lockt Kriemhild ihre Brüder an Etzels Hof, läßt sie überfallen und töten, aus Rache für deren Mord an Siegfried. Theoderich der Große, der Ostrogote, der Italien eroberte, tritt als Dietrich von Bern in diese Episode ein, obwohl historisch erwiesen ist, daß er eine Generation später lebte als Attila. Einer seiner Gefolgsleute, Hildebrand, ist so entsetzt über Kriemhilds Verrat und ihre Grausamkeit, daß er sie erschlägt. Hildebrand hat übrigens seine eigenständige Legende, in einer Ballade, deren Gesamttext Ganz finden will, zusammen mit von ihr abgeleiteten Arbeiten. Erkennen Sie, was für ein Nest von Anachronismen dies ist?«

»Attila der Hunne, wie?« murmelt Everard. »Kein sehr netter Mensch. Doch er lebte im fünften Jahrhundert, als solche Typen in ganz Europa auf dem Gipfel ihrer Macht standen. Sie gehen ins vierte.«

»Richtig. Lassen Sie mich Ihnen auch die isländische Legende erzählen. Atli lockt Gudruns Brüder an seinen Hof, weil er das Rheingold haben will. Sie versucht, sie zu warnen, doch sie kommen trotzdem. Als sie sich weigern, Atli den Schatz auszuliefern oder ihm zu sagen, wo er ist, läßt er sie töten. Gudrun rächt sich dafür. Sie schlachtet die Söhne ab, die sie ihm geboren hat, und setzt sie ihm als Essen vor. Später ersticht sie ihn im Schlaf, setzt seine Halle in Brand und verläßt das Land der Hunnen. Sie nimmt Svanhild mit sich, ihre Tochter von Sigurd.«

Everard runzelte die Stirn. Es war nicht leicht, diese Typen auseinanderzuhalten.

»Gudrun kam ins Land der Goten«, sagte ich. »Dort

heiratete sie noch einmal und gebar zwei Söhne, Hamther und Sorli. Der König der Goten wird in der Sage Jormunrek genannt, und auch in den Versen der *Edda*, doch besteht kein Zweifel darüber, daß er Ermanarik ist, eine wirkliche, wenn auch schattenhafte Gestalt des mittleren und späten vierten Jahrhunderts. Die Historiker sind sich nicht sicher, ob er Svanhild geheiratet und sie fälschlich der Untreue beschuldigt hat, oder ob sie einen anderen Mann heiratete, den der König eines Komplotts gegen ihn überführte und erhängen ließ. Fest steht auf jeden Fall, daß er die arme Svanhild von Pferden zu Tode trampeln ließ.

Zu dieser Zeit waren Gudruns Söhne, Hamther und Sorli, junge Männer. Sie stachelte sie an, Jormunrek aus Rache für Svanhild zu töten. Unterwegs stießen sie auf ihren Halbbruder Erp, der anbot, sie zu begleiten. Sie erschlugen ihn. Über die Gründe machen die Manuskripte nur vage Angaben. Ich vermute, daß er das Kind seines Vaters von einer Konkubine war und böses Blut zwischen ihnen und ihm herrschte.

Sie zogen weiter zu Jormunreks Halle und unternahmen einen Angriff. Sie waren nur zu zweit, doch unverwundbar durch Stahl, also erschlugen sie alles rechts und links, erreichten den König und verwundeten ihn schwer. Doch bevor sie ihn töten konnten, entfuhr es Hamther, daß nur Steine sie töten könnten. Oder, nach der Saga, erschien plötzlich Odin in Gestalt eines alten, einäugigen Mannes und verriet dieses Geheimnis. Jormunrek rief seinen überlebenden Kriegern zu, die Brüder zu steinigen, und auf diese Weise starben sie. Hier endet die Saga.«

»Ziemlich scheußlich, wie?« sagte Everard. Er dachte eine Weile nach. »Aber mir scheint, daß die ganze letzte Episode – Gudrun im Land der Goten – auf eine viel spätere Zeit fixiert werden muß. Die Anachronismen sind hier wirklich sagenhaft.«

»Natürlich«, stimmte ich zu. »Das findet man häufig

bei Volkslegenden. Eine bedeutende Geschichte zieht andere, weniger bedeutende an und verarbeitet sie. Selbst Kleinigkeiten. Zum Beispiel war es nicht W. C. Fields, der sagte, daß ein Mann, der Kinder und Hunde haßt, nicht ganz schlecht sein kann. Es war aber jemand anders, ich habe vergessen, wer, als er Fields bei einem Bankett vorstellte.«

Everard lachte. »Sagen Sie bloß nicht, daß die Patrouille auch die Geschichte Hollywoods überwachen sollte!« Er wurde wieder ernst. »Aber wenn diese kleine Geschichte nicht zum Nibelungenkanon gehört, warum wollen Sie sie dann erforschen? Warum will Ganz, daß Sie es tun?«

»Nun, sie ist nach Skandinavien gelangt, wo sie ein paar recht gute Gedichte inspiriert hat – falls diese nicht nur Umarbeitungen von früheren sein sollten – und weisen Verbindungen zur *Volsungen*-Saga auf. Diese Verbindungen, die ganze Entwicklung interessiert uns. Außerdem wird Ermanarik auch an anderer Stelle erwähnt – in gewissen altenglischen Balladen, zum Beispiel. Also muß er in einer ganzen Reihe von Legenden und bardischen Werken, die inzwischen in Vergessenheit geraten sind, eine Rolle gespielt haben. Er *war* mächtig zu seiner Zeit, obwohl anscheinend kein sehr netter Mensch. Der verlorengegangene Ermanarik-Zyklus könnte sehr wohl so wichtig und brillant sein, wie irgend etwas, das vom Westen und vom Norden auf uns überkommen ist. Er könnte die germanische Literatur auf vielerlei unvermutete Weisen beeinflußt haben.«

»Haben Sie vor, direkt an seinen Hof zu gehen? Das möchte ich Ihnen nicht raten, Carl. Zu viele Feldagenten werden getötet, weil sie leichtsinnig werden.«

»O nein. Es ist etwas Schreckliches passiert, aus dem Geschichten entstanden, die sich weit verbreiteten und sogar in historische Chroniken gelangten. Ich glaube, daß ich den Zeitpunkt, zu dem es geschah, auf eine

Spanne von zehn Jahren festlegen kann. Ich habe jedoch vor, mich mit dem ganzen Milieu gründlich vertraut zu machen, bevor ich mich in diese Episode begebe.«

»Gut. Was ist Ihr Plan?«

»Ich werde einen elektronischen Pauklehrgang der gotischen Sprache nehmen. Ich kann sie bereits lesen, doch ich will sie absolut flüssig sprechen, obwohl mein Akzent seltsam sein wird. Ich möchte außerdem einen Kurs über das wenige, was über Bräuche, Glauben und so weiter bekannt ist, machen. Das dürfte nicht viel sein. Die Ostrogoten bewegten sich, im Gegensatz zu den Visigoten, immer an der äußersten Grenze römischer Interessen. Natürlich haben sie sich stark verändert, bevor sie westwärts zogen.

Also werde ich ein gutes Stück zeitab von meinen Zieldaten beginnen; ich denke, ein wenig grob geschätzt, an das Jahr 300. Ich werde die Bekanntschaft dieser Menschen suchen. Als nächstes werde ich in bestimmten Abständen zurückkehren, um zu sehen, was sich während meiner Abwesenheit ereignet hat. Kurz gesagt: Ich werde die Ereignisse verfolgen, wenn sich die Dinge auf ein Ereignis zuentwickeln. Wenn es schließlich eintritt, wird es mich nicht überraschend und unvorbereitet treffen. In der letzten Phase werde ich hier und dort, von Zeit zu Zeit, auftauchen und den Dichtern und Geschichtenerzählern zuhören und ihre Worte mit einem versteckten Recorder aufzeichnen.«

Everard runzelte die Stirn. »Hmmm – so ein Vorgehen ... Aber über die möglichen Komplikationen können wir ja noch sprechen. Sie werden also auch geographisch weit herumkommen, nicht wahr?«

»Ja. Nach dem, was von ihrer Tradition vom Römischen Imperium festgehalten wurde, stammen die Goten aus dem Land, das heute Mittelschweden ist. Ich glaube jedoch nicht, daß ein so großes Volk aus einem so beschränkten Gebiet gekommen sein kann, selbst wenn man das natürliche Wachstum in Rechnung stellt, doch könnte es die Organisation und die Führer gestellt haben, wie es die Skandinavier im neunten Jahrhundert für das entstehende Rußland getan haben.

Ich möchte sagen, daß der größte Teil der Goten ursprünglich das südliche Küstengebiet der Ostsee besiedelte. Sie waren die östlichste Gruppe der germanischen Volksstämme. Nicht daß sie eine geeinte Nation gewesen wären. Zu der Zeit, als sie Westeuropa erreichten, waren sie geteilt in die Ostrogoten, die Italien übernahmen, und die Visigoten, die die Iberische Halbinsel besetzten. Sie haben diesen Regionen übrigens recht gute Regierungen gegeben, die besten Regierungen, die sie seit langer Zeit hatten. Schließlich wurden die Eroberer ihrerseits besiegt und gingen in der breiten Bevölkerung unter.«

»Aber zuvor?«

»Die Historiker machen nur unklare Angaben über die Volksstämme. Um die Wende vom dritten zum vierten Jahrhundert waren Goten fest entlang der Weichsel etabliert, in einem Gebiet, das heute zu Polen gehört. Vor dem Ende jenes Jahrhunderts siedelten die Ostrogoten in der Ukraine, und die Visigoten ein Stück nördlich der Donau, an den Grenzen des Römischen Imperiums. Eine große Völkerwanderung, die sich anscheinend über mehrere Generationen hinzog, bei der sie schließlich den Norden ganz verlassen haben. In den Raum stießen dann slawische Stämme vor. Ermanarik war Ostrogote, also ist das der Zweig, dem ich folgen will.«

»Sehr ehrgeizig«, sagte Everard zweifelnd. »Und Sie sind ein Neuling.«

»Ich werde während meiner Arbeit Erfahrungen sammeln. Sie haben selbst zugegeben, daß die Patrouille nicht genügend Leute hat. Außerdem werde ich dabei die geschichtlichen Fakten sammeln, die Sie haben wollen.«

Er lächelte. »Das sollten Sie auch.« Er stand auf. »Kommen Sie, trinken Sie aus, und dann wollen wir essen gehen! Wir müssen uns vorher umziehen, doch es ist der Mühe wert. Ich kenne einen Saloon, um 1890, wo man ein wunderbares, freies Mittagessen bekommt.«

300–302

Der Winter senkte sich auf das Land und zog sich dann langsam, mit Schüben von Wind, Schnee und eisigem Regen wieder zurück. Für jene, die in dem kleinen Dorf am Flußufer wohnten, und bald auch für ihre Nachbarn, war die Düsterkeit des Winters in diesem Jahr nicht so schwer. Karl weilte unter ihnen.

Anfangs rief das Geheimnis, das ihn umgab, in vielen von ihnen Furcht hervor; doch sie erkannten bald, daß er weder Böses im Schilde führte noch Unglück brachte. Die Ehrfurcht vor ihm jedoch blieb. Sie wurde sogar noch stärker. Gleich zu Anfang hatte Winnithar gesagt, daß es eines solchen Gastes unwürdig sei, wie ein gewöhnlicher Lehnsmann auf einer Bank zu schlafen, und man solle ihm ein Bett überlassen. Er bot Karl eine Sklavin an, die ihm das Bett wärmen sollte, doch der Fremde wies das Angebot auf eine überaus höfliche Weise zurück. Er aß und trank wie jeder andere Mensch, und er badete und suchte die Latrine auf. Doch wurde geflüstert, daß diese Dinge für ihn nicht vonnöten seien, und er alles nur tue, um zu zeigen, daß er auch ein Sterblicher sei.

Karl war höflich und freundlich, wenn auch auf eine etwas distanzierte Art. Er konnte lachen, einen Witz erzählen, eine lustige Geschichte zum besten geben. Er machte Ausflüge zu Fuß oder zu Pferd, allein oder in Gesellschaft anderer, zur Jagd, oder um einen der benachbarten Freisassen zu besuchen, oder um dabei zu sein, wenn sie den Ansen Opfergaben darbrachten, und bei dem Fest, das sich daran anschloß. Er nahm an Wettkämpfen teil, wie Bogenschießen und Ringen, bis klar wurde, daß niemand ihn besiegen konnte. Wenn er beim Knöchelwerfen oder bei Brettspielen nicht immer gewann, war man überzeugt, daß er nur hin und wieder verlor, damit die Menschen sich nicht vor seiner Zauberkraft ängstigten. Er sprach mit jedermann, von Winnithar bis zum niedrigsten Sklaven und dem kleinsten Kind und hörte immer aufmerksam zu; in der Tat, er fragte sie oft geradezu aus und war freundlich zu Sklaven und Tieren.

Doch was sein eigenes Leben, sein eigenes Denken anging, so blieb das verborgen.

Das soll nicht heißen, daß er still und verschlossen herumsaß. Nein, Worte und Lieder quollen aus ihm hervor, wie sie es noch bei keinem anderen Menschen erlebt hatten. Immer darauf aus, Lieder zu hören, Balladen, Geschichten, Legenden, alles, was sie kannten, gab er in überreichem Maß zurück. Denn er schien die ganze Welt zu kennen, als ob er sie selbst länger als ein Menschenalter durchwandert hätte.

Er erzählte von Rom, der mächtigen und bedrängten Stadt, von Diokletian, seinen Kriegern und seinen strengen Gesetzen. Er beantwortete Fragen nach dem neuen Gott, den vom Kreuz, über den die Goten hie und da von Händlern gehört hatten, oder von Sklaven, die weit in den Norden verkauft worden waren. Er berichtete von den starken Feinden der Römer, den Persern, und was für Wunder sie vollbracht hätten. Weiter und immer weiter führten sie seine Worte, Abend für Abend – nach Süden, in Länder, wo es immer heiß war und die Menschen eine schwarze Haut hatten und wilde Tiere umherstreiften, die mit den Luchsen verwandt waren, doch die Größe von Bären hatten. Er zeigte ihnen andere Tiere, zeichnete Bilder von ihnen mit Holzkohle auf Holz, und sie schrien laut auf vor

Staunen; neben einem Elefanten war ein Auerochse oder selbst ein Pferd nichts! Nahe dem Ende des Landes im Osten, sagte er, liege ein Reich, das größer, älter und prachtvoller sei als Rom oder Persien. Seine Bewohner hätten eine Haut, die die Farbe hellen Bernsteins besäße, und ihre Augen wirkten wie Schlitze. Von wilden Stämmen an ihrer Nordgrenze geplagt, hätten sie eine Mauer errichtet, so lang wie eine Bergkette, und schlügen seitdem aus dieser Feste heraus zurück. Das sei der Grund dafür, daß die Hunnen nach Westen gekommen waren. Sie, die die Alanen vernichtet hatten und die Goten bedrohten, seien nur eine Horde von Marodeuren in den Augen Kithais. Und all diese unendlichen Weiten seien noch längst nicht alles, was es gab. Wenn man westwärts reiste und das zum römischen Imperium gehörige Gaul durchquert hätte, gelange man an das Weltmeer, über das man so viele Fabeln erzählte, und wenn man dort ein Schiff nähme – doch die Schiffe, die auf den Flüssen fuhren, seien nicht groß genug – und weiter und weiter segelte, gelangte man in das Reich der weisen und reichen Mayas ...

Karl wußte auch viele Geschichten von großen Männern und Frauen und ihren Taten – vom starken Samson, der schönen, unglücklichen Deirdre und von Davy Crockett, dem Jäger.

Jorith, die Tochter Winnithars, vergaß, daß sie bereits im heiratsfähigen Alter war. Sie hockte zusammen mit den Kindern zu Füßen Karls und lauschte seinen Worten, und in ihren Augen spiegelte sich das Licht der Feuer, daß sie zu Sonnen wurden.

Er war nicht immer bei ihnen. Oftmals sagte er, daß er eine Weile allein sein müsse, und ging, bis er außer Sichtweite war. Einmal war ihm ein Junge, dreist, doch geschickt im Anschleichen von Wild, unbemerkt gefolgt – falls Karl es nicht vorgezogen hatte, ihn zu ignorieren. Der Junge kam bleich und zitternd zurück und stammelte, daß der Graubart in den Tiwaz-Hain gegangen sei. Niemand wagte sich unter diese dunklen Kiefern, ausgenommen am Mittwinterabend, wenn dort drei Blutopfer dargebracht wurden – Pferd, Hund und Sklave –, damit der Binder des Wolfs dem Dunkel und der Kälte befehlen sollte, zu verschwinden. Der Vater des Jungen verprügelte seinen Sprößling gehörig, und danach sprach niemand mehr offen darüber. Wenn die Götter es zuließen, war es am besten, nicht nach ihren Gründen dafür zu forschen.

Karl kehrte immer wenige Tage später zurück, in neuen Kleidern und mit Geschenken. Es waren kleine Dinge, doch unbezahlbar, sei es ein Messer, dessen Klinge ungewöhnlich lang war, ein Schal aus schimmerndem, ausländischem Material, ein Spiegel, in dem man sich besser sehen konnte als in poliertem Messing oder einem ruhigen Teich – diese Schätze kamen und kamen, bis jeder im Dorf zumindest einen davon hatte. Über ihre Herkunft sagte er lediglich: »Ich kenne den Hersteller.«

Der Frühling drang nach Norden vor, der Schnee schmolz, Knospen öffneten sich zu Blättern und Blüten, der Fluß führte Hochwasser. Zurückkehrende Zugvögel erfüllten den Himmel mit Flügelschlag und Schreien. Lämmer, Kälber, Fohlen trollten über die Weiden. Die Menschen kamen heraus und blinzelten in die plötzliche Helle; sie lüfteten ihre Häuser, ihre Kleidung und ihre Seelen. Die Frühjahrs-Königin fuhr das Frija-Bild von Hof zu Hof, um das Pflügen und das Säen zu segnen, während mit Girlanden geschmückte Jungen und Mädchen um ihren Ochsenkarren tanzten. Sehnsüchte erwachten.

Karl ging immer noch hin und wieder fort, doch kam er jetzt noch am gleichen Abend zurück. Immer häufiger waren er und Jorith zusammen. Sie gingen sogar in die Wälder, blühende Pfade entlang, über Wiesen, wo niemand sie sehen konnte. Jorith ging umher, als sei sie in Träumen verloren. Salvalindis, ihre Mutter, schalt sie wegen ihrer Unzüchtigkeit – galt ihr denn ihr guter Name nichts? –, bis Winnithar sie zum Schweigen brachte. Der Häuptling war ein guter Rechner. Und was Joriths Brüder betraf, die strahlten.

Schließlich nahm Salvalindis ihre Tochter beiseite. Sie gingen in eine Hütte, in der die Frauen des Haushalts zusammenkamen, um zu weben und zu nähen, wenn es keine andere Arbeit für sie gab. Jetzt gab es andere Arbeit, also waren die beiden allein in dem halbdunklen Raum. Salvalindis drängte Jorith zwischen sich und den breiten, mit Steinen beschwerten Webstuhl, als ob sie sie einfangen wollte, und fragte direkt: »Warst du mit diesem Mann, Karl, weniger faul, als du es im Haus geworden bist? Hat er dich bestiegen?«

Das Mädchen errötete, verflocht die Finger ineinander und starrte zu Boden. »Nein«, flüsterte sie. »Doch er kann mich haben, wann immer er mich will. Oh, wie sehr wünschte ich, daß er mich wollte. Aber wir haben uns nur an den Händen gehalten, ein wenig geküßt, und ... und ...«

»Und was?«

»Geredet. Lieder gesungen. Gelacht. Sind ernst gewesen. Oh, Mutter, er ist nicht distanziert. Zu mir ist er netter und lieber als ... als ... Ich wußte nicht, daß Männer so sein können. Er spricht mit mir wie mit jemandem, der denken kann, die nicht nur ... nicht nur eine Frau ist.«

Salvalindis' Lippen wurden schmal. »*Ich* habe nicht aufgehört zu denken, als ich heiratete. Dein Vater mag in Karl einen mächtigen Bundesgenossen sehen. Doch ich sehe ihn nur als einen Mann ohne Land oder Familie, vielleicht als einen Zauberer, doch wurzellos, wurzellos. Welcher Gewinn kann unserem Hause aus einer Verbindung mit ihm kommen? Geschenke, ja, Wissen; doch was nützten die, wenn Feinde drohen? Was könnte er seinen Söhnen hinterlassen? Was würde ihn an dich fesseln, wenn deine Schönheit verblüht ist? Mädchen, du bist eine Närrin!«

Jorith ballte die Fäuste, stampfte mit dem Fuß auf und schrie durch Tränen, die mehr Tränen der Wut als des Leids waren: »Hüte deine Zunge, altes Weib!« Sofort schrak sie zurück, genauso entsetzt wie Salvalindis.

»Sprichst du so zu deiner Mutter?« fragte Salvalindis. »Ja, ein Zauberer ist er, der einen Bann über dich geworfen hat. Wirf die Brosche, die er dir gab, in den Fluß, hörst du?« Sie wandte sich um und verließ den Raum. Ihre Röcke raschelten wütend.

Jorith weinte, doch sie gehorchte nicht. Und bald sollte sich alles ändern.

An einem Tag, als der Regen wie Speere durch die Luft fuhr, als Donars Wagen über ihnen rollte und seine blitzende Axt den Himmel spaltete, kam ein Mann ins Dorf galoppiert. Er saß zusammengesunken im Sattel, und sein Pferd war vor Erschöpfung kurz vor dem Zusammenbrechen. Doch er schüttelte einen Pfeil in der hochgereckten Hand und schrie den Menschen zu, die durch den Schlamm auf ihn zuwateten: »Krieg! Krieg! Die Vandalen kommen!«

Als er in die Halle gebracht worden war, sagte er zu Winnithar: »Ich überbringe dir Nachricht meines Vaters, Aefli vom Staghorn-Tal. Er hat sie von einem Mann Dagalaif Nevittasson, der dem blutigen Schlachten bei Elkford entronnen ist, um die Warnung zu verbreiten. Doch schon wir bei Aefli haben den roten Schein am Himmel gesehen, wo sicherlich Höfe in Flammen standen.«

»Zwei Horden also, zumindest«, murmelte Winnithar. »Vielleicht sogar mehr. Sie kommen früh in diesem Jahr, und sie sind stark!«

»Wie können sie ihre Äcker zur Zeit der Aussaat verlassen?« fragte einer seiner Söhne.

Winnithar schnaubte. »Sie haben mehr Söhne geboren, als sie brauchen. Außerdem habe ich von einem König Hildarik gehört, der sich ihre Stämme unterworfen hat. Deshalb können sie jetzt größere Horden aufstellen, die sich schneller und planvoller bewegen, weil sie unter besserer Führung stehen, als es uns möglich ist. Ja, es wäre möglich, daß Hildarik vorhat, uns aus diesem Land zu verjagen, um Raum für die Menschen seines übervölkerten Reiches zu schaffen.«

»Was sollen wir tun?« fragte ein ruhiger, alter Krieger.

»Holt die Männer der Nachbarschaft zusammen und sucht so viele der anderen auf, wie es die Zeit erlaubt, wie zum Beispiel Aefli, wenn er nicht schon überrannt worden ist! Beim Felsen der Zwillingsreiter, wie bisher, ja? Es wäre möglich, daß wir nicht auf eine Vandalen-Horde stoßen, die zu groß für uns ist.«

Karl hob den Kopf. »Aber was ist mit euren Höfen?« fragte er. »Reitertrupps könnten unbemerkt Flankenangriffe durchführen und über eine Heimstatt wie diese herfallen.« Er ließ den Rest ungesagt: Plündern, Brennen, die jungen Frauen verschleppt, alle anderen niedergemacht.

»Das müssen wir riskieren. Sonst werden wir stückweise vernichtet.« Winnithar verstummte. Die Langfeuer flackerten und tanzten. Draußen heulte der Wind, und Regen peitschte gegen die Wände. Sein Blick suchte den Karls. »Wir haben keinen Helm und keinen Panzer, der dir passen würde. Vielleicht kannst du dir selbst welche besorgen, von wo immer du die Sachen herholst.«

Der Wanderer saß reglos. Die Falten in seinem Gesicht wirkten tiefer.

Winnithars Schultern senkten sich. »Nun ja, dies ist schließlich nicht dein Krieg, nicht wahr?« Er seufzte. »Du bist ja kein Teuring.«

»Karl, o Karl!« Jorith, die bei den Frauen gestanden hatte, lief auf ihn zu.

Für eine Weile, die wie eine Ewigkeit schien, blickten sie und der grauhaarige Mann einander an. Dann richtete er sich auf, wandte sich Winnithar zu und sagte: »Fürchte nichts! Ich stehe zu meinen Freunden. Doch es muß auf meine Art geschehen, und ihr müßt meinen Befehlen gehorchen, ob ihr sie versteht oder nicht. Seid ihr dazu bereit?«

Niemand jubelte. Ein Laut wie ein Windstoß ging durch die Länge der Halle.

Winnithar faßte sich ein Herz. »Ja«, sagte er. »Schickt Reiter los, die Kriegspfeile herumzutragen! Wir anderen jedoch wollen feiern!«

Was während der folgenden Wochen geschah, ist niemals wirklich bekannt geworden. Männer zogen aus, schlugen Lager auf, kämpften, kamen wieder nach Hause zurück oder nicht. Jene, die heimkehrten, was den meisten von ihnen vergönnt war, hatten oft seltsame Geschichten zu erzählen. Sie sprachen von einem Speermann in einem blauen Umhang, der auf etwas über den Himmel ritt, das kein Pferd war. Sie sprachen von furchtbaren Ungeheuern, die in die Reihen der Vandalen einbrachen, von unheimlichem Licht im Dunkel der Nacht, von blinder Panik, die die Feinde ergriff, so daß sie die Waffen von sich warfen und schreiend die Flucht ergriffen. Sie sprachen davon, daß sie irgendwie immer eine Vandalenhorde stellten, bevor diese ein gotisches Dorf erreichte, sie in die Flucht schlugen und allein durch den Mangel an Beute dafür sorgten, daß eine Vandalensippe nach der anderen aufgab und davonzog. Sie sprachen von Sieg.

Ihre Häuptlinge konnten nur wenig mehr sagen. Es war der Wanderer gewesen, der ihnen gesagt hatte, wohin sie ziehen sollten, was zu erwarten stünde, welche Formation für den jeweiligen Kampf die beste sei.

Er sei es gewesen, der schneller als der Sturmwind Warnungen und Befehle zum Sammeln herumgetragen hätte, er, der die Hilfe der Greutungen, Taifalen und Amalinger gewann, er, der die Hochmütigen einschüchterte, bis sie Seite an Seite standen, wie er es befahl.

Diese Geschichten gerieten im Lauf der folgenden Generation oder der nächsten in Vergessenheit. Sie waren zu seltsam. Genauer genommen versanken sie in den alten Geschichten ihrer Art. Ansen, Vanen, Trolle, Zauberer, Geister – hatten solche Wesen nicht immer wieder in die Kämpfe der Menschen eingegriffen? Worauf es ankam, war, daß die Goten am Oberlauf der Weichsel zehn Jahre lang Frieden hatten. Laßt uns bei der Ernte weitermachen, sagten sie, oder was sonst sie mit ihrem Tag anfangen wollten.

Doch Karl kam als der Retter zu Jorith zurück.

Er konnte sie nicht wirklich heiraten. Er hatte nun einmal keine Familie. Doch Männer, die es sich leisten konnten, hatten sich immer Buhlen gehalten; bei den Goten galt das nicht als Schande, wenn der Mann gut für die Frau und die Kinder sorgte. Außerdem war Karl kein bloßer Lehnsmann, Edler oder König. Salvalindis selbst führte ihm Jorith zu, in eine blumenbekränzte Kammer im Obergeschoß des Hauses, nach einem Festmahl, bei dem viele Geschenke ausgetauscht wurden.

Winnithar ließ Bäume fällen und zum anderen Ufer des Flusses bringen, wo ein geräumiges Haus für die beiden erbaut wurde. Karl wollte einige seltsame Dinge in dem Haus, wie zum Beispiel einen gesonderten Raum zum Schlafen. Und noch einen weiteren Raum, der stets verschlossen blieb, und den nur er allein betreten durfte. Er hielt sich nie lange darin auf, und er ging nicht mehr in den Tiwaz-Hain.

Die Männer sagten, daß er sich viel zu sehr um Jorith kümmere. Die beiden blickten einander immer wieder an, oder suchten das Alleinsein, wie ein flaumbärtiger Jüngling und ein Sklavenmädchen. Andererseits – sie führte ihr Haus recht gut, und wer wagte es, sich über ihn lustig zu machen?

Er selbst überließ die meisten Arbeiten eines Hausherrn einem Diener. Er brachte die Dinge mit, die der Haushalt brauchte, oder Waren, gegen die man sie einhandeln konnte. Und er wurde zu einem großen Handelsmann. Diese Jahre des Friedens waren keine Jahre des Müßiggangs. O nein, sie brachten mehr reisende Händler ins Dorf als je zuvor. Sie brachten Bernstein, Pelze, Honig und Talg aus dem Norden, Wein, Glas, Metallarbeiten, Stoffe und feine Töpferwaren aus dem Süden und Westen. Stets begierig, neue Menschen kennenzulernen, bewirtete Karl die Durchreisenden fürstlich und ging zu den Märkten und auch zu den Folkethings.

Bei diesen Things war er, der kein Stammesangehöriger war, lediglich Beobachter, doch nach dem vielen Gerede während des Tages drängten sich die Menschen abends um seinen Verkaufsstand.

Trotzdem wunderten sich die Männer, und auch die Frauen. Es machten Gerüchte die Runde, nach denen ein Mann, grauhaarig, doch kräftig und gesund, den niemand zuvor gesehen hatte, häufig bei anderen gotischen Stämmen aufgetaucht sei ...

Es mochte an diesen Exkursionen liegen, daß Jorith nicht sofort schwanger wurde; vielleicht war sie noch ein wenig zu jung, gerade sechzehn Winter alt, als sie in sein Bett gekommen war. Ein ganzes Jahr verging, bevor die Anzeichen unverkennbar waren.

Obwohl sie körperlich stark unter diesem Zustand litt, strahlte sie. Wieder war sein Benehmen seltsam, denn er schien sich weniger um seinen Samen zu kümmern, als um das Wohlergehen Joriths. Er schrieb ihr sogar vor, was sie essen sollte, versorgte sie mit Dingen wie ausländischen Früchten, auch wenn es nicht die

Jahreszeit dafür war, verbot ihr, soviel Salz zu essen, wie sie es die vielen Jahre gewohnt war. Sie gehorchte ihm willig und sagte, dies sei ein Beweis seiner Liebe für sie.

Inzwischen ging das Leben um sie her weiter, und auch das Sterben. Bei den Begräbnissen und beim Totentrunk sprach niemand offen mit Karl; er stand dem Unbekannten zu nahe. Andererseits waren die Haushaltungsvorstände, die ihn gewählt hatten, ziemlich verstört, als er die hohe Ehre zurückwies, die nächste Himmelskönigin zu entjungfern.

Doch in Erinnerung daran, was er schon alles für sie getan hatte und noch immer tat, kamen sie darüber hinweg.

Wärme, Ernte, Dunkelheit, Wiedergeburt; es wurde wieder Sommer, und Jorith lag in ihrem Kindbett.

Lange dauerten die Wehen. Sie ertrug die Schmerzen tapfer, doch die Frauen, die ihr beistanden, wurden sehr bedrückt. Die Elfen würden es nicht wohl aufgenommen haben, wenn ein Mann sie während dieser Stunden gesehen hätte. Es war schon schlimm genug, daß Karl von ihnen unerhörte Sauberkeit verlangt hatte. Sie konnten nur hoffen, daß er wußte, was er tat.

Er wartete im großen Zimmer des Hauses. Als Besucher kamen, setzte er ihnen Met und Bier vor, wie es geboten war, blieb jedoch wortkarg. Als sie bei Dunkelwerden wieder gingen, ging er nicht schlafen, sondern saß allein im dunklen Raum, die ganze Nacht bis zum Sonnenaufgang. Hin und wieder kam die Hebamme oder eine ihrer Helferinnen herausgeschlurft, um ihm zu sagen, wie die Dinge standen. Im Licht der Lampe, die sie trugen, sahen die Frauen, daß er immer wieder zu der Tür des Raums blickte, den er verschlossen hielt.

Spät am zweiten Tag, als er mit Freunden zusammensaß, kam die Hebamme heraus und trat auf ihn zu. Stille senkte sich über den Raum. Und dann stieß das, was sie in ihren Armen trug, einen jammernden Schrei aus – und Winnithar einen Jubelruf. Karl erhob sich, bleich im Gesicht.

Die Frau kniete vor ihm nieder, schlug die Decke auseinander und legte zu Füßen des Vaters einen Jungen nieder, noch blutig, doch lautstark krähend und schreiend. Wenn Karl das Baby jetzt nicht auf die Knie nehmen würde, hätte sie es dem Brauch gemäß in den Wald getragen und den Wölfen überlassen. Doch Karl sah nicht einmal nach, ob das Kind mißgestaltet war. Er riß den winzigen Körper an sich und rief heiser: »Jorith! Wie geht es Jorith?«

»Sie ist sehr schwach«, sagte die Hebamme. »Geh jetzt zu ihr, wenn du willst!«

Karl reichte ihr seinen Sohn zurück und eilte ins Schlafzimmer. Die Frauen, die dort waren, traten scheu zur Seite. Er beugte sich über Jorith. Sie war bleich, schweißnaß, abgezehrt. Doch als sie ihren Mann erblickte, streckte sie ihm ihre Hand entgegen und sah ihn mit einem matten Lächeln an. »Dagobert«, flüsterte sie. Das war ein Name, der in ihrer Familie Tradition hatte, und den sie sich gewünscht hatte, wenn es ein Junge werden sollte.

»Dagobert, ja«, sagte Karl leise. Auch wenn es in Gegenwart der anderen ungehörig war, beugte er sich über Jorith und küßte sie.

Sie senkte die Lider und ließ sich auf das Stroh zurückfallen. »Danke«, flüsterte sie kaum hörbar. »Der Sohn eines Gottes.«

»Nein!«

Plötzlich lief ein Schauer durch ihren Körper. Sie preßte die Hand auf die Stirn. Ihre Augen öffneten sich wieder. Die Pupillen waren starr und weit geöffnet. Ihr Körper wurde schlaff. Der Atem rasselte laut in ihrer Kehle.

Karl richtete sich auf, fuhr herum und lief aus dem Zimmer. Als er die Tür des verschlossenen Raumes erreichte, zog er den Schlüssel heraus, öffnete sie und eilte hinein. Sie fiel hart hinter ihm ins Schloß.

Salvalindis trat zum Bett ihrer Tochter. »Sie stirbt«, sagte sie mit ausdrucksloser Stimme. »Kann seine Zauberei sie retten? Darf sie sie retten?«

Die verbotene Tür ging wieder auf. Karl trat heraus, und noch jemand. Er vergaß, sie zu schließen. Die Männer sahen ein Ding aus Metall. Einige von ihnen erinnerten sich, was *er* geritten hatte, als er über die Schlachtfelder geflogen war. Sie drängten sich aneinander, umklammerten Amulette oder malten Beschwörungszeichen in die Luft.

Karls Begleiter war eine Frau, obwohl sie in eine regenbogenschimmernde Hose und eine Tunika gekleidet war. Ihr Gesicht hatte eine Form, die man noch nie gesehen hatte: breit, mit hohen Wangenknochen wie bei einem Hunnen, doch mit kurzer Nase und kupfergoldener Haut unter glattem, blauschwarzem Haar. Sie trug einen kleinen Kasten in der Hand.

Die beiden eilten ins Schlafzimmer. »Hinaus, hinaus!« schrie Karl und trieb die gotischen Frauen aus dem Zimmer wie Blätter vor einem Sturm.

Er folgte ihnen und erinnerte sich daran, die Tür zu schließen, hinter der sein Hopper stand. Als er sich umwandte, sah er, daß alle ihn anstarrten und scheu zurückwichen. »Habt keine Angst«, sagte er mit belegter Stimme. »Nichts Böses geschieht hier. Ich habe nur eine weise Frau geholt, die Jorith helfen soll.«

Eine Weile standen sie reglos und still in dem dunkler werdenden Raum.

Die Fremde erschien in der Tür und winkte Karl zu sich. Er stöhnte auf, als er ihr Gesicht sah. Er stolperte auf sie zu, und sie führte ihn am Ellbogen ins Schlafzimmer. Kein Laut drang heraus.

Nach einer langen Weile hörten die Leute Stimmen, die seine voller Wut und Leid, die ihre ruhig und kühl. Niemand verstand diese Sprache.

Sie traten heraus. Karls Gesicht wirkte gealtert. »Sie ist tot«, sagte er zu den anderen. »Ich habe ihr die Augen geschlossen. Bereitet das Begräbnis und das Totenmahl vor, Winnithar! Ich werde bis dahin zurück sein.«

Er und die Weise Frau traten in den geheimen Raum. In den Armen der Hebamme schrie Dagobert.

2319

Ich war zeitauf in die dreißiger Jahre des zwanzigsten Jahrhunderts nach New York gegangen, weil ich jene Basis und die dort arbeitenden Leute kannte. Der junge Bursche, der dort Dienst hatte, versuchte mir einen Zirkus über Vorschriften zu machen, doch den konnte ich leicht einschüchtern. Ich forderte unter höchster Dringlichkeitsstufe einen der besten Ärzte an. Es war zufällig Kwei-fei Mendoza, die sich meldete. Ich hatte von ihr gehört, sie jedoch noch nie kennengelernt. Sie stellte nicht mehr Fragen, als nötig waren, bevor sie zu mir auf meinen Hopper stieg und wir unterwegs waren ins Land der Goten. Später jedoch wollte sie, daß ich mit ihr zu ihrem Hospital ginge, das im vierundzwanzigsten Jahrhundert auf dem Mond lag. Ich war nicht in der Verfassung, dagegen zu protestieren.

Sie zwang mich, ein kochend heißes Bad zu nehmen und schickte mich zu Bett. Eine elektronische Haube gab mir viele Stunden Schlaf.

Schließlich erhielt ich neue Kleidung, etwas zu essen (ich merkte nicht, was es war) und wurde in ihr Büro geführt. Sie saß hinter einem riesigen Schreibtisch und bedeutete mir, mich ihr gegenüberzusetzen. Zwei oder drei Minuten lang sprach keiner von uns.

Um ihren Blick zu vermeiden, sah ich umher. Die künstliche Schwerkraft, die der der Erde angeglichen war, trug nicht dazu bei, den Raum heimatlicher wirken zu lassen. Nicht daß er nicht auf seine Art sehr gut eingerichtet gewesen wäre. Ein leichter Duft von Rosen und frisch gemähtem Heu lag in der Luft. Der Teppich war tief violett und mit silbernen, sternartigen Mustern verziert. Subtile Farben waberten an den Wänden. Ein großes Fenster – falls es ein Fenster war – zeigte ein Bergpanorama mit einer Reihe von Kratern im Hintergrund, einen Himmel, der schwarz war, jedoch von der Erde beherrscht wurde. Ich verlor mich in dem Anblick ihres wunderbaren weißdurchwirkten Blaus. Jorith hatte sich dort verloren, vor zweitausend Jahren.

»Nun, Agent Farness«, sagte Mendoza schließlich auf Temporal, der Patrouillensprache, »wie fühlen Sie sich?«

»Benommen, doch klar«, murmelte ich. »Nein. Wie ein Mörder.«

»Sie hätten dieses Kind nicht anrühren sollen.«

Ich zwang mich zur Konzentration und antwortete: »Sie war kein Kind mehr. Nicht in ihrer Gesellschaft, oder in den meisten der Geschichte. Unsere Verbindung hat mir sehr dabei geholfen, das Vertrauen der Menschen zu gewinnen und deshalb zum Erfolg meiner Arbeit beigetragen. Nicht daß ich es nur aus diesem Grund getan hätte, bitte glauben Sie mir das. Wir haben uns geliebt.«

»Was hat Ihre Frau dazu gesagt? Oder haben Sie es ihr verschwiegen?«

Ich war zu mitgenommen, um mich gegen etwas zu wehren, das ich sonst als Neugier zurückgewiesen hätte. »Ja, ich habe es ihr gesagt. Ich ... ich fragte sie, ob sie etwas dagegen hätte. Sie hat es durchdacht und entschieden, daß es sie nicht störte. Wir haben unsere jüngeren Jahre während der sechziger und siebziger Jahre verlebt, und wie Sie sich erinnern ... Nein, davon haben Sie sicher nichts gehört, doch diese Zeit war eine Periode der sexuellen Revolution.«

Mendoza lächelte. »Moden kommen und gehen.«

»Wir sind einander treu gewesen, meine Frau und ich, doch weil wir es so wollten, nicht aus Prinzip. Und, sehen Sie, ich habe sie ständig besucht. Ich liebe sie. Ich liebe sie ehrlich.«

»Und sie war sicher der Ansicht, daß sie Ihnen Ihr Midlife-Abenteuer gestatten sollte«, sagte Mendoza scharf.

Das traf. »Es ... es war kein Abenteuer! Ich schwöre Ihnen, daß ich Jorith geliebt habe. Ich habe auch sie geliebt.« Trauer packte mich bei der Kehle. »Gab es denn wirklich keine Möglichkeit, sie zu retten?«

Mendoza schüttelte den Kopf. Ihre Hände lagen ruhig auf der Schreibtischplatte. Ihr Ton wurde milder. »Ich habe es Ihnen bereits gesagt, und ich will es Ihnen noch einmal erklären, in allen Details, wenn Sie es wollen. Die Instrumente – ich will Ihnen nicht beschreiben, wie sie funktionieren, weil es nichts mit der Sache zu tun hat – zeigten eine krankhafte Erweiterung der vorderen Hirnarterie. Sie war nicht so schwer, um Symptome hervorzurufen, doch die Belastung durch die anhaltenden und schweren Geburtswehen haben sie zum Platzen gebracht. Es wäre keine Wohltat gewesen, sie wieder ins Leben zurückzuholen, nach einer derart massiven Schädigung des Gehirns.«

»Und die könnten Sie nicht rückgängig machen?«

»Wir hätten ihren Körper zeitauf bringen und Herz und Lungen stimulieren können, dann neuronische Cloning-Techniken verwenden können, um einen Menschen zu produzieren, der ihr ähnlich sieht, jedoch alles von Grund auf neu lernen muß. Mein Corps befaßt sich nicht mit solcher Art Operationen, Agent Farness. Es ist nicht, daß uns das Mitgefühl abgeht, sondern wir haben einfach zu viel damit zu tun, um den Angehörigen der Patrouille und ihren ... richtigen Familien zu helfen. Wenn wir anfangen wollten, Ausnahmen von der Regel zu machen, würden wir von solchen Sachen überrollt werden. Und Sie würden dadurch Ihre Geliebte nicht zurückbekommen, sollten Sie wissen. Sie würde sich selbst nicht zurückbekommen.«

Ich nahm zusammen, was mir an Willenskraft verblieben war. »Angenommen, wir würden zeitab zu der Periode vor ihrer Schwangerschaft zurückgehen«, sagte ich. »Wir könnten sie hierherbringen, ihre Arterie in Ordnung bringen, ihre Erinnerung an die Reise löschen und sie zurückbringen zu einem – gesunden Leben.«

»Da spricht Ihr Wunschdenken. Die Patrouille verändert nicht, was geschehen ist. Sie erhält es.«

Ich sank tiefer auf meinen Stuhl. Variable Konturen versuchten vergeblich, mich zu beruhigen.

»Aber Sie dürfen sich nicht zu sehr in Schuldgefühle verstricken«, sagte Mendoza mitfühlend. »Sie konnten es ja nicht wissen. Wenn das Mädchen einen anderen geheiratet hätte, was bestimmt der Fall gewesen wäre, hätte es zu dem gleichen Ende geführt. Ich habe den Eindruck, daß Sie sie glücklicher gemacht haben, als es die meisten Frauen jener Zeit waren.«

Ihre Stimme wurde kräftiger. »Sie aber, Sie haben sich selbst eine Wunde zugefügt, deren Vernarbung lange Zeit in Anspruch nehmen wird. Und sie wird nie vernarben, wenn Sie nicht der verlockenden Versuchung widerstehen, immer wieder in ihre Lebenszeit zurückzukehren, sie zu sehen, mit ihr zusammen zu sein. Das ist unter schwerer Strafe verboten, und nicht nur wegen der Gefahren, die es für den Zeitfluß bilden könnte. Es würde Ihre Seele zerstören, vielleicht sogar Ihren Verstand. Und wir brauchen Sie. Ihre Frau braucht Sie.«

»Ja«, brachte ich heraus.

»Es wird hart genug für Sie sein, Joriths Nachkommen und die Ihren das erleiden zu sehen, was sie erleiden müssen. Ich frage mich, ob es nicht besser wäre, Sie von diesem Projekt zu versetzen.«

»Nein. Bitte!«

»Und warum nicht?« fragte sie scharf.

»Weil ich ... Ich kann sie nicht einfach verlassen ... als ob Jorith für nichts gelebt hätte und gestorben wäre.«

»Das müssen Ihre Vorgesetzten entscheiden. Sie werden jedoch einen Verweis erhalten – zumindest da Sie so nahe an einem Schwarzen Loch operiert haben.« Mendoza machte eine Pause, blickte an mir vorbei, fuhr mit der Hand übers Kinn und murmelte: »Falls nicht gewisse Aktionen notwendig sein sollten, um das Gleichgewicht wiederherzustellen. Aber das ist nicht mein Gebiet.«

Ihr Blick glitt wieder zu meinem Elend zurück. Plötzlich beugte sie sich über den Schreibtisch und streckte mir ihre Hand entgegen.

»Hören Sie, Karl Farness«, sagte sie. »Man wird mich nach meiner Meinung über Ihren Fall fragen. Deshalb habe ich Sie hergebracht, und deshalb möchte ich Sie eine Woche oder zwei hierbehalten, um eine bessere Vorstellung zu gewinnen. Doch ich kann Ihnen sagen, daß Sie kein Einzelfall sind, nach einer Million Jahre Patrouillendienst. Ich glaube, Sie als einen anständigen Kerl betrachten zu können, der zwar gefehlt hat, jedoch hauptsächlich aus Mangel an Erfahrung.

So etwas geschieht, ist geschehen, wird geschehen, immer und immer wieder. Isolation, trotz der Urlaube zu Hause und Beziehungen zu so prosaischen Angehörigen unserer Gilde wie mir. Verwirrung, trotz eingehender Vorbereitungen; Kulturschock, psychischer Schock. Sie waren Zeuge von Zuständen, die für Sie Elend, Armut, Schmutz, Ignoranz, unnötige Tragödien waren – noch Schlimmeres: Gleichgültigkeit, Brutalität, Ungerechtigkeit, Mord und Totschlag. – Sie konnten das nicht mit ansehen, ohne darunter zu leiden. Sie mußten sich immer wieder sagen, daß Ihre Goten nicht schlechter seien als Sie, nur anders; und

Sie mußten an diesem Anderssein vorbei die tieferliegende Identität suchen, und dann versuchen, zu helfen; und als Sie auf Ihrem Weg plötzlich eine offenstehende Tür sahen, hinter der sich etwas Schönes und Wunderbares befand ...

Ja, Zeitreisende, einschließlich der Leute der Patrouille, geraten in Situationen, die oft unausweichlich zu Bindungen führen. Sie müssen Aktionen durchführen, die manchmal ... ah ... recht intimer Natur sind. Das stellt normalerweise keine Gefahr dar. Was kommt es auf die obskure und entfernte Abstammung einer Schlüsselfigur an? Das Kontinuum ist zwar nachgiebig, schnellt jedoch zurück. Wenn seine Belastungsgrenze nicht überschritten wird, ist es ohne Bedeutung, ob solche kleinen Eingriffe die Vergangenheit verändern, oder ›schon immer‹ Teil von ihr gewesen sind.

Fühlen Sie sich also nicht schuldig, Farness«, schloß sie mit sehr leiser Stimme. »Ich möchte auch versuchen, Sie davon zu heilen, und von Ihrer Trauer. Sie sind ein Feldagent der Zeitpatrouille. Dies wird nicht das letzte Mal sein, daß Sie Grund zur Trauer haben.«

302-330

Karl hielt sein Wort. Schweigend und reglos stand er an seinen Speer gelehnt und sah zu, als Jorith von ihrer Familie in die Grube gesenkt und mit einem großen Erdhügel bedeckt wurde. Danach ehrten ihr Vater und ihre Mutter sie mit einer Totenfeier, zu dem sie die ganze Nachbarschaft einluden, und die drei Tage dauerte. Dort sprach er nur, wenn er angesprochen wurde, jedoch auf seine Herrenart, überaus höflich. Er versuchte nicht, die Fröhlichkeit der anderen zu dämpfen, doch verlief die Feier ruhiger als sonst.

Als die Gäste gegangen waren und Karl an seinem

Herdfeuer saß und nur Winnithar zurückgeblieben war, sagte er zu dem Häuptling: »Morgen werde auch ich gehen. Du wirst mich nicht mehr allzuoft sehen.«
»Also hast du getan, wozu du hergekommen bist?«
»Nein, noch nicht.«
Winnithar fragte sich, was es sei. Karl seufzte und setzte hinzu: »Soweit es Weard zuläßt, werde ich über dein Haus wachen.«
Bei Morgengrauen verabschiedete er sich und ging. Dichte kalte Nebel lagen auf dem Land und entzogen ihn bald den Blicken der Menschen.
Während der Jahre, die folgten, erwuchsen Geschichten. Manche glaubten, seine hochgewachsene Gestalt im Dämmerlicht gesehen zu haben, als er den Grabhügel betrat wie durch eine Tür. Andere sagten, nein, er habe sie herausgeholt und bei der Hand haltend weggeführt. Ihre Erinnerungen an ihn büßten bald jeden menschlichen Zug ein.
Dagoberts Großeltern nahmen ihren Enkel zu sich, fanden eine Amme für ihn und zogen ihn wie ihr eigenes Kind auf. Trotz seiner unheimlichen Abstammung wurde er nicht gemieden. Im Gegenteil, die Menschen suchten seine Freundschaft, denn er mußte für große Taten vorbestimmt sein – und deshalb mußte er Ehre und Anstand lernen, wie auch die Fähigkeiten eines Kriegers, Jägers und Feldbestellers. Man kümmerte sich um seine Erziehung. Kinder von Göttern waren nicht unbekannt. Sie wurden alle zu Helden, die Frauen weise und schön, doch blieben sie trotz allem sterblich.
Drei Jahre später stellte Karl sich wieder zu einem kurzen Besuch ein. Als er seinen Sohn betrachtete, murmelte er: »Wie sehr er seiner Mutter ähnlich sieht.«
»Ja, im Gesicht«, stimmte Winnithar zu, »doch wird es ihm nicht an Männlichkeit mangeln, das kann man schon jetzt erkennen, Karl.«
Niemand sonst nahm sich die Freiheit, den Wande-

rer mit diesem Namen anzusprechen – noch bei dem Namen, den sie für den richtigen hielten. Zur Zeit des Trinkens taten sie, um was er sie bat, berichteten ihm, welche Geschichten und Verse sie in letzter Zeit gehört hatten. Er fragte sie, woher diese stammten, und sie konnten ihm manchmal einen Barden nennen. Er wolle ihn aufsuchen, erklärte er. Das tat er auch später, und der Barde war glücklich, *seine* Aufmerksamkeit erregt zu haben. Was ihn betraf, so erzählte er atemberaubende Geschichten, wie zuvor. Jedoch war er nach kurzer Zeit wieder fort und sollte erst Jahre später zurückkehren.

Inzwischen wuchs Dagobert zu einem kräftigen, fröhlichen, hübschen Jungen heran, der allerseits beliebt war. Er war erst zwölf Jahre alt, als er seine Vettern, Winnithars zwei älteste Söhne, begleitete, die mit einer Handelskarawane nach Süden zogen. Sie blieben den Winter über dort und kamen im Frühjahr zurück, überquellend von Berichten über die Wunder, die sie gesehen hatten. Ja, dort unten sei Land, das noch zu haben sei, reiches, weites Land, bewässert von einem Fluß, den man Dnjepr nannte, und gegen den die Weichsel nur ein Bach sei. Das nördliche Flußtal sei dicht bewaldet, doch im Süden läge das Land offen, Weiden für Herden, jungfräulich, auf den Pflug des Bauern wartend. Wer immer es besaß, würde auch auf dem Güterfluß durch die Schwarzmeerhäfen sitzen.

Bis jetzt hatte es noch nicht viele Goten dorthin verlockt. Es waren die westlichen Stämme, die die wirklich große Wanderung durchgeführt hatten, in die Länder nördlich der Donau. Dort saßen sie an der Grenze Roms, was eine Fülle von Handelsmöglichkeiten bedeutete. Der Nachteil jedoch war, daß die Römer bei einer Auseinandersetzung eine unüberwindliche Macht darstellten – vor allem, wenn es ihnen gelingen sollte, ihre inneren Konflikte beizulegen.

Der Dnjepr floß in einer beruhigend großen Entfernung von den Grenzen des Imperiums. Zugegeben, Herulen waren aus dem Norden hereingebrochen und hatten sich an den Küsten des Asowschen Meeres niedergelassen: wilde Krieger, mit denen man sicher Schwierigkeiten haben würde. Doch weil sie solche wölfischen Wesen waren, die jede Panzerung ablehnten und sich weigerten, in Reihen zu kämpfen, waren sie weniger gefährliche Gegner als die Vandalen. Auch zugegeben, daß nördlich und östlich von ihnen die Hunnen saßen: Reiter und Rinderzüchter, den Trollen vergleichbar in ihrer Häßlichkeit, ihrem Schmutz und ihrem Blutdurst. Man sagte, daß sie die schmutzigsten Krieger der Welt seien. Um so mehr Ruhm gewann man durch einen Sieg über sie, wenn sie angriffen; und ein gotisches Heer konnte sie besiegen, da sie in Stämme und Sippen aufgesplittert waren, die mehr dazu neigten, einander zu bekämpfen, als Höfe und Dörfer zu überfallen.

Dagobert war Feuer und Flamme und wollte sofort losziehen, und seine Brüder waren kaum weniger begeistert von der Idee. Doch Winnithar mahnte zur Vorsicht. Sie sollten noch mehr lernen, bevor sie einen Schritt unternahmen, der nicht rückgängig zu machen war. Außerdem, wenn die Zeit dazu reif war, sollten nicht nur ein paar Familien aufbrechen, eine leichte Beute für räuberische Horden, sondern ein ganzer Heerbann. Doch sah es so aus, als ob das bald möglich sein würde.

Denn dies waren die Tage, da Geberik vom Stamm der Greutungen die östlichen Goten zusammenrief. Einige von ihnen schlug er im Kampf, um sie unter seinen Willen zu beugen, andere gewann er durch das Gespräch, sei es mit Drohungen oder Versprechen. Unter den letzteren befanden sich die Teurings, die in Dagoberts fünfzehntem Jahr Geberik als ihren König priesen.

Das bedeutete, daß sie ihm Tribut zahlen mußten,

der jedoch nicht schwer war, ihm Männer für einen Kampf zu stellen hatten, wenn er es befahl, außer während der Zeit der Aussaat und der Ernte, und sich an solche Gesetze hielten wie das Große Thing, das für das ganze Reich galt. Dafür jedoch brauchten sie sich nicht mehr vor anderen Goten fürchten, die ihm ebenfalls folgten, sondern hatten sogar deren Hilfe gegen gemeinsame Feinde. Der Handel blühte, und sie schickten jedes Jahr Männer zum Großen Thing, um dort zu sprechen und abzustimmen.

Dagobert schlug sich tapfer in den Kriegen des Königs. Zwischendurch zog er immer wieder nach Süden, als Führer von Kriegereskorten für Handelskarawanen. Dort sah er sich um und lernte viel.

Irgendwie fanden die seltenen Besuche seines Vaters immer zu einer Zeit statt, wo er zu Hause war. Der Wanderer gab ihm reiche Geschenke und weisen Rat, doch die Gespräche zwischen den beiden waren ein wenig schwerfällig, denn was kann ein junger Bursche schon zu einem solchen Mann sagen?

Dagobert brachte regelmäßig Opfer bei einem Schrein dar, den Winnithar an der Stelle errichtet hatte, an der einst das Haus stand, in dem er geboren wurde. Dieses Haus hatte Winnithar niederbrennen lassen, damit sie es habe, deren Grabhügel hinter ihm lag. Seltsamerweise verbot der Wanderer bei dieser heiligen Handlung jedes Blutvergießen. Nur die ersten Früchte der Erde durften geopfert werden. Es wurde gemunkelt, daß Äpfel, die vor dem Stein ins Feuer geworfen wurden, zu Äpfeln des Lebens würden.

Als Dagobert erwachsen war, suchte Winnithar ihm eine gute Frau aus. Es war dies Waluburg, ein hübsches und kräftiges Mädchen, eine Tochter Optaris' vom Staghorn-Tal, der der zweitmächtigste Mann unter den Teurings war. Der Wanderer segnete die Heirat durch seine Anwesenheit.

Er war auch da, als Waluburg ihr erstes Kind gebar,

einen Jungen, den sie Tharasmund nannten. In diesem selben Jahr wurde auch der erste Sohn König Geberiks geboren, der das Mannesalter erleben sollte, Ermanarik.

Waluburg gebar ihrem Mann noch weitere gesunde Kinder. Dagobert blieb jedoch unruhig. Die Menschen sagten, das sei das Blut seines Vaters in ihm, und daß er ständig den Wind vom Rand der Welt nach sich rufen höre. Als er von seiner nächsten Reise nach dem Süden zurückkehrte, brachte er die Nachricht mit, daß ein römischer Herrscher namens Konstantin endlich seine Rivalen besiegt habe und zum Herrn des ganzen Imperiums geworden sei.

Mag sein, daß dies Geberik befeuert hat, auch wenn der König bisher schon sehr energisch vorgegangen war. Er verbrachte noch ein paar Jahre damit, die Ostrogoten zu vereinigen, dann rief er sie auf, ihm zu folgen, um der Vandalenpest ein Ende zu bereiten.

Dagobert hatte sich jetzt endgültig entschlossen, nach Süden zu ziehen. Der Wanderer hatte ihm gesagt, daß dies kein unweiser Entschluß sei; es sei das Schicksal der Goten, und wenn er als einer der ersten dort sei, habe er eine bessere Auswahl unter den Ländereien. Er besprach sein Vorhaben mit großen und geringen Freisassen, da er wußte, sie würden mit vielen Kriegern ausziehen müssen, wie es sein Großvater geraten hatte. Doch als der Kriegspfeil kam, konnte er nichts anderes tun, als dem Befehl zu folgen, wenn er seine Ehre behalten wollte. Er ritt an der Spitze von über hundert Männern.

Es kam zu einem harten Krieg, der mit einer Schlacht zu Ende ging, die Wölfe und Raben fett machte. Es fiel der Vandalenkönig Visimar. Es fielen auch die älteren Söhne Winnithars, die gehofft hatten, mit Dagobert nach dem Süden zu ziehen. Dagobert selbst überlebte, nur leicht verwundet, und errang Ruhm und Ehre durch seine Tapferkeit. Manche sagten, daß der Wanderer auf der Walstatt über ihn gewacht und Feinde gespeert habe, doch das bestritt er. »Mein Vater war dort, ja, um am Vorabend der Schlacht bei mir zu sein – doch nichts anderes. Wir haben über viele und seltsame Dinge gesprochen. Ich bat ihn, mich nicht zu beschämen, indem er für mich kämpfte, und er sagte, das sei nicht der Wille der Weard.«

Das Ergebnis war, daß die Vandalen geschlagen, überrannt und gezwungen wurden, ihr Land zu verlassen. Nachdem sie einige Jahre lang jenseits der Donau hin und her gezogen waren, gefährlich, doch elend, erbaten sie sich von Kaiser Konstantin die Erlaubnis, in seinem Reich siedeln zu dürfen. Nicht abgeneigt, frische Krieger zum Schutz seiner Marschen zu haben, ließ er sie in Pannonien einziehen.

Derweilen wurde Dagobert zum Häuptling der Teurings, durch seine Heirat, durch sein Erbe und durch den Ruhm, den er erworben hatte. Er verbrachte einige Zeit damit, sie auf den Zug nach dem Süden vorzubereiten, und dann brachen sie auf.

Nur wenige blieben zurück, so betörend war die Hoffnung. Unter denen befanden sich der alte Winnithar und Salvalindis. Als die Wagen davongeknarrt waren, suchte der Wanderer diese beiden zum letzten Mal auf und war liebevoll zu ihnen, um dessentwillen, was gewesen war, und um deretwillen, die am Ufer der Weichsel schlief.

1980

Manse Everard war nicht der Mann, der mir wegen meiner Leichtfertigkeit die Leviten las und mir nur widerwillig zugestand, meine Mission fortführen zu dürfen – hauptsächlich auf das Betreiben von Herbert

Ganz hin, sagte er mir brummig, weil es niemanden gab, um mich zu ersetzen. Everard hatte seine Gründe dafür, sich zurückzuhalten. Diese Gründe wurden mir schließlich klar, genau wie die Tatsache, daß er meine Berichte gelesen hatte.

Zwischen dem vierten Jahrhundert und dem zwanzigsten vergingen etwa zwei Jahre meiner Lebensspanne seit dem Tod Joriths. Mein Leid war zu stiller Trauer geworden – wenn sie nur mehr des Lebens gehabt hätte, das sie so liebte und das sie so liebenswert gemacht hatte –, und nur hin und wieder erhob es sich in voller Stärke und schlug auf mich ein. Laurie hatte auf ihre stille Art geholfen, mein Los zu akzeptieren. Nie zuvor hatte ich richtig begriffen, was für ein wunderbarer Mensch sie war.

Ich war auf Urlaub zu Hause, New York, 1932, als Everard anrief und um ein Gespräch bat. »Nur ein paar Fragen, zwei Stunden Quatschen, und dann gehen wir in die Stadt«, sagte er. »Ihre Frau natürlich auch. Haben Sie schon mal Lola Montez zu ihrer Blütezeit erlebt? Ich habe Karten. Paris, 1843.«

Zeitauf war es Winter geworden. Schneeflocken fielen an den Fenstern seiner Wohnung vorbei und machten sie für uns zu einer Höhle der Stille. Er machte mir einen Toddy und fragte, ob ich besondere Wünsche hinsichtlich von Musik habe. Wir einigten uns auf eine Koto-Darbietung, ausgeführt von einem Spieler des mittelalterlichen Japan, dessen Namen die Chroniken vergessen haben, der jedoch einer der besten war, die je gelebt haben. Das Zeitreisen hat neben seinen Belastungen auch durchaus seine Vorzüge.

Everard ließ sich sehr viel Zeit, seine Pfeife zu stopfen und anzuzünden. »Sie haben nie einen Bericht über Ihre Beziehung zu Jorith eingereicht«, sagte er dann in einem fast gleichgültigen Tonfall. »Die ist erst im Laufe der Untersuchung herausgekommen, nachdem Sie Mendoza angefordert hatten. Warum?«

»Es war ... eine persönliche Angelegenheit«, antwortete ich. »Dachte nicht, daß sie irgend jemand etwas anginge. O ja, man hat uns auf der Akademie vor solchen Sachen gewarnt, doch sind sie laut Dienstvorschrift nicht ausdrücklich verboten.«

Als ich auf seinen dunkelhaarigen, gesenkten Kopf blickte, hatte ich das unheimliche Gefühl, daß er alles gelesen haben mußte, was ich schreiben würde. Er kannte meine persönliche Zukunft, die ich nicht kannte – und die ich nicht eher kennen würde, bevor sie nicht hinter mir lag. Die Bestimmung, die einen Agenten daran hindert, sein Schicksal zu erfahren, wird nur selten gelockert; eine Kausalschleife wäre die geringste der nachteiligen Folgen, die dadurch entstehen könnten.

»Nun, gut, ich habe nicht vor, Ihnen die Predigt zu wiederholen, die Sie bereits über sich ergehen lassen mußten«, sagte Everard. »Offen gesagt, und ganz unter uns, finde ich, daß Koordinator Abdullah übertrieben offiziell geworden ist. Agenten müssen einen gewissen Handlungsspielraum haben, sonst können sie ihre Arbeit nicht bewältigen, und viele andere sind härter am Wind gesegelt als Sie.«

Er brauchte eine volle Minute, den Tabak festzudrücken und seine Pfeife neu anzuzünden, bevor er fortfuhr: »Aber ich möchte Sie nach ein paar Einzelheiten fragen. Mehr, um Ihre Reaktion zu erfahren, als aus irgendwelchen tiefen philosophischen Gründen – obwohl ich offen zugebe, daß ich auch neugierig bin. Sehen Sie, auf dieser Basis kann ich Ihnen vielleicht ein paar nützliche Ratschläge geben. Ich bin kein Wissenschaftler, aber ich habe mich einigermaßen gründlich mit Geschichte, Vorgeschichte und selbst mit der Nachgeschichte befaßt.«

»Das haben Sie in der Tat«, sagte ich respektvoll.

»Okay, zu Anfang das Offensichtlichste: Sie haben, bald nach Ihrer Ankunft, in einen Krieg zwischen

Goten und Vandalen eingegriffen. Wie rechtfertigen Sie das?«

»Ich habe diese Frage bereits bei der Untersuchung beantwortet, Sir – ah... Manse. Ich habe mich natürlich davor gehütet, zu töten, da mein Leben nie in Gefahr war. Ich habe bei der Organisation geholfen, habe Informationen und Nachrichten gesammelt. Ich habe den Feind in Angst versetzt, indem ich mit dem Antigrav umhergeflogen bin, Illusionen hervorgerufen, subsonische Strahlen projiziert habe. Wenn ich irgend etwas getan habe, so habe ich sie in Panik versetzt. Damit habe ich Leben auf beiden Seiten gerettet. Doch mein Hauptanliegen war, daß ich eine Menge Arbeit und Mühe – zum Nutzen der Patrouille – investiert hatte, um mir eine Basis in der Gesellschaft zu schaffen, die ich studieren sollte, und die Vandalen drohten, diese Basis zu zerstören.«

»Sie befürchteten nicht, dadurch eine Veränderung bei zeitauf liegenden Ereignissen hervorzurufen?«

»Nein. Oh, vielleicht hätte ich alles gründlicher durchdenken und die Ansicht von Experten einholen sollen, bevor ich etwas unternahm. Doch die Situation sah beinahe wie ein Schulbeispiel aus. Es war doch nur ein größerer Überfall, den die Vandalen durchführten. Er ist nirgends geschichtlich vermerkt. Sein Ergebnis – so oder so – war also ohne jede Bedeutung – außer für die Individuen, von denen einige mir wichtig waren –, sowohl für meine Aufgabe als auch persönlich. Und was die Leben dieser Individuen betrifft – und die Nachkommenreihe, die ich damals selbst begonnen habe –, so bedeuten die lediglich geringe statistische Fluktuationen im Gene-Verband. Und die werden bald ausgeglichen sein.«

Everard runzelte die Stirn. »Sie kommen mit den Standardargumenten, die Sie schon dem Untersuchungsausschuß gegeben haben. Dort haben Sie sich damit aus der Tinte ziehen müssen. Aber hier können

Sie doch die Karten auf den Tisch legen. Was ich Ihnen eintrichtern möchte – nicht in Ihr Großhirn, sondern in Ihr Mark! –, ist die Tatsache, daß die Realität nur sehr selten mit den Lehrbüchern übereinstimmt.«

»Ich glaube das allmählich zu begreifen.« Meine Bescheidenheit war echt. »Bei den Leben, die ich zeitab verfolgt habe. Wir haben kein *Recht*, uns in das Leben anderer Menschen einzumischen, nicht wahr?«

Everard lächelte, und ich nahm mir die Zeit, einen gehörigen Schluck von meinem Glas zu nehmen. »Gut, dann wollen wir die allgemeinen Dinge lassen und uns im einzelnen darüber unterhalten, was Sie überhaupt wollen. Zum Beispiel haben Sie Ihren Goten Dinge gegeben, die sie ohne Sie nie gehabt haben könnten. Die physischen Geschenke sind nicht so wichtig; die werden bald genug verrosten oder verlorengehen. Aber Berichte von der Welt, von fremden Kulturen ...«

»Ich mußte mich schließlich interessant machen, nicht wahr? Warum sonst hätten sie mir Sagen und Geschichten erzählen sollen, die ihnen seit langem bekannt waren?«

»Hmm-ja, sicher. Aber, sehen Sie, wird nicht alles, was Sie ihnen erzählen, Eingang in ihre Folklore finden, und dadurch genau die Materie verändern, die Sie studieren wollen?«

Ich erlaubte mir ein leises Lachen. »Nein. Ich habe vorher eine psychologische Kalkulation durchführen lassen und sie als Richtschnur benutzt. Es hat sich herausgestellt, daß Gesellschaften dieser Art ein äußerst selektives kollektives Erinnerungsvermögen besitzen. Denken Sie daran, daß diese Menschen Analphabeten sind und in einer Geisteswelt leben, wo Wunder fast alltägliche Angelegenheiten sind. Was ich ihnen, zum Beispiel, über die Römer erzählte, war lediglich etwas Detail zu den Informationen, die sie bereits von Reisenden hatten; und diese Details werden bald so verzerrt sein, daß sie in ihrer allgemeinen Vorstellung von

Rom untergehen. Und was mehr exotisches Material angeht: was war denn Cuchulainn anders als ein von vornherein zum Scheitern verurteilter Held, von der Art, über die sie Dutzende von Geschichten hörten? Was war das Han-Reich in China anderes als noch wunderbares Land mehr jenseits des Horizonts? Meine unmittelbaren Zuhörer waren sicher beeindruckt; doch später gaben sie es an andere weiter, die alles mit ihren bereits existierenden Sagas vermischten.«

Everard nickte. »Mmm-mmm-hmm ...« Er paffte eine Weile an seiner Pfeife. »Aber was ist mit Ihnen?« sagte er dann abrupt. »Sie sind nicht nur eine Reihe von Worten; Sie sind ein konkreter und rätselhafter Mensch, der immer wieder unter ihnen auftaucht. Und das wollen Sie einige Generationen lang tun. Wollen Sie sich als Gott etablieren?«

Das war eine schwierige Frage, auf die ich mich seit geraumer Zeit vorbereitet hatte. Ich ließ noch einen Schluck von meinem Drink durch meine Kehle rinnen und meinen Magen wärmen, bevor ich antwortete. »Ja, das befürchte ich«, sagte ich langsam. »Ich habe es weder beabsichtigt, noch gewollt, doch scheint es eingetreten zu sein.«

Everard rührte sich kaum. »Und Sie behaupten, daß das keine historische Bedeutung haben wird?«

»Das tue ich. Bitte hören Sie mich an! Ich habe nie behauptet, ein Gott zu sein, oder göttliche Vorrechte in Anspruch genommen oder sonst etwas in dieser Richtung getan. Und das habe ich auch nicht vor. Wie es mein Auftrag erforderte, traf ich allein ein, gekleidet wie ein Wanderer, doch nicht wie ein Herumtreiber. Ich trug einen Speer, weil das zu jener Zeit die normale Waffe für einen zu Fuß gehenden Menschen ist. Da ich aus dem zwanzigsten Jahrhundert stamme, bin ich größer als ein Mann des vierten, selbst unter nördlichen Typen. Mein Haar und mein Bart sind grau. Ich habe Geschichten erzählt, von weit entfernten Ländern berichtet, und, ja, ich bin durch die Luft geflogen und habe die Feinde in Angst und Schrecken versetzt. – Das war nicht zu ändern. Ich habe jedoch nicht – ich wiederhole: *nicht!* – einen neuen Gott geschaffen. Ich habe lediglich zu einem Bild gepaßt, das sie seit langem anbeteten, und im Lauf der Zeit – einer Generation oder so – kamen sie zu der Annahme, daß ich dieser Jemand sein müsse.«

»Wie ist sein Name?«

»Wodan, bei den Goten, bei den westlichen Germanen, Wotan, englisch Woden, friesisch Wons, und so weiter. Die späte skandinavische Version ist am bekanntesten: Odin.«

Ich war überrascht, daß Everard überrascht war. Nun, natürlich waren meine Berichte, die ich an das Hauptquartier der Patrouille sandte, längst nicht so detailliert wie die Notizen, die ich für Ganz zusammentrug. »Hm? Odin? Aber das ist doch der Einäugige, der oberste Gott, der Sie nicht sind, wie ich annehme. – Oder doch?«

»Nein.« Wie angenehm und beruhigend es war, eine kleine Vorlesung halten zu können. »Sie denken an den Odin der Edda, der Wikinger. Doch der gehört in eine andere Epoche, mehrere Jahrhunderte später, und Hunderte von Meilen nordwestwärts.

Für meine Goten ist der oberste Gott Tiwaz. Er geht zurück auf das alte indo-europäische Pantheon, zusammen mit den Ansen, im Gegensatz zu ursprünglichen chthonischen Gottheiten wie den Wanen. Die Römer identifizierten Tiwaz mit Mars, weil er auch ein Kriegsgott war, doch er war noch alles mögliche andere.

Die Römer glaubten, daß Donar, den die Skandinavier Thor nannten, derselbe Gott wie Jupiter sein mußte, da er über das Wetter herrschte; für die Goten jedoch war er der Sohn Tiwaz'. Ebenso bei Wodan, den die Römer mit Merkur identifizierten.«

»Also hat sich die Mythologie im Laufe der Zeit weiterentwickelt, wie?« meinte Everard.

»Richtig«, sagte ich. »Tiwaz schrumpfte zum Tyr Asgards. Es sind kaum Erinnerungen an ihn zurückgeblieben, außer daß er es war, der eine Hand verlor, als er den Wolf band, der einst die Welt verschlingen soll. Aber ›Tyr‹ ist im alten Norse ein allgemeines Synonym für ›Gott‹.

Währenddessen gewann Wodan, oder Odin, immer mehr an Bedeutung, bis er der Vater aller anderen Götter wurde. Ich glaube – obwohl dies etwas ist, das wir irgendwann noch gründlich überprüfen müssen – ich glaube, der Grund dafür ist, daß die Skandinavier außergewöhnlich kriegerisch wurden. Ein Psycho-Pomp, der durch finnische Einflüsse auch schamanistische Züge aufwies, war das Gegebene für einen Kult aristokratischer Krieger; er brachte sie direkt nach Walhall. Deshalb war Odin am beliebtesten in Dänemark und vielleicht auch Schweden. In Norwegen und seiner isländischen Kolonie war Thor der größere.«

»Faszinierend.« Everard seufzte tief. »Es gibt darüber so viel mehr zu wissen, als einer von uns in einem ganzen Leben lernen kann... Aber erzählen Sie mir jetzt über Ihre Wodan-Figur im vierten Jahrhundert Osteuropas.«

»Er hat noch immer beide Augen«, erklärte ich, »doch er trägt bereits den Hut, den Umhang und den Speer, der eigentlich ein Stab ist. Sie müssen wissen, daß er der Wanderer ist. Deshalb haben die Römer geglaubt, daß er Merkur sein müßte, wenn auch unter einem anderen Namen; so wie sie auch den griechischen Gott Hermes für Merkur hielten. Es geht alles zurück auf die frühesten indo-europäischen Traditionen. Sie können Hinweise darauf in Indien, Persien, in den keltischen und slawischen Mythen finden – doch die letzteren sind noch dürftiger erhalten. Meine Arbeit könnte schließlich... Aber bleiben wir beim

Thema. Wodan – Merkur – Hermes ist der Wanderer, weil er der Gott des Windes ist. Das führte dazu, daß er zum Schutzpatron der Reisenden und Händler wurde. Und da er so weit herumkommt, muß er auch viel gesehen und erfahren haben, also wird er auch mit der Weisheit in Verbindung gebracht, mit der Dichtkunst – und der Magie. Diese Attribute treffen mit der Vorstellung zusammen, daß die Toten auf dem Nachtwind reiten – zusammenkommen, um ihm den Psycho-Pomp zu bereiten, ihm, dem Führer der Toten hinab in die Jenseitswelt.«

Everard blies einen Rauchring. Sein Blick folgte ihm, als ob in seiner kräuselnden Form eine Symbolik läge. »Sie sind an eine verdammt starke Figur gekoppelt worden, wie es scheint«, sagte er langsam.

»Ja«, gab ich zu. »Ich wiederhole: das lag nicht in meiner Absicht. Im Gegenteil, es kompliziert meine Aufgabe ungeheuer. Ich werde ganz gewiß vorsichtig sein. Aber ... es ist ein Mythos, der bereits existierte. Es gibt ungezählte Geschichten über Wodans Erscheinen unter den Menschen. Daß die meisten von ihnen reine Fabeln sind, während ein paar sich auf wirkliche Begebenheiten beziehen – was ist da für ein Unterschied?«

Everard zog an seiner Pfeife. »Ich weiß es nicht. Obwohl ich mich mit dieser Episode eingehend befaßt habe, soweit mir das möglich war, weiß ich es nicht. Vielleicht gibt es keinen. Trotzdem habe ich gelernt, mich vor Archetypen zu hüten. Sie besitzen mehr Macht, als sie irgendeine Wissenschaft in der Geschichte gemessen hat. Das ist der Grund dafür, daß ich Sie so gründlich ausfrage über Dinge, die für mich offensichtlich sein sollten. Sie sind es nicht, tief in meinem Innern.«

Es war kein Achselzucken, sondern er schüttelte sie eher. »Okay«, knurrte er. »Was soll die Metaphysik. Wenden wir uns ein paar praktischeren Dingen zu, und dann holen wir Ihre Frau und eine Freundin von mir ab und machen uns einen vergnügten Abend.«

337
....

Die Schlacht hatte den ganzen Tag über getobt. Immer wieder hatten sich die Hunnen auf die Reihen der Goten geworfen, wie Sturmwellen, die sich an einer Klippe brechen. Ihre Pfeile verdunkelten den Himmel, bevor sich Lanzen senkten, Banner flatterten, die Erde vom Stampfen der Hufe erdröhnte und die Reiter angriffen. Die Goten, die Fußkämpfer waren, hielten ihre Reihen geschlossen. Piken stießen vor, Schwerter und Äxte blitzten, Bogen surrten und Schleudersteine flogen, Hörner blökten. Als der Zusammenprall kam, antwortete tiefes, kehliges Brüllen dem kläffenden Kriegsgeschrei der Hunnen.

Dann begann das Hauen, Stechen, Keuchen, Schwitzen, Töten, Sterben. Wenn Männer zu Boden fielen, wurden sie von Füßen oder Hufen zu einem blutigen Brei getrampelt. Eisen klirrte auf Helme und Kettenpanzern, dröhnte auf das Holz von Schilden und auf das gehärtete Leder von Brustplatten. Pferde schrien und taumelten mit zerstochener Kehle oder zerschnittenen Beinsehnen. Verwundete Männer knurrten wütend und versuchten, einen Feind mit der Waffe zu durchbohren oder mit den bloßen Händen zu Boden zu reißen. Nur selten wußte jemand, wen er niedergehauen oder wer ihn zu Boden gestreckt hatte. Irrsinn hatte die Männer gepackt.

Einmal war es den Hunnen gelungen, die Front der Goten zu durchbrechen. Sie heulten vor Freude und rissen ihre Rösser herum, um sie von hinten abzuschlachten. Doch wie aus dem Nichts tauchten plötzlich frische gotische Truppen auf und fielen über sie her, und jetzt waren sie es, die in der Falle saßen. Nur wenige konnten entkommen. Die Hunnenführer, die sahen, daß der Angriff fehlgeschlagen war, befahlen den Rückzug. Diese Reiter waren gut gedrillt; sie zogen sich außerhalb der Bogenschußweite zurück, und für eine Weile ruhten sie sich aus, beruhigten ihren keuchenden Atem, löschten ihren Durst, kümmerten sich um ihre Wunden, und starrten zu den Goten hinüber.

Die Sonne versank im Westen, blutrot an einem grünlichen Himmel. Ihre letzten Strahlen glitzerten auf dem Wasser des Flusses und auf dem Gefieder von Aasvögeln, die über dem Schlachtfeld kreisten. Schatten erstreckten sich lang über Hänge von silbrigem Gras, griffen aus den Tälern aufwärts, verwandelten kleine Haine von Bäumen in schwarze, formlose Klumpen. Eine Brise zog über die blutdurchtränkte Erde, zauste in den Haaren von Toten, pfiff, als ob sie sie fortlocken wollte.

Trommeln dröhnten. Die Hunnen formierten sich zu Schwadronen. Ein Trompetenstoß gab das Signal zum letzten Angriff.

Ausgepumpt und zerschlagen wie sie waren, schlugen die Goten den Angriff zurück und schickten Hunderte von Männern in den Tod. Dagobert hatte eine Falle gestellt und sie im richtigen Augenblick zuschnappen lassen. Als er zum erstenmal von der Hunnenarmee gehört hatte, die über das Land hereingebrochen war – mordend, sengend, plündernd, schändend – hatte er sein Volk zusammengerufen, um es unter einer einzigen Standarte zu vereinigen. Nicht nur die Teurings, sondern auch andere Siedler strömten zu ihm. Er lockte die Hunnen in dieses enge Tal, das zum Ufer des Dnjepr führte und in dem die Kavallerie keinen Raum zur Entfaltung hatte, bevor seine Hauptstreitmacht über den Rand der Schlucht hereinbrach und den Hunnen den Rückweg abschnitt.

Sein kleiner, runder Schild war zu Splittern zerschlagen. Sein Helm war eingedellt, der Kettenpanzer zerrissen, sein Schwert stumpf, der Körper voller Beulen und Schrammen. Trotzdem stand er jetzt vor dem Zentrum der Goten, und sein Banner flatterte über ihm. Als der Angriff kam, schoß er los wie eine Wildkatze.

Ein Pferd bäumte sich auf. Er sah den Mann in seinem Sattel: klein und gedrungen, in stinkende Felle gekleidet, den Kopf geschoren bis auf einen schweineschwanzartigen Zopf, den schütteren Bart geteilt und zu zwei Zöpfen geflochten, das Gesicht mit der großen Nase durch ein Narbenmuster entstellt. Der Hunne schwang eine leichte Axt. Dagobert sprang zur Seite, als die Pferdehufe herabfuhren. Er schlug zu und fing die andere Waffe ab. Stahl dröhnte auf Stahl. Funken stoben in das dämmerige Licht. Dagobert ließ die Klinge herumwirbeln und riß sie über den Oberschenkel des Hunnen. Das wäre ein tödlicher Schnitt gewesen, hätte die Schneide noch ihre Schärfe besessen. So aber sickerte das Blut nur aus der Wunde. Der Hunne jammerte und schlug wild um sich. Seine Axt traf voll auf den gotischen Helm. Dagobert taumelte, fiel zu Boden. Er kam schließlich wieder auf die Füße – und der Feind war verschwunden, vom Sturmwind der Schlacht mitgerissen.

Doch plötzlich war ein weiterer Reiter da, und eine Lanze fuhr auf ihn zu. Sie traf Dagobert, der noch immer halb benommen war, zwischen Hals und Schulter. Der Hunne sah ihn zu Boden sinken und versuchte, das so entstandene Loch in der Front der Goten zu durchbrechen. Am Boden liegend schleuderte Dagobert sein Schwert. Es traf den Arm des Hunnen und riß den Speer aus seiner Schulter. Der nächste gotische Krieger hackte mit einer Pike auf ihn ein. Der Hunne stürzte vom Pferd, das den Toten, der noch im Steigbügel hing, mitschleifte.

Plötzlich war der Kampf vorbei. Gebrochen, von Furcht gepackt, flohen die Feinde, die überlebt hatten, zurück. Nicht geschlossen, sondern jeder für sich, galoppierten sie in die Nacht.

»Ihnen nach!« keuchte Dagobert. »Laßt keinen entkommen – rächt unsere Toten, macht unser Land sicher!« Er schlug gegen den Fußknöchel seines Standartenträgers. Der Mann trug das Banner voran, und die Goten folgten ihm, tötend und tötend. Nur wenige der Hunnen kamen wieder nach Hause zurück.

Dagobert preßte die Hand an seinen Hals. Die Lanzenspitze war in die rechte Seite eingedrungen. Blut strömte aus der Wunde. Der Lärm des Krieges war weitergezogen. In der Nähe hörte man nur noch das Schreien der Verstümmelten und Sterbenden, Mensch wie Pferd, und der Raben, die tief über ihnen kreisten. Doch auch sie verklangen in seinen Ohren. Seine Augen suchten die letzten Strahlen der Sonne.

Die Luft schimmerte. Der Wanderer war eingetroffen.

Er kletterte von seinem unheimlichen Pferd, kniete sich in den Schlamm und fuhr mit den Händen über die Wunde seines Sohnes. »Vater«, flüsterte Dagobert, mehr ein Gurgeln durch das Blut, das seinen Mund füllte.

Trauer erfüllte das Gesicht, das er nur als ernst und distanziert gekannt hatte. »Ich kann nicht retten ... ich darf nicht ... sie würden nicht ...«, murmelte der Wanderer.

»Haben ... wir ... gesiegt?«

»Ja. Wir sind die Hunnen auf viele Jahre los. Dein Sieg.«

Der Gote lächelte. »Gut. Dann bring mich jetzt fort, Vater.«

Karl hielt Dagobert in den Armen, bis er tot war, und noch lange Zeit danach.

1933

»Oh, Laurie!«

»Still, Liebling. Es sollte so sein.«

»Mein Sohn, mein Sohn!«

»Komm zu mir! Schäme dich nicht, zu weinen.«

»Aber er war noch so jung, Laurie.«

»Trotzdem ein erwachsener Mann. Du wirst doch seine Kinder nicht im Stich lassen, deine Enkel?«

»Nein, niemals. Doch was kann ich tun? Sag mir, was ich für sie tun kann. Sie sind verdammt. Joriths Nachkommen werden sterben, und ich darf es nicht ändern. Wie also kann ich ihnen helfen?«

»Wir werden später darüber nachdenken, Liebes. Jetzt sei ganz ruhig, ruh dich aus, schlafe ...«

337–344

Tharasmund war in seinem dreizehnten Winter, als sein Vater Dagobert fiel. Trotzdem wurde er, nachdem sie ihren Führer unter einem berghohen Grabhügel bestattet hatten, von den Teurings zu ihrem neuen Häuptling ausgerufen. Er war zwar fast noch ein Kind, doch vielversprechend, und sie wollten kein anderes Haus als das seine über sich haben.

Außerdem erwarteten sie nach der Schlacht am Dnjepr so bald keine Gefahr. Es war eine Vereinigung mehrerer hunnischer Stämme gewesen, die sie vernichtet hatten. Die anderen würden es jetzt nicht eilig haben, gegen die Goten zu ziehen, und auch nicht die Herulen. Wenn es zu Kriegen kommen sollte, so würden die wahrscheinlich weit entfernt geführt werden, und nicht zur Verteidigung, sondern für König Geberik. Tharasmund sollte also Zeit haben, aufzuwachsen und zu lernen. Außerdem – genoß er nicht die Gnade und den Rat Wodans?

Waluburg, seine Mutter, heiratete wieder, einen Mann namens Ansgar. Er war von niedrigerer Abstammung als sie, doch sehr wohlhabend, fähig und nicht machtgierig. Er und sie regierten über ihren Besitz und gaben ihrem Volk eine gute Führung, bis Tharasmund erwachsen war. Wenn sie die Zügel in jenem Jahr noch nicht aus der Hand legten und sich erst etwas später zurückzogen, um in Ruhe zu leben, so geschah das auf seinen Wunsch. Die Ruhelosigkeit seiner Vorfahren war auch in ihm vorhanden, und er wollte frei sein, um reisen zu können.

Und das war gut so, denn in jenen Tagen gingen in der Welt große Veränderungen vor sich. Ein Häuptling mußte sie kennen, bevor er hoffen konnte, mit ihnen fertig zu werden.

Rom hatte wieder Frieden mit sich selbst gemacht, obwohl Konstantin vor seinem Tod das Imperium in Ost- und Westrom geteilt hatte. Als Residenz für den Ostteil hatte er Byzanz erwählt und die Stadt nach sich umbenannt. Sie wuchs rasch an Größe und Reichtum. Nach einigen Zusammenstößen, bei denen sie geschlagen wurden, machten die Visigoten einen Vertrag mit Konstantinopel, und der Handel über die Donau belebte sich.

Konstantin hatte Christus zum einzigen Gott des Staates erklärt. Prediger dieses Glaubens zogen überall durch die Lande. Mehr und mehr der Westgoten hörten auf sie. Jenen, die bei Tiwaz und Frija blieben, gefiel das gar nicht. Nicht nur mochten die alten Götter zürnen und Leid über die undankbaren Menschen bringen, die Annahme des neuen Glaubens öffnete Konstantin auch den Weg, langsam aber sicher die Herrschaft über sie zu erringen, ohne daß ein Schwert aus der Scheide gezogen wurde. Die Christen sagten, dies zähle weniger als die Erlösung; außerdem, vom weltlichen Standpunkt aus gesehen sei es besser, innerhalb des Imperiums zu sein als außerhalb. Jahr um Jahr wuchs die Erbitterung zwischen den beiden Fraktionen.

Durch die Weite des Raums von den Ereignissen getrennt, erfuhren die Ostrogoten nur nach und nach davon. Die Christen unter ihnen waren zumeist Sklaven, die aus westlichen Ländern mitgebracht worden waren. Es gab eine Kirche in Olbia, doch die war für die römischen Händler bestimmt: ein Holzbau, klein und schäbig im Vergleich zu den alten Marmortempeln, wenn diese inzwischen auch nur von Leere erfüllt waren. Mit der Ausdehnung des Handels lernten jedoch auch die weiter im Osten wohnenden Menschen Christen kennen, von denen einige sogar Priester waren. Da und dort ließen sich freie Frauen taufen, selbst ein paar Männer.

Die Teurings wollten nichts davon wissen. Ihre Götter waren gut zu ihnen, wie zu allen Ostrogoten. Weite Äcker trugen reiche Frucht; genauso auch der Handel nach Norden und Süden, und ihr Anteil an dem Tribut, der von den Völkern gezahlt wurde, die ihr König unterworfen hatte.

Waluburg und Ansgar erbauten eine neue Halle, die Dagoberts Sohn würdig sein sollte. Sie erhob sich am rechten Ufer des Dnjepr, auf einem Hügel, zu dessen Füßen der Fluß schimmerte und von dem man den Wind durch Gras und Kornfelder streichen sah, und Wälder, in denen Vögel nisteten, deren Schwärme den Himmel verdunkelten. Geschnitzte Drachen erhoben sich über seine Giebel, vergoldete Gehörne von Elch und Auerochs hingen über den Türen, Pfeiler des Innenraums trugen die Bildnisse von Göttern – mit Ausnahme Wodans, für den ein reichgeschmückter Schrein in der Nähe errichtet worden war. Nebengebäude wuchsen um die Halle aus dem Boden, und kleinere Häuser, bis man es fast ein Dorf nennen konnte. Leben begann sich zu regen: Man sah Männer, Frauen, Kinder, Pferde, Hunde, Wagen, Waffen, hörte Sprechen, Lachen, Singen, Schritte auf Pflastersteinen, Hämmern, Sägen, Rollen von Rädern, Knistern von Feuer, Flüche, und hin und wieder auch jemanden weinen. In einem Schuppen unten am Wasser lag ein Schiff, wenn es nicht unterwegs war, und an der Pier legten oft Schiffe an, die mit ihren wunderbaren Ladungen den Strom hinauf und herab zogen.

›Heorot‹ nannten sie die Halle, weil der Wanderer ihnen mit einem nachdenklichen Lächeln sagte, das sei der Name eines berühmten Sitzes im Norden. Er kam alle paar Jahre bei ihnen vorbei, jeweils auf einige Tage, um zu hören, was es zu hören gab.

Tharasmund wurde dunkler als sein Vater, braunhaarig, schwerer an Gestalt, Gesichtszügen und Seele. Das war nicht schlecht, fanden die Teurings. Sollte er seine Lust auf Abenteuer bald stillen und dabei einiges lernen; dann aber mußte er zur Ruhe kommen und weise über sie herrschen. Sie hatten das Gefühl, einen standfesten Mann an ihrer Spitze zu brauchen. Es waren Gerüchte im Umlauf von einem König, der die Hunnen zusammenzog, so wie es einst Geberik mit den Ostrogoten getan hatte. Nachrichten aus dem nördlichen Mutterland besagten, daß Geberiks Sohn und wahrscheinlicher Erbe, Ermanarik, ein arroganter und grausamer Bursche sei. Außerdem war damit zu rechnen, daß das königliche Haus sehr bald nach Süden verlegt werden würde, hinaus aus den Sümpfen und der Nässe, hinab zu diesen sonnigen Ländern, in denen jetzt schon der größte Teil des Volkes lebte. Die Teurings wollten einen Führer, der für ihre Rechte einstehen würde.

Die letzte Reise, die Tharasmund unternahm, begann, als er siebzehn Winter zählte, und sie dauerte drei Jahre. Sie führte ihn über das Schwarze Meer nach Konstantinopel selbst. Von dort kehrte sein Schiff zurück, und das war die einzige Nachricht, die seine Familie von ihm erhielt. Doch hatte niemand Angst um ihn, denn der Wanderer hatte versprochen, seinen Enkel während des ganzen Weges zu begleiten.

Später hatten Tharasmund und seine Männer Geschichten zu erzählen, die die Abende erhellten, solange sie lebten. Nach ihrem Aufenthalt in Konstantinopel – Wunder über Wunder, Erlebnis auf Erlebnis! – reisten sie über Land durch die Provinz Moesia und weiter zur Donau. An ihrem anderen Ufer blieben sie ein Jahr lang bei den Visigoten. Der Wanderer hatte darauf bestanden und gesagt, daß Tharasmund sie sich zu Freunden machen solle.

Und dabei geschah es, daß der junge Mann Ulrika traf, eine Tochter von König Athanarik. Dieser mächtige Herrscher opferte noch immer den alten Göttern, und der Wanderer war auch in seinem Reich gelegentlich erschienen. Er war sehr froh, eine Verbindung zu einem Häuptlingshaus im Osten herstellen zu können. Was die beiden jungen Leute betraf, so kamen sie gut miteinander zurecht. Ulrika war bereits hochmütig und hart, doch sie wußte einen Haushalt gut zu führen und würde gesunde Kinder gebären und ihrem Mann bei seinen Unternehmen zur Seite stehen. Man kam zu einer Übereinkunft: Tharasmund würde nach Hause zurückkehren, Heiratsversprechen und Geschenke sollten ausgetauscht werden, und in einem Jahr oder so würde seine Braut zu ihm kommen.

Der Wanderer blieb nur eine Nacht in Heorot, bevor er sich verabschiedete. Von ihm berichteten Tharasmund und die anderen wenig mehr, als daß er sie weise und sicher geführt habe, jedoch oft für eine Weile verschwunden sei. Er war zu seltsam, um viel über ihn zu reden.

Einmal jedoch, Jahre später, als Erelieva an seiner Seite lag, erzählte ihr Tharasmund: »Ich habe ihm mein Herz geöffnet. Er wollte es und hörte mich ruhig an, und es war irgendwie, als ob Liebe und Schmerz nebeneinander hinter seinen Augen wohnten.«

1858

Im Gegensatz zu den meisten Agenten der Patrouille, die als Routiniers ranghöher waren, hatte Herbert Ganz seine alte Umwelt nicht verlassen. Schon in mittleren Jahren, als er angeworben wurde, fühlte er sich als überzeugter Junggeselle wohl als Professor an der Friedrich Wilhelm Universität in Berlin. In der Regel kehrte er innerhalb von fünf Minuten von seinen Zeitreisen zurück und nahm seine ordentliche, ein wenig hochnäsige akademische Existenz wieder auf. Denn seine Ausflüge führten ihn nur selten irgendwoanders hin, als in ein erstklassig ausgestattetes Büro, mehrere Jahrhunderte zeitauf, und fast nie in die frühgermanischen Milieus, die sein Forschungsgebiet waren.

»Sie sind nicht geschaffen für einen friedlichen Gelehrten«, hatte er gesagt, als man ihn einmal nach dem Grund dafür fragte. »Und *vice versa:* Ich würde mich zum Narren machen, Verachtung ernten, Mißtrauen erregen, vielleicht getötet werden. Nein, meine Stärke liegt in Studium, Analyse, Hypothese. Lassen Sie mich mein Leben in diesen Dekaden genießen, die mir liegen. Sie werden nur zu bald vorüber sein. Ja, natürlich, bevor die westliche Zivilisation ernsthaft mit ihrer Selbstzerstörung beginnt, muß ich mein Aussehen älter wirken lassen, bis ich meinen Tod simuliere... Und was dann? Wer weiß? Ich werde mich umhören. Vielleicht sollte ich einfach irgendwoanders von vorne anfangen: *exempli gratia,* im postnapoleonischen Bonn oder Heidelberg.

Er fühlte sich verpflichtet, Feldagenten, die ihre Berichte persönlich erstatteten, großzügig Gastfreundschaft zu gewähren. Zum fünften Mal in meinem Leben unternahmen wir nach einem gargantuesken Mittagessen und anschließender Siesta einen Spaziergang entlang der Straße Unter den Linden. Wir kehrten im sommerlichen Dämmerlicht zu seinem Haus zurück. Bäume strömten Wohlgerüche aus. Pferdefuhrwerke rollten über das Pflaster, Herren zogen ihre hohen Zylinderhüte vor ihnen bekannten Damen, eine Nachtigall sang in einem Rosengarten. Hin und wieder schritt ein preußischer Offizier in Uniform vorbei, doch sah man seinen Schultern nicht an, daß er die Zukunft auf ihnen trug.

Das Haus war sehr geräumig, obwohl eine Masse von Büchern und allem möglichen Zeug diese Tatsache verschleierte. Ganz führte mich in seine Bibliothek und läutete nach dem Mädchen, das sofort hereintrat, in einem schwarzen, raschelnden Kleid, mit weißem Häubchen und weißer Schürze. »Wir möchten Kaffee und Kuchen«, wies er sie an. »Und, ja, stellen Sie auch eine Flasche Cognac auf das Tablett, mit zwei Gläsern. Anschließend wünschen wir ungestört zu bleiben.«

Als sie gegangen war, um die Anweisungen auszuführen, ließ er seine rundliche Gestalt auf ein Sofa sinken. »Emma ist ein gutes Kind«, bemerkte er, während er sein *Pince-nez* polierte. Die Ärzte der Patrouille hätten seine Augäpfel mit Leichtigkeit korrigieren können, doch dann hätte er erklären müssen, warum er plötzlich keine Gläser mehr brauchte, und er behauptete, sie würden ihn nicht stören. »Kommt aus einer armen Landarbeiterfamilie – ach, sie vermehren sich sehr üppig, doch es liegt schließlich in der Natur des Lebens, daß es überquillt, nicht wahr? Ich nehme ein gewisses Interesse an ihr. Rein onkelhaft selbstverständlich. Sie wird meinen Dienst in drei Jahren verlassen, weil sie einen netten jungen Mann heiratet. Ich werde ihr eine bescheidene Mitgift, als Hochzeitsgeschenk getarnt, mitgeben und Pate ihres Erstgeborenen werden.« Eine Wolke zog über sein gerötetes, joviales Gesicht. »Sie stirbt mit einundvierzig Jahren an Tuberkulose.« Er fuhr sich mit der Hand über die Glatze. »Ich darf nichts dagegen tun – außer ihr einige Medikamente zu geben, die sie ihr Leiden leichter ertragen lassen. Wir wagen nicht zu trauern, wir von der Patrouille: und schon gar nicht vorher. Ich sollte mein Mitleid, mein Schuldgefühl, für meine armen, nichtsahnenden Freunde und Kollegen, die Brüder Grimm, aufheben. Emmas Leben ist besser, als es dem größten Teil der Menschheit jemals gewährt wird.«

Ich antwortete nicht. Da wir die Gewißheit hatten, ungestört zu bleiben, war ich von einem unnötigen Eifer gepackt, den Apparat aufzustellen, den ich in meinem Gepäck mitgebracht hatte. (Ich galt hier als ein britischer Gelehrter, der einen deutschen Kollegen besuchte. Ich hatte mir einen entsprechenden Akzent eingeübt. Ein Amerikaner wäre mit zu vielen Fragen über die Sklaverei und die Indianer belästigt worden.) Während Tharasmund und ich bei den Visigoten waren, hatten wir Ulfilas getroffen. Ich hatte diese Begegnung aufgezeichnet, wie ich es bei allen wichtigen Ereignissen tat. Sicher würde Ganz den wichtigsten Missionar Konstantinopels, den Apostel der Goten, sehen wollen, dessen Bibelübersetzung so ziemlich die einzige Informationsquelle über ihre Sprache darstellt, die die Jahrhunderte überdauert hat, bis das Zeitreisen eingeführt wurde.

Das Hologramm leuchtete auf. Plötzlich wurden der Raum – Kerzenlüster, Bücherregale, Möbel, die ich als Empire-Stil kannte, Büsten, gerahmte Radierungen und Ölgemälde, Porzellan, Tapeten mit chinesischen Motiven, braunrote Vorhänge – zu der Mystik und dem Dunkel um ein Lagerfeuer. Doch ich war nicht hier, in meinem Schädel, denn es war ich selbst, den ich anblickte, und ich war der Wanderer.

(Die Recorder sind winzig, arbeiten auf dem Molekular-Niveau und sind selbststeuernd, wenn sie vollen sensorischen Input aufnehmen. Der meine, einer von mehreren, die ich mitgenommen hatte, war in meinem Speer verborgen, den ich an einen Baum gelehnt hatte. Da ich Ulfilas begegnen wollte, hatte ich für meine Gruppe die Route so festgelegt, daß sie sich mit der seinen überschnitt, als wir beide durch das Land reisten, das die Römer Dacia nannten, bevor sie sich daraus zurückzogen, und das ich zu meiner Zeit als Rumänien kannte. Nach gegenseitiger Versicherung friedlicher Absichten schlugen meine Ostrogoten und seine Oströmer ihre Zelte auf und trafen sich zu einem gemeinsamen Mahl.)

Bäume umstanden die dunkle Waldlichtung. Funkenroter Rauch stieg empor und verdeckte die Sterne. Eine Eule schrie, immer wieder. Die Nacht war noch immer mild, doch Tau begann das Gras zu kühlen. Die Männer saßen mit gekreuzten Beinen um die Feuer, mit der Ausnahme von Ulfilas und mir. Er war vor Eifer aufgestanden, und ich konnte vor anderen nicht zulassen, daß er mich überragte. Sie starrten uns an, lauschten, machten verstohlen das Zeichen der Axt oder des Kreuzes.

Trotz seines Namens – ursprünglich Wulfila – war er klein, dick, mit einer fleischigen Nase, denn er schlug nach seinen kappadozischen Großeltern, die beim Überfall der Goten vom Jahr 264 verschleppt worden waren. In Übereinstimmung mit dem Vertrag von 332 war er nach Konstantinopel gegangen, sowohl als Geisel wie auch als Gesandter. Schließlich war er als Missionar zu den Visigoten zurückgekehrt. Der Glaube, den er predigte, war nicht der des Konzils von Nizza, sondern die strenge Doktrin des Arius, die das Konzil als Häresie verurteilt hatte. Trotzdem stand er an der vordersten Front des Christentums.

»Nein, wir sollten nicht nur Geschichten über unsere Reisen austauschen«, sagte er. »Wie können die von unserem Glauben getrennt werden?« Sein Ton war ruhig und sachlich, doch durchdringend war der Blick, den er auf mich richtete. »Du bist kein gewöhnlicher Mensch, Karl. Das erkenne ich deutlich an dir und auch in den Augen deiner Gefolgsleute. Nimm es mir nicht übel, wenn ich mich frage, ob du ganz menschlich bist.«

»Ich bin kein böser Dämon«, sagte ich.

War das wirklich ich, der ihn so weit überragte, schlank, grau – verdammt und resigniert durch Vorwissen –, jene Gestalt, die aus dem Dunkel und aus dem Wind gekommen war? An diesem Abend, anderthalbtausend Jahre nach jener Nacht, hatte ich das Gefühl jemand anders zu sein. Ja, Wodan, der ewig Heimatlose.

Ulfilas' Feuer brannte in ihm. »Dann fürchtest du dich nicht vor einer Debatte?«

»Zu welchem Nutzen, Priester? Du weißt sehr wohl, daß die Goten kein Volk der Bibel sind. Sie opfern Christus in seinen Ländern; das tun sie oft. Doch ihr opfert niemals Tiwaz in den seinen.«

»Nein, denn Gott hat verboten, daß wir uns vor einem anderen beugen als vor ihm. Es ist nur Gott, der Vater, der angebetet werden darf. Dem Sohn mögen die Menschen die ihm zukommende Ehrfurcht erweisen, ja; doch die Natur Christi ...« Und Ulfilas war mitten in einer Predigt.

Es war kein sinnloses Geschwätz, dazu war er zu klug. Er sprach ruhig, vernünftig, sogar humorvoll. Er zögerte nicht, heidnische Bilder zu benutzen, noch versuchte er, mehr als eine Grundlage von Ideen zu schaffen, bevor er die Konversation in eine andere Richtung gehen ließ. Ich sah einige meiner Männer nachdenklich nicken. Arianismus paßte besser zu ihren Traditionen und ihrem Temperament als ein Katholizismus, von dem sie ohnehin keine Ahnung hatten. Er würde die Form des Christentums sein, das die Goten schließlich annahmen, und daraus sollten jahrhundertelange Wirren entstehen.

Ich machte bei diesem Gespräch keine besonders gute Figur. Aber wie hätte ich überzeugt für ein Heidentum argumentieren sollen, an das ich nicht glaubte, und das, wie ich wußte, dem Untergang geweiht war? Doch andererseits – wie hätte ich überzeugt für Christus argumentieren können?

Meine Augen – 1858 – suchten Tharasmund. Es war noch viel von Joriths geliebten Zügen in seinem jungen Gesicht.

»Und wie kommen Sie bei Ihren Literaturforschungen voran?« fragte Ganz, als die Szene vorüber war.

»Recht gut.« Ich floh in die Realität. »Neue Gedichte; darin Formulierungen, die definitiv wie ältere Vorbilder von Sätzen in *Widsith* und *Walthere* aussehen. Genauer ausgedrückt, seit der Schlacht am Dnjepr...« Das schmerzte, doch ich holte meine Notizen und Aufzeichnungen hervor und sprach weiter.

344–347

Im gleichen Jahr, als Tharasmund nach Heorot zurückkehrte und die Führung der Teurings übernahm, starb Geberik in der Halle seiner Väter, auf einem Berggipfel der Hohen Tatra. Sein Sohn Ermanarik wurde König der Ostrogoten.

Spät im folgenden Jahr kam Ulrika, Tochter des Visigoten-Königs Athanarik, an der Spitze eines großen und reichen Gefolges zu ihrem Anverlobten, Tharasmund. Ihre Hochzeit war ein Fest, das lange in der Erinnerung der Menschen zurückblieb, eine Woche, in der Essen, Trinken, Spiele, Belustigungen und vieles mehr für Hunderte von Gästen aufgeboten wurde. Weil sein Enkel ihn darum gebeten hatte, war auch der

Wanderer erschienen, um dem Paar seinen Segen zu geben, und hatte die Braut beim Licht von Fackeln in die Kammer geführt, in der ihr Mann sie erwartete.

Da gab es einige, nicht vom Stamm der Teurings, die murmelten, daß Tharasmund sich zu große Hoffnungen zu machen scheine, als ob er jemals mehr werden könne als des Königs Handlanger.

Kurz nach der Hochzeit mußte er aufbrechen. Die Herulen waren ins Land eingefallen und hatten die Marschen in Brand gesetzt. Sie zurückzuschlagen und einen Teil ihres eigenen Landes zu verwüsten, wurde das Werk eines ganzen Winters. Und kaum war das getan, als Ermanarik befahl, daß er alle Stammesführer im Mutterland zu sehen wünsche.

Diese Versammlung erwies sich als nützlich. Es wurden Pläne für Eroberungen ausgearbeitet und andere Dinge besprochen, die der Regelung bedurften. Ermanarik verlegte seinen Hof nach dem Süden, wo inzwischen der größte Teil seines Volkes ansässig geworden war. Außer vielen seiner Greutungen zogen auch die Stammeshäuptlinge und ihre Krieger mit ihm. Es war ein prachtvoller Zug, den die Barden in glühenden Versen beschrieben, die der Wanderer bald allerorts hörte.

Deshalb dauerte es eine Weile, bis Ulrika fruchtbar wurde. Doch nachdem Tharasmund zu ihr zurückgekehrt war, füllte er alsbald ihren Leib, und sehr gut. Sie sagte zu ihren Frauen, daß es natürlich ein Sohn werden würde, und daß er am Leben bleiben und so berühmt wie seine Vorfahren werden würde.

Sie gebar in einer Winternacht – manche sagten, sehr leicht, andere, daß sie ihre Schmerzen einfach nicht beachtet habe. Heorot jubelte. Der Vater ließ überall bekanntgeben, daß er ein Namensgebungsfest abhalten würde.

Das war eine willkommene Unterbrechung dieser dunklen Jahreszeit, wie die Zusammenkünfte zum Julfest. Die Menschen strömten nach Heorot. Unter ihnen waren Männer, die es für eine günstige Gelegenheit hielten, Tharasmund auf die Seite zu ziehen und ein paar Worte mit ihm zu sprechen. Sie hegten Groll gegen König Ermanarik.

Die Halle war geschmückt mit immergrünen Zweigen, Webarbeiten, poliertem Metall, römischem Glas. Obwohl draußen noch der Tag über den Schneefeldern regierte, wurde der lange Raum von Lampen erhellt. In ihren besten Staat gekleidet saßen die führenden Freisassen und ihre Frauen um die Hohe Bank herum, auf der die Wiege mit dem Baby stand. Geringeres Volk, Kinder und Hunde drängten sich entlang der Wände. Der süße Duft von Met und Kiefern erfüllte die Luft und die Köpfe.

Tharasmund trat vor. In seiner Hand war die heilige Axt, die er über seinen Sohn halten wollte, während er Donars Segen auf ihn herabflehte. Ulrika brachte von der anderen Seite Wasser aus Frijas Quelle. Keiner der Anwesenden hatte so etwas schon einmal erlebt, es sei denn, für den Erstgeborenen eines königlichen Hauses.

»Wir sind hier zusammengekommen...« Tharasmund brach ab. Alle Blicke richteten sich auf die Tür, und ein erregtes Atmen ging durch die Menge wie eine Welle. »Oh, ich hatte gehofft! Sei willkommen!«

Den Speer im Takt seiner Schritte auf den Boden stoßend, trat der Wanderer näher. Er beugte sein graues Haupt über das Kind.

»Möchtest du, Herr, ihm seinen Namen geben?« bat Tharasmund.

»Wie soll er lauten?«

»Ein Name aus der Familie seiner Mutter, um uns enger mit den Westgoten zu verbinden: Hathawulf.«

Der Wanderer stand eine Weile völlig reglos, für eine Weile, die sich länger und immer länger hinzog. Schließlich hob er den Kopf. Die Hutkrempe verschattete sein Gesicht. »Hathawulf«, sagte er leise, wie zu sich selbst. »O ja. Ich verstehe jetzt.« Und etwas lauter: »Weard will es so. Dann soll es so sein. Ich werde ihm seinen Namen geben.«

1934
....

Ich trat aus der New Yorker Basis in die Kälte und die frühe Dunkelheit des Dezembers hinaus und ging zu Fuß in die Innenstadt. Lichter und Schaufenster schleuderten mir Weihnachten entgegen, doch die Käufer waren nicht sehr zahlreich. An windigen Straßenecken tuteten Musikanten der Heilsarmee, oder Weihnachtsmänner läuteten ihre Glocken, um für einen guten Zweck zu sammeln, während frierende, resigniert wirkende Straßenhändler dies oder jenes anboten. Bei den Goten gab es keine Depression, dachte ich. Aber die Goten hatten auch weniger zu verlieren. Materiell zumindest. Geistig – wer konnte das sagen? Ich nicht, ganz gleich, wieviel Geschichte ich schon erlebt hatte und noch erleben würde.

Laurie hörte, wie ich aus dem Lift heraustrat, und öffnete die Wohnungstür. Wir hatten den Tag meiner Rückkehr vorher festgesetzt, nach ihrer Rückkehr aus Chicago, wo sie eine Ausstellung ihrer Bilder gehabt hatte. Sie drückte mich stürmisch an sich.

Als wir hineintraten, verebbte ihre Freude. Wir blieben in der Mitte des Wohnzimmers stehen. Sie nahm meine beiden Hände in die ihren, blickte mich eine Weile schweigend an und fragte dann: »Was hat dich getroffen – auf dieser Reise?«

»Nichts, das ich nicht hätte vorhersehen können«, sagte ich mit einer Stimme, die so dumpf war wie meine Seele. »Aber – wie war deine Ausstellung?«

»Sehr gut«, antwortete sie sachlich. »Zwei Bilder sind bereits verkauft, für eine recht nette Summe.« Mitgefühl quoll aus ihr hervor. »Nachdem wir dieses Thema erledigt haben, setz dich! Ich hole dir einen Drink. Mein Gott, siehst du mitgenommen aus.«

»Mir fehlt nichts. Nicht nötig, daß du mich bedienst.«

»Vielleicht habe ich es nötig. Hast du mal daran gedacht?« Laurie drängte mich zu meinem gewohnten Sessel. Ich ließ mich hineinfallen und starrte aus dem Fenster. Ferne Lichter schufen ein hektisches Flimmern entlang den Simsen, zu Füßen der Nacht. Aus dem Radio tönte ein Weihnachtslied: *O Bethlehem, du kleine Stadt ...*

»Zieh die Schuhe aus!« rief Laurie aus der Küche. Ich tat es, und es war, als ob dies das wirkliche Ritual des Heimkommens wäre, wie es bei den Goten das Ablegen des Schwertgurts ist.

Sie brachte zwei Scotch mit Soda und fuhr mit ihren Lippen über meine Stirn, bevor sie sich mir gegenübersetzte. »Willkommen«, sagte sie. »Immer willkommen.« Wir hoben unsere Gläser und tranken.

Sie wartete schweigend, bis ich bereit war, mit ihr zu sprechen.

Ich stieß es hervor: »Hamther ist geboren worden.«
»Wer?«
»Hamther. Er und sein Bruder Sorli starben, als sie versuchten, ihre Schwester zu rächen.«
»Ich weiß«, flüsterte sie. »O Carl, Liebling.«
»Das erste Kind von Tharasmund und Ulrika. Sein Name ist in Wirklichkeit Hathawulf, aber man kann verstehen, auf welche Weise er zu Hamther verkürzt wurde, während die Geschichte in mehreren Jahrhunderten nach Norden verbreitet wurde. Und sie wollen ihren nächsten Sohn Solbern nennen. Die Zeit stimmt auch. Sie werden beide junge Männer sein – gewesen sein – wenn ...« Ich konnte nicht weitersprechen.

Sie beugte sich vor, gerade lange genug, daß die Berührung ihrer Hand mein Bewußtsein erreichte.

Später sagte sie: »Du mußt dies doch gar nicht auf dich nehmen. Nicht wahr, Carl?«

»Was?« Das Erstaunen kappte sekundenlang meinen Schmerz. »Aber natürlich muß ich das. Das ist doch meine Aufgabe, meine Pflicht.«

»Deine Aufgabe ist es, all das zu suchen, was Menschen in Versen und Gedichten festgehalten haben. Nicht was sie taten. Mach einen Sprung vorwärts, Liebes. Laß ... Hathawulf tot und begraben sein, wenn du wieder dorthin zurückgehst.«

»Nein!«

Ich merkte, daß ich geschrien hatte. Ich nahm einen langen, wärmenden Schluck, zwang mich, sie anzusehen und sagte ruhig: »Ich habe selbst daran gedacht. Glaube mir. Doch ich kann es nicht. Ich kann sie nicht im Stich lassen.«

»Aber helfen kannst du ihnen auch nicht. Es ist vorbestimmt – alles.«

»Wir wissen nicht, was geschehen wird ... geschehen ist. Oder wie ich vielleicht ... Nein, Laurie, bitte sprich nicht mehr davon!«

Sie seufzte. »Gut, ich kann dich verstehen. Du bist seit Generationen mit ihnen zusammen, hast sie aufwachsen und leben und leiden und sterben sehen; aber für dich ist es keine so lange Zeit gewesen.« *Für dich, sagte sie nicht, ist Jorith noch eine sehr lebendige Erinnerung.* »Ja, tu, was du tun mußt, Carl! Und wann du es mußt!«

Ich fand keine Worte, da ich ihren Schmerz spürte.

Sie lächelte mit zitternden Lippen. »Aber jetzt hast du erst einmal Urlaub«, sagte sie. »Also schieb die Arbeit für eine Weile beiseite. Ich bin heute ausgegangen und habe einen kleinen Weihnachtsbaum gekauft. Was hältst du davon, wenn wir ihn heute abend schmücken, nachdem ich dir ein feines Abendessen gekocht habe?«

Friede auf Erden, und den Menschen ein Wohlgefallen ...

348-366

Athanarik, der König der Westgoten, haßte Christus. Abgesehen davon, daß er am Glauben seiner Väter festhielt, fürchtete er die Kirche als einen getarnten Agenten des Imperiums. »Laßt sie nur lange genug nagen«, sagte er, »und die Menschen werden plötzlich feststellen, daß sie das Knie vor den römischen Kaisern beugen.« Deshalb wiegelte er seine Männer gegen den neuen Glauben auf, wies die Angehörigen von ermordeten Christen ab, wenn sie bei ihm Sühnegeld suchten, und peitschte schließlich bei einem Großen Thing ein Gesetz durch, das sie dem allgemeinen Abschlachten freigab, sobald einige von ihnen den Zorn von Goten anstachelten. Glaubte er zumindest. Die getauften Goten, von denen es inzwischen nicht wenige gab, kamen zusammen und beschlossen, daß Gott, der Herr der himmlischen Heerscharen, darüber entscheiden solle.

Bischof Ulfilas riet zur Vorsicht. Märtyrer wurden zu Heiligen, gestand er ein, doch war es die Masse der Gläubigen, die das Wort Gottes auf Erden lebendig erhielten. Er suchte und erhielt die Erlaubnis von Kaiser Constantitius, seine Herden nach Moesia zu treiben. Er führte sie über die Donau und ließ sich unter den Haemus-Bergen nieder. Dort wurden sie zu friedlichen Viehzüchtern und Bauern.

Als diese Nachricht Heorot erreichte, brach Ulrika in lautes Lachen aus. »Dann ist mein Vater sie endlich los!«

Sie hatte sich zu früh gefreut. Während der nächsten dreißig Jahre und mehr arbeitete Ulfilas in seinem Weingarten. Nicht jeder der christlichen Visigoten war ihm nach Süden gefolgt. Einige blieben zurück, darunter auch Häuptlinge, die mächtig genug waren, sich und ihre Gefolgsleute verteidigen zu können. Diese empfingen Missionare, deren Arbeit Früchte trug. Athanariks Verfolgungen führten dazu, daß die Christen nun auch ihrerseits einen Führer suchten. Sie fanden ihn in Frithigern, der auch aus königlichem Hause war. Während es zwischen den Faktionen nie zu einem offenen Krieg kam, gab es doch eine Menge von Zusammenstößen. Jünger und bald auch reicher als sein Rivale, da er von den Händlern des Imperiums bevorzugt wurde, brachte Frithigern im Lauf der Jahre viele Westgoten dazu, sich taufen zu lassen, allein weil es sich als vorteilhaft erwies.

Die Ostrogoten berührte das nur wenig. Die Anzahl der Christen unter ihnen nahm zwar auch zu, doch nur sehr langsam und ohne irgendwelchen Aufruhr hervorzurufen. König Ermanarik kümmerte sich nicht um irgendwelche Götter oder um das Jenseits. Er war zu sehr damit beschäftigt, so viel, wie er kriegen konnte, in dieser Welt zu erobern.

Auf und ab in Osteuropa tobten seine Kriege. In Kämpfen, die sich über mehrere Jahre erstreckten, vernichtete er die Herulen. Die wenigen, die sich ihm nicht unterwarfen, verließen ihr Land, um sich westlichen Stämmen anzuschließen, die denselben Namen trugen. Die Esten und die Wenden waren leichte Beute für Ermanarik. Unersättlich führte er seine Armeen nach Norden, jenseits der Länder, die sein Vater tributpflichtig gemacht hatte. Ein Feldzug über alles Land zwischen Elbe und Dnjepr-Mündung machte ihn schließlich zum Herrscher über das ganze Gebiet.

Im Lauf dieser Feldzüge gewann Tharasmund Ruhm und Beute. Und doch widerstrebte ihm die Härte des Königs. Oft erhob er sich bei den Things nicht nur für seinen eigenen Stamm, sondern auch für andere, um ihre angestammten Rechte zu verteidigen. Dann mußte Ermanarik wohl oder übel zurückstecken, wenn auch äußerst widerwillig. Die Teurings waren noch zu mächtig, oder er nicht mächtig genug, um sie sich zu Feinden zu machen. Dies traf um so mehr zu, seit viele Goten sich fürchteten, das Schwert gegen ein Haus zu ziehen, dessen seltsamer Vorfahr noch immer hin und wieder dort zu Gast weilte.

Der Wanderer war auch dort, als sie dem dritten Kind von Tharasmund und Ulrika seinen Namen gaben: Solbern. Das zweite war in der Wiege gestorben, doch Solbern, wie sein Bruder, gedieh und wuchs kräftig heran. Das vierte Kind war ein Mädchen, das sie Svanhild nannten. Auch bei ihrer Namensgebung war der Wanderer anwesend, jedoch nur kurz, und danach wurde er für lange Jahre nicht mehr gesehen. Svanhild wuchs zu einem sehr schönen Mädchen heran, war liebenswert und fröhlich.

Ulrika gebar noch drei weitere Kinder. Sie kamen in großen Abständen und keines von ihnen lebte lange. Tharasmund war häufig unterwegs, kämpfend, handelnd, mit Männern von Ansehen beratend. Wenn er heimkehrte, schlief er mit Erelieva, der Buhle, die er sich nach der Geburt Svanhilds genommen hatte.

Sie war weder Sklavin noch niedrig geboren, sondern die Tochter eines wohlhabenden Freisassen. Von der weiblichen Linie stammte sie sogar von Winnithar und Salvalindis ab. Tharasmund hatte sie getroffen, als er unter dem Stammesvolk umherritt, was er alljährlich tat, um zu hören, was sie auf dem Herzen hatten. Er war länger als sonst in jenem Haus geblieben, und die beiden waren oft zusammen gewesen. Später sandte er ihr Botschaften, in denen er sie fragte, ob sie zu ihm kommen würde. Er schickte kostbare Geschenke an ihre Eltern, sowie Versprechen, daß er sie in Ehren halten würde und über die Verstärkung der Bande zwischen den beiden Familien. Dies war ein Angebot, das man nicht leichtfertig zurückweisen konnte, und da das Mädchen mehr als begierig war, wurde es Tharasmunds Männern mitgegeben.

Er hielt sein Wort und hielt sie in Ehren. Als sie ihm

einen Sohn gebar, Alawin, gab er ein so großes Fest, wie er es für Hathawulf und Solbern gegeben hatte. Sie gebar ihm noch einige Kinder, doch wurden sie früh von Krankheiten hinweggerafft, aber er liebte sie deshalb nicht weniger.

Ulrika wurde bitter. Nicht darüber, daß Tharasmund eine andere Frau hatte, das taten die meisten Männer, die es sich leisten konnten, und er hatte schon mehr als seinen Anteil davon gehabt. Was Ulrika wurmte, war die Stellung, die er Erelieva einräumte – als zweite gleich nach ihr in seinem Haushalt und an erster Stelle in seinem Herzen. Sie war zu stolz, um einen Streit vom Zaun zu brechen, den sie verlieren mußte, doch ihre Gefühle sprachen eine deutliche Sprache. Sie gab sich kühl gegenüber Tharasmund, selbst wenn er ihr Bett aufsuchte. Und das veranlaßte ihn, es nur noch sehr selten zu tun, und ausschließlich in der Hoffnung auf mehr Nachwuchs.

Während seiner langen Abwesenheiten tat Ulrika alles, was in ihrer Macht stand, um Erelieva ihre Verachtung zu zeigen und sie zu schmähen. Die jüngere Frau errötete und ertrug es demütig. Sie hatte ihre Freunde gefunden. Es war Ulrika, die Überhebliche, die einsam wurde. Deshalb klammerte sie sich sehr an ihre Söhne; sie wuchsen unter ihren Fittichen auf.

Trotzdem wurden sie zu lebhaften Burschen, die rasch all das lernten, was einem Manne geziemte, und sie waren beliebt, wohin sie auch kamen. Sie waren einander sehr ungleich: Hathawulf war der heißblütigere, Solbern der nachdenklichere, doch standen sie einander sehr nahe. Was ihre Schwester, Svanhild, betraf, so wurde sie von allen Teurings – Erelieva und Alawin eingeschlossen – geliebt.

In jener Zeit vergingen oft Jahre zwischen den Besuchen des Wanderers, und die Besuche waren nur kurz. Das erhöhte jedoch die Ehrfurcht der Menschen nur noch. Wenn seine hagere Gestalt sich auf den Hügeln zeigte, stießen die Männer in ihre Hörner, und Reiter galoppierten von Heorot heran, um ihn zu begrüßen und ihn zur Halle zu geleiten. Er war jetzt noch stiller als zuvor. Es war, als ob eine geheime Trauer auf ihm lastete, doch wagte niemand zu fragen, was Gegenstand dieser Trauer war. Sie zeigte sich am stärksten, wenn Svanhild in ihrer knospenden Schönheit an ihm vorüberging, oder vor Stolz zitternd zu ihm kam, wenn ihre Mutter ihr erlaubt hatte, dem Gast einen Becher Wein zu bringen, oder wenn sie mit den anderen jungen Leuten zu seinen Füßen saß, wenn er Geschichten erzählte oder weise Worte sprach. Einmal sagte er seufzend zu ihrem Vater: »Sie ist wie ihre Urgroßmutter.«

Der harte Krieger erschauerte. Wie lange war diese Frau nun schon tot?

Bei einem früheren Besuch zeigte der Gast Überraschung. Seit seinem letzten Hiersein war Eleviera nach Heorot gekommen und hatte ihren Sohn geboren. Scheu brachte sie das Kind, um es ihm zu zeigen. Er blickte es mehrere Herzschläge lang schweigend an, bevor er fragte: »Wie ist sein Name?«

»Alawin, Herr.«

»Alawin!« Der Wanderer legte seine Hand auf die Stirn. »Alawin?« Nach einer weiteren, langen Pause sagte er: »Aber du bist Erelieva – Erp – ja, vielleicht ist das der Name, unter dem man sich an dich erinnern wird, meine Liebe.« Niemand verstand, was er damit sagen wollte.

Die Jahre flogen vorbei. Und während dieser Jahre wuchs die Macht von König Ermanarik. Und gleichzeitig seine Habgier und seine Grausamkeit.

Als er und Tharasmund in ihrem vierzigsten Winter waren, kam der Wanderer wieder zu Besuch. Jene, die ihm begegneten, hatten ernste Gesichter und schwiegen bedrückt. Heorot quoll über von bewaffneten Männern. Tharasmund begrüßte seinen Gast mit finsterer Freude. »Vorvater und Herr, bist du gekommen, um uns zu helfen – du, der du einst die Vandalen aus dem Land der Goten vertrieben hast?«

Der Wanderer stand so reglos, als ob er aus Stein gemeißelt wäre. »Es ist besser, wenn du mir von Anfang an erzählst, worum es geht«, sagte er schließlich.

»Damit wir es in unseren Köpfen klar erkennen? Doch es ist klar. Aber gut, dein Wille geschehe!« Tharasmund dachte nach. »Laßt mich zwei meiner Männer holen.«

Die beiden waren ein seltsames Paar. Liuderis, untersetzt und grauhaarig, war der Vertraute des Häuptlings. Er diente als Verwalter von Tharasmunds Ländereien und als Anführer seiner Krieger, wenn Tharasmund sie nicht selbst führte. Der andere war ein rothaariger Junge von fünfzehn Wintern, bartlos, aber kräftig, mit einem Haß hinter seinen grünen Augen, der über seine Jahre hinausging. Tharasmund nannte ihn Randwar, Sohn Guthriks; er war kein Teuring, sondern ein Greutung.

Die vier zogen sich in eine Kammer zurück, in der sie sprechen konnten, ohne belauscht zu werden. Ein kurzer Wintertag näherte sich seinem Ende. Lampen verbreiteten Licht, bei dem man eben noch sehen konnte, und ein Holzkohlebecken gab Wärme, doch die Männer saßen in ihre Pelze gewickelt, und ihr Atem strömte in weißen Dampfwolken aus ihren Mündern. Es war ein reich eingerichteter Raum, mit römischen Stühlen und einem Tisch mit Perlmutt-Intarsien. Gobelins hingen an den Wänden, und die Fensterläden waren reich geschnitzt. Diener brachten Wein und Pokale, um ihn daraus zu trinken. Die Geräusche von Leben drangen durch die Eichendielen. Der Sohn und der Enkel des Wanderers waren zu Reichtum gekommen.

Und doch runzelte Tharasmund die Stirn, rutschte auf seiner Bank unruhig hin und her, fuhr mit seinen

Fingern durch sein struppiges Haar und durch seinen kurzgeschnittenen Bart, bevor er sich seinem Besucher zuwenden und ihm sagen konnte: »Wir reiten zum König, fünfhundert Mann. Sein letztes Verbrechen ist schlimmer, als es ein Mensch ertragen kann. Wir werden Rache nehmen für die Erschlagenen, oder der rote Hahn wird bald auf diesem Dach krähen.«

Er meinte Feuer, Aufruhr, Krieg von Goten gegen Goten, Königsmord und Tod!

Niemand konnte sagen, ob das Gesicht des Wanderers seinen Ausdruck veränderte. Schatten flossen über seine Furchen, während die Lampen dunkel glosten. »Sag mir, was er getan hat«, sagte der Wanderer.

Tharasmund nickte Raridwar zu. »Sag du es ihm, Junge, so wie du es mir erzählt hast!«

Der Junge schluckte. Wut brach aus der Zurückhaltung, die er in der Gegenwart des Wanderers empfand. Er schlug mit der Faust auf sein Knie, wieder und wieder, während er mit rauher Stimme sprach. »Wisse, Herr – obwohl ich sicher bin, daß du es bereits weißt –, daß König Ermanarik zwei Neffen hat, Embrika und Fritla. Sie sind die Söhne eines seiner Brüder, Aiulf, der im Krieg gegen die Angeln im Norden fiel. Embrika und Fritla haben sich ebenfalls tapfer geschlagen. Hier im Süden, vor zwei Jahren, führten sie eine Truppe gegen die alanischen Verbündeten der Hunnen. Sie brachten große Beute nach Hause, denn sie hatten den Ort überrannt, wo die Hunnen den Tribut aufbewahrten, den sie von vielen erpreßt hatten. Ermanarik hörte davon und erklärte, daß die Beute ihm, dem König, gehöre. Seine Neffen sagten nein, da sie diesen Feldzug auf eigene Faust geführt hätten. Er befahl ihnen, zu ihm zu kommen, um die Angelegenheit zu besprechen. Sie taten es, doch vorher versteckten sie ihren Schatz. Obwohl Ermanarik ihnen freies Geleit zugesichert hatte, ließ er sie festnehmen. Als sie sich weigerten, ihm den Schatz herauszugeben oder zu verraten, wo sie ihn verborgen hatten, ließ er sie bis zum Tode foltern. Dann schickte er Krieger in ihr Land, um nach dem Schatz zu suchen. Sie fanden ihn nicht; doch sie verwüsteten das Land, verbrannten die Häuser von Aiulfs Söhnen, rotteten ihre Familien aus – um die anderen Gehorsam zu lehren, wie er sagte. Herr!« schrie Randwar, »ist das gerecht?«

»Es ist oft die Art der Könige«, sagte der Wanderer, und seine Stimme klang wie rostiges Eisen. »Was hast du mit dieser Sache zu tun?«

»Mein ... mein Vater war einer der Söhne Aiulfs, der jung gestorben ist. Ich bin von meinem Onkel Embrika und seiner Frau großgezogen worden. Ich bin gerade von einem langen Jagdausflug zurückgekommen. Das Haus war nur noch ein Haufen Asche. Die Leute sagten mir, was die Männer Ermanariks mit meiner Stiefmutter getrieben haben, bevor sie ihr die Kehle durchschnitten. Sie ... sie war mit diesem Haus verwandt. Deshalb bin ich hergekommen.«

Er sank in seinen Stuhl zurück, versuchte, ein Schluchzen zu unterdrücken und leerte einen Becher Wein.

»Ja«, sagte Tharasmund schwer. »Sie, Mathaswenta, war meine Base. Du weißt, daß hochgestellte Familien oft außerhalb der Stammesgrenzen heiraten. Randwar ist mir entfernter verwandt; trotzdem ist uns das Blut gemeinsam, das vergossen wurde. Außerdem weiß er, wo der Schatz liegt, tief im Dnjepr versenkt. Es ist gut, daß die Weard ihn gerade zu dieser Zeit fortgeschickt hatte und ihn so vor Gefangennahme und Tod bewahrte. Dieses Gold würde dem König zu viel Macht geben.«

Liuderis schüttelte den Kopf. »Ich begreife das nicht«, murmelte er. »Nach allem, was ich gehört habe, begreife ich es nicht. Warum tut Ermanarik so etwas? Ist er von einem Dämon besessen? Oder ist er nur verrückt?«

»Ich glaube, keines von beiden«, sagte Tharasmund. »Ich glaube, daß sein Berater Sibicho – kein Gote, sondern ein Vandale, der in seinen Diensten steht – ihm Böses ins Ohr geflüstert hat. Doch Ermanarik ist immer bereit, auf ihn zu hören, o ja.« An den Wanderer gewandt: »Seit Jahren hat er den Tribut erhöht, den wir zahlen müssen, und befiehlt freigeborene Frauen in sein Bett, ob sie wollen oder nicht, und knechtet die Menschen auf jede Weise. Ich glaube, er ist darauf aus, den Willen jener Häuptlinge zu brechen, die ihm bisher standgehalten haben. Wenn wir ihm in dieser Sache nachgeben, werden wir um so bereiter sein, es auch bei der nächsten zu tun.«

Der Wanderer nickte. »Ja, da hast du zweifellos recht. Ich möchte noch sagen, daß Ermanarik auf die Macht des römischen Kaisers neidisch ist und sich eine gleiche Stellung über die Ostrogoten schaffen will. Außerdem hat er gehört, daß Frithigern sich gegen den Visigotenkönig Athanarik auflehnt, und hat vor, jeden dieser Rivalen seinem Reich einzuverleiben und tributpflichtig zu machen.«

»Wir werden reiten und Gerechtigkeit verlangen. Er muß beim Großen Thing auf den Stein Tiwaz' schwören, daß er von nun an den alten Gesetzen und Rechten gehorchen wird. Wenn nicht, werde ich das ganze Land gegen ihn in Aufruhr bringen.«

»Er hat viele Männer auf seiner Seite«, warnte der Wanderer, »manche sind durch ihren Treueeid an ihn gebunden, andere durch Habgier oder Furcht, manche durch das Gefühl, daß man einen starken König haben muß, um die Grenzen zu sichern, gerade jetzt, wo die Hunnen sich zusammenrotten, wie eine Schlange sich aufrollt, bevor sie zustößt.«

»Ja, doch dieser König muß nicht Ermanarik sein!« rief Randwar hitzig.

Hoffnung stieg in Tharasmund auf. »Herr«, sagte er zu dem Wanderer. »Du, der du die Vandalen geschlagen hast, wirst du deiner Sippe auch diesmal beistehen?«

Trauer beschwerte die Antwort. »Ich... ich kann nicht in euren Schlachten kämpfen. Weard läßt das nicht zu.«

Tharasmund schwieg für eine Weile. Schließlich fragte er: »Wirst du zumindest mit uns kommen? Ich bin sicher, daß der König auf *dich* hören wird.«

Der Wanderer schwieg noch länger, bis er sich zu den Worten zwang: »Ja, ich will sehen, was ich tun kann. Aber ich verspreche nichts. Hast du gehört? Ich verspreche nichts.«

Und so ritt er mit den anderen, an der Spitze des Trupps.

Ermanarik unterhielt Hallen überall im Reich. Er und seine Bewacher, Berater und Diener reisten zwischen ihnen umher. Es war bekannt, daß er bald nach den Morden zu einer Halle gereist war, die nur drei Tagesritte von Heorot entfernt lag.

Das waren drei harte Tage. Schnee lag wie eine Kruste auf dem ganzen Land. Er knirschte unter den Hufen der Pferde. Der Himmel war trübe und grau, die Luft unbewegt und kalt. Die Häuser duckten sich unter ihre Strohdächer. Die Bäume standen kahl, Kiefern und Fichten düster. Niemand sprach viel, und niemand sang, nicht einmal am Lagerfeuer, bevor sie sich unter die Decken verkrochen.

Doch als sie ihr Ziel vor sich sahen, stieß Tharasmund in sein Horn, und sie trafen in vollem Galopp ein.

Hufe dröhnten auf dem Kopfsteinpflaster und Pferde wieherten, als die Teurings sie im Hof der königlichen Halle zügelten. Wachen, deren Zahl etwa gleich stark war, standen entlang der Halle, die Speere erhoben, doch die Fahnen gesenkt. »Wir wollen mit eurem Herrn sprechen!« rief Tharasmund.

Das war eine absichtliche Beleidigung, dieses Wort,

als ob jene Männer nicht frei wären, sondern bei Fuß gehalten würden, wie Hunde oder Sklaven. Der Führer der Wachen lief rot an und rief: »Ein paar von euch mögen eintreten, doch die anderen müssen sich vorher zurückziehen.«

»Ja, tut es!« murmelte Tharasmund Liuderis zu. Der alte Krieger knurrte vernehmlich: »O ja, das werden wir tun, da wir euch unsicher machen – doch nicht weit, und nicht für lange, wenn wir nicht versichert werden, daß unsere Führer nicht Opfer von Verrat werden.«

»Wir sind gekommen, um zu reden«, sagte der Wanderer rasch.

Er, Tharasmund und Randwar stiegen ab. Die Wachen an der Tür wichen zur Seite, und sie traten in die Halle. Weitere Wachen füllten die Bänke. Entgegen gotischem Brauch waren sie bewaffnet. An der Mitte der Ostwand, flankiert von seinen Höflingen, saß Ermanarik und erwartete sie.

Er war ein großer Mann, der sich gerade aufgerichtet hielt. Schwarze Locken und ein spatenförmiger Bart umrahmten ein strenges, zerfurchtes Gesicht. Seine Kleidung war prächtig; ein schwerer goldener Stirnreif und goldene Armringe glänzten im Licht der Flammen. Sein Gewand war von ausländischem, gefärbtem Stoff, mit Marder- und Hermelinfellen besetzt. In der Hand hielt er einen Weinpokal, nicht aus Glas, sondern aus Kristall, und Rubine glitzerten an seinen Fingern.

Er wartete schweigend, bis die drei müden, schlammbedeckten Männer vor seine Hohe Bank getreten waren. Er starrte sie noch eine Weile an, bevor er sagte: »Ich sehe, Tharasmund, daß du in seltsamer Gesellschaft reist.«

Ein hagerer, bleicher Mann rechts von dem König, Sibicho, der Vandale, flüsterte ihm etwas ins Ohr. »Also setzt euch!« sagte er. »Wir wollen essen und trinken.«

»Nein«, antwortete Tharasmund. »Wir nehmen kein Salz und keinen Trunk von dir, bevor du nicht Frieden mit uns gemacht hast.«

»Du sprichst sehr dreist.«

Der Wanderer hob seinen Speer empor. Stille senkte sich über die Halle, in der das Knistern der Langfeuer plötzlich lauter zu sein schien. »Wenn du weise bist, König, wirst du diesen Mann anhören«, sagte er. »Dein Land liegt blutend. Wasch diese Wunde aus und verbinde sie mit Kräutern, bevor sie anschwillt und eitert!«

Ermanarik hielt seinem Blick stand und erwiderte: »Ich dulde keinen Hohn, Alter. Ich werde ihn anhören, wenn er seine Zunge im Zaum hält. Sag mir in kurzen Worten, was du willst, Tharasmund!«

Das war wie ein Schlag ins Gesicht. Der Teuring mußte dreimal schlucken, bevor er seine Forderungen herausschreien konnte.

»Ich dachte mir, daß du so etwas wolltest«, sagte Ermanarik, als Tharasmund schwieg. »Wisse, daß Embrika und Fritla an ihren eigenen Taten gestorben sind. Sie haben dem König vorenthalten, was rechtmäßig ihm gehört. Diebe und Betrüger sind Gesetzlose. Ich will jedoch Gnade walten lassen und ihren Familien Sühnegeld zahlen... nachdem man mir den Hunnenschatz übergeben hat.«

»Was?« schrie Randwar. »Du wagst es, so zu sprechen, du Mörder?«

Die Wachen knurrten. Tharasmund legte warnend die Hand auf den Arm des Jungen. Zu Ermanarik sagte er: »Wir verlangen doppeltes Sühnegeld für das Unrecht, das du getan hast. Wir können nicht weniger nehmen, wenn wir unsere Ehre behalten wollen. Und was das Besitzrecht an dem Schatz betrifft, so soll das Große Thing darüber entscheiden; und was immer es entscheiden mag, wollen wir in Frieden befolgen.«

»Ich schachere nicht«, antwortete Ermanarik mit frostiger Stimme. »Nehmt mein Angebot an und geht – oder weist es zurück und geht, damit ich euch eure Unverschämtheit nicht büßen lasse.«

Der Wanderer trat vor. Wieder hob er seinen Speer empor und erzwang Stille. Die Hutkrempe verschattete sein Gesicht, so daß er noch unheimlicher wirkte als sonst; der blaue Umhang fiel von seinen Schultern wie Flügel. »Höre mich an!« sagte er. »Die Götter sind gerecht. Wer immer das Gesetz bricht und die Hilflosen zu Boden tritt, dem werden sie Verdammnis bringen. Ermanarik, hör auf sie, bevor es zu spät ist! Hör auf sie, bevor dein Reich auseinandergerissen wird!«

Sibicho zupfte den König am Ärmel und murmelte etwas.

Ermanarik nickte. Er beugte sich vor, sein Zeigefinger stach vor wie ein Messer, und er sagte mit einer Stimme, die von den Wänden widerhallte:

»Du bist schon früher in meinen Häusern gewesen, Alter. Schlecht mag es dir bekommen, mir zu drohen. Und du bist unweise, was immer Kinder und alte Weiber und wackelige Greise von dir brabbeln mögen – unweise bist du, wenn du glaubst, daß ich dich fürchte. Ja, man sagt sogar, daß du Wodan selbst seist. Doch was kümmert mich das? Ich vertraue nicht windigen Göttern, sondern meiner eigenen Stärke.«

Er sprang auf die Füße. Sein Schwert fuhr aus der Scheide und blitzte, als er es emporriß. »Wagst du es, dich mir im Kampf zu stellen, du alter Tropf?« schrie er. »Wir können das Karree sofort abstecken. Triff mich dort, Mann gegen Mann, und ich werde deinen Speer in Stücke schlagen und dich davonjagen wie einen jaulenden Hund!«

Der Wanderer rührte sich nicht, nur sein Speer zitterte ein wenig. »Weard läßt es nicht zu«, sagte er dann, fast flüsternd. »Doch ich warne dich sehr ernsthaft um jedes Goten willen: mach deinen Frieden mit diesen Männern, denen du Unrecht getan hast!«

»Ich werde meinen Frieden mit ihnen machen, wenn sie es tun«, sagte Ermanarik grinsend. »Du hast mein Angebot gehört, Tharasmund. Nimmst du es an?«

Der Teuring hob den Kopf. Randwar knurrte wie ein gereizter Wolf. Der Wanderer stand so reglos, als ob er nur ein Idol wäre. Sibicho grinste höhnisch von der Hohen Bank. »Nein«, sagte Tharasmund heiser. »Das kann ich nicht.«

»Dann geht, alle, bevor ich euch in eure Zwinger zurückprügeln lasse!«

Jetzt riß Randwar sein Schwert heraus. Tharasmund und Liuderis griffen nach den ihren; Eisen blitzte überall. Der Wanderer sagte laut: »Wir werden gehen, doch nur um der Goten willen. Denk nach, König, solang du noch König bist!«

Er drängte seine Begleiter zur Tür. Ermanarik begann zu lachen. Sein Lachen verfolgte sie durch die ganze Halle.

1935

Laurie und ich gingen im Central Park spazieren. Ein Märzwind blies uns entgegen. An einigen Stellen lag noch Schnee, sonst sproß überall grünes Gras aus dem Boden. Büsche und Bäume waren voller Knospen. Jenseits des Parks ragten die turmartigen Häuser der Stadt, frisch gereinigt von dem Frühlingswetter, in den blauen Himmel, wo einige Wolken eine Regatta segelten. Der Wind war gerade kühl genug, um die Haut prickeln zu lassen.

Verloren in meinem privaten Winter bemerkte ich es kaum.

Sie ergriff meine Hand. »Du hättest das nicht tun sollen, Carl.« Ich spürte, daß sie meinen Schmerz teilte, so weit es ihr möglich war.

»Was sonst hätte ich denn tun können?« antwortete ich aus meiner Düsterkeit heraus. »Tharasmund hat mich gebeten, ihn zu begleiten, wie ich dir bereits sagte. Wie hätte ich ihm das verweigern und jemals wieder ruhig schlafen können?«

»Kannst du jetzt ruhig schlafen?« Die Frage kam sehr rasch. »Okay, vielleicht war es richtig so, und zulässig, ihnen diesen Trost zu geben, der in deiner Gegenwart liegen mag. Aber du hast dich eingemischt. Du hast versucht, den Konflikt abzuwenden.«

»Gesegnet seien die Friedfertigen, hat man mich in der Sonntagsschule gelehrt.«

»Der Zusammenstoß ist unausweichlich. Nicht wahr? So steht es doch in den Legenden und Gedichten, derentwegen du dorthin zurückgegangen bist.«

Ich zuckte die Achseln. »Legenden. Gedichte. Wieviel Tatsachen liegen darin? O ja, die Geschichte weiß, was schließlich aus Ermanarik geworden ist. Aber sind Svanhild, Hathawulf und Solbern *wirklich* gestorben, wie die Saga behauptet? Wenn irgend etwas dieser Art tatsächlich geschehen sein sollte, wenn es nicht nur ein romantisches Märchen ist, das ein Chronist Jahrhunderte später ernst genommen hat, muß es notwendigerweise *ihnen* geschehen sein?« Ich räusperte meine Kehle frei. »Meine Aufgabe bei der Patrouille besteht darin, festzustellen, wie die Ereignisse wirklich waren, zu deren Erhaltung sie da ist.«

»Liebster, Liebster«, seufzte sie, »es tut dir so weh. Es lähmt deinen Verstand. Denk doch einmal nach. Ich habe nachgedacht – oh, und wie ich nachgedacht habe – ich bin natürlich nicht selbst dort gewesen, doch vielleicht gibt mir gerade das eine Perspektive, die du ... die du nicht sehen willst. Alles, was du berichtet hast während der ganzen Affäre, zeigt, daß die Ereignisse auf ein einziges Ziel zusteuern. Wenn du, als Gott, den König durch einen Bluff zur Versöhnung veranlaßt hättest, würdest du das sicher getan haben. Aber nein, das ist nicht die Form des Kontinuums.«

»Es ist jedoch elastisch. Welchen Unterschied kann es machen, ob ein paar dieser Barbaren leben oder nicht?«

»Du redest irre, Carl, und du weißt es. Ich ... liege auch oft wach, aus Angst, in was du hineinstolpern könntest. Du bist wieder Dingen zu nahe, die verboten sind. Vielleicht hast du die Schwelle sogar schon überschritten.«

»Die Zeitbahnen werden sich ausgleichen. Das tun sie immer.«

»Wenn das stimmte, brauchten wir keine Patrouille. Du mußt verstehen, welche Risiken du auf dich genommen hast.«

Ich mußte es. Ich hatte mich ihnen gestellt. Es gab Knotenpunkte, wo es sehr genau darauf ankam, wie die Würfel fielen. Und sie waren nicht immer klar erkennbar.

Ein Beispiel tauchte in meinem Gedächtnis auf, wie ein Ertrunkener, dessen Körper an die Oberfläche steigt. Ein Instrukteur an der Akademie hatte es uns gegeben, da er es für Kadetten aus meinem Milieu für passend hielt. Der Zweite Weltkrieg hatte enorme Konsequenzen mit sich gebracht. Die schwerwiegendste war die sowjetische Herrschaft über halb Europa. (Nuklearwaffen waren nur eine indirekte Folge; sie wären etwa um die gleiche Zeit auch so entwickelt worden, da das Prinzip bekannt war.) Diese militärpolitische Situation führte schließlich zu Ereignissen, die das Schicksal der Menschheit für Hunderte von Jahren danach beeinflussen sollten – und damit für immer, da diese Jahrhunderte ihre eigenen Knotenpunkte hatten.

Und doch hatte Winston Churchill recht, als er die Auseinandersetzung von 1939–1945 den ›Unnötigen Krieg‹ nannte. Die Schwäche der Demokratien war die Voraussetzung dafür, ihn auszulösen, zugegeben.

Trotzdem wäre es zu keiner Bedrohung gekommen, die die Welt hätte erzittern lassen, wenn nicht gleichzeitig in Deutschland der Nazismus an die Macht gelangt wäre. Und diese Bewegung, anfangs klein und belächelt, später von der Weimarer Regierung gezüchtigt (obwohl viel zu milde), diese Bewegung wäre nie an die Macht gekommen – hätte in dem Land Bachs und Goethes nie an die Macht gelangen können –, wenn nicht das einzigartige Genie Adolf Hitlers gewesen wäre. Und Hitlers Vater war als Alois Schicklgruber geboren worden, als illegitimes Resultat einer zufälligen Affäre zwischen einem österreichischen Bourgeois und einem seiner Dienstmädchen ...

Doch wenn man diese Liaison verhindert hätte, was sehr leicht möglich gewesen wäre, ohne irgend jemandem weh zu tun, hätte man die ganze folgende Geschichte verändert. Um 1935, zum Beispiel, würde die Welt bereits anders ausgesehen haben. Vielleicht wäre sie besser geworden als das Original (auf einigen Gebieten, für eine Weile) oder aber schlechter. Ich könnte mir zum Beispiel vorstellen, daß die Menschen dann nie in den Weltraum gelangt wären. Zumindest nicht so bald; und das war wichtig, denn später, angesichts einer ausgepowerten Erde, wäre es nicht mehr möglich gewesen, und es wäre zu spät gewesen, um die Erde zu retten. Ich kann mir *nicht* vorstellen, daß das Ergebnis ein friedliches Utopia gewesen wäre.

Aber egal. Auch wenn Dinge zur Zeit Roms durch mich erheblich verändert würden, würde ich noch immer vorhanden sein. Doch wenn ich zu diesem Jahr zurückkehrte, würde meine ganze Zivilisation niemals existiert haben. Und auch nicht Laurie.

»Ich ... ich glaube nicht, daß ich Risiken eingegangen bin«, widersprach ich. »Meine Vorgesetzten haben meine Berichte gelesen, und es sind ehrliche Berichte. Sie hätten mir schon Bescheid gesagt, wenn ich vom Weg abgerutscht wäre.«

Ehrlich? fragte ich mich. Nun ja, sie gaben wieder, was ich beobachtet und getan hatte, ohne Lügen oder Verschweigen, wenn auch in knapper Form. Doch die Patrouille wollte schließlich kein emotionelles Auf-die-Brust-Schlagen, nicht wahr? Und man erwartete auch nicht von mir, daß ich jedes letzte unwichtige Detail erwähnte, nicht wahr? Ohnehin unmöglich durchzuführen.

Ich holte tief Luft. »Hör zu!« sagte ich. »Ich weiß, wohin ich gehöre. Ich bin zwar nur ein Literatur- und Linguistik-Forscher, aber wo immer ich helfen kann – wo immer ich *sicher* helfen kann – muß ich das auch tun. Nicht wahr?«

»Du bist du, Carl.«

Wir gingen weiter. Schließlich rief sie: »He, Mann, du bist auf Urlaub! Hast du das vergessen? Wir sollen uns ausruhen und das Leben genießen. Ich habe schon Pläne für uns gemacht. Hör zu!«

Ich sah Tränen in ihren Augen und tat mein Bestes, die Fröhlichkeit wiederzugeben, zu der sie sich zwang.

366–372

Tharasmund führte seine Männer nach Heorot zurück. Dort trennten sie sich und ritten zu ihren Häusern. Der Wanderer verabschiedete sich. »Überstürze nichts!« war sein Rat. »Warte ab! Wer weiß, was geschehen mag?«

»Ich glaube, du weißt es«, sagte Tharasmund.

»Ich bin kein Gott.«

»Das hast du mir mehr als einmal gesagt, doch nichts sonst. Wer bist du?«

»Das darf ich nicht enthüllen. Doch wenn mir dieses Haus etwas schuldig ist für alles, was ich im Laufe der Jahre getan habe, so fordere ich diese Schuld jetzt ein und verlange von dir, daß du dir Zeit läßt, dich nicht drängen läßt und vorsichtig handelst.«

Tharasmund nickte. »Das hätte ich auf jeden Fall getan. Es braucht seine Zeit, um genügend Männer in einer Bruderschaft zusammenzubringen, der Ermanarik nicht widerstehen kann. Schließlich würden die meisten es vorziehen, auf ihren Höfen zu sitzen und zu hoffen, daß das Unglück an ihnen vorübergehe, wen immer sonst es auch treffen mag. Und der König wird wahrscheinlich nicht riskieren, es zu einem offenen Bruch kommen zu lassen, bevor er das Gefühl hat, dafür bereit zu sein. Ich muß ihm voraus sein, doch ist mir sehr wohl bewußt, daß ein Mann weiter gehen als laufen kann.«

Der Wanderer nahm seine Hand, schien etwas sagen zu wollen, blinzelte jedoch nur mehrmals, wandte sich um und schritt fort. Der letzte Anblick, den Tharasmund von ihm hatte, waren sein Hut, Umhang und Speer, weit entfernt auf einer kalten, winterlichen Straße.

Randwar nahm Wohnung in Heorot, eine lebende Erinnerung an begangenes Unrecht. Doch war er zu jung und zu sehr voller Leben, um lange vor sich hinzubrüten. Schon bald waren er, Hathawulf und Solbern die besten Freunde, gemeinsam bei der Jagd, bei Sport und Spielen, bei allen Vergnügungen. Er war auch oft mit ihrer Schwester Svanhild zusammen.

Die Tag-und-Nachtgleiche brachte Eisschmelze, dann Knospen, Blüten und Blätter. Während der kalten Jahreszeit war Tharasmund viel über Land geritten, hatte die Teurings und andere Stämme aufgesucht, um mit den führenden Männern zu sprechen. Während des Frühjahrs blieb er zu Hause und arbeitete auf seinem Land, und Nacht für Nacht hatten er und Erelieva Freude aneinander.

Es kam der Tag, an dem er fröhlich ausrief: »Wir haben gepflügt und gesät, die Häuser gereinigt und neu gebaut, Fohlen und Kälbern in die Welt geholfen und alles Vieh auf die Weide gebracht. Laßt uns für eine Weile frei sein! Morgen gehen wir auf die Jagd.«

Im Morgengrauen jenes Tages küßte er Erelieva vor allen Männern, die mit ihm ritten, bevor er in den Sattel sprang und an ihrer Spitze losritt. Hunde bellten, Pferde wieherten, Hufe dröhnten, Hörner tönten. Bevor sie hinter einem Hügel außer Sichtweite kamen, wandte er sich noch einmal um und winkte ihr zu.

Sie sah ihn an diesem Abend wieder, doch da war er ein blutbesudelter Leichnam.

Die beiden Männer, die ihn ins Haus trugen, auf einer Bahre, die aus Umhängen und zwei Speerschäften bestand, berichteten mit gedämpfter Stimme, was geschehen war. Als sie in den Wald eindrangen, der einige Meilen entfernt begann, fanden sie die Spur eines Ebers und folgten ihr. Lang war die Verfolgung, bis sie ihn endlich gestellt hatten. Es war ein mächtiges Tier, mit Hauern wie sichelförmige Dolchklingen. Tharasmund brüllte vor Freude. Doch der Mut des Ebers war so mächtig wie sein Körper. Er blieb nicht stehen, als einige der Jäger abstiegen und andere ihn zum Angriff reizen wollten. Er griff sofort an. Tharasmunds Pferd schrie und stürzte mit aufgeschlitztem Bauch. Tharasmund fiel schwer zu Boden. Der Eber stürzte sich sofort auf ihn. Hauer gruben sich ins Fleisch. Blut spritzte.

Obwohl die Männer das Tier kurz darauf getötet hatten, murmelten sie jetzt, daß es vielleicht ein Dämon gewesen sei, oder behext – ein Sendling Ermanariks, oder seines verschlagenen Beraters Sibicho? Doch wie immer dem auch sein mochte, Tharasmunds Wunden waren zu tief, um das Blut stillen zu können. Er hatte gerade noch Zeit, die Hände seiner Söhne zu ergreifen.

In der Halle und in den anderen Häusern weinten die Frauen – bis auf Ulrika, deren Gesicht steinern blieb, und Erelieva, die fortging, um allein zu weinen.

Während Ulrika den Leichnam wusch und aufbahrte, was ihr Recht als Ehefrau war, wurde Erelieva von Freunden eilig fortgebracht. Wenig später verheirateten sie sie mit einem Freisassen, einem Witwer, dessen Kinder eine Stiefmutter brauchten, und dessen Hof weit entfernt von Heorot lag. Ihr Sohn Alawin, obwohl erst zehn Winter alt, traf eine männliche Entscheidung und blieb. Hathawulf, Solbern und Svanhild schützten ihn, so gut sie es konnten, vor dem Haß ihrer Mutter und gewannen dadurch seine uneingeschränkte Liebe.

Inzwischen hatte sich die Nachricht vom Tod ihres Vaters weit herumgesprochen. Die Menschen drängten sich in der Halle, wo Ulrika sich und ihrem Mann Ehre antat. Der Leichnam wurde aus dem Eishaus geholt, wo er geruht hatte, in kostbare Kleider gehüllt. Liuderis führte die Krieger an, die ihn in eine Grabkammer aus Baumstämmen betteten, zusammen mit Schwert, Speer, Schild, Helm, Kettenbrünne, Schätze von Gold, Silber, Bernstein, Glas und römischen Münzen. Hathawulf, der älteste Sohn des Hauses, tötete das Pferd und die Hunde, die Tharasmund auf der Höllenstraße folgen sollten. Ein Holzstoß loderte vor Wodans Schrein, als die Männer Erde über die Grabkammer schaufelten, bis sie unter einem riesigen Hügel verschwunden war. Anschließend ritten sie lange Zeit um den Hügel herum, schlugen Schwertklingen auf Schilde und heulten das Wolfsgeheul.

Es folgte ein Totenfest, das drei Tage dauerte. Am letzten dieser Tage erschien der Wanderer.

Hathawulf räumte die Hohe Bank für ihn. Ulrika brachte ihm Wein. In einer Stille, die sich auf die düstere Halle gesenkt hatte, trank er auf den Geist Tharasmunds, auf Mutter Frija, und auf das Wohl des Hauses. Sonst sagte er nur wenig. Wenig später winkte er Ulrika zu sich und flüsterte ihr etwas zu. Die beiden verließen die Halle und gingen in das Schlafgemach der Frauen.

Die Dämmerung brach herein, blaugrau in den offenen Fenstern, düster im Raum. Kühle trug Gerüche von Laub und Erde herein, das Trillern einer Nachtigall; doch das klang weit entfernt, nicht ganz wirklich, schien es Ulrika. Sie starrte eine Weile auf eine angefangene Stoffbahn im Webstuhl. »Was wird Weard als nächstes weben?« fragte sie leise.

»Ein Totenlaken«, sagte der Wanderer, »falls du dem Weberschiffchen nicht eine andere Richtung gibst.«

Sie wandte sich um, sah ihn an und antwortete: »Ich? Aber ich bin doch nur eine Frau. Mein Sohn Hathawulf ist es, der die Teurings führt.«

»*Dein* Sohn. Er ist jung, er hat weniger von der Welt gesehen, als sein Vater in seinem Alter. Du, Ulrika, Tochter des Athanarik, Tharasmunds Frau, besitzt sowohl Wissen als auch Stärke, und auch die Geduld, die Frauen lernen müssen. Du kannst Hathawulf weisen Rat geben, wenn du dazu bereit bist. Und … er ist es gewöhnt, auf dich zu hören.«

»Was wäre, wenn ich wieder heiraten würde? Sein Stolz würde eine Mauer zwischen uns errichten.«

»Irgendwie glaube ich nicht, daß du es wirklich tun wirst.«

Ulrika blickte in die Dämmerung hinaus. »Es ist nicht mein Wunsch, nein. Ich habe mehr als genug von der Ehe.« Sie wandte sich um und blickte in sein verschattetes Gesicht. »Du willst also, daß ich hierbleibe und die Macht ausübe, die ich über ihn und seinen Bruder haben mag. Gut. Aber was soll ich ihnen sagen, Wanderer?«

»Sprich Weisheiten. Es wird hart für dich sein, deinen Stolz herunterzuschlucken und nicht deiner Rachsucht an Ermanarik zu folgen. Und noch härter wird es für Hathawulf sein. Doch sicher verstehst du, Ulrika, daß ohne die Führung Tharasmunds die Fehde nur zu einem Ende führen kann. Mach deinen Söhnen klar, daß diese Familie zum Untergang verdammt ist, wenn sie nicht ihren Frieden mit dem König macht.«

Ulrika schwieg lange Zeit. Schließlich sagte sie: »Du

hast recht. Ich will es versuchen.« Wieder suchten ihre Augen die seinen in der tiefer werdenden Dunkelheit. »Doch ich tue es aus Notwendigkeit, nicht aus Überzeugung. Falls jemals die Gelegenheit kommen sollte, Ermanarik etwas antun zu können, werde ich die erste sein, die dazu drängt, sie zu nutzen. Und niemals werden wir uns vor diesem Troll verneigen, oder neues Unrecht von ihm hinnehmen.« Ihre Worte stießen zu wie ein beuteschlagender Habicht. »Du weißt das. Dein Blut ist in meinen Söhnen.«

»Ich habe gesagt, was ich sagen mußte.« Der Wanderer seufzte. »Nun tue du, was du tun kannst.«

Sie kehrten zum Fest zurück. Am nächsten Morgen verließ der Wanderer Heorot.

Ulrika nahm sich seinen Rat zu Herzen, auch wenn es ihr sehr schwer fiel. Sie hatte keine leichte Aufgabe, Hathawulf und Solbern ihren Willen aufzuzwingen. Sie schrien von ihrer Ehre und ihrem guten Namen. Sie erklärte ihnen, daß Tapferkeit nichts mit Unüberlegtheit zu tun habe. Jung, unerfahren, ohne Führereigenschaften, hätten sie einfach keine Aussicht, genügend Goten zu einem Aufstand aufwiegeln zu können. Liuderis, den sie ins Vertrauen zog, stimmte ihr widerstrebend zu. Ulrika erklärte ihren Söhnen, daß sie nicht das Recht hätten, Vernichtung auf das Haus ihres Vaters herabzubeschwören.

Sie sollten es lieber aushandeln, drängte sie, sollten den Fall vor das Große Thing bringen und sich an dessen Entscheidung halten, wenn der König es auch tun würde. Die Menschen, denen Unrecht geschehen war, waren schließlich keine nahen Verwandten; ihren Erben war mehr mit dem angebotenen Sühnegeld gedient als mit irgend jemandes Rache; so mancher Häuptling oder Freisasse würde glücklich darüber sein, wenn Tharasmunds Söhne es sich versagten, das Reich zu zerstückeln, und in kommenden Jahren mit Respekt von ihnen sprechen.

»Aber erinnerst du dich nicht mehr daran, was Vater befürchtete«, sagte Hathawulf. »Wenn wir Ermanarik jetzt nachgeben, wird er uns nur noch härter unterdrücken.«

Ulrikas Lippen zogen sich zusammen. »Ich habe nicht gesagt, daß ihr das zulassen sollt«, antwortete sie. »Nein, wenn er das versucht, bei dem Wolf, den Tiwaz band, hat er einen Krieg! Meine Hoffnung ist jedoch, daß er zu schlau dazu ist. Er wird sich zurückhalten.«

»Bis er genügend Macht besitzt, um uns zu zertreten!«

»Oh, das braucht seine Zeit, und währenddessen werden wir in aller Stille unsere eigenen Kräfte aufbauen. Denkt daran, ihr seid jung. Wenn nichts Unvorhersehbares geschieht, werdet ihr ihn überleben. Und vielleicht braucht ihr nicht einmal so lange zu warten. Wenn er älter wird …«

So setzte Ulrika ihren Söhnen Tag für Tag, Woche um Woche zu, bis sie sich ihrem Willen beugten.

Randwar verfluchte sie als verräterische Feiglinge. Es kam fast zu einem Faustkampf. Svanhild warf sich zwischen ihre Brüder und ihn. »Ihr seid doch *Freunde!*« schrie sie. Es blieb ihnen nichts anderes übrig, als sich zu einem ungeliebten Frieden bereitzufinden.

Später versuchte Svanhild, Randwar zu trösten. Sie und er gingen einen langen Pfad hinab, wo Brombeeren wuchsen, Bäume in der leichten Brise seufzten und das Sonnenlicht einfingen, Vögel sangen. Ihr Haar floß golden auf ihre Schultern, ihre Augen waren groß und blau wie der Himmel, und sie bewegte sich wie ein Reh. »Mußt du denn ständig trauern?« fragte sie. »Dieser Tag ist zu schön dazu.«

»Aber diese, die mich großzogen«, stammelte er, »liegen ungerächt.«

»Bestimmt wissen sie, daß du dich darum kümmern wirst, sobald es dir möglich ist, und warten mit Geduld darauf. Sie haben schließlich bis zum Ende der

Welt Zeit dazu, nicht wahr? Du wirst dir einen Namen machen, durch den man sich auch an den ihren erinnern wird. Du mußt dir nur Zeit lassen. Sieh doch, sieh doch! Diese Schmetterlinge! Wie ein lebendig gewordener Sonnenuntergang!«

Obwohl Randwar Hathawulf und Solbern nie mehr alles sagte, was in seinem Herzen war, kam er doch weiterhin gut mit ihnen zurecht. Immerhin waren sie Svanhilds Brüder.

Männer, denen sanfte Rede gegeben war, gingen zwischen Heorot und dem König hin und her. Ermanarik überraschte sie durch größere Zugeständnisse, als er den Teurings bisher gewährt hatte. Es war, als ob er glaubte, sich größere Milde leisten zu können, nachdem sein Hauptgegner, Tharasmund, gestorben war. Er weigerte sich zwar, doppeltes Sühnegeld zu zahlen, weil das ein Eingeständnis von Unrecht gewesen wäre, doch sagte er, wenn jene, die wüßten, wo der Schatz verborgen sei, diesen zum nächsten Großen Thing mitbrächten, würde er das Eigentumsrecht durch die Versammlung entscheiden lassen.

So wurde ein Abkommen getroffen. Doch während diese Verhandlungen durchgeführt wurden, schickte Hathawulf, unter der Anleitung Ulrikas, Männer aus und sprach auch selbst zu vielen Haushaltsvorständen. Das ging so fort bis zu der Versammlung nach der herbstlichen Tag-und-Nachtgleiche.

Dort wiederholte der König seinen Besitzanspruch auf den Hunnenschatz. Es sei ein Brauch von alters her, behauptete er, daß alles, was von einem im Dienst des Königs stehenden Mann erworben werden mochte, in den Besitz seines Herrn übergehen sollte, der die Beute an solche verteilen würde, die es verdienten, oder deren Loyalität er benötigte. Ansonsten würde Krieg bedeuten, daß jeder Mann nur für sich kämpfte; die Stärke des Heeres würde geschwächt werden, da Habgier höher stünde als Ruhm; Streitigkeiten über die

Beute würden die Truppe auseinanderreißen. Embrika und Fritla hätten das sehr wohl gewußt, es jedoch vorgezogen, sich gegen das Gesetz zu stellen.

Daraufhin zogen sich die Sprecher, die Ulrika ausgewählt hatte, zum Erstaunen des Königs in ihre Wälder zurück. Er hatte nicht erwartet, daß sie so zahlreich kommen würden. Auf ihre unterschiedliche Art drückten sie denselben Gedanken aus. Ja, die Hunnen und ihre alanischen Vasallen seien Feinde der Goten. Doch habe Ermanarik seit einem Jahr nicht gegen sie gekämpft. Der Überfall sei ein Unternehmen gewesen, das Embrika und Fritla selbst und für sich selbst durchgeführt hätten, wie einen Beutezug. Sie hätten den Schatz ehrlich erkämpft, und deshalb gehöre er ihnen.

Lang und hitzig waren die Debatten, sowohl im Rat als auch in den Zelten, die auf dem Feld aufgeschlagen worden waren. Es ging hier um mehr als nur eine Rechtsfrage; es ging darum, wessen Wille sich durchsetzte. Ulrikas Worte, durch den Mund ihrer Söhne und ihrer Abgesandten, hatten genügend Männer davon überzeugt, daß es, obwohl Tharasmund tot war – ja, *weil* Tharasmund tot war – am besten für sie wäre, den König in seine Schranken zu verweisen.

Nicht jeder war damit einverstanden oder wagte zuzugeben, daß er damit einverstanden sei. Deshalb kamen die Goten schließlich überein, den Schatz in drei gleiche Teile zu teilen, einen für Ermanarik, und je einen für die Söhne von Embrika und Fritla. Da die Männer des Königs diese jedoch getötet hatten, sollte dieses zweite Drittel Randwar zufallen, ihrem Stiefsohn. So wurde er über Nacht reich.

Ermanarik ritt wütend und schweigend von der Versammlung fort, und es dauerte lange, bis irgend jemand den Mut fand, ihn anzusprechen. Sibicho war der erste. Er zog ihn beiseite, und sie sprachen mehrere Stunden lang miteinander. Was sie sprachen, hörte niemand; doch danach war Ermanarik in besserer Stimmung.

Als die Nachricht davon Heorot erreichte, murmelte Randwar, daß, wenn jenes Wiesel glücklich sei, es nichts Gutes für alle Vögel bedeuten könne. Doch der Rest des Jahres verlief friedlich.

Etwas Seltsames geschah jedoch im folgenden Sommer, der ebenfalls friedlich war. Der Wanderer erschien auf der von Westen führenden Straße, wie er es immer tat. Liuderis ritt ihm an der Spitze von Männern entgegen, um ihn willkommen zu heißen und zur Halle zu begleiten. »Wie geht es Tharasmund und den Seinen?« rief der Wanderer ihnen entgegen.

»Was?« entgegnete Liuderis erstaunt. »Tharasmund ist tot, Herr. Hast du das vergessen? Du warst doch selbst bei seiner Totenfeier.«

Der grauhaarige Mann stand wie betäubt an seinen Speer gelehnt. Plötzlich hatten die anderen das Gefühl, als ob der Tag weniger warm sei als bisher. »Ja, richtig«, sagte er schließlich, beinahe zu leise, um gehört zu werden. »Ich hatte es vergessen.« Er schüttelte seine Schultern und sagte zu den Reitern, lauter, schneller: »Ich habe an so vieles denken müssen. Vergebt mir, doch ich kann dieses Mal doch nicht bei euch zu Gast weilen. Übermittelt ihnen meine Grüße. Bis auf später!« Er wandte sich um und schritt den Weg zurück, den er gekommen war.

Die Männer starrten ihm nach, wunderten sich, machten Zeichen gegen das Böse. Später kehrte ein Kuhhirte nach Hause zurück und berichtete, daß der Wanderer ihn auf einer Wiese getroffen und lange nach Tharasmunds Tod befragt habe. Niemand konnte sagen, was für ein Omen das sei, doch christliche Dienerinnen der Halle sagten, es zeige, wie die alten Götter versagten und vergingen.

Trotzdem empfingen die Söhne Tharasmunds den Wanderer mit Ehrfurcht, als er im Herbst wiederkam.

Sie wagten nicht, ihn zu fragen, warum er damals zurückgegangen sei, ohne sie aufzusuchen. Was ihn betraf, so war er offenherziger als zuvor, und anstatt nur einen oder zwei Tage zu bleiben, blieb er zwei Wochen. Die Menschen bemerkten, wie sehr er sich um die jüngeren Kinder kümmerte, um Svanhild und Alawin.

Natürlich waren es Hathawulf und Solbern, mit denen er sehr ernst sprach. Er drängte sie, daß einer von ihnen, oder beide, im nächsten Jahr westwärts reisen sollten, wie es ihr Vater in seiner Jugend getan hatte. »Es wird euch sehr von Nutzen sein, die römischen Länder kennenzulernen und die Freundschaft mit den euch verwandten Visigoten aufrechtzuerhalten«, sagte er. »Ich könnte selbst mit euch gehen, als euer Führer, Berater und Vermittler.«

»Ich fürchte, das können wir nicht«, antwortete Hathawulf schwer. »Noch nicht. Die Hunnen werden immer stärker und dreister. Sie sind wieder in unsere Marschen eingefallen. Obwohl wir König Ermanarik nicht mögen, müssen wir ihm recht geben, wenn er uns zum Krieg aufruft, sobald es Sommer wird, und Solbern und ich werden nicht zögern, seinem Ruf zu folgen.«

»Nein«, sagte sein Bruder, »und nicht nur um der Ehre willen. Bis jetzt hat der König sich zurückgehalten, doch ist es kein Geheimnis, daß er uns nicht gerade liebt. Wenn man uns Feiglinge und Verräter nennen kann, wenn das Reich in Gefahr ist, wer wird es dann noch wagen oder wollen, zu uns zu stehen?«

Der Wanderer schien von diesen Worten schwerer betroffen zu sein, als man erwarten konnte. Schließlich sagte er: »Nun, Alawin wird dann zwölf Winter alt sein – zu jung, um mit euch gehen zu können, doch alt genug, um mit mir zu gehen. Erlaubt es ihm.«

Sie erlaubten es ihm, und Alawin war wild vor Freude. Als er ihn radschlagend über den Boden toben sah, schüttelte der Wanderer den Kopf und murmelte: »Wie sehr selbst er noch Jorith gleicht. Doch schließlich waren beide Seiten seiner Vorfahren sehr nahe mit ihr verwandt.« An Hathawulf gewandt, sagte er scharf: »Wie kommst du und Solbern mit ihm zurecht?«

»Sehr gut«, antwortete der junge Häuptling überrascht. »Er ist ein netter Junge.«

»Es gibt also niemals Streit zwischen euch und ihm?«

»Oh, nicht mehr, als seine vorlaute Zunge hin und wieder herausfordert.« Hathawulf strich seinen jugendlich-seidigen Bart. »Ja, unsere Mutter mag ihn nicht. Aber sie war schon immer eine Frau, die ihren Haß über längere Zeit pflegte. Doch ganz egal, was die Leute reden mögen: sie hält ihre Söhne nicht am Zügel. Wenn ihr Rat uns weise erscheint, folgen wir ihm. Wenn nicht, dann tun wir es nicht.«

»Erhaltet euch die enge Verbundenheit, die ihr untereinander habt.« Der Wanderer sagte es in einem fast flehentlichen Tonfall, nicht als Anweisung oder Befehl. »So etwas ist zu rar in dieser Welt, um es aufzugeben.«

Wie er es versprochen hatte, kehrte er im Frühjahr zurück. Hathawulf hatte Alawin seiner Stellung entsprechend ausgestattet: Pferde, Gefolgsleute, Gold, und auch einen Posten Felle, um einen Handel zu beginnen. Der Wanderer übergab ihm die kostbaren Gaben, die er mitgebracht hatte, und die Alawin helfen sollten, sich die Menschen in der Fremde geneigt zu machen. Als er sich verabschiedete, umarmte er seine beiden Brüder und seine Schwester.

Sie sahen der abziehenden Karawane lange nach. Alawin wirkte so klein, und sein wehendes Haar so hell neben dem großen, grauhaarigen Mann, der an seiner Seite ritt. Sie sprachen nicht aus, was ihre Herzen dachten: wie dieser Anblick sie daran gemahnte, daß Wodan der Gott war, der die Seelen der Toten fortführte.

Doch nach einem Jahr kehrten alle gesund zurück. Alawins Glieder hatten sich gestreckt, seine Stimme war tiefer geworden, er selbst quoll über von allem, was er gesehen und gehört und getan hatte.

Hathawulf und Solbern hatten weniger Erfreuliches zu berichten. Der Krieg gegen die Hunnen war nicht gut ausgegangen während des letzten Sommers. Schon immer gefürchtete Reiterkrieger durch ihr Geschick und ihre Steigbügel, hatten diese Steppenmenschen jetzt gelernt, unter strenger Führung zu kämpfen. Zwar war es ihnen bei keinem der überfallartigen Kämpfe gelungen, die Goten zu überrennen, doch hatten sie ihnen schwere Verluste zufügen können, und niemand konnte behaupten, daß sie keine Niederlage erlitten hätten. Ausgelaugt von den überraschenden Angriffen, hungrig und beutelos mußten Ermanariks Heerscharen schließlich durch das endlose Grasland heimwärts ziehen. Der König würde in diesem Jahr nicht noch einmal ins Hunnenland vorstoßen. Er konnte es nicht.

So war es eine willkommene Abwechslung, Abend für Abend Alawin zuzuhören, wenn sie sich zum Trunk versammelten. Das berühmte Reich der Römer erweckte Träume. Trotzdem löste einiges von dem, was er berichtete, ein Stirnrunzeln aus bei Hathawulf und Solbern, Verwirrung auf den Gesichtern Randwars und Svanhilds, ein verächtliches Grinsen auf Ulrikas. Warum hatte der Wanderer sie diesen Weg geführt?

Er hatte seine Gruppe nicht zunächst mit einem Schiff nach Konstantinopel gebracht, wie er es mit Tharasmund getan hatte, sondern über Land zu den Visigoten, unter denen sie mehrere Monate lang blieben. Sie hatten dort zwar dem Heiden Athanarik ihren Respekt gezollt, den größten Teil der Zeit jedoch am Hof Frithigerns zugebracht. Sicher, letzterer war nicht nur jünger, sondern hatte inzwischen auch weitaus mehr Menschen hinter sich als ersterer, obwohl Athanarik in den Teilen des Landes, über die er herrschte, die Christen verfolgen ließ.

Als der Wanderer schließlich die Erlaubnis erhielt, ins Imperium einzureisen und die Donau in die Provinz Moesia überquerte, blieb er wieder unter christlichen Goten, in der Siedlung Ulfilas', und drängte Alawin, auch dort Freunde zu gewinnen. Später reiste die Gruppe dennoch nach Konstantinopel, blieb jedoch nicht lange in der Hauptstadt. Der Wanderer verbrachte einen großen Teil dieser Zeit damit, dem Jungen Lebensweise und Brauchtum der Römer zu erklären. Im späten Herbst traten sie dann die Rückreise nach Norden an und überwinterten an Frithigerns Hof. Der Visigote wollte, daß sie sich taufen ließen, und Alawin hätte es vielleicht auch getan, nach all den Kirchen und all dem Glanz, die er entlang des Goldenen Horns gesehen hatte. Schließlich lehnte er es jedoch ab, jedoch überaus höflich, mit der Erklärung, daß er sich nicht gegen den Glauben seiner Brüder stellen wolle. Frithigern akzeptierte das ohne Groll und sagte nur: »Möge bald der Tag kommen, wenn deine Situation anders ist.«

Als der Frühling kam und der Schlamm der Straßen getrocknet war, brachte der Wanderer den Jungen und sein Gefolge nach Hause. Er selbst blieb nicht dort.

In jenem Sommer heiratete Hathawulf Anslaug, Tochter des Taifalen-Häuptlings. Ermanarik hatte versucht, diese Verbindung zu hintertreiben.

Wenig später suchte Randwar Hathawulf auf und bat, allein mit ihm sprechen zu dürfen. Sie sattelten ihre Pferde und ritten über das Weideland. Es war ein windiger Tag, und Böen wellten das Gras. Wolken segelten blendend weiß über den tiefblauen Himmel, und ihre Schatten jagten über das Land. Rinder grasten in weit auseinandergezogenen Herden. Wildvögel stoben auf, und hoch über ihnen kreiste ein Falke. Die Kühle des Windes trug den Duft von sonnengebackener Erde und frischen Pflanzen.

»Ich kann mir denken, was du willst«, sagte Hathawulf lächelnd.

Randwar fuhr mit der Hand durch seine rote Mähne. »Ja, ich will Svanhild zur Frau.«

»Hm. Sie scheint dich zu mögen.«

»Wir werden einander haben!« schrie Randwar. Er nahm sich zusammen. »Es wäre gut für euch. Ich bin reich, und weite Äcker liegen brach, warten auf mich im Land der Greutungen.«

Hathawulf runzelte die Stirn. »Das liegt ziemlich weit entfernt. Hier könnten wir zusammenstehen.«

»Viele der Freisassen dort werden mich willkommen heißen. Du wirst keinen Gefährten verlieren, sondern einen Bundesgenossen gewinnen.«

Trotzdem zögerte Hathawulf mit seiner Antwort, bis Randwar hervorstieß: »Es wird ohnehin geschehen. Unsere Herzen wollen es so! Es wäre gut für dich, wenn du dich dem Willen der Weard fügtest.«

»Du bist sehr voreilig«, sagte der Häuptling, nicht unfreundlich, obwohl Sorge seine Worte beschwerte. »Dein Glaube, daß das Gefühl zwischen Mann und Frau ausreicht, um eine gesunde Ehe zu gründen – er zeigt, daß es dir an Urteilsvermögen mangelt. Dir selbst überlassen, was magst du alles aus Unweisheit tun?«

Randwar starrte ihn an. Doch bevor er Zeit hatte, wütend zu werden, legte Hathawulf ihm die Hand auf die Schulter und fuhr mit traurigem Lächeln fort: »Ich wollte dich nicht kränken. Ich möchte nur, daß du es dir noch einmal gut überlegst. Das entspricht nicht deinem Wunsch, ich weiß, doch bitte ich dich, es zu versuchen. Um Svanhilds willen.«

Randwar bewies, daß er seine Zunge im Zaum halten konnte.

Als sie zurückkamen, lief Svanhild ihnen entgegen. Sie umklammerte das Knie ihres Bruders und blickte zu ihm empor. »Oh, Hathawulf. Es ist doch in Ordnung, nicht wahr? Du hast ja gesagt. Ich weiß, daß du ja gesagt hast. Noch nie hast du mich so glücklich gemacht.«

Das Ergebnis war, daß in diesem Herbst ein gewaltiges Hochzeitsfest auf Heorot gefeiert wurde. Für Svanhild fiel nur ein Schatten darauf: daß der Wanderer nicht dabei war. Sie hatte es als selbstverständlich angenommen, daß er sie und ihren Mann segnen würde. War er nicht der Beschützer dieser Familie?

Währenddessen hatte Randwar Männer ostwärts zu seinem Besitz ausgeschickt. Sie errichteten ein neues Haus an der Stelle, an der die Halle Embrikas gestanden hatte, und stellten Diener und Mägde ein. Das junge Paar reiste mit prachtvollem Gefolge zu ihrem neuen Heim. Svanhild trug immergrüne Zweige über die Schwelle, mit denen sie den Segen Frijas erbat. Randwar gab ein Fest für alle Nachbarn, und damit waren sie ansässig.

Bald jedoch war Randwar, so sehr er seine Frau auch liebte, häufig mehrere Tage lang von zu Hause fort. Er ritt im Land der Greutungen umher, machte die Bekanntschaft der Menschen, die darin wohnten. Wenn ein Mann die rechten Ansichten zu haben schien, nahm Randwar ihn beiseite, und sie sprachen über andere Dinge als über Vieh, Handel oder sogar die Hunnen.

An einem dunklen Tag vor der Sonnenwende, als die ersten Schneeflocken auf den gefrorenen Boden herabrieselten, bellten die Hunde vor der Halle. Randwar nahm den Speer, der neben der Tür stand, und trat hinaus, um zu sehen, was es gab. Zwei kräftige Landarbeiter, ebenfalls bewaffnet, folgten ihm. Doch als Randwar die hochgewachsene Gestalt erblickte, die in seinen Hof trat, ließ er die Waffe sinken und rief: »Heil! Willkommen!«

Als Svanhild hörte, daß keine Gefahr drohte, kam auch sie heraus. Ihre Augen und ihre Haare, nun mit dem Kopftuch der verheirateten Frau bedeckt, und das weiße Kleid, das ihre schlanke Gestalt verhüllte, waren die einzigen hellen Flecken in der Düsternis des Winters. Freude klang aus ihrer Stimme. »O Wanderer, lieber Wanderer. Ja, sei willkommen!«

Er trat auf sie zu, bis sie unter seinen breitkrempigen Hut sehen konnte. Sie hob ihre Hand an die leicht geöffneten Lippen. »Aber dein Gesicht ist voller Schmerz«, sagte sie fast flüsternd. »Was ist geschehen?«

»Es tut mir leid«, antwortete er mit Worten, die wie Steine fielen. »Einige Dinge müssen geheim bleiben. Ich bin eurer Hochzeit ferngeblieben, weil ich keinen Schatten auf sie werfen wollte. Aber jetzt... Höre, Randwar, ich habe einen langen und schweren Weg hinter mir. Laß mich ein wenig ruhen, bevor wir über diese Dinge sprechen. Laß uns etwas Heißes trinken und uns an alte Zeiten erinnern.«

Ein wenig von seinem alten Interesse zeigte sich an diesem Abend, als ein Mann eine Ballade über den letzten Feldzug ins Land der Hunnen sang. Als Gegenleistung erzählte er neue Geschichten, doch weniger lebhaft als früher, als ob er sich dazu zwingen müßte. Svanhild seufzte glücklich. »Ich kann es kaum erwarten, bis meine Kinder hier sitzen werden, um dir zu lauschen«, sagte sie, obwohl noch nicht einmal das erste unterwegs war. Sie wurde ein wenig verängstigt, als sie sah, daß er schmerzlich sein Gesicht verzog und zur Seite blickte.

Am folgenden Tag verließ er zusammen mit Randwar die Halle. Sie verbrachten mehrere Stunden allein. Später berichtete der Greutunge seiner Frau darüber.

»Er warnte mich immer wieder vor dem Haß, den Ermanarik für uns empfindet. Wir sitzen hier im Stammland des Königs, sagte er, und unsere Lage ist nicht sicher, solange unser Reichtum eine glitzernde Verlockung darstellt. Er möchte, daß wir dieses Land verlassen und fortziehen – weit fort, bis ins Land der Visigoten – und das sehr bald. Natürlich wollte ich nichts davon hören. Was immer der Wanderer auch sein mag, Recht und Ehre sind mächtiger. Dann sagte er, er wüßte bereits, daß ich mit vielen Männern gesprochen hätte, um sie gemeinsam gegen den König aufstehen zu lassen, sich seiner Anmaßung zu widersetzen und, wenn es nötig werden sollte, gegen ihn zu kämpfen. Der Wanderer sagte, daß dies nicht lange verborgen bleiben könne und Irrsinn sei.«

»Was hast du ihm darauf geantwortet?« fragte sie ängstlich.

»Ich habe ihm erklärt, daß freie Goten das Recht hätten, offen ihre Meinung zu sagen. Und daß meine Stiefeltern noch nicht gerächt seien. Wenn die Götter schon keine Gerechtigkeit übten, müßten es eben die Menschen tun.«

»Du hättest auf ihn hören sollen. Er weiß mehr, als wir jemals wissen werden.«

»Ich habe nicht die Absicht, voreilig zu handeln. Ich werde auf meine Chance warten. Mehr mag gar nicht nötig sein. Menschen sterben oft früh. Wenn gute Männer wie Tharasmund vorzeitig den Tod finden, warum nicht auch böse wie Ermanarik? Nein, mein Liebling, niemals werden wir uns von diesem unseren Land vertreiben lassen, das unseren ungeborenen Söhnen gehört. Deshalb müssen wir uns dazu bereit machen, es zu verteidigen, richtig?« Randwar zog Svanhild an sich. »Komm!« sagte er lachend. »Laß uns etwas tun, damit diese Söhne bald kommen!«

Der Wanderer konnte ihn nicht umstimmen und verabschiedete sich wenige Tage darauf. »Wann werden wir dich wiedersehen?« fragte Svanhild, als er sich verabschiedete.

»Ich glaube ...« Seine Stimme erstarb. »Ich kann nicht ... O Mädchen, die du bist wie Jorith!« Er schloß sie in die Arme, küßte sie, riß sich los und schritt eilig davon. Voller Schrecken hörten die Leute, daß er laut weinte.

Doch wenn er zu den Teurings kam, war er hart und beherrscht. Er war häufig dort während der kommenden Monate, sowohl auf Heorot, als auch bei den Freisassen, Händlern und gewöhnlichen Feldarbeitern und Schiffern.

Selbst von ihm kommend war das, wozu er sie drängte, etwas, dem sie nicht leicht zuzustimmen vermochten. Er wollte, daß sie engere Bindungen mit dem Westen eingingen. Sie würden dadurch nicht nur Nutzen durch vermehrten Handel erzielen. Wenn sie hier bedroht würden – sagen wir, von den Hunnen vertrieben –, hätten sie einen Ort, wohin sie gehen könnten. Im nächsten Sommer, schlug er vor, sollten sie Männer zu Frithigern entsenden, der diese bei sich aufnehmen würde; und sie sollten Schiffe, Wagen und Nahrungsvorräte bereitstellen; und möglichst viele von ihnen sollten das Land erkunden, das sie passieren mußten, um zu erfahren, wie man es sicher durchqueren konnte.

Die Ostrogoten verwunderten sich und murmelten erregt. Sie bezweifelten, daß sich ein Handel über so weite Entfernungen lohnen könnte, und waren deshalb unwillig, Arbeit oder Habe dafür zu investieren. Und was das Verlassen ihrer Häuser anging, so war das für sie unvorstellbar. Hatte der Wanderer weise gesprochen? Was war er überhaupt? Er wurde oft ein Gott genannt und schien auch schon eine sehr lange Zeit bei ihnen aufgetaucht zu sein; doch hatte er nie selbst behauptet, ein Gott zu sein. Er mochte genauso gut ein Troll sein, ein schwarzer Zauberer, oder – so sagten die Christen unter ihnen – ein Teufel, der hergeschickt worden sei, um die Menschen vom rechten Weg abzubringen. Oder er mochte einfach durch sein Alter närrisch geworden sein.

Der Wanderer redete weiter auf sie ein. Einige derer, die ihm zuhörten, hielten seine Worte weiteren Nachdenkens für wert; und andere, jüngere, konnte er überzeugen. Der wichtigste unter diesen war Alawin – und auch Hathawulf wurde nachdenklich. Solbern jedoch hielt sich zurück.

Immer wieder erschien der Wanderer überall im Land, redend, planend, befehlend. Um die Zeit der herbstlichen Tag-und-Nachtgleiche hatte er das Knochengerüst dessen geschaffen, was er erreichen wollte. Gold, Waren und Männer, die sich um sie kümmerten, befanden sich jetzt an Frithigerns Sitz im Westen; Alawin würde im kommenden Jahr dorthin reisen, um den Handel zu beleben, trotz seiner Jugend. Auf Heorot und vielen der umliegenden Höfe konnten die Bewohner innerhalb kurzer Zeit aufbrechen, wenn es sich als notwendig erweisen sollte.

»Du hast dich für uns verausgabt«, erklärte Hathawulf ihm am Ende seines letzten Aufenthalts in der Halle. »Falls du einer der Ansen sein solltest, so sind diese nicht unermüdbar.«

»Nein«, seufzte der Wanderer. »Auch sie werden beim Untergang der Welt vernichtet werden.«

»Doch der ist sicher noch sehr weit entfernt, nicht wahr?«

»Welt nach Welt ist bereits untergegangen, mein Sohn, und andere Welten werden im Lauf der Jahrtausende, die noch kommen, untergehen. Ich habe für euch getan, was ich tun konnte.«

Hathawulfs Frau Anslaug trat ein, um sich zu verabschieden. An ihrer Brust säugte sie ihr Erstgeborenes. Der Wanderer blickte lange auf das winzige Kind hinab. »Dort liegt das Morgen«, flüsterte er. Niemand verstand, was er damit sagen wollte. Dann schritt er davon, er und sein Speer-Stab, die Straße entlang, wo jüngst gefallenes welkes Laub von einem kühlen Herbstwind verweht wurde.

Und kurz darauf kam die schreckliche Nachricht nach Heorot.

Ermanarik, der König, ließ verbreiten, daß er ins Land der Hunnen einfallen werde. Es sollte dies kein richtiger Krieg sein, da der letzte fehlgeschlagen war. Deshalb wolle er nicht ein ganzes Heer ausheben, sondern nur seine Garde, mehrere hundert Krieger, die ihm treu ergeben waren. Die Hunnen waren wieder über die Grenzen hergefallen und hatten Beute gemacht. Dafür wollte er sie bestrafen. Ein kurzer, harter Schlag sollte genügen, um zumindest viele ihrer Rinder zu töten. Mit einigem Glück würden sie eins oder mehrere ihrer Lager überraschen und vernichten können. Die Goten nickten, als dies Wort ihre Höfe erreichte. Wenn sie die Raben im Osten fett machten, würden die dreckigen Steppensöhne dahin zurückkriechen, wo ihre Vorfahren sie gezeugt haben mochten.

Doch als die Truppe beisammen war, führte Ermanarik sie nicht so weit nach Osten. Plötzlich sahen sie Randwars Halle vor sich, und die Häuser seiner Freisassen brannten von einem Horizont zum anderen.

Der Kampf war nur kurz, da die Macht, die der König gegen den nicht vorgewarnten jungen Mann aufbrachte, weitaus überlegen war. Von Kriegern des Königs vorwärtsgestoßen, die Hände auf den Rücken gebunden, taumelte Randwar in seinen Hof. Blut rann von seinem Schädel. Er hatte drei von denen getötet, die über ihn hergefallen waren, doch der Befehl des Königs lautete, ihn lebend zu fangen, und sie hatten mit Keulen und Speerschäften auf ihn eingeschlagen, bis er zu Boden sank.

Es war ein düsterer Abend. Wind heulte um das Haus. Rauch stieg aus den Ruinen von Häusern. Ein düsterer Sonnenuntergang stand am Horizont. Die Leichen erschlagener Verteidiger lagen auf den Pflastersteinen des Hofes. Svanhild stand wie gelähmt im Griff zweier Krieger vor Ermanarik, der auf seinem Pferd saß. Es war, als ob sie nicht begriffe, was geschah, als ob nichts wirklich sei, außer dem Kind, das ihren Leib wölbte.

Die Männer des Königs brachten Randwar vor ihn. Er blickte auf den Gefangenen hinab. »Nun«, sagte er, »was hast du jetzt zu sagen?«

Randwar sprach heiser, hielt jedoch sein zerschlagenes Haupt erhoben. »Daß ich nicht durch Hinterhältigkeit einem in die Hände gefallen bin, der mir nicht Böses angetan hat.«

»Je nun.« Ermanariks Finger fuhren durch seinen Bart, der weiß geworden war. »Je nun. Ist es richtig, gegen deinen Herrn zu intrigieren? Ist es richtig, mir in die Ferse zu beißen?«

»Ich ... ich habe nichts dergleichen getan ... ich wollte nur ... Ehre und Freiheit der Goten verteidigen.« Mehr brachte Randwars ausgetrocknete Kehle nicht heraus.

»Verräter!« schrie Ermanarik und steigerte sich in eine lange Tirade. Randwar stand mit gesenktem Kopf, als ob er nichts davon hörte.

Als Ermanarik das bemerkte, schwieg er. »Genug!« schrie er dann. »Hängt ihn auf und laßt ihn den Raben zum Fraß, wie jeden anderen Dieb!«

Svanhild schrie und stieß um sich. Randwar warf ihr einen verwirrten Blick zu, bevor er sich dem König zuwandte und sagte: »Wenn du mich hängst, gehe ich zu Wodan, meinem Vorvater. Er ... er wird mich rächen ...«

Ermanarik trat Randwar mit dem Fuß ins Gesicht. »Zieht ihn hoch!«

Ein Balken zum Herausziehen des Heus ragte aus einer Scheune. Männer des Königs hatten bereits ein Seil darübergeworfen. Sie legten die Schlinge um Randwars Hals. Er kämpfte lange, bevor er still im Wind baumelte.

»Ja, der Wanderer wird dich vernichten, Ermanarik!« schrie Svanhild. »Ich beschwöre den Witwenfluch auf dich herab, du Mörder, und rufe Wodan gegen dich auf! Wanderer, führe ihn hinab in die kälteste Höhle der Hölle!«

Die Greutungen erschauerten, machten Zeichen in die Luft und umklammerten ihre Talismane. Selbst Ermanarik zeigte Beunruhigung. Sibicho, der zu Pferde neben ihm saß, kreischte: »Sie ruft ihre unirdischen Vorfahren an! Laß sie nicht leben! Laß die Erde sich von dem Blut reinigen, das sie trägt!«

»Ja«, sagte Ermanarik in einem plötzlichen Entschluß. Und dann gab er den Befehl.

Angst mehr als alles andere ließen seine Männer gehorchen. Die beiden, die Svanhild festhielten, stießen sie vorwärts, schleppten sie mit Tritten in die Mitte des Hofes und warfen sie dort nieder. Sie lag völlig betäubt auf den Steinen. Reiter drängten ihre Pferde auf sie zu, die wieherten und sich aufbäumten. Als sie schließlich zurückwichen, war nichts mehr übrig als blutiger Brei und weiße Knochen.

Es wurde Nacht. Ermanarik führte seine Männer in die Halle Randwars, um dort die Siegesfeier abzuhalten. Am folgenden Morgen fanden sie den Schatz und nahmen ihn mit sich. Das Seil knarrte, an dem Randwar über dem baumelte, was einst Svanhild gewesen war.

Das waren die Nachrichten, die nach Heorot gebracht wurden. Sie hatten ihre Toten eilig begraben. Die meisten von ihnen wagten nicht mehr, als das zu tun, doch ein paar Greutungen verspürten Rachegefühle, wie auch alle Teurings.

Wut und Trauer brach über die Brüder Svanhilds herein. Ulrika war kühler, in sich verschlossen. Doch als sie sich fragten, was sie tun könnten, obwohl Angehörige ihres Stammes von nah und fern zu ihnen stießen – nahm sie ihre Söhne beiseite und sprach mit ihnen, bis es dunkel wurde.

Zu dritt traten sie in die Halle. Sie sagten, daß sie

523

einen Entschluß gefaßt hätten. Sicher, der König würde das erwarten und seine Wache vorläufig in Bereitschaft halten. Doch nach den Berichten von Männern, die sie vorbeireiten sehen hatten, war sie kaum stärker, als die Anzahl der Teurings, die jetzt hier zusammengekommen waren. Ein Überraschungsangriff tapferer Männer konnte sie besiegen. Jedes Abwarten würde Ermanarik die Zeit geben, die er brauchte, und mit der er zweifellos rechnete – Zeit, um jeden letzten Goten zu schlagen, der frei sein wollte.

Die Männer brüllten ihre Zustimmung. Der junge Alawin war einer von ihnen. Doch plötzlich öffnete sich die Tür, und vor ihr stand der Wanderer. Ernst befahl er Tharasmunds letztgeborenem Sohn, zu bleiben, bevor er wieder in Nacht und Wind verschwand.

Doch Hathawulf und Solbern und ihre Männer ritten nach Norden, als der nächste Morgen dämmerte.

1935

Ich floh nach Hause zu Laurie. Doch als ich nach einem langen Fußmarsch die Wohnungstür aufschloß, wartete nicht sie auf mich. Statt dessen erhob sich Manse Everard aus meinem Sessel. Seine Pfeife hatte die Luft stickig und undurchsichtig gemacht.

»Ha?« war alles, was ich herausbringen konnte.

Er trat auf mich zu. Ich spürte seine Schritte. So groß wie ich, doch schwerknochiger, schien er wie ein Verhängnis. Sein Gesicht war ausdruckslos. Das Fenster hinter ihm rahmte seine Gestalt gegen den Himmel.

»Mit Laurie ist alles okay«, sagte er emotionslos wie eine Maschine. »Ich habe sie nur gebeten, uns allein zu lassen. Dies wird für Sie schwer genug werden, auch ohne sehen zu müssen, wie sie schockiert und verletzt wird.«

Er nahm mich beim Arm. »Setzen Sie sich, Carl! Sie sind durch den Wolf gedreht worden, das sehe ich. Dachten sicher daran, ein bißchen Urlaub zu machen, wie?«

Ich ließ mich in meinen Sessel fallen und starrte auf den Teppich. »Das muß ich«, murmelte ich. »Oh, ich werde natürlich alles aufarbeiten, aber zuerst ... mein Gott, es war entsetzlich ...«

»Nein.«

»Was?« Ich hob den Blick. Er stand vor mir wie eine Drohung, die Beine gegrätscht, die Hände in die Hüften gestemmt.

»Glauben Sie mir, ich kann es nicht.«

»Sie können es, und Sie werden es tun«, knurrte er. »Sie werden jetzt mit mir zur Basis kommen. Sofort! Sie haben eine Nacht Schlaf gehabt. Und mehr kriegen Sie auch nicht, bis diese Sache ausgestanden ist. Und auch keine Beruhigungstabletten. Sie müssen alles bis in die tiefste Tiefe Ihres Bewußtseins miterleben, während es geschieht. Sie müssen voll da sein. Außerdem gibt es nichts Wirksameres als Schmerz, um eine Lektion auf Dauer zu lernen. Das ist vielleicht das Wichtigste. – Wenn Sie diesen Schmerz nicht durch sich hindurchgehen lassen, wie es von der Natur vorgesehen ist, werden Sie sich nie davon befreien können. Er wird Sie Ihr Leben lang verfolgen. Das hat die Patrouille nicht verdient. Und auch Laurie nicht. Selbst Sie nicht.«

»Wovon sprechen Sie?« fragte ich, während Angst in Wellen über mich herfiel.

»Sie werden die Sache zu Ende bringen, die Sie angefangen haben. Und je eher, desto besser, vor allem für Sie. Was für ein Urlaub würde es für Sie werden, wenn dies alles noch vor Ihnen läge? Es würde Sie umbringen. Nein, bringen Sie den Job zu Ende, bringen Sie ihn auf Ihrer Weltlinie hinter sich; *dann* können Sie sich ausruhen und beginnen, neue Kräfte zu sammeln.«

Ich schüttelte den Kopf, nicht als Zeichen der Verneinung, sondern aus Verwirrung. »Habe ich einen Fehler gemacht? Wie? Ich habe doch regelmäßig meine Berichte eingereicht. Falls ich wieder irgendwelche Grenzen überschritten haben sollte, warum hat mich nicht jemand gerufen und es mir erklärt?«

»Das ist es ja, was ich tue, Carl.« Ein Anflug von Freundlichkeit stahl sich in Everards Stimme. Er setzte sich mir gegenüber und beschäftigte seine Hände mit seiner Pfeife.

»Kausalschleifen sind oft sehr empfindliche Dinge«, sagte er. Trotz seines sanften Tons riß mich dieser Satz ins volle Bewußtsein. Er nickte. »Ja. Und hier haben wir eine. Der Zeitreisende wird Ursache derselben Ereignisse, die zu studieren oder zu regulieren er ausgesandt wurde.«

»Aber – Manse! Nein. Wie denn?« protestierte ich. »Ich habe die Prinzipien nicht vergessen. Ich habe sie nie vergessen, weder draußen, noch irgendwo sonst. Sicher, ich bin Teil der Vergangenheit geworden, doch ein Teil, der in das hineinpaßt, das bereits vorhanden war. Wir haben das doch alles vor dem Untersuchungsausschuß besprochen – und die Fehler, die ich damals begangen hatte, korrigiert.«

Everards Feuerzeug schnippte überraschend laut. »Wie ich sagte, können sie äußerst subtil sein«, wiederholte er. »Ich habe mich eingehender mit Ihrem Fall beschäftigt, weil ich einen Verdacht hatte, ein ungutes Gefühl, daß irgend etwas nicht in Ordnung war. Das erforderte weitaus mehr, als nur Ihre Berichte zu lesen – die übrigens recht gut sind. Sie sind lediglich unzureichend. Daraus kann man Ihnen keinen Vorwurf machen. Selbst nach langer Erfahrung hätten Sie die Folgerungen wahrscheinlich übersehen, da Sie zu sehr in die Angelegenheit verstrickt sind. Ich mußte mich in das Milieu einarbeiten und es von einem Ende bis zum anderen durchkämmen, immer wieder, bevor die Situation mir klar war.«

Er nahm ein paar tiefe Züge von seiner Pfeife. »Lassen wir die technischen Einzelheiten«, fuhr er fort. »Im Prinzip geht es darum, daß Ihr Wanderer eine stärkere Figur wurde, als Sie es erwartet hatten. Es hat sich herausgestellt, daß Gedichte, Geschichte, Traditionen, die jahrhundertelang gängig waren, die sich veränderten, miteinander vermischten, Einfluß auf Menschen ausübten, ihre Wurzeln in ihm hatten. Nicht in dem mythologischen Wodan, sondern in dem physisch anwesenden Menschen, in Ihnen.«

Ich hatte dies kommen sehen und meine Verteidigung vorbereitet. »Ein kalkuliertes Risiko von Anfang an«, sagte ich. »Nicht ungewöhnlich. Wenn es zu einem solchen Feedback kommt, so ist das kein Unglück. Was mein Team verfolgt, sind lediglich die Worte, gesprochene und geschriebene. Ihre ursprünglichen Inspirationen sind unwichtig. Und es spielt auch keine Rolle für die nachfolgende Geschichte ... ob es für eine gewisse Zeit einen Mann gab – oder auch nicht gab –, den einige Menschen für einen ihrer Götter hielten ... solange dieser Mann seine Position nicht ausnutzte.« Ich zögerte. »Richtig?«

Er zerschlug meine schwache Hoffnung. »Nicht unbedingt. Und bestimmt nicht in diesem Fall. Eine sich formende Kausalschleife ist immer gefährlich. Sie kann eine Resonanz auslösen, und die Veränderungen der Geschichte, die diese bewirkt, können sich auf katastrophale Weise multiplizieren. Die einzige Möglichkeit, sie abzusichern, besteht darin, sie kurzzuschließen. Wenn der Wurm Ouroboros sich selbst in den Schwanz beißt, kann er nichts anderes fressen.«

»Aber ... Manse. Ich habe Hathawulf und Solbern verlassen, als sie ihrem Tod entgegengingen. – Gut, ich gebe zu, daß ich versucht habe, ihn abzuwenden, da ich annahm, daß er für die Menschheit insgesamt nicht von Bedeutung sei. Es ist mir nicht gelungen. Selbst bei so geringfügigen Dingen war das Kontinuum zu starr.«

»Woher wollen Sie wissen, daß es Ihnen nicht gelungen ist? Ihre Anwesenheit durch mehrere Generationen als veritabler Wodan hat mehr bewirkt, als nur ein paar Ihrer Gene bei der Familie zu hinterlassen. Es hat ihre Mitglieder psychisch gestärkt, sie dazu inspiriert, groß zu werden. Jetzt, am Ende, scheint der Ausgang des Kampfes gegen Ermanarik auf des Messers Schneide zu stehen. In der Überzeugung, daß Wodan auf ihrer Seite steht, könnten die Rebellen sehr wohl als Sieger daraus hervorgehen.«

»Was? Sie meinen ... Oh, Manse!«

»Und das dürfen sie nicht«, sagte er.

Schmerz wallte noch stärker auf. »Warum denn nicht? Wen kümmert das schon nach ein paar Dekaden, oder in eineinhalb Jahrtausenden?«

»Sie, zum Beispiel, Sie und Ihre Kollegen«, sagte die mitfühlende, unversöhnliche Stimme. »Sie sind zu den Goten gegangen, um nach den Wurzeln einer bestimmten Geschichte über Hamther und Sorli zu suchen, erinnern Sie sich? Gar nicht zu reden von den Dichtern der *Edda* und Verfassern von Sagas vor ihnen, und Gott weiß wie vielen Erzählern vor denen, die alle auf nur geringfügige Weise beeinflußt wurden, und deren Gesamtheit sich zu einer enormen Endsumme addiert. Vor allem jedoch ist Ermanarik eine geschichtliche Figur und eine bedeutende in seiner Ära. Zeitpunkt und Art seines Todes stehen fest. Was unmittelbar danach folgte, hat die Welt erschüttert.

Nein, dies ist kein kleines Kräuseln im Zeitstrom. Dies ist der Beginn eines Mahlstroms. Wir müssen ihn eindämmen, und die einzige Möglichkeit besteht darin, die Kausalschleife zu vollenden, den Ring zu schließen.«

Meine Lippen formten vergeblich, nutzlos: »Wie?«, doch meine Zunge und meine Kehle brachten das Wort nicht heraus.

Everard verkündete das Urteil: »Dies tut mir mehr

leid, als Sie es sich vorstellen können, Carl. Doch die *Volsungasaga* berichtet, daß Hamthe und Sorli fast den Sieg errungen hätten, als aus unerklärlichen Gründen Odin erschien und sie verriet. Und er war Sie. Er konnte niemand anderer sein als Sie.«

372

Es war gerade Nacht geworden. Der Mond war noch nicht aufgegangen. Sterne warfen ihr schwaches Licht über Berge und Hügel, wo tiefe Schatten wohnten. Tau begann auf Steinen zu glänzen. Die Luft war kalt, und alles war still, bis auf das dumpfe Dröhnen vieler galoppierender Hufe. Helme und Speerspitzen glänzten, hoben und senkten sich wie sturmgepeitschte Wellen.

König Ermanarik saß in der größten seiner Hallen mit seinen Söhnen und den meisten seiner Krieger beim abendlichen Trunk. Die Feuer loderten, zischten, knisterten in ihren Gräben. Das Licht von Lampen drang durch den Rauch. Geweihe, Tierfelle, Gobelins, Schnitzereien an Wänden und Pfeilern schienen sich zu bewegen, wie die Schatten. Gold funkelte an Hälsen und Armen, Becher stießen aneinander, rauhe Stimmen sprachen und riefen. Sklaven eilten hin und her und bedienten die Männer. Über ihren Köpfen drängte sich das Dunkel zwischen den Sparren und füllte den Giebel des Daches.

Ermanarik wollte fröhlich sein, doch Sibicho bedrängte ihn: »Herr, wir dürfen keine Zeit verschwenden. Ich gebe zu, daß ein gewöhnlicher Überfall auf den Häuptling der Teurings jetzt gefährlich wäre, doch wir sollten sofort damit beginnen, seine Stellung bei seinen Leuten zu untergraben.«

»Morgen, morgen«, sagte der König ungeduldig. »Wirst du denn niemals müde, immer neue Komplotte auszuhecken? Diese Nacht will ich mit der hübschen Sklavin genießen, die ich gekauft ...«

Hörner schallten von draußen. Ein Mann taumelte durch den abgeteilten Eingangsraum des Gebäudes. Sein Gesicht war blutüberströmt. »Feinde! – Angriff!« Ein Aufruhr von Stimmen übertönte seine Worte.

»Zu dieser Stunde?« jammerte Sibicho. »Und so überraschend? Sie müssen ihre Pferde zuschanden geritten haben – ja, und unterwegs alles niedergemacht haben, was schneller sein mochte als sie ...«

Männer sprangen von den Bänken und liefen zu ihren Rüstungen und Panzern. Diese waren im Eingangsraum aufgeschichtet, und es kam zu einem Gewühl von Leibern. Flüche ertönten, Fäuste flogen. Die Wachen, die bewaffnet geblieben waren, sprangen vor und bildeten ein Bollwerk um den König und die ihm Nahestehenden. Er hielt immer zwanzig von ihnen unter Waffen.

Im Hof der königlichen Halle vergossen Krieger ihr Blut, um ihren Kameraden Zeit zu gewinnen, sich kampfbereit zu machen. Die Angreifer drangen in überwältigender Anzahl auf sie ein. Äxte donnerten, Schwerter klirrten, Messer und Speere fuhren tief in Körper. In diesem Gewühl fielen Erschlagene nicht gleich zu Boden. Verwundete, die stürzten, kamen nie wieder hoch.

An der Spitze der Angreifer schrie ein großer junger Mann: »Wodan ist mit uns! Wodan, Wodan! Haa!« Seine Klinge fuhr mörderisch in die Reihen der Verteidiger.

Krieger, die hastig ihre Rüstung angelegt hatten, bildeten eine Abwehrfront vor der Tür der Halle. Der große junge Mann war der erste, der über sie herfiel. Links und rechts von ihm brachen seine Gefolgsleute durch, zerschmetterten die Linie der Verteidiger und trampelten über ihre Reste hinweg.

Als die erste Gruppe der Angreifer in den Hauptraum der Halle einbrach, wichen die ungerüsteten Wachen des Königs zurück. Die Angreifer blieben keuchend stehen, als ihr Führer rief: »Wartet auf uns!« Das Schlachtgetöse in der Halle erstarb, draußen aber tobte der Kampf weiter.

Ermanarik sprang auf die Hohe Bank und blickte über die Helme seiner Leibwächter hinweg. Selbst in dem nur von flackernden Flammen erhellten Halbdunkel erkannte er den Mann, der bei der Tür stand.

»Hathawulf Tharasmunsson, welche neue Missetat willst du jetzt begehen?« schrie er durch die Länge der Halle.

Der Teuring hob sein bluttriefendes Schwert. »Wir sind gekommen, um die Erde von dir zu säubern«, rief er.

»Hüte dich! Die Götter hassen Verräter!«

»Ja«, sagte Solbern, der neben seinem Bruder stand. »Heute nacht wird Wodan dich holen, du Eidbrüchiger, und arg ist das Haus, zu dem er dich bringen wird.«

Immer mehr Krieger drängten sich herein. Liuderis stieß sie in unordentliche Reihen. »Vorwärts!« schrie Hathawulf.

Ermanarik hatte seinen Männern auch Befehle erteilt. Die meisten von ihnen hatten zwar weder Helm noch Brünne, noch Schild oder Langwaffen, doch jeder von ihnen besaß zumindest ein Messer. Und auch die Teurings trugen nicht viel Eisen. Es waren zum größten Teil Freisassen, die sich nicht mehr leisten konnten als eine Metallkappe und eine Weste aus gehärtetem Leder, und die das Kriegshandwerk nur ausübten, wenn der König sie aushob. Die Männer um Ermanarik aber waren Krieger von Beruf; jeder von ihnen mochte einen Hof, ein Schiff oder etwas Ähnliches besitzen, doch zuerst und vor allem war er Krieger. Er war bestens ausgebildet, um Seite an Seite mit den anderen zu kämpfen.

Die Männer des Königs rissen Tische auseinander und benutzten die Bohlen zur Verteidigung. Jene, die Äxte besaßen und vorher vor den Angreifern zurückgewichen waren, schlugen Knüppel aus Pfeilern und Wandverkleidungen. Neben Messern bildeten auch Geweihe, die sie von der Wand rissen, das spitze Ende eines Trinkhorns, ein angeschlagener römischer Pokal oder ein Brand aus den Feuergräben tödliche Waffen. Im Gedränge des Kampfes – Körper an Körper gepreßt, Freund dem Freund im Weg stehend, drängend, stolpernd, in Blut und Schweiß ausgleitend – waren Schwert und Axt kaum überlegen. Speere und Piken waren nutzlos, außer für die gerüsteten Wachen des Königs, die auf Bänken links und rechts der Hohen Bank stehend mit ihnen hinabstechen konnten.

So wurde der Kampf formlos, blind, ein wütendes Gemetzel, als ob der Wolf losgebunden worden wäre.

Doch Hathawulf, Solbern und ihre besten Männer hieben sich einen Pfad frei, rammten, schlugen, stießen, stachen, inmitten von Gebrüll und Geschrei, Dröhnen und Klirren, lebende Sturmwinde, bis sie schließlich ihr Ziel vor sich sahen.

Dort ließen sie Schild gegen Schild prallen, Stahl auf Stahl hämmern, sie und die Leibwächter des Königs. Ermanarik befand sich nicht in der vordersten Linie, stand jedoch hochaufgerichtet auf der Hohen Bank, für alle sichtbar, mit einem Speer in der Hand. Oft traf sich sein Blick mit dem Hathawulfs oder Solberns, und dann grinste jeder von ihnen wölfisch vor Haß.

Es war Liuderis, der die Reihe der Verteidiger durchbrach. Sein Blut strömte aus Wunden in Oberschenkel und Arm, doch seine Axt schlug nach links und rechts, bis er bis zur Hohen Bank vordrang und mit einem Hieb Sibichos Schädel spaltete. Sterbend keuchte er: »Eine Schlange weniger.«

Hathawulf und Solbern stürmten über den Toten hinweg. Ein Sohn Ermanariks warf sich vor seinen

Vater. Solbern stach den Jungen nieder. Hathawulfs Schwert fuhr auf den König herab. Ermanariks Speerschaft zerbrach unter dem Hieb. Hathawulf schlug wieder zu. Der König taumelte gegen die Wand. Sein rechter Arm hing halb durchschlagen von der Schulter. Solberns Schwert fuhr in sein linkes Bein und durchtrennte die Sehnen. Er stürzte zu Boden, noch immer wütend knurrend. Die beiden Brüder drangen auf ihn ein, um ihn zu töten. Ihre Gefolgsleute versuchten, ihnen die letzten überlebenden Wachen des Königs vom Rücken zu halten.

Jemand erschien.

Ein Halt des Kampfes verbreitete sich durch die Halle wie eine Welle, wenn ein Stein in einen Teich fällt. Männer standen verschreckt und erschüttert. Durch das flammendurchzuckte Halbdunkel, das durch ihre zusammengedrängte Masse noch tiefer wurde, sahen sie kaum, was dort über der Hohen Bank schwebte.

Auf einem skelettartigen Pferd, dessen Knochen aus Metall waren, saß ein hochgewachsener, graubärtiger Mann. Hut und Umhang verbargen Gesicht und Gestalt. In seiner rechten Hand hielt er einen Speer. Seine Spitze, die über alle anderen Waffen hinausragte und von dem Nachtdunkel unter dem Dach gerahmt wurde, fing das Licht der Feuer ein. – Ein Komet, ein Unglücksbringer?

Hathawulf und Solbern ließen ihre Klingen sinken. »Vorvater«, sagte der ältere der beiden in die plötzliche Stille. »Bist du gekommen, um uns beizustehen?«

Die Antwort rollte unmenschlich tief, laut und hart: »Brüder, das Verhängnis steht über euch. Nehmt euer Schicksal tapfer auf euch, denn nur eure Namen werden weiterleben.

Ermanarik, deine Stunde ist noch nicht gekommen. Schick deine Männer durch die Seitentür hinaus und laß sie die Teurings von hinten angreifen.

Geht alle, die ihr hier seid, geht dorthin, wohin die Weard euch schicken wird!«

Dann war er verschwunden.

Hathawulf und Solbern standen wie versteinert.

Zum Krüppel geschlagen, blutend, schrie Ermanarik: »Tut, was er gesagt hat! Steht fest, die ihr den Feind vor euch habt! Ihr anderen, geht durch die Seitentür! – Gehorcht dem Wort Wodans!«

Seine Leibwächter waren die ersten, die begriffen. Sie brüllten vor Freude auf und warfen sich auf ihre Feinde. Diese fielen verstört zurück, in das erneut ausbrechende Kampfgetümmel. Solbern blieb zurück, in einer Blutlache unter der Hohen Bank.

Männer des Königs strömten durch die kleine Seitentür. Sie liefen um das Gebäude zu seiner Frontseite. Die meisten der Teurings befanden sich in der Halle. Greutungen überrannten die wenigen, die im Hof zurückgeblieben waren. Wenn sie keine besseren Waffen hatten, rissen sie Steine aus dem Pflaster und schleuderten sie. Der Mond, der inzwischen aufgegangen war, gab ihnen ausreichend Licht.

Brüllend räumten die Krieger als nächstes den Eingangsraum. Sie nahmen sich an Waffen und Rüstungen, was noch dort herumlag, und fielen dann den Teurings in den Rücken.

Es wurde eine grausame Schlacht. Da die Teurings wußten, daß sie sterben würden, kämpften sie, bis sie zu Boden sanken. Hathawulf allein häufte einen Wall von Erschlagenen vor sich auf. Als er fiel, waren nur noch wenige übrig, die sich darüber freuen konnten.

Selbst der König wäre nicht unter denen gewesen, hätten sich nicht einige seiner Männer beeilt, seine blutenden Wunden zu verbinden. Nun trugen sie ihn, der kaum bei Besinnung war, aus der Halle, in der nur die Toten zurückblieben.

1935

Laurie! Laurie!

372

Der Morgen brachte Regen. Von einem heulenden Wind getrieben, hagelkalt, hagelhart, verbarg er alles, bis auf das Dorf, das sich unter ihm zusammenduckte, als ob alles andere, die ganze Welt, zerstört worden sei. Das Prasseln des Regens auf dem Dach schallte durch die Halle von Heorot.

Die Dunkelheit schien durch ihre Leere noch vertieft. Feuer brannten, Lampen warfen ihr Licht umsonst in die Schatten. Die Luft war eisig.

Drei Menschen standen in der Mitte der Halle. Das, wovon sie sprachen, ließ nicht zu, daß sie saßen. Atemluft puffte geisterweiß aus ihren Mündern.

»Getötet?« murmelte Alawin dumpf. »Alle getötet?«

Der Wanderer nickte. »Ja«, sagte er noch einmal, »obwohl es bei den Greutungen genausoviel Trauer gibt wie bei den Teurings. Ermanarik ist am Leben, doch verkrüppelt und gelähmt, und um zwei Söhne ärmer.«

Ulrika blickte ihn scharf an. »Wenn dies gestern nacht geschehen ist«, sagte sie, »hast du kein irdisches Pferd geritten, um uns davon zu berichten.«

»Du weißt, wer ich bin«, antwortete er.

»Weiß ich das?« Sie streckte zwei Finger gegen ihn aus, die gekrümmt waren wie Krallen. Ihre Stimme klang schrill. »Wenn du wirklich Wodan bist, dann ist er ein erbärmlicher Gott, der meinen Söhnen in der Stunde der Not nicht helfen konnte oder nicht helfen wollte.«

»Halt, halt!« bat Alawin sie, während er den Wanderer beschämt anblickte.

Der sagte leise: »Ich trauere mit euch. Doch der Wille der Weard läßt sich nicht ändern. Wenn Geschichte über das, was geschehen ist, nach Westen wandert, mögt ihr hören, daß ich dort war, und sogar, daß ich es war, der Ermanarik rettete. Wisset, daß gegen die Zeit selbst die Götter machtlos sind. Ich habe getan, was zu tun ich verdammt war. Denkt daran, daß Hathawulf und Solbern, als sie ihrem Schicksal entgegentraten, das ihnen vorbestimmt war, die Ehre dieses Hauses bewahrten und sich einen Namen gemacht haben, dessen man sich erinnern wird, solange es dieses Volk gibt.«

»Aber Ermanarik bleibt über der Erde«, sagte Ulrika scharf. »Alawin, die Pflicht zur Rache ist jetzt auf dich übergegangen.«

»Nein!« sagte der Wanderer. »Seine Aufgabe ist größer als das. Er muß das Blut der Familie retten, das Leben der Sippe. Deshalb bin ich gekommen.«

Er wandte sich an den Jungen, der mit großen Augen zu ihm aufblickte. »Alawin«, sagte er, »mir ist die Gabe des Voraussehens gegeben, und das ist eine schwere Last. Doch kann ich sie manchmal dazu gebrauchen, Schlimmes zu verhüten. Hör mir gut zu, denn dies ist das letzte Mal, daß du mich hören wirst!«

»Nein, Wanderer!« schrie Alawin. Atem zischte zwischen Ulrikas zusammengepreßten Zähnen hervor.

Der Graubärtige hob die Hand, die nicht den Speer hielt. »Bald wird der Winter über euch kommen«, sagte er, »doch Frühling und Sommer werden ihm folgen. Der Baum eurer Sippe steht kahl, bar seines Laubes, doch seine Wurzeln schlummern kraftvoll, und er soll neu grünen – wenn er nicht von einer Axt gefällt wird.

Beeilt euch! Zerschlagen, wie Ermanarik ist, wird er doch versuchen, ein für allemal ein Ende zu machen mit eurer lästigen Sippe. Ihr könnt nicht eine so große

Streitmacht aufstellen wie er. Wenn ihr hierbleibt, werdet ihr sterben.

Denk nach, Alawin! Du bist vorbereitet, nach Westen zu ziehen, und bei den Visigoten erwartet euch ein Willkommen. Es wird noch wärmer sein nach der Niederlage, die Athanarik in diesem Jahr am Dnjestr durch die Hunnen erlitten hat; er braucht frische und hoffnungsfrohe Kräfte. Innerhalb weniger Tage könntest du den Zug anführen. Ermanariks Männer werden, wenn sie herkommen, nichts anderes vorfinden als die Asche dieser Halle, die du in Brand setzen wirst, damit sie ihm nicht in die Hände fällt, und als Opferfeuer zu Ehren deiner Brüder.

Du wirst nicht fliehen. Nein, du wirst vorwärtsreiten in ein mächtiges Morgen. Alawin, du bist jetzt der Hüter des Blutes deiner Väter. Hüte es sorgsam!«

Wut verzerrt Ulrikas Gesicht. »Ja, du warst schon immer ein Händler glattzüngiger Worte«, stieß sie hervor. »Hüte dich vor seiner Tücke, Alawin! Stehe fest! Räche meine Söhne – die Söhne Tharasmunds!«

Der Junge schluckte erregt. »Willst du wirklich... daß ich fortgehe... solange der Mörder Svanhilds, Randwars, Hathawulfs und Solberns... solange er lebt?« stammelte er.

»Du mußt nicht bleiben«, sagte der Wanderer ernst. »Wenn du es tust, gibst du das letzte Leben her, das in deinem Vater war – gibst du es einem Feind hin, zusammen mit Hathawulfs Sohn und Frau und deiner eigenen Mutter. Es ist keine Schande, sich zurückzuziehen, wenn man sich einem stärkeren Feind gegenübersieht.«

»J... ja... ich könnte später mit einem Heer der Visigoten zurückkommen...«

»Das ist nicht nötig. Höre! In drei Jahren wirst du etwas über Ermanarik hören, das dich erfreuen wird. Die Gerechtigkeit der Götter wird ihn richten. Darauf gebe ich dir meinen Eid!«

»Was ist der wert?« zischte Ulrika.

Alawin füllte seine Lungen, nahm die Schultern zurück, stand eine Weile schweigend, und sagte dann: »Stiefmutter, sei still! Ich bin der Mann dieses Hauses. Wir werden dem Rat des Wanderers folgen.«

Für einen Augenblick brach der Junge in ihm durch. »Aber, o Herr, Vorvater – sollen wir dich wirklich nie wiedersehen? Verlaß uns nicht!«

»Ich muß es«, antwortete der Graubärtige. »Es ist nötig, für euch.« Und plötzlich: »Ja, ich sollte besser sofort gehen. Lebt wohl. Lebt für immer wohl!«

Er schritt durch die Schatten, zur Tür hinaus, in den Regen und den Wind.

43

Hier und dort durch die Jahrtausende unterhält die Zeitpatrouille Orte, an denen ihre Angehörigen sich ausruhen können. Einer davon ist Hawaii vor der Ankunft der Polynesier. Obwohl dieser Erholungsort seit Tausenden von Jahren besteht, schätzten Laurie und ich uns glücklich, dort für einen Monat eine Hütte mieten zu können. Ehrlich gesagt hatten wir den Verdacht, daß Manse Everard da für uns ein paar seiner Beziehungen genutzt hatte.

Er sagte jedoch nichts darüber, als er uns gegen Ende unseres Aufenthalts besuchte. Er war auf seine schlichte Art nett und freundlich, ging mit uns zum Picknick oder zum Surfen und hieb anschließend in Lauries Abendessen mit dem Appetit ein, den es verdiente. Erst sehr viel später kam er auf das zu sprechen, was hinter uns und vor uns lag auf unseren Weltlinien.

Wir saßen auf einem deckartigen Vorbau der Hütte. Die Abenddämmerung fiel kühl und blau auf den Garten, über den tropischen Dschungel, der sich dahinter erstreckte. Im Osten fiel das Land steil zur Küste hinab, hinter der die See wie Quecksilber schimmerte. Westwärts zitterte der Abendstern über dem Vulkan Mauna Kea. Ein Bach plätscherte. Hier war der Friede, der Wunden heilte.

»Also fühlen Sie sich bereit, zurückzugehen?« fragte Everard.

»Ja«, sagte ich. »Und es wird jetzt alles viel leichter sein. Die Fundamente sind gelegt, die grundlegenden Informationen zusammengestellt und verarbeitet. Ich brauche also nur noch die Gesänge und Geschichten aufzuzeichnen, wenn sie entstehen und sich entwickeln.«

»Nur!« rief Laurie. Ihr Spott war zärtlich und wurde zum Trost, als sie ihre Hand auf die meine legte. »Nun, zumindest bist du über deine Trauer hinweggekommen.«

Everards Stimme war sehr leise, als er mich fragte: »Sind Sie dessen sicher, Carl?«

Meine Stimme klang ruhig, als ich ihm antwortete: »Ja. Natürlich wird es immer ein paar Erinnerungen geben, die schmerzen. Aber ist das nicht das Schicksal des Menschen? Es gibt mehr Erinnerungen, die gut sind, und ich werde wieder von jenen zehren.«

»Sie sehen hoffentlich ein, daß Sie nicht wieder so besessen werden dürfen wie zuvor. Das ist eine Gefahr, der viele von uns zum Opfer fallen.« Hatte seine Stimme ein wenig gezittert? Sie wurde sofort wieder hart. »Und wenn das geschieht, muß das Opfer darüber hinwegkommen und wieder zu sich selbst finden.«

»Ich weiß«, sagte ich und lachte leise. »Wissen Sie nicht, daß ich es weiß?«

Everard paffte an seiner Pfeife. »Nicht wirklich. Da Ihre zukünftige Karriere freier von allen Störungen zu sein scheint, als es für einen Feldagenten normal ist, kann ich es nicht rechtfertigen, Lebensspanne und Ressourcen der Patrouille für weitere Untersuchungen aufzubringen. Dies ist kein dienstliches Gespräch. Ich bin als Freund zu Ihnen gekommen, der nur feststellen möchte, wie Sie zurechtkommen. Sagen Sie mir nichts, was Sie mir nicht sagen wollen!«

»Sie sind ein reizender alter Bär«, sagte Laurie zu ihm.

Ich fühlte mich nicht ganz wohl, doch ein Schluck von meinem Rum Collins hatte eine beruhigende Wirkung. »Natürlich können Sie jede Information haben, die Sie haben wollen«, begann ich. »Ich habe mich versichert, daß Alawin in Sicherheit ist.«

»Wie?« fragte Everard.

»Keine Sorge, Manse. Ich bin sehr behutsam vorgegangen, zum größten Teil indirekt. Verschiedene Identitäten zu verschiedenen Gelegenheiten. Die wenigen Male, zu denen er mich sah, erkannte er mich nicht.« Meine Finger glitten über mein glattrasiertes Kinn – römischer Stil, wie mein kurzgeschnittenes Haar; und wenn sich die Notwendigkeit ergibt, stehen einem Agenten der Patrouille sehr fortgeschrittene Tarnmöglichkeiten zur Verfügung. »O ja, ich habe den Wanderer zur Ruhe gelegt.«

»Gut!« Everard lehnte sich in seinen Sessel zurück. »Was ist aus dem Jungen geworden?«

»Sie meinen aus Alawin? – Er hat eine recht starke Gruppe versammeln können, einschließlich seiner Mutter Erelieva und ihres Haushalts, und sie westwärts geführt, an den Hof Frithigerns.« (Er *würde* sie führen, in drei Jahrhunderten. Doch wir sprachen englisch. Temporal hat die richtigen Zeitformen dafür.) »Er stand dort hoch in Gunst – besonders nachdem er sich hatte taufen lassen. Allein das war ein Grund dafür, den Wanderer verblassen zu lassen, verstehen Sie? Wie konnte ein Christ sich an einen heidnischen Gott gebunden fühlen?«

»Hmm. Ich frage mich nur, was er von seinen Begegnungen mit ihm hielt – später.«

»Ich habe den Eindruck gewonnen, daß er den Mund hielt. Natürlich, wenn seine Nachkommen – er hat gut geheiratet –, wenn seine Nachkommen etwas davon erfahren sollten, würden sie annehmen, daß eine Art Spuk im alten Land losgelassen war.«

»Im alten Land? O ja. Alawin ist nie wieder in die Ukraine zurückgekehrt, oder?«

»Nein. Bestimmt nicht. Muß ich Ihnen die Geschichte skizzieren?«

»Bitte, tun Sie es! Ich habe sie zwar in Verbindung mit Ihrem Fall ein wenig studiert, doch nicht so sehr die Konsequenzen der Entwicklung. Außerdem liegt das alles sehr weit zurück auf meiner Weltlinie.«

Und seitdem müssen Sie sehr viel erlebt haben, dachte ich. »Nun«, sagte ich laut. »Im Jahr 374 überquerte Frithigerns Volk mit Erlaubnis der Römer die Donau und ließ sich in Thrazien nieder. Athanariks Volk folgte ihm bald darauf, jedoch nach Transylvanien. Der Druck der Hunnen war zu stark geworden.

Die römischen Beamten unterdrückten die Goten und beuteten sie aus – waren eben die Regierung –, und die Goten ertrugen das einige Jahre lang. Schließlich jedoch entschieden sie, daß sie genug hätten und revoltierten. Von den Hunnen hatten sie gelernt, wie man eine Kavallerie entwickelt und richtig einsetzt, und sie legten ihr Schwergewicht darauf. In der Schlacht von Adrianopel im Jahr 378 führte das zu einem entscheidenden Sieg. Alawin tat sich übrigens bei diesem Kampf hervor, was ihm zu der Position verhalf, die er schließlich erreichte. Ein neuer Kaiser, Theodosius, machte im Jahr 381 Frieden mit den Goten, und die meisten ihrer Krieger traten als *foederati* – als Alliierte, wie wir sagen würden – in römische Dienste.

Später kam es zu neuen Konflikten, Schlachten, Verschiebungen: die Völkerwanderung brach an. Ich möchte das Leben meines Alawin damit zusammenfassen, daß er nach einem turbulenten, doch im Grunde genommen glücklichen Leben in reifem Alter in dem Reich starb, das die Visigoten sich im südlichen Gaul, dem späteren Frankreich, erobert hatten. Nachkommen von ihm waren maßgeblich daran beteiligt, die spanische Nation zu begründen.

Sie sehen also, daß ich diese Familie jetzt ganz sich selbst überlassen habe und mich wieder ganz meiner Arbeit widmen kann.«

Lauries Hand schloß sich fester um die meine.

Die Dämmerung war zur Nacht geworden. Sterne blinkten am Himmel. Die Glut in Everards Pfeife blinkte ebenfalls aus dem Dunkel. Er selbst war ein massiger Schatten, wie der Berg, der sich am westlichen Horizont erhob.

»Ja«, sagte er nachdenklich, »es kommt zu mir zurück – irgendwie. Doch Sie haben von den Visigoten gesprochen. Die Ostrogoten, Alawins Landsleute – haben sie nicht Italien erobert?«

»Ja, schließlich«, sagte ich. »Doch zuvor haben sie viel Schreckliches über sich ergehen lassen müssen.« Ich machte eine Pause. Was ich sagen wollte, berührte Wunden, die noch nicht ganz vernarbt waren. »Der Wanderer hat die Wahrheit gesagt. Es gab Rache für Svanhild.«

374

Emanarik saß allein unter den Sternen. Wind jammerte. Aus der Ferne hörte er Wölfe heulen.

Nachdem die Boten ihm die Nachricht überbracht hatten, konnte er die Furcht und das Gerede nicht mehr ertragen. Zwei Krieger hatten ihm auf seinen Befehl hin auf das Dach dieses Blockhauses geholfen. Sie hatten ihn auf eine Bank bei der Brüstung gesetzt und einen Pelzmantel um seine eingesunkenen Schultern gelegt. »Geht!« hatte er sie angeherrscht, und sie waren angstvoll davongeschlichen.

Er hatte gesehen, wie die Sonne im Westen verging und blauschwarze Gewitterwolken vom Osten heraufzogen. Diese Wolken bedeckten jetzt ein Viertel des Himmels. Blitze zuckten durch ihre Flanken. Noch vor Morgengrauen würde das Gewitter hier sein. Bis jetzt waren allerdings nur seine Vorboten eingetroffen, winterkalt in der Mitte des Sommers. An anderen Teilen des Himmels glänzte die Masse der Sterne.

Sie waren klein und seltsam und gnadenlos. Ermanariks Blick versuchte dem Anblick von Wodans Wagen zu entfliehen, der um das Auge Tiwaz' kreiste, das ewig aus dem Norden die Erde beobachtete. Doch immer wieder wurde sein Blick vom Zeichen des Wanderers angezogen. »Ich habe nicht auf euch gehört, ihr Götter«, murmelte er. »Ich habe meiner eigenen Stärke vertraut. Ihr seid gerissener und grausamer, als ich angenommen hatte.«

Hier saß er nun, er, der Mächtige, lahm an Hand und Fuß, unfähig, etwas zu tun, als er hörte, daß der Feind den Fluß überquert und die Armee, die ihn daran hätte hindern sollen, vernichtet hatte. Er sollte daran denken, was er als nächstes tun sollte, Befehle ausgeben, sein Volk zu den Waffen rufen. Es war nicht verloren, solange es die richtige Führung hatte. Doch der Kopf des Königs kam ihm hohl vor.

Hohl, jedoch nicht leer. Tote Männer füllten diese Halle der Knochen, Männer, die gemeinsam mit Hathawulf und Solbern gefallen waren, der Blüte der Ostrogoten. Wenn sie alle noch in diesen vergangenen Tagen gelebt hätten, wäre es ihnen gemeinsam möglich gewesen, die Hunnen zurückzuschlagen, mit Ermanarik als ihrem Führer. Doch Ermanarik war auch gestorben bei jener Metzelei. Nur ein Krüppel war übrig geblieben, dessen endlose Schmerzen sein Gehirn zerfraßen.

Er konnte nicht mehr für sein Königreich tun, als zu hoffen, daß sein ältester überlebender Sohn tüchtiger, siegreicher sein würde. Ermanarik entblößte seine Zähne und grinste zu den Sternen empor. Er wußte nur zu wohl, daß diese Hoffnung trog. Vor den Ostrogoten lagen Niederlage, Plünderung, Abschlachten, Unterwerfung. Falls sie jemals wieder frei sein sollten, würde es lange nach der Zeit sein, wo er längst zu Erde geworden war.

Er – wie glücklich würde er dann sein – oder nur sein Fleisch? Was erwartete ihn jenseits des Dunkels?

Er zog sein Messer. Sternenlicht und Licht von Blitzen schimmerte auf seiner Klinge. Eine Weile zitterte es in seiner Hand. Der Wind toste.

»Mach ein Ende«, schrie er. Er riß seinen Bart zur Seite und brachte die Spitze des Messers unter den Bogen seines rechten Kiefers. Die Augen hoben sich, wie aus eigenem Willen, dem Wagen Wodans zu. Irgend etwas glitzerte dort – war es eine Wolke, oder Svanhild, die hinter dem Wanderer auf einem Pferd ritt? Ermanarik sammelte allen Mut zusammen, der ihm verblieben war. Er stach die Klinge in seine Kehle und riß sie hindurch.

Blut schoß aus der durchschnittenen Ader. Er fiel vornüber auf den Boden. Das letzte, das er hörte, war Donner. Er klang wie das Dröhnen von Pferdehufen, die westwärts in die hunnische Mitternacht galoppierten.

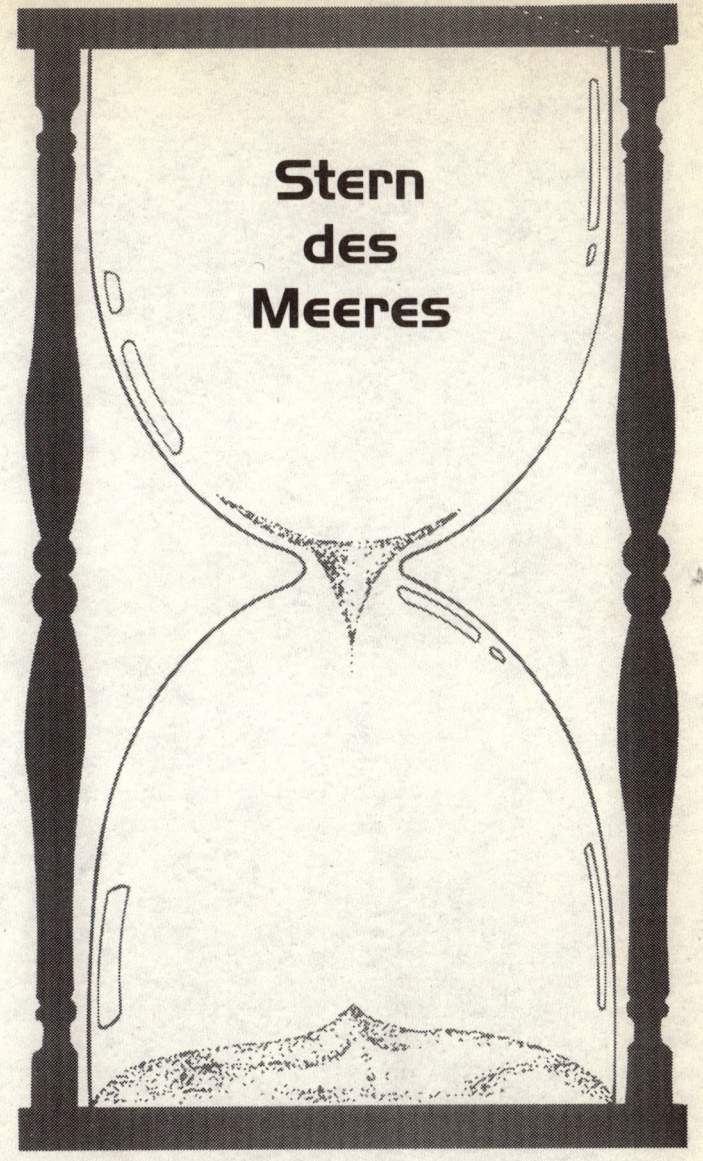

I
••

Am Tag tollte Niaerdh unter den Robben und Walen und Fischen umher, die sie geschaffen hatte. Aus ihren Fingerspitzen schleuderte sie Möwen und Gischt in den Wind. Am Rand der Welt tanzten ihre Töchter zu ihrem Lied, das Regen vom Himmel fallen oder Licht über den Wassern aufschimmern ließ. Wenn die Dunkelheit von Osten heraufzog, ging sie zu Bett und deckte sich mit ihr zu. Doch häufig stand sie schon früh auf, lange bevor die Sonne aufging, um über ihr Meer zu wachen. Über ihrer Stirn leuchtete der Morgenstern.

Eines Tages kam Frae an den Strand geritten. »Niaerdh, ich rufe dich!«

Doch nur die Wogen antworteten mit ihrem Rauschen. Er setzte das Horn Gatherer an die Lippen und blies hinein. Kormorane flatterten kreischend aus den Schären auf. Schließlich zog er sein Schwert und schlug mit der flachen Seite der Klinge gegen die Flanke des Bullen Erderschütterer, auf dem er saß. Bei dem Klatschen, das weit über das Land hallte, begannen Brunnen zu sprudeln, und tote Könige erwachten in ihren Hügelgräbern.

Darauf suchte Niaerdh nach ihm. Wütend segelte sie auf einem Eisberg herbei, hatte sich selbst in Nebel gehüllt und hielt in einer Hand das Netz, mit dem sie Schiffe einfing.

»Wieso wagst du es, mich zu behelligen?« fauchte sie ihn an, und ihre Worte waren wie Hagelkörner.

»Ich möchte dich heiraten«, erklärte er ihr. »Aus der Ferne hat mich das Licht geblendet, das von deinen Brüsten widerstrahlte. Ich habe meine Schwester weggeschickt. Die Erde verdorrt und alle Pflanzen versengen in der Hitze meiner Sehnsucht.«

Niaerdh lachte. »Was kannst du mir schon geben, das mein Bruder nicht hat?«

»Ein Haus mit einem hohen Dach«, antwortete er, »kostbare Geschenke, warmes Fleisch auf deinem Tranchierbrett und heißes Blut in deiner Tasse, Saat und Reife, Zeugung, Geburt und Alter.«

»Alles große Dinge«, erwiderte sie, »doch was ist, wenn ich mich trotzdem von ihnen abwende?«

»Dann wird das Leben auf dem Land sterben und dich noch im Tod verfluchen«, warnte er. »Meine Pfeile werden zu dem Gespann des Sonnenwagens fliegen und seine Pferde abschlachten. Wenn der Wagen abstürzt, wird das Meer erst kochen und dann in einer Nacht, die keine Dämmerung mehr kennt, zufrieren.«

»Niemals, denn zuerst werde ich die Wellen in dein Königreich werfen und es ertränken.«

Eine Weile schwiegen beide.

»Wir sind beide stark«, sagte sie schließlich. »Es ist besser, wenn wir die Welt nicht zwischen uns vernichten. Ich werde im Frühling mit meiner Mitgift, dem Regen, zu dir kommen, und gemeinsam mit dir durch das Land reisen und es segnen. Dein Geschenk an mich soll der Bulle sein, auf dem du reitest.«

»Das ist zuviel«, rief Frae. »Denn in ihm schlummert die Macht, den Bauch der Erde zu füllen. Er zersprengt die Feinde, durchbohrt und trampelt sie nieder, läßt ihre Felder verdorren. Unter seinen Hufen erzittert der Fels.«

»Du kannst ihn an Land behalten und ihn nutzen wie ehedem«, schlug Niaerdh vor, »nur dann nicht, wenn ich ihn brauche. Aber er soll mein sein, und am Ende will ich ihn für immer zu mir rufen.« Nach einer Weile fuhr sie fort: »Jeden Herbst werde ich dich verlassen und in mein Meer zurückkehren. Im Frühling dann komme ich wieder. So soll es sein im Jahr und alle Jahre wieder.«

»Ich hatte mir mehr erhofft«, sagte Frae, »und ich glaube, wenn wir unser Tun entzweien, werden die Götter des Krieges viel freier umherschweifen als vorher. Doch ist es vorherbestimmt, daß du es so haben willst. Ich werde auf dich warten, wenn die Sonne sich nach Norden wendet.«

»Ich werde über den Regenbogen zu dir kommen«, versprach Niaerdh.

So war es. So ist es.

1

Vor den Wällen des Alten Lagers war schon die Natur erschreckend genug. Im Osten schimmerte der Rhein, in diesem Jahr der Dürre nur ein Rinnsal verglichen mit seiner alten Größe. Die Germanen überquerten ihn ohne Schwierigkeiten, während die Versorgungsschiffe für die Außenposten am linken Ufer häufig auf Grund liefen und in die Hand des Feindes fielen, ehe sie fliehen konnten. Es war, als würden gerade die Flüsse, ehemals die natürlichen Verteidigungslinien des alten Kaiserreiches, von Rom desertieren. Während sich auf der anderen Seite Wälder erstreckten, erhoben sich auf dieser Seite nur vereinzelte Bäume, deren Blätter schon braun wurden und abfielen. Die Äcker waren schon unter einem unbarmherzigen Himmel zu Staub geworden, grau wie die Asche der Holzkohle, die in den Häusern verbrannt wurde.

Nun trug dieser Boden eine neue Saat: Drachenzähne sprossen hervor – eine barbarische Horde.

Große blonde Männer tanzten um Embleme, hervorgeholt aus geheiligten Hainen und bei blutigen Riten geweiht, Pfähle oder Stangen mit Schädeln oder grobgeschnitzten Bären, Ebern, Wisenten, Auerochsen, Elchen, Hirschen, Wildkatzen oder Wölfen. Das

Sonnenlicht blitzte auf Speerspitzen, den Verzierungen der Schilde, hie und da auf einem Helm, seltener auf der Verschlußspange eines Umhangs oder einem Harnisch, den man einem abgeschlachteten Legionär abgenommen hatte. Die meisten waren ohne Rüstung, trugen Tuniken über enganliegenden Hosen, das zottige Fell eines wilden Tieres, oder waren gar bis zu den Hüften nackt. Sie grölten, bellten, schrien, heulten, trampelten, johlten – und machten einen Lärm nicht unähnlich einem Donnergrollen in der Ferne.

Tatsächlich klang es entfernt. Doch Munius Lupercus erspähte durch die länger werdenden Schatten lange Haare, die an den Schläfen und über dem Kopf geflochten waren – im Stil der Suebenstämme aus dem Herzen Germaniens. Es war nicht üblich, daß der Feind hier auftauchte. Es mußte sich um kleinere Banden handeln, die ihren abenteuerlustigen Häuptlingen hierher gefolgt waren. Aber ihr Erscheinen machte deutlich, wie es um die Welt des Civilis stand.

Die meisten hatten ihre Mähnen geflochten, ein paar färbten sie rot oder fetteten sie nach Art der Gallier zu Dornen. Es waren Bataver, Tungren, Friesen, Brukterer und andere Eingeborene aus diesen Gegenden – und weit mehr zu fürchten, nicht wegen ihrer Zahl, sondern wegen ihrer Kenntnisse der römischen Lebensart. Hoh, da ritt eine Schwadron Tenkterer, mit ihren Ponys verwachsen wie Zentauren, die Lanzen und Wimpel aufgestellt, Äxte am Sattelhorn – die Kavallerie der Aufständischen!

»Wir haben eine heiße Nacht vor uns«, meinte Lupercus.

»Wie könnt Ihr das sagen, Herr?« Die Stimme seines Burschen verriet Unsicherheit. Er war gerade mal ein Junge, hastig für diese Stellung ausgesucht, nachdem der erfahrene Rutilius gefallen war. Wenn 5000 Soldaten vom Schlachtfeld in das Alte Lager getrieben wurden und ihnen zwei- oder dreimal soviele Leute aus dem Umland folgten, nahm man eben, was man kriegen konnte.

Lupercus zuckte die Achseln. »Man entwickelt eben ein Gefühl für ihre Launen.«

Nicht alle Zeichen waren so schwer zu deuten. Jenseits des Flusses, hinter der marodierenden Männerhorde auf dieser Seite, kroch Rauch an Kesseln und Spießen entlang. Frauen und Kinder aus der Region waren gekommen, um ihre Männer vor der Schlacht noch einmal anzustacheln. Jetzt begannen bei ihnen wieder die Totenklagen. Sie dehnten sich aus und gellten immer lauter, begleitet vom dumpfen Dröhnen der Trommeln: *ha*-ba-da, *ha*-ba-da. Immer mehr Männer wandten den Kopf in ihre Richtung, immer stärker bahnte sich das Chaos seinen Weg.

»Ich glaube nicht, daß Civilis in Aktion treten wird«, sagte Aletus. Lupercus hatte den Veteranen-Zenturio aus den Überlebenden seiner zerschlagenen Truppe herausgepickt und ihn zum Stabsoffizier und Ratgeber ernannt. Aletus zeigte an den Palisaden entlang auf die Gräben. »Die letzten Angriffe haben ihn viele Männer gekostet.«

Dort lagen ausgeblutete, verfärbte Leichen, denen die Eingeweide heraushingen, zwischen zerbrochenen Waffen und den Überresten von zersplitterten Schilden, unter denen die Barbaren versucht hatten, die Tore zu stürmen. An manchen Stellen füllten sie die Gräben bis an den Rand. Münder klafften über Zungen, an denen Ameisen und Käfer fraßen. Krähen hatten vielen die Augen herausgepickt. Immer noch hüpften einige der Vögel umher und holten sich ihr Nachtmahl, ehe die Dunkelheit hereinbrach. Die Nasen hatten sich an den Gestank gewöhnt, wenn nicht gerade eine Brise ihn einem direkt in die Nüstern fächelte, und die abendliche Kühle dämpfte ihn ein wenig.

»Er hat immer noch viele in Reserve«, meinte Lupercus.

»Trotzdem, Herr, er ist doch kein Dummkopf oder Ignorant, nicht wahr?« beharrte der Zenturio. »Er ist mit uns, wie ich hörte, über 20 Jahre zusammen marschiert – geradewegs nach Italien hinunter, und stieg so hoch im Rang, wie ein Soldat der Hilfstruppen nur steigen kann. Er muß wissen, daß wir knapp an Nahrung und allem anderen sind. Uns auszuhungern würde doch mehr Sinn machen als die regulären Truppen mit all ihren Maschinen anzugreifen.«

»Das ist wahr«, sagte Lupercus und nickte. »Ich wage zu behaupten, daß dies auch sein Plan ist, nachdem er uns nicht überrennen konnte. Aber bei diesen wilden Männern hier herrscht nicht Zucht und Ordnung wie bei den Römern. Er hat sie nicht unter Kontrolle.« Um dann trocken zu ergänzen: »Nicht, daß nicht auch unsere Legionen ab und zu über die Stränge schlügen!«

Sein Blick suchte nach einem ruhigen Punkt im Gewimmel der Feinde. Metallisch schimmerten die Waffen der Männer, die unter den Wimpeln und Standarten ihrer Einheiten lagerten; angebundene Pferde fraßen bedächtig ihren Hafer; auf seinen Rädern wartete ein neuerbauter zweistöckiger Belagerungsturm mit grobem, aber solide gezimmertem Gerüst auf seinen Einsatz.

Dahinter lagerten Claudius Civilis, der Rom früher gedient hatte, und die Stammesangehörigen, die an seiner Seite gefochten und von ihm alles erlernt hatten.

»Etwas hat die Germanen wieder in Aufruhr versetzt«, fuhr der Gesandte fort. »Irgendwelche Nachrichten, Eingebungen, Launen oder ... was auch immer. Ich wüßte gern, was. Aber ich wiederhole: Wir haben eine heiße Zeit vor uns. Machen wir uns bereit.«

Er stieg als erster von dem Wachtturm herunter. Es

war fast wie ein Abstieg in den Frieden. In den Jahrzehnten nach seiner Gründung war das Alte Lager gewachsen und zu einer Art Siedlung geworden, die nicht in allen Ecken wie ein Militär-Camp aussah. Doch im Moment war es überfüllt mit Flüchtlingen und den Überlebenden der Expeditions-Streitmacht. Schon nach kurzer Zeit hatte Lupercus die Ordnung wiederhergestellt, die Soldaten einigermaßen untergebracht und auf ihre Posten verteilt. Die meisten Zivilisten hatte er zu nützlichen Arbeiten herangezogen.

In den Schatten herrschte Stille, und einen Augenblick lang konnte er die Ohren vor dem rauhen Gesang von draußen verschließen. Sein Verstand machte sich frei, flog über Meilen und Jahre hinweg, über die Alpen nach Süden entlang der blauen, blauen See zu der Bucht und dem majestätischen Berg, zu der Stadt, die sich an seinen Hang schmiegte, zu seinem Haus mit dem Garten voller Rosen, zu Julia, den Kindern ... Publius mußte jetzt schon zu einem jungen Mann heranwachsen, und Lupercilla war sicher zu einer schönen jungen Frau gereift; ob Marcus immer noch Probleme mit dem Lesen hatte? ... Briefe erreichten Lupercus nur in unregelmäßigen Abständen. Wie mochte es ihnen gehen, wie war es bei ihnen in Pompeji – genau jetzt, zu dieser Stunde?

Entlasse sie aus deinen Gedanken! Du hast jetzt etwas Wichtigeres zu erledigen. Und er machte sich an die Arbeit, inspizierte, plante und erteilte Anweisungen.

Die Nacht brach herein. Um das Fort herum loderten die Feuer auf, wo die Feinde bei einem Festgelage saßen. Sie hatten zahllose Amphoren Wein geleert, und jetzt stimmten sie ihre rauhen Kriegsgesänge an. Dazwischen kreischten ihre Weiber wie Falken.

Einer nach dem anderen, Horde um Horde, taumelten sie auf die Füße, griffen zu ihren Waffen und warfen sich gegen die Wälle des Forts. In der Dunkelheit verfehlten die Speere, Pfeile und Wurfäxte ihr Ziel.

Die Römer dagegen sahen ihre Feinde deutlich im Schein der Lagerfeuer. Speere, Schleudern und Katapulte erwischten sie, die Auffälligsten und Mutigsten zuerst.

»Wie eine ägyptische Vogeljagd, beim Hercules!« rief Aletus.

»Das wird auch Civilis bald erkennen«, meinte Lupercus.

Und tatsächlich wirbelten nach ein paar Stunden Funken hoch in die Luft, Stangen rissen Scheite und Glut auseinander, Stiefel und Decken löschten die Flammen.

Die Vorsichtsmaßnahme schien die Germanen noch verrückter zu machen. Es war eine mondlose Nacht, und Nebelschleier verwischten die Sterne. Gekämpft wurde nun nahezu blind, Mann gegen Mann. Man schlug sofort zu, wo man ein Geräusch hörte und ein noch schwärzerer Schatten auf einen zukam. Trotzdem blieben die Legionäre weiterhin diszipliniert. Sie warfen mit Widerhaken bewehrte Stangen auf ausgemachte Ziele und stießen Steine von den Wällen. Wenn der Lärm ihnen verriet, daß irgendwo eine Leiter angelegt worden war, schoben sie sie mit ihren Schilden zurück und schleuderten ihre Lanzen hinterher. Die Feinde, die die Palisaden erklimmen konnten, durchbohrten sie mit ihren Schwertern.

Irgendwann nach Mitternacht ließ der Kampflärm nach. Für eine kurze Zeitspanne herrschte fast völlige Stille, die nicht einmal vom Stöhnen der Sterbenden unterbrochen wurde. Die Germanen sammelten ungeachtet der Gefahr, in die sie sich begaben, ihre Verwundeten ein und trugen sie weg, während die Römer sich im Licht der Lampen von ihren Ärzten behandeln ließen.

Lupercus stieg wieder auf seinen Beobachtungsposten, um zu lauschen. Bald darauf hörte er eine Stimme, die einen Appell an die Kämpfer richtete, dann laute Rufe und schließlich wieder das Totenlied. Er schüttelte den Kopf und seufzte. »Sie werden wiederkommen.«

Im Morgengrauen sah er den Belagerungsturm gegen das Prätorianer-Tor vorrücken. Er kam nur langsam von der Stelle, wurde von zwei Kriegerhorden vorwärts gezogen, während die anderen Kämpfer geduldig hinter ihm herschlichen. Etwas weiter entfernt standen Civilis' Elitesoldaten abwartend in Bereitschaft. Lupercus hatte reichlich Zeit, die Lage zu sondieren, Entscheidungen zu treffen, seine Männer zu postieren und seine Kampfmaschinen aufzustellen. Zu ihrem Bau hatte er gleichermaßen Soldaten und Handwerker der Flüchtlinge im Fort herangezogen.

Der Belagerungsturm näherte sich dem Tor. Kämpfer stiegen hinein, schwangen ihre Waffen, schleuderten Geschosse und machten sich zum Absprung bereit. Der Gesandte erteilte seine Befehle. Die Römer auf den Wällen eilten mit Pfählen und Balken zu dem Punkt, wo die Feinde eindrangen. Unter dem Schutz ihrer Schilde gelang es ihnen, durch Schieben, Hacken und Stoßen den Turm zum Stillstand zu bringen, und sofort machten sie sich daran, ihn zu zertrümmern. In der Zwischenzeit versuchten ihre Kameraden von beiden Seiten einen Ausfall und griffen die nächsten feindlichen Reihen an.

Civilis eilte mit seinen Veteranen zu Hilfe. Römische Techniker schoben einen Kranarm über den Rand des Walls. Eiserne Greifer am Ende einer Kette beschrieben einen Bogen durch die Luft, schlossen sich um einen Mann und hoben ihn von den Füßen. Unter hämischen Rufen stapelten die Techniker Gegengewichte auf, der Arm schwang herum, die Greifer öffneten sich, und das Opfer fiel innerhalb der Wälle zu Boden, wo es von einem Trupp Krieger erwartet wurde.

»Gefangene!« rief Lupercus. »Ich will Gefangene!«

Immer wieder griff der Kran hinaus und holte sich

seine Opfer. Die Maschine war unförmig und langsam, andererseits aber völlig neu und erschreckend – demoralisierend. Lupercus würde nie wissen, welch große Bestürzung sie unter den Feinden hervorrief. Niemand konnte das beurteilen. Die Zerstörung des Belagerungsturms und der Angriff durch gut gestellte schlagkräftige Fußtruppen sorgten für zusätzliche Verwirrung.

Erfahrene Truppen würden keinen Fußbreit Boden aufgegeben haben, denn im Gegenzug hätten sie die zahlenmäßig unterlegenen Ausfalltruppen umzingeln und in Stücke hauen können. Doch folgten bei den Barbaren nur die Männer, die ihren Anführern am nächsten standen, ihren Befehlen und sie wußten außerdem nicht, was an den anderen Kampfstätten vor sich ging. Die Männer in der vordersten Linie erhielten keine Verstärkungen. Nach der langen Nacht waren sie erschöpft, viele waren verwundet und hatten Blut verloren. Weder ihre Kameraden noch ihre Götter kamen ihnen zu Hilfe. Der Mut verließ sie, und sie flohen in alle Richtungen. Wie eine Lawine stürmte der Rest der feindlichen Horde hinter ihnen her.

»Sollten wir sie nicht verfolgen, Herr?« fragte der Bursche.

»Das würde fatal enden.« Lupercus wunderte sich selbst, daß er dem Jungen Erklärungen gab und ihm nicht einfach befahl, den Mund zu halten. »Das ist keine panische Flucht. Sieh mal, sie machen am Flußufer halt. Ihre Anführer werden sie sammeln. Civilis wird sie dann später mehr oder weniger zur Vernunft bringen. Trotzdem denke ich, daß er keine weiteren Angriffe versuchen wird. Er wird sich hier festsetzen und uns belagern.«

Und sich jede erdenkliche Mühe geben, seine Landsleute unter unseren Truppen in Versuchung zu führen, zu ihm überzulaufen, dachte der Gesandte bei sich. *Doch wenigstens bekomme ich jetzt etwas Schlaf.* Wie müde er war! Er meinte, den Schädel voll Sand zu haben, und seine Zunge lag ihm wie ein Streifen Leder im Mund.

Doch zuerst hatte er noch einige Pflichten zu erfüllen. Er stieg nach unten und ging an den Palisaden entlang zu dem Punkt, an dem der Kran seine Opfer fallen ließ. Zwei waren tot – wahrscheinlich hatten sie sich zu heftig gewehrt, oder der Trupp, der sie empfing, war zu übereifrig gewesen. Einer stöhnte und wand sich schwach im Staub. Seine Beine bewegten sich nicht. Wahrscheinlich hatte er sich das Rückgrat gebrochen. Besser, man schnitt ihm die Kehle durch! Drei weitere Gefangene hockten gefesselt neben ihren Bewachern am Boden. Nur der Siebte, ebenfalls an Armen und Beinen gefesselt, stand aufrecht. Seine breite Gestalt steckte in den Kleidern eines batavischen Hilfssoldaten.

Lupercus blieb vor ihm stehen. »Nun, Soldat, was hast du über dich selbst zu sagen?« fragte er ruhig.

Ein dichter Bart wucherte um die Lippen des Mannes, und das Latein, das sie hervorstießen, hatte einen gutturalen Akzent, war aber sicher und flüssig. »Ihr habt uns. Das ist aber auch alles, was Ihr habt.«

Ein Legionär riß das Schwert hoch, doch Lupercus gebot ihm Einhalt. »Zeigt ein wenig mehr Höflichkeit«, ermahnte er den Mann. »Ich habe ein paar Fragen an euch Burschen. Kooperiert mit uns, und euch bleiben die schlimmsten Qualen erspart, mit denen Verräter gewöhnlich bestraft werden.«

»Ich werde meinen Herrn nicht verraten, was immer Ihr auch mit mir anstellt!« rief der Bataver. Aus Erschöpfung brachte er die trotzigen Worte nur im Flüsterton hervor. »Wodan, Thor, Tyr – ihr seid Zeugen!«

Mercur, Hercules, Mars – ihre Hauptgötter. So heißen sie jedenfalls bei uns Römern. Ich glaube, er meint, was er sagt, und die Folter wird ihn nicht brechen. Wir müssen es natürlich versuchen. Vielleicht sind seine Kameraden nicht so starrsinnig. Zwar glaube ich nicht, daß einer von ihnen etwas weiß, das uns von Nutzen sein kann. Was für ein Irrsinn, das alles!

Hmm, vielleicht sollte er ... Der Gesandte verspürte eine leichte Erregung. *Vielleicht ist er bereit, uns das zu verraten.*

»Sagt mir wenigstens, was in euch gefahren ist, uns anzugreifen. Civilis muß sich doch die Haare ausgerissen haben vor Wut.«

»Er wollte den Angriff verhindern«, bestätigte der Gefangene. »Doch die Krieger gerieten außer Rand und Band, so daß er nur noch versuchen konnte, ihren Vorstoß wirkungsvoller zu gestalten.«

Und mit einem hündischen Grinsen: »Vielleicht haben sie jetzt ihre Lektion gelernt und machen es beim nächsten Mal richtig.«

»Aber wieso wurde der Angriff abgebrochen?«

Die Stimme des Gefangenen wurde plötzlich dunkel, und in den Augen brannte ein merkwürdiges Feuer. »Mit der Taktik lagen sie falsch, ja, aber die Weissagung traf zu. Sie ist wahr. Sie wurde uns durch die Brukterer überbracht. Veleda hat gesprochen.«

»Veleda?«

»Die Prophetin. Sie hat alle Stämme aufgerufen, sich zu erheben. Rom ist verdammt, hat ihr die Gottheit gesagt, und der Sieg wird unser sein.« Der Bataver reckte die Achseln. »Macht mit mir, was Ihr wollt, Römer. Ihr seid des Todes, Ihr – und Euer ganzes verrottetes Imperium.«

2

In den letzten Dekaden des endenden 20. Jahrhunderts war ein kleines Export-/Importgeschäft die Tarnung für das Amsterdamer Büro der Zeitpatrouille. Sein Lagerhaus mit angrenzendem Büro lag in der *In-*

dische Buurt, wo exotisch aussehende Leute kein Aufsehen erregten.

An einem Maimorgen tauchte im geheimen Teil des Gebäudes Manse Everards Zeitspringer auf. Der Agent mußte etwa eine Minute am Ausgang warten, weil auf der anderen Seite jemand vorbeiging, der nicht merken sollte, daß es hinter der Wandtäfelung einen weiteren Trakt gab – zweifellos ein gewöhnlicher Angestellter der Firma. Dann öffnete er mit seinem Schlüssel die Tür. Das ganze Arrangement kam Everard etwas schwerfällig vor, doch vermutlich paßte es zu den hiesigen Gegebenheiten.

Er begab sich zum Manager, der gleichzeitig Leiter der Patrouillenoperationen in dieser Ecke von Europa war. Dies war ein ganz normaler Vorgang und gehörte zur Routine, wenn man als Zeitreisender, der die Straßen der Geschichte hinauf- und hinunterfuhr, überhaupt von Routine sprechen konnte. Dieses Büro hier war kein Milieu-Hauptquartier, denn es überwachte nicht mal einen besonders wichtigen Sektor – bis jetzt.

»Wir haben« noch nicht mit Ihnen gerechnet, Sir«, begrüßte Willem Ten Brink den Besucher überrascht. »Soll ich Agentin Floris rufen lassen?«

»Nein, vielen Dank. Ich werde mich später mit ihr treffen, wenn das geht. Ich will mich zuerst etwas in der Stadt umsehen. Seit – wann? – 1952 bin ich nicht mehr hier gewesen. Damals habe ich auf einer Urlaubsreise ein paar Tage in Amsterdam verbracht. Hat mir gefallen.«

»Schön, ich hoffe, Sie haben etwas Spaß. Die Dinge haben sich verändert, wissen Sie? Wünschen Sie einen Führer, einen Wagen, oder kann ich Ihnen sonst behilflich sein? Nein? Was ist mit der notwendigen Ausrüstung für Ihre Konferenz?«

»Kein Bedarf, danke. Ihre Nachricht besagt, daß sie zumindest zu Beginn alles besser bei sich zu Hause erläutern kann.« Trotz der offensichtlichen Enttäuschung des Mannes ließ Everard offen, um was es ging. Sie waren ohnehin zu delikat, um jemanden, den diese Informationen nichts angingen, auch nur ansatzweise darüber zu informieren, und funktionierten zudem nicht außerhalb seiner eigenen Geburtsepoche. Hinzu kam, daß der Agent selbst nicht wußte, was genau ihm da ins Haus stand.

Ausgerüstet mit einer Karte, einer Brieftasche voller Gulden und ein paar praktischen Hinweisen, machte er sich auf den Weg. Beim Tabakhändler kaufte er sich Nachschub für seine Pfeife und eine *strippenkart* für die öffentlichen Transportmittel. Er hatte keinen Schnellkurs in Holländisch absolviert, doch jeder, dem er begegnete, sprach ausgezeichnet englisch. Unbeschwert ließ er sich treiben.

34 Jahre Abwesenheit waren eine lange Zeit. (Nur die Zeit seiner Abwesenheit auf seiner persönlichen Weltebene war länger. Denn inzwischen war er in die Patrouille eingetreten, hatte den Ungebundenen-Status erlangt und war durch die Zeitalter der meisten Planeten gestromert. Daher waren ihm das London der Elisabeth I. oder das Pasargadae von Kyros dem Großen vertrauter als die Stadt, durch die er jetzt ging. War dieser Sommer damals wirklich so sonnig, oder hatte er nur, weil er damals noch jung und unbelastet von zuviel Erfahrung gewesen war, die Welt schöner empfunden?) Beinahe fürchtete er sich vor dem, was er vorfinden würde.

Die folgenden Stunden zeigten, daß seine Befürchtungen unbegründet waren. Amsterdam war nicht zu der Kloake verkommen, als die manche Leute die Stadt bezeichneten. Vom *Dam* bis zum Hauptbahnhof waren die Straßen voll mit gammelnden Jugendlichen, doch keiner von ihnen randalierte. In den Gassen, die vom *Damrak* abgingen, konnte man stundenlang müßig in einem Straßencafé oder einer kleinen Bar sitzen und die große Bierauswahl genießen. Die früher typischen Schmuddel-Läden waren weniger geworden und zeigten sich nur vereinzelt zwischen ganz normalen Geschäften und ausgefallenen Buchläden. Als er an einer Grachtenfahrt teilnahm und der Fremdenführer unbekümmert auf den Rotlicht-Bezirk hinwies, sah Everard zahllose ehrwürdige Häuser aus der Jahrhundertwende, die den gesamten alten Stadtkern ausmachten. Man hatte ihn vor Taschendieben gewarnt, doch Straßenräuber brauchte er hier nicht zu fürchten. Er hatte gefährlichere Luft in New York geatmet und war mehr Überfällen in der Gegend um Gramercy Park entgangen als in jeder anderen Großstadt sonst. Den Lunch nahm er in einem kleinen freundlichen Lokal ein, wo er eine Aalsuppe aß. Das *Stedelijke Museum* war eine Enttäuschung – vor seinen modernen Kunstwerken kam der Agent sich wie ein unverbesserlicher Philister vor. Dagegen verlor er sich im *Rijksmuseum*, vergaß alles um sich herum und verweilte dort, bis es geschlossen wurde.

Schließlich wurde es Zeit für seine Verabredung mit Floris. Er selbst hatte die Uhrzeit bei ihrem vorausgegangenen Telefonat vorgeschlagen. Sie hatte keine Einwände erhoben. Ein Feldagent, Spezialist II. Klasse, war zwar schon ein hohes Tier, stand aber im Rang weit unter einem Ungebundenen Agenten. Zudem war keine Tageszeit zu exzentrisch, wenn man von überall, wo man sich befand, sofort zu dem bestimmten Zeitpunkt springen konnte. Wahrscheinlich hatte sie sich kurz nach dem Frühstück zu dem Zeitpunkt ihrer Verabredung aufgemacht.

Was ihn anging, hatte dieses entspannte Zwischenspiel seine Wachsamkeit nicht eingelullt. Im Gegenteil. Wenigstens war er jetzt wieder vertrauter mit ihrer Heimatstadt; er kannte den Hintergrund, dem sie entsprang, ein wenig besser. Das war auch nötig. Vielleicht mußten sie ja sehr eng zusammenarbeiten.

Sein Weg führte ihn von der *Museumplein* an der *Singelgracht* entlang durch einen Teil des *Vondelpark*. Das Wasser blitzte, die Blätter und das Gras leuchteten im Sonnenlicht. Ein Junge in einem gemieteten Kahn ruderte vorbei, sein Mädchen saß vor ihm im Bug und lachte ihn an; ein grauhaariges Paar spazierte Hand in Hand unter Bäumen entlang, die älter als beide zusammen waren; lachend und rufend fuhr eine Gruppe Radler an Everard vorbei. Er dachte wieder an die *Oude Kerk*, die Rembrandts, ja, und an die Van Goghs, die er noch nicht gesehen hatte, an all das Leben, das heute und in der Vergangenheit und in der Zukunft durch diese Stadt pulsierte, an all die Dinge, die sie gezeugt und genährt hatten. Und er wußte, daß ihre ganze Realität auf einem Flackern des Spektrums basierte – Diffraktionsringe über der abstrakten, unstabilen Raum-Zeit-Dimension, eine komplexe Helligkeit, die jeden Moment nicht nur aufhören konnte zu sein, sondern sogar aufhören konnte, jemals gewesen zu sein.

Die wolkengesäumten Türme, die herrlichen Paläste,
Die erhabenen Reiche, der große Erdball selbst,
Ja, alles, was er vererbt, wird verschwinden,
Und ist dieses wesenlose Festspiel verklungen,
bleibt nicht mal Schutt und Asche ...

Nein, er durfte nicht zu sehr grübeln. Es würde ihn nur bei seiner Arbeit verunsichern, die in der Erledigung pragmatischer, prosaischer Aufträge bestand, um diese Existenz hier zu sichern und zu bewahren. Er schritt schneller aus.

Das Apartmentgebäude, das er suchte, lag in einer Reihe von Häusern, hübschen Relikten aus dem frühen 20. Jahrhundert in einer ruhigen Seitenstraße. Die Namensschilder am Eingang verrieten ihm, daß Janne Floris im vierten Stock wohnte. Das Schild wies sie lediglich als kaufmännische Angestellte aus. Für Aufträge, die eine hiesige Identität erforderten, stand sie auf der Lohnliste der Ten Brink's Gesellschaft.

Ansonsten wußte Everard nur, daß sie Feldstudien in der römischen Eisenzeit betrieben hatte, zu einer Zeit, als die Archäologie des nördlichen Europa sich allmählich in die überlieferte Geschichte einzufügen begann. Er war versucht gewesen, ihre Dienstakte einzusehen, was ihm in begrenztem Rahmen auch erlaubt war. Dies hier war sicherlich für jede Frau kein leichtes Milieu – um so weniger, wenn sie eine Wissenschaftlerin aus der Zukunft war. Doch schließlich hatte er sich entschlossen, erst einmal mit ihr zu sprechen. Es war immer besser, sich erst einmal ein persönliches Bild von seinem Gegenüber zu machen. Möglicherweise entpuppte sich das Problem, über das er mit ihr sprechen wollte, ja auch nicht als wirkliche Krise. Vielleicht förderte die Untersuchung nichts Schlimmeres zutage als einen unbedeutenden Fehler oder ein Mißverständnis, das keine Korrektur erforderlich machte.

Er stieg zu ihrer Wohnung hinauf und drückte auf die Klingel. Sie öffnete die Tür. Einen Moment lang standen sie sich stumm gegenüber. War sie vielleicht auch überrascht? Hatte sie sich einen Ungebundenen Agenten anders – beeindruckender – vorgestellt als den Mann, den sie sah: einen großen, gemütlichen Burschen mit einer pockennarbigen Nase und – trotz all der Abenteuer, die er hinter sich hatte – immer noch dem Wort ›Mittelwestler‹ auf der Stirn?

Er selbst war genausowenig auf die Erscheinung vorbereitet, der er sich gegenübersah: eine junge, hochgewachsene blonde Frau in einem schlichten, eleganten Kleid.

»Wie geht es Ihnen?« fragte er stockend auf englisch. »Ich bin ...«

Sie lächelte und zeigte die großen weißen Zähne

hinter ihren breiten geschwungenen Lippen. Mit ihrer Stupsnase und den dichten Brauen würde man sie nach allgemeinen Maßstäben nicht gerade als hübsch bezeichnen, wenn man von ihren türkisfarbenen Augen einmal absah, die ihm sehr gefielen. Dazu hatte sie die Figur einer athletisch gebauten Göttin Juno.

»... Agent Everard«, vollendete sie seinen Satz. »Es ist mir eine Ehre, Sir.«

Ihre Worte waren warm, ohne Unterwürfigkeit, und sie schüttelte ihm die Hand wie einer gleichgestellten Person. »Willkommen!«

Als er an ihr vorbeiging, stellte er fest, daß sie doch nicht mehr ganz so jung war. Ihr klarer Teint hatte schon so manchen Sturm erlebt; um die Augen und Lippen zeigten sich erste kleine Fältchen. Nun, sie konnte einen solch hohen Rang nicht in einigen wenigen Jahren ereicht haben, und die Langlebigkeits-Behandlung war auch nicht in der Lage, alle Altersspuren zu beseitigen.

Er trat ins Wohnzimmer und schaute sich um. Es war einfach und gemütlich eingerichtet, fast wie seins, doch waren ihre Möbel nicht zerkratzt oder ausgeblichen, und nirgends standen Souvenirs herum. Vielleicht hatte sie keine Lust, normalen Besuchern – oder ihren Liebhabern? – ihre Herkunft zu erklären. An der Wand bemerkte er die Kopie einer Cuyp-Landschaft und ein astronomisches Foto vom Veil-Nebel. Unter den Büchern in einem Regal, das vom Boden bis zur Decke reichte, entdeckte er Bände von Dickens, Mark Twain, Thomas Mann und Tolkien. Schade, daß ihm die holländischen Titel nichts sagten.

»Nehmen Sie doch Platz«, forderte Floris ihn auf. »Sie können rauchen, wenn Sie wollen. Der Kaffee ist fertig. Aber ich mache Ihnen auch gern einen Tee.«

»Danke, Kaffee ist mir recht.« Everard setzte sich in einen Sessel. Sie brachte die Kanne, Tassen, Milch und

Zucker aus der Küche, stellte das Tablett auf einen niedrigen Tisch und nahm auf der Couch ihm gegenüber Platz.

»Sollen wir uns lieber in Temporal oder in Englisch unterhalten?« fragte sie.

Er mochte ihre Art – geradeheraus, aber keineswegs brüsk. »Im Moment tut's Englisch«, entschied er. Die Patrouillensprache hatte eine Grammatik, mit der man in der Lage war, die Chronokinetik, Zeitvariablen und artverwandte Paradoxa zu bewältigen, doch wenn man auf menschliche Themen zu sprechen kam, war sie so schwerfällig, wie das bei künstlichen Sprachen so üblich ist. (Ein Esperanto-Fan, der sich mit dem Hammer versehentlich auf den Daumen schlägt, ruft ja auch nicht: »Exkremento!«) »Im Moment reicht mir eine kurze, oberflächliche Erläuterung, um was es eigentlich geht.«

»Ach so, ich dachte, Sie kämen schon völlig vorbereitet hierher. Was sich hier befindet, statt im Büro, das sind nur Bilder, kleine Objekte, die Art Dinge, die man halt von Missionen mitbringt, Dinge, die keinen besonderen Wert für die Wissenschaft oder für jemand anderen haben, sondern nur Erinnerungsstücke sind. Sie verstehen?«

Everard nickte.

»Nun, ich dachte, wenn ich sie aus der Schublade hole, könnten sie Ihnen ein besseres Gefühl für das Milieu vermitteln und mir vielleicht einige Beobachtungen ins Gedächtnis zurückrufen, die für Sie von Nutzen sind.«

Er nippte an seiner Tasse. Der Kaffee war genau so, wie er ihn mochte: heiß und stark. »Gute Idee. Wir sehen sie uns später an. Doch wann immer es machbar ist, lasse ich mir am liebsten die Umstände eines Falles aus erster Hand schildern. Auf genaue Details, wissenschaftliche Analysen, die Gesamtansicht komme ich dann später zurück.« *Mit anderen Worten: Ich bin kein Intellektueller, ich bin nur ein Bauernjunge, der erst mal Ingenieur wurde – und dann Cop.*

»Aber ich bin selbst auch noch nicht vor Ort gewesen«, meinte sie.

»Ich weiß. Keiner vom Korps war je dort. Trotzdem wurden Sie irgendwie über das Problem informiert. Ich bin sicher, Sie mit Ihrer Erfahrung und Ihrem speziellen Einfühlungsvermögen haben sehr lange darüber nachgedacht. Deshalb sind Sie auch am ehesten geeignet, die Sache zu beurteilen.«

Everard beugte sich vor. »Okay, ich kann Ihnen folgendes sagen: Das Mittlere Kommando fragte mich, ob ich die Sache untersuchen wolle. Sie erhielten einen Bericht über Unregelmäßigkeiten in einer Chronik von Tacitus, der ihnen Sorgen macht. Die Ereignisse trugen sich hauptsächlich im 1. Jahrhundert n. Chr. in den Unteren Ländern zu. Zufällig ist das Ihr Gebiet, und zufällig sind Sie und ich mehr oder weniger Altersgenossen...« – *zwischen unseren Geburtstagen liegt eine Generation, richtig?* –, »... weshalb wir in der Lage sein sollten, mehr oder weniger effektiv zusammenzuarbeiten. Das ist auch der Grund, warum man mich als Ungebundenen Agenten kontaktierte.« Everard deutete auf *David Copperfield*. Er wollte ihr zeigen, daß sie beide mehr Gemeinsamkeiten hatten. »Barkis ist bereit. Ich habe Ten Brink und danach Sie umgehend angerufen und bin so schnell wie möglich hergekommen. Vielleicht hätte ich mich erst mal in meinen Tacitus vertiefen sollen. Sicher habe ich ihn gelesen, auf meiner Weltebene, aber meine Kenntnisse sind im Lauf der langen Zeit etwas vage geworden. Ich habe den Stoff nur kurz überflogen, und außerdem wird er nachher ziemlich kompliziert, stimmt's? Seien Sie deshalb so nett – informieren Sie mich von Grund auf. Was kann es schaden, wenn Sie dabei etwas wiederholen, das ich schon weiß.«

Floris lächelte. »Sie haben eine entwaffnende Art, Sir«, murmelte sie. »Ist das Absicht?«

Im gleichen Moment fragte sie sich, ob sie zu kokett sei. Doch dann rief sie sich zur Ordnung und fuhr in geschäftsmäßigem, fast akademischem Ton fort: »Sie haben sicher bemerkt, daß beide, die *Annalen* und die *Historien* den späteren Jahrhunderten unvollständig weitergegeben wurden. Die älteste Kopie der *Historien*, die uns erhalten geblieben ist, umfaßt nur vier Bände von den ursprünglichen zwölf – und einen Teil des fünften. Dieser Band endete bei der Schilderung der Dinge, die uns Sorgen machen. Natürlich wird sich, sobald die Zeitreise möglich ist, eine Expedition in diese Epoche begeben und die verlorenen Bände aufspüren, denn sie sind zu begehrt. Tacitus ist nicht der zuverlässigste Chronist, der je zur Feder gegriffen hat, aber er ist ein beachtenswerter Stilist, ein Moralist – und bezüglich einiger Vorkommnisse die einzige schriftliche Quelle von Bedeutung.«

Everard nickte. »Stimmt. Unsere Spurensucher lesen die historischen Schriftsteller, um zu erfahren, wonach sie suchen müssen, ehe sie untersuchen, was wirklich geschah.« Er hustete verlegen. »Aber wie komme ich dazu, Ihnen Ihre Arbeit zu erklären. Entschuldigen Sie. Macht es Ihnen etwas aus, wenn ich mir eine Pfeife anzünde?«

»Nicht im geringsten«, meinte Floris abwesend und fuhr dann fort: »Ja, die kompletten *Historien* wie auch die *Germania* waren eigentlich meine wichtigsten Führer. Ich bemerkte, daß unzählige Details von seiner Darstellung abwichen, aber das war ja zu erwarten. Im großen und ganzen aber ist seine Schilderung der großen Rebellion und ihrer Folgen glaubwürdig.«

Sie schwieg kurz, um dann mit fast trotziger Offenheit fortzufahren: »Sie sollten wissen, daß ich meine Untersuchungen nicht allein durchgeführt habe. Andere sind mit den Jahrhunderten vor und nach meiner

Epoche beschäftigt, von Rußland bis Irland. Und dann sind da noch die unentbehrlichen Helfer, die zu Hause unsere Berichte sammeln, in Beziehung bringen und sie analysieren. Es ist Zufall, daß ich jetzt in dem Gebiet und seiner Umgebung operiere, was heute die Niederlande und die angrenzenden Teile von Belgien und Deutschland sind, und zwar in der Zeit, als der Einfluß der Kelten allmählich schwand – nach der Eroberung von Gallien durch die Römer – und die germanischen Stämme allmählich begannen, eine ernstzunehmende Kultur zu entwickeln. Leider ist es nicht viel, was wir erfahren konnten – ganz abgesehen von den Dingen, die wir bis jetzt nicht wissen. Wir sind einfach zu wenige.«

Ja – zu wenige, dachte Everard. Für die Aufgabe, eine halbe Million Jahre oder mehr zu überwachen, ist die Personaldecke der Patrouille einfach zu dünn. Kompromißbereitschaft und Improvisation sind da in höchstem Maß gefordert. Zwar kriegen wir ein wenig Unterstützung von zivilen Wissenschaftlern, doch die meisten arbeiten von Zivilisationen aus, die Jahrtausende in der Zukunft existieren, und ihre Interessen sind daher häufig zu weitgespannt und fremdartig. Aber trotzdem müssen wir die verborgenen Wahrheiten der Historie aufdecken, um eine annähernde Vorstellung davon zu bekommen, wie die Momente aussehen, in der die Geschichte viel zu einfach verändert werden konnte ... Aus höherer Sicht bist du, Janne Floris, wahrscheinlich wichtiger als ich für den Erhalt der Realität, die uns erst zu menschlichen Wesen werden ließ.

Ihr leises Lachen holte ihn aus seinen Gedanken zurück. Und er war ihr dafür dankbar, denn allmählich begannen solche Grübeleien ihn zu nerven.

»Sehr professoral, nicht wahr?« sagte sie. »Und wie offensichtlich. Bitte glauben Sie mir, normalerweise sind meine Ausführungen zu diesem Thema versierter. Aber heute bin ich irgendwie nervös.« Ihr Lächeln verschwand. Zitterte sie etwa? »Ich habe mich noch nicht daran gewöhnt. Die Konfrontation mit dem Tod – kein Problem. Aber die Vergessenheit – wenn all die Dinge, die ich kannte, ins Nichts versinken...« Sie preßte die Lippen zusammen und setzte sich auf. »Verzeihen Sie!«

Everard hatte seine Pfeife gestopft, riß ein Zündholz an und setzte sie in Brand. Dankbar schmeckte er die Schärfe des Tabaks auf der Zunge. »Sie werden feststellen, daß Sie sehr zäh sind«, versicherte er. »Sie haben es doch schon bewiesen. Ich möchte jetzt alles über Ihre Felduntersuchungen erfahren.«

»Später.« Für einen Moment blickte sie zur Seite. Er meinte einen gequälten Ausdruck auf ihrem Gesicht zu sehen. Dann richtete sie ihren Blick wieder auf ihn. In unpersönlichem Tonfall erklärte sie: »Vor drei Tagen hatte ich eine lange Unterredung mit einem Spezialagenten. Ein Forschungsteam erarbeitete eine eigene Version der *Historien*. Sie wissen davon?«

»Ja, ja.« Obwohl sein Briefing in der Sache sehr knapp gewesen war, hatte man Everard davon berichtet. Reiner Zufall – oder doch etwas anderes? (Ursachen konnten auf merkwürdige Weise auf sich selbst zurückwirken.) Soziologen, die Rom im frühen 2. Jahrhundert n. Chr. studierten, erklärten, sie müßten für ihre Arbeit wissen, was die römische Oberklasse über Kaiser Domitian dachte, der ein paar Jahrzehnte zuvor gestorben war. Sahen sie in ihm tatsächlich schon eine Art Stalin, oder räumten sie auch ein, daß der Mann ein paar nützliche Werke vollbracht hatte? Die späteren Kapitel des Tacitus beschrieben wortreich diese negative Sicht. Es schien einfacher zu sein, sein Werk aus einer Privatbibliothek zu entleihen und es heimlich zu kopieren, als aus der Zukunft die dementsprechende Datei anzufordern. »Sie bemerkten Unterschiede zu der Standardversion, die ihnen bekannt war – wenn es denn die Standardversion war. Vergleiche ergaben, daß die Unterschiede gravierend sind –

gravierender jedenfalls, als daß sie beim Kopieren, bei Autorkorrekturen oder Ähnlichem hätten geschehen können. Nachforschungen ergaben, daß es sich nicht um eine Fälschung handelt, sondern um eine authentische handschriftliche Kopie von Tacitus selbst. Während der Schreibstil und die Ausdrucksweise differieren, wie man erwarten könnte, wenn Original und Kopie unterschiedlich enden, weicht die Chronik in ihrer Schilderung erst im fünften Buch ab – kurz nach der Szene, wo die Kopie, die uns erhalten blieb, abbricht. Ist das Zufall?«

»Ich weiß es nicht«, brummte Everard. »Am besten, wir lassen diese Frage offen – ist etwas gespenstisch, oder?« Er lehnte sich zurück, schlug die Beine übereinander, leerte seine Tasse und nahm einen Zug aus seiner Pfeife. »Geben Sie mir doch einfach eine kurze Zusammenfassung der Geschichte – der beiden Geschichten. Wiederholen Sie ruhig, was Ihnen grundlegend und wichtig erscheint. Ich gestehe, daß ich kaum mehr weiß, als daß die Holländer und Gallier sich gegen die römische Herrschaft erhoben und dem Imperium einen harten Kampf lieferten, ehe sie unterworfen wurden. Danach wurden sie und ihre Nachfahren friedfertige Untertanen, später sogar Bürger.«

Ruhig antwortete sie: »Tacitus geht ins Detail, und ich ... – wir haben uns versichert, daß sein Bericht insgesamt in Ordnung ist. Er begann mit den Batavern, einem Stamm, der in der Gegend des heutigen Südholland lebte, zwischen Rhein und Waal. Zusammen mit einer Zahl anderer Stämme aus dieser Gegend waren sie nicht formell in das Imperium eingegliedert worden, mußten aber Tribut zahlen. Alle versorgten Rom mit Soldaten, Hilfstruppen, die ihre Zeit in den Legionen abdienten und mit hübschen Pensionen ausgemustert wurden. Entweder ließen sie sich dort nieder, wo sie aus dem Dienst entlassen wurden, oder kehrten in ihre Heimatländer zurück.

Aber unter Nero wurde die römische Herrschaft immer drückender und grausamer. Zum Beispiel mußten die Friesen jedes Jahr eine bestimmte Menge Leder liefern, um daraus Schilde zu machen. Doch statt der Häute der kleinen Hausrinder verlangte der Statthalter nun die größeren und dickeren Häute wilder Stiere, die im Aussterben waren. Es war ruinös.«

Everard grinste schief. »Typische Steuereintreiber. Kommt mir bekannt vor. Fahren Sie fort.«

Floris' Worte wurden eindringlicher. Sie sah starr vor sich hin und ballte die Hände im Schoß zu Fäusten. »Sie erinnern sich – nach dem Sturz von Nero brach der Bürgerkrieg aus. Das Jahr der drei Kaiser – Galba, Otho, Vitellius, und im Nahen Osten Vespasian – verwüstete das Imperium. Jeder hob so viele Truppen aus, wie er kriegen konnte, zum Teil sogar durch Einführung einer Wehrpflicht. Die Bataver mußten mit ansehen, wie man ihnen ihre Söhne wegnahm, um in einem Krieg zu kämpfen, der nicht der ihre war und der für sie keine Bedeutung hatte. Zudem hatten viele römische Beamte einen unstillbaren Appetit auf wohlgestaltete Jünglinge.«

»Ja, reicht man den Behörden einen Finger, nehmen sie den Leuten immer alles. Aus dem Grund haben die Gründerväter der Vereinigten Staaten versucht, die staatliche Macht einzuschränken. Nur schade, daß sie lediglich für kurze Zeit Erfolg damit hatten. Entschuldigung, ich wollte Sie nicht unterbrechen.«

»Nun, es gab da eine Bataver-Familie von edler Herkunft mit Reichtum und Einfluß. Angeblich stammten ihre Mitglieder in direkter Linie von den Göttern ab. Sie hatte Rom mit einer stattlichen Anzahl Soldaten versorgt. Der bekannteste unter ihnen war ein Mann, der den lateinischen Namen Claudius Civilis angenommen hatte. Zuhause hieß er, wie wir herausfanden, Burhmund. Im Lauf seiner langen Karriere hatte er sich durch viele mutige Aktionen ausgezeichnet.

Jetzt rief er die Stämme zu den Waffen – die Bataver und ihre Nachbarn. Sie müssen wissen, er war kein einfältiger Bauer.«

»Ich weiß. Halbwegs zivilisiert, und zweifellos einer von der schlauen Sorte, der die Augen offenhielt.«

»Angeblich entschied er sich für Vespasian und gegen Vitellius. Er erklärte seinen Gefolgsleuten, daß Vespasian ihnen Gerechtigkeit widerfahren lassen würde. Das machte es auch anderen germanischen Stämmen leicht, ihre Befehle zu mißachten und zu ihm zu stoßen. Er errang mehrere beträchtliche Siege. Das nordöstliche Gallien fing Feuer. Die gallischen Hilfstruppen unter Julius Classicus und Julius Tutor liefen geschlossen zu Civilis über und erklärten gleichzeitig ihre Provinzen zu einem unabhängigen Imperium. Bei dem germanischen Stamm der Brukterer weissagte eine Wahrsagerin namens Veleda den Fall von Rom. Das beflügelte die Einheimischen noch mehr und spornte sie zu heroischen Anstrengungen an. Ihr Ziel war es, ebenfalls eine unabhängige Konföderation zu gründen.«

Das klingt einem Amerikaner sehr vertraut in den Ohren. 1775 haben wir als Engländer begonnen, für unsere Rechte zu kämpfen. Dann führte eins zum andern. Doch Everard verkniff sich diesmal seinen Kommentar.

Floris seufzte. »Vespasians Sache setzte sich durch. Er selbst blieb für mehrere Monate im Nahen Osten, wo er alle Hände voll zu tun hatte. Von dort aus schrieb er an Civilis und forderte die Einstellung der Feindseligkeiten. Natürlich gehorchte man ihm nicht. Er beauftragte einen fähigen Feldherrn – Petillius Cerialis – damit, im Norden das Kommando zu übernehmen. In der Zwischenzeit stritten sich die Gallier mit den Germanen und waren nicht in der Lage, ihre Aktionen zu koordinieren. Dadurch geriet der ganze Feldzug in Gefahr. Verstehen Sie, ein gemeinsames Oberkommando war etwas, das außerhalb ihres geistigen Horizonts lag. Die Römer machten sie nach und nach nieder. Schließlich willigte Civilis ein, sich mit Cerialis zu treffen und die Dinge zu bereden. Dies ist im Tacitus eine dramatische Szene: Auf einer Brücke über die Ijssel, deren Mittelstück von Arbeitern entfernt worden war, stehen sich die beiden Männer an den jeweiligen Enden gegenüber und reden miteinander ...«

»Ich erinnere mich daran«, unterbrach Everard sie. »Das ist die Stelle, an der das Manuskript endete, bevor man den Rest wiederentdeckte. Meines Wissens machte man den Rebellen ein faires Angebot, das sie auch akzeptierten.«

Floris nickte. »Richtig. Ende der Kämpfe, Garantien für die Zukunft. Amnestie. Civilis zog sich ins Privatleben zurück. Was Veleda angeht – Tacitus sagt über sie nur, daß sie offenbar am Arrangement des Waffenstillstands beteiligt war. Ich würde gern herausfinden, was aus ihr geworden ist.«

»Irgendwelche Vermutungen?«

»Ich kann nur raten. Wenn man die Museen von Leiden und Middelburg auf Walcheren besucht, kann man Steine aus dem 2. und 3. Jahrhundert sehen – Altäre, Votivblöcke mit eingemeißelten Inschriften in Latein ...« Floris hob die Schultern. »Wahrscheinlich nichts von Bedeutung. Tatsache ist, daß die Vorfahren von uns Holländern römische Provinzler wurden und damit ganz zufrieden waren.« Ihre Augen weiteten sich, und ihre Finger krallten sich in den Rand des Kissens. »Es *war* eine Tatsache!«

Ein ungemütliches Schweigen legte sich über den Raum. Wie unwirklich und zerbrechlich plötzlich das Sonnenlicht des späten Nachmittags und das leise Brausen des Verkehrs draußen vor dem Fenster schienen.

»Das war Tacitus' Version Eins, richtig?« fragte Everard schließlich. »Die Version, die bei uns gebräuchlich ist, und die ich gestern noch überflogen habe. Von Tacitus' Version Zwei habe ich leider keine rechte Vorstellung. Was besagt die?«

Floris' Stimme blieb leise. »Daß Civilis nicht nachgab, hauptsächlich, weil Veleda gegen den Frieden wetterte. Der Krieg ging ein ganzes Jahr lang weiter, bis die Stämme völlig unterworfen waren. Civilis tötete sich lieber, als beim Triumphzug in Ketten durch Rom geschleift zu werden. Veleda entkam in den freien Teil Germaniens. Viele folgten ihr. Fast am Ende der *Historien* bemerkt Tacitus – Zwei –, daß sich die Religion der wilden Germanen geändert hätte, als er an dem Buch über sie arbeitete. Eine weibliche Gottheit wurde bei ihnen immer beliebter. In seinem *Germania* nannte er sie Nerthus. Hier vergleicht er sie mit Persephone, Minerva und Bellona.«

Everard strich sich übers Kinn. »Die Göttinnen des Todes, der Weisheit und des Krieges, richtig? Seltsam. Die Asen oder Aesire oder wie ihr sie sonst nennt – die männlichen Himmelsgötter also, hätten längst die alten Unterweltgestalten auf den zweiten Platz verdrängen müssen... Aber was sagt er über die Geschehnisse in Rom selbst und sonstwo?«

»Im Prinzip das gleiche wie im ersten Text. Dabei variieren die Ausdrücke häufig, ebenso die Gespräche und eine Zahl von Vorkommnissen. Doch haben altertümliche und mittelalterliche Chronisten immer gern solche Ereignisse frei erfunden, wie Sie wissen, oder Traditionen beschrieben, die nachweislich von den Tatsachen abwichen. Solche Variationen beweisen aber nicht, daß die wirklichen Tatsachen sich verändert hätten.«

»Außer in Germanien. Nun, das war eben damals reine Wildnis. Was immer dort geschah in den ersten Dekaden, konnte im einzelnen die hochstehenden Zivilisationen kaum berühren. Doch die Konsequenzen auf lange Sicht...«

»Sie waren nicht signifikant, oder?« Floris' Stimme bebte. »Wir sind doch hier, wir existieren, nicht wahr?«

Everard zog heftig an seiner Pfeife. »Bis jetzt. Und ›bis jetzt‹ ist in Englisch oder Holländisch oder welcher Sprache auch immer ohne Bedeutung. Aber wir wollen noch nicht zum Temporal überwechseln. Wir haben hier eine Anomalie vor uns, die untersucht werden muß. Ich wage zu behaupten, daß sie aufgrund ihrer Daten schon früher – ja, ›früher‹ ist hier ebenfalls ohne Bedeutung – der Aufmerksamkeit unserer Überwacher entgangen ist. Unser Augenmerk konzentriert sich offenbar auf etwas anderes.«

Zum Beispiel auf die Jahre 69 und 70. Dies waren zwar nicht die Jahre der Revolten im Norden, auch nicht die Jahre, in denen Kwang Wu-Ti die Herrschaft der späteren Han-Dynastie abschüttelte, Satavahanas Indien überrannte oder Vologaeses I. sich mit Aufständischen und Eindringlingen seiner eigenen Rasse in Persien herumschlug. (Ich habe die Berichte überprüft, ehe ich hierherkam. Nichts geschieht völlig aus dem Zusammenhang herausgelöst.) Es war auch nicht die Zeit, in der Rom zerbrach, nachdem die Legionen dahintergekommen waren, daß man Kaiser auch anderswo als in Rom krönen konnte. Nein, es war die Zeit des Judenkrieges. Dies war das Ereignis, das Vespasian und seinen Sohn Titus nach ihrem Sieg über Vitellius beschäftigte. Der Aufstand der Juden, seine blutige Niederschlagung, die Zerstörung des dritten Tempels – mit allen Konsequenzen, die das für die Zukunft hatte – für das Judentum, die Christianisierung, das Imperium, für Europa, für die Welt.

»Eine Verkettung also, nicht wahr?« flüsterte Floris.

Everard nickte. Irgendwie schaffte er es, nach außen hin Ruhe auszustrahlen. »Zur Überwachung von Palästina hat man Einheiten der Patrouille zusammengelegt. Sie können sich gewiß vorstellen, daß dort Emotionen eine große Rolle spielen – über Jahrhunderte hinweg. Fanatiker oder Freibeuter, die ändern wollen, was in Jerusalem geschah, Forscher, die in Massen dorthin strömen und dadurch die Chancen eines fatalen Fehlers erhöhen, sowie die Situation selbst, die unzähligen Ereignisse, die in diese Zeit hineinstrahlen, und die Wirkung, die von ihnen ausgeht ... Ich behaupte nicht, daß ich die Regeln der Physik begreife, aber bestimmt glaube ich daran, was man mich gelehrt hat – nämlich daß das Kontinuum in solchen Momenten besonders verletzlich ist. Wie damals das weit entfernte barbarische Germanien ist auch die Realität instabil.«

»Aber was könnte sie verändert haben?«

»Das ist es, was wir herausfinden müssen. Hat jemand die Überbeschäftigung der Patrouillengänger ausgenutzt, oder ist es nur reiner Zufall? Ich weiß es nicht. Vielleicht könnte ein Danellier die Möglichkeiten sondieren. Unser Job ...« Everard holte tief Luft. »Da es keine unwahrscheinlichen und trotzdem gesicherten Erkenntnisse gibt, wie etwa eine Fälschung, können die beiden unterschiedlichen Textvarianten nur eines sein – eine Warnung. Ein frühes Zeichen, der Hauch einer Veränderung, etwas, das Konsequenzen *gehabt haben könnte*, die die Historie einen anderen Verlauf nehmen ließ, bis zum Schluß Sie und ich und alles um uns herum nie existiert haben würde – es sei denn, wir erkennen die Warnung und sorgen dafür, daß *dies nicht geschehen konnte* ... Mein Gott, wir unterhalten uns besser in Temporal weiter.«

Floris starrte in ihre Tasse. »Hat das nicht etwas Zeit?« fragte sie kaum hörbar. »Ich muß erst einmal über alles nachdenken, um es zu verarbeiten. Bisher war das alles für mich ausschließlich Theorie. Ich habe meine Feldarbeit geleistet wie ein Erforscher des dunkelsten Afrika im 19. Jahrhundert. Natürlich mußten dabei Vorkehrungen getroffen werden, doch hatte man mir gesagt, daß man nur schwer in den Ablauf von Ereignissen eingreifen kann – und daß, was immer ich an vernünftigen Aktionen tätigen würde, sie ›immer‹ ein Teil der Vergangenheit gewesen sein würden. Doch heute ist es so, als ob mir der Boden unter den Füßen weggerutscht wäre.«

»Ich kenne das.« *Und wie alptraumhaft gut ich das kenne. Der Zweite Punische Krieg...* »Lassen Sie sich ruhig Zeit.« – *Zeit!* – »Versuchen Sie, wieder zu klarem Verstand zu kommen.« Er war selbst von der Aufrichtigkeit seines Lächelns überrascht.

»Auch ich bin etwas durcheinander. Ich schlage vor, wir reden ganz locker und entspannt miteinander – über alles, was uns so gerade einfällt. Später gehen wir dann zum Essen aus, nehmen einen Drink und machen uns ein paar vergnügte Stunden, um uns besser kennenzulernen. Morgen befassen wir uns dann wieder mit dem Ernst des Lebens.«

»Ich danke Ihnen.« Sie fuhr sich mit der Hand über die dichten blonden Locken. Ihm fiel wieder ein, daß die germanischen Stammesfrauen meist langes Haar hatten. Und als ob sie den Zauber fühlte, der von einer langen Mähne ausging und alle Menschen auf der Erde in seinen Bann schlug, sagte Floris mit neuer Entschlossenheit in der Stimme: »Ja, morgen werden wir schon damit fertig werden.«

3

Der Winter brachte Regen, Schnee und dann wieder Regen, den heftige Böen vor sich herpeitschten – ein Wetter, das bis in den Frühling hinein andauerte. Die Flüsse traten über die Ufer und überschwemmten Wiesen und Wälder. Die Menschen verbrauchten alles Getreide, das in den Scheuern und auf den Dachböden gelagert war, töteten mehr zitterndes, sich zusammendrängendes Vieh, als ihnen lieb war, und kehrten von ihren Jagdzügen mit weniger Beute als gewohnt zurück. Dabei fragten sie sich, ob die Götter der letztjährigen Dürre überdrüssig waren und die Erde jetzt mit einer Flut quälen wollten.

Vielleicht war es ein gutes Zeichen, daß die Nacht, in der sich die Brukterer in ihrem heiligen Hain versammelten, zwar kalt, aber klar war. Der Wind trieb Wolkenfetzen vor sich her, zwischen deren geisterhaft bleichen Schleiern der Mond hindurchschimmerte. Ein paar Sterne blinkten schwach am Himmel. Die Bäume im Hain waren nur riesige formlose Schatten, die ihre nahezu kahlen Äste gegen den Himmel reckten. Ihr Ächzen und Knarren hörte sich an wie eine unbekannte Sprache, wie Antworten auf das Heulen und Pfeifen des Windes.

Das Opferfeuer loderte hoch, rote und gelbe Flammenzungen entsprangen seinem weißglühenden Kern. Hochwirbelnde Funken ließen das Sternenlicht erblassen und erloschen gleich wieder. Der Schein des Feuers erreichte kaum die hohen Stämme am Rand der Lichtung. Sie schienen im unsteten Licht wie Schemen zu tanzen. Die Flammen spiegelten sich auf den Speerspitzen und in den Augen der versammelten Männer, hoben grimmig dreinblickende Gesichter aus dem Dunkel, verloren ihr Licht dann auf ihren Bärten und schäbigen Umhängen.

Hinter dem Feuer ragten die Götterstatuen auf, aus ganzen Stämmen grob geschnitzt. Wodan, Tyr und Thor waren grau und rissig, mit Moos und Giftpilzen bewachsen. Nerthus war jüngeren Datums und frisch bemalt, um im Licht des Mondes zu glänzen, und die Geschicktheit eines Sklaven aus den Südländern hatte ihr ein angenehmeres Äußeres verliehen als den anderen Götterfiguren. Der flackernde Schein der Flammen schien der Göttin Leben einzuhauchen. Der wilde Eber, der am Spieß über der Glut brutzelte, war eher ihr zu Ehren als zu Ehren der anderen Götter geopfert worden.

Es waren nicht viele Männer, und nur eine Handvoll junge, die sich um das Feuer scharten. Alle, denen es möglich war, waren im letzten Sommer ihren Anführern über den Rhein gefolgt, um mit Burhmund dem Bataver gegen die Römer zu kämpfen. Sie waren immer noch dort und wurden zu Hause schmerzlich vermißt.

Wael-Edh hatte die Botschaft ausgesandt, daß die Stammesältesten der Brukterer sich in dieser Nacht versammeln, Opfer darbringen und ihr Wort hören sollten.

Der Atem stockte den Männern, als die Seherin jetzt aus dem Dunkel in ihre Mitte trat. Ihr Gewand war bleich wie der Mond und an den Rändern mit dunklem Pelz besetzt. Auf ihrer Brust funkelte eine Kette aus ungeschliffenem Bernstein. Der Wind zeichnete Wellen in ihr Hemd, und die Enden ihres Umhangs flatterten wie zwei große Schwingen.

Wer konnte wissen, welche Gedanken und Geheimnisse sich unter der tiefen Kapuze verbargen?

Sie hob die Arme. Die Goldreifen an ihren Gelenken schimmerten wie Schlangen, und alle Speere senkten sich vor ihr.

Heidhin, der bei der Zubereitung des Ebers geholfen hatte, stand etwas abseits von den anderen, dicht beim Feuer. Er zog sein Messer, berührte die Klinge mit den Lippen und steckte es wieder in die Scheide zurück. »Willkommen, Hohe Frau aus unserem Volk«, begrüßte er sie. »Sie sind gekommen, wie Ihr befahlt – sie, die für das Volk sprechen, damit die Götter durch Euch zu ihnen sprechen. Redet also, wenn Ihr bereit seid.«

Edh ließ die Hände sinken. Ihre Stimme, wenn auch nicht laut, übertönte die Geräusche der Nacht und drang bis ins Mark. Deutlicher als Heidhins Stimme besaß sie einen ausländischen Tonfall – wie das An- und Abschwellen der Brandung an einer fernen Küste. Vielleicht war ihre Ausstrahlung, die sie auf immer umgab, deshalb so ehrfurchtgebietend.

»Hört mich, Söhne von Brucht, denn groß ist meine Kunde. Das Schwert ist erhoben, die Wölfe und Raben fressen gut, die Hexen von Nerthus fliegen frei. Heil euch, ihr Helden! Laßt mich euch die alte Wahrheit verkünden. Als ich euch hier versammelte, war es mein Wunsch, euch zu ermutigen. Die Zeit ist lang geworden, in den Hütten haust der Hunger, und trotzdem widersteht der Feind. Viele von euch fragen sich, warum wir uns mit unseren Verwandten jenseits des Flusses verbündet haben. Zwar haben wir Schande zu tilgen von unseren Namen, aber kein Joch, das wir abstreifen müssen. Wir sind angetreten, mit ihnen ein Königreich zu errichten, was wir nicht können, wenn sie verlieren.

Ja, auch Stämme der Gallier sind aufgestanden, aber sie sind ein unzuverlässiger Haufen. Ja, Burhmund hat unter den Ubiern gewütet, diesen hündischen Vasallen von Rom. Dafür haben die Römer das Land unserer Freunde zerstört. Ja, wir haben Moguntiacum und Castra Vetera belagert, doch von dem einen Ort mußten wir uns zurückziehen, und der andere hat Monat um Monat widerstanden. Ja, wir hatten unsere Siege im Feld, aber ebenso unsere Niederlagen, und immer waren unsere Verluste schwer. Deshalb will ich mein Versprechen an euch erneuern, daß Rom fallen wird und die Gebeine der Legionen überall verstreut sein werden. Auf jedem römischen Dach wird der rote Hahn sitzen – die Rache von Nerthus. Aber dafür müssen wir weiterkämpfen.

Der Wille der Göttin hat mir heute einen berittenen Boten gesandt, der direkt von Burhmund kam. Castra Vetera, das Alte Lager des Feindes, hat sich ergeben. Der Gesandte Vocula, der Sieger von Moguntiacum, ist tot, und Novesium, wo er gefallen ist, hat ebenfalls kapituliert. Colonia Agrippinensis, die stolzeste Stadt der Ubier, ersucht um Verhandlungen.

Nerthus vertraut auf euch, Söhne von Brucht. Dies ist ein Teil des Versprechens, das sie völlig einlösen wird: Rom wird fallen!«

Die begeisterten Schreie der Männer hallten zum Himmel.

Edh feuerte sie noch weiter an, wenn auch nicht lange, und beendete ihre Ansprache dann ruhig mit den Worten: »Wenn dann zum Schluß eure Krieger heimkehren, wird Nerthus ihre Lenden segnen, und sie werden die Väter von Männern, die die Welt beherrschen. Huldigt ihr in dieser Nacht, und bringt morgen euren Weibern gute Hoffnung.« Sie hob die Hand. Wieder senkten die Männer ihre Speere. Sie zog einen brennenden Ast aus dem Feuer, um ihren Weg zu erhellen, und schritt in die Dunkelheit.

Heidhin führte die Männer an, als sie das Opfertier vom Feuer zogen, es zerschnitten und das duftende Fleisch verzehrten. Er sagte kaum etwas, während die anderen mit vollem Mund die Wunder diskutierten, die ihnen verkündet worden waren. Solche Phasen des Schweigens – vielleicht durch einen Zauberspruch – hatte er öfter. Seine Leute waren daran gewöhnt. Es genügte ihnen, daß er Wael-Edhs Vertrauter und zudem ein gewitzter, schnell reagierender Anführer war. Er war schlank, hatte ein schmales Gesicht, weiße Strähnen in seiner schwarzen Mähne und einen kurz gestutzten Bart.

Nachdem die Knochen auf einen Haufen geworfen worden waren und das Feuer allmählich niederbrannte, bat er die Götter auch im Namen seiner Leute um eine gute Nacht. Einer nach dem anderen verschwanden die Männer in der nahegelegenen Hütte, wo sie die Nacht verbringen wollten, ehe sie sich am Morgen auf den Rückweg machten. Heidhin aber schlug einen anderen Weg ein. Seine Fackel erhellte seinen Weg einen dunklen Pfad entlang zu einer Lichtung zwischen hohen Bäumen. Dort ließ er die Fackel fallen. Sofort erlosch sie. Der Mond stand hoch über dem Waldland im Westen, und der Wind trieb Wolkenschleier über den dunklen Himmel.

Eine Hütte duckte sich in den Schatten der Bäume. Silberner Reif schimmerte auf ihrem Strohdach. Drinnen, das wußte er, schlief die Familie an einer Wand, die übrigen Leute an der anderen bei ihren Vorräten und Werkzeugen. So war es überall in der Gegend Brauch. Doch diese Leute hier dienten ausschließlich Wael-Edh. Hinter dem Haus ragte ihr Turm auf, aus dicken Balken, die mit schweren Eisen verbunden waren, errichtet – nur für sie, damit sie dort allein mit ihren Träumen hausen konnte. Heidhin ging darauf zu.

Ein Mann trat ihm entgegen, senkte den Speer und rief: »Halt!« – um dann nach genauerem Hinsehen zu stammeln:

»Oh, Ihr seid es, Herr. Sucht Ihr ein Quartier?«

»Nein. Die Dämmerung ist nahe, und mein Pferd wartet bei der anderen Hütte, um mich nach Hause zu tragen. Doch zuerst will ich mit der Frau sprechen.«

Der Posten zögerte. »Ihr wollt sie doch nicht aufwecken, nicht wahr?«

»Ich glaube nicht, daß sie schon geschlafen hat«, brummte Heidhin. Widerspruchslos ließ ihn der Mann vorbei.

Heidhin klopfte an die Tür des Turms. Eine dralle junge Frau zog den Riegel zurück. Sie erkannte ihn, entzündete mit einer Piniennadel ihre Tonlaterne und reichte ihm eine zweite, die sie ebenfalls anzündete. Heidhin stieg die Leiter zum oberen Raum hinauf.

Wie er erwartet hatte – sie kannten sich beide schon so lange Zeit – saß Edh in ihrem hohen Stuhl und starrte in die Schatten, die das Licht ihrer Lampe warf.

Groß und unförmig krochen sie über die Balken, Truhen, Felle und Häute, die Zauber-Utensilien und all die Gegenstände, die Edh von ihren langen Wanderungen mitgebracht hatte. Wegen der Kälte hatte sie sich tief in ihren Umhang vergraben und die Kapuze übergezogen. Als sie ihn jetzt ansah, stellte er fest, daß ihr Gesicht übernächtigt war. »Heil«, sagte sie nur leise. Ihre Lippen leuchteten gespenstisch im schwachen Licht.

Heidhin setzte sich auf den Boden und lehnte sich gegen den Rahmen des unbenutzten Bettes. »Ihr solltet schlafen«, meinte er.

»Du weißt, ich könnte es nicht so rasch.«

Er nickte. »Trotzdem solltet Ihr es versuchen. Ihr magert sonst zu sehr ab.«

Er glaubte ein leichtes Lächeln um ihren Mund zu erkennen. »Ich lebe so seit vielen Jahren und bin immer noch auf der Erde.«

Heidhin zuckte die Achseln. »Schön, dann schlaft eben, wann Ihr könnt.« Was nur sporadisch der Fall sein würde. »Worüber habt Ihr nachgedacht?«

»Über alles, natürlich«, erwiderte sie müde. »Was diese Siege für uns bedeuten. Was wir als nächstes tun sollen.«

Er seufzte. »Das habe ich erwartet. Aber warum? Es ist doch klar.«

Die Kapuze warf tiefe Falten, als sie jetzt den Kopf schüttelte. »Das ist es nicht. Ich verstehe dich, Heidhin. Dir ist eine römische Geisel in die Hände gefallen, und du meinst, wir sollten mit ihr das machen, was unsere Krieger seit jeher tun – alles den Göttern geben. Kehle durchschneiden, Waffen zerbrechen, Wagen zerstören, und alles in einen Sumpf werfen, auf daß Tyr uns wohlgesonnen ist.«

»Ein mächtiges Opfer. Es würde das Blut meiner Männer rascher durch ihre Adern strömen lassen.«

»Und die Römer wütend machen.«

Heidhin grinste. »Ich kenne die Römer besser als Ihr, meine Edh.« War sie zusammengezuckt? »Ich meine, ich habe schon oft mit ihnen und ihresgleichen zu tun gehabt«, beeilte er sich zu erklären. »Ich, ein Kriegs-Häuptling. Die Gottheit spricht mit Euch kaum über solche alltäglichen Dinge, nicht wahr? Ich sage, die Römer sind nicht wie wir. Sie planen die Dinge mit kaltem Vorbedacht...«

»Weshalb du sie so gut verstehst.«

»Die Leute nennen mich gerissen«, fuhr er unbeeindruckt fort. »Also laßt uns doch meine Gerissenheit auch nutzen. Ich sage Euch, ein Gemetzel wird eher die Stämme aufstehen lassen und uns neue Krieger bringen, als Rachegelüste beim Feind zu wecken. Auch die Götter werden sich freuen und sich später daran erinnern«, behauptete er mit wichtiger Miene.

»Ich habe das schon bedacht«, erklärte sie. »Die Botschaft von Burhmund sagt, daß er ihre Leute schonen will...«

Heidhin versteifte sich. »Ha, ausgerechnet er – selbst ein halber Römer.«

»Nur, weil er sie besser kennt als du. Er hält ein Gemetzel für unklug. Es könnte die Römer so erzürnen, daß sie ihre Kräfte voll gegen uns einsetzen, was immer sie das auch an anderen Orten ihres Reiches kosten mag.« Edh hob die Hand. »Aber warte. Er weiß ebenso, was die Götter haben möchten – oder was wir hier in der Heimat glauben, daß die Götter es haben wollen. Er schickt mir einen Anführer von ihnen.«

Heidhin straffte den Oberkörper. »Nun, das ist wenigstens etwas.«

»Burhmunds Nachricht besagt, daß wir den Mann im heiligen Hain töten können, wenn es unbedingt nötig ist, doch er ist eher dafür, daß wir nicht die Hand erheben. Es ist eine Geisel, die wir uns für etwas Wertvolleres aufheben sollen...« Sie schwieg eine Weile. »Ich habe in Gedanken Niaerdh angerufen, ob sie sein Blut will oder nicht. Sie hat mir kein Zeichen gegeben. Ich denke, das heißt nein.«

»Die Asen...«

Von ihrem hohen Stuhl herunter sagte Edh mit spröder Stimme: »Sollen Wodan und die anderen doch mit Niaerdh, mit Nerthus, grollen, wenn sie wollen. Ich diene nur ihr. Der Gefangene soll leben.«

Finster starrte Heidhin zu Boden und nagte an seiner Lippe.

»Du weißt, daß ich ein Feind Roms bin – und warum«, fuhr sie fort. »Aber ich komme zu der Einsicht, daß dieses andauernde Reden, das Imperium zu zerschlagen – und das mehr und mehr, je länger der Krieg dauert, nur unsere Dummheit beweist. Diese Worte sind mir nicht von der Göttin eingegeben, sie euch zu verkünden. Ich habe selbst erkannt, was ich euch zu sagen habe. Es ist nötig, diese Erkenntnis heute nacht noch zu verbreiten, sonst wird die Versammlung unsicher und schwankend. Aber können wir denn außer dem römischen Abzug aus diesen Ländern überhaupt noch etwas erreichen?«

»Werden wir selbst das erreichen, wenn wir uns von den Göttern abwenden?« zischte er.

»Oder ist es nur deine Sucht nach Macht und Ruhm, die wir begraben müssen?« erwiderte sie schneidend.

Er starrte sie zornig an. »Von niemand außer Euch würde ich solche Worte erdulden.«

Sie erhob sich aus ihrem Stuhl. Ihre Stimme wurde sanft. »Heidhin, alter Freund. Es tut mir leid. Ich wollte dir nicht weh tun. Trotzdem sollten wir uns nie etwas vormachen, wir zwei.«

Auch er stand auf. »Ich habe einmal geschworen... ich würde Euch folgen.«

Sie nahm seine Hände in ihre. »Damit hast du wohl getan. Und wie wohl!«

Als sie jetzt den Kopf zurückwarf, um ihn anzusehen, rutschte die Kapuze herunter, und er sah im

Schein der Laterne ihr Gesicht. Schatten füllten die Runzeln und unterstrichen noch die spitzen Wangenknochen. »Wir sind zusammen weit gekommen.«

»Aber nie habe ich geschworen, blind zu gehorchen«, murmelte er. Und er hatte es auch nie getan. Manchmal stellte er sich taub gegen ihre Wünsche – und bewies ihr hinterher, daß er recht behalten hatte.

»Weit und weiter«, flüsterte sie, als ob sie seine Worte nicht vernommen hätte. Ihre haselnußbraunen Augen bohrten sich in das Zwielicht hinter ihm. »Sind wir hier gestrandet, östlich des großen Flusses, weil uns die Jahre und die Meilen müde und träge gemacht haben? Wir hätten weiterziehen sollen, vielleicht bis zu den Batavern. Ihr Land öffnet sich zum Meer.«

»Die Brukterer haben uns willkommen geheißen. Sie haben alles getan, was Ihr wolltet.«

»O ja, und dafür war ich ihnen sehr dankbar. Ich bin es noch. Aber eines Tages – ein einziges Königreich mit allen Stämmen – und ich werde wieder den Stern von Niaerdh über dem Meer aufleuchten sehen.«

»Kein solches Königreich wird es geben, bis wir Rom ausgeblutet haben.«

»Reden wir nicht mehr davon. Später werden wir es wieder müssen. Jetzt aber wollen wir uns an schönere Dinge erinnern.«

In einem Meer von Rot ging die Sonne auf, als er ihr sein Lebewohl entbot. Auf dem Gras draußen schimmerte der Tau. Er durchquerte den heiligen Hain und kehrte zur Hütte und zu seinem Pferd zurück. Friede hatte auf ihrem Gesicht gelegen, sie war bereit für den Schlaf. Seine Finger jedoch schlossen sich fest um den Griff seines Messers.

4

Castra Vetera, das Alte Lager, lag nahe am Rhein, ungefähr dort, wo zur Zeit der Geburt von Everard und

Floris Xanten in Deutschland lag. Doch in alter Zeit war dieses ganze Gebiet Deutschland, besser gesagt Germanien, und erstreckte sich quer über Europa von der Nordsee bis zum Baltikum, von der Schelde bis zur Weichsel und südlich bis zur Donau. Im Lauf von zwei Jahrtausenden entstanden dann in diesem Gebiet Schweden, Dänemark, Norwegen, Österreich, die Schweiz, Holland und Deutschland. Doch im Moment war hier noch Wildnis, nur da und dort traf man auf Äcker, Weideflächen oder auf Dörfer und Gehöfte, die von Stämmen besiedelt waren, die in Kriegszeiten, bei Völkerwanderungen und in ewigem Wechsel kamen und gingen.

Südwestlich davon, wo heute Frankreich, Belgien und Luxemburg liegen, waren die meisten Siedler Gallier, die die keltische Sprache und keltische Sitten pflegten. Aufgrund ihrer hochentwickelten Kultur und ihren militärischen Fähigkeiten hatten sie die Germanen, mit denen sie in Berührung kamen, lange Zeit beherrscht, bis Cäsar sie unterwarf. Das lag nicht einmal lange zurück und ihre Anpassung ging nicht soweit, als daß die Erinnnerung an die alten Zeiten in Freiheit schon in jedem Kopf ausgelöscht worden wäre.

Zuerst schien es, als ob ihre alten Rivalen im Osten das gleiche Schicksal teilen sollten; doch als dann Augustus drei Legionen bei der Schlacht im Teutoburger Wald verlor, beschloß er, die Grenze des römischen Imperiums statt an die Elbe an den Rhein zu verlegen, und nur wenige germanische Stämme verblieben unter römischer Oberherrschaft. Für die Stämme in den Randgebieten wie etwa die Bataver und Friesen bedeutete dies keine wirkliche Besetzung ihrer Gebiete. Wie die einheimischen Staaten in einem Indien unter britischer Verwaltung mußten sie Tribut zahlen und sich in den meisten Dingen den Anweisungen des nächsten Prokonsuls fügen. Sie stellten eine große Anzahl der Hilfstruppen, ursprünglich Freiwillige, später dann auch Wehrpflichtige. Sie waren es auch, die sich zuerst erhoben, und sie bekamen Unterstützung von ihren Verwandten im Osten, während im Südwesten Aufstände in Gallien aufflammten.

»Flammen – ich erhielt Kunde über eine Wahrsagerin, die prophezeit, daß Rom selbst brennen wird«, sagte Julius Classicus. »Erzählt mir von ihr.«

Burhmund rutschte unbehaglich im Sattel umher. »Mit solchen Reden brachte sie die Brukterer, Tenkterer und andere Stämme auf unsere Seite«, bestätigte er mit weniger Begeisterung, als man erwartet hätte. »Ihr Ruhm ist über alle Flüsse gedrungen und liegt wie ein Fluch auf uns.« Er sah zu Everard herüber. »Ihr müßt auf Eurer Reise von ihr gehört haben. Euer Weg hat doch ihren gekreuzt, und Eure Stämme dürften das nicht vergessen haben. Ihre Krieger sind zu uns gekommen, weil sie hörten, daß sie hier ist und alle zu den Waffen ruft.«

»Natürlich hörte ich davon«, log der Patrouillengänger, »doch wußte ich nicht, was ich von solchen Geschichten halten sollte. Erzählt mir mehr davon.«

Die drei ritten unter einem grauen Himmel neben der Straße her, die vom Alten Lager wegführte. Es war eine gepflasterte Militärstraße, die schnurgerade in südlicher Richtung am Rhein entlang nach Colonia Agrippinensis führte. Viele Jahre waren hier römische Legionen stationiert gewesen. Sie hatten die Siedlung den ganzen Herbst und Winter hindurch gegen eine feindliche Übermacht gehalten. Jetzt bewegten sich ihre Überreste unter Bewachung auf Novesium zu, das sich schon viel früher ergeben hatte.

Es war ein armseliger Haufen, abgerissen, schmutzig und bis auf die Knochen abgemagert. Viele schlurften mit leerem Blick dahin, ohne eine Formation einzuhalten. Die meisten waren Gallier, und es war das Gallische Imperium, dem sie sich ergeben hatten – entsprechend den Anweisungen und dem guten Zureden der Unterhändler von Classicus. Nicht, daß sie einen energischen Angriff noch länger hätten zurückschlagen können, wie sie es während der Belagerung wieder und wieder getan hatten. Doch die Blockade hatte sie gezwungen, Gras – und was immer sie an Küchenschaben fanden – zu essen.

Ihre Eskorte war nur symbolisch. Sie bestand aus einer Handvoll Galliern, gut genährt und bestens ausgerüstet, schon Soldaten, ehe sie sich Classicus und seinen Kollegen anschlossen. Weitere Männer bewachten die von Ochsen gezogenen Wagen, die mit Beute beladen hinter dem Zug herrollten. Es waren Germanen und ein paar Legionäre, die eine Gruppe mit Speeren, Äxten und Langschwertern bewaffneter Hinterwäldler befehligten. Offenbar vertraute Claudius Civilis – Burhmund der Bataver – nur in begrenztem Maße seinen keltischen Verbündeten.

Jetzt runzelte er die Stirn. Er war ein großgewachsener Mann mit groben Gesichtszügen. Sein linkes Auge war blind und zeigte die milchige Verfärbung einer früheren Infektion. Das rechte Auge war von einem kalten Blau. Seit seinem Abfall von Rom hatte er sich den Bart wachsen lassen und das zottelige Haar in der Art der Barbaren rot gefärbt. Seinen Oberkörper schützte ein Kettenhemd, und auf dem Kopf saß ein Römerhelm. Im Gürtel steckte ein Kurzschwert, mit dem man zustechen, aber nur schlecht zuschlagen konnte.

»Es würde den ganzen Tag brauchen, von Wael-Edh zu erzählen – von Veleda«, meinte er. »Außerdem weiß ich nicht, ob es Glück brächte. Es ist eine seltsame Gottheit, der sie dient.«

»Wael-Edh!« Everard horchte auf. »Ihr richtiger Name. Latein sprechende Leute würden ihn natürlich ein wenig verändern...« Die drei Männer bedienten sich der römischen Sprache, der einzigen, die sie alle sprachen.

Unwillkürlich schaute Everard zum Himmel hinauf, sah aber nur die dichte Wolkendecke. Darüber kreiste Janne Floris mit dem Scooter in einem Zeitzyklus, denn einer Frau wäre es kaum möglich gewesen, in das Lager der Rebellen zu reiten. Sicher hätte Everard ihre Anwesenheit erklären können, doch es wäre idiotisch, dafür irgendwelchen Ärger in Kauf zu nehmen, wo die Mission ohnehin schon schwierig genug war. Außerdem war sie ihm dort oben von größerem Nutzen. Ihre Instrumente durchdrangen die Wolken, arbeiteten mit Zoom, vergrößerten oder verstärkten ganz nach Wunsch. Über die Elektronik in seinem verzierten Stirnband sah und hörte sie genau, was er tat, während ihm ihre Worte durch Knochenkonduktion übermittelt wurden. Sollte er in ernsthafte Schwierigkeiten geraten, konnte sie ihn vielleicht retten, was aber ganz davon abhing, ob sie dies ohne großes Aufsehen schaffte. Es war nicht abzusehen, wie diese Leute reagieren würden – selbst die gelehrtesten Römer glaubten an gute oder böse Omen, wenn nicht an Sonstiges – und der Grund für dieses ganze Spielchen hier war schließlich, die Weltgeschichte vor gravierenden Veränderungen zu bewahren. Dafür mußte man, wenn es nötig war, sogar den Partner sterben lassen.

»Ohnehin läßt ihre Überzeugungskraft allmählich nach«, fuhr Burhmund fort, offensichtlich bestrebt, dieses Thema so schnell wie möglich abzuschließen. »Vielleicht will sogar die Göttin selbst das Ende dieses Krieges. Doch was wäre damit zu erreichen, nachdem wir gewannen, wozu wir den Kampf begonnen haben.« Sein Seufzer verwehte im Wind. »Auch ich hatte mein gerüttelt Maß an bewaffneten Konflikten.«

Classicus nagte an seiner Lippe. Er war ein kleiner Mann, getrieben vom Ehrgeiz, der in ihm brannte. Sein hakennasiges Gesicht verriet tatsächlich die königliche Abstammung, auf die er sich immer berief. Im

Dienste Roms hatte er die Reiterei der Treverer befehligt, und es war auch in der Hauptstadt dieses gallischen Stammes, dem späteren Trier, daß er und andere sich verschworen, um aus dem Aufstand der Germanen ihren Nutzen zu ziehen. »Wir haben ein Imperium zu gewinnen«, entgegnete er barsch, »Ruhm, Reichtum, Macht.«

»Nun, ich selbst bin eher ein Mann des Friedens«, bemerkte Everard aus einem Impuls heraus. Wenn er schon das, was an diesem Tag geschehen sollte, nicht verhindern konnte, mußte er zumindest, wenn auch vielleicht mit wenig Aussicht auf Erfolg, dagegen protestieren.

Er spürte die Skepsis in den Blicken, die sich auf ihn richteten. Er – ein Pazifist? Den Eindruck sollte er besser vermeiden. Er hatte sich als Gote ausgegeben, der aus dem Gebiet des späteren Polens kam, in dem sein Stamm siedelte. Everard Amalarics Sohn gehörte zu seinen Königen, zu seinen Kriegsherrn, zu ihren zahllosen Nachkommen, und besäße einen Rang, der es ihm erlaubte, ungezwungen mit Burhmund zu reden. Zu spät geboren, um eine größere Erbschaft zu ergattern, habe er sich dem Bernsteinhandel verschrieben und die kostbare Fracht stets persönlich zur Adria hinuntertransportiert, weshalb auch sein Latein so vorzüglich sei. Vor kurzem habe er aus Abenteuerlust den Handel aufgegeben und sei nach Westen gegangen, weil er Gerüchte gehört habe, daß man dort ein Vermögen machen könne. Zusätzlich ließ er durchblicken, daß er zu Hause Ärger gehabt habe und erst einmal ein paar Jahre Gras über die Sache wachsen lassen wolle.

Es war eine ungewöhnliche, wenn auch keine unglaubwürdige Geschichte. Ein großer, ansehnlicher Mann, der nur wenig mit sich führte, was zu stehlen sich lohnte, konnte durchaus allein reisen, ohne daß ihm etwas zustieß. Tatsächlich würde man ihn an den meisten Orten willkommen heißen, eine angenehme Abwechslung im täglichen Einerlei, als Übermittler von Nachrichten, Geschichten und neuen Liedern. Wenn Everard auch kaum etwas Nützliches zu erzählen hatte, bot er seinen Begleitern doch ein wenig Abwechslung nach ihren langwährenden Feldzügen.

Kaum glaubhaft dagegen war, daß er nie gekämpft hatte oder sich schlaflos auf seinem Lager gewälzt, nachdem er einen Menschen in Stücke gehauen hatte. Damit die anderen ihn nicht als Spion verdächtigten, fügte Everard hastig hinzu: »Oh, natürlich habe ich selbst gekämpft – auf dem Schlachtfeld wie bei kleineren Waffengängen. Wer es wagt, mich einen Feigling zu nennen, wird ein Festmahl für die Raben sein, noch ehe die Dunkelheit hereinbricht.« *Ich habe das Gefühl, etwas in Burhmund angerührt zu haben, das ihn bewegt, sich mir ein wenig zu öffnen. Wir müssen herausfinden, wie er, die Schlüsselfigur, denkt, wenn wir erkennen wollen, was den Fluß der Zeit verändert hat und welches der richtige und der falsche Kurs ist für uns und unsere Welt.* »Aber ich bin ein wenig sensibel. Wenn es eben geht, ist Handel treiben besser als Krieg zu führen.«

»Der Handel bei uns wird bald sprunghaft ansteigen, Ihr werdet sehen«, behauptete Classicus. »Das Imperium von Gallien ...« Und nachdenklich: »Warum eigentlich nicht? Den Bernstein direkt nach Westen bringen – über Land oder über das Meer ... Ich werde darüber nachdenken, wenn ich Zeit habe.«

»Halt«, unterbrach Burhmund ihr Gespräch. »Ich habe noch etwas zu erledigen.« Damit gab er dem Pferd die Sporen und trabte davon.

Classicus schaute ihm mißtrauisch nach. Der Bataver ritt zu den Truppen hinüber, die sich ergeben hatten. Am Ende der traurigen Prozession wandte er sich einem Mann zu, der beinahe als einziger aufrecht und stolz einherschritt. Die Bequemlichkeit der üblichen Bekleidung ignorierend, hatte er seinen ausgemergelten Körper in eine Toga gehüllt. Burhmund beugte sich vom Pferd herunter und sprach ihn an.

»Was hat er denn jetzt wieder vor?« murmelte Classicus. Sofort drehte er sich um und sah Everard an. Ihm war sicher wieder eingefallen, daß der Neuankömmling alles mithörte. Reibereien zwischen Verbündeten sollten nicht vor Außenstehenden ausgetragen werden.

Ich muß ihn ablenken, dachte Everard, *oder er wird mir bald befehlen, mich zum Teufel zu scheren.* »Das Imperium von Gallien, sagtet Ihr? Meint Ihr damit den entsprechenden Teil des römischen Imperiums?«

Er wußte die Antwort schon im voraus. »Ich rede von der unabhängigen Nation aller gallischen Menschen. Ich habe sie proklamiert. Ich bin ihr Herrscher.«

Everard tat entsprechend beeindruckt. »Entschuldigt, Herr! Davon hatte ich noch nichts erfahren – sicher, weil ich Euch erst so spät begegnet bin.«

Classicus lächelte spöttisch. Hinter seinen Worten steckte mehr als nur Prahlerei. »Das Imperium ist erst kürzlich gegründet worden. Es wird noch eine Zeit dauern, bis ich statt aus einem Sattel von einem Thron aus regiere.«

Everard holte ihn regelrecht aus. Es war einfach. Obwohl ungehobelt und ohne Einfluß, war dieser Gote doch jemand, mit dem man reden konnte – und zudem ein beeindruckendes Mannsbild, das eine Menge gesehen hatte und dessen Interesse daher ein subtiles Kompliment darstellte.

Classicus' Traum war in seinen Einzelheiten faszinierend – und ganz ohne Zweifel der reine Wahnsinn. Er wollte Gallien von Rom loslösen. Dadurch würde Britannien abgeschnitten. Mit nur wenigen Garnisonen und einer aufsässigen und aufgebrachten Bevölkerung würde die Insel früher oder später an ihn fallen. Everard wußte, daß Classicus bei weitem die römische Stärke und Entschlossenheit unterschätzte.

Das war ein ganz natürlicher Fehler. Er wußte noch nicht, daß die Bürgerkriege bald vorbei waren und Vespasian später unangefochten und mit großem Sachverstand das Reich regieren würde.

»Aber wir brauchen Verbündete«, räumte Classicus ein. »Civilis zeigt sich schwankend...« Sofort preßte er die Lippen zusammen, weil er wieder zuviel verraten hatte. »Was sind Eure Pläne, Everard?« wollte er schließlich wissen.

»Ich ziehe nur so herum, Herr«, versicherte ihm der Patrouillengänger. *Finde, um Gottes willen, den richtigen Ton – nicht zu unterwürfig, nicht zu arrogant.* »Es ehrt mich, daß Ihr mit mir über Eure Pläne sprecht. Die Handelsaussichten...«

Classicus machte eine wegwerfende Handbewegung und schaute beiseite. Seine Miene wurde hart. *Er denkt nach, kommt wahrscheinlich zu einem Entschluß, über den er länger nachgegrübelt hat. Ich kann mir denken, was das ist.* Ein eisiger Schauer rann Everard über den Rücken.

Burhmund hatte sein kurzes Gespräch mit dem Römer beendet. Er rief einem der Posten einen Befehl zu. Der Mann begleitete den Gefangenen aus dem Zug zu den primitiven Unterständen aus Flechtwerk und Lehm, die die Germanen während der Belagerung für sich errichtet hatten. Inzwischen war Burhmund zu einer Gruppe von schwerbewaffneten Kriegern geritten, die zehn oder fünfzehn Yards entfernt auf ihren Pferden hockten. Er sagte etwas zu dem kleinsten und schmächtigsten. Der Junge nickte und ritt auf das verlassene Lager zu, wobei er den Römer und die Eskorte überholte. Dort befanden sich immer noch einige Germanen, um ein Auge auf die zurückgelassenen Zivilisten in der Festung zu haben. Sie besaßen Ersatzpferde, Nachschub und Ausrüstungen. Dort sollte der Junge sich mit dem Notwendigen eindecken.

Burhmund kehrte zu seinen Gefährten zurück. »Was hat das zu bedeuten?« fragte Classicus scharf.

»Er ist einer ihrer Gesandten, wie ich es mir schon dachte. Ich hatte mir schon überlegt, einen solchen Mann zu Veleda zu schicken. Jetzt schicke ich Guthlaf, meinen besten Reiter, voraus, um sie zu benachrichtigen.«

»Wozu?«

»Ich habe bemerkt, daß meine Leute zu murren anfangen, und ich weiß, daß das Volk zu Hause ebenso empfindet. Wir haben unsere Siege errungen, aber auch viele Niederlagen erlitten, und der Krieg geht weiter. Bei Ascibergium – ich will ehrlich sein – verloren wir die besten Truppen unserer Armee, und ich erlitt Verletzungen, die mich tagelang behinderten. Der Feind hat frische Soldaten zusammengezogen. Die Männer sagen, es sei höchste Zeit, daß wir den Götter ein Blutopfer bringen – und hier ist uns eine Gruppe von Feinden in die Hände gefallen. Wir sollten sie abschlachten, ihnen den Leib aufschneiden und alles den Göttern opfern. Dann werden wir den Gegner bezwingen.«

Von hoch oben vernahm Everard ein entsetztes Keuchen.

»Wenn das Eure Gefolgsleute beruhigt, solltet Ihr das tun.« Classicus' Stimme klang eher begierig als unbeteiligt, obwohl die Römer den Galliern Menschenopfer verboten hatten.

Burhmund maß ihn mit einem harten Blick aus seinem einzigen Auge. »Was? Diese Verteidiger hier haben sich *Euch* ergeben, und leisteten Euch ihren Treueschwur.« Ganz offensichtlich gefiel ihm dieser Plan nicht, und er hatte ihn nur in Erwägung gezogen, weil er dazu gezwungen war.

Classicus zuckte die Achseln. »Sie sind für uns ohne Nutzen, bis wir sie wieder aufgepäppelt haben, und später dann werden sie unzuverlässig. Tötet sie also, wenn Ihr wollt.«

Burhmund versteifte sich im Sattel. »Ich will es aber nicht. Außerdem würde das die Römer weiter provozieren. Es wäre unklug.« Er zögerte. »Das Beste wäre, wir beschränken uns auf eine Geste. Ich schicke Veleda den Würdenträger. Sie kann dann entscheiden, was sie mit ihm macht, und den Leuten beibringen, daß es die richtige Entscheidung ist.«

»Wie Ihr wollt. Was mich angeht, habe ich jetzt selbst etwas zu erledigen. Lebt wohl.«

Classicus schnalzte mit der Zunge und lenkte sein Pferd nach Süden. In raschem Galopp passierte er die Wagen und Gefangenen, wurde allmählich kleiner und entschwand ihren Blicken dort, wo die Straße in einen kleinen Wald hineinführte.

Darin, das wußte Everard, lagerte die Mehrzahl der Germanen. Einige waren erst kürzlich zu Burhmunds Truppe gestoßen, andere hatten Monate außerhalb vom Alten Lager kampiert und hatten den Schmutz und die verdreckten Unterstände satt.

Selbst mit wenigen Blättern boten die Bäume Schutz vor dem Wind, sie waren sauber und lebendig wie die Bäume zu Hause, und der Wind in ihren Kronen sprach mit den Stimmen der vertrauten Götter.

Everard unterdrückte einen Schauer.

Burhmund schaute finster hinter seinem davonreitenden Verbündeten her. »Ich frage mich, was er vorhat«, brummte er in seiner Muttersprache. Wahrscheinlich war es kein bewußter Gedanke, sondern eher ein vages Gefühl, das ihn sein Pferd herumreißen und hinter dem Mann in der Toga und seinem Bewacher herreiten ließ, wobei er seinen Leibwächtern Zeichen gab. Sofort eilten sie auf ihn zu. Everard folgte ihnen.

Zwischen den Hütten tauchte Guthlaf, der Kurier, auf einem frischen Pony auf. An den Zügeln führte er drei Ersatzpferde mit sich. Er trabte zum Fluß und begab sich an Bord der wartenden Fähre, die sofort ablegte.

Everard hatte genug Zeit, den Gesandten zu mustern, während er heranritt. Obwohl er sehr hager war, verriet der dunkle Teint und sein gutes Aussehen seine italische Abstammung. Er war auf Befehl stehengeblieben und erwartete mit antiker Gelassenheit, was immer ihm widerfahren würde.

»Ich werde mich ab sofort um ihn kümmern, es sei denn, etwas geht schief«, rief Burhmund. Zu dem Gallier, auf latein: »Nimm deinen üblichen Dienst wieder auf.« Und zu zwei seiner Krieger: »Ich will, daß ihr beide, Saeferth und Hnaef, diesen Burschen zu Wael-Edh bei den Brukterern bringt. Guthlaf ist zwar gerade erst geritten, um die Kunde zu überbringen, aber das ist richtig so. Ihr müßt viel langsamer reiten, wenn ihr den Römer nicht umbringen wollt – so verhungert, wie er aussieht.« Etwas freundlicher wandte er sich auf latein an den Gefangenen: »Ihr werdet zu einer heiligen Frau geschickt. Ich denke, Ihr werdet gut behandelt, wenn Ihr Euch anständig aufführt.«

Voll Ehrfurcht über ihren Auftrag trieben die beiden Genannten ihren Schützling zum ehemaligen Lager, um Vorbereitungen für die Reise zu treffen. Floris' Stimme in Everards Kopf rief bebend: »*Ach, nie, der arme...* Das muß Munius Lupercus sein. Du weißt, was mit ihm geschehen wird.«

Lautlos, ohne Ton antwortete der Patrouillengänger: »Ich weiß auch, was sonst alles geschehen wird.«

»Können wir denn gar nichts tun?«

»Nicht das geringste. So steht es geschrieben. Bleiben Sie stark, Janne.«

»Ihr zeigt eine grimmige Miene, Everard«, meinte Burhmund in seiner germanischen Sprache.

»Ich bin ... etwas erschöpft«, erwiderte der Agent, dem die Sprache ebenso wie das Gotische – für alle Fälle – eingetrichtert worden war, bevor er das 20. Jahrhundert verließ. Sie ähnelte dem Dialekt, den er vierhundert Jahre in der Zukunft in Britannien benutzt hatte, als die Nachkommen der Stämme aus dieser Küstenregion der Nordsee auf die Insel vordrangen.

»Ich auch«, murmelte Burhmund. Einen Augenblick lang wirkte er seltsam verletzlich. »Wir beide sind ziemlich lange unterwegs gewesen, was? Ruhen wir uns etwas aus, solange es uns möglich ist.«

»Ich denke, Euer Weg war härter als meiner«, erwiderte Everard.

»Nun, ein Mann reist am besten allein. Und an den Stiefeln bleibt die Erde kleben, wenn sie schlammig vom Blut ist.«

Ein Schauer verdrängte Everards ungute Gefühle. Das war es, worauf er gewartet, auf das er hingearbeitet hatte, seit er vor zwei Tagen hier angekommen war. In vielen Dingen waren die Germanen wie Kinder, die weder Zurückhaltung noch eine Privatsphäre kannten. Mehr noch als Julius Classicus, der lediglich seine Ambitionen darlegen wollte, verlangte es Claudius Civilis – Burhmund – danach, sich einem geneigten Ohr zu offenbaren, sich alles bei jemandem von der Seele zu reden, der ihm dabei keine Grenzen auferlegte.

»Hören Sie genau zu, Janne«, ließ Everard Floris oben in den Wolken wissen. »Sagen Sie mir alle Fragen, die Ihnen einfallen.« In der kurzen, aber intensiven Vorbereitungsperiode, die ihnen zu Verfügung stand, hatte er herausgefunden, daß sie Menschen sehr schnell durchschaute. Vielleicht erhielten sie so einen Einblick, was hier vor sich ging und wohin es führte.

»Mache ich«, bestätigte sie knapp. »Trotzdem werde ich zusätzlich ein Auge auf Classicus behalten.«

»Schon als junger Mann habt Ihr für Rom gekämpft, nicht wahr?« meinte Everard auf Germanisch.

Burhmund ließ ein rauhes Lachen hören. »Ja, und bin marschiert, habe Leute ausgebildet, Straßen gebaut, lebte in Soldatencamps, habe gerauft, gewürfelt, gehurt, mich betrunken, wurde krank und gähnte mich durch endlosen Stumpfsinn. So ist das Leben eines Soldaten.«

»Aber wie ich hörte, habt Ihr Frau und Kinder, Ländereien.«

Burhmund nickte. »Es war nicht nur immer Kampf und Aufbruch, für mich und meine Nächsten noch weniger als für den Großteil meiner Männer. Wir sind von königlichem Blut, versteht Ihr? Rom brauchte uns aus zwei wichtigen Gründen – um unsere Leute ruhig zu halten, und um das Imperium mit Soldaten zu versorgen. Wir wurden schnell zu Offizieren befördert und hatten viel Urlaub, wenn unsere Einheiten im Unteren Germanien stationiert waren – was die meiste Zeit der Fall war, ehe der Ärger losging. Wir gingen nach Hause, lebten bei unseren Familien, nahmen an den Volksversammlungen teil und erhoben unsere Stimmen für Rom.« Er spie aus. »Und welchen Dank haben wir für unsere Dienste erhalten?«

Die Erinnerungen sprudelten aus ihm heraus. Die maßlosen Forderungen von Neros Statthaltern schürten die Wut unter den Tributpflichtigen, Unruhen brachen aus, Steuereintreiber und andere Plagegeister wurden umgebracht. Civilis und einer seiner Brüder wurden wegen angeblicher Verschwörung in Ketten gelegt. Everard gegenüber behauptete Burhmund, sie hätten nur gegen die zu hohen Steuerlasten protestiert, wenn auch mit deutlichen Worten. Der Bruder wurde enthauptet. Civilis schickte man in Ketten nach Rom, um ihn dort unter der Folter weiter zu verhören und später zu kreuzigen. Der Sturz Neros verhinderte diesen Plan. Galba begnadigte Civilis und schickte ihn als Zeichen seines guten Willens zu seinen Pflichten zurück.

Sehr bald wurde dann Galba von Otho gestürzt, während die Armeen in Germanien Vitellius zum Kaiser ausriefen, und die Armeen in Ägypten Vespasian als neuem Imperator huldigten. Civilis' Treue zu

Galba hätte ihm beinahe wieder eine Anklage wegen Hochverrats eingebracht, doch vergaß man die Sache, als die 14. Legion aus dem Lingonischen Gebiet abgezogen wurde – und mit ihr die Hilfstruppen, die Burhmund befehligte.

In dem Bestreben, Gallien zu befrieden, marschierte Vitellius in treverische Gebiete ein. Seine Soldaten meuterten und ermordeten ihn in Divodurum, dem heutigen Metz. (Das war auch der Grund für die augenblickliche Unterstützung durch die Bevölkerung, als Classicus rebellierte.) Ein Scharmützel zwischen den Batavern und den regulären Bewohnern hätte eine Katastrophe auslösen können, wurde aber noch rechtzeitig unterdrückt. Civilis übernahm die Aufgabe, die Angelegenheit in Ordnung zu bringen. Mit Fabius Valens als Kommandeur marschierten die Truppen nach Süden, um Vitellius gegen Otho zu helfen. Unterwegs verlangte Valens von den Städten hohe Lösegelder, damit seine Truppen sie nicht dem Erdboden gleichmachten.

Doch als er die Bataver nach Narbonensis im südlichen Gallien beorderte, um die dort eingeschlossenen Streitkräfte zu entlasten, meuterten seine Legionäre. Laut jammerten sie, daß dieser Feldzug sie ihre tapfersten Leute kosten würde. Auch dieser Aufruhr wurde beigelegt, und die Bataver zogen weiter. Nachdem sie die Alpen überquert hatten und Kunde von einer neuerlichen Niederlage ihrer Seite bei Placentia zu ihnen drang, meuterten die Soldaten wieder, diesmal wegen der Untätigkeit von Valens. Sie wollten ihren Verbündeten unbedingt zu Hilfe eilen.

Burhmund lachte rauh. »Und er erfüllte unseren Wunsch.«

Die beiden Krieger kamen von den Hütten herübergeritten. Den Römer hatten sie in die Mitte genommen. Er trug Reisekleider. An den Zügeln führten die Reiter Ersatzpferde mit Proviant mit sich. Sie trabten zum Ufer des Rheins hinunter. Inzwischen war die Fähre zurückgekommen, und sie ritten an Bord.

»Die Anhänger von Otho versuchten uns am Po aufzuhalten«, fuhr Burhmund fort. »Jetzt zeigte sich für Valens, daß es richtig gewesen war, uns Germanen bei seinen Legionen zu behalten. Wir schwammen hinüber und bildeten einen Brückenkopf, den wir hielten, bis der Rest des Heeres uns folgte. Nachdem wir den Fluß überwunden hatten, gab der Feind auf und floh. Es gab noch ein großes Gemetzel bei Bedriacum. Kurz darauf beging Otho Selbstmord.« Burhmund zog eine Grimasse. »Doch Vitellius hatte seine Truppen nicht mehr unter Kontrolle. Sie tobten wild durch Italien und hausten wie die Vandalen. Ich habe einiges davon miterlebt. Es war schrecklich. Es war doch kein Feindesland, das sie erobert hatten, sondern das Land, das sie eigentlich verteidigen sollten, nicht wahr?«

Das könnte zum Teil der Grund gewesen sein, weshalb es bei der 14. Legion zu Revolten kam. Eine Auseinandersetzung zwischen den Regulären und den Hilfstruppen endete fast in einer richtigen Schlacht. Civilis gehörte zu den Offizieren, die die Ruhe wiederherstellten. Der neue Imperator Vitellius schickte die Legionäre nach Britannien und ernannte die Bataver zu seiner Palastgarde. »Aber das war auch kein geschickter Zug. Er hatte kein Gefühl dafür, wie man mit Männern umgeht. Meine Leute wurden träge, tranken im Dienst und prügelten sich in den Kasernen. Schließlich schickte Vitellius uns nach Germanien zurück. Ihm blieb nichts anderes übrig, wollte er Blutvergießen vermeiden, wobei auch vielleicht sein eigenes kostbares Blut geflossen wäre. Wir hatten ihn gründlich satt.«

Die Fähre, ein breiter Ruderprahm, hatte den Fluß überquert. Die Reiter ritten an Land und verschwanden im Wald.

»Vespasian kontrollierte Afrika und Asien«, erzählte

Burhmund weiter. »Sein Feldherr Primus landete in Italien und schickte mir eine Botschaft. Ja, zu dieser Zeit hatte ich schon einen Namen.«

Burhmund seinerseits schickte Botschaften an all seine weitgestreuten Verbindungsleute. Ein übergelaufener römischer Gesandter überbrachte sie. Männer machten sich auf und besetzten die Alpenpässe. Die gallischen oder germanischen Anhänger von Vitellius waren vom Norden abgeschnitten, und die Italer und Iberer hatten genug damit zu tun, ihre Aufmerksamkeit dorthin zu richten, wo sie waren. Burhmund rief seinen Stamm zusammen. Vitellius' Einberufungsbefehl sollte der letzte Skandal gewesen sein, den sie hinnehmen wollten. Sie schlugen mit den Schwertern gegen die Schilde und schrien aufgebracht.

Auch die benachbarten Canninefaten und Friesen wußten, was vorging. Ihre Stammesversammlungen riefen nach Männern, um sich an dem Aufstand zu beteiligen. Eine tungrische Kohorte verließ ihren Stützpunkt und lief zu ihnen über. Germanische Hilfstruppen, zur Unterstützung von Vitellius auf dem Marsch nach Süden, erfuhren die Neuigkeiten und desertierten.

Zwei Legionen wurden gegen Burhmund in Marsch gesetzt. Er schlug sie vernichtend und trieb ihre Reste nach Castra Vetera. Dann überquerte er den Rhein und gewann eine Schlacht bei Bonna. Seine Kuriere drängten die Verteidiger vom Alten Lager, sich auf die Seite von Vespasian zu schlagen. Sie weigerten sich. Das war der Zeitpunkt, an dem Burhmund offen seine Abwendung von Rom und den Krieg für die Sache der Freiheit erklärte.

Die Brukterer, Tenkterer und Chamaven schlugen sich auf seine Seite. Er schickte Kuriere durch ganz Germanien. Abenteurer aus der Wildnis sammelten sich unter seinem Banner. Wael-Edh weissagte den Untergang von Rom.

»Und auch die Gallier kamen«, fuhr Burhmund fort, »zumindest die, die Classicus und seine Freunde mobilisieren konnten. Bis jetzt drei Stämme... Was ist los?«

Everard war bei einem Schrei zusammengezuckt, den nur er hören konnte. »Nichts«, sagte er rasch. »Ich dachte, ich hätte dort drüben eine Bewegung gesehen, aber es war nichts. Das kommt durch die Müdigkeit.«

»Sie töten sie im Wald.« Floris' Stimme kam stockend. »Es ist abscheulich. Warum mußten wir auch zu diesem Tag springen?«

»Sie wissen den Grund«, erwiderte er lautlos. »Sehen Sie nicht hin.«

Sie durften sich nicht jahrelang Zeit nehmen, um die ganze Wahrheit ans Licht zu bringen. Die Patrouille konnte sie kaum für ihre gesamte Lebensspanne entbehren. Hinzu kam, daß dieses Raum-Zeit-Segment sehr instabil war; je weniger Leute aus der Zukunft darin umhersprangen, um so besser war es für die Zukunft selbst. Everard hatte beschlossen, die Sache mit einem Besuch von Civilis mehrere Monate vor der Abweichung der Ereignisse anzugehen. Vorläufige Untersuchungen hatten ergeben, daß der Fall von Castra Vetera der beste Zeitpunkt war, um an den Bataver heranzukommen. Außerdem bot sich dabei die Chance, Classicus zu begegnen.

Everard und Floris hatten gehofft, genügend Informationen sammeln und wieder verschwinden zu können, ehe das eintrat, was Tacitus überlieferte.

»Hat Classicus das angezettelt?« fragte der Agent.

»Ich bin mir nicht sicher«, antwortete Floris schluchzend. Er verstand ihre Gefühle. Er selbst hätte auch nicht Zeuge dieser scheußlichen Bluttat werden mögen, obwohl seine Aufträge ihn inzwischen abgehärtet hatten. »Er ist bei den Germanen, ja, aber die Bäume behindern die Sicht, und der Wind verweht die Worte. Spricht er ihre Sprache?«

»Meines Wissens nur schlecht, wenn überhaupt. Aber unter ihnen gibt es welche, die Latein verstehen...«

»Eure Seele ist woanders, Everard«, brummte Burhmund.

»Ich habe eine... Vorahnung«, entgegnete der Patrouillengänger. *Vielleicht ist es ganz gut, wenn er glaubt, daß ich in die Zukunft sehen kann, mir einen Hauch von Zauberei gebe. Es könnte sich später als nützlich erweisen.*

Burhmunds Gesichtsausdruck war angespannt. »Ich auch, aber mehr aus irdischen Gründen. Am besten rufe ich meine Vertrauten zusammen. Haltet Euch abseits, Everard. Eure Klinge ist scharf, ja, aber Ihr seid nicht mit den Legionen marschiert, und ich denke, daß eiserne Disziplin jetzt nottut.« Die letzten Worte hatte er in Latein gesprochen.

Die Wahrheit erreichte sie in der Person eines Reiters, der in vollem Galopp aus dem Wald heranpreschte. In einer plötzlichen Anwandlung von Gewalt waren die Germanen über die Gefangenen hergefallen. Die wenigen gallischen Bewacher hatten sich in Sicherheit gebracht. Der Germanen metzelten die unbewaffneten Männer nieder und zertrümmerten die Beute. So gaben sie den Göttern ihr Blutopfer.

Everard verdächtigte Classicus, sie dazu angestiftet zu haben, was sicher einfach genug gewesen war. Auf diese Weise sicherte er sich ihre Ergebenheit, so daß sie keinem Separatfrieden zustimmen würden. Zweifellos teilte Burhmund diesen Verdacht – so erzürnt, wie der Bataver war. Doch was konnte er jetzt noch dagegen tun?

Er konnte nicht mal seine Barbaren aufhalten, die im Blutrausch aus dem Wald stürmten und in das Alte Lager eindrangen. Flammen loderten hinter den Wällen auf. Schreie stiegen mit dem Gestank von brennendem Menschenfleisch zum Himmel empor.

Burhmund war nicht wirklich entsetzt. In seiner

Welt waren ihm solche Dinge vertraut. Nur der Ungehorsam und die Hinterhältigkeit dieser Tat hatten ihn in Wut versetzt.

»Ich werde die Rädelsführer zu einem Waffengang fordern«, grollte er, »und sie dabei erniedrigen. Und damit sie wissen, wie ernst ich diese Sache nehme, werde ich mir das Haar nach römischer Art kurz schneiden und die Farbe daraus entfernen. Was den Treueschwur auf Classicus und sein Imperium betrifft – wenn ihm nicht gefällt, was ich dazu zu sagen habe, soll er ruhig gegen mich zu den Waffen greifen!«

»Ich glaube, ich gehe jetzt besser«, meinte Everard. »Hier wäre ich doch nur im Weg. Vielleicht treffen wir uns irgendwann wieder.«

Und wann – etwa in den unheilvollen Tagen, die vor dir liegen?

5

Der Wind wehte stürmisch und jagte die niedrigen Wolken wie Rauchschwaden vor sich her. Regenschleier trieben durch die schwankenden Äste. Hufe ließen das Wasser in den Pfützen des Weges aufspritzen, und die Pferde trotteten mit hängenden Köpfen voran. Saeferth ritt voraus, ihm folgte Hnaef, der die Packpferde am Zügel führte. Zwischen ihnen ritt der Römer. Sein Umhang war völlig durchnäßt. Durch Handzeichen und Gesten beim Essen hatten die Bataver erfahren, daß sein Name Lupercus war.

Hinter der nächsten Biegung tauchten plötzlich fünf Männer auf, sicherlich Brukterer, denn die drei Reiter hatten inzwischen ihr Gebiet erreicht. Trotzdem befanden sie sich noch in dem Landgürtel, mit dem sich die germanischen Stämme gewöhnlich gegen die Nachbarn abschotteten. In diesem Niemandsland gab es keine Bewohner.

Der Anführer war dünn wie ein Frettchen und

schwarz wie eine Krähe außer an den Stellen, an denen die Jahre weiße Strähnen in Haar und Bart gestreut hatten. In der Rechten hielt er einen Speer. »Halt!« befahl er laut.

Saeferth brachte sein Pferd zum Stehen. »Wir kommen in Frieden! Unser Herr, Burhmund der Bataver, hat uns zu der weisen Frau Wael-Edh gesandt«, antwortete er.

Der Dunkle nickte. »Wir haben schon Kunde davon erhalten.«

»Das kann aber erst vor kurzem geschehen sein, auch wenn wir viel langsamer vorankommen, denn wir sind sofort nach dem Boten abgeritten.«

»Ja. Jetzt ist es an der Zeit, rasch zu handeln. Ich bin Heidhin, Viduhadas Sohn, Wael-Edhs Vertrauter und der Anführer meines Stammes.«

»Ich erinnere mich an Euch«, rief Hnaef. »Ich war dabei, als unser Herr die Frau im letzten Jahr besuchte. Was wollt Ihr von uns?«

»Den Mann, den ihr bringt. Er ist doch der, den Burhmund Wael-Edh übergibt, nicht wahr?«

»Ja.«

Lupercus, dem klar wurde, daß sie über ihn sprachen, hob den Kopf und ließ seinen Blick von Gesicht zu Gesicht wandern, während ihm ihre gutturalen Worte um die Ohren schwirrten. »Sie ihrerseits wird ihn den Göttern geben«, fuhr Heidhin fort. »Ich habe schon nach Euch ausgeschaut, damit ich die Tat vollbringen kann.«

»Wie, nicht in eurem heiligen Hain – bei einem anschließenden Fest?« wunderte sich Saeferth.

»Ich sagte euch doch, daß jetzt rasch gehandelt werden muß. Einige angesehene Männer bei uns würden ihn lieber gegen ein hohes Lösegeld austauschen, wüßten sie von der Sache. Wir können es uns nicht leisten, sie zu verärgern. Aber die Götter zürnen. Seht euch doch um.« Heidhin deutete mit einer umfassenden Bewegung auf den überschwemmten und winselnden Wald.

Saeferth und Hnaef konnten ihm schlecht widersprechen. Die Brukterer waren in der Überzahl. Außerdem wußte jeder, wie Heidhin zu der weisen Frau stand, seit sie ihre weit entfernte Heimat verlassen hatten. »Ihr alle seid Zeugen, daß wir die Seherin tatsächlich aufsuchen wollten, und wir nehmen Euer Wort, daß dies statt dessen ihr Wille ist«, sagte Saeferth.

Hnaef runzelte die Stirn. »Bringen wir es hinter uns.«

Sie folgten dem Beispiel der Brukterer, stiegen von den Pferden und forderten auch Lupercus dazu auf. Er benötigte ihre Hilfe, weil er vom Hunger gezeichnet war. Als sie ihm die Hände auf den Rücken banden und Heidhin ein Seil mit einer Schlinge entrollte, weiteten sich seine Augen, und er zog scharf den Atem ein. Doch dann richtete er sich kerzengerade auf und murmelte wahrscheinlich ein Gebet an seine Götter.

Heidhin sah zum Himmel hinauf. »Vater Wodan, Krieger Tyr, Donar, Herr des Donners, hört mich«, sagte er langsam und feierlich. »Nehmt dieses Opfer als das, was es ist – ein Geschenk von Nerthus an euch. Wißt, daß sie nie euer Feind war – noch ein Dieb eurer Ehre. Wenn die Menschen euch zuletzt auch weniger dargebracht haben als früher, so war doch alles, was sie erhielt, für alle Götter bestimmt. Steht ihr wieder zur Seite, ihr Mächtigen, und laßt uns den Sieg zuteil werden!«

Saeferth und Hnaef packten Lupercus' Arme. Heidhin trat auf ihn zu. Mit der Speerspitze zeichnete er einen Hammer auf die Stirn; in die Brust, nachdem er die Tunika aufgeschlitzt hatte, schnitt er ihm ein Hakenkreuz. Rotes Blut spritzte durch die Luft. Lupercus gab keinen Ton von sich. Sie führten ihn zu der Esche, die Heidhin auswählte, warfen das Seil über einen Ast und legten dem Römer die Schlinge um den Hals. »Ach Julia«, rief er leise. Zwei von Heidhins Leuten zogen ihn hoch, während die anderen mit den Schwertern auf die Schilde schlugen und ein lautes Geheul anstimmten. Der Körper des Römers schwankte im Wind. Heidhin rammte ihm von unten seinen Speer durch den Bauch bis ins Herz.

Als der Rest, der getan werden mußte, damit das Opfer seine Richtigkeit hatte, erledigt war, sagte Heidhin zu Saeferth und Hnaef: »Kommt mit zu meinem Haus und seid meine Gäste, bis ihr zu eurem Anführer Burhmund zurückkehrt.«

»Was sollen wir ihm berichten?« fragte Hnaef.

»Die Wahrheit. Erzählt ihm die ganze Geschichte. Schließlich haben die Götter ihr Opfer erhalten, das ihnen seit altersher zusteht, und werden mit ganzem Herzen für uns einstehen.«

Die Germanen ritten davon. Ein Rabe umkreiste den toten Mann, hockte sich auf seine Schulter und begann zu picken und zu schlucken. Ein weiterer kam herbei, und noch einer und noch einer. Ihr Krächzen drang laut durch den Wind, der den Leichnam hin und her schaukelte.

6

Everard gestand Floris zwei Tage Urlaub zu, damit sie sich zu Hause ausruhen und erholen konnte. Sie war keine Frau mit schwachen Nerven, dafür aber eine zivilisierte Person mit einem Gewissen, die die schreckliche Szene mit eigenen Augen hatte ansehen müssen. Zum Glück hatte sie keins der Opfer gekannt und würde deshalb auch nicht die Schuldgefühle eines Überlebenden entwickeln. »Verlangen Sie psychotechnische Hilfe, wenn die Alpträume nicht aufhören«, riet Everard ihr. »Doch zuerst müssen wir die Dinge in dem Licht, in dem sie sich uns nun nach unseren Beobachtungen darstellen, überdenken und uns ein Programm erarbeiten.«

Selbst angespannt bis zum äußersten, war auch ihm eine Erholungspause recht, um die Eindrücke, Geräusche und Gerüche vom Alten Lager zu verarbeiten. Er spazierte stundenlang durch die Straßen von Amsterdam und badete regelrecht im Anstand und der Sauberkeit der Niederlande des 20. Jahrhunderts. Ansonsten versenkte er sich im Büro der Patrouille in Aufzeichnungen über Geschichte, Anthropologie, politische und physikalische Geographie und alles, was ihm in die Hände fiel, und ließ sich die wichtigsten Themen ausdrucken.

Die Vorbereitungen ihres weiteren Vorgehens waren eher oberflächlicher Natur. Nicht, daß er jetzt enzyklopädisches Wissen benötigte! Es war ohnehin nicht verfügbar. Nur wenige Wissenschaftler hatten die frühe germanische Geschichte durchforscht und waren dabei endlose Meilen durch die Jahrhunderte unterwegs gewesen. Außerdem ergaben sich so viele Probleme, die viel interessanter und bedeutender waren. Echte Information war spärlich gesät. Keiner außer Floris und ihm hatte sich je mit Civilis beschäftigt. Dieser Aufstand schien die erheblichen Strapazen der Feldarbeit nicht wert, wenn nicht mehr dabei herauskam als die bessere Behandlung einiger obskurer Gestalten durch die Römer.

Vielleicht ist das wirklich alles, dachte Everard. *Vielleicht haben diese Text-Variationen einen gesicherten Ursprung, den die Detektive der Patrouille einfach übersehen haben, und wir jagen lediglich Schatten hinterher. Sicher ist nur, wir haben keinerlei Beweis, daß jemand am Ablauf der Ereignisse herumpfuscht. Aber gut, wie immer die Antwort aussehen mag, wir müssen sie finden.*

Am dritten Tag rief er Floris an und verabredete sich mit ihr zum Essen, wie sie es auch bei ihrem ersten Treffen gemacht hatten. »Wir werden uns einen netten Abend machen, uns unterhalten und, wenn überhaupt, so wenig wie möglich über unsere Mission reden. Morgen besprechen wir dann die Einzelheiten unseres weiteren Vorgehens. In Ordnung?«

Auf seine Frage nannte sie ihm ein gutes Restaurant und traf sich dort mit ihm.

Das *Ambrosia* bot surinamesisch-karibische Küche. Es war ein kleines intimes Restaurant in der Stadthouderskade, einer ruhigen Straße nahe Museumplein, direkt an einer Gracht gelegen. Zusammen mit der hübschen Kellnerin kam der schwarze Koch zu ihnen, um mit ihnen in fließendem Englisch ihr Essen zusammenzustellen. Auch der Wein war genau richtig.

»Ich will zu Fuß nach Hause gehen«, sagte Floris, als sie aufbrachen. »Der Abend war so schön.« Ihre Wohnung lag ziemlich weit entfernt, sie beschlossen jedoch, zu Fuß zu gehen.

»Ich werde Sie bis zur Tür begleiten, wenn Sie gestatten«, meinte Everard galant.

Sie lächelte. Ihr Haar hob sich wie der Abglanz der Sonne gegen die Dunkelheit vor den den Fenstern ab. »Danke. Ich habe gehofft, daß Sie das sagen.«

Sie traten in den milden Abend hinaus. Es roch nach Frühling, denn ein Regenschauer hatte die Luft gereinigt, und es herrschte nur wenig Verkehr, der meist nur als leises, entferntes Brausen wahrzunehmen war. Auf der Gracht tuckerte ein Boot vorbei und kräuselte die Wasseroberfläche.

»Vielen Dank«, sagte sie noch einmal. »Das war köstlich. Genau das Richtige, um mich aufzumuntern.«

»Ausgezeichnet.« Er zog den Tabakbeutel aus der Tasche und stopfte seine Pfeife. »Obwohl ich sicher bin, daß Sie sich auch so sehr schnell erholt hätten.«

Sie entfernten sich vom Wasser und spazierten zwischen alten Häusern entlang. »Natürlich habe ich auch schon früher entsetzliche Dinge gesehen«, gab sie zu. Die gute Stimmung, auf die beide beim Essen so sorgfältig bedacht gewesen waren, verflüchtigte sich, obwohl ihr Gespräch weiterhin in ruhigen Bahnen verlief. »Zwar keine Grausamkeiten in diesem Ausmaß – aber doch schon Menschen, die bei Kämpfen tot oder verwundet liegenblieben, tödliche Krankheiten und – viele grausame Schicksale.«

Everard nickte. »Ja, diese unsere Ära hat alle Spielarten der Hölle kennengelernt – und trotzdem auch nicht mehr davon als alle anderen Epochen. Der Hauptunterschied liegt darin, daß die Leute heutzutage immer denken, es *könnte* besser sein.«

Floris seufzte. »Zuerst war sie romantisch, diese lebendige Vergangenheit, aber dann ...«

»Nun, Sie sind'da in ein mächtig rauhes Milieu hineingeschlittert. Doch die wirklichen Bösewichte saßen in Rom.«

Sie sah ihn erstaunt an. »Ich kann nicht glauben, daß Sie der Illusion anhängen, die Barbaren seien von Natur aus Gentlemen gewesen. Ich jedenfalls habe meine Illusionen ziemlich schnell verloren. Zumindest verhielten sie sich ebenso skrupellos. Nur, daß sie weniger effizient waren.«

Everard hielt ein Streichholz an seine Pfeife. »Warum haben Sie sie denn als Spezialgebiet gewählt, wenn ich fragen darf? Sicher, irgendeiner mußte die Arbeit tun, doch mit Ihren Fähigkeiten hätten Sie sich jede Menge anderer Gesellschaftsformen aussuchen können.«

Sie lächelte. »Man versuchte tatsächlich, mich davon zu überzeugen, nachdem ich mein Studium an der Akademie abgeschlossen hatte. Ein Agent verwendete Stunden darauf, mir zu erklären, wie sehr ich sein Herzogtum Brabant mögen würde. Er war süß. Ich blieb stur.«

»Wie kam das?«

»Je häufiger ich daran zurückdenke, desto weniger klar sind mir meine Beweggründe dafür. Zu dieser Zeit schien es mir, als ob... Ja, ich würde es Ihnen gern erzählen, wenn Sie nichts dagegen haben.«

Er bot ihr seinen Arm, und sie hängte sich ein und paßte ihren Gang seinen Schritten an. Mit der freien Hand hielt er den Kopf seiner Pfeife umfaßt. »Ich bitte sogar darum. Zwar habe ich mich mit Ihrer Akte nur so weit befaßt, wie es notwendig war, aber trotzdem bin ich neugierig. In Berichten sind aufschlußreiche Erklärungen ohnehin selten zu finden.«

»Ich glaube, ich komme da auf meine Eltern.« Sie schaute starr geradeaus, und zwischen ihren Brauen zeigte sich eine kleine Falte. Ihre Stimme klang beinahe verträumt. »Ich bin ihr einziges Kind, 1950 geboren.«

Und inzwischen, nach deiner Weltlinie zu urteilen, ein ganzes Stück älter, als der Kalender anzeigt, dachte er.

»Mein Vater wuchs im früheren Holländisch-Ostindien auf. Sie erinnern sich, wir Holländer gründeten Jakarta, und unser Name für die Stadt war Batavia. Er war noch ziemlich jung, als Nazideutschland die Niederlande überfiel. Später überrannten die Japaner Südostasien. Mein Vater war bei der Marine, besser gesagt, bei dem, was noch von unserer Marine übrig war, und kämpfte gegen sie. Meine Mutter, damals noch ein Schulmädchen, arbeitete im Widerstand, bei der Untergrundpresse.«

»Stolze Leute also«, murmelte Everard.

»Meine Eltern lernten sich nach dem Krieg kennen, heirateten und ließen sich in Amsterdam nieder. Sie leben noch, sind jetzt Pensionäre. Er hat sich von seinen Geschäften zurückgezogen. Sie war Lehrerin für Geschichte – holländische Geschichte.«

Ja, dachte er, *du kommst von jeder Expedition immer zu dem Tag zurück, an dem du aufgebrochen bist, weil du keinen Tag vergehen lassen willst, ohne sie zu besuchen, bis sie sterben. Und sie wissen nicht einmal, was du in Wahrheit machst. Schlimm genug, daß sie schon so lange auf Enkelkinder warten müssen.*

»Sie haben nie mit ihren Taten im Krieg geprahlt. Aber ich... ich war gezwungen... ja, gezwungen, immer mit dem Wissen darum zu leben – wie auch mit dem Wissen um die gesamte Vergangenheit meines Landes. Vielleicht aus Patriotismus? Nennen Sie es, wie Sie wollen. Es sind meine Leute. Und was hat sie zu dem gemacht, was sie nun sind? Welche Saat, welche Wurzeln? Die Ursprünge haben mich immer fasziniert, und ich studierte Archäologie.«

Das war Everard bekannt, wie auch die Tatsache, daß sie eine Athletin gewesen war, die durchaus an Meisterschaftswettkämpfen hätte teilnehmen können. Zudem hatte sie nach dem Studium schon abseits der Touristen-Routen an einigen gefährlichen Orten gearbeitet. Das hatte die Aufmerksamkeit eines Anwerbers der Patrouille auf sie gelenkt, der sie dazu brachte, den Test zu machen und ihr, nachdem sie ihn bestanden hatte, die Bedeutung der Organisation enthüllte. Everards Aufnahme war ähnlich verlaufen.

»Trotzdem wählten Sie ausgerechnet eine Kultur, in der Frauen sehr stark gehandikapt sind.«

Schärfer als gewollt antwortete sie: »Sollten Sie nicht zumindest einen Bericht gelesen haben, der beweist, daß ich mir immer helfen konnte? Sie wissen doch Bescheid über die Verkleidungen, die in der Patrouille üblich sind.«

»Entschuldigung, ich wollte Sie nicht beleidigen. Aber Verkleidungen erfüllen ihren Zweck nur bei sehr kurzen Einsätzen.«

Von dem Jahr aus, in dem sie sich jetzt befanden, war es kein großer Schritt in die Zukunft mehr, bis man Schnurrbärte und Stimmenregister beinahe perfekt fälschen konnte. Weite Kleidung, an den richtigen Stellen gut ausgepolstert, verbargen die Körperformen. Die Hände könnten einen dann zwar noch verraten. Zwar waren ihre Hände für die einer Frau sehr groß, doch selbst wenn sie sich als junger Mann verkleidete, so verrieten ihre Gestalt und ihr Haar doch deutlich ihr Geschlecht. »Aber ...«

Zu plötzlich konnten sich Situationen ergeben, in denen man unter Freunden und Gefährten die Kleidung ablegte, wie zum Beispiel beim Baden. Oder es konnte, wie bei Barbaren üblich, schnell zu einem Kampf kommen, dem man aus der Situation heraus einfach nicht mehr ausweichen konnte. Ganz gleich, wie gut trainiert eine Frau sein mochte, in einer solchen Situation, in der sich High-Tech-Waffen von selbst verboten, fehlten ihr die Oberkörper-Muskulatur und die angeborene Kraft eines Mannes.

»Verkleidungen sind nur in gewissen Grenzen nützlich«, räumte sie ein. »Es war manchmal schon frustrierend. Ich habe mir tatsächlich einige Male überlegt ...« Sie brach mitten im Satz ab.

»Eine Geschlechtsumwandlung?« fragte er leise nach einer kurzen Pause.

Sie nickte steif. »Sie hätte ja nicht von Dauer sein müssen, wissen Sie?«

Zukünftige Operationen auf diesem Gebiet bedeuteten keinen chirurgischen Eingriff oder starke Hormongaben mehr, sondern wurden auf Molekularbasis durchgeführt, indem man den Organismus, angefangen bei der DNA, völlig neu nachbaute. »Trotzdem ist das eine ziemlich aufwendige Sache – und nur für eine Mission in Betracht zu ziehen, die mehrere Jahre oder Jahrzehnte dauert.«

Sie warf ihm einen herausfordernden Blick zu. »Würden Sie es tun?«

»Zur Hölle, nein!« rief er – und überlegte gleich darauf: *War deine Reaktion zu heftig, vielleicht gar intolerant?* »Sie sollten nicht vergessen, daß ich 1924 in Mittelamerika geboren wurde.«

Floris lachte und tätschelte seinen Arm. »Ich bezweifelte, daß mein Verstand, meine grundlegende Persönlichkeit sich ändern könnten. Als Mann wäre ich wahrscheinlich hochgradig homosexuell – in dieser Gesellschaft ein schlimmeres Hindernis, als eine Frau zu sein. Was ich auch weiterhin vorziehe.«

Er grinste. »Was man auch deutlich merkt.« *Moment, Junge, keine persönliche Beziehung bei der Arbeit. Sie könnte sich als tödlich erweisen. Vom rein akademischen Standpunkt betrachtet wünschte ich, sie wäre ein Mann.*

Sie schien ähnlich zu denken, denn sie zog sich etwas in sich zurück. Eine Weile gingen sie schweigend weiter. Aber es war ein einvernehmliches Schweigen. Sie durchquerten einen Park und schritten unter dem Grün der Blätter einher, die im Schein der Laternen bizarre Schatten auf den Weg warfen.

Schließlich brach er das Schweigen: »Vermutlich haben Sie trotz Ihrer Schwierigkeiten ein größeres Projekt in Angriff genommen. Ich habe, wie ich schon sagte, nicht erst lange die Akte studiert, sondern dachte mir, daß Sie mir selbst alles erzählen möchten – was mir persönlich auch lieber ist.«

Er hatte ein paarmal mehr oder weniger deutlich auf ihren Fall angespielt, doch sie hatte das Thema vermieden oder war ihm ausgewichen, was nicht schwer war bei der Fülle von Material, das sie durchzuarbeiten hatten.

Er sah und hörte, wie sie tief Luft holte. »Ja, ich sollte wohl darüber reden«, seufzte sie. »Sie müssen schließlich wissen, wie erfahren ich in solchen Dingen bin. Eine lange Geschichte, aber irgendwann müssen wir ja mal davon sprechen.« Sie zögerte. »Ich fühle mich jetzt unbeschwerter in Ihrer Gegenwart. Zuerst war ich erschrocken: ich – und mit einem Ungebundenen Agenten zusammenarbeiten?«

»Das haben Sie aber sehr gut verborgen.« Er nahm einen tiefen Zug aus seiner Pfeife.

»Im Feld lernt man, seine Gefühle zu verbergen, nicht wahr? Aber heute abend kann ich offen sprechen. Sie gehören zu der... der angenehmen Sorte Mensch.«

Darauf fiel ihm keine passende Antwort ein.

»Ich lebte fünfzehn Jahre bei den Friesen«, sagte sie.

Er konnte seine Pfeife gerade noch auffangen, als er verblüfft den Mund öffnete. »Wie bitte?«

»Von 22 bis 37 n. Chr.«, fuhr sie fort. »Die Patrouille brauchte Informationen – mehr als nur eine Handvoll – über das Leben am entfernten westlichen Ende des germanischen Gebietes, aus der Zeit, in der der römische Einfluß den der Kelten ablöste. Genau gesagt, man machte sich Sorgen über die Aufstände unter den Stämmen, die auf den Mord an Arminius folgten. Die Konsequenzen waren ziemlich schwerwiegend.«

»Doch es tat sich nichts Alarmierendes. Wogegen bei Civilis, den die Patrouille ignorieren zu können glaubte... Nun, auch unsere Firma beschäftigt Menschen, die sich irren können. Und sicherlich ist ein detaillierter Bericht über eine typische Gesellschaft jener Zeit in vielerlei Hinsicht wichtig und aufschlußreich. Fahren Sie bitte fort.«

»Kollegen halfen mir dabei, mich dort einzurichten. Meine Identität war die einer jungen Frau vom Stamm der Chasaren, die beim Überfall der Cherusker zur Witwe wurde. Sie floh mit einigen Besitztümern und zwei Männern, die ihrem Gatten gedient hatten und ihr die Treue hielten, in das Gebiet der Friesen. Wir kamen in ein Dorf und wurden dort vom Dorfältesten großzügig aufgenommen. Ich brachte nicht nur Gold, sondern auch Neuigkeiten mit – und ihnen ist Gastfreundschaft heilig.«

Da schadete es sicher auch nicht, daß du ausgesprochen attraktiv warst... bist.

»Nach kurzer Zeit heiratete ich einen seiner jüngeren Söhne«, erzählte Floris mit resoluter Offenheit.

»Meine ›Diener‹ empfahlen sich zu einer ›Unternehmung‹ – und wurden nie mehr gesehen. Jeder nahm an, daß der Kummer um ihren Herrn sie dahingerafft habe. Wie viele Möglichkeiten es dort gab, sein Leben zu verlieren!«

»Und weiter?« Everard betrachtete ihr Profil unter der goldenen Haarpracht. Vermeer hätte es sicher unter dem goldenen Helm ihrer Haare weich aus dem sie umgebenden Zwielicht herausschimmern lassen.

»Es waren harte Jahre. Ich hatte Heimweh und war oft verzweifelt. Aber dann dachte ich wieder daran, wie ich lernte, Neues entdeckte, wie ich ein ganzes Universum von Verhaltensweisen und Überzeugungen, Wissen, Fähigkeiten und Menschen erlebte. Mit der Zeit entwickelte ich so etwas wie Stolz auf meine Leute. Auf ihre rauhe Art waren sie gutherzig – zumindest innerhalb des Stammes – und mein Garulf und ich ... nun, wir kamen uns sehr nahe. Ich gebar ihm zwei Kinder und sorgte insgeheim dafür, daß sie am Leben blieben. Er hoffte natürlich auf mehr, aber auch dabei sorgte ich vor. Außerdem war es nicht ungewöhnlich, daß eine Frau unfruchtbar wurde.« Sie verzog schmerzlich den Mund. »Er zeugte weitere Kinder mit einer Bauernmagd. Wir beide verstanden uns einigermaßen, sie fügte sich meinen Wünschen und ... Ach was, es war eine ganze normale, allgemein übliche Sache und keine Beleidigung für mich, und ... Ohnehin wußte ich, daß ich eines Tages gehen würde.«

»Und wie lief das ab?« fragte Everard leise.

Ihre Stimme wurde ausdruckslos. »Garulf starb. Er jagte Auerochsen. Ein Bulle spießte ihn auf. Sein Tod war zwar sehr schmerzlich für mich, vereinfachte aber die Dinge erheblich. Ich hätte schon viel früher gehen sollen, einfach verschwinden wie meine Diener, doch er und unsere Kinder – beides Jungen über zehn Jahre, was dort hieß, daß sie schon fast Männer waren.

Garulfs Brüder würden sich um ihr Wohlergehen kümmern.«

Everard nickte. Aufgrund seiner Beobachtungen hatte er erfahren, daß die Verwandtschaft zwischen Onkel und Neffen bei den alten Germanen heilig war. Zu den tragischen Dingen in Burhmunds – Civilis' – Leben gehörte der Bruch mit dem Sohn seiner Schwester, der in der römischen Armee kämpfte und im Feld fiel.

»Trotzdem tat es sehr weh, sie zu verlassen«, beendete Floris ihre Schilderung. »Ich sagte, ich wolle mich eine Weile in die Einsamkeit zurückziehen, um zu trauern. Sicher werden sie sich häufig gefragt haben, was aus mir geworden ist.«

Und du fragst dich, was aus ihnen geworden ist – und diese Frage wirst du dir zweifellos ewig stellen, dachte Everard, wenn du nicht aus der Ferne ihr Leben bis zu ihrem Tod verfolgt hast. Doch halte ich dich für zu klug, um so etwas zu tun. So viel mal wieder zu den Abenteuern und dem Ruhm im Dienst der Zeitpatrouille.

Floris schluckte. Versuchte sie, ihre Tränen zu unterdrücken?

»Sie können sich vorstellen, welch starke kosmetische Verjüngungskur ich brauchte, als ich zurückkam«, fuhr sie mit gespielter Munterkeit fort. »Und heiße Bäder, elektrisches Licht, Bücher, Shows, Flugzeuge – alles, was ich so lange vermißt hatte!«

»Und nicht zu vergessen die Gleichberechtigung«, ergänzte Everard.

»Ja, ja. Zwar hatten Frauen bei ihnen einen hohen Status, sie waren freier als in den späteren Epochen bis zum 19. Jahrhundert – aber trotzdem – o ja!«

»Und doch erscheint mir Veleda übermäßig dominant.«

»Das war etwas anderes. Sie sprach für die Götter.«

Das müssen wir erst noch herausfinden.

»Die Mission wurde vor mehreren Jahren auf mei-

ner persönlichen Weltebene beendet«, erklärte Floris. »Die nachfolgenden Aufträge erledigte ich mit weniger Eifer – bis heute.«

Everard biß hart auf den Pfeifenstiel. »Hm, da wäre immer noch das Problem des Geschlechts. Ich halte wenig von Verkleidungen, und wenn, dann nur für kurze Zeit. Die Möglichkeiten sind zu begrenzt.«

Sie blieb stehen. Notgedrungen folgte er ihrem Beispiel. Sie standen in der Nähe einer Laterne. Ihr Licht gab ihren Augen einen katzenhaften Schimmer. »Ich werde nicht tatenlos am Himmel hängen und Sie beobachten, Agent Everard. Den Teufel werde ich tun!«

Ein Fahrrad fuhr an ihnen vorbei. Der Fahrer musterte sie kurz und radelte weiter.

»Sicher wäre es hilfreich, Sie bei mir am Boden zu haben«, pflichtete Everard ihr bei. »Aber nicht ständig. Sie müssen zugeben, daß es manchmal besser ist, wenn ein Partner im Hintergrund bleibt. Doch wenn wir mit der echten Sherlock-Holmes-Arbeit anfangen, dann könnten Sie mit Ihrer Erfahrung ... Die Frage ist, wie sollen wir ...?«

Sofort wandelte sich ihre Verärgerung in Eifer, und sie drang heftiger in ihn. »Ich werde Ihre Frau sein – oder Ihre Konkubine, Ihre Dienerin – was immer die Situation gerade erfordert. Bei den Germanen ist es nicht unüblich, daß eine Frau einen Mann auf seinen Reisen begleitet.«

Himmel! Werden meine Ohren tatsächlich rot?

»Wir dürfen die Dinge nicht aus persönlichen Gründen komplizieren!«

Mit festem Blick sah sie ihm in die Augen. »Darüber mache ich mir keine Sorgen, Sir. Sie sind ein Profi – und ein Gentleman.«

»Vielen Dank«, meinte er erleichtert. »Ich denke, ich werde meine guten Manieren nicht vergessen.«

Wenn du deine nicht vergißt!

7

Plötzlich zog der Frühling ins Land. Die wärmeren, länger werdenden Tage ließen die Blätter sprießen und das Gras kräftiger wachsen. Flügelschlag und Vogelrufe erfüllten den Himmel. Lämmer, Kälber und Fohlen grasten auf den Wiesen. Die Menschen kamen aus dem Halbdunkel der Häuser, aus dem Rauch und dem Gestank des Winters. Sie blinzelten in die Helle, atmeten tief die süße Luft und machten sich an die Arbeit, alles für den Sommer vorzubereiten.

Sie waren hungrig nach der kargen Ernte des vergangenen Jahres. Viele Männer waren jenseits des Rheins im Krieg, und nur wenige würden je zurückkommen.

Edh und Heidhin trugen immer noch Frost in ihren Herzen. Zusammen gingen sie über Edhs Land, hatten kein Auge für die Helle, kein Gefühl für die warme Brise. Die Bauern auf den Feldern sahen sie dahinschreiten und wagten nicht, sie hochleben zu lassen oder zu ihr zu gehen, um ihr Fragen zu stellen. Obwohl der Wald im Westen hell im Sonnenlicht schimmerte, wirkte der heilige Hain im Osten dunkel – als ob Edhs Turm seinen Schatten so weit werfen könnte.

»Ich bin voller Zorn auf dich«, knurrte die Seherin. »Ich sollte dich für immer von mir verbannen.«

»Edh ...« Seine Stimme war rauh, und die Knöchel um den Speerschaft wurden weiß. »Ich habe nur getan, was notwendig war. Es war klar, daß Ihr den Römer verschont hättet. Die Asen hatten genug Grund, uns zu grollen.«

»So können nur Dummköpfe reden.«

»Dann sind die meisten Männer des Stammes also Dummköpfe. Edh, ich lebe mit ihnen, was Ihr nicht könnt, denn ich bin ein Mensch – und nur ein Mensch, nicht die Auserwählte einer Gottheit. Die Leute erzählen mir, was sie Euch nicht ins Gesicht zu sagen wagen.« Heidhin ging langsam weiter, während er nach Worten suchte. »Nerthus hat zu viel von den Opfergaben genommen, die früher den Himmelsgöttern zukamen. Ich weiß sehr gut, was Ihr und ich ihr schulden, aber hier geht es um alle Brukterer, und außerdem schulden wir auch den Asen viel. Wenn wir beide nicht unseren Frieden machen mit ihnen, werden sie uns den Sieg verweigern. Ich habe das dem Stand der Sterne, dem Wetter, dem Flug der Raben, der Lage der Knochen, die ich warf, entnommen. Und selbst, wenn ich mich irre – was macht's? Die Furcht in den Herzen der Männer ist Wirklichkeit. Sie werden im Kampf zurückweichen, und der Feind wird ihren Widerstand brechen. In Eurem Namen habe ich den Asen einen Mann geopfert – keinen Sklaven, sondern einen Anführer. Laßt diese Nachricht über das Land eilen, und Ihr werdet erleben, wie die Hoffnung in den Herzen der Krieger neu erwacht!«

Edhs Blick traf ihn wie ein Schwertstreich. »Ha, denkst du denn, dein kleines Opfer wird bei ihnen etwas bewirken? Wisse denn, daß ein weiterer Bote von Burhmund bei mir eintraf, während du fort warst. Seine Leute haben bei Castra Vetera jeden Feind niedergemetzelt und die Feste dem Erdboden gleichgemacht. So haben sie ihre Götter besänftigt.«

Der Speer in Heidhins Hand bebte leicht. Seine Miene wurde verschlossen. Eine ganze Weile verstrich. Schließlich sagte er langsam: »Wie hätte ich das voraussehen können? Aber es ist gut.«

»Das ist es nicht. Burhmund war rasend vor Zorn. Er weiß, daß solche Greuel den Kampfwillen der Römer nur stärken. Und dann kommst du daher und stiehlst mir einen Gefangenen, der uns hätte als Mittler dienen können.«

Heidhin knirschte mit den Zähnen. »Das habe ich nicht wissen können«, murmelte er. »Und welchen Nutzen hätte wohl ein einziger Mann?«

»Und du hast mich auch deiner eigenen Person beraubt, wie es scheint«, fuhr Edh unbarmherzig fort. »Ich hatte gehofft, du würdest für mich nach Colonia gehen.«

Überrascht wandte er den Kopf und starrte sie an. Doch ihre hohen Wangenknochen, die lange, gerade Nase und ihr voller Mund blieben geradeaus gerichtet. »Nach Colonia?«

»Auch das besagte Burhmunds Botschaft. Von Castra Vetera zieht er nach Colonia Agrippinensis, weil er hofft, daß sie sich ergeben. Doch warum sollten sie das tun, wenn sie von dem Schlachtfest hören? Und das werden sie, ehe er dort eintreffen kann. Warum sollten sie nicht weiterkämpfen und auf Hilfe hoffen, wenn sie ohnehin nichts mehr zu verlieren haben? Burhmund will, daß ich meinen Bannfluch spreche und den Zorn Nerthus' über jeden bringe, der die Vereinbarungen der Übergabe mißachtet.«

Sein gewohnt klarer Verstand kehrte zurück und beruhigte Heidhin ein wenig. »Hm, so ist das.« Mit der freien Hand strich er sich über den Bart. »Ja, das könnte sie schwankend machen in Colonia. Sie haben schon von Euch gehört. Die Ubier sind Germanen, auch wenn sie sich selbst Römer nennen. Wenn Euer Bann Burhmunds Horden dicht unter den Mauern laut verkündet wird, wo die Verteidiger alles sehen und hören können ...«

»Wer sollte ihn denn jetzt noch aussprechen?«

»Ihr.«

»Wohl kaum.«

Er nickte. »Nein, das ist richtig. Ihr haltet Euch am besten abseits. Nur wenige außer den Brukterern haben Euch je gesehen. Für eine Sage empfinden sie mehr Ehrfurcht als für einen Menschen aus Fleisch und Blut.«

Ihr Lachen klang wölfisch. »Fleisch und Blut, das essen, trinken, schlafen, Abfälle ausscheiden muß, eine Erkältung bekommen kann und mit Bestimmtheit alt und müde wird.« Ihre Stimme versagte, sie senkte den Kopf. »Tatsächlich bin ich müde«, raunte sie. »Am liebsten wäre ich allein.«

»Das wäre vielleicht weise«, meinte Heidhin. »Ja, zieht Euch eine Weile in Euren Turm zurück. Laßt verbreiten, daß Ihr nachdenkt, Zaubertränke braut und die Gottheit zu Euch bittet. Ich werde Euer Wort in die Welt hinaustragen.«

Ihr Körper straffte sich. »So habe ich es gewünscht«, entgegnete sie schroff. »Aber wie kann ich dir trauen – nach dem, was du getan hast?«

»Ihr könnt es – ich schwöre es ...« – Heidhins Stimme schwankte ein wenig –, »... wenn Euch die Jahre, die wir zusammen verbrachten, nicht Garantie genug sind.« Und stolz fuhr er fort: »Ihr wißt, Ihr hattet nie einen besseren Fürsprecher. Ich bin nicht nur der Erste unter Euren Gefolgsleuten, ich bin ein Führer aus eigenem Recht. Die Menschen achten und verehren mich.«

Lange Zeit schwieg sie. Sie kamen an eine Koppel, in der ein Bulle stand – Tyrs Bestie, die mächtigsten Hörner unter der Sonne. Schließlich fragte sie: »Du wirst mein Worte unverändert weitergeben und guten Mutes dabei helfen, sie in die Tat umzusetzen?«

Er wählte seine Antwort mit Bedacht. »Es schmerzt mich, Edh, daß Ihr mir mißtraut.«

Endlich sah sie ihn an. Ihr Blick wurde weich. »All diese Jahre – mein lieber alter Freund ...« Sie blieben stehen, wo sie waren – auf einem schlammigen Pfad im schwellenden Gras.

»Ich wäre ein noch besserer Freund geworden, hättet Ihr es zugelassen«, meinte er.

»Du wußtest, daß ich das nicht durfte. Und du hast es respektiert. Aber wie könnte ich anders, als dir zu verzeihen? Ja, geh für mich nach Colonia.«

Sein Blick wurde ernst. »Das werde ich, und wohin

sonst Ihr mich noch senden wollt. Ich werde Euch mit all meinen Kräften dienen – solange Ihr nicht verlangt, daß ich den Schwur breche, den ich am Gestade des Eyn ablegte.«

»Das ...« – Röte schoß ihr ins Gesicht und verflog wieder – »... das war vor langer Zeit.«

»Mir scheint, als sei es erst gestern gewesen. Kein Friede mit den Römern. Krieg, solange ich lebe, und selbst wenn ich tot bin, werde ich sie noch auf dem Weg in die Hölle verfolgen.«

»Niaerdh könnte dich von deinem Schwur entbinden.«

»Aber ich selbst könnte mich nie davon lösen.« Wie schwere Hammerschläge ließ Heidhin die folgenden Worte auf sie niederprasseln: »Schickt mich also jetzt für alle Zeit von Euch fort – oder schwört, daß Ihr mich nie bittet, mit den Römern Frieden zu machen.«

Sie schüttelte den Kopf. »Das kann ich nicht. Wenn sie uns, unseren Verwandten, allen von uns die Freiheit anbieten ...«

Er dachte eine Weile über ihre Worte nach und meinte dann widerstrebend: »Nun, wenn sie das tun, solltet Ihr zugreifen.«

»Niaerdh selbst würde das wollen. Sie ist keine blutrünstige Asin.«

»Hm, Ihr habt früher schon mal anders von ihr gesprochen.« Heidhin grinste. »Ich rechne nicht damit, daß die Römer voller Freude die westlichen Stämme und ihren Tribut aufgeben werden. Sollten sie es aber doch, werde ich losziehen und sie mit den Männern, die mir freiwillig folgen wollen, in ihrem eigenen Land bekämpfen, bis ich unter ihren Schwertern falle.«

»Auf daß dies niemals wahr werde!« rief Edh aus.

Er legte ihr die Hände auf die Achseln. »Schwört mir – und bringt Niaerdh zur Vernunft –, daß Ihr ohne Ende den Krieg predigt, bis die Römer dieses Land verlassen haben – oder wenigstens so lange, bis ich tot bin. Erfüllt Ihr meinen Wunsch, werde ich alles tun, was Ihr sagt. Ich will sogar die Römer verschonen, die uns lebendig in die Hände fallen.«

»So sei denn, was dein Wille ist.« Seufzend trat Edh von ihm zurück und rief mit herrischem Ton: »Komm denn, gehen wir in den heiligen Hain und vermischen unser Blut mit der Erde und unsere Worte mit der Luft, um diesen Schwur zu besiegeln. Ich will, daß du morgen zu Burhmund reitest. Uns sitzt die Zeit im Nacken.«

8

Einstmals hieß die Stadt Oppidum Ubiorum – so hatten die Römer sie genannt. Normalerweise bauten die Germanen keine Städte, doch waren die Ubier auf der linken Seite des Rheins von den Galliern beeinflußt. Nach der Eroberung durch Cäsar wurden sie ins römische Imperium eingegliedert und waren im Gegensatz zu ihren Landsleuten damit zufrieden, Handel zu treiben, zu lernen und sich die Welt ringsum zu erschließen. Unter der Herrschaft von Claudius wurde die Stadt zur römischen Kolonie erhoben und erhielt den Namen seiner Frau. Eifrig um eine rasche Latinisierung bemüht, bezeichneten sich die Ubier forthin als Agrippinenser. Die Stadt wuchs. Sie würde einmal Köln heißen – für Engländer und Franzosen Cologne – aber erst in ferner Zukunft.

An diesem Tag brodelte der Boden vor ihren massiven Wällen, von den Römern gebaut. Von unzähligen Lagerfeuern stieg Rauch auf, über Lederzelten aus Tierhäuten flatterten die Banner der Barbaren, und überall lagen Decken und Felle, auf denen die schliefen, die keine Zelte mitgebracht hatten. Pferde wieherten und stampften mit den Hufen. Rinder muhten und Schafe blökten in ihren Pferchen aus Ästen, wo sie darauf warteten, für die Speisung der Soldaten geschlachtet zu werden. Männer liefen durcheinander, wilde Krieger von der anderen Seite des Flusses, gallische Horden von dieser Seite des Stroms. Ruhiger verhielten sich die bewaffneten Garden aus Batavien und deren Nachbarn, sehr diszipliniert die Veteranen von Civilis und Classicus. Etwas abseits hockten die übergelaufenen Legionäre, die in Eilmärschen von Novesium hierherbeordert worden waren. Unterwegs hatten sie so viel Spott und Hohn ertragen müssen, daß eine ihrer Reitertruppen die Germanen zur Hölle wünschte, ihren Eid als Verbündete des Imperiums von Gallien aufkündigte und nach Süden davonpreschte, um sich wieder mit den Römern zu vereinigen.

Ein paar Zelte standen etwas abseits in der Nähe des Ufers. Kein Aufständischer wagte sich grundlos dorthin, und wenn er es mußte, näherte er sich sehr leise. An den Ecken standen schwer bewaffnete Brukterer auf Posten, doch nur als Ehrenwache. Ein Pfosten mit einer Ährengarbe und daran befestigten Äpfeln überragte die Zelte. Das Korn und die Früchte aus dem vergangenen Jahr waren vertrocknet, dienten aber hier trotzdem als Embleme von Nerthus.

»Woher seid Ihr gekommen?« fragte Everard.

Heidhin musterte ihn mißtrauisch und antwortete in scharfem Ton: »Wenn Ihr, wie Ihr behauptet, aus dem Osten hierher gereist seid, müßt Ihr es wissen. Die Angrivarren kennen Wael-Edh, ebenso die Langobarden, die Lemovier und andere. Hat nie einer von ihnen in Eurer Gegenwart von ihr erzählt?«

»Sie kam vor Jahren einmal durch ihre Gebiete...«

»Ich weiß, daß sie sich an sie erinnern, denn wir erfuhren es von Händlern, Landstreichern und den Kämpfern, die kürzlich zu Burhmund gestoßen sind.«

Der Schatten einer Wolke wanderte über die Männer, die auf einer groben Bank vor Heidhins Unterkunft saßen. Der forschende Blick des Brukterers wirkte dadurch noch bedrohlicher. Der Wind trug Rauchschwaden und das Klirren von Schwertern herüber.

»Wer seid Ihr wirklich, Everard, und was sucht Ihr hier unter uns?«

Ein smarter Bursche, und ein Fanatiker bis aufs Blut, dachte der Agent. Schnell sagte er: »Ich wollte gerade erklären, daß es mich überrascht hat, wie sehr doch ihr Name auch weit entfernten Stämmen bekannt ist. Sie haben ihn bis heute nie vergessen.«

»Hm.« Heidhin entspannte sich etwas. Mit der rechten Hand, die bis jetzt den Schwertgriff umfaßt hielt, zog er seinen schwarzen Umhang enger um den Körper. »Ich frage mich, warum Ihr zu Burhmund gereist seid, wenn Ihr doch nicht unter seinem Banner kämpfen wollt.«

»Es ist so, wie ich Euch sagte, Herr.« Heidhin überhörte die Ehrbezeugung des Agenten, weil dieser ihm nicht zur Gefolgschaft verpflichtet war, doch das störte Everard nicht. Tatsächlich war Heidhin inzwischen bei den Brukterern ein wichtiger Mann geworden, ein Häuptling mit Land und Besitztümern. Er hatte in eine vornehme Familie eingeheiratet und war – was am schwersten wog – der Vertraute und Sprecher von Veleda geworden. »Ich habe ihn bei Castra Vetera aufgesucht, weil ich von seinem Ruhm gehört hatte und mit eigenen Augen sehen wollte, wie die Dinge in diesem Land hier stehen. Auf meinem Weg dorthin erfuhr ich dann, daß die weise Frau hierherkommen würde. Ich hatte gehofft, sie zu treffen – oder sie zumindest sehen und hören zu können.«

Burhmund, der Everard willkommen geheißen hatte, erklärte ihm, daß die Seherin statt dessen ihren Vertrauten geschickt hatte. Die Gastfreundschaft des Bataviers war jedoch nur oberflächlicher Art, denn er hatte alle Hände voll zu tun. Everard nahm die Gelegenheit wahr, eigene Kontakte zu Heidhin zu knüpfen. Einen Goten konnte man schließlich nicht jeden Tag im Lager begrüßen, doch verlief das Gespräch mit dem Brukterer schleppend, und an einem gewissen Punkt erwachte plötzlich Heidhins Mißtrauen.

»Sie hat sich in ihren Turm zurückgezogen, um mit der Gottheit allein zu sein«, brummte er – und war selbst überzeugt davon.

Everard nickte. »Das sagte Burhmund mir schon. Ich habe gestern Eure Rede am Tor der Stadt gehört. Aber, Herr, wir sollten nicht die ganze Sache noch einmal von vorn durchkauen. Ich wollte lediglich wissen, von wo Ihr und die verehrte Wael-Edh stammt. Wo habt Ihr Eure Wanderungen begonnen, wann und – warum?«

»Wir stammen von den Alvaringen ab«, brummte Heidhin. »Die meisten Männer in diesem Lager waren noch nicht geboren, als wir aufbrachen. Warum wir das taten? Die Gottheit hat es befohlen.« Die Inbrunst seiner Worte wich einem schroffen Tonfall. »Aber ich habe Besseres zu tun als einem Fremden alles zu erklären. Wenn Ihr Euch uns anschließt, Everard, werdet Ihr mehr erfahren. Vielleicht können wir beide uns später nochmals unterhalten. Doch für heute muß ich Euch verabschieden.«

Sie erhoben sich. »Dank für Eure Zeit, Herr«, meinte der Agent. »Eines Tages werde ich zu meinen Leuten zurückgehen. Solltet Ihr oder ein Verwandter von Euch jemals die Goten besuchen, wird derjenige dort herzliche Aufnahme finden.«

Heidhin nahm die übliche Höflichkeitsfloskel für bare Münze. »Das kann schon sein«, brummte er. »Vielleicht die Boten von Nerthus ... Aber erst muß dieser Krieg gewonnen werden. Gehabt Euch wohl!«

Everard bahnte sich einen Weg durch das allgemeine Durcheinander zu einem Pferch in der Nähe von Civilis' Hauptquartier, in dem er seine Pferde zurückgelassen hatte. Es waren zottige germanische Ponys. Seine Füße baumelten nur ein paar Inches über dem Boden, wenn er auf ihnen saß. Aber er war selbst unter diesen Leuten ein Hüne, und sie hätten sich wahrscheinlich zu sehr für ihn interessiert, wäre er ohne Tiere gekommen, die ihn und seine Habe trugen. Er ritt in nördlicher Richtung davon, und bald geriet Colonia hinter ihm außer Sicht.

Golden schimmerte die Abendsonne auf dem Fluß. Die Hügel ringsum waren fast so wie die in seiner Heimat-Epoche, doch sah der Agent ringsum nur unkrautüberwucherte Felder und die schwarzen Ruinen der Gehöfte, die Civilis' Horden vor Monaten niedergebrannt hatten. Hier und da lagen Knochen am Wegrand, von denen nicht wenige von Menschen stammten.

Die Öde und Leere des Landes kam seinen Zwecken entgegen. Trotzdem wartete er bis zum Einbruch der Dunkelheit, ehe er zu Floris Kontakt aufnahm. »Okay, schicken Sie den Laster herunter.« Es mußte ja keiner unbedingt sehen, wie er von der Straße verschwand, und ein Gefährt, in dem Pferde Platz fanden, war auffälliger als ein Zeitspringer.

Floris schickte den Laster mit Hilfe der Fernbedienung herunter und er verlud die Tiere. In einem Momentsprung überwand er den Raum und erreichte ihr gemeinsames Lager. Eine Minute später gesellte Floris sich zu ihm.

Sie hätten auch ins komfortablere Amsterdam springen können, doch hätte das wiederum einen Teil ihrer Lebenszeit gekostet – nicht durch den Sprung, sondern durch das Pendeln von und zu ihren Quartieren, durch die Zurückgabe und neuerliche Beschaffung ihrer Barbarenkluft – und wahrscheinlich am meisten durch die wiederholte geistige Anpassung an verschiedene Epochen. Besser, sie blieben in diesem archaischen Land und machten sich vertraut mit seinen

Menschen und der Natur. Und es war durchdrungen von Natur – die Wildnis, die Mysterien von Tag und Nacht, Sommer und Winter, Stürme, Sterne, Wachstum, Tod. Es wurzelte selbst tief in den Seelen seiner Bewohner. Man konnte sie nicht wirklich verstehen und mit ihnen fühlen, bis man selbst in die Wildnis vorgedrungen und sie in sich aufgenommen hatte.

Floris hatte den Lagerplatz ausgewählt – eine abgelegene Hügelkuppe, unter der sich von Horizont zu Horizont ein riesiges Waldland dehnte. Den Hügel kannten sicher nur die wenigsten Jäger, und kaum einer hatte wohl je seinen kahlen Grat erstiegen. Nordeuropa war nur sehr dünn besiedelt, und ein Stamm mit 50 000 Angehörigen war schon ein sehr großer Stamm und lebte über ein weites Territorium verstreut. Für dieses Land und seine Bewohner wäre ein anderer Planet kaum fremdartiger gewesen als das 20. Jahrhundert.

Zwei Einpersonen-Zelte standen in schrägem Winkel zueinander, und von einer Kocheinheit – Technik aus der Zukunft Jahrhunderte nach ihrer Geburt – trieben Bohnenkrautschwaden herüber. Trotzdem zündete Everard, nachdem er seine Pferde bei ihren angebunden hatte, einen Holzstoß an, den er schon früher aufgeschichtet hatte. Sie aßen in nachdenklichem Schweigen und drehten dann die Laterne aus. Die Kocheinheit wuchs zu einem weiteren Schatten, während sie lautlos den Abwasch erledigte.

Die beiden Agenten hockten sich beim Feuer ins Gras. Keiner hatte ein Wort gesagt, auf wunderliche Weise wußten sie beide, daß dies der richtige Platz für ihre Unterhaltung war.

Eine kalte Brise ließ sie frösteln. Ab und zu ertönte der Ruf einer Eule wie die Frage eines Orakels. Die Baumwipfel schimmerten wie ein Meer unter den Sternen. Weit erstreckte sich die Milchstraße über ihnen nach Norden. Noch höher am Himmel leuchtete der Große Bär, den die Menschen hier als den Wagen des Himmelsvaters kannten.

Wie mochten sie ihn wohl in Edhs Heimat nennen? fragte sich Everard. *Wo immer das sein mag. Wenn Janne nicht den Namen ›Alvaring‹ zuordnen kann, dann ist er so obskur, daß niemand in der Patrouille je davon gehört hat.*

Er zündete sich eine Pfeife an. Die Äste im Feuer knackten, der Wind trieb dem Agenten Rauch ins Gesicht. Der Schein der Flammen hob Floris' hübsches Gesicht aus dem Dunkel und ließ ihr offenes Haar schimmern.

»Ich denke, wir müssen in Richtung Vergangenheit weitersuchen«, meinte er.

Sie nickte. »Diese letzten paar Tage – sie haben Tacitus bestätigt, nicht wahr?«

In dieser Zeit war er notgedrungen immer der Handelnde am Boden gewesen, und sie hatte alles von oben beobachtet. Trotzdem hatte sie eine ebenso aktive Rolle gespielt wie er. Er war auf seine unmittelbare Nachbarschaft beschränkt geblieben, wogegen sie einen weiten Überblick hatte und bei Nacht ihre kleinen Robotspione ausschickte, um die Dunkelheit zu durchdringen und zu übermitteln, was unter den angepeilten Dächern vor sich ging.

Sie waren Zeugen geworden ...

Der Senat von Colonia wußte, daß die Lage verzweifelt war. Konnte die Stadt Übergabebedingungen aushandeln, die weniger katastrophal waren, und würde honoriert werden, daß sie sich kampflos ergab?

Der Stamm der Tenkterer, der in ihrer Nachbarschaft jenseits des Rheins lebte, hatte Gesandte geschickt, die die Vereinigung der beiden Stämme vorschlugen – wenn sich die Ubier von Rom lossagten. Ihre Forderungen umfaßten auch das Schleifen der Stadtwälle. Colonia erhob Einwände; die Stadt wolle nur eine lockere Verbindung akzeptieren und verlange die ungehinderte Überquerung des Flusses bei Tage, bis man Vertrauen in die Abmachungen setzen könne. Als Garanten für diesen Vertrag würden sie nur Civilis und Veleda akzeptieren. Die Tenkterer willigten schließlich ein. Zu diesem Zeitpunkt trafen Civilis-Burhmund und Classicus vor der Stadt ein.

Classicus wollte die Stadt so rasch wie möglich, wenn nicht noch schneller, zur Plünderung und Zerstörung freigeben.

Burhmund zögerte. Einer der Gründe dafür war die Tatsache, daß sich einer seiner Söhne in der Stadt befand, der den Römern während der wechselvollen Kämpfe des vergangenen Jahres als Geisel in die Hände gefallen war, während Burhmund dafür focht, daß Vespasian Imperator wurde. Bisher war der Junge gut behandelt worden, und Burhmund wollte alles versuchen, um seinen Sohn zurückzubekommen. Durch Veledas Einfluß konnte ein Friedensschluß in greifbare Nähe rücken.

Und so kam es auch.

»Ja«, meinte Everard. »Schätze, der Rest verläuft genau nach den Aufzeichnungen im Buch.«

Colonia würde sich ergeben, ohne daß die Stadt zu Schaden kam, und der Allianz der Aufständischen beitreten. Doch verlangte und erhielt sie auch neue Geiseln als Garanten des Vertrages – Burhmunds Weib, seine Schwester und eine Tochter von Classicus. Daß diese beiden ungleichen Männer sich trotzdem an den Vertrag hielten, zeugte über jede Realpolitik und über den Wert dieser Abmachung hinaus von Veledas Macht.

(»Wieviele Divisionen hat der Papst?« würde Stalin spotten – und seine Nachfolger würden erkennen müssen, daß das nicht das Ausschlaggebende war, denn auf lange Sicht leben Menschen nur für ihre Träume und sterben für sie.)

»Nun, wir sind noch nicht am Punkt der Abweichung«, sagte Floris überflüssigerweise. »Wir erforschen im Moment erst den Hintergrund.«

»Und wir untermauern unsere Erkenntnis, daß Veleda der Schlüssel zu allem ist. Glauben Sie, daß wir – ich meine natürlich Sie – sie unmittelbar kontaktieren könnten und als Freunde akzeptiert würden?«

Floris schüttelte den Kopf. »Nein. Besonders nicht jetzt, da sie sich in die Isolation zurückgezogen hat. Wahrscheinlich macht sie gerade eine gefühlsmäßige, vielleicht sogar eine religiöse Krise durch. Eine Störung könnte da... alles Mögliche ins Rollen bringen.«

Everard sog nachdenklich an seiner Pfeife. »Religion... Haben Sie gestern Heidhins Ansprache an die Soldaten gehört, Janne?«

»Nur zum Teil. Ich wußte ja, Sie waren dort und würden aufmerksam zuhören.«

»Sie sind keine Amerikanerin, und auch nicht wie Ihre calvinistischen Vorfahren. Ich fürchte, Ihnen wird nicht gefallen, was er getan hat.«

Sie streckte die Hände ans Feuer und wartete.

»Wenn ich jemals eine Rede gehört habe, die Hölle und Verdammnis beschwor und die Furcht des Herrn in der Versammlung verbreitete, dann war es die von Heidhin – und zudem unglaublich wirkungsvoll. Demnach dürften solche Greuel wie bei Castra Vetera nicht mehr vorkommen.«

Floris erschauerte. »Hoffentlich nicht.«

»Aber... die ganze Ansprache... Ich weiß, solche Dinge waren in der klassischen Welt nichts Ungewöhnliches. Besonders, nachdem die Juden sich überall um das Mittelmeer herum niederließen. Die Propheten im Alten Testament probierten ihren Einfluß sogar bei den Heiden aus. Aber hier oben, unter den nordischen Völkern – hätte da nicht jeder Redner an den Machismo der Leute appelliert statt an ihre Verpflichtung, sich an ein gegebenes Versprechen zu halten?«

»Natürlich. Ihre Götter sind grausam, aber auch –

sagen wir – tolerant – was sie, die Menschen, empfänglich für die Lehre der christlichen Missionare machen wird.«

»Veleda scheint den gleichen schwachen Punkt bei ihnen zu nutzen«, meinte Everard bedächtig. »Und das sechs- oder siebenhundert Jahre, ehe die ersten christlichen Missionare in diesen Teil der Welt vordringen.«

»Veleda«, murmelte Floris. »Wael-Edh. Edh die Ausländische. Edh die Fremde. Sie hat ihre Botschaft, wie immer sie sein mag, über Germanien verbreitet. Tacitus Zwei sagt, sie wird sie dorthin zurücktragen, nachdem Civilis gefallen ist – und das Vertrauen der Germanen in sie wird schwinden... Ja, ich glaube, wir müssen ihre Spur in die Vergangenheit zurückverfolgen bis dorthin, wo sie begann.«

9

Die Monate verstrichen und raubten Burhmunds Sieg die Wirkung.

Tacitus würde wenig später berichten, wie es dazu kam, würde die Irrtümer und Fehler, die Streitigkeiten und Intrigen unter den Germanen beschreiben, während die Römer sich von der Schlappe erholten und ihre Kräfte unaufhaltsam wuchsen. Doch schon zu jenem Zeitpunkt würden die Erinnerung verwischt und viele Fakten verloren sein, und jeder einzelne Mann, der ungläubig auf die Wunde stierte, aus der er sein Leben verströmte, würde bald vergessen sein. Die Details, die haften bleiben, sind schon von Interesse, meist aber völlig überflüssig, um am Ende das Ergebnis zu verstehen. Oft genügt dazu schon eine skizzenhafte Darstellung.

Zuerst sonnte Burhmund sich in seinem Sieg. Er besetzte das Land der Suniker und hob bei ihnen eine große Anzahl Truppen aus. An der Mosel schlug er eine Horde imperiumstreuer Germanen, nahm ein paar als Geiseln und verfolgte ihren Anführer und den Rest nach Süden.

Das war ein schlimmer Fehler. Während er durch die Wälder Belgiens streifte, saß Classicus untätig herum, und Tutor ließ sich mit der Aufstellung der Verteidigungslinien am Rhein und in den Alpen viel zu viel Zeit. Die 21. Legion nutzte diesen Vorteil und drang nach Gallien vor. Dort vereinigte sie sich mit ihren Hilfstruppen, zu denen auch eine Reitertruppe unter dem Befehl von Julius Briganticus gehörte, der ein Neffe und ein unversöhnlicher Feind von Civilis war. Tutor wurde geschlagen, und seine Treverer meuterten. Zuvor war ein Vorstoß der Rebellen gegen die Sequaner blutig gescheitert, und römische Truppen drangen von Italien, Spanien und Britannien gegen die Germanen vor.

Petillius Cerialis hatte nun den Oberbefehl über die gesamten Streitkräfte des Imperiums. Obwohl er neun Jahre zuvor bei Boadicea in Britannien eine schwere Niederlage erlitten hatte, hatte dieser Verwandte von Vespasian bei dem Machtkampf um die Herrschaft in Rom gegen die Vitellianer eine bedeutende Rolle gespielt. Bei Moguntiacum, dem späteren Mainz, schickte er seine gallischen Wehrpflichtigen heim und erklärte, seine Legionen würden ausreichen. Mit dieser Geste vollendete er praktisch die Befriedung Galliens.

Danach drang er nach Augusta Treverorum, dem späteren Trier, vor, der Stadt von Classicus und Tutor und dem Geburtsort des gallischen Aufstandes. Er erließ eine Generalamnestie und nahm die Einheiten, die zuvor von ihm abgefallen waren, wieder in sein Heer auf. Dann ließ er ein vernünftiges Übergabeangebot an die Treverer und Lingonen aufsetzen und überzeugte sie, daß sie bei weiteren Kämpfen nichts zu gewinnen, aber alles zu verlieren hatten.

Inzwischen hatten Burhmund und Classicus ihre versprengten Truppen – abgesehen von einer schlagkräftigen Truppe, die Cerialis eingekesselt hatte – neu formiert. Sie sandten einen Herold zu ihm und boten ihm das Imperium von Gallien an, wenn er auf ihre Seite überwechselte. Er sparte sich die Antwort und leitete den Brief lediglich nach Rom weiter.

Cerialis hatte mit der politischen Seite dieses Krieges alle Hände voll zu tun und war daher auf den Anschlag, der nun folgte, schlecht vorbereitet. Unter hohen Verlusten nahmen die Rebellen die Brücke über die Mosel. Cerialis führte persönlich den Angriff, der sie zurückeroberte. Er führte seine Kohorten gegen das eigene Lager, in dem die Rebellen in ungeordneten Haufen plünderten und brandschatzten, und schlug sie in die Flucht.

Weiter nördlich am Rhein hatten die Agrippinenser, die früheren Ubier, nur zögernd ihr Abkommen mit Burhmund akzeptiert. Jetzt erhoben sie sich wieder, machten die germanischen Garnisonen in der Stadt nieder und baten Cerialis um Hilfe. In Eilmärschen tauchte er vor der Stadt auf und entsetzte die Eingeschlossenen.

Bis auf einige wenige Horden kapitulierten die Nervier und Tungren. Mit frischen Legionen, die die Zahl seiner Streitkräfte verdoppelten, suchte Cerialis die Kraftprobe mit Burhmund. In einer zweitägigen Schlacht nahe dem Alten Lager und mit der Unterstützung eines batavischen Überläufers, der mit seinen Truppen Burhmunds Flanke angriff, besiegte er die Germanen. Der Krieg hätte hier schon beendet werden können, wenn die Römer Schiffe besessen hätten, um die Flucht ihrer Gegner über den Rhein zu verhindern.

Kaum hatten sie das erkannt, zogen sich die restlichen Anführer der Treverer ebenfalls über den Fluß zurück. Burhmund begab sich ins Gebiet der Bataver, von wo aus er mit den Männern, die ihm verblieben waren, eine Zeitlang einen Guerillakrieg führte. Unter denen, die sie töteten, war auch Briganticus. Trotzdem konnten sie sich nicht lange halten. Beim schwersten Gefecht standen sich Burhmund und Cerialis persönlich gegenüber. Der Germane, der seine Truppen zu sammeln versuchte, als sie zurückwichen, wurde sofort erkannt, und ein Geschoßhagel regnete auf ihn herab. Er entkam mit viel Glück, indem er vom Pferd sprang und den Fluß durchschwamm. Seine Boote retteten Classicus und Tutor, die sich darauf aber nur noch als verzagte Mitläufer erweisen sollten.

Doch auch Cerialis mußte einen Rückschlag hinnehmen. Nachdem er die Winterquartiere seiner Legionen bei Novesium und Bonna inspiziert hatte, machte er sich mit seiner Flotte auf den Rückweg rheinabwärts. Aus ihren Verstecken beobachteten die Späher der Germanen, daß die Wachsamkeit der Römer aufgrund ihrer Selbstüberschätzung nachgelassen hatte. Sie riefen ein paar kampfstarke Horden zusammen und griffen in einer nebligen Nacht an. Die Invasoren des Lagers durchschnitten die Halteleinen der Zelte und töteten die Männer darin. Ihre Kameraden warfen Enterhaken auf mehrere Schiffe und zogen sie weg. Ihr Hauptziel jedoch war die Prätorianer-Triëre, auf der Cerialis angeblich schlief. Doch wie es der Zufall wollte, befand er sich irgendwo anders – bei einer Ubier-Frau, wie Gerüchte besagten – und tauchte erschöpft und halbnackt auf, um das Kommando zu übernehmen. Mit dieser Aktion erreichten die Germanen lediglich, daß ihre Feinde rasch dazulernten. Sie treidelten die entführte Triëre den Fluß Lippe hinauf und übergaben sie an Veleda.

Unbedeutend, wie er war, konnte dieser Rückschlag der imperialen Sache trotzdem ein Omen für die spätere Zukunft gewesen sein. Cerialis stieß tiefer in die Kerngebiete der Stämme vor. Keiner konnte ihn aufhalten; andererseits konnte auch er seine Feinde nicht vollständig bezwingen, weil Rom ihm keine weiteren Truppen zubilligte und der Nachschub spärlicher und nur unregelmäßig rollte. Inzwischen rückte der nordische Winter gegen ihn heran.

10

Anno Domini 60.

Durch die Hügel östlich des Rheins zog eine Karawane von Tausenden von Menschen. In dem stark bewaldeten Gelände waren die Pfade kaum mehr als Wildwechsel. Pferde, Ochsen und Menschen hatten Mühe, die Wagen vorwärtszuziehen: Räder ächzten, Unterholz raschelte, Äste knackten, und der Atem ging keuchend. Die meisten Menschen gingen zu Fuß; sie trotteten mit vor Hunger und Müdigkeit stumpfen Blicken dahin.

Von einer Anhöhe in zwei oder drei Meilen Entfernung beobachteten Floris und Everard, wie der Exodus eine größere grasbewachsene Lichtung überquerte. Handferngläser holten den Zug auf Armeslänge heran. Sie hätten auch Abhörgeräte einsetzen können, doch allein schon der Anblick war schlimm genug.

Mit gestrafften Schultern ritt ein weißhaariger Mann an der Spitze des Zuges. Die Harnische und Speerspitzen seiner Leibgarde, die hinter ihm marschierte, schimmerten im Licht. Doch war dies das einzige Leuchten, und unter den Helmen waren keine fröhlichen Gesichter zu erkennen. Hinter ihnen trieben ein paar Jungen ein paar abgemagerte Rinder, Schafe und Schweine voran, die den Menschen geblieben waren. Hier und dort in dem Treck war auf einem der Wagen ein Käfig mit Gänsen und Hühnern auszumachen. Ein harter Brotkanten und ein Stück gepökeltes Fleisch wurden schärfer bewacht als die Kleiderbündel, Werkzeuge und die andere bewegliche Habe – selbst schärfer als das grobgeschnitzte hölzerne Götzenbild auf seinem Pfahl, das golden, aber bedeutungslos glänzte. Von welchem Nutzen sollten die Götter denn auch noch für die Ampsivarier sein?

Everard zeigte auf den Mann an der Spitze. »Dieser alte Bursche dort, ist das ihr Häuptling Boiocalus? Was meinen Sie?«

»So schrieb Tacitus diesen Namen«, antwortete Floris. »Ja, das ist er, ganz sicher. Nicht viele in diesem Milieu erreichen ein solch hohes Alter.« Und dann traurig: »Ich fürchte, er selbst ist darüber nicht gerade glücklich.«

»Und dabei diente er die meiste Zeit seines Lebens den Römern. Ja, das ist hart.«

Eine junge Frau, eigentlich noch ein Mädchen, schlurfte vorbei und hielt das Baby in ihren Armen fest an sich gedrückt. Es jammerte an ihrer entblößten Brust, die keine Milch mehr gab. Ein Mann in mittleren Jahren, wahrscheinlich ihr Vater, der einen Speer als Wanderstab benutzte, ging neben ihr her und stützte sie, wenn sie taumelte. Zweifellos lag ihr Ehemann erschlagen zehn oder hundert Meilen hinter ihnen.

Everard drehte sich im Sattel um. »Gehen wir«, sagte er mit belegter Stimme. »Es ist ein ziemlich weiter Weg bis zum Versammlungsplatz. Wieso haben Sie uns eigentlich hierher programmiert?«

»Weil ich dachte, daß wir uns diese Sache einmal näher ansehen sollten«, antwortete Floris. »Ja, dieses Bild wird mich noch lange verfolgen. Doch die Tenkterer haben alles am eigenen Leib zu spüren bekommen. Wir müssen unbedingt herausfinden, was da los ist, wenn wir ihre Reaktion darauf verstehen wollen – und nicht nur ihre, sondern auch Veledas, und die Reaktion der Leute auf die Seherin.«

»Wahrscheinlich.« Everard schnalzte mit der Zunge, zog am Zügel seines Ersatztieres, das seine geringe Habe trug, und ritt den Hügelhang hinunter. »Trotzdem, Mitgefühl und Erbarmen kennen die wenigsten in diesem Jahrhundert. Die einzige Gesellschaft, die eine solche Einstellung pflegt, lebt in Palästina, und sie wird in alle Winde zerstreut werden.«

Und dabei das Judentum über das ganze römische Imperium verbreiten, woraus dann die christliche Lehre erwächst. Kein Wunder, daß Zwietracht und Tod in den nördlichen Regionen zur übliche Fußnote der Geschichte gehörten.

»Das Zugehörigkeitsgefühl und die Treue zum Stamm sind unglaublich ausgeprägt«, erinnerte ihn Floris. »Und angesichts der römischen Bedrohung nehmen bei den westlichen Germanen schon die Kleinkinder diese Einstellung mit der Muttermilch in sich auf. Es ist dieses grundlegende Zugehörigkeitsgefühl, das über die Stammesgrenzen hinaus alle miteinander verbindet.«

So, so, dachte Everard, *und du glaubst, daß das zum größten Teil Veledas Schuld oder Verdienst ist. Das ist auch der Grund, warum wir ihrer Spur durch die Zeit folgen, um herauszufinden, was sie bei ihren Weissagungen so von sich gibt.*

Sie ritten in den Wald hinein. Über ihnen wölbte sich das sommergrüne Laubdach, und hohes Buschwerk säumte den Pfad. Vereinzelt fielen Sonnenstrahlen durch die Blätter und zeichneten helle Lichtflecke auf Moos und Gras. Eichhörnchen huschten über die Äste. Der Gesang der Vögel und der frische Duft des Waldes durchdrangen die sonst heilige Stille. Die Natur hatte den Todeskampf der Ampsivarier schon verwunden. Wie in einem Spinnennetz, das er in einem Haselnußstrauch aufschimmern sah, fühlte Everard sich im Mitleid mit diesen Menschen eingefangen. Er würde eine gute Zeit weit reisen müssen, um dieses Netz des Mitgefühls so zu überdehnen, daß es schließlich riß. Da nutzte es auch nichts, sich immer wieder ins Gedächtnis zu rufen, daß diese Menschen auf obskure Weise schon 1800 Jahre vor seiner Geburt umgekommen waren. Sie waren hier, jetzt, zu diesem Zeitpunkt, und ebenso real wie die Flüchtlinge, die er nur wenig entfernt von dieser Gegend hier nach Westen flüchten sah. Das war 1945 gewesen. Doch diese Leute hier und jetzt würden keinerlei Beistand finden.

Offensichtlich hatte Tacitus im großen und ganzen die Geschichte richtig beschrieben. Die Ampsivarier waren von den Chauken aus ihrer Heimat vertrieben worden. Ein Landraub, weil die Zahl der Menschen zu groß geworden war, um sie mit der verfügbaren Technik von den altertümlich bewirtschafteten Äckern ernähren zu können. Überbevölkerung ist ein bekanntes Übel, so alt wie der Hunger und die Kriege, die sie verursacht, und ebenso unsterblich.

Die Vertriebenen wandten sich zum Niederrhein. Sie wußten, daß es dort entvölkerte Gebiete gab. Die Römer hatten die früheren Bewohner vertrieben, um sie für die Versorgung ihrer Truppen und als Siedlungsraum für ihre entlassenen Soldaten zu nutzen. Schon früher hatten zwei Friesenstämme versucht, dieses Land zu übernehmen. Sie wurden abgewiesen und, als sie sich zu gehen weigerten, bei einem einzigen Angriff niedergemacht. Dabei kamen viele von ihnen um, und noch mehr verschwanden auf den Sklavenmärkten.

Doch waren die Ampsivarier immer loyale Verbündete Roms gewesen. Boiocalus war sogar in Ketten gelegt worden, als er es 40 Jahre zuvor ablehnte, sich an Arminius' Aufstand zu beteiligen. Später diente er unter Tiberius und Germanicus, bis er beim Heer abmusterte und zum Anführer seines Volkes gewählt wurde. Sicherlich würde Rom ihm und seinen Exilanten Land zugestehen, wo sie ihre Häupter zum Sterben niederlegen konnten.

Doch Rom dachte überhaupt nicht daran. Unter der Hand bot der römische Legat ihm ein Stück Land für ihn selbst und seine Familie an. Der Häuptling widersetzte sich diesem Bestechungsversuch: »Uns mag Land fehlen, wo wir leben können, aber wir können nicht auf ein Land verzichten, in dem wir sterben wollen.« Er führte seinen Stamm flußaufwärts zu den Tenkterern. Dort rief er die Brukterer und alle anderen Stämme, denen die Nähe des Imperiums unerträglich war, bei einer großen Versammlung auf, mit ihm gegen Rom in den Krieg zu ziehen.

Während sie noch in ihrer unorganisierten pseudodemokratischen Art miteinander diskutierten, verlegte der Legat seine Legionen über den Rhein in ihre Nähe. Er drohte mit der Auslöschung aller, wenn man die Neuankömmlinge nicht hinauswarf. Von Norden aus Obergermanien rückte ein zweites Heer heran und legte sich im Rücken der Brukterer in Bereitschaft. So in die Zange genommen, baten die Tenkterer ihre Gäste, weiterzuziehen.

Ich sollte besser nicht so selbstgerecht sein. Die Vereinigten Staaten werden einen übleren Verrat in Vietnam begehen – und das aus weit geringerem Anlaß.

Der Pfad ging unmerklich in eine Art Straße über. Sie war eng und voller Löcher und Furchen von Füßen, Hufen und Rädern. Für Stunden folgten Everard und Floris ihrem Auf und Ab. Aus ihrer unsichtbaren Position am Himmel hatte die Agentin zuvor mit ihren Robotspähern das Land ausgekundschaftet, eventuell nützliche Beobachtungen dokumentiert und so ihren Kurs geplant. Für einen Mann und eine Frau war es ziemlich gefährlich, allein und ohne Eskorte zu reisen, obwohl es bei den Tenkterern kaum Banditen gab. Die beiden Agenten waren aber gezwungen, auf die landesübliche Weise zu reisen und bei dem Stamm einzutreffen. Sie konnten ja, sollten sie angegriffen werden, zur Selbstverteidigung ihre Schockpistolen benutzen – doch nur, wenn keine Zeugen zugegen waren, deren Wiedergabe des Geschehens ihre Gesellschaft und ihre Art zu leben signifikant verändern könnte.

Es zeigte sich aber, daß solche Befürchtungen grundlos waren. Sie hatten unterwegs keinen Ärger. Immer mehr Reisende bevölkerten nach und nach die Straße, waren in der gleichen Richtung unterwegs. Fast nur Männer, und alle wirkten geistesabwesend oder besorgt und sprachen daher wenig. Nur ein großer Bursche mit einem Bierbauch machte da eine Ausnahme. Er sagte, er hieße Gundicar. Er ritt neben dem ungewöhnlichen Paar her und plauderte munter und ohne Unterlaß daher. Im 19. oder 20. Jahrhundert hätte er einen fabelhaften Gemüsehändler, Bäcker oder Wirt eines Brauhauses abgegeben.

»Und wie seid ihr beiden so ungeschoren davongekommen?« fragte er schließlich.

Der Patrouillengänger erzählte ihm die Geschichte, die sie sich zurechtgelegt hatten. »Ungeschoren wohl kaum, mein Freund. Ich gehöre zu den Reudignern, nördlich der Elbe; habt Ihr schon mal von uns gehört? Wir treiben mit dem Süden Handel... Der Krieg zwischen den Hermunduren und Chatten... Wir wurden versprengt. Ich glaube, ich bin der einzige meiner Horde, der lebend entkommen konnte. Meine Waren habe ich bis auf das Wenige, das Ihr hier seht, verloren... Und nur eine Frau blieb übrig, verwitwet, ohne Verwandtschaft. Sie war froh, auf mich zu treffen... Wir wollen den Rhein hinunter zur Küste, hoffen, daß es dort nicht so arg ist... Wir haben von der weisen Frau aus dem Osten gehört und erfahren, daß sie zu euch Tenkterern sprechen will...«

»Ach, dies sind in Wahrheit furchtbare Zeiten«, seufzte Gundicar. »Riesige Feuer grämen auch die

Ubier jenseits des Flusses.« Seine Miene erhellte sich wieder. »Ich denke, das ist der Zorn der Götter, weil sie den Römern die Stiefel lecken. Vielleicht wird bald ein böses Schicksal über die ganze Bande kommen.«

»Dann habt Ihr nicht gekämpft, als die Legionen in Euer Land einfielen?«

»Nun, das wäre nicht weise gewesen, denn wir waren nicht vorbereitet, und außerdem war die Heuernte nahe. Aber ich schäme mich nicht zu gestehen, daß ich für diese armen Heimatlosen Tränen vergossen habe. Möge die *Mutter* gut zu ihnen sein! Ich hoffe, die Seherin Edh weissagt uns ein Morgen, in dem wir solche Fehler berichtigen werden. War gute Beute zu machen in diesem Colonia, stimmt's?«

Floris übernahm meist das Reden. Die Frau in einer Kriegsgesellschaft genießt in der Regel hohen Respekt, wenn sie nicht gar gleichgestellt ist. Sie hält alles in Gang, wenn der Mann dem einsamen Hof fern ist. Sollten in dieser Zeit der Erzfeind, die Wikinger – oder in späteren Zeiten die Indianer – auftauchen, ist sie es, die die Verteidigungsaktivitäten befehligt. Mehr als die Griechen oder die Hebräer glaubten die meisten Leute bei den Germanen an die Wahrsagerin, die Prophetin, an die Frau, der eine Gottheit übernatürliche Kräfte verlieh und zu ihr über die Zukunft sprach. Edhs Ruhm und Reputation waren ihr seit langem vorausgeeilt, und Gundicar schwatzte mit jedermann.

»Nein, es ist nicht bekannt, wann sie das erste Mal auftauchte. Sie kam von den Cheruskern hierher und verbrachte dann eine ganze Zeit bei den Langobarden... Ich glaube, diese Göttin Nerthus, die zu ihr spricht, gehört zu den Wanen, nicht zu den Asen... wenn das nicht ein anderer Name für die Mutter Frija ist. Und trotzdem ist diese Nerha, wie sie sie auch nennen, in ihrem Zorn ebenso schrecklich wie Tyr... Man erzählt sich da etwas über einen Stern und das Meer... aber ich weiß nichts Genaues darüber, denn wir hier sind Binnenländer ... Sie traf bei uns ein, kaum daß die Römer abgezogen waren. Der König hat ihr Gastfreundschaft gewährt. Er rief seine Leute zusammen, damit sie sie hörten. Es muß auf ihren Wunsch geschehen sein, den er ihr kaum abschlagen konnte ...«

Floris steuerte behutsam seine Reden. Was er erzählte, konnte ihr helfen, den nächsten Schritt bei ihrer Suche zu planen. Dagegen war es sicher besser, einer direkten Begegnung mit Edh aus dem Weg zu gehen. Solange sie nicht mehr über sie und die Art der Kräfte wußten, die sie entfesseln konnte, wäre es verrückt, wenn sie sich einmischten.

Spät am Nachmittag erreichten sie ein gerodetes Tal mit Feldern und Weiden – das Anwesen des Königs. Er war im Grunde nur ein Gutsherr, der sich wie seine Pächter, Lohnarbeiter und Sklaven bei der Feldarbeit die Hände schmutzig machte. Er stand dem Rat der Ältesten vor und eröffnete die jahreszeitlichen Opferfeiern oder übernahm im Krieg das Kommando. Doch waren für ihn Gesetz und Tradition ebenso bindend wie für jeden anderen. Seine häufig aufbegehrenden Stammesgenossen konnten ihn überstimmen oder ihn einfach absetzen, wenn ihnen danach war, und jeder Nachkomme des königlichen Hauses konnte ein Anrecht auf die Königswürde erheben, wenn er genügend Krieger zusammenbekam, die seinen Anspruch unterstützten. *Kein Wunder, daß diese Germanen Rom nicht besiegen konnten*, sagte sich Everard. *Sie werden es auch nicht schaffen. Wenn ihre Nachfahren – die Goten, Vandalen, Burgunder, Lombarden, Sachsen – die Macht übernehmen, dann nur, weil das Imperium von innen her brüchig geworden ist. Außerdem wird es sie sich vor diesem Zeitpunkt schon einverleibt haben – in geistigem Sinne, indem es sie zum Christentum bekehrt, so daß die neue westliche Zivilisation am Geburtsort der Klassik das Licht der Welt erblickt – an den Küsten des Mittelmeers und nicht am Rhein oder an der grauen Nordsee.*

Es war nur ein flüchtiger Gedanke im hintersten Winkel seines Bewußtseins, der wiederholte, was er bereits wußte, und sofort wieder verschwand, als der Agent sein Augenmerk nach vorn richtete.

Der König und sein Haushalt bewohnten ein langes, strohgedecktes Holzhaus. Schuppen, Pferche und einige Hütten, in denen die Untergebenen schliefen, und die anderen Gebäude bildeten zusammen mit ihm ein Viereck. Ein Stück weiter weg erhob sich ein Wald mit hohen alten Bäumen – der heilige Hain, in dem die Götter ihre Opfer empfingen und ihre Vorhersagen machten. Die meisten Ankömmlinge hatten auf einer Wiese davor ihre Lagerstätten aufgeschlagen. Ganz in der Nähe brutzelten Schweine und Kälber über großen Feuern, während Diener den Gästen mit Bier gefüllte Hörner oder hölzerne Becher auftischten. Eine großzügige Gastfreundschaft, von der unter Umständen sogar sein Leben abhängen konnte, war ausschlaggebend für den Ruf eines Stammesfürsten.

Everard und Floris richteten ihren Schlafplatz unauffällig etwas abseits ein und mischten sich unter die Leute. Als sie eine Lücke zwischen den Gebäuden passierten, konnten sie einen Blick in den Innenhof werfen. In Rudeln zusammengebunden standen dort die Pferde der bedeutenderen Besucher, die im königlichen Haus übernachteten. Mitten darunter bemerkten die beiden Agenten vier weiße Ochsen und den Wagen, dessen Zugtiere sie offensichtlich waren. Es war ein außerordentliches Gefährt, wunderschön gezimmert und mit vorzüglichen Schnitzereien verziert. Hinter dem Kutschbock hoben sich fensterlose Seitenwände zu einem gewölbten Dach.

»Eine Kutsche«, murmelte Everard. »Muß Veleda gehören – Edh. Ich frage mich, ob sie wohl während der Fahrt darin schläft?«

»Zweifellos«, erklärte Floris, »um sich ihre Würde

und ihr Mysterium zu bewahren. Vermutlich gibt es da drin auch ein Bildnis ihrer Göttin.«

»Hm. Gundicar erwähnte ein paar Männer, die mit ihr reisen sollen. Wahrscheinlich braucht sie keine bewaffnete Leibgarde, wenn die Stämme sie so sehr respektieren, wie ich mir das vorstelle. Aber es ist schon beeindruckend, und außerdem muß ja jemand die anfallenden Arbeiten erledigen. Aber es macht sich sicherlich bezahlt, ihre Diener zu sein. Schätze, sie residieren zusammen mit den Anführern und Unterhäuptlingen im Haus des Königs. Sie wohl auch, was?«

»Ganz ausgeschlossen. Sie wird doch nicht auf einer Bank mitten unter schnarchenden Männern schlafen. Entweder benutzt sie ihren Wagen, oder der König hat ihr ein Privatgemach herrichten lassen.«

»Wie schafft sie das bloß? Was gibt ihr solche Macht?«

»Wir sind gerade dabei, das herauszufinden.«

Die Sonne versank im Westen hinter den Bäumen. Dunst stieg im Tal hoch. Ein kalter Wind kam auf. Jetzt, wo die Gäste alle gespeist hatten, roch es nur noch nach verbranntem Holz und der Tiefe des Waldes. Sklaven schürten die Feuer, die Flammen loderten auf, die Glut knisterte und spuckte Funken. Krähen und Schwalben schwangen sich durch die Luft ihren Nestern entgegen, und am purpurfarbenen Himmel im Osten zeigten sich dunkle Schatten. Im Westen hüllte er sich in ein kaltes Grün. Hell blinkend zeigte sich der Abendstern.

Hörner erklangen. Krieger traten aus der Residenz in den Hof und begaben sich auf den zertrampelten Rasenplatz davor. Ihre Speerspitzen blinkten im schwindenden Tageslicht. Ihnen voraus schritt ein Mann in einer reich verzierten Tunika, goldene Reifen umspannten seine Arme. Der König. Heftige Atemzüge hörte man noch eine kurze Weile in der im Zwielicht verschwindenden Versammlung, dann warteten die Männer schweigend. Everards Herz pochte dumpf.

Der König sprach mit lauter, aber schwerer Stimme. Ihn muß etwas ziemlich erschüttert haben, dachte Everard. Von weit her, sagte der Herrscher, sei Edh gekommen, von deren Wundertaten alle schon gehört hätten. Sie wolle den Tenkterern die Zukunft weissagen. Um sie und die Gottheit, die mit ihr herbeigereist sei, anzukündigen, hätte er die nächsten Nachbarn gebeten, die Kunde weiterzugeben an ihre Nachbarn, bis sie über das ganze Land gedrungen sei. In diesen unseligen Tagen müßten alle Zeichen, welche auch immer die Götter zu geben gewillt seien, sorgfältig bedacht und abgewogen werden. Er warnte die Versammelten, daß das Wort von Edh schmerzlich sei. Sie sollten es mannhaft tragen, wie ein Mann mit einem gebrochenen Knochen seine Schienen zu tragen habe, und darüber nachdenken, was es besagte, und was das Volk hernach tun sollte.

Der König trat zur Seite. Zwei Frauen – seine? – trugen einen hohen dreibeinigen Stuhl herbei. Edh trat aus dem Haus und nahm darauf Platz.

Everard starrte angestrengt durch das Halbdunkel. Wie gern hätte er jetzt in diesem unsicheren Feuerschein seine Verstärkeroptik benutzt! Was er sah, verwunderte ihn. Insgeheim hatte er eine hagere, abgerissene Hexe erwartet. Doch sie war gut gekleidet, trug ein kurzärmeliges weißes Wollkleid, das bis zum Boden reichte, einen pelzgesäumten blauen Umhang mit einer gehämmerten Schnalle aus Bronze und dünne Lederschuhe. Sie war barhäuptig wie ein junges Mädchen, und ihr langes braunes Haar war zu Zöpfen geflochten. Großgewachsen, von schwerem Knochenbau und trotzdem schlank, hatte sie einen etwas merkwürdigen Gang, als wenn sie und ihr Körper nicht ganz zusammengehörten. Große Augen schauten aus einem schmalen, hübsch geformten Gesicht in die Welt. Wenn sie den Mund öffnete, blitzten ihre Zähne. Ein makelloses Gebiß. *Wie ist das möglich, daß sie diese Stellung errungen hat?* dachte Everard. *Sie ist ja noch so jung.* Und dann: *Nein, Mitte Dreißig, etwa. Damit gehört sie hier zu den Menschen in mittleren Jahren. Sie könnte schon Großmutter sein, obwohl es offiziell heißt, daß sie nie geheiratet habe.*

Sein Blick schweifte für einen Moment von ihr ab, und sofort erkannte er den Mann, der sie begleitet hatte und nun neben ihr stand – dunkel, drohend, in düsterem Gewand. *Heidhin. Natürlich – und jetzt zehn Jahre jünger als bei meiner ersten Begegnung mit ihm. Doch sieht er nicht so aus – er wirkt genauso alt wie in der Zukunft.*

Edh begann zu sprechen. Sie vollführte keine Gesten, sondern ließ die Hände im Schoß ruhen, und ihre Stimme, eine rauhe Altstimme, blieb sanft. Doch sie trug weit über den Platz und barg eherne Härte und frostigen Winterwind.

»Hört mich an und gebt gut acht«, begann sie, den Blick über die Versammelten hinweg auf den Abendstern gerichtet, »ob Hochgeborener oder Untertan, noch voller Kraft oder schon dem Grab zutaumelnd, zum Tode verdammt und dieses Los mannhaft oder jammernd ertragend. Hört mir zu! Wenn das Leben verloren ist, bleibt nur euch und euren Söhnen das Wort, das man von euch spricht. Kühne Taten werden niemals sterben, sondern für immer in den Herzen der Menschen verweilen. Aber Dunkel und Vergessen wird sich über Feiglinge legen! Nichts Gutes werden die Götter Verrätern schenken, nichts außer ihrem Zorn wird über die Faulen kommen! Wer den Kampf fürchtet, wird seine Freiheit verlieren, wird sich winden und krümmen für verschimmelte Speisen, und seine Kinder werden in Ketten und Schande dahinsiechen. Hilflos werden seine Frauen weinen, wenn der

Feind sie zur Unzucht zwingt. Dies werden seine Leiden sein. Besser, ein Brand verschlingt sein Heim, während er, der Held, einen Feind nach dem anderen tötet, bis er selbst fällt und zum Himmel auffährt.

Die Hufe im Himmel trommeln laut, die Wetter grollen und schleudern grelle Lichtlanzen. Die ganze Erde erbebt im Haß. Wütend donnern die Brecher an die Gestade ... und Nerha mag nichts mehr erdulden. Zornerfüllt reitet sie, Rom niederzuwerfen, und mit ihr sind die Götter des Krieges, die Wölfe und Raben.«

Sie weckte in ihren Zuhörern wieder die Erinnerung an die Demütigungen, die sie ertragen hatten, an die Reichtümer, die sie zahlen mußten, an die Toten, die ungerächt geblieben waren. Erbarmungslos geißelte sie die Tenkterer dafür, daß sie sich den Eindringlingen unterworfen und die Hilferufe ihrer Stammesbrüder ignoriert hatten. Ja, es habe so ausgesehen, als bliebe ihnen nichts anderes übrig, doch in Wahrheit hätten sie die Schande gewählt. Mochten sie in den heiligen Hainen so viele Opfer bringen, wie sie wollten – sie könnten damit nicht ihre Ehre zurückkaufen. Der Preis, den sie dafür zahlten, sei Leid und Trauer ohne Grenzen. Rom würde dies alles von ihnen einfordern.

»Aber auch die längste Nacht hat einmal ein Ende. Haltet durch und seid bereit, wenn die Sonne blutrot aufgeht!«

Als sie später die audiovisuelle Aufzeichnung von Edhs Rede abspielten, spürten Floris und Everard erneut etwas von dem Zauber, der von dieser Frau ausging. Auch sie waren von ihren flammenden Worten mitgerissen worden, und hatten die Seherin laut hochleben lassen, als sie zum Haus des Königs zurückging.

»Sie hat eine unglaubliche Überzeugungskraft«, meinte Floris.

»Da steckt mehr dahinter als nur das. Es ist ein Geschenk, eine Macht ... wahre Führerschaft ist von einem Mysterium umgeben, sie hat etwas Übermenschliches .... Doch frage ich mich, ob der Strom der Zeit sie nicht mit davonschwemmt«, meinte Everard.

»Nach Norden zu den Brukterern, wo sie sich niederlassen wird, und dann ...«

Was die Ampsivarier betraf, so wanderten sie Jahr um Jahr, fanden manchmal für kurze Zeit irgendwo Aufnahme oder wurden weitergetrieben, bis, wie Tacitus es beschrieb »...alle ihre Kinder in einem fremden Land getötet wurden, und die, die noch nicht kämpfen konnten, wurden als Beute verschleppt.«

II

Aus dem Osten, den Morgen hinter sich, fuhren die Asen in die Welt. Von den Rädern ihrer Wagen stoben Funken über das Himmelszelt, und ihr Rumpeln ließ die Berge erbeben. Die Hufe ihrer Pferde hinterließen schwarze, rauchende Spuren. Ihre Pfeile verdunkelten die Sonne. Der Klang ihrer Streithörner weckte Mordlust in den Menschen.

Gegen diese Eindringlinge zogen die Wanen zu Felde. Frae führte sie an, auf seinem Bullen reitend, das Lebende Schwert in der Hand. Sturm peitschte die See, bis die Gischt den Rand des Mondes näßte, der erschreckt floh. Das Schiff Niaerdhs pflügte durch die Wogen. In der Rechten hielt sie die *Axt des Baumes*, die sie als Steuer benutzte. Mit der Linken ließ sie die Adler schreien, sich auf die Beute stürzen und sie zerreißen. Auf ihrer Stirn schimmerte ein Stern so grell wie die weiße Glut eines Feuers.

Also führten die Götter Krieg miteinander, während die Himmlischen des Hohen Nordens und Niederen Südens zusahen und darüber berieten, auf welche Weise dies den Weg für sie bereiten könnte. Doch die Vögel Wotans bemerkten es und warnten ihn. Das Haupt von Mim hörte es und warnte Frae. Darauf riefen die Götter den Waffenstillstand aus, tauschten Geiseln und hielten Rat.

Bei dem nachfolgenden Frieden teilten sie die Welt unter sich und verheirateten sich miteinander, Asen mit Wanen – Väter mit Müttern, Zauberer mit Frauen – und Wanen mit Asen – Jägerin mit Handwerker, Hexe mit Krieger. Bei dem, den sie erhängt, bei ihr, die sie ertränkt hatten, und bei ihrem eigenen

Blut, das sie vermischten, schworen sie Treue, die bis zum Tage des Untergangs fortbestehen sollte.

Dann errichteten sie Wälle zu ihrer Verteidigung, einen Palisadenzaun im Norden, einen hochaufgeschichteten Steinwall im Süden, und sie hielten sich an ihren Schwur und wachten über die Dinge, die unter dem Schutz des *Wortes* standen.

Aber einer der Asen, Leokaz der Dieb, ein Halbgott, wurde mit der Zeit unruhig. Er sehnte sich nach den wilden Jahren der Vergangenheit und fühlte sich zu wenig beachtet. Eines Tages entwischte er den anderen unbemerkt und reiste nach Süden zu dem Wall aus Steinen. Am Tor versetzte er den Posten mit einem Zauberspruch in Schlaf, entwendete den Schlüssel aus seinem Versteck und schlich sich in das *Eisenland*. Mit seinen Bewohnern handelte er einen Tausch aus. Für den Speer *Sommerbann* gab er ihnen den Schlüssel zurück.

Auf diese Weise erhielten die *Eisenmänner* einen Weg in die Erdenwelt. Ihre Heerscharen überzogen die Menschheit mit Blutvergießen und Sklaverei. Zuerst wandten sie sich nach Westen, und oftmals ging die Sonne in einem Meer von Blut unter.

Dann machte sich der Riese Hoadh nach Norden zum *Frostland* auf, um mit den dort wohnenden Himmlischen eine Allianz zu vereinbaren. Wohin er auch kam, nahm er sich, was er wollte. Er riß das Vieh von den Weiden, Häuser schlug er in Stücke, um die Vorräte zu plündern, überall säte er zu seiner Belustigung Feuer und Tod und ließ eine Fährte der Zerstörung hinter sich.

Schließlich erreichte er die Gestade des Meeres und erspähte in der Ferne Niaerdh. Sie saß auf einer Klippe und kämmte sich das Haar, ohne den Eindringling zu bemerken. Ihre Locken schimmerten wie Gold, und ihre Brüste waren so weiß wie der Schnee auf einem Gletscher. In Hoadh schwoll die Lust. Trotz seiner Größe schlich er sich lautlos an sie heran und packte sie. Als sie sich wehrte, schlug er ihren Kopf gegen die Klippe und raubte ihr so das Bewußtsein. Dann fiel er in der Brandung über sie her.

Die Wasser haben die Klippe unter sich begraben, um selbst bei Ebbe diese Schande zu verbergen. Aus diesem Grund sind schon viele Schiffe daran zerschellt, und die Brecher rissen die Besatzungen mit sich in die Tiefe. Aber der Zorn und Kummer von Niaerdh ließ sich dadurch nie besänftigen.

Sie erwachte mit dem Schrei einer Wildkatze und fand sich wieder allein. Auf den Winden des Sturm flog sie zu ihrem Haus jenseits des Sonnenaufgangs. »Wohin ist er gegangen?« tobte sie.

»Wir wissen es nicht«, jammerten ihre Töchter. »Wir wissen nur, daß er vom Meer weggegangen ist.«

»Die Rache wird seiner Spur folgen«, rief Niaerdh. Sie kehrte zum Festland zurück, wo sie das Anwesen aufsuchte, das sie mit Frae teilte, um ihn um Hilfe zu bitten. Doch es war Frühjahr, und er war auf seine Runde gegangen, um das Leben neu zu erwecken. Daher konnte sie auch nicht den Bullen *Erderschütterer* für sich beanspruchen, wie es ihr gutes Recht war.

Statt dessen rief sie ihren ältesten Sohn herbei und verwandelte ihn in einen starken schwarzen Hengst. Auf ihm ritt sie nach Asenheim. Wotan lieh ihr seinen Speer, der sein Ziel nie verfehlt, Tyr gab ihr seinen *Helm des Schreckens*. Und schon eilte sie auf Hoadhs Spur davon. Es ward dies ein karges Jahr, als sie ihren Frae und ihr Meer vergaß.

Hoadh hörte, wie sie ihm folgte. Er stieg auf einen Berg und hob seine Keule zum Kampf. Die Nacht brach herein. Der Mond ging auf. In seinem Schein bemerkte er schon von weitem den Speer, den Helm und den wütenden Hengst. Da verließ ihn der Mut, und er floh nach Westen. Er lief so schnell, daß Niaerdh ihm kaum in Sichtweite folgen konnte.

Hoadh kam zu seinen *Eisenmännern* und bat sie um Hilfe. Schild an Schild stellten sie sich vor ihm auf. Doch Niaerdh schleuderte den Speer über ihre Köpfe hinweg und durchbohrte ihren Feind. Sein Blut floß in das untere Land hinunter.

Voller Zorn, daß Frae sein Versprechen gebrochen hatte, kehrte Niaerdh nach Hause zurück. »Ich werde dir den Bullen eines Tages wegnehmen«, sagte sie, »und ganz sicher wirst du ihn am Tag des Untergangs vermissen.« Aber auch er war wütend darüber, was sie mit ihrem gemeinsamen Sohn gemacht hatte, und sie gingen auseinander.

Am Mittwinter-Abend gebar sie Hoadhs Brut, neun Söhne, und verwandelte sie in Hunde, schwarz wie ihr Pferd.

Thor, der Herr des Donners, begab sich zu ihrem Haus. »Frae verließ seine Schwester, und du deinen Bruder, damit ihr beide zusammensein konntet«, sagte er. »Wenn ihr es nicht länger sein wollt, wird das Leben auf dem Land und in den Wassern der Meere sterben. Wovon sollen sich dann die Götter ernähren?«

Und im Frühjahr kehrte Niaerdh zu ihrem Gatten zurück, ward aber nicht mehr glücklich. Daher verließ sie ihn wieder im Herbst. Und so ist es seitdem geschehen.

»Leokaz hat den Eid gebrochen, den wir geschworen«, sagte Wotan zu ihr. »Fortan wird die Welt keinen Frieden mehr kennen. Deshalb brauchen wir dringend meinen Speer.«

»Ich will ihn dir zurückgeben, wenn du ihn und Tyr mir seinen Helm wieder leiht, sobald ich auf die Jagd gehe.«

Die Flut hatte den Speer auf die Meere hinausgetragen. Lange mußte Niaerdh nach ihm suchen. Zahlreich sind die Geschichten von einer fremden Frau, die in dieses oder jenes Land kam. Sie belohnte die, die ihr Gastfreundschaft boten, indem sie ihre Leiden heilte, ihre Fehler berichtigte und ihnen die Zukunft weissagte. Und immer noch läßt sie Frauen durch die Welt wandern und tun, was sie tat, in ihrem Namen und Auftrag.

Am Ende aber fand sie den Speer, der unter dem Abendstern dahintrieb.

Doch kann die Rachsucht in ihr nicht sterben. Bei den Wechseln der Jahreszeiten und wann immer sonst ihr Herz bei der Erinnerung an die Untat erstarrt, geht sie fort. Mit Pferd und Hunden, Helm und Speer reitet sie auf dem Nachtwind dahin, um die *Eisenmänner* zu überfallen oder die Geister von Übeltätern zu verfolgen, und bringt Leid über die Feinde der Leute, die sie verehren. Furchteinflößend ist es, dieses Brausen, diesen Lärm in der Luft zu hören – Hörnerklang, Hufgetrappel und laute Schreie: die Wilde Jagd. Und die Männer, die ihre Waffen gegen die erheben, die sie haßt, haben ihr Wohlgefallen und ihre Unterstützung.

11

Anno Domini 49.

Westlich von der Elbe bis südlich zu dem Gebiet, in dem eines Tages die Stadt Hamburg liegen würde, erstreckte sich das Gebiet der Langobarden. Einige Jahrhunderte in der Zukunft würden ihre Nachfahren eine Generationen während Wanderung beenden, indem sie Norditalien eroberten und ein Land gründeten, das als das Königreich Lombardei bekannt werden würde. Doch gegenwärtig waren sie nur einer von vielen germanischen Stämmen, wenn auch ein mächtiger, der die meisten harten Schläge ausgeteilt hatte, die Rom im Teutoburger Wald hatte einstecken müssen. Und zum Schluß bestimmten ihre Äxte, wer der Herr sein sollte bei ihren Nachbarn, den Cheruskern. Wohlhabend und daher überheblich, wie sie waren, ließen sie den Handel vom Rhein bis an die Weichsel, von den Kimbern in Jütland bis zu den Quaden an der Donau aufblühen und sorgten auch für die Verbreitung von Nachrichten und Neuigkeiten.

Floris entschied, daß sie und Everard bei ihnen nicht so einfach auftauchen und behaupten konnten, sie seien erschöpfte Reisende von irgendwoher. Das wäre 60 oder 70 noch möglich gewesen, bei den Bewohnern der westlichen Randgebiete, die zu Rom – als Feinde, als Sklaven oder auf friedliche Weise – in engerer Beziehung standen als zu den Nachbarn im Osten. Hier wäre das Risiko, einen Fehler zu machen, zu groß.

Aber hier und jetzt lebte Edh für einen Zeitraum von zwei Jahren. Hier mußte es den nächsten Anhaltspunkt für ihre Herkunft geben, und zudem bot sich jetzt die Möglichkeit, genauer ihre Wirkung auf die Menschen zu untersuchen, die sie auf ihrer Pilgerreise besuchte.

Es war ein glücklicher Zufall – vielleicht auch eine logische Konsequenz –, daß sich in der Niederlassung der Patrouille ein Ethnograph befand – wie Floris bei den Friesen. Die Patrouille wünschte zudem einen Überblick über das Europa im 1. Jahrhundert, und daher war dieser Agent mit den hiesigen Verhältnissen besser vertraut als jeder andere.

Jens Ulstrup hatte sich vor rund einem Dutzend Jahren hier niedergelassen. Er nannte sich Domar und gab vor, aus der Gegend um Bergen in Norwegen zu kommen, für die seßhaften Langobarden terra incognita – ein unbekanntes Land. Eine Familienfehde habe ihn ins Exil getrieben. Mit dem Schiff sei er nach Jütland übergesetzt, denn schon zu dieser frühen Zeit bauten die Bewohner des südlichen Skandinaviens ziemlich große und seetüchtige Schiffe.

Seitdem reiste er auf Schusters Rappen und war wegen seiner Lieder und Gedichte überall willkommen. Es war nämlich Sitte, daß ein König selbstgedichtete Reime mit Gold und der Einladung, einige Zeit an seinem Hof zu verweilen, belohnte. Domar investierte alles in Waren und vermehrte erstaunlich schnell sein Vermögen, so daß er bald ein eigenes Heim besaß. Seine kaufmännischen Pflichten wie auch seine Neugier auf diese Welt, in der er jetzt lebte, erklärten hinreichend seine längeren Reisen. Viele seiner Touren machte er tatsächlich durch die hiesigen Lande, wobei er sie auch gelegentlich mit seinem Zeitspringer erkundete.

Diesmal begab er sich erst zu einem Ort, wo er unbeobachtet war, und holte die Maschine aus ihrem Versteck. Einige Momente später, aber dafür ein paar Tage früher, tauchte er im Lager von Floris und Everard auf. Sie hatten es weiter nördlich in einem unbewohnten Landstrich – die Amerikaner würden dies später eine demilitarisierte Zone nennen – zwischen den Territorien der Langobarden und Chauken aufgeschlagen.

Auf einem von Bäumen gesäumten Felsvorsprung schauten sie über den Strom hinweg, der träge zwischen den dunkelgrünen Ufern dahinfloß. Schilf raschelte, Frösche quakten, zu Tausenden blitzten Fische silbern in den klaren Fluten. Gelegentlich ruderten Männer in ihren Booten am anderen Ufer entlang. »Wir werden ein wenig am Leben in diesem Land teilhaben«, hatte Floris gerade gesagt, »und uns nicht wie körperlose Geister hindurchschwingen.«

Sie sprangen auf, als Ulstrup plötzlich bei ihnen auftauchte. Er war ein schlanker Mann mit sandfarbenem Haar und sah ebenso barbarisch aus wie sie. Das hieß aber nicht, daß er einen Kilt aus Bärenfell trug. Hemd, Umhang und Hose waren aus fein gewobenem Stoff, geschmackvoll gemustert und hervorragend geschneidert. Der Goldschmied, der die Brosche unter seinem Hals gefertigt hatte, erreichte zwar nicht die Kunstfertigkeit der alten Griechen, war aber trotzdem ein Künstler. Das Haar des Agenten war gekämmt und an der rechten Seite zu einem Knoten gebunden. Der Schnauzbart war sauber getrimmt, und wenn auch das Kinn Bartstoppeln zeigte, so nur deshalb, weil die Rasiermesser noch nicht die Schärfe einer Gilette-Klinge besaßen.

»Was haben Sie herausgefunden?« rief Floris.

Ulstrups Lächeln verriet, wie erschöpft er sein mußte. »Das zu erzählen wird ziemlich viel Zeit in Anspruch nehmen«, antwortete er.

»Gönnen Sie dem Jungen eine Pause«, meinte Everard.

»Kommen Sie, setzen Sie sich.« Er deutete auf einen bemoosten Fleck im Gras. »Möchten Sie einen Kaffee? Schnuppern Sie – er ist ganz frisch.«

»Kaffee«, stöhnte Ulstrup. »Ich träume oft genug davon, wie ich eine Tasse Kaffee trinke.«

Seltsam, dachte Everard sofort, *daß wir hier das Englisch des 20. Jahrhunderts sprechen, wir drei – hier in dieser Umgebung. Und auch wiederum nicht. Er kommt doch auch aus unserer Zeit. Eine Zeitlang wird Englisch bei uns die Rolle spielen, die Latein in der hiesigen Zeit spielt. Aber bestimmt nicht so lange.*

Sie unterhielten sich eine Weile über belanglose Dinge, bis Ulstrup plötzlich ernst wurde. Sein Blick, mit dem er sie ansah, war wie der eines Tieres, das in der Falle saß. Er wählte seine Worte mit äußerster Sorgfalt. »Ja, ich glaube, Sie haben recht. Dies hier ist etwas Einzigartiges. Ich muß zugeben, die Dimension macht mir Angst, denn ich habe keinerlei Erfahrung oder Fachkenntnis mit einer veränderbaren Wirklichkeit.

Wie ich Ihnen schon früher erzählte, hatte ich häufiger Geschichten über eine umherziehende Wahrsagerin, eine Hexe oder was sie sonst sein mag, gehört, ihnen aber weiter keine Beachtung geschenkt. Ich war besorgt wegen des andauernden Bürgerkriegs unter den Cheruskern und – ehrlich gesagt – gegen Ihren Wunsch, die Person, eine Fremde, eine Außenseiterin, näher zu durchleuchten. Ich möchte mich dafür bei Ihnen, Agent Floris und Ungebundener Agent Everard, entschuldigen. Ich bin ihr jetzt begegnet und habe ihren Worten zuhören können. Ich habe auch mit einer ganzen Anzahl von Menschen über sie gesprochen. Meine Frau – sie ist Langobardin – hat mir zudem erzählt, was die Frauen untereinander so reden.

Sie erwähnten, welch unglaublichen Einfluß Edh auf die westlichen Stämme haben wird. Ich fürchte, Sie haben keine Vorstellung davon, wie stark er hier jetzt schon ist und wie schnell er wächst. Sie kam hier in einem primitiven Karren an. Wie ich hörte, sollen die Lemovier ihn ihr geschenkt haben, als sie zu Fuß bei ihnen auftauchte. Sie wird die Gegend hier in einem herrlichen Wagen verlassen, den der König für sie anfertigen lassen wird, gezogen von seinen schönsten Ochsen. Sie kam mit vier Männern im Gefolge hierher. Sie wird mit zwölf Männern weggehen. Sie hätte weit mehr haben können – und auch Frauen –, doch sie wählte diese aus und entschied sich aus praktischen Erwägungen für diese Zahl. Ich denke, das geschah auf Anweisung dieses Heidhin, den Sie erwähnten ... Egal, ich habe stolze junge Krieger sie anflehen sehen, für sie alles zurücklassen und ihr als Diener folgen zu dürfen. Ich sah, wie die Lippen der jungen Männer bebten und Tränen in ihren Augen standen, als sie sie abwies.«

»Wie schafft sie das bloß?« flüsterte Everard.

»Sie verkörpert einen Mythos«, meinte Floris. »Ist es nicht so?«

Überrascht nickte Ulstrup. »Wie haben Sie das erraten?«

»Ich habe sie in der Zukunft bei einer Ansprache erlebt, und ich weiß ganz gut, was die Friesen beeinflussen kann. So sehr können sie sich nicht von den Leuten hier im Osten unterscheiden.«

»Nein, vielleicht nur auf ähnliche Weise, wie sich die Holländer und Deutschen in unserer Zeit unterscheiden. Natürlich proklamiert Edh nicht eine völlig neue Religion. Das läge außerhalb der heidnischen Mentalität. Eher glaube ich, daß ihre Ideen sich während ihrer Reise weiterentwickeln. Sie propagiert nicht einmal eine neue Gottheit. Ihre Göttin ist beinahe in ganz Germanien bekannt. Ihr hiesiger Name ist Naerdha oder Niaerdh. Sie muß identisch sein mit der Göttin Nerthus, deren Kult Tacitus beschreibt. Erinnern Sie sich?«

Everard nickte. In der ›Germania‹ berichtete der Römer von einem überdachten Ochsenkarren, der jedes Jahr ein Götterbildnis in einer Prozession durch das Land zog. Dies war eine Zeit, in der alle Kriegshandlungen ruhten und ausschweifende Feiern und Fruchtbarkeitsriten stattfanden. Nachdem die Göttin in ihren heiligen Hain zurückgekehrt war, wurde ihr Bildnis zu einem verborgenen See gebracht und dort von Sklaven gewaschen, die anschließend ertränkt wurden. Keiner fragte nach ›der Sicht der Dinge, die nur die Augen der Sterbenden sahen‹.«

»Ziemlich rauhe Sitten«, brummte Everard. Die neuen Heiden in seinem Heimatmilieu erwähnten diese Göttin jedenfalls nicht in ihren hübschen Geschichten von einem prähistorischen Matriarchat, in denen jeder freundlich und nett war.

»Sie führen auch ein ziemlich rauhes Leben«, erinnerte Floris ihn.

In Ulstrup gewann der Gelehrte die Oberhand. »Jedenfalls ist sie eine Gestalt in einem urtümlichen Unterwelts-Pantheon, nämlich dem der Wanen oder Vanire«, dozierte er. »Sein Ursprung liegt in der Zeit vor der Ankunft der Indo-Europäer in den hiesigen Breiten. Sie brachten ihre typischen, kämpferisch ausgerichteten maskulinen Himmelsgötter mit, die Asen oder Aesire. Verschwommene Erinnerungen von dem Konflikt zwischen den Kulturen überlebten in Mythen von einem Krieg zwischen den beiden göttlichen Rassen, der schließlich durch Verhandlungen und Mischhochzeiten beigelegt wurde. Nerthus-Naerdha-Niaerdh ist hier noch weiblich. In den kommenden Jahrhunderten wird sie zum Mann, zu dem Gott Njordh aus der Edda, dem Vater von Freyja und Frey – oder Frae, der heute noch ihr Gatte ist. Njordh wird ein Gott des Meeres sein, wie auch Nerthus mit dem Meer assoziiert wird, obwohl sie auch eine bäuerliche Gottheit ist.«

Floris berührte Everard am Arm. »Sie sehen plötzlich so blaß aus«, murmelte sie.

Er schüttelte sich. »Entschuldigung, ich war in Gedanken woanders. Ich erinnerte mich plötzlich an eine Episode bei den Goten, die noch nicht stattgefunden hat. Sie betraf auch ihre Götter. Doch war das kein wichtiger Vorfall im Strom der Zeit – und schnell korrigiert. Nur die betroffenen Personen hat es einiges gekostet. Das hier ist etwas anderes. Ich weiß nicht was, aber ich spüre es in meinen Knochen.«

Floris wandte sich an Ulstrup. »Und was predigt Edh?« fragte sie.

Er erschauerte. »Predigt – was für ein gespenstisches Wort. Heiden predigen nicht – zumindest nicht die unzivilisierten Germanen. Und im Moment ist das Christentum kaum mehr als eine verfolgte jüdische Irrlehre. Nein, Edh leugnet nicht die Existenz von Wotan und den anderen. Sie erzählt nur neue Geschichten über Naerdha und Naerdhas Kräfte. Doch in dem, was sie andeuten, ist nichts Einfaches. Und man kann durchaus sagen, daß Edh trotz der Eindringlichkeit und der Gewandtheit ihrer Worte nur Moralpredigten auf ihre Zuhörer losläßt. Diese Stämme hier haben so etwas früher noch nie erlebt. Sie sind dagegen nicht... immunisiert. Das ist auch der Grund, warum so viele sich so bereitwillig dem Christentum zuwenden werden, wenn die Missionare zu ihnen kommen.« Und wie zu seiner Verteidigung wurde sein Tonfall leiser. »Um ehrlich zu sein, wird es auch politische und wirtschaftliche Gründe für ihren Übertritt geben, und die werden in den meisten Fällen ausschlaggebend sein. Edh offeriert nichts von alldem, wenn man mal von ihrem Haß auf Rom und ihren Vorhersagen vom Untergang des Imperiums absieht.«

Everard rieb sich das Kinn. »Dann sind ihre Predigten, ihre religiöse Inbrunst immer nur Produkte ihrer Phantasie. Aber warum?«

»Das müssen wir herausfinden«, erklärte Floris.

»Was sind das für neue Mythen?« wollte Everard wissen.

Ulstrup runzelte die Stirn. »Es wird sehr lange dauern, Ihnen alles zu erzählen, was ich erfahren habe. Und es ist nicht vollständig, müssen Sie wissen, kein hübsches neues theologisches System. Zudem bezweifle ich, daß ich aus ihren Reden oder aus zweiter Hand alles über die Frau erfahren konnte. Sicher habe ich aber nichts gehört, was sich im Lauf der Zeit fortentwickeln könnte. Also gut, sie sagt es zwar nicht direkt, weil sie sich vielleicht selbst nicht im klaren darüber ist, aber sie erhöht ihre Göttin zu einem Wesen, das zumindest ebenso mächtig und ... kosmisch ... ist wie jedes andere. Naerdha eignet sich nicht direkt Wotans Herrschaft über die Toten an, empfängt sie aber ebenfalls in ihrem Haus und führt sie bei einer Jagd durch den Himmel. Weiterhin wird sie wie Tyr oder Tiwaz zu einer Gottheit des Krieges und zum Zerstörer Roms. Wie Donar oder Thonar beherrscht sie die Elemente, das Wetter, den Sturm wie auch das Meer, Flüsse, Seen, jedes Gewässer. Der Mond gehört ihr ...«

»Hekate«, murmelte Everard.

»Aber ihre althergebrachte Vorrangstellung bei Zeugung und Geburt behält sie«, beendete Ulstrup seinen Bericht. »Frauen, die im Kindbett sterben, kommen direkt zu ihr – wie in der Edda die gefallenen Krieger zu Odin.«

»Das muß doch den Frauen gefallen«, meinte Floris.

»Tut es auch, ganz sicher«, sagte Ulstrup und nickte. »Das heißt nicht, daß sie eine andere Glaubensrichtung anstreben. Mysterien-Kulte oder Sekten sind bei den Germanen unbekannt. Aber hier entwickelt sich eine besondere Verehrung für die Frau im allgemeinen.«

Nachdenklich ging Everard auf und ab. »Ja, das war ja auch der Grund für den Erfolg des Christentums im Süden wie im Norden. Es lehrte mehr Achtung für die Frau als jede heidnische Religion. Zwar konnten die Frauen ihre Ehemänner nicht zum Übertritt bewegen, aber sie haben sicherlich ihre Kinder in dieser Richtung beeinflußt.«

»Auch Männer können Visionen haben.« Ulstrup sah zu Floris hinüber. »Sind Sie da nicht ebenfalls meiner Meinung?«

»Ja, das könnte schon sein. Tacitus Zwei ... Veleda ging in das freie Germanien, nachdem Civilis geschlagen war, und verbreitete dort ihre Botschaft, so daß eine neue Religion bei den Barbaren Fuß faßte ... die sich dann nach ihrem Tod weiterentwickelte, ohne dabei auf große Konkurrenz – sprich: andere Religionen – zu stoßen. Sicher würde sie nicht monotheistisch werden oder etwas ähnliches, aber diese Göttin würde zur überragenden Gestalt werden, um die sich alle und alles sammelten. Sie würde dem Volk in punkto Gläubigkeit beinahe so viel geben können wie Christus. Und nur wenige würden in die Kirche eintreten.«

»Weil ihnen zudem ein politischer Grund dazu fehlt«, ergänzte Everard. »Ich habe diesen Prozeß im Skandinavien der Wikinger beobachtet. Die Taufe war die Eintrittskarte zur Zivilisation mit all ihren wirtschaftlichen und kulturellen Vorteilen. Doch ist ein zusammengebrochenes weströmisches Imperium bei weitem nicht so attraktiv, und das Byzantinische Reich liegt noch in weiter Ferne.«

»Das stimmt«, bestätigte Ulstrup. »Es ist durchaus denkbar, daß der Nerthus-Glaube zum Saatkorn und Kern einer germanischen Zivilisation werden kann, die, wenn auch turbulent und chaotisch, innerlich so gehaltvoll ist, daß sie dem Christentum widersteht – wie es im Persien Zarathustras geschehen wird. Wie Sie wissen, laufen die Leute hier jetzt schon nicht mit Scheuklappen durch die Gegend, sondern sind sich der Tatsache, daß es da draußen auch noch eine andere Welt gibt, durchaus bewußt und interagieren mit ihr. Als die Langobarden sich in die Streitigkeiten der Cherusker um die Thronfolge einmischten, geschah das, um einen König wiedereinzusetzen, den das Volk gestürzt hatte, weil er römisch erzogen und von Rom auf den Thron gehoben worden war. Ich will damit nicht sagen, daß die Langobarden mit Samtpfoten an diese Sache herangegangen sind; es war ein machiavellischer Zug. Der Handel mit dem Süden nahm Jahr für Jahr zu. Römische oder gallisch-römische Schiffe fuhren sogar bis nach Skandinavien hinauf. Die Archäologen unserer Zeit werden von einer römischen Eisenzeit sprechen, der eine germanische Eisenzeit folgt. Ja, sie lernen schnell, diese Barbaren. Sie integrieren, was ihnen nützlich erscheint. Daraus muß man aber nicht unbedingt schließen, daß sie selbst unausweichlich integriert werden.« Seine Stimme wurde leiser. »Sicher, geschieht das nicht, wird es eine andere Zukunft geben. Was hieße, daß *unser* 20. Jahrhundert nie existieren wird.«

»Genau das ist es, was wir versuchen zu verhindern«, meinte Everard rauh.

Ein langes Schweigen folgte. Der Wind raschelte in den Blättern, und die Sonnenstrahlen blitzten auf der

Wasseroberfläche des Flusses. Das friedvolle Bild ließ die Landschaft unwirklich erscheinen.

»Aber wir müssen erst erfahren, wie diese Abweichung zustande kam, ehe wir etwas dagegen tun können«, fuhr Everard schließlich fort. »Haben Sie herausfinden können, woher Veleda stammt?«

»Leider nicht«, mußte Ulstrup zugeben. »Schlechte Kommunikation, über weite Strecken nur Wildnis – und weder Edh noch ihr Begleiter Heidhin sprechen über ihre Vergangenheit. Vielleicht fühlt der Bursche sich 21 Jahre später etwas sicherer, weil er Ihnen gegenüber die Alvaringer erwähnt, wer immer das auch sein mag. Doch selbst dann, denke ich, wird es noch gefährlich sein, ihn nach Einzelheiten zu fragen. Im Moment üben sich beide in völliger Zurückhaltung. Aber ich konnte wenigstens in Erfahrung bringen, daß Edh zuerst bei den Rugiern am baltischen Küstenstreifen auftauchte. Das muß, soweit ich das aus den ungenauen Angaben schließen kann, vor fünf oder sechs Jahren gewesen sein. Die Leute sagten, sie sei mit einen Schiff angekommen, wie es sich für die Prophetin einer Meeresgottheit gehört. Dies und ihr Akzent lassen mich auf eine skandinavische Herkunft schließen. Tut mir leid, daß ich Ihnen nicht mehr zu bieten habe.«

»Das wird uns schon weiterhelfen«, beruhigte ihn Everard. »Sie haben gute Arbeit geleistet, mein Freund. Mit viel Geduld und unseren Instrumenten, vielleicht auch durch gelegentliche Nachforschungen werden wir Ort und Zeitpunkt ihrer Landung herausfinden.«

»Und dann ...« Floris' Worte wurden unverständlich. Sie sah über den Fluß und den angrenzenden Wald nach Nordosten zu einer unsichtbaren Küste hinüber.

12

Anno Domini 43.

Links und rechts dehnte sich der Strand, und der Sand formte, soweit das Auge reichte, Dünen, die mit hartem Gras bewachsen waren. Tang, Muscheln und Knochen von Fischen und Vögeln lagen verstreut auf dem dunkleren Streifen unter der Hochwasserlinie. Ein paar Möwen schwebten auf dem eisigen Wind dahin, der nach Salz schmeckte und den Geruch der Tiefen in sich barg. Wellen rollten ans Ufer, liefen rauschend zurück und kehrten wieder. Weiter draußen waren sie kräftiger und brandeten mit hohlem Donnern herein, verliefen sich dann mit weißen Gischtkronen über dem metallischen Grau in der Ferne an einem Horizont, der sich wiederum im gleichfarbenen Himmel verlor. Er drückte auf die Welt, dieser Himmel, der so endlos war wie die See. Tiefhängende Wolkenfetzen trieben an ihm dahin, und im Westen fiel Regen.

Weiter landeinwärts schwankte Riedgras um Pfützen, deren veralgtes Grün das einzig Bunte im allgemeinen Grau war. Ein Bach rann durch die Marsch zum Strand. Zweifellos nutzten ihn die Siedler hier, um mit ihren Booten, wie immer die aussehen mochten, bis zu ihren Behausungen zu fahren. Ihr Weiler lag ungefähr eine Meile von der Küste entfernt, Hütten aus Lehm und Flechtwerk, die sich unter tiefgezogene Torfdächer duckten. Rauch stieg in die Luft, doch sonst rührte sich nichts.

Das Schiff brachte sofort Leben in die Szenerie. Es war ein hübsches Schiff, lang und schnittig, klinkergebaut, mit hochaufragendem Bug und Heck. Es hatte keinen Mast, doch dreißig Ruder trieben es rasch voran. Die rote Farbe war verwittert, aber das Eichenholz trotzte Wind und Wasser. Auf das Kommando des Steuermanns hielt die Mannschaft auf das Ufer zu, sprang über die niedrigen Bordwände und zog das Boot ein Stück den Strand hinauf.

Everard ging auf das Schiff zu. Die Männer sahen ihm mißtrauisch entgegen. Doch als sie bemerkten, daß er allein war, entspannten sie sich. Er trat näher und stützte sich auf den Speerschaft in seiner Hand. »Heil«, grüßte er.

Ein grauhaariger Bursche mit Narbengesicht, offenbar der Kapitän, fragte ihn: »Kommt Ihr aus diesen Häusern dort?« Sein Dialekt wäre nur schwer zu verstehen gewesen, wenn Everard und Floris nicht einen Schnellkurs darin gemacht hätten. (Es war ein dänischer Dialekt vier Jahrhunderte in der Zukunft, aber der einzige, der verfügbar war. Zum Glück veränderten sich die nordischen Sprachen nicht sehr rasch. Trotzdem konnten die Agenten nicht als Einheimische durchgehen – weder als Bewohner aus der Heimat des Schiffes noch der hiesigen Region.)

»Nein, ich bin ein Wandersmann. Ich wollte dorthin, um für die Nacht ein Dach über den Kopf zu haben. Doch dann sah ich Euch und dachte mir, ich höre mir zuerst Eure Geschichte an. Sie ist bestimmt interessanter als die, welche ein Hinterwäldler erzählt, der an seiner Scholle klebt. Ich heiße Maring.«

Normalerweise hätte der Patrouillengänger sich mit Everard vorgestellt, was in anderen Dialekten durchaus wie ein Name klingen mochte. Doch hatte er ihn schon etwas weiter in der Zukunft benutzt, als er Heidhin begegnete, den er sich auch heute vornehmen wollte, um ihn auszuhorchen. Er durfte sich nicht leisten, später wiedererkannt zu werden – was möglicherweise eine weitere Veränderung der Realität mit unwägbaren Folgen verursacht hätte. Floris hatte daher diesen im südlichen Germanien gebräuchlichen Namen vorgeschlagen. Auch hatte sie ihn mit einer wallenden blonden Perücke und einem falschen Bart ausgestattet – und der Nase eines Jimmy Durante, die einen Betrachter von seiner übrigen Erscheinung ablenken würde. Berücksichtigte man die im Lauf der Jahre schwindende Erinnerung, müßte das eigentlich ausreichen, sein wahres Aussehen zu verbergen.

Ein Grinsen legte das Gesicht des Seemanns in tausend Falten. »Und ich bin Vagnio Thutevars Sohn aus dem Dorf Hariu im Land der Alvaringer. Woher kommt Ihr?«

»Von sehr weit.« Der Patrouillengänger deutete mit dem Daumen über die Schulter zum Dorf. »Sie bleiben in ihren Hütten, was? Fürchten sich wohl vor Euch?«

Vagnio zuckte die Achseln. »Wir könnten Plünderer sein. Aber wir sichteten Land...«

Everard wußte schon Bescheid. Auf ihren Zeitspringern hatten Floris und er das Schiff bemerkt und mit Hilfe des Scanners festgestellt, daß dieses Schiff als einziges unter all denen, die sie überprüften, eine Frau an Bord hatte. Ein Sprung in die Zukunft zeigte ihnen, wo das Schiff anlegen würde, und ein Sprung zurück in die Vergangenheit brachte ihn in die Nähe dieses Ortes. Floris blieb auf ihrem Beobachtungsposten über den Wolken. Ihre Anwesenheit zu erklären wäre zu umständlich gewesen.

»... wollten hier die Nacht verbringen«, fuhr Vagnio fort, »und am Morgen unsere Wasserfässer füllen. Danach fahren wir an der Küste entlang zu den Angeln. Wir haben Waren für den großen Markt an Bord, den sie in dieser Jahreszeit abhalten. Wenn die Leute wollen, können sie sich uns anschließen, ansonsten lassen wir sie hier. Diese Menschen haben nichts, das man rauben könnte.«

»Auch sie selbst sind es nicht wert, auf den Sklavenmärkten verkauft zu werden?« tat Everard ungläubig, obwohl er sich bei der Frage nicht wohl in seiner Haut fühlte. Doch in diesem Zeitalter war sie ganz natürlich.

»Nein, sie würden davonlaufen, sobald wir uns

ihnen näherten, und das Vieh in alle Himmelsrichtungen auseinandertreiben. Deshalb haben sie ihre Häuser auch gebaut, wo sie jetzt stehen.« Vagnio kniff die Augen zusammen. »Ihr müßt eine Landratte sein, wenn Ihr das nicht wißt.«

»Ja, von den Markomannen.« Der Stamm lebte weit genug entfernt in der Gegend des heutigen Tschechien. »Seid Ihr von Scania?«

»Nein. Die Alvaringer bewohnen die Hälfte einer Insel vor der Küste von Geata. Bleibt die Nacht bei uns, Maring, und wir erzählen uns unsere Geschichten ... Wohin schaut Ihr?«

Die Matrosen hatten sich herangedrängt und ihrem Gespräch begierig gelauscht. Die meisten waren kräftig gebaute blonde Burschen, die dem Patrouillengänger die Sicht auf das Schiff versperrten. Doch nun drehten sich ein paar von ihnen um, so daß er an ihnen vorbeischauen konnte. Ein schlanker, junger Mann war auf den Strand gesprungen und hob jetzt den Arm, um der Frau, die ihm folgte, zu helfen. *Veleda!*

Kein Zweifel, sie war es. Noch auf dem Grund von ihrer Göttin Meer würde ich dieses Gesicht, diese Augen wiedererkennen. Aber wie jung sie aussah, ein Mädchen in seinen Teenager-Jahren, schlank wie eine Tanne. Der Wind spielte in ihren braunen Haaren und wehte den Rocksaum um ihre Knöchel. Trotz der zehn oder fünfzehn Yards Abstand zwischen ihnen glaubte Everard zu erkennen – ja, was eigentlich? Daß ihr Blick auf etwas jenseits dieses Ortes gerichtet zu sein schien, daß ihre Lippen plötzlich bebten und vielleicht Worte flüsterten – in Kummer, Verlorenheit oder in einem Traum? Wer wollte das sagen?

Aber sie zeigte nicht das Interesse an seiner Person, das er erwartet – oder, besser gesagt, befürchtet hatte. Er fragte sich, ob sie ihn überhaupt schon eines Blickes gewürdigt hatte.

Sie drehte ihr blasses Antlitz zur Seite und richtete ein paar Worte an ihren dunkelhaarigen Begleiter. Dann gingen sie zusammen den Strand entlang, weg vom Schiff.

»Ach so, der Frau gilt Euer Blick«, sagte Vagnio und verzog unbehaglich das Gesicht. »Ein unheimliches Paar, die beiden.«

»Wer sind sie?« fragte Everard. Auch das war zu dieser Zeit, in der Frauen nur als Beute das Meer überquerten, eine übliche und erlaubte Frage. Irgendwann brachten dann auch die Invasoren von den friesischen und jütländischen Küsten ihre Familien mit nach Britannien, aber das würde erst Jahrhunderte später geschehen.

War es möglich, daß skandinavische Frauen zu dieser frühen Zeit schon per Schiff reisten? Seine Informationen sagten nichts dazu. Die Länder in diesen Zeiten waren kaum untersucht worden, weil, wie es schien, sich bis zur Zeit der *Völkerwanderung* hier kaum etwas Wichtiges abspielte. Sehr verwunderlich!

»Das sind Edh, die Tochter von Hlavagast, und Heidhin, der Sohn von Viduhada«, erklärte Vagnio. Everard fiel auf, daß er ihren Namen an erster Stelle nannte. »Sie haben die Passage bezahlt, werden aber nicht mit uns auf Handelsfahrt gehen. Tatsächlich will sie auch nicht zum Markt, sondern möchte, daß wir sie – beide – irgendwo absetzen. Sie hat aber nicht gesagt wo.«

»Am besten, wir bereiten alles für die Nacht, Skipper«, brummte ein Mann. Die Umstehenden murmelten beifällig, obwohl die Dämmerung erst in Stunden hereinbrach und der Regen vorbeiziehen würde. *Sie wollen nicht über die Frau sprechen*, stellte Everard fest. *Sie haben nichts gegen sie, da bin ich sicher, aber sie ist ihnen – ja – unheimlich.*

Vagnio nickte.

Everard bot ihm an, beim Aufbau des Lagers zu helfen. Hinreichend höflich, denn ein Gast ist heilig, äußerte der Kapitän seine Zweifel, ob eine Landratte mit solchen Dingen vertraut war. Everard schlenderte davon – in die Richtung, die Edh und Heidhin eingeschlagen hatten.

Er sah, wie sie in einiger Entfernung stehen blieben. Sie schienen miteinander zu streiten. Sie machte eine herrische Handbewegung. Heidhin drehte sich um und kehrte mit weitausholenden Schritten zurück, während Edh weiterging.

»Das könnte unsere Chance sein«, informierte Everard Floris in ihrer tonlosen Kommunikationsform. »Ich werde versuchen, den Jungen in ein Gespräch zu verwickeln.«

»Seien Sie vorsichtig«, riet Floris. »Ich glaube, er ist wütend.«

»Ja, aber ich muß es doch versuchen, oder?«

Immerhin war das der Grund für dieses Treffen hier, statt nur das Schiff über das Meer in der Zeit rückwärts zu verfolgen. Sie durften nicht blind an die Ursache der Instabilität herangehen, an dieses obskure und leicht annullierbare Ereignis, von dem eine völlig veränderte Zukunft ausgehen konnte. Hier bot sich ihnen die Gelegenheit, mit minimalem Risiko etwas vorab herauszufinden.

Heidhin blieb stehen und sah dem Fremden finster entgegen. Er war ebenfalls noch jung an Jahren, vielleicht ein oder zwei Jahre älter als Edh. In diesem Milieu galt er jedoch schon als erwachsen, obwohl er immer noch etwas Jungenhaftes, Unausgereiftes an sich hatte. Er trug Fellkleider und vom Salzwasser fleckige Stiefel.

An seiner Hüfte hing ein Schwert.

»Heil«, begrüßte Everard ihn mit oberflächlicher Freundlichkeit. In Wirklichkeit liefen ihm kalte Schauer über den Rücken.

»Heil«, grunzte Heidhin. Seine Unfreundlichkeit

hätte man im Amerika des 20. Jahrhunderts einfach nicht beachtet, doch hier war es ein deutliches Anzeichen für echte Probleme. »Was wollt Ihr?« Er hielt kurz inne, ehe er fortfuhr: »Folgt nicht der Frau. Sie will allein sein.«

»Ist das nicht gefährlich für sie?« Everards Frage war hier völlig am Platze.

»Sie wird nicht weit gehen und vor Einbruch der Dunkelheit zurück sein. Außerdem ...« Wieder verstummte Heidhin. Er schien mit sich zu ringen. Everard vermutete, daß der Wunsch des Jungen, wichtig und geheimnisvoll zu tun, schließlich über seine Diskretion siegte. Trotzdem klangen seine Worte erschreckend ernst: »Der ihr ein Leid zufügt, wird schlimmere Qualen als nur den Tod erleiden. Sie ist die Auserwählte einer Göttin.«

Blies der Wind plötzlich wirklich schärfer? »Dann kennt Ihr sie wohl gut, wie?«

»Ich ... begleite sie auf ihrer Reise.«

»Wohin?«

»Warum wollt Ihr das wissen?« versetzte Heidhin schroff. »Laßt mich zufrieden!«

»Gemach, junger Freund«, beruhigte Everard ihn. Dabei kam ihm zustatten, daß er groß und erwachsen war. »Ich frage doch nur, weil ich hier fremd bin. Ich würde gern mehr über – wie hat der Kapitän sie doch gleich genannt? – Edh erfahren. Und Ihr – Ihr seid Heidhin, stimmt's?«

Die Neugier des Jungen erwachte, und er entspannte sich ein wenig. »Was ist mit Euch? Das haben wir uns schon gefragt, als wir an Land gingen.«

»Ich bin ein Wandersmann – Maring vom Stamm der Markomannen, einem Volk, von dem Ihr sicher noch nie gehört habt. Ihr werdet meine Geschichte heute abend hören.«

»Wohin wollt Ihr?«

»Wo immer mein Schicksal mich hinführt.«

Heidhin überlegte. Leise rauschte die Brandung in der Ferne, und eine Möwe schrie schrill. »Könntet Ihr gesandt sein?« fragte der Junge schließlich gepreßt.

Everards Puls schlug plötzlich rasend schnell, doch er zwang sich zu einem beiläufigen Ton: »Wer sollte mich geschickt haben – und warum?«

»Hört mir zu. Edh geht dorthin, wohin Niaerdh sie schickt – mit Hilfe von Träumen oder Zeichen. Sie hatte nun die Eingebung, daß wir hier, genau hier, das Schiff verlassen und über Land weiterreisen sollen. Ich versuchte, ihr klarzumachen, daß dies ein armseliges Land mit weit verstreuten Siedlungen ist, in dem vielleicht Banditen herumstreifen. Doch sie ...«

Er schluckte. Es war Aufgabe der Göttin, sie zu schützen. Sein Glaube kämpfte mit seiner Vernunft. Schließlich fand der Junge einen Kompromiß. »Wenn vielleicht ein zweiter Krieger mit uns reiste ...«

»Wunderbar«, jauchzte Floris' Stimme in Everards Kopf.

»Ich weiß nicht, wie sich einer verhält, der vom Schicksal auserwählt wurde«, dämpfte Everard lautlos ihren Überschwang.

»Aber Sie können ihn zumindest während der Unterhaltungen aushorchen.«

»Ich werde es versuchen.«

Und zu Heidhin gewandt: »Das ist alles sehr überraschend für mich, wie Ihr Euch denken könnt. Aber wir können darüber reden. Ich habe im Moment ohnehin nichts anderes zu tun. Ihr vielleicht? Kommt, gehen wir ein wenig auf und ab, und Ihr erzählt mir von Euch und Edh.«

Der Junge senkte den Kopf und biß sich auf die Lippe. Sein Gesicht war abwechselnd bleich und rot geworden. »Das ist nicht so einfach, wie Ihr denkt«, meinte er widerstrebend.

»Aber ich sollte davon wissen, damit ich Euch – vertrauen kann, oder nicht?« Everard klopfte dem Jungen auf die Schulter. »Laßt Euch Zeit, aber erzählt mir alles ganz genau.«

»Edh... Sie sollte... Sie wird entscheiden...«

»Was ist es, das Euch, einen Mann, auf ihre Anweisung warten läßt?« Und mit viel Respekt in der Stimme: »Ist sie eine Seherin – ein so junges Mädchen? Das wäre höchst bemerkenswert.«

Heidhin sah auf. Er bebte am ganzen Körper. »Ja, und mehr als das. Die Gottheit kam zu ihr, und jetzt gehört sie Niaerdh. Sie soll den Zorn der Göttin über die Welt bringen.«

»Was? Auf wen ist die Göttin zornig?«

»Auf die Leute von Romaburh!«

»Warum, was haben sie getan?« *In diesen abgelegenen Breiten.*

»Sie... sie... Nein, das ist zu heilig, um darüber zu reden. Wartet, bis Ihr sie trefft. Sie wird Euch so weise machen, wie es ihr notwendig erscheint.«

»Da verlangt Ihr aber sehr viel von mir«, protestierte Everard so vernünftig, wie es ein Fahrensmann tun würde. »Ihr habt mir nichts darüber erzählt, was vor dieser Zeit hier geschehen ist, auch nichts darüber, wohin Ihr reist und warum, obwohl Ihr mich bittet, mit meinem Leben über ein Mädchen zu wachen, die in jedem Vagabund die Lust und bei jedem Sklavenhändler die Gier wecken wird...«

Heidhin schrie laut auf. Sein Schwert fuhr wie von selbst aus der Scheide. »Ihr wagt Euch...« Die Klinge sauste herab.

Seine trainierten Reflexe retteten Everard. Blitzschnell hatte er seinen Speer in Anschlag gebracht, um den Hieb abzublocken. Die Klinge schlug eine tiefe Kerbe, ohne den gehärteten Speerschaft zu brechen. Heidhin riß die Waffe erneut hoch. Everard schwang seine Waffe wie einen Schlagstock. *Du darfst ihn nicht töten, denn er ist in der Zukunft noch am Leben, und außerdem ist er nur ein Kind...* Sein Hieb auf Heidhins

Kopf hätte den Jungen kampfunfähig gemacht, wenn der Schaft nicht gebrochen wäre. So aber konnte Heidhin den Schlag unterlaufen.

»Halt ein, du mordlüsterner Bengel!« donnerte Everard. Sein Kopf schwirrte vor Wut und Aufregung. Was, zum Teufel, läuft hier ab? »Willst du nun Männer zum Schutz deines Mädchens oder nicht?«

Wutschnaubend sprang Heidhin ihn an. Doch sein Schwerthieb war schwach, und Everard wich ihm mit einem Schritt zur Seite mühelos aus. Er ließ den Speer fallen, machte einen Schritt auf den Jungen zu, packte seine Tunika und schleuderte Heidhin sechs Fuß weit durch die Luft.

Der Junge taumelte auf die Füße und griff nach dem Messer in seinem Gürtel. *Ich muß das jetzt beenden.* Everard versetzte ihm einen Karate-Tritt in den Solarplexus, blieb aber dabei noch ziemlich sanft. Der Junge überschlug sich und blieb nach Luft schnappend am Boden liegen. Everard bückte sich und überzeugte sich, daß er nicht ernsthaft verletzt war oder sich erbrach und daran möglicherweise erstickte.

»Was soll das?« schrie Floris ärgerlich in seinem Kopf.

Everard richtete sich auf. »Ich weiß es nicht«, meinte er dumpf. »In meiner Unkenntnis muß ich irgendwie einen wunden Punkt berührt haben. Vielleicht ist er auch nur überreizt von dem tage- oder wochenlangen Brüten. Er ist noch sehr jung, vergessen Sie das nicht. Ich muß irgendwas gesagt haben, das bei ihm einen hysterischen Ausbruch verursachte. In dieser Kultur ist es, wie Sie wissen, unter den Männern nicht ungewöhnlich, sich in eine mörderische Raserei hineinzusteigern.«

»Ich nehme nicht an, daß Sie ... die Situation ... noch retten können.«

»Nein, so prekär, wie die ganze Angelegenheit ist.« Everard schaute den Strand entlang. Edh war nur noch eine winzige Gestalt, halb verschwommen im Nebel, der nun vom Meer aufstieg und in den sie immer tiefer eindrang. Gefangen in ihren Visionen oder Alpträumen oder was immer sie sonst sein mochten, hatte sie von dem Kampf nichts bemerkt.

»Am besten mache ich mich davon. Die Seeleute werden akzeptieren, daß ich durcheinander bin – was ja auch stimmt, nicht? – und Heidhin nicht die Kehle durchschneide, oder ihm später eine Möglichkeit gebe, mir meine durchzuschneiden. Ich sage ganz einfach, daß ich nichts gegen ihn habe, und gehe.«

Er hob die Speerspitze auf, wie Maring es getan haben würde, und ging auf das Schiff zu. *Sicher werden sie enttäuscht sein*, dachte er trocken. *Die Geschichten aus der Ferne sind für sie ein wahrer Schatz. Aber schön, dann bleibt es mir wenigstens erspart, ihnen das Lügenmärchen aufzutischen, das wir uns ausgedacht haben.*

»Dann können wir auch gleich nach Öland gehen«, sagte Floris in seinem Kopf.

»Wohin?«

»Nach Edhs Zuhause. Der Kapitän hat es doch unmißverständlich benannt. Es ist eine lange, schmale Insel vor der baltischen Küste von Schweden. Später wird einmal genau gegenüber die Stadt Kalmar gebaut werden. Ich war einmal im Urlaub dort.« Die Stimme wurde wehmütig. »Es war, es wird eine Stadt mit Charme sein. Überall alte Windmühlen, altmodische Katen, niedliche Dörfer, und auf jeder Landzunge ein Leuchtturm für die Segelboote, die draußen kreuzen. Aber das ist noch Zukunft.«

»Hört sich nach einem Ort an, den ich besuchen würde, wenn ich mich selbst finden will«, brummte Everard. »Aber erst dann.«

Vielleicht. Kommt drauf an, welche Erinnerungen ich von hier mitbringe – neunzehnhundert Jahre früher. Er stapfte den Strand entlang zurück.

13

Hlavagast, der Sohn von Unvod, war König der Alvaringer. Seine Frau war Godhahild. Sie lebten in Laikian, dem größten Dorf des Stamms, und das mehr war als nur eine Handvoll Häuser, die von einer Mauer aus getrockneten Ziegeln umgeben waren. Ringsum dehnte sich eine Heidelandschaft, in der nur Schafe weideten. Trotzdem konnte kein Feind sich nähern, ohne schon von weitem gesehen zu werden. Der Weg zum östlichen Strand war kurz, und der zum westlichen auch nicht viel länger. Und dort wuchsen Fichten. Im Süden war gutes Weide- und Marschland.

Einstmals bewohnten die Alvaringer die ganze Insel, bis eines Tages die Gauten vom Festland herüberkamen und im Lauf von mehreren Generationen den reicheren Norden besetzten.

Schließlich erkämpften sich die Alvaringer einen Waffenstillstand. Viele Gauten behaupteten, der Süden lohne die Kämpfe nicht; viele der Alvaringer behaupteten, die Angst vor der Rache Niaerdhs hätte die Feinde ergriffen. Die Alvaringer zollten ihr immer noch ebenso große Verehrung wie den Asen, oder sogar mehr, während die Gauten ihr nur eine Kuh im Frühling als Opfer darbrachten. Mochte es sein, wie es wollte, aber seitdem trieben die beiden Stämme mehr Handel miteinander, als daß sie sich bekriegten.

Und beide Völker verfügten über Männer, die Frachten über die Meere ruderten, um damit zu handeln – nach Süden bis zu den Rugiern, nach Westen bis zu den Angeln. Die Gauten von Eyn veranstalteten zudem jedes Jahr einen Markt in der Hafenstadt Kaupavik, der Kaufleute von weither anzog. Zu diesem Markt brachten die Alvaringer ihre Wollwaren, gesalzene Fische, Robbenfelle, Walfischtran, Daunen und Bernstein, wenn ein Sturm viel davon an ihre Küsten angespült hatte. Gelegentlich heuerte einer ihren jungen Männer auf einem ausländischen Schiff an; wenn er die Fahrten überlebte, kehrte er nach Hause zurück und konnte Geschichten aus fernen Ländern erzählen.

Hlavagast und Godhahild verloren ihre ersten drei Kinder. Da gelobte er, daß er, wenn Niaerdh die, die folgten, rettete, ihr einen Mann opfern würde, einen gesunden jungen Mann, sobald das erste Kind seine Milchzähne verloren hatte – anstelle der zwei Sklaven, alt und verbraucht, die sie bekam, wenn sie die Felder gesegnet hatte.

Ein Mädchen wurde geboren. Er nannte sie Edh, Eid, um an seinen Eid gegenüber der Göttin zu erinnern. Ihr folgten die Söhne, die er sich so sehnlichst erhofft hatte.

Als die Zeit dazu reif war, fuhr er mit einem Schiff voller Krieger über den Kanal, stellte sich aber nicht den Gauten auf dem Festland, sondern überfiel ein skridhfennisches Lager. Aus den Reihen der Gefangenen, die er zurückbrachte, wählte er den schönsten aus und schlachtete ihn im Hain von Niaerdh. Die anderen verkaufte er in Kaupavik. Weitere Kriegszüge unterließ Hlavagast, denn er war von Natur ein freundlicher und bedachter Mann.

Vielleicht aufgrund ihrer Herkunft, vielleicht aber auch, weil sie nur Brüder hatte, entwickelte Edh sich zu einem stillen, in sich gekehrten Kind. Zwar war sie mit anderen Kindern im Dorf befreundet, hielt aber Abstand und blieb, auch wenn sie miteinander spielten, immer eine Außenseiterin. Sie begriff ihre Aufgaben sehr rasch und erfüllte sie sorgfältig. Doch am meisten lagen ihr die Dinge, die sie – wie beispielsweise das Weben – selbst ausführen konnte. Dagegen schwatzte oder kicherte sie nur selten.

Doch wenn sie einmal frei und offen sprach, hörten die anderen Mädchen auf sie, und es dauerte nicht lange, da lauschten ihr auch die Jungs und sogar die

Erwachsenen: Denn sie konnte Geschichten erfinden und ausgezeichnet erzählen.

Im Lauf der Jahre wurden diese dann immer herrlicher, und sie begann, sie mit Versen und Reimen auszuschmücken. Sie handelten von Männern, die weit herumkamen, von hübschen Maiden, Zauberern, Hexen, von sprechenden Tieren und Meerwesen, von Ländern jenseits der Meere, in denen alles Mögliche geschah. Häufig tauchte Niaerdh in diesen Geschichten auf – als Ratgeberin und Retterin. Zuerst fürchtete Hlavagast, die Göttin könne darüber erzürnt sein; doch kein Unheil kündigte sich an, und so ließ er seine Tochter gewähren, denn schließlich hegte sie eine besondere Zuneigung zu der Gottheit.

Im Dorf war Edh nie allein. Niemand war je allein. Die Häuser duckten sich hinter den Wall. Die Ställe für die Kühe oder Pferde, die die Menschen besaßen, befanden sich an einer Längswand, die Lagerstätten der Menschen auf der anderen Seite des Hauses. Ein mit Steingewichten versehener Webstuhl hatte wegen des Lichts seinen Platz dicht bei der Tür, der Tisch und die Bank standen am anderen Ende, und die Feuerstatt aus Lehm und Ton nahm die Mitte des Raumes ein. Nahrung und Hausgeräte hingen von den Dachsparren herab oder lagerten darauf. Die Häuser öffneten sich auf einen Hof, auf dem Schweine, Schafe, Geflügel und dürre Hunde frei um einen Brunnen herumliefen. Hier ballte sich das Leben – es redete, lachte, sang, weinte, wieherte, muhte, grunzte, meckerte, gackerte, bellte.

Hufe polterten, Wagenräder ächzten, Hämmer klirrten auf Ambosse. Im Dunkeln auf Stroh und Schafswolle liegend, eingehüllt in den warmen Geruch nach Tieren, Dung, Heu und Rauch, konnte man hören, wie das Baby wimmerte, bis die Mutter ihm die Brust gab, oder wie sich Vater und Mutter hin und wieder stöhnend und keuchend auf der Lagerstatt begatteten.

Nächtens drangen die Laute der wilden Tiere ans Ohr, die den Mond anheulten, das Rauschen des Regens, das Seufzen, Jammern und Brausen des Windes – und eben jenes andere Geräusch, irgendwo ...

Was war es? Ein Nachtvogel? Ein Troll? Ein Toter, der aus seinem Grab gestiegen war und ruhelos umhergeisterte?

Für ein kleines Mädchen, das frei war, gab es viel zu beobachten – Kommen und Gehen, Zeugung und Aufzucht, harte Arbeit und derbes Vergnügen, geschickte Hände beim Verarbeiten von Holz, Knochen, Leder, Metall, Steinen, die heiligen Riten, wenn der Stamm den Göttern Opfer darbrachte und feierte. Wenn man dann älter wurde, nahmen sie dich mit, und du konntest den Wagen von Niaerdh vorbeifahren sehen – verdeckt, damit niemand sie schaute. Du trugst eine Girlande aus Immergrün auf dem Kopf und streutest ihren Weg mit den Blumen des letzten Jahres und sangst mit deiner dünnen Stimme ...

Es lag große Freude darin, aber auch Ehrfurcht und eine verdrängte unterschwellige Furcht ...

Edh wuchs heran. Stück um Stück setzte sie sich neue Ziele, die sie weiter und weiter von den anderen Stammesmitgliedern entfernte. Sie sammelte trockene Zweige als Anmachholz, Waid und Krapp zum Färben, Beeren und Blüten zum Würzen. Später suchte sie dann mit einem Weidenkorb im Wald nach Nüssen und am Strand nach Muscheln oder half mit einer Sichel beim Abernten der Felder. Die Jungs hüteten das Vieh, aber häufig brachten die Mädchen ihnen das Essen und verbrachten mit ihnen die langen Sommertage. Außer der kurzen Zeit im Jahr, in der es viel zu tun gab, waren die Stammesbrüder und -schwestern selten in Eile. Abgesehen von Krankheit, Bannflüchen, nächtlichen Wesen und dem Zorn der Götter fürchteten sie nichts. Es gab keine Bären oder Wölfe, die Eyn durchstreiften, und kein

Feind hatte seit Menschengedenken das karge Land heimgesucht.

Edh reifte zu einem jungen Mädchen heran und wanderte häufig allein durch die Heide, bis die Schwermut von ihr wich. Gewöhnlich endeten ihre Streifzüge dann am Strand, wo sie sich hinsetzte und in die Ferne starrte, bis die Schatten und der aufkommende Wind an ihren Ärmeln zupften und ihr sagten, daß es Zeit sei, nach Hause zu gehen. Von den Kreidefelsen der westlichen Küste konnte sie das Festland als dunstigen Streifen in der Ferne erkennen, vom Strand der Ostküste aus sah sie nur Wasser. Das gefiel ihr, war ihr genug – bei jedem Wetter. Die Wellen tanzten dann blauer als der Himmel, trugen weiße Gischtstreifen auf ihren Achseln, über denen hoch in den Lüften Scharen von Möwen kreisten. Grüngrau rollten sie gewichtig heran, ihre Schaumfahnen flatterten im Wind, und ihr donnernder Rhythmus drang tief ins Gebein. Sie gurgelten, donnerten, bellten und tränkten die Luft mit ihrer Gischt. Von der niedrigstehenden Sonne rollten sie ein geschmolzenes Band zu ihr hin, wogten unter dem heranziehenden Regen und beantworteten sein gleichmäßiges Rauschen, hüllten sich selbst in Nebel und flüsterten unsichtbar von Dingen, die niemand kannte. Niaerdh erfüllte sie mit Furcht und Segen. Ihr gehörten der Tang und der Bernstein, die Fische, Krebse, Robben, die großen Wale und die Schiffe. Ihr gehörten der wiedererwachende Pulsschlag des Landes, wenn sie dem Meer entstieg, um ihren Frae zu sehen – denn ihr Meer umarmte das Land, hegte es, beklagte seinen Wintertod und erweckte es im Frühjahr zu neuem Leben. Und – winzig unter all diesen Dingen – gehörte ihr auch das Kind, das sie in diese Welt aufgenommen hatte.

So reifte Edh heran – ein großes, scheues Mädchen mit der Gabe des Wortes, wenn sie von anderen als den alltäglichen Dingen sprach. Sie hinterfragte diese

Dinge oft und träumte manchmal tagelang mit offenen Augen vor sich hin. Wenn sie allein war, brach sie häufig in Tränen aus, ohne recht zu wissen, warum. Die Leute mieden sie nicht, suchten aber auch nicht ihre Gesellschaft, denn sie hatte aufgehört, ihnen ihre Geschichten zu erzählen, die sie sich ausdachte. Andererseits war da etwas Seltsames an Hlavagasts Tochter, und das zeigte sich immer deutlicher, nachdem ihre Mutter gestorben war und er sich eine neue Frau nahm. Die beiden vertrugen sich nicht sonderlich, und die Leute tuschelten hinter vorgehaltener Hand, daß Edh zu oft am Grab von Godhahild säße.

Dann, eines Tages, sah ein Junge aus dem Dorf sie vorübergehen. Der Wind blies rauh über die Heide, und ihr loses braunes Haar schimmerte im Sonnenlicht. Dem jungen Mann, der sonst nicht gerade schüchtern war, wurde die Kehle eng, sein Herz schlug plötzlich schneller, und es dauerte eine geraume Zeit, bis er sie ansprechen konnte. Sie senkte die Augen und hauchte eine Antwort, die er kaum verstand. Doch nach einer Zeit fiel die Verlegenheit von ihnen ab.

Der Junge war Heidhin, Viduhadas Sohn, ein schlanker, dunkelhaariger Bursche, nicht gerade ein fröhlicher Kerl, aber von scharfem Verstand, zäh und kräftig, der seine Waffen gut handhabte und eine Gruppe Gleichaltriger anführte, von denen ihn einige wegen seiner angeberischen Art haßten.

Aber keiner wagte ihn wegen Edh zu hänseln.

Als sie erkannten, was sich da anbahnte, trafen sich Hlavagast und Viduhada zu einem heimlichen Gespräch. Sie stimmten überein, daß eine solche Verbindung ihrer Familien beiden willkommen sei, eine Verlobung aber noch warten könne. Erst im vergangenen Jahr hatte Edhs Regel eingesetzt; die jungen Leute könnten sich vielleicht vergessen, und eine unglückliche Heirat unter solch schlechten Vorzeichen könnte

Probleme für alle mit sich bringen; also abwarten und sehen, wie sich alles entwickelte, während man in der Hoffnung auf einen glücklichen Ausgang einen Krug Bier leerte.

Der Winter ging dahin mit Regen, Schnee und langwährender Dunkelheit. Die Nacht der Furcht, vor der Sonnenwende, mit dem dazugehörigen Fest folgte. Die Himmel wurden lichter, Tau legte sich auf das Land, Lämmer wurden geboren, Zweige zeigten das erste Grün, und die Vögel kehrten zurück. Niaerdh ritt über das Land; Männer und Frauen paarten sich im Gebüsch am Rande der Felder, auf denen sie pflügten und säten. Der Sonnenwagen stieg höher auf und fuhr langsamer, das Grün mehrte sich, Gewitter zogen auf und kühlten die Hitze, und weit draußen auf dem Meer schimmerten Regenbogen.

Es nahte die Zeit für den Markt in Kaupavik. Die Männer der Alvaringer sammelten ihre Waren und schnürten die Stiefel. Da eilte eine Nachricht von Dorf zu Dorf und versetzte die Bewohner in helle Aufregung. In diesem Jahr war ein Schiff aus dem Reich der Römer angekommen, von weither jenseits der Länder von Angeln und Kimbern.

Niemand wußte Genaueres über Romaburh. Es lag irgendwo ganz weit unten im Süden. Doch waren seine Krieger wie Heuschrecken, hatten ein Land nach dem anderen verschlungen und alle fein gefertigten Dinge herausgesaugt: Schiffe aus Glas und Silber, Metallscheiben, die Antlitze trugen, oder gar unglaublich lebensechte kleine Figuren. Der Strom dieser Dinge mußte angeschwollen sein, denn Jahr um Jahr kamen mehr solcher Waren nach Eyn. Und jetzt hatten es schon römische Marketender selbst bis in das Land der Gauten geschafft!

Die in Laikian zurückblieben, sahen mit Neid die anderen davonziehen. Da sie zur Zeit kaum etwas zu tun hatten, trösteten sie sich im Müßiggang. Nichts

Böses trübte den Tag eine Woche später, als Edh und Heidhin nach Westen zur Küste spazierten.

Die Hitze war groß, und menschenleer das Land, kaum daß der Weiler außer Sicht war. Baum- und strauchlos dehnte sich flach das Land, so daß die Welt fast nur aus Himmel bestand. Schwindelerregend hoch schwebten große Wolken daran entlang, blendendes Weiß in einem grenzenlosen Blau. Licht und Hitze tropften wie Regen von der Sonne hernieder. Rot glühte der Mohn, gelb hob sich der Stechginster vom Graugrün der Heide ab. Als sie sich setzten, wehte der Geruch von Knöterich zu ihnen herüber. Bienen summten durch die Stille, die wie ein Mantel über dem Land hing und nur kurz vom hastigen Flügelschlag eines Birkhuhns unterbrochen wurde.

Die beiden jungen Leute sahen sich in die Augen und lachten dann laut über ihr eigenes Erstaunen. Schließlich wanderten sie weiter und hielten sich dabei an der Hand – mehr nicht, denn ihre Leute waren keusch. Zudem empfand er einen Hauch zerbrechlicher Heiligkeit in diesem Augenblick.

Ihr Weg führte sie durch die Hügel, die sich nördlich der Gehöfte dehnten, durch Gesträuch zu einem kleinen Strand. Mit Wildblumen übersät dehnte sich der Grasteppich fast bis zum Wasser. Leise plätscherten die Wellen gegen Steine, die sie in ewigen Zeiten glattpoliert hatten. Weiter draußen blitzten und schimmerten die Wogenkämme. Jenseits des Kanals verdunkelte das Festland den Horizont. Auf einigen Felsen in der Nähe trockneten Kormorane ihre nassen Flügel in der Brise. Ein Storch flog vorüber – weißer Bote für Glück und Wachstum.

Heidhin hielt den Atem an. Mit der Hand deutete er nach vorn. »Sieh nur – dort!«

Edh blinzelte nach Norden in das helle Licht. Ihre Stimme bebte, als sie fragte: »Was ist das?«

»Ein Schiff, das in diese Richtung fährt. Ein großes, großes Schiff.«

»Nein, das kann nicht sein. Das Ding darüber ...«

»Ich habe von solchen Schiffen gehört. Männer, die schon im Ausland waren, haben sie gesehen. Sie fangen damit den Wind ein und bewegen so den Rumpf weiter. Das da ist das römische Schiff, Edh, das muß es sein. Es ist auf der Rückreise von Kaupavik in die Heimat, und wir sind gerade zur rechten Zeit gekommen, um es zu sehen.«

Gebannt schauten sie hinüber, vergaßen alles um sich herum. Das Schiff glitt näher. Es war tatsächlich ein Wunder. Schwarz mit goldenen Segeln, war es nicht größer als ein großes Schiff aus dem Norden, aber viel breiter, mit rundem Bauch, in dem es eine Fracht ungeahnter Schätze mit sich führte. Das Schiff stand unter vollen Segeln, und Männer hingen in den Wanten oder standen auf Deck, bereit, jeden Überfall abzuwehren. Der Bug war herrlich gewölbt, und das Heck lief in einen riesigen Schwanenhals aus. Dazwischen erhob sich ein Haus aus Holz. Keine Ruder trieben dieses Schiff. An einem großen Mast mit einem Querbaum wölbte sich ein Tuch so breit wie das Schiff. Lautlos schwebte es voran, erzeugte eine Welle am Bug und zwei Strudel hinter den zwei Steuerblättern am Heck.

»Sicherlich werden sie von Niaerdh geliebt«, hauchte Edh.

»Jetzt begreife ich auch, wieso sie die halbe Welt in ihrem Griff halten«, murmelte Heidhin erschüttert. »Was sollte ihnen widerstehen?«

Das Schiff änderte den Kurs zur Insel hin. Der Junge und das Mädchen sahen, wie die Mannschaft zu ihnen herüberschaute. Ein »Heil!« drang schwach zu ihnen herüber. »Was ist das? Ich glaube, sie sehen zu uns herüber«, stammelte Edh. »Was könnten sie von uns wollen?«

»Vielleicht ... vielleicht wollen sie, daß ich zu ihnen gehe. Ich habe von Reisenden aus dem Westen gehört, daß die Römer Stammesleute in ihre Lager aufnehmen, wenn sie aus Krankheit oder anderen Gründen knapp an Kriegern sind ...«

Edh musterte ihn mit verschleiertem Blick. »Und – würdest du mit ihnen ziehen?«

»Nein, niemals.« Ihre Finger drückten seine Hand, und er erwiderte den Druck. »Aber wir sollten sie aushorchen, wenn sie an Land kommen. Vielleicht wollen sie auch etwas anderes und zahlen gut, wenn wir ihnen helfen.« Die Ader an seinem Hals klopfte deutlich sichtbar.

Eine Kette rasselte, wahrscheinlich der Anker, wenn auch nicht ein Stein, sondern ein Haken, der an einem Seil ins Wasser klatschte. An einem anderen Seil hing ein Boot. Matrosen holten es längsseits und ließen eine Strickleiter herunter. Männer kletterten herab und hockten sich auf die Ruderbank. Ihre Kameraden reichten ihnen die Ruder herunter. Einer stand auf und winkte mit dem Zipfel seines Umhanges, den er trug.

»Er lächelt und winkt«, meinte Heidhin. »Ja, sie hoffen wohl, daß wir ihnen ihre Wünsche erfüllen können.«

»Wie schön dieser Umhang ist«, murmelte Edh. »Ich glaube, Niaerdh trägt einen ähnlichen, wenn sie die anderen Götter besucht.«

»Vielleicht gehört er noch vor Sonnenuntergang dir.«

»Oh, ich wage nicht daran zu denken.«

»He, ihr da«, rief der Mann aus dem Boot. Er war der größte Mann mit blonden Haaren, zweifellos der in Germanien geborene Übersetzer. Die anderen waren ein zusammengewürfelter Haufen, einige ebenso blond wie der Sprecher, andere dunkler als Heidhin. Aber natürlich konnten die Römer auf viele verschiedene Stämme in ihren Reihen zurückgreifen. Alle Männer trugen knielange Tuniken über ihren nackten Beinen. Edh errötete und wandte den Blick vom Schiff ab, auf dem die meisten nackt herumliefen.

»Habt keine Furcht«, rief der Germane. »Wir wollen einen Handel mit euch machen.«

Auch Heidhin errötete – vor Zorn. »Ein Alvaringer kennt keine Furcht«, rief er mit sich überschlagender Stimme und lief noch mehr an.

Die Römer ruderten heran. Die beiden am Ufer warteten, und in ihren Schläfen klopfte das Blut. Das Boot lief auf Grund. Ein Mann sprang heraus und machte es fest. Der Mann mit dem Umhang führte die anderen den Strand herauf und lächelte dabei unentwegt.

Heidhin packte seinen Speer fester. »Edh«, meinte er, »ich mag nicht, wie sie zu uns herübersehen. Ich glaube, es wäre klüger, sich von ihnen fernzuhalten ...«

Aber es war schon zu spät. Der Anführer brüllte einen Befehl, und seine Gefolgsleute eilten auf sie zu. Ehe Heidhin seinen Speer heben konnte, hatten ihn fremde Hände gepackt. Ein Mann trat hinter ihn und blockierte seine Arme mit einem Ringergriff. Laut schreiend versuchte er, sich zur Wehr zu setzen. Ein kurzer Stockhieb – die Bande war bis auf ihre Messer unbewaffnet – traf seinen Hinterkopf. Es war ein bedachter Hieb, der ihn betäubte, ohne ihn ernsthaft zu verletzen. Heidhin sackte zusammen, und sie fesselten ihn.

Edh war herumgewirbelt, um davonzulaufen. Ein Matrose packte ihr Haar, zwei andere griffen nach ihrem Armen und warfen sie ins Gras. Sie schrie und trat nach ihnen aus. Zwei andere Männer zerrten an den Fußknöcheln ihre Beine auseinander. Der Anführer kniete sich zwischen ihre Schenkel. Er grinste, und aus seinem Mundwinkel tropfte Speichel. Er schob ihren Rock hoch.

»Ihr Trolle, ihr Hundesöhne, ich werde euch töten«, wütete Heidhin mit schmerzendem Kopf. »Ich schwöre bei allen Göttern des Krieges, daß eure Brut niemals Ruhe vor mir haben wird. Euer Romaburh soll brennen ...«

Niemand hörte auf seine Worte, denn dort, wo Edh an den Boden gepreßt wurde, ging die Sache weiter und weiter ...

14

Vagnios Reise zu ihrem Ausgangspunkt auf Öland zurückzuverfolgen war einfach. Mit viel Geschick und Ausdauer fanden die Agenten schließlich heraus, daß ein Junge und ein Mädchen von einem Dorf rund zwanzig Meilen südlich bis zu seinem Haus gelaufen waren. Aber was war vorher geschehen? Ein paar vorsichtige Nachforschungen in dieser Sache waren ratsam. Doch zuerst planten Everard und Floris eine räumlich-zeitliche Überwachung der vorangegangenen Monate. Je mehr Fakten sie im voraus sammelten, desto besser war es. Vagnio mußte nicht notwendigerweise von einem Ereignis wie etwa einem Mord gehört haben; auch könnte die Familie alles vertuscht haben. Oder vielleicht schwiegen er und seine Männer sich vor Fremden über solche Dinge aus. Oder Everard blieb keine Möglichkeit, eine diesbezügliche Frage zu stellen, ehe die Umstände ihn zwangen, das Lager am Strand zu verlassen.

Die Agenten ließen Pferde und Wagen zurück und machten sich mit den Zeitspringern auf die Suche. Sie hatten sie in Sprünge von Punkt zu Punkt eines vorkalkulierten Raum-Zeit-Rasters gegliedert. Sollten sie dabei etwas Ungewöhnliches bemerken, würden sie sich die Sache so lange aus der Nähe ansehen, wie es erforderlich wäre. Diese Vorgehensweise mochte sich vielleicht nicht auszahlen, war aber immer noch bes-

ser, als die Hände in den Schoß zu legen. Außerdem hatten sie nicht ein Leben lang Zeit, der Sache hier auf den Grund zu gehen.

Eine Meile über dem Dorf sprangen sie von den Sonnenwend-Feuern zu einem Zeitpunkt wenige Wochen später und hingen in einem unglaublichen Blau. Der Wind blies dünn und kalt. Der Blick reichte weit über das Baltische Meer zu den Hügeln und Wäldern Schwedens im Westen und dem schmalen Streifen von Öland aus Heide, Gras, Wald, Fels, Sand – Namen, die kein Siedler in den kommenden nicht überlieferten Jahrhunderten jemals aussprechen würde.

Everard schwenkte seinen Scanner umher – und hielt abrupt inne. »Da unten!« rief er in den Transmitter an seinem Nacken. »Ungefähr bei sieben Uhr – sehen Sie?«

Floris pfiff durch die Zähne. »Ja, ein römisches Schiff, das in der Nähe des Strandes ankert, stimmt's?« Und dann nachdenklich: »Gallisch-römisch wahrscheinlich, eher aus einem Hafen wie Bordeaux oder Bologna als aus einem Mittelmeer-Hafen. Sie haben mit Skandinavien nie regulär Handel getrieben, wie Sie wissen, doch melden die Berichte ein paar offizielle Besuche, und gelegentlich segelten Kaufleute nach Dänemark und weiter, um sich eine lange Kette von Zwischenhändlern zu ersparen. Dabei ging es hauptsächlich um Bernstein.«

»Das könnte wichtig für uns sein. Sehen wir uns die Sache genauer an.« Everard vergrößerte das Bild.

Floris hatte es schon getan. Sie schrie laut auf.

»Großer Gott!« keuchte Everard.

Floris schoß nach unten. Hinter ihr explodierte die so plötzlich komprimierte Luft.

»Halt! Machen Sie keine Dummheiten!« rief Everard ihr nach. »Kommen Sie zurück!«

Floris ignorierte ihn, ignorierte den Druck auf ihre Ohren, ignorierte alles außer der Szene, die sich am

Zielpunkt ihrer Schußfahrt in die Tiefe abspielte. Immer noch hing ihr Aufschrei in der Luft. Ein zuschlagender Falke könnte so geschrien haben – oder eine zornbebende Walküre.

Everard hieb mit der Faust auf die Kontrollkonsole, fluchte in hilflosem Zorn und folgte Floris mit geringerer Geschwindigkeit. In wenigen hundert Fuß Höhe hielt er an und achtete darauf, daß die Sonne in seinem Rücken stand.

Die Männer am Boden, die dicht gedrängt das Schauspiel verfolgten oder darauf warteten, selbst an die Reihe zu kommen, hörten den Schrei der Agentin. Sie schauten auf und sahen das Pferd des Todes auf sich zuschießen. Laut brüllend stoben sie in sämtliche Richtungen auseinander. Der, der auf dem Mädchen lag, fuhr hoch, kam auf die Knie und zog sein Messer – vielleicht, um es zu töten, vielleicht aber auch nur, um sich zu verteidigen. Es spielte keine Rolle mehr. Ein saphirblauer Energieblitz fuhr ihm in den Mund. Er krümmte sich an den Füßen des Mädchens zusammen. Aus einem Loch im Hinterkopf kräuselte sich der Rauch seines verschmorten Gehirns.

Floris wendete den Springer. Mannshoch über dem Boden schwebend feuerte sie auf den nächsten Mann, traf ihn in den Bauch. Er wirbelte um seine eigene Achse, fiel auf den Rücken und blieb mit zuckenden Gliedern liegen. Aus Everards Blickwinkel wirkte er wie ein auf den Rücken geworfener Käfer. Floris verfolgte noch einen weiteren Mann und schoß ihm durch die Brust. Dann hielt sie inne und blieb eine Minute lang regungslos im Sattel sitzen. Auf ihrem Gesicht, so kalt wie ihre Hände, mischte sich der Schweiß mit ihren Tränen.

Ihre Brust hob und senkte sich erregt. Sanft wie ein fallendes Blatt landete sie den Scooter an der Seite von Edh.

Geschehen ist geschehen, durchfuhr es Everard. Rasch

überdachte er seine Möglichkeiten. Die überlebenden Matrosen hasteten in blinder Panik am Strand entlang oder liefen auf die Bäume zu. Zwei hatte die Nerven behalten, waren ins Wasser hinausgewatet und schwammen auf das Schiff zu, auf dem alle vor Schreck erstarrt waren.

Der Patrouillengänger biß sich die Lippe blutig. »Okay«, sagte er dann laut, wenn auch tonlos. Mit räumlichen Sprüngen und genauen Schüssen tötete er alle, die an Land gegangen waren. Zum Schluß erlöste er den verwundeten Mann von seinen Qualen. *Ich denke nicht, daß Janne ihn absichtlich leiden ließ. Sie hat ihn wohl einfach vergessen.* Everard stieg wieder auf 50 Fuß Höhe und verharrte dort. Mit Scanner und Verstärker verfolgte er, was sich unter ihm abspielte.

Edh setzte sich auf. Ihr Blick war leer. Sie griff nach ihrem Rock und zog ihn über die blutigen Schenkel. An Händen und Füßen gefesselt schob Heidhin sich zu ihr hinüber. »Edh, ach, Edh«, stöhnte er, erstarrte aber, als der Zeitspringer zwischen ihnen landete. »Oh, Göttin, Rächerin ...«

Floris stieg ab, kniete neben Edh nieder und nahm das Mädchen in die Arme. »Es ist vorbei, Liebes«, schluchzte sie. »Alles wird wieder gut. So etwas wird dir nie wieder zustoßen. Du bist jetzt frei.«

»Niaerdh«, hörte sie das Mädchen flüstern, »allmächtige Mutter, Ihr seid gekommen.«

»Es bringt nichts, Ihre Göttlichkeit abzustreiten«, flüsterte Everards Stimme aus Floris' Empfänger. »Zum Teufel, verschwinden Sie, ehe Sie alles noch schlimmer machen.«

»Nein«, erwiderte die Frau. »Sie verstehen das nicht. Ich muß sie trösten, so gut ich kann.«

Everard blieb regungslos sitzen. Die Matrosen auf dem Schiff holten in panischer Eile den Anker ein.

»Befreit mich«, bettelte Heidhin. »Laßt mich zu ihr.«

»Vielleicht verstehe ich es doch«, meinte Everard. »Aber beeilen Sie sich wenigstens etwas.«

Edhs Benommenheit wich allmählich. In ihren braunen Augen flackerte ein unirdisches Leuchten auf. »Was wünscht Ihr von mir, Niaerdh?« flüsterte sie. »Ich bin Euer, ganz und gar. Wie ich es schon immer war.«

»Tötet die Römer, schlachtet sie alle ab!« tobte Heidhin. »Ich gebe dafür gern mein Leben, wenn Ihr es wollt!«

Armer Kerl, dachte Everard. *Dein Leben gehört doch schon uns. Wir können es dir nehmen, wann wir wollen. Aber ich kann von dir wohl kaum sofort eine sensiblere Reaktion erwarten, oder? Wahrscheinlich niemals, denn du bist kein fortschrittlich erzogener nachchristlicher Westeuropäer. Für dich sind die Götter real, und deine Pflicht ist es, geschehenes Unrecht zu rächen.*

Floris streichelte dem Mädchen über das schimmernde Haar. Mit dem freien Arm drückte sie den zitternden schlanken Körper enger an sich. »Ich will nur dein Bestes, dein Glück, denn ich liebe dich.«

»Ihr habt mich errettet«, stammelte Edh, »weil... weil ich ... was soll ich tun?«

»Hören Sie zu, Floris – um Himmels willen«, preßte Everard zwischen zusammengebissenen Zähnen hervor. »Die Zeit ist aus der Bahn geraten, und Sie können sie heute nicht mehr richtigstellen. Sie können es nicht, verstehen Sie? Wenn Sie jetzt noch weiter daran herumfuschen, wird es keinen Tacitus Eins mehr geben, das schwöre ich Ihnen, vielleicht auch nie einen Tacitus Zwei. Wir beide gehören nicht in diese Geschehnisse, und das ist auch der Grund, weshalb die Zukunft in Gefahr ist. Lassen Sie sie endlich in Ruhe!«

Seine Partnerin schwieg dazu.

»Seid Ihr besorgt, Niaerdh?« fragte Edh im Tonfall eines Kindes. »Was könnte Euch, eine Göttin, schon bekümmern? Daß die Römer Eure Welt verderben?«

Floris schloß die Augen, öffnete sie wieder und ließ das Mädchen los. »Es ... es ist dein Leid, mein Kind«, murmelte sie und richtete sich auf. »Lebwohl, lebe glücklich und frei von Furcht und Leid. Wir werden uns wiedersehen.« Und an Everard gewandt: »Soll ich Heidhin befreien?«

»Nein, Edh kann ein Messer nehmen und die Fessel durchschneiden. Er wird sie dann zurück ins Dorf bringen.«

»Richtig, und das dürfte beiden guttun, nicht wahr? Zumindest ein wenig.«

Floris bestieg ihren Scooter. »Ich denke, wir steigen jetzt rasch nach oben, anstatt uns mit einem Winken zu verabschieden«, brummte Everard und warf einen letzten Blick hinunter, als ob er fühle, daß die beiden schauten und schauten. Draußen auf dem Wasser rauschte das Schiff mit geschwelltem Segel nach Westen. Mit ein paar Deckhands und mindestens zwei Offizieren weniger mochte es den Heimweg schaffen oder auch nicht, und wenn es den heimischen Hafen erreichte, mochte die Mannschaft erzählen oder auch nicht, was sie erlebt hatte. Man würde den Leuten kaum Glauben schenken. Sie wären gut beraten, einige plausiblere Einzelheiten hinzuzudichten. Natürlich konnte eine solche Geschichte auch für ein Lügenmärchen gehalten werden, für einen Versuch, eine Meuterei zu vertuschen. In diesem Fall hatten die Männer den Tod zu erwarten. Vielleicht versuchten sie ihr Glück aber auch bei den Germanen – so schlecht, wie die Aussichten für sie standen. Da er aber wußte, daß ihr Schicksal die Geschichte nicht beeinträchtigen konnte, scherte es Everard keinen Deut, wie es aussehen mochte.

15

Anno Domini 70.

Die Sonne stand tief, und im Westen hingen rotgoldene Wolken. Im Osten war der Himmel schon dunkel, und die Nacht zog über die Wildnis. Das letzte Tageslicht erhellte eine Hügelkuppe mitten in Germanien, doch schon warfen die Grashalme Schatten und die Wärme tropfte aus der stillen Luft.

Nachdem sie nach den Pferden gesehen hatte, hockte sich Janne Floris an dem schwarzen Flecken vor dem Zwillingszelt nieder und schichtete Zweige und Blattwerk für ein Feuer auf. Ein paar verkohlte Zweige waren noch vom letzten Mal übrig, als die Agenten der Patrouille den Platz benutzt hatten. Das war vor wenigen Tagen gewesen, wenn man die Rotation des Planeten zugrunde legte. Ein Lufthauch und dumpfes Poltern ließen Floris aufspringen. Everard stieg von seinem Gefährt.

»Warum sind Sie ... ich hätte Sie früher zurückerwartet«, bemerkte sie etwas schüchtern.

Er zuckte die Achseln. »Ich dachte mir, daß Sie sich um das Lager kümmern könnten, während ich meine Aufgabe erledige. Und der Anbruch der Nacht ist eigentlich ein logischer Zeitpunkt, um zurückzukehren, oder? Ich will nur eine Kleinigkeit essen, dafür aber um so mehr Schlaf. Ich bin fix und fertig. Sie nicht?«

Sie sah zur Seite. »Noch nicht. Dazu bin ich zu aufgeregt.« Mit einer raschen Bewegung wandte sie sich ihm zu. »Wo sind Sie gewesen? Sie haben mir nur gesagt, ich solle auf Sie warten, nachdem wir hier eingetroffen sind, und sind verschwunden.«

»Das stimmt. Tut mir leid. Ich habe nicht darüber nachgedacht. Für mich schien es auf der Hand zu liegen.«

»Ich dachte schon, Sie wollten mich mit Nichtachtung strafen.«

Er schüttelte heftiger den Kopf, als es seine Worte erwarten ließen. »Großer Gott, nein. In Wirklichkeit hatte ich das Gefühl, Ihnen eine Auseinandersetzung ersparen zu müssen. Was ich tat ... ich bin zurück nach Öland gesprungen – am selben Tag nach Einbruch der Dunkelheit. Die beiden jungen Leute waren verschwunden, und es zeigte sich auch sonst keine Menschenseele – ganz so, wie ich es mir erhofft hatte. Ich sammelte die Leichen ein und versenkte sie eine nach der anderen draußen auf dem offenen Meer. War nicht gerade ein lustiger Job – wenn auch kein Grund, Sie daran zu beteiligen.«

Sie sah ihn starr an. »Warum nicht?«

»Liegt das nicht auch auf der Hand?« brummte er. »Denken Sie doch mal nach. Aus dem gleichen Grund habe ich das Schwein erschossen, das Sie nicht richtig erwischt haben. Um die Auswirkungen auf die hiesigen Menschen so gering wie möglich zu halten, sind hier zu viele Variablen im Spiel. Ich wage zu behaupten, daß sie Edh und Heidhin mehr oder weniger Glauben schenken werden, denn sie leben ohnehin in einer Welt mit Göttern, Trollen und Zauberwesen. Materielle Beweise oder unabhängige Zeugen würden sie viel stärker verunsichern als eine zweifellos inkohärente Geschichte.«

»Ich verstehe.« Sie legte die Hände zusammen. »Ich habe mich wohl ziemlich dumm und unprofessionell verhalten, nicht wahr? Zwar bin ich für diese Art Mission nicht ausgebildet worden, aber das ist keine Entschuldigung. Es tut mir sehr leid.«

»Nun, Sie haben mich ziemlich überrascht«, brummte er. »Als Sie in Aktion traten, war ich für einen Moment wie gelähmt. Und dann – was hätte ich dann noch tun können? Mich mit Kausalitäten herumschlagen? Oder riskieren, daß Heidhin mein Gesicht sah, um es dann in diesem Jahr in Colonia wiederzuerkennen? Etwas weiter voraus in die Zukunft springen, mir eine andere Verkleidung als die, die ich am Strand trug, zulegen und dann zur selben Minute zurückkehren? Nein, es wäre für Sterbliche nicht gut gewesen, zu sehen, wie die Götter miteinander streiten. Das hätte die Dinge nur noch mehr kompliziert. Mir blieb eben nichts anderes übrig, als bei Ihrer Show mitzumachen.«

»Es tut mir *wirklich* leid«, sagte sie verzweifelt. »Ich konnte einfach nicht anders. Da war Edh, Veleda, die ich bei den Langobarden erlebt habe. Keine Frau hat mich je mehr beeindruckt. Ich *kannte* sie ... aber das hier war ein junges Mädchen, und diese Tiere ...«

»Ja – wie ein Berserker sind Sie über sie gekommen, und gleich darauf zeigten Sie eine überwältigende Zuneigung.«

Floris fuhr auf. Mit geballten Fäusten starrte sie Everard an.

»Ich versuche nur, mein Verhalten zu erklären – und nicht, mich zu entschuldigen«, zischte sie. »Ich werde jede Strafe akzeptieren, die die Patrouille mir auferlegt – ohne mich darüber zu beklagen.«

Wortlos stand er ein paar Augenblicke vor ihr. Mit einem schiefen Lächeln antwortete er dann: »Es wird sicher keine Bestrafung erfolgen, wenn Sie weiterhin ehrlich und kompetent an der Sache arbeiten. Und dessen bin ich mir ziemlich sicher. Als der Ungebundene Agent in diesem Fall steht es mir zu, eine summarische Beurteilung vornehmen. Hiermit sei Ihnen verziehen.«

Sie blinzelte heftig, rieb sich die Augen und sagte unsicher: »Sir, Sie sind zu freundlich. Nur weil wir zusammengearbeitet haben ...«

»He, Sie können mir glauben«, protestierte er. »Ja, Sie sind ein großartiger Kamerad gewesen, aber davon allein würde ich mich nicht beeinflussen lassen – jedenfalls nur ein wenig. Was zählt, ist allein die Tatsache, daß Sie kurzentschlossen handeln, und von solchen Leuten kann die Patrouille gar nicht genug haben. Und was noch wichtiger ist – an der Sache hier sind Sie eigentlich schuldlos.«

Verwundert sah sie zu ihm auf. »Was? Ich habe meine Gefühle nicht unter Kontrolle gehabt ...«

»Unter solchen Umständen muß das ja nicht unbedingt zu Ihrem Nachteil sein. Ich bin mir selbst nicht sicher, was ich getan hätte – wenn auch vielleicht ein wenig raffinierter. Außerdem bin ich keine Frau. Mir hat es nichts ausgemacht, diese Mistkerle zu töten. Es hat mir zwar keinen Spaß gemacht, das können Sie mir glauben, besonders, weil sie keine Chance gegen mich hatten, doch solange so etwas getan werden muß, schlafe ich gut.« Everard schwieg eine Zeitlang. »Wissen Sie, in meiner holden Jugend, ehe ich zur Patrouille kam, plädierte ich bei Vergewaltigung auch für die Todesstrafe, bis eine Dame mir klarmachte, daß der Bastard dann einen Grund gehabt hätte, sein Opfer umzubringen – und kein Motiv, es nicht zu tun. Meine Gefühle haben sich nicht geändert. Wenn ich mich recht erinnere, erledigt ihr Holländer des 20. Jahrhunderts die Sache auf eure klinische, zivilisierte Art – mit einer Kastration.«

»Trotzdem, ich ...«

»Kommen Sie endlich runter von Ihrem Schuldgefühl-Trip. Lassen wir die Gefühle beiseite und betrachten die Sache mal aus der Sicht der Patrouille. Hören Sie zu! Es scheint ziemlich sicher – stimmen Sie mir da zu? – dies waren Kauffahrer, die ihre Geschäfte auf Öland, was immer diese gewesen sein mögen, beendet haben und auf dem Weg nach sonstwohin, wenn nicht nach Hause, waren. Zufällig entdeckten sie Edh und Heidhin an diesem einsamen Strand und nutzten die Gelegenheit. Solche Dinge sind nun mal in dieser Welt an der Tagesordnung. Vielleicht hatten sie ohnehin nicht vor, jemals zurückzukommen, oder wenn, dann nur zu einem anderen Stamm – aus der Luft habe ich den Eindruck gewonnen, daß die Insel zweigeteilt ist – oder sie hofften, niemand würde jemals Wind von der Sache bekommen. Jedenfalls stellten sie den jungen Leuten eine Falle. Wenn wir nicht aufgetaucht wären, hätten sie Heidhin sicher verschleppt und irgendwo als Sklave verkauft. Und Edh ebenso, wenn sie sie nicht vorher so zugerichtet hätten, daß sie ihr nur noch die Kehle durchschneiden konnten. Das also wäre geschehen – ein Vorfall wie tausend andere, ohne Bedeutung für alle außer den Leidtragenden, und die wären bald tot gewesen, vergessen, verloren für immer.«

Floris ballte die Fäuste vor der Brust. Ihre Augen blitzten.

»Trotzdem …«

Everard nickte. »Ja, trotzdem sind wir auf der Bildfläche erschienen. Wir werden ihre Heimatstadt aufsuchen – wenige Jahre, nachdem sie sie verlassen hat, werden dort eine Zeitlang als Gäste bleiben, uns diskret umhören und ihre Leute kennenlernen. Dann werden wir vielleicht eine Vorstellung davon bekommen, wie aus der armen kleinen Edh die schreckliche Veleda werden konnte.«

Floris zog eine Grimasse. »Ich glaube, die habe ich jetzt schon. Ich kann mich sehr gut in sie hineinversetzen. Ich denke, sie war intelligenter und sensibler als die anderen, ja, vielleicht sogar frommer, wenn man so etwas von Heiden überhaupt sagen kann. Und dann geschah diese schreckliche Sache, bei der nicht nur ihr Körper, sondern auch ihr Verstand unter diesen widerlich schweren, zustoßenden Körpern zerbrach, und hinterließ nur Entsetzen, Scham und Verzweiflung. Und in diesem Moment taucht dann ihre verehrte Göttin auf, um ihre Peiniger zu töten und sie in den Arm zu nehmen und zu trösten. Vom Abgrund der Hölle zum Ruhm des Himmels …

Aber was ist danach, hinterher? Das Gefühl, beschmutzt, geschändet worden zu sein, wertlos zu sein, wird eine Frau niemals mehr los, Manse. Und für Edh ist dies um so schlimmer, weil in der germanischen Eisenzeit das Blut, der Leib nur dem Clan geweiht ist und der Ehebruch einer Frau mit dem grausamsten aller Tode bestraft wird. Sicher, man würde sie vermutlich nicht für etwas, gegen das sie sich nicht wehren konnte, verantwortlich machen, aber sie würde geächtet und ... und das Element des Übernatürlichen würde bei ihren Stammesgenossen eher Furcht erwecken als Verehrung. Heidnische Götter sind schwierig, oftmals grausam. Ich frage mich, ob Edh und Heidhin es überhaupt wagen, über den Vorfall zusprechen. Vielleicht schweigen sie darüber, und das wiederum würde ihrer Seele einen mörderischen Konflikt bescheren.«

Everard hätte zu gern eine Pfeife geraucht, mochte aber dafür nicht extra zu den Satteltaschen seines Scooters gehen. Floris war im Moment zu verletzlich. *Sie hat mich nie zuvor mit meinem Vornamen angeredet, weil wir so sorgfältig darauf bedacht waren, Verwicklungen zu vermeiden. Ich bezweifle, daß sie es überhaupt bemerkt hat.*

»Sie haben wahrscheinlich recht«, räumte er ein. »In den Konflikt gerieten sie in dem Moment, in dem die übernatürliche Erscheinung stattfand. Aber dadurch blieben sie lebendig und frei. Doch selbst wenn Edhs Körper erniedrigt worden ist, ihre Seele konnten sie nicht wirklich erniedrigen. Irgendwie war sie immer nur ihrer Göttin geweiht. Wahrscheinlich, weil sie eine Berufung in sich fühlte. Sie fühlte sich zu etwas ganz Großem auserwählt. Was mag das gewesen sein – während Heidhin ihr gegenüber immer wieder nur von seinen männlichen Rachegefühlen sprach ... Tatsächlich, aus der Sicht ihrer Kultur würde es einen Sinn ergeben. Sie war dazu auserkoren, die Zerstörung des römischen Reiches in Gang zu bringen.«

»Von ihrer Hinterwäldler-Insel aus konnte sie das nicht bewerkstelligen«, führte Floris seinen Gedankengang fort. »Andererseits konnte sie sich auch nicht mehr in das gewohnte Leben dort einfügen. Statt dessen wollte sie nach Westen gehen, voller Vertrauen auf den Schutz der Göttin. Und Heidhin ging mit ihr. Sie kratzten gemeinsam genug zusammen, um sich eine Passage über das Meer zu kaufen. Was sie dann bei ihrer Reise von den Römern hörten und sahen, verstärkte noch den Haß und das Sendungsbewußtsein der beiden. Ich glaube aber, trotz der Vorkommnisse – und entgegen den üblichen Verhaltensweisen ihrer Gesellschaft – hat Heidhin sie geliebt.«

»Ich fürchte, das ist auch jetzt noch so. Erstaunlich, wo es doch so deutlich ist, daß sie ihn nie in ihr Bett lassen wird.«

»Aber verständlich«, seufzte Floris. »Von ihrer Seite – nach einem solchen Erlebnis. Und er würde niemals auf den Gedanken kommen, mit der Göttin zu rivalisieren. Wie ich hörte, hat er bei den Brukterern Weib und Kinder.«

»Ach nein. Nun gut, dann ist es also eine Ironie des Schicksals, daß unsere Untersuchung nur eine Störung des Plenums zutage gefördert hat. Mit anderen Worten, eine solche Verkettung von Umständen ist keinesfalls ungewöhnlich. Ein weiterer Grund, Sie nicht zu verurteilen, Janne. Häufig genug entwickelt eine zufällige Begebenheit eine starke, wenn auch unterschwellige Eigendynamik. Unsere Aufgabe ist es, zu verhindern, daß sie sich zu einem kausalen Sog ausweitet – um es einmal so bildhaft auszudrücken. Wir müssen den Ereignissen vorbeugen, die zu Tacitus Zwei führen, ohne dabei übermäßig die zu beeinflussen, die in Tacitus Eins beschrieben sind.«

»Aber wie?« fragte sie verzweifelt. »Dürfen wir uns denn noch mehr einmischen? Sollen wir nicht lieber Hilfe suchen bei ... den Danelliern?«

Everard lächelte. »Hm, meiner Meinung nach sieht die Sache gar nicht so schlecht aus. Man erwartet von uns, nach besten Kräften zu handeln, um die Lebenszeit anderer Agenten nicht unnötig in Anspruch zu nehmen. Wie ich schon sagte, wäre es sicher nicht falsch, eine Weile auf Öland zu bleiben und die Hintergründe zu untersuchen. Dann werden wir zu den Batavern, zu den Römern in diesem Jahr zurückkehren und – nun, ich habe da ein paar Ideen, die ich aber eingehender mit Ihnen diskutieren möchte. Das gibt Ihnen dann sicher auch wieder die nötige Kraft für unsere Aktionen.«

»Ich werde mein Bestes versuchen.«

Schweigend standen sie eine Weile nebeneinander. Die Luft wurde kälter, über den Hügeln zog die Nacht herauf. Die Farben des Sonnenuntergangs vergingen im Grau, und über den beiden Agenten blitzte der Abendstern.

Everard hörte, wie Floris schwer Luft holte und erschauerte. Sie schlug die Arme um den Körper.

»Janne, was ist los?« fragte er, obwohl er es ahnte.

Sie sah in die Dunkelheit hinaus. »All diese Tode, der Schmerz, der Verlust, die Trauer ...«

»Eine historische Norm.«

»Ich weiß, ich weiß. Aber – nun, ich dachte, das Leben bei den Friesen habe mich abgehärtet, aber an diesem Tag, in diesem meinem jetzigen Heute, habe ich Männer getötet und ... und ich werde bestimmt nicht ruhig schlafen ...«

Er trat dicht an sie heran und legte ihr, besänftigende Worte murmelnd, die Hände auf die Achseln. Sie wirbelte zu ihm herum und umschlang ihn mit den Armen. Was konnte er anders tun, als sie ebenfalls in die Arme zu nehmen? Was konnte er anders tun, als sie zu küssen, als sie ihm das Gesicht entgegenhob?

Wild erwiderte sie seinen Kuß. Ihre Lippen schmeckten salzig. »Ach, Manse, ja, ja, bitte. Sehnst du dich nicht auch danach, alles zu vergessen – nur für diese eine Nacht?«

16

Schneeregen fiel aus einem unsichtbaren Himmel auf ein Land, das der Regen ohnehin schon halb ertränkt hatte.

Die Sicht verlor sich über flachen Äckern, welkem Gras und kahlen Bäumen, an deren Zweigen der Wind riß, in den ausgebrannten Überresten eines Hauses, im Mittagszwielicht kaum zu erkennen. Der eisige Nordwind roch nach den Sümpfen, über die er hinweggebraust war, nach der See dahinter – und nach dem Polarwinter, in dem er geboren worden war.

Everard hockte zusammengesunken im Sattel und hatte sich eng in seinen Umhang gehüllt. Von der Kapuze tropfte Wasser auf sein Gesicht. Dumpf klatschten die Hufe des Pferdes durch den Schlamm – obwohl dies der Weg war, der über ein großes Grundstück zu einem Herrenhaus führte.

Wenig später ragte das Gebäude vor ihm auf. Burhmund hatte es in einem modifizierten mediterranen Stil mit Schindeldach und Stuckbögen gebaut, als er noch Civilis gewesen war, Verbündeter und Offizier von Rom. Sein Weib war hier die Herrin gewesen, und das Gelächter seiner Kinder hatte die Mauern des Hauses erfüllt. Jetzt diente es als Hauptquartier für Petillius Cerialis.

Zwei Wachen standen am Eingang. Wie die am Tor riefen sie ihn an, als der Patrouillengänger am Fuß der Stufen sein Pferd zügelte. »Ich bin Everardus der Gote«, erklärte er. »Der Befehlshaber erwartet mich.«

Der eine Soldat warf dem anderen einen fragenden Blick zu. Der nickte sofort. »Ich bin informiert. Zufällig habe ich selbst den vorausgeschickten Kurier zu meinem Herrn eskortiert.«

Suchte er Anerkennung, wollte er sich wichtig machen? Der Legionär schnaufte und nieste fortwährend. Vielleicht war er in letzter Minute gegen einen Offizier ausgetauscht worden, der fiebernd mit klappernden Zähnen auf seinem Feldbett lag. Obwohl beide Gallier zu sein schienen, wirkten sie ziemlich abgerissen. Ihre Harnische waren matt, ihre Kilts hingen wie nasse Säcke an ihren Körpern, die Arme zeigten eine Gänsehaut, und die eingesunkenen Wangen zeugten von gekürzten Rationen.

»Ihr könnt passieren«, brummte der andere Legionär. »Ein Stallbursche wird sich um Euer Pferd kümmern.«

Everard trat in das Halbdunkel des Atriums, wo ein Sklave ihm Umhang und Messer abnahm. An den Wänden hockten zusammengesunkene Gestalten, Dienstboten, die nichts zu tun hatten, und betrachteten ihn mit Blicken, in denen plötzlich eine schwache Hoffnung aufzuflackern schien. Ein Helfer kam und begleitete den Besucher zu einem Zimmer im Südflügel des Hauses. Dort klopfte er an die Tür, gehorchte einem dumpfen »Herein« und verkündete: »Herr, der Abgesandte der Germanen ist hier.«

»Schick ihn herein«, polterte die Stimme. »Laß uns allein, warte aber vor der Tür – für alle Fälle.«

Everard trat ein. Hinter ihm schloß sich die Tür. Durch ein einzelnes Fenster fiel fahles Licht, und im Raum verteilt standen Halter mit Kerzen aus Talg, nicht aus Wachs, die rußten und stanken. In den Ecken hingen Schatten und dehnten sich auch über den Tisch, der mit Papyrus-Rollen übersät war. Ansonsten gab es noch zwei Stühle und einen Schrank, der wahrscheinlich Kleider zum Wechseln enthielt. An der Wand hingen nebeneinander ein Schwert und die dazugehörige Scheide. Ein Holzkohleherd sorgte für Wärme, aber auch für stickige Luft.

Cerialis saß am Tisch. Der untersetzte Mann war

nur mit einer Tunika und Sandalen bekleidet. Das glattrasierte Gesicht zeigte tiefe Furchen. Seine Augen musterten den Ankömmling. »Ihr seid also Everardus der Gote, wie?« begrüßte er den Gast. »Der Kurier behauptete, Ihr sprecht Latein. Daran tätet Ihr gut.«

»Ja, ich spreche Eure Sprache«, antwortete Everard und dachte bei sich: *Das wird eine knifflige Sache. Es ist zwar nicht meine Art, vor jemandem zu kriechen. Aber vielleicht denkt er, ich sei zu arrogant, und will sich von einem Einheimischen nichts bieten lassen. Seine Nerven sind offenbar schon reichlich dünn – wie die von allen anderen in diesen Tagen.* »Es ist gleichermaßen freundlich und weise von dem Befehlshaber, mich zu empfangen.«

»Nun, offen gestanden würde ich zum jetzigen Zeitpunkt sogar einem Christen zuhören, der behauptet, mir ein Angebot machen zu wollen. Zumindest hätte ich dann das Vergnügen, ihn kreuzigen zu können, wenn sich herausstellt, daß er nichts anzubieten hat.«

Everard heuchelte Unverständnis.

»Eine Juden-Sekte«, grunzte Cerialis. »Habt Ihr noch nie von den Juden gehört? Noch eine Horde aufmüpfiger Speichellecker. Doch was ist mit Euch? Euer Stamm lebt doch weit im Osten. Warum, beim Tartarus, treibt Ihr Euch dann hier in dieser Gegend herum?«

»Ich dachte, man habe das dem General schon erklärt. Ich bin weder Euch noch Civilis feindlich gesonnen. Ich habe lange Zeit in vielen Teilen des Imperiums wie auch in Germanien verbracht. Ich kenne Civilis und ein paar andere Stammeshäuptlinge so weit, daß sie mir vertrauen. Ich soll für sie sprechen, weil ich ein Außenstehender bin, gegen den Ihr nichts haben könnt. Und da ich die römische Art etwas kenne, wäre ich in der Lage, ihnen Eure Botschaft klar und deutlich zu übermitteln, ohne ein falsches Wort. Was meine Person angeht, so würde ich als Kaufmann gern mit dieser Region hier Handel treiben. Vom Frieden und von der Dankbarkeit der Stämme könnte ich nur profitieren.«

Die Stämme davon zu überzeugen, war schon schwieriger gewesen, aber nicht allzu sehr. Die Aufständischen waren in Wahrheit erschöpft und entmutigt. Einem Goten würde man vielleicht persönlichen Zutritt zum römischen Befehlshaber gewähren – wo er eher etwas Positives erreichen als die Sache noch verschlimmern konnte, die ohnehin schlecht genug stand. Die Leichtigkeit, mit der diesbezügliche Vereinbarungen getroffen wurden, nachdem Kuriere die Nachricht überbracht hatten, überraschte die Germanen. Everard dagegen hatte damit gerechnet, denn durch Tacitus und durch seine eigene Luftüberwachung wußte er, wie schlimm es auch um die Römer stand.

»Das weiß ich!« fauchte Cerialis. »Man hat mir nur nicht erklärt, was dabei für Euch herausschaut. Also schön, unterhalten wir uns. Doch ich warne Euch. Wenn Ihr weiter so geschraubt redet, gebe ich Euch persönlich einen solchen Tritt, daß Ihr in hohem Bogen aus diesem Zimmer fliegt. Setzt Euch! Nein, gießt uns erst etwas Wein ein. Er macht dieses abscheuliche Land eine Spur erträglicher.«

Everard füllte aus einer zierlichen Glaskaraffe Wein in zwei silberne Becher. Der Sessel, in dem er Platz nahm, war ähnlich ansehnlich, und auch der Wein schmeckte, obwohl er für seinen Geschmack etwas zu süß war. Dies alles mußte einmal Civilis gehört haben. Und der Zivilisation.

Ich war von den Römern noch nie sonderlich angetan gewesen, aber wenigstens bringen sie außer Sklavenhändlern, Steuereintreibern und sadistischen Spielchen noch andere Dinge ins Land. Frieden, Wohlstand, eine erweiterte Weltsicht – Dinge, die zwar keinen Bestand haben, aber zumindest, wenn auch nur in Ansätzen, sobald die Flut verrauscht ist, in Form von Bücher, Techniken, Glaubensrichtungen, Ideen und Erinnerungen, die Grundlagen schaffen, mit denen spätere Generationen überleben und neuen Wohlstand aufbauen können. Und durch die Erinnerungen ist das, was einmal gewesen ist, für eine Zeitlang nicht nur ein Leben, das sich auf das pure Überleben beschränkt.

»Also sind die Germanen endlich bereit, sich zu ergeben, oder?« knurrte Cerialis.

»Ich bitte den General um Vergebung, wenn wir vielleicht einen falschen Eindruck erweckt haben. Wir beherrschen die lateinische Sprache nicht gerade meisterhaft.«

Cerialis hieb mit der Faust auf den Tisch. »Verdammt, ich hatte Euch doch geraten, nicht dauernd um den heißen Brei herumzureden! Wenn man Euch so hört, könnte man meinen, Ihr wäret ein Götterbote, den Merkur geschickt hat. Ich bin ein Verwandter des Kaisers, aber er und ich sind nur einfache Soldaten, die eine schwere Pflicht zu erfüllen haben. Wir brauchen beide kein Blatt vor den Mund zu nehmen – hier, wo wir unter uns sind.«

Everard wagte ein Lächeln. »Wie Ihr wollt, Herr. Ich denke, Ihr habt uns nicht völlig mißverstanden. Wieso kommt Ihr denn nicht von Euch aus zur Sache? Die Stammesfürsten, die mich geschickt haben, denken keineswegs daran, sich zu unterwerfen oder sich in Ketten im Triumphzug mitschleifen zu lassen. Trotzdem würden sie gern diesen Krieg beenden.«

»Sie haben auch noch die Unverschämtheit, Bedingungen zu stellen? Was haben sie denn noch, um damit zu kämpfen? Wir bekommen ja kaum mehr einen Feind zu Gesicht. Civilis' letzter erwähnenswerter Versuch, uns einzuschüchtern, war ein kleines Scharmützel zu Wasser im letzten Herbst. Ich war deswegen nicht beunruhigt, sondern nur erstaunt, daß er es überhaupt versuchte. Damit hat er nichts erreicht und zog sich dann ja auch über den Rhein zurück. Seitdem verwüsten wir seine Heimat.«

»Das habe ich bemerkt – einschließlich der Tatsache, daß Ihr seine Besitztümer verschont.«

Cerialis lachte laut auf. »Na klar, was denn sonst? Ich treibe einen Keil zwischen ihn und die anderen. Sie sollen sich fragen, warum sie für ihn, für seinen Besitz, bluten und sterben sollen. Ich weiß, daß sie alle seiner überdrüssig sind. Schließlich seid Ihr ja auch von einer Horde Stammesfürsten geschickt worden, und nicht von ihm.«

Das stimmt, und du bist ein verdammt gerissener Hund, Mister! »Die gegenseitige Verständigung ist ziemlich umständlich und braucht viel Zeit. Zudem sind wir Germanen es gewohnt, unabhängig voneinander zu handeln. Das bedeutet aber noch lange nicht, daß sie mich geschickt haben, um Civilis zu verraten.«

Cerialis nahm einen Schluck aus seinem Becher, setzte ihn dann hart ab und rief: »In Ordnung, laßt hören, was man mir anbietet.«

»Den Frieden, wie ich Euch schon sagte«, erklärte Everard. »Könnt Ihr Euch leisten, ihn abzulehnen? Ihr steckt ebenso in der Klemme wie sie. Ihr sagt, daß Ihr keine feindlichen Truppen mehr zu Gesicht bekommt. Und warum? Weil Ihr selbst keine weiteren Vorstöße unternehmt. Ihr sitzt hier fest in einem Landstrich, wo es nichts mehr zu holen gibt. Jeder Pfad ist ein einziger Morast, Eure Truppen frieren, sind durchnäßt und hungrig, sogar krank, und die Stimmung ist schlecht. Eure Nachschubprobleme sind offensichtlich und werden sich nicht verbessern, solange sich dieses Land nicht vom Bürgerkrieg erholt hat – der länger dauern wird, als Ihr hier ausharren könnt.« *Am liebsten würde ich jetzt den Ausspruch von Steinbeck über die Fliegen zitieren, die glauben, den Fliegenstreifen erobert zu haben.* »In der Zwischenzeit hebt Burhmund, Civilis, in Germanien neue Truppen aus. Ihr könntet ähnlich geschlagen werden wie Varus im Teutoburger Wald, Cerialis, mit den gleichen weitreichenden Konsequenzen.

Es wäre besser, zu einer Einigung zu kommen, solange Ihr dazu noch die Möglichkeit habt. Also, waren diese Worte jetzt klar und deutlich genug?«

Der Römer war rot angelaufen und rang die Hände. »Sie waren unverschämt. Wir werden doch einen Aufstand nicht noch belohnen. Wir können es nicht.«

Everards Stimme wurde sanfter. »Die, für die ich hier spreche, sind der Ansicht, daß Ihr sie für die Rebellion ausreichend bestraft habt. Wenn die Bataver und ihre Verbündeten zu ihrem Treueid, den sie der römischen Fahne geschworen haben, zurückkehren, und jenseits des Flusses Ruhe einkehrt, habt Ihr dann nicht Euer Ziel erreicht? Sie erwarten doch nicht mehr, als sie ihren Leuten schulden. Kein weiteres Abschlachten, keine Versklavung, keine Gefangenen mehr für den Triumphzug oder die Arena. Statt dessen Amnestie für alle – einschließlich Civilis. Die Wiederherstellung und Rückgabe der Stammesgebiete, soweit diese besetzt wurden. Eine Korrektur aller Mißbräuche, die erst zu der Revolte geführt haben. Das bedeutet in der Hauptsache: Tributzahlungen in vernünftiger Höhe, örtliche Autonomie, die Erlaubnis, Handel zu treiben und ein Ende der Zwangsrekrutierungen. Wenn Ihr diese Zugeständnisse macht, werden sich so viele Freiwillige melden, wie Rom braucht.«

»Das sind nicht eben bescheidene Forderungen«, meinte Cerialis. »Sie übersteigen meine Kompetenz.«

Aha, er ist bereit, darüber nachzudenken, durchfuhr es Everard. Der Agent beugte sich vor. »General, Ihr kommt aus dem Hause Vespasian – Vespasian, für den auch Civilis gekämpft hat. Der Imperator wird auf Euch hören. Jedermann sagt, daß er ein bedachter Mensch ist, der keinen Wert auf vergänglichen Ruhm legt, sondern statt dessen daran interessiert ist, daß alles seinen rechten Gang geht. Der Senat wird – auf den Imperator hören. Und Ihr könntet, mit etwas gutem Willen, diesen Vertrag zustande bringen, General. Man würde Euch nicht als einen Varus, sondern als einen Germanicus in Erinnerung behalten.«

Cerialis stierte mit zusammengekniffenen Augen über den Tisch hinweg. »Ihr redet für einen Barbaren ziemlich gebildet«, brummte er.

»Ich bin ein wenig herumgekommen, Herr.«

Ja, fürwahr, um den ganzen Globus, die Jahrhunderte hinauf und hinunter. Und erst kürzlich war ich am Ursprung Eurer schlimmsten Probleme, Cerialis.

Wie lange es schon zurückzuliegen schien, diese Idylle auf Öland – nein, auf Eyn. Nach dem Kalender war das jetzt schon 25 Jahre her. Hlavagast, Viduhada und die meisten, die sich so gastfreundlich gezeigt hatten, waren wahrscheinlich inzwischen tot. Knochen in der Erde und Namen auf den Lippen der Nachkommen, fielen sie allmählich der Vergessenheit anheim. Mit ihnen vergangen waren Schmerz und Verwunderung über zwei Kinder, die dem Ruf der Ferne gefolgt waren. Doch für Everard und Floris lag es erst einen Monat zurück, daß sie Laikian Lebewohl gesagt hatten. Sie waren offiziell Mann und Frau gewesen, Wanderer weit aus dem Süden, die für sich und ihre Pferde eine Passage über das Meer gebucht hatten und für eine Weile ihr Zelt in der Nähe des gastfreundlichen Dorfes aufschlagen wollten ...

Es war ein außergewöhnliches Ereignis und daher bezaubernd; es verleitete die Leute dazu, offener zu reden als je zuvor in ihrem Leben. Aber da waren auch all die anderen Stunden gewesen, im Zelt oder draußen auf der sommerlichen Heide ...

Doch nachher widmeten sich die Agenten um so fleißiger ihrer Aufgabe.

»Außerdem habe ich meine Verbindungen«, fügte Everard hinzu.

Die Historie, die Datenaufzeichnungen, die großen Computer, die alles koordinierten, die Experten der Zeitpa-

trouille. Das Wissen, daß dies hier die richtige Konfiguration eines Plenums ist, das ein mächtiges negatives Feedback hat. Wir haben den Zufallsfaktor identifiziert, der lawinenartige Veränderungen auslösen könnte. Unsere Aufgabe ist es, die Folgen zu mildern.

»Hm, darüber möchte ich mehr hören.« Cerialis räusperte sich. »Später. Heute bleiben wir beim Geschäft. Tatsächlich will ich meine Männer aus diesem Schlammloch herausholen.«

Irgendwie fange ich an, diesen Burschen zu mögen. In vielerlei Hinsicht erinnert er mich an George Patton. Ja, wir können miteinander feilschen.

Cerialis wog seine Worte sorgfältig ab. »Sagt Euren Stammesfürsten dies – und sie sollen meine Worte an Civilis weitergeben: Ich sehe einen einzigen riesigen Stolperstein. Ihr sprecht von den Germanen jenseits des Rheins. Ich kann nicht alles ihm überlassen und meine Legionen abziehen, während die Stämme nur darauf warten, daß jemand trommelt, und sie wieder zu den Waffen ruft.«

»Das würde er nicht tun, das versichere ich Euch. Unter den genannten Voraussetzungen hätte er alles erreicht, wofür er gekämpft hat – oder zumindest einen tragfähigen Kompromiß. Wer sonst sollte einen neuen Krieg anzetteln?«

Cerialis' Mund wurde schmal. »Veleda.«

»Die Seherin, die bei den Brukterern weilt?«

»Die Hexe. Ihr sollt wissen, daß ich sogar an einen Vorstoß auf ihr Gebiet gedacht habe, nur um ihrer habhaft zu werden. Aber sie würde in die Wälder verschwinden.«

»Und selbst wenn Ihr erfolgreich gewesen wäret, hättet Ihr damit nur in ein Wespennest gestochen.«

Cerialis nickte. »Jeder verrückte Stammesangehörige vom Rhein bis zum Suebenmeer hätte zu den Waffen gegriffen.« Er meinte die baltischen Länder – und hatte damit recht. »Aber es könnte auch noch schlimmer werden – für meine Enkel, wenn schon nicht für mich, wenn ich zulasse, daß sie weiter herumreist und ihr Gift unter den Stämmen versprüht.« Er seufzte. »Wäre sie nicht, würden die Proteste vielleicht verstummen. Aber so ...«

»Ich glaube, wenn Civilis und seinen Verbündeten ehrenhafte Bedingungen zugesagt werden, können wir Veleda dazu bringen, nach dem Frieden zu rufen«, meinte Everard mit Nachdruck.

Cerialis kicherte. »Ihr glaubt das tatsächlich?«

»Versucht es. Verhandelt mit ihr und mit den männlichen Führern. Ich könnte als Unterhändler zwischen den Parteien fungieren.«

Cerialis schüttelte den Kopf. »Wir dürfen sie nicht frei herumlaufen lassen. Das ist zu gefährlich. Wir müßten ein Auge auf sie haben.«

»Aber nicht eine Hand.«

Cerialis blinzelte verwirrt. Dann kicherte er. »Ha, ich verstehe, was Ihr meint. Ihr seid nicht auf den Mund gefallen, Everardus. Stimmt, wenn wir sie einkerkerten oder etwas Ähnliches, hätten wir wahrscheinlich sofort den nächsten Aufstand. Aber was ist, wenn sie ihn provoziert? Wie sollen wir wissen, daß sie sich zurückhält?«

»Das wird sie, sobald sie sich mit Rom ausgesöhnt hat.«

»Und was ist das wert? Ich kenne die Barbaren. So unbeständig wie Gänse.« Offensichtlich war es dem General nicht bewußt, daß er den Abgesandten damit beleidigte, oder es kümmerte ihn nicht. »Soweit ich erfahren habe, ist es eine Kriegsgöttin, der Veleda dient. Was, wenn es der Hexe plötzlich in den Sinn kommt, daß diese Bellona wieder nach Blut ruft? Dann hätten wir ein weiteres Boadicea vor uns.«

Ein Punkt für dich. Everard nippte an seinem Wein, der ihm glutvoll durch die Kehle rann und in ihm die Vorstellung von Sommern in südlichen Gefilden weckte. »Versucht es doch einfach«, meinte er. »Was könntet Ihr schon verlieren, wenn Ihr Botschaften mit ihr austauscht? Ich glaube, daß ein Abkommen möglich ist, mit dem jeder leben kann.«

Die überraschend ruhige Antwort von Cerialis war entweder eine Metapher, oder sein Aberglaube veranlaßte ihn zu diesen Worten: »Das dürfte ganz von der Göttin abhängen, nicht wahr?«

17

Der frühe Sonnenuntergang hing rötlichglänzend über dem Wald. Gegen sein Leuchten hoben sich die Äste der Bäume wie schwarze Knochen ab. Die Pfützen auf den Feldern und Pfaden schimmerten tiefrot unter einem grünlichen Himmel – so kalt wie der Wind, der über das Land winselte. Ein Schwarm Krähen flog vorüber. Ihre krächzenden Rufe waren noch zu hören, nachdem die Dunkelheit sie längst verschluckt hatte.

Ein Knecht, der Heu von der Scheune zum Haus brachte, erschauerte, als er Wael-Edh vorübergehen sah. Dabei war sie nie unfreundlich in ihrer selbstbewußten Art, aber sie hatte Kontakt zu den Mächten, und sie kam geradewegs aus ihrem Heiligtum. Was mochte sie dort wohl gehört und gesagt haben? Seit Monaten war kein Mensch mehr zu ihr gegangen, um mit ihr zu reden, wie das früher oft der Fall gewesen war. Am Tag war sie auf ihrem Grund und Boden herumgewandert oder hatte allein unter einem Baum gesessen und vor sich hin gegrübelt. Das geschah sicherlich auf ihren Wunsch – aber warum?

Dies war eine harte, schlimme Zeit, selbst für die Brukterer. Zu viele ihrer Leute waren aus den batavischen oder friesischen Gebieten zurückgekehrt und hatten von Unglück und Leid in jenen Landstrichen erzählt – oder waren nicht mehr wiedergekommen. Hatten sich die Götter von ihrer Prophetin abgewandt? Der Knecht murmelte eine Glücksformel und beschleunigte seine Schritte.

Dunkel ragte ihr Turm vor ihr auf. Der Wachtposten senkte ehrfürchtig seinen Speer vor ihr. Sie nickte ihm zu und öffnete die Tür. In dem Raum dahinter hockte ein Pärchen – Leibeigene – vor einem kleinen Feuer und wärmte sich die Hände. Beißender Rauch hing in der Luft. Zwei Lampen verbreiteten ein schummriges Licht. Beim Anblick der Frau sprangen beide auf die Füße. »Wünscht meine Herrin etwas zu essen oder zu trinken?« fragte der Mann.

Wael-Edh schüttelte den Kopf. »Ich will nur schlafen«, antwortete sie.

»Wir werden gut über Eure Träume wachen«, sagte das Mädchen – was völlig unsinnig war, denn niemand außer Heidhin würde es wagen, ungebeten die Leiter nach oben zu steigen. Aber sie war erst kurz bei ihr und wußte es nicht besser. Sie reichte ihrer Herrin eine der beiden Lampen. Wael-Edh stieg nach oben.

In einem der Fenster hing noch ein Hauch des Tageslichtes. Die Flamme der Lampe flackerte. Schatten hingen in den Ecken des Raums und ließen die Einrichtungsgegenstände wie Trolle erscheinen. Edh wollte noch nicht zu Bett gehen, stellte die Lampe auf das Fensterbrett und setzte sich auf ihren dreibeinigen Seherinnen-Stuhl. Den Umhang zog sie eng um ihren Körper. Ihre Blicke tauchten in die tieferwerdenden Schatten.

Ein Luftzug streifte ihr Gesicht, Dielen ächzten unter einem schweren Gewicht. Edh fuhr zurück, und der Stuhl polterte laut zu Boden.

Ein sanftes Leuchten erstrahlte von einem Ball über den Hörnern des Dings, das plötzlich vor ihr stand. Auf seinem Rücken befanden sich zwei Sättel. Es war der Bulle von Frae, aus Eisen geformt, und darauf ritt die Göttin, die das Tier wie vereinbart von ihm gefordert hatte.

»Niaerdh, ach, Niaerdh ...«

Janne Floris stieg von dem Zeitspringer und blieb unbeweglich stehen. Um, wie zuvor durch Nachlässigkeit geschehen, nicht durch falsche Kleidung aufzufallen, trug sie nun das typische Gewand der germanischen Frau im Eisenzeitalter. Damals waren diese Fehler nicht ins Gewicht gefallen, doch hatte die Erinnerung daran die Agentin vorsichtig gemacht, und sie hatte daher ihre Kleidung sorgsam ausgewählt. Ihr Kleid erstrahlte in blendendem Weiß, Juwelen funkelten an ihrem Gürtel, das silberne Pektoral war wie ein Fischernetz gearbeitet, und ihr Haar schaute zu Zöpfen geflochten unter einem mit Bernstein besetzten Diadem hervor.

»Fürchte dich nicht«, sagte sie in dem Dialekt, den Edh als Kind gesprochen hatte. »Aber sprich leise. Ich bin zu dir zurückgekehrt, wie ich es dir versprochen habe.«

Edh richtete sich auf, preßte die Hände gegen die Brust und schluckte mehrmals. Ihre Augen wirkten riesig in ihrem hageren, strengen Gesicht. Die Kapuze war ihr vom Kopf geglitten und zeigte die grauen Strähnen, die sich inzwischen in ihr Haar gemischt hatten. Einige Sekunden lang atmete sie nur heftig. Dann durchflutete sie überraschend schnell ein Gefühl der Ruhe und Sanftheit, und sie war bereit zu akzeptieren, was sie jetzt erwartete.

»Schon immer habe ich gewußt, Ihr würdet das tun«, sagte sie leise. »Ich bin bereit zu gehen.« Und im Flüsterton: »Sehr bereit sogar.«

»Zu gehen? Wohin?« fragte Floris.

»Die Höllenstraße hinunter. Ihr werdet mir Dunkelheit und Frieden bringen.« Angst keimte in ihrer Stimme auf. »Das werdet Ihr doch, oder?«

Floris versteifte sich. »Was ich von dir erwarte, ist schwerer als der Tod.«

Edh schwieg einen Moment lang, ehe sie antwortete: »Ganz wie Ihr wollt. Schmerz ist mir nicht fremd.«

»Ich würde dir niemals weh tun«, stieß Floris heftig hervor, gewann aber rasch ihre Fassung zurück. »Schließlich hast du mir lange Jahre treu gedient.«

Edh nickte. »Seit Ihr mir das Leben zurückgegeben habt.«

Floris konnte einen Seufzer nicht unterdrücken. »Ein schwieriges, undankbares Leben, fürchte ich.«

Jetzt kam Leben in Edhs Augen. »Ihr habt mich doch nicht umsonst gerettet, das weiß ich. Ihr habt es getan für all die anderen, nicht wahr? Für die geschändeten Frauen, die dahingeschlachteten Männer, die verhungerten Kinder, für die freien Menschen, die in Ketten lagen. Ich war doch dazu bestimmt, ihre Rache auf Rom herabzurufen. Das war ich doch, oder?«

»Bist du dir dessen nicht mehr sicher?«

Plötzlich schimmerten Tränen in Edhs Augen. »Wenn ich unrecht hatte, Niaerdh, warum habt Ihr mich dann gewähren lassen?«

»Du hast recht getan, mein Kind.« Floris streckte die Hände aus, und Edh ergriff sie ehrfürchtig. Ihre Hände waren kalt und bebten leicht. Floris holte tief Luft und verkündete die göttlichen Worte:

»Für jedes Ding gibt's die richtige Zeit, und der Himmel bestimmt die Zeit für jeden Zweck: die Zeit zum Gebären, die Zeit zum Sterben; die Zeit zum Säen, und die Zeit zum Ernten, was gesät wurde; die Zeit zum Töten, die Zeit zum Heilen, die Zeit zum Zerstören, die Zeit zum Wiederaufbau. Eine Zeit zum Weinen, eine Zeit zum Lachen; eine Zeit zum Wehklagen, eine Zeit zum Tanzen; eine Zeit zum Steinewerfen, eine Zeit zum Steinesammeln, eine Zeit zum Umarmen, eine Zeit, sich aus der Umarmung freizumachen. Zeit zu gewinnen, Zeit zu verlieren, Zeit zu bewahren, Zeit zu vergessen. Eine Zeit zu schweigen, eine Zeit zu reden. Eine Zeit für die Liebe, eine Zeit für den Haß. Eine Zeit des Krieges, eine Zeit des Friedens.«

Ehrfurcht und Bewunderung sprach aus Edhs Augen. »Ich höre Euch, Göttin.«

»Das ist die überlieferte Weisheit, Edh. Du hast gut gearbeitet, du hast für mich ausgesät, was ich von dir erwartete. Aber deine Arbeit ist noch nicht getan. Du mußt jetzt noch die Ernte einfahren.«

»Aber wie?«

»Kraft des Willens, den du in ihnen erweckt hast, haben die Westvölker für ihre Rechte gekämpft, daß die Feinde jetzt froh wären, ihnen zurückzugeben, was sie ihnen gestohlen. Aber immer noch fürchten die Römer Veleda. Solange du ihren Untergang beschwörst, wagen sie nicht, ihre Truppen abzuziehen. Es ist jetzt an der Zeit, daß du in meinem Namen den Frieden predigst.«

In Edhs Augen blitzte Freude auf. »Dann werden sie abziehen? Wir werden sie los sein?«

»Nein. Sie werden weiter ihren Tribut fordern und ihre Aufpasser bei den Stämmen haben. Doch werden sie rechtschaffen sein, und auch die Bewohner diesseits des Rheins werden durch Handel und gesetzliche Ordnung Reichtum und Zufriedenheit erlangen.«

Edh blinzelte. Dann schüttelte sie heftig den Kopf und ballte die Fäuste. »Keine wahre Freiheit? Keine Rache? Göttin, ich kann doch nicht ...«

»Dies ist mein Wille«, befahl Floris hart. »Gehorche!« Ihre Stimme wurde wieder sanft. »Und du, mein Kind, wirst belohnt werden. Auf dich wartet ein neues Heim, ein Ort der Ruhe und des Wohlstands, wo du meinen Schrein hegen wirst, der künftig ein Hort des Friedens sein soll.«

»Nein ...« stammelte Edh. »Ihr ... Ihr müßt doch wissen ... ich habe geschworen ...«

»Sag es mir!« rief Floris aus. Und nach einen Moment: »Ich ... möchte, daß du dich dir selbst öffnest.«

Die schwankende Gestalt vor ihr gewann ihr inneres Gleichgewicht zurück. Edh hatte lange in einer Zeit des Schreckens und der Gefahr gelebt und dabei gelernt, ihre Gefühle zu beherrschen. »Ich frage mich, ob ich mir das jemals ...« Dann richtete sie sich kerzengerade auf. »Heidhin und ich ... er ließ mich schwören, daß ich niemals Frieden schließe, solange er lebt und Römer in Germanien stehen. Im heiligen Hain haben wir unser Blut vor dem Angesicht der Götter vermischt. Wart Ihr da woanders?«

Floris runzelte die Stirn. »Dazu hatte er kein Recht!«

»Er ... rief die Asen an ...«

Floris spielte die Hochmütige. »Um die Asen werde ich mich kümmern. Du bist frei von diesem Schwur.«

»Heidhin würde das nie ... Er war all diese Jahre hindurch immer treu und zuverlässig. Wollt Ihr, daß ich ihn jetzt wie einen Hund davonjage? Er wird niemals den Kampf gegen die Römer aufgeben, was immer andere Männer oder selbst ihr Götter tun mögt.«

»Sag ihm, es sei mein Wille.«

»Ich weiß nicht, ich weiß nicht!« drang es gepreßt aus Edhs Mund. Sie sank zu Boden und verbarg das Gesicht an den Knien, die sie umklammerte. Ihre Achseln bebten.

Floris schaute sich um. Dachsparren und Balken verloren sich in der Dunkelheit. Das Tageslicht war entschwunden, und die Kälte kroch von draußen herein. Der Wind winselte um das Haus.

»Ich fürchte, wir haben Schwierigkeiten«, übermittelte sie ohne Ton an Everard. »Loyalität ist die höchste Moral, die diese Menschen hier kennen. Ich bin nicht sicher, ob ich Edh dazu bringen kann, ihr Versprechen zu brechen. Vielleicht zerbricht sie selbst daran, wenn sie es tut.«

»Wodurch sie völlig hilflos wäre«, vernahm sie Everards englische Worte im Kopf. »Wir brauchen aber ihre Autorität, damit das Abkommen akzeptiert wird. Abgesehen davon bedaure ich diese arme, gequälte Frau ...«

»Wir müssen Heidhin dazu bringen, daß er sie von ihrem Schwur entbindet. Ich hoffe, er hört auf mich. Wo ist er?«

»Ich habe das gerade überprüft. Er ist zu Hause.« Vor einiger Zeit hatten sie eine Wanze in Heidhins Haus installiert. »Hm, zufällig ist Burhmund auf seiner Besuchstour der Stammesfürsten jenseits des Rheins gerade bei ihm eingetroffen. Ich werde einen anderen Tag für deinen Besuch bei ihm aussuchen.«

»Nein, warte! Dies könnte ein glücklicher Zufall sein.« Oder eine Straffung des Weltenlaufs, der seine normale Figuration wiedererlangen möchte? »Da Burhmund versucht, die Stämme zu neuerlichen Anstrengungen zu bewegen ...«

»Wir sollten besser nicht allzu große Hoffnungen auf ihn setzen. Wir wissen nicht, wie er reagiert.«

»Sicher nicht. Ich meine, ich werde nicht direkt bei ihm auftauchen. Aber wenn er Heidhin den Unbeugsamen plötzlich bekehrt vorfindet ...«

»Okay, was immer wir auch machen, es ist ein Glücksspiel. Ich muß mich also auf dein Urteilsvermögen verlassen, Janne.«

»Psst!«

Edh schaute auf. Tränen rannen über ihre Wangen, doch sie unterdrückte ein Schluchzen. »Was soll ich tun?« fragte sie leise.

Floris trat zu ihr und streckte ihr erneut die Hände entgegen. Sie half Edh beim Aufstehen und umschlang sie mit den Armen, gab ihr eine Minute lang all die Wärme, deren ihr Körper fähig war. Dann trat sie zurück und sagte: »Deine Seele ist rein, Edh. Du brauchst deinen Freund nicht zu verraten. Wir werden gemeinsam zu ihm gehen und mit ihm reden. Dann wird er verstehen.«

Erstaunen und Furcht mischten sich in ihren Augen. »Wir beide – zusammen?«

»Ist das klug?« warnte Everard. »Hm, vielleicht doch. Wenn du sie mitnimmst, stärkst du vielleicht deine Position.«

»Liebe kann ebenso stark sein wie der Glaube, Manse«, sagte Floris. Und zu Edh gewandt: »Komm, steig hinter mir auf mein Reittier und halte dich an mir fest.«

»Auf den heiligen Bullen«, hauchte Edh. »Oder ist es vielleicht das Höllenpferd?«

»Nein«, erklärte Floris. »Ich habe dir doch gesagt, dein Pfad ist steiniger als die Straße dorthin.«

18

Die Flammen der Feuerstelle in der Mitte von Heidhins Haus tanzten und knisterten. Der Rauch hob sich nur schwerfällig dem Abzug entgegen und hing schwer und beißend in der Luft, die von dem Feuer kaum erwärmt wurde. Er hüllte die Männer auf den Bänken und die Frauen ein, die ihnen Getränke brachten. Die meisten saßen schweigend auf ihren Plätzen. Obwohl Heidhins Haus ebenso prächtig war wie die Häuser der anderen Stammesfürsten, hatte es kaum mehr Frohsinn erlebt als die Hütte eines Bauern. Auch diese Abendstunde ließ die Fröhlichkeit vermissen. Draußen heulte der Wind ums Haus.

»Nichts wird dabei herauskommen als ein schnöder Verrat«, knurrte Heidhin.

Burhmund, der neben ihm saß, schüttelte den grauen Kopf. Die Flammen überzogen das Weiß seines blinden Auges mit einem rötlichen Schein. »Ich weiß nicht«, erwiderte er. »Dieser Everard ist ein seltsamer Kerl. Vielleicht bringt er tatsächlich etwas zuwege.«

»Das einzige, das er oder einer sonst uns zurückbringen wird, ist eine Abfuhr. Ein solches Angebot kann nur dazu dienen, unseren Ruin zu besiegeln. Du hättest ihn niemals dorthin gehen lassen sollen.«

»Wie hätte ich ihn aufhalten können? Es waren die Stammesfürsten, mit denen er sprach, und sie waren es auch, die ihn entsandt haben. Ich sagte dir doch schon, daß ich erst davon erfuhr, als ich schon zu euch unterwegs war.«

Heidhin verzog den Mund. »Sie haben es tatsächlich gewagt.«

»Und sie hatten das Recht dazu.« Burhmunds Stimme wurde leise. »Sie brechen nicht ihren Eid, nur weil sie mit dem Feind sprechen. Ich hätte es ihnen wahrscheinlich auch nicht verboten, wäre ich zur Stelle gewesen. Wir alle sind dieses Krieges müde. Vielleicht findet Everard einen Weg. Auch ich bin zu Tode erschöpft.«

»Gerade von dir hätte ich mehr erwartet«, brummte Heidhin.

Burhmund zeigte keinen Ärger; zudem besaß Edhs Blutsbruder einen ähnlich hohen Rang wie er. »Für dich ist es leicht«, fuhr der Bataver ruhig fort. »Dein Haus ist nicht vom Schmerz zerrissen. Der Sohn meiner Schwester fiel im Kampf gegen mich. Mein Weib und eine weitere Schwester liegen in Colonia als Geiseln in Ketten. Ich weiß nicht einmal, ob sie noch leben. Und meine Heimat ist verwüstet.« Er starrte dumpf in sein Trinkhorn. »Sind die Götter mir gram?«

Heidhin fuhr auf. »Nur, wenn du aufgibst. Ich werde niemals aufgeben.«

Es klopfte an der Tür. Der Mann, der ihr am nächsten saß, nahm seine Axt und ging, um zu öffnen. Der Wind brauste herein, die Flammen tanzten und warfen Funken. Nebel umhüllte die Gestalt, die ins Innere trat.

Heidhin sprang auf. »Edh!« rief er und eilte auf sie zu.

»Herrin!« flüsterte Burhmund. Ein Raunen ging durch die Halle. Die Männer sanken auf die Knie.

Mit unverhülltem Kopf, die Kapuze zurückgeschlagen, schritt die Seherin zur Feuerstelle, steif und blaß, und ihr Blick ging durch die Anwesenden hindurch.

»Wie ... wie bist du hierhergekommen«, stotterte Heidhin. Ihn, den Unbeugbaren, so verstört zu sehen, bewegte jedes Herz. »Und warum?«

Sie blieb stehen. »Ich muß mit dir allein sprechen«, sagte sie leise, und aus ihren Worten sprach das Schicksal. »Folge mir – nur du, und keiner sonst.«

»Aber ... was ... du ...«

»Folge mir, Heidhin. Machtvolle Kunde wird uns zuteil. Ihr anderen, ihr wartet hier.« Wael-Edh wandte sich um und schritt hinaus. Heidhin folgte ihr wie ein Schlafwandler. Wie von selbst pflückte sich seine Hand aus den Waffen, die an der Wand lehnten, einen Speer. Dann verschwanden die beiden im Dunkel der Nacht. Erschauernd huschte ein Mann zur Tür, um sie zu schließen.

»Nein, verriegele sie nicht«, befahl Burhmund. »Wir werden hier, wie sie befahl, warten, bis sie zurückkehren – oder der Morgen kommt.«

Am Himmel blinkten die ersten Sterne. Als unförmige Schatten duckten sich die Häuser an den Boden. Edh ging auf die Lichtung unterhalb des Hauses zu. Nasses Gras und vom Wind gepeitschte Pfützen dehnten sich ins Dunkel. Am Rand der Lichtung stand eine große Eiche, bei der Heidhin sonst den Asen opferte. Aus dem Buschwerk dahinter drang ein beständiger, weißer Lichtschimmer. Heidhin blieb wie angewurzelt stehen und schluckte hörbar.

»Heute nacht mußt du Mut beweisen«, sagte Edh. »Dort hinten wartet die Göttin.«

»Niaerdh ... sie ... ist zurückgekommen?«

»Ja, zu meinem Turm. Dann hat sie mich hierhergebracht. Komm!« Edh ging ruhig weiter. Ihr Umhang flatterte im Wind, der ihr das lose Haar über ihren stolz erhobenen Kopf wehte. Heidhin packte den Schaft seiner Speers fester und ging hinter ihr her.

Das Buschwerk reckte die Zweige nach ihnen, und unter den Füßen platschte das nasse Laub. Die beiden umrundeten einen Buckel – und sahen sie, neben einem Bullen oder einem Pferd ganz aus Eisen.

»Göttin«, keuchte Heidhin, sank auf ein Knie und beugte den Kopf. Doch als er sich erhob, hatte er sich wieder gefaßt. Wenn sein Speer dennoch zitterte, so nur aus überschäumender Freude, die die Worte regelrecht über seine Lippen sprudeln ließ: »Werdet Ihr uns nun in den letzten Kampf führen?«

Floris musterte ihn einige Sekunden lang schweigend. Schlank und dunkel stand er vor ihr, mit kantigem Gesicht und Gliedern, die Jahre der Jagd und des Kampfes gestählt hatten. Und über seinem Kopf schimmerte das Metall seiner Waffe. Der Lichtschein warf den Schatten seines Körpers über den von Edh.

»Nein«, sagte Floris, »die Zeit des Kämpfens ist vorüber.«

Der Atem zischte hörbar durch seine Zähne. »Die Römer sind alle tot? Ihr habt sie alle für uns hingeschlachtet?«

Edh zuckte zusammen.

»Nein, sie leben, wie auch deine Leute leben sollen. Zu viele aus jedem eurer Stämme sind gestorben – und ebenso viele auf ihrer Seite. Sie sind bereit, Frieden zu schließen.«

Heidhin legte seine linke Hand über die rechte am Schaft des Speers. »Das werde ich nie zulassen«, schrie er. »Die Göttin hat den Schwur gehört, den ich damals am Strand tat. Wenn die Feinde gehen, werde ich mich an ihre Fersen heften. Ich werde sie am Tag verfolgen und bei Nacht überfallen. Soll ich Euch all die, die ich töten werde, als Opfer darbringen, Niaerdh?«

»Die Römer werden nicht gehen, sondern bleiben. Aber sie werden euren Leuten ihre Rechte wiedergeben. Das sollte genügen.«

Heidhin schüttelte benommen den Kopf. Eine ganze Minute lang ließ er den Blick zwischen den beiden Frauen hin und her wandern, ehe er flüsterte: »Ihr, Göttin, und auch du, Edh, wollt ihr beide unsere Sache verraten? Ich kann das einfach nicht glauben.«

Er schien nicht zu bemerken, daß Edh die Hand nach ihm ausstreckte. Der Wind heulte zwischen ihren Körpern hindurch. »Die Bataver und die anderen Stämme gehören nicht zu uns. Wir haben genug für sie getan«, sagte Edh in bittendem Ton.

»Du hast mein Wort – die Bedingungen werden ehrenhaft sein«, erklärte Floris. »Eure Aufgabe ist vollbracht. Du hast das erreicht, was auch Burhmund zufriedenstellen wird. Aber Veleda muß kundtun, daß dies der Wille der Götter ist, und die Männer dazu bringen, ihre Waffen niederzulegen.«

»Ich ... Ihr ... Wir haben einen Schwur getan, Edh!« Heidhins Stimme klang verwundert. »Wir wollten niemals Frieden geben, solange die Römer bei uns sind und ich lebe. Das haben wir geschworen. Gemeinsam haben wir mit unserem Blut die Erde getränkt.«

»Du wirst sie von diesem Schwur entbinden«, befahl Floris. »Denn ich habe es schon getan.«

»Ich kann es nicht – und will es auch nicht.« Edh spürte den Schmerz, der in seinen Worten mitschwang. »Hast du vergessen, wie sie dich zu ihrer Schlampe gemacht haben? Gibst du denn nichts mehr um deine Ehre?«

Sie sank auf die Knie, und ihre Hände hoben sich

abwehrend. »Nein«, keuchte sie mit weit aufgerissenem Mund, »nein, bitte ... nicht!«

Floris trat auf den Mann zu. In der Dunkelheit über ihr zog Everard seine Schockpistole. »Entbinde sie von ihrem Versprechen«, sagte die Agentin. »Oder bist du ein Wolf, daß du die zerfleischst, die du liebst?«

Heidhin streckte einen Arm zur Seite und bot ihr seine breite Brust. »Liebe, Haß ... ich bin ein Mann. Ich habe es den Asen geschworen.«

»Du kannst tun, was du willst. Aber laß meine Edh aus dem Spiel. Vergiß nicht, du verdankst mir dein Leben.«

Heidhin sank in sich zusammen. Edh kauerte sich zu seinen Füßen nieder, und der Schatten des Mannes fiel über sie, während der Wind sie umbrauste und der Baum ächzte wie ein morscher Galgen.

Plötzlich lachte Heidhin laut auf und straffte die Achseln. Dann sah er Floris fest in die Augen. »Ihr sprecht die Wahrheit, Göttin. Ja, ich werde aufgeben.« Damit senkte er seine Waffe, packte den Speer mit beiden Händen dicht unterhalb der Spitze und rammte ihn mit einem heftigen Stoß durch seinen Hals.

Edhs Aufschrei übertönte den von Floris. Heidhin sank zuckend zu Boden. Blut spritzte umher und bildete schwarzglänzende Lachen. In blinden Zuckungen wälzte und wand Heidhin sich im Gras.

»Halt!« zischte Everard. »Versuch nicht, ihn zu retten. Diese verdammte Krieger-Ehre ... Ihm blieb kein anderer Ausweg.«

Floris machte sich nicht die Mühe, ihre Gedankensprache anzuwenden. Eine Göttin konnte durchaus eine fremde Sprache verwenden, um eine Seele auf ihrer Wanderung mit Gesang zu begleiten. »Es ist so furchtbar ...«

»Stimmt. Aber vergiß es. Denk an all die, die nicht sterben werden, wenn wir unseren Auftrag ordentlich ausführen.«

»Können wir das jetzt überhaupt noch? Was wird Burhmund denken?«

»Soll er sich doch ruhig seinen Kopf zerbrechen. Befiehl Edh, alle diesbezüglichen Fragen nicht zu beantworten. Eine Erscheinung in ihrer Gestalt hat, während sie selbst meilenweit entfernt war, den Mann getötet, der gegen ein Ende der Gewalt war – und danach eine Veleda, die den Frieden predigt ... Das Geheimnis, das dieses Geschehnis einhüllt, wird ihr Kraft geben, obwohl ich glaube, daß die Leute daraus die richtigen Schlüsse ziehen – was uns eine große Hilfe sein wird.«

Inzwischen rührte Heidhin sich nicht mehr. Seine Gestalt schien zu schrumpfen. Blut sickerte noch aus seiner Wunde und tränkte den Boden.

»Als erstes müssen wir jetzt Edh helfen«, meinte Floris. Sie ging zu der anderen Frau, die sich erhoben hatte und ihr benommen entgegensah. Der Umhang und das Kleid der Seherin waren blutverschmiert, doch Floris achtete nicht darauf und nahm Edh in ihre Arme. »Du bist frei«, murmelte die Agentin. »Er hat dir mit seinem Leben die Freiheit erkauft. Halte diese Erinnerung immer in Ehren.«

»Ja«, antwortete Edh nur und starrte in die Dunkelheit.

»Und jetzt darfst du den Frieden im Land ausrufen. Du wirst es tun.«

»Ja.«

Floris wärmte sie eine Zeitlang mit ihrem Körper.

»Sagt mir, wie«, flüsterte Edh schließlich. »Sagt mir, was ich verkünden soll. Die Welt ist leer geworden.«

»Ach, mein Kind.« Floris atmete in die grauen Strähnen. »Sei guten Mutes. Ich habe dir ein neues Heim, eine neue Hoffnung versprochen. Würdest du gern etwas darüber hören? Es ist eine Insel, sanft und grün, die sich der See öffnet.«

In Edhs Antwort schwang plötzlich wieder ein

wenig Lebendigkeit mit. »Ich danke Euch. Ihr seid so freundlich. Ich werde mein Bestes tun... in Eurem Namen.«

»Dann komm! Ich werde dich zu deinem Turm zurücktragen. Dort wirst du schlafen. Und wenn du geschlafen hast, laß die Kunde verbreiten, daß du zu den Königen und Stammeshäuptlingen sprechen willst. Wenn sie dann alle vor deinem Angesicht versammelt sind, verkünde ihnen die Worte des Friedens.«

19

Der frisch gefallene Schnee verhüllte die Aschenhügel, die einstmals Heimstätten gewesen waren. Auch auf den grünen Blättern des Wacholders schimmerte er fahl. Tief im Süden stehend warf die Sonne bläuliche Schatten über die Zweige. Das dünne Eis auf dem Fluß war am Morgen getaut, hing aber noch im verdorrten Schilf am Ufer oder trieb in Schollen langsam nach Norden. Ein Streifen am östlichen Horizont markierte den Rand der Wildnis.

Burhmund und seine Männer ritten nach Westen. Hufe pochten dumpf auf den harten Boden, der Atem stand wie Dampf vor den Nüstern der Pferde oder hing in den Bärten der Männer. Die Reiter sprachen wenig. In dicke Pelze gehüllt ritten sie vom Wald zum Fluß hinunter.

Vor ihnen lag eine zerstörte Brücke, aus dem Wasser ragten ihre nackten Stützpfeiler, und vom anderen Ufer reckte sich das entgegengesetzte Teilstück auf das Wasser hinaus. Die Arbeiter, die den Mittelteil zerstört hatten, waren zu den am Ufer versammelten Legionären zurückgekehrt. Wie auf seiten der Germanen hatten sich nur wenige hier eingefunden. Ihre Harnische schimmerten, doch Kilts, Umhänge und die Beinkleider, überhaupt alle Kleidungsstücke waren zerrissen und schmutzig. Die Farben der Helmbüsche auf den Köpfen der Offiziere waren verblaßt.

Burhmund hielt sein Pferd an, stieg ab und trat auf die Brücke. Seine Stiefel polterten dumpf über ihre Planken. Ihm entging nicht, daß Cerialis schon an seinem Platz stand und ihn erwartete. Dies war eine freundliche Geste, denn schließlich war es Burhmund gewesen, der um eine Unterredung ersucht hatte – was aber nicht viel besagte, da schon vorher feststand, daß sie sich treffen würden.

Am Rand seines Brückenfragments blieb Burhmund stehen. Die zwei dick vermummten Männer musterten sich über ein Dutzend Fuß Winterluft hinweg. Unter ihnen gluckste der Fluß auf seinem Weg zum Meer.

Der Römer breitete die Arme aus und hob dann die rechte Hand. »Heil, Civilis«, grüßte er. Daran gewöhnt, zu seinen Truppen zu sprechen, fiel es ihm nicht schwer, seiner Stimme den distanzierten Tonfall zu geben, den die Situation erforderte.

»Heil, Cerialis«, antwortete Burhmund in ähnlichem Ton.

»Ihr wolltet über die Bedingungen diskutieren«, sagte Cerialis. »Doch mit einem Verräter ist das ein schwieriges Unterfangen.«

Sein Tonfall blieb dabei sachlich, und seine Worte waren lediglich ein Eröffnungszug.

Burhmund nahm die Beleidigung gelassen hin. »Aber ich bin kein Verräter«, antwortete er ruhig auf Latein und erinnerte daran, daß Cerialis kein Abgesandter von Vitellius, sondern ein Mann Vespasians sei. Dann zählte Burhmund der Bataver, oder Claudius Civilis, all die Leistungen und Taten auf, die er im Lauf der Jahre für Rom und seinen neuen Kaiser vollbracht hatte.

III

Gutherius hieß ein Jäger, der oft in die Wildnis ging, um zu jagen, denn er war arm, und sein Land karg. An einem stürmischen Tag im Herbst machte er sich wieder einmal mit Pfeil und Bogen und Speer auf den Weg. Er rechnete nicht damit, ein großes Tier zu erlegen, denn die waren selten geworden – und sehr scheu. Er würde über Nacht ein paar Fallen aufstellen für Eichhörnchen und Hasen und darauf hoffen, einen Steinbock oder ein ähnlich großes Tier zu erlegen. Sollte ihm dann wirklich eine größere Beute über den Weg laufen, wäre er sofort bereit, sie zu erlegen.

Sein Weg führte ihn eine Bucht entlang. Draußen donnerte die Brandung gegen die Klippen, und die Wellen trugen weiße Schaumkronen, obwohl zur Zeit Ebbe war. Eine alte Frau ging gebückt am Strand entlang und sammelte auf, was immer sie fand: ein paar angespülte Muscheln oder tote Fische, die noch nicht zu sehr verfault waren. Der Mund zahnlos, die Finger gichtig und schwach, ging sie daher, als ob ihr jeder Schritt große Schmerzen bereitete. Ihre Lumpen flatterten im beißenden Wind.

»Guten Tag, Großmütterchen«, grüßte Gutherius. »Wie sieht's denn aus?«

»Nicht gut«, antwortete die Alte. »Wenn ich nicht bald etwas Eßbares finde, kann ich nicht mal mehr nach Hause kriechen, fürchte ich.«

»Nun, das wäre schade«, meinte Gutherius und holte Brot und Käse aus seiner Tasche. »Ich werde Euch die Hälfte davon abgeben.«

»Ihr habt ein gutes Herz«, murmelte die Alte.

»Ich denke dabei auch an meine Mutter. Zudem ehrt es die Göttin Nehalennia.«

»Könntest du mir nicht alles geben, Sohn?« fragte sie. »Du bist doch jung und kräftig.«

»Nein, ich muß mir diese Kraft erhalten, wenn ich mein Weib und meine Kinder ernähren will«, entgegnete Gutherius. »Nehmt also, was ich Euch gebe, und seid dankbar.«

»Das bin ich«, sagte die Alte, »und du sollst auch dafür belohnt werden. Aber da du mir die Hälfte vorenthältst, sollst du zuerst dafür Leid erfahren.«

»Seid still!« rief Gutherius und eilte weiter, um dem bösen Omen der Worte zu entgehen.

Schließlich erreichte er den Wald und drang auf wohlvertrauten Pfaden tiefer in ihn ein. Plötzlich brach ein Hirsch durch das Unterholz. Es war ein mächtiger Bock, fast so groß wie ein Elch – und schneeweiß. Sein Geweih dehnte sich wie die Krone einer alten Eiche. »Hallo!« schrie Gutherius und schleuderte seinen Speer, der aber das Tier verfehlte. Der Hirsch floh nicht, sondern verharrte an gleicher Stelle, ein heller Fleck gegen die dunklen Schatten. Gutherius griff nach dem Bogen, legte einen Pfeil auf und schoß. Beim Singen der Sehne sprang der Hirsch davon, aber nicht schneller, als ein Mann laufen konnte. Gutherius konnte seinen Pfeil nirgends entdecken. Vielleicht hatte der Schuß getroffen, vielleicht konnte er das verwundete Tier ermüden, während er es verfolgte.

Fort und fort ging die Jagd, sie führte immer tiefer in die Wildnis. Und immer leuchtete das helle Fell des Hirsches in Sichtweite. Irgendwie wurde Gutherius nie müde, blieb stets bei Atem und lief ohne Unterbrechung. Er war trunken vom Laufen, war nicht mehr er selbst, hatte alles vergessen außer der Jagd.

Die Sonne ging unter, die Dämmerung kroch herauf. Als das Tageslicht verblaßte, beschleunigte der

Hirsch plötzlich seinen Lauf und war im nächsten Moment verschwunden. Wind pfiff durch die Bäume. Gutherius blieb stehen, plötzlich von Müdigkeit, Hunger und Durst überwältigt. Er stellte fest, daß er sich verirrt hatte. »Hat diese Hexe mich tatsächlich verflucht?« fragte er sich. Furcht wallte in ihm auf, kälter als die aufkommende Nacht. Er rollte sich in seine Decke und lag die ganzen langen Stunden wach.

Den ganzen nächsten Tag streifte er umher, fand aber kein einziges Wegmal, das er kannte.

Tatsächlich war dies ein verwunschener Teil des Waldes. Kein wildes Tier durchstreifte sein Unterholz, kein Vogel rief aus seinen Tiefen, nur der Wind seufzte in den Kronen der Bäume und blies die welken Blätter von den Zweigen. Nirgends wuchsen Nüsse oder Beeren, nicht mal Pilze gab es, nur Moos grünte auf gestürzten Stämmen und unförmigen Steinen. Wolken verhüllten die Sonne, deren Strahlen ihn vielleicht belebt hätten. Verzweifelt wanderte er umher.

Endlich, gegen Abend, stieß er auf eine Quelle. Er warf sich auf den Bauch, um seinen brennenden Durst zu löschen. Das kühle Naß gab ihm seine Lebensgeister zurück, und er schaute sich um. Er befand sich auf einer Lichtung, über der er ein Stück des Himmels sehen konnte, der jetzt aufklarte. In dem violetten Blau glänzte der Abendstern.

»Nehalennia«, betete er, »habt Erbarmen. Ich biete Euch an, was ich freiwillig hätte geben sollen.« Durstig, wie er gewesen war, hatte er seine Wegzehrung nicht kauen und schlucken können. Er verteilte sie unter den Bäumen, damit sie welchen Kreaturen auch immer helfen möge. Dann legte er sich neben der Quelle zum Schlafen.

Im Lauf der Nacht brach ein heftiger Sturm los. Die Bäume ächzten und stöhnten. Der Wind riß Zweige ab und trug sie mit sich davon. Wie Speerspitzen schossen Regentropfen hernieder. Fast blind tappte Gutherius auf der Suche nach einem Schutz gegen das Unwetter umher und rannte schließlich gegen einen Baum, dessen Stamm hohl war. Dort kauerte er sich für den Rest der Nacht nieder.

Der Morgen war still und sonnig. Regentropfen blitzten an den Zweigen und im Moos. Über sich vernahm Gutherius Flügelschlag. Als er seinen steifen Körper reckte, sprang plötzlich ein Hund aus einer Kuhle und näherte sich ihm. Es war keine Promenadenmischung, sondern ein schlanker grauer Jagdhund.

Der Jäger empfand plötzlich große Freude. »Wem gehörst du?« fragte er. »Führe mich zu deinem Herrn.«

Der Hund machte kehrt und trottete davon. Gutherius folgte ihm. Wenig später stießen sie auf einen Wildwechsel und folgten ihm. Doch nirgends war ein Anzeichen von Menschen zu entdecken. Schließlich dämmerte Gutherius die Erkenntnis. »Du bist der Hund von Nehalennia.« Er mußte seinen ganzen Mut zusammennehmen, um die Worte auszusprechen. »Sie hat dir aufgetragen, mich nach Hause zu geleiten, oder zumindest zu einem Strauch voller Beeren oder Nüsse, wo ich meinen Hunger stillen kann. Ich danke der Göttin.«

Der Hund reagierte nicht darauf, sondern trottete weiter.

Nichts, was sich Gutherius ersehnte, war zu finden. Statt dessen wurden die Bäume schließlich lichter, und der Wald öffnete sich. Er konnte das Rauschen des Meeres hören und schmeckte das Salz im Wind.

Der Hund sprang plötzlich zur Seite und verschwand in den Schatten. Gutherius blieb nichts anderes übrig, als weiterzugehen. Trotz seiner Erschöpfung war er glücklich, denn wenn er der Küste folgte, kam er zu einem Fischerdorf, in dem Verwandte von ihm wohnten.

Am Ufer blieb er überrascht stehen. Ein Schiff lag im Halbschatten der Felsen. Der Sturm hatte es an den Strand geworfen, der Mast war gebrochen, und es war nicht mehr seetüchtig, wenn auch nicht völlig zerstört. Die Mannschaft hatte den Schiffbruch überlebt und hockte verzweifelt vor dem Wrack. Es waren Fremde, die diese Küste nicht kannten.

Gutherius ging zu ihnen und bemerkte ihre Not. Mit Zeichen gab er ihnen zu verstehen, daß er sie führen könne. Sie gaben ihm zu essen. Ein paar Männer blieben als Wachen zurück. Die anderen packten Verpflegung ein und begleiteten ihn.

Auf diese Weise erhielt Gutherius die Belohnung, die ihm versprochen worden war, denn das Schiff trug eine reiche Ladung, und der Prokurator entschied, daß dem, der die Mannschaft gerettet hatte, ein Anteil daran zustand. Gutherius glaubte fortan, daß die alte Frau am Strand Nehalennia persönlich gewesen sein mußte.

Und da sie die Schutzgöttin der Seeleute und Händler war, investierte er seine Belohnung in ein Schiff, das auf der Route nach Britannien segelte. Bei seinen Fahrten hatte es immer gutes Wetter, und der Wind blähte stetig die Segel. Die Waren, die es transportierte, erzielten Höchstpreise, und Gutherius wurde ein reicher Mann.

Er vergaß nicht, daß er der Göttin Dank schuldete, und errichtete Nehalennia einen Altar, auf der er ihr nach jeder Fahrt seines Schiffes reiche Opfergaben darbrachte, und immer, wenn er den Abend- oder den Morgenstern am Himmel sah, verneigte er sich ehrfürchtig – denn auch sie gehören Nehalennia.

Ihr gehören die Bäume, die Reben und ihre Früchte. Ihr gehören das Meer, und die Schiffe, die es durchpflügen, liegen ihr am Herzen – ebenso wie das Wohlergehen der Sterblichen und der Friede unter ihnen.

20

»Ich habe gerade deinen Brief bekommen«, hatte Floris am Telefon gesagt. »Bitte, Manse, komm, so schnell du kannst.« Und Everard hatte keine Zeit an Bord eines Jets verschwendet. Er hatte seinen Paß eingesteckt und war mit seinem Scooter direkt vom Büro der Patrouille in New York zu dem Büro in Amsterdam gesprungen. Dort tauschte er etwas holländisches Geld ein und nahm ein Taxi zu ihrer Wohnung.

Als er ihr Apartment betrat und sie sich umarmten, war ihr Kuß eher zärtlich als leidenschaftlich und währte nur kurz. Er war sich nicht sicher, ob ihn das überraschte oder nicht, ob er enttäuscht war oder erleichtert. »Willkommen«, hauchte sie in sein Ohr. »Es ist so lange her.« Ihr geschmeidiger Körper preßte sich nur leicht gegen seinen und ging dann rasch auf Distanz. Sein Pulsschlag begann sich zu normalisieren.

»Du siehst wie immer umwerfend aus«, sagte er. Und das stimmte. Ein kurzes schwarzes Kleid betonte ihre große schlanke Figur. Der einzige Schmuck, den sie trug, war eine silberne Brosche über ihrer linken Brust. Ihm zu Ehren?

Ein kleines Lächeln spielte über ihre Lippen. »Vielen Dank, Aber sieh mal richtig hin. Ich bin sehr müde und ziemlich urlaubsreif.«

In ihren Augen las er ihre Qual. *Was hat sie noch mitmachen müssen, seitdem wir uns damals Lebewohl sagten. Was ist mir alles erspart geblieben?* »Ich verstehe – besser, als es mir lieb ist. Du hattest die Arbeit von mindestens zehn Leuten allein zu bewältigen. Ich hätte bei dir bleiben und dir helfen sollen.«

Sie schüttelte den Kopf. »Nein, das war mir damals schon klar und ist es auch noch. Nachdem die Krise entschärft war, hatte die Firma wichtigere Aufgaben für dich, einen Ungebundenen Agenten. Du hattest zwar die Möglichkeit, bei dem durchführenden Agenten, in dem Fall also bei mir, zu bleiben, doch war dir deine kurze Lebensspanne zu wichtig für andere Aufgaben.« Wieder lächelte sie. »Der alte, pflichtbewußte Manse.«

Während du, der Spezialist, der das Milieu wirklich kannte, den Job zu Ende bringen mußtest. Was immer an Hilfe du von deinen Agentenkameraden und Hilfskräften, die extra für diesen Job ausgebildet wurden, bekommen hast – wahrscheinlich nicht viel, was? – letztlich hattest du die Verantwortung und mußtest die Ereignisse weiterhin überwachen, mußtest sicherstellen, daß sie gemäß Tacitus Eins auf Kurs blieben; zweifellos mußtest du auch hier und da eingreifen, bis sie schließlich aus der unstabilen Raum-Zeit-Zone heraus waren und sich selbst überlassen werden konnten. Ganz bestimmt hast du dir deinen Urlaub redlich verdient, o ja.

»Wie lange warst du noch draußen im Feld?« fragte er.

»Vom Jahr 70 bis 95. Natürlich bin ich herumgesprungen, so daß ich im Endeffekt etwas über ein Jahr meiner Lebenszeit mit dem Auftrag verbracht habe. Und du, Manse? Womit warst du inzwischen beschäftigt?«

»Offen gestanden habe ich nichts getan, außer mich zu erholen«, gestand er. »Ich wußte, du würdest wegen deiner Eltern zu dieser Woche und zu deiner normalen Persona zurückkehren. Also sprang ich direkt hierher, gönnte mir ein paar Tage Ruhe und habe dir dann geschrieben.«

War das fair? Ich bin zurückgesprungen. Zum einen bin ich weniger sensibel als du, und was in der Historie geschieht, berührt mich weniger als dich. Zum anderen warst du es, die die zusätzlichen Monate dort ausharren mußte.

Es war, als versuche sie mit ihrem Blick seine Fassade zu durchdringen. »Du bist süß.« Mit einem kurzen Lachen griff sie nach seinen Händen. »Aber wieso stehen wir hier eigentlich herum? Komm, machen wir es uns bequem.«

Sie gingen in das Zimmer mit den Bildern und Büchern. Sie hatte den niedrigen Tisch schon gedeckt – Kaffee, Kanapees, verschiedene Zutaten, zum Beispiel den Scotch, den er bevorzugte – ja, genau den Glenlivet, den er bevorzugte. Hatte er ihn ihr gegenüber jemals besonders erwähnt?

Sie setzten sich nebeneinander auf das Sofa. Sie lehnte sich zurück und schenkte ihm ein strahlendes Lächeln. »Bequem? Nein, das ist der pure Luxus. Wieder einmal lerne ich meine richtige Lebenssphäre zu schätzen.«

Entspannt sie sich wirklich, oder tut sie nur so? Ich jedenfalls bin ganz und gar nicht entspannt. Everard rutschte zum Rand seines Sitzpolsters, füllte Kaffee in beide Tassen und genehmigte sich einen Whisky. Als er sie fragend ansah, winkte sie ab und griff nach ihrer Tasse. »Ist zu früh für mich.«

»Oh, ich wollte dich nicht dazu zwingen«, versicherte er. »Ich denke, wir nehmen es locker und reden ein wenig. Dann gehen wir aus zum Essen. Wie wäre es mit dem netten karibischen Restaurant? Oder ich könnte auch eine Reistafel vertragen, wenn dir das lieber ist.«

»Und danach?« fragte sie ruhig.

»Nun, dann ...« Er fühlte, wie ihm das Blut in die Wangen schoß.

»Du siehst also, warum ich einen klaren Kopf behalten muß.«

»Janne! Glaubst du etwa, ich ...«

»Nein, sicher nicht. Du bist ein ehrenhafter Mann. Ehrenhafter, als es für dich gut ist, glaube ich.« Sie legte ihm die Hand aufs Knie. »Wir werden, wie du vorgeschlagen hast, miteinander reden.«

Sie zog ihre Hand zurück, ehe er den Arm um sie legen konnte. Durch das geöffnete Fenster drang die milde Frühlingsluft ins Zimmer, und entfernt war das Brausen des Verkehrs zu hören.

»Es bringt nichts, falsche Fröhlichkeit vorzutäuschen«, meinte sie nach einer Weile.

»Vermutlich nicht. Wir können auch gleich zum ernsten Teil übergehen.« Seltsamerweise fühlte er sich ein wenig erleichtert. Mit dem Glas in der Hand lehnte er sich zurück. Man inhalierte diese köstliche Rauchigkeit erst, ehe man sie trank.

»Was wirst du als nächstes tun, Manse?«

»Wer weiß? An Problemen herrscht bei uns nie Mangel.« Er drehte ihr den Kopf zu. »Ich möchte hören, was du so gemacht hast. Offensichtlich warst du erfolgreich. Man hätte mich informiert, wenn es Anomalien gegeben hätte.«

»Wie zum Beispiel weitere Kopien von Tacitus Zwei?«

»Es gibt keine, nur dieses eine Manuskript und die Abschriften, die die Patrouille davon anfertigen ließ. Aber jetzt ist es nur noch eine Kuriosität.«

Er fühlte ihr leichtes Zittern. »Ein Objekt ohne Ursache, aus nichts entstanden, ohne jeden Sinn. Welch ein erschreckendes Universum. Es wäre besser gewesen, nichts über ein variables Universum zu wissen. Manchmal bereue ich, daß ich mich rekrutieren ließ.«

»Und auch, daß du bei bestimmten Dingen dabeisein mußtest, ich weiß.« Am liebsten hätte er ihr den Kummer von den Lippen geküßt. *Soll ich es wagen? Darf ich es?*

»Richtig.« Sie hob ihren blonden Schopf, und ihre Stimme wurde leise. »Aber dann denke ich an die Erkundung, das Entdecken eines Fehlers, die Hilfe, die wir geben können – und ich bin wieder glücklich.«

»Gott sei Dank. Erzähl mir von deinen Erlebnissen.« *Eine vorsichtige Überleitung zu der eigentlichen Frage.* »Ich habe deinen Bericht noch nicht durchgesehen, weil ich alles von dir persönlich hören wollte.«

Ihre gute Laune verflog. »Lies besser den Bericht, wenn es dich interessiert«, meinte sie und schaute zu dem Bild der Milchstraße an der Wand.

»Was? ... Ja, ich verstehe. Es ist zu schlimm für dich, darüber zu sprechen.«

»Ja.«

»Aber du warst doch erfolgreich. Du hast den Lauf der Geschichte wieder in die richtigen Bahnen gelenkt – für Frieden und Gerechtigkeit gesorgt.«

»Ein gewisses Maß an Frieden und Gerechtigkeit habe ich bewirkt, richtig – für eine gewisse Zeit.«

»Mehr können Menschen einfach nicht erwarten, Janne.«

»Ich weiß.«

»Lassen wir die Einzelheiten.« *Waren sie wirklich so blutrünstig? Ich hatte den Eindruck, daß die Rekonstruktion der Geschichte ziemlich glatt und unproblematisch über die Bühne gegangen ist, und die Unteren Länder sich gut in das Imperium eingefügt haben, bis es auseinanderbrach.* »Aber du könntest mir zumindest einige Dinge erzählen, die mich interessieren. Was ist mit den Menschen, denen wir begegneten. Burhmund zum Beispiel?«

Floris' Stimme wurde ein wenig lebendiger. »Man hat ihn begnadigt wie alle anderen auch und ihm sein Weib und seine Schwester unbehelligt übergeben. Er kehrte auf seine Ländereien in Batavia zurück, wo er seine Tage als wohlhabender Mann beendete. Er war so etwas wie ein Ratgeber der Regierenden. Selbst die Römer respektierten ihn und suchten häufig seinen Rat.

Cerialis wurde Statthalter von Britannien, wo er das Gebiet der Briganten eroberte. Tacitus' Schwiegervater Agricola diente unter ihm, und der Historiker bezeugte ihm, wie du weißt, höchste Achtung.

Classicus ...«

»Vergiß den mal im Moment«, unterbrach Everard sie. »Was ist mit Veleda – Edh?«

»Ah ja. Nachdem sie das Treffen am Fluß zustande gebracht hat, verschwindet sie aus der Chronik.« *Aus der kompletten Chronik, zurückgewonnen von Zeitreisenden.*

»Ich erinnere mich. Wie kommt das? Ist sie gestorben?«

»Erst 20 Jahre später. Für ihre Zeit erreichte sie ein ziemlich hohes Alter.« Floris runzelte die Stirn. Wurde sie schon wieder von Furcht ergriffen? »Die gleiche Frage habe ich mir ebenfalls gestellt. Man sollte doch meinen, daß ihr Schicksal Tacitus so sehr interessierte, daß es Erwähnung in seinen Aufzeichnungen fand.«

»Nicht, wenn sie sich in das Dunkel der Geschichte zurückzog.«

»Das hat sie eigentlich nicht getan. Ist es vielleicht möglich, daß ich mich in der Vergangenheit verändert hatte? Als ich meine Zweifel meldete, wurde mir aufgetragen, weiterzumachen. Man versicherte mir, daß dies tatsächlich ein realer Abschnitt der Historie sei.«

»Nun gut, dann war es das auch. Mach dir keine Gedanken. Es könnte eine ganz triviale Funktionsstörung in der Kausalität sein. Und wenn es das ist, spielt es keine Rolle. So etwas geschieht häufig und hat keinerlei Konsequenzen, die von Bedeutung wären. Es könnte ja auch Tacitus' Fehler gewesen sein, nicht zu wissen oder sich nicht darum zu kümmern, was aus Veleda wurde, nachdem sie keine treibende politische Kraft mehr war. So war es doch, oder?«

»In gewisser Weise ja. Obwohl … Das Programm, das ich mir ausdachte und auch der Patrouille vorschlug, was diese auch schließlich akzeptierte, konnte ich nur aus dem erarbeiten, was ich wußte, was ich gelernt hatte, ehe ich überhaupt von der Existenz der Patrouille erfuhr. Ich ermutigte Edh, weissagte ihr, was sie tun sollte und mußte, kümmerte mich um die notwendigen Arrangements, wachte über sie und erschien ihr jedesmal, wenn sie ihre Göttin brauchte …« Wieder spürte Everard den Kummer der jungen Frau neben sich. »Die Zukunft erschuf die Vergangenheit.

Ich hoffe, daß ich zukünftig solche Erfahrungen meiden kann. Nicht, daß sie schrecklich gewesen wären, nein, sie waren wertvoll, denn ich fühlte, daß sie mein Leben rechtfertigten. Aber ...« Ihre Stimme versagte.

»Unheimlich, ich weiß.«

»Ja«, sagte sie mit leiser Stimme. »Aber auch du hast deine Geheimnisse, nicht wahr?«

»Nicht über die Patrouille.«

»Über die, die dir am Herzen liegen. Dinge, die dir zu weh tun, um darüber zu sprechen – oder den anderen zu weh tun, sie zu hören.«

Das geht richtig unter die Haut! »Okay, was ist nun mit Edh? Ich bin überzeugt, du hast sie so glücklich wie möglich gemacht.« Everard machte eine kurze Pause. »Da bin ich mir ganz sicher.«

»Bist du jemals auf der Insel Walcheren gewesen?«

»Hm, nein. Sie liegt unten in der Nähe der belgischen Grenze, nicht wahr? Ich erinnere mich dunkel, daß du einmal eine Bemerkung über archäologische Funde dort gemacht hast.«

»Ja, in der Hauptsache waren es Steine mit lateinischen Inschriften aus dem 2. und 3. Jahrhundert. Gewöhnlich Dankopfer für eine sichere Reise nach Britannien und zurück. Die Göttin, denen sie gewidmet sind, hatte einen Tempel in einem der Einschiffungshäfen an der Nordsee. Sie wird auf einigen Steinen mit einem Schiff oder einem Hund dargestellt und trägt auch häufig ein Füllhorn oder wird von Früchten und Ähren umrahmt. Ihr Name war Nehalennia.«

»Offensichtlich genoß sie in dieser Gegend ein ziemlich hohes Ansehen.«

»Sie tat das, was man von Göttern erwartet, ermutigte und tröstete, machte die Menschen ein wenig ernsthafter, als sie sonst gewesen wären, und öffnete ihnen manchmal die Augen für die Schönheit.«

»Warte mal!« Everard saß plötzlich kerzengerade.

Ein Schauer lief ihm über den Kopf und den Rücken hinunter. »Diese Göttin von Veleda ...«

»Die antike nordische Göttin der Fruchtbarkeit und des Meeres – Nerthus, Niaerdh, Naerdha, Nerha – es gibt viele Abwandlungen dieses Namens. Veleda machte sie zur rächenden Göttin des Krieges.«

Everard betrachtete Floris einen Augenblick lang eindringend, ehe er sagte: »Und du hast Veleda dazu gebracht, die Göttin als Friedensbringerin darzustellen und ihren Ruf nach Süden zu verbreiten. Das ist ... das ist der tollste Schachzug, von dem ich je gehört habe.«

Sie senkte den Blick. »Nein, nicht wirklich. Das Potential dazu war in Edh selbst vorhanden. Was für eine Frau sie war! Was hätte sie in einer besseren Ära alles bewegen können! – Auf Walcheren wurde die Göttin Neha genannt. Sie hatte an Bedeutung verloren, selbst als bäuerliche und maritime Gottheit. Nur eine unbedeutende Rolle als Jagdgöttin war ihr erhalten geblieben. Dann kam Veleda, belebte diesen Kult wieder und verlieh ihm passend zu der Zivilisation, die ihre Leute veränderte, neue Elemente. Später gaben sie der Göttin dann einen lateinischen Beinamen, Neha Lenis, Neha die Sanfte. Nach einiger Zeit wurde dann daraus Nehalennia.«

»Sie muß den Menschen viel bedeutet haben, wenn sie sie noch Jahrhunderte später verehrten.«

»Offensichtlich. Irgendwann würde ich gern dieser Geschichte nachgehen, wenn die Patrouille dafür ein wenig meiner Lebenszeit erübrigen könnte.« Floris seufzte. »Am Ende dann brach das Imperium zusammen, die Franken und Sachsen tobten durch die Lande, und als sich dann schließlich eine neue Weltordnung etablierte, war sie christlich. Aber mir gefällt die Vorstellung, daß etwas von Nehalennia weiterhin Bestand hatte.«

Everard nickte. »Mir auch, nach dem, was du mir erzählt hast. Es könnte tatsächlich so gewesen sein. Eine ganze Anzahl mittelalterlicher Heiliger waren verkleidete heidnische Götter, und die Heiligen, die historisch belegt sind, nahmen oftmals die Attribute von Göttern an – im Volksmund wie auch in der Kirche. Immer noch wurden Sonnenwend-Feuer entzündet, wenn es jetzt auch am Abend des hl. Johannes geschah. Sankt Olaf bekämpfte wie der Gott Thor vor ihm Trolle und Monster. Selbst die Jungfrau Maria weist Ähnlichkeiten mit Isis auf, und ich wage zu behaupten, daß einige Legenden über sie ihren Ursprung in lokalen Mythen haben...« Er hielt inne und lächelte ihr zu. »Aber das ist dir ja alles vertraut. Außerdem schweifen wir zu weit ab. Wie war denn nun Edhs Leben?«

Floris sah an ihm vorbei und vergaß die Gegenwart. Ihre Worte kamen nur stockend. »Sie wurde in Ehren alt. Zwar heiratete sie nie, war aber zu den Leuten wie eine Mutter. Die Insel war flach, wie ihre Heimatinsel zur Zeit ihrer Kindheit eine Geburtsstätte für Schiffe, und der Tempel von Nehalennia stand am Rand ihrer so heißgeliebten See. Ich glaube – ich bin mir zwar nicht sicher, denn wie gut kann eine Göttin das Herz eines Sterblichen kennen? – ich glaube, sie blieb heiter und gelassen. Ist es das, was ich zu sagen versuche? Ganz bestimmt war sie es, als sie im Sterben lag...« – ihre Stimme brach – »...als sie auf ihrem Totenbett ruhte...« Floris versuchte vergeblich, gegen ihre Tränen anzukämpfen.

Everard zog sie an sich, drückte sanft ihren Kopf auf seine Schulter und streichelte ihr übers Haar. Ihre Finger krallten sich in sein Hemd. »Ruhig, Kind, ganz ruhig«, flüsterte er. »Manche Erinnerungen sind immer schmerzlich. Du hast sie damals zum letzten Mal besucht, nicht wahr?«

»Ja«, hauchte sie. »Was hätte ich sonst tun können?«

»Sicher, wie hättest du es nicht tun können? Du hast ihr den Abschied vom Leben erleichtert. Was ist daran falsch?«

»Sie ... sie fragte mich ... und ich versprach ihr ...«
Floris weinte nun bitterlich.

»Ein Leben nach dem Tod«, stellte Everard fest. »Ein Leben mit dir, für immer, in der Meeresheimstatt von Niaerdh. Und sie schied danach glücklich ins Dunkel des Todes.«

Floris machte sich von ihm frei. »Es war doch eine Lüge!« keuchte sie, sprang auf und begann erregt auf und ab zu gehen, wobei sie die Fäuste ballte. »All diese Jahre – eine einzige Lüge, ein Trick. Ich habe sie benutzt. Und sie hat mit Herz und Seele an mich geglaubt!«

Everard blieb sitzen und goß sich noch einen Drink ein. »Beruhige dich, Janne! Du hast getan, was du tun mußtest – zum Wohl der ganzen Welt. Und du hast es voller Liebe getan. Was Edh betrifft, hast du ihr alles gegeben, was sie sich je ersehnt hat.«

»*Bedriegerij* – falsch und hohl, wie so vieles, das ich getan habe.«

Everard genoß das seidige Feuer des Whiskys auf seiner Zunge. »Hör zu. Ich habe dich inzwischen sehr gut kennengelernt. Du bist die ehrlichste Person, der ich je begegnet bin. Eigentlich viel zu ehrlich. Zudem bist du von Natur aus ein freundlicher Mensch, was noch viel wichtiger ist. Aufrichtigkeit ist die am meisten überschätzte Tugend im gesamten Katalog der Eigenschaften. Janne, du liegst völlig falsch, wenn du glaubst, daß es da etwas zu verzeihen gäbe. Aber geh nur, bring deinen Gemeinsinn auf Trab und verzeih dir ruhig!«

Sie blieb abrupt vor ihm stehen, schluckte, wischte sich die Tränen ab und sagte mit erzwungener Beherrschung: »Ja, ich ... verstehe. Ich ... ich habe tagelang überlegt, ehe ich meinen Vorschlag an die Patrouille weitergab. Hinterher bin ich dann dabei geblieben. Du hast recht, es war notwendig, und ich weiß, daß viele Geschichten, an die die Leute glauben, Mythen sind.

Aber viele Mythen sind künstlich erzeugt. Verzeih, daß ich mich gehen ließ. Nach meiner Lebenslinie ist es erst kurze Zeit her, daß Veleda in den Armen von Nehalennia starb.«

»Und die Erinnerung daran hat dich überwältigt. Klar. Es tut mir leid.«

»Es war nicht deine Schuld. Wie hättest du es wissen sollen?« Floris holte tief Atem. »Aber ich will nicht mehr lügen, als ich unbedingt muß. Dich, Manse, möchte ich nie belügen müssen.«

»Was willst du damit sagen?« fragte er vorsichtig und fürchtete die Worte, die jetzt kommen mußten.

»Ich habe auch über uns nachgedacht«, meinte sie. »Sehr lange sogar. Ich glaube, daß das, was wir taten – miteinander zu schlafen – falsch war ...«

»Nun, normalerweise wäre es ein Fehler gewesen. Aber in diesem Fall hat es uns nicht bei der Erfüllung unserer Aufgabe behindert. Im Gegenteil, ich fühlte mich dadurch regelrecht inspiriert. Verdammt, es war einfach wundervoll.«

»Auch für mich.« Trotzdem wurde sie immer stiller. »Du bist heute sicher in der Hoffnung hierher gekommen, die Affäre wieder aufleben zu lassen, nicht wahr?«

Er versuchte ein Lächeln. »Ich plädiere auf Schuldig. Im Bett bist du die Hölle auf Rädern, mein Schatz.«

»Du neigst zu Übertreibungen.« Ihr schwaches Lächeln erstarb sofort wieder. »Was sonst hattest du im Sinn?«

»Noch mehr davon. Viel mehr.«

»Auch in Zukunft? Immer?«

Everard blieb stumm.

»Es wäre schwierig«, sagte Floris. »Du ein Ungebundener, ich ein Spezial-Feld-Agent. Wir wären die meiste Zeit unseres Lebens getrennt.«

»Wenn du nicht zur Datenkoordination oder sonst

einer Stelle wechseln würdest, wo du zu Hause arbeiten könntest.« Everard beugte sich vor. »Du weißt, daß das eigentlich eine ausgezeichnete Idee ist. Und dir würde es bestimmt gelegen kommen, ohne all die Risiken und Grausamkeiten leben zu können, nicht mehr Zeuge all dieses menschlichen Leidens werden zu müssen, das zu verhindern dir verboten ist.«

Sie schüttelte den Kopf. »Das will ich aber nicht. Trotz allem fühle ich, daß ich als Feld-Agent wertvoller bin, in meinem Bereich. Und dort werde ich arbeiten, bis ich alt und schwach geworden bin.«

Wenn du so lange überlebst. »Ja, die Herausforderung, die Abenteuerlust, die Erfüllung – und gelegentlich auch die Möglichkeit zu helfen ... Du gehörst zu dieser Sorte Mensch.«

»Irgendwann würde ich den Mann hassen, der mich dazu bringt, das alles aufzugeben. Und das will ich auch nicht.«

»Nun denn ...« Everard stand auf. »In Ordnung.« Es war, als spränge man aus dem Flugzeug und vertraue sich ganz dem Fallschirm an. »Du zeigst zwar nicht viel Sinn fürs Häusliche, aber zumindest hätten wir uns zwischen den einzelnen Missionen ganz für uns. Bist du mutig?«

»Bist du's?« fragte sie zurück.

In halber Entfernung zu ihr blieb er stehen.

»Du weißt genau, was meine Arbeit erfordern könnte«, meinte sie, und dabei wurde ihr Gesicht ganz blaß. *Sicher nicht aus Verlegenheit,* dachte er in einem Winkel seines Gehirns. »Auch bei dieser vergangenen Mission war das so. Ich war nicht die ganze Zeit nur eine Göttin, Manse. Ab und zu fand ich es ganz angenehm, eine germanische Frau weit weg von zu Hause zu sein. Hin und wieder war es einfach nötig, eine Nacht lang alles zu vergessen.«

Das Blut pochte in seinen Schläfen. »Ich bin nicht prüde, Janne.«

»Aber du bist ein Bauernjunge aus dem Mittelwesten Amerikas. Das hast du mir selbst gesagt, und ich habe erkannt, daß das stimmt. Ich kann deine Freundin sein, Manse, deine Partnerin, deine Geliebte, aber tief in deinem Innern nie mehr. Sei ehrlich.«

»Ich versuche es«, brummte er rauh.

»Für mich wäre es noch schlimmer«, beendete Floris ihren Satz. »Ich müßte dir zu vieles vorenthalten und hätte das Gefühl, dich zu betrügen. Das mag vielleicht Unsinn sein, aber genau das ist es, was ich empfinden würde. Manse, es ist besser, wir verlieren uns nicht tiefer in unseren Gefühlen. Wir sollten uns Lebewohl sagen.«

Er blieb noch einige Stunden, und sie redeten miteinander. Dann lehnte sie plötzlich ihren Kopf an seine Brust. Eine Minute lang hielt er sie umschlungen, dann ging er.

IV

Maria, Mutter Gottes, Mutter der Leiden, Mutter der Erlösung, sei mit uns jetzt und in der Stunde unseres Todes.

Nach Westen segeln wir, aber die Nacht ereilt uns. Wache über uns in der Dunkelheit und führe uns in das Licht des Tages. Erhöre uns, auf daß dieses Schiff immer nur die kostbarste Fracht trägt – deinen Segen.

Unbefleckt wie du selbst leuchtet dein Abendstern im Sonnenuntergang. Leite uns mit deinem Licht. Breite deine Sanftheit über die Meere. Laß deinen Wind uns vorantreiben auf unserer Fahrt und bei der Rückkehr zu unseren Lieben daheim. Und trage uns schließlich durch deine Fürbitte hinauf in den Himmel.

Ave Stella Maris!

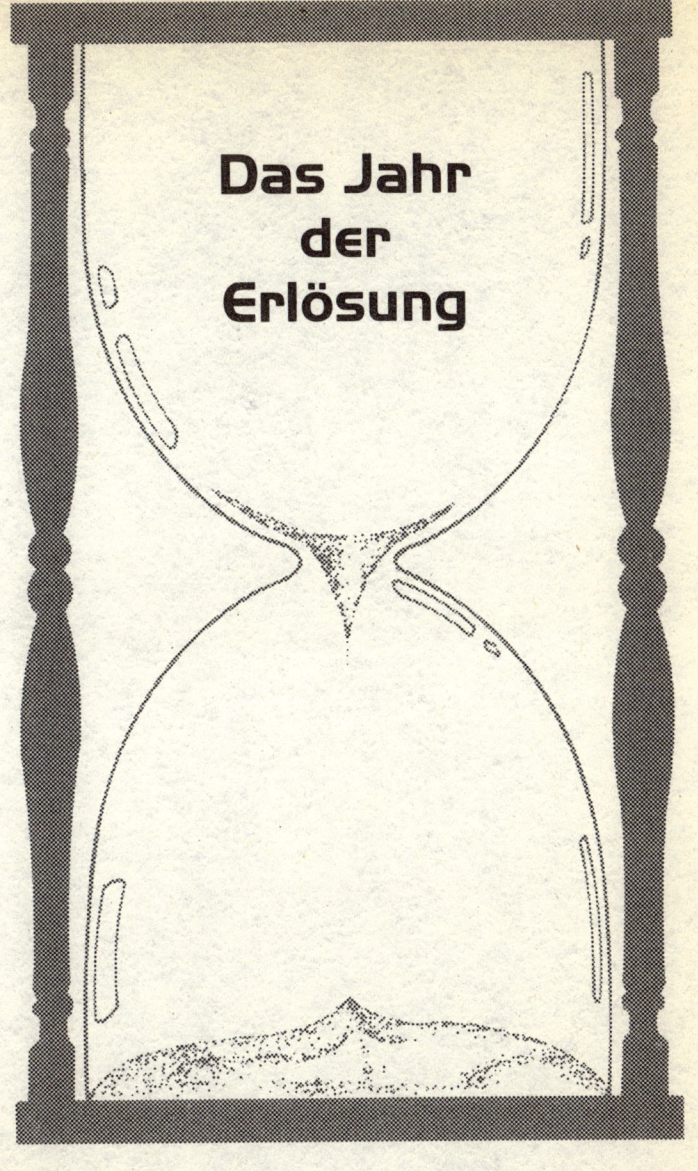

10. September 1987
....

»Von außerordentlicher Einsamkeit.« Ja, Kipling konnte das zu Recht sagen. Ich erinnere mich, wie diese Worte von ihm, die mir mein Onkel Steve laut vorlas, das Rückgrat hinauf- und hinunterrollten, als ich sie zum ersten Mal hörte. Und obwohl das schon über ein Dutzend Jahre zurückliegt, haben sie auch heute noch diesen Effekt. Das Gedicht handelt natürlich von der See und von Bergen; und so sind die Galapagos-Inseln, die Verzauberten Inseln.

Heute hätte ich ein wenig von dieser Einsamkeit nötig. Die Touristen sind meist nette, anständige Leute. Trotzdem ist es ziemlich nervenaufreibend, mit ihnen während der Saison dauernd dieselben Touren zu machen und ständig die gleichen Fragen beantworten zu müssen. Doch jetzt werden es wieder weniger, mein Sommerjob geht zu Ende, und ich werde bald zu Hause sein, in den Staaten, und für meinen Abschluß wieder die Schulbank drücken. Also werde ich jetzt die Gelegenheit nutzen.

»Wanda, Liebes!« Das Wort, das Roberto dafür benutzt, ist *querida*, was eine Menge bedeuten kann, aber nicht muß. Ich grübele ein wenig darüber nach, bis er sagt: »Laß mich doch wenigstens mit dir gehen.«

Kopfschütteln! »Tut mir leid, mein Freund.« Nein, das stimmt nicht ganz; *amigo* läßt sich ebenfalls nicht so ohne weiteres ins Englische übersetzten. »Ich bin nicht eingeschnappt oder so was. Im Gegenteil. Ich möchte nur ein paar Stunden für mich allein sein. Hast du nicht auch manchmal dieses Bedürfnis?«

Ich will ehrlich sein. Meine Kameraden sind in Ordnung. Ich wünsche mir, daß mir die Freunde, die ich unter ihnen gewonnen habe, erhalten bleiben. Das wird bestimmt auch der Fall sein, wenn wir uns hier wiedersehen können. Aber das ist nicht sicher. Vielleicht kann ich nächstes Jahr zurückkommen, vielleicht auch nicht. Vielleicht wird mein Traum, dem wissenschaftlichen Personal der Darwin-Station zugeteilt zu werden, wahr. Vielleicht auch nicht. Die Station hat nicht genug Platz für viele Wissenschaftler. Außerdem könnte ich ja in der Zwischenzeit von etwas anderem träumen. Diese Zeit hier, in der ein halbes Dutzend von uns mit einem Boot und einer Camping-Erlaubnis den Archipel unsicher gemacht haben, könnte durchaus das Ende sein von dem, was wir *el compañerismo*, die Kameradschaft genannt haben. Sicher, eine Karte zu Weihnachten oder zwei wird es noch geben, denke ich.

»Du brauchst einen Beschützer.« Roberto hat seinen dramatischen Ton aufgelegt. »Dieser Fremde, von dem wir hörten, daß er in ganz Puerto Ayora nach der jungen, blonden Nordamerikanerin herumfragt, macht mir Sorgen.«

Soll Roberto mich begleiten? Ich gerate in Versuchung. Er sieht gut aus, ist ein lustiger Bursche – und ein Gentleman. Wir hatten zwar in den vergangenen Monaten nicht gerade eine ausgesprochene Romanze miteinander, sind uns aber ganz schön nahe gekommen. Zwar hat er es nie ausgesprochen, aber ich weiß, daß er gern eine Beziehung mit mir gehabt hätte. Mir ist es, weiß Gott, nicht leicht gefallen, ihm zu widerstehen.

Aber es muß sein – eher zu seinem Wohl als zu meinem. Seine Nationalität spielt dabei keine Rolle. Ich glaube, Ecuador ist *das* lateinamerikanische Land, in dem sich die meisten Yankees wie zu Hause fühlen. Nach unseren Standards läuft hier alles richtig. Quito ist eine hübsche Stadt, und selbst Guayaquil – schmutzig, smoggeschüttelt, vor Energie und Tatendrang platzend – erinnert mich an Los Angeles. Trotzdem ist Ecuador nicht die USA, und vom landesüblichen Standpunkt aus betrachtet stimmt an mir vieles nicht, beginnend mit der Tatsache, daß ich nicht weiß, wann ich endlich bereit bin, seßhaft zu werden – wenn überhaupt jemals.

Daher immer nur lächeln. »O ja, Señor Fuentes im Postbüro hat mir davon erzählt. Armer Kerl – wie besorgt er war wegen der seltsamen Kleidung des Fremden, seinem Akzent, und überhaupt... Weiß der Bursche nicht, was die Kreuzfahrtschiffe hier so alles an Touristen anlanden? Und daß viele blonde Frauen die Inseln besuchen – so an die fünfhundert jährlich?«

»Wie soll Wandas heimlicher Bewunderer ihr denn hierher folgen können«, spottet Jennifer. »Soll er vielleicht herüberschwimmen?«

Zufällig wissen wir, daß keins der Schiffe in Bartolomé festgemacht hat, seit wir Santa Cruz verlassen haben. Auch liegen in der Nähe keine Yachten, und einen der hiesigen Fischer hätte jeder erkannt.

Roberto wird rot unter der Bräune, die wir uns alle hier zugelegt haben. Bedauernd tätschle ich seine Hand, während ich zu der Gruppe sage: »Nun macht schon, Leute, geht schnorcheln oder macht, was ihr wollt. Ich bin rechtzeitig zurück, um beim Zubereiten des Abendessens zu helfen.«

Rasch verlasse ich die Bucht, denn ich brauche das Alleinsein mit dieser seltsam rauhen, aber schönen Landschaft und Natur. Beim Tauchen möchte ich am liebsten ganz tief in ihre Haut eindringen. Das Wasser um mich herum ist dann glasklar und schimmert wie Seide. Hier und da sehe ich einen Pinguin, der eher durch das Wasser zu fliegen als zu schwimmen scheint, Fische blitzen wie ein farbenprächtiges Feuerwerk, der Seetang tanzt einen gemächlichen Hula. Ich möchte mit den Seelöwen Freundschaft schließen. Aber die anderen Schwimmer, obwohl sie mir alle lieb sind, wollen reden. Ich dagegen möchte Zwiesprache halten mit dem Land. Vor den anderen könnte ich das nie zugeben. Es klingt so pompös, als käme ich von Greenpeace oder der Volksrepublik Berkeley.

Nachdem ich den weißen Muschelstrand und die Mangroven hinter mir gelassen habe, scheine ich die Trostlosigkeit in Reinkultur unter den Füßen zu haben. Bartolomé besteht wie seine Nachbarinseln aus Vulkangestein, hat aber kaum Mutterboden. Die Morgensonne brennt schon ziemlich heiß, und nirgends ist eine Wolke zu sehen. Hier und da wachsen verkrüppelte Büsche oder etwas Gras, das aber immer spärlicher wird, je mehr ich mich dem Pinnacle Rock nähere. Meine Adidas quietschen in der flirrenden Hitze über dunkle Lava.

Wie auch immer ... zwischen Buckeln und Pfützen mit Meerwasser huschen leuchtend orangeblaue Krabben hin und her. Etwas weiter landeinwärts entdecke ich eine Eidechse von einer Gattung, die es nur hier gibt. Ich bin kaum einen Yard von einem blaufüßigen Tölpel entfernt; er hätte wegfliegen können, doch der naive Vogel beäugt mich nur neugierig. Ein Fink flattert durch mein Gesichtsfeld; es waren die Galapagos-Finken, die Darwin Aufschluß darüber gaben, wie das Leben über die Zeit hinweg funktioniert. Ein Albatros schwebt langsam durch das Blau des Himmels. Noch höher kreuzt ein Fregattvogel seine Flugbahn. Ich schaue durch das Fernglas, das ich mir um den Hals gehängt habe, und bewundere die Lässigkeit seines Flügelschlags im hellen Sonnenschein, den geteilten Schwanz, der aussieht wie das Zwillingsschwert eines Seeräubers.

Dies hier sind nicht die Wege, auf denen zu bleiben ich meine Touristen regelmäßig ermahnen muß. Die Regierung von Ecuador wacht sehr streng darüber, daß die diesbezüglichen Vorschriften eingehalten werden. Obwohl kaum Personal dafür vorhanden ist, leistet sie doch Erstaunliches, um die Landschaft zu schützen und im natürlichen Zustand zu erhalten. Sorgsam setze ich meine Füße, wie es sich für eine angehende Biologin gehört.

Ich umrunde das östliche Ende des Inselchens und nehme den Pfad und den natürlichen Aufstieg zum Zentralgipfel. Der Ausblick von dort oben hinüber zur Insel Santiago und weit über den Ozean ist herrlich; und zudem kann ich ihn heute ganz allein genießen. Wahrscheinlich werde ich dort den Lunch verzehren, den ich mir eingepackt habe. Später dann vielleicht zu der kleinen Bucht absteigen – und dann raus aus den Kleidern und ein ganz privates Bad, ehe ich nach Westen weiterwandere.

Aber Vorsicht, Kindchen! Du befindest dich hier ganz in der Nähe des Äquators. Die Sonne verlangt Respekt. Zieh die Hutkrempe tiefer und nimm einen Schluck aus der Feldflasche.

Atme mal tief durch und sieh dich um!

Inzwischen bin ich höher hinaufgestiegen und muß erst wieder ein Stück bergab, ehe ich das Ende des Pfades erreiche. Die Bucht und unser Lager sind außer Sicht. Statt dessen kann ich den Bogen und den Geröllhang bis zur Sullivan-Bay hinunter sehen, dahinter das tiefblaue Wasser. Point Martínez erhebt sich gräulich über der großen Insel. Ist das da ein Falke? Ich greife zum Fernglas.

Ein Blitz am Himmel. Licht, das von Metall reflektiert wird? Ein Flugzeug? Nein, das kann nicht sein. Vorbei, nichts mehr zu sehen.

Verwundert lasse ich das Glas sinken. Ich hörte schon einiges über Fliegende Untertassen, oder über UFOs, um die respektierlichere Bezeichnung zu verwenden. Ernstgenommen habe ich das Geschwätz nie. Dad hat seinen Kindern eine gute Portion Skepsis mit auf den Lebensweg gegeben. Nun, er war schließlich auch Elektronik-Ingenieur. Onkel Steve dagegen, der

Archäologe, ist ziemlich weit in der Welt herumgekommen und behauptet, sie sei voller Dinge, die wir nicht verstehen könnten. Vermutlich werde ich nie wissen, was den Lichtschimmer verursacht hat. Ich nehme den Abstieg unter die Füße.

Aus dem Nichts heraus plötzlich ein kurzer Windstoß. Die Luft braust leise. Ein Schatten fällt über mich. Ich schaue nach oben.

Das kann nicht wahr sein!

Ein übergroßes Motorrad ohne Räder hängt da zehn Fuß über mir freischwebend, lautlos. Der Mann auf dem Vordersattel hält zwei Handgriffe gepackt. Ich sehe ihn gestochen scharf. Jede Sekunde währt eine Ewigkeit. Ich werde von einer Furcht gepackt, wie ich sie nicht mehr empfunden habe, seit ich mit 17 Jahren bei einem Gewitter auf einer Straße in der Nähe von Big Sur mit dem Wagen ins Schleudern geriet.

Damals konnte ich den Schock überwinden, doch der hier will einfach nicht enden.

Der Mann ist ungefähr einsachtzig groß: grobknochig, breite Schultern, braungebrannte, pockennarbige Haut, Hakennase, dunkle Haare bis über die Ohren, der schwarze Bart und Schurrbart säuberlich getrimmt. Doch passen seine Kleider überhaupt nicht zu einer solchen Maschine: Weiche Stulpenstiefel, braune Gamaschen unter einer Kniebund-Hose, ein langärmeliges safrangelbes Hemd, dazu ein Brustharnisch aus Stahl, Helm, ein roter Umhang, und darunter in einer Scheide an der linken Hüfte ein Schwert...

Wie aus über hundert Meilen Entfernung weht eine Stimme herüber: »Seid Ihr die Dame Wanda Tamberly?«

Irgendwie bringt mich das vom Rand eines Schreikrampfs in die Wirklichkeit zurück. Was auch hier vorgeht, ich kann ihm begegnen. Hysterie muß nicht zwangsläufig sein.

Eine Nachtmahr, ein Fiebertraum? Das glaube ich

nicht. Dazu brennt mir die Sonne zu heiß auf den Rücken, strahlt ihre Hitze zu stark von den Felsen ab, ist das Meer zu blau. Außerdem könnte ich dann wohl kaum die einzelnen Stacheln an dem Kaktus vor mir zählen.

Ein Streich, ein Trick, ein psychologisches Experiment? Weniger wahrscheinlich als das Ding über mir ...

Sein Spanisch hört sich nach Kastilien an, doch habe ich nie zuvor einen solchen Akzent gehört.

»Wer sind Sie?« Ich muß mir die Worte abringen. »Was suchen Sie hier?«

Seine Lippen werden schmal. Vielleicht hat er schlechte Zähne. Sein Tonfall ist halb zornig, halb verzweifelt. »Schnell! Ich muß unbedingt Wanda Tamberly finden! Ihr Onkel Estebán ist in schrecklicher Gefahr.«

»Ich bin Wanda Tamberly«, höre ich mich sagen.

Er gibt ein bellendes Lachen von sich. Sein Gefährt schießt auf mich zu. Lauf!

Er schwebt an meine Seite, beugt sich herüber und umfaßt meine Hüfte mit dem rechten Arm.

Diese Muskeln müssen aus Titanstahl sein. Er hebt mich von den Füßen. Der Kurs in Selbstverteidigung, den ich gemacht habe ...

Meine gespreizten Finger zielen auf seine Augen. Er ist zu schnell, schlägt meine Hand zur Seite. Fingert an den Kontrollen herum – und plötzlich sind wir woanders.

3. Juni 1533 (Julianischer Kalender)

An diesem Tag brachten die Peruaner eine weitere Ladung mit Teilen des Schatzes, mit dem sie ihren König freikaufen wollten, nach Caxamalca. Luis Ildefonso Castelar y Moreno sah sie schon von weitem. Er war draußen, um mit den Reitern, die unter seinem Kommando standen, zu exerzieren. Jetzt befanden sie sich auf dem Heimritt, denn die Sonne stand schon tief über den Hügeln im Westen. Gegen die Schatten, die im Tal immer länger wurden, war der Fluß ein glänzendes Band, und die Dampfschwaden, die über den heißen Quellen der königlichen Bäder emporquollen, leuchteten golden. Lamas und menschliche Träger trotteten in einer langen Reihe von Süden über die Straße heran, erschöpft von ihren Lasten und vielen Meilen. Die Eingeborenen hielten bei ihrer Arbeit auf den Feldern inne und starrten zu dem Treck hinüber, um sich dann wieder eilig ihrer Beschäftigung zuzuwenden. Der Gehorsam war tief in ihnen verwurzelt, ganz gleich, wer gerade ihr Oberherr war.

»Übernehmt das Kommando«, befahl Castelar seinem Leutnant und gab seinem Hengst die Sporen. Draußen vor der kleinen Stadt zügelte er sein Tier und erwartete die Karawane.

Eine Bewegung zu seiner Linken erregte seine Aufmerksamkeit. Ein Mann trat zwischen zwei weißgetünchten, strohgedeckten Lehmhütten hervor. Er war groß und hätte den Reiter, hätte er neben ihm gestanden, sicher um drei Inch oder noch mehr überragt. Das Haar um seine Tonsur war von dem gleichen schmutzigen Braun wie seine Franziskaner-Kutte, aber das Alter wie auch die Pocken hatten dem kantigen Gesicht kaum etwas anhaben können, und in seinem Gebiß fehlte kein einziger Zahn. Selbst nach wochenlanger Abwesenheit und vielen inzwischen durchgestandenen Abenteuern erkannte Castelar den Fra Estebán Tanaquil sofort – was auf Gegenseitigkeit beruhte.

»Ich grüße Euch, Pater.«

»Gott sei mit Euch, Herr«, entgegnete der Mönch und blieb neben dem Steigbügel stehen. Die Schatzkarawane zog an ihnen vorbei. In der Stadt wurden Jubelrufe laut.

»Wohlan«, freute sich Castelar. »Ein herrlicher Anblick, nicht wahr?«

Als die Antwort ausblieb, wandte er den Blick dem Pater zu, der das Gesicht schmerzlich verzog.

»Stimmt was nicht?« fragte Castelar.

Tanaquil seufzte. »Ich kann mir nicht helfen, aber ich sehe, wie erschöpft und fußwund diese Männer sind. Und ich muß daran denken, welches Jahrhunderterbe sie dort heranschleppen, das man ihnen abgepreßt hat.«

Castelar versteifte sich. »Wollt Ihr Euch etwa gegen unseren Kapitän stellen?«

Der Bursche ist schon merkwürdig, dachte er, wie auch der Orden, dem er angehört, denn die anderen geistlichen Begleiter der Expedition waren alle Dominikaner. Es war schon ein Rätsel, wie Tanaquil zu ihrer Truppe gekommen war und scheinbar spielerisch das Vertrauen von Francisco Pizarro gewonnen hatte. Es mußte an seinem Wissen und an seiner freundlichen Art liegen – in der Kompanie von Pizarro beides eine Seltenheit.

»Nein, nein – natürlich nicht«, versicherte der Mönch hastig. »Und doch ...« Seine Worte wurden unverständlich.

Castelar runzelte leicht die Stirn. Er glaubte zu wissen, was in dem geschorenen Kopf vorging. Er hatte sich selbst schon die Frage gestellt, ob das, was sie im letzten Jahr getan hatten, rechtens war. Der Inka Atahualpa hatte die Spanier friedlich empfangen und sie in Caxamalca Quartier beziehen lassen. Dann war er auf ihre Einladung in die Stadt gekommen, um mit den Ankömmlingen zu verhandeln. Seine Sänfte trug ihn in einen Hinterhalt, bei dem die Spanier seine Diener zu Hunderten erschossen oder niederstachen und ihn gefangennahmen. Auf sein Bitten hin entblößten seine Untertanen das Land von seinem Reichtum, um einen Raum bis unter die Decke mit Gold und einen zweiten, doppelt großen, mit Silber zu füllen – dem Preis für seine Freiheit.

»Es ist Gottes Wille«, zischte Castelar. »Wir bringen diesen Heiden den Glauben. Der König wird doch gut behandelt, oder nicht? Er hat sogar seine Frauen und Diener um sich, die sich um ihn kümmern. Ähnlich wie Christus seinen Anhängern die Erlösung verspricht, belohnt ...« – er räusperte sich – »... auch Sant'Iago wie jeder gute Anführer seine Truppen großzügig.«

Der Pater reagierte auf diese Bemerkung mit einem trockenen Lachen und schien damit ausdrücken zu wollen, daß das Predigen für einen Soldaten nicht die richtige Beschäftigung war. Doch nach außen hin zuckte er nur die Achseln und meinte: »Heute abend werde ich ja erleben, wie großzügig die Belohnung ausfällt.«

»Aber sicher.« Castelar schien erleichtert darüber, diesen Disput beenden zu können. Zwar hatte er selbst einmal Priester werden wollen und die Gotteslehre studiert, war aber ausgeschlossen worden, nachdem er ein Mädchen geschwängert hatte. Er hatte als Freiwilliger den Krieg gegen Frankreich mitgemacht und sich dann Pizarro in der Hoffnung angeschlossen, in der Neuen Welt sein Glück zu machen – was immer dieses Glück für den jüngeren Sohn eines verarmten estremadurischen Edelmannes bereithalten mochte. Trotzdem war ihm die Ehrfurcht vor der Kutte erhalten geblieben. »Wie ich hörte, seht Ihr jede Lieferung erst einmal durch, ehe sie in der Schatzkammer verschwindet.«

»Jemand muß es ja tun, und zwar jemand, der ein Auge für höhere Kunst hat und nicht nur das schnöde Metall sieht und bewertet. Ich konnte zum Glück den Kapitän und seinen Kaplan von meinem Standpunkt in dieser Angelegenheit überzeugen. Die Gelehrten am

Hof des Kaisers werden entzückt sein, daß so wenigstens ein Bruchteil an Wissen und Erkenntnissen gerettet werden konnte.«

»Hm.« Castelar zupfte an seinem Spitzbart. »Aber warum macht Ihr das nachts?«

»Davon habt Ihr auch gehört?«

»Ich bin schon seit ein paar Tagen wieder zurück. Mir schwirrt inzwischen der Kopf von all den Gerüchten.«

»Ich wage zu behaupten, daß Ihr viel mehr zu erzählen habt, als Ihr hier hört. Ich würde mich gern ausführlich darüber mit Euch unterhalten. Es war eine wahrhaft herkulische Leistung, die Eure Truppe vollbracht hat.«

An Castelars geistigem Auge zogen noch einmal die vergangenen Monate vorbei, in denen Hernando Pizarro, der Bruder des Kapitäns, einen Trupp Soldaten nach Westen über die Kordilleren durch eine phantastische Bergwelt mit schwindelerregend tiefen Abstürzen, Schluchten und reißenden Flüssen nach Pachacamac an der Küste mit seinem dunklen Orakel-Heiligtum geführt hatte. »Wir haben nur wenig Beute gemacht«, sagte er. »Die wertvollste war der Indio-General Challcuchima. Wir haben seine Bande zusammengetrieben und unter Kontrolle gehalten ... Aber Ihr wolltet mir erzählen, warum Ihr den Schatz nur nach Sonnenuntergang sichtet.«

»Um die Gier und Mißgunst bei unseren Leuten nicht noch mehr anzustacheln. Die Männer warten doch schon lange ungeduldig auf die Verteilung der Beute. Zudem sind die Kräfte des Satans in der Nacht am stärksten. Dann bete ich vor den Dingen, die schließlich falschen Göttern geweiht sind, zu unserem Herrn.«

Der letzte Träger schwankte vorbei und verschwand hinter den Mauern.

»Das würde ich mir gern mal ansehen«, meinte Ca-

stelar. Und fügte in einer plötzlichen Eingebung hinzu: »Warum eigentlich nicht? Ich werde Euch dabei Gesellschaft leisten.«

Tanaquil starrte ihn überrascht an. »Was?«

»Ich werde Euch nicht stören. Ich werde nur zuschauen.«

Das Zögern des Mönchs war unübersehbar. »Dazu müßt Ihr erst die Erlaubnis einholen.«

»Wieso? Mein Rang gestattet mir das, und außerdem würde mir niemand meinen Wunsch abschlagen. Was habt Ihr dagegen? Ich sollte doch meinen, daß Euch meine Gesellschaft willkommen ist.«

»Ihr werdet Euch langweilen – wie die anderen vor Euch. Das ist auch der Grund, warum sie mich mit meiner Aufgabe allein lassen.«

»Ich bin daran gewöhnt, auf Wache zu stehen.« Castelar lachte.

Tanaquil gab auf. »Nun gut, Don Luis, wenn Ihr unbedingt darauf besteht. Trefft mich nach dem Abendgottesdienst beim Schlangenhaus – wie sie es hier nennen.«

Zahllose Sterne schimmerten hell über dem Hochland. Die Hälfte oder noch mehr waren am europäischen Sternenhimmel nie zu sehen. Fröstelnd zog Castelar seinen Umhang enger um sich. Sein Atem stand als kleine Wolke vor seinem Mund, und seine Schritte hallten laut vom festgetretenen Lehm der Straße wider. Caxamalca schien ihn einengen, erdrücken zu wollen, und wirkte im Halbdunkel gespenstisch. Der Spanier war froh, Harnisch, Helm und Schwert zu tragen, so unnütz sie hier auch erscheinen mochten. Tavantinsuyu nannten die Indios dieses Land – die vier Himmelsrichtungen der Welt. Und irgendwie schien dieser Name für ein Reich, dessen Ausmaße das Heilige Römische Reich zwergenhaft erscheinen ließen, zutreffender als Peru, ein Name, dessen Bedeutung niemand genau kannte. War es schon unterworfen, konnten sie es jemals völlig unterwerfen – seine Bewohner, und ihre Götter?

Schon dieser Gedanke war eines Christenmenschen unwürdig. Castelar eilte weiter.

Die Posten vor der Schatzkammer waren ein beruhigender Anblick für ihn. Der Schein der Laternen spiegelte sich auf den Harnischen, Piken und Musketen der Soldaten. Sie gehörten zu den Eisenfressern, die von Panama herübergesegelt waren. Sie waren durch Dschungel, Sümpfe und Wüsten marschiert, hatten jeden Feind niedergemacht, der sich ihnen entgegenstellte, und Festungen errichtet. Eine Handvoll von ihnen war über ein Gebirge so hoch wie der Himmel gestiegen, um den König der Heiden zu fangen und sein Land tributpflichtig zu machen. Kein Mensch oder Dämon würde ohne Erlaubnis an ihnen vorbeikommen oder sie aufhalten können, wenn sie wieder weitermarschierten.

Die Männer kannten Castelar und salutierten. Bruder Tanaquil erwartete ihn schon mit einer Laterne in der Hand. Er führte den Reitersoldat unter einem Sturz hindurch, der wie eine Schlange geformt war, in das Gebäude – obwohl eine solche Schlange in den schlimmsten Alpträumen der Weißen nie aufgetaucht wäre.

Das Haus war groß und hatte viele Räume. Die Wände waren aus zurechtgehauenen Steinblöcken errichtet, die fast nahtlos aufeinanderpaßten. Das Dach bestand aus Holz, denn das Gebäude war einmal ein Palast gewesen. Die Spanier hatten die Eingänge, die die Indios mit Vorhängen aus Schilf oder Stoff zu schließen pflegten, mit festen Türen versehen.

Tanaquil schloß die Tür, durch die sie hereingekommen waren. Schatten lauerten überall in den Ecken oder hingen als Zerrbilder über Wandmalereien, auf denen die Priester der Eindringlinge in frömmlerischer

Anwandlung die Köpfe übermalt hatten. Die gerade eingetroffene Lieferung lag in einem Kellerraum. Castelar sah, wie die Kostbarkeiten schimmerten und funkelten. Halb benommen fragte er sich, wieviele Hunderte Pfund an kostbarem Metall hier unten wohl aufgehäuft waren.

Zunächst mußte er sich damit zufriedengeben, darüber nachzugrübeln, was von der Karawane alles herangeschleppt worden war. Pizarros Offiziere hatten die Bündel hastig geöffnet, um sich vom Inhalt zu überzeugen, und alles einfach an Ort und Stelle liegengelassen. Morgen würden sie die Menge feststellen und bei dem anderen Schatz einlagern. Unter Castelars Stiefeln und Tanaquils Sandalen knisterten Schnüre und Verpackungen.

Der Mönch stellte seine Laterne auf den Lehmboden und hockte sich nieder. Er hob einen goldenen Becher auf und hielt ihn in das schwache Licht. Dann schüttelte er den Kopf und murmelte etwas Unverständliches. Das Gefäß war zerbeult, die eingearbeiteten Figuren verbogen. »Die Sammler haben ihn fallenlassen oder achtlos zur Seite getreten.« Klang da Ärger aus den Worten des Mönchs? »Sie haben für Kunstfertigkeit so viel Verständnis wie Tiere.«

Castelar nahm ihm den Becher ab und wog ihn in der Hand. Bestimmt ein gutes Viertelpfund schwer, schätzte er. »Warum sollten sie auch?« meinte er. »Er wandert doch ohnehin bald in die Schmelze.«

Die Antwort klang bitter: »Das stimmt.« Und nach einem Moment: »Man will einige Stücke, die gut erhalten sind und an denen er vielleicht Interesse haben könnte, dem Kaiser schicken. Ich habe die besten schon ausgesucht in der Hoffnung, daß Pizarro auf mich hört und meiner Auswahl zustimmt. Doch meist tut er es nicht.«

»Was macht das schon? Alle sind fast gleich unansehnlich.«

Die grauen Augen des Mönchs musterten den Soldaten eindringlich. »Ich hielt Euch für ein wenig klüger. Ich dachte, Ihr wäret in der Lage zu verstehen, daß Menschen viele Wege und Mittel finden, um ... Gott zu preisen durch die Schönheit dessen, was sie erschaffen. Ihr seid doch ein gebildeter Mann, nicht wahr?«

»Ich habe Latein, Lesen und Schreiben, ein wenig Geschichte und Astronomie gelernt. Doch habe ich das meiste schon wieder vergessen, fürchte ich.«

»Und Ihr seid weit herumgekommen.«

»Ich habe in Frankreich und Italien gekämpft und dabei ein paar Brocken jeder Sprache erlernt.«

»Ich habe den Eindruck, Ihr sprecht auch Quechua.«

»Ein wenig. Ich kann doch den Eingeborenen nicht erlauben, sich dumm zu stellen oder sich gegen uns zu verschwören, während wir daneben stehen und zuhören.« Castelar kam sich vor wie bei einem, wenn auch milden, Verhör der Inquisition. Er wechselte rasch das Thema. »Ihr habt mir erzählt, daß Ihr alles, was Ihr hier sichtet, beschreibt. Wo sind denn Federkiel und Papier?«

»Ich habe ein exzellentes Gedächtnis. Und wie Ihr richtig beobachtet habt, macht es nicht viel Sinn, Dinge aufzulisten, die ohnehin zu Barren gegossen werden. Doch um sicherzugehen, daß kein Fluch, kein Zauberspruch ...«

Tanaquil arrangierte, während er sprach, einige Gegenstände auf dem Boden – Ornamente, Teller, Becher, Figuren – in den Augen Castelars ein groteskes Verhalten. Als er sie schließlich vor sich aufgebaut hatte, griff er in einen Beutel, der an seinem Gürtel hing und zog daraus einen weiteren seltsamen Gegenstand hervor. Castelar beugte sich vor und betrachtete ihn mit schmalen Augen.

»Was ist das?« fragte er.

»Ein Reliquiar – mit einem Fingerknochen des hl. Ippolito.«

Castelar bekreuzigte sich, bückte sich aber trotzdem tiefer herab. »Etwas Ähnliches habe ich noch nie gesehen.« Das Behältnis maß ungefähr eine Handbreit, war sanft gerundet und schwarz – außer einem Kreuz aus perlmuttartigem Material, das am Kopfende eingelassen war, und zwei Kristallen, die eher wie optische Linsen statt wie Fenster aussahen.

»Ein sehr seltenes Stück«, erklärte der Bruder. »Es blieb zurück, als die Mohren Granada verließen, und wurde später durch seinen Inhalt und den Segen der Kirche geweiht. Der Bischof, der mir die Reliquie anvertraute, behauptete, sie sei besonders wirksam gegen gottlosen Zauber. Kapitän Pizarro und Bruder Valverde pflichteten mir bei, daß es sicher klug sei und bestimmt nicht schaden könne, wenn ich jedes Teil des Inka-Schatzes seinem Einfluß unterziehe.«

Der Mönch nahm eine bequemere Sitzhaltung ein, wählte die kleine Goldfigur eines wilden Tieres und hielt sie mit der linken Hand vor die beiden Kristalle des Reliquienbehältnisses in seiner Rechten. Seine Lippen bewegten sich stumm. Als er damit fertig war, stellte er die Figur auf den Boden und nahm den nächsten Gegenstand.

Castelar bewegte sich unbehaglich von einem Fuß auf den anderen.

Nach einer Weile kicherte Tanaquil: »Ich hatte Euch gewarnt, daß es Euch langweilig werden würde. Ich werde noch Stunden damit zu tun haben. Ihr könnt Euch also ebensogut schlafen legen, Don Luis.«

Castelar gähnte. »Ich glaube, Ihr habt recht. Ich danke Euch für Euer Entgegenkommen.«

Ein zischendes Geräusch und ein plötzlicher Luftwirbel ließen ihn herumfahren. Ungläubig stand der Soldat einen Moment wie erstarrt.

An der gegenüberliegenden Wand war plötzlich aus dem Nichts etwas aufgetaucht – ein Ding, massiv und matt schimmernd, wahrscheinlich aus Stahl, mit zwei Handgriffen und zwei Sätteln ohne Steigbügel ... Castelar sah es ganz deutlich, denn aus einem Stock, den der hintere Reiter in der Hand hielt, strahlte ein Licht. Beide Männer waren in dunkle, enganliegende Kleider gehüllt, von denen ihre Hände und Gesichter bleich wie Knochen abstachen – kaum vom Wetter gegerbt, völlig unnatürlich.

Der Mönch sprang auf und schrie. Seine Worte kamen nicht in Spanisch über seine Lippen.

In diesem Augenblick bemerkte Castelar eine Spur von Verwunderung bei den Fremden. Waren sie auch Zauberer oder Teufel, so waren sie doch nicht allmächtig, nicht wie Gott und Seine Heiligen. Castelars Schwert glitt wie von selbst in seine Hand, und er sprang vorwärts. »Im Namen von Sant'Iago – auf sie!« brüllte er den alten Schlachtruf seiner Leute, mit denen sie in Spanien die Mohren nach Afrika zurückgejagt hatten. Mach so viel Lärm, daß die Wachen draußen dich hören, und ...

Der vordere Reiter hob ein Rohr. Es blitzte auf – und Castelar wurde ins Nichts gewirbelt.

15. April 1610

Machu Picchu! Diese unmittelbare Erkenntnis kam Stephen Tamberly, als er aufwachte. Und dann: *Nein, nicht ganz. Nicht so, wie ich es gekannt habe. In welcher Zeit bin ich?*

Er taumelte auf die Füße. Sein Verstand und seine Sinne verrieten ihm, daß er mit einer elektronischen Schockpistole außer Gefecht gesetzt worden war, wahrscheinlich mit einem Modell aus dem 24. Jahrhundert oder noch später. Das aber hatte ihn nicht so sehr geschockt wie das Auftauchen der Männer auf einer Maschine, wie sie Tausende von Jahren nach seiner Geburt nicht mehr gebaut worden war.

Um ihn herum ragten die Berge auf, die er kannte, nebelverhangen, selbst in den oberen Höhen von tropischem Grün bis auf die wenigen, deren Spitzen eine Schneekappe krönte. Ein Kondor schwebte hoch über ihm. Ein blaugoldener Morgen ließ den Urubamba hell aufschimmern. Doch sah Tamberly in der Tiefe keine Eisenbahnschienen, keine Station. Die einzige Straße befand sich hier oben – und war von Inka-Ingenieuren gebaut.

Er stand auf einer Plattform, die am Hang klebte und eine Abstiegsrampe aufwies, auf einem erhöhten Punkt einer Mauer über einem Graben. Unter ihm dehnte sich endlos die Stadt, teilte sich in Häuser mit ungemauerten Wänden, Treppen, Terrassen, Plätzen und wirkte so machtvoll und majestätisch wie die Berge selbst. Wenn diese Gipfel eher einem chinesischen Gemälde entsprungen schienen, so paßte die von Menschenhand geschaffene Umgebung eher ins mittelalterliche Südfrankreich – und wiederum auch nicht, denn sie war zu fremdartig, zu sehr eingebettet in ihren eigenen Geist.

Es wehte ein kalter Wind. Sein Winseln war das einzige Geräusch neben dem Pochen des Blutes in seinen Schläfen. In der ganzen vor ihm liegenden Weite rührte sich nichts. Mit der geistigen Schnellerkenntnis der Verzweiflung wurde ihm klar, daß das Land noch nicht lange so verlassen daliegen konnte. Überall wucherten Unkraut und Buschwerk, doch hatten sie und das Wetter ihr Zerstörungswerk gerade erst begonnen. Das besagte aber nicht viel, denn es sollte noch lange dauern, bis Hiram Bingham 1911 den Ort wiederentdeckte. Doch sah Tamberly hier beinahe intakte Bauwerke vor sich, die er lediglich als Ruinen im Gedächtnis hatte oder überhaupt nicht kannte. Andere Spuren zeugten noch von Holz- und Rieddächern. Und ...

Und Tamberly war nicht allein. Luis Castelar hockte neben ihm und machte seiner Verblüffung mit einem ungläubigen Schnauben Luft. Um sie herum standen Männer und Frauen in angespannter Haltung. Ein Zeitspringer parkte dicht am Rand der Plattform.

Als erstes bemerkte Tamberly die Waffen, die auf ihn gerichtet waren. Dann musterte er die Leute. Sie glichen in keiner Weise den Menschen, denen er auf seinen Touren bisher begegnet war. Sie wiesen eine so ausgeprägte Fremdartigkeit auf, daß sie irgendwie alle gleich aussahen. Sie hatten feingeschnittene Gesichter mit hoch angesetzten Wangenknochen, schmale Nasen und große Augen. Trotz der rabenschwarzen Haare war die Haut weiß wie Alabaster, und die Augen waren hell, wenn auch die Männer keinen Bartwuchs zu haben schienen. Die Körper waren schlank und groß. Die Grundkleidung für beide Geschlechter bestand aus enganliegenden einteiligen Anzügen ohne sichtbaren Nähte, Knöpfe oder Schnallen, und die weichen Halbstiefel zeigten das gleiche kräftige Schwarz. Sie wiesen silberne Verzierungen in orientalisch anmutenden Mustern auf, und mehrere Personen trugen flammendrote, orangefarbene oder gelbe Umhänge. An breiten Gürteln hingen Taschen und Holster. Das Haar fiel den Fremden bis auf die Achseln und wurde von einfachen Stirnbändern, arabesken Spangen oder diamantglitzernden Krönchen gehalten.

Es waren an die 30 Personen, und alle wirkten jung – oder waren sie alterslos? Tamberly vermutete trotzdem, daß sie viele Jahre Lebenszeit hinter sich hatten. Das zeigte sich an ihrem Stolz und ihrer Wachsamkeit, die von einer katzenhaften Selbstbeherrschung überlagert wurden.

Castelar starrte von einer Seite zur anderen. Man hatte ihm Schwert und Messer abgenommen. Die Klinge funkelte jetzt in der Hand eines der Fremden. Der Spanier spannte seinen Körper, als erwarte er einen Angriff. Tamberly ergriff seinen Arm. »Nur die Ruhe, Don Luis«, mahnte er. »Das ist doch sinnlos. Ruft meinetwegen all Eure Heiligen an, aber bleibt friedlich.«

Grollend fügte sich der Spanier in sein Schicksal. Tamberly spürte durch den Stoff des Ärmels hindurch, wie der Soldat zitterte. Einer der Fremden sagte etwas in einer merkwürdigen Sprache, die gurrte und trillerte. Ein anderer machte eine Handbewegung, als bäte er um Ruhe, und trat vor. Dabei bewegte er sich so graziös, daß man fast sagen konnte, er schwebte. Ganz deutlich dominierte er die anderen. Er hatte eine Adlernase, und seine Augen waren grün. Seine vollen Lippen verzogen sich zu einem Lächeln.

»Seid gegrüßt«, sagte er. »Ihr seid unerwartete Gäste.«

Er sprach in flüssigem Temporal, der bei der Zeitpatrouille und vielen Reisenden üblichen Sprache. Auch die Maschine unterschied sich kaum von einem Patrouillenspringer. Trotzdem war er bestimmt ein Gesetzloser, ein Feind.

Tamberly atmete tief durch. »In welchem ... Jahr sind wir?« murmelte er und verfolgte aus den Augenwinkeln Castelars Reaktionen, als Bruder Tanaquil in der unbekannten Sprache antwortete: Er zeigte Erstaunen, Abscheu, Wut.

»Nach dem Gregorianischen Kalender, den Ihr, wie ich denke, gewohnt seid, haben wir den 15. April 1610«, erklärte der Fremde. »Ich schätze, Ihr erkennt diesen Ort hier wieder, obwohl er Eurem Begleiter offensichtlich fremd erscheint.«

Natürlich erkennt er ihn nicht, durchfuhr es Tamberly. Was die Inkas später Machu Picchu nannten, war ursprünglich eine heilige Stadt, die der Inka Pachacutec errichtete, eine Stadt für die Jungfrauen der Sonne. Sie verlor ihre Bedeutung, als Vilcabamba zum Zentrum des Widerstandes gegen die Spanier wurde, bis sie Tupac Amaru fin-

gen und töteten, den letzten, der sich vor der ›Wiederbelebung der Anden‹ im 22. Jahrhundert als Inka bezeichnete. So hatten die Konquistadoren keinen einzigen Hinweis, wo sie diesen Ort hier finden konnten, und er lag öde und verlassen, von allen außer ein paar armen Bauern aus der Gegend vergessen – bis 1911 ...

Und dann hörte er kaum verständlich: »Ich vermute meinerseits, Ihr seid ein Agent der Zeitpatrouille.«

»Und wer seid Ihr?« keuchte Tamberly.

»Besprechen wir doch alles in einer geeigneteren Umgebung«, erwiderte der Mann. »Denn dies ist nur der Ort, zu dem unsere Spurensucher zurückgekehrt sind.«

Aber warum? Ein Zeitspringer konnte innerhalb von Sekunden an jedem beliebigen Punkt auftauchen, jeden Moment innerhalb seiner Reichweite ansteuern – von hier zu einer Erdumlaufbahn, vom Heute in die Zeit der Dinosaurier, oder, in die Zukunft gerichtet, in die Zeit der Danellier, obwohl das verboten war ...

Tamberly vermutete, daß diese Verschwörer den Landeplatz, der offen vor den Augen jedes Beobachters lag, hier gebaut hatten, um die hiesigen Indios abzuschrecken und fernzuhalten. Die Geschichten vom magischen Kommen und Gehen an diesem Ort würden im Lauf der Generationen verblassen und schließlich in Vergessenheit geraten, doch Machu Picchu würde bleiben.

Die meisten der Fremden, die bis jetzt nur zugeschaut hatten, erinnerten sich nun ihrer Aufgaben. Vier Posten mit gezogenen Schockpistolen traten hinter den Anführer und die Gefangenen. Einer trug ebenfalls ein Schwert. Vielleicht ein Souvenir. Über die Rampe, den Weg und die Treppen stiegen alle gemeinsam zur Stadt hinunter.

Das Schweigen stand zwischen ihnen wie eine Wand, bis ihr Anführer es schließlich brach: »Offenbar ist Euer Begleiter nur ein Soldat, der zufällig bei Euch war.« Als der Amerikaner nickte, fuhr er fort: »Also schön, dann beachten wir ihn einfach nicht, während wir beide uns miteinander unterhalten. Yaron, Sanir, ihr beide kennt seine Sprache. Nehmt ihn euch vor – aber nur auf die psychologische Tour, damit er für die Zeit unseres Gesprächs beschäftigt ist.«

Sie erreichten den Gebäudekomplex, den Tamberly, wenn er sich recht erinnerte, als ›Königskomplex‹ kannte. Eine Außenmauer begrenzte einen kleinen Innenhof, in dem ein weiterer Zeitspringer parkte. Irisierende Schleier hingen in Eingängen und spannten sich über die offenen Dächer der Gebäude, grenzten sie ab gegen den offenen Raum. Es waren Energiefelder, wie Tamberly schnell erkannte, undurchlässig für alles, das schwächer als eine Atomexplosion war.

»In Gottes Namen«, schrie Castelar, als ihn eine Stiefelspitze leicht vorwärtsschubste. »Was soll das? Sagt es mir sofort, ehe ich mich vergesse.«

»Langsam, Don Luis, nur die Ruhe«, antwortete Tamberly rasch. »Wir sind Gefangene. Ihr seht doch, was ihre Waffen anrichten können. Tut, was man Euch befiehlt. Vielleicht hat der Himmel Erbarmen mit uns, aber allein können wir uns nicht helfen.«

Der Spanier biß die Zähne zusammen und folgte seinen beiden Bewachern in ein etwas tiefer liegendes Gebäude. Die Gruppe des Anführers bewegte sich auf das größte Gebäude zu. Die Barrieren verschwanden wie von Geisterhand, um die beiden Gruppen eintreten zu lassen, und gaben den Blick frei auf Mauern, Himmel und Freiheit – wahrscheinlich, um Frischluft in die Räume zu lassen, denn der, den Tamberly jetzt betrat, schien in letzter Zeit nicht mehr benutzt worden zu sein.

Sonnenschein fiel vom Vordach herein, mischte sich mit der Strahlung und erhellte den fensterlosen Raum. Der Boden war mit einem tiefblauen Belag bedeckt, der wie lebende Muskeln leicht unter den Schritten vibrierte. Die Form der beiden Sessel und des Tisches waren ihm halbwegs vertraut, obwohl er das dunkel schimmernde Material nicht kannte. Die Dinge, die in einer Vitrine an der Wand standen, konnte er nicht identifizieren.

Die Posten bezogen zu beiden Seiten des Eingangs Stellung. Der eine war ein Mann, der andere eine Frau, die nicht minder trainiert und stählern wirkte. Der Anführer nahm in einem Sessel Platz und forderte Tamberly mit einer Handbewegung auf, sich in den anderen Sessel zu setzen. Der Sessel paßte sich selbständig seinen Körperkonturen und jeder seiner Bewegungen an. Der Anführer zeigte zum Tisch, auf dem eine Karaffe und einige Kelche standen. Sie waren emailliert; sie mußten ungefähr zur gegenwärtigen Zeit in Venedig hergestellt worden sein, mutmaßte Tamberly. Gekauft? Gestohlen? Erbeutet?

Der männliche Posten trat lautlos heran, füllte zwei Becher und reichte sie seinem Herrn und Tamberly.

Lächelnd hob der Anführer seinen Kelch und murmelte: »Auf Eure Gesundheit.« Was soviel bedeuten mochte wie: *Ihr tut besser alles, um sie Euch zu erhalten.*

Der Wein war ein herber Chablis und so erfrischend, daß Tamberly fast glaubte, er enthalte ein Stimulans. In seiner Zukunft verfügten die Menschen über ein breites und genaues Wissen der menschlichen körpereigenen Chemie.

»Nun denn«, eröffnete der Anführer in sanftem Ton das Gespräch. »Ihr gehört ganz offensichtlich zur Patrouille. Denn das, was Ihr in der Hand hieltet, war ein holografischer Recorder. Die Patrouille würde nie einem anderen Besucher außer ihren eigenen Leuten gestatten, sich bei einem solch kritischen Moment herumzutreiben.«

Tamberly spürte, wie ihm die Kehle eng wurde und die Zunge sich versteifte. Dies war die Blockade, die man ihm während seiner Ausbildung in sein Gehirn eingepflanzt hatte, ein Reflex, der verhinderte, daß er sich gegenüber einer nicht autorisierten Person enttarnte und dabei verriet, daß es tatsächlich einen regen Zeitverkehr in beide Richtungen der Historie gab.

»Ich ... hm ... was ...« Er spürte, wie ihm der kalte Schweiß ausbrach.

»Mein Kompliment.« Hörte er da ein unterdrücktes Lachen in den Worten des Fremden? »Mir ist durchaus bewußt, daß Ihr konditioniert seid. Zudem stelle ich fest, daß sie durchaus innerhalb ihrer normalen Grenzen funktioniert. Aber da wir ebenfalls Zeitreisende sind, steht es Euch frei, über alles zu reden, wenn auch nicht über die Einzelheiten, die die Patrouille geheim halten möchte. Vielleicht hilft es Euch etwas, wenn ich mich vorstelle? Ich bin Merau Varagan. Solltet Ihr jemals von meiner Rasse gehört haben, dann wahrscheinlich unter dem Namen ›Die Exaltierten‹.«

Tamberly hatte genug von ihnen gehört, daß ihm diese Situation zu einem Alptraum zu werden drohte. *Das 31. Jahrtausend war – ist – wird ... Nur die Temporal-Grammatik verfügt über die Worte, um solche Konzepte zu erklären. Jedenfalls liegt es lange vor der Entwicklung der ersten Zeitmaschinen, und nur ausgewählte Vertreter seiner Zivilisation wissen von der Zeitreise und nutzen sie; einige von ihnen treten in die Patrouille ein – darunter viele Individualisten aus den meisten Milieus. Nur ... diese Ära hatte ihre Supermänner, denen die Abenteuerlust zum Dienst an der Raum-Zeit-Front schon ins Genom eingepflanzt worden war. Doch sie rieben sich an der Unbeweglichkeit ihrer Zivilisation, die ihnen älter vorkommen mußte als unsereinem die Steinzeit. Sie rebellierten, verloren und mußten fliehen. Doch hatten sie zu dem Zeitpunkt schon erfahren, daß es die Zeitreise gab, und unglaublicherweise ein paar dieser Fahrzeuge in ihren Besitz gebracht. Seitdem ist die Patrouille ihnen auf den Fersen aus Furcht, daß sie Unheil anrichten könnten. Doch kenne ich keinen Bericht, in dem dokumentiert ist, daß die Patrouille sie erwischen ›wird‹ ...*

»Ich kann Euch nicht mehr sagen als Ihr schon vermutet – und wenn Ihr mich zu Tode foltert«, protestierte Tamberly.

»Wenn ein Mann schon gefährliche Spielchen treibt«, erwiderte Merau Varagan, »sollte er auf alle Eventualitäten vorbereitet sein. Ich gebe zu, daß uns Eure Anwesenheit überraschte. Wir dachten, das Schatzgewölbe sei, abgesehen von den Posten draußen, nachts verlassen – obwohl wir die Möglichkeit eines Zusammenstoßes mit der Patrouille meistens einkalkulieren. Raor, den Kyradex.«

Ehe Tamberly sich fragen konnte, was dieses Wort bedeutete, stand die Frau schon neben ihm. Ein eisiger Schreck durchzuckte ihn, als er erkannte, was sie vorhatte. Er wollte aufstehen, die Frau niederschlagen, sich töten...

Ihre Pistole blitzte auf. Sie war auf die niedrigste Stufe eingestellt, die ihn kampfunfähig machte. Seine Knie gaben nach, und er sackte in seinen Sessel zurück. Nur die Umklammerung des Möbels verhinderte, daß er auf den Teppich glitt.

Die Frau trat an die Vitrine und nahm etwas heraus. Mit einem Kasten und einer Art Leuchthelm kam sie zurück. Die beiden Gegenstände waren mit einem Kabel verbunden. Der Helm wurde ihm über den Kopf gestülpt. Raors Finger tanzten über Lichtpunkte – die Kontrollschalter des Gerätes. Plötzlich tauchten Symbole in der Luft auf. Maßeinheiten? Ein Summen erfüllte Tamberly, schwoll immer stärker an, bis es alles andere auslöschte. Er verlor sich darin und wirbelte in die Dunkelheit seines Herzens hinein.

Langsam tauchte er wieder daraus hervor. Er konnte seine Muskeln bewegen und streckte sich in seinem Sitz. Er war völlig entspannt und fühlte sich frisch wie nach einem tiefen, langen Schlaf. Dabei schien er von seinem Selbst losgelöst, ein außenstehender Beobachter ohne jegliche Emotionen. Zudem war er hellwach, seine Sinne arbeiteten normal. Er roch seine ungewaschenen Kleider, seinen Körper, die Gebirgsluft, die rauh durch den Eingang wehte. Er sah Varagans sardonisches Cäsaren-Gesicht, Raor mit dem Kasten in der Hand, spürte das Gewicht des Helms und bemerkte die Fliege, die ihm gegenüber an der Wand saß, als wolle sie ihn daran erinnern, daß er ebenso sterblich war wie sie.

Varagan lehnte sich zurück, schlug die Beine übereinander, legte die Hände zusammen und fragte mit gespielter Höflichkeit: »Euren Namen und Eure Herkunft ... bitte.«

»Stephen John Tamberly, geboren am 23. Juni 1937 in San Francisco, Kalifornien, Vereinigte Staaten von Amerika.«

Er antwortete vollständig und wahrheitsgemäß, er konnte nicht anders. Das hieß, seine Erinnerung, seine Nerven, sein Mund konnten nicht anders. Der Kyradex war die ultimative Verhörmaschine. Tamberly empfand nicht einmal das Schreckliche seiner Lage. Tief in seinem Innern schrie etwas, aber sein bewußtes Denken war zu einer Maschine geworden.

»Wann wurdet Ihr von der Patrouille rekrutiert?«

»1968.« Es war zu unerwartet geschehen, als daß er sich noch an das genaue Datum erinnern konnte. Ein Kollege hatte ihn einigen Freunden vorgestellt, interessanten Leuten, die, wie er später erfuhr, ihn aushorchen sollten; und dann hatte er sich einverstanden erklärt, ein paar Tests über sich ergehen zu lassen, die angeblich im Rahmen eines psychologischen Forschungsprojektes durchgeführt wurden. Erst später hatte man ihm reinen Wein eingeschenkt. Er wurde ermuntert anzuheuern, und er absolvierte seine Ausbildung mit dem erwarteten Eifer und Einsatz. Nun, damals war er gerade frisch geschieden. Sicher wäre ihm die Entscheidung, in die Patrouille einzutreten, schwerer gefallen, wenn er ständig ein Doppelleben hätte führen müssen. Trotzdem hätte er sich dazu entschlossen, denn damit bot sich ihm die Möglichkeit, Welten zu erkunden, die bis dahin nur überlieferte Worte, Ruinen, Scherben und tote Knochen gewesen waren.

»Was ist Eure Aufgabe innerhalb der Organisation?«

»Ich gehöre nicht zur Eingreif- oder Rettungstruppe oder einer ähnlichen Einheit. Ich bin ein Feld-Historiker. Zu Hause war ich Anthropologe und habe einige Aufträge im modernen Quechua durchgeführt. Dann befaßte ich mich mit der Archäologie dieser Region. Mir blieb am Ende nur die Wahl der Eroberungsperiode. Zwar hätte ich lieber die präkolumbianischen Gesellschaftsformen studiert, aber das war natürlich unmöglich. Ich wäre zu schnell aufgefallen.«

»Ich verstehe. Wie lange arbeitet Ihr schon für die Patrouille?«

»Ungefähr 60 Jahre normaler Lebenszeit.«

Man konnte Jahrhunderte überspringen und sich selbst in der Zeit verdoppeln. Eine ungeheure Vergünstigung der Mitgliedschaft in der Patrouille war die Langlebigkeit hinein in eine Ära weit in der Zukunft. Natürlich ging damit auch die Erfahrung und der Schmerz einher, Menschen, die man liebte, alt werden und sterben zu sehen, Menschen, die niemals wissen würden, was man selbst wußte. Um dem zu entgehen, verschwand man aus ihrem Leben und fuhr den Kontakt mit ihnen bis auf den Nullpunkt zurück. Denn sie sollten nicht sehen, daß die Jahre nicht wie bei ihnen an einem nagten.

»Wann und von wo seid Ihr zu Eurer letzten Mission aufgebrochen?«

»Von Kalifornien – 1968.«

Er hatte seine alten Freundschaften länger aufrecht erhalten als die meisten anderen Agenten. Seine verbrauchte Lebensspanne mochte zu der Zeit 90 Jahre betragen haben, sein biologisches Alter um die 30 Jahre gewesen sein, doch Stress und Sorgen hinterließen ihre

Spuren, und so konnte er 1986 sein Alter mit 50 Jahren angeben, obwohl seine Leute oftmals ihr Erstaunen darüber ausdrückten, wie jung er immer noch aussah. Es gab neben dem Abenteuer Gott weiß viel Kummer im Leben eines Patrouillengängers. Man wurde Zeuge von zu vielen Dingen.

»Hm«, brummte Varagan. »Darauf werden wir später noch genauer eingehen. Beschreibt zuerst mal Euren letzten Auftrag. Was habt Ihr im vorigen Jahrhundert in Cajamarca gemacht?«

Der spätere Name der Stadt, registrierte ein tieferer Teil in Tamberly, während sein automatisiertes Bewußtsein antwortete: »Ich habe Euch schon gesagt, daß ich Feld-Historiker bin und Daten über die Periode der Eroberung durch die Spanier sammelte.« Dabei ging es um mehr als nur die Wissenschaft. Wie konnte die Patrouille die Zeitlinien überwachen und die Realität der Ereignisse beibehalten, wenn sie nicht wußte, wie diese Ereignisse abliefen?

Bücherweisheit führt oftmals in die Irre, und viele Ereignisse waren nie überliefert worden. »Das Korps hat mich als Franziskaner-Mönch Estebán Tanaquil in das Expeditionsheer von Pizarro eingeschleust, als er 1530 von Spanien nach Amerika zurückkehrte.« Waldseemüller hatte ihm den Namen verpaßt. »Ich sollte alles beobachten und so viel unbekannte Fakten melden wie möglich.« Und nach Kräften versuchen, die Brutalitäten dabei zu mildern. »Ihr müßt wissen, daß diese Jahre auf lange Zeit die Historie prägen – sogar noch weit über mein eigenes Jahrhundert hinaus, und weit über Eures, in dem die Resurgenten sich auf ihr Anden-Erbe berufen.«

Varagan nickte. »Das stimmt«, sagte er im Plauderton. »Wären die Dinge damals anders verlaufen, hätte schon das 20. Jahrhundert völlig anders ausgesehen.« Er grinste. »Nehmt zum Beispiel nur mal an, die Nachfolge des Inka Huayna Capac wäre nicht strittig gewesen und Atahualpa hätte nicht im Zwist mit seinen Rivalen gelegen, als Pizarro ankam. Diese Handvoll spanischer Abenteurer wäre niemals in der Lage gewesen, das Königreich zu erobern. Dazu wäre mehr Zeit, wären mehr Hilfskräfte erforderlich gewesen, was wiederum das Kräftegleichgewicht in Europa gestört hätte, wo die Türken an den Grenzen standen und die Reformation die Einheit des Christentums untergrub.«

»Ist das Euer Ziel?« Tamberly hatte das vage Gefühl, er sollte wütend, entsetzt – jedenfalls alles andere sein als apathisch. Doch brachte er nur mühsam die Neugier auf, eine solche Frage zu stellen.

»Vielleicht«, antwortete Varagan unbestimmt. »Aber die Männer, die Euch aufstöberten, waren Helfer bei der Vorbereitung eines viel bescheideneren Unternehmens. Sie sollten die Befreiung Atahualpas vorbereiten. Was die Sachlage natürlich ziemlich verändern würde.« Er lachte. »Doch wenigstens blieben dann diese unbezahlbaren Kunstgegenstände erhalten. Ihr wärt sicher hochzufrieden, davon Hologramme für die Menschen in der Zukunft anfertigen zu können.«

»Für die gesamte Menschheit«, erklärte Tamberly automatisch.

»Ganz bestimmt aber für die, denen es erlaubt ist, die Früchte der Zeitreisen unter den wachsamen Augen der Patrouille zu genießen.«

»Ihr bringt den Schatz ... hierher?« stotterte Tamberly. »Jetzt sofort?«

»Für einige Zeit. Wir haben hier unser Lager aufgeschlagen, weil der Ort eine bequeme Basis für uns ist.« Varagan runzelte grimmig die Stirn. »Die Patrouille ist in unserem echten Milieu zu wachsam. Arrogante Schweine!«

Doch rasch beruhigte er sich wieder. »So isoliert, wie Machu Picchu zur Zeit ist, werden Wandlungen in der näheren Vergangenheit es kaum merklich verändern – wie zum Beispiel Atahualpas Befreiung, bei der er eines Nachts auf unerklärliche Weise verschwindet. Doch Eure Kameraden werden überall nach Euch suchen und dabei jeder Spur folgen, die sie finden. Daher ist es wichtig, diesbezügliche Informationen auf direktem Weg zu bekommen, damit wir jeder ihrer Bewegungen vorbeugen können.«

Ich sollte bis zu den Wurzeln meiner Seele erschüttert sein. Eine Rücksichtslosigkeit sondergleichen – Verwicklungen im Weltenlauf, temporale Wirbel, die Zerstörung der gesamten Zukunft – nein, nicht zu riskieren, sondern absichtlich herbeizuführen ... Doch ich kann diesen Horror nicht fühlen – das Ding, das da auf meinem Schädel sitzt, unterdrückt jede menschliche Regung in mir.

Varagan beugte sich vor. »Aber sprechen wir von Eurer ganz persönlichen Geschichte«, meinte er. »Was betrachtet Ihr als Eure Heimat? Wie sieht Eure Familie aus, was habt Ihr an Freunden, an persönlichen Bindungen?«

Die Fragen kamen jetzt schnell und messerscharf. Tamberly schaute und hörte zu, während sein Gegenüber geschickt eine Einzelheit nach der anderen aus ihm herausholte. Wenn Varagan eine Sache besonders interessant fand, ging er ihr bis ins kleinste Detail nach. Tamberlys zweite Frau sollte eigentlich in Sicherheit sein, denn sie gehörte auch zur Patrouille. Seine erste Frau war wieder verheiratet und nicht mehr Bestandteil seines Lebens. Doch, großer Gott, sein Bruder und Bills Frau ... und er hörte sich selbst eingestehen, daß er seine Nichte liebte wie eine Tochter ...

Der Eingang verdunkelte sich plötzlich. Luis Castelar schoß in den Raum ...

Sein Schwert blitzte auf und durchbohrte den Posten, der vornüberfiel und sich am Boden wand. Blut spritzte aus seinem Hals und erstickte den Schrei, den er nicht mehr ausstoßen konnte.

Raor ließ den Kasten fallen und griff nach ihrer Seitenwaffe, doch Castelar war schon bei ihr und schmetterte ihr die linke Faust ans Kinn. Sie taumelte zurück, sackte zu Boden und starrte wie gelähmt zu ihm empor. Sein Schwert sauste schon auf sie nieder, als sie noch fiel ...

Varagan schoß hoch. Unglaublich wendig unterlief er den Hieb, der ihn aufgeschlitzt hätte. Doch war der Raum zu eng, um an dem Spanier vorbeizukommen. Castelar stach zu. Varagan preßte die Hände auf den Bauch. Blut quoll zwischen seinen Fingern hervor. Er lehnte sich gegen die Wand und schrie gellend. Castelar verlor keine Zeit und stach ihn vollends ab. Dann riß der Spanier Tamberly den Helm vom Kopf. Er polterte dumpf zu Boden. Sein eigenes Bewußtsein durchzuckte den Amerikaner wie ein Sonnenstrahl.

»Bringt uns hier weg«, knurrte der Spanier. »Mit dem Zauberpferd draußen...«

Tamberly schoß aus seinem Sessel hoch. Die Knie wollten ihn kaum tragen. Castelar stützte ihn mit dem freien Arm. Gemeinsam stolperten sie nach draußen. Der Zeitspringer wartete auf sie. Tamberly kroch auf den vorderen Sattel, Castelar sprang auf den Sozius.

Im Hoftor tauchte ein Mann in Schwarz auf. Er stieß einen lauten Schrei aus und griff nach seiner Waffe. Tamberly hieb mit der Faust auf die Konsole.

11. Mai 2932 v. Chr.

Machu Picchu war verschwunden. Wind umbrauste ihn. Hunderte Fuß unter ihnen lag ein Flußtal mit üppigen Wiesen und Wäldern. In der Ferne schimmerte der Ozean.

Der Springer neigte sich in die Tiefe, und die Luft brauste an ihm vorbei. Tamberly betätigte den Starter für den Schwerkraft-Antrieb. Die Maschine erwachte und bremste den Sturz. Der Amerikaner brachte den

Scooter sanft zu Boden. Dann begann er am ganzen Körper zu zittern, schwarze Schleier tanzten vor seinen Augen.

Die Reaktion ließ nach. Tamberly registrierte, daß Castelar neben ihm im Gras stand und ihm die Spitze seines Schwertes an den Hals hielt.

»Steigt von dem Ding ab«, sagte der Spanier. »Bewegt Euch langsam und mit erhobenen Händen. Ihr seid kein heiliger Mann. Ich glaube, Ihr seid ein Zauberer, der auf dem Scheiterhaufen brennen sollte. Aber das werden wir noch herausfinden.«

3. November 1885

Ein Zweirad-Taxi brachte Manse Everard vom Importkontor von Dalhousie & Roberts – das gleichzeitig das Londoner Büro der Zeitpatrouille in diesem Milieu war – zu dem Haus am York Place. Im dichten Nebel stieg er die Stufen hoch und drehte den Griff der Türklingel. Eine Dienstmagd führte ihn in einen holzgetäfelten Vorraum. Er gab ihr eine Karte, und das Mädchen verschwand, um binnen einer Minute zurückzukehren und ihm zu erklären, daß Mrs. Tamberly erfreut sei, ihn zu empfangen. Er ließ seinen Überwurf und den Hut an der Garderobe und folgte ihr. Die Beheizung des Hauses konnte die feuchte Kälte nicht vertreiben, und Everard war zum ersten Mal froh, gekleidet zu sein wie ein viktorianischer Gentleman. Gewöhnlich fand er solche Kleider ausgesprochen unbequem. Andererseits war diese Ära insgesamt betrachtet eine herrliche Epoche, um darin zu leben – wenn man Geld hatte, eine robuste Gesundheit – und als angelsächsischer Protestant durchging.

Der Salon entpuppte sich als ein hübscher Raum, der von Gaslichtern erhellt wurde und nicht mit allem möglichen Schnickschnack vollgestopft war. Ein Kohlenfeuer wärmte den Raum. Helen Tamberly stand davor, als bedürfe ihr Körper dringend seiner Wärme. Sie war eine zierliche rotblonde Frau, und ihr Kleid betonte eine Figur, um die viele Frauen sie beneideten. Ihre Stimme verwandelte das Englisch der Königin in Musik – obwohl sie ein wenig zitterte.

»Wie geht es Euch, Mr. Everard? Nehmt doch Platz. Hättet Ihr gern einen Tee?«

»Nein, vielen Dank, Ma'am, es sei denn, Ihr wollt welchen.« Er gab sich keine Mühe, seinen amerikanischen Akzent zu verbergen. »Ein anderer Mann wird in Kürze hier eintreffen. Vielleicht später, nachdem wir mit ihm geredet haben.« Mit einem Kopfnicken schickte sie das Mädchen weg, das die Tür hinter sich offen ließ. Helen Tamberly ging hinüber, um sie zu schließen. »Ich hoffe, daß Jenkins davon nicht zu sehr geschockt sein wird«, meinte sie mit einem matten Lächeln.

»Ich wage zu behaupten, daß sie an unkonventionelle Begebenheiten gewöhnt ist«, erwiderte er in dem Bemühen, ihrer Selbstbeherrschung zu begegnen.

»Nun, wir versuchen immer, uns nicht zu sehr von der Allgemeinheit zu unterscheiden, obwohl die Leute ein gewisses Maß an Exzentrik tolerieren. Wenn wir zur Oberklasse gehören würden statt zur bürgerlichen Schicht, würde man uns alles nachsehen. Aber dann stünden wir zu sehr im Blickpunkt der Öffentlichkeit.« Sie kam auf ihn zu und blieb mit geballten Fäusten vor ihm stehen. »Aber genug davon«, sagte sie verzweifelt. »Ihr gehört zur Patrouille, seid ein Ungebundener Agent, nicht wahr? Es geht um Stephen, stimmt's. Sagt es mir.«

Ohne Furcht vor heimlichen Lauschern wechselte er ins Englische, was für ihre Ohren vielleicht angenehmer war als Temporal. »Ja, aber bis jetzt wissen wir nichts Genaues. Er wird – vermißt. Er meldet sich nicht mehr. Vermutlich wißt Ihr, daß er sich gegen Ende des Jahres 1535 in Lima aufhielt, ein paar Monate, nachdem Pizarro die Stadt gründete. Wir haben dort einen Außenposten. Diskrete Nachforschungen haben ergeben, daß der Bruder Estebán Tanaquil zwei Jahre zuvor auf mysteriöse Weise in Cajamarca verschwand. Ich betone – er ist verschwunden und nicht bei einem Unfall, einem Scharmützel oder Ähnlichem umgekommen.« Und leiser: »Zumindest nicht bei so etwas Alltäglichem.«

»Aber ist er noch am Leben?« rief sie.

»Das wollen wir hoffen. Ich kann Euch nichts anderes versprechen, als daß die Patrouille ihre verdammte ... oh, verzeiht.«

Sie gab ein freudloses Lachen von sich. »Schon gut. Ihr kommt aus Stephens Milieu, wo man es mit der Wahl der Worte nicht so genau nimmt, stimmt's?«

»Nun, wir beide sind in den USA geboren und aufgewachsen – in der Mitte des 20. Jahrhunderts. Darum hat man mich auch gebeten, diese Sache zu untersuchen. Doch ein paar Hintergrundinformationen über Euren Gatten wären mir dabei vielleicht ganz hilfreich.«

»Man hat Euch gebeten – so, so. Niemand gibt einem Ungebundenen Agenten Anweisungen – niemand außer einem Danellier.«

»Das stimmt nicht ganz«, sagte er dumpf. Manchmal ärgerte er sich über seinen Status – nicht an ein bestimmtes Milieu gebunden zu sein, die Freiheit zu haben, an jeden Ort und in jede Zeit gehen zu können, wo er gebraucht wurde, und nach eigenem Ermessen handeln zu können ... Dabei war er von Natur aus bescheiden, ein typischer Kleinbürger.

»Schön, daß Ihr es wenigstens zugebt.« Sie kämpfte sichtlich mit den Tränen. »Aber nehmt doch Platz. Ihr könnt gern rauchen. Wollt Ihr wirklich keinen Tee mit ein paar Keksen, oder einen kleinen Brandy?«

»Vielleicht später, vielen Dank. Doch werde ich mir ein Pfeifchen gönnen.« Er wartete, bis sie am Kamin Platz genommen hatte und setzte sich dann in den Sessel ihr gegenüber, in dem sonst sicher Steve Tamberly saß. Zwischen ihnen zuckten bläulich die kleinen Flammen des Feuers.

»Ich habe in der Vergangenheit schon mit einigen Fällen wie diesem zu tun gehabt – in meiner Lebensspanne, um genau zu sein«, begann er vorsichtig. »Dabei ist es notwendig, so viel wie möglich über die betroffene Person zu erfahren. Und das wiederum heißt, mit denen zu sprechen, die ihm oder ihr nahestehen. Aus diesem Grund bin ich auch heute etwas früher gekommen, damit wir uns kennenlernen können. Ein Agent, der persönlich vor Ort gewesen ist, wird etwas später hier erscheinen und uns berichten, was er herausgefunden hat. Ich gehe davon aus, daß Ihr nichts dagegen habt.«

»Nein, sicher nicht. Aber sagt mir doch eines, bitte – ich hatte immer Schwierigkeiten, dies alles zu verstehen, selbst wenn ich in Temporal denke. Mein Vater war Physiker, und manchmal kann ich mich einfach nicht gegen die strikte Logik von Ursache und Wirkung wehren, die er mir eingebleut hat. Stephen ... ist also irgendwie in Schwierigkeiten, im Peru des 16. Jahrhunderts. Vielleicht kann die Patrouille ihn da herausholen, vielleicht auch nicht. Aber wie immer das Ergebnis ausfallen wird ... die Patrouille kennt es. Es wird einen Bericht in den Akten geben. Könnt Ihr nicht einfach hingehen und ihn lesen? Oder einen Zeitsprung nach vorn machen und Euer zukünftiges Ich befragen? Warum hier und jetzt diese ganze Prozedur?«

Kinderstube hin oder her – sie mußte ziemlich betroffen sein, um eine solche Frage zu stellen. Sie, die sie selbst an dieser Akademie weit in der Vergangenheit, im Oligozän, ausgebildet worden war – lange, bevor es eine menschliche Geschichte gab, um über sie zu berichten.

Everard hatte deswegen keine schlechtere Meinung von ihr – im Gegenteil, er wußte ihren Mut und ihre Selbstbeherrschung zu schätzen, die sie so ruhig bleiben ließen. Außerdem konfrontierte ihre Arbeit sie nicht mit den Paradoxa und Merkwürdigkeiten einer veränderlichen Zeit, ebensowenig wie Tamberly solche Dinge kennengelernt hatte. Er war nur ein nach vorn blickender, wenn auch getarnter Beobachter gewesen – bis er plötzlich von diesen Merkwürdigkeiten überrascht worden war.

»Ihr wißt, daß das verboten ist«, sagte er sanft. »Kausale Schleifen können sich zu leicht in zeitliche Wirbel verwandeln. Dadurch könnten unsere ganzen Bemühungen null und nichtig gemacht werden, und das wäre noch das geringste Übel, mit dem wir zu rechnen hätten. Außerdem wäre es ohnehin vergebens. Diese Berichte, diese Aufzeichnungen könnten etwas betreffen, das niemals stattgefunden hat. Überlegt mal, wie sehr unsere Handlungen beeinflußt würden, wenn wir die Zukunft kennen würden – oder glaubten, sie zu kennen. Nein, wir müssen unsere Aufgaben so gut und vernünftig wie möglich erledigen, um unsere Erfolge oder Niederlagen real werden zu lassen.«

Denn Realität gibt es nur bedingt. Sie ist wie ein Wellenmuster auf einem See. Laß die Wellen – die Wahrscheinlichkeitswellen des letzten zugrundeliegenden Quanten-Chaos – ihren Rhythmus verändern, und das Filigranmuster der Kreise und Schaumwirbel ist abrupt verschwunden, in ein anderes Muster verwandelt. Schon im 20. Jahrhundert hatten die Physiker eine verschwommene Vorstellung davon. Aber erst als die Zeitreise möglich wurde, kam diese Tatsache im Leben der Menschen zum Tragen.

Wenn man in die Vergangenheit geht, macht man sie zu seiner Gegenwart. Man hat denselben freien Willen wie immer, man hat sich keine besonderen Beschränkungen auf-

erlegt. Daher nimmt man unausweichlich Einfluß auf das, was geschieht.

In der Regel sind die Auswirkungen nur schwach. Es ist, als ob das Zeit-Raum-Kontinuum ein Bündel starker Gummibänder sei, die nach einer störenden Krafteinwirkung von außen wieder in ihre ursprüngliche Form zurückschnellen. Tatsächlich ist man ja ein Teil dieser Vergangenheit. Es gab ja wirklich einen Mann, der Pizarro begleitete und sich Bruder Tanaquil nannte. Das war ›immer‹ schon die Wahrheit, und die Tatsache, daß er nicht in jenem Jahrhundert geboren war, sondern viel, viel später, ist ohne Belang. Auch wenn er geringfügige Anachronismen verursacht, macht das nichts. Sie mögen einen Kommentar bewirken, doch wird die Erinnerung an sie verblassen. Es ist einfach eine philosophische Frage, ob die Realität durch solche unmerklichen Veränderungen ins Schlingern gerät oder nicht.

Einige Ereignisse können aber wirkliche Veränderungen bewirken. Was, wenn ein Irrer ins 15. Jahrhundert zurückspringen und Attila den Hunnen mit Kalaschnikows ausrüsten würde? Doch wären solche Vorfälle so offensichtlich, daß man sie ziemlich einfach neutralisieren könnte. Aber bei subtileren Veränderungen ...

Die bolschewistische Revolution von 1917 wäre beinahe gescheitert. Nur die Energie und das Genie Lenins peitschte sie durch. Was, wenn man unauffällig ins 19. Jahrhundert zurückreisen und verhindern würde, daß Lenins Eltern sich je begegneten? Wie auch das russische Reich später aussehen mochte, es würde niemals zur Sowjetunion werden, und die Folgen daraus würden die ganze spätere Geschichte beeinflussen. Man selbst, weit entfernt von dieser Veränderung in der Vergangenheit, wäre dann immer noch existent. Doch würde man in die Zukunft zurückkehren, fände man eine völlig andere Welt vor, eine Welt, in die man selbst wahrscheinlich nie hineingeboren worden wäre. Man würde zwar existieren, man wäre vorhanden, aber nur als eine Wirkung ohne Ursache, einfach ins Leben geworfen durch diese Anarchie, die am Anfang dieser Ereigniskette stand.

Als die ersten Zeitmaschinen gebaut wurden, tauchten plötzlich die Danellier auf, diese Supermenschen, die die gesamte Zukunft innehaben. Sie stellten die Regeln für Zeitreisen auf und gründeten die Patrouille, die über diese Regeln wachen soll. Wie jede andere Polizeitruppe unterstützen wir die Menschen bei ihren gesetzesmäßigen Vorhaben und helfen ihnen, wenn wir können, aus Zwangslagen und Notsituationen heraus. Wir versuchen den Opfern der Historie soviel Hilfe und Verständnis zu geben, wie wir dürfen. Doch unsere Hauptaufgabe ist der Schutz und der Erhalt eben jener Historie, weil sie es ist, die am Ende die glorreichen Danellier hervorbringen wird.

»Es tut mir leid«, sagte Helen Tamberly. »Das war dumm von mir. Aber ... ich mache mir solche Sorgen. Stephen sollte ursprünglich nur drei Tage wegbleiben. Für ihn sechs Jahre – für mich nur drei Tage. Er brauchte diese Zeit, um sich wieder in dieses Milieu hier einzufügen. Er wollte dabei inkognito umherziehen und sich wieder an die viktorianischen Gepflogenheiten gewöhnen, damit er nicht geistesabwesend etwas tut, das unsere Dienerschaft oder unsere hiesigen Freunde irritiert. Jetzt ist er schon eine Woche weg!« Sie biß sich auf die Lippe. »Aber verzeiht, ich rede zuviel, nicht wahr?«

»Keineswegs.« Everard zog Pfeife und Tabaksbeutel hervor. Er brauchte diesen kleinen Genuß angesichts von so viel Kummer. »Liebende Paare wie ihr beiden stimmen einen Junggesellen wie mich immer wehmütig. Aber reden wir vom Geschäft, das ist für uns beide das beste. Ihr seid im England dieses Jahrhunderts zu Hause, richtig?«

Sie nickte. »Ich bin 1856 in Cambridge geboren und wurde mit 17 Jahren Waise, mit einem unwiderstehlichen Drang zur Unabhängigkeit. Ich studierte Klassizistik, wurde zu einem echten Blaustrumpf und später von der Patrouille rekrutiert. Stephen und ich begegneten uns zum ersten Mal an der Akademie. Trotz unseres Altersunterschieds – der für uns beide Gott sei Dank keine Rolle spielt – verstanden wir uns prächtig und heirateten nach unserem Abschluß. Er war der Meinung, daß ich die Zeit, in die er geboren worden war, nicht mochte.« Sie verzog das Gesicht. »Ich stattete ihr einen Besuch ab – und stellte fest, daß er recht hatte. Er für seinen Teil war ... ist hier glücklich und zufrieden. Seine Tarnidentität ist die eines amerikanischen Angestellten einer Importfirma. Wenn ich selbst für meine Arbeit das Haus verlasse oder mir Arbeit mit nach Hause bringe – nun, für eine Frau dieser Epoche ist es unüblich, Interesse an der Wissenschaft zu zeigen, aber nicht ungewöhnlich. Schließlich wird sich Marie Sklodowska – Marie Curie – ja auch in ein paar Jahren an der Sorbonne einschreiben.«

»Und die Leute in diesem Milieu kümmern sich mehr um ihre eigenen Angelegenheiten als in meinem«, erklärte Everard, während er seine Pfeife stopfte. »Ich wage aber zu behaupten, daß ihr beide mehr Dinge gemeinsam tut, als es für Mann und Frau in diesen Tagen üblich ist.«

»Ja, das stimmt.« Der Eifer in ihrer Stimme rührte ihn. »Angefangen bei unseren Ferien in diesem oder jenem Milieu. Uns hat zum Beispiel das archaische Japan sehr gefallen. Wir waren regelrecht verliebt in das Land und sind noch mehrmals dort gewesen.« Everard schloß daraus, daß das Land abgelegen und seine Bevölkerung ungebildet und unbelesen genug war, daß die Patrouille sogar gelegentliche Besuche von krassen Außenseitern erlaubte. »Wir haben dort ein wenig das heimische Kunsthandwerk studiert. Diesen Aschenbecher vor Euch hat Stephen selbst angefertigt ...« Ihr versagte die Stimme.

Hastig wechselte Everard das Thema. »Ihr Bereich ist das alte Griechenland?« Der Mann im örtlichen Büro war sich dessen nicht ganz sicher gewesen.

»Die ionischen Kolonien hauptsächlich – im 7. und 6.

Jahrhundert vor Christus.« Sie seufzte. »Es ist schon eine Ironie, daß die Patrouille mich dort nicht einsetzen kann, weil ich ein nordischer Typ bin.« Sie versuchte zu lächeln. »Aber wie ich schon sagte, haben wir gemeinsam viele andere Dinge gesehen, die ebenso wundervoll sind.« Bestens ausgerüstet und sorgfältig überwacht wahrscheinlich. »Nein, ich darf mich nicht beklagen.«

Ihre stoische Haltung bröckelte. »Wenn Stephen – wenn Ihr ihn zurückbringt – glaubt Ihr, man könnte ihn dazu überreden, endgültig seßhaft zu werden und sich wie ich mit Untersuchungen vor Ort zu begnügen?«

Everards Streichholz zischte beim Anzünden unnatürlich laut in dem darauffolgenden Schweigen. Er ließ den Rauch auf der Zunge zergehen und fuhr mit den Fingern über den rauhen Kopf der Pfeife. »Verlaßt Euch nicht darauf«, meinte er. »Außerdem sind gute Feldhistoriker Mangelware – wie überhaupt gute Leute in allen Bereichen. Euch ist sicher nicht ganz klar, wie unterbesetzt wir im Korps sind. Ihr und Eure Kollegen ermöglichen es Wissenschaftlern wie ihm erst, effektiv arbeiten zu können – und auch mir. In der Regel sind wir daher immer sicher nach Hause zurückgekehrt.«

Die Arbeit in der Patrouille erforderte alles andere als Draufgängertum oder Tollkühnheit. Sie basierte auf exakten Kenntnissen. Agenten wie Steve sammelten das meiste Wissen vor Ort, doch benötigten sie dazu auch die Hilfe und die geduldige Arbeit von Leuten wie Helen, die die Berichte auswerteten. Zwar brachten die Beobachter in Ionien unendlich viel mehr Informationen mit als die Chroniken und Überbleibsel, die bis ins 19. Jahrhundert erhalten waren, zu bieten hatten. Aber sie konnten nicht die Arbeit von Leuten wie Helen tun – alles sammeln, übersetzen, ordnen und darauf aufbauend die kommenden Expeditionen besprechen.

»Irgendwann muß er aber eine ungefährlichere Arbeit finden.« Sie errötete. »Ich weigere mich, vorher ein Kind zu bekommen und eine richtige Familie zu gründen.«

»Oh, ich bin sicher, er wird in diesem Fall einen Posten in der Verwaltung akzeptieren«, meinte Everard und dachte bei sich: *Wenn wir ihn retten können.* »Er hat viel zu viel Erfahrung, als daß wir ihn weiterhin irgendwo in der Erde herumbuddeln lassen könnten. Er wird dann die Arbeit der neuen Kollegen steuern und koordinieren. Übrigens wäre dafür einige Jahrzehnte lang die Identität von spanischen Kolonisatoren notwendig. Es wäre am einfachsten, wenn Ihr dann bei ihm seid.«

»Was für ein Abenteuer! Es dürfte mir nicht schwerfallen, mich umzustellen. Wir hatten ohnehin nicht vor, für immer Viktorianer zu bleiben.«

»Und Ihr könntet einen Strich unter das Amerika des 20. Jahrhunderts ziehen. Hm, aber was ist mit seinen Bindungen dorthin?«

»Er stammt aus einer alteingesessenen kalifornischen Familie, die lockere Verbindungen nach Peru hat. Ein Urgroßvater von ihm fuhr als Kapitän zur See. Er heiratete eine junge Frau aus Lima und brachte sie mit nach Hause. Vielleicht rührt Stephens Interesse für das alte Peru daher. Ihr wißt vermutlich, daß er Anthropologe ist und später dort unten als Archäologe arbeitete. Er hat einen verheirateten Bruder in San Francisco. Stephen ließ sich von seiner ersten Frau scheiden, kurz bevor er in die Patrouille eintrat. Das war ... wird 1968 sein. Wenig später avancierte er zum Professor und erzählte jedem, daß er von einer bekannten Institution ein Stipendium erhalten habe, das es ihm ermögliche, völlig unabhängig seinen Forschungen nachzugehen. Das erklärte seine längeren Abwesenheiten. Er hat auch einige seiner Junggesellen-Quartiere behalten, als wolle er mit seinen Leuten und Freunden in Verbindung bleiben – was auch stimmt, denn bis jetzt macht er keine Anstalten, sich aus deren Leben zurückzuziehen. Irgendwann wird er es müssen, und das weiß er, aber ...« – sie lächelte – »er hätte gern, daß seine Lieblingsnichte heiratet und ein Baby bekommt. Er sagte, er würde sich darauf freuen, Großonkel zu werden.«

»Eine Lieblingsnichte, so, so«, murmelte Everard. »Eine solche Person kann manchmal ganz nützlich sein, weil sie viel weiß und man mit ihr frei darüber sprechen kann, ohne sich verdächtig zu machen. Was wißt Ihr über sie?«

»Sie heißt Wanda und ist 1965 geboren. Nach Stephens letzten Aussagen studiert sie Biologie an der Stanford University. Tatsächlich ist er von Kalifornien aus zu seiner letzten Mission aufgebrochen, damit er vorher nochmals seine Verwandten in – ja, im Jahr 1986 – treffen konnte.«

»Am besten unterhalte ich mich mal mit ihr.«

Es klopfte.

»Herein.«

Das Mädchen öffnete die Tür. »Da ist jemand, der Euch sprechen will, Missus. Er sagt, sein Name sei Mr. Basscase.« Und mit deutlicher Verachtung in der Stimme: »Ein dunkelhäutiger Gentleman.«

»Das ist der andere Agent«, informierte Everard seine Gastgeberin. »Er kommt früher als erwartet.«

»Schick ihn herein.«

Julio Vasquez sah wirklich aus, als sei er hier fehl am Platz: Er war von gedrungener Statur, hatte eine bronzefarbene Haut, schwarzes Haar, ein breites Gesicht und eine gebogene Nase. Er war ein fast reinblütiger Andenbewohner, obwohl, wie Everard wußte, im 22. Jahrhundert geboren. Aber sicherlich war die Nachbarschaft von Helen inzwischen an exotische Besucher gewöhnt, und außerdem war London das Zentrum eines planetenweiten Imperiums – und York Place teilte die Baker Street.

Helen Tamberly empfing den neuen Besucher sehr höflich und bestellte für ihre Gäste Tee. Die Patrouille hatte sie von jeglichem viktorianischen Rassismus befreit. Zwangsläufig wechselte die Unterhaltung nun ins Temporal, denn Helen sprach kein Spanisch (oder Quechua), und Englisch war im Leben von Vasquez nicht wichtig genug, um sich – entweder vor oder nach seinem Eintritt in die Patrouille – mehr von der Sprache anzueignen als die notwendigsten Redewendungen.

»Ich habe nur sehr wenig in Erfahrung bringen können«, berichtete er. »Es war ein ziemlich schwieriger Auftrag, besonders unter den gegebenen Umständen. Für die Spanier war ich nur ein Indio unter vielen. Wie hätte ich da Kontakt mit einem von ihnen aufnehmen können – ihn gar aushorchen sollen? Man hätte mich wegen meiner Dreistigkeit auspeitschen lassen – oder mich auf der Stelle umgebracht.«

»Die Konquistadoren waren ein Haufen Bast... – Höllenhunde, schön.« Everard konnte sich gerade noch verbessern. »Wenn ich mich recht erinnere, hat Pizarro Atahualpa keineswegs freigelassen, nachdem sein Lösegeld bezahlt war. Nein, er beschuldigte ihn vor einem Femegericht einiger erfundener Verbrechen und verurteilte ihn zum Tod. Auf dem Scheiterhaufen, nicht wahr?«

»Das Urteil wurde in Tod durch Erdrosseln umgewandelt, weil er sich taufen ließ«, erklärte Vasquez. »Viele Spanier, sogar Pizarro selbst, hatten wegen dieser Sache hinterher ein schlechtes Gewissen. Sie hatten befürchtet, daß Atahualpa nach seiner Freilassung eine Revolte gegen sie anzetteln könnte. Das besorgte dann später ihr Marionetten-Inka Manco.« Nach einer Pause fuhr er fort: »Ja, die Eroberung war entsetzlich – Gemetzel, Plünderungen, Versklavung. Aber, meine Freunde, ihr habt Geschichte auf anglophonen Schulen gelernt, und Spanien war jahrhundertelang Englands großer Rivale. Es gibt viel Unwahres über diesen Konflikt. Tatsache ist, daß die Spanier trotz Inquisition und alldem nicht schlimmer waren als andere in dieser Epoche – und es gab auch gute Leute unter ihnen. Ein paar, wie zum Beispiel Cortez und sogar Torquemada, haben versucht, ein gewisses Maß an Gerechtigkeit für die Eingeborenen zu erreichen. Man sollte nicht vergessen, daß die Bevölkerung in fast ganz Lateinamerika auf dem Boden ihrer Vorfahren überlebte, während die Engländer und ihre Yankee-Nachfolger in den USA und Kanada die Ureinwohner fast völlig ausrotteten.«

»Touché!« brummte Everard trocken.

»Bitte«, flüsterte Helen.

»Ich bitte um Verzeihung, Señora.« Vasquez machte im Sitzen eine Verbeugung. »Ich wollte Euch nicht quälen, sondern nur erklären, warum ich so wenig herausgefunden habe. Offensichtlich sind der Bruder und ein Soldat in das Haus gegangen, in dem der Schatz aufbewahrt wurde. Als sie beim Morgengrauen noch nicht zurück waren, wurden die Wachen unruhig und öffneten die Türen. Die beiden waren nicht mehr im Haus – und vor jeder Tür hatten Posten gestanden. Die abenteuerlichsten Gerüchte kursierten. Was ich hörte, habe ich von den Indios erfahren, und auch sie konnte ich nicht befragen. Vergeßt bitte nicht, daß ich ein Fremder war, und sie selbst fast nie ihr Zuhause verlassen haben. Die allgemeine Aufregung erlaubte es mir, eine glaubhafte Geschichte für meine Anwesenheit in der Stadt zu erfinden, die jedoch genauerer Prüfung niemals standgehalten hätte, wenn sich jemand dafür interessiert hätte.«

Everard sog heftig an seiner Pfeife. »Ich schließe daraus, daß Tamberly als Mönch zu jeder neuen Ladung des Schatzes Zugang hatte – um darüber zu beten oder ähnliches. In Wirklichkeit fertigte er Hologramme der Kunstgegenstände an – zur Information und Erbauung der Menschen in der Zukunft. Aber was ist mit dem Soldaten?«

Vasquez zuckte die Achseln. »Ich habe seinen Namen erfahren können. Er hieß Luis Castelar und war ein Reiteroffizier, der sich während des Feldzuges hervortat. Einige behaupten, er habe eine Verschwörung geplant, um den Schatz zu stehlen. Andere hielten dagegen, dies sei bei einem solchen Ehrenmann völlig undenkbar, von dem gutherzigen Bruder Tanaquil ganz zu schweigen. Pizarro hat die Wachen ausgiebig verhört, ließ sich aber zum Schluß von ihrer Ehrlichkeit überzeugen. Zudem war der Schatz ja noch vorhanden. Bei meiner Abreise war man der Ansicht, daß Zauberer am Werk gewesen seien, und überall wuchs die Hysterie. Die ganze Sache könnte schlimme Konsequenzen haben.«

»Die sich *nicht* in der Historie wiederfinden, die wir kennen«, brummte Everard. »Wie kritisch ist dieser spezielle Abschnitt von Raum und Zeit?«

»Die Eroberung insgesamt ist natürlich ein Schlüsselereignis für die spätere Weltgeschichte. Diese eine Episode – wer weiß? Jedenfalls haben wir nicht aufgehört zu existieren, obwohl wir uns in der Zukunft befinden.«

»Was nicht unbedingt heißen muß, daß das nicht geschehen kann«, sagte Everard mit belegter Stimme. *Wir können tatsächlich nie gewesen sein, wir selbst und die ganze Welt, die uns gezeugt hat.* »Die Patrouille wird alle Kräfte, die sie erübrigen kann, auf diese Zeitspanne von Tagen oder Wochen konzentrieren – und dabei mit äußerster Vorsicht vorgehen«, erklärte er Helen Tamberly. »Was kann da passiert sein? Habt Ihr irgendeine Vorstellung, Agent Vasquez?«

»Ja, wenn auch keine konkrete. Ich vermute, daß jemand mit einem Zeitspringer den Schatz stehlen wollte.«

»Ja, das ist eine Idee. Eine von Tamberlys Aufgaben

bestand darin, die Ereignisse jener Zeit zu beobachten und alles Verdächtige sofort der Patrouille zu melden.«

»Wie hätte er das machen sollen, ohne in die Zukunft zurückzukommen?« fragte sich die Frau laut.

»Er hinterließ seine Botschaften in Behältern, die äußerlich aussahen wie gewöhnliche Steine, die aber zur Identifizierung Y-Strahlen aussandten. Die betreffenden Behälter wurden überprüft, enthielten aber nur kurze Routineberichte.«

»Man hat mich für diese Nachforschungen von meiner eigentlichen Mission abgezogen«, fuhr Vasquez fort. »Mein Aufgabenbereich lag eine Generation früher – in der Zeit, in der Huayna Capac, der Vater von Atahualpa und Huáscar, herrschte. Wir können die Eroberung nicht beurteilen, ohne die große und komplexe Zivilisation zu verstehen, die durch sie zerstört wurde.« Ein Imperium, das von Ecuador bis tief nach Chile hinein reichte, von der Pazifikküste bis an die Quellflüsse des Amazonas. »Anscheinend tauchten 1524, ein Jahr vor seinem Tod, Fremde am Hof dieses Inka auf. Sie glichen Europäern und wurden auch für solche gehalten, denn im Reich kursierten Gerüchte von Fremden, die von weither kamen. Nach einer Weile verschwanden sie wieder, und keiner wußte, wohin oder wie. Kurz bevor man mich in die Zukunft zurückbeorderte, konnte ich Anzeichen dafür feststellen, daß sie Huayna zu überreden versuchten, Atahualpa nicht so viel Macht zu geben, daß er zum Rivalen Huáscars wurde. Doch sie hatten damit kein Glück. Der alte Herrscher war ziemlich stur. Es ist aber bezeichnend, daß ein solcher Vorstoß unternommen wurde, nicht wahr?«

Everard pfiff durch die Zähne. »Bei Gott! Habt Ihr irgendwelche Hinweise erhalten, was das für Besucher gewesen sein könnten?«

»Nein, jedenfalls keine nennenswerten. Das ganze Milieu ist ausgesprochen schwierig zu durchleuchten.«

Vasquez lächelte schief. »Da ich nun mal die Spanier, gemessen an den Verhältnissen im 16. Jahrhundert, gegen den Vorwurf verteidigt habe, Monster zu sein, muß ich nun fairerweise sagen, daß auch die Inkas nicht gerade eine Nation von friedlichen Unschuldslämmern waren. Sie versuchten aggressiv ihr Reich nach allen Richtungen auszudehnen. Und ihr Staat war ein totalitäres System, das das Leben bis ins letzte Detail vorschrieb – dabei nicht mal unerträglich. Wenn man sich anpaßte, wurde man belohnt. Aber gnade einem Gott, wenn man es nicht tat. Selbst den Edlen des Reiches war jede nennenswerte Freiheit verwehrt. Nur dem Inka, dem Gottkönig, stand diese zu. Daran könnt Ihr die Schwierigkeiten erkennen, mit denen sich ein Außenstehender konfrontiert sieht – selbst wenn er der gleichen Rasse angehört. In Cajamarca habe ich behauptet, ich sei geschickt worden, um vor den Behörden über meinen Distrikt Rechenschaft abzulegen. Zu der Zeit vor Pizarros Herrschaft wäre ich mit einer solchen Geschichte nie durchgekommen. Doch leider waren es immer Gerüchte aus zweiter und dritter Hand, die ich in Erfahrung bringen konnte.«

Everard nickte. Wie praktisch alles in der Geschichte war auch die Spanische Eroberung weder sehr schlecht noch sehr gut. So setzte Cortéz den grausigen Opfer-Massakern der Azteken ein Ende, und Pizarro ebnete den Weg für ein Konzept zur Achtung der Rechte und Würde des Individuums. Zudem hatten beide Invasoren indianische Verbündete, die aus eigennützigen Gründen zu ihnen stießen.

Schön, aber ein Patrouillengänger sollte nicht moralisieren. Seine Aufgabe war es, das zu erhalten, was war, von einem Ende der Zeit zum anderen, und seinen Kameraden beizustehen.

»Reden wir darüber, was jetzt in dieser Situation hilfreich sein könnte«, schlug Everard vor. »Mrs. Tamberly, wir werden Euren Gatten nicht seinem Schicksal überlassen. Vielleicht können wir ihn nicht retten, aber ganz bestimmt werden wir unser Bestes versuchen.«

Das Mädchen brachte den Tee.

30. Oktober 1986

Mr. Everard ist eine Überraschung. Seine Briefe und danach seine Anrufe aus New York waren höflich und verrieten Intelligenz. Aber jetzt steht er persönlich vor mir, ein Schlägertyp mit einer zerbeulten Nase. Wie alt mag er sein? Vierzig? Schwer zu sagen. Ich bin sicher, er ist viel herumgekommen.

Achte nicht auf sein Aussehen. (Es ist sogar ziemlich sexy, wenn man es unter diesem Aspekt betrachtet. Aber in die Richtung läuft die Sache nicht. Ist wahrscheinlich auch besser so.) Er hat eine sanfte Stimme und ist etwas altmodisch in der Wahl seiner Worte.

Wir schütteln uns die Hand. »Ich freue mich, Sie kennenzulernen, Miss Tamberly«, sagt die tiefe Stimme zu mir. »Es ist sehr freundlich von Ihnen, hierherzukommen.« In ein Hotel im Stadtzentrum, in die Halle.

»Nun, es geht doch um meinen einzigen Onkel, nicht wahr?« gebe ich zurück.

Er nickt. »Ich würde gern ausführlich mit Ihnen darüber sprechen. Wäre es zu unverfroren von mir, Sie zu einem Drink oder zum Essen einzuladen? Ich habe nämlich vor, Sie mit einem ziemlich ernsten Problem zu konfrontieren.«

Vorsichtig, Mädel, ganz vorsichtig. »Vielen Dank. Warten wir's ab. Offengestanden bin ich im Moment zu aufgedreht. Können wir ein Stück gehen?«

»Warum nicht? Es ist ein schöner Tag, und ich bin seit Jahren schon nicht mehr in Palo Alto gewesen. Vielleicht gehen wir zur Universität und machen dort einen Spaziergang?«

Prachtvolles Wetter. Der Indianersommer, bevor der große Regen einsetzt. Wenn das Wetter anhält, kriegen wir Smog. Doch im Moment – strahlend blauer Himmel, aus dem das Sonnenlicht wie ein Wasserfall herunterscheint. Die Eukalyptus-Bäume auf dem Campus leuchten bestimmt silbrig oder blaßgrün und duften. Angesichts der Situation (was mag wohl mit Onkel Steve passiert sein?) kann ich meine Aufregung kaum verbergen. Ich – mit einem richtigen, lebendigen Detektiv.

Links herum in die Querstraße. »Was wollen Sie von mir, Mr. Everard?«

»Ich möchte Sie befragen – wie ich es Ihnen schon sagte. Ich möchte von Ihnen alles über Dr. Tamberly erfahren. Vielleicht finde ich in dem, was Sie mir erzählen, einen Anhaltspunkt.«

Schön, diese Stiftung sorgt sich so sehr, daß sie diesen Mann anheuert. Na klar, sie hat natürlich auch in Onkel Steve investiert. Er betreibt da dieses Forschungsprojekt unten in Südamerika, über das er kaum gesprochen hat. Muß Dynamit sein, das Buch, das er da schreiben will. Verschafft der Stiftung ein gutes Image – und hilft ihr bestimmt Steuern sparen. Nein, so sollte ich nicht denken. Billiger Zynismus ist etwas für Erstsemester.

»Aber warum von mir? Ich meine, mein Vater ist sein Bruder. Er weiß doch bestimmt viel mehr über ihn.«

»Vielleicht. Ich habe vor, auch ihn und seine Frau aufzusuchen. Doch nach meinen Informationen sind Sie der Liebling Ihres Onkels. Ich möchte wetten, er hat Ihnen Dinge über sich erzählt – sicher nichts Wichtiges, nichts, das Ihnen außergewöhnlich vorkommen mag –, aber sicher Dinge, die Einblick in seinen Charakter ermöglichen oder Aufschluß geben, wohin er gegangen ist.«

Ich schlucke. Sechs Monate, und noch nicht mal 'ne

Postkarte. »Habt ihr Leute von der Stiftung denn keine Idee?«

»Das haben Sie mich schon früher gefragt«, ruft Everard ihr ins Gedächtnis. »Er war immer ein unabhängiger Wissenschaftler. Das hat er zur Bedingung gemacht, ehe er das Stipendium annahm. Ja, er wollte in die Anden. Viel mehr wissen wir nicht. Es ist ein riesiges Gebiet, und die Polizeibehörden der betreffenden Länder konnten uns überhaupt nichts über seinen Verbleib berichten.«

Das ist ein Tiefschlag. Melodrama! Aber ... »Vermuten Sie einen – unnatürlichen, gewaltsamen Tod?«

»Wir wissen es nicht. Miss Tamberly. Wir wollen es nicht hoffen. Vielleicht hat er sich auf ein riskantes Unternehmen eingelassen und ... Aber meine Aufgabe ist es, mich in ihn hineinzudenken, um ihn verstehen zu können.« Er lächelt. Sein Gesicht wird dabei ganz faltig. »Um das zu erreichen, fängt man am besten bei den Menschen an, die ihm nahe stehen. Jedenfalls kenne ich keinen anderen Weg.«

»Er war immer ziemlich – reserviert, müssen Sie wissen. Ein zurückhaltender Bursche.«

»Mit einer Schwäche für Sie. Macht es Ihnen etwas aus, wenn ich Ihnen für den Anfang ein paar Fragen über Sie selbst stelle?«

»Schießen Sie los. Ich garantiere aber nicht dafür, daß ich sie alle beantworte.«

»Ich werde nichts allzu Persönliches fragen. Beginnen wir damit: Sie absolvieren ihre letzten Semester in Stanford. Was ist Ihr Hauptfach?«

»Biologie.«

»Das Wort ist ebenso umfassend wie der Begriff Physik.«

Der Bursche ist kein Dummkopf. »Nun, ich bin hauptsächlich interessiert an evolutionären Übergangsstadien. Wahrscheinlich werde ich mit Paläontologie weitermachen.«

803

»Sie wollen promovieren?«

»Natürlich. Man muß mindestens den Doktor in Philosophie haben, um als Wissenschaftler arbeiten zu können.«

»Für mich sehen Sie eher athletisch aus als akademisch, wenn ich das mal so sagen darf.«

»Tennis, Wandern, und so weiter. Ich bin gern draußen, und beim Buddeln nach Fossilien werde ich sogar noch dafür bezahlt.« Und ganz impulsiv: »Ich habe einen Ferienjob angenommen. Fremdenführer auf den Galapagos-Inseln. Die ›Lost World‹ – wenn es denn jemals so etwas wie eine ›Verlorene Welt‹ gab.« Plötzlich brennen mir die Augen, werden feucht. »Onkel Steve hat das für mich arrangiert. Er hat Freunde in Ecuador.«

»Hört sich riesig an. Wie steht's mit Ihrem Spanisch?«

»Ist ziemlich gut. Wir, meine Familie, haben oft Urlaub in Mexico gemacht. Ab und zu fahre ich noch hin. Außerdem bin ich in Südamerika herumgereist.«

Es ist erstaunlich einfach, sich mit ihm zu unterhalten. »Bequem wie ein alter Schuh«, würde Dad sagen. Wir haben auf einer Campus-Bank gesessen, ein Bier in der Mensa getrunken, und dann hat er mich zum Essen eingeladen. Nichts Schickes, nichts Romantisches. Aber trotzdem gut genug, um die Vorlesung zu schwänzen. Ich habe ihm jede Menge erzählt.

Komisch, wie wenig er über sich selbst gesprochen hat.

Mir wird das erst bewußt, als er sich vor dem Studentenwohnheim von mir verabschiedet. »Sie waren wirklich sehr hilfreich, Miss Tamberly. Vielleicht mehr, als Sie denken. Ich werde morgen Ihre Eltern besuchen und dann vermutlich nach New York zurückfahren. Hier.« Er kramt nach seiner Brieftasche und zieht ein schmales weißes Rechteck hervor. »Meine Karte. Wenn Ihnen noch etwas einfallen sollte, rufen Sie mich bitte sofort an.« Und todernst: »Oder wenn etwas geschieht, das Ihnen zumindest merkwürdig vorkommt – bitte. Die Sache könnte ein wenig gefährlich werden.«

Onkel Steve beim CIA, oder was? Plötzlich ist der Abend nicht mehr so mild. »In Ordnung. Gute Nacht, Mr. Everard.«

Ich nehme die Karte und verschwinde hastig durch die Tür.

11. Mai 2937 v. Chr.

»Als ich sah, daß sie nicht aufpaßten und nahe beieinander standen, habe ich im Geist ein Stoßgebet zu Sant'Iago geschickt und bin losgesprungen«, sagte Castelar. »Mein Tritt traf den ersten Posten am Hals, und er ging zu Boden. Den zweiten habe ich mit einem nach oben gerichteten Handkantenschlag unter die Nase erledigt... so.« Er machte eine schnelle und heftige Bewegung. »Auch er stürzte. Ich zog mein Schwert und gab beiden den Rest. Dann begab ich mich zu Euch.«

Er sprach in fast beiläufigem Ton. Trotz seines benebelten Zustandes überlegte Tamberly, daß die Exaltierten den üblichen Fehler gemacht hatten, einen Mann aus einer vergangenen Ära zu unterschätzen. Zwar war ihm all das, was sie wußten, nicht bekannt, doch an Witz und Geistesgegenwart zeigte er sich ihnen durchaus ebenbürtig. Hinzu kam eine Wildheit und Grausamkeit, die in Jahrhunderten kriegerischer Auseinandersetzungen entwickelt und geschult worden waren – nicht in unpersönlichen Konflikten mit hochentwickelter Waffentechnik, sondern im mittelalterlichen Kampf, bei dem man dem Feind in die Augen sah und ihn mit eigener Hand niederstreckte.

»Hattet Ihr denn keine Angst vor ihrer... Magie?« murmelte Tamberly schwach.

Castelar schüttelte den Kopf. »Ich wußte, Gott war mit mir.« Der Spanier bekreuzigte sich und seufzte. »Es war aber dumm von mir, ihre Gewehre zurückzulassen. Den Fehler werde ich nicht noch einmal machen.«

Trotz der Hitze erschauerte Tamberly.

Er saß erschöpft im hohen Gras, und die Mittagssonne schien heiß auf ihn herab. Castelar stand mit gespreizten Beinen über ihm, die Hand am Knauf seines Schwertes, wie ein Koloß, der die Welt beherrschte. Ein paar Yards entfernt parkte der Zeitspringer. Weiter unterhalb floß ein Strom dem Meer entgegen, das von hier nicht zu sehen, aber nach seiner Schätzung nur zwei oder drei Meilen entfernt war. Palmen und andere üppig wuchernde Pflanzen verrieten ihm, daß sie sich ›immer‹ noch im tropischen Amerika befanden. Er konnte sich vage daran erinnern, daß er dem Zeitaktivator einen heftigeren Schlag als dem Raumaktivator versetzt hatte.

Ob er aufstehen, den Spanier – nach einer kurzen Spanne der Erholung – niederschlagen und mit der Maschine entkommen könnte? Unmöglich. Wäre er in besserer Verfassung gewesen, hätte er es versucht. Wie die meisten Feldagenten hatte er eine harte Ausbildung im Kriegshandwerk durchlaufen. Damit könnte er vielleicht die Schnelligkeit und größere Stärke des Spaniers ausgleichen. Im Moment jedoch war er zu schwach, körperlich wie geistig. Ohne den Kyradex auf dem Kopf verfügte er zwar wieder über einen eigenen Willen, der ihm jedoch im Moment nicht viel nützte. Er fühlte sich ausgepumpt, seine Glieder gehorchten ihm kaum, die Lider waren bleischwer, und sein Schädel schien ihm hohl und leer.

Castelar starrte auf ihn herab. »Aber spart Euch Eure Worte, Zauberer«, schnarrte er. »Ich bin es, der Euch hier die Fragen stellt.«

Soll ich einfach den Mund halten und ihn dadurch so provozieren, daß er mich tötet? fragte sich Tamberly in seinem erschöpften Zustand. *Vermutlich wird er mich erst foltern, um meine Kooperation zu erzwingen. Doch wäre er dann hinterher hilflos... Nein, das stimmte nicht ganz. Er wäre ganz sicher der Ansicht, mit dem Zeitspringer zurecht zu kommen – was für ihn den Tod bedeuten konnte. Und wenn nicht – was könnte sonst alles geschehen? Ich muß mir den Tod aufsparen, bis ich ganz sicher bin, daß er wirklich nur noch der letzte Ausweg ist, der mir bleibt.*

Er hob den Blick zu dem dunklen Adlergesicht und fuhr fort: »Ich bin kein Zauberer, sondern verfüge lediglich über Kenntnisse, Fähigkeiten und Geräte, die Ihr nicht besitzt. Die Indios glaubten, unsere Musketiere hätten die Herrschaft über Blitz und Donner. Dabei war es nur einfaches Schwarzpulver. Eine Kompaßnadel zeigt immer nach Norden, aber nicht aufgrund von Magie.« Obwohl du sicher nicht das dazugehörige Prinzip verstehst, oder? »Zum Beispiel kenne ich Waffen, die den Gegner kampfunfähig machen, ohne ihn zu verwunden, und Maschinen, die Raum und Zeit überwinden können.«

Castelar nickte. »Das habe ich mir schon gedacht. Meine Wärter, die ich getötet habe, sprachen von solchen Dingen.«

Gott, ist das ein heller Bursche! Vielleicht sogar ein Genie – auf seine Weise. Ja, jetzt erinnere ich mich wieder daran, daß er einmal erzählte, wie gern er während seiner Studien bei den Mönchen die Geschichten von Amadis gelesen hatte – diese phantastischen Abenteuer, die die Vorstellungswelt seiner Zeit beflügelten. Ein anderes Mal ließ er eine Bemerkung fallen, die eine überraschend kultivierte Einstellung zum Islam verriet.

Castelars Körper straffte sich. »Dann sagt mir, was das alles soll«, forderte er. »Was seid Ihr in Wahrheit – Ihr, die Ihr zu Unrecht die Priesterweihen empfangen habt.«

Tamberly strengte seinen Verstand an. Er spürte keine Blockade mehr. Der Kyradex hatte seinen Reflex gegen einen Verrat der Zeitreise und der Existenz der Patrouille ausgelöscht. Ihm war nur sein Pflichtgefühl geblieben.

Irgendwie mußte er die Kontrolle über die schreckliche Situation erlangen, in der er sich befand. Bekam er erst einmal etwas Ruhe, und konnten sich sein Körper und sein Verstand von den Schocks, denen sie ausgesetzt waren, erholen, hatte er vielleicht eine Chance, den Spanier zu überlisten. Dabei kam es weniger auf die Schnelligkeit an. Das Unbekannte, Unerwartete würde dem Mann zum Verhängnis werden. Doch im Augenblick war Tamberly nur noch halb am Leben – und Castelar spürte seine Schwäche, nutzte erbarmungslos seinen Vorteil.

»Nun sprecht schon! Aber keine Ausreden, kein Drumherumreden! Heraus mit der Wahrheit!« Das Schwert fuhr halb aus der Scheide und glitt wieder zurück.

»Es wäre ein sehr lange Geschichte, Don Luis...«

Eine Stiefelspitze traf Tamberly hart in die Rippen. Er rollte zur Seite und stöhnte vor Schmerz. Wie durch Donnergrollen hindurch hörte er: »Los, redet endlich!«

Er zwang sich in eine sitzende Stellung und fügte sich der Unerbittlichkeit des anderen.

»Ja, ich habe mich als Mönch verkleidet, aber nicht in unchristlicher Absicht.« Er hustete heftig. »Es war notwendig. Ihr müßt wissen, da sind böse Leute unterwegs, die ebenfalls diese Maschinen besitzen. Wie es schien, wollten sie Euren Schatz rauben – und haben statt dessen uns beide erwischt...«

Die Befragung ging weiter. Hatten die Dominikaner, bei denen Castelar in die Schule gegangen war, ihm beigebracht, wie man das machte – die Mönche, die auch die spanische Inquisition betreiben? Oder hatte er einfach im Lauf der Zeit gelernt, wie man mit Kriegsgefangenen umspringen mußte? Erst allmählich wurde Tamberly bewußt, daß er hier das Geheimnis der Zeitreise verriet. Es entschlüpfte ihm, oder es wurde aus ihm herausgeholt, und Castelar setzte mit seinen Fragen unerbittlich nach. Es war schon erstaunlich, wie schnell er die Sache, jedoch nicht die dazugehörige Theorie begriff. Tamberly selbst hatte nur eine verschwommene Vorstellung von den Funktionsabläufen der Zeitreise, die Wissenschaftler Jahrtausende nach seiner Generation erfinden würden. Der Gedanke, daß Zeit und Raum eine Einheit bilden könnten, verblüffte Castelar, doch er schob ihn mit einem Fluch beiseite und wandte sich praktischeren Fragen zu. Trotzdem kam er nicht umhin zuzugeben, daß die Maschine fliegen, schweben und aus dem Nichts auftauchen konnte, wo und wann immer ihr Pilot es wollte.

Vielleicht war seine Einsicht in diesem Punkt ganz natürlich. Selbst die gebildeten Menschen im 16. Jahrhundert glaubten an Wunder; zudem war es ein christliches, jüdisches und muslimisches Dogma. Hinzu kam, daß sie in einer Welt und Zeit revolutionärer Entdeckungen, Vorstellungen und Ideen lebten. Besonders die Spanier ließen sich von Geschichten über Ritterlichkeit und zauberische Abenteuer tief beeindrucken – bis Cervantes sich deswegen über sie lustig machte. Kein Wissenschaftler hatte Castelar jemals erklärt, daß Reisen in die Vergangenheit physisch unmöglich seien, kein Philosoph jemals die Gründe aufgelistet, warum es von der Logik her absurd sei. Er sah sich jetzt einfach mit der *Tatsache* der Zeitreise konfrontiert.

Die Veränderbarkeit und die Gefahr, eine ganze Zukunft in den Orkus zu jagen, belustigte ihn offenbar, andererseits widerstand er der Versuchung, sich davon aufhalten zu lassen. »Gott wird schon auf die Welt aufpassen«, erklärte er nur und wollte erfahren, was und wie er es mit dem Zeitspringer tun konnte.

Er hatte die Vorstellung, daß Handelsschiffe zwischen den einzelnen Epochen hin- und herfuhren, und der Gedanke beflügelte ihn. Nicht, daß er wirklich an den wahrhaft kostbaren Dingen eines solchen Handels Interesse gehabt hätte – wie etwa an den Ursprüngen der Zivilisationen, den verschollenen Versen der Sappho, einem Konzert des größten Gamelan-Virtuosen, der je gelebt hatte, dreidimensionalen Bildern von Kunstwerken, die für die Freiheit eines Herrschers eingeschmolzen werden würden ... Nein, er dachte an Rubine, Sklaven und, an erster Stelle, an Waffen. Für ihn war es ganz normal, daß die Könige der Zukunft diesen Handelsverkehr zu regulieren und Banditen der Zukunft ihn auszuplündern versuchten.

»Also wart Ihr ein Spion Eures Herrn, und seine Feinde waren überrascht, uns anzutreffen, als sie wie Diebe in der Nacht auftauchten. Doch durch Gottes Gnade sind wir wieder frei. Und was jetzt?«

Die Sonne stand schon tief. Tamberly litt unter quälendem Durst, und sein Kopf schien zerspringen, seine Glieder abfallen zu wollen. Verschwommen bemerkte er, wie Castelar sich vor ihn hockte – unermüdlich, unerbittlich.

»Was jetzt? Wir ... wir sollten zurückgehen ... zu meinen bewaffneten Kameraden«, krächzte Tamberly. »Sie werden Euch reich belohnen und ... Euch an Euren richtigen Ort zurückbringen.«

»Werden sie das?« Sein Grinsen war wölfisch. »Und womit könnten sie mich denn entlohnen? Zudem glaube ich kaum, daß Ihr die Wahrheit sprecht, Tanaquil. Das einzige, an das ich glaube, ist die Tatsache, daß Gott mir dieses Schwert in die Hände gelegt hat, damit ich es zu Seinem Ruhm und zur Ehre meiner Nation benutze.«

Tamberly empfand seine Worte wie Fausthiebe, die nun schon, wie es schien, seit Stunden auf ihn niederprasselten. »Was habt Ihr dann vor?«

Castelar strich sich über den Bart. »Laßt mich nachdenken«, murmelte er mit zusammengekniffenen

Augen. »Ja, als erstes werdet Ihr mir beibringen, wie man dieses Roß beherrscht.« Er sprang auf die Füße. »Hoch mit Euch!«

Er mußte seinen Gefangenen fast zum Zeitspringer schleifen.

Ich muß lügen, ich muß Zeit schinden, oder mich, wenn alles nichts nutzt, weigern und dafür meine Strafe in Kauf nehmen. Doch Tamberly konnte seinen Vorsatz nicht halten. Die Erschöpfung, die Schmerzen, der Hunger wurden ihm zum Verhängnis. Er war körperlich nicht in der Lage, seinem Peiniger Widerstand zu leisten.

Castelar beugte sich wachsam über ihn, bereit, bei der geringsten verdächtigen Bewegung zuzuschlagen; und Tamberly war zu benommen, um ihn zu überrumpeln...

Die Konsole zwischen den Steuergriffen genau studieren, das Datum eingeben... Die Maschine vollführte jede Bewegung durch das Kontinuum. Ja, sie waren tatsächlich weit in die Vergangenheit, in das 30. Jahrhundert v. Chr. zurückgesprungen.

»Vor Christi Geburt«, hauchte Castelar ehrfürchtig. »Dann kann ich ja vor meinen Herrn treten, während er auf dieser Erde wandelt, und vor Ihm auf die Knie fallen...«

In diesem Moment seiner Ekstase hätte ihm jeder gesunde Mann einen Karateschlag versetzt. Tamberly konnte sich nur über die Sättel nach vorn beugen und nach einem der Aktivatoren greifen. Castelar schleuderte ihn wie einen Sack Mehl zur Seite. Halb bewußtlos lag er auf dem Boden, bis ihn die Schwertspitze dazu trieb, wieder auf den Springer zu klettern.

Eine Karte leuchtete auf. Standort: die Küstenregion, die später einmal das südliche Ecuador sein würde. Auf Castelars Befehl hin ließ Tamberly die ganze Welt über den Schirm wandern. Der Konquistador verweilte eine Zeitlang über dem Mittelmeer. »Zerstört dieses Gebiet der Heiden, bringt das Heilige Land zurück!«

Mit Hilfe der Karteneinheit, die ein Gebiet in jeder gewünschten Gradeinteilung zeigen konnte, war es ein Kinderspiel, die Raum-Kontrollen zu bedienen, zumindest dann, wenn eine Grobpositionierung ausreichte. Castelar ließ sich davon überzeugen, daß er, wollte er nicht in einer verriegelten Schatzkammer auftauchen, einen solchen Sprung besser nicht versuchte, bis er ein wenig Praxis hatte. Die Zeiteingaben waren ähnlich einfach, nachdem er einmal die arabischen Zahlen gelernt hatte. Und das schaffte er innerhalb von Minuten.

Eine oberflächliche Einführung war notwendig. Ein Reisender könnte ja mal in höchster Eile von irgendwo oder irgendwann verschwinden müssen. Mit dem Antigrav-Antrieb zu fliegen erforderte dagegen paradoxerweise mehr Geschick. Castelar ließ sich von Tamberly die entsprechenden Kontrollen zeigen und befahl ihm dann, für einen Probeflug hinter ihm aufzusteigen. »Wenn ich abstürze, stürzt Ihr mit«, warnte er den Agenten.

Tamberly wünschte, es würde so kommen. Zuerst torkelten sie auf und ab, so daß er fast den Halt verlor, doch dann wurde Castelar im Umgang mit dem Gefährt sicherer. Er experimentierte ein wenig mit Zeitsprüngen, wagte dann den Sprung einen halben Tag zurück. Abrupt stand die Sonne wieder hoch am Himmel, und auf dem superscharfen Scanner-Bild sah er sich selbst und den Agenten eine Meile tiefer im Tal. Das versetzte ihm einen ziemlichen Schock, und hastig sprang er zum Sonnenuntergang zurück. Mit dem Raumsprung sank er zum nun verlassenen Talgrund hinunter, schwebte eine kurze Weile darüber und landete dann unsanft.

Beide stiegen ab. »Aah, Gott sei gepriesen«, rief Castelar. »Seine Wunder und Gnaden sind unendlich.«

»Könnten wir nicht zum Fluß gehen?« bat Tamberly. »Ich bin schon halb verdurstet.«

»Bald, bald schon bekommt Ihr zu trinken«, entschied Castelar. »Aber hier gibt es weder Nahrung noch Holz für ein Feuer. Suchen wir uns einen besseren Platz.«

»Und wo?« stöhnte Tamberly.

»Ich habe darüber nachgedacht. Euren König aufzusuchen – nein, das hieße, mich in seine Gewalt zu begeben. Er würde sein Gerät zurückfordern, das für die Christenheit sehr viel bedeuten kann. Zurück zu jener Nacht nach Cajamarca? Nein, nicht sofort. Wir könnten den Piraten in die Hände fallen – und wenn nicht ihnen, dann bestimmt meinem großen Kapitän Pizarro – bei allem Respekt eine schwierige Situation. Aber wenn ich unbezwingbare Waffen mitbringe, wird er zukünftig auf meinen Rat hören.«

Trotz seiner Schwäche erinnerte sich Tamberly, daß die Indios von Peru noch nicht völlig unterworfen waren, als die Konquistadoren sich gegenseitig zu bekämpfen begannen.

»Aber habt Ihr nicht behauptet, aus einer Zeit zweitausend Jahre nach der Geburt Unseres Herrn zu kommen?« fuhr Castelar fort. »Diese Zeit könnte eine Weile ein guter Hafen für uns sein. Ihr kennt Euch in dieser Zeit aus. Andererseits dürften mir ihre Wunder nicht allzu fremd sein – wenn diese Erfindung hier erst soviel später gemacht wurde, wie Ihr ja behauptet.«

Tamberly war klar, daß der Spanier sich Autos, Flugzeuge, Wolkenkratzer oder Fernsehen nicht in seinen kühnsten Träumen vorstellen konnte ...

Doch der alte Fuchs blieb wachsam: »Aber fürs erste würde ich gern an einem ruhigen, sehr abgelegenen Zufluchtsort verweilen und mich dann auf meinem Weg vorantasten. Wenn wir dann noch eine andere Person fänden, jemanden, dessen Worte ich gegen Eure abwägen kann ...« Und plötzlich barsch: »Ihr habt es gehört. Ihr müßt einen solchen Ort kennen! Sprecht!«

Die letzten Sonnenstrahlen schimmerten im Westen auf. Vögel kehrten für die Nacht zu ihren Bäumen heim, und das Wasser im Fluß glänzte... Wasser. Wieder setzte Castelar Tamberlys gequälten Körper gegen ihn ein – und das machte er sehr geschickt.

Wanda... Sie würde 1987 auf den Galapagos-Inseln sein, und, bei Gott, diese Inseln dürften friedlich und abgelegen genug sein...

Sie dieser Gefahr auszusetzen war fast schlimmer als die Anweisungen der Patrouille zu übertreten – diese hatte der Kyradex ohnehin in ihm gelöscht. Andererseits war das Mädchen schlau und erfinderisch, und auch beinahe so stark wie ein Mann. Sie würde loyal zu ihrem armen, geschundenen Onkel stehen. Ihre blonde Schönheit würde Castelar ablenken und ihn vielleicht unvorsichtig machen. Gemeinsam konnten die Amerikaner vielleicht eine Gelegenheit herbeiführen...

Später verfluchte sich der Patrouillengänger immer wieder dafür. Aber schließlich war es nicht er selbst, der da wimmernd und zuckend die quälenden Fragen des Soldaten beantwortete.

Karten und Koordinaten der Inseln, die kein den Historikern bekannter Mensch vor 1535 betreten würde – eine kurze Beschreibung von ihnen – einige Erklärungen, was das Mädchen dort trieb (Castelar schien erfreut, bis ihm wieder die Amazonen in den mittelalterlichen Abenteuergeschichten einfielen) – ein paar Einzelheiten über ihre Person – die Wahrscheinlichkeit, daß sie die meiste Zeit mit ihren Freunden zusammensein, am Ende aber doch die Gelegenheit nutzen würde, allein herumzuwandern... Wieder waren es die Fragen, der gerissene Verstand dieses Schlächters, die alles ans Tageslicht brachten.

Inzwischen war, wie in den Tropen üblich, die Dämmerung sehr schnell hereingebrochen. Sterne blinkten am Himmel, in der Ferne schrie ein Jaguar.

»Nun gut.« Castelar lachte leise und zufrieden. »Ihr habt Euch wohl verhalten, Tanaquil. Zwar nicht freiwillig, aber trotzdem habt Ihr Euch eine Pause verdient.«

»Bitte, kann ich jetzt am Fluß etwas trinken?« Tamberly würde wohl oder übel kriechen müssen.

»Wie Ihr wollt. Aber bleibt hier in der Nähe, damit ich Euch später finden kann. Sonst, so fürchte ich, werdet Ihr in dieser Wildnis umkommen.«

Tamberly spürte die aufkeimende Übelkeit. Er fuhr hoch und saß aufrecht im Gras. »Was? Wir gehen zusammen!«

»Nein, nein. Ich habe immer noch kein rechtes Vertrauen in Euch, mein Freund. Ich will sehen, was ich für mich selbst erreichen kann. Hinterher ... aber das liegt in Gottes Händen. Also lebt wohl, bis ich Euch holen komme.«

Das letzte Abendrot spiegelte sich auf seinem Helm und Harnisch. Der Ritter aus Spanien schritt zur Zeitmaschine und bestieg sie. Schimmernd reckten sich die Schalter seinen Fingern entgegen. »Mit Sant'Iago ... und auf sie!« tönte es laut, als der Spanier einige Yards in die Luft schwebte. Dann ein leiser Knall, und er war verschwunden.

12. Mai 2937 v. Chr.

Bei Sonnenaufgang erwachte Tamberly. Unter sich spürte er die Feuchtigkeit des Flußufers. Schilf raschelte leise im sanften Wind, und die Wellen des Flusses glucksten. Der Geruch üppiger Vegetation kitzelte seine Nase.

Sein ganzer Körper schmerzte, und in seinen Eingeweiden nagte der Hunger. Doch zumindest war sein Kopf wieder klar, geheilt von der Verwirrung, die der Kyradex und die nachfolgenden Torturen hervorgerufen hatten. Er konnte wieder denken, wieder ein

Mensch sein. Steif erhob er sich, blieb einen Moment lang stehen und sog die feuchte Kühle tief ein.

Über ihm wölbte sich der Himmel blaßblau und leer bis auf einen Schwarm Krähen, der wenig später verschwand. Castelar war noch nicht zurückgekehrt. Vielleicht gönnte er ihm ein wenig zusätzliche Zeit, denn sich selbst aus der Höhe zu sehen, hatte ihn offenbar doch verunsichert. Vielleicht kam er auch überhaupt nicht zurück. Er konnte schließlich in der Zukunft zu Tode kommen oder sich entschließen, sich nicht weiter um den falschen Mönch zu kümmern.

Ich weiß es nicht. Aber ich kann dafür sorgen, daß er mich niemals mehr findet. Ich kann versuchen, mir meine Freiheit zu bewahren.

Tamberly machte sich auf den Weg. Er war schwach, doch wenn er sich seine Kräfte einteilte und immer dem Fluß folgte, müßte er bis ans Meer kommen. Es bestand doch die Möglichkeit, daß es an der Mündung eine Siedlung gab. Schon viel früher waren Menschen von Asien nach Amerika herübergekommen. Sie mochten primitiv sein, aber bestimmt waren sie gastfreundlich. Mit seinen Fähigkeiten könnte er bei ihnen zu einem bedeutenden Mann werden. Und danach …

Er hatte schon eine Idee.

22. Juli 1435

Er läßt mich los. Ich stürze ein paar Inches tief, verliere das Gleichgewicht und falle zu Boden. Ich springe auf und weiche vor ihm zurück. Bleibe stehen und starre ihn an.

Er sitzt noch im Sattel und lächelt. Durch das Rauschen des Blutes in meinen Ohren höre ich: »Habt keine Angst, Señorita. Ich bitte um Vergebung für die grobe Behandlung, aber ich sah keinen anderen Weg. Jetzt, wo wir allein sind, können wir reden.«

Allein! Ich schaue mich um. Wir befinden uns am Ufer einer Bucht, und ich erkenne die Silhouette der Hügel und Berge gegen den Himmel. Es muß Academy Bay sein, in der Nähe der Darwin-Station. Aber was ist aus der Station geworden? Wo ist die Straße nach Puerto Ayora? Ringsum Matazarno-Büsche, Palo Santo-Bäume, vereinzelte Grassoden, dazwischen ein paar Kakteen, Öde ...

Die Asche eines Lagerfeuers. Jesus Christus! Ein riesiger Panzer, die abgenagten Knochen einer Schildkröte! Dieser Mann hat eine Galapagos-Schildkröte getötet!

»Versucht bitte nicht wegzulaufen«, sagt er. »Ich bräuchte Euch nur zu überholen. Glaubt mir, Eure Ehre bleibt unangetastet. Jedenfalls ist sie hier sicherer als irgendwo sonst, denn wir sind ganz allein auf diesen Inseln – wie Adam und Eva vor dem Sündenfall.«

Mit trockener Kehle, schwerer Zunge: »Wer sind Sie? Was soll das alles?«

Er steigt von seiner Maschine und verneigt sich höflich vor mir. »Don Luis Ildefonso Castelar y Moreno aus Barracota in Kastilien, zuletzt mit Kapitän Pizarro in Peru. Zu Euren Diensten, meine Dame.«

Er muß verrückt sein, oder ich bin es – oder die ganze Welt. Erneut frage ich mich, ob ich träume, mir den Kopf angeschlagen oder mir ein Fieber eingefangen habe, ob ich schon im Koma bin. Sieht aber nicht so aus. Das da sind Pflanzen, die ich kenne, und sie bleiben, wo sie sind, verschwinden nicht. Die Sonne oben am Himmel ist gewandert, und die Hitze ist nicht mehr so groß, doch die Gerüche, die unter ihren Strahlen aus dem Boden strömen, sind wie immer. Eine Grille zirpt. Ein Blaureiher fliegt vorbei. Könnte das alles *unwirklich* sein?

»Nehmt Platz«, sagt der Mann. »Ihr werdet zurück-

gebracht werden. Wollt Ihr einen Schluck Wasser?«
Und wie um mich zu besänftigen: »Ich werde es von
woanders herbeischaffen. Dies hier ist ein ödes Land.
Doch sollt Ihr nichts von dem missen, was Ihr Euch
wünscht.«

Ich nicke und tue, was er mir sagt. Er nimmt einen
Behälter vom Boden, stellt ihn in Reichweite vor mich
hin und tritt sofort wieder zurück. Will das arme kleine
Mädchen nicht beunruhigen. Es ist ein Eimer, pinkfarben und am Rand eingerissen, noch zu verwenden,
aber kaum wert, ihn aufzubewahren. Er muß ihn
irgendwo aufgelesen haben. Selbst in diesen schäbigen
kleinen Häusern im Dorf ist Plastik nicht gerade kostbar.

Plastik!

Noch ein Schock. Netter Scherz. Ist aber gar nicht lustig, bei Gott. Ich könnte lachen, schreien, heulen.

»Bleibt ruhig, Señorita. Ich verspreche Euch, Ihr habt
nichts zu fürchten, wenn Ihr Euch klug verhaltet. Ich
werde Euch schützen.«

Dieses Schwein! Ich bin zwar keine radikale Feministin, doch wenn ein Kidnapper anfängt, mich gönnerhaft zu behandeln, dann ist das einfach zu viel. Das Lachen stockt mir in der Kehle. Aufstehen, die Muskeln
anspannen. Sie beben leicht.

Trotzdem, ich fühle keine Furcht mehr, nur eiskalte
Wut – und bin gleichzeitig wachsamer als je zuvor. Ich
sehe ihn ganz klar vor mir, als habe ein Blitz mir seine
Konturen ins Hirn gebrannt. Kein großer Mann – aber
erinnere dich an seine Kraft! Spanisches Aussehen,
reinste europäische Herkunft, na schön, aber sehr
dunkle Bräune – fast schwarz. Trägt kein Kostüm.
Diese Kleider sind ausgebleicht, oftmals geflickt,
schmutzig – und mit pflanzlichen Farbstoffen hergestellt. Ungewaschen – wie der Bursche selbst. Er stinkt
zwar nicht direkt, riecht nur ziemlich stark. Ein fremder, ungewohnter Geruch. Helm, tiefgezogen zum

Schutz des Nackens, und Harnisch sind stumpf, ich kann Kratzer auf dem Metall erkennen. Vom Kampf? An der linken Hüfte ein Schwert. Rechts eine Scheide für ein Messer. Scheint er verloren zu haben. Dann muß er mit dem Schwert die Schildkröte geschlachtet und einen Feuerspieß zurechtgeschnitten haben. Holz konnte er sich aus den Büschen holen. Er hat eine richtige Feuerstelle ausgehoben. Also muß er schon eine Weile hier sein.

»Wo sind wir hier?« hauche ich.

»Auf einer anderen Insel im selben Archipel. Ihr kennt sie unter dem Namen Santa Cruz. Das ist aber 500 Jahre später. Jetzt befinden wir uns hier 100 Jahre vor ihrer Entdeckung.«

Ganz tief und ruhig durchatmen. Nimm's leicht, Kindchen. Hast ja schließlich auch ein paar Science Fiction-Romane gelesen. Auch was über Zeitreisen. Aber – ein Spanischer Konquistador?

»Von *wann* kommt Ihr?«

»Das sagte ich Euch schon. Aus einem Jahrhundert in der Zukunft. Ich bin mit den Gebrüdern Pizarro ausgezogen, und wir haben den heidnischen König von Peru überwältigt.«

»Nein, das will und kann ich nicht begreifen.«

Falsch, Wanda!

Ich erinnere mich. Onkel Steve hat mal gesagt, ich würde mich höllisch über seine Sprache wundern, wenn ich mal einem Engländer aus dem 16. Jahrhundert begegnete. Zwar veränderte sich in der Zwischenzeit die Schreibweise kaum (würde sich kaum verändern), dafür aber die Aussprache. Spanisch ist in dieser Hinsicht eine stabilere Sprache.

Onkel Steve!

Bleib ruhig, Mädel. Rede ganz normal! Kann ich aber nicht. Dann sieh dem Kerl wenigstens in die Augen.

»Ihr erwähntet meinen Verwandten, ehe Ihr ... mich auf so grobe Weise überwältigt habt.«

Er klingt verärgert. »Ich tat nur, was notwendig war. Ja, wenn Ihr wirklich Wanda Tamberly seid, dann kenne ich den Bruder Eures Vaters.« Er beäugt mich wie die Katze das Mauseloch. »Der Name, den er bei uns benutzte, war Estebán Tanaquil.«

Onkel Steve – auch ein Zeitreisender? Ich kann mir nicht helfen, aber mir dreht sich alles im Kopf.

Ich warte einen Moment, bis ich wieder einigermaßen klar bin. Don Luis Etcetera bemerkt, daß ich verwirrt bin. Oder er wußte, daß ich es sein würde. Ich glaube, er will mich überraschen, mich aus dem Gleichgewicht bringen. Jetzt sagt er: »Ich habe Euch gewarnt, daß er in Gefahr ist. Das stimmt auch. Er ist meine Geisel. Ich habe ihn in einer Wildnis zurückgelassen, in der er bald verhungert sein wird, wenn ihn nicht vorher die wilden Tiere fressen. Es liegt nun an Euch, sich seine Freilassung zu verdienen.«

22. Mai 1987

Ein Augenblinzeln – und wir waren dort unten. Ist wie ein Schlag in den Solarplexus. Ich falle beinahe herunter, umklammere seine Taille. Mein Gesicht macht Bekanntschaft mit dem groben Stoff seines Umhangs.

Nur die Ruhe, Kindchen. Er hat dich doch vorgewarnt, du solltest mit einem raschen Szenenwechsel rechnen. Er selbst ist voller Ehrfurcht, murmelt hastig ein »*Ave Maria gratiae plena ...*« in den Wind. Es ist kalt hier oben am Himmel. Kein Mond, aber überall Sterne. Die vorbeischwebenden Positionslichter eines Flugzeugs – blink, blink, blink ...

Die Halbinsel riesig, eine ausgedehnte Galaxis – eine halbe Meile unter uns. Weiß, gelb, rot, grün, blau – eine blutrot schimmernde Schlange von Autos, von San Jose bis San Francisco. Dunkle Schatten links, wo die

Hügel ansteigen. Tiefe Schwärze rechts – die Bucht, überstrahlt von den Bögen der Brücken. Am anderen Ufer die Lichter der anderen Städte. Es ist gegen 22 Uhr an einem Freitagabend.

Wie oft habe ich das schon gesehen? Aus den Flugzeugen. Doch von einem Raum-Zeit-Springer, der in der Luft hängt, auf dem Sozius hinter einem Mann, der fast fünf Jahrhunderte früher geboren wurde, ist das eine andere Sache.

Er besiegt sich selbst. Ist fast so mutig wie ein Löwe. Nur – ein Löwe springt nicht kopfüber ins Unbekannte wie diese Burschen, nachdem Kolumbus ihnen eine halbe Welt zum Ausplündern bescherte.

»Ist dies das Reich von Morgana la Hada?« haucht er.

»Nein, das ist die Welt, in der ich lebe. Das, was Ihr dort seht, sind Lampen – Lampen in den Straßen, Häusern und ... an den Fahrzeugen. Sie bewegen sich aus eigener Kraft, diese Wagen, ganz ohne Pferde. Da drüben landet gerade ein fliegendes Schiff. Aber es kann nicht von Ort zu Ort und von Jahr zu Jahr springen wie dieses Gerät hier.«

Eine Superfrau würde die Tatsachen nicht so heraussprudeln. Sie würde ihm eine Richtung weisen, ihn in die Irre führen, seine Unkenntnis ausnutzen, um ihm irgendwie eine Falle zu stellen. Ja, ›irgendwie‹, das ist der Punkt. Ich bin nur ich, und er ist ein Supermann – oder fast halbwegs. Natürliche Auslese, und das schon in seiner Zeit. War man damals körperlich nicht zäh genug, blieb man nicht am Leben, konnte keine Nachkommen zeugen. Ein Bauer konnte ruhig dumm sein und sogar ein besseres Leben erreichen, weil er dumm war, doch bei einem Offizier, der kein Pentagon hatte, das für ihn seine Taktiken plante, war das unmöglich.

Ich muß sagen, diese stundenlange Befragung auf der Insel Santa Cruz (die ich, Wanda May Tamberly, als erste Frau überhaupt betreten durfte) haben mich aus den Schuhen gehoben. Er hat nie Hand an mich gelegt, doch ließ er keinen Augenblick lang locker. Hat damit meinen Widerstand regelrecht gebrochen. Und jetzt weiß ich nur noch eins – daß es besser ist, zu kooperieren. Sonst macht er vielleicht irgendwelchen Unsinn, der uns beide umbringt und Onkel Steve seinem Schicksal überläßt.

»Ich habe mir immer vorgestellt, daß die Heiligen in einem solchen Lichterglanz leben«, murmelt Luis. Klar, die Städte, die er kennt, sind nach Einbruch der Dunkelheit stockdunkel. Man braucht eine Laterne, um seinen Weg zu finden. War es eine schöne Stadt, pflasterte man die Straßenmitte mit Trittsteinen, damit man nicht in Pferdeäpfel und Unrat trat.

Er wird wieder praktisch. »Können wir ungesehen landen?«

»Ja, wenn Ihr vorsichtig seid. Langsam, ich weise Euch ein.« Ich erkenne den Campus von Stanford. Es ist der größte unbeleuchtete Flecken unter uns. Ich beuge mich nach vorn, lehne mich an ihn, halte mich mit der linken Hand an seinem Umhang fest. Die Sitze sind gut konstruiert; meine Knie geben mir Halt. Trotzdem ist es ein verdammt anstrengender Abstieg. Ich strecke den rechten Arm aus, zeige ihm die Richtung. »Dorthin.«

Die Maschine neigt sich nach vorn. Wir gleiten nach unten. Sein Geruch beißt mir in die Nase. Wie ich schon bemerkte, stechend, aber nicht säuerlich. Sehr, sehr macho ...

Ich muß den Kerl bewundern. Ist ein Held, nach seinen Maßstäben. Ich kann mir einfach nicht den Wusch aus dem Kopf schlagen, daß er mit seiner verzweifelten Kaperung meiner Person durchkommt.

Aber, aber – Mädchen. Das ist eine Fußangel. Du hast schon von entführten Leuten gehört, die sogar gefoltert wurden und trotzdem Sympathien für ihren

Kidnapper entwickelten. Du willst doch nicht unbedingt eine Patty Hearst sein.

Ach, zum Teufel damit! Was Luis vollbracht hat, ist phantastisch, zeugt ebenso von Verstand wie von Mut. Denk mal zurück. Versuch, während wir durch die Luft sausen, dir ins Gedächtnis zu rufen, was er dir erzählt hat, was du gesehen hast, was du dir zusammenreimen konntest.

Ziemlich schwer. Hat ja selbst eingestanden, daß er ziemlich durcheinander ist. Baut immer auf die Dreieinigkeit und seine kämpferischen Heiligen. Er wird Erfolg haben, ihnen seine Siege weihen und mächtiger werden als der Kaiser des Heiligen Römischen Reiches; oder er wird im Kampf umkommen und ins Paradies gelangen, wo ihm alle Sünden vergeben werden, weil er alles, was er tat, zum Wohle des Christentums tat. Des katholischen Christentums.

Zeitreise ist Wirklichkeit. Eine Art *guarda del tiempo*, und Onkel Steve arbeitet für den Verein. (Ach, Onkel Steve, das war also hinter deiner Stirn verborgen, während wir lachten und redeten, Familienpicknicks veranstalteten, Fernsehen guckten oder Schach und Tennis spielten.) Und dann rasen da noch irgendwelche Banditen oder Piraten durch die Geschichte ... ist das nicht eine erschreckende Vorstellung? Luis ist ihnen entwischt und hat jetzt diese Maschine, hat jetzt mich für seine wilden Ziele.

Wie er mich ausfindig machte – er preßte die wichtigen Informationen aus Onkel Steve heraus. Ich wage mir gar nicht vorzustellen, wie er das gemacht hat, obwohl er behauptet, er hätte dabei keinen bleibenden Schaden angerichtet. Huschte zu den Inseln und errichtete dort ein Lager, bevor sie entdeckt wurden. Startete vorsichtige Erkundungsfahrten ins 20. Jahrhundert – ins Jahr 1987, um genau zu sein. Er wußte, ich würde dann in der Gegend sein, und ich war die einzige Person, auf die er für das Erreichen seiner Ziele alle Hoffnung setzen, die er benutzen konnte. Sein Lager liegt in der Baumschule hinter der Darwin Station. Er kann die Maschine dort ohne Bedenken für mehrere Stunden zurücklassen, besonders am frühen Morgen, am späten Nachmittag oder in der Nacht. Ohne seine Rüstung kann er in die Stadt gehen oder durch die Gegend streifen. Zwar trägt er seltsame Kleider, aber sicher ist er vorsichtig genug, sich nur Einheimischen der Arbeiterklasse zu nähern, und die sind an verrückte Touristen gewöhnt. Ihnen Honig um den Bart schmieren, sie unter Druck setzen, sie vielleicht sogar bestechen ... Ich vermute, daß er Geld gestohlen hat. Ziemlich skrupellos. Wie auch immer – ein paar kurze Nachforschungen in wohlüberlegten Intervallen. Fand dabei genug über diese Zeit heraus, genug über mich. Nachdem er einmal wußte, wo ich mich aufhielt, konnte er in einer Höhe, in der er nicht mehr zu sehen war, über uns schweben, uns auf seinem Vergrößerungsschirm beobachten und eine Gelegenheit abwarten, um zuzuschlagen. Und jetzt sind wir hier.

Er *wird* all diese Dinge tun, im September. Am Memorial Day-Wochenende. Er wollte, daß ich ihn zu einer Zeit nach Hause bringe, in der uns niemand stört. (Wie mag das wohl sein – sich selbst in Fleisch und Blut zu sehen?) Ich bin dann bei Mum und Dad und Suzie in San Francisco. Am nächsten Tag wollen wir ins Yosemite Valley. Werden nicht vor Montag abend zurück sein.

Er und ich in meinem Apartment. Die anderen drei Wohnungen sind dann leer, das weiß ich. Die Studenten sind alle für den Feiertag nach Hause gefahren.

Nun, ich hoffe, daß er auch weiterhin ›meine Ehre respektiert‹. Er machte da diese beleidigende Bemerkung, ich würde mich wie ein Mann kleiden – *o una puta*, wie eine Hure. Zum Glück war ich geistesgegenwärtig genug, sofort aufzuspringen und ihm indigniert zu erklären, daß meine Kleidung dort, wo ich herkomme, durchaus die Kleidung respektabler Damen ist. Er entschuldigte sich sogar – gewissermaßen. Sagte, ich sei eine weiße Frau, wenn auch eine Ketzerin. Natürlich, die Gefühle von Indiofrauen zählen für ihn nicht.

Was wird er als nächstes tun? Was erwartet er von mir? Ich weiß es nicht. Wahrscheinlich weiß er es selbst nicht so genau. Wie würde ich mich verhalten, wenn ich an seiner Stelle wäre? Es ist, als wenn einem plötzlich eine gottähnliche Macht in den Schoß fällt. Ziemlich schwierig, vernünftig zu bleiben mit diesen Schaltern unter den Fingern.

»Nach rechts. Und jetzt langsam.«

Wir haben die University Avenue überflogen, Middlefield überquert, und unter uns liegt die Plaza. Da – meine Straße. »Halt!« Wir schweben auf der Stelle. Ich schaue über seine Schulter zu dem eckigen Kasten zehn Fuß tiefer. Die Fenster schimmern blind.

»Meine Bude liegt im oberen Stockwerk.«

»Habt Ihr Platz für das Gefährt?«

Schluck. »Nun, ja, im größeren Zimmer. Ein paar Fuß ...« – wieviele denn nun, verdammt? – »... ungefähr drei Fuß hinter diesen Fenstern dicht bei der Ecke.« Ich kann nur hoffen, daß das Entfernungsmaß Fuß im Spanien seiner Tage nicht zu sehr von unseren Fuß differiert.

Offensichtlich nicht. Er beugt sich vor, sieht hinüber und stellt die Kontrollen ein. Mein Puls rast, mir bricht der Schweiß aus. Er will einen Sprung durch den Raum (nein, nicht wirklich durch den Raum, eher um ihn herum) machen. Was, wenn wir statt in meinem Wohnzimmer sonstwo auftauchen?

Oh, er hat geübt in seinem Versteck auf Galapagos. Muß Nerven haben wie Drahtseile. Und dabei hat er Entdeckungen gemacht. Hat versucht, sie mir zu erklären. So weit ich ihn verstanden habe, und in Worte des 20. Jahrhunderts übersetzt, springt man direkt von den gegenwärtigen Raum-Zeit-Koordinaten zu den neu eingestellten. Vielleicht durch ein sogenanntes Wurmloch – schwache Erinnerung an Artikel in *Scientific American*, *Science News* und *Analog* – und einen Moment lang sind die eigenen Dimensionen auf Null zurückgefahren. Wenn man sich dann in das Zielvolumen hineindehnt, verschiebt man alle Dinge, die sich dort befinden. Hauptsächlich aber Luftmoleküle. Luis hat herausgefunden, daß ein kleines Objekt, das einem dabei im Weg ist, einfach zur Seite gestoßen wird. Ist es ein großes Objekt, geht die Maschine, auf der man sitzt, so dicht wie möglich neben dem eingestellten Zielpunkt nieder. Wahrscheinlich eine Wechselwirkung. Aktion gleich Reaktion. Einverstanden, Sir Isaac?

Es muß doch Grenzen geben. Angenommen, er macht was falsch, und wir landen mitten in der Wand. Splitternde Balken, Nägel, die sich mir in den Bauch bohren, Stuck und Zement, die wie Luftballons auseinanderplatzen, und dann ein Sturz aus zehn oder zwölf Fuß Höhe – und das auf diesem schweren Ding hier.

»Sankt Jakob mit uns!« ruft er. Ich spüre seine Bewegungen. Hoppla ...

Wir sind drin, Inches über dem Boden. Er setzt uns ab. Wir sind da.

Von der Straße fällt schwacher Lichtschein herein. Ich steige ab – mit weichen Knien. Gehe ... und werde festgehalten. Seine Hand umklammert meinen Arm. »Halt!« befiehlt er.

»Ich will uns doch nur etwas Licht machen.«

»Ich möchte ganz sichergehen, meine Dame.« Er tritt an meine Seite. Als ich den Lichtschalter betätige und plötzlich alles hell erleuchtet ist, keucht er. Seine Finger bohren sich in mein Fleisch. »Au!«

Er läßt mich los und schaut sich um.

Er muß doch Glühbirnen auf Santa Cruz gesehen haben. Aber Puerto Ayora ist ein sehr armes Dorf, und ich glaube kaum, daß er mal einen Blick in den Wohnbereich der Station geworfen hat. Versuch doch einfach, die Sache mit seinen Augen zu sehen. Ist schwierig. Für mich ist das alles selbstverständlich. Wieviel davon kann er eigentlich begreifen, so fremd, wie ihm das alles sein muß?

Der Springer belegt fast meinen ganzen Teppich, beengt das ganze Zimmer mit dem Schreibtisch, dem Sofa, der Unterhaltungsecke, dem Bücherregal. Er hat zwei Sessel umgestoßen. An der freien Wand befindet sich die Tür zur kleinen Diele. Bad und Besenkammer links, Schlafzimmer und Kleiderschrank rechts, gegenüber die Küche. Alle Türen geschlossen. Kabuffs! Und ich wette, daß im 16. Jahrhundert niemand Geringerer als ein reicher Kaufmann es sich leisten konnte, so zu wohnen.

Er ist beeindruckt. »So viele Bücher? Ihr seid doch keine Nonne.«

Schätze, ich habe nicht mal hundert Bücher, Magazine eingeschlossen. Und Gutenberg hat doch viel früher als Kolumbus gelebt, oder nicht?

»Aber wie armselig ihre Einbände sind.« Das scheint ihm sein Selbstvertrauen wiederzugeben. Ich vermute, daß Bücher zu seiner Zeit rar und teuer – und keine Paperbacks waren.

Er schüttelt den Kopf über ein paar Magazine. Die knalligen Titel müssen ihm aufdringlich vorkommen. Und wieder in herrischem Ton: »Ihr werdet mir diese Unterkunft zeigen!«

Das tue ich, versuche, ihm alles, so gut ich kann, zu erklären. Wasserhähne und Toilettenspülungen muß er (wird er) in Puerto Ayora gesehen haben.

»Wie ich mich nach einem Bad sehne!« seufze ich. Gönn mir eine heiße Dusche und saubere Kleider, und du kannst dein Paradies behalten, Don Luis.

»Das könnt Ihr sofort haben, wenn Ihr wollt. Doch nur unter meiner Aufsicht – wie alles, was Ihr tut.«

»Was? Selbst das?«

Er ist verlegen, bleibt aber hart. »Ich bedaure das, meine Dame, und werde mein Gesicht abwenden, aber ich muß sicher sein, daß Ihr nicht irgendeinen Trick versucht. Denn ich halte Euch für einen mutigen Menschen, und Ihr beherrscht Geheimnisse und Geräte, die ich nicht begreife.«

Ha, wenn ich wenigstens eine 45er in meiner Unterwäsche hätte! Ich habe dann auch einige Mühe, ihn davon zu überzeugen, daß der Staubsauger kein Gewehr ist. Er läßt mich das Gerät ins Wohnzimmer tragen, wo ich es ihm vorführen muß. Sein Grinsen macht ihn beinahe menschlich. »Da nehme ich lieber eine Putzfrau«, brummt er. »Sie heult nicht wie ein tollwütiger Wolf.«

Wir lassen den Staubsauger, wo er ist, und gehen wieder in die Diele. In der kleinen Kochküche bewundert er den automatisch aufflammenden Gasherd. Ich sage zu ihm: »Ich möchte ein Sandwich – Essen – und ein Bier. Was ist mit Euch? Ihr hattet doch tagelang nur abgestandenes Wasser und halbrohes Schildkrötenfleisch auf dem Speiseplan.«

»Wollt Ihr mir Eure Gastfreundschaft anbieten?« Er klingt erfreut.

»Nennt es meinetwegen so.«

Er denkt kurz nach. »Nein. Ich kann nicht guten Gewissens Euer Salz mit Euch teilen.«

Seltsam, wie rührend das klingt. »Ihr seid etwas altmodisch, wie? Wenn ich mich recht erinnere, waren zu Eurer Zeit die Borgias sehr rührig. Oder war das früher? Okay, einigen wir uns darauf, daß wir Gegner sind, die sich zusammengesetzt haben, um zu verhandeln.«

Er beugt den Kopf vor, nimmt den Helm ab und stellt ihn auf den Tisch. »Ihr seid sehr liebenswürdig, meine Dame.«

Ein kleiner Imbiß tut mir bestimmt gut. Vielleicht gelingt es mir dabei, ihn etwas aus der Reserve zu locken. Ich kann schon ein attraktives Frauenzimmer sein, wenn ich will. Hol so viel wie möglich aus ihm heraus, bleib auf der Hut. Trotz der inneren Anspannung – verdammt, das Ganze ist einfach umwerfend und faszinierend.

Er beobachtet argwöhnisch, wie ich die Kaffeemaschine anwerfe. Interessiert sieht er zu, wie ich den Kühlschrank öffne, ist verblüfft, als ich die Verschlüsse der Bierdosen aufreiße. Ich nehme einen Schluck und reiche ihm die Dose. »Nicht vergiftet, wie Ihr seht. Nehmt Euch einen Stuhl.« Er setzt sich an den Tisch. Ich hole Brot, Käse und andere Sachen aus dem Schrank.

»Ein seltsames Getränk«, meint er. Sicher, in seiner Zeit kannten sie schon Bier, aber bestimmt war es anders als unseres.

»Ich habe auch Wein, wenn Ihr den vorzieht.«

»Nein, ich darf mir nicht die Sinne vernebeln.«

Von kalifornischem Bier bekäme nicht mal 'ne Katze einen Schwips. Zu schade.

»Erzählt mir mehr von Euch, Dame Wanda.«

»Wenn Ihr das umgekehrt auch für mich tut, Don Luis.«

Ich serviere das Essen. Wir reden. Was für ein Leben er geführt hat! Meines findet er ebenso bemerkenswert. Nun, ich bin eine Frau. Nach seinen Maßstäben hätte ich mich auf den Nachwuchs, den Haushalt und das Beten beschränken müssen. Außer, ich wäre Königin Isabella in Person. Halt dich zurück. Soll er dich ruhig unterschätzen.

Doch das erfordert eine gewisse Technik. Ich bin es nicht gewohnt, mir Zügel anzulegen und einen Mann zu erfreuen, indem ich ihm erzähle, wie wunderbar er ist. Trotzdem – das kann ich auch, wenn es verlangt wird.

Ist ein Weg, zu vermeiden, daß eine Verabredung in

einen Ringkampf ausartet. Doch eine zweite Verabredung gibt's dann nicht mehr. Gebt mir lieber sofort einen Kerl, der glaubt, mir ebenbürtig zu sein.

Luis gehört nicht zu der gemeinen Sorte. Er hält sich an sein Versprechen und ist ausgesprochen höflich. Unnachgiebig, aber höflich. Ein Killer, ein Rassist, ein Fanatiker; ein Mann, der zu seinem Wort steht; furchtlos, bereit für König und Kamerad zu sterben; Träume wie Karl der Große, zärtliche Erinnerungen an seine Mutter in Spanien, verarmt, aber stolz. Irgendwie humorlos, aber ein glühender Romantiker.

Ein Blick auf meine Uhr. Fast Mitternacht. Mein Gott, sitzen wir hier schon so lange?

»Was habt Ihr eigentlich vor, Don Luis?«

»Mir Waffen aus Eurem Land holen.«

Und das ganz ruhig, ein Lächeln auf den Lippen. Er registriert mein Erschrecken. »Überrascht Euch das, meine Dame? Was sonst sollte ich wollen? An diesem Ort würde ich es nicht aushalten. Von oben mag er ja wie die Pforten des Himmels leuchten, aber unten am Boden macht ihn das tausendfache Donnern der Motoren eher der Hölle ähnlich. Dazu die fremden Menschen, die fremde Sprache, die fremde Lebensart. Üppig wuchernde Ketzerei und Schamlosigkeit, nein? Vergebt mir. Ich glaube, Ihr seid keusch, trotz dieser Kleider. Aber seid Ihr nicht auch eine Ungläubige? Ganz bestimmt, denn Ihr leugnet Gottes Ordnung – Stand und Status der Frau betreffend.« Er schüttelt den Kopf. »Nein, ich werde in die Zeit zurückkehren, die die meine ist, und in mein Land. Wohlbewaffnet zurückkehren.«

Ich bin entsetzt. »Aber wie?«

Er zupft sich am Bart. »Darüber habe ich mir auch schon Gedanken gemacht. Einer von Euren Wagen wäre kaum von Nutzen, ohne Straßen oder Treibstoff. Außerdem wäre er neben meinem tapferen *Florio* oder neben dem Gefährt, das ich erbeutet habe, nur ein unförmiges Roß. Aber Ihr habt doch sicher Feuerwaffen, und Kanonen, weit besser als unsere Musketen, die schon den Speeren und Pfeilen der Indios weit überlegen sind. Waffen, die man in der Hand hält. Ja, das wäre am besten.«

»Aber ... aber ich habe keine Waffen. Ich kann auch keine besorgen.«

»Ihr wißt, wie sie aussehen, und wo sie gelagert werden. Zum Beispiel in militärischen Arsenalen. Ich werde Euch in den nächsten Tagen viele Fragen stellen müssen. Danach werde ich in der Lage sein, ungesehen Gitter und Türen zu passieren und wegzutragen, was ich haben will.«

Stimmt. Und er hat gute Chancen, es zu schaffen. Er hat mich – zuerst für die Befragung, dann zum Schmierestehen. Kein Weg, da herauszukommen – es sei denn, ich spiele die Heldin und bringe ihn dazu, mich zu töten. Er hätte dann immer noch die Möglichkeit, es sonstwo zu versuchen, und Onkel Steve müßte bleiben, wo immer – wann immer – er ist.

»Wie ... wie wollt Ihr diese Gewehre benutzen?«

Sehr ernst: »Ich werde die Heere des Kaisers befehligen und sie zum Sieg führen. Die Türken zurückschlagen. Die lutherischen Aufwiegler im Norden verjagen, von denen man mir berichtete. Die Franzosen und Engländer demütigen. Zum letzten Kreuzzug aufrufen.« Er holt tief Luft. »Zuerst werde ich die Eroberung der Neuen Welt zu Ende führen und dort meine Macht begründen. Nicht, daß ich ruhmsüchtiger wäre als andere. Aber Gott hat mich dazu berufen.«

Mir wird ganz elend bei der Vorstellung, was er selbst mit dem unbedeutendsten seiner Vorhaben alles anrichten kann. »Aber all das um uns herum wird dann niemals gewesen sein! Ich würde nie geboren werden!«

Er bekreuzigt sich. »Das ist eben Gottes Wille. Doch wenn Ihr mir treu dient, kann ich Euch mitnehmen und mich um Euer Wohl kümmern.«

Ja, was du als Wohl für eine spanische Frau im 16. Jahrhundert betrachtest. Wenn ich überhaupt noch existent bin. Meine Eltern hätte es dann nie gegeben, oder? Ich kann mir das einfach nicht vorstellen. Ich bin nur fest davon überzeugt, daß Luis hier mit Kräften herumjongliert, die sein Vorstellungsvermögen bei weitem übersteigen, oder auch meins – überhaupt jedermanns Phantasie außer vielleicht der dieses Zeitwächters – wie ein Kind, das auf dem überhängenden Schneebrett eines Gletschers spielt...

Der Zeitwächter! Dieser Everard, der mich letztes Jahr aufsuchte und mich über Onkel Steve ausfragte. Und warum? Weil mein Onkel Stephen Tamberly in Wahrheit gar nicht für eine wissenschaftliche Stiftung arbeitet. Er arbeitet für die Zeitwächter.

Zu ihren Aufgaben gehört es wohl auch, drohendes Unheil abzuwenden. Everard hat mir doch seine Karte gegeben, mit seiner Telefonnummer. Wo habe ich dieses Stückchen Pappe bloß gelassen? Heute nacht hängt das Gleichgewicht des Universums davon ab.

»Ich müßte erst einmal wissen, was in Peru weiter geschehen ist, nachdem ich ... das Land verließ«, sagt Luis gerade. »Dann kann ich mir überlegen, wie ich die Geschichte ändern und verbessern kann. Erzählt es mir.«

Mich schaudert. Du mußt das Gefühl loswerden, in einem Alptraum gefangen zu sein. Denk lieber darüber nach, was du *tun* kannst. »Das kann ich nicht. Woher sollte ich es wissen? Es liegt mehr als vierhundert Jahre zurück.« Massiv, kräftig, verschwitzt sitzt mir ein Gespenst aus dieser längst vergangenen Epoche gegenüber, hinter schmutzigen Tellern, Kaffeetassen und Bierdosen.

Mir platzt fast der Kopf.

Halte die Stimme gleichmütig, den Kopf gesenkt, zeig dich gelassen. »Wir haben natürlich Geschichtsbücher – und öffentliche Bibliotheken für jedermann. Ich werde hingehen und es herausfinden.«

Er kichert. »Ihr seid unverfroren, meine Dame. Trotzdem werdet Ihr nicht diese Räume verlassen oder Euch aus meinen Augen begeben, bis ich sicher bin, daß ich die Sache im Griff habe. Sollte ich einmal mich hinauswagen, um mich ein wenig umzusehen, oder schlafen oder aus sonst einem Grund abwesend sein, werde ich immer zur selben Minute zurückkehren, in der ich Euch verlassen habe. Meidet daher besser in nächster Zeit die Zimmermitte.«

Die Zeitmaschine taucht da auf, wo ich gerade stehe – und bumm! Nein, wahrscheinlich wird sie ein paar Inches neben mir auftauchen, und ich würde gegen die Wand geschleudert. Könnte mir die Gräten brechen, wäre dann hilflos, nutzlos.

»I ... ich k ... könnte mit jemand reden, der sich in Geschichte auskennt. Wir haben ... Geräte, mit denen man Worte durch Drähte schicken kann, über weite Entfernungen hinweg. Im Wohnzimmer steht eins.«

»Und wie soll ich wissen, mit wem Ihr sprecht oder was Ihr in Eurer englischen Sprache sagt? Ihr solltet diese Maschine besser nicht berühren. Das ist mein Ernst.« Zwar weiß er nicht, wie ein Telefon aussieht, doch könnte ich meins nicht benutzen, ohne daß er es merkt.

Seine Feindseligkeit verfliegt. »Meine Dame, ich bitte Euch, begreift, daß ich keine bösen Absichten hege. Ich tue nur, was ich tun muß. Dort drunten sind meine Freunde, mein Land, meine Kirche. Habt die Weisheit – und die Güte – dies zu akzeptieren. Ich weiß, Ihr seid gelehrt. Habt Ihr nicht hier ein Buch, das hilfreich sein könnte? Vergeßt nicht, was immer auch geschehen mag, ich werde meine heilige Mission weiterführen. Ihr aber könntet dafür sorgen, daß die Auswirkungen für die, die Ihr liebt, weit weniger schlimm werden.«

Meine Aufregung schwindet zusammen mit meiner Hoffnung. Ich spüre plötzlich, wie erschöpft ich bin.

Jede einzelne Zelle in meinem Körper scheint zu schmerzen. Du solltest in diesem Punkt mit ihm kooperieren. Vielleicht läßt er dich danach etwas schlafen. Welche Träume du dann auch haben wirst – sie dürften kaum so schlimm sein wie diese Wirklichkeit.

Die Enzyklopädie – ein Geburtstagsgeschenk, das Suzy mir vor einigen Jahren machte, meine Schwester, die verloren sein wird, wenn Spanien Europa, den Nahen Osten sowie Nord- und Südamerika erobern sollte.

Jetzt erinnere ich mich! Ich habe Everards Karte in die linke obere Schreibtischschublade gelegt. Genau darüber steht das Telefon, neben der Schreibmaschine.

»Señorita – Ihr zittert ja.«

»Habe ich dazu nicht genügend Grund?« Ich stehe auf. »Kommt mit.« Der Eishauch in mir vertreibt die Müdigkeit. »Ich habe ein oder zwei Bücher, die vielleicht Auskunft geben.«

Er geht dicht hinter mir her. Seine Anwesenheit liegt wie ein Schatten über mir, ein sehr gewichtiger Schatten.

Und am Schreibtisch: »Halt! Was sucht Ihr in der Schublade?«

Ich war noch nie eine gute Lügnerin. Aber wenigstens kann ich mein Gesicht abwenden, und das Zittern in meiner Stimme dürfte ihm normal vorkommen. »Ihr seht doch, wieviele Bände dort stehen. Ich muß das Inhaltsverzeichnis zu Hilfe nehmen, um die Chronik ausfindig zu machen. Seht her – keine versteckte Arquebuse.«

Ich ziehe die Schublade auf, ehe er meinen Arm festhalten kann. Dann warte ich unbeweglich, bis er sich vom Inhalt überzeugt hat. Die Karte liegt in dem Durcheinander – und mein Puls tanzt Samba.

»Ich bitte Euch um Verzeihung, meine Dame. Gebt mir keinen Grund zum Argwohn, und ich werde mich jeglicher Grobheit enthalten.«

Ich nehme die Karte, schaue sie mir wie beiläufig an. Und lese: Manson Everard, eine Adresse mitten in Manhattan, die Telefonnummer. Die Telefonnummer! Ich präge sie mir ein. Wühle in den Sachen. Was davon könnte ich als Bücherverzeichnis ausgeben? Ah ja, meine Lebensversicherungs-Police. Hatte sie aus dem Bankschließfach geholt, um die Einzahlungen zu überprüfen, vor ein paar Monaten, nein, im letzten Monat, im April – und habe – hatte – keine Zeit mehr, sie zurückzubringen. Tue so, als würde ich sie studieren. »Ah ja, da haben wir es schon.«

Okay, jetzt weiß ich, wo ich um Hilfe rufen kann. Nur fehlt dazu die Möglichkeit. Also, bleib wachsam!

Ich zwänge mich an dem Zeitspringer vorbei zum Bücherregal. Luis folgt mir dichtauf. *Pate bis Polka.* Ich nehme den Band heraus, blättere darin. Er sieht mir über die Schulter. Schreit leise auf, als er *Peru* findet. Er ist zweifellos belesen. Aber nicht in Englisch.

Ich übersetze. Vorgeschichte. Pizarros Reise nach Túmbez, die schlimmen Strapazen, seine Rückkehr nach Spanien, um Verstärkung zu fordern. »Ja, ja, das kenne ich alles, wie oft habe ich das schon gehört.« Nach Panama 1530, nach Túmbez 1531. »Ich war doch bei ihm.«

Kämpfe. Eine kleine Abteilung macht sich auf einen gewaltigen Marsch über die Berge. Ankunft in Cajamarca, die Gefangennahme des Inka, seine Auslösung. »Und dann, was weiter?«

Der Justizmord an Atahualpa. »Schlimm. Aber zweifellos hat mein Kapitän entschieden, es sei notwendig.« Dann der Marsch nach Cuzco, Almagros Expedition nach Chile. Pizarro gründet Lima. Manco, sein Marionetten-Inka, flieht und wiegelt sein Volk gegen die Eindringlinge auf. Die Belagerung von Cuzco im Februar 1536, bis Almagro im April 1537 zurückkehrt und die Stadt befreit. In der Zwischenzeit kämpfen beide Seiten im ganzen Land mit dem Mut der Verzweiflung. Kurz nach dem hart erkämpften spanischen Sieg und während des fortdauernden Guerilla-Kriegs der Indios verfeinden sich die Pizarro-Brüder mit Almagro. In einer blutigen Schlacht wird Almagro 1538 besiegt und danach exekutiert. Sein Sohn, ein Halbblut, und seine Freunde zetteln eine Verschwörung an und ermorden Francisco Pizarro am 26. Juni 1541 in Lima.

»Nein, beim Leib unseres Herrn Jesus Christus, das wird nicht geschehen!«

Karl V. schickt einen neuen Statthalter, der Pizarros Platz einnimmt, die Almagro-Fraktion zerschlägt und den jungen Mann enthauptet.

»Schrecklich, schrecklich. Christen gegen Christen. Nein, das alles macht deutlich, daß wir einen starken Mann brauchen, der beim ersten Anzeichen von Unheil die Führung übernimmt.«

Luis zieht sein Schwert. Was, zum Teufel, hat er vor? Erschrocken lasse ich das Buch fallen und weiche an der Maschine vorbei hinter meinen Schreibtisch zurück. Er sinkt auf die Knie, hebt das Schwert an der Klinge und schlägt damit ein Kreuz. Tränen rinnen über die ledernen Wangen in den dunklen Bart. »Allmächtiger Gott, heilige Mutter Maria...« – ein Schluchzen – »... seid mit Eurem Diener.«

Ist jetzt der richtige Moment, ist jetzt meine Chance gekommen? Keine Zeit, um drüber nachzudenken. Ich greife nach dem Staubsauger und reiße ihn hoch. Er hört es, dreht sich im Knien und duckt sich, um aufzuspringen. Ein harter, dumpfer Schlag. Ich lege alle Kraft hinein, die meine Arme und Achseln aufbringen, hechte über den Springer und lasse das schwere Ende mit dem Saugmotor auf seinen ungeschützten Kopf niedersausen.

Er sackt zusammen, Blut, rot wie Neon-Licht, spritzt herum, der Schädelknochen liegt bloß. Habe ich ihn bewußtlos geschlagen? Keine Zeit, um nachzusehen. Lasse den Sauger auf ihn fallen und springe zum Telefon.

Fieberhaftes Überlegen – die Nummer. Ich sollte sie im Kopf haben. Tipp-tipp-tipp... Stöhnend kommt Luis auf alle viere. Tipp-tipp...

Freizeichen.

Freizeichen – Freizeichen. Luis zieht sich am Regal hoch, kommt schwankend auf die Füße.

Die bekannte Stimme. »Hallo, hier ist der Anrufbeantworter von Manse Everard.«

O Gott, nein!

Luis schüttelt benommen den Kopf und wischt sich das Blut aus den Augen, verschmiert es im Gesicht. Es tropft zu Boden, will gar nicht mehr aufhören, ist unglaublich rot...

»Leider kann ich nicht ans Telefon kommen. Sie können, wenn Sie wollen, eine Nachricht hinterlassen. Ich rufe dann so bald wie möglich zurück.«

Luis steht schwankend vor dem Regal und stiert mich an. »So so«, murmelt er. »Heimtücke, Verrat!«

»Sprechen Sie nach dem Signalton. Vielen Dank!«

Luis bückt sich, nimmt sein Schwert und kommt näher.

Unsicher, aber unausweichlich.

Ich schreie in die Muschel: »Wanda Tamberly, Palo Alto. Ein Zeitreisender.« Welches Datum? Zum Teufel, welches Datum haben wir? »Freitagnacht vor dem Memorial Day. Hilfe!«

Das Schwert zeigt auf meinen Hals. »Laßt das Ding fallen«, schnarrt Luis. Ich tue, was er sagt. Er drängt mich gegen den Schreibtisch. »Ich sollte Euch dafür töten. Vielleicht werde ich es.«

Oder er vergißt seinen Respekt vor meiner Jungfräulichkeit und ...

Aber zumindest habe ich Everard eine Spur hinterlassen, oder?

Plötzlich ein Brausen in der Luft – eine zweite Maschine über der ersten, ihre Reiter ducken sich unter der Decke.

Luis schreit. Taumelt rückwärts, springt auf den Sattel seines Springers. Mit einer Hand hält er das Schwert, die andere tanzt über die Kontrollen. Everards Gefährt schwankt. Ich sehe die Waffe in seiner Hand. Doch husch – Luis ist verschwunden.

Everard landet seinen Springer.

Grelle Kreise, Sterne, Dunkelheit. Ich bin noch nie ohnmächtig geworden. Wenn ich mich eine Minute hinsetzen könnte ...

23. Mai 1987

Sie kam aus der Diele und trug einen Bademantel über ihrem Pyjama. Sein enger Schnitt ließ eine schlanke Figur ahnen, und sein Blau unterstrich die Farbe ihrer Augen. Die Sonnenstrahlen, die durch das Westfenster fielen, gaben ihrem Haar einen goldenen Glanz.

Sie blinzelte verschlafen. »Großer Gott, schon Nachmittag«, murmelte sie. »Wie lange habe ich denn geschlafen?«

Everard war vom Sofa aufgestanden, wo er in einem ihrer Bücher gelesen hatte. »Über 14 Stunden, glaube ich. Sie hatten es nötig. Willkommen in der wirklichen Welt.«

Sie schaute sich um. Nirgends eine Zeitmaschine, keine Blutspuren. »Nachdem meine Partnerin Sie ins Bett geschafft hatte, waren wir beide einkaufen und haben aufgeräumt, so gut wir konnten«, klärte Everard sie auf. »Sie ist schon weg. Warum sollte sie hier auch untätig herumsitzen? Doch war eine Wache notwendig – zur Vorsicht. Besser, Sie sehen sich mal um und versichern sich, daß alles in Ordnung ist. Wäre nicht gut für Ihr früheres Ich gewesen, zurückzukommen und Spuren von dem Vorfall zu entdecken. Sie haben aber nichts bemerkt.«

Wanda seufzte. »Nein, nichts.«

»Wir müssen solche Paradoxa wie dieses verhindern. Die Situation ist ohnehin schon verworren genug.« *Und gefährlich*, dachte Everard. *Tödlich gefährlich. Ich sollte sie ein wenig aufmuntern.* »He, ich wette, Sie sind halb verhungert.«

Er mochte ihr Lachen. »Ich könnte das sprichwörtliche Pferd mit einer Riesenportion Fritten verschlingen, und zum Nachtisch einen ganzen Apfelkuchen.«

»Ich habe mir erlaubt, was zum Essen einzukaufen. Auch ich könnte eine gute Mahlzeit vertragen, wenn Sie nichts dagegen haben, daß ich Ihnen Gesellschaft leiste.«

»Was dagegen haben? Ich werde mich bemühen.«

In der Küche drängte er sie, sich hinzusetzen, während er das Essen zubereitete. »Ich bin ziemlich gut im Zubereiten von Steak und Salat. Man hat Sie durch den Fleischwolf gedreht. Die meisten Leute wären davon noch ziemlich geschafft.«

»Danke.« Ein paar Minuten lang herrschte Stille, nur unterbrochen von den Geräuschen, die er beim Zubereiten des Essens machte. Dann sah sie ihn fest an und sagte: »Sie gehören zu den Zeitwächtern, nicht wahr?«

»Was?« Er drehte sich zu ihr um. »Ja, der Verein nennt sich gewöhnlich Zeitpatrouille.«

Er schwieg kurz. »Außenstehende dürfen nicht wissen, daß es die Zeitreise gibt. Wir dürfen es ihnen nicht sagen – es sei denn, man ist dazu autorisiert, und dann auch nur, wenn es die Umstände unbedingt erfordern. Was bei Ihnen sicherlich der Fall ist, denn Sie sind ja auf schlimme Weise mit der Tatsache konfrontiert worden. Und ich habe die Autorität, eine solche Entscheidung zu treffen. Ich werde also ganz offen zu Ihnen sein, Miss Tamberly.«

»Ausgezeichnet. Wie haben Sie mich gefunden? Ich war völlig verzweifelt, als ich nur Ihr Band hörte.«

»Sie kennen unser Konzept nicht. Überlegen Sie mal. Nachdem ich Ihre Nachricht erhielt, was hätte ich da tun sollen – außer Ihnen zu Hilfe zu kommen? Wir schwebten vor Ihrem Fenster, sahen, daß der Mann Sie bedrohte, und sprangen nach drinnen.

Unglücklicherweise war ich zu sehr behindert, um auf ihn feuern zu können, ehe er floh.«

»Warum sind Sie nicht in der Zeit rückwärts gesprungen?«

»Um Ihnen ein paar unerfreuliche Stunden zu ersparen? Tut mir leid, aber ich werde Ihnen später etwas über die Risiken erzählen, mit denen eine Veränderung der Vergangenheit verbunden ist.«

Sie runzelte die Stirn. »Ein paar davon habe ich schon kennengelernt.«

»Vermutlich. Aber hören Sie, wir sollten dieses Thema nicht diskutieren, ehe Sie wieder zu Kräften gekommen sind. Gönnen Sie sich ein paar Tage, um sich von dem Schock zu erholen.«

Sie hob stolz den Kopf. »Vielen Dank, aber das ist nicht nötig. Ich bin unverletzt, sehr hungrig – und meine Neugier frißt mich bald auf. Meine Besorgnis ebenfalls. Mein Onkel... Nein, wirklich ich möchte nicht warten.«

»Mein Gott, Sie sind ein zäher Brocken. Okay. Beginnen wir damit, daß Sie mir Ihre Erlebnisse schildern. Lassen Sie sich Zeit. Ich werde Sie häufig mit meinen Fragen unterbrechen. Die Patrouille muß jede Einzelheit erfahren. Das ist wichtiger, als Ihnen vielleicht bewußt ist.«

Sie erschauerte, holte tief Luft und begann mit ihrer Geschichte. Sie hatten ihr Essen halb beendet, ehe er sie nach Details fragte.

Zum Schluß meinte er: »Ja, das ist eine üble Sache. Aber sie wäre noch schlimmer, wenn Sie sich nicht so couragiert und einfallsreich verhalten hätten, Miss Tamberly.«

Sie errötete. »Für Sie Wanda, bitte.«

Er lächelte gezwungen. »Schön, ich bin Manse. Habe meine Kindheit im Mittelamerika der zwanziger und dreißiger Jahre des 20. Jahrhunderts verbracht. Ich kann meist meine Erziehung nicht verleugnen. Die Sitten dieser Zeit kommen bei mir immer wieder durch. Doch wenn es Ihnen lieber ist, daß wir uns beim Vornamen anreden, ist mir das auch recht.«

Sie betrachtete ihn einen langen Moment. »Ja, und Sie werden immer der höfliche Junge vom Land bleiben, nicht wahr? Während Sie durch die Historie vagabundieren, verpassen Sie aber die sozialen Veränderungen in Ihrer Heimat.«

Sie ist verdammt intelligent, dachte er. *Und noch hübsch dazu – auf eine strenge Art.*

Ihre Stimme klang jetzt besorgt. »Was ist mit meinem Onkel?«

Er wand sich sichtlich. »Tut mir leid. Der Don hat Ihnen nicht mehr verraten, als daß er Steve Tamberly auf demselben Kontinent, aber weit in der Vergangenheit, zurückgelassen hat. Keinen Ort, keinen Zeitpunkt.«

»Haben Sie keine Zeit, um nach ihm zu suchen?«

Er schüttelte den Kopf. »Ich wünschte, wir hätten sie. Wir würden dazu Tausende von Mann-Jahren brauchen, und die haben wir nicht. Die Patrouille ist personell heillos unterbesetzt. Wir haben kaum genug Leute, um unsere normalen Aufgaben zu erfüllen und zu versuchen, mit Notfällen wie diesem fertigzuwerden. Verstehen Sie, wir haben nur eine bestimmte Anzahl an Mann-Jahren zur Verfügung, weil früher oder später jeder Agent sterben muß oder zum Behinderten wird. In diesem Fall hier sind uns die Dinge aus der Hand geglitten. Wir brauchen alle unsere Kräfte, um die Sache wieder in die Reihe zu bringen – wenn wir es schaffen.«

»Wird Luis zu ihm zurückgehen?«

»Vielleicht, aber ich glaube es nicht. Er hat größere Pläne. Er wird sich verstecken, bis seine Verletzungen verheilt sind, und dann ...« Everard sah an ihr vorbei ins Leere. »Ein harter, gewitzter, unbarmherziger und skrupelloser Mann – losgelassen auf einer unserer Maschinen. Er könnte überall und zu jeder Zeit auftauchen – und dabei grenzenlosen Schaden anrichten.«

»Onkel Steve ...«

»Vielleicht kann er sich selbst helfen. Ich weiß zwar nicht wie, aber ihm fällt vielleicht etwas ein – wenn er überlebt. Er ist klug und stark. Inzwischen verstehe ich auch, warum Sie seine liebste Verwandte sind.«

Sie tupfte sich eine Träne aus dem Auge. »Verdammt, ich will nicht weinen! Vielleicht ... vielleicht finden wir später einen Weg. Aber jetzt ... wird mein Steak kalt.« Sie stach die Gabel in das Fleisch, als ob es ihr ärgster Feind sei.

Er wandte sich ebenfalls wieder dem Essen zu. Auf seltsame Weise verflog das anfänglich angespannte Schweigen und wich einer vertraulichen, fast kameradschaftlichen Stille.

Nach einer Weile meinte sie ruhig: »Wie wäre es, wenn Sie mir die ganze Wahrheit sagten?«

»Ich gebe Ihnen einen Überblick, okay. Schon das allein wird Stunden dauern.«

Später saß sie mit weit aufgerissenen Augen auf dem Sofa, während er davor auf und ab lief. Er schlug mit der Faust in seine Handfläche. »Eine Ragnarok-Situation«, meinte er. »Aber nicht hoffnungslos. Wanda, was immer aus Stephen Tamberly geworden ist oder mit ihm geschehen wird – er hat nicht umsonst gelebt. Über Castelar hat er zwei Namen an Sie weitergegeben – die ›Exaltierten‹ und ›Machu Picchu‹. Und ich glaube nicht, daß Castelar sie freiwillig preisgegeben hätte, wenn Sie nicht – zudem noch in Ihrer Situation –

so gewitzt gewesen wären, ihn dazu zu bringen, daß er seinen Mund aufmachte.«

»Das war doch kaum der Rede wert«, wehrte sie ab.

»Auch eine Bombe kann klein sein – bis sie explodiert. Hören Sie, die Exaltierten sind – in wenigen Worten gesagt – eine Bande von Verbrechern aus der weit entfernten Zukunft. In ihrem Milieu Gesetzlose. Sie haben ein paar Zeitspringer gestohlen und sind spurlos in das Raum-Zeit-Kontinuum verschwunden. Wir mußten uns schon früher mit den Auswirkungen ihrer Taten beschäftigen, doch sie haben sich ihrer Gefangennahme immer wieder entziehen können. Und nun haben Sie mir verraten, daß sie in Machu Picchu waren. Wir wissen, daß die Eingeborenen die Stadt nicht gänzlich aufgegeben haben, ehe der letzte Widerstand gegen die Spanier zusammenbrach. Aus den Fakten, die Sie aus Castelar herausgeholt haben, ergibt sich, daß die Exaltierten kurz nach diesem Zeitpunkt dort gewesen sein müssen. Das sind genügend Anhaltspunkte für unsere Späher, um die Szene genau zu untersuchen.

Einer unserer Agenten hat schon über Aktivitäten von Außenstehenden am Hof des Inka kurz vor der Ankunft Pizarros berichtet. Offenbar haben sie versucht, die Machtverteilung im Reich so zu steuern, daß ein Bürgerkrieg vermieden wurde – und dabei versagt. Damit war der Weg für die spanischen Eindringlinge geebnet. Aus den Fakten, die Sie uns geliefert haben, weiß ich nun, daß es die Exaltierten waren, die versuchten, die Historie zu verändern. Als das nicht klappte, entschlossen sie sich, wenigstens das Lösegeld für Atahualpa zu stehlen. Das wäre eine ausreichende Störung des Geschichtsverlaufs und hätte sie in die Lage versetzt, weiteres Unheil anzurichten.«

»Aber warum?«

»Um die gesamte Zukunft zu demontieren und sich selbst zu den Oberherren aufzuschwingen, zuerst in

Amerika, dann später in der ganzen Welt. Sie oder mich hätte es niemals gegeben, oder die Vereinigten Staaten, die Danellische Vorsehung, die Zeitpatrouille – es sei denn, sie hätten selbst eine solche Organisation aufgezogen, um ihre verunstaltete Historie zu schützen, die sie hervorbrachten. Doch glaube ich nicht, daß sie damit längere Zeit an der Macht geblieben wären. Selbstsucht wendet sich am Ende immer gegen sich selbst. Ständige Machtkämpfe über lange Zeit hinweg, ein Chaos von Veränderungen... ich frage mich, wieviele solcher Wechselspiele das Raum-Zeit-Geflecht aushalten könnte.«

Sie wurde blaß und pfiff dann durch die Zähne. »Großer Gott, Manse!«

Er blieb vor ihr stehen, hob mit einem Finger ihr Gesicht an und fragte mit schiefem Lächeln: »Wie fühlt man sich, wenn man gerade erfahren hat, daß man wahrscheinlich das Universum gerettet hat?«

15. April 1610

Das Raumschiff war schwarz, von der Erde aus nur kurz vor Sonnenauf- oder nach Sonnenuntergang als wandernder Stern zu sehen. Trotzdem sorgte eine Einweg-Transparenz im Innern für helles Licht. Es überflog gerade die Taghälfte der Erde, als Everard eintraf. Der Planet dehnte sich weithin in die Ferne, mit blauen Wirbeln und weißen Rändern um die Flecken, die die Kontinente waren.

Der Agent materialisierte mit seiner Maschine in der Landebucht und sprang sofort ab, ohne sich, wie früher so oft, die Zeit zu nehmen, den Anblick zu bewundern. Der Schwerkraftgenerator des Schiffes gab ihm sein volles Körpergewicht, als er zur Pilotenkanzel eilte. Dort wurde er von drei Agenten erwartet, die er schon lange kannte, obwohl im Hinblick auf ihre Heimatzeit Jahrhunderte zwischen ihnen lagen.

»Wir glauben, wir haben den Moment erwischt«, sagte Umfanduma ohne weitere Einleitung. »Hier ist die Aufzeichnung.«

Ein anderes Schiff aus der Flotte unter ihnen, die Machu Picchu überwachte, hatte die Daten geliefert. Dies hier war das Flaggschiff, von dem aus die Befehle erteilt wurden. Everard war sofort hierher aufgebrochen, nachdem ihn die Nachricht durch den Raum und etwas versetzt in der Zeit erreicht hatte. Das Bild war erst Minuten früher eingegangen. Seine Ultravergrößerung hatte mit Lichtgeschwindigkeit die Atmosphäre durchkreuzt und war demzufolge leicht verwischt. Doch als Everard den Vorlauf stoppte und genauer hinsah, bemerkte er einen metallischen Schimmer an Kopf und Körper eines Mannes. Dieser und ein zweiter erhoben sich gerade neben einem Zeitspringer, der am Rand einer Plattform parkte, von der der Blick von einem Ende einer großen, ausgestorbenen Stadt zum anderen und weiter zu den Bergen schweifte. Ganz in der Nähe hockten noch weitere dunkel gekleidete Leute.

Er nickte. »Das muß der Moment sein. Wir wissen zwar nicht, wann Castelar seinen Befreiungsversuch unternehmen wird, doch rechne ich damit in den nächsten zwei oder drei Stunden. Sofort danach sollten wir uns die Exaltierten vornehmen.«

Nicht früher, denn das hat es ja nicht gegeben. Wir dürfen selbst dieses verbotene Zeit-Raum-Muster nicht unterminieren. Der Feind dagegen darf alles. Deshalb müssen wir ihn ja auch vernichten.

Umfanduma runzelte die Stirn. »Das wird kitzlig«, meinte sie. »Sie haben immer eine Maschine in der Luft, gut ausgerüstet mit Detektoren. Ich bin sicher, sie sind darauf vorbereitet, von einem Augenblick auf den nächsten zu verschwinden.«

»Aber, aber! Sie haben zu wenige Springer, um alle auf einmal aufzunehmen. Sie müssen ihre Leute übersetzen. Oder, was wahrscheinlicher ist, die zurücklassen, die nicht das Glück haben, gerade in der Nähe der Springer zu sein. Machen wir uns bereit.«

In der folgenden Zeitspanne füllten sich die Schiffe mit bewaffneten Fahrzeugen und ihren Lenkern. Dichtgebündelte Kommunikationsstrahlen schossen hin und her. Everard entwickelte seinen Schlachtplan und gab Anweisungen.

Danach konnte er nur noch abwarten und versuchen, seine Nerven im Zaum zu halten. Dabei halfen ihm seine Gedanken an Wanda Tamberly.

»Jetzt!«

Er sprang in den Sattel. Sein Bordschütze Tetsuo Motonobu saß schon auf seinem Platz. Everards Finger huschten über die Konsole.

Sie hingen in einem überwältigenden Blau. Weiter weg zog ein Kondor seine Kreise. Unter ihnen dehnte sich das Gebirge, ein majestätisches Labyrinth in sattem Grün. Nur die schneebedeckten Gipfel glitzerten weiß, und die Schluchten hüllten ihre Abgründe in tiefes Schwarz. Unten lag Machu Picchu wie die zu Stein gewordene Macht. Was hätte die Zivilisation, die diese Stadt erbaut hatte, noch alles erschaffen, wenn das Schicksal sie nicht dem Untergang preisgegeben hätte?

Wieder hatte Everard keine Zeit, ihre Schönheit zu bewundern. Der Posten der Exaltierten schwebte nur Yards von ihnen entfernt. Der Agent konnte in der dünnen Luft und dem hellen Sonnenschein genau verfolgen, wie der Mann überrascht, aber entschlossen zu seiner Seitenwaffe griff. Motonobu feuerte sein Energiegewehr ab. Ein Blitz zuckte, laut rollte der Donnerschlag. Der Mann sackte von seinem Gefährt, stürzte, wie Luzifer in die Tiefe gestürzt sein muß, und zog dabei eine Rauchfahne hinter sich her. Sein Gefährt schwankte unkontrolliert.

Darum kümmern wir uns später. Nach unten!
Everard übersprang den Zwischenraum nicht, um einen Überblick über das Geschehen zu behalten. Als der Springer mit seinem Schwerkraft-Antrieb nach unten tauchte, brauste der Wind laut an den Rändern seines Schutzfeldes vorbei. Die Gebäude rasten auf die beiden Agenten zu.

Die anderen ließen Sperrfeuer auf die Häuser herabregnen. Weißglühende Blitze zuckten darüber hinweg. Als Everard landete, war die Schlacht schon geschlagen.

Der Abend sank im Westen herab. Die Nacht stieg aus den Schluchten und Tälern und legte sich über Machu Picchu. Es war kalt geworden, und ringsum herrschte tiefe Stille.

Everard verließ das Haus, das er für seine Befragung ausgesucht hatte. Draußen standen zwei Agenten. »Der restliche Trupp soll sich sammeln. Bringt die Gefangenen heraus und bereitet alles vor, um zur Basis zurückzukehren«, befahl er erschöpft.

»Haben Sie etwas erfahren können, Sir?« fragte Motonobu.

Everard zuckte die Achseln. »Ein wenig. Die Untersuchungskommission wird wohl mehr aus ihnen herausholen, obwohl ich bezweifle, daß es uns viel nutzt. Ich habe aber einen gefunden, der zur Kooperation bereit ist, wenn wir ihm einigermaßen komfortable Bedingungen auf dem Exil-Planeten garantieren. Das Problem ist nur, er weiß nichts von dem, was ich gerne hören würde.«

»Wohin – in welche Zeit – sind die verschwunden, die uns entwischten?«

Everard nickte. »Ja, der Anführer – er heißt Merau Varagan – hat eine böse Schwertverletzung davongetragen, als Castelar sich freikämpfte. Ein paar seiner Leute wollten ihn gerade zu einem Ort abtransportieren, wo er medizinisch versorgt werden kann. Daher war es ihnen möglich, sofort zu verschwinden, als wir auftauchten. Und noch drei weiteren gelang die Flucht.«

Er reckte sich. »Was soll's? Wir waren so erfolgreich, wie es uns unter diesen Umständen möglich war. Der größte Teil der Bande ist tot oder unter Arrest. Die paar, die entkommen sind, dürften so weit verstreut sein, daß sie nie mehr zueinanderfinden. Die Verschwörung ist zerschlagen.«

»Wenn wir doch nur früher gekommen wären.« Motonobus Stimme klang wehmütig. »Wir hätten ihnen eine Falle stellen und die ganze Bande einkassieren können.«

»Das konnten wir nicht, weil wir es nicht taten«, erwiderte Everard scharf. »Wir haben uns an das Gesetz zu halten, haben Sie das vergessen?«

»Nein, Sir. Aber ich muß immer an den verrückten Spanier denken – und das Unheil, das er noch anrichten kann. Wie sollen wir ihn erledigen, ehe ... es zu spät ist?«

Everard blieb ihm die Antwort schuldig und wandte sich der Promenade zu, auf der ihre Springer geparkt waren. Im Osten an ihrem Ende sah er das *Tor der Sonne* dunkel am Himmel heraufziehen.

24. Mai 1987

Wanda öffnete ihm die Tür, als er bei ihr klingelte. »Hi!« rief sie atemlos. »Wie geht es Ihnen? Wie ist die Sache gelaufen?«

»Es ging.«

Sie ergriff seine beiden Hände. Ihre Stimme wurde weich. »Ich habe mir solche Sorgen um Sie gemacht, Manse.«

Das zu hören tat unglaublich gut. »Ach, ich gebe schon auf mich acht: Die Operation – nun, wir haben die meisten Banditen gefaßt, ohne selbst einen einzigen Mann dabei zu verlieren. Machu Picchu ist jetzt wieder gesäubert.« *War wieder gesäubert – und für die nächsten drei Jahrhunderte seiner Einsamkeit überlassen. Kein Touristengeschrei ... Aber ein Patrouillengänger sollte sich kein Urteil anmaßen. Er sollte unvoreingenommen sein, wenn er das Geschick der Menschheit überwachen soll.*

»Wie schön!« Impulsiv umarmte sie ihn, und er erwiderte ihre Zärtlichkeit. Verlegen traten sie einen Schritt auseinander.

»Wären Sie zehn Minuten früher gekommen, hätten Sie mich nicht angetroffen«, meinte sie. »Ich kann einfach nicht untätig herumsitzen und warten. Ich habe einen sehr langen Spaziergang gemacht.«

Verärgert brummte er: »Ich hatte Sie doch gebeten, die Wohnung nicht zu verlassen! Sie sind in Gefahr. Wir haben hier ein Gerät installiert, das uns sofort jeden Eindringling meldet. Aber wir können Sie nicht ständig auf Schritt und Tritt begleiten. Verdammt, Mädel, Castelar ist immer noch irgendwo unterwegs.«

Sie zog die Nase kraus. »Und deshalb soll ich mich hier verbarrikadieren? Wieso sollte er immer noch hinter mir her sein?«

»Sie sind sein einziger Kontakt zum 20. Jahrhundert. Sie könnten uns vielleicht auf seine Spur bringen. Damit muß er rechnen.«

Ihre Miene wurde schlagartig ernst. »Vielleicht kann ich das wirklich.«

»Wie? Was wollen Sie damit sagen?«

Sie berührte seine Hand. Wie warm ihre war! »Kommen Sie, beruhigen Sie sich. Ich hole Ihnen ein Bier, und dann reden wir. Der Spaziergang hat mir wieder zu einem klaren Kopf verholfen. Ich habe die ganze Sache nochmals überdacht. Ja, ich glaube, ich kann Ihnen sagen, wohin Luis gehen wird.«

Er stand wie erstarrt. Sein Puls raste. »Aber wie ist das möglich?«

Ihre blauen Augen suchten seinen Blick. »Ich habe den Mann schließlich ein wenig kennengelernt. Nicht auf eine Weise, die man intim nennen könnte, aber sicher gab es da für die Dauer der Ereignisse eine Art Freundschaft. Er ist kein Ungeheuer. Sicher, gemessen an unseren Maßstäben ist er grausam, aber nur, weil er ein Kind seiner Zeit ist. Ehrgeizig und gierig – in seinem Herzen aber ein fehlgeleiteter Ritter. Ich habe mein Gedächtnis umgekrempelt – immer und immer wieder. Stand sozusagen außerhalb und habe uns beide beobachtet. Und dabei fiel mir seine Reaktion auf, als er hörte, daß die Indios rebellieren und Pizarros Bruder in Cuzco belagern würden – und von all den anderen Problemen erfuhr, die darauf folgten. Wenn er dort wie durch ein Wunder auftaucht und den Belagerungsring sprengt, wird ihn das auf direktem Weg zum Befehlshaber der ganzen Chose machen. Doch darüber hinaus muß er einfach dorthin, Manse. Sein Ehrgefühl zwingt ihn dazu.«

6. Februar 1536 (Julianischer Kalender)

Im Dunst des Hochlandes brannte die kaiserliche Stadt. Feuerpfeile und brennende Steine, eingewickelt in ölgetränkte Lappen, zischten wie Meteore durch die Luft, entzündeten Stroh und Holz. Die Flammen schlugen hoch, Funken stoben durch die Luft, und dichter Rauch trieb mit dem Wind davon. Die Flüsse verfärbten sich vom Ruß. Und durch den Lärm Hörnerklang, menschliche Schreie. Zu Zehntausenden umschwärmten die Indios Cuzco. Sie waren eine braune Flut, aus der Stammeswimpel, Feder-Kopfschmuck, kupferbeschlagene Äxte und Speere herausragten. Sie rollten gegen die dünnen spanischen Linien vor, brandeten gegen sie und brachen sich an ihnen in Blut und Aufruhr, um dann wieder erneut vorzupreschen.

Castelar materialisierte über einer Zitadelle am nördlichen Rand des Schlachtfeldes. In ihr wimmelte es von Eingeborenen. Einen Augenblick lang wollte er sich auf sie stürzen und töten, töten, töten ...

Doch nein, seine Kameraden fochten dort drüben. Das Schwert in der Rechten, die Linke auf dem Kontrollbord, schoß er durch die Luft, um seine Kameraden zu befreien.

Was machte es schon, daß er keine Waffen aus der Zukunft mitbrachte? Sein Schwert war scharf, sein Arm stark, und der Erzengel des Krieges schwebte über seinem bloßen Kopf. Trotzdem blieb er wachsam. Die Feinde konnten zufällig zum Himmel aufschauen oder aus dem Nichts heraus plötzlich angreifen. Er würde sich durch Zeitsprünge den Verfolgern entziehen und immer wieder zuschlagen – wie ein Wolf, der einen Elch schlägt.

Er schwebte mitten über einem Platz, auf dem ein großes Gebäude lichterloh brannte. Reiter sprengten eine Straße entlang. Ihre Rüstungen blitzten, ihre Wimpel flatterten. Sie versuchten einen Ausbruch – mitten durch die feindlichen Horden.

Castelar traf eine rasche Entscheidung. Er würde seitlich heranschweben, einen Moment warten, bis alle kämpften, und dann zuschlagen. Mit einem solchen Racheengel auf ihrer Seite würden die Spanier wissen, daß Gott sie erhört hatte, und eine Bresche in die von Panik gelähmten Linien der Feinde schlagen.

Ein paar sahen ihn vorüberfliegen. Er bemerkte ihre nach oben gewandten Gesichter, hörte ihre Rufe. Dann donnernder Galopp und ein lautes »Sant'Iago mit uns – und auf sie!«

Er überflog das südliche Ende der Stadt, wendete und startete seinen ersten Angriff. Er kannte diese Maschine jetzt, wußte, wie hervorragend sie auf ihn reagierte – sein Pferd, das auf dem Wind ritt, auf dem er in das befreite Jerusalem einreiten würde – und dann, ja dann in den Glorienschein des Erlösers auf Erden!

Ja-a-a!

Neben ihm ein anderer Springer mit zwei Männern. Seine Finger griffen nach den Kontrollen. Todesfurcht keimte. »Mutter Gottes, hab Erbarmen!« Sein Roß wurde getroffen. Es torkelte durch die Leere. Wenigstens würde er im Kampf sterben. Auch wenn die Kräfte des Teufels gegen ihn gesiegt hatten – gegen die für den Soldat Christi weit offenstehenden Pforten des Himmels rannten sie vergeblich an.

Seine Seele machte sich frei von ihm und schwebte in das Dunkel.

24. Mai 1987

»Der Angriff verlief fast schulmäßig«, berichtete Carlos Navarro. »Als wir ihn im Raum ausmachten, aktivierten wir den Feldgenerator und sprangen in seine Nähe. Unser Kraftfeld entwickelte eine derart große Spannung, daß seine Maschine ihm einen elektrischen Schlag versetzte. Gleichzeitig machte es den Springer manövrierunfähig und zerstörte seine Elektronik. Aber das kennen Sie ja. Wir verpaßten dem Mann einen Betäubungsschuß und fischten ihn aus der Luft, ehe er auf dem Boden aufschlug. In der Zwischenzeit war der Frachter eingetroffen. Er nahm den beschädigten Springer auf und verschwand damit. Das alles dauerte keine zwei Minuten. Vermutlich haben uns ein paar Männer am Boden gesehen, aber nur flüchtig. Im Getümmel der Schlacht werden sie dieses Erlebnis sicher schnell vergessen.«

»Gute Arbeit«, meinte Everard und lehnte sich in seinem abgewetzten Lehnstuhl zurück. Sie befanden sich in seinem New Yorker Appartement mit den vielen Souvenirs – dem Helm aus der Bronzezeit, den Speeren über der Bar, dem grönländischen Eisbärfell aus der Zeit der Wikinger auf dem Boden, alles Gegenstände, die Besuchern nicht übermäßig auffielen, für ihn aber viele Erinnerungen bargen.

Er selbst hatte an der Mission nicht teilgenommen. Für eine solche Aufgabe mußte man nicht unnötig ein Stück Lebenszeit eines Ungebundenen Agenten opfern. Der Auftrag war ungefährlich bis auf das Risiko, daß Castelar schneller gewesen und entkommen wäre. Doch der Trick mit dem Kraftfeld hatte das verhindert.

»Tatsächlich ist Ihre Operation jetzt schon Geschichte, ist historisch belegt«, erklärte Everard und deutete auf das Buch von Prescott, das auf einem Beistelltisch neben ihm lag. »Ich habe es gelesen. Die spanischen Chroniken berichten von einer Erscheinung der Jungfrau Maria über einem brennenden Haus in Viracocha, an dessen Platz später die Kathedrale gebaut wurde, und von St. Jakob, der über dem Schlachtfeld auftauchte und die Kämpfenden ermutigte. Allgemein hält man das für eine fromme Legende oder für eine Einbildung, die der allgemeinen Hysterie entsprang – aber ... Nun gut, wie geht es dem Gefangenen?«

»Als ich von ihm wegging, war er noch nicht wieder aufgewacht«, erwiderte Navarro. »Seine Verbrennungen werden abheilen, ohne Narben zu hinterlassen. Was wird man mit ihm machen?«

»Das hängt von mehreren Dingen ab.« Everard nahm seine Pfeife aus dem Aschenbecher und setzte sie wieder in Brand. »Ganz oben auf der Liste steht erst einmal Stephen Tamberly. Sie haben von ihm gehört?«

»Ja.« Navarro runzelte die Stirn. »Unglücklicherweise hat der Stromschlag auch die Molekularaufzeichnungen der Daten über Orte und Zeiten der Reise des Springers gelöscht. Wir haben Castelar einem ersten Verhör mit dem Kyradex unterzogen, weil wir wußten, daß Sie die Daten gern hätten. Doch er kann sich nicht genau erinnern, wann und wo er Tamberly verlassen hat. Er weiß nur, daß es vor Tausenden von Jahren irgendwo an der Pazifikküste Südamerikas gewesen sein muß. Er wußte, daß er jederzeit die exakten Daten vom Springer abrufen konnte, hatte aber offenbar nicht vor, dorthin zurückzukehren. Deshalb hat er sich die Koordinaten auch nicht gemerkt.«

Everard seufzte. »Das habe ich befürchtet. Arme Wanda.«

»Was meinten Sie, Sir?«

»Nichts. Schon gut.« Everard hüllte sich in dichte Qualmwolken. »Sie können gehen. Amüsieren Sie sich ein wenig in der Stadt.«

»Wollen Sie nicht mitkommen?« fragte Navarro höflich.

»Nein. Ich muß hierbleiben. Es ist zwar kaum möglich, daß Tamberly einen Weg gefunden hat, Hilfe zu holen. Wenn aber doch, wird er sicherlich zu einer unserer Basen gebracht, um Bericht zu erstatten. Dabei wird man erfahren, daß ich in diesen Fall eingebunden bin, und mich benachrichtigen. Natürlich wird das nicht geschehen, bevor wir diesen Fall anders anpacken. Aber vielleicht bekomme ich ja bald einen Anruf.«

»Verstehe. Vielen Dank, Sir. Auf Wiedersehen.«

Navarro ging. Everard lehnte sich zurück. Die Dämmerung breitete sich im Zimmer aus, doch er machte kein Licht. Er wollte nur nachdenken und die stille Hoffnung in seinem Herzen pflegen.

18. August 2930 v. Chr.

Wo der Fluß ins Meer mündete, standen die Lehmhütten eines Dorfes. Nur zwei Einbäume lagen oberhalb des Wassers am Strand, denn an diesem ruhigen Tag waren die meisten Fischer draußen auf dem Meer. Auch die Frauen gingen außerhalb ihrer Arbeit nach und bestellten die kleinen Felder am Rande des Mangrovensumpfes, auf denen Kürbisse, Kartoffeln und Baumwolle wuchsen. Behäbig kräuselte sich der Rauch über der gemeinschaftlichen Feuerstelle, die immer von einem der Alten gehütet wurde. Die anderen Frauen und alten Männer gingen ihren Pflichten in den Häusern nach, während sich die Kinder um die noch kleineren Kinder kümmerten. Die Leute trugen kurze Röcke aus geflochtenen Fasern, Ketten und Schmuck aus Muscheln, Zähnen oder Federn. Sie alle lachten und schwatzten.

Der Gefäßmacher saß mit gekreuzten Beinen vor dem Eingang seiner Hütte. Heute formte oder brannte er keine Töpfe oder Schüsseln. Statt dessen starrte er schweigend vor sich hin. Er tat dies oft, obwohl er die Sprache der Menschen hier gelernt und mit seiner wunderlichen Tätigkeit begonnen hatte. Man mußte das eben respektieren. Er war freundlich, doch manchmal kamen diese Anwandlungen über ihn. Vielleicht dachte er dann über ein besonders schönes Gefäß nach, das er schaffen wollte, oder er sprach mit den Geistern. Ganz sicher war er ein besonderes Wesen – großgewachsen, mit blasser Haut, hellen Haaren und Augen sowie einem enormen Schnurrbart. Ein Umhang schützte ihn gegen die Sonne, gegen die er empfindlicher war als die anderen Menschen hier. Drinnen im Haus zerstampfte seine Frau wildwachsende Samen in ihrem Mörser. Ihre beiden Kinder schliefen.

Plötzlich laute Rufe. Die Feldarbeiterinnen liefen zusammen. Die Leute im Dorf kamen aus den Häusern, um zu sehen, was es gab. Der Gefäßmacher erhob sich und folgte ihnen.

Am Flußufer kam ihnen ein Fremder entgegen. Besucher waren selten und brachten in der Regel Tauschwaren. Doch diesen Fremden hatte man nie zuvor gesehen. Er sah aus wie jeder andere, nur war er viel muskulöser. Zudem trug er auffällige Kleider. Irgend etwas Hartes und Glänzendes steckte in der Scheide an seiner Hüfte.

Woher mochte er kommen? Die Jäger hätten einen Fremden auf seinem Weg ins Tal schon vor Tagen bemerkt. Die Frauen kreischten laut, als er sie grüßte. Die alten Männer scheuchten sie zurück und erwiderten seinen Gruß.

Der Gefäßmacher betrat die Szene.

Eine ganze Weile standen sich Tamberly und der Kundschafter Auge in Auge gegenüber. *Er ist ein Einheimischer.* Merkwürdig, wie ruhig er bei dieser Erkenntnis blieb, jetzt, wo die Zeit ihm endlich seinen größten Wunsch zu erfüllen schien. *Das sollte auch so sein. Nicht zu viele Fragen stellen, denn auch Menschen in der Steinzeit-Ära hatten Köpfe zum Denken. Wie aber würde er jene Seitenwaffe erklären?*

Der Kundschafter nickte. »So etwa habe ich mir das vorgestellt«, sagte er langsam in Temporal. »Können Sie mich verstehen?«

Tamberly war die Sprache inzwischen etwas fremd geworden. Trotzdem ... »Ja. Willkommen. Ich habe die ganzen letzten ... ich glaube, sieben Jahre auf Sie gewartet.«

»Ich bin Guillem Cisneros. Im 30. Jahrhundert geboren, aber im Universum von Halla.« In einem Milieu, lange nachdem die Zeitreise erfunden und dann öffentlich eingeführt wurde.

»Und ich bin Stephen Tamberly, 20. Jahrhundert, Feldhistoriker für die Patrouille.«

Cisneros lachte. »Ein kräftiger Händedruck wäre jetzt angebracht.«

Die Dorfbewohner verfolgten die Szene in ehrfürchtigem Schweigen.

»Sie sind hier gestrandet?«

»Ja. Die Patrouille muß sofort benachrichtigt werden. Bringen Sie mich zu meiner Basis.«

»Ganz bestimmt. Ich habe mein Gefährt etwa zehn Kilometer flußaufwärts versteckt.« Cisneros zögerte. »Mein Auftrag war, einen Wandersmann zu spielen, eine Zeitlang zu bleiben und zu versuchen, ein archäologisches Rätsel zu lösen. Ich vermute, Sie sind die Antwort darauf.«

»Das bin ich«, erwiderte Tamberly. »Als mir klar wurde, daß ich hier festsaß, bis Hilfe kommen würde, erinnerte ich mich wieder, wie gut ich in der Nachahmung von Valdivia-Keramik war.«

Das berühmteste historische Keramikzentrum in der westlichen Hemisphäre, fast ein Duplikat des Jomon-Porzellans aus dem archaischen Japan, gleiche Zeitperiode. Die konventionelle Erklärung dafür besagte, daß ein Fischerboot von einem Sturm über den Pazifik getrieben worden war, und die Mannschaft dort Zuflucht fand, wo sie an Land ging. Aus Dankbarkeit habe sie diese Kunst an die Eingeborenen weitergegeben. Doch machte diese Erklärung keinen Sinn. Mehr als 8000 Seemeilen zu überleben in einem Fischerboot, und dann sollten die Männer noch über Fertigkeiten verfügen, die bei ihnen zu Hause vornehmlich den Frauen zugeschrieben wurden?

»Ich stellte also meine diesbezüglichen Kenntnisse und Fähigkeiten den Einheimischen zur Verfügung und wartete dann darauf, daß es den Kollegen in der Zukunft auffiel und man jemand schickte, um die Sache zu überprüfen.«

Damit hatte er das Gesetz, das die Patrouille überwachte, nur leicht verletzt. Die Regeln waren gezwungenermaßen dehnbar. Und unter den gegebenen Umständen war seine Rückkehr von höchster Wichtigkeit.

»Damit hatten Sie einen guten Einfall«, sagte Cisneros.

»Wie war Ihr Leben hier?«

»Es sind liebenswerte Menschen«, antwortete Tamberly nur.

Es wird schmerzlich sein, Aruna und den Kleinen Lebewohl zu sagen. Wäre ich ein Heiliger gewesen, hätte ich nie das Angebot ihres Vaters angenommen, sie mir zur Frau zu geben. Doch wurden mir diese sieben Jahre sehr lang, und ich wußte nie, ob diese Zeit hier jemals enden würde. Meine Familie wird mich vermissen, aber wenigstens werde ich ihr so viel mana *hinterlassen, daß Aruna bald einen neuen Mann finden wird – einen starken Ernährer, wahrscheinlich Ulamano – und sie werden so gut und glücklich miteinander leben wie die anderen im Stamm. Ein Leben, das auf seine bescheidene Weise besser ist als das, welches viele andere Menschen weit in der Zukunft führen.*

Er konnte zwar seine Zweifel und sein Schuldgefühl nicht ganz ablegen – das würde er nie können – aber trotzdem erwachte in ihm die Freude. Ich gehe nach Hause.

25. Mai 1987

Gedämpftes Licht. Edles Porzellan, Silberbestecke, Kristallgläser. Ich weiß nicht, ob *Ernies* das beste Restaurant in San Francisco ist – eine Frage des Geschmacks, nicht wahr? – aber sicher gehört es zu den zehn besten. Manse hat mir gesagt, er würde mich gern mal zurück in die 70er Jahre mitnehmen, ins *Mingei-Ya* – ehe die Besitzer sich damals vom Geschäft zurückzogen.

Er hebt sein Glas Sherry. »Auf die Zukunft.«

Ich stoße mit ihm an. »Und auf die Vergangenheit.« Vorzüglicher Stoff!

»Jetzt können wir reden.« Wenn er lächelt, legt sich sein Gesicht in tausend Falten und ist mir überhaupt nicht mehr vertraut. »Tut mir leid, daß wir früher keine Gelegenheit dazu hatten. Ich konnte Sie nur kurz telefonisch darüber informieren, daß Ihr Onkel wohlauf ist und Sie zum Essen eingeladen hat. Ich selbst bin die ganze Zeit wie eine Fliege auf einem glühenden Rost herumgehüpft, um die losen Enden dieses Falles miteinander zu verknüpfen.«

Ich ziehe ihn ein wenig auf. »Hätten Sie nicht danach ein paar Stunden für mich erübrigen können, um mich vom Haken zu lassen?«

Seine Miene wird ernst. Da klingen jede Menge Sorgen durch seine Worte. »Nein, das wäre zu kurzfristig gewesen. Wir haben zwar die Erlaubnis, ein paar Vergnügungstouren zu machen, aber nicht, wenn davon irgendwelche wichtigen Dinge betroffen sind.«

»Ach, Manse, ich habe doch nur Spaß gemacht.« Ich strecke den Arm über den Tisch und tätschle seine Hand. »Ich werde mir jetzt ein phantastisches Menü bestellen, in Ordnung?« Und das in einem ganz normalen Kleid, die Haare nur mal eben durchgebürstet!

»Sie haben es sich verdient«, meint er, mehr erleichtert, als ein großer, harter Bursche, der Raum und Zeit von einem Ende zum anderen durchstreift hat, eigentlich sein dürfte.

Doch im Moment genug davon. Es gibt soviel zu fragen. »Was ist mit Onkel Steve? Sie haben mir berichtet, wie er sich befreit hat, aber nicht, wo er ist.«

Manse kichert. »Das ist doch nicht so wichtig, oder? Er ist in einem Einsatzzentrum irgendwo und irgendwann. Danach wird er einen langen Urlaub mit seiner Frau in London verbringen, ehe er den Dienst wieder aufnimmt. Ich bin sicher, er wird Sie und Ihre anderen Verwandten bald besuchen. Haben Sie etwas Geduld.«

»Und ... danach?«

»Nun, wir müssen die Dinge so drehen, daß die Zeitstruktur intakt bleibt. Wir werden Bruder Estebán Tanaquil und Don Luis Castelar ins Jahr 1533, in diese Schatzkammer in Cajamarca zurückbringen – eine oder zwei Minuten später, nachdem die Exaltierten sie verschleppt haben. Sie werden gemeinsam das Haus verlassen, und damit wäre diese Sache geregelt.«

Ich runzle die Stirn. »Hm, aber Sie haben doch zuvor erwähnt, daß die Wachen Verdacht schöpften, nachschauen gingen und niemanden mehr vorfanden. Das hat doch für riesige Aufregung gesorgt. Können Sie das auch abändern?«

Er strahlt. »Kluges Mädchen! Eine sehr gute Frage. Ja, in den Fällen, in denen die Vergangenheit deformiert wurde, hat die Patrouille die Möglichkeit, die Ereignisse zu annullieren, die aus dieser Deformation resultieren. Wir stellen sozusagen die ursprüngliche Historie wieder her – so weit wie möglich.«

»Und was ist mit Luis – nach allem, was er durchgemacht hat?« Der Gedanke ist seltsam schmerzlich.

Manse nimmt einen Schluck, dreht das Glas zwischen den Fingern und betrachtet nachdenklich die bernsteinfarbene Flüssigkeit. »Wir haben schon daran gedacht, ihn in unsere Aufgaben einzubinden, doch seine Fähigkeiten sind leider mit unseren nicht kompatibel. Er wird, ohne es zu merken, einer heimlichen Konditionierung unterzogen. Sie ist im Kern harmlos und hindert lediglich einen Menschen daran, etwas über die Zeitreise auszuplaudern. Wenn er es versucht – und Luis wird es versuchen – verengt sich die Kehle und die Zunge wird steif. Er wird dann den Versuch, etwas auszuplaudern, bald aufgeben.«

Ich schüttle den Kopf. »Für ihn ist das sicher schrecklich.«

Manse bleibt gelassen. Jeder Mann ist wie ein Berg, auf dessen Hang kleine hübsche Blumen wachsen, doch unter ihnen liegt harter Fels. »Wäre es Ihnen lieber, wir würden ihn töten oder seine Erinnerung löschen und ihn ohne Bewußtsein dahinvegetieren lassen? Trotz der Probleme, die er uns gemacht hat, hegen wir keinen Groll gegen ihn.«

»Aber er!«

»Nur ruhig Blut. Er wird Ihren Onkel in der Schatzkammer nicht angreifen, weil Bruder Tanaquil sofort die Türen öffnen und die Wachen alarmieren würde. Aber Sie haben recht. Es ist nicht klug, Bruder Tanaquil länger als nötig dort zu belassen. Am nächsten Morgen wird er weggehen, als wolle er beim Spazierengehen ein wenig meditieren, und niemand wird ihn je wieder zu Gesicht bekommen. Die Soldaten werden ihn vermissen, denn er war ein netter Kerl, vergeblich nach ihm suchen und zu dem Schluß kommen, daß ihm etwas zugestoßen sein muß. Don Luis wird behaupten, daß er von nichts weiß.« Everard seufzte. »Das Holografie-Projekt müssen wir wohl abschreiben. Aber vielleicht können wir ja jemand zu den Schätzen schicken, solange sie noch an ihren ursprünglichen Orten sind. Wir werden neue Agenten dort einsetzen, um das weitere Geschick von Pizarro zu überwachen. Ihr Onkel wird eine andere Aufgabe erhalten. Vielleicht entschließt er sich dazu, in die Verwaltung überzuwechseln, wie es seine Frau gern hätte.«

Ich nehme einen Schluck aus meinem Glas. »Und was – was wird aus Luis werden?«

Er mustert mich forschend. »Sie machen sich Sorgen um ihn, stimmt's?«

Mir schießt das Blut in die Wangen. »Sicher nicht auf eine ... hm, sagen wir – romantische Weise. Ich würde ihn mir nicht gerade vom Weihnachtsmann wünschen. Aber er ist schließlich jemand, den ich gekannt habe.«

Jetzt lächelt er wieder. »Ich verstehe. Nun, das ist die andere Sache, um die ich mich in den vergangenen Tagen gekümmert habe. Wir werden Don Luis Castelar für den Rest seines Lebens im Auge behalten – für alle Fälle. Er wird sich schnell wieder anpassen, Pizarro weiterhin als Offizier dienen und sich in den Kämpfen um Cuzco und gegen Almagro auszeichnen.« Und mit grimmiger Stimme: »Wenn das Land dann am Ende unter den Eroberern aufgeteilt wird, erhält er zum Lohn ein riesiges Stück Land und wird Großgrundbesitzer. Übrigens ist er einer der wenigen Spanier, die sich für einen einigermaßen gerechten Ausgleich mit den Indios eingesetzt haben. Später, wenn seine Frau gestorben ist, nimmt er die Weihen und stirbt als Mönch. Mit dieser Frau hatte er Kinder, und seine Nachkommenschaft wird sehr zahlreich sein. Darunter ist dann auch eine Frau, die einen Schiffskapitän aus Nordamerika heiratet. Ja, Wanda, der Mann, der Sie verschleppt hat, ist ein direkter Vorfahre von Ihnen.«

Volltreffer!

Nach einer Minute habe ich mich etwas erholt. »In der Tat – eine Zeitreise also.«

Wir sollten allmählich einen Blick auf die Speisenkarte werfen. Aber ...

Sei ruhig, mein Herz – oder wie immer diese blöde Redensart lauten mag. Ich beuge mich vor. Ich habe keine Angst – nicht, wenn er mich auf diese Weise ansieht. Nur kommen mir die Worte dann ein wenig stockend über die Lippen, und kleine kalte Schauer rinnen über meinen Rücken. »W-w-was wird mit mir, Manse. Auch ich kenne das Geheimnis.«

»Ach ja«, sagt er. Sehr sanft. »Ich glaube, es ist typisch für Sie, daß Sie erst nach den anderen fragen. Nun, Sie werden Ihre Rolle zu Ende spielen müssen. Wir werden Sie wieder in denselben Kleidern wie damals zu Ihrer Galapagos-Insel bringen – aber einige Minuten später. Sie werden zu Ihren Freunden zurückkehren, Ihre Arbeit dort zu Ende bringen, von Baltra zu diesem Irrenhaus, das sich da Guayaquil International Airport nennt, und weiter nach Kalifornien fliegen.«

Und dann? Was dann?

»Was dann geschieht, entscheiden Sie selbst. Sie können sich der Konditionierung unterziehen. Das heißt nicht, daß wir Ihnen nicht trauen, doch unsere Gesetze sind da eindeutig. Ich wiederhole, der Vorgang ist völlig schmerzlos und richtet keinerlei Schaden an. Und da ich der Ansicht bin, daß Sie uns nie willentlich verraten werden, macht das also kaum einen Unterschied. Sie werden Ihr 20. Jahrhundert-Leben fortführen. Wann immer Sie Ihren Onkel Steve privat treffen, können Sie mit ihm völlig frei über diese Dinge reden.«

Die Muskeln sind angespannt, das Blut rauscht in meinen Ohren. »Bleibt mir eine andere Wahl?«

»Sicher. Sie können auch selbst eine Zeitreisende werden. Für uns wären Sie als Rekrutin eine wertvolle Verstärkung.«

Unglaublich. – Ich? Und doch hatte ich irgendwie damit gerechnet. Klar doch! »Ich ... ich frage mich, ob ich jemals eine gute Polizistin wäre?«

»Wahrscheinlich nicht«, dringt seine Stimme durch meine Verwirrung. »Dazu sind Sie zu freiheitsliebend. Doch ist die Patrouille zuständig für prähistorische wie auch für die historischen Epochen. Und das erfordert genaue Kenntnisse der jeweiligen Umgebung, in der die Feldwissenschaftler arbeiten. Was würden Sie sagen, wenn Sie Ihre Paläontologie-Studien mit lebenden Tieren betreiben könnten?«

Okay, okay, ich blamiere mich damit. Trotzdem springe ich auf und störe das elegante Tischklima bei *Ernies* durch ein lautes »Hurra!«

Manse lacht.

Mammuts und Höhlenbären und Dronten – großer Gott!

Grenzen der Unendlichkeit
Band 6
06/5452

Waffenbrüder
Band 7
06/5538

Lois McMaster Bujold

Romane aus dem preisgekrönten Barrayer-Zyklus der amerikanischen Autorin

06/5452

06/5538

Heyne-Taschenbücher